BASTEI LÜBBE TASCHENBUCH

Weitere Titel des Autors:

Der Hexer-Zyklus

Bd. 1 Die Spur des Hexers
Bd. 2 Der Seelenfresser
Bd. 3 Engel des Bösen
Bd. 4 Der achtarmige Tod
Bd. 5 Buch der tausend Tode
Bd. 6 Das Auge des Satans
Bd. 7 Der Sohn des Hexers
Bd. 8 Das Haus der bösen Träume

Anubis
Der Hammer der Götter / Der Orkling
Der Inquisitor
Der Widersacher
Die Chroniken der Elfen: Elfenblut
Die Chroniken der Elfen: Elfentod
Die Chroniken der Elfen: Elfenzorn
Die Heldenmutter
Die Tochter der Midgardschlange
Dunkel
Horus
Thor
Wolfsherz
Titel auch als Hörbuch und E-Book erhältlich

Als E-Book erhältlich

Der Hammer der Götter
Der Hexer, Band 1 – 68
Die Moorhexe
Die Schatten des Bösen
Horror Factory – Pakt mit dem Tod
Intruder
Märchenmond (mit Heike Hohlbein)

Als Hörbuch erhältlich

Als der Meister starb
Auf der Spur des Hexers
Das Haus am Ende der Zeit
Das Paulus-Evangelium
Die Chronik der Unsterblichen
Die Chrono-Vampire
Die Wolf-Gäng
Feuer
Horror-Factory – Pakt mit dem Tod
Intruder
Kevin von Locksley
Kevins Schwur
Tage des Wahnsinns

Über den Autor:

Wolfgang Hohlbein, am 15. August 1953 in Weimar geboren, lebt mit seiner Frau Heike und seinen Kindern in der Nähe von Neuss, umgeben von einer Schar Katzen, Hunde und anderer Haustiere. Er ist der erfolgreichste deutsche Autor der Gegenwart. Seine Romane wurden in 34 Sprachen übersetzt.

Wolfgang Hohlbein

DIE TÖCHTER DES DRACHEN

DER THRON DER LIBELLE

Zwei Romane in einem Band

BASTEI LÜBBE TASCHENBUCH

BASTEI LÜBBE TASCHENBUCH
Band 20848

Dieser Titel ist auch als E-Book erschienen

MIX
Papier aus verantwortungsvollen Quellen
FSC® C083411

Vollständige Taschenbuchausgabe
der in der Verlagsgruppe Lübbe erschienenen Taschenbuchausgabe

Titelillustration: © Nick Deligaris
Umschlaggestaltung: Guter Punkt, München
Satz: Urban SatzKonzept, Düsseldorf
Gesetzt aus der Garamomd
Druck und Verarbeitung: CPI books GmbH, Leck – Germany
Printed in Germany
ISBN 978-3-404-20848-7

5 4 3 2 1

Wolfgang Hohlbein

DIE TÖCHTER DES DRACHEN

Fantasy-Roman

Prolog

Die Mauer ragte schwarz gegen den Nachthimmel auf, nicht mehr als ein Schatten, dessen Umrisse die Sterne auslöschten, die wie kleine blankpolierte Augen am Firmament standen; ein finsteres Loch, das jemand in den Himmel gestanzt hatte.

Sie war verbrannt.

Die Nacht roch nach Hitze. Nach warmem Stein und glühender Erde und anderen, unangenehmeren Dingen, die das Kind zu erkennen sich weigerte.

Manchmal trieb der Wind fette schwarze Qualmwolken über die zerbröckelte Krone der Mauer. Wenn sie an den Sternen vorbeizogen, dann war es für das Kind, als würden sie ihm zublinzeln, wie kleine, sehr weit entfernte und sehr teilnahmslose Augen. Früher einmal waren diese Augen seine Freunde gewesen. Früher, als die Nacht noch sein Freund gewesen war.

Jetzt hatte es keine Freunde mehr. Seine Freunde – aber auch seine Feinde – waren tot, gestorben in der flammenden Hölle, die die Mauer geschwärzt hatte, zusammen mit der Stadt, der sie ein Versprechen auf Schutz gab, das sie nicht eingelöst hatte.

Das Kind hatte Angst.

Zum ersten Mal in seinem Leben hatte es wirkliche Angst. Nicht die Angst vor der Dunkelheit, nicht die Angst vor den Dingen, die in den Geschichten der Erwachsenen erstanden und hinterher, wenn die Worte längst verklungen waren, düsteres Leben gewannen und manchmal in seine Träume gekrochen waren, nicht die Angst vor einem Tier, das beißen und kratzen konnte, nicht die gestaltlose Angst, die nur Kinder kennen. Es hatte Angst vor etwas, wofür in seinem bisher kaum zehn Jahre währenden Leben nicht einmal Raum gewesen war, vor einem Wort, das sie gekannt, das aber keine wirkliche Bedeutung gehabt hatte: vor dem Tod.

Das Mädchen fror, während es so dastand und die brennende Stadt ansah, obwohl es noch immer heiß war. Seit es aus den Felsen gekrochen war, zwischen die es sich gepresst hatte, zitternd, zuerst schreiend vor Angst und später lautlos in sich hineinschluchzend, mussten Stunden vergangen sein. Der Abend war jung gewesen, als es die Stadt verlassen hatte, und als sich das erste Grau der Dämmerung am Horizont zeigte, hatte es sich auf den Rückweg gemacht, der nicht sehr weit war.

Der Tod war schneller gewesen.

Die Stadt hatte nicht sehr lange gebrannt, denn das Feuer war heiß gewesen, so ungeheuer heiß, dass sie seinen glühenden Atem selbst auf der anderen Seite der gigantischen Mauer gespürt hatte, ja, selbst noch zwischen den zehnfach mannshohen Findlingen, in deren Schutz es geflüchtet war, blind, halb wahnsinnig vor Angst und Verwirrung, wie ein Tier, das ganz instinktiv in ein Erdloch kriecht, wenn es die Gefahr spürt. Trotzdem hatte sie die grausame Hitze gefühlt, die vom Himmel gefallen war. Alles, was in der Stadt brennen konnte, musste in den ersten Minuten zu Asche zerfallen sein.

Seitdem stand es hier, ein dunkelhaariges Mädchen von nicht einmal zehn Jahren, das noch nicht ganz begriffen hatte, dass es über Nacht zur Waise geworden war; mehr noch, zu einem Menschen, der vollkommen allein war, denn all seine Freunde, jedermann, den es gekannt oder gemocht oder auch gefürchtet hatte, war tot.

Es gab keine Überlebenden außer dem Mädchen. Der Tod hatte am einzigen Abend des Jahres zugeschlagen, an dem alle Bewohner der Stadt in ihren Häusern waren.

Nein – es gab keine Überlebenden. Es gab nur noch dieses Mädchen. Es war schlank, aber gut genährt, in einem Kleid, das nur eines von vielen kostbaren Kleidungsstücken gewesen war, die in seiner Kammer gehangen hatten; denn die Stadt, die vor ihm zu Asche zerfiel, war reich gewesen.

Es wusste nicht, wie lange es schon so dastand und die geschwärzte Stadtmauer angeblickt hatte, als es die Schritte hörte.

Zuerst erstarrte es vor Schreck; aber nur für einen Moment. Dann fuhr es herum, stieß einen kleinen, erleichterten Freudenschrei aus und lief den Hang hinunter auf die Gestalt zu, die aus der Nacht getreten war.

Aber es blieb schon bald wieder stehen, denn als es näher kam, sah es, dass es eine Fremde war.

Die Frau gehörte nicht zur Stadt. Sie war keine Überlebende wie es selbst. Sie war niemand, den das Mädchen jemals zuvor gesehen hätte. Auch ihre Kleidung war sonderbar – schwarzes, im farbenfressenden Dunkel der Nacht matt glänzendes Leder, das sich wie eine zweite, sehr eng anliegende Haut an ihren Körper schmiegte. Sie war sehr groß, und, soweit das Mädchen dies erkennen konnte, sehr schön, und ihre sonderbare Kleidung ließ erkennen, dass sie schlank, aber von jener drahtigen Sportlichkeit war, die große Kraft und noch größere Gewandtheit verriet. Das Mädchen konnte nicht sagen, wie alt sie war. Sie mochte dreißig sein, aber genauso gut auch fünfzig oder mehr, und es machte auch keinen Unterschied; denn für das Mädchen, das mit seinen zehn Sommern noch nicht gelernt hatte, mit Lebensjahren zu rechnen und krämerisch damit zu geizen, gab es ohnehin nur drei Altersgruppen, die von Belang waren: seine eigene, die der Erwachsenen, und die der Alten. Alt war die Frau nicht.

Sehr lange standen sich die beiden gegenüber, das Mädchen starr vor Schreck und hin und her gerissen zwischen der Angst und dem Impuls, einfach davonzurennen und sich in den Felsen zu verkriechen, die ihm schon einmal Schutz gewährt hatten, und dem immer stärker werdenden Wunsch, das zu tun, was Kinder in einer Situation wie dieser wohl tun würden – zu dieser

Fremden hinüberzulaufen und sich an ihre Brust zu werfen, sich einfach fallen zu lassen in dem sicheren Bewusstsein, in der Nähe einer Erwachsenen zu sein und damit unverwundbar. In Sicherheit.

Aber die Menschen in der verbrannten Stadt waren auch Erwachsene gewesen. Und sie waren tot. Zusammen mit ihren Kindern, die sich im letzten Moment noch an die Rocksäume ihrer Mütter geklammert haben mochten. Und die Frau war eine Fremde.

Nach einer Ewigkeit brach die Fremde das Schweigen. Sie trat auf das Mädchen zu – nur einen Schritt, um es nicht zu erschrecken –, ließ sich in die Hocke sinken und streckte die Hand aus. Das Mädchen blickte diese Hand an – sie steckte in einem schwarzen, hauteng anliegenden Handschuh – und sah dann ins Gesicht der Fremden. Es rührte sich nicht.

»Du brauchst keine Angst vor mir zu haben, Kind«, sagte die Frau. »Ich tue dir nichts.«

Das Mädchen antwortete noch immer nicht, aber es lief auch nicht davon, als die Fremde die Hand ein wenig weiter ausstreckte und es am Arm ergriff. Das Leder auf ihrer Haut war kalt und glatt und fühlte sich sehr unangenehm an. Wie Schlangenhaut.

»Das war deine Stadt, nicht wahr?«, sagte die Fremde.

Das Mädchen nickte.

»Bist du ... die einzige Überlebende?«

Wieder nickte das Mädchen. Es spürte, dass die Frau eine Antwort von ihm erwartete, aber es konnte nicht sprechen. Vielleicht würde es nie wieder sprechen können.

»Und jetzt bist du traurig«, sagte die Fremde. Diesmal war es keine Frage, sondern eine Feststellung, leise und sachlich, und nur mit einer ganz sachten Spur von Mitleid. »Du bist traurig und hast Angst und bist verzweifelt und zornig, und du würdest am liebsten ein Schwert nehmen und dich auf die Suche nach

denen machen, die für das alles verantwortlich sind. Aber das wird nicht gehen. Du bist ein Kind.«

Sie stand auf als hätte sie damit alles gesagt, blickte einen Moment mit starrem Gesichtsausdruck zu der verkohlten Stadt hinauf und setzte sich dann neben dem Mädchen ins Gras. »Setz dich, Kind«, sagte sie.

Das Mädchen gehorchte. Was sollte es anderes tun? Es konnte nicht weglaufen, denn es gab nichts mehr, wohin es laufen konnte. Es hatte niemanden mehr. Vielleicht gehörte es jetzt dieser Frau, wie etwas, das sie am Wegesrand gefunden hatte. Der Gedanke irritierte das Mädchen, aber er erschreckte es nicht sonderlich. Es war gut, jemandem zu gehören.

»Willst du mir nicht deinen Namen verraten, Kleines?«, fragte die Frau.

Das Mädchen schüttelte den Kopf. Es hatte ein bisschen Angst, dass die Fremde darüber in Zorn geraten würde, aber sie lächelte bloß, lehnte sich ein wenig zurück und stützte ihr Körpergewicht mit den Ellbogen ab.

»Ich kann dich nur zu gut verstehen, mein Kind«, sagte sie leise, eigentlich mehr zu sich selbst gewandt. Ein sonderbar trauriges Lächeln huschte über ihre Züge, aber das Mädchen glaubte nicht, dass es seine Bedeutung wirklich verstand.

»Ich habe noch Zeit«, sagte die Fremde plötzlich. »Wenn du willst, erzähle ich dir eine Geschichte.« Sie sah das Mädchen an, lächelte. »Willst du?«

Das Mädchen nickte.

1. Kapitel

Talianna

1

Das Dorf lag in der Biegung des Flusses, ein Stück schwarzer Kohle, das von einem silber-blau-grün gefleckten Band zu zwei Dritteln umschlungen wurde und während der letzten Jahre begonnen hatte, in die einzige Richtung zu wuchern, die ihm blieb.

Das hieß – nicht ganz.

Ein paar Häuser, erbaut von besonders mutigen – oder besonders dummen – Menschen, ragten ein Stück in den Fluss hinein, auf Stelzen stehend, wie verschmorte fette Störche mit zu vielen Beinen oder wie steinerne Schwalbennester unter die Biegung der zerborstenen Brücke geklebt. Einstmals hatte es einen Namen gehabt, dieses stolze, reiche, verbrannte Dorf, das heißt, sogar mehrere: Manche hatten es Lybary genannt, ein Wort aus der Sprache der Ureinwohner dieses Teiles der Welt, die hiergewesen waren, ehe die Menschen kamen, und dessen Bedeutung niemand kannte. Andere – später – hatten es Grünau getauft: ein Name, der absolut nicht passte, aber hübsch klang. Beide Namen waren im gleichen Maße verloren gegangen, in dem die Menschen hier am Fluss die Kraft zu entdecken begannen, die der große silberne Strom mit sich brachte, und sie nutzten; im gleichen Maße, in dem die strohgedeckten Hütten schweren, steinernen Häusern mit schwarzen Schieferdächern wichen, Dächern, über denen gewaltige rauchende Schlote die Geheimnisse verrieten, die unter ihnen schlummerten.

Als die Bewohner Lybarys oder Grünaus damit begannen, Eisen zu machen, war die Stadt hässlich geworden, zu hässlich für einen so wohlklingenden Namen wie Lybary oder gar Grünau – *grün* waren schon bald allenfalls die Abwässer, die aus den neuerdings kanalisierten Häusern in den Fluss strömten; denn ihre Bewohner schmolzen nicht nur Eisen und Stahl und nach und nach andere Legierungen, sondern aßen und tranken und atmeten – freilich ohne es zu wissen – auch ein gut Teil dessen, was eigentlich in ihren Schmelztiegeln sein sollte. Wenn sie es überhaupt wussten, scherten sie sich nicht darum; allenfalls wunderten sie sich vielleicht, dass die Alten im Dorf nicht mehr ganz so alt wurden wie früher, und dass es mehr Krankheiten gab. Aber die Stadt wurde reich, reich und hässlich und immer größer, und bald bekam sie einen neuen Namen: wer immer im Lande von ihr sprach, nannte sie Stahldorf, und irgendwann übernahmen ihre Einwohner diesen Namen, wenn auch nicht für lange.

Er war verbrannt.

Zusammen mit der Stadt.

In einer einzigen Nacht voller schlagender schwarzer Schwingen und gellender Schreie und Feuer, das vom Himmel regnete und tausendmal heißer war als die Glut der Essen unten auf der Erde, war er verkohlt, zu Asche und Staub und heißem Schlamm geworden, den der Fluss forttrug, das Werk von drei Generationen dahin in einer einzigen Nacht. Die großen Quader aus rostrotem Roheisen waren ein letztes Mal geschmolzen, sodass sie jetzt über großen Teilen des Ruinendorfes ein Leichentuch aus poröser Schlacke bildeten. Die Hoffnungen und Träume von Reichtum und Macht waren verdampft wie die Gehirne, die sie geträumt hatten, und das Gold, das überreichlich gegen scharfgeschliffenen Stahl getauscht worden war, war in den Händen seiner Besitzer weich geworden und zu Boden getropft wie schimmernde Tränen.

Zumindest hatte Stahldorf – das früher einmal Grünau und noch früher Lybary geheißen hatte und das man morgen vielleicht Brandstadt nennen würde – ein Ende gefunden, das seinem kurzen Aufblühen angemessen gewesen war.

Die Vernichtung war vollkommen gewesen, eine schwarze Götterfaust, die mit der Nacht gekommen war und deren Finger weißglühende Narben in der Erde hinterließen. Das landeinwärts, dem offenen Teil der Flussschleife zugewandte Drittel der Stadt war vollkommen zerstört. Zertrümmert, verbrannt und pulverisiert – vielleicht auch in umgekehrter Reihenfolge – bot es sich dar wie das flachgewalzte Innere eines Vulkanes. Wo die geschmolzene Eisendecke gerissen und die bloße Erde sichtbar war, da war sie schwarz und schimmerte, zu Glas geworden.

Das zweite Drittel der Stadt bot einen vielleicht noch schlimmeren Anblick, denn die Zerstörung war hier nicht so vollkommen. Wo die Verheerung so total war, dass sie ihre eigenen Spuren verdeckte, war auch nichts mehr, vor dem man erschrecken konnte.

Hier schon. Ein paar Mauern hatten dem Feuersturm standgehalten, hier und da durch die Laune des Zufalls ein Balken, der wie der Finger eines Ertrinkenden aus einem schwarzen Sumpf aufragte, ein Lagerschuppen, dessen Eckpfeiler und Zwischendecken dem Gewicht von Eisenblöcken angemessen gewesen war und die dem Feuersturm standgehalten hatten, der Dach und Wände fortblies. Wie zum bösen Spott sogar ein Dach, auf dem noch die Hälfte eines Kamins stand, dessen Außenseite jetzt so schwarz war wie die innere. Oder ein schwarzes Etwas, das wie ein zusammengekauerter Mensch aussah, die Arme über den Kopf geschlagen, aber gänzlich mit Eisen bedeckt, wie eine schreckliche Skulptur.

Im letzten Drittel der Stadt schließlich standen Ruinen, grau überpudert mit Staub und Asche. Hier und da brannte es noch, und hier und da ragte ein Knochen aus der heißen Asche. Die dem Land zugewandten Teile der Stadt hatten die schlimmste Wut des Feuersturms gebrochen, der mit den tief heranrasenden Bestien aus der Nacht gekommen war.

Hier war das Feuer nur noch Feuer gewesen, keine Höllenglut mehr, die Eisen verdampfte und Stahl zum Schmelzen brachte. Die Bewohner dieses Stadtteils – wie durch eine der kleinen Gehässigkeiten, die das Schicksal so gerne und reichlich verteilte, waren es die reichsten und angesehensten Bürger Stahldorfs gewesen – hatten nicht das Glück gehabt, nicht mehr zu spüren. Sie hatten das Rauschen der gewaltigen schwarzen Schwingen gehört und die Flammen gesehen und die Schreie vernommen, die bald darauf zu ihren eigenen geworden waren. Der Damm aus Häusern, der die Springflut aus Feuer und Tod gebrochen hatte, hatte ihnen ein qualvolleres Ende beschert. Sie hatten ihr Sterben miterlebt. Manche hatten sogar noch Zeit gefunden, aus ihren Häusern zu rennen und in den Fluss zu springen, Rettung erhoffend in der kochenden Flut. Ihre Leichen mussten jetzt, als die Sonne aufging, schon Meilen entfernt sein.

Es gab auch Überlebende: in den Kellern, in den toten Winkeln unter schwarz gewordenen Fensteröffnungen hinter mächtigen Blöcken von Roheisen und Stahl. Ein paar von ihnen hatten sogar noch die Kraft, nach jemandem zu schreien, der ein Messer nehmen und sie von ihren Leiden erlösen möge. Aber nicht sehr viele.

Das war es, was Talianna sah, als sie an diesem Morgen aus dem Wald trat und auf ihre Heimatstadt herabblickte.

Eine Hand berührte ihre Schulter. Sie blickte auf. Für einen Moment klammerte sie sich an den wahnsinnigen Gedanken, dass es ihre Mutter sein könne, die wie sie ein Versteck im Wald gefunden hatte und nun kam, um ihr zu sagen, dass alles in Ordnung und sie am Leben sei. Aber es war nicht das schmale, vom Alter und Eisenstaub grau gewordene Gesicht ihrer Mutter, in das sie blickte, es waren Gedelfis verhärmte Züge, eingerahmt von weißem Haar, in dem jetzt Schmutz und Tannengrün und ein Rest von dem Morast klebte, in den er gestürzt war, als er hinter ihr aus dem Stollen gekrochen war.

Nur seine Augen – das waren nicht die blinden Augen Gedelfis, die erloschen waren, ehe die Taliannas zum ersten Mal einen Sonnenaufgang sahen, sondern die ihrer Mutter, dunkel und groß und von winzigen Fältchen umgeben, die davon kamen, dass sie so gerne lachte. Aber nur für einen Augenblick; dann wurden sie wieder zu den weißen matten Kugeln, die in Gedelfis Gesicht glänzten. Und als Talianna den Kopf wandte und seine Hand anblickte, die schwer und narbig auf ihrer Schulter lag, sah sie, dass auch seine Fingernägel blutig waren.

»Weine ruhig, Kind«, sagte der alte Mann – es klang wie die Stimme ihrer Mutter, aber mit der klaren, fast überpräzisen Aussprache, die sie von Gedelfi kannte. »Weine ruhig«, sagte er noch einmal. »Es wird dir helfen.«

Talianna weinte nicht.

Aber nach einer Weile wandte sie sich gehorsam um, dem sanften Druck seiner alten Hand folgend, und ging neben ihm her den Hang hinab, über die mit Asche bedeckte Wiese und auf die in den Boden eingeschmolzene Grenze der Stadt zu, ein blinder Mann und ein Kind, das ihn führte.

Aber in diesem Moment sah das Kind so wenig von dem Schrecken, der sich vor ihnen ausbreitete, wie er.

Sie sah Drachenschwingen, die die Nacht peitschten.

2

Die Asche war noch warm und der Boden darunter so heiß, dass sie es durch die dünnen Sohlen der Sandalen hindurch spüren konnte. Ihre Schritte ließen kleine graue Staubwölkchen wie winzige Explosionen hochwirbeln, und in der Luft lag ein Geruch, den das Mädchen niemals im Leben wieder vollkommen vergessen sollte.

Sie hatte den am schlimmsten zerstörten Teil der Stadt umgangen, nicht aus Furcht oder Pietät, sondern einfach aus der praktischen Überlegung, dass der alte Mann an ihrer Seite auf dem zu spiegelglattem Glas erstarrten Boden unter der Asche ausgleiten und sich verletzen mochte, und jetzt hatten sie den Fluss erreicht. Sein Wasser war warm. Grauer Dampf stieg von seiner Oberfläche hoch und berührte ihr Gesicht mit der unangenehmen Klebrigkeit von Spinnweben. Hier und da schienen sich kleine Nester von Glut und Hitze unter seiner Oberfläche gehalten zu haben; denn an manchen Stellen kochte es regelrecht. Schwarze Schlieren tanzten auf den Wellen. Und manchmal trug die Strömung formlose, dunkle Brocken heran; ab und zu auch etwas Größeres, das sie nicht erkennen konnte und wollte.

»Wo sind wir?«

Gedelfis Stimme klang brüchig; so morsch wie die dünne Kruste, über die sie gingen, und ebenso in Gefahr, jeden Moment einzubrechen. Die Hand, die auf Taliannas Schulter lag, bewegte sich nicht, aber anders, als sie es gewohnt war, war ihr Griff beinahe schmerzhaft fest, nicht mehr leicht und freundlich.

So lange sie denken und laufen konnte, war es ihre Aufgabe gewesen, den blinden alten Mann zu führen, und die Berührung seiner rissigen Haut war ihr so vertraut, als wäre es ein Stück von ihr selbst. Aber immer war sein Griff sanft und irgendwie dankbar gewesen, weil sie es war, die ihn vor Schaden bewahrte und ihm die Augen ersetzte, die er nicht mehr hatte. Jetzt klammerte er sich an ihr fest; mit der verzweifelten Kraft eines Menschen, der wusste, dass er in einen Abgrund stürzen musste, wenn er seinen Halt losließ. Es tat weh.

»Wo sind wir, Talianna?«, fragte Gedelfi noch einmal, als sie nicht antwortete.

»Am Fluss«, sagte sie hastig. »Am …« Sie stockte, fuhr sich

nervös mit der Zunge über die Lippen, die plötzlich rissig und heiß waren und schmerzten, und begann von neuem. »An der Stelle, an der das Waschhaus stand.«

»Ist es zerstört?«

Talianna schüttelte den Kopf. Ihr Haar glitt dabei über den Handrücken des Alten, sodass er die Bewegung spürte. »Nein«, sagte sie. »Es ist fort.«

»Fort.« Gedelfi wiederholte das Wort mit dem sonderbaren Schmatzlaut, mit dem alte Menschen manchmal reden. Aber es war eher, als prüfe er seinen Geschmack. »Fort.«

Talianna nickte. Das Waschhaus, halb auf dürren Stelzbeinen in den Fluss gebaut, sodass sich die Frauen auf seinen durchbrochenen Boden knien und ihre Wäsche waschen konnten, war eines der wenigen nicht aus Stein erbauten Häuser Stahldorfs gewesen, und so waren nicht einmal Ruinen geblieben. In der warmen Asche am Ufer waren noch die Schemen seines Grundrisses zu erkennen, und dicht unter den sprudelnden Fluten standen die abgesenkten Stümpfe seiner Stützen, aber das war alles. Der Feuersturm musste es pulverisiert haben; vielleicht hatte er es wie ein trockenes Blatt zur Gänze angehoben und in der Luft zerrissen; vielleicht war es auch einfach in den Fluss gestürzt und davongeschwemmt worden. Es blieb sich gleich.

Talianna verstand für einen Moment selbst nicht, warum sie das Schicksal dieser unbedeutenden Bretterbude so interessierte, bis sie begriff, dass da wohl irgendetwas in ihrem Bewusstsein war, was nicht wollte, dass sie darüber nachdachte, was mit dem Rest der Stadt geschehen war. Wäre sie allein gewesen, hätte sie wohl spätestens an dieser Stelle kehrtgemacht und die Stadt verlassen.

Aber sie war nicht allein. Gedelfi, dessen Auge sie war, war bei ihr, und hinter sich hörte sie die Schritte und Stimmen der anderen, die nach und nach den Hügel herabgekommen waren.

Den Blinden und sie mitgerechnet, waren sie elf, die sich in dem aufgelassenen Minenschacht verkrochen hatten, als der Feuerregen begann, elf von mehr als dreitausend. Ein jämmerlicher Haufen Verlorener, zu dem nicht einmal mehr das Wort *Überlebende* gepasst hätte. Überleben bedeutet Weiterleben, und Weiterleben hieß vielleicht Hoffnung und ein neuer Anfang – oder wenigstens den Versuch dazu. Nichts von alledem war ihnen geblieben. Sie lebten, das war alles.

Erneut wunderte sich Talianna über sich selbst, über die Gedanken, die plötzlich in ihrem Kopf waren und die sie noch vor wenigen Stunden nicht einmal verstanden hätte. Und mit der gleichen sonderbaren Klarheit, mit der sie sie jetzt begriff, begriff sie plötzlich auch, dass sie in der endlosen schwarzen Feuernacht im Bauche der Erde mehr verloren hatte als ihre Heimat und ihre Familie. Der fliegende Tod hatte sie verschont, aber sein Feuer hatte ihr etwas genommen, was sie noch gar nicht gehabt hatte, jedenfalls nicht genug, und was sie nun auch nicht mehr haben würde.

Sie war noch immer zehn Jahre alt und noch immer ein wenig zu dünn und manchmal etwas linkisch in ihren Bewegungen und ihrer Art zu reden – aber sie war kein Kind mehr. Sie dachte an ihren Vater und ihre Mutter und Rosaro, ihren um zehn Jahre älteren Bruder, an ihr Haus, das nicht zu den prachtvollsten der Stadt gehört hatte, aber auch ganz und gar nicht zu den kleinsten, an ihre Freunde und Spielkameraden, und sie empfand – nichts.

Voller Schrecken begriff sie, dass sie ihre Fähigkeit zu trauern verloren hatte. Der Anblick der geschändeten Stadt erfüllte sie mit Entsetzen, aber es war ein Schrecken, der eher dem Erstaunen darüber entsprang, dass eine solch totale Zerstörung überhaupt *möglich* war.

Wind kam auf und trug grauen Staub über den Fluss. Talianna hustete, hob die linke Hand vor das Gesicht und beschirmte damit ihre Augen. Den Staub vermochte sie auf diese Weise abzuwehren, den Brandgeruch und die furchtbare schmierige Wärme nicht. Plötzlich ekelte sie sich.

»Wie … sieht es aus?«, sagte Gedelfi stockend. »Sag es mir, Talianna.«

Talianna gehorchte. Langsam, aber ohne zu stocken und mit überraschend klarer, fester Stimme beschrieb sie dem Blinden, was sie sah, jede noch so winzige Einzelheit; angefangen von der knöcheltiefen Staub- und Ascheschicht auf dem Boden über das verbrannte Mauerwerk, in das die Hitze bizarre Muster geätzt hatte, über die leeren Fenster und Türen, die wie ausgebrannte Augenhöhlen auf sie herabstarrten, und die Straßen, die mit formlos zusammengeschmolzenen Dingen vollgestopft waren; das Wasser des Flusses, das jetzt schwarz war und brodelte und eine schreckliche Fracht mit sich trug, und die Brücke, die wie ein ausgestreckter Arm über den Fluss führte, erstaunlicherweise kaum beschädigt, bis zu der Stelle, an der sie zersplittert war, die geknickten Tragbalken und Streben, gebrochenen Fingern gleich, die ins Leere griffen.

Gedelfi hörte schweigend zu. Nicht einmal sein Atem ging schneller, während Talianna ihm all die unbeschreiblichen Schrecknisse beschrieb, die sie sah, mit der klaren, präzisen Wortwahl einer Erwachsenen und der grausamen Detailfreude einer Zehnjährigen.

Erst als sie zu Ende gekommen war und schwieg, löste sich die Hand des Blinden von ihrer Schulter, und wie sie es immer tat, wenn sie Gedelfis Berührung nicht mehr spürte, drehte sie sich zu ihm um und blickte ihn an.

Sie erschrak. Gedelfis Gesicht war ausdruckslos, aber es war jene Art von Beherrschtheit, hinter der sich pures Entsetzen verbarg. Seine Hände zitterten ganz leicht. Mit einem Male kam er ihr alt vor, unendlich *alt.* Niemand hatte ihn jemals gefragt, wie alt er wirklich war – siebzig sicherlich, vielleicht aber auch achtzig Jahre oder mehr, und zum allerersten Male überhaupt begann Talianna zu ahnen, was diese Zahl wirklich bedeutete.

»So schlimm?«, murmelte er.

Sie nickte. Dann, als ihr einfiel, dass er die Bewegung nicht spürte, weil seine Hand nicht auf ihrer Schulter lag, sagte sie: »Ja. Es ist nichts mehr übrig. Das Dorf ist ausgelöscht.«

Gedelfi schauderte ein wenig – von ihnen allen hatte er als Erster gewusst, wie umfassend die Katastrophe war, die über das Dorf hereingebrochen sein musste. Denn während sie zitternd und schreiend vor Angst in der Schwärze des Minenschachtes gelegen und nur ein dumpfes Grollen und Beben der Erde gespürt und dann und wann Laute gehört hatten, die zwar entsetzlich, aber ohne wirkliche Bedeutung gewesen waren, hatten ihm die übersensiblen Sinne eines Blinden deutlich gesagt, was wirklich geschah.

Und dann, mit einiger Verspätung, begriff Talianna, dass Gedelfis Schaudern *ihr* galt.

»Was ist das, Talianna?«, fragte er. »Was geschieht mit dir?«

»Ich ... verstehe nicht«, antwortete Talianna. »Was meinst du?«

Gedelfi antwortete nicht gleich. Er schwieg sogar eine ganze Weile, aber der Ausdruck von ... *Furcht?* ... auf seinen Zügen blieb, als er weitersprach: »Da ist etwas in deiner Stimme, Kind. Etwas, das vor einer Stunde noch nicht da war. Es macht mir Angst.«

»Meine Eltern sind tot«, erinnerte Talianna. »Mein Heim ist verbrannt, meine Stadt ist zerstört, und fast alle, die ich gekannt habe, sind umgebracht worden.« Plötzlich bebte ihre Stimme vor Zorn, aber es war ein kalter, eisiger Zorn, der sie fast selbst ein bisschen schaudern ließ. »Jemand ist hierhergekommen und hat all diese Leute umgebracht, und er hat alles vernichtet, was sie aufgebaut haben, und hat ...« Ihre Stimme versagte, nicht vor Schmerz, sondern einfach, weil ihr die Worte fehlten, so schnell, wie sie sie hervorsprudeln wollte. Sie atmete hörbar ein.

Gedelfi schüttelte den Kopf. Seine Augen waren weit und dunkel und genau auf ihr Gesicht gerichtet, fast, als könne er sie sehen. »So spricht kein Kind«, sagte er sehr leise, aber auch sehr bestimmt.

Und plötzlich begann Talianna zu weinen: laut, krampfhaft und so heftig, dass ihr der Hals weh tat und ihren Beinen plötzlich die Kraft fehlte, sie weiter zu tragen. Sie sank auf die Knie, verbarg das Gesicht in den Händen und schluchzte hemmungslos. Sie wusste nicht, warum, denn sie fühlte noch immer keinen Schmerz, nicht einmal Trauer, aber sie konnte die Tränen auch nicht zurückhalten. Und aus dem gleichen, scheinbar nicht vorhandenen Grund, aus dem sie überhaupt weinte, erleichterte es sie jetzt doch. Wenn auch nur ein ganz kleines bisschen.

Gedelfi sank neben ihr in die Hocke, streckte tastend die Hand aus, um nach einem Halt zu suchen, und legte die andere auf ihre Schulter, in der gewohnten, warmen Art, nicht einmal in dem Versuch, sie zu trösten. Irgendwann versiegten ihre Tränen, aber sie blieb weiter so sitzen, und plötzlich, und wieder, ohne dass sie wusste warum, fuhr sie herum, warf sich an die Brust des alten Mannes und klammerte sich mit aller Kraft an ihm fest.

»Warum haben sie das getan?«, flüsterte sie.

Gedelfis Hand berührte ihr Haar, streichelte es sanft und fiel wieder auf ihre Schulter herab. »Ich weiß es nicht, mein Kind«, sagte er schließlich. »Manchmal geschehen Dinge aus Gründen, die wir nicht verstehen, und manchmal auch ohne Grund.«

»Aber es war so sinnlos!«, protestierte Talianna.

»Nichts ist sinnlos«, widersprach der Alte. Er lächelte, aber es war eigentlich nur ein Verziehen der Lippen, das ebensogut ein Ausdruck von Schmerz sein mochte. Oder Wut.

»Weißt du, Talianna«, fuhr er fort, »wenn ich jetzt zehn Jahre jünger wäre und mich noch für weise und erfahren halten würde, dann würde ich dir eine Menge Dinge sagen, die du nicht verstehen würdest. Ich könnte sagen, dass du nicht verzweifeln sollst oder stark sein musst, oder dass du schließlich am Leben bist und noch jung und eine gute Chance hast, noch glücklich zu werden.«

Er legte eine kleine Pause ein. Talianna grub den Kopf aus den Falten seines zerschlissenen Gewandes und sah zu ihm auf.

»Ich werde nichts von alledem sagen«, fuhr Gedelfi fort. »Es wäre nicht wahr, weißt du? Wenn du Trauer verspürst, dann trauere ruhig, und wenn du verzweifelst, dann kämpfe nicht dagegen an.«

Talianna wischte sich mit dem Handrücken die Tränen aus dem Gesicht. Ihre Nase lief. Sie zog sie hoch, angelte nach einem Zipfel ihres Kleides und schneuzte sich lautstark.

»Es ist sinnlos, dagegen zu kämpfen«, fuhr Gedelfi fort, nach einer neuerlichen langen Pause, als hätte er Zeit gebraucht, sich die Worte zurechtzulegen, vielleicht auch neue Kraft zu sammeln. »Es ist das Schicksal, weißt du? Es ist schrecklich und ungerecht und mag dir sinnlos erscheinen, aber es ist hunderttausendmal geschehen, seit es Menschen gibt, und es wird hunderttausend weitere Male geschehen, solange die menschliche Rasse besteht.«

Talianna verstand nicht, was Gedelfi meinte. Einen Moment lang überlegte sie, ob in seinen Worten vielleicht ein Sinn verborgen war, den sie nicht erkannte. Aber vielleicht war er auch einfach nur alt und redete den Unsinn, den alte Menschen manchmal redeten; und mit der Überzeugungskraft, mit der sie es taten. Trotzdem fragte sie: »Warum tut es dann so weh, Gedelfi?«

»Weil es uns zeigt, dass wir verwundbar sind«, antwortete der Blinde. »Weißt du, Kind, es ist so einfach, dass es vielleicht gerade deshalb die meisten niemals erkennen. Die Welt ist voller Unglück, aber weil sie so groß ist und es so viel Leid gibt –« Er lachte schrill. »– stößt der allergrößte Teil dieses Unglückes nun einmal anderen zu. Und das macht uns stark.«

»Stark? Wieso?«

Gedelfi nickte. »Weil es anderen geschieht und nicht dir. Du fühlst dich sicher, weil du lebst, wenn neben dir ein anderer im Sumpf ertrinkt. Dein Haus kann nicht brennen, weil es das deines Nachbarn war, das der Blitz traf, und du bist auch gegen Verletzungen gefeit, weil nicht du, sondern dein Bruder von Wölfen angefallen und zerrissen worden ist. Natürlich«, fügte er mit einem leisen, nicht sehr humorvollen Lachen hinzu, »weißt du ganz genau, dass das nicht stimmt, denn du hast ja Verstand und kannst dir an deinen zehn Fingern abzählen, dass du irgendwann einmal an der Reihe bist. Und trotzdem glaubst du es nicht. Bis es dich dann trifft.« Er seufzte. »Das ist es, was weh tut, Kind. Es ist nicht Liebe, wenn sie an den Gräbern ihrer erschlagenen Männer weinen. Es ist Angst. Angst und Zorn, weil ihnen etwas weggenommen wurde. Du weinst um diese Stadt und deine Eltern und Freunde, und du denkst, es wäre Trauer, und solange du das denken willst, tu es ruhig. Aber es ist nicht wahr. Du weinst, weil sie dir weggenommen wurden. Weil man dir etwas genommen hat, das *dir allein* gehört hat, keinem sonst.«

»Ich habe meine Eltern geliebt«, widersprach Talianna heftig. Aber wieder schüttelte Gedelfi nur den Kopf.

»So etwas wie Liebe gibt es nicht«, sagte er leise. »Es gibt nur Eigennutz. Du kannst dich für einen Menschen, den du liebst, opfern, und viele haben es getan. Aber in Wahrheit tust du es doch nur, um dein Eigentum zu schützen.«

Gedelfi sprach nicht weiter, sondern wandte den Kopf und starrte aus seinen erloschenen Augen zum Fluss hinab, und Talianna dachte sehr lange über das nach, was er ihr gesagt hatte. Sie maßte sich nicht an zu urteilen, ob er nun weise oder einfach nur zu alt war – aber seine Worte hatten irgendetwas in ihr berührt, und vielleicht hatte *sie* plötzlich Angst vor *ihm.*

Sie war verwirrt. Und so hilflos und allein, wie es ein zehnjähriges Mädchen nur sein konnte, dessen Welt vor wenigen Stunden in Feuer und Rauch aufgegangen war, im wortwörtlichen Sinne. Und sie fragte sich, ob es sich lohnte, so alt wie Gedelfi zu werden, wenn *dies* die Erkenntnis war, die man aus einem achtzig Jahre währenden Leben zog. Trotzdem kuschelte sie sich noch enger an Gedelfis Brust, denn trotz allem war sie noch immer ein zehnjähriges Mädchen, dem nichts so viel Trost zu spenden vermochte wie die Nähe eines Erwachsenen.

»Hast du gesehen, aus welcher Richtung sie kamen?«, fragte Gedelfi plötzlich.

Talianna nickte. »Von Norden«, antwortete sie.

»Norden.« Gedelfi wiederholte das Wort, als wäre es die Bestätigung von etwas, das er längst gewusst hatte. »Waren es viele?«

Talianna schüttelte den Kopf. »Nein. Zehn ... vielleicht zwölf. Ich weiß es nicht. Es war zu dunkel. Ich ... konnte nicht viel erkennen. Nur Schatten und dann das Feuer.«

Ihre Stimme versagte. Gedelfis Frage und ihre Antwort ließen die Bilder vom vergangenen Abend wieder vor ihren Augen erscheinen wie bizarre Impressionen eines Geschehens, von dem sie nur einen Bruchteil erkannt hatte: die fliegenden Kolosse, die mit absurder Leichtigkeit tief über die Hügelkette herangesegelt gekommen waren, die Schwingen weit gespreizt und reglos wie die aberwitzig großer Mauersegler, dann ein ungeheuerliches Schlagen und Rauschen und schließlich Feuer, Feuer, *Feuer* überall. Ein sengender Blitz, der auch nach ihr gestochen hatte, in irrsinnigem Zickzack auf sie zurasend und eine Spur weiß geschmolzener Erde vor dem Waldrand hinterlassend, ehe er abbrach, zehn Schritte vor ihr und schon so heiß, dass ihr sein Gluthauch Wimpern und Brauen versengt hatte.

»Sonst hast du nichts gesehen?«, fragte Gedelfi.

Sie *hatte* etwas gesehen, und obwohl ihr die Erinnerung all den Schrecken und das Entsetzen brachten, die beim Anblick der verstümmelten Stadt fehlten, zwang sie das Bild noch einmal mit Gewalt vor ihre Augen. Es wäre nicht nötig gewesen, um Gedelfis Frage zu beantworten, und es tat nur weh. Aber es gehörte einfach dazu.

»Es waren ... Reiter auf den Drachen«, antwortete sie.

»Reiter«, wiederholte Gedelfi. In seiner Stimme war keine Spur von Überraschung oder Unglauben. »Bist du sicher?«

»Ganz sicher«, sagte Talianna.

»Also doch«, murmelte Gedelfi. Talianna verstand nicht, was er damit sagen wollte, aber es war etwas in seiner Stimme, was sie frösteln ließ. Er atmete hörbar ein. »Sag es niemandem, Talianna«, fuhr er dann leise fort. »Hörst du? Niemandem. Ganz gleich, was geschieht. Das Beste wird sein, du vergisst es. Nicht nur für dich.« Das Nicken, mit dem Talianna auf seinen Rat antwortete, war zum Teil eine Lüge. Die Hälfte seiner Bitte würde sie erfüllen. Die andere nicht. Niemals.

3

Natürlich kam der Schmerz doch, später. Mit jeder Sekunde, die verging, wurde er ein ganz kleines bisschen heftiger, aber gleichzeitig – und ohne dass das eine das andere irgendwie beeinträchtigt hätte – nahm auch die betäubende Leere in ihrem Inneren zu. Der Tag verging, ohne dass sie hinterher genau zu sagen gewusst hätte, wie: Stunden, in denen sie reglos am Fluss saß und mit starrem Blick ins Leere sah, wechselten mit solchen voller hemmungslos fließender Tränen und qualvollem Schluchzen und Weinen ab. Gedelfi saß die ganze Zeit bei ihr, und obwohl ihr eine dünne boshafte Stimme zuflüsterte, dass der Blinde, hilflos wie er war, ja gar keine andere Wahl hatte, redete sie sich ein, dass er geblieben war, um sie zu trösten.

Irgendwann wurde es dunkel, und kurz darauf glomm nicht sehr weit hinter ihr ein Feuer auf. Seltsamerweise war es das Prasseln der Flammen, das sie aus ihrer dumpfen Trauer riss. Obwohl es ein Laut war, der sie mit Schrecken und neuer Panik hätte erfüllen müssen, erzeugte er nur Gedanken an Wärme und Geborgenheit und Schutz in ihr.

Sie stand auf, nahm Gedelfi behutsam an der Hand und half dem alten Mann beim Aufstehen; ein Unterfangen, das gar nicht so einfach war, denn Gedelfis alte Knochen waren steif geworden vom stundenlangen Sitzen. Talianna war sicher, dass ihm die Bewegung große Schmerzen bereitete, aber er erhob sich klaglos und folgte ihr, als sie auf das Feuer zuging und die wenigen Schatten, die sich davor abzeichneten.

Es war sehr still; das Knacken und Bersten der brennenden Scheite klang sonderbar unwirklich, als wäre es der einzige Laut in einer Welt aus Stille. Niemand sprach, auch nicht, als Talianna und Gedelfi näher kamen und sich schweigend in dem Kreis erschöpfter Gestalten niederließen. Während des Tages hatten sie alle auf ihre Weise auf das Unvorstellbare reagiert, das sie gesehen hatten: die einen mit Weinen und Wehklagen, andere mit Flüchen und Verwünschungen oder beidem, und eine Frau, deren Namen Talianna nicht kannte, war stundenlang durch die verkohlten Trümmer gestolpert und hatte den Namen ihres Mannes geschrien, bis einer der anderen sie mit einem Schlag ins Gesicht zum Verstummen gebracht hatte. Jetzt aber waren sie alle in brütendes Schweigen verfallen.

Talianna registrierte mit einer Art teilnahmslosem Entsetzen, dass sie noch immer nur elf waren, und mit einem Male war sie vollkommen sicher, dass sie auch nicht mehr werden würden. Die anderen, die in blindem Entsetzen aus der Stadt und in die Minen jenseits des Flusses geflohen waren, würden nicht mehr kommen. Der Tod musste sie auch in ihrem hundert Meter tief unter der Erde liegenden Versteck erreicht haben.

Musste? Beim Schlund – sie hatte die Feuersäule gesehen, die aus dem Berg gebrochen war wie aus dem Herzen eines lavaspeienden Vulkans!

Mit dem Abend stieg ein kühler Hauch vom Fluss auf, und Talianna rutschte ein wenig näher ans Feuer heran. Absurderweise musste sie daran denken, dass heute ein Feiertag gewesen war, der höchste Feiertag Stahldorfs überhaupt, und dass sie, auch wenn es anders gekommen wäre, jetzt um ein Feuer gesessen hätten, nur nicht elf, sondern dreitausend, und nicht verstummt vor Entsetzen und Schmerz, sondern lachend und fröhlich und viele von den Erwachsenen betrunken und ausgelassen.

Einen Moment lang fragte sie sich, ob es vielleicht eine besondere Ironie des Schicksals gewesen war, dass ihr dieser Tag das Leben gerettet hatte, ihr und den anderen. Wären sie und Gedelfi und die neun anderen Männer und Frauen nicht kurz vor Dunkelwerden noch einmal in den Wald hinaufgegangen, um Dämmerpilze für das große Festessen am nächsten Tag zu sammeln, wären auch sie jetzt tot. Und ganz plötzlich wusste sie, dass es kein Zufall gewesen war.

Stahldorf war eine gewaltige Stadt gewesen – wenigstens für die Begriffe eines zehnjährigen Kindes wie Talianna –, und es gab im ganzen Jahr wohl nur einen einzigen Abend, an dem alle ihre Einwohner in den Häusern waren, in dem sie ihre Arbeit in den Minen oder am Fluss, ihre Felder und Kohlemeiler im Wald verließen und gemeinsam das Mittsommerfest vorbereiteten.

Oh ja, dachte sie bitter. Sie hatten genau gewusst, warum sie ausgerechnet an *diesem* Abend gekommen waren, diese großen finsteren Gestalten auf ihren gewaltigen Tieren.

Die Frau rechts neben Talianna bewegte sich. Sie sah auf, blickte Talianna und Gedelfi an und fuhr sich mit dem Handrücken über die Augen. Sie sah aus wie jemand, der unvermittelt aus einem sehr tiefen Schlaf erwacht war. »Sie sind alle tot«, murmelte sie. Dann lächelte sie, und ihre Augen funkelten wie die einer Wahnsinnigen. »Niemand lebt mehr. Sie sind alle tot.«

Talianna erkannte sie jetzt – es war die Frau, die geschlagen worden war, weil sie stundenlang den Namen ihres Mannes geschrien hatte. Jetzt waren ihre Tränen versiegt. Ihre Stimme klang überrascht und milde verärgert. »Sie sind selbst schuld, nicht wahr? Sie haben es doch gewusst, oder nicht?« Die Frage war an niemanden gerichtet, und niemand antwortete; trotzdem richtete sie sich plötzlich stocksteif auf, sah sich mit kleinen hektischen Bewegungen um und fragte noch einmal: »Sie wussten es doch, oder?«

»Halt endlich das Maul, Weib«, murmelte der Mann, der sie schon einmal zum Schweigen gebracht hatte. Talianna wusste seinen Namen nicht, aber sie kannte ihn: in einer Stadt von dreitausend Seelen gab es kaum jemanden, den sie *nicht* gekannt hätte. Er war Händler gewesen und hatte ein prachtvolles Haus am unteren Ende der Straße gehabt, dort, wo jetzt nur der poröse schwarze Ozean aus Eisen die Erde bedeckte. Talianna erinnerte sich, dass er immer sehr freundlich zu ihr gewesen war, und dass sie ihn gemocht hatte, wie man einen Fremden mögen kann, den man nur vom Sehen kennt. Er war sehr groß: ein Mann von fast zwei Metern, mit den Händen eines Schmiedes und der sanften Stimme eines Priesters. Jetzt klang seine Stimme rauh seine Hände waren schwarz und blutig vom Graben in den Trümmern, und irgendeine düstere Magie hatte ihn zur Statur eines großen, buckeligen Zwerges schrumpfen lassen.

»Aber sie hat recht«, sagte Gedelfi leise. »Und du weißt es. Wir alle haben es gewusst.«

Der Mann ballte zornig die Fäuste und warf Gedelfi einen drohenden Blick zu, den der Alte natürlich nicht sehen konnte. »Du sollst schweigen!«, sagte er drohend. »Ich kann euer Gewinsel nicht mehr hören!«

Gedelfi verstummte tatsächlich, denn wenn er auch die drohende Gebärde des Riesen nicht sehen konnte, hörte er umso deutlicher den hysterischen Unterton in seinen Worten. Die Frau jedoch verstummte nicht, sondern begann im Gegenteil leise und sehr schrill zu kichern. »Wir haben es alle gewusst, Aru«, sagte sie, und Talianna erinnerte sich jetzt, dass dies auch der Name war, den sie geschrien hatte. Sie antwortete nicht auf die Worte des Riesen, sondern sprach mit ihrem toten Mann. »Es ist die Strafe der Götter. Unsere Eltern haben es uns gesagt, so wie ihre Eltern es ihnen gesagt haben. Die Alten haben gewusst, dass es geschehen würde.«

»Gewusst!« Der Riese spie in die Flammen. »Dummes Geschwätz. Die Götter! Ha! Das waren …«

»Sie haben es gewusst«, beharrte die Frau. »Und auch wir. Sie haben gewartet, weil ihre Geduld groß ist, aber jetzt sind sie gekommen und haben uns bestraft.«

»Wenn du nicht gleich das Maul hältst, werde *ich* dich bestrafen, blödes Weib«, sagte der Riese. Aber sein Zorn war aufgebraucht. Er sagte es in einer Art, die deutlich machte, dass er seine Drohung nicht wahrmachen würde.

Talianna hörte der bizarren Unterhaltung mit einer Mischung aus Neugier und Verwirrung zu. Irgendwie glaubte sie zu spüren, dass die Worte der Frau nicht nur das Gestammel einer Wahnsinnigen waren, sondern eine Wahrheit enthielt, von der sie bisher nichts gewusst hatte.

Die Götter?, dachte sie. Von welchen Göttern sprach die Frau? Es gab Dutzende von Göttern allein hier im Dorf, Tausende auf der ganzen Welt, und vielleicht hatte jeder Mensch, der überhaupt lebte, seinen ganz persönlichen Gott.

Aber Götter ritten nicht auf flammenden Drachen durch den Himmel.

4

Der nächste Morgen fand sie auf einer Ebene aus erstarrtem Eisen stehend, die Augen rot vor Müdigkeit, zitternd vor Schwäche, mit klopfendem Herzen und den Reitern entgegenblickend, die über den Hügel kamen. Im blassen Licht der Sonne, die erst zu einem Drittel über den Horizont gestiegen war, wirkten sie wie schwarze Scherenschnitte, zwei, drei Dutzend oder mehr, die sich den Hügel hinabbewegten und dabei auf breiter Front ausschwärmten.

Sie war nicht allein, denn bis auf Gedelfi und die verrückt gewordene Frau waren ihr alle gefolgt, die ihren Schrei gehört hatten, um den Männern entgegenzueilen.

Talianna hatte Angst. Es war ihr unmöglich, still zu stehen, denn der Boden unter ihren Füßen war so heiß, dass ihre Sohlen schmerzten. Unter der Decke aus erstarrtem Eisen musste noch immer Glut sein, als wäre die Erde so tief verwundet, dass sie Feuer blutete. Etwas an diesen Reitern erschreckte sie, und ein Blick in die Gesichter der anderen zeigte ihr, dass sie mit diesem Gefühl nicht allein war.

Natürlich hatten sie auf sie – oder jedenfalls Männer *wie* sie gewartet. Das ungeheure Feuer musste gesehen worden sein, und die Menschen würden von überallher herbeiströmen, um zu helfen. Tatsächlich hatte sich mehr als einer während der Nacht schon gewundert, dass es so lange dauerte, bis Hilfe oder wenigstens die ersten Neugierigen eintrafen; denn die nächstgelegene Stadt lag nur einen halben Tagesritt entfernt, und tatsächlich war der Weg von dort nach Stahldorf in dieser Nacht bereits mit den Leichen derer gepflastert, die sich aufgemacht hatten, um ihnen zu helfen. Aber das ahnten weder Talianna noch einer der anderen. Nein – sie spürten nur, dass irgendetwas an diesen Reitern nicht so war, wie es sein sollte.

Es waren sehr viele, und als sie näher kamen, erkannte Talianna, dass nicht alle von ihnen menschliche Wesen waren, und längst nicht alle auf Pferden ritten. Und auch ihre Art, sich der Stadt zu nähern – auf breiter Front und langsamer, als es beim Anblick einer zerstörten Stadt und einer Hand voll Überlebender zu erwarten wäre – erinnerte Talianna auf bedrückende Weise viel eher an den Anblick einer heranrückenden Armee als eines Hilfstrupps.

Keiner von ihnen rührte sich, während die Reiter näher kamen. Etwa ein Dutzend von ihnen näherte sich der kleinen Gruppe verängstigter Menschen bis auf wenige Schritte und hielt an, während die übrigen in einer weit ausholenden Zangenbewegung die Stadt einzuschließen begannen. Die Pferde bewegten sich unruhig auf dem heißen Boden. Ihre Reiter hatten Mühe, sie im Zaum zu halten. Es roch ganz leicht nach heiß gewordenem Horn.

Talianna blickte mit klopfendem Herzen zu den Reitern empor. Die Männer waren ausnahmslos groß und von kräftiger Statur, und sie zweifelte nun nicht mehr daran, dass es eine Armee war, der sie gegenüberstanden; denn Kleidung und Waffen der Reiter waren nicht die einfacher Reisender, sondern die von Kriegern.

Die meisten trugen lange Schwerter aus Bronze oder messerscharf geschnittenem Obsidian im Gürtel, andere Äxte oder Keulen, und so mancher eine Waffe, die sie nie zuvor gesehen hatte. Obwohl sie keine Uniformen trugen und ihre Kleider ein bunt zusammengewürfeltes Sammelsurium aus Fellen und Leder und Stoff darstellte, ähnelten sie sich auf schwer in Worte zu fassende Weise. Irgendetwas war in ihren Gesichtern – selbst in denen der drei *Nicht*-Menschen, die bei dem Dutzend Reiter war –, das sie verband.

Talianna fröstelte. Die Männer machten ihr Angst.

Und sie war nicht allein mit diesem Gefühl, denn die acht

Erwachsenen, die mit ihr hergekommen waren, um die Reiter zu begrüßen, schwiegen so verbissen wie sie. Niemand sprach ein Wort der Erleichterung, niemand begann zu weinen oder eilte den Männern entgegen, um sie zu umarmen – nichts von dem, was Talianna erwartet hatte, geschah. Der Anblick des Dutzends waffenstarrender Reiter allein reichte aus, ihnen allen zu sagen, dass sie *Feinden* gegenüberstanden.

Schließlich war es einer der Fremden, der das Schweigen brach. »Was ist hier geschehen?«, fragte er, mit einer Stimme, die in krassem Widerspruch zu seinem vernarbten Gesicht und seinen schwieligen Fäusten stand. Sie klang sehr sanft, trotz des fordernden Tones, den er in seine Worte gelegt hatte.

Niemand antwortete. Der Reiter runzelte die Stirn, schwang sich mit einer überraschend geschmeidigen Bewegung vom Rücken seines Pferdes und maß das kümmerliche Häufchen angstzitternder Überlebender mit einem langen Blick.

Talianna sah jetzt, dass er nicht so groß war, wie es im ersten Moment den Anschein gehabt hatte; was ihn so massig erscheinen ließ, war wohl eher der fellbesetzte Lederpanzer und der wuchtige Helm, den er trug. Aber er war sehr kräftig, und seine Bewegungen waren eindeutig die eines Mannes, der es gewohnt war zu befehlen.

»Was hier geschehen ist, habe ich gefragt!«, wiederholte er streng.

»Wir ... sind überfallen worden«, antwortete einer der Männer. »Sie haben die Stadt niedergebrannt und alle getötet.«

»Sie?« Eine schmale Falte kroch unter dem Rand des Helmes hervor und grub sich zwischen die Augen des Kriegers. »Wer? Wie ist dein Name, Bursche, und wo sind die anderen?«

»Mein ... mein Name ist Joffrey, Herr«, stammelte der Mann. Er war blass vor Furcht.

Der Krieger machte eine wegwerfende Handbewegung. »Spar dir den *Herren*«, sagte er grob. »Mein Name ist Hraban. Meine

Männer und ich –« Er machte eine Bewegung zu seinen Begleitern. »– sind Söldner, auf dem Weg nach Osten. Wir haben gehört, dass es dort Arbeit für uns gibt. Aber dieser Teil des Landes liegt mit niemandem im Krieg. Ich muss das wissen, oder?« Er schürzte die Lippen, als warte er auf eine Bestätigung, aber Joffrey schwieg weiter. »Wer also hat euch überfallen, und wo sind die anderen?«

»Wir wissen es nicht, He ... Hraban«, antwortete Joffrey stockend. »Sie kamen in der Nacht, und es ... es ging alles so schnell. Wir hatten uns verborgen.« Der letzte Satz klang wie eine Entschuldigung.

Hraban starrte ihn an. »Was ist mit dir los, Kerl?«, fragte er scharf. »Wir haben das Feuer gesehen und sind geritten wie die Teufel, um euch zu helfen, und ihr belügt uns?« Seine Hand klatschte auf den Gürtel herab. Er war der einzige unter den Männern, der *keine* Waffe trug, aber die Geste allein war eindeutig genug. Und zumindest in Taliannas Augen war es gerade seine Waffenlosigkeit, die ihn viel bedrohlicher erscheinen ließ als die anderen.

»Ich lüge nicht, Herr!«, sagte Joffrey hastig, aber Hraban schnitt ihm mit einer zornigen Handbewegung das Wort ab.

»Du willst mir erzählen, irgendjemand hätte *das hier* angerichtet, ohne dass ihr gesehen hättet, wer?«, meinte er mit einer Geste auf die zerstörte Stadt. Joffrey senkte angstvoll den Blick, und Hraban fuhr mit einem zornigen Laut herum und wandte sich an die Frau rechts neben Talianna.

»Und du?«, schnappte er. »Hast du auch dein Gedächtnis verloren?«

»Nein, Herr«, antwortete die Frau flüsternd. »Es ist nur, dass ...«

»Es waren die Drachen«, sagte Talianna ruhig.

Hraban blinzelte, legte den Kopf auf die Seite, lächelte flüchtig und wurde sofort wieder ernst. »Was hast du gesagt, Kind?«

Eine Hand legte sich auf Taliannas Schulter, und eine Stimme sagte: »Hört nicht auf sie, Hraban. Sie ist ein dummes Kind. Der Schrecken hat ihr den Verstand verwirrt.«

»Mir scheint eher, sie ist die Einzige von euch, die bei klarem Verstand geblieben ist«, grollte Hraban. »Lasst sie reden.«

Er trat auf Talianna zu, ließ sich vor ihr in die Hocke sinken und legte die Hand auf ihre Schulter, eine Berührung, die an die Gedelfis vom vergangenen Abend erinnerte. Obgleich Hrabans Finger nur ganz leicht auf ihr ruhten, spürte sie die gewaltige Kraft, die darin schlummerte. Sie suchte vergeblich in ihrem Inneren nach einem Anzeichen von Angst.

»Es waren die Drachen, Herr«, sagte sie noch einmal. »Ich ... ich habe sie gesehen, ganz deutlich. Sie kamen von Norden und ... und sie haben Feuer gespuckt und alles zerstört.«

»Nun, alles nicht«, sagte Hraban lächelnd. »Immerhin lebt ihr ja noch, und sicher auch noch andere.« Er lächelte abermals, verlagerte sein Körpergewicht ein wenig und richtete sich schließlich wieder auf. Mit einer abrupten Bewegung wandte er sich um und deutete auf einen seiner Begleiter. »Denon! Gib diesem undankbaren Gesindel zu essen und zu trinken und lass den Wundheiler kommen. Die Männer sollen ihr Lager am Fluss aufschlagen. Ein Stück stromaufwärts, verstehst du? Ich will nicht, dass die Tiere womöglich vergiftetes Wasser saufen.«

Der Angesprochene nickte, wendete sein Pferd und sprengte davon, während zwei, drei der anderen Krieger umständlich von ihren Tieren stiegen und ihre Wasserschläuche von den Sattelriemen lösten. Auch Talianna überwand den kleinen Rest von Angst, den sie noch vor diesen Furcht erregenden Gestalten verspürte, und griff gierig zu, als ihr ein Wasserschlauch hingehalten wurde.

Sie trank sehr viel, denn ihre Kehle war vom stundenlangen Weinen ausgedörrt, und kaum hatte sie den schlimmsten Durst gelöscht, da spürte sie, wie hungrig sie war. Aber sie wagte es nicht, nach Essen zu fragen, und schließlich hatte Hraban ja gesagt, dass Denon ihnen Nahrung bringen sollte.

»Komm her zu mir, Kind«, sagte Hraban, als sie ihren Durst gelöscht und den Wasserschlauch zurückgegeben hatte. Er lächelte bei diesen Worten, aber Talianna zögerte. Nervös blickte sie zu den anderen hinüber, die gleich ihr das Wasser angenommen hatten und gierig tranken. Aber die Nervosität – nein, verbesserte sie sich in Gedanken: die *Angst* – auf ihren Zügen war geblieben.

»Ich … weiß nicht«, sagte sie.

Für einen ganz kurzen Moment sah Hrabans Gesicht aus, als wolle er wütend lospoltern, aber dann seufzte er nur, schüttelte den Kopf und drehte sich mit einem knappen Winken um. »Komm mit«, sagte er.

Talianna gehorchte, wenn auch erst nach einem abermaligen, sehr langen Zögern. Sie entfernten sich ein gutes Stück von den Reitern und den anderen, ehe Hraban stehenblieb und sich zu ihr umwandte. Wie zuvor ließ er sich in die Hocke gleiten, sodass ihre Gesichter auf gleicher Höhe waren. Ein Sonnenstrahl ließ etwas an seinem Hals aufblitzen, und als Talianna genauer hinsah, erkannte sie, dass es ein roter Stein war, geformt wie eine blutige Träne und von einem feinen Filigran aus Gold und Jade eingefasst.

Hraban bemerkte ihren Blick. Mit spitzen Fingern hielt er den Stein hoch, so weit es das goldene Kettchen zuließ, an dem er befestigt war. »Gefällt er dir?«, fragte er.

Talianna nickte. »Ich habe noch nie etwas so Schönes gesehen«, bekannte sie.

»Er ist sehr wertvoll«, sagte Hraban leise. Dann ließ er den Stein wieder sinken und sah sie mit plötzlichem Ernst an. »Aber jetzt erzähle. Und nur keine Angst – wir sind nicht eure Feinde, sondern wollen euch helfen.« Er bemerkte den flehenden Blick, den Talianna zu den anderen zurückwarf, und runzelte die Stirn, jetzt doch sichtlich verärgert. »Glaube bloß nicht, dass ich euch nicht verstehe«, sagte er. »Deine Leute haben alles verloren und sind fast umgebracht worden. Es wäre ja unnormal, wenn sie keine Angst hätten, sich plötzlich einer Armee von Fremden gegenüberzusehen. Aber ich muss wissen, was passiert ist. Wir sind nicht sehr viele, und die, die eure Stadt vernichtet haben, könnten zurückkommen. Das verstehst du doch, oder?«

Talianna nickte. »Es ... es waren wirklich die Drachen«, sagte sie stockend. »Ich habe die Wahrheit gesagt, Herr.«

»Drachen.« Hraban schwieg einen Moment. »Ich habe davon gehört. Aber ... die meisten sagen, dass es sie gar nicht gibt. Ich bin viel herumgekommen in der Welt, aber ich habe niemals einen gesehen. Und auch keiner meiner Männer.«

»Aber es war so!«, sagte Talianna ärgerlich. Sie fühlte sich angegriffen, weil Hraban ihr so ganz offensichtlich nicht glaubte. »Ich sage die Wahrheit.«

»Drachen ...«, murmelte Hraban noch einmal, diesmal aber mit gänzlich anderer Betonung. Der Blick seiner dunklen Augen glitt über die Ebene aus geschmolzenem Eisen und das, was von der Stadt übrig geblieben war. Schließlich nickte er. »Es ist schwer zu glauben. Aber ich habe niemals eine Zerstörung wie diese hier gesehen. Keine Waffe, die ich kenne, könnte so etwas tun.« Einen Moment lang blickte er zu Boden, dann sah er Talianna wieder in die Augen. »Wie habt ihr überlebt, wenn alles so schnell ging, wie dieser Joffrey sagt? Sind noch andere geflohen?«

»Niemand, Herr«, antwortete Talianna, die plötzlich wieder den Tränen nahe war. »Wir waren nicht hier, als es geschah, sondern oben im Wald.« Sie deutete auf die struppige Mauer aus schwarzen Tannen, eine halbe Meile über der Stadt. »Morgen ... gestern war Mittsommerfest. Wir wollten Dämmerpilze sammeln, für das Essen, und der alte Gedelfi weiß die besten Stellen, um sie zu finden.«

»Und dann habt ihr euch im Wald versteckt?«

Talianna schüttelte heftig den Kopf. »Nicht im Wald. Ein paar haben es versucht, aber die Drachen haben sie gefunden.« Erneut deutete sie auf die grüne Mauer über der Stadt. Auch der Wald hatte Wunden. Wenn die Sonne vollends aufgegangen war, würde man sie sehen. »Es gibt einen alten Bergwerksschacht.«

»Und der hat euch geschützt?«

Talianna nickte.

»Dann gibt es doch sicher noch mehr von diesen Schächten.«

»Drüben, auf der anderen Seite des Flusses.« Talianna nickte. »Viele. Manche sind sehr tief.«

»Kannst du sie mir zeigen?«, fragte Hraban, und fügte hinzu: »Später. Wenn du gegessen und dich ausgeruht hast.«

»Warum wollt ihr das alles wissen, Herr?«, fragte Talianna.

Hraban lächelte. »Nun, wenn ihr überlebt habt, warum dann nicht auch andere? Wäre dir wohl bei dem Gedanken, dass sie jetzt vielleicht dort eingesperrt sind, möglicherweise so verschüttet, dass sie aus eigener Kraft nicht mehr herauskämen?« Er beantwortete seine eigene Frage mit einem Kopfschütteln und seufzte. »Na, das wird sich alles ergeben«, fuhr er fort. »Keine Angst mehr, Kleine. Meine Männer und ich sind hier, und wir werden nach den Überlebenden suchen.« Er stand auf. »Aber jetzt sorgen wir erst einmal dafür, dass du etwas Warmes zu essen bekommst. Und der Wundscher wird sich deine Hände ansehen. Komm jetzt.« Damit wandte er sich um und ging zu den anderen zurück, und nach einer Weile folgte ihm Talianna.

5

Etwas später brachte Hraban sie zu Gedelfi zurück, und ganz wie er versprochen hatte, brachten einige seiner Männer zu essen: trockenes Fladenbrot und gedörrtes Fleisch, das so zäh war, dass man es nur schneiden und in kleinen Stückchen kauen und dann ganz herunterschlucken konnte. Trotzdem kam es Talianna vor wie das Köstlichste, was sie jemals gegessen hatte; denn ihre letzte Mahlzeit lag einen Tag und zwei Nächte zurück.

Auch die anderen machten sich gierig über die dargebotenen Lebensmittel her und tranken sogar von dem Wein, den ihnen Hrabans Männer reichten. Überhaupt legte sich das Misstrauen Hrabans Leuten gegenüber merklich, vor allem, als die Söldner eine halbe Meile stromaufwärts ihr Lager aufzuschlagen begannen und kurz darauf ein kleiner, weißhaariger Mann zu ihnen kam, um nach ihren Wunden zu sehen und ihnen Medizin zu reichen. Mit Ausnahme Gedelfis war keiner unter ihnen, der nicht auf die eine oder andere Weise verletzt war, wenn auch nicht schwer. Aber auch ein abgebrochener Fingernagel konnte sich entzünden und zum Verlust der Hand führen, wenn er nicht behandelt wurde, wie der Wundscher lächelnd erklärte.

Während er und zwei schweigende Krieger aus Hrabans Begleitung sich um die Überlebenden kümmerten, waren die anderen nicht untätig. Talianna sah, wie sie in kleinen Gruppen ausschwärmten, um die Ruinen zu durchsuchen oder in den Wald eindrangen, den sie Hraban gezeigt hatte. Eine weitere, etwas größere Gruppe versuchte sogar, über die Brücke zu gehen, gab das Vorhaben aber rasch auf, als die ausgeglühte Konstruktion schon unter dem Gewicht des ersten Mannes bedrohlich zu ächzen begann. Sie gingen zurück und verschwanden wieder in ihrem Lager, und kurze Zeit später hörte Talianna das dumpfe, regelmäßige Dröhnen von Hammerschlägen.

»Was ist das?«, fragte Gedelfi. Er sah auf, legte den Kopf auf die Seite und lauschte einen Moment. Seit Talianna zurückgekommen und ihm berichtet hatte, was geschehen war, hatte er kein Wort gesagt. Hätte er sich nicht ab und zu schweigend bewegt oder beim Essen geschmatzt, hätte sie glatt vergessen, dass es ihn überhaupt noch gab.

Talianna blickte konzentriert zum Lager der Söldner hinüber, presste die Augen zu schmalen Schlitzen zusammen und strengte die Augen an. Sie war sich nicht ganz sicher. »Sie bauen etwas«, murmelte sie. »Ein Floß – glaube ich.«

»Ein Floß? Wozu?«

»Um über den Fluss zu kommen, alter Mann.«

Talianna fuhr erschrocken zusammen und herum, als sie Hrabans Stimme hörte. Der Krieger war so lautlos näher gekommen, dass sie ihn bis jetzt nicht einmal bemerkt hatte. »Die Brücke ist zerstört. Siehst du das denn nicht?«

Gedelfi – der anders als Talianna nicht die geringste Spur von Schrecken oder auch nur Überraschung zeigte – wandte betont langsam den Kopf und blickte zu Hraban hoch. Auf dem Gesicht des Söldners erschien ein betroffener Ausdruck, als er die matt gewordenen Augen Gedelfis sah.

»Du bist blind«, murmelte er. »Das wusste ich nicht. Ich habe meinen Leuten Befehl gegeben, über den Fluss zu setzen und drüben in den Wäldern nach Überlebenden zu suchen. Vielleicht gibt es Verletzte, unten in den Minen, von denen das Mädchen erzählte.« Er setzte sich zu ihnen, beugte sich vor und schnitt einen schmalen Streifen Dörrfleisch ab, um darauf herumzukauen, aber sicher nicht aus Hunger.

»Wie geht es dir, Kind?«, fragte er, wieder an Talianna gewandt. »Besser?«

Talianna nickte. »Danke. Das ... Essen war sehr gut. Ich hatte Hunger.«

Hraban lachte, als hätte sie einen Scherz gemacht, hob die

Hand und zerstrubbelte ihr das Haar. »Du kannst noch mehr bekommen, wenn du willst«, sagte er. »Es schmeckt vielleicht nicht so gut wie das, was ihr gekocht habt, aber es macht satt und stark.«

Gedelfi blickte Hraban aus seinen erloschenen Augen an. Seine Hände begannen mit einer Falte seines Gewandes zu spielen. »Ist das der Mann, von dem du erzählt hast, Talianna?«, fragte er.

»Das bin ich«, antwortete Hraban an Taliannas Stelle. »Was hat sie denn erzählt?«

»Dass Männer gekommen sind, die uns helfen wollen«, antwortete Gedelfi. »Aber ich weiß, wer ihr wirklich seid.«

»So?« Hraban lächelte noch immer, aber es war ein anderes Lächeln. Irgendetwas darin war erloschen, und dafür war etwas anderes, Lauerndes, hinzugekommen. »Weißt du das, alter Mann? Wer glaubst du, wer wir sind?«

»Ihr bringt den Tod«, sagte Gedelfi ernst. »Das weiß ich.«

Hraban lächelte noch immer, aber jetzt sah es wirklich gequält aus. Er widersprach dem Blinden nicht, aber er warf Talianna einen raschen Blick zu, der *nimm-es-ihm-nicht-übel-was-geschehen-ist-war-zu-viel-für-ihn* sagte. Laut antwortete er: »Im Moment bringen wir euch nur Essen und unseren Wundscher, Alter. Und später bringen wir euch von hier fort.«

»Wohin?«, fragte Talianna. Der Gedanke, von hier fortgehen zu sollen, erschreckte sie. Andererseits – was sollte sie noch hier? All ihre Leute waren tot, und es gab nichts mehr, was sie wieder aufbauen konnten, schon gar nicht für ein zehnjähriges Mädchen und einen blinden Mann.

Hraban zuckte mit den Achseln und warf das angelutschte Stück Fleisch in die Flammen. »Wir werden sehen«, sagte er. »Mit uns kommen könnt ihr nicht, aber irgendwo bringen wir euch schon unter. In einer anderen Stadt.« Abermals zuckte er mit den Achseln, dann stand er auf, wischte die Hände an einem

Zipfel seines schwarzen Bärenfell-Umhanges sauber und sah Talianna erwartungsvoll an. »Willst du unser Lager sehen?«

Talianna wollte ganz eindeutig. Nachdem sie ihre Furcht verloren hatte, hatten die zum Teil bizarren Gestalten in Hrabans Begleitung rasch ihre Neugier erweckt. Aber sie zögerte trotzdem zu nicken.

»Geh ruhig, Talianna«, sagte Gedelfi, der ihr Schweigen richtig deutete. »Ich bin sicher hier. Und die anderen sind ja auch noch da.«

Talianna sprang auf und eilte an Hrabans Seite. Sie ließ es sogar zu, dass er sie bei der Hand nahm und neben sich herführte, obgleich ihr eine solche Behandlung unter normalen Umständen als viel zu kindlich vorgekommen wäre.

»Wer ist dieser alte Mann?«, erkundigte sich Hraban, während sie am Ufer entlang auf das Lager zugingen. »Dein Großvater?«

Talianna verneinte. »Er ist kein Verwandter«, sagte sie. »Wir sind ...« Sie suchte einen Moment nach dem richtigen Wort und fand es nicht. »Er ist blind, wisst Ihr?«, setzte sie schließlich von neuem an. »Und ich führe ihn. Ich sage ihm, was ich sehe, und er erzählt mir dafür Geschichten. Manchmal«, fügte sie hinzu.

Tatsächlich war es sicherlich ein Jahr her, wenn nicht länger, dass Gedelfi ihr das letzte Mal eine Geschichte erzählt hatte. Sie mochte seine Geschichten, auch wenn sie meistens düster waren und keinen guten Ausgang hatten. Früher einmal war Gedelfi bei allen Kindern – und auch so manchen Erwachsenen – seiner Geschichten wegen sehr beliebt gewesen. Aber seit einer Weile erzählte er nichts mehr, und wenn Talianna es recht bedachte, war das nicht alles. Gedelfi war sonderbar geworden in den letzten Monaten. Vielleicht, dachte sie, begann er allmählich *wirklich* alt zu werden.

»Was mag er damit gemeint haben – wir bringen den Tod?«, fragte Hraban.

Talianna zuckte nur hilflos die Achseln. »Ich weiß nicht. Vielleicht ist er einfach alt.«

Hraban lachte. »Oh ja«, sagte er. »Und alte Leute reden oft Unsinn, wie? Aber manche behaupten, dass gerade die Alten die Wahrheit sagen.« Er lachte noch einmal, blieb plötzlich stehen und deutete auf das schwarz gewordene Skelett eines Hauses, das so schräg dastand, dass es eigentlich längst hätte umkippen und in den Fluss stürzen müssen. Die ihnen zugewandte Seite des Hauses war zusammengebrochen, sodass man in sein Inneres sehen konnte. Unter den Trümmern waren deutlich die gewaltige Esse und ein ganzes Sammelsurium von Ambossen, Schmiedehämmern und anderen Werkzeugen zu erkennen. »Ihr habt Eisen und Stahl gemacht, nicht wahr?«

Talianna nickte. »Und andere Dinge aus Metall.«

»Ihr auch?« Hraban sah ihr verwirrtes Stirnrunzeln und konkretisierte seine Frage: »Deine Leute, meine ich. Deine Familie.«

»Wir nicht.« Talianna schüttelte heftig den Kopf. »Mein Vater hat ... er war Händler. Wir haben Obst verkauft, Gemüse, auch ein paar Stoffe – alles, was man so braucht, eben.« Sonderbar warum hatte sie das Gefühl, sich verteidigen zu müssen? Hrabans Frage war sicherlich nicht sehr taktvoll, bedachte man, dass sie ihre Familie vor nicht einmal zwei Tagen verloren hatte. Aber es fiel ihr schwer zu glauben, dass dieser zwar sehr finstere, aber freundliche Mann irgendetwas Böses von ihr wollte.

Aber sie hatten das Lager jetzt erreicht, und was Talianna sah, ließ sie Gedelfis düstere Worte auf der Stelle vergessen. Die Söldner hatten einen langgezogenen Halbkreis aus Zelten am Flussufer errichtet, dahinter einen kleinen Pferch, in dem ihre Pferde angebunden waren. Und die gut dreißig Krieger, die noch im Lager zurückgeblieben waren, stellten das bunteste Sammelsurium der verschiedensten Völker und Wesen dar, das sich Talianna nur vorstellen konnte.

Die meisten – nicht alle – von ihnen waren menschlich, aber ihre zum Teil bizarren Kleider und Waffen schlugen Talianna fast sofort in ihren Bann. Für die nächste halbe Stunde war sie einfach nur ein zehnjähriges Kind, das alles ganz genau wissen wollte und Tausende von Fragen hatte, die sie gar nicht alle auf einmal aussprechen konnte. Hraban erwies sich jedoch als geduldiger Führer – er zeigte ihr dieses und jenes, beantwortete ihr alle ihre Fragen und zeigte sich äußerst verständnisvoll, wenn sie etwas nicht gleich begriff. Talianna vergaß sogar das entsetzliche Unglück, das ihnen zugestoßen war, denn das Lager war für sie nicht mehr als ein großer, bunter Jahrmarkt, wenn auch hundertfach interessanter als der, der jedes Frühjahr in Stahldorf stattgefunden hatte.

Nicht alle Reittiere waren innerhalb des Pferches – ein gutes Stück vom Lager entfernt hockten zwei riesige stachelige Kolosse, braun und schwarz und so groß, dass Talianna im allerersten Moment einfach nicht glaubte, dass es lebende Wesen von dieser Größe – und vor allem Masse – überhaupt gäbe. Hraban lächelte, als er sah, wie sie die beiden gepanzerten Giganten mit offenem Mund und runden Augen anstarrte, sagte aber nichts, bis sie ihn schließlich fragte, was um alles in der Welt *das* sei.

»Hornbestien«, antwortete der Söldnerführer. »Du hast noch nie davon gehört?«

Talianna brachte das Kunststück fertig, gleichzeitig zu nicken und den Kopf zu schütteln. Sie hatte von diesen Tieren gehört, so wie sie von vielen Dingen und Wesen gehört hatte, die es gab; irgendwo. Sie hatte auch gehört, dass sie sehr groß und unglaublich stark sein sollten, aber – *das??*

»Willst du sie genauer sehen?«, fragte Hraban freundlich. »Komm mit. Und keine Angst. Sie sind vollkommen harmlos. Für uns«, fügte er geheimnisvoll hinzu.

Talianna hatte ganz entschieden Angst vor den beiden viereinhalb Meter hohen Kolossen, aber sie wagte es nicht, das in

Hrabans Gegenwart zuzugeben. Trotzdem begann ihr Herz wie ein Hammerwerk zu rasen, als sie die Pferdekoppel umgingen und sich den beiden Giganten näherten.

Ein scharfer Geruch, von dem Talianna noch nicht wusste, ob er nun unangenehm war oder nicht, schlug ihnen entgegen, und als sie die beiden Tiere fast erreicht hatten, löste sich ein schwarzgrüner Umriss aus dem Schatten der Giganten und wurde zu etwas, das Talianna fatal an eine aufrecht gehende, menschengroße Kröte erinnerte. Abrupt blieb sie stehen und ließ Hrabans Hand los. Diesmal gelang es ihr nicht mehr ganz, ihr Erschrecken zu verbergen.

Hraban lachte. »Keine Angst, Talianna«, sagte er. »Das ist nur Hrhon. Er und seine Gefährtin reiten diese kleinen Schmusetierchen.«

Talianna musterte Hrhon aufmerksam, trat aber vorsichtshalber einen halben Schritt hinter Hraban zurück. Das Wesen war nicht ganz so groß wie ein normal gewachsener Mensch, dafür aber so breit wie hoch. Der größte Teil seines Körpers wurde von einem eng anliegenden, schimmernden Geflecht aus Bronzeschuppen bedeckt, und auf seinem flachen Schädel saß die lächerliche Karikatur eines Helmes. Seine Hände, die nur drei *Finger* und einen sonderbar deformierten Daumen hatten, waren ein gutes Stück größer als Taliannas Kopf. Auf seinem Rücken hing ein gewaltiger braunschwarzer Schild, von dem Talianna beim besten Willen nicht sagen konnte, ob er nun zu seinem Körper oder zu seiner Bewaffnung gehörte, und sein Gesicht war eindeutig das einer Schildkröte – flach und ohne Ohren oder Nase, mit dunklen Augen und einem sehr breiten, lippenlosen Maul.

»Hrhon ist ein Waga«, beantwortete Hraban ihre unausgesprochene Frage. »Er und Essk kommen aus dem Westen. Aus einem Land, von dem du wahrscheinlich noch nie gehört hast.«

Das Schildkrötenwesen stieß einen zischelnden, hohen Laut aus, und Hraban antwortete mit einem ähnlich klingenden Geräusch, auf das hin sich der Waga umwandte und mit komisch aussehenden Schritten davonging.

»Ihr könnt mit ihm reden?«, fragte Talianna verwundert.

Hraban lachte, als hätte sie einen Scherz gemacht. »Aber natürlich. Er ist kein Tier, Kind, sondern ein denkendes Wesen – wie du und ich. Aber jetzt komm. Du wolltest die Hornbestien sehen.«

Im Grunde hatte Talianna gar keine Lust mehr, sich den Riesentieren noch weiter zu nähern. Ganz gleich, was Hraban behauptete, sie hatte Angst vor den tonnenschweren Kolossen, die wie lebende Felsen vor ihr aufragten. Aber sie wagte es nicht, Hraban zu widersprechen.

Vorsichtig ging sie näher an die Kolosse heran. Die beiden Hornbestien sahen ein bisschen aus wie zu groß geratene Igel, mit all ihren Stacheln und Panzerplatten, fand sie, und sie hatten geradezu lächerlich kleine Köpfe. Sie schienen zu schlafen, und sie hatten sich dabei zusammengerollt wie große Katzen und die Schädel auf die beiden vorderen ihrer insgesamt sechs Beine gelegt. Talianna sah, dass sie eine sonderbare Konstruktion aus Leder und Holz auf dem Rücken trugen. Sättel. Aber sie fragte sich vergeblich, wozu um alles in der Welt man derart riesige und sicher plumpe Reittiere brauchen konnte.

»Sie sind nicht plump«, beantwortete Hraban ihre entsprechende Frage. »Sie sehen vielleicht nicht so aus, aber sie laufen schneller als jedes Pferd, und sie rennen eine Woche, ohne anzuhalten, wenn es sein muss. Und wozu man sie braucht?« Hraban grinste. »Zum Beispiel, um ein Stadttor einzurennen. Oder eine feindliche Armee niederzutrampeln.«

Seine Antwort machte Talianna betroffen, denn für einen Moment hatte sie vergessen, was Hraban wirklich war – nämlich ein Mann, der sein Brot mit Kämpfen und Töten verdiente. Sie sah ihn an, und obgleich er immer noch lächelte, kam er ihr mit einem Male düster und finsterer vor als noch vor Augenblicken. Plötzlich hatte sie ein ganz kleines bisschen Angst vor ihm.

Talianna hatte mit einem Male keine Lust mehr, die beiden Riesentiere zu betrachten, und als Hraban sie fragte, ob sie hinaufsteigen und einmal im Sattel sitzen wolle, lehnte sie ab.

Eine sonderbare Ernüchterung ergriff von ihr Besitz, als sie die wenigen Schritte ins Lager zurückgingen. Hraban bedeutete ihr mit einer knappen Geste, stehenzubleiben und auf ihn zu warten, dann trat er an den Fluss zu den Männern, die mit dem Bau eines einfachen Floßes beschäftigt waren, und redete eine Zeitlang mit ihnen; in einer Sprache, die Talianna nicht verstand. Eine Weile sah sie ihm dabei zu, dann sah sie sich abermals im Lager um, befolgte jedoch seinen Befehl, sich nicht von der Stelle zu rühren. Hrabans Worte, die er sicherlich ohne die Absicht gesprochen hatte, sie zu erschrecken, hallten dumpf hinter ihrer Stirn nach, und mit einem Male erschien ihr alles, was sie sah, anders. Die Zelte und Kleider – und vor allem die Gestalten! – waren noch immer bunt und exotisch, aber jetzt kam ihr ihre Fremdheit viel eher erschreckend als interessant vor.

Dann sah sie etwas, was sie *wirklich* erschreckte. Die Plane eines Zeltes, nicht sehr weit von Talianna entfernt, wurde mit einem Ruck beiseitegeschlagen, und eine wahre Albtraumgestalt trat ins Freie. Im allerersten Moment glaubte Talianna, sich einem kleingewachsenen Mann in einer schwarzglänzenden Rüstung gegenüberzustehen, aber die Illusion hielt nur eine halbe Sekunde, und als sie die Wahrheit begriff, konnte sie einen erschrockenen Schrei nicht mehr unterdrücken.

Drei Schritte vor ihr stand der Urgroßvater aller Käfer.

Er war eine Handspanne größer als sie und ging aufrecht auf vier seiner sechs Beine, was ihm eine absurde, stark nach vorne geneigte Haltung verlieh. Das schwarze Chitin seines Außenskeletts glänzte wie sorgsam poliertes Eisen, und die Augen, groß wie Taliannas Fäuste, blickten mit der nur Insekten möglichen desinteressierten Grausamkeit auf das vor Angst zitternde Menschenkind herab. Die gewaltigen, vielfach geknickten Fühler auf seinem Kopf bewegten sich ununterbrochen, und als das bizarre Wesen einen Schritt auf sie zutrat, vernahm Talianna ein leises Schaben und Rascheln, wie von trockenem Holz, das aneinanderrieb. Es war ein sehr unangenehmes Geräusch.

Eine endlose Sekunde lang stand sie da und starrte das schwarze Ungeheuer an, dann fuhr sie herum, schlug die Hand vor den Mund und rannte los – direkt in Hrabans Arme hinein, der ihren Schrei gehört hatte und zurückgekommen war.

»Was ist los, Kind?«, fragte er. »Du hast geschrien.«

Talianna schlang die Arme so fest um Hrabans Hals, dass er keine Luft mehr bekam und ihren Griff mit sanfter Gewalt lösen musste. Sie wollte antworten, aber der Schrecken schnürte ihr noch immer die Kehle zu.

»Was hast du?«, fragte Hraban noch einmal, dann lächelte er plötzlich. »Oh, du hast dich erschrocken? Doch nicht vor Sixxa?« Er schüttelte den Kopf, stellte Talianna behutsam auf die Füße und drehte sie mit sanfter Gewalt herum, ließ die Hände jedoch auf ihren Schultern liegen.

Der Riesenkäfer war nicht näher gekommen, aber seine schrecklichen Augen starrten Talianna noch immer an, und sie begann noch stärker zu zittern. Ein kleiner, gurgelnder Schrei kam über ihre Lippen.

»Sixxa ist völlig harmlos«, sagte Hraban. »Hast du denn noch niemals einen Hornkopf gesehen?«

Talianna schüttelte heftig den Kopf, während sich das Rieseninsekt halb herumdrehte und ihr nun sein Profil zuwandte, fast, als wolle es ihr Gelegenheit geben, es in aller Ruhe zu studieren. Nicht dass es von dieser Seite irgendwie *schöner* oder auch nur weniger unheimlich gewesen wäre. Alles an ihm war hart und schimmernd und wirkte irgendwie eckig; selbst die Augen, die faustgroße Halbkugeln waren, jede einzelne aus tausenden winziger sechseckiger Facetten zusammengesetzt. Seine Bewegungen waren ruckhaft und unglaublich schnell. Sie erinnerten Talianna an die unheimlichen, abstoßenden Bewegungen von Spinnen.

»Schickt ... schickt es fort!«, sagte sie. »Bitte!«

Hraban seufzte. »Aber er ist völlig harmlos«, sagte er, scheinbar verständnisvoll, aber trotzdem mit einer hörbaren Spur von Verärgerung in der Stimme. Er schien kein sehr geduldiger Mann zu sein.

»Schickt es fort!«, beharrte Talianna. »Es ... es macht mir Angst.«

Hraban seufzte abermals, nahm aber dann die rechte Hand von Taliannas Schulter und gab dem Käferwesen einen Wink. Die Antennen auf Sixxas Kopf zuckten hektisch; ein rasselnder, unangenehmer Laut kam aus seinem dreieckigen Insektenmaul. Aber es wandte sich gehorsam um und verschwand wieder in dem Zelt, aus dem es gekommen war. Als sich die Plane hob, erhaschte Talianna einen kurzen Blick in sein Inneres, und für einen Moment glaubte sie, ruckhafte schwarze Bewegung zu sehen. Etwas glitzerte. Talianna sah rasch weg.

Hraban löste auch die andere Hand von ihrer Schulter, drehte sie abermals herum und ließ sich wieder in die Hocke sinken. »Es tut mir leid, dass Sixxa dich so erschreckt hat«, sagte er. »Ich dachte, dass ihr die Hornköpfe kennt. Sie sind wirklich harmlos, trotz ihres furchteinflößenden Aussehens.« Er lachte. Es klang nicht ganz echt. »In unserem Lager sind viele von ihnen. Sie sind nützlich, und sehr treu. Manche von unseren Kindern reiten auf ihnen.«

Talianna hatte immer noch Mühe, nicht vor Furcht einfach loszuweinen. Sie hatte niemals zuvor im Leben etwas Entsetzlicheres gesehen als das schwarze Albtraumwesen, das Hraban so harmlos als *Hornkopf* bezeichnet hatte. Sie hatte auch niemals zuvor von aufrecht gehenden, intelligenten *Insekten* gehört.

»Sind ... sind sie ... *Nicht-Menschen?*«, fragte sie stockend.

Hraban runzelte die Stirn. »Eine gute Frage«, gestand er, »aber ich weiß es nicht. Manchmal kommt es mir fast so vor, aber ...« Er stockte, blickte einen Moment lang an Talianna vorbei auf das Zelt, in dem der Käfer verschwunden war, dann schüttelte er den Kopf. »Nein, ich glaube nicht. Sie sind nur Tiere, wenn auch sehr gelehrige Tiere. Ich glaube nicht, dass sie denken, so wie du oder ich.«

Der Gedanke beruhigte Talianna ein wenig. Das Schlimmste an Sixxa war vielleicht der Blick seiner Augen gewesen, schimmernd in allen Farben des Regenbogens, in denen eine böse, *abschätzende* Intelligenz gelauert zu haben schien. Die Vorstellung, dass dieses Monster intelligent sein könnte, erfüllte sie mit Grauen, obwohl sie selbst nicht zu sagen vermochte, warum.

Hraban stand wieder auf. Als er weitersprach, klang seine Stimme verändert. »Ich glaube, es war ein bisschen zu viel für dich, Talianna«, sagte er. »Ich bringe dich jetzt zurück zu deinem alten Mann, und du ruhst dich ein bisschen aus. Wenn ich mit meiner Arbeit hier fertig bin, komme ich zu euch, und wir reden noch ein bisschen. Einverstanden?«

Talianna nickte. Hraban brachte sie zu Gedelfi zurück, der schweigend und in unveränderter Haltung vor dem fast heruntergebrannten Feuer hockte, als hätte er sich die ganze Zeit über nicht bewegt. Er sah nicht einmal auf, als er Hrabans und Taliannas Schritte hörte.

Und das Sonderbarste war: Er fragte nicht mit einem einzigen Wort danach, was Talianna gesehen hatte.

6

Es wurde sehr heiß, als die Sonne höher stieg, denn das Mittsommerfest, das ja gestern hätte gefeiert werden sollen, lag wirklich auf dem heißesten Tag des Sommers, wenngleich die Natur sich dem von Menschen geschaffenen Kalender auch in diesem Punkt nur in den allerwenigsten Fällen unterwarf. Aber zumindest war es die heißeste Zeit des Jahres, und das bedeutete selbst hier im Norden Mittagsstunden, in denen sich die Menschen kaum aus den Häusern trauten und auch die Arbeit ruhte, außer in den Minen, in denen es immer Nacht und immer warm war. Hier draußen jedoch, wo es keinen Schutz mehr gab, wurde es beinahe unerträglich, schon lange bevor die Sonne den höchsten Punkt ihrer ruhelosen Wanderung erreicht hatte, und Talianna und die anderen zogen sich in den Schatten einer Ruine zurück, auch wenn die unmittelbare Nähe der geschwärzten Mauern sie mit einem Unbehagen erfüllte, das fast schlimmer war als wirkliche Furcht.

Unterdessen schwärmten Hrabans Krieger in weitem Umkreis aus, um nach weiteren Überlebenden der Katastrophe zu suchen. Das Floß war nach weniger als einer Stunde fertig gewesen und seither drei- oder viermal über den Fluss gependelt, sodass die Suche auch dort drüben fortgesetzt werden konnte, vor allem in den Bergwerken, in denen Hraban noch immer Verschüttete vermutete. Auch ein paar Stahldörfler beteiligten sich an der Suche, wenngleich Hraban keinen Hehl daraus gemacht hatte, wie wenig ihm ihre Hilfe behagte.

Aber sie blieb ohnehin ergebnislos. Die kleinen Gruppen, die Hraban losgeschickt hatte, kamen im Laufe des Tages eine nach der anderen zurück, und sie waren alle allein. Talianna begann endgültig zu begreifen, dass es keine Überlebenden gegeben hatte. Die Vernichtung war ebenso total wie sinnlos gewesen, und es war ja auch alles viel zu schnell gegangen. Auch sie und die anderen zehn verdankten ihr Leben ja schließlich nur einem Zufall. Zwanzig Meter weiter vom Waldrand entfernt und näher an der Stadt wären auch sie getötet worden.

Wie Hraban versprochen hatte, kam er wieder zu ihr, wenn auch erst spät am Nachmittag und nicht, um zu essen. Er kam nicht allein: Das Schildkrötenwesen Hrhon war bei ihm, was die anderen Überlebenden dazu veranlasste, sich hastig ein Stück zurückzuziehen oder zumindest mitten im Gespräch zu verstummen und den Söldner und seinen bizarren Begleiter mit schlecht verhohlener Furcht anzustarren. Nur Talianna zeigte keine Angst; irgendwie glaubte sie zu spüren, dass die grüneschuppte Gestalt wirklich so freundlich und harmlos war, wie Hraban behauptete. Außerdem brauchte sie sich nur den schwarzen Riesenkäfer ins Gedächtnis *zurückzurufen, um* Hrhon schon beinahe schön zu finden.

Hraban sah müde aus, und seine Bewegungen hatten viel von ihrer Ruhe und Kraft verloren und waren jetzt fast fahrig. Seine Kleider waren voller Schmutz und schwarzem Ruß, und Talianna bemerkte einen schwarzen Kratzer auf seiner rechten Wange, der gerade erst zu bluten aufgehört hatte, denn die Kruste darauf war noch sehr hell. Ohne ein Wort zu sagen, ließ er sich mit untergeschlagenen Beinen vor Talianna nieder, legte die Hände auf die Knie und gab seinem reptilischen Begleiter mit einer Kopfbewegung zu verstehen, es ihm gleichzutun. Hrhon hockte sich umständlich zu Boden, zog die Beine unter den Leib und sah nun wirklich aus wie eine Schildkröte, die vor hundert Jahren vergessen hatte, mit dem Wachsen aufzuhören. Der Blick seiner dunklen Augen huschte unstet von Talianna zu Gedelfi und wieder zurück.

»Wer ist gekommen?«, fragte Gedelfi plötzlich. Er sah auf, blickte so genau in Hrabans Richtung, als könne er ihn sehen, wandte plötzlich den Kopf und schnüffelte hör- und sichtbar.

Natürlich, dachte Talianna. Er musste den Waga riechen. Selbst ihr war sein scharfer Reptiliengeruch nicht entgangen, als sie ihm das erste Mal begegnet war.

»Hraban«, antwortete Hraban an Taliannas Stelle.

»Und wer noch?« Gedelfi schnüffelte erneut. »Etwas ist bei dir. Ein *Nicht*-Mensch.«

Hraban nickte. »Hrhon«, sagte er. »Mein Leibwächter. Er ist ein Waga. Die Hälfte meiner Krieger sind *Nicht*-Menschen. Hat Talianna dir nichts davon erzählt?« Bei diesen Worten sah er Talianna so fragend und gleichzeitig vorwurfsvoll an, dass sie unwillkürlich die Arme hob und antwortete: »Er hat nicht gefragt.«

»So?« Hrabans Stirnrunzeln vertiefte sich. »Ist das wahr, alter Mann? Ich dachte immer, Blinde seien besonders begierig, alles zu erfahren, was geschieht.«

»Ich brauche nichts über euch zu erfahren«, erwiderte Gedelfi feindselig. »Ich weiß, wer ihr seid.«

Hraban seufzte, setzte zu einer scharfen Antwort an und beließ es dann bei einem neuerlichen Seufzen und einem unterstützenden Kopfschütteln. »Du glaubst also zu wissen, wer wir sind«, sagte er nur.

Gedelfi schürzte die Lippen. »Ich *glaube* es nicht«, antwortete er betont. »Ich weiß es.«

»Und woher?«, fragte Hraban.

»Ich bin ein alter Mann«, erwiderte Gedelfi. »Ein sehr alter Mann, Hraban. Ich weiß Dinge, die heute nur noch wenige wissen. Ich weiß, welcher Macht ihr dient. Ich wusste, dass ihr kommen würdet, wie die Aasgeier, um das zu vollenden, was die ...« Er stockte einen Moment. »... was die anderen nicht vollbracht haben«, endete er schließlich. Talianna hatte das sehr sichere Gefühl, dass er in Wahrheit etwas ganz anderes hatte sagen wollen.

Hraban maß den Blinden mit einem sehr langen, forschenden

Blick. »Du wusstest es also«, wiederholte er schließlich. Dann lachte er, setzte sich ein wenig auf und machte eine weit ausholende Armbewegung. »Das hier sieht mir aber nicht danach aus, als hätte irgendwer hier *gewusst,* was geschehen würde.«

Gedelfi schnaubte. »Sie waren Narren«, sagte er überzeugt. »Ich habe sie gewarnt, und andere auch. Aber sie haben nicht auf uns gehört, und irgendwann habe ich nichts mehr gesagt.«

»Und gehofft, du könntest dich täuschen«, fügte Hraban hinzu.

Diesmal antwortete Gedelfi nicht sofort. »Nein«, sagte er endlich. »Eher, es könne noch lange genug gutgehen, dass ich es nicht mehr erleben muss. Aber nun ist ja ohnehin alles vorbei. Ich werde sterben, noch ehe ...« Er stockte einen Moment, legte den Kopf in den Nacken und schloss die Augen, und Talianna wusste, dass er auf diese Weise versuchte, die Wärme der Sonne zu spüren und so ihre Stellung am Himmel zu erraten – etwas, das einem Sehenden schier unmöglich gewesen wäre, womit er Talianna und die anderen Kinder aber immer wieder verblüfft hatte. »Noch ehe die Sonne untergeht«, sagte er dann.

»Was redest du für einen Unsinn?«, fragte Talianna erschrocken. »Du wirst nicht sterben, Gedelfi. Du bist unverletzt, und ich gebe auf dich Acht.« Instinktiv streckte sie die Hand nach der des alten Mannes aus, aber Gedelfi entzog ihr seine Finger. Talianna blickte verstört von ihm zu Hraban und wieder zurück.

»Lass nur, Kind«, sagte er, kalt, ohne eine Spur von Trost oder Verständnis, sondern fast aggressiv. »Du meinst es gut, aber ich weiß, was geschehen wird. Wir alle werden sterben.«

»Was redest du nur!«, fuhr Talianna auf. »Wir sind in Sicherheit, Gedelfi. Hrabans Männer werden sich um uns kümmern, und ... und ich bin ja auch bei dir!« Hilfesuchend wandte sie sich an den Söldnerführer. »Sagt doch auch etwas, Hraban«, sagte sie.

Hraban blickte sie an, aber etwas war in seinen Augen, was Taliannas Schrecken eher noch schürte. »Das ist etwas, worüber ich mit dir reden muss«, sagte er. Er deutete auf Gedelfi. »Du magst diesen alten Mann, nicht wahr? Und er braucht dich.«

»Ja«, antwortete Talianna zornig. Hrabans Art, über Gedelfi zu reden, machte sie zornig. Er sprach von dem Blinden wie von jemandem, der nicht hören konnte, dass man über ihn sprach. Sein Verhalten war zumindest unhöflich, wenn nicht verletzend. »Warum fragt Ihr?«

»Weil wir einen alten und noch dazu blinden Mann wie ihn nicht mitnehmen können«, erwiderte Hraban. »Er wäre eine zu große Last für uns. Ganz davon abgesehen, dass ihn das Leben, das wir führen, binnen einer Woche umbrächte.«

»Ich ... ich verstehe nicht«, murmelte Talianna. »Was meint Ihr damit – nicht mitnehmen? Wollt Ihr ihn denn hier zurücklassen?«

Gedelfi schnaubte. »Er meint damit, dass ...«

»Ich meine«, fiel ihm Hraban mit leicht erhobener Stimme und sehr rasch ins Wort, »dass ich nachgedacht habe, über dich und deine Leute, Talianna. Du sagst, deine Familie ist tot. Von diesen Leuten hier ist niemand mit dir verwandt?«

Talianna verneinte, und wieder blickte Hraban sie eine endlose Sekunde lang an. »Ich kann nicht bleiben«, fuhr er fort. »Ein Teil meiner Leute wird noch hierbleiben und tun, was zu tun ist, aber ich muss fort, und zwar noch heute. Was würdest du davon halten, mit mir zu kommen?«, fragte er dann geradeheraus.

»Mit ... mit Euch kommen?«, wiederholte Talianna verwirrt. »Wieso? Ich ... ich meine ... was ... weshalb ...« Sie begann zu stammeln, brach ab und sah beinahe flehend zu Gedelfi; aber natürlich bemerkte der Blinde ihren Blick nicht.

»Mit Euch kommen?«, wiederholte sie schließlich noch einmal.

»Warum nicht?«, sagte Hraban. »Was gibt es hier noch, was das Bleiben für dich lohnte. Niemand wird hierbleiben, und ein zehnjähriges Mädchen ohne Verwandte oder Freunde hat kein sehr angenehmes Leben zu erwarten. Nicht in einem Land wie diesem. Außerdem«, fügte er mit einem entschuldigenden Lächeln hinzu, »muss ich gestehen, dass du mir gefällst. Ich hatte einmal eine Tochter, die dir sehr ähnlich war, in deinem Alter.«

»Oh«, murmelte Talianna betreten. »Das ... das tut mir leid. Woran ist sie gestorben?«

Hraban lachte schallend. »Gestorben? An nichts. Sie lebt und erfreut sich bester Gesundheit, Kind. Aber sie hat einen haarigen Tagedieb aus dem Süden geheiratet und ein halbes Dutzend lärmender Bälger mit ihm bekommen, und ich habe sie davongejagt.« Er beugte sich vor. »Also? Hättest du Lust? Unser Leben ist sicher nicht so bequem und ruhig wie das, das du gewohnt bist, aber dafür spannender. Ich kann dir eine Menge Dinge zeigen, von denen du bisher nicht einmal geträumt hast.«

Einen Moment lang war Talianna ernsthaft in Versuchung, Hrabans Vorschlag anzunehmen, denn der Schmerz über den Verlust ihrer Familie und ihrer Heimat war noch zu frisch, als dass jene Phase betäubenden Kummers eingesetzt hätte, in der einen jegliche Zukunft gleichgültig lässt und das Leben nicht mehr lebenswert erscheint. Außerdem war sie zehn Jahre alt. Aber dann schüttelte sie doch den Kopf und rückte ein Stück näher an Gedelfi heran.

»Nein«, sagte sie. »Ich bleibe bei Gedelfi. Er braucht mich.«

Aber in diesem Moment geschah etwas Sonderbares. Der Blinde entzog ihr abermals seine Hand und schob sie sogar ein Stück von sich fort, und obgleich seine Augen seit zwei Jahrzehnten nur ewige Nacht gesehen hatten, wurde ihr Blick so stechend, dass selbst Hraban plötzlich unsicher wurde. »Du meinst das so, wie du es sagst«, sagte er.

Hraban nickte. »Ja. Ich mag das Mädchen. Wofür hältst du mich, Alter?«

»Für das, was du bist«, antwortete Gedelfi. »Ein hübsches Kind wie sie erzielt einen guten Preis auf dem Sklavenmarkt.«

Die Beleidigung ließ Hraban erbleichen. »Glaubst du, ich würde sie *bitten* mitzukommen, wenn es so wäre?«, fuhr er auf. »Ich sehe niemanden, der mich daran hindern könnte, sie einfach mitzunehmen.« Er ballte die Faust und schlug sich wuchtig auf den Oberschenkel. »Spring in den Schlund, Alter! Ich habe es nicht nötig, mit einem alten Narren zu schachern.«

»Nein«, antwortete Gedelfi, mit einem Male wieder ganz ruhig. »Das hast du nicht, Hraban.« Er legte die Hand auf Taliannas Schulter und schob sie ein Stück auf Hraban zu. »Nimm sie mit.«

Im allerersten Moment war Talianna so überrascht, dass sie Gedelfi nur mit offenem Mund anstarrte. Dann ergriff sie Zorn. Wütend schüttelte sie seine Hand ab und rutschte noch ein Stück weiter von ihm fort. Was fiel diesen beiden ein, wie um ein Stück Eisen um sie zu feilschen?

»Ich werde nirgendwohin gehen!«, protestierte sie. »Ich …«

»Du wirst den Mund halten und tun, was ich dir sage!« Gedelfis Stimme war so scharf und befehlend, wie sie es noch niemals zuvor erlebt hatte. Taliannas gerechter Zorn verrauchte so schnell, wie er gekommen war, und zurück blieben Unsicherheit und Verwirrung.

»Aber du … du brauchst mich!«, sagte sie. »Was willst du ohne mich anfangen?«

»Ich brauche dich?« Gedelfi lachte abfällig. »Was bildest du dir ein, du dummes Kind? Ich brauch dich ungefähr so dringend wie einen Kropf oder ein Geschwür am Hintern.«

Ein Schlag ins Gesicht hätte Talianna nicht härter treffen können. Entsetzt starrte sie Gedelfi an. Ihre Augen füllten sich mit

Tränen. »Aber wir … wir sind doch immer Freunde gewesen«, jammerte sie. »Ich habe dir doch immer geholfen, und du …«

»Geholfen?« Gedelfi machte ein abfälliges Geräusch. »Auf die Nerven gegangen bist du mir, mit deinen dummen Fragen. Manchmal warst du ganz nützlich, das stimmt. Aber das heißt nicht, dass ich dich noch länger ertragen muss.«

Talianna begann zu weinen. Irgendwo in ihr war eine Stimme, die ihr zuflüsterte, dass Gedelfi sie absichtlich verletzte, um ihr die Entscheidung zu erleichtern, und sie wusste einfach, dass es ganz und gar nicht so gewesen war, wie er behauptete. Aber dieses Wissen nutzte wenig. Seine Worte taten weh. Verdammt weh.

Und nach einer Weile stand sie ohne ein weiteres Wort auf und ging zu Hraban. Noch am gleichen Abend verließen sie das zerstörte Dorf an der Flussbiegung für immer.

»Das … ist aber eine sehr traurige Geschichte«, sagte das Mädchen.

Seit langer Zeit waren es die ersten Worte, die eine von ihnen sprach. Die Frau hatte geredet, mit sehr ruhiger, sehr sanfter Stimme, in der etwas von der Trauer mitklang, die das Mädchen selbst verspürte; ein Schmerz, der viel zu gewaltig war, als dass es sein wahres Ausmaß jetzt schon begreifen konnte. Danach hatten sie beide geschwiegen, fast ebenso lange, und auch dieses Schweigen war voller Trauer gewesen.

Jetzt nickte die fremde Frau. Wieder hob sie die Hand und berührte die des Mädchens, und diesmal fuhr das Kind nicht unter der Berührung zusammen, sondern erwiderte den Händedruck der Fremden sogar. Sie hatte das Gefühl, weinen zu müssen, aber sie konnte es nicht.

»Das ist es«, bestätigte die Frau. Sie lächelte. Das Mondlicht zauberte Schatten auf ihre Züge, die sie älter erscheinen ließen, als das Mädchen sie bisher eingeschätzt hatte. Vielleicht so alt, wie sie war. »Sie ähnelt deiner, bis hierhin wenigstens. Auch du bist die letzte Überlebende.«

»Die Letzte?« Das Mädchen blinzelte, drehte den Kopf und blickte zu den Ruinen der brennenden Stadt zurück. Über den Trümmern hing noch immer ein roter Hauch, und mit dem Wind wehte Brandgeruch herbei.

»Was geschah mit den anderen?«, fragte es nach einer Weile, und ohne die Frau anzublicken. »Mit dem Blinden und der verrückten Frau?«

»Hrabans Männer haben sie getötet«, antwortete die Fremde. »Sie waren natürlich keine Söldner, und sie kamen auch nicht zufällig vorbei. Aber das alles hat Talianna erst später erfahren.« Sie zögerte fast unmerklich, und als sie weitersprach, war in ihrer Stimme ein bitterer Klang. »Sehr viel später.«

»Was geschah mit ihr?«, fragte das Mädchen.

»Mit Talianna?« Die Fremde lächelte traurig. »Es gibt sie nicht mehr, Kleines.«

»Hat Hraban sie auch getötet?«, fragte das Mädchen erschrocken. Sie wusste nicht, warum, aber der Gedanke machte ihr Angst. Sie wollte es nicht.

»Getötet?« Die Fremde lächelte. »Nein. Aber er ... machte eine andere aus ihr. Er nahm sie mit zu sich, zu seinen Leuten, weißt du? Und später hat er sie geheiratet.«

»Geheiratet?«, wiederholte das Mädchen ungläubig. »Er?«

»Warum nicht? Talianna war ein hübsches Mädchen und sehr klug. Und sie hatte ja niemanden mehr, zu dem sie gehörte.«

Es fiel dem Mädchen schwer, die Worte der Frau zu glauben, und sie sagte es.

Wieder lächelte die Fremde auf diese sonderbare, fast unheimliche Art. »Du verstehst nicht, warum sie es tat«, sagte sie. »Dabei ist die Antwort sehr einfach. Sie hatte etwas, das ihr Kraft gab. Ihren Hass.«

»Hass?« Das Mädchen verstand nun gar nichts mehr. Wie konnte jemand jemanden aus Hass heiraten?

»Hass«, bestätigte die Frau. »Den gleichen Hass, den auch du jetzt spürst, Kind. Hass auf die, die ihre Familie getötet hatten. Die ihre Heimat verbrannten, ihr Leben vernichteten. Vielleicht spürst du es jetzt noch nicht, aber er wird kommen. Du musst dich dagegen wehren, hörst du? Er ist eine große Kraft, aber er ist nicht gut. Lasse nicht zu, dass er Gewalt über dich erlangt.«

»Aber Talianna ...«

»Talianna existierte schon bald nicht mehr«, unterbrach sie die Frau. »Sie heiratete Hraban und wurde eine andere. Sie änderte sogar ihren Namen und nannte sich nur noch Tally.«

»Tally.« Das Mädchen wiederholte den Namen ein paarmal in Gedanken, ehe sie zu dem Schluss kam, dass er ihr nicht gefiel. Nicht so gut wie Talianna. Sie sagte es.

»Ich weiß«, sagte die Fremde. »Er klingt … härter. Gnadenloser. Und so wurde sie auch. Der Hass zerfraß sie, ohne dass sie es selbst merkte, und wenn, wäre es ihr gleich gewesen, denn er gab ihr auch Kraft. Die Kraft, alles zu erreichen, was sie wollte.«

»Und was war das?«, fragte das Mädchen.

»Rache«, antwortete die Frau. »Macht. Die Macht, die zu finden, die für den Tod ihrer Stadt verantwortlich waren, und zu bestrafen. Sie heiratete Hraban, und fünf Jahre später tötete sie ihn und wurde selbst zur Anführerin der Sippe.«

Die Augen des Mädchens wurden groß vor Staunen, als sie dies hörte, aber die Frau nickte, um ihre Worte zu. bekräftigen. »Sie nahm Hrabans Stelle ein«, sagte sie. »Oh, es war nicht leicht, denn sie war eine Frau, und eine Fremde dazu. Aber der Hass gab ihr die Kraft, ihr Ziel zu erreichen.« Sie schwieg einen Moment, nahm die Hand vom Arm des Mädchens und blickte in den Himmel empor, als suche sie etwas.

»Und was hat sie getan?«, fragte das Mädchen, als die fremde Frau nicht von selbst weitersprach. Seine Neugier war geweckt, und die Geschichte der Fremden half ihr, den entsetzlichen Schmerz in ihrem Inneren wenigstens für eine kurze Weile zu vergessen. Und sie hatte das Gefühl, dass das, was sie hörte, von großer Wichtigkeit war, wenn sie auch nicht wusste, warum.

»Ihre Geschichte ist noch nicht zu Ende«, sagte die Frau. »Sie dachte es, damals, nach Hrabans Tod, aber das stimmte nicht. Sie hasste noch immer, mehr als zuvor, und als es Hraban nicht mehr gab, da suchte sie sich etwas Neues, was sie hassen und bekämpfen konnte …«

2. Kapitel

Der Turm

1

Die Krell-Echse sprang so warnungslos aus ihrem Sandloch, dass selbst Hrhons übermenschlich schnelle Reaktion zu spät kam.

Der Waga stieß den schrillen Warnschrei seines Volkes aus, fuhr im Sattel herum und riss seinen Dolch aus dem Gürtel. Die Waffe zischte dicht über den Hals von Tallys Reitpferd durch die Luft und grub sich mit einem dumpfen Geräusch in den Sand, mit einer Kraft und Schnelligkeit geschleudert, die der einer Kanonenkugel kaum nachstand.

Die Krell-Echse traf sie nicht.

Tally riss im letzten Moment die Arme vor das Gesicht, als sie den gefleckten Schatten auf sich zufliegen sah. Die Krell-Echse prallte gegen sie, klammerte sich mit allen acht Beinen an ihren Arm, ringelte den stahlbewehrten Schwanz um ihren Bizeps und versuchte ihr mit zwei Dutzend winziger, scharfer Krallen das Gesicht zu zerfetzen. Ein brennender Schmerz fuhr durch Tallys Hand, als sich die Kiefer des Miniatur-Monsters um ihren rechten Zeigefinger schlossen und spitze Zähne in ihre Haut eindrangen.

Sie fluchte ungehemmt, drehte das Gesicht von den wirbelnden Klauen weg und packte die Echse mit beiden Händen. Das Tier stieß ein wütendes Zischen aus, veränderte seine Farbe von Schwarzbraun zu einem grellen, lodernden Rot und löste den Schwanz von ihrem Arm, um mit seinem stachelbewehrten Ende nach ihren Augen zu schlagen.

Tally hielt das Tier so weit von sich fort, wie sie nur konnte, betrachtete es einen Augenblick lang mit einer Mischung aus Wut und gelindem Interesse und brach ihm dann mit einer raschen Bewegung das Rückgrat. Die Krell-Echse zuckte noch einmal und erschlaffte plötzlich in ihren Händen.

Tally ließ den Kadaver achtlos in den Sand fallen und sah wütend zu Hrhon auf.

»Du blöder Flachkopf!«, schrie sie. »Kannst du nicht besser aufpassen? Um ein Haar hättest du mit deinem verdammten Dolch mein Pferd getroffen! Wozu nehme ich euch überhaupt mit? Um mich aufzuschlitzen?«

Auf dem geschuppten Reptiliengesicht des Waga war keine Reaktion auf ihre Worte zu erkennen, – was nicht weiter verwunderlich war, dachte Tally mit einer Mischung aus Resignation und Zorn. Wenn man ein Gesicht wie ein fünfzehn Jahre alter Stiefel hatte, den noch dazu ein Mann mit zu großen Füßen getragen hatte und das davon abgesehen nur aus Knochen und Panzerplatten bestand, war es schlechterdings unmöglich, darauf *irgendeine* Reaktion zu erkennen. Aber Hrhon zuckte sichtlich zusammen und senkte den Blick. Tallys Wutausbrüche waren selbst bei den Wagas bekannt und gefürchtet. Es wäre nicht das erste Mal, dass sie Hrhon oder Essk absteigen und stundenlang durch den glühenden Wüstensand zu Fuß hinter sich hergehen ließ. Auf der der Sonne zugewandten Seite der Horntiere, selbstverständlich.

Aber diesmal verzichtete sie auf die Bestrafung. Sie waren ihrem Ziel zu nahe, und sie waren zu lange unterwegs gewesen, um jetzt noch Zeit zu verschwenden. Außerdem entsprang ihre Erregung wohl mehr dem Schrecken als wirklicher Angst. Krell-Echsen waren harmlos: gierige kleine Ungeheuer, die einfach alles angriffen, was sich in ihrer Nähe bewegte, und dabei nur allzu leicht vergaßen, dass sie nur wenig größer als eine normale Männerhand waren. Ihre einwärts gebogenen Fangzähne enthielten in winzigen Hohlröhren ein geradezu mörderisches Gift, das im Bruchteil einer Sekunde zu Krämpfen und in weniger als einer Minute zum Tode führte, allerdings einen kleinen

Schönheitsfehler hatte: es wirkte nur auf Krell-Echsen. Tally hatte mehr als eines dieser angriffslustigen kleinen Mistviecher gesehen, das sich aus lauter Blödheit selbst gebissen und vergiftet hatte.

Nein – dachte sie spöttisch. Krell-Echsen waren eine glatte Fehlkonstruktion der Natur. Einzig die Tatsache, dass die Gehranwüste einer der unwirtlichsten Flecken der Welt war und es hier so gut wie keine größeren Raubtiere gab, hatte sie bisher davor bewahrt, sich aus purer Dummheit selbst auszurotten.

Tally betrachtete das tote Reptil einen Herzschlag lang stirnrunzelnd und deutete dann mit einer wütenden Kopfbewegung auf den flachen Trichter, den Hrhons Dolch in den Sand gegraben hatte.

»Nun steig schon ab und such deine Waffe«, sagte sie ungehalten. »Aber beeil dich gefälligst. Ich will nicht noch mehr Zeit verlieren.«

Hrhons Horntier bewegte sich unruhig, als der Waga damit begann, seine Leibriemen zu lösen. Tally konnte sich trotz allem eines flüchtigen Lächelns nicht erwehren, als sie Hrhon bei seinen Vorbereitungen zusah. Wagas waren Kraftpakete; vierhundert Pfund Muskeln und Sehnen, die massive Eisenholztüren so spielend einrennen konnten, wie ein Mensch ein Blatt Papier zerreißt, und deren Entschlossenheit im Kampf durch keine nennenswerte Gehirnmasse beeinträchtigt wurde. Mit bloßen Händen waren sie nicht zu besiegen, jedenfalls nicht von Menschen und auch kaum von irgendeinem anderen Wesen, das sie kannte. Aber sie bezahlten dafür mit einer Tollpatschigkeit, die sie immer wieder zur Zielscheibe von Spott und Hohn werden ließen.

Selbst Tally amüsierte es immer wieder, einem Waga beim Auf- und Absteigen auf sein Reittier zuzusehen, obwohl sie diesen Vorgang schon unzählige Male beobachtet hatte. Wagas waren so kurzbeinig, dass sie sich im Sattel festbinden mussten, um nicht bei der ersten unerwarteten Bewegung ihrer Horntiere aus vier Metern Höhe in den Sand zu fallen.

Während Hrhon damit fortfuhr, seine Leibriemen zu lösen, trieb Tally ihr Pferd mit leisem Schenkeldruck aus dem Schatten des mächtigen Horntieres heraus und trabte langsam den nächsten Dünenhang hinauf. Das Tier wieherte unwillig, als die sengenden Strahlen der Sonne sein ungeschütztes Fell trafen. Tally achtete normalerweise darauf, stets im Schatten der gewaltigen Horntiere zu bleiben, um die Leiber der beiden stachelbewehrten Ungeheuer wie lebende Schutzschilde zwischen sich und der sengenden Sonne zu haben, und sie spürte erst jetzt richtig, *wie* heiß es wirklich war. Der Wind strich wie eine warme, unangenehme Hand über ihren Rücken, und ihre Augen begannen beinahe sofort zu tränen, als sie aus dem Schatten heraus war. Sie bekam fast augenblicklich Durst.

Unter den Hufen ihres Pferdes wirbelten kleine Sand- und Staubwolken auf, als sie den sanft ansteigenden Hang emporritt. Sie wusste längst nicht mehr, wie viele solcher gleichförmiger Sanddünen sie schon überwunden hatte, seit sie vor zwei Tagen in die Wüste Gehran eingedrungen war. Hunderte sicher, vielleicht Tausende. Sie hatte sie nicht gezählt. Als sie diesen Weg das erste Mal geritten war, vor zehn Jahren (*waren es wirklich erst zehn Jahre? Es kam ihr länger vor. Während dieser Zeit war so viel geschehen, so unendlich viel, und doch so wenig ...*), da hatte sie geglaubt, sich daran gewöhnen zu können.

Aber das stimmte nicht. Die Gehran war etwas, an das man sich niemals gewöhnen konnte, weder sie noch irgendein anderes denkendes Wesen, das sie kannte. Sie war ein Ungeheuer, eine große, schweigende Bestie, die auf eine Unachtsamkeit lauerte, einen winzigen Fehler, irgendeine Nachlässigkeit, um dann sofort und erbarmungslos zuzuschlagen. Kaum einer von denen, die sich zu weit hineinwagten, kam je wieder heraus. Und Tally wusste, dass auch ihr – trotz allem – das gleiche Schicksal bevorstehen konnte, wenn sie auch nur einen Moment in ihrer Wachsamkeit nachließ.

Sie war in Schweiß gebadet, als sie den Hügelkamm erreichte und das Pferd mit einem harten Ruck am Zügel zum Stehen brachte. Auch sie war mit ihren Kräften am Ende. Sie hätte es sich im Beisein ihrer beiden Leibwächter niemals anmerken lassen, aber es gab im Moment kaum etwas, was sie sich sehnlicher gewünscht hätte als einen Schluck eiskaltes Wasser und einen kühlen, schattigen Ort, an dem sie sich zum Schlafen niederlegen konnte.

Tally rieb sich mit Daumen und Zeigefinger der Rechten über die Augen, blinzelte ein paarmal, um die Tränen fortzuzwinkern, und starrte konzentriert nach Norden. Die Wüste schien vor ihren Augen zu verschwimmen, und die hitzegeschwängerte Luft und das gleichförmige Auf und Ab der Dünen gaukelte ihr die Illusion von Bewegung und Leben vor, wo nichts außer glühendem Sand und Öde waren.

Aber sie wusste genau, wonach sie zu suchen hatte, und nach einer Weile glaubte sie in nördlicher Richtung wirklich einen dünnen, verschwommenen Schatten wahrzunehmen. Erneut fuhr sie sich mit der Hand über die Augen, aber das Bild wurde nicht klarer. Hitze und Erschöpfung begannen ihren Preis zu fordern. Trotzdem war sie sich sicher, sich nicht getäuscht zu haben. Sie war diesen Weg zu oft geritten, um ihn noch zu verfehlen. Heute Abend, spätestens beim nächsten Sonnenaufgang, würde sie da sein. *(Und dann? Eine neue Enttäuschung? Nichts als ein weiteres Jahr voller Hass und vergeblicher Hoffnung?)*

Sie drehte sich halb im Sattel herum und sah zu den beiden Waga zurück. Hrhon hatte seinen Dolch mittlerweile ausgegraben und kletterte gerade ungeschickt auf den Rücken seines Tieres zurück. Dass die Hornbestie dabei in den beiden vorderen Beinpaaren einknickte, erleichterte ihm den Aufstieg nur unwesentlich. Das grünbraun geschuppte Reptilienwesen krabbelte wie eine zu groß geratene arthritische Kröte an der Flanke des Horntieres hinauf, wobei es Laute ausstieß, die an das Zischen eines leckenden Wasserkessels erinnerten.

Erneut stahl sich ein dünnes Lächeln in Tallys Mundwinkel. Selbst auf sie wirkten die Waga manchmal wie tollpatschige Gnome aus einem Kindermärchen. Nur wer eine dieser Bestien einmal im Kampf erlebt hatte, wusste, *wie* falsch dieser Eindruck war. Aber es gab nicht sehr viele Menschen, die darüber berichten konnten.

Tally wartete geduldig, bis Hrhon wieder im Sattel und fest verschnürt war und die beiden Horntiere den Hügel hinaufgewalzt waren – es gab keine andere Art, ihre Fortbewegungsweise auch nur annähernd zu beschreiben –, dann lenkte sie ihr Pferd mit einer raschen Bewegung zurück in den Schatten der beiden Ungeheuer und sah zu Hrhon hinauf.

»Reizend, dass du schon fertig bist«, sagte sie. »Wenn es dem Herrn genehm ist, können wir jetzt vielleicht weiterreiten.«

Hrhon schien in seinem Sattel zusammenzuschrumpfen und wich ihrem Blick aus. Seine Hand schloss sich unwillkürlich um den Dolch, den er so mühsam aus dem Sand ausgegraben und wieder in seinen Gürtel geschoben hatte. Es wäre für Tally ein Leichtes gewesen, selbst von ihrem Pferd zu steigen und Hrhons Waffe zu holen – und schneller wäre es auch noch gegangen. Aber der Gedanke war ihr nicht einmal gekommen. Nicht bei Wagas.

Sie wusste, dass sie sich blindlings auf die beiden Reptilienwesen verlassen konnte. Ihre beiden Leibwächter würden ohne Zögern für sie in den Tod gehen, wenn sie es verlangte. Aber Wagas waren ein eigenartiges Völkchen. Wo bei jedem anderen eine gesunde Kombination aus Strenge und Großmut angebracht war, da half bei ihnen nur unnachgiebige Härte.

Besser, man schlug einen Waga zehnmal zu oft als einmal zu wenig.

Sie ritten weiter. Die Sonne sank langsam tiefer, aber es wurde trotzdem nicht merklich kühler, und selbst, als die kurze Dämmerung hereinbrach und in ihrem Gefolge Dunkelheit wie ein großes schweigendes Tier über die Wüste kroch, schien noch immer eine Wolke unsichtbarer Hitze über dem Land zu liegen.

Als es vollends dunkel geworden war, begannen die beiden Horntiere zunehmend unruhiger zu werden, und Tally ritt ein Stück voraus, um nicht durch den zufälligen Schlag eines Schwanzes fünf Meter tief in den Sand hineingetrieben zu werden. Die Horntiere sahen schon bei Tage nicht besonders gut; nachts waren sie praktisch blind. Es kostete die beiden Wagas immer mehr Mühe, ihre Reittiere überhaupt zum Weitergehen zu bewegen.

Schließlich zog Tally die Zügel an und gab Hrhon und Essk das Zeichen zum Anhalten. Sie waren noch mindestens vier oder fünf Meilen von ihrem Ziel entfernt, und Tally wäre gerne noch weitergeritten, denn sie waren ihrem Ziel zu nahe, als dass der Gedanke an die dazwischenliegende Entfernung ihre Ungeduld noch merklich dämpfen konnte. Aber es hatte keinen Sinn, mehr von ihren Begleitern zu verlangen, als sie beim besten Willen zu geben imstande waren. Außerdem musste sie am nächsten Morgen ausgeruht und bei Kräften sein. Einige der Werwesen waren noch immer aktiv, selbst nach all der Zeit, und sie würde jedes bisschen Kraft brauchen.

Während Hrhon und Essk umständlich aus den Sätteln stiegen und damit begannen, das Nachtlager vorzubereiten, ging Tally *auf den* Kamm der nächstgelegenen Düne hinauf. Hrhon wollte ihr folgen, aber sie scheuchte ihn mit einer unwilligen Handbewegung zurück. Sie wollte allein sein, wenigstens für eine Weile, allein mit sich und ihren Gedanken. Den Erinnerungen.

Erinnerungen, die sie immer wieder einholten, wenn sie hierherkam, als wären sie auf geheimnisvolle Weise in den braungelben Sandkörnern gespeichert, wie im Idiotengehirn eines sabbernden Greises. Sie kamen immer. Jahr für Jahr; jedes Mal. Es waren keine schönen Erinnerungen, aber die Bilder hatten sich so tief in ihr Gedächtnis gebrannt, dass sie die Szene so plastisch und klar vor sich sah, als wäre es erst gestern geschehen, vor wenigen Augenblicken, gerade hinter der nächsten Düne, und nicht vor fünfzehn Jahren und am anderen Ende der Welt.

Sie setzte sich in den noch immer heißen Sand, zog die Beine an den Körper und schlang die Arme um die Knie. Irgendwo vor ihr lag der Turm, unsichtbar und verborgen in der Schwärze der Nacht, aber sie konnte ihn spüren. Wieder, wie jedes Mal, wenn sie hierherkam, überkam sie dieses seltsame Gefühl; etwas, was sie nur hier verspürte und das sie nur schwer beschreiben konnte: eine sonderbare Mischung aus Resignation und Enttäuschung und Hoffnung, Hoffnung, die gegen jede Logik war und wohl eher Trotz als irgendeiner anderen Regung entsprang.

Für einen kurzen Moment glaubte sie den Turm fast zu sehen: einen mächtigen, gezackten Schatten, der sich in noch tieferem Schwarz vor der Farbe des Nachthimmels abzeichnete und wie ein mahnender Zeigefinger in die Unendlichkeit wies. Es war hier gewesen, wo sie ihren größten Sieg errungen hatte. Und ihre größte Niederlage. Aber Tally war kein Mensch, der eine Niederlage akzeptierte. Es hatte in ihrem Leben – in dem Leben, das sie seit fünfzehn Jahren führte, nicht in dem davor, aber das lag ohnehin so lange zurück, dass sie kaum mehr als verschwommene und wahrscheinlich falsche Erinnerungen daran hatte – nur zwei Dinge gegeben, vor denen sie sich gefürchtet hatte: Die Drachen und den Tod, und vielleicht waren sie beide ohnehin ein und dasselbe. Die Drachen waren nicht hier, und manche – die meisten behaupteten, dass es sie gar nicht gäbe, und den Tod … nun, die Frist, die ihr noch blieb, bis sie sich ernsthaft mit diesem Thema auseinandersetzen musste, war noch lang, vorausgesetzt, dass ihr nichts Unerwartetes zustieß – wie ein vergifteter Pfeil zum Beispiel oder eine Schwertspitze. Aber darüber würde sie sich Gedanken machen, wenn die Zeit dafür gekommen war.

Der Wind drehte sich für einen Augenblick und trug das dumpfe Grollen der Horntiere und ihren scharfen Raubtiergestank mit sich. Tally drehte nachdenklich den Kopf und sah zu den beiden Ungetümen zurück. Sie standen, blind und verängstigt, eng zusammengedrängt am jenseitigen Ende des Dünentales, aber sie wirkten selbst jetzt, nur als massige schwarze Schatten in der Nacht erkennbar, noch immer gewaltig und furchteinflößend.

Der Anblick brachte Tally für kurze Zeit in die Wirklichkeit zurück. Sie wurde sich wieder völlig der Tatsache bewusst, wo sie war: an einem der unwirtlichsten und auch wohl tödlichsten Flecken der Welt, einem Ort, der im Grunde aus nichts anderem als Leere bestand und gerade deshalb so gefährlich war. Abgesehen von einer kleinen Armee gab es nicht viel, was sie fürchten musste, solange sie sich in Begleitung der beiden Waga und ihrer felsenfressenden Reittiere befand. Aber Durst und Hitze und Desorientierung waren etwas, wogegen reine Körperkraft herzlich wenig nutzte. Für einen ganz kurzen Moment wurde sie sich ihrer Lage wirklich bewusst, und in diesem Moment hatte sie Angst. Aber nicht für lange. Jetzt, als sie ihrem Körper gestattete zu ruhen, griff die Müdigkeit auch nach ihrem Geist, aber es war eine angenehme, sehr wohltuende Müdigkeit, und sie wehrte sich nicht dagegen.

Wieder sah sie nach Norden, und wieder entstand vor ihrem inneren Auge das Bild des Turmes, wenn es auch von der Erinnerung verfälscht war und Furcht und Hass ihn für sie größer und finsterer erscheinen ließen, als er war. Was sie allerdings durchaus realistisch sah – soweit man im Zusammenhang mit einem Gebilde wie dem Turm das Wort *real* überhaupt benutzen konnte, waren ihre Aussichten, mit dem Leben davonzukommen. Im Jahr zuvor war sie um ein Haar getötet worden, als sie versucht hatte, sich ihm zu nähern. Und wenn es eines gab, was sie über diese verfluchte Ruine im Herzen der Gehran wusste, dann, dass jeder Schritt auf sie zu doppelt so gefährlich wie der vorhergehende war.

Nein – sie konnte sich kein weiteres Versagen mehr leisten. Diesmal musste es gelingen, wenn nicht alles, was sie in den letzten zehn Jahren erreicht hatte, umsonst gewesen sein sollte. Es war ihre größte Niederlage gewesen, aber sie spürte, dass es in ihrer Macht lag, sie in ihren größten Sieg umzuwandeln. Der Schlüssel dazu lag vor ihr, zum Greifen nahe. Sie hatte es bisher nur einfach nicht geschafft, ihn aufzuheben.

Diesmal *musste* es gelingen. Sie spürte, dass ihr das Schicksal keine weitere Chance zugestehen würde.

Lange Zeit saß sie reglos auf dem Hügelkamm und starrte nach Norden, ehe sie endlich aufstand und zu Hrhon und Essk zurückging. Die beiden Wagas hatten ihr Zelt aufgebaut und ringsum einen flachen Sandwall aufgeschichtet, der Staubspinnen und Krell-Echsen zurückhalten würde, die dem Lager auf einem ihrer nächtlichen Raubzüge zu nahe kommen mochten. Daneben flackerte ein Feuer, über dem sich ein Bratspieß drehte. Der Duft des gebratenen Fleisches ließ Tally das Wasser im Munde zusammenlaufen. Sie war hungrig, und sie spürte erst jetzt, *wie* hungrig. Tagsüber machte es die Hitze beinahe unmöglich zu essen, aber jetzt machte ihr Körper seine Bedürfnisse sehr nachhaltig geltend.

Sie setzte sich neben das Feuer, trank einen Schluck lauwarmes Wasser aus der Flasche, die ihr Essk reichte, und zog ihr Messer aus dem Gürtel. Es war die einzige Waffe, die sie trug, und auch sie diente mehr der Zierde, und wenn überhaupt, dann nur dazu, *gebratenes* Fleisch zu schneiden, kein lebendes. Gegen eine Gefahr, der Hrhon und Essk nicht gewachsen waren, würden ihr auch Waffen nichts mehr nutzen.

Sie aß, trank noch mehr von dem schlecht schmeckenden

Wasser, das noch aus der versandeten Quelle stammte, an der sie vor zwei Tagen vorbeigekommen waren, und befestigte die geleerte Wasserflasche sorgfältig wieder an ihrem Sattelzeug. Ihre Wasservorräte waren so gut wie erschöpft, aber beim Turm gab es eine Quelle, und das wenige, was sie noch hatten, würde für den Rest des Weges reichen.

Eine Zeitlang blieb sie noch am Feuer sitzen und starrte in die lodernden Flammen. Dann kroch sie in ihr Zelt und streckte sich auf dem Lager aus Fellen und Decken aus, das die Waga für sie vorbereitet hatten. Aber sie lag noch lange mit offenen Augen in der Dunkelheit, ehe sie endlich Schlaf fand …

2

Sie hatte einen Albtraum, ohne sich hinterher daran zu erinnern, *was* sie eigentlich geträumt hatte; aber er war sehr realistisch gewesen, und selbst, als sie erwachte, glaubte sie sich für einen Moment noch in graue Spinnweben aus Furcht eingewoben und sah dunkle, hässliche Dinge, die auf zu vielen Beinen auf sie zukrochen, mit kleinen, ruckhaften Bewegungen. Dann verschwand die Illusion, und zurück blieb ein überraschend schwacher Hauch von Furcht, der aus den tiefsten Abgründen ihrer Seele emporwehte. Sie war in Schweiß gebadet. Ihr Herz schlug so rasch, dass es schmerzte, und sie zitterte am ganzen Leib.

Draußen wurden stampfende Schritte laut. Die Plane vor dem Eingang wurde mit einem Ruck zuerst zurück- und dann auseinandergerissen, und Essks ausdrucksloses Schildkrötengesicht erschien zwischen den Zeltplanen.

»Isss habe Eusss sssreien gehört, Herrin«, sagte sie zischelnd. »Wasss issst gesssehen?«

Tally starrte die Waga eine halbe Sekunde lang verwirrt an. Dann schüttelte sie hastig den Kopf. »Es ist nichts«, sagte sie unwirsch. »Ein ... böser Traum, mehr nicht. Du kannst wieder gehen.«

Die Waga schwieg, aber ihr Blick wanderte weiter misstrauisch über den Zeltboden. Ihre gewaltigen Pranken waren halb geöffnet, als suche sie etwas, was sie packen und zerquetschen konnte.

»Es ist gut«, sagte Tally noch einmal, und etwas schärfer. »Geh!«

Essk zog sich hastig zurück, und Tally atmete erleichtert auf. Es hatte ihre gesamte Willenskraft beansprucht, nicht zu zittern und sich nichts von ihrem Schrecken anmerken zu lassen. Sie konnte es sich nicht leisten, Schwäche zu zeigen. Nicht vor den Wagas.

Aber der Traum war schlimm gewesen diesmal; schlimmer als sonst. Und vor allem *eher.* Wie immer beim ersten oder zweiten Mal hatte sie noch gewusst, dass sie träumte, anders als später, wenn sie dem Turm näher waren und sich die Erinnerungen mit der Wirklichkeit vermengten. Und trotzdem: Es *war* schlimmer. Wie in einer bizarren Umkehr des zu Erwartenden wurden ihre Erinnerungen klarer, je mehr Zeit verging. Etwas grub und wühlte in ihr, und es legte die Erinnerung an längst Vergessenes rascher frei, als die Zeit es verwischen konnte.

Sie ballte die Fäuste, spannte jeden einzelnen Muskel in ihrem Körper bis zum Zerreißen an und atmete ein paarmal gezwungen tief ein und aus, dann schloss sie die Augen und lauschte gebannt in sich hinein. Aber da war nichts. Nichts als die jetzt rasch verblassende Erinnerung an den Traum und ein grauer Schatten von Furcht, der sich wie ein schleichendes Gift in ihrer Seele eingenistet hatte und nur ganz allmählich wieder wich.

Die Sonne stand eine Handbreit über dem Horizont, als sie

wenig später aus dem Zelt trat. Trotz der frühen Stunde war es bereits stickig und warm, und der Wind überschüttete das Lager mit einem beständigen Hagel winziger rotbrauner beißender Sandkörner.

Tally lief mit gesenktem Kopf zu ihrem Pferd hinüber, kramte die Sandmaske aus ihrem Gepäck und streifte sie hastig über; Das Atmen fiel ihr unter dem feinmaschigen, aber dicken Gewebe noch schwerer, aber der Himmel hatte im Westen eine trüb-gelbe, kränkliche Färbung angenommen, und der Wind trug mit dem Sand noch einen anderen Geruch heran. Er ließ sich nicht beschreiben, denn er entsprach nichts, was es anderswo auf der Welt gab: eine Mischung aus verbrannter Erde und heißer Luft, und doch nichts von alledem. Aber niemand, der ihn einmal wahrgenommen hatte, vergaß ihn wieder.

Es würde einen Sandsturm geben. Sehr bald sogar.

Tally blinzelte einen Moment zum Himmel und rannte dann auf den Dünenkamm hinauf, den sie schon am vergangenen Abend als Aussichtsposten benutzt hatte. Der Turm war jetzt, im klaren hellen Licht des Morgens, sehr deutlich zu erkennen – ein schwarzer, ausgezackter Riesenfinger, der wie der Zeiger einer zernagten Sonnenuhr weit in den Himmel ragte, keine drei Meilen mehr entfernt. An seinem Fuß schien die Luft zu kochen, sodass sein unteres Drittel auch jetzt nicht klar zu erkennen war und sich ständig zu bewegen schien, als wäre er hinter einem unsichtbaren Wasserfall verborgen. Aber es war kein Wasser. Und es war auch nicht die Hitze, die die Luft dort flimmern ließ.

Tally drängte den Gedanken mit Macht beiseite und sah wieder nach Westen. Sie war sich nicht sicher, aber es kam ihr vor, als wäre die gelbliche Färbung des Himmels bereits stärker geworden. Der Sandsturm kam rascher heran, als sie gedacht hatte.

Sie fuhr herum, rannte mit weit ausholenden Schritten den Hügel hinab und winkte die beiden Wagas zu sich heran.

»Ein Sandsturm zieht auf«, sagte sie mit einer erklärenden Geste zum Himmel. »Wir lassen alles stehen und liegen und reiten sofort weiter.«

Hrhon und Essk nickten wortlos und eilten zu ihren Reittieren, so rasch es ihre kurzen Beine zuließen. Die Hornbestien waren unruhig. Ihre mächtigen Schwänze peitschten nervös durch den Sand, die riesigen stachelbewehrten Schädel waren witternd erhoben. Die beiden Ungeheuer spürten das Nahen des Sandsturms. Und sie schienen zu spüren, dass dieser Sturm etwas war, das selbst für sie gefährlich werden konnte.

Tally hatte noch keinen Sandsturm in der Gehran direkt erlebt. Niemand hatte das, jedenfalls niemand, der hinterher noch in der Lage gewesen wäre, darüber zu berichten. Aber sie hatte von den Gewalten dieser Stürme gehört, und sie hatte – auf einer Reise, die vier oder fünf Jahre zurücklag – die Reste eines Tieres gefunden, das sie nicht kannte – und auf das kennenzulernen sie auch keinen besonderen Wert legte, denn das Skelett war ungefähr doppelt so groß gewesen wie das einer Hornbestie –, eines Tieres jedenfalls, das offensichtlich von einem solchen Sturm überrascht worden war.

Selbst jetzt spürte sie noch etwas von dem damaligen Schrecken, wenn sie an den Anblick zurückdachte. Das Tier musste versucht haben, sich einzugraben, aber es hatte es nicht mehr ganz geschafft: Die Teile seines Körpers, die dem Sturm preisgegeben gewesen waren, waren sauber bis auf die Knochen abgeschliffen worden; Fleisch, Muskeln und Panzerplatten so sauber weggeschmirgelt und poliert wie die Knochen einer Eidechse, die einer halbverhungerten Ameisenarmee über den Weg gelaufen war.

Sie lief zu ihrem Pferd, sprang in den Sattel und blickte wieder nach Westen. Diesmal war sie sicher, dass sich die ungesunde gelbliche Färbung des Himmels vertieft hatte. Und die Luft roch jetzt eindeutig brandig.

»Beeilt euch!«, rief sie ungeduldig. Sie zwang ihr Pferd herum, ritt die wenigen Schritte zu den beiden Hombestien hinüber und sah nervös zu, wie Essk und Hrhon ungeschickt in die Sättel kletterten und sich festzuschnallen begannen.

Tally wartete nicht, bis die beiden Wagas mit ihren Vorbereitungen zu Ende waren. Sie sah noch einmal nach Westen, beugte sich tief über den Hals ihres Pferdes und gab ihm die Sporen.

Das Tier schrie erschrocken auf und sprengte los, als die gezahnten Bronzeräder in seine Flanken bissen. Hinter ihr stieß Hrhons Hornbestie einen schrillen, trompetenden Angstschrei aus, der die Wüste zum Erzittern zu bringen schien. Tally sah nicht einmal zurück. Die beiden Wagas wussten, wo ihr Ziel lag, und sie kannten den Weg beinahe ebenso gut wie Tally. Und die Hombestien vermochten, wenn sie sich nur einmal in Bewegung gesetzt hatten, weitaus schneller zu laufen als ein Pferd.

Der Wind nahm zu, und der Sand schlug jetzt mit schmerzhafter Wucht auf ihren Körper ein; ein Bombardement von Tausenden und Abertausenden winziger heißer Nadeln. Von weit her – aber näher kommend – war ein dumpfes, vibrierendes Grollen zu hören, und der Himmel begann sich jetzt auch direkt über ihr mit erstem fahlem Gelb zu überziehen. Das Pferd griff plötzlich von selbst schneller aus, und die braunen Sanddünen der Wüste flogen nur so an ihnen vorüber.

Es war ein Wettlauf mit dem Tod. Es wurde heiß, unerträglich heiß. Der Boden, über den das Pferd jagte, schien zu brennen. Der Sturm hämmerte mit unsichtbaren Fäusten auf sie ein. Ihre Haut war längst wundgescheuert und blutig, wo sie nicht von Kleidern oder der Sandmaske geschützt war, und ohne die Maske wäre sie längst blind gewesen. Ihr Pferd schrie vor Schmerz und Angst und versuchte noch schneller zu laufen. Tally duckte sich noch tiefer über seinen Hals und blickte sich um. Der Himmel loderte in grellem Schwefelgelb, und irgendwo hinter ihnen, entsetzlich *wenig* weit entfernt, erhob sich eine schwarze Mauer, in der es immer wieder wetterleuchtete und blitzte. Die beiden Horntiere zeichneten sich nur noch als finstere Schatten davor ab; gigantische Monster, die um ihr Leben liefen und dabei vor Angst schrien.

Tally sah das Unglück kommen, aber sie war unfähig, etwas zu tun.

Eines der Tiere warf in panischer Angst den Kopf zurück und schrie. Sein Brüllen war selbst unter dem Toben des Sturmes noch deutlich zu vernehmen. Seine drei Beinpaare gerieten aus dem Takt, und der ungeheure Schwung, mit dem der zehn Tonnen schwere Koloss vorwärtspreschte, tat ein Übriges. Das Tier verlor das Gleichgewicht, knickte mit den vorderen Beinpaaren ein und grub den gewaltigen Schädel in den Sand.

Hrhon wurde durch die ungeheure Wucht des Aufpralles nach vorne geschleudert; seine Leibriemen rissen. Er brüllte vor Angst, flog in hohem Bogen über den Schädel der Hornbestie hinweg und landete fast zehn Meter weiter im Sand. Das Horntier stieß einen hohen, gequälten Schrei aus, als sein Genick unter dem Gewicht des nachschiebenden Körpers brach. Es überschlug sich, bäumte sich – längst tot und nur noch ein Bündel aus Muskeln und Nerven, das sinnlos gewordenen Reflexen gehorchte – noch einmal auf und sank dann zu Boden.

Und in diesem Moment tat Tally etwas, was sie wohl selbst am meisten überraschte: sie riss ihr Pferd herum, drängte das Tier gegen das Kreischen und Toben des Sturmes zurück und jagte auf Hrhon zu.

Der Waga stemmte sich schwerfällig hoch, als sie neben ihm anlangte. Der Sturz konnte ihn kaum ernsthaft verletzt haben, aber er wirkte benommen. Trotz seiner gewaltigen Körperkraft konnte er sich kaum gegen den Sturm halten. Er wankte und griff blind mit den Händen ins Leere, um irgendwo Halt zu finden.

Tally sah sich gehetzt um. Die zweite Hornbestie stürmte

keine dreißig Meter hinter ihr heran, eine lebende Lawine, wahnsinnig vor Angst, die alles niederwalzen würde, was sich ihr in den Weg stellte. Essk schlug verzweifelt mit den Fäusten auf die empfindliche Stelle zwischen den Hörnern ein und brüllte aus Leibeskräften. Genauso gut hätte sie versuchen können, den Sturm mit bloßen Händen aufzuhalten.

Aber Tally hatte keine Wahl, und sie dachte auch jetzt nicht bewusst, sondern gehorchte blindlings den Reflexen, die an die Stelle ihres so gewohnten logischen Denkens getreten waren. Sie sprang aus dem Sattel, gab Hrhon einen Stoß, der ihn zur Seite und gegen das Pferd taumeln ließ, und drückte ihm die Zügel in die Hand. »Reite!«, schrie sie. »Reite um dein Leben!« Dann fuhr sie herum, schickte ein Stoßgebet zu sämtlichen Göttern, von denen sie je gehört hatte …

… und rannte geradewegs auf die heranrasende Hornbestie zu. Essk schrie gellend auf, als er erkannte, was Tally vorhatte. Noch einmal versuchte sie ihr Reittier herumzureißen, aber das Ungetüm reagierte auch jetzt nicht auf ihre verzweifelten Schreie und Hiebe.

Das Horntier wuchs groß und gigantisch über Tally hoch, füllte plötzlich einen ganzen Abschnitt des Himmels aus und wurde immer noch größer. Seine gigantischen Beine hämmerten mit unglaublicher Wucht auf den Wüstenboden und ließen Sand und Steine wie kleine tödliche Geschosse davonspritzen. Und es war schnell. Unglaublich *schnell.*

Tally wich im allerletzten Moment zur Seite aus, brachte sich mit einem verzweifelten Satz außer Reichweite der wirbelnden Hufe, kam mit einer Rolle wieder auf die Füße und warf sich abermals herum. Ein Stück des Himmels, eine Tonne schwer, dicker als ihr Körper und mit armlangen Stacheln besetzt, zischte wie eine Sense dicht über ihr durch die Luft. Tallys Hände griffen nach oben, glitten ab, packten noch einmal zu und bekamen einen Sattelriemen zu fassen.

Mit aller Kraft packte sie zu. Ein grässlicher Ruck schien ihr die Arme aus den Gelenken zu reißen, dann folgte ein vibrierender Schmerz, der bis in ihren Rücken jagte und dort explodierte, Lähmung und furchtbare Taubheit hinterlassend. Sie schrie, als sie spürte, wie ihre Kräfte erlahmten, aber der Sturm riss ihr die Laute von den Lippen und trug sie davon.

Keuchend, halb besinnungslos vor Schmerz und Angst, klammerte sie sich fest und kämpfte mit aller Macht darum, nicht das Bewusstsein zu verlieren. Die Hornbestie preschte unbeeindruckt weiter, während Tally versuchte, sich an ihrer Flanke hochzuziehen, und mit entsetzlicher Klarheit begriff, dass ihre Kräfte dazu nicht mehr reichten.

Hilflos wurde sie mitgeschleift. Ihre Beine waren blutig, die Stiefel halb zerfetzt, und alles, was unterhalb ihrer Knie war, bestand nur noch aus Schmerz. Wie durch einen dichten, blutgetränkten Nebel sah sie, wie sich Hrhon schwerfällig in den Sattel des Pferdes zog. Das Tier bäumte sich unter seinem Gewicht auf, aber der Sturm und die panische Angst trieben es weiter.

Und dann war es vorbei.

Plötzlich, von einer Sekunde auf die andere, war der Sturm fort. Der Himmel flammte noch immer in grellem Schwefelgelb, und wo die Wüste sein sollte, erhob sich noch immer eine schwarze, brodelnde Wand, aber das unerträgliche Heulen war verstummt, und die unsichtbaren Hämmer hörten auf, auf ihren Körper einzuschlagen. Die Hornbestie, wie ein gewaltiges lebendes Geschoss von ihrem eigenen Schwung vorwärtsgetragen, rannte noch hundert, zweihundert Schritte weiter und kam dann bebend und stampfend zum Stehen.

Tallys Kräfte versagten endgültig. Sie wollte ihren Halt loslassen, aber sie konnte es nicht, und als sie aufblickte, sah sie, dass Essk einen Teil ihrer Leibriemen zerrissen hatte und in fast grotesker Haltung schräg im Sattel hing, sich nur noch mit einer

Hand haltend und mit der anderen ihre beiden Hände umklammernd, so fest, dass Blut zwischen ihren hornigen Fingern hervorquoll.

Für einen Moment verlor sie das Bewusstsein, denn das Nächste, was sie spürte, war der Griff kalter, unmenschlich starker Hände, die sich fast behutsam unter ihren Körper schoben, sie wie ein Spielzeug in die Höhe hoben und ein Stückweit von der unruhig stampfenden Hornbestie forttrugen. Behutsam wurde sie in den Sand gelegt. Sie wollte etwas sagen, aber sie konnte es nicht: Ihre Kehle war voller Sand. Sie hustete, drehte sich auf die Seite, als sie glaubte, sich erbrechen zu müssen, würgte aber nur ein paarmal trocken und krümmte sich im Sand. Ihr ganzer Körper war ein einziger zuckender Schmerz. Ihre Hände waren von den beinharten Sattelriemen zerschnitten und von Essks kaum weniger harten Pranken gequetscht, die Haut an ihren Unterarmen war aufgerissen und blutig, wo sie an den Panzerplatten der Hornbestie entlanggescheuert war. Blut lief an ihren Armen herab und vermischte sich mit dem Schweiß und Schmutz auf ihrer Haut. Ihre Muskeln waren verkrampft und so hart, dass sie abermals vor Schmerz aufschrie, als sie versuchte, sich noch einmal zu bewegen.

»Ssstill. Isss hhhelfe Eusss«, zischelte eine Stimme an ihrem Ohr. Sie sah auf, blinzelte durch einen Schleier rosagefärbter Tränen und erkannte Hrhons flaches, dunkelgrün geschupptes Gesicht, das ausdruckslos auf sie herabblickte.

Tally raffte all ihre Kraft zusammen, versuchte sich in die Höhe zu stemmen und kam tatsächlich in eine halbwegs sitzende Position – freilich nur, um gleich darauf in Hrhons Arme zu sinken, der sie auffing, als sie zur Seite kippte. »Du verdammter … Idiot«, flüsterte sie mühsam. »Wegen deiner Dummheit wäre ich fast gestorben. Geh mir … aus den Augen. Verschwinde, du … hirnloses Flachgesicht.«

Natürlich verschwand Hrhon nicht. Aber er löste behutsam

die Hände von ihren Schultern, ließ sie zurücksinken und schaufelte nach kurzem Überlegen ein paar Hand voll Sand unter ihren Kopf, damit sie bequemer lag. Ein gigantischer Schatten wuchs über ihr auf, dann hörte sie, wie Essk dem Horntier einen scharfen Befehl zuschrie und die wenigen Riemen, die sie noch hielten, schlichtweg entzweiriss, um von seinem Rücken zu springen.

Hrhon hielt seine Gefährtin mit einem schrillen Zuruf zurück, deutete nach Westen und gestikulierte mit beiden Händen, wobei er einen Schwall heller, zischelnder Töne hören ließ, die er für eine Sprache halten mochte. Essk antwortete im gleichen Dialekt, und plötzlich wurde Hrhons Stimme scharf und laut und befehlend.

Tally hatte Mühe, nicht schon wieder das Bewusstsein zu verlieren. Im gleichen Maße, in dem die Schmerzen in ihren Händen und Armen abklangen, begannen ihre Beine zu schmerzen; zuerst nur die Füße, dann, einer rasch weiter vorrückenden flammenden Linie folgend, die Waden und bis hinauf über die Knie. »Was ... ist mit dem Sturm?«, fragte sie mühsam. »Ist er vorbei?«

Hrhon versuchte ein menschliches Kopfschütteln nachzuahmen; etwas, was ihm nur teilweise gelang, weil er keinen Hals hatte, den er hätte drehen können. »Nhein«, zischelte er. »Er khommt sssurück. Esss issst nhur eine Phausssse. Whir sssind in Ghefahrrr.«

»Dann müssen wir ... weiter«, stöhnte Tally mit zusammengebissenen Zähnen. »Der ... Turm, Hrhon. Schnell. Hilf mir auf ... auf das Horntier!«

Aber wieder schüttelte der Waga nur Kopf und Schultern. »Kheine Ssseit mehrrr«, sagte er. »Esss issst nuhrrr eine Athempaussse. Der Sssturm wird kommen. Sssehrrr ssslimm.«

Er wiederholte dieses absurde Kopf- und Schulterschütteln, stand auf und fauchte einen Befehl, der Essk galt. Seine Gefährtin widersprach, aber Hrhon deutete wütend nach Westen und wiederholte seinen Befehl, und diesmal widersprach die Waga nicht mehr. Mit einem schrillen Schrei zwang sie das Horntier, auf der Stelle kehrtzumachen, und ritt zurück in die Richtung, aus der sie gekommen waren.

Tally stöhnte vor Schmerz, als Hrhon sie vorsichtig aufhob und hinter dem stachelbewehrten Giganten herzustapfen begann. »Was hast du vor, du Narr?«, keuchte sie. »Du läufst ja geradewegs auf den Sturm zu! Willst du uns umbringen?«

Hrhon antwortete nicht, sondern verdoppelte seine Anstrengungen nur noch, und er entwickelte dabei auf seinen kurzen Beinen sogar ein erstaunliches Tempo. Tally drehte mühsam den Kopf und versuchte Essk und ihr Reittier in der brodelnden Schwärze vor ihnen auszumachen, aber ihre Lider schienen mit einem Male mit Blei gefüllt und fielen immer wieder zu, und irgendetwas stimmte nicht mit ihrem Sehvermögen: Sie sah nur noch schemenhaft, dafür hatten alle Dinge einen schwach leuchtenden Schatten, der ihre Konturen nachzeichnete.

Aber sie erkannte zumindest, dass die Waga die Hornbestie geradewegs auf Hrhons Reittier zutrieb, das mit gebrochenem Genick dalag. Das Tier scheute, als spüre es die Gefahr, auf die es zulief, aber Essk hatte es jetzt wieder völlig unter Kontrolle. Schon nach Augenblicken erreichten sie den Kadaver des stacheligen Giganten und hielten an. Essk begann schrille pfeifende Töne auszustoßen, und die Hornbestie lief ein paar Schritte rückwärts, dann wieder vor, zur Seite, wieder zurück und wieder fort. Tally begriff nicht, was Essk dort tat. Es sah aus, als führten Waga und Horntier einen bizarren, aberwitzigen Tanz auf.

Und dann hob Essk den Arm, sehr hoch und mit einer Bewegung, in der die ganze ungeheuerliche Kraft ihrer vierhundert Pfund lag. Metall blitzte in ihrer Faust.

Die Waga stieß der Hornbestie den Dolch genau in die empfindliche Stelle zwischen ihren Augenhörnern, der einzigen

Stelle überhaupt, an der ein Horntier verwundbar war. Das Ungeheuer brüllte, schleuderte Essk mit einem gewaltigen Zucken von seinem Rücken und in den Sand – und sank tot zu Boden. Sein droschkengroßer Schädel krachte mit einem eigentümlich hohl klingenden Laut auf den Schwanz von Hrhons Tier.

Und endlich begriff Tally, was der sonderbare Tanz bedeutete, zu dem Essk ihr Tier gezwungen hatte: Die beiden toten Ungeheuer lagen nicht einfach nur tot nebeneinander, sondern genau so, dass sie mit ihren Körpern einen gewaltigen Halbkreis bildeten, dessen geschlossene Seite der schwarzen Wand zugewandt war, die die Welt verschlungen hatte.

Als sie diesen Gedanken zu Ende gedacht hatte, heulte der Sturm wieder los. Und Hrhon begann zu rennen.

3

Irgendwann in der Nacht erwachte Tally für einen Augenblick. Sie hatte geträumt, etwas Entsetzliches, unbeschreiblich Grauenhaftes, aber sie erinnerte sich nicht, was. Trotzdem sah sie für einen Moment graue Spinnfäden und dunkle, widerliche Körper auf zu vielen Beinen, die über ihre Haut huschten. Sie hatte Angst. Der Sturm heulte noch immer mit ungebrochener Wucht und ließ die Wüste erzittern, und selbst durch die geschlossenen Lider hindurch sah sie die blau weißen dünnen Blitze, die seinen schwarzen Riesenleib durchzuckten, und den dünnen sichelförmigen Kranz aus rotglühendem Horn, der sie und die beiden Wagas schützte.

Sie hatte entsetzlichen Durst, aber ihr fehlte selbst die Kraft, sich mit der Zunge über die Lippen zu fahren, und sie wachte auch nicht *wirklich* auf. Es war, als gestatte ihr der Traum – der kein wirklicher Traum, sondern ein unbegreiflicher Teil der düsteren Magie des Turmes war – nur eine kleine Erholungspause. Vielleicht benötigte er auch einfach diese Zeit, ihre Erinnerungen zu sondieren und das Wichtigste herauszufiltern, denn wie immer erinnerte sie sich längst nicht an *alles*, was in jener Nacht vor fünfzehn Jahren geschehen war.

Die Kraft, die sie immer wieder zwang, jenen entsetzlichen Tag aufs Neue zu erleben, sorgte dafür, dass der Schrecken geballt kam. In dem Kaleidoskop des Terrors, in das sie der Sandsturm geschleudert hatte, waren nur die schlimmsten Facetten vorhanden. Der unsichtbare Folterknecht in ihrem Geist würde nicht gestatten, dass sie sich durch die Erinnerung an endlose Stunden der Ruhe erholte; denn das Schicksal hatte an jenem Tag noch weit mehr für sie bereit gehalten – unter anderem die Erkenntnis, dass es eine Grenze für Dinge wie Entsetzen und Furcht nicht gab, sondern eine Steigerung immer möglich war.

Dann schlief sie wieder ein. Und sie träumte weiter; Träume von grauen Spinnfäden und gewaltigen ledernen Schwingen, die die Nacht peitschten, von einem Sturm, der sich zu einer entsetzlichen Grimasse formte und sie verhöhnte, von Hraban, dessen Augen plötzlich groß und rund wurden und aus dessen Mund Blut kam.

Dann erwachte sie wirklich, und diesmal war es ein sehr langsamer, unendlich qualvoller Vorgang, nicht nur von peinigenden Visionen, sondern auch von durchaus realen körperlichen Schmerzen begleitet.

Zurück in der Gegenwart war sie sich trotzdem im ersten Moment nicht sicher, ob sie nun wirklich erwacht war, oder ob sie nur eine besonders perfide Fortsetzung des Albtraumes erlebte. Ihr ganzer Körper war ein einziger, brennender Schmerz, und sie hatte ganz entsetzlichen Durst. Düstere Farben bewegten sich vor ihren Augen. Jemand hatte einen Dolch in ihre Beine getrieben und drehte ihn ganz langsam und mit großem Genuss herum.

Dann berührte eine Hand ihre Schulter, eine Hand, die so hart und kalt war wie Stahl, und in den wogenden Schleiern vor ihren Augen tauchte das Gesicht der hässlichsten Schildkröte auf, die jemals geboren war. Übrigens auch der größten. Sie erkannte Essk.

»Durst«, murmelte sie. Schon diese kleine Bewegung reichte, ihre Lippen aufplatzen zu lassen. Warmes Blut lief an ihrem Kinn herab. Sie hob die Hand, um es fortzuwischen, aber die Waga drückte ihren Arm mit sanfter Gewalt herunter, gab einen unidentifizierbaren Zischlaut von sich und hob Tallys Kopf und Oberkörper an. Eine Schale wurde an ihre Lippen gesetzt, und sie schmeckte köstliches, eiskaltes Wasser.

Sie trank so gierig, dass ihr übel wurde. Danach gönnte sie sich den Luxus, für endlose Augenblicke einfach mit geschlossenen Augen in Essks Arm zu liegen und beinahe gierig auf jede Regung ihres Körpers zu lauschen. Ihr Magen und jedes einzelne Organ in seiner Nähe revoltierte, und ihre Beine brannten noch immer wie Feuer, aber nach *(Minuten? Stunden? Tagen?)* einer Ewigkeit, in der sie keinen Körper gehabt hatte, sondern hilflose Gefangene ihrer eigenen, quälenden Erinnerungen gewesen war, genoss sie dies alles beinahe.

Das Schlimme an den Träumen war, dass sie ganz genau wusste, dass sie träumte; in jeder einzelnen Sekunde. Und dass sie auch wusste, was kommen würde. Und hilflos dagegen war. Hraban hatte es ihr einmal erklärt, vor sehr langer Zeit: Nach dem Wahnsinn und den tötenden Schatten und den Werwesen war dies die stärkste Waffe des Turmes. *Er tötet dich mit deinen eigenen Erinnerungen.* So mancher, der alle Fallen und Hindernisse überwunden hatte, war als sabbernder Idiot zurückgekehrt, zerbrochen an den Schrecken, die ihm sein eigenes Unterbewusstsein beschert hatte. Die Wüste war voll mit ihren Skeletten.

Ihre Hand glitt wie von selbst zwischen ihre Brüste und tastete nach dem blutfarbenen Stein. Er war nicht mehr da.

Tally fuhr mit einem erschrockenen Laut hoch und brach in Essks Armen zusammen, als ihr prompt schwindelig wurde und der Schmerz in ihren Beinen zu neuer, lodernder Glut erwachte.

»Gansss ruhig«, zischelte die Waga. »Ihr ssseid in Sssicherheit.«

Tally schlug ihre Arme beiseite und fiel unsanft auf die Seite. Aber sie ignorierte den Schmerz – wenigstens versuchte sie es – und stemmte sich sofort wieder hoch. »Wo ist ... mein Stein, du blödes Krötengesicht?«, presste sie zwischen zusammengepressten Zähnen hervor.

Essk blickte sie einen Moment lang mit dem einzigen Ausdruck an, zu dem sie fähig war – nämlich keinem –, dann wandte sie sich um und verschwand schlurfend in der Dunkelheit, während Tally mit einem nur halb unterdrückten Schmerzlaut vollends zurücksank, sich aber schon nach Sekunden abermals in eine halb sitzende, halb liegende Stellung hochstemmte und an sich hinuntersah.

Der Stein war nicht das Einzige, was verschwunden war. Die Waga hatte sie vollkommen entkleidet, während sie bewusstlos gewesen war – was allerdings nicht hieß, dass sie nackt gewesen wäre. Ihre Haut war zu mehr als zwei Dritteln von sauber gewickelten weißen Verbänden bedeckt, unter denen hier und da eine grüngraue, übelriechende Salbe hervorquoll. Bis zu den Knien hinauf waren die Verbände so dick, dass es aussah, als trüge sie Stiefel, und sie spürte erst jetzt, dass sich auch um ihren Kopf etwas Kühles, sehr Festes spannte. Sie sah aus wie eine Mumie, die man vergessen hatte einzugraben, dachte sie zornig. Und das war lange nicht alles, was sich verändert hatte. Ihr Verstand schien länger als ihr Körper zu brauchen, um wach zu werden, denn sie bemerkte erst jetzt, dass sie nicht auf Sand oder einer Decke, sondern auf hartem Stein lag, und dass die Dunkelheit, die sie einhüllte, gemauert war, nicht das lichtfressende Schwarz des Sturmes. Und dass es sehr ruhig war. Das unerträgliche Heulen und Wimmern war verstummt, und um sie herum herrschte jene hallende Stille, die das Innere eines großen Gebäudes oder einer Höhle verriet. *Wo, beim Schlund, war sie?*

Essk kam zurück, begleitet von Hrhon, dessen Arme mit Kleidern beladen waren. In seiner rechten Hand glitzerte das kleine Goldkettchen mit ihrem Stein. Tally richtete sich auf, riss die Kette an sich und streifte sie hastig über. Sie bezahlte die Bewegung mit einer neuen Welle brennender Schmerzen, die ihr diesmal sogar die Tränen in die Augen zwang, aber allein der Gedanke, ohne den Stein auch nur in der Nähe des Turmes zu sein, trieb sie vor Entsetzen fast in den Wahnsinn.

»Was fällt euch ein, ihr Narren?«, stöhnte sie. »Ich lasse euch in euren Schalen kochen, wenn ihr den Stein auch nur noch einmal anrührt!«

»Versssseiht, Herrin«, sagte Hrhon kleinlaut. »Aber ihr wahrrrt sssehr krank. Wir musssten euch ffffflegen.«

»So?«, murmelte Tally. »Musstet ihr das?« Sie richtete sich auf – sehr vorsichtig –, verbarg für einen Moment das Gesicht in den Händen und wischte sich unauffällig die Tränen fort, als sie die Finger herunternahm. »Aber wer hat euch erlaubt, mir den St...«

Sie verstummte mitten im Wort, als ihr Blick auf die Kleider fiel, die Hrhon gebracht und neben ihr abgelegt hatte. Verwirrt blickte sie den Waga an, stützte sich mit der linken Hand auf und griff mit der anderen nach den Kleidungsstücken: Hemd und Hose aus dunkelbraunem, sehr kunstvoll gegerbtem Leder, dazu passende Stiefel und ein etwas zu breiter, mit schimmernden Pailletten besetzter Gürtel, an dem eine gutbestückte Schwertscheide hing. Es waren sehr gute, kostbare Kleider, die eines Königs oder Fürsten würdig gewesen wären. Und es waren ganz entschieden nicht *ihre* Kleider.

»Woher habt ihr das?«, fragte sie verwirrt. »Und wo … wo sind wir hier überhaupt?« Plötzlich erschrak sie sehr heftig, als sie zum zweiten Mal begriff, dass sie nicht mehr im Schutz der toten Hornbestien in der Wüste lag. Einen Moment lang fragte sie sich mit einer Mischung aus Entsetzen und Zorn, ob sie lange genug bewusstlos gewesen war, dass die beiden Waga sie aus der Wüste herausgebracht haben konnten. Nein.

»Esss sssind noch mehr Kleider da«, antwortete Hrhon. »Oben.« Er deutete mit der Hand auf die unsichtbare Decke über seinem Kopf.

»Oben?« Tally starrte das grüngeschuppte Wesen verwirrt an. Einen Moment lang fragte sie sich allen Ernstes, ob sie vielleicht noch immer draußen in der Wüste lag, schon halb tot und fiebernd, und dies alles nur träumte. Aber die Schmerzen in ihren Beinen und das seidenweiche Leder zwischen ihren Fingern waren einfach zu real, um Teil eines Traumes zu sein.

»Wo sind wir hier?«, wiederholte sie ihre Frage. »Wohin habt ihr mich gebracht?«

Sie wusste die Antwort, eine halbe Sekunde, ehe Hrhon sie gab. Trotzdem trafen sie die beiden Worte mit der Wucht eines Peitschenhiebes.

»Im Turm«, sagte der Waga. »Dher Sssturm issst ssslimmer gheworden. Viel ssslimmer. Whir musssten es rissskiehren.«

»Im Turm?« Tally wiederholte das Wort, und sie sah den schwarzen Stein hinter Hrhon, der wie Glas glänzte, und sie wusste, dass der Wage die Wahrheit sprach, aber sie weigerte sich auch, es zu glauben, einfach, weil es unmöglich war, *unmög-lich*, und sagte noch einmal: »Im *Turm?!*«

»Unsss blieb kheine Whal«, zischelte Hrhon. Plötzlich klang seine Stimme eindeutig veteidigend. »Ihr wahrt krahnk. Und der Sssturm wuhrde ihmmer heftigerrr. Essk und ich haben euch ghethragen.«

»Aber das … das ist unmöglich«, murmelte Tally hilflos. »Es … es waren drei Meilen, und der Sturm …«

»Wir hatten Glück«, sagte Hrhon leise.

Aber vielleicht war es doch möglich, dachte sie schockiert. Hrhon und Essk würden sie nicht belügen, schon gar nicht auf eine so dumme Art, die der Wahrheit keine zehn Sekunden standhalten konnte. Möglicherweise … ihre Gedanken begannen sich zu überschlagen, möglicherweise hatte der Sturm den magischen Verteidigungsgürtel des Turmes außer Kraft gesetzt. Möglicherweise hatte die Angst den Wagas auch genug Kraft gegeben, das Unmögliche zu vollbringen. Und möglicherweise war es auch einfach so, dass sie selbst durch ihre Bewusstlosigkeit und die Träume geschützt gewesen war, während die beiden Wagas einfach zu dämlich waren, um einer Halluzination zum Opfer zu fallen …

Möglicherweise war sie auch verrückt geworden.

Tally zog diese Möglichkeit einen Moment lang ernsthaft in Betracht, denn der Wahnsinn war die heimtückischste Waffe des Turmes. Aber darüber nachzudenken, führt zu nichts anderem als Kopfschmerzen, und das einzige, was ihr dabei klar wurde, war, dass ihr absolut *nicht* klar werden würde, ob sie nun noch bei Verstand war oder einer besonders gemeinen Halluzination erlag.

Sie stemmte sich hoch, und diesmal waren ihr die Schmerzen und die Übelkeit wirklich egal, zumal Hrhon sofort zugriff und sie stützte. »Bring mich nach oben«, verlangte sie. »Ich will es sehen! Sofort!«

»Dasss whäre nicht ghut«, widersprach Hrhon schüchtern. »Ihr ssseid sssehr ssshwach, und der Wheg issst anssstrengend.«

»Dann trägst du mich eben, du kurzstirniges Fischgesicht!«, brüllte Tally. »Ich will es sehen! Bring mich hinauf! Auf der Stelle!« Bei den letzten Worten versagte ihre Stimme, sodass sie eher mühsam krächzte als schrie, aber Hrhon wagte es trotzdem nicht, ihr noch einmal zu widersprechen, sondern hob sie gehorsam auf die Arme.

Tallys Herz begann wie wild zu hämmern, als sie den Raum durchquerten und als die ersten Stufen einer breiten, sehr steil in die Höhe führenden Treppe unter Hrhons Stummelbeinen auftauchten. Am oberen Ende der Treppe schimmerte blasses Tageslicht, das sich auf den Wänden und den Stufen brach wie leuchtendes Wasser, sodass sie ein wenig mehr von ihrer Umgebung erkennen konnte als bisher. Es gab allerdings nicht viel mehr zu erkennen als schwarzen Stein; gewaltige quaderförmige Blöcke, ohne erkennbaren Mörtel aufeinandergesetzt, die alle ein wenig schräg aussahen, es aber bei genauerem Hinsehen doch nicht waren.

Tally fieberte vor Ungeduld, während Hrhon sich schnaubend die für seine Beine entschieden zu großen Stufen hinaufquälte. Wütend feuerte sie ihn zu größerer Anstrengung an, aber der Waga hatte die Grenzen seiner Möglichkeiten erreicht. Für die vielleicht hundert Stufen brauchte er annähernd fünf Minuten, und er schwankte während dieser Zeit mehr als einmal so stark, dass Tally ernsthaft befürchtete, sie würden nach hinten kippen und kopfüber die Treppe wieder hinunterschlagen. Aber schließlich erreichten sie das obere Ende der Treppe, und das Licht, das von unten aus betrachtet kaum mehr als blasser Sternenschimmer gewesen war, wuchs zu solcher Intensität heran, dass Tally blinzelte und im ersten Moment fast überhaupt nichts mehr sah.

Hastig hob sie die Hand vor die Augen, gab Hrhon mit Gesten zu verstehen, sie auf die Füße zu stellen, und klammerte sich an seiner Schulter fest, als der Boden unter ihr zu wanken begann. Ihre Augen gewöhnten sich nur langsam an das grelle, ungemilderte Tageslicht, und die Wärme und die trockene Luft, die über ihr zusammenschlugen, ließen sie abermals schwindeln.

Sie befanden sich im Inneren eines sehr großen, annähernd rund geformten Raumes, der vollkommen leer und aus dem gleichen schwarzen Stein gemauert war wie der Treppenschacht. Aber ein ganzes Drittel seiner Wand war zusammengebrochen, und durch das gewaltige Loch drang das Licht der Wüste herein, noch verstärkt durch den zu Glas geschmolzenen Boden des Todeskreises, der es wie ein Spiegel reflektierte. Tally blinzelte, zwang ihre Augen, trotz der unerträglichen Lichtfülle offen zu bleiben, und humpelte, mit beiden Armen auf die Schultern Hrhons und Essks gestützt wie auf zwei lebende Krücken, auf die Bresche zu.

Der Anblick verschlug ihr den Atem.

Unter ihr, fünfzehn, zwanzig Meter tiefer und fünfhundert Meter entfernt, breitete sich die Wüste aus wie ein endloser gelbbrauner Ozean, dessen Wogen vor einer Million Jahre erstarrt waren, die Luft darüber flirrend vor Hitze und hier und da aufgewühlt von einer Sandhose oder einer Turbulenz – beides so schön wie tödlich. Davor, bis zum Fuß des Turmes reichend, erstreckte sich ein Kreis vollkommen ebener, zu Glas erstarrter Erde. Dunkle Löcher mit hellen Kernen gähnten in diesem Riesenspiegel wie eiterige Wunden, und hier und da war es dem Wind gelungen, ein wenig Sand auf der ansonsten makellosen Ebene abzuladen, der jetzt kleinere Brüder der gigantischen Riesenwogen draußen in der Wüste bildete. Und links von ihr, von ihrem Standpunkt hinter der eingestürzten Mauer nur zu einem kleinen Teil zu erkennen, erhob sich der Turm, eine gewaltige abgebrochene Nadel aus nachtschwarzem Stein, so hoch, dass er die Wolken aufgeschlitzt hätte, hätte es welche gegeben.

Nichts von alledem war Tally fremd – sie hatte es zehnmal gesehen, und sie hatte sich jede noch so winzige Einzelheit schon bei ihrem allerersten Besuch hier am Ende der Welt eingeprägt. Aber sie hatte es noch nie aus *dieser* Richtung gesehen.

»Es ist also wahr«, murmelte sie. Irgendetwas in ihr weigerte sich noch immer, es zu glauben. Sie fühlte weder Triumph noch Freude, sondern nur eine dumpfe, fast schmerzhafte Benommenheit. Die letzten zehn Jahre ihres Lebens hatte sie praktisch nur für diesen Augenblick gelebt. Jetzt, als er da war, fühlte sie nichts. Sie war betäubt.

»Esss war dhie einsssige Möglichkeit«, lispelte Hrhon neben ihr. Er sprach noch immer im Tonfall einer Entschuldigung, aber die Worte rissen Tally – zumindest teilweise – aus ihrer Betäubung. Mühsam wandte sie den Kopf, ließ Hrhons Schulter los und hielt sich stattdessen an einem Stein fest.

Der Boden hatte aufgehört, unter ihr zu zittern, und der heiße Wüstenwind, der durch die gewaltige Bresche hereinfauchte und sich an der gegenüberliegenden Wand brach, hechelte sie langsam in die Wirklichkeit zurück. Plötzlich wurde sie sich der Tatsache bewusst, dass sie vielleicht der erste lebende Mensch war, der dieses Gebäude betreten hatte.

Aber sie sahen allesamt sehr wenig wie Eroberer aus. Jetzt, im hellen Tageslicht, sah sie, dass die Schuppenhaut der beiden Waga mit zahllosen, erst halb verkrusteten kleinen Wunden übersät waren. Ihre Panzer glänzten unnatürlich, und an den Rändern waren die normalerweise fingerdicken Knochenschalen ausgefranst und auf die Stärke von brüchigem Pergament abgeschliffen. Und auch sie selbst bot vielleicht nicht unbedingt den Anblick eines Menschen, der einen triumphalen Sieg errungen hatte – mehr tot als lebendig, eingewickelt wie eine Mumie, dafür aber mit nacktem Hintern.

Sie lächelte schmerzlich, wandte sich wieder der Wüste zu und versuchte die Richtung zu finden, aus der sie gekommen waren. Sie befanden sich nicht im eigentlichen Turm, sondern in dem kleineren, fast völlig zerstörten Gebäude daneben, über dessen Sinn sie sich seit zehn Jahren vergeblich den Kopf zerbrochen hatte, und wenn sie das Bild noch richtig im Kopf hatte, das sich ihr von der Düne aus geboten hatte, musste ihr letztes Nachtlager in ziemlich gerader Linie vor ihr liegen. Aber sie sah nichts mehr, obwohl der Blick hier in der Wüste sehr viel weiter reichte als anderswo. Nicht einmal die Skelette der beiden Hornbestien waren noch zu erkennen.

»Wir musssten esss tun«, fuhr Hrohn fort. »Dherrr Sssturm wharr…«

»Es ist gut, Hrhon«, unterbrach ihn Tally. »Es war richtig. Schließlich wollte ich ja hierher, oder?« Sie wandte sich wieder zu dem Waga um und lächelte, wurde aber sofort wieder ernst. Hrhon stand in sonderbar geduckter Haltung da, einen halben Schritt von ihr zurückgewichen und die Arme ein ganz kleines bisschen angewinkelt, und auch Essk hatte sich von ihr abgewandt und betrachtete mit großem Interesse ein nicht vorhandenes Bild auf der schwarzen Wand vor sich.

Und plötzlich begriff Tally, dass die beiden Wagas Angst hatten.

Aber natürlich, dachte sie. Ihr Vorhaben – nein, ihr *fanatischer Wille* – den Todesgürtel zu überwinden und diesen Turm zu erreichen, war in den letzten zehn Jahren so sehr zu einem Teil ihres Denkens geworden, dass sie manchmal vergaß, wie wenig Hrhon oder Essk oder irgendein anderes denkendes Wesen davon wissen konnten. Für die beiden Wagas waren ihre Besuche beim Turm – die sie vorher vielleicht schon zwanzigmal bei Hraban und fünfzigmal bei seinen verschiedenen Vorgängern miterlebt hatten – stets gleich gewesen. Sie hatten sich dem Turm und dem Todeskreis genähert, um danach sofort wieder den Rückweg anzutreten. Niemand hatte jemals versucht, wirklich hierherzukommen. Die beiden Wagas zitterten innerlich vor Angst, denn für sie war das, was sie getan hatten, etwas Unvorstellbares gewesen. Sie hatten das Unberührbare berührt und ein Gesetz gebrochen, das vielleicht so alt war wie diese Welt.

»Es ist gut, Hrhon«, sagte sie noch einmal, und jetzt so sanft, wie sie nur konnte. »Ihr habt mein Leben gerettet. Und dies hier.« Sie griff nach dem Blutstein an ihrem Hals. »Ihr wisst, wie wichtig es für die Sippe ist. Ihr musstet es tun. Ich danke euch dafür.«

Soweit sich Tally erinnerte, war es das erste Mal überhaupt, dass sie sich bei den beiden Wagas für *irgendetwas* bedankte, und vermutlich hatte, von den Kindern einmal abgesehen, noch nie jemand in einem solchen Ton mit den beiden Reptilienwesen gesprochen. Aber Hrhons Furcht schwand kein bisschen; ganz im Gegenteil. Trotz ihrer Worte wirkte er eher noch niedergeschlagener und schuldbewusster als zuvor.

»Da issst ...«, sagte er zögernd, »noch etwasss.«

»So?« Tally legte den Kopf schief. »Was?«

Hrhon druckste herum, bis Tally ihn bei der Schulter ergriff und noch einmal fragte. »Was, Hrhon?«

»Ich sseige esss Euch«, zischte Hrhon. »Kommt.« Tally blickte in die Richtung, in der sein ausgestreckter Arm wies.

Sie sah erst jetzt, dass es unmittelbar neben der Tür des Treppenschachtes einen zweiten, etwas größeren Durchgang gab, hinter dem ebenfalls helles Tageslicht schimmerte. Fragend runzelte sie die Stirn, drang aber nicht weiter in den Waga, sondern stützte sich wieder auf seine und Essks Schultern und humpelte mit ihrer Hilfe auf den Ausgang zu. Die Tür führte in einen kurzen Gang, an dessen Ende ein rechteckiger Flecken brutal hellen Tageslichtes gloste. So schnell es die unsichtbaren Messer zuließen, die in ihren Beinen wühlten, durchquerte sie den Korridor und blickte neugierig ins Freie. Der Gang führte auf einen gewaltigen, gut zwanzig Meter messenden Balkon hinaus, der wie ein Vogelnest an die Flanke des Bauwerks angeklebt war. Ein gefräßiger Riese hatte ein gutes Drittel und den allergrößten Teil des brusthohen Steingeländers abgebissen, und der übriggebliebene Rest war von einem Netzwerk von Kissen und Löchern durchzogen, aber immer noch stabil genug, ihr gemeinsames Gewicht zu tragen. Vom gegenüberliegenden Ende des Balkons aus führte eine kühn geschwungene Steintreppe zur Flanke des eigentlichen Turmes hinauf. Und auf ihren untersten Stufen lag der eigentliche Grund für Hrhons Furcht.

Er hatte ungefähr die Größe eines zwölfjährigen Kindes, war schwarz wie die Nacht und musste ein paar größenwahnsinnige Kakerlaken in seiner Ahnenreihe gehabt haben. Zwei seiner vier Hände umklammerten den Griff eines Schwertes, was darauf schließen ließ, dass sein Charakter ungefähr seinem Aussehen entsprochen hatte – bevor Hrhon ihm das Genick brach.

Daneben lag eine zweite, etwas kleinere Scheußlichkeit, die ein paar Arme weniger hatte, deren jetzt in anderthalb Metern Entfernung liegende Mandibeln dafür aber wohl selbst einem Waga Respekt einflößen mochten, wenn er nicht gerade Hrhon oder Essk hieß und das Leben seiner Herrin verteidigte.

»Hornköpfe?«, murmelte Tally ungläubig. »Hier?« Sie blickte Hrhon an, starrte dann erneut auf die beiden toten Rieseninsekten hinab und versuchte vergeblich, eine halbwegs logische Erklärung für den unglaublichen Anblick zu finden. Einen Moment lang blickte sie hilflos auf den Todeskreis und die regelmäßigen schwarzen Löcher herab. Sie verwarf den Gedanken so schnell wieder, wie er gekommen war. Es gab unter den Werwesen alle möglichen – und eine ganze Menge unmöglicher – Kreaturen, aber keine Hornköpfe. Schon gar keine, die hier heraufkommen konnten.

»Sssie habhen unsss anghegriffen«, verteidigte sich Hrhon. »Whir mussten sssie töten.«

»Das ist schon in Ordnung«, sagte Tally verwirrt – sie hätte das Gleiche gesagt, wenn Hrhon die beiden Kreaturen völlig grundlos getötet hätte, denn wenn es etwas auf der Welt gab, was sie beinahe so sehr hasste wie die Drachen, dann waren es Hornköpfe. »Aber wo sind sie hergekommen?«

Hrhon deutete auf die Treppe. »Ausss dem Thurm«, sagte er.

Tally starrte ihn an. »Aus dem *Turm?*«

Der Waga versuchte zu nicken. »Sssusssammen mit diessser dha«, sagte er. Und damit deutete er auf eine dritte, etwas größere Gestalt, die wie die beiden Hornköpfe auf den Stufen der Treppe zusammengesunken und ebenso tot war wie sie.

Aber es war kein Hornkopf. Sie war nicht in Chitin gekleidet, sondern in schwarzbraunes Leder. In ihrer Hand lag kein Schwert, sondern eine bizarr geformte Waffe, die fast wie eine bizarr geformte kleine Armbrust ohne Bogen aussah und wie Silber glänzte. Und ihr Gesicht war nicht die starre Panzerfratze eines Hornkopfes, so wenig wie ihre Augen die glitzernden Facettenbündel eines Rieseninsektes waren, sondern die weit geöffneten, starren Augen eines allerhöchstens achtzehnjährigen, sehr hübschen Mädchens.

4

Sie hatte ihre gerade zurückgewonnen Kräfte eindeutig überschätzt, denn was folgte, war ein abermaliger und gründlicher Zusammenbruch, und es dauerte drei volle Tage, bis sie sich so weit erholt hatte, den Weg zum Turm zu wagen.

Hrhon und Essk hatten ihr in dieser Zeit alles erzählt, was seit ihrem Eintreffen hier geschehen war; und nicht nur ein-, sondern mindestens ein dutzendmal. Sie hatten unglaubliches Glück gehabt, den Turm trotz des tobenden Sturmes zu erreichen, und Tallys erster Gedanke, dass sie ihr Hiersein den gleichen überkochenden Naturgewalten verdankten, die sie fast umgebracht hätten, schien sich zu bestätigen: die beiden Wagas hatten weder von den entsetzlichen Werwesen noch von den tötenden Illusionen irgendetwas gesehen oder gespürt. Der Sandsturm, der sie auf den letzten zweihundertfünfzig Metern gepackt und wie bizarre Schlittschuhläufer auf einem See aus Glas direkt bis an den Fuß der Ruine geschoben hatte, hatte die tödliche Magie des Turmes besiegt.

Seine lebenden Bewohner nicht.

Die beiden Wagas hatten das schwarze Gebäude umkreist und eine schmale Treppe gefunden, die auf der windabgewandten Seite zu einem Eingang hinaufführte, und sie hatten sogar unbehelligt den geschützten Keller erreicht, in dem Tally drei Tage später aufgewacht war. Aber der Sturm hatte kaum ein wenig in seinem Wüten nachgelassen, als der erste Hornkopf in ihrem Unterschlupf erschien – ein grünschimmernder Haufen zermalmter Chitinplatten, den Essk ihr gezeigt hatte, und dessen Aussehen beim besten Willen nicht mehr erkennen ließ, zu welcher der vielen verschiedenen Insektenrassen er einmal gehört hatte. Er hatte Essk warnungslos angegriffen und war genauso warnungslos von ihr getötet worden, aber nicht, ohne ihr einen sehr tiefen, noch immer nicht ganz verheilten Schnitt im Arm beizubringen. Trotzdem hatte sein heimtückischer Angriff ihnen wahrscheinlich allen dreien das Leben gerettet; denn als seine beiden mordlustigen Kameraden und ihre menschliche Begleiterin einige Stunden später auftauchten, um nach dem vermissten Riesen*etwas* zu suchen, sahen sie sich unvermittelt zwei sehr vorsichtigen und wahrscheinlich höchst übellaunigen Wagas gegenüber. Das Ergebnis dieser Begegnung hatte Tally gesehen, draußen auf den ersten Stufen der Brücke.

Es tat Tally leid, dass auch das Mädchen getötet worden war. Nicht aus Menschlichkeit oder Pietät, denn die junge Frau gehörte ganz eindeutig zu ihren Feinden; aber sie hätte gerne mit ihr geredet. Es gab hunderttausend Fragen, auf die sie Antworten haben wollte, und sie hätte sie bekommen, freiwillig oder auf andere Weise; Tally war da nicht besonders wählerisch. Aber die

Wagas hatten wohl keine andere Wahl gehabt, als auch sie zu töten. Essk hatte ihr das kopfgroße Loch gezeigt, das die sonderbare Waffe, die jetzt unter Tallys Gürtel steckte, in den massiven Stein der Wand geschlagen hatte.

Es war Abend, als sie wieder auf den halbzerstörten Balkon hinaustrat, eine gute Stunde vor Sonnenuntergang – was bedeutete, dass es noch immer heiß war, aber nicht mehr unerträglich.

Die schwarze, geländerlose Treppenbrücke, die die beiden ungleichen Gebäude miteinander verband, glänzte wie das Rückgrat eines absurden Riesentieres unter dem schräg einfallenden Rot der Abendsonne, und erst jetzt, beim zweiten Mal, sah Tally, wie lang sie war und wie hoch. Der kühn geschwungene Bogen überspannte eine Strecke von einer guten halben Meile, und sein höchster Punkt – der Eingang zum eigentlichen Turm – lag sicherlich hundertfünfzig Meter über dem glasierten Boden des Todeskreises.

Tally war realistisch genug, ihre Grenzen zu erkennen – zumal sie sie wenige Tage zuvor auf recht drastische Weise vor Augen geführt bekommen hatte. Sie würde den Weg einmal schaffen, ehe die Sonne unterging, aber kein zweites Mal. Die kommende Nacht würden sie drüben verbringen müssen. Aber während des gesamten Tages hatte ein so heftiger Wind geweht, dass sie es nicht gewagt hatte, auf diesen kaum anderthalb Meter breiten, geländerlosen Steg hinauszutreten. Und die Geduld, eine weitere Nacht zu warten (was sicherlich klüger gewesen wäre), brachte sie nicht mehr auf.

Ein niemals zuvor gekanntes Gruseln ergriff Tally, als sie mit übermäßig großen Schritten an den beiden toten Hornköpfen vorbeiging und sich dem Leichnam des Mädchens näherte. Sie lag jetzt den sechsten Tag hier in der Sonnenglut, und sie sah nicht mehr halb so appetitlich aus wie zu Anfang. Die Hitze und die Luft, die hier oben so trocken war, dass sie zu knistern schien, wenn man sie berührte, hatten ihren Körper zumindest äußerlich von den Spuren irgendwelchen Verfalles bewahrt, aber ihr Haar war zu schwarzem Stroh vertrocknet, und die Haut, die sich über einem ehemals sicher sehr attraktiven Gesicht spannte, sah aus wie gelbes Sandpapier. Auf ihren weit geöffneten, starren Augen lag Staub. Vielleicht, dachte Tally, würde sie noch in hundert Jahren so hier liegen. Hrhon war gnädig genug gewesen, sie nicht zu verstümmeln, sondern mit einem blitzschnellen Hieb zu töten, sodass sie keine äußerlich sichtbaren Verletzungen aufwies. Und trotzdem erfüllte der Anblick Tally mit schierem Entsetzen.

Es war nicht der Umstand, dass sie tot war. Der Anblick des Todes in jeder nur vorstellbaren Form gehörte seit fünfzehn Jahren zu ihrem Leben wie die täglichen Mahlzeiten und die niemals endenden Ritte und Heereszüge. Sie hatte mehr Tote gesehen als so mancher General einer großen Armee, und nur die allerwenigsten davon waren auf natürliche Art und Weise ums Leben gekommen. Sie hatte selbst getötet, Menschen und *Nicht*-Menschen, Hornköpfe und Tiere, Männer und Frauen, Alte und selbst Kinder: unzählige Male, manchmal nur durch ein Wort oder ein Schweigen im richtigen Moment, manchmal mit eigener Hand. Mitleid? Irgendwann zwischen jenem schicksalsschweren Morgen vor fünfzehn Jahren und heute hatte sie verlernt, was dieses Wort bedeutete. Nein – es war nicht der Anblick des Todes, der sie so hart traf und abermals stehenbleiben ließ.

Es war der Gedanke, dass sie ihrem Feind gegenüberstand. Einem ihrer Feinde. Und es spielte überhaupt keine Rolle, dass er tot war.

Es waren Frauen wie diese hier gewesen, die die Drachen geritten hatten, große, schlank gewachsene Frauen in braunen Lederanzügen, die eng wie eine zweite Haut am Leib anlagen und in der Nacht schwarz ausgesehen hatten. Wäre es nicht zu jung gewesen, dann hätte das tote Mädchen auf der Treppe selbst bei ihnen gewesen sein können.

Zum ersten Mal, seit sie aufgewacht war, machte sich ein schwaches Gefühl von Triumph in ihr breit, wenn auch nur für Augenblicke. Sie hatte sehr wenig Grund zu jubilieren. Statt der Befriedigung, die der Anblick des toten Mädchens in ihr hätte wachrufen sollen, machte sich eine düstere Unruhe in ihr breit. Ohne dass sie es genauer begründen konnte, hatte sie plötzlich das Gefühl, nicht am Ende, sondern vielmehr am Anfang ihrer Suche zu sein.

Sie vertrieb den Gedanken, richtete sich wieder auf und begann vorsichtig die Treppe zu ersteigen. Die beiden Wagas folgten ihr in geringem Abstand. Es hatte Tally mehr als nur simple Überredung oder Bitten gekostet, Hrhon davon abzuhalten, hundert Schritte vor ihr zu gehen und den Weg nach Fallen oder einem möglichen Hinterhalt abzusuchen. Aber es wäre irgendwie wie Gotteslästerung gewesen, hätte einer der beiden Wagas den Turm *vor* ihr betreten.

Vorsichtig gingen sie weiter, und schon nach kurzer Zeit verschwand jeder Gedanke an das, was sie auf der anderen Seite des Turmes antreffen mochten, aus Tallys Bewusstsein; denn sie musste all ihre Konzentration aufwenden, um weiterzugehen. Was von unten betrachtet wie ein sanft geschwungener Bogen ausgesehen hatte, entpuppte sich bald als eine gewaltige Steigung, die all ihre Kraft verlangte, zumal die Stufen vom Wind glattgeschliffen und schlüpfrig wie Glas waren.

Die Tiefe schien sie zu sich herabsaugen zu wollen, und mit jedem Schritt, den sie weiter auf die Brücke hinaustrat, hatte sie mehr das Gefühl, die ganze gewaltige Konstruktion unter sich beben und zittern zu fühlen. Sie war sich durchaus darüber im Klaren, dass das unmöglich war, nichts als ein böser Streich, den ihr ihre Nerven spielten: der Stein war massiv wie ein Berg und regte sich um keinen Deut. Aber dieses Wissen nutzte verdammt wenig. Ein anderthalb Meter breiter Pfad ist so gut wie eine zehnfach so breite Landstraße, wenn er über ebenes Gelände führte. Waren unter ihm hundertfünfzig Meter Nichts und dann tödliches Glas, schrumpfte er auf magische Weise zu einem Faden zusammen.

Wären die beiden Wagas und das tote Mädchen nicht hinter ihr gewesen, wäre Tally vielleicht umgekehrt, lange bevor sie auch nur die Hälfte der Strecke hinter sich gebracht hätte. So aber quälte sie sich weiter, auch wenn jeder Schritt eine schiere Tortur war und zu allem Überfluss ihre Beine wieder zu schmerzen begannen.

Sie brauchten eine Stunde, um das obere Ende der Treppe zu erreichen. Es gab hier oben einen zweiten, wenn auch sehr viel kleineren Balkon, ähnlich dem unten an der Ruine. Tally taumelte hinauf, entfernte sich noch ein paar Schritte von der Treppe und sank mit einem erschöpften Seufzen auf die Knie. Für einen Moment begann sich die Wüste vor ihren Augen zu drehen. Der Turm schien sich wie in einer grotesken Verneigung vor ihrer Leistung vorzubeugen und ebenso langsam wieder aufzurichten, und auf ihrer Zunge war plötzlich der bittere Geschmack warmer Kupferspäne.

Für die Dauer von drei, vier raschen Herzschlägen blieb Tally reglos auf den Knien sitzen und rang nach Atem, ehe sie den Kopf hob und sich umsah. Im Westen begann die Nacht dünne schwarze Finger in den Himmel zu krallen, und der Wind war spürbar kühler geworden. Die Flanke des Turmes war wie eine schwarze Wand, die geradewegs in den Himmel hinaufführte.

Unmittelbar vor ihr war eine Tür. Sie bestand aus geschwärztem Eisen, das der Wind so glattpoliert hatte, dass sich ihre knieende Gestalt verzerrt darin widerspiegelte, und hatte ungewohnte Proportionen. Sie war nicht ganz geschlossen, sodass Tally erkannte, wie stark sie war. Das Metall war so dick wie ihr Oberarm.

Der Anblick ließ sie Erschöpfung und Schwäche vergessen. Sie stand auf, bedeutete Hrhon und Essk mit Gesten, dicht hinter ihr zu bleiben, und griff nervös nach der fremdartigen Waffe, die in ihrem Gürtel steckte. Sie hatte nicht die leiseste Ahnung, wie sie zu benutzen war oder ob sie in der Hand eines anderen Menschen als ihres rechtmäßigen Besitzers überhaupt funktionierte oder sich gar – wie es bei magischen Waffen nicht einmal so selten war – gegen sie wenden würde, aber die Berührung beruhigte sie ein wenig. Vorsichtig trat sie auf die Tür zu und streckte den Arm aus.

Die immense Masse hatte sie ein ebensolches Gewicht erwarten lassen, und sie griff kräftig zu. Aber die Tür bewegte sich nahezu schwerelos in ihren Angeln, und Tally verlor beinahe das Gleichgewicht, von ihrem eigenen Schwung nach hinten gerissen. Verwirrt blieb sie stehen, musterte die so seltsam gewichtslose Tür einen Moment unschlüssig und ordnete die Frage dem ohnehin nicht kleinen Reservoir ungelöster Rätsel in ihrem Gedächtnis bei. Es gab Wichtigeres zu ergründen als das Geheimnis einer Tür.

Sie hatte Dunkelheit erwartet, aber das Innere des Turmes – zumindest der winzige Ausschnitt, den sie erkennen konnte – war von mildem grünem Licht erfüllt, das ein bisschen mehr als Licht zu sein schien, denn Tally hatte ein schwer in Worte zu fassendes Empfinden von etwas Materiellem, in das sie eindrang, als sie durch die Tür schritt.

Ihr Herz hämmerte wie wild. Feiner, klebriger Schweiß bedeckte ihr Gesicht und ihre Handflächen. Jeder einzelne Nerv in ihr war bis zum Zerreißen gespannt. Ihre Augen waren weit und starr vor Anstrengung, den sonderbaren grünen Schimmer zu durchdringen. Tally war in diesem Moment nicht viel mehr als eine lebende Kampfmaschine, ein Ding aus fünfzehn Jahren aufgespartem Hass und hochtrainierten Reflexen. Ganz gleich, wer oder was ihr in diesem Moment gegenübergetreten wäre, er oder es hätte diese Begegnung mit dem Leben bezahlt.

Aber sie begegnete niemandem, und ihr erster Schritt in den Turm hinein war nichts als eine Enttäuschung.

Tally hatte keine Vorstellung von dem gehabt, was sie antreffen würde – irgendetwas Gigantisches und Gefährliches vielleicht, und sicher etwas Magisches. Aber als sie nach wenigen Schritten stehenblieb und sich umsah, fand sie sich in einer nicht besonders großen, annähernd würfelförmigen Kammer, vollkommen leer bis auf das unheimliche, fließende Licht und mit einer knöcheltiefen Staubschicht auf dem Boden. Verwirrt, aber immer noch auf alle nur denkbaren bösen Überraschungen gefasst, drehte sie sich einmal um ihre Achse und sah sich genauer um, ohne indes mehr zu entdecken als beim ersten Mal. Die Kammer war leer. Das Einzige, was sie identifizierte, war die Quelle des sonderbaren Lichtes: Es waren die Wände und die Decke selbst, deren Stein die moosige Helligkeit ausstrahlte, wenn auch nicht überall. Hier und da gab es große, an Lepra erinnernde Flecken, an denen der Stein schwarz war, und auf dem Boden hatte der Staub das Leuchten erstickt.

Während Tally sich noch umsah, kniete Essk nieder und untersuchte die Fußspuren, die der Staub akribisch konserviert hatte. Es waren die Spuren von menschlichen Füßen, aber auch die kleinerer, mit dürren drahtigen Klauen versehenen Insektenbeine. Sie führten in gerader Linie zu einer von drei verschlossenen Türen in der gegenüberliegenden Wand, und es waren die einzigen Spuren überhaupt. Das Mädchen und die zwei – drei – Hornköpfe mussten die Ersten gewesen sein, die diesen Ausgang seit sehr langer Zeit benutzt hatten. Nun, dachte Tally spöttisch, sehr oft kam es wahrscheinlich auch nicht vor, dass ungebetene Besucher den Todesschirm um den Turm durchbrachen und sich im Gesindehaus einnisteten.

Sie wollte weitergehen, aber Hrhon hielt sie mit einer knappen Geste zurück und eilte an ihr vorbei. Diesmal widersprach Tally nicht. Schweigend sah sie zu, wie der Waga die beiden Türen inspizierte, zu denen *keine* Spuren führten, und vergeblich an den massiven Eisenplatten rüttelte, ehe er sich schließlich dem dritten Durchgang zuwandte und ihn ohne sichtliche Mühe aufschob.

Dahinter kam ein schmaler, von dem gleichen unheimlichen Licht erfüllter Gang zum Vorschein. Tallys Blick vermochte ihm nur ein knappes Dutzend Schritte zu folgen, denn er führte nicht nur leicht in die Höhe, sondern war auch sanft nach rechts gebogen, offenbar der Krümmung des Turmes folgend. Wenn zwischen ihm und der äußeren Begrenzung des Turmes nicht ein Hohlraum oder weitere, verborgene Räume lagen, dachte Tally, dann mussten die Wände des Turmes von einer enormen Dicke sein.

Abermals gebot sie Hrhon zurückzubleiben, trat mit klopfendem Herzen durch die Tür und in den Gang hinaus. Ein ganz leises Raunen trat an ihr Ohr, wie das Geräusch von Wind, aber unendlich weit entfernt, und diesmal war sie sich nicht ganz sicher, ob sie sich das Zittern des Bodens unter ihren Füßen wirklich nur einbildete.

Vor ihrem inneren Auge entstanden Visionen von aufschnappenden Falltüren, unter denen bodenlose Abgründe lauerten. Sie versuchte sie dorthin zurückzuscheuchen, wo sie hergekommen waren, nahm die Hand von der fremden Waffe und zog stattdessen ihren Dolch aus dem Gürtel – ein Zahnstocher gegen einen Drachen.

Trotzdem fühlte sie sich spürbar wohler, als sie das glatte Eisen des Dolchgriffes in der Hand spürte.

5

Der Weg nahm kein Ende. Tally verlor ihr Zeitgefühl, irgendwo in einem der endlosen, nur ganz sanft gekrümmten und fast unmerklich ansteigenden Gänge. Sie wusste nicht mehr zu sagen, ob es eine Stunde war, wenige Augenblicke oder eine Ewigkeit, die sie durch den Turm gingen. Das dumpfe Rauschen und Brausen begleitete sie, und manchmal glaubte sie einen leisen, aber sehr mächtigen Rhythmus in diesem Geräusch zu erkennen. In diesen Augenblicken erinnerte es sie an Atemzüge, an das sehr langsame, mächtige Atmen von irgendetwas Gigantischem.

Natürlich war es nicht da. Der Gang war leer, nur von Staub und dem sonderbaren leuchtenden Bewuchs erfüllt. Die Wände strömten einen unangenehmen Geruch aus, und die Luft schmeckte nach altem Eisen. Alle vier-, fünfhundert Schritte gelangten sie an eine Tür, als hätten die Erbauer dieses gewaltigen Turmes aus irgendeinem Grund dafür sorgen wollen, den Gang in möglichst viele voneinander unabhängige kleine Sektionen zu unterteilen.

Es gab auch noch andere Türen, die ausnahmslos auf der linken Stollenseite lagen und offensichtlich in Räume hineinführten, die in die Wände des Turmes eingelassen waren, wie Luftblasen in Bernstein. Aber sie waren ausnahmslos verschlossen, und Tally schüttelte hastig den Kopf, als Hrhon sich erbot, eine davon aufzubrechen. Sie waren Eindringlinge und keine willkommenen Gäste. Vielleicht war es besser, wenn sie nicht mehr Lärm machten, als unbedingt nötig war.

Dann fanden sie die zweite Tote.

Sie waren durch eine weitere Tür getreten, wie immer Hrhon als Erster, gefolgt von Tally und Essk, die den Abschluss bildete, aber statt des erwarteten Schneckenganges erhob sich vor ihnen eine schier endlose, sehr steil in die Höhe führende Treppe.

Auf den untersten Stufen lag eine Frau.

Tally fuhr überrascht zusammen und wollte sich an Hrhon vorbeidrängen, aber der Waga schob sie einfach zurück, zischelte irgendetwas, das Tally nicht verstand, und war mit zwei, drei überraschend behenden Schritten bei der reglosen Gestalt, um sie rasch, aber sehr gründlich zu untersuchen – etwas, das ganz und gar überflüssig war, wie Tally befand. Wenn sie jemals eine Tote gesehen hatte, dann *diese.* Trotzdem wartete sie geduldig, bis Hrhon sich mit einem zufriedenen Zischeln aufrichtete und ihr mit Gesten zu verstehen gab, dass keine Gefahr mehr bestand.

Ihr Herz begann vor Aufregung schneller zu schlagen, als sie selbst neben der Toten niederkniete. Die Frau war wesentlich älter als das tote Mädchen draußen auf der Brücke, alt genug, um ihre Mutter sein zu können. Ihr Haar, das sehr kurz geschnitten war, begann bereits grau zu werden, und ihr im Tode bleich gewordenes Gesicht war von tiefen Linien durchzogen, ohne dadurch direkt hässlich zu wirken. In ihren erloschenen Augen schien noch ein Ausdruck ungläubigen Schreckens zu stehen. Ihre rechte Hand umklammerte die gleiche sonderbar geformte Waffe, wie sie Tally bei der Toten draußen gesehen und an sich genommen hatte. Der Leichnam verströmte einen ganz sachten, aber unangenehmen Geruch. Unter dem Kopf war ein hässlicher braunroter Fleck, ebenso wie auf der Stufe darüber und der nächsten und übernächsten.

Tallys Blick folgte der eingetrockneten Blutspur, bis sie sich im grünen Dunst des Ganges verlor. Es war nicht sehr schwer zu erraten, was geschehen war: die Frau und das junge Mädchen draußen hatten offensichtlich zusammengehört, aber während das Mädchen und die Hornköpfe herausgekommen waren, um nach den unwillkommenen Besuchern zu sehen, war diese Frau zurückgelaufen, um – ja, um was zu tun?, dachte Tally. Instinktiv irrte ihr Blick zum oberen Ende der Treppe. Sie sah nur grünes Licht, in dem sich die Stufen wie in leuchtender Säure aufzulösen begannen. Nun, gleich wie – sie hatte es wohl ein wenig *zu* eilig gehabt, denn sie musste auf der Treppe ausgeglitten sein und sich den Schädel eingeschlagen haben. Hätte es noch eines

Beweises für diese Theorie bedurft, wäre es allein der Leichengeruch gewesen. Die Tote lag schon eine geraume Weile hier.

Sie stand auf, winkte Essk, an ihre Seite zu treten, und setzte den Fuß auf die erste Treppenstufe, aber wieder hielt Hrhon sie zurück. »Vorssssicht«, zischelte er. »Esss können noch mehhhr da ssseinnn.«

»Unsinn«, sagte Tally unwillig. »Die beiden waren allein, Flachkopf! Wäre es anders, wären wir wohl kaum noch am Leben, oder?«

Hrhon widersprach nicht, aber Tally wusste selbst, dass ihre Worte wohl mehr ihrer eigenen Beruhigung galten. Der Gedankengang mochte durchaus logisch sein – aber was war Logik in dieser Welt, die zur Hälfte von einem willkürlichen Schicksal und zur anderen Hälfte von Zauberei bestimmt wurde? Sie hatten keinerlei Beweise, dass am oberen Ende dieser Treppe nicht eine ganze Armee zangenbewehrter Hornköpfe auf sie wartete. Oder Schlimmeres. Aber es gab auch nur eine Möglichkeit, es herauszufinden.

»Dann lassst mich wenigssstensss vorausssgehennn«, sagte Hrhon.

Tally dachte einen Moment ernsthaft über seinen Vorschlag nach. Der Gedanke, einen lebenden Schutzschild aus Panzerplatten und Knochen vor sich zu haben, war verlockend – der, unter vierhundert Pfund der gleichen Panzerplatten und Knochen begraben zu werden, sollte Hrhon angegriffen werden und stürzen, weniger.

Sie schüttelte den Kopf, scheuchte den Waga mit einer befehlenden Geste zur Seite und ging los.

Die Treppe schien endlos zu sein. Schon nach wenigen Augenblicken begannen ihr Ende und die Tote in grünem Dunst zu verschwinden, während die leuchtende Wand über Tally und den beiden Wagas im Tempo ihrer eigenen Schritte vor ihnen zurückwich. Es war ein unheimliches Gefühl, das Tally sehr nervös machte – sie sah nicht, wohin sie gingen, und in ihrem Kopf nistete sich der bösartige Gedanke ein, dass diese Treppe geradewegs in die Unendlichkeit führen würde und sie so lange laufen konnten, bis sie vor Erschöpfung und Durst einfach starben, ohne jemals irgendwo anzukommen. Natürlich wusste sie auch, dass das Unsinn war, aber dieses Wissen nutzte ihr herzlich wenig. Es war enervierend, irgendwohin zu gehen, ohne zu wissen, wo und was dieses *wohin* war.

Schließlich blieb sie stehen und sah nervös zu den beiden Wagas zurück. »Dieses Leuchten macht mich nervös«, gestand sie. »Es ist ... unheimlich.«

Hrhon versuchte sein Schildkrötengesicht zu einem Lächeln zu verziehen, was natürlich misslang. »Esss ist nichtsss Uuunheimlichesss«, sagte er. »Nhur leuchtende Ffflanzen. Esss gibt viele davon, da, wo wir herkommen.«

Tally blickte den Waga verwirrt an. Die Erklärung war so simpel und einleuchtend, dass sie sich fragte, warum, beim Schlund, sie noch nicht selbst darauf gekommen war – schließlich hatte sie oft genug von leuchtenden Pflanzen gehört, wenn sie auch noch keine gesehen hatte. Sie sollte sich angewöhnen, die Dinge nüchterner zu betrachten. Es konnte durchaus gefährlich werden, wenn sie mehr in dieses sonderbare Bauwerk hineinlas, als gut war.

Sie gingen weiter. Tally begann die Stufen zu zählen, die sie emporstieg, kam irgendwann aus dem Rhythmus und begann von vorne. Als sie zum zweiten Male bei dreihundert angekommen war, schälte sich über ihnen der wuchtige Umriss einer Tür aus dem grünen Dunst. Anders als alle, durch die sie bisher gegangen waren, stand sie halb offen, und dahinter hörte das grüne Licht auf.

Tally ging schneller, blieb aber auf der vorletzten Stufe stehen und gab Hrhon nun doch ein Zeichen vorauszugehen. Der Waga senkte kampflustig die Schultern, stürmte ohne viel

Federlesens durch die Tür und polterte eine Weile in der Dunkelheit dahinter herum, ehe er zurückkam und auffordernd winkte.

»Allesss in Ohrdnuhng«, zischelte er.

Tally und Essk folgten ihm.

Sie fanden sich in einem großen, annähernd würfelförmigen Raum wieder, der bis auf den allgegenwärtigen Staub vollkommen leer war und nicht ganz so dunkel, wie Tally im ersten Augenblick angenommen hatte. Durch schmale, hoch unter der Decke angebrachte Schlitze sickerten gelbrote Streifen von Sonnenlicht herein. Jetzt erst fiel Tally auf, dass die Treppe in gerader Linie nach oben geführt hatte, nicht gekrümmt wie die Gänge zuvor. Ohne es zu merken, waren sie der äußeren Begrenzung der Turmwand näher gekommen.

Neugierig sah sie sich um. Nicht dass es viel zu sehen gegeben hätte – der Boden war ein verwirrendes Muster von Spuren, und zehn Meter über ihren Köpfen wob das Sonnenlicht ein Netz aus flirrenden Rechtecken in die Luft, das war alles. Trotzdem verspürte Tally eine immer stärker werdende Erregung. Was immer das Geheimnis dieses Turmes war – *wenn* es eines gab –, sie näherten sich ihm.

Auch diesmal widersprach Tally nicht, als sich Hrhon an ihr vorbeischob und auf die offenstehende Tür am Ende der Kammer zustapfte. Der Waga bewegte sich sehr vorsichtig, noch langsamer und scheinbar behäbiger als gewohnt. Seine kurzen Arme pendelten lose neben dem massigen Leib, die vierfingrigen Hände waren zu Klauen geöffnet.

Ganz plötzlich verspürte Tally ein heftiges Gefühl von Sicherheit, diese beiden lebenden Kampfmaschinen in ihrer Nähe zu wissen. Es gab nicht viel, was einem zustoßen konnte, mit zwei ausgewachsenen Wagas als Leibwächtern – sah man von zangenbewehrten Hornköpfen und Waffen ab, die faustgroße Löcher in massiven Stein schlagen konnten, wie eine dünne böse Stimme hinter ihrer Stirn flüsterte.

Sie verscheuchte den Gedanken ärgerlich, aber ganz gelang es ihr nicht. Ihre Nervosität stieg. Vorhin, als sie zwischen den beiden Wagas dem gewundenen Gang gefolgt war, hatte sie fast so etwas wie Enttäuschung verspürt – nein, Ernüchterung. Nach zehn Jahren vergeblicher Anstrengungen und Mühe, zehn Jahren immer wieder aufs Neue geschöpfter – und immer wieder aufs Neue enttäuschter – Hoffnungen, war ihr plötzlich alles so profan erschienen. Das große Geheimnis, dessen Lösung sie ihr Leben gewidmet hatte, sollte nur aus einem leeren Turm bestehen? Aber dieses Gefühl war vergangen, im gleichen Moment, in dem sie die Tote gefunden hatten. Und jetzt begann allmählich etwas in ihr emporzukriechen, das sie auf sehr unangenehme Weise an Furcht erinnerte.

Vielleicht war es nur Erregung, die ganz normale Erregung, endlich am Ziel zu sein; vielleicht hatte sie auch einfach nur die Leistungsfähigkeit ihres Körpers überschätzt, denn schließlich war es noch nicht lange her, dass sie fast gestorben wäre, aber ganz gleich, was es nun war – die Symptome waren eindeutig die von Furcht: Ihre Handflächen wurden feucht, ihre Knie begannen ganz leicht zu zittern, und plötzlich hatte sie das Gefühl, von unsichtbaren Augen beobachtet und angestarrt zu werden, aus allen Richtungen zugleich.

Möglicherweise war es auch mehr als nur ein *Gefühl*, denn Hrhon blieb stehen, noch ehe er die Tür vollends durchschritten hatte, hob den linken Arm, zum Zeichen, dass sie und Essk zurückbleiben sollten, und drehte sich schwerfällig nach rechts und links. Tally konnte sehen, wie sich seine kurzsichtigen Augen zu schmalen Schlitzen zusammenzogen, als er versuchte, in der fast vollkommenen Dunkelheit jenseits der Tür etwas zu erkennen.

»Was ist?«, fragte sie.

Hrhon versuchte ein Schulterzucken zu imitieren. »Ich weisss nicht«, sagte er. »Irgendetwass ssstimmt nicht…« Er schnüffelte hörbar. »Esss ssstinkt nach Hornköpfen.«

»Das ist kein Wunder«, antwortete Tally nervös. »Schließlich waren sie hier, oder? Geh weiter.«

Hrhon gehorchte. Schwerfällig setzte er sich in Bewegung und machte einen Schritt in die Dunkelheit hinein.

Um ein Haar wäre es sein letzter gewesen.

Etwas Großes, Glitzerndes bewegte sich in der Schwärze vor ihm, ein heller, schleifender Laut war zu hören, und plötzlich schien die Dunkelheit selbst zu erwachen und sich mit fünfundzwanzig Armen und Beinen und der gleichen Anzahl mörderisch schnappender Mandibeln auf den Waga zu stürzen.

Der Anprall war so gewaltig, dass Hrhon zu Boden ging. Tally sprang mit einem erschrockenen Keuchen zur Seite, als der Waga fast genau dort niederkrachte, wo sie stand, ein halb erschrockenes, halb wütendes Zischeln ausstoßend und mit beiden Fäusten auf das schwarze Chitinbündel einschlagend, das ihn umklammert hatte.

Es war Tally unmöglich zu sagen, *was* es war, das Hrhon angegriffen hatte – die Kreatur war ein gutes Stück größer als er, aber nicht einmal halb so massig, machte diesen Mangel jedoch mit einer Unzahl langer, stacheliger Gliedmaßen und einem Paar schon fast grotesk großer Beißzangen wett, mit denen es Hrhons Hals abzuknipsen versuchte.

Möglicherweise wäre es ihm sogar gelungen; groß genug dazu waren die Mandibeln jedenfalls. Aber Hrhon reagierte ganz instinktiv auf die gleiche Weise, auf die sich seine Vorfahren schon vor etlichen hundert Millionen Jahren ihrer Gegner erwehrt hatten – blitzartig zog er Kopf und Glieder in seinen Panzer zurück, sodass die schrecklichen Scheren des Insektes auf stahlhartes Horn krachten statt auf Fleisch. Ein Stück davon brach ab, und der Hornkopf fuhr mit einem wütenden Pfeifen zurück.

Eine Sekunde später war Essk über ihm, riss ihn mit einer fast spielerischen Bewegung von ihrem Gefährten herunter und warf ihn kurzerhand gegen die Wand. Der Laut, mit dem sein schwarzglänzender Chitinpanzer gegen den Stein prallte, ließ Tally innerlich erschauern.

Aber der Kampf war noch nicht vorüber. Der Hornkopf stürzte zwar, und er blieb auch einen Moment benommen liegen, aber nur, um sich dann jäh in ein wirbelndes Bündel aus Gliedmaßen und tödlichem Horn zu verwandeln, das mit schier unglaublicher Geschwindigkeit wieder auf den Beinen war und angriff.

Und diesmal galt sein Angriff nicht den beiden Wagas, sondern Tally, die er instinktiv als die wichtigste Gegnerin erkannt haben musste. Tally sprang zurück, beide Hände über den Kopf geschlagen und den Hals eingezogen, so gut sie konnte, denn sie wusste nur zu gut, auf welche Weise Hornköpfe normalerweise angriffen. Ihre Bewegung war sehr schnell; es war nicht das erste Mal, dass sie mit einem Hornkopf unterschiedlicher Meinung war, was ihre Lebenserwartung anging.

Trotzdem hätte sie keine Chance gehabt, währe Hrhon nicht gewesen. Aber der Waga bewegte sich plötzlich mit einer Behendigkeit, die wohl auch der Hornkopf ihm nicht zugetraut hätte – und Tally schon gar nicht. Als das Rieseninsekt an ihm vorbeiraste, fuhr er hoch und herum und ließ seine Faust auf seinen Panzer herunterkrachen. Der Schlag war auf den hässlichen Schädel gezielt, traf aber stattdessen seinen Hinterleib.

Diesmal zerbrach der Chitinpanzer des Ungeheuers mit einem hörbaren Knirschen.

Das Ungeheuer stieß einen kläglichen Laut aus, torkelte einen halben Schritt an Tally vorbei und fiel wimmernd zu Boden. Seine gewaltigen Scheren schnappten in hilfloser Wut.

Essk packte den Hornkopf und öffnete seinen Panzer an einer Stelle, die nicht dafür vorgesehen war. Aus den schrillen Schreien des Rieseninsektes wurde ein gurgelnder Laut. Eine zähe gelbe Flüssigkeit quoll aus seinem Maul. Seine Glieder zuckten noch einmal, dann erschlaffte es in den gewaltigen Pranken der Waga.

Trotzdem schmetterte Essk ihm die Faust noch zweimal mit aller Kraft zwischen die Augen, ehe sie ihn fallen ließ und mit einem zufriedenen Zischeln zurücktrat und sich umwandte. »Allesss in Ohrdnhung?«, fragte sie.

Tally begriff im ersten Moment nicht einmal, dass die Worte ihr galten. Erst, als Essk sie fast schüchtern an der Schulter berührte und ihre Frage wiederholte, riss sie ihren Blick von dem verstümmelten Insekt los und nickte. »Mir ist nichts passiert«, sagte sie. Sie wandte sich an Hrhon. »Aber was ist mit dir?«

»Nichtsss«, erwiderte Hrhon. »Esss war nhurrr die Überassung.«

Tally blickte auf den zermalmten Hornkopf herunter und glaubte ihm. Das Ungeheuer musste selbst sie um einen guten Meter überragen, wenn es aufrecht stand, und sie wusste, wie stark Insekten waren. Trotzdem konnte man seinen Angriff auf den Waga nur als glatten Selbstmord bezeichnen.

Mit aller Macht drängte sie ihren Widerwillen zurück, näherte sich dem toten Ungeheuer und ging dicht vor ihm in die Hocke. Ein eisiger Schauer lief über ihren Rücken, als sie die entsetzlichen Beißzangen sah, die dicht unter dem dreieckigen Insektenmaul aus seinem Schädel wuchsen. Sie waren kräftig genug, einem erwachsenen Mann den Oberschenkel durchzubeißen. Und als wäre dies allein noch nicht genug, verfügte das Ungeheuer über ein ganzes Arsenal weiterer natürlicher Waffen – angefangen von seinen gewaltigen, dornenbewehrten Sprungbeinen über ein paar Dutzend dolchspitzer Stacheln auf seinem Rücken bis hin zu seinem vorderen Beinpaar, mehrfach untergliedert und mit einem Chitinpanzer versehen, der zu einer Art natürlicher Axt zusammengewachsen war.

»Was, beim Schlund, ist das?«, murmelte sie.

Sie hatte nicht damit gerechnet, aber sie bekam eine Antwort.

»Eine Beterin«, sagte Essk. »Sssehr ghefährlich. Iss dachte, sssie whären ausssgessstorben.«

»Eine … Beterin?«, wiederholte Tally verwirrt. Sie hatte von diesen Tieren *(Tieren? Etwas in ihr sträubte sich dagegen, dieses Ding wirklich mit dem Wort Tier zu bezeichnen.)* gehört, aber auch sie hatte nicht gewusst, dass es sie wirklich noch *gab.* Beterinnen, das waren *irgendwelche* Ungeheuer, die in *irgendeinem* Teil der Welt *irgendwann einmal* gelebt hatten. Sie vor sich zu sehen erfüllte sie mit Entsetzen, ganz egal, ob sie nun tot war oder nicht. Und trotzdem wusste sie, dass Essk recht hatte – bei genauem Hinsehen war sogar noch eine Ähnlichkeit zwischen diesem horngepanzerten Ungeheuer und einer Gottesanbeterin zu erkennen, wie Tally sie kannte – wenn auch einer, die etliche zehn Arme zu viel hatte und ganz eindeutig an Größenwahn litt. Aber es *war* eine Beterin – der langgestreckte, vielfach gegliederte Leib, der entsetzliche dreieckige Schädel, die mächtigen Vorderläufe, das alles war unverkennbar.

»Du hättest sie nicht töten sollen«, sagte sie. »Sie hätte uns wertvolle Auskünfte geben können.« Aber der Tadel in der Stimme war nicht echt. Wie die beiden Wagas wusste sie nur zu genau, dass Hornköpfe durch absolut nichts auf der Welt zu irgendetwas zu zwingen waren, schon gar nicht durch Gewalt oder Folter, und weder Hrhon noch Essk reagierten auch in irgendeiner Weise auf ihre Worte. Als sie sich nach einer Weile aufrichtete und umdrehte, war Hrhon bereits verschwunden, während seine Gefährtin ein Stück vor und neben der Tür Aufstellung genommen hatte, den Kopf halb in den Panzer zurückgezogen und die Hände kampfbereit erhoben.

Aber es erfolgte kein weiterer Angriff mehr. Die Beterin war die letzte tödliche Überraschung, die der Turm für sie bereitgehalten hatte – wenigstens für diesen Tag. Hrhon kam schon nach wenigen Augenblicken zurück und machte ein beruhigendes Zeichen mit der Hand. Er bestand nicht einmal mehr darauf, vor ihr herzugehen, als sie durch die Tür trat.

Das Erste, was ihr auffiel, war das Geräusch: das gleiche

dumpfe Brausen und Rauschen, das sie den gesamten Weg hier herauf begleitet hatte, aber ungleich lauter und machtvoller, so mächtig, dass sie meinte, den Boden unter ihren Füßen in seinem Rhythmus vibrieren zu fühlen und abermals an ein urgewaltiges Atmen denken musste. Dann spürte sie den Luftzug, ganz sacht, wie das Streicheln einer kühlen Hand auf der Haut. Er kam von rechts, aus dem Turminneren, und als sie sich in diese Richtung wandte, sah sie einen ganz schwachen Lichtschimmer.

Behutsam bewegte sie sich darauf zu und gelangte an eine weitere nicht gänzlich geschlossene Tür. Ihre Finger zitterten, als sie die Hand danach ausstreckte und sie öffnete, obgleich kein Grund zur Furcht mehr bestand; denn Hrhon war vor ihr hier gewesen und hatte zweifellos auch den angrenzenden Raum gründlich nach Gefahren durchsucht.

Der Geruch verriet ihr, was sie erwartete, noch bevor sie die Tür gänzlich geöffnet und ihre Augen sich an das unerwartet helle Licht dahinter gewöhnt hatten.

Die Kammer war klein, leer bis auf ein paar Haufen halbverfaultes Stroh und einen übelriechenden Abortbehälter, und sie stank zum Erbrechen nach Hornköpfen. Durch ein mannshohes, aber sehr schmales Fenster in der Wand fiel Tageslicht herein, und in der Ecke neben der Tür faulte irgendetwas vor sich hin, das sich Tally lieber nicht genauer besah, von dem sie aber stark annahm, dass es die Lebensmittelration der Kampfinsekten gewesen war. In einem eisernen Halter unterhalb des Fensters stak ein ganzes Sammelsurium der widerlichsten Waffen, die sie jemals zu Gesicht bekommen hatte – hässliche Dinge mit zu vielen Schneiden und gemein gebogenen Widerhaken, wie sie nur Hornköpfe zu handhaben wussten, ohne sich dabei selbst in Stücke zu schneiden (obwohl sie sich fragte, wozu, beim Schlund, ein Ding wie das, das Hrhon angegriffen hatte, wohl eine *Waffe* brauchte ...), und durch eine zweite, etwas niedrigere Tür in der gegenüberliegenden Wand fauchte ein brausender Windzug herein. Tally sah all das mit einem einzigen raschen Blick, dann ging sie weiter, ehe der süßliche Insektengeruch ihr vollends den Magen umdrehen konnte, und betrat den angrenzenden Raum.

Überrascht blieb sie stehen.

Sie wusste nicht, was – oder ob überhaupt irgendetwas – sie erwartet hatte; aber auf jeden Fall nicht *das*.

Vor ihr lag ein hoher, sehr freundlich ausgestatteter Raum, dessen Wände aus dem allgegenwärtigen schwarzen Stein des Turmes bestanden, aber mit Vorhängen und Teppichen und da und dort sogar einem Bild drapiert waren. Ein knöcheltiefer, sehr weicher Teppich bedeckte den Boden und nahm ihm seine Kälte, und hier und da standen wenige, aber mit großem Geschmack ausgesuchte Möbel: ein Tisch, darum vier kleine geschnitzte Stühle mit halbhohen Lehnen, eine Art Diwan, auf dem seidene Kissen und Felldecken lagen, ein zierliches Schränkchen, hinter dessen gläsernen Türen Trinkgefäße und Teller säuberlich aufgestellt waren. Auch hier gab es eines jener großen, eigentümlich geformten Fenster, aber im Gegensatz zu dem im Quartier der Hornköpfe war es mit leicht gefärbtem Glas gefüllt, sodass zwar Licht, aber keine Kälte hereindringen konnte. Auf dem Tisch herrschte ein wenig Unordnung: einer der beiden Becher, die darauf standen, war umgefallen, und sein Inhalt zu einem hässlichen klebrigen Fleck eingetrocknet; daneben stand ein Teller mit einer erst halb beendeten Mahlzeit, die bereits Schimmel ansetzte. Trotzdem verriet das Zimmer Tally sofort die Hand einer Frau, die es ausgestattet hatte. Genauer gesagt, zweier Frauen, die hier gelebt hatten.

Das dumpfe Brausen war noch immer zu hören, und der Luftzug war zum Sturm angewachsen, der mit ihrem Haar spielte und sie blinzeln ließ, als sie hineinsah. Wie in allen Räumen, die sie bisher durchquert hatte, gab es auch hier eine zweite Tür, genau in der gegenüberliegenden Seite; Tally vermutete, dass die Kammern auf die gleiche Weise wie der Schneckenhausgang angeordnet waren, nicht wie die Räume eines Hauses in willkürlicher Unordnung, sondern immer eine hinter der anderen, sodass eine Fortsetzung der nach oben führenden Spirale entstand. Aber sehr weit konnte sie nicht mehr führen, denn wenn ihr Zeitgefühl auch längst durcheinandergeraten war, so wusste sie doch, dass sie die Spitze der steinernen Riesennadel fast erreicht haben mussten.

Der Wind leitete sie, als sie den Raum durchquerte. Das Zimmer dahinter ähnelte dem ersten, nur dass es ein wenig unordentlicher war und einer der beiden Frauen als Schlafgemach gedient haben musste, denn es gab ein großes, mit Seide bezogenes Bett und einen niedrigen Schrank, dessen Türen offen standen, sodass sie erkennen konnte, dass er Kleider enthielt. Aber der Windzug kam nun nicht mehr von vorne, obgleich es dort eine weitere Tür gab, sondern bauschte einen schweren blauen Samtvorhang, der den größten Teil der rechts liegenden Wand einnahm.

Tally runzelte verwundert die Stirn. Wenn sie nun nicht auch noch ihr Orientierungsvermögen verloren hatte, dann führte der Weg nach rechts tiefer in den Turm *hinein* – wo um alles in der Welt kam dieser Sturmwind her?

Sie hob die Hand, um den Vorhang kurzerhand herunterzureißen, besann sich dann aber eines Besseren und schob ihn beinahe vorsichtig zur Seite.

Grelles Sonnenlicht blendete sie. Sie hob die Hand, blinzelte, senkte ein wenig den Kopf und trat mit einem raschen Schritt vollends durch den Vorhang hindurch.

Der Sturm schlug mit eisigen Krallen auf ihr Gesicht ein und trieb ihr die Tränen in die Augen. Das Rauschen des Windes steigerte sich zu einem ungeheuren Toben und Lärmen. Unter ihren Füßen war plötzlich kein Teppich mehr, sondern wieder harter, ganz sacht vibrierender schwarzer Stein. Wenige Schritte vor ihr erhob sich eine schmiedeeiserne Brüstung. Tally begriff plötzlich, dass sie sich nicht mehr auf festem Boden, sondern auf einem schmalen Balkon befand.

Und darunter gähnte das Nichts.

Vielleicht war es ganz gut, dass ihr die ungewohnte Helligkeit im ersten Moment die Tränen in die Augen trieb, denn so blieb ihr ein wenig Zeit, sich an den unglaublichen Anblick zu gewöhnen. Trotzdem dauerte es lange, bis sie wirklich begriff.

Sie befand sich dicht unterhalb der Turmspitze, und sie konnte dies mit solcher Sicherheit sagen, weil es diese Spitze nicht gab: vielleicht fünfzig Meter über ihr hörte der Turm einfach auf, einer ungleichmäßigen, schrägen Linie folgend, die bewies, dass dieses Ende nicht so gebaut, sondern gewaltsam abgebrochen war. Das grelle Licht der Wüstensonne strömte ungehindert in den Turm, und was es enthüllte, ließ Tallys Atem stocken, und nicht nur im übertragenen, sondern im höchst realen Sinne des Wortes.

Der Turm war leer, und im Grunde war er nicht viel mehr als eine gewaltige, sich nach oben hin verjüngende Röhre, eine Meile hoch und dreimal so tief in die Erde hinabreichend, ehe sie sich im Dunst der Entfernung verlor. Der Balkon, auf dem sie stand, gehörte zu einem ungleichmäßig geformten, steinernen Wulst, der wie ein Schwalbennest an ihre innere Wandung geklebt war und sich auch noch ein Stück nach oben hin fortsetzte, ehe er in einem Wust von zermalmtem, halb geschmolzenem Stein endete.

Tallys Gedanken überschlugen sich. Sie verstand nicht, was sie sah, und noch viel weniger verstand sie, welchen Sinn dieses unglaubliche *Ding* um alles in der Welt haben sollte. Ein Gefühl dumpfer Enttäuschung begann in ihr zu erwachen und wurde allmählich stärker. Sollte sie wirklich die letzten fünfzehn Jahre ihres Lebens einzig dazu geopfert haben, *dies hier* zu finden?

Verstört sah sie nach rechts und links, fuhr sich mit dem Handrücken über die Augen, um die Tränen fortzuwischen, die ihr das Sonnenlicht hineingetrieben hatte, und trat näher an die eiserne Brüstung heran. Der Sturm zerrte mit Urgewalt an ihrem Haar und ihren Schultern, als sie sich darüberbeugte und in die Tiefe sah, und im ersten Moment wurde ihr schwindelig; denn der Abgrund unter ihr war im wahrsten Sinne des Wortes bodenlos. Ihr allererster Eindruck war richtig gewesen: der hohle Turm ragte tief, unendlich tief in den Wüstenboden hinein. Vielleicht war er auch nur der Zugang zu einer gewaltigen Höhle, die sich unter dem erstarrten Sandmeer der Gehran erstreckte. Aber sie verstand noch immer nicht, welchem Zweck er diente.

Tally schloss für einen Moment die Augen, versuchte an gar nichts zu denken und blickte noch einmal in die Tiefe.

Die Innenwand des Turmes war nicht so glatt, wie sie im ersten Moment geglaubt hatte – es gab zahllose unterschiedlich große und unterschiedlich geformte Auswüchse, und mehrere davon waren mit Balkonen der gleichen Art versehen wie dem, auf dem sie selbst stand. Zwischen ihnen spannten sich schwarze Lavawülste wie steinerne Adern – die Schneckenhausgänge, die in scheinbar willkürlichem Hin und Her nach oben und unten führten und sich hier und da berührten, sich aber nicht direkt zu kreuzen schienen; denn wo sie zusammentrafen, krochen sie wie steinerne Würmer übereinander und bildeten manchmal dicke, irgendwie krankhaft wirkende Wülste. Wie Geschwüre auf der Innenseite einer ungeheuerlichen Ader, dachte Tally.

Überhaupt war dies von allem der stärkste Eindruck: obwohl sie den harten Stein unter ihren Füßen sah und stundenlang darübergeschritten war, wirkte nichts hier künstlich, nichts sah aus, als wäre es irgendwie *gemacht* worden. Das ganze gigantische Bauwerk wirkte wie gewachsen. Selbst die eiserne Brüstung, auf der sie lehnte, vermochte diesen Eindruck nicht zu stören.

Aber was *war* es? Was ...

Die Erkenntnis traf sie wie ein Fausthieb.

Es war, als träte sie ein zweites Mal auf den Balkon hinaus, aber diesmal mit offenen, sehenden Augen. Mit einem Male war alles ganz klar, ergab einen Sinn – den einzigen Sinn, den es überhaupt geben *konnte.* Und mit einem Male schien ihr jeder Quadratzentimeter ihrer Umgebung die Wahrheit entgegenzuschreien: dieser gigantische, leere Turm, selbst hier oben an seiner engsten Stelle noch Hunderte von Metern messend, die ungeheuerliche Tiefe, aus der ein Luftstrom wie ein nie endender Orkan emporbrauste, dieser einsamste aller Flecken, den es auf der Welt gab, der vielfach gestaffelte Todeskreis, der ihn umgab, dies alles konnte nur eine einzige Erklärung haben.

Und sie wusste sie im gleichen Moment, in dem sie den Sturm, der aus der Erde emporbrauste, zum ersten Male bewusst wahrnahm. Und den Gestank, den er mit sich brachte.

Drachengestank.

Sie blieb länger als eine Stunde auf dem kleinen Balkon am Rande des Nichts stehen, ohne es überhaupt zu merken. Sie war wie gelähmt, nicht nur körperlich, sondern auch geistig. Ihre Gedanken drehten sich im Kreise, immer und immer und immer wieder, ohne dass sie imstande war, ihren Fluss zu ändern, und sie wusste hinterher nicht mehr, *was* sie nun wirklich gedacht hatte, in all dieser Zeit. Tally konnte nicht in Worte fassen, was sie spürte, weil es etwas Neues war, etwas, wofür sie keine Worte hatte, eine Mischung zwischen Entsetzen und Schrecken und Erleichterung und Schmerz und anderen, fremden Gefühlen. Sie war enttäuscht, so enttäuscht und – ja: *gedemütigt* – wie niemals zuvor in ihrem Leben, und sie hatte allen Grund dazu. Sie fühlte sich wie ein Mensch, der das eigentlich Unmögliche vollbracht hatte, nur um festzustellen, dass es nichts war: Sie hatte einen Berg erstiegen, der als unbesteigbar galt, und auf dem Gipfel angelangt erkannt, dass es in Wahrheit nichts als ein kleiner Hügel war, hinter dem sich das eigentliche Gebirge erhob.

Wozu das alles?, dachte sie matt. Bitterkeit begann in ihr aufzusteigen, und für einen Moment kam ihr der Gedanke, dass all dies, die Wüste mit ihren tausendfältigen Fallen und Gefahren, der Turm mit seinen tödlichen Wächtern, nur zu dem einen Zweck errichtet worden sei, Narren wie ihr vor Augen zu führen, wie dumm und machtlos sie waren.

Aber natürlich war dies vollkommener Unsinn. Tatsache war, dass dieser Turm nichts als der erste Schritt war, die erste Stufe einer Treppe, deren Länge sie nicht einmal zu ahnen imstande war, und an deren Ende das wahre Geheimnis der Drachenreiterinnen wartete.

Der Enttäuschung folgte ein Gefühl der Leere, aber es hielt nicht lange an; denn Tally wäre nicht Tally gewesen, hätte sie nicht gleichzeitig eine noch dumpfe, aber rasch wachsende Entschlossenheit gespürt, auch die nächste Stufe des Geheimnisses zu erklimmen, und die nächste und nächste und nächste, für den Rest ihres Lebens, wenn es sein musste.

Irgendwie ernüchterte sie dieser Gedanke. Der Schmerz in ihrem Inneren sank zu einem dumpfen Druck herab, und mit einem Male wurde sie sich ihrer Umgebung wieder bewusst: sie spürte den eisigen Wind, der ihre Finger und ihr Gesicht allmählich taub werden ließ, und das Sengen der Sonne, die ihre nackten Schultern verbrannte. Nach einem letzten, sehr langen Blick in den Abgrund wandte sie sich um und trat in die Kammer zurück.

Die beiden Wagas erwarteten sie. Hrhon hatte es sich auf dem Teppich bequem gemacht und Kopf und Glieder in seinen Panzer zurückgezogen, um auf die typische Art seines Volkes zu schlafen, während Essk unstet auf und ab ging. Tally sah, dass sie den Raum durchsucht hatte, auf die sehr direkte und sehr wirksame Weise, auf die Wagas alles tun: das Zimmer war vollkommen verwüstet. Aber obwohl der Anblick die Frau in ihr ärgerte, beruhigte er die Kriegerin in ihr: Sie konnte jetzt sicher sein, dass es hier keine verborgenen Fallen mehr gab.

Sie bezweifelte allerdings auch, dass es jemals welche gegeben hatte. Die beiden Frauen und ihre chitintragenden Wächter mussten sich vollkommen sicher gefühlt haben. Wäre es nicht so gewesen, hätten sie und die beiden Wagas den Turm niemals lebend erreicht. Dieser Turm war allein durch seine Konstruktion schon eine Festung, die zwei oder drei beherzte Kämpfer gegen ein ganzes Heer halten konnten, wenn es sein musste.

Tally fühlte sich sonderbar bei dem Gedanken, dass Hrhon, Essk und sie wahrscheinlich die ersten lebenden Wesen waren, die diesen Turm gegen den Willen seiner Erbauer betreten hatten. Es war kein Triumph in diesem Gefühl – sie hatten Glück gehabt, das war alles, eine unglaubliche Kombination von Zufall, Glück und sicherlich auch Mut und Kraft der Waga.

»Wasss sssollen wir thuhn?«, drang Essks Stimme in ihre Gedanken. »Gehen wir sssurühck?«

Tally überlegte einen Moment, dann schüttelte sie den Kopf, schenkte der Waga ein müdes Lächeln und ließ sich mit einem erschöpften Seufzer auf dem nieder, was Essk vom Bett übriggelassen hatte. »Nein«, sagte sie. »Wir bleiben.«

Essk widersprach nicht, und Tally glaubte sogar so etwas wie Zustimmung auf ihrem starren Schildkrötengesicht zu erkennen. Sie begriff, dass selbst die beiden Wagas an den Grenzen ihrer Kraft angelangt waren. Sie hatten die Hauptlast der Mühen und Anstrengungen getragen, die die letzten Tage gebracht hatten. Essks Frage war wohl nur rhetorischer Natur gewesen. Es war zu spät, noch an diesem Tage zurückzugehen; denn obwohl der Himmel über dem Turm noch immer in Flammen zu stehen schien, würde die Sonne in einer Stunde untergehen.

Überdies gab es keinen Grund, überhaupt zurückzugehen. Sie konnten die Nacht ebenso gut hier verbringen wie in dem Keller im Nebengebäude, und etwas in Tally weigerte sich auch, jetzt einfach kehrtzumachen, ohne das Geheimnis des Turmes wirklich gelöst zu haben.

Müde ließ sie sich in die seidenen Kissen zurücksinken, schloss die Augen und gähnte herzhaft. Ihre Beine schienen mit einem Male mit Blei gefüllt zu sein, und jetzt, als die Anspannung von ihr abzufallen begann, machten sich Müdigkeit und Schwäche auf wohltuende Weise in ihr breit.

»Ihr habt alles gründlich durchsucht?«, murmelte sie, schon halb eingeschlafen.

»Ssicher«, zischelte Essk. »Ihr könnt beruuuhigt ssslafen, Herrin.«

Und genau das tat Tally auch.

6

Ihre Geduld wurde auf keine sehr harte Probe mehr gestellt. Nach zehn Jahren hatte das Schicksal endlich ein Einsehen mit ihr; ja, sie musste nicht einmal mehr zehn Tage warten, sondern wenig mehr als einen und ein paar Stunden. Aber natürlich wusste sie das nicht, als sie am nächsten Morgen erwachte, und als Essk sie beinahe sanft an der Schulter berührte und schüttelte – zumindest *sanft* für die Begriffe einer Waga –, fuhr sie mit einer hastigen Bewegung hoch und griff ganz instinktiv nach ihrem Schwert. Erst dann begriff sie vollends, wo sie war. Unwillig schlug sie Essks Hand beiseite, setzte sich mit einem Ruck auf und verlor in den weichen Kissen prompt die Balance. Essk machte eine Bewegung, als wollte sie sie auffangen, besann sich im letzten Moment eines Besseren und zog die Hand hastig wieder zurück; möglicherweise aus Furcht, sie zu verlieren.

Tally schenkte ihr einen bösen Blick, richtete sich mühsam auf und sah sich nach irgendetwas um, worauf sie ihren Zorn entladen konnte.

Sie fand es in Gestalt des zweiten Waga, der in diesem Augenblick durch die turmaufwärts führende Tür hereinkam, beide Arme mit Waffen und allerlei Gerätschaften beladen und hörbar schnaufend vor Anstrengung – was allerdings kaum auf das Gewicht seiner Last, sondern wohl eher auf die Treppenstufen zurückzuführen war, die er sich auf seinen unbeholfenen Beinen hinauf- und wieder hinabgequält hatte.

Normalerweise hätte der Anblick Tally amüsiert. Aber sie hatte auf den ungewohnt weichen Kissen schlecht geschlafen, und natürlich hatte sie geträumt, und nicht unbedingt etwas, woran sie sich gerne erinnerte.

»Was, beim Schlund, treibst du da, du Fischgesicht?«, fauchte sie. »Wer hat dir befohlen, den Turm zu plündern?«

Hrhon sah sie eindeutig betroffen an, lud seine Last auf das kleine Tischchen neben der Tür ab und breitete verlegen die Arme aus. »Isss dachte ...«, begann er, wurde aber sofort von Tally unterbrochen:

»Genau das ist dein Fehler, Hrhon«, sagte sie übellaunig. »Ist dir schon einmal aufgefallen, dass jeder Satz, den du mit den Worten *ich dachte* beginnst, in einer Katastrophe endet?«

Hrhon war klug genug, nicht darauf zu antworten, und Tally wischte sich mit einer fahrigen Geste endgültig den letzten Schlaf aus den Augen und trat an ihm vorbei an den Tisch, um seine Beute zu begutachten. Es handelte sich zum allergrößten Teil um Waffen – Schwerter, Dolche, Bögen und ein paar Tally unbekannte, aber sehr unangenehm aussehende Dinge, die sie nicht einmal in die Hand hätte nehmen können, ohne Gefahr zu laufen, ein paar Finger zu verlieren. Aber es gab auch zwei der kleineren, fremdartigen Waffen, wie sie die beiden toten Frauen getragen hatten, und etwas, das wie ein Blasrohr aussah, dessen hinteres Endc mit einer Stütze versehen war, welche sich genau ihrer Schulter anpasste. Tally dachte an das kopfgroße Loch, das die Waffe der Fremden unten im Nebenhaus in die Mauer geschlagen hatte, und legte das Rohr vorsichtig wieder aus der Hand.

»Woher hast du das alles?«, fragte sie.

»Esss gibt eine Waffenkhammer«, antwortete Hrhon. »Dha issst nhoch mehhr.«

Seine Worte überraschten Tally nicht sehr. Auch wenn nur ein winziger Teil wirklich bewohnbar war – der Turm war gigantisch; groß genug, Hunderte, wenn nicht Tausende von Menschen zu beherbergen –, warum also sollte es nicht auch Waffen für Hunderte von Menschen geben? Aber sie erschreckten sie; denn es erschien ihr ziemlich sinnlos, all diese Waffen hier anzuhäufen, wenn sie niemals benutzt werden sollten.

Möglicherweise – nur möglicherweise, aber allein der Gedanke ließ sie frösteln – war es wirklich nur ein Zufall, dass sie den Turm so leer vorgefunden hatten. Und möglicherweise befanden sich die Besitzer all dieser stechenden und schneidenden Scheußlichkeiten bereits auf dem Weg hierher …

Sie verscheuchte den Gedanken, drehte sich mit einem Ruck vom Tisch weg und befahl Hrhon, ihr die Waffenkammer zu zeigen.

Der Waga hatte nicht übertrieben – die Waffenkammer war groß genug, eine ganze Armee auszurüsten, und nur sehr wenig von dem, was sie enthielt, war in schlechtem Zustand. Natürlich war es möglich, dass die beiden Frauen oder die Hornköpfe diese Arbeit getan hatten, schon um sich die Zeit zu vertreiben, aber das hielt Tally für nicht sehr wahrscheinlich. Aber sie behielt ihre Befürchtungen – zumindest im Moment noch – für sich, und befahl Hrhon knapp, ihr den Rest der Zimmer zu zeigen, die die beiden Frauen und ihre Kampfinsekten bewohnt hatten.

Es waren mehr, als sie erwartet hatte; im Inneren des steinernen Schwalbennestes verbarg sich ein wahres Labyrinth von Räumen – drei, vielleicht vier Dutzend Kammern unterschiedlicher Größe, von denen die meisten leer standen und seit endlosen Jahren nicht mehr benutzt worden waren, wie die dicke Staubschicht auf dem Boden bewies, aber der verbliebene Rest war noch immer gewaltig, und er war mit einem Luxus und Überfluss ausgestattet, wie ihn Tally nie zuvor zu Gesicht bekommen hatte. Sie wurde es bald müde, all die Reichtümer und Kostbarkeiten zu zählen, die sie sah, und die fremdartigen Dinge und Gerätschaften zu bestaunen, die sie niemals zuvor erblickt hatte und deren Sinn ihr verborgen blieb. Nur eines war ihr schon nach kurzer Zeit klar: die beiden Frauen hatten wie die Könige hier gelebt – und sie waren nicht allein gewesen, jedenfalls nicht immer. Außer den Schlafzimmern der beiden Frauen gab es noch ein halbes Dutzend weiterer, kostbar ausgestatteter Gemächer, die Spuren häufiger Benutzung zeigten, und Kleider in den unterschiedlichsten Größen, die weder dem Mädchen noch der älteren Frau gepasst haben konnten.

Nur eines fand sie nicht, so intensiv sie danach suchte – einen Hinweis auf die Herkunft der beiden Frauen. Sie fand Karten – Hunderte von Karten, säuberlich zusammengerollt und in einem deckenhohen Regal aufbewahrt –, Karten von Ländern und Städten, die sie kannte, anderen, von denen sie gehört hatte und sehr vielen, auf die keines von beiden zutraf. Aber was nutzten ihr die genauesten Karten, wenn sie nicht wusste, was sie zeigten, und die ausführlichsten und besten Bücher – von denen es gleich Tausende gab – wenn sie allesamt in einer Sprache abgefasst waren, die sie nicht lesen konnte?

Tallys Enttäuschung nahm zu, je mehr Zeit sie damit verbrachte, die Zimmer zu durchsuchen, und zugleich wuchs auch ihr Zorn. Sie fühlte sich genarrt. Wozu hatte sie all dies auf sich genommen, wenn sie jetzt nichts mit dem Preis ihrer Mühen anfangen konnte?

Es wurde Mittag, bis sie die Räumlichkeiten auch nur flüchtig durchsucht hatten, und die Sonne hatte den Zenit bereits überschritten und die zweite Hälfte ihrer Tageswanderung begonnen, als sie die Plattform an ihrem oberen Ende erreichten.

Tally zögerte unmerklich, das steinerne, gut zehn mal fünfzehn Schritte messende Rechteck zu betreten; denn anders als auf dem kleinen Balkon im Turminneren gab es hier kein Geländer, sondern nur eine willkürlich gezogene Kante, hinter der ein meilentiefer Abgrund lauerte. Wären die beiden Wagas nicht gewesen, und das absurde Gefühl, in ihrer Gegenwart keine Schwäche zeigen zu dürfen, hätte sie wahrscheinlich auf der Stelle kehrtgemacht. Der Wind zerrte hier oben mit Macht an ihr, und für einen Moment hatte Tally das Gefühl, den ganzen gigantischen Turm wie ein dünnes Schilfrohr unter ihren Füßen schwanken zu spüren.

Hrhon deutete auf eine gut mannshohe Konstruktion, die aus der Mitte der Plattform herauswuchs und das Sonnenlicht reflektierte. »Dhass habhe isss entdeckt«, lispelte er. »Abher isss weisss nichht, wasss esss issst.«

Tally sah den Waga fragend an, runzelte die Stirn und näherte sich dem sonderbaren Gebilde vorsichtig; so vorsichtig, wie man sich in einer feindseligen Umgebung nun einmal einem Ding näherte, von dem man nicht wusste, was es war, das aber – gelinde ausgedrückt – *sonderbar* aussah.

Das Gebilde war etwas größer als ein normal gewachsener Mann und stand auf drei lächerlich dünnen, mehrfach untergliederten Storchenbeinen aus Metall. Auf den allerersten Blick erinnerte es Tally an eine flache Schüssel, die auf die Kante gestellt worden war, nur dass ihre Innenseite nicht glatt war, sondern aus Tausenden und Abertausenden kleiner dreieckiger Spiegelscherben bestand, die man so angeordnet hatte, dass sie das Sonnenlicht einfingen und auf einen ganz bestimmten Punkt konzentrierten.

Tally hatte etwas Ähnliches sogar schon einmal gesehen, auch wenn es sehr sehr lange her war: mehr als fünfzehn Jahre, in Stahldorf, ihrem Geburtsort. Damals hatte einer der Männer versucht, einen Spiegel zu bauen, mit dem er das Sonnenlicht bündeln konnte, um auf diese Weise genug Hitze zu erzeugen, Eisen zu schmelzen. Das einzige Ergebnis seiner Bemühungen waren genug Brandblasen für den Rest seines Lebens gewesen und der Umstand, dass die ganze Stadt über ihn gelacht hatte – aber die Konstruktion damals hatte dieser hier doch sehr geähnelt, nur dass das Gebilde, das Tally jetzt betrachtete, viel graziler und gleichzeitig perfekter aussah. Aber wozu mochte es dienen?

Vorsichtig umrundete Tally das stählerne Dreibein, hob die Hand und fuhr sacht mit den Fingerspitzen über die Spiegelfläche. Sie fühlte sich kalt an, obwohl die Sonne mit Macht vom Himmel schien und ihre Augen allein vom Hinsehen schmerzten. Tally überlegte einen Moment, dann gebot sie Hrhon und Essk mit einer knappen Geste zurückzubleiben und zog ihren Dolch aus dem Gürtel. Sie riss ein Stück aus dem Verband, der ihren Oberschenkel zierte, wickelte den Stoff locker um die Klinge und führte die Waffe am ausgestreckten Arm vor dem Spiegel entlang.

»Wasss thut Ihr?«, erkundigte sich Essk.

Tally lächelte. »Pass auf«, sagte sie. »Gleich beginnt der Stoff zu brennen!«

Essk stieß ein verwundertes Zischeln aus und kam neugierig näher, und auch Hrhon trippelte ungeschickt um den Riesenspiegel herum und beugte sich vor.

Nichts geschah. Tally führte den Dolch mit langsamen Kreisbewegungen vor dem gesamten Spiegel entlang, an jeder nur möglichen Stelle, an der das Sonnenlicht gebündelt werden konnte, aber der Stoff begann nicht einmal zu qualmen, geschweige denn zu brennen. Hrhon und Essk waren klug genug, keinen Laut von sich zu geben, aber Tally entgingen die bezeichnenden Blicke keineswegs, die sie sich zuwarfen, und aus ihrer anfänglichen Enttäuschung wurde Ärger, dann Wut. Zornig warf sie den Dolch zu Boden, hob die Hand und führte die Finger vor dem Spiegel entlang.

Nichts. Sie spürte nicht einmal Wärme, obwohl der Spiegel ganz genau auf die Sonne ausgerichtet war.

»Dha issst ein Sssatten«, sagte Essk plötzlich.

Tally sah auf, blickte die Waga verärgert an und ließ die Hand sinken. »Wo?«

Essk deutete nach Westen, in die Wüste hinaus. »Dort«, antwortete sie. »Jessstissterfhort. Ahbergherade wharein Sssatten dha.«

Tally blickte einen Moment lang in die Wüste hinaus. Sie konnte nichts anderes sehen als die endlosen braungelben Sandwogen der Gehran, aber sie wusste, dass Essk sich nicht getäuscht hatte. Wenn sie behauptete, einen Schatten gesehen zu haben, dann *hatte* sie einen Schatten gesehen.

Tallys Ärger machte von einer Sekunde auf die andere Erregung Platz. »Was war es?«, fragte sie. »Ein Reiter?«

Essk versuchte ein Kopfschütteln zu imitieren und verlor dabei fast das Gleichgewicht. »Nein«, sagte sie. »Etwasss Grosssesss. Sssehr grosss.«

Für den Bruchteil einer Sekunde sah Tally gigantische Schwingen, auf denen der Tod ritt. Aber wirklich nur für eine Sekunde – die beiden Wagas wussten zehnmal besser als sie, wie die Drachen aussahen.

»Esss versssschwand, alsss Ihr …«, begann Essk, brach dann

plötzlich ab und hob mühsam den Arm in Kopfhöhe. Ihre dreifingrige Hand huschte ungeschickt über den Spiegel.

Fünf Meilen westlich des Turms erschien ein gigantisches finsteres Etwas über der Wüste.

»Beim Schlund!«, keuchte Tally. »Was ...«

Essk ließ die Hand sinken, stieß einen zischelnden, verwunderten Laut aus und hob abermals den Arm. Wieder erschien der Schatten über der Wüste, riesig, schwarz, zitternd und mit verschwommenen Rändern, die zu pulsieren schienen – aber es war eindeutig der Schatten einer Hand; einer gigantischen, dreifingrigen Hand, so kompakt und plump, dass sie beinahe verkrüppelt wirkte.

Tally fuhr herum, stieß Essk grob beiseite und hob selbst noch einmal die Hand vor den Spiegel.

Ihr Schatten erschien fünf Meilen weiter im Westen, zehntausendfach vergrößert und flackernd, ein gigantischer Dämon, der aus dem Nichts kam und selbst einen Schatten warf, der wie eine riesige fünfbeinige Spinne über die Dünentäler und -kämme kroch, eine Meile groß.

Und plötzlich begriff Tally.

Eine Sekunde lang lähmte sie der Gedanke, denn wenn ihre Vermutung stimmte, dann ...

Langsam, ganz langsam, als müsse sie gegen einen unsichtbaren zähen Widerstand ankämpfen, ließ sie die Hand sinken, sah dem Erlöschen des Riesenschattens zu und drehte sich zu Hrhon um.

»Die Karten«, sagte sie. »Geh hinunter und hol mir ein paar von den Karten, Hrhon. Schnell.«

Das Sprechen fiel ihr schwer. Ihr Verdacht war kein Verdacht mehr, sondern Gewissheit – es war alles so klar und einleuchtend, dass es einfach keine andere Erklärung geben konnte. Aber etwas in ihr weigerte sich einfach, sie als wahr anzuerkennen, denn wenn sie es täte, müsste sie gleichzeitig zugeben, dass alles noch viel sinnloser gewesen war, als sie bisher geglaubt hatte.

Während sie darauf wartete, dass Hrhon zurückkehrte, untersuchte sie die Spiegelkonstruktion eingehender. Es gab eine Menge Dinge, die sie nicht verstand – Dutzende von Schrauben und Hebeln, mit denen der Spiegel in jede nur denkbare Richtung und Lage gedreht werden konnte, und sehr dicke Glasscheiben, die auf sonderbare Weise geschliffen waren, sodass sie alles verzerrten, was dahinter lag. Unmittelbar unter und vor dem Spiegel selbst gab es eine Art kleines Tischchen, das aus zwei metergroßen Kristallscheiben bestand, zwischen denen ein fingerbreiter Spalt war. Vorsichtig nahm sie ihren Dolch, schob die Klinge zwischen die beiden Scheiben und blickte nach Westen. Irgendetwas Riesiges, Finsteres huschte über die Dünen und verschwand, als sie die Waffe hastig zurückzog.

»Wasss isst dass, Herrin?«, erkundigte sich Essk neugierig. »Sssauberei?«

Tally schüttelte zornig den Kopf. »Nein«, sagte sie. »Etwas, das schlimmer ist, Essk.«

Wütend stand sie auf, schob den Dolch in den Gürtel zurück und sah sich ungeduldig nach Hrhon um. »Warte, bis Hrhon kommt«, sagte sie. »Dann zeige ich es dir.«

Aber anders als gewohnt nahm Essk ihren Befehl nicht stumm hin, sondern wich ein ganz kleines Stück von der Spiegelkonstruktion zurück. »Esss ghefällt mir nissst«, zischelte sie. »Bössse Magie.«

»Es ist keine Zauberei, du Flachkopf«, sagte Tally ärgerlich. Sie musste sich mit aller Macht beherrschen, ihren Zorn nicht auf die Wagas abzuladen. Der Gedanke an das, was sie vor sich hatte – und das, was es *bedeutete!* –, trieb sie fast in den Wahnsinn.

Aber Essk beharrte auf ihrem Standpunkt. »Bössse Magie«, behauptete sie. »Isss sphüre esss. Esss mhacht mir Angssst. Nhur Magie macht Angssst.«

Tally wollte auffahren, blickte die Waga aber stattdessen nur mit einer Mischung aus Zorn und Betroffenheit an. Essk redete Unsinn – diese *was-immer-es-war* hatte ganz eindeutig nichts mit Magie zu tun. Und doch hatte sie vielleicht recht. Wenn auch auf eine gänzlich andere Art, als sie selbst ahnen mochte.

Es dauerte lange, bis Hrhon zurückkam. Tally bedauerte fast, nicht selbst hinuntergegangen zu sein, um die Karten zu holen; denn selbst ein Waga, der rannte, bewegte sich noch immer *langsam.* Zugleich aber hatte sie fast Angst vor dem Moment, in dem er zurückkam; denn wenn sich ihr Verdacht bestätigte, wenn sie sich selbst *bewies,* dass sie recht hatte, wie sollte sie dann noch leugnen, was nicht wahr sein durfte?

Als der Waga schließlich kam, beide Arme mit den säuberlich zusammengerollten Karten beladen, zögerte sie fast, ihm seine Last abzunehmen. Ihre Finger zitterten vor Aufregung, als sie eine der Pergamentrollen an sich nahm und das dünne Lederband löste, mit dem es verknotet war.

Vorhin, als sie diese Karten zum ersten Male in Händen gehalten hatte, waren sie ihr fast sinnlos erschienen, aber plötzlich bekam alles, was ihr so sonderbar vorgekommen war, eine entsetzliche Bedeutung: das Pergament, das so dünn war, dass das Licht hindurchschien, die verwirrenden Linien und Umrisse, mit dünnen, zitterig wirkenden blutroten Strichen gemalt, die fremdartigen Schriftzeichen und Symbole ...

Sie drängte das Entsetzen zurück, das von ihr Besitz ergreifen wollte, wandte sich mit einem Ruck um und schob die Karte zwischen die beiden Glasplatten.

Draußen über der Wüste erschien ihr Spiegelbild, zehntausendfach vergrößert, und mit einem Male waren die Linien nicht mehr zitterig und unsicher, sondern Flammen, haushohe, lodernd-rote Flammen, mit denen die Götter ihre Befehle an den Himmel schrieben, waren winzige Punkte und Flecke zu Bergen und Städten geworden, kaum wahrnehmbare Linien zu flammenden Küsten, die Schriftzeichen, die ihr so fremd und gleichzeitig bekannt erschienen waren, spiegelbildlich verkehrt, Worte in Flammenschrift.

Lüge! hämmerten ihre Gedanken. *Alles war Lüge! Von Anfang an! Sie hatten sie belogen! Sie hatten Hraban belogen, seine Vorgänger, sie selbst. Lüge, Lüge, Lüge! Es gab keine Götter. Es hatte sie niemals gegeben. Es gab nur diesen Betrug, eine gigantische, ungeheuerliche Lüge, einen Betrug an einer ganzen Welt, der so zynisch war, dass sich etwas in Tally selbst jetzt noch weigerte, ihn als wahr zu akzeptieren.*

Die Erkenntnis traf sie mit einer solchen Wucht, dass sie schwankte und haltsuchend nach dem Spiegel griff. Eine schwarze Spinne huschte über die Flammenschrift der Götter draußen in der Wüste und löschte sie aus.

Und irgendetwas geschah mit Tally, in diesem Moment. Was sie für Entsetzen gehalten hatte, war in Wahrheit Zorn, ein so heißer, wütender Zorn, dass sie ihn als echten körperlichen Schmerz spürte, wie einen Krampf, der jede einzelne Faser ihres Körpers zusammenzog. Sie schrie auf, riss das Schwert aus dem Gürtel und schwang die Waffe mit beiden Händen über dem Kopf. Hrhon und Essk brachten sich mit grotesk anmutenden Hüpfern in Sicherheit, als die Klinge mit furchtbarer Wucht auf die Spiegelkonstruktion herunterkrachte.

Das Gebilde zerbarst schon beim ersten Hieb, aber Tally schlug weiter und weiter auf seine Überreste ein, immer und immer wieder, bis das stählerne Dreibein verbogen und zerbrochen vor ihr lag und von dem Spiegel nichts mehr übrig war als zahllose Splitter, wie glitzernde Tränen auf der Plattform verteilt. Aber selbst dann tobte Tally noch weiter, bis sie einfach nicht mehr die Kraft hatte, das Schwert zu heben, und erschöpft auf die Knie sank.

Sie spürte kaum noch, wie Hrhon sie nach einer Weile fast sanft am Arm in die Höhe zog und zurück in den Turm führte.

7

»Eine *Maschine!*« Tally ballte in hilflosem Zorn die Faust, schlug sich in die geöffnete Linke und sprang auf. Plötzlich hatte sie das Bedürfnis, irgendetwas zu zerstören; etwas zu packen und zu zerschlagen, irgendetwas, das *ihnen gehörte, und am liebsten einen von ihnen* selbst, wer immer *sie* sein mochten. Zornig fuhr sie herum und versetzte dem Stuhl, auf dem sie gerade noch gesessen hatte, einen so wuchtigen Tritt, dass er quer durch die Kammer flog und an der gegenüberliegenden Wand zerbrach. Ihre Wut sank dadurch um keinen Deut; ganz im Gegenteil fühlte sie sich eher noch hilfloser – und zorniger – als zuvor.

Es war dunkel geworden. Tally hatte den Rest des Tages im Inneren des Turmes verbracht, zum Teil mit dumpfem Vor-sich-Hinbrüten und zum Teil mit etwas, das ihrem Naturell weitaus mehr entsprach: mit Toben. Selbst die beiden Wagas, die ihre Wutanfälle seit mehr als einem Jahrzehnt gewohnt waren, hatten viel von ihrer stoischen Ruhe verloren und wurden zusehends nervöser. Vor einer Weile hatte Hrhon den Raum verlassen, um – wie er gesagt hatte – oben auf dem Turm nach dem Rechten zu sehen. Tally wusste nicht, was es dort oben außer dem Nachthimmel zu sehen gab, aber sie wusste auch, dass es nur eine Ausflucht des Waga war – nein, in Wahrheit hatte sich Hrhon zurückgezogen, weil er sie noch niemals in einem Zustand wie jetzt erlebt hatte. Genau genommen hatte das niemand, nicht einmal Tally selbst, und hätte sie noch genug Selbstbeherrschung besessen, es überhaupt zur Kenntnis zu nehmen, wäre sie wahrscheinlich vor sich selbst erschrocken.

Aber sie konnte nicht anders als so reagieren, zum einen, weil sie nicht Tally gewesen wäre, hätte sie ihrem Zorn nicht Luft gemacht, und zum anderen, weil sie wahrscheinlich den Verstand verloren hätte, hätte sie sich ruhig hingesetzt und über die Konsequenzen ihres Fundes nachgedacht.

Eine *Maschine!* Die Götterschrift am Himmel war nichts als das Werk einer *Maschine* gewesen! Wieder spürte sie Wut, eine unbezwingbare, kochende Wut, zum vielleicht hundersten Male, seit sie den Spiegel entdeckt hatten, aber so heiß wie beim allerersten Mal.

Diesmal war es der Tisch, den sie zerschlug.

»Wenn Ihr ssso wheithermacht«, sagte Essk, »wherdet Ihr auhf dem Bodhen ssslafen müssen.«

Tally fuhr herum, die Hand gehoben, um die Waga zu schlagen. Aber sie führte die Bewegung nicht zu Ende, als sie begriff, dass Essks Worte nicht spöttisch gemeint waren. Sie wusste nicht, ob ein Waga überhaupt wusste, was das Wort Humor oder gar Sarkasmus überhaupt bedeutete – Essk jedenfalls meinte genau das, was sie sagte, und sie hatte recht damit. Wütend ließ sie den Arm sinken, drehte sich herum und versetzte den Überresten des Tisches einen Tritt.

»Issst esss ssso ssslimm?«, lispelte Essk.

»Schlimm?« Tally schnaubte. »Schlimm?«, wiederholte sie. Essks Frage kam reichlich spät – nach Stunden, die sie nichts anderes getan hatte, als zu toben und schreien. Außerdem wusste sie keine wirkliche Antwort darauf. War es *schlimm?* Nein, schlimm nicht. Es war … es war unvorstellbar. Es war grausam und höhnisch und zynischer als alles, was sie sich vorstellen konnte. Und wer immer dafür verantwortlich war, er würde dafür bezahlen.

»Es war eine Maschine, Essk«, sagte sie schließlich. »Begreifst du nicht? Hrabans Götterschrift war nichts als das Werk eines albernen Spiegels!«

»Ich weisss«, lispelte die Waga. »Bössse Magie.«

»Nenn es, wie du willst, du Fischgesicht, aber es war eine Maschine«, fauchte Tally. »Begreifst du nicht, was das bedeutet?

Dieses ... dieses Ding. Dieser verdammte Turm hier. Diese Waffe!« Sie ließ die Hand auf die Waffe der Toten klatschen, die sie noch immer im Gürtel trug. Welche Närrin war sie doch gewesen!, dachte sie. Schon der Anblick dieses schrecklichen Dinges, das wie ein Kinderspielzeug aussah und kopfgroße Löcher in massiven Fels brannte, hätte ihr die Augen öffnen müssen.

»Wasss issst ssso ssslimm dharhan?«, fragte Essk ruhig.

»Was daran schlimm ist?« Tally unterdrückte im letzten Moment einen Schrei. »Begreifst du das wirklich nicht, Essk?«, fragte sie. Erregt trat sie auf Essk zu, packte sie bei den Schultern und versuchte vergeblich, ihre vierhundert Pfund zu schütteln. »Sie ... sie haben meine Stadt niedergebrannt, weil wir Stahl geschmolzen haben! Wir haben Städte vernichtet, weil ihre Menschen eine harmlose Wassermühle bauten, nur um etwas weniger Arbeit zu haben! Wir haben ganze Völker ausgelöscht, weil sie *Maschinen* gebaut haben! Seit ... seit zehn Jahren bin ich eure Führerin, und seit zehn Jahren sorge ich dafür, dass auf dieser Welt niemals *Maschinen* erfunden werden! Und die, für die ich es tue, benutzen sie selbst!«

Bei den letzten Worten hatte sie wieder geschrien, aber die Waga schien ihren Zorn gar nicht zur Kenntnis zu nehmen. Zumindest verstand sie ihn nicht. »Dasss issst logisch«, antwortete sie ruhig. »Sssie thun esss, weil sssie sssie fürchten. Und man fürchtet nichtsss, dasss man nicht khennt.«

»Natürlich!«, fauchte Tally. »Aber ich ...« Sie brach mitten im Wort ab, starrte die Waga mit großen Augen an und trat einen halben Schritt zurück. »Was ... was hast du gesagt?«, murmelte sie.

»Dasss sssie sssie fürchten«, wiederholte Essk.

»Und man fürchtet nichts, was man nicht kennt«, fügte Tally leise hinzu. Für einen Moment wich ihr Zorn einer tiefen, mit Entsetzen gepaarten Verwirrung. »Du ... du hast es gewusst«, murmelte sie.

»Nicht gewussst«, antwortete Essk. »Aber gheahnt. Esss issst logisch.«

»Aber ... aber warum hast du niemals ... niemals etwas gesagt?«, stammelte Tally. »Oder Hrhon?«

»Ihr habt nicht ghefragt«, antwortete Essk ruhig.

Tally starrte sie an. Sie wollte irgendetwas sagen, etwas tun – aber sie konnte es nicht. Seit fünfzehn Jahren kannte sie die beiden Wagas, aber sie hatte tatsächlich niemals auch nur ein persönliches Wort mit ihnen gewechselt, zumindest nicht mehr seit der Zeit, seit sie Hrabans Frau und wenig später seine Witwe und Nachfolgerin geworden war. Für sie – wie für übrigens alle anderen Mitglieder der Sippe auch – waren die beiden Wagas nur große, sehr zuverlässige und sehr starke Diener gewesen, im Grunde selbst nicht viel mehr als Maschinen, auf die man sich verließ, denen man aber keine eigene Persönlichkeit zubilligte.

Tally hatte plötzlich ein starkes Gefühl von Scham. Wäre der Sandsturm nicht gewesen, dann würde sie Essk und Hrhon noch jetzt als nichts anderes als Sklaven behandeln. Sie fragte sich, wie viele Dinge noch so offensichtlich vor ihrer Nase herumliegen mochten, ohne dass sie sie bisher auch nur bemerkt hatte.

»Und es war euch ... egal?«, fragte sie stockend. »All die Toten, all die verwüsteten Städte und Länder ... das alles war euch gleich?«

»Esss isst Euer Krieg«, antwortete Essk gleichmütig. »Nhur Mensssen bauen Masssinen. Und nhur Mensssen thöten Mensssen ohne Grund.«

Tally starrte sie betroffen an. Und plötzlich war *sie* es, die sich als die Unterlegene vorkam. Aus den Worten der Waga sprach eine solche Weisheit, dass sie sich für einen Moment allen Ernstes fragte, wer von ihnen nun das Tier und wer die überlegene Rasse der Schöpfung war.

Aber dann meldete sich in ihr wieder die alte Tally und machte ihr klar, dass sie mit einer fischgesichtigen Waga sprach, die vor ein paar hundert Jahren aus einem Ei gekrochen und im Schlamm aufgewachsen war, bis sie auf Menschen traf, die ihr Sprechen und Denken beigebracht hatten. Essk war uralt und hatte vor Tally Hraban und vor Hraban schon einem Dutzend anderen gedient, und wahrscheinlich hatte sie diesen Unsinn irgendwann einmal aufgeschnappt und sich gemerkt, um ihn im richtigen Moment anzubringen.

Hrhons Rückkehr bewahrte Essk vor der verletzenden Antwort, die Tally auf der Zunge lag. Der Waga polterte lautstark die Treppe herunter, und obwohl sein Gesicht weiterhin ausdruckslos wie ein alter Schuh blieb, spürte Tally sofort die Erregung, die von ihm Besitz ergriffen hatte. »Jhemand khommt!«, keuchte er.

»Jemand?« Tallys Hand glitt zum Schwert, ohne dass sie es auch nur bemerkte. »Wer? Wo?«

Hrhon machte eine ungeschickte Geste nach oben. »Dort. Drei. Vhielleicht vhier. Ich khonnte nicht ghenau sssehen, was ...«

Tally hörte nicht mehr, *was* Hrhon nicht genau hatte sehen können, denn sie war bereits an ihm vorbei und rannte, immer zwei, drei Stufen auf einmal nehmend, die Treppe hinauf.

Keuchend erreichte sie die kleine Plattform am abgebrochenen oberen Ende des Turmes, blieb stehen und richtete den Blick nach Norden.

Es waren drei. Sie waren noch weit entfernt, zahllose Meilen, und so hoch, dass sie nur als winzige dunkle Punkte vor dem nicht ganz so dunklen Blau des Nachthimmels auszumachen waren, und auch das eigentlich nur, weil sie sich bewegten. Das Schlagen ihrer gigantischen schwarzen Schwingen war nicht mehr als ein Flackern, das dumpfe Rauschen und der durchdringende Drachengestank existierten nur in Tallys Phantasie, und die krächzenden Schreie, die sie zu hören glaubte, waren ihre eigenen keuchenden Atemzüge.

Sie kamen! Sie würde sie *sehen,* nicht als verschwommene Schatten in der Nacht, nicht als schwarze Drohung, die nur zu ahnen und nicht wirklich zu erkennen war, sondern unmittelbar. Sie würde einem von ihnen gegenüberstehen, Auge in Auge.

Tallys Handflächen wurden feucht vor Schweiß. Ihr Herz schlug plötzlich sehr langsam, aber so schwer wie ein Hammerwerk. Wieder glitt ihre Hand zum Schwert und schmiegte sich um den lederumwickelten Griff, aber diesmal war es, als müsse sie sich daran festhalten, um nicht vollends die Verbindung zur Wirklichkeit zu verlieren. Für einen Moment begannen die Umrisse der drei Drachen vor ihren Augen zu verschwimmen. Wie lange hatte sie auf diesen Augenblick gewartet? Jahre? Zehn Jahre mindestens, seit dem Tage, an dem Hraban sie das erste Mal mit hierher in die Wüste genommen und sie das Geheimnis der Flammenschrift kennengelernt hatte. Aber in Wahrheit war es wohl weit mehr. Im Grunde hatte sie jede Sekunde der letzten fünfzehn Jahre auf diesen Augenblick gewartet, jeden Atemzug, den sie getan hatte, seit jener Nacht, als sie aus dem Wald trat und die verbrannte Stadt ihrer Kindheit unter sich liegen sah. Im Grunde war keine Sekunde in all diesen Jahren vergangen, in der sie nicht für ihre Rache gelebt hatte.

Und jetzt würde sie sie vollziehen.

Einer der beiden Wagas trat schnaubend hinter ihr auf die Plattform, und als sie sich umwandte, erkannte sie Hrhon. In der Dunkelheit war er nicht mehr als ein massiger schwarzer Schatten, in dem nur die Augen von glitzerndem Leben erfüllt waren. Aber sein Erscheinen riss Tally abrupt in die Wirklichkeit zurück. Plötzlich wurde sie sich des eigenen Umstandes bewusst, dass vielleicht mehr dazu gehörte, Rache zu nehmen, als dazustehen und zu warten, dass ihre Feinde eintrafen – wie zum Beispiel die Kleinigkeit, dieses Eintreffen auch zu überleben ...

»Zurück«, befahl sie grob. »Wir müssen uns irgendwo verstecken. Rasch jetzt – sie werden gleich da sein.«

Hrhon gehorchte schweigend, aber bevor er sich umdrehte, warf er noch einen letzten Blick auf die drei gigantischen schwarzen Schatten am Himmel, die sich dem Turm näherten. Tally war sich der Tatsache durchaus bewusst, dass es vollkommen unmöglich war – aber für einen kurzen Moment war sie vollkommen sicher, auf dem Gesicht des Waga einen Ausdruck nackter Angst zu sehen.

Sie verscheuchte den Gedanken, gab Hrhon einen unsanften Stoß in den Rücken und hetzte hinter ihm die Treppe hinunter.

8

Sie waren wieder im Balkonzimmer, dem vorletzten vor dem Quartier der Hornköpfe. Tally sah sich unschlüssig um. Einen Moment lang spielte sie mit dem Gedanken, sich einfach unter dem Bett zu verkriechen und die beiden Wagas hinter dem Vorhang zu postieren, aber sie verwarf die Idee so schnell wieder, wie sie ihr gekommen war. Es hatte keinen Sinn, Fallen zu stellen, wenn sie nicht einmal wusste, mit wie vielen Feinden sie zu rechnen hatten. Die Drachen waren groß genug, ein halbes Dutzend Reiter zu tragen – pro Tier. Aber es mochte ebenso gut nur einer sein. Nein – sie mussten erst wissen, mit wem sie es überhaupt zu tun hatten, ehe sie überlegen konnten, wie sie vorgingen.

Aber das war leichter gesagt als getan; denn obgleich es mehrere Dutzend Kammern und Zimmer gab, waren die meisten davon leer, und auch die bewohnten Teile des Quartiers boten wenige Möglichkeiten, einen Menschen und zwei Wagas zu verbergen, sah man von so intelligenten Verstecken wie Kleiderschränken und Vorhängen ab, hinter denen die Neuankömmlinge garantiert sofort nachsehen würden. Sie hätten schon blind und vollkommen schwachsinnig zugleich sein müssen, um nicht zu bemerken, dass hier irgendetwas nicht so war, wie es sein sollte – ganz abgesehen davon, dass die beiden rechtmäßigen Bewohnerinnen des Turmes nicht da waren, musste ihnen der zerstörte Spiegel oben auf der Plattform auffallen, noch bevor sie landeten. Tally verfluchte sich im Nachhinein für ihre eigene Unbeherrschtheit, den Spiegel zerschlagen zu haben. Aber jetzt war es zu spät, den Fehler wiedergutzumachen; ihnen blieben noch zehn Minuten, allerhöchstens.

Tally warf einen raschen, nervösen Blick zur Tür, schob das Schwert in den Gürtel zurück, das sie ganz instinktiv gezogen hatte, und schlug den schweren Samtvorhang zur Seite, der den Durchgang zum Balkon verbarg. Der Wind schlug ihr wie eine eisige Kralle ins Gesicht und ließ sie blinzeln. Jetzt, mitten in der Nacht, wirkte das Innere des Turmes wie ein bodenloser Schlund, der nur darauf wartete, dass sie ihm zu nahe kam und an dessen Grund etwas namenlos Böses, Körperloses lauerte.

Trotzdem trat sie nach kurzem Zögern ganz an das Geländer heran, legte die Hände auf das kalte Eisen und beugte sich vor, so weit sie konnte. Der Sog des Abgrundes wurde stärker. Für einen Moment musste sie all ihre Willenskraft aufbieten, um ihm nicht einfach nachzugeben und sich nach vorne fallen zu lassen.

Es war schwer, in der herrschenden Dunkelheit überhaupt etwas zu erkennen, aber nachdem sich ihre Augen einmal an das schwache Licht gewöhnt hatten, sah sie genau das, was zu sehen sie gehofft hatte: Der Balkon war nicht als freitragende Konstruktion gebaut, sondern wurde von drei mächtigen, schräg aus der Wand ragenden Balken gestützt. Und mit einigem Geschick musste es möglich sein, über die Brüstung zu klettern und auf diesen Balken sicheren Halt zu finden.

Sie richtete sich auf, winkte Hrhon und Essk zu sich und erklärte ihnen ihren Plan. Hrhon schwieg, wie fast immer, wenn sie ihm einen Befehl erteilte, während seine Gefährtin sichtlich erschrocken zusammenfuhr und einen zischelnden Laut von sich gab.

»Ich weiß, dass es gefährlich ist«, sagte Tally. »Aber es ist die einzige Möglichkeit. Wenn sie euch beide hier finden, können sie sich den Rest der Geschichte an den Fingern einer Hand abzählen. Ihr versteckt euch hier, bis ich euch rufe.«

»Uhnd Ihr, Herrin?«, fragte Hrhon.

»Ich werde sie hier erwarten«, antwortete Tally. »Ich bin allein und stelle keine unmittelbare Gefahr für sie dar. Vielleicht erfahre ich auf diese Weise mehr, als wenn wir gleich über sie herfallen.«

»Ein ghuter Plan«, stimmte Hrhon nach kurzem Überlegen zu. »Abher ghefhärlich.«

Tally warf einen schrägen Blick auf das Balkongitter und fragte sich, wie Hrhons Worte wohl wirklich gemeint waren. Selbst für einen geschickten Kletterer wie sie war es nicht ohne Risiko, über die Brüstung zu steigen und sich auf den Balken festzuklammern – für ein Wesen wie Hrhon grenzte es an Selbstmord. Tally schalt sich in Gedanken eine Närrin, die Zeit nicht genutzt zu haben, sich nach einem besseren Versteck umzusehen.

»Schnell jetzt«, sagte sie, ohne direkt auf Hrhons Worte einzugehen. »Uns bleibt nicht mehr viel Zeit.«

Hrhon zögerte noch einmal – wenn auch fast unmerklich –, stieß ein resignierendes Grunzen aus und begann schnaubend und keuchend über die Brüstung zu steigen. Der Balkon ächzte unter seinem Gewicht, und Tally sah, wie sich das zollstarke Eisen des Gitters verbog, als Hrhon darüberkletterte und mit entnervender Langsamkeit damit begann, sich Hand über Hand in die Tiefe zu hangeln.

Es wurde zu einem Wettlauf gegen die Zeit. Sie gewannen ihn, wenn auch so knapp, wie es überhaupt nur denkbar war – nach Hrhon stieg auch Essk über die Brüstung, aber ihr flaches Echsengesicht war kaum am unteren Rand des Gitters verschwunden, als der erste der drei gigantischen schwarzen Schatten über dem Turm erschien.

Tally trat mit einem hastigen Schritt zurück und spähte durch einen Spalt im Vorhang nach oben. Sie sah auf diese Weise nur noch einen handbreiten Ausschnitt des Himmels, aber sie wusste nicht, wie es um die Sehkraft der Drachen bestellt war – schließlich waren es Nachttiere –, und wollte nicht das Risiko eingehen, vorzeitig entdeckt zu werden.

Und sie sah auch genug. Der gigantische Schatten, der den Himmel verdunkelt hatte, verschwand wieder, aber nur, um gleich darauf von einem zweiten, womöglich noch größeren finsteren Etwas abgelöst zu werden, das den Himmel und die Sterne auslöschte und sich tiefer und tiefer auf die Turmspitze herabsenkte, bis Tally den Eindruck hatte, eine Glocke aus geronnener Schwärze habe sich über die Wüste gestülpt. Rote, im Verhältnis zur Körpergröße des Tieres lächerlich kleine Augen blinzelten zu ihr herab; die drei Reiter, die im Nacken des fliegenden Ungeheuers hockten, sahen aus wie Spielzeuge. Der Drache sank tiefer, schlug einmal fast gemächlich mit seinen gigantischen Flügeln und gewann noch einmal kurz an Höhe, ehe er vollends auf den Turm herabsank.

Das ganze ungeheuerliche Gebäude erbebte, als sich das Monstrum auf seiner Spitze niederließ, halb aufgerichtet, die Schwingen wie eine zu groß geratene Fledermaus an den Körper gefaltet und den Hals fast grotesk vorgebeugt, damit seine

Reiter nicht den Halt verloren und sich eine Meile tiefer die eigenen Hälse brachen.

Es war ungeheuerlich. Tally sah nur Schatten, schwarze Umrisse, gegen das Samtblau des Himmels, aber vielleicht machte gerade das den Anblick nur umso eindrucksvoller. Nach dem ersten Drachen landete der zweite, trotz seiner jede Vorstellung sprengenden Größe fast graziös und kurz darauf – sie sah es nicht, aber sie spürte, wie der Turm unter ihren Füßen ein drittes Mal ganz sacht erzitterte – das letzte Tier.

Ein schwer in Worte zu fassendes Gefühl von Ehrfurcht ergriff von Tally Besitz, trotz ihres Zornes und all des aufgestauten Hasses von mehr als anderthalb Jahrzehnten. Es war das erste Mal, dass sie die Drachen aus solcher Nähe sah, und trotz allem war alles, was sie empfand, Bewunderung, ein Schaudern angesichts der ungeheuerlichen Macht, die diese Tiere ausstrahlten, aber auch ihrer Schönheit und Grazie.

Tally hatte viele große Tiere gesehen – und einige davon waren wirklich *groß* gewesen –, aber keines davon hatte auch nur annähernd die Größe dieser drei Drachen. Und es war nichts Plumpes oder gar Schwerfälliges an diesen schwarzgeschuppten Riesen; ganz im Gegenteil. Trotz ihrer Größe wirkten sie graziös, majestätisch und … ja, irgendwie leicht, wie sie so dahockten, leicht nach vorne gebeugt, manchmal die Flügel bewegend, um auf dem schmalen Grat die Balance zu halten, wie übergroße Raben, die auf einem Dachfirst saßen und ihr Gefieder schüttelten.

Nacheinander begannen die Reiter abzusteigen. Ihre Bewegungen wirkten grotesk; fast wie die von Ameisen, die über den Rücken eines Giganten krabbelten, und trotz der großen Entfernung konnte Tally die Unsicherheit und Vorsicht erkennen, die ihnen innewohnte.

Und dann geschah etwas, womit Tally fast gerechnet hatte, und das sie doch zutiefst erschreckte: Kaum waren die Reiter vom Rücken des ersten Drachen heruntergestiegen, spreizte das Ungeheuer die Flügel, ließ sich nach vorne kippen – und stürzte senkrecht in den Turm hinab; ein schwarzer Koloss, dessen nur halb aufgespannten Schwingen um ein Haar die Wände berührten.

Der Sturmwind, der dem Koloss hinterherfauchte, trieb Tally zurück ins Zimmer. Sie taumelte ein paar Schritte zurück, hob schützend die Hände vors Gesicht und krümmte sich, als der schwere Samtvorhang wie eine übergroße Hand nach ihr schlug. Dann kam sie endlich auf die Idee, zur Seite zu treten – und keinen Moment zu früh, wie sich zeigte, denn kaum war der Luftsog ein wenig schwächer geworden, stürzte der zweite Drache in den Turm hinab, jetzt nicht mehr als eine Faust aus Schwärze, die vor dem Balkon vorbeirauschte.

Voller Schrecken dachte sie an Hrhon und Essk, die dem heulenden Luftsog schutzlos ausgeliefert waren. Aber sie wagte es nicht, noch einmal hinauszugehen und nach den beiden Wagas zu sehen.

Stattdessen drehte sie sich herum, ging nach kurzem Überlegen zu dem verwüsteten Bett und kuschelte sich an sein Kopfende. Sie zog die Knie an den Körper, zog ein Stück der zerfetzten Decke über die Beine und legte das Schwert griffbereit neben sich, die Hand auf der ledernen Scheide. Den Kopf lehnte sie in einer bewusst unbequemen Stellung an den Bettpfosten; ganz die Haltung eines Menschen, der sich nur ein wenig hatte ausruhen wollen und dabei unversehens eingeschlafen war.

Sie wartete. Und sie betete zu allen Göttern, die sie kannte – und vorsichtshalber auch gleich zu allen, von denen sie noch nie gehört hatte –, dass ihre Rechnung aufgehen und die Drachenreiter sie nicht gleich töten, sondern erst mit ihr reden würden.

Nach einer Weile hörte sie Schritte, dann Stimmen: die Stimmen von zwei, möglicherweise auch drei Menschen, die sich in einer ihr unbekannten Sprache unterhielten, und die Schritte harter Stiefelsohlen auf Stein; dazwischen ein helles, unangenehmes Schleifen und Rascheln, als krabbelten eine Million Spinnen über eine gewaltige Glasscheibe. Tallys Herz begann zu jagen. Plötzlich hatte sie Angst, ganz entsetzliche Angst. Und plötzlich fielen ihr mindestens tausend verschiedene Gründe ein, aus denen ihr Plan gar nicht aufgehen *konnte.*

Aber es war zu spät. Die Stimmen und Schritte kamen näher, brachen plötzlich ab – und dann hörte Tally einen überrasch. ten Schrei, dicht gefolgt von einem Laut, den sie nur zu gut kannte: dem hellen Sirren, mit dem ein Schwert aus der Scheide glitt.

Es kostete sie all ihre Überwindung, nicht mit einem blitzschnellen Satz auf- und herumzufahren, sondern so zu tun, als wache sie in diesem Augenblick auf und wäre noch benommen vom Schlaf. Unsicher hob sie die linke Hand, fuhr sich damit über die Augen und drehte gleichzeitig den Kopf.

Das Erste, was sie sah, war eine Schwertspitze, die genau auf ihr Gesicht deutete, dann eine zweite, die sich ihrer Brust bis auf wenige Zentimeter genähert hatte und dicht über ihrem Herzen verharrte. Die dritte Frau hatte eine jener seltsamen kleinen Waffen gezogen und zielte damit auf ihre Stirn. Tally sah, dass im Griffstück der Waffe ein winziges rotes Licht glomm.

»Wer bist du?«, fragte eine herrische Stimme. »Was tust du hier, und was ist hier geschehen?«

Tally wäre nicht einmal dazu gekommen zu antworten, wenn sie es gewollt hätte, denn im gleichen Augenblick wurde eines der Schwerter gesenkt, und eine Hand packte sie an der Schulter und riss sie grob in die Höhe. Sie strauchelte, prallte unsicher gegen die Wand und glitt aus, aber die gleiche Hand, die sie zuvor gestoßen hatte, fing sie nun auf – wenn auch nur, um sie abermals gegen die Wand zu stoßen und gleich darauf in Form einer kräftigen Ohrfeige auf ihre linke Wange zu klatschen.

»Wer du bist, habe ich gefragt!«

Tally hob angstvoll die Hände vor das Gesicht. Alles war so schnell gegangen, dass sie erst jetzt richtig sah, mit wem sie es zu tun hatte: Es waren drei Frauen, alle etwa gleich groß, etwa im gleichen Alter und auf die gleiche Weise gekleidet – in schwarzes, nahezu hauteng anliegendes Leder, das ihre Körper fast völlig einhüllte und nur einen handgroßen Ausschnitt ihrer Gesichter freiließ. Aus einem dieser Ausschnitte funkelten sie nun ein Paar schwarzer, sehr zorniger Augen an.

»Ich habe dich gefragt, wer du bist!« Wieder hob sich die schwarzbehandschuhte Hand, um sie zu schlagen, aber diesmal wurde die Fremde von einer der beiden anderen Frauen zurückgehalten.

»Lass sie, Maya«, sagte sie scharf. »Wir klären das später. Zuerst müssen wir herausfinden, was hier geschehen ist.«

Sie unterstrich ihre Worte mit einer befehlenden, schnellen Geste, drehte sich herum und hob die linke Hand vor die Lippen, um einen schrillen, trällernden Laut zu produzieren. Einen Augenblick später traten vier gewaltige Hornköpfe in den Raum, alle vier hoch beladen mit Säcken und schweren, in Tuch eingeschlagenen Bündeln.

Tally schrie vor Schrecken auf, als sie die Ungeheuer sah. Zwei von ihnen waren Ameisenabkömmlinge, wie sie an den kräftigen, dreifach gegliederten Körpern und den großen Augen erkannte, in denen eine tückische Intelligenz zu schlummern schien. Die dritte war eine jener gigantischen Beterinnen, wie sie Hrhon und Essk am Vortage getötet hatten. Das vierte Ungeheuer schließlich gehörte einer Spezies an, die Tally noch niemals zuvor gesehen hatte. Es war ihr unmöglich, das gepanzerte, vielgliedrige Ding auch nur annähernd zu beschreiben – aber es war so groß, dass es Mühe hatte, sich geduckt und schräg gehend durch die Tür zu schieben, und schien nur aus Panzerplatten und Dornen zu bestehen. Tally dankte im Stillen den Göttern, dass sie am vergangenen Abend nicht auf eines *dieser* Ungeheuer gestoßen waren – nach einem Zusammenprall mit dieser Bestie mussten selbst die beiden Wagas aussehen, als wären sie nach fünf Meilen Anlauf in einen Riesenkaktus gerannt. Sie merkte sich die Bestie als denjenigen ihrer Gegner vor, den sie zuerst töten würde.

Die Frau, bei der es sich offensichtlich um die Anführerin der Gruppe handelte, wechselte eine Folge schneller, pfeifender Klick- und Schnalzlaute mit den Hornköpfen und deutete dabei abwechselnd auf Tally, sich selbst und den nach unten führenden Durchgang. Die Blicke des Rieseninsektes hefteten sich für einen kurzen Moment auf Tallys Gesicht, und obwohl es wenig mehr als eine Sekunde dauerte, war es doch das Unangenehmste, was sie jemals erlebt hatte – und das Erschreckendste.

Es war kein Tier.

Tally war zahllosen Hornköpfen begegnet, seit sie bei Hraban und der Sippe lebte, und manche davon hatten dieses Scheusal an bizarrem Aussehen noch in den Schatten gestellt – aber sie alle waren *Tiere* gewesen, stumpfsinnige Kreaturen, die kaum einen eigenen Willen besaßen und nicht zu bewusstem Denken in der Lage waren.

Dieser Hornkopf war anders.

Seine faustgroßen Facettenaugen waren ausdruckslos und starr wie die aller Insekten, und doch spürte Tally mit unerschütterlicher Gewissheit, dass sie einem *denkenden* Wesen gegenüberstand, keinem zu groß geratenen Insekt, dessen Gehirn vergessen hatte, mit dem Körper mitzuwachsen.

Es war ihr unmöglich, sich dem Blick dieser Augen zu entziehen. Die starren, in allen Farben des Regenbogens funkelnden kristallenen Halbkugeln lähmten sie, und es war etwas ... Saugendes in ihrem Blick, etwas, als griffe eine unsichtbare Kralle blitzartig in Tallys Kopf und drehte das Unterste ihrer Gedanken zuoberst. Für den Bruchteil einer Sekunde hatte Tally die entsetzliche Vorstellung, dass das Ungeheuer ein natürlicher

Telepath sein könne, und dass ihr Plan im gleichen Moment zum Scheitern verurteilt war, in dem es sie ansah.

Aber dann löste sich der Blick dieser entsetzlichen Kristallaugen von ihr, und der schwarzglänzende Gigant wandte sich wieder um und beugte sich zu der Menschenfrau herab, die ihm Befehle erteilte. Tally atmete erleichtert auf. Ihre Knie zitterten so heftig, dass sie sich gegen die Wand lehnen musste, gegen die Maya sie gestoßen hatte.

»Du bewachst sie!«, befahl die Frau Maya. »Wir sehen uns ein wenig um. Und kein Wort!«

Maya nickte, wenn Tally ihr auch ansah, dass ihr zumindest der zweite Teil des Befehles nicht sonderlich behagte. Das zornige Funkeln in ihren Augen war etwas, was Tally nur zu gut kannte; statt sie einfach nur zu bewachen, hätte Maya wohl nichts lieber getan, als die Antworten auf ihre Fragen aus ihr herauszuprügeln.

Aber sie widersprach mit keinem Wort, sondern trat nur einen Schritt zurück, tauschte das Schwert in ihrer Hand gegen eine der kleinen Waffen und durchbohrte Tally mit Blicken, während die beiden anderen Frauen und die Hornköpfe die Kammer wieder verließen – eine in der Richtung, aus der sie gekommen waren, die andere durch die turmabwärts führende Tür. Ihre Schritte verklangen rasch auf dem steinernen Boden.

»Wer ... wer seid Ihr, Herrin?«, fragte Tally, nachdem sie allein waren. Ihre Stimme zitterte vor Aufregung, was Maya mit Sicherheit für Angst halten würde. Tally war es nur recht – letztendlich spielte sie die Ahnungslose, die im Schlaf überrascht worden war und noch gar nicht so recht begriff, wie ihr geschah. »Seid Ihr ... gehört Ihr zu denen, die diesen Turm ...«

»Halt den Mund«, unterbrach sie Maya grob. »Wir reden, wenn Lyss zurück ist. Bis dahin hast du Zeit, dir ein paar plausible Erklärungen für das hier ...« Sie machte eine weit ausholende Bewegung mit der freien Hand, »... einfallen zu lassen.«

Tally verstummte gehorsam. Maya schien gehörigen Respekt vor dieser Lyss zu haben, wenn sie ihre Befehle selbst dann befolgte, wenn diese nicht dabei war. Zweifellos war Lyss die Führerin der kleinen Gruppe, und dass sie Maya daran gehindert hatte, Tally zu schlagen, hieß noch lange nicht, dass sie die Sanftmütigere von beiden war. Tally überlegte einen Augenblick, was *sie* wohl mit jemandem tun würde, den sie umgekehrt in ihrem Haus vorfinden würde, noch dazu, wenn dieses gründlich verwüstet und alle seine Bewohner erschlagen worden waren. Das Ergebnis, zu dem sie kam, gefiel ihr nicht sonderlich.

Maya wich einen weiteren Schritt zurück, ließ sich auf die Bettkante sinken und stützte sich bequem mit dem linken Arm in den weichen Kissen ab. Die Waffe in ihrer anderen Hand blieb dabei weiter auf Tallys Gesicht gerichtet; ihr Daumen strich nervös über das kleine Licht in ihrem Griff, sodass es zu blinzeln schien wie ein winziges müdes Auge.

Nicht dass es ihr im Ernstfall viel genutzt hätte, dachte Tally spöttisch. Maya saß weniger als zwei Schritte entfernt und in einer sehr unvorteilhaften Haltung. Eine blitzschnelle Drehung, ein Tritt, und sie würde dieser schwarzäugigen Schönheit den Lauf ihrer eigenen Waffe zwischen die Zähne oder sonst wohin schieben, ehe sie überhaupt begriff, wie ihr geschah. Natürlich tat sie es nicht – sie hatte dieses Risiko nicht auf sich genommen, um die drei Drachenreiterinnen zu töten –, wenigstens jetzt noch nicht – sondern um an Informationen zu kommen. Aber allein das Wissen, es tun zu können, wenn sie es wollte, gab ihr einen guten Teil ihrer gewohnten Selbstsicherheit zurück.

Die Beterin und der schwarze Koloss waren ein Problem, die drei Frauen nicht. Sie verließen sich zu sehr auf die überlegene Macht ihrer Waffen, und das war etwas, was Tally kannte. Sie hatte eine Menge Männer und Frauen beerdigt, die diesen Fehler begangen hatten.

Sie versuchte nicht mehr, ein Gespräch mit Maya zu beginnen, aber sie nutzte die Zeit, ihr Gegenüber zum ersten Mal in Ruhe zu betrachten. Von Mayas Gesicht war nicht viel zu erkennen – die schwarze Kappe, die ihren Kopf bedeckte und nahtlos in die Schultern ihres Anzuges überging, gab ihren Zügen etwas Nonnenhaftes und machte es außerdem fast unmöglich, ihr Alter zu schätzen. Aber sie hatte jene ganz bestimmte Art zu sprechen, die den Menschen verriet, der Befehle zu erteilen gewohnt war, und in ihrem Blick lag eine Spur von Grausamkeit. Ihre Haut war sehr bleich, und ihre Lippen hatten einen ganz leichten Stich ins Bläuliche. Es musste sehr kalt gewesen sein, dort oben am Himmel.

Das Sonderbarste an ihr aber war die Kleidung. Der schwarzglänzende Anzug schien aus einem einzigen Stück gefertigt zu sein und bedeckte ihren Körper von den Zehenspitzen bis zum Scheitel. Um ihre Hüften spannte sich ein breiter Gürtel, in dem ihr Schwert und die kleine Waffe gesteckt hatten und an dem zahllose kleine Taschen und Schnallen befestigt waren. Vor ihrer Brust hing etwas, das Tally entfernt an eine Sandmaske erinnerte, nur dass sie das ganze Gesicht Mayas bedecken musste, denn ihr oberstes Drittel bestand aus sorgfältig geschliffenem Glas.

»Nun?«, fragte Maya plötzlich. »Bist du zufrieden mit dem, was du siehst?«

»Ich … ich verstehe nicht, was Ihr meint, Herrin«, antwortete Tally schüchtern. Sie versuchte zu lächeln. »Verzeiht, wenn ich Euch angestarrt habe. Aber …«

»Ach, halt endlich den Mund«, unterbrach sie Maya. »Und hör auf, mich unentwegt anzuglotzen. Du …« Sie stockte. Ihre Augen wurden groß vor Schrecken, als ihr Blick auf etwas in Tallys Gürtel fiel. Plötzlich sprang sie auf, war mit einem Satz bei ihr und presste ihr drohend die Waffe gegen den Hals, während sie Tally mit der Linken die Waffe aus dem Gürtel riss.

Tally verfluchte sich in Gedanken dafür, das nutzlose Ding nicht liegengelassen oder wenigstens gut versteckt zu haben. Sie hatte sie schlichtweg vergessen – ein Fehler, der sie jetzt möglicherweise das Leben kostete.

»Verdammt noch mal, woher hast du das?«, schrie sie. »Antworte, du Miststück, oder ich schieße dir den Schädel herunter!« Sie versetzte Tally eine schallende Ohrfeige, sprang zurück und richtete den Lauf der Waffe auf ihr linkes Auge. »Rede!«, sagte sie wütend.

»Es wäre ziemlich dumm, jetzt abzudrücken, Maya«, sagte eine Stimme hinter ihr. »Aus dieser Entfernung überlebst du es wahrscheinlich selbst nicht.«

Maya fuhr betroffen zusammen, drehte sich halb herum und machte eine kleine erschrockene Bewegung, als sie Lyss erkannte, die zurückgekommen war. Sie wollte etwas sagen, aber Lyss schnitt ihr mit einer herrischen Geste das Wort ab und kam näher.

»Ich dachte, ich hätte befohlen, nicht mit ihr zu reden«, sagte sie lächelnd. »Oder wollte ich es nur und habe es vergessen?«

Maya schluckte sichtbar. »Ihr ... hattet es befohlen, Gebieterin«, sagte sie demütig. »Aber ich habe *das hier* bei ihr gefunden!« Sie deutete anklagend auf Tally und hielt Lyss gleichzeitig die Waffe hin, die sie ihr abgenommen hatte. Lyss betrachtete die Waffe einen Moment lang schweigend, scheuchte Maya mit einer unwilligen Geste zur Seite und trat bis auf zwei Schritte an Tally heran.

»Stimmt das?«, fragte sie. Sie lächelte. Ihre Stimme hatte einen fast freundlichen Klang. Aber es war eine Freundlichkeit, hinter der sich unbarmherzige Härte verbarg. Sie lächelte, aber ihre Augen blickten kalt und hart wie Kugeln aus kunstvoll bemaltem Glas.

Tally nickte.

»Woher hast du es, Kind?«, fragte Lyss. Sie lächelte noch immer.

»Gefunden«, antwortete Tally.

Lyss schlug sie; so hart, dass ihr Kopf gegen die Wand prallte und der Schmerz farbige Punkte vor ihren Augen flimmern ließ. »Bitte!«, keuchte sie. »Es ... es ist wahr, Herrin! Ich habe sie gefunden und eingesteckt, ohne ... ohne zu wissen, was es ist.«

Lyss runzelte die Stirn, hob die Hand, wie um sie abermals zu schlagen, tat es aber dann nicht, sondern trat mit einem hörbaren Seufzen zurück und schob die schwarze Lederkappe nach hinten. Darunter kamen kurzgeschnittenes rotes Haar und das Gesicht einer vielleicht vierzigjährigen, sehr energisch aussehenden Frau zum Vorschein. Einen Moment lang sah sie Tally noch durchdringend an, dann schüttelte sie den Kopf, seufzte abermals und fuhr sich müde mit beiden Händen durch das Gesicht. »So geht das nicht«, sagte sie. »Wir sollten uns ausführlicher unterhalten. Aber du musst mir die Wahrheit sagen.«

»Ich lüge nicht«, antwortete Tally. »Ich sage Euch alles, was Ihr wollt, Herrin, aber ...«

»Oh, das ist gar nicht nötig«, unterbrach sie Lyss. »Die Wahrheit reicht schon, Kindchen. Was ist hier geschehen? Und vor allem – wie kommst du hierher?«

»Ich weiß es nicht«, sagte Tally. »Ich ... ich bin vor dem Sturm geflohen, aber als ich kam, war bereits alles so, wie Ihr seht.«

»Sie lügt!«, behauptete Maya. »Sie hat Farins Waffe, Lyss! Frag sie, woher sie sie hat.«

Lyss nickte. »Du hast es gehört«, sagte sie freundlich. »Also?« Sie hob die Hand, in der sie noch immer die Waffe hielt. »Dieses Ding gehört Farin, einer von uns. Sie wird sie dir kaum freiwillig gegeben haben.«

Tally zögerte absichtlich zu antworten. Sie war nervös, und sie war sich durchaus darüber im Klaren, dass ihre nächsten

Worte über ihr Leben entscheiden konnten. Wenn sie log und Lyss es merkte, würde sie sie töten, auf der Stelle. »Eine ... eine Frau wie Ihr?«, fragte sie stockend. »Nur jünger? Mit ... mit dunklem Haar?«

»Du kennst sie also«, sagte Lyss. Ihre Stimme klang schon ein ganz kleines bisschen kälter.

Tally nickte. »Sie ... sie ist tot«, sagte sie.

Maya stieß ein erschrockenes Keuchen aus und wollte auf sie zutreten, aber wieder hielt Lyss sie zurück.

»Tot?«, wiederholte sie. »Was ist passiert?«

»Das weiß ich nicht, Herrin«, antwortete Tally. »Sie liegt draußen, auf der Treppe, die zum Turm führt. Zusammen mit ... mit ein paar Hornköpfen. Jemand hat sie erschlagen. Aber ich weiß nicht, wer es war. Ich schwöre es Euch, Herrin!«

»Sie lügt!«, behauptete Maya. »Sie hat sie erschlagen! Lass mich fünf Minuten mit ihr allein, und sie wird die Wahrheit sagen!«

Lyss machte sich nicht einmal die Mühe, sie anzusehen. »Du bist eine Närrin, Maya«, sagte sie kalt. »Draußen im Gang liegt die Beterin – oder das, was noch von ihr übrig ist. Und die anderen Zimmer sehen kaum anders aus als dieses hier. Jemand hat hier sehr gründliche Arbeit geleistet, und es war nicht dieses Mädchen. Glaubst du wirklich, dieses Kind hätte die Kraft, unsere Schwestern zu töten – und die Kampfinsekten dazu? Nein.« Sie lachte, schüttelte heftig den Kopf und sah Tally kalt an. »Aber eine Lügnerin ist sie trotzdem«, fuhr sie in unverändertem Ton fort. »Sie spielt uns die Unschuld vor, die vor Angst zittert, aber das ist sie nicht. Nicht wahr, Kindchen?«

Tally schwieg.

»Wie ist dein Name, Kindchen?«, fragte Lyss.

»Tally«, sagte Tally.

»Tally ...« Lyss wiederholte den Namen, als versuche sie ihm einen vertrauten Klang abzugewinnen, schüttelte den Kopf und starrte einen Moment lang an Tally vorbei ins Leere. »Und *wer* bist du?«, fragte sie schließlich.

Tally atmete innerlich auf. Der gefährliche Moment war vorbei – sie wusste, dass Lyss sie jetzt nicht mehr töten würde; jedenfalls nicht, bevor sie nicht alles von ihr erfahren hatte, was sie wissen wollte.

»Ich bin Hrabans Frau«, antwortete sie. »Hraban, von der Gonden-Sippe. Ich bin hier, um die Befehle der Götter zu holen.«

Auf Lyss' Gesicht war keinerlei Reaktion zu erkennen, aber in Mayas Augen blitzte es abermals wütend auf. »Hrabans Frau!«, wiederholte sie. »Seit wann schickt der Kriegsherr von Conden sein *Weib*, um seine Arbeit zu tun?«

Die Art, auf die sie das Wort *Weib* aussprach, missfiel Tally – vor allem angesichts des Umstandes, dass sie selbst eine Frau war. Aus Mayas Mund hörte es sich an wie eine Beschimpfung. Trotzdem blieb sie äußerlich ruhig, als sie antwortete:

»Seit er tot ist, Herrin.«

»Tot?« Lyss verbarg ihre Überraschung nicht. »Hraban ist tot? Seit wann? Was ist ihm zugestoßen?«

»Er starb vor fünf Jahren«, antwortete Tally. »Er stürzte vom Pferd und brach sich das Bein. Es ... es war auf dem Rückweg zur Sippe, noch halb in der Wüste, und ehe wir das Lager erreichten, bekam er Wundbrand und starb nach wenigen Tagen.« Das war nicht ganz die Wahrheit – Hraban war weder vom. Pferd gefallen, noch an Wundbrand gestorben, und was ihm zugestoßen war, war Tallys Schwertspitze, aber die Geschichte klang überzeugend genug, Lyss' Misstrauen wenigstens für den Moment zu dämpfen, denn sie machte eine ungeduldige Handbewegung und sagte: »Weiter.«

»Ich war die Einzige, die mit dem Blutstein reden konnte«, fuhr Tally fort. Ihre Hand suchte den tropfenförmigen Rubin an ihrem Hals und schmiegte sich darum. Lyss' Blicke folgten der

Bewegung, ehe sie sich wieder auf ihr Gesicht hefteten. »Hraban hatte nie nach einem Nachfolger gesucht. Er war noch jung, und … und es gab wohl nicht viele, die das Talent hatten. Er sagte immer, es wäre schwer, jemanden zu finden, der sein Vertrauen verdiente und gleichzeitig die Magie der Steine beherrschte. Nur ich verstand ein wenig davon.« Auch das war nicht unbedingt die Wahrheit – tatsächlich hatte es im Laufe der Jahre ein gutes halbes Dutzend Männer und Frauen im Lager gegeben, die das Pech hatten, die Kräfte des Blutrubins lenken zu können. Und tatsächlich schien diese Erklärung Lyss nicht vollends zu überzeugen, denn ihr Stirnrunzeln wurde etwas tiefer, sodass Tally hastig hinzusetzte: »Und ich war die Einzige, die den Weg kannte. Hraban hat mich immer mitgenommen, wenn er in die Wüste ging.«

»Sie lügt!«, sagte Maya zornig. »Ein Kind als Anführer der Conden-Sippe. Sie kann damals noch nicht zwanzig gewesen sein!«

»Warum nicht?«, sagte Lyss nachdenklich. »Immerhin war sie seine Frau. Wem soll er vertrauen, wenn nicht seinem eigenen Weib? Aber erzähle weiter, Tally – du hast also seine Stelle eingenommen und bist hierhergekommen, um der Sippe unsere Befehle zu überbringen. Aber wie kommst du hierher? Hat dir Hraban niemals gesagt, dass es verboten ist, sich dem Turm zu nähern?«

»Doch«, antwortete Tally hastig. »Er hat mir alles gezeigt. Die Fallen und die Gedankensperren und … und er hat von Wesen gesprochen, die den Turm bewachen, schrecklichen Werwesen, die alles töten, was sich bewegt.«

»Nun, alles offensichtlich nicht«, sagte Lyss amüsiert. »Du bist hier, oder?«

»Es … war der Sturm, Herrin«, antwortete Tally nervös.

»Ach – und der hat dich hergeweht, wie?«, fragte Lyss spöttisch.

»Ja«, antwortete Tally. Lyss runzelte verärgert die Stirn, sagte aber nichts, und Tally fuhr fort: »Ich geriet in einen Sandsturm – den schlimmsten, den ich jemals erlebt habe. Ich bin einfach geflohen, Herrin. Mein Pferd stürzte, und ich rannte zu Fuß weiter und kam hierher. Das ist die Wahrheit, Herrin!«

»Unmöglich!«, behauptete Maya. »Die Gedankensperren ...«

»Es könnte sein«, unterbrach sie Lyss, ohne den Blick von Tally zu nehmen. »Wenn sie vor Angst halb wahnsinnig war, könnte es sein. Es ist unwahrscheinlich, aber möglich.«

»Und die Werwesen?«, fragte Maya zornig.

»Ich habe keine gesehen«, antwortete Tally. »Der Sturm war entsetzlich. Ich ... ich bin einfach blindlings losgestolpert, und plötzlich war ich in einem Gebäude, das halb vom Sand zugeweht war. Ich habe mich darin verkrochen, bis der Sturm nachließ.«

Lyss blickte sie sehr lange und sehr nachdenklich an. Tally hätte in diesem Moment ihre rechte Hand dafür gegeben, ihre Gedanken lesen zu können – obwohl es auf der anderen Seite nicht einmal so schwer war, sie zu erraten. Lyss traute ihr nicht, aber sie konnte ihre Geschichte auch nicht direkt widerlegen. Und vor allem wollte sie wissen, was *wirklich* geschehen war.

»Es könnte so gewesen sein«, sagte die Drachenreiterin nach einer Weile. »Es ist unwahrscheinlich, aber es könnte sein. Es war der schlimmste Sturm seit Jahrzehnten, Maya. Der Verteidigungsgürtel ist schon einmal zusammengebrochen, während eines Sturmes. Trotzdem glaube ich ihr nicht.«

»Aber ich sage die Wahrheit!«, sagte Tally verzweifelt. Sie musste ihre Angst jetzt nicht einmal mehr spielen. »Es war so. Als ... als der Sturm nachließ, kam ich heraus und fand die erschlagenen Hornköpfe und die beiden toten Frauen, und ...«

»Die *beiden* Toten?«, fiel ihr Maya ins Wort. »Willst du damit sagen, Tionn wäre ebenfalls tot?«

»Was hast du erwartet?«, sagte Lyss leise. »Sie wäre hier, wenn sie noch am Leben wäre.« Sie lachte ganz leise. »Jemand hat den Sturm ausgenutzt, die Sperren zu durchbrechen und hier alles kurz und klein zu schlagen. Und ich werde herausfinden, wer es ist.«

»Vielleicht eine der anderen Sippen?«, sagte Maya. »Die Ancen-Leute sind in den letzten Jahren aufsässig geworden. Möglicherweise ...«

»Möglicherweise«, unterbrach sie Lyss, »vertun wir unsere Zeit mit nutzlosen Vermutungen und Spekulationen, während Tionns und Farins Mörder noch ganz in der Nähe sind. Der Sturm war vor fünf Tagen. Sie können die Wüste noch nicht wieder verlassen haben.« Sie überlegte einen Moment, dann drehte sie sich mit einem Ruck um und wies mit einer herrischen Geste auf einen der Hornköpfe. »Geh und suche Vakk«, befahl sie. »Er soll herkommen. Wir wollen sehen, was an der Geschichte unserer kleinen Freundin hier wahr ist und was nicht.« Bei diesen Worten sah sie Tally auf eine sehr unangenehme, beinahe zynische Weise an, und auch in Mayas Augen glomm wieder dieses böse, grausame Lächeln auf. Tallys Angst wuchs. Sehnsüchtig blickte sie auf den Vorhang, hinter dem sich der Balkon verbarg. Sie hoffte inständig, dass Hrhon und Essk hörten, was hier gesprochen wurde, denn sie selbst hatte keine Möglichkeit, sie zu warnen oder gar um Hilfe zu rufen. Die beiden Wagas waren verloren, wenn die drei Frauen sie in ihrem Versteck unter dem Balkon entdeckten. Selbst ein Kind konnte sie kurzerhand in die Tiefe stoßen, während sie versuchten, über die Balkonbrüstung zu steigen, schwerfällig, wie sie waren.

Lyss bemerkte ihren Blick, wandte sich stirnrunzelnd um und schlug mit einem Ruck den Vorhang beiseite. Tallys Herz machte einen schmerzhaften Sprung und schien in ihrer Kehle zu einem pulsierenden Knoten zu gefrieren, als sie sah, wie die Drachenreiterin mit einem Schritt auf den Balkon hinaustrat, einen Moment lang in die Tiefe blickte und sich dann vorbeugte, beide Hände auf dem Gitter abgestützt.

»Ich sage die Wahrheit, Herrin«, sagte sie hastig und zum wiederholten Male. »Ich fand diesen Turm so vor. Alles war verwüstet.«

»Und warum bist du dann geblieben?«, fragte Lyss. Sie drehte sich wieder um, trat jedoch nicht von dem Balkon herunter, sondern lehnte sich mit vor der Brust verschränkten Armen gegen die Brüstung. Den eisigen Wind, der aus der Tiefe emporfauchte, schien sie nicht einmal zu spüren. Die Entfernung und die Dunkelheit, vor der sie stand, ließen sie zu einem flachen finsteren Schatten werden, beinahe noch bedrohlicher als bisher.

»Ich ... ich weiß es nicht, Herrin«, stammelte Tally. »Ich hatte Angst, dass Ihr mich für die Schuldige halten würdet. Und ich war verletzt, und ... und ...«

»Und außerdem ein bisschen neugierig, nicht?«, sagte Lyss spöttisch, als sie nicht weitersprach. »Nun, was das angeht, kann ich dich sogar verstehen, Kind. Die Gelegenheit, hier ein bisschen herumzuschnüffeln und vielleicht sogar die Götter selbst zu sehen, hätte ich mir auch nicht entgehen lassen.« Sie lachte leise, kam nun doch wieder näher und sah Tally abschätzend an. »Ich werde nicht schlau aus dir, Tally. Du erzählst eine Geschichte, die sehr unwahrscheinlich klingt, aber trotzdem wahr sein könnte. Und trotzdem sagt mir etwas, dass es besser wäre, dir nicht zu glauben. Aber wir werden es herausfinden, Schätzchen. Sobald Vakk zurück ist. Wenn du die Wahrheit gesagt hast, hast du nichts zu befürchten. Wenn nicht, wäre es besser, du redest jetzt. Vakk hat gewisse ... Methoden, Wahrheit von Lüge zu unterscheiden.«

»Vakk ist der ... der Hornkopf, der bei Euch ist?«, fragte Tally stockend.

Lyss zog eine Grimasse. »Ja. Aber ich würde das nicht sagen, wenn er es hört. Er mag es nicht, wenn man ihn so nennt. Also?«

Tally schwieg. Sie glaubte zu spüren, dass Lyss' Worte mehr als eine leere Drohung waren, und sie hatte das entsetzliche Gefühl nicht vergessen, das sie überkommen hatte, als der Hornkopf sie das erste Mal anblickte. Trotzdem schüttelte sie nur den Kopf.

»Wie du willst«, sagte Lyss achselzuckend. »In wenigen Minuten wissen wir ohnehin, ob du lügst oder nicht.« Sie wandte sich an Maya. »Ruf deinen Drachen«, sagte sie. »Wenn sie die Wahrheit sagt und es wirklich Krieger einer anderen Sippe waren, die Tionn und Farin töteten, will ich sie haben. Sie können noch nicht sehr weit sein. Es gibt im Umkreis von fünf oder sechs Tagesreisen nichts, wo sie sich verstecken könnten.«

»Der Sturm wird alle Spuren verwischt haben«, gab Maya zu bedenken, aber Lyss fegte ihre Worte mit einer unwilligen Bewegung zur Seite. »Du machst dich startbereit«, sagte sie noch einmal. »Wenn es Krieger aus Ancen waren, brennen wir dieses verdammte Rattennest nieder. Aber ich will einen Beweis.«

Maya schien abermals widersprechen zu wollen, beließ es aber dann bei einem gehorsamen Kopfnicken und entfernte sich durch die turmabwärts führende Tür. Die Beterin folgte ihr, und Tally blieb mit Lyss und der riesigen Ameise allein zurück. Vielleicht, überlegte sie, wäre jetzt der Augenblick gekommen anzugreifen. Der Hornkopf war kein Problem … Tally kannte diese mannsgroßen Ameisen gut genug, um zu wissen, wo ihr verwundbarer Punkt war. Sie waren stark genug, ein Pferd in Stücke zu reißen, aber ihr Hals und die Einschnürung in ihrer Körpermitte waren so lächerlich dünn, dass ein kräftiger Schwerthieb reichte, sie in zwei Teile zu spalten. Und ihre Waffe lag nur zwei Schritte von ihr entfernt.

Aber sie zögerte zu lange. Der einzige Moment, in dem ein Angriff Erfolg hätte haben können – nämlich der, in dem Lyss sich umwandte und Maya und der Beterin nachsah – ging ungenutzt vorüber, und schon einen Moment später drehte sich Lyss wieder herum und richtete den Lauf ihrer Waffe auf Tally.

»Darf ich … mich setzen?«, fragte Tally schüchtern. Sie deutete auf das Bett.

Lyss nickte, trat jedoch mit einem raschen Schritt vor und fegte das Schwert mit einem Fußtritt von dannen, ehe sie eine auffordernde Handbewegung machte. »Sicher«, sagte sie. »Hast du Angst?«

Tally nickte, ließ sich auf das Bett sinken und versuchte eine Stellung einzunehmen, die gelöst wirkte, in der sie aber notfalls blitzschnell vorspringen konnte. Es gelang ihr nicht ganz. Lyss war eine aufmerksame Beobachterin. Wenn sie ihr ohnehin vorhandenes Misstrauen noch weiter schürte, hatte sie vollends verspielt. »Vor den Hornköpfen, ja«, antwortete sie mit einiger Verspätung. »Vor euch nicht.«

Lyss lächelte dünn und maß die Riesenameise mit einem undeutbaren Blick. »Gibt es sie nicht, dort, wo du herkommst?«

»Nicht solche«, erwiderte Tally wahrheitsgemäß. »Unsere Hornköpfe sind dumme Kreaturen. Tiere, die nur zum Arbeiten und Kämpfen gut sind. Dieses … Ungeheuer, das bei Euch ist – Vakk. Er ist ein *Nicht*-Mensch, nicht wahr?«

»Wenn du damit meinst, dass er ein denkendes Wesen ist, hast du recht«, antwortete Lyss mit erstaunlicher Offenheit. »Er ist nicht so intelligent wie ein Mensch, aber er ist auch kein Tier. Und er ist sehr nützlich.«

Tally überhörte die Drohung, die in Lyss' letzten Worten mitschwang, keineswegs. Ihre Gedanken arbeiteten wie rasend.

Wie lange war es her, dass Lyss die Ameise fortgeschickt hatte, nach ihrer Begleiterin und Vakk zu rufen? Sicher erst wenige Minuten. Aber das Gebäude war nicht so furchtbar groß, dass ihr noch viel Zeit blieb, irgendetwas zu unternehmen. Tally hatte längst begriffen, dass ihr Plan fehlgeschlagen war, sich in das Vertrauen der drei Drachenreiterinnen zu schleichen und so die Informationen zu erlangen, die sie brauchte. Das Einzige, was ihr jetzt noch – vielleicht – möglich war, war irgendwie am Leben zu bleiben.

»Darf ich Euch eine Frage stellen?«, sagte sie.

Lyss nickte. »Sicher.«

»Diese Ancen-Leute, von denen ihr gesprochen habt«, sagte Tally zögernd. »Wer sind sie? Ich habe noch nie von einem Volk dieses Namens gehört.«

»Eine Sippe wie die deine«, antwortete Lyss bereitwillig.

»Gibt es denn mehr?«

Lyss lachte leise, aber jetzt klang der Spott darin fast gutmütig. »Natürlich«, sagte sie. »Hast du wirklich gedacht, eure Sippe wäre die einzige?« Sie machte eine Bewegung, die den ganzen Turm einschloss. »Dies alles hier wäre wohl etwas zu aufwendig, um einem Narren wie Hraban ein wenig Hokuspokus vorzumachen, nicht wahr? Und die Welt ist ein bisschen zu groß, um von einer dreihundert Köpfe zählenden Horde aus Gesindel und Mördern beherrscht zu werden. Aber das wirst du alles noch genauer erfahren, wenn sich herausstellen sollte, dass du die Wahrheit sagst.«

»Dann werdet Ihr mich nicht töten?«

»Wenn du gelogen hast, ja«, antwortete Lyss. »Sonst nicht. Aber du kannst auch nicht zurück zu deiner Sippe, das wirst du einsehen. Nicht nach allem, was du hier gesehen hast. Ich denke, wir nehmen dich einfach mit.«

»Mit zu ... Euch?«, keuchte Tally. »Mit dorthin, wo Ihr herkommt, Ihr und die anderen?«

Lyss nickte. In ihren Augen stand ein amüsiertes Funkeln. »Warum nicht? Es wäre unsinnig, dich zu töten, wenn deine

Geschichte der Wahrheit entspricht. Aber du kannst auch nicht zurück zu deinen Leuten, das wirst du verstehen. Es wird dir gefallen, Tally. Bei uns als Sklavin zu dienen ist immer noch tausendmal besser als die Königin dieser Barbaren zu sein.«

Tallys Blick richtete sich sehnsüchtig auf den schmalen Balkon hinter Lyss. Wenn sie doch nur eine Möglichkeit hätte, Hrhon und Essk zu Hilfe zu rufen. Zusammen – und mit dem Vorteil der Überraschung auf ihrer Seite – hätten sie vielleicht sogar eine Chance, Vakk zu besiegen, den gigantischen Hornkopf.

Sie stand auf, machte einen Schritt in Lyss' Richtung und deutete schüchtern auf den Balkon. »Die Drachen, Herrin«, sagte sie. »Kann ich sie sehen?«

»Das wirst du früh genug, wenn sich deine Geschichte als wahr erweisen sollte«, antwortete Lyss grob. Ihre Augen wurden schmal. »Woher weißt du überhaupt, dass sie dort unten sind?«

»Ich war lange hier, Gebieterin«, antwortete Tally. »Ich habe mich umgesehen. Der Turm steht über einer Höhle, nicht wahr?«

Lyss nickte widerwillig. »Du bist eine gute Beobachterin, Tally«, sagte sie. »Ich denke, du kannst uns von Nutzen sein – falls wir dich mitnehmen sollten. Hast du schon einmal einen Drachen gesehen? Aus der Nähe, meine ich.«

Tally verneinte. »Aber ich würde es gerne«, sagte sie. Ehe Lyss es verhindern konnte, trat sie an ihr und der Ameise vorbei auf den schmalen Balkon hinaus, legte die Hände auf die Brüstung und beugte sich vor, so weit sie konnte. Etwas Dunkles, grünbraun Geschupptes glitzerte unter ihr und verschwand mit einer hastigen Bewegung. »Wenn Maya ihr Tier heraufholt, müsste man es sehen können.«

»Komm da weg!«, befahl Lyss scharf, aber Tally tat so, als hätte sie ihren Befehl gar nicht gehört, und spielte weiter die Aufgeregte. Statt zu gehorchen, beugte sie sich noch weiter vor, sodass sie nur noch auf den Zehenspitzen stand und gerade noch die Balance halten konnte.

»Bitte, Herrin«, sagte sie. »Nur ein einziger Blick! Seit ich ein Kind bin, wünsche ich mir, einen Drachen aus der Nähe zu sehen!«

Ein flaches Gesicht erschien unter ihr; schmale glitzernde Reptilienaugen blickten fragend zu ihr herauf. Tally zog eine Grimasse, versuchte Essk mit den Augen einen Wink zu geben und ging sogar das Risiko ein, für einen Moment die linke Hand von ihrem Halt zu lösen und sich mit Zeige- und Mittelfinger bezeichnend über die Kehle zu fahren. Sie beendete die Bewegung damit, dass sie die Hand zur Stirn hob und sich das Haar aus dem Gesicht strich, mit dem der Wind spielte.

Sie konnte nicht erkennen, ob der Waga ihre Geste verstanden hatte, denn sein Gesicht verschmolz wieder mit den Schatten, und eine Sekunde später war Lyss bei ihr und riss sie grob an der Schulter zurück. Tally stolperte ein Stück weit rücklings, griff haltsuchend um sich und bekam einen Zipfel der schweren Samtgardine zu fassen, die den Balkon abtrennte. Hastig klammerte sie sich daran fest, fand ihr Gleichgewicht wieder und schloss den Vorhang wie durch Zufall. »Verzeiht, Gebieterin«, sagte sie demütig. »Ich wollte nur …«

»Ich weiß, was du wolltest«, unterbrach sie Lyss ungehalten. »Ich denke, du musst noch eine Menge lernen, mein Kind. Gehorchen zum Beispiel. Geh jetzt zurück und setz dich wieder.«

Diesmal gehorchte Tally sofort; allein, um Lyss' Misstrauen nicht noch weiter zu schüren. Sie war sich des Risikos durchaus im Klaren, das sie eingegangen war. Aber sie hatte keine Wahl. Und tatsächlich schien Lyss ihr Benehmen ihrer Angst und Nervosität zuzuschreiben; denn sie verzichtete darauf, noch einmal auf den Balkon zurückzugehen, sondern wandte sich ganz im Gegenteil noch einmal um und schloss auch die letzten Falten des Vorhanges, um den eisigen Zugwind auszusperren.

Als sie damit fertig war, wurden in dem aufwärts führenden Gang die schleifenden Schritte chitingepanzerter Füße laut, und wenige Augenblicke später erschienen die beiden Hornköpfe und die dritte Drachenreiterin, deren Namen Tally noch nicht kannte. Rasch trat sie auf Lyss zu, verbeugte sich demütig und sagte: »Ihr habt mich rufen lassen, Gebieterin?«

Lyss ignorierte sie einfach. Stattdessen trat sie auf Vakk zu, deutete auf ihn, dann auf Tally und schließlich wieder auf ihn und gab wieder einen jener sonderbar hohen Pfeiflaute ab, offensichtlich ein Wort in der Sprache dieser entsetzlichen Kreatur.

Der Hornkopf kippte seinen ganzen gewaltigen Körper nach vorne, um ein menschliches Nicken zu imitieren, trat an Lyss vorbei und blieb dicht vor Tally stehen. Der Blick seiner ausdruckslosen Facettenaugen richtete sich auf ihr Gesicht, und obwohl sie diesmal gewarnt war und ihm auswich, begann sie sich fast sofort wieder unwohl zu fühlen.

Erst jetzt, als sie ihm kaum auf Armeslänge gegenüberstand, sah sie, *wie* groß und massig der Hornkopf wirklich war. Sein gewaltiger Käferleib musste eine Tonne wiegen. Die riesigen Beißzangen, die wie eine barbarische Krone hoch über seinen gehörnten Schädel hinausragten, streiften fast die Decke des Raumes. Jedes einzelne seiner sechs Beine war so dick wie Tallys Oberschenkel, und mit stahlhartem Chitin gepanzert. Aus den Enden seiner beiden Beinpaare wuchsen Hände, jede mit mindestens zehn Fingern und drei Daumen, wovon die beiden oberen kräftig und sehr groß, die unteren Hände beinahe zart, dafür aber sehr geschickt wirkten. Sein Rückenpanzer zitterte ganz leicht, und Tally sah jetzt, dass er in der Mitte gespalten war. Darunter glänzte das filigrane Gespinst durchsichtiger Käferflügel. Die Chitinplatten, die sie bedeckten, waren so dick wie Tallys Daumen.

»Also«, sagte Lyss befehlend. »Jetzt erzähle.«

Tally gab sich alle Mühe, dem Blick des Riesenkäfers auszuweichen, als sie zu ihr aufsah. »Was ... soll ich erzählen, Gebieterin?«, fragte sie stockend.

Ein Schatten huschte über Lyss' Gesicht. »Deine Geschichte, Tally«, antwortete sie unwillig. »Das, was du uns vorhin erzählt hast. Oder hast du sie schon vergessen?« Sie lächelte böse, schob ihre Waffe in den Gürtel zurück und kam näher, blieb aber ein Stück hinter und neben Vakk stehen.

»Aber das ... das habe ich doch schon«, stammelte Tally. »Ich habe Euch alles gesagt, was ich weiß!«

»Dann tu es noch einmal«, fauchte Lyss ungeduldig. Sie deutete auf Vakk. »Ich möchte es noch einmal hören, verstehst du? Von Anfang an. Er wird erkennen, ob du die Wahrheit sagst.«

Tally fuhr sich nervös mit der Zungenspitze über die Lippen. Ihre Hände wurden feucht vor Schweiß, und ihr Gaumen war mit einem Male so trocken, dass sie kaum noch sprechen konnte. Ihre Gedanken überschlugen sich schier. Etwas in ihr hatte sich bisher noch immer an die Hoffnung geklammert, dass Lyss sie schlichtweg getäuscht hatte, um sie aus der Reserve zu locken, aber jetzt wusste sie, dass das nicht stimmte. Vakk war sicherlich kein Telepath, der in ihren Gedanken lesen konnte wie in einem offenen Buch, aber Lyss schien sehr sicher zu sein, dass er Lüge und Wahrheit zu unterscheiden vermochte. Und das Ergebnis blieb sich – zumindest für Tally – gleich. Ihre Lage war verzweifelt. Selbst wenn sie eine Waffe gehabt hätte – sie bezweifelte, dass ein normales Schwert überhaupt in der Lage war, diesem Monstrum mehr als einen harmlosen Kratzer beizubringen. *Wo blieben die Wagas?*

»Was ist?«, fragte Lyss scharf. »Hast du deine Zunge verschluckt, oder überlegst du dir eine neue Lüge?«

»Ich ... ich habe nicht gelogen, Gebieterin«, stammelte Tally. Sie deutete auf Vakk. Ihre Hand zitterte. »Aber er macht mir Angst. Schickt ihn fort, bitte.«

Lyss' Augen wurden schmal. Aber dann hob sie zu Tallys Überraschung die Hand und machte eine knappe, befehlende Geste. »Geh ein Stück zurück, Vakk«, sagte sie.

Der Hornkopf gehorchte tatsächlich. Schlurfend bewegte er sich rückwärts, bis sein gekrümmter Rückenschild fast gegen den Vorhang stieß, und blieb wieder stehen. Tally sah, wie sich die Falten des blauen Samtstoffes ganz sacht bewegten. Fast, als bausche sie der Wind.

Aber nur fast.

»Bist du jetzt zufrieden?«, fragte Lyss ungeduldig.

Tally nickte. »Danke. Verzeiht, Herrin, aber er ... er sieht so schrecklich aus. Ich habe Angst vor ihm.«

»Jetzt rede«, befahl Lyss unwirsch. »Erzähle alles noch einmal. Genauso, wie du es Maya und mir erzählt hast.«

Tally gehorchte. Sie begann mit ihrem Namen und der Tatsache, dass sie Hrabans Frau und seine Nachfolgerin war, berichtete dann von dem Sandsturm und davon, dass sie sich in diesen Turm gerettet hatte, ohne selbst genau sagen zu können, *wie* es ihr gelungen war, die mannigfaltigen Sperren zu überwinden, die ihn umgaben. Nichts von dem, was sie sagte, war direkt gelogen, aber sie bildete sich trotzdem nicht ein, Vakk auf diese Weise lange Zeit narren zu können. Alles, was sie brauchte, war ein wenig Zeit. Nervös blickte sie zu Vakk hoch. Der Blick seiner gläsernen Augen war ausdruckslos wie immer, aber seine kleinen Hände hoben und senkten sich nervös, und manchmal drang ein knisternder Laut unter seinem Panzer hervor, wenn sich die Flügel darunter bewegten.

Als sie bei der Stelle ihrer Erzählung angekommen war, an der sie den eigentlichen Turm betrat, unterbrach sie Lyss. »Du hast also alles ganz genauso vorgefunden, wie es jetzt ist?«, sagte sie lauernd. »Dies alles hier war bereits verwüstet, ehe du kamst?«

Tally warf einen nervösen Blick auf Vakk, ehe sie nickte. »Ja, Herrin«, sagte sie.

Vakk hob eine seiner zahlreichen Hände. »Hschieee hlhüüüükt«, hauchte er.

Es dauerte einen Moment, bis Tally begriff, dass dieses entsetzliche Wesen *gesprochen* hatte – seine Stimme war nicht mehr als ein Flüstern, lächerlich angesichts seiner gewaltigen Größe, und seine Worte derart verzerrt, dass Tally sie eher erriet, als sie sie verstand. Aber sie sah, wie Lyss erbleichte. Ihre Hand näherte sich erneut der fürchterlichen Waffe in ihrem Gürtel.

»Du lügst!«, wiederholte sie Vakks Worte.

»Stimmt«, antwortet Tally. Dann sprang sie.

Ihr Angriff musste so ziemlich das Letzte gewesen sein, womit Lyss gerechnet hatte, denn sie machte nicht die leiseste Bewegung, ihr auszuweichen, sondern stand wie versteinert da, bis Tally gegen sie prallte und sie von den Füßen riss. Hinter ihr erscholl ein schriller, keuchender Schrei, und noch während sie zusammen mit Lyss zu Boden stürzte, sah sie, wie der riesige Samtvorhang plötzlich zu bizarrem Leben zu erwachen schien und sich wie ein Netz auf Vakk herabsenkte. Dann erwachte Lyss endlich aus ihrer Erstarrung, und für die nächsten Augenblicke hatte Tally anderes zu tun, als auf Vakk und die beiden Wagas zu achten.

Sie spürte gleich, dass sie viel stärker und geschickter war als die Drachenreiterin. Aber Lyss wehrte sich mit der Kraft und Wut einer Wildkatze. Tallys Knie nagelte ihre rechte Hand an den Boden, sodass sie ihre Waffe nicht ziehen konnte, aber ihre andere Hand schlug und kratzte nach ihrem Gesicht, während sie wie von Sinnen mit den Beinen strampelte und ihr immer wieder die Knie in den Rücken stieß.

Tally versetzte ihr einen Faustschlag gegen die Schläfe. Lyss bäumte sich auf, schrie vor Schmerz und erschlaffte plötzlich.

Aber sie hatte die dritte Drachenreiterin vergessen. Tally sah einen Schatten auf sich zurasen, zog instinktiv den Kopf zwischen die Schultern und hob schützend die Hand vor das Gesicht. Trotzdem traf sie der Tritt mit solcher Wucht, dass sie von Lyss' Brust herunterkippte und haltlos über den Boden rollte. Die Frau in der schwarzen Lederbekleidung setzte ihr nach, trat abermals nach ihrem Gesicht und stieß ein überraschtes Keuchen aus, als Tally ihren Fuß packte und so wuchtig herumdrehte, dass sie nun ihrerseits das Gleichgewicht verlor. Noch im Fallen versuchte sie ihre Waffe zu ziehen, aber Tally ließ ihr keine Chance. Blitzschnell packte sie ihre Hand, verdrehte sie und brach ihr mit einem harten Ruck den Arm.

Das Gesicht der jungen Frau verzerrte sich vor Schmerz. Sie krümmte sich und begann zu wimmern.

Tally drehte sie grob auf den Rücken, schlug ihr die Faust unter das Kinn und hob in der gleichen Bewegung die Waffe auf, die sie fallengelassen hatte. Ihr Daumen senkte sich auf das rote Dämonenauge in ihrem Griff. Sie hatte sehr genau hingesehen, wie die Drachenreiterinnen ihre Waffen handhabten.

Aber es war nicht nötig, sie zu benutzen. Die beiden Riesenameisen standen einfach blöde da und glotzten; denn schließlich hatte ihnen niemand gesagt, dass sie in den Kampf eingreifen sollten. Und als Tally sich herumdrehte, waren Hrhon und Essk gerade dabei, ein zappelndes blaues Riesenpaket über die Balkonbrüstung zu hieven, was offensichtlich ihre gesamte Kraft in Anspruch nahm. Vakk wehrte sich verzweifelt, aber der Vorhang presste seine Glieder erbarmungslos zusammen, und selbst seine gewaltigen Kräfte schienen nicht auszureichen, den schweren Samtstoff zu zerreißen. Nur eine seiner kleinen, vielfingrigen Hände ragte zwischen den blauen Falten hervor und versuchte, sich an der Balkonbrüstung festzuhalten. Hrhon schlug so wuchtig mit der Faust zu, dass fünf oder sechs der winzigen Klauen abbrachen.

Tally drehte sich wieder herum und sah auf Lyss herab. Die Drachenreiterin war bei Bewusstsein, schien aber nicht die

Kraft zu haben, sich zu erheben; denn als sie es versuchte, knickten ihre Arme unter ihrem Körpergewicht ein. Sie fiel auf das Gesicht und schlug sich die Lippen blutig. Ein leises, qualvolles Stöhnen drang aus ihrer Brust.

»Steh auf!«, befahl Tally kalt.

Lyss stöhnte erneut, stemmte sich mühsam auf Knie und Ellbogen hoch und sah sie hasserfüllt an. Ein dünner Blutfaden sickerte aus ihrer aufgeplatzten Lippe und zog eine rote Spur über ihr Kinn. »Spring in den Schlund, du Miststück«, stöhnte sie.

Tally lächelte dünn, packte mit der linken Hand ihr Haar, riss ihren Kopf in den Nacken und schlug ihr den Lauf der Waffe ins Gesicht. Lyss schrie vor Schmerz, stürzte abermals zu Boden und verbarg das Gesicht zwischen den Händen.

»Steh auf!«, sagte Tally noch einmal.

Dieses Mal gehorchte Lyss. Stöhnend stemmte sie sich auf die Knie, blieb einen Moment reglos sitzen und stand vollends auf, als Tally drohend die Hand hob. Ihr Gesicht begann bereits anzuschwellen, wo sie Tallys Schlag getroffen hatte. Aber der Ausdruck in ihren Augen war keine Furcht, sondern Hass, ein so heißer, ungezügelter Hass, dass Tally innerlich erschauerte. »Das wirst du bereuen, du Miststück!«, sagte sie. »Ich werde dich vernichten. Ich werde deine ganze Sippe auslöschen und ...«

Tally schlug noch einmal zu. Lyss krümmte sich stöhnend, schlug die Hände gegen den Leib und sank ganz langsam vor Tally auf die Knie. Ihr Gesicht wurde noch bleicher, als es ohnehin schon war.

»Nun?«, sagte Tally freundlich. »Soll ich weitermachen, oder ziehst du es vor, mir auf meine Fragen zu antworten?«

»Du kannst mich erschlagen, wenn du willst«, stöhnte Lyss. »Von mir erfährst du nichts.«

Im gleichen Moment erscholl hinter Tally ein schrilles, unglaublich zorniges Pfeifen, und nahezu gleichzeitig schrien auch

Hrhon und Essk erschrocken auf. Tally fuhr herum – und erstarrte einen Moment lang vor Schrecken.

Ein gigantisches schwarzglänzendes Etwas stürzte sich auf den Balkon herab, getragen von einem doppelten Paar lächerlich kleiner Käferflügel und mit weit ausgebreiteten Armen und gierig geöffneten Zangen. Die faustgroßen Facettenaugen Vakks flammten vor Wut, und aus seinem dreieckigen Insektenmaul drangen pfeifende, schrille Töne, so hoch, dass sie in Tallys Ohren schmerzten.

Einzig seine eigene Größe hinderte den Hornkopf daran, wie ein lebendes Geschoss direkt in den Raum hineinzurasen und sofort über die beiden Wagas und Tally herzufallen. Der Balkon erbebte wie unter einem Hammerschlag, als der gigantische Hornkopf landete und ungeschickt gegen die Wand prallte. Hrhon nutzte den Augenblick, sich mit geballten Fäusten auf ihn zu stürzen, aber Vakk traf ihn noch im Fallen mit einer seiner gewaltigen Fäuste; der Waga taumelte wie unter einem Tritt einer Hornbestie zurück und fiel auf den Rücken.

Ein harter Schlag traf Tallys Handgelenk und lähmte es. Sie schrie auf, ließ die Waffe fallen und konnte gerade noch die Hand hochreißen, um zu verhindern, dass Lyss' Fausthieb ihr Gesicht traf. Trotzdem ließ der Hieb sie zurücktaumeln und das Gleichgewicht verlieren. Sie fiel ungeschickt auf die Knie, registrierte verwundert, dass Lyss die Gelegenheit nicht nutzte, ihr nachzusetzen und sie vollends kampfunfähig zu machen, und begriff beinahe zu spät, was dieses Zögern bedeutete.

Sie reagierte im letzten Augenblick auf den Angriff des Ameisenabkömmlings, der mit gierig schnappenden Mandibeln auf sie zustürzte. Blitzschnell duckte sie sich unter den gewaltigen Beißzangen hindurch, schlug zwei seiner vier Arme beiseite und brach sich fast die Hand, als ihre Faust auf den stahlharten Panzer des Hornkopfes krachte. Dann fühlte sie sich von fünf oder sechs unmenschlich starken Händen gleichzeitig gepackt und zu Boden gerungen. Ein Paar armlanger rostbrauner Mandibeln schnappte vor ihrem Gesicht auseinander und zuckte auf ihren Hals herab.

Der Hornkopf führte die Bewegung nie zu Ende. Ein braungrün gefleckter Gigant erschien über ihm, bog seine Zangen ohne sichtliche Anstrengung auseinander und schlug ihm mit einem einzigen wütenden Hieb den Schädel ein. Einen Sekundenbruchteil später wirbelte Hrhon herum, packte auch den zweiten Hornkopf und warf ihn kurzerhand gegen die Wand. Das Brechen seines Chitinpanzers klang wie splitterndes Glas in Tallys Ohren.

Aber es war noch nicht vorbei. Hrhon fuhr herum und jagte brüllend vor Wut zu Essk zurück, die in ein verzweifeltes Handgemenge mit Vakk verstrickt war, und als Tally sich endlich unter dem toten Hornkopf hervorgearbeitet hatte, war Lyss ein paar Schritte entfernt auf die Knie gefallen und gerade im Begriff, ihre Waffe aufzuheben. Die Entfernung zwischen ihr und Tally betrug nicht einmal drei Schritte – aber Tally wusste, dass sie es nicht schaffen würde.

Es war nicht mehr die Frau in ihr, die reagierte, sondern nur noch die Kriegerin. Ohne wirklich zu denken, ließ sie sich zur Seite fallen, rollte auf die verwundete Drachenreiterin zu und über sie hinweg. Ihre Hand fand den Dolch im Gürtel der Bewusstlosen und riss ihn heraus.

Lyss und sie kamen im gleichen Moment auf die Knie. Und Lyss feuerte ihre Waffe im selben Moment ab, in dem Tally den Dolch schleuderte.

Es ging unglaublich schnell, und es war entsetzlich.

Tally sah keinen Blitz, sie hörte nichts, spürte nichts – und doch war es, als jage eine unsichtbare Riesenfaust an ihr vorbei, so dicht und mit solch ungeheuerlicher Gewalt, dass sie ihren Luftzug wie einen Hieb spürte.

Aber die Götterfaust traf nicht sie, sondern die Drachenreiterin.

Der Körper der Bewusstlosen wurde in die Höhe und herumgerissen. Blaue Flammen huschten wie Elmsfeuer durch ihr Haar, schlugen Funken aus ihren Augen und den Fingerspitzen und huschten auf winzigen flammenden Füßchen über die Metallteile ihrer Ausrüstung, und plötzlich begann sich ihre Haut zu kräuseln, schmolz wie Wachs unter der Glut der Sonne und wurde braun. Beißender Qualm stieg von ihrem Haar und dem schmelzenden Leder ihrer Kleidung auf.

Tally wandte mit einem Schreckenslaut den Blick, spannte instinktiv jeden Muskel im Leib und wartete darauf, dass Lyss ihre schreckliche Waffe ein zweites Mal abfeuerte, um auch sie zu töten.

Aber Lyss schoss nicht mehr. Lyss war tot. Tallys Dolch hatte ihre Kehle durchbohrt und sie auf der Stelle getötet.

Für die Dauer eines einzelnen, quälend schweren Herzschlags blieb Tally einfach so auf den Knien hocken, reglos, unfähig, sich zu bewegen, irgendeinen klaren Gedanken zu fassen oder irgendetwas anderes zu empfinden als pures Entsetzen. Sie hatte den Tod in tausendfacher Gestalt erlebt und selbst gebracht, aber sie hatte niemals ein solches Grauen verspürt wie in diesem Moment. Der Gedanke, dass Menschen eine solche Waffe erfinden und gegen *Menschen* verwenden sollten, raubte ihr fast den Verstand.

Ein schrilles Kreischen hinter ihrem Rücken riss sie in die Wirklichkeit zurück, und was sie sah, fegte auch den letzten Rest von Benommenheit beiseite.

Die beiden Wagas waren in einen gnadenlosen Kampf mit dem gewaltigen Hornkopf verwickelt. Und es war ein Kampf, den sie nicht gewinnen konnten. Vakk hatte Essk mit seinen gewaltigen Scheren gepackt und in die Höhe gerissen, während Hrhon sich seinerseits auf dem riesigen Rückenpanzer des Hornkopfes festklammerte und mit beiden Fäusten auf seinen Schädel einhämmerte.

Trotz des ungeheuren Gewichts der beiden Wagas stand Vakk noch immer aufrecht auf seinen Beinen, und wenn er Hrhons Hiebe überhaupt spürte, so ignorierte er sie. Seine riesigen Beißzangen hielten Essk unbarmherzig gepackt, während seine Hände in die Lücken ihrer Panzerung stocherten, in die sie ganz instinktiv Kopf und Arme zurückgezogen hatte. Hrhon schrie vor Wut und Angst und ließ seine Faust immer und immer wieder auf den gepanzerten Schädel des Rieseninsekts herunterkrachen. Es klang, als schlüge ein gigantischer Hammer auf einen noch giganischeren Amboss. Aber Vakk wankte nicht einmal.

Tally sprang hastig auf die Füße, lief quer durch den Raum, um ihr Schwert aufzuheben, und stürmte auf den Hornkopf zu. Sie schwang die Waffe mit beiden Händen, spannte jeden einzelnen Muskel bis zum Zerreißen an und ließ die Klinge mit aller Gewalt auf den schwarzen Chitinpanzer des Käfers herunterkrachen.

Die Klinge brach ab.

Ein entsetzlicher Schmerz zuckte durch Tallys Arme bis in die Schultern hinauf und lähmte sie. Sie taumelte zurück, ließ den nutzlosen Schwertgriff fallen und versuchte sich mit einem Satz in Sicherheit zu bringen, als Vakk mit einer wütenden Bewegung nach ihr schlug.

Sie schaffte es nicht ganz. Die Faust des Hornkopfes streifte ihren Rücken, und schon diese eine, beinahe flüchtige Berührung reichte, Tally haltlos vier, fünf Schritte weit vorwärtstaumeln und der Länge nach hinschlagen zu lassen. Einen Moment lang blieb sie benommen liegen, dann stemmte sie sich mit zusammengebissenen Zähnen auf die Knie und drehte sich herum.

Sie sah, wie Essk starb.

Vakk bäumte sich mit einem wütenden Zischen auf, schüttelte Hrhon wie ein lästiges Insekt von seinem Rücken herunter und schlug mit allen vier Armen auf Essks Rückenpanzer.

Gleichzeitig schlossen sich seine gewaltigen Zangen mit erbarmungsloser Kraft.

Essks Rückenschild zerbrach. Ein schriller, überschnappender Schrei drang aus dem Panzer der Waga, dann tauchte ihr Kopf zwischen den grünbraunen Schuppen auf, das Gesicht verzerrt vor Schrecken und Qual; dunkles Echsenblut tropfte aus ihrem Maul.

Vakk zertrümmerte ihr mit einem einzigen Hieb seiner gewaltigen Scheren den Schädel.

Und im gleichen Moment schien auch in Tally irgendetwas zu zerbrechen. Sie hörte den entsetzlichen Laut, mit dem Essks Schädeldecke zersplitterte, und für einen kurzen, unendlich kurzen Moment glaubte sie den Schmerz der Waga wie ihren eigenen zu spüren. Sie schrie auf, fiel ein zweites Mal auf die Ellbogen herab und spürte etwas Kleines, sehr Kaltes zwischen den Fingern, ein bizarres schwarzes Ding mit einem rot leuchtenden Dämonenauge an der Seite.

Irgendetwas geschah mit ihr, etwas Furchtbares, das vor fünfzehn Jahren begonnen hatte und erst jetzt zum Abschluss kam. Sie dachte nicht mehr. Sie bestand nur noch aus einem ungeheuren, jedes andere Gefühl hinwegfegenden Hass. Ihre Hand schloss sich um die Waffe, hob sie, richtete sie auf den tobenden Giganten, der sich mit grotesk langsam wirkenden Bewegungen herumdrehte, ihr Finger glitt über das kalte glatte Metall des Griffes, verharrte einen Sekundenbruchteil über dem roten Teufelslicht und senkte sich.

Tally fühlte nur ein ganz sachtes Vibrieren, als sich die Waffe entlud. Aber wie zuvor war die Wirkung entsetzlicher als alles, was sie jemals erlebt hatte.

Vakk wurde von einer unsichtbaren Dämonenfaust getroffen und gegen die Wand geschleudert. Seine Panzerplatten zerbrachen wie Glas. Eines seiner Facettenaugen erlosch, von einer unsichtbaren Faust getroffen und zermalmt; gelbes Insektenblut besudelte sein Gesicht. Er fiel nicht, sondern stand einfach da, reglos, nur ganz leicht zitternd, sein einzelnes sehendes Auge auf Tally gerichtet, die Arme weit gespreizt, wie eine überlebensgroße Statue.

Tally schoss ein zweites Mal.

Vakks Brustpanzer zersplitterte wie unter einem Hammerschlag. Einer seiner Arme brach ab und flog davon, und plötzlich durchzog ein Spinnennetz aus Tausenden feinverästelter Risse und Sprünge seinen tonnenförmigen Leib. Gelbes Insektenblut quoll wie zähflüssiger Honig aus seinem Maul.

Er war tot, noch ehe er nach vorne kippte und auf dem Boden aufschlug, aber Tally schoss noch einmal, und noch einmal und noch einmal, bis der gigantische Hornkopf nichts mehr war als ein schwarzgelber, brodelnder Haufen aus zerfetztem Fleisch und zerborstenen Panzerplatten. Aber selbst dann feuerte sie weiter; ein, vielleicht zwei dutzend Mal, bis die Waffe in ihrer Hand nur noch ein protestierendes Summen ausstieß und das rote Dämonenauge zu flackern begann. Erst dann ließ sie den Arm sinken, hob die linke Hand vor das Gesicht und schloss die Augen.

Sie fühlte ... nichts. Eine Leere, die entsetzlicher als der Hass zuvor, schlimmer als die Angst war. Dann Entsetzen, ein unendlich tiefes, kaltes Grauen vor sich selbst, vor dem Ungeheuer, in das sie sich für Augenblicke verwandelt hatte, dem Blutrausch, der sie überkommen hatte.

Sie hatte getötet, aber zum allerersten Mal in ihrem Leben hatte es ihr *Freude* bereitet, keine Befriedigung, wie bei Hraban, keinen Triumph, wie in den unzähligen Schlachten und Zweikämpfen, die sie bestanden hatte, sondern *Freude.* Und sie wusste, dass es keine Rolle spielte, dass es ein Hornkopf gewesen war. In diesem Moment hätte sie auch Lyss oder eine der beiden anderen Frauen erbarmungslos – und mit dem gleichen furchtbaren Gefühl – getötet.

Plötzlich war ihr kalt. Und sie ekelte sich vor sich selbst.

Angewidert schleuderte sie die Waffe von sich, stand auf und blieb einen Moment reglos mit geballten Fäusten und geschlossenen Augen stehen, bis ihre Hände und Knie aufgehört hatten, haltlos zu zittern.

Hrhon hockte neben Essks Leichnam, reglos und in unnatürlich verkrampfter Haltung, als sie neben ihn trat. Im ersten Moment glaubte sie, er wäre verletzt. Aber dann sah sie, wie seine Hand in einer unglaublich sanften Bewegung über Essks zerstörtes Gesicht glitt und ihre Lider schloss, und sie begriff, dass Hrhons Schmerz nicht körperlicher Art war.

Ein Gefühl sonderbarer Wärme durchströmte sie. Es war absurd, und es war unglaublich grausam – aber genau das war es, was Tally in diesem Moment spürte: ein Gefühl von Freundschaft und Verbundenheit mit dem Waga, wie sie es niemals zuvor irgendeinem anderen lebenden Wesen gegenüber empfunden hatte. Sie spürte Hrhons Schmerz, den furchtbaren Verlust, den er erlitten hatte, und sie teilte ihn, und trotzdem überkam sie eine tiefe Erleichterung, als sie begriff, dass Hrhon unter der Maske der unbesiegbaren Kampfmaschine ein fühlendes Wesen wie sie war. Sie hätte es in diesem Moment nicht ertragen, wäre es anders gewesen.

Sicherlich zehn Minuten stand sie einfach so da, blickte auf Hrhon und die tote Essk herab und schwieg, bis Hrhon ihre Nähe spürte und schwerfällig zu ihr emporblickte. Sein Gesicht war ausdruckslos wie immer, aber in seinen Augen schimmerten Tränen. Sie hatte bis zu diesem Moment nicht einmal gewusst, dass Wagas weinen konnten.

»Es … es tut mir leid, Hrhon«, sagte sie ganz leise. Hrhon schwieg.

»Du hast sie geliebt, nicht wahr?« Tally ließ sich neben dem Waga auf die Knie sinken und berührte seinen Schulterpanzer.

»Sssie whar meine Ghefährin«, antwortete Hrhon. In seiner Stimme war ein Klang, den Tally niemals zuvor darin gehört hatte.

»Deine Gefährtin.« Tally versuchte zu lächeln, aber sie spürte selbst, dass eine Grimasse daraus wurde. »Großer Gott, Hrhon, du hast sie geliebt. Geliebt wie ein Mann eine Frau liebt, ein Mensch einen Menschen. Und ich habe euch für *Tiere* gehalten. All die Jahre hindurch.« Sie senkte beschämt den Blick. Hrhon antwortete nicht, aber vielleicht war es gerade das, was es so schlimm machte.

»Es tut mir so leid«, flüsterte sie.

»Dasss bhraucht esss nissst«, antwortete Hrhon. »Sssie ssstarb im Khampf. Ein ghuter Tod fhür eine Waga.«

»Ein sinnloser Tod«, sagte Tally leise. »Es war alles umsonst, Hrhon. Ich habe euch hierhergeführt und Essk damit umgebracht, und es hatte nicht einmal einen Sinn.«

»Sssie sssind tot«, sagte Hrhon mit einer Geste auf die beiden Drachenreiterinnen.

»Aber ich bin nicht gekommen, um sie zu töten«, antwortete Tally. »Ich wollte Informationen von ihnen. Ich wollte wissen, woher sie kommen. Warum sie tun, was sie tun.«

»Warum?«, wiederholte Hrhon. »Warum whollt ihr dasss wisssen, Herrin?«

»Weil ich sie hasse, Hrhon«, antwortete Tally. »Sie haben mein Volk getötet. Sie haben meine Familie vernichtet und meine Stadt ausgelöscht, so wie sie Hunderte von Städten in Dutzenden von Ländern verbrannt haben. Ich hasse sie. Ich ... ich kam hierher, um ihr Geheimnis zu ergründen. Ich wollte wissen, wer sie waren und woher sie kamen.«

»Um sssie sssu sssuchen und aussszulösssen«, vermutete Hrhon. Tally nickte. Es war möglich, dass sie damit ihr eigenes Todesurteil aussprach, und sie wusste es, denn Hrhon gehörte zur Sippe, nicht zu ihr. Aber es war ihr gleich. Sie hätte sich nicht einmal gewehrt, hätte Hrhon sie in diesem Moment angegriffen.

»Ihr müssst sssie sssehr hasssen«, fuhr Hrhon fort, sehr leise, und sehr ernst.

»Mit jeder Faser meiner Seele«, antwortete Tally. »Ich lebe nur dafür, sie zu vernichten, Hrhon.« Ihre Stimme wurde hart. »Das ist der Grund, aus dem ich all dies getan habe. Aus dem ich Hraban gefolgt bin und ihn geheiratet habe. Aus dem ich die Anführerin einer Sippe von Mördern und Gesindel wurde, die durch die Welt zieht und die tötet, die die Drachen übersehen haben. Und es war alles umsonst.«

»Ssseid Ihr sssicher?«, fragte Hrhon.

»Sie sind tot, oder? Tote reden nicht.«

»Eine lebt noch«, erinnerte Hrhon ruhig. »Sssie weiss nicht, wasss gesssehen issst«, fuhr Hrhon fort. »Whir wherden sssie ühberwälthigen. Sssie whird reden.«

»Und wenn nicht?«, fragte Tally.

»Sssie whird«, behauptete Hrhon. »Ühberlassst sssie mhir, und ihr wheerdet erfharhen, wasss ihr wisssen wollt.«

Tally schwieg einen Moment. Der Gedanke, Maya – auch wenn sie zu ihren erklärten Todfeinden gehörte – einem zornigen Waga auszuliefern, erfüllte sie mit Schaudern. Aber dann blickte sie in Essks zerstörtes Gesicht, und sie begriff, dass dies die Bedingung war. Ohne dass es einer von ihnen mit nur einem Wort aussprechen musste, war es eine Vereinbarung. Hrhon würde auch weiterhin bei ihr bleiben, so, wie er ihr mit seiner unerschütterlichen Ruhe und seiner ungeheuren Kraft stets geholfen hatte, aber der Preis dafür war Maya.

Tally begann zu ahnen, dass ihr der Waga im Innersten wohl sehr viel ähnlicher war, als sie bisher für möglich gehalten hatte.

»Sie werden erfahren, was hier geschehen ist«, sagte sie leise.

Hrhon schwieg.

»Du kannst nicht zurück zur Sippe, Hrhon«, fuhr Tally fort. »Sie werden sie auslöschen. Sie werden Conden verbrennen.«

Hrhon schwieg noch immer, und auch Tally sagte jetzt nichts mehr.

Eine Stunde später kehrten Maya und die Beterin zurück. Tally erschoss den Hornkopf mit Lyss' Waffe und ließ Hrhon mit Maya allein, um auf die Plattform am oberen Ende des Turmes hinaufzugehen. Sie fragte niemals, was er getan hatte, aber als die Sonne aufging und die erstarrten Dünen der Gehran mit Blut zu überschütten begann, kam der Waga zu ihr herauf. Seine Hände waren voller Blut, und es war nicht sein eigenes.

»Hat sie gesprochen?«, fragte Tally, ohne ihn anzusehen.

Der Waga machte eine zustimmende Handbewegung. »Isss weisss, whoher sssie khommen.«

Tally stand auf. Es war noch kalt, und ihre Glieder fühlten sich klamm und steif an. Fröstelnd rieb sie die Hände aneinander, trat ganz dicht an den Rand der Plattform heran und blickte in die Tiefe. Die Kälte nahm zu, obwohl die Sonne rasch höher stieg, aber es war eine Kälte, die eher aus ihr selbst zu kommen schien. Es war sonderbar – fünfzehn Jahre lang hatte sie von diesem Moment geträumt, und sie hätte Triumph verspüren müssen. Aber er kam nicht. Ganz im Gegenteil hatte sie beinahe Angst davor, endlich die Antwort auf die Frage zu bekommen, deren Lösung sie ihr Leben verschrieben hatte.

Es dauerte lange, bis sie fragte, woher die Drachen kamen.

Hrhon sagte es ihr.

Die Frau hatte aufgehört zu reden, aber das Mädchen merkte es im ersten Moment gar nicht. Sie war müde. Die Nacht war weit fortgeschritten – dem Morgen schon näher als der Mitternacht, und trotz allem, was es gehört und erlebt hatte, verlangte ihr Körper sein Recht. Das Kind war müde, und gleichzeitig hatte es eine fast panikartige Angst davor einzuschlafen.

Es hatte Angst, es könnte aufwachen und allein sein. Die fremde Frau mit den dunklen Haaren und der sanften Stimme, die so faszinierend zu erzählen wusste, war jetzt alles, was es noch hatte.

»Bist du müde, Kind?«, fragte die Frau.

Das Mädchen schüttelte den Kopf, dann bemerkte es den zweifelnden Blick und lächelte verlegen. Nur noch mit Mühe unterdrückte es ein Gähnen, »Ja«, gestand es. »Aber ich will nicht schlafen.«

»Du kannst es ruhig«, sagte die Frau. »Ich werde aufpassen, dass dir nichts geschieht.«

Das Mädchen schüttelte beinahe erschrocken den Kopf. »Nein«, sagte es hastig. »Ich will nicht schlafen.« Es zögerte einen Moment, dann: »Ist … Tallys Geschichte damit zu Ende?«

Ihre Frage schien die Fremde zu amüsieren, denn sie lachte leise. »Oh nein«, sagte sie. Wieder – wie schon mehrere Male zuvor – legte sie den Kopf in den Nacken und blickte in den Himmel, und das Mädchen war jetzt sicher, dass sie es tat, weil sie etwas ganz Bestimmtes suchte oder auf etwas wartete. Aber sie konnte sich nicht vorstellen, auf was. Aus dem Himmel kamen nur die Drachen und der Tod.

»Soll ich weitererzählen?«, fragte die Frau.

Das Mädchen nickte.

»Dann hör zu«, sagte die Frau. »Es kam genauso, wie Tally geglaubt hatte. Natürlich erfuhren die Herren der Drachen, was

in jener Nacht im Turm geschehen war, und sie übten furchtbare Rache. Tally und Hrhon gingen nicht zurück nach Conden, aber später hörten sie, dass die Drachen gekommen waren, kaum einen Monat nach ihrer Flucht, und die gesamte Sippe ausgelöscht hatten.«

Das Mädchen schauderte. Es erschien ihr ungerecht, dass so viele hatten sterben müssen, nur um der Rache einer einzelnen Frau wegen. Aber dann rief sie sich ins Gedächtnis zurück, dass es ja schließlich nur eine Geschichte war, die die Frau erzählte. Sie war schon lange sicher, dass es nichts anderes sein konnte. »Und Tally?«, fragte sie.

»Sie und Hrhon machten sich auf die Suche«, antwortete die Frau. »Sie wussten nun, woher die Drachen kamen. Aber der Weg war weit und voller Gefahren, und die meisten, die sie fragten, behaupteten, dass es ohnehin unmöglich wäre, ihn zu gehen. So suchten sie jemanden, der ihn schon einmal gegangen war…«

3. Kapitel

Schelfheim

1

Selbst aus einer Entfernung von mehreren Meilen betrachtet wirkte die Stadt imposant. Dabei war keines ihrer Gebäude höher als drei Stockwerke, und selbst die Türme, von denen sich gleich mehrere Dutzend über die geneigte Stadtmauer erhoben, verdienten diesen Namen kaum; eigentlich waren es nur buckelige Warzen auf dem steinernen Damm, der Schelfheim umgürtete. Die Stadt war auf weichem, sandigem Grund erbaut, der keine schweren Gebäude trug. Aber was ihr an Höhe fehlte, machte Schelfheim an Ausdehnung wett – der Durchmesser der Stadtmauer musste gute fünf Meilen betragen, und sie umschloss nur einen Bruchteil der wirklichen Stadt.

Schelfheim war vielleicht die einzige Stadt auf der Welt, deren Wehrmauer hinter einem Wall von Häusern lag, statt umgekehrt. Aber das Gewirr aus Straßen und Gebäuden und Plätzen hatte irgendwann vor hundert oder mehr Jahren damit begonnen, den steinernen Gürtel zu überwuchern, den seine Erbauer zum Schutz gegen einen Feind errichtet hatten, der niemals gekommen war, und sich in alle Richtungen ausgebreitet. Jetzt bedeckte es ein Gebiet von sicherlich hundertfünfzig Quadratmeilen Ausdehnung. Es war die größte Stadt, die Tally jemals gesehen hatte, vielleicht die größte, die es überhaupt gab. Aber dadurch, dass nichts in ihr höher als zehn Meter war, wirkte sie auf den ersten Blick wie ein flachgewalzter Pfannkuchen und auf den zweiten Blick eigentlich eher erschreckend als majestätisch. Etwas an dieser Stadt störte sie.

Tally überlegte einen Moment, ob es vielleicht ihre Lage war: Schelfheim war auf dem nördlichsten Stück Norden erbaut worden, das es überhaupt gab. Von ihrem jenseitigen Ende aus musste man fast in den Schlund spucken können. Ganz abgesehen von ihrer angeborenen Abneigung gegen Städte und zu viele Menschen war es kein Ort, an dem sie gerne gelebt hätte – eigentlich ein Ort, von dem sie sich überhaupt nicht vorstellen konnte, dass dort *irgendjemand* gerne lebte.

Aber die Nähe der Hölle hatte die Menschen schon von jeher fasziniert – vorausgesetzt, sie war nicht so nahe, dass sie *wirklich* gefährlich werden konnte.

Sie hatten die Pferde auf dem letzten Felsenkamm anhalten lassen. Tally spürte, wie der Rappe vor Erschöpfung zitterte. Der Ritt war lang gewesen und überaus anstrengend. Sie hatten den schweren, aber sehr viel kürzeren Weg durch die Berge genommen und darauf gebaut, dass der Frühling schneller sein würde als sie – was ein Irrtum gewesen war. Schon am Abend des zweiten Tages waren sie in heftiges Schneetreiben geraten, das bald zu einem Sturm angewachsen war, der sie drei Tage in einer Felsenhöhle festgehalten hatte.

Tally schauderte noch jetzt, wenn sie daran zurückdachte. Sie hatten das Packpferd geschlachtet und gegessen und alles verbrannt, was brennbar war; ihre ohnehin schmale Habe war auf das zusammengeschmolzen, was sie am Leib trugen. Und trotzdem wären sie um ein Haar erfroren. Zum ersten Mal seit sechzehn Jahren hatten sie Hrhons Kräfte im Stich gelassen, denn der Waga war ein Kaltblüter und hilfloser als sie. Anders als gewohnt hatte *sie* dafür sorgen müssen, dass *er* nicht starb. Hätte der Sturm noch einen Tag länger angehalten …

Tally verscheuchte den Gedanken, strich ein wenig pulverigen Schnee aus der Mähne ihres Pferdes und tätschelte dem Tier geistesabwesend den Hals. Das Fell des Rappen dampfte vor Kälte; sein Schweiß roch schlecht. Sie konnte von Glück sagen, wenn das Tier noch bis Schelfheim durchhielt, wo sie es gegen ein neues eintauschen konnte. Und Hrhons Pferd …

Sie drehte sich halb im Sattel herum und blickte zu dem Waga zurück, der in unnachahmlich grotesker Haltung auf dem Rücken seines Kleppers hockte – einen anderen Namen verdiente die Schindmähre wirklich nicht. Der Händler, dem sie es für einen Wucherpreis abgekauft hatte, musste sie insgeheim für völlig übergeschnappt gehalten haben, für ein solches Pferd auch nur einen roten Heller auszugeben. Es war nicht nur hässlich, sondern auch halb lahm und bewegte sich selbst im Galopp nicht sehr viel schneller als ein Spaziergänger. Aber es war das mit Abstand größte Pferd gewesen, das sie hatten finden können, und bisher das einzige, das Hrhons Gewicht länger als zwei Tage ertragen hatte, ohne tot unter ihm zusammenzubrechen.

»Issst esss nhoch wheit?«, fragte Hrhon, als er ihren Blick bemerkte.

Tally schüttelte den Kopf, wodurch etwas Schnee aus ihrem Haar fiel und unter ihren Kragen rutschte. Eine Welle prickelnder Kälte breitete sich zwischen ihren Schulterblättern aus. »Ein paar Meilen noch«, sagte sie. »Mit etwas Glück erreichen wir die Stadt noch vor Sonnenuntergang.«

Hrhon antwortete nicht, und Tally war auch nicht sicher, ob er ihre Worte überhaupt verstanden hatte. Sie sprach es niemals aus, und sie gab sich auch alle Mühe, es sich nicht anmerken zu lassen – aber Hrhon bereitete ihr in den letzten Monaten Sorgen.

Sie hatte ihn und Essk in einem Land kennengelernt, in dem es niemals Winter gab, und obwohl sie gewusst hatte, dass er ein Kaltblüter war, hatte sie niemals auch nur einen Gedanken daran verschwendet, bis sie in den Norden gezogen waren, fort vom Äquator und hinein in den weitaus größeren Rest der Welt, in dem der Unterschied zwischen Sommer und Winter nicht nur an der Anzahl der Regentage gemessen wurde.

Dreimal in den vergangenen vier Monaten hatte sie geglaubt, dass Hrhon sterben würde, und einmal war er in eine Starre verfallen, aus der er fast eine Woche lang nicht aufgewacht war. Selbst jetzt, als das Schlimmste hinter ihnen lag und die Temperaturen nur noch selten unter den Gefrierpunkt fielen, wirkte der Waga apathisch. Er schlief fast ununterbrochen, auch wenn sie ritten.

Sie verjagte auch diesen Gedanken, gab Hrhon ein Zeichen weiterzureiten und trabte vor ihm den gewundenen Weg hinab. In Schelfheim würden sie ein Zimmer mit einem Kamin und einem guten Feuer nehmen, auch wenn es ihr letztes Geld verschlingen würde, und Hrhon auftauen. Auch sie sehnte sich nach einem weichen Bett und einer Nacht, in der sie nicht ein halbes Dutzend Mal aufwachte und glaubte, erfrieren zu müssen.

Nach einer Weile erreichten sie die Klippe – ein zerborstener, nahezu lotrecht abfallender Felsensturz, der eine gute Viertelmeile in die Tiefe führte. Sehr weit entfernt in westlicher Richtung erkannte Tally das filigrane Gespinst einer Brücke, die in kühn geschwungenem Bogen zum Schelf hinabging, aber der Gedanke, dort hinüberzureiten, behagte ihr nicht – es waren fünf oder sechs Meilen, mindestens, und Hrhon und sie waren noch immer Gejagte. Brücken waren Orte, an denen man sich nur schlecht verstecken konnte und an denen es auf der anderen Seite immer neugierige Augen gab, die zu viel sahen.

Tally war ein wandelnder Schatz für den, der sie erkannte. Nach den letzten Informationen, die sie hatte, betrug die Belohnung, die auf ihren Kopf ausgesetzt war, mittlerweile tausend Goldstücke. Dem Mann, von dem sie dieses Wissen hatte, hatte seine Entdeckung allerdings kein Geld, dafür aber zwei gebrochene Arme eingebracht.

Nein – sie würde nicht zu dieser Brücke reiten. Wäre sie allein gewesen, wäre sie vielleicht einfach die Klippe hinuntergestiegen; denn die Wand war zwar hoch und fast senkrecht, aber so zerklüftet, dass selbst ein Kind an ihr hinabklettern konnte. Ein vor Kälte halb erstarrter Waga jedoch nicht. Nun, es gab andere Wege hinunter auf das Schelf – und Tally wusste auch, wo sie zu finden waren.

Statt nach Westen, der Brücke zu, wandten sie sich in die entgegengesetzte Richtung. Es begann wieder zu schneien, pulverfeiner, trockener weißer Schnee, der wie Dampf im Wind tanzte und unter ihre Kleider, in ihre Augen und die Nase kroch und sie zum Niesen reizte. Länger als eine Stunde ritten sie durch eine Welt, die in jeder Richtung nur drei Schritte groß war und dann in wirbelnden weißen Schwaden endete. Es wurde sehr kalt, und Tally sah jetzt immer häufiger besorgt zu Hrhon zurück, der in verkrampfter Haltung auf dem Pferd hockte und sicher schon längst heruntergefallen wäre, hätte er sich nicht im Sattel festgebunden.

Endlich ließ das Schneetreiben ein wenig nach, und kurz darauf fand sie die Stelle, die ihr der Mann auf der anderen Seite der Berge beschrieben hatte – einen gewaltigen steinernen Bogen, der in kühnem Winkel weit über die Klippe hinausreichte, wie eine Brücke, die irgendwann einmal abgebrochen war. Tally hatte bis zum letzten Moment nicht gewusst, ob ihr der Mann nun die Wahrheit gesagt oder einfach nur ihr Geld genommen und darauf vertraut hatte, dass sie ja sowieso nicht wiederkommen und ihn zur Rechenschaft ziehen würde. Aber der Felsenbogen war da, und nach kurzem Suchen entdeckte sie auch den Höhleneingang, genau an der Stelle, die ihr beschrieben worden war.

Sie lenkte ihr Pferd in den Windschatten eines Felsens, wartete, bis Hrhon neben ihr angelangt war, und boxte ihn gegen die Schulter, um seine Aufmerksamkeit zu erregen. Der Waga blinzelte aus trübe gewordenen Augen zu ihr herauf.

»Du wartest hier«, befahl Tally. »Ich gehe nachsehen. Wenn du irgendetwas Verdächtiges bemerkst, dann rufe.«

Hrhon machte eine zustimmende Handbewegung, aber Tally war klar, dass sie ebensogut mit seinem Pferd hätte reden können. Trotzdem lächelte sie aufmunternd, schwang sich mit einer kraftvollen Bewegung aus dem Sattel und landete um ein Haar auf der Nase, als ihre vom langen Reiten und der Kälte verkrampften Oberschenkel mit heftigen Schmerzen auf die Bewegung reagierten. Sie biss die Zähne zusammen, schlug den pelzgefütterten Mantel zurück und zog vorsichtshalber ihr Schwert aus dem Gürtel, ehe sie geduckt in die Höhle trat.

Wärme und der Geruch nach Menschen und Abfällen schlugen ihr entgegen. Im ersten Moment sah sie nichts; denn ihre Augen waren an Sand und eisverkrusteten Fels und Schnee gewöhnt. Sie blieb stehen, tastete sich mit der Linken an der rauen Felswand entlang und lauschte gebannt.

Aus dem Hintergrund der Höhle drangen Geräusche an ihr Ohr, die nicht hierhergehörten, die sie aber nicht identifizieren konnte. Dann hörte sie Schritte, und aus den ineinander verwobenen Schatten der Höhle schälte sich eine menschliche Gestalt. In ihrer rechten Hand blitzte Metall.

»Wer da?«, fragte eine Stimme. Die sonderbare Akustik der Höhle verzerrte sie, aber Tally hörte trotzdem, dass sie einem Mann gehören musste – und keinem, den sie mögen würde, wenn er so war, wie seine Stimme klang.

»Ich suche Weller«, antwortete sie. »Bist du Weller?«

»Weller?« Der Schatten blieb stehen. Das Blitzen von Metall in seiner Hand glitt ein Stück in die Höhe. Tally spannte sich. »Hier gibt es keinen Weller«, fuhr die Stimme fort. »Wer soll das sein?«

»Ein Idiot, der meine Zeit mit dummen Spielchen verplempert«, antwortete Tally grob. »Ich soll dir Grüße von Sagor ausrichten, Weller. Er sagte, wenn ich einen Weg auf den Schelf hinab suche, der schnell und sicher ist, wäre ich bei dir richtig.«

Der Schatten bewegte sich nicht mehr, aber er antwortete auch nicht, und Tally fügte hinzu: »Ich habe Geld.«

»Ich kann dich hinunterbringen«, sagte Weller. »Aber es ist teuer. Drei Goldheller. Hast du ein Pferd?«

»Zwei«, antwortete Tally. »Und einen Begleiter. Er wartet draußen.«

»Dann acht«, sagte Weller.

»Acht?« Tally ächzte. »Du hast niemals rechnen gelernt, wie? Zweimal drei ist nicht ...«

»Neun«, unterbrach sie Weller. »Und wenn du noch lange versuchst zu feilschen, zehn. Oder sagen wir gleich zehn. Das rechnet sich besser.«

Tally schluckte die wütende Antwort herunter, die ihr auf der Zunge lag, denn sie hatte das sichere Gefühl, dass Weller dieses Spielchen nach Belieben weiterführen würde, bis seine Forderung eine Höhe erreichte, für die sie die Brücke kaufen konnte.

»Das ist ein stolzer Preis«, sagte sie vorsichtig. »Der Brückenzoll beträgt nur einen halben Heller – für zwei Reiter.«

»Wer zu mir kommt, hat seine Gründe, die Brücke nicht zu benutzen«, erwiderte Weller gelassen. »Ich zwinge dich nicht. Dreh um und reite hin.« Er zuckte die Achseln, kam näher und schob das rostige Schwert in den Gürtel, das er bisher in der Hand gehalten hatte. Tally konnte jetzt sein Gesicht erkennen, und sie sah, dass ihr erster Eindruck richtig gewesen war – Weller war ein sehr kräftiger, vielleicht fünfzigjähriger Mann mit grau gewordenem Haar und kleinen, unangenehm stechenden Augen. Sein Gesicht sah aus, als hätte vor Jahren einmal jemand versucht, es in zwei Teile zu schneiden. Dass er dazu einen ungepflegten schwarzen Vollbart trug, vermochte die Narbe nicht zu verbergen, ließ ihn aber noch wilder und unsympathischer erscheinen – ein Eindruck, vermutete Tally, den er nach Kräften pflegte. Er war ein Riese. Selbst unter dem fellgefütterten Wams, das er trug, zeichneten sich seine Muskeln noch deutlicher ab. Aber er musste so stark sein, für die Arbeit, die er tat.

Einen Moment lang musterte er Tally durchdringend, dann nickte er und verzerrte sein Gesicht zu einer Grimasse, die er für ein Lächeln halten mochte. »Gut«, sagte er. »Also zehn. Dafür bekommst du und dein Begleiter noch eine warme Suppe und einen Platz an meinem Feuer. Du siehst aus, als könntest du beides gebrauchen.«

Tally überlegte einen Moment. Wellers Angebot klang verlockend. Es war Tage her, dass sie das letzte Mal etwas Warmes zu essen bekommen hatte. Aber dann schüttelte sie den Kopf. »Ich muss gleich weiter«, sagte sie. »Wir wollen Schelfheim erreichen, ehe es dunkel wird.«

»Daraus wird nichts«, erwiderte Weller ruhig. »In einer Stunde kommt die Nachmittagspatrouille an der Klippe vorbei. Ich nehme nicht an, dass du den Reitern der Garde begegnen willst.«

»Nicht unbedingt«, antwortete Tally. Und warum auch nicht?, fügte sie in Gedanken hinzu. Sie hatten zehn Monate gebraucht, um herauszufinden, dass es diese Stadt überhaupt gab, und weitere vier, um sie zu erreichen. Welche Rolle spielten da noch ein paar Stunden?

»Dann geh und hol deinen Begleiter und die Pferde«, sagte Weller. »Es ist nicht gut, wenn sie zu lange draußen herumstehen. Ich werde derweil das Feuer entzünden.« Ohne ein weiteres Wort drehte er sich herum und verschmolz wieder mit den Schatten der Höhle, und auch Tally ging den Weg zurück, den sie gekommen war, um Hrhon zu holen.

Der Waga war nicht wieder eingeschlafen, wie sie befürchtet hatte, sondern aus dem Sattel gestiegen und schlurfte im Kreis herum, um sich Bewegung zu verschaffen. Als er ihre Schritte hörte, blieb er stehen und drehte sich schwerfällig zu ihr herum. Auf seinem flachen Schildkrötengesicht glitzerte Eis.

Tally erwartete instinktiv, seinen Atem vor dem Gesicht als grauen Dampf zu erblicken, aber sie sah nichts. Die Luft in Hrhons Lunge war so kalt wie die, die sie umgab. Obwohl sie den Anblick gewohnt war, ließ sie der Gedanke schaudern. Zum wiederholten Male fragte sie sich, was es für ein Gefühl sein musste, wenn das Leben ganz langsam, aber unbarmherzig im eigenen Körper erlosch.

»Es ist in Ordnung«, sagte sie. »Sagor hat die Wahrheit gesagt. Nimm die Pferde und komm.«

Hrhon griff gehorsam nach den Zügeln und führte die Pferde hinter ihr in den Höhleneingang. Der Rappe scheute, als der Waga ihn in das finstere Loch zerrte, und Tally musste sich mit einem hastigen Satz in Sicherheit bringen, um nicht von seinen wirbelnden Hufen getroffen zu werden. Aber dann schienen die Tiere die Wärme zu spüren, die aus dem Berg drang, und wehrten sich nicht mehr. Der Stollen führte überraschend tief in die Erde hinein. Tally schätzte, dass sie sich sicherlich eine halbe Meile weit von der Klippe entfernt hatten, ehe vor ihnen endlich die rote Glut eines Feuers sichtbar wurde. Die Luft war hier von einem unangenehmen, scharfen Geruch erfüllt, den sie nicht einordnen konnte, aber anheimelnd warm, und unter ihren Stiefeln knirschte jetzt kein Eis mehr, sondern nur noch das lose Geröll, das den Höhlenboden bedeckte.

Sie gab Hrhon ein Zeichen zurückzubleiben, ging ein wenig schneller und fand sich nach zwei, drei Dutzend Schritten in einer gewaltigen felsigen Kuppel wieder, in deren Wände zahllose weitere Gänge mündeten. Plötzlich begriff sie, dass sie sich in einem aufgelassenen Bergwerk befand. Das rote Licht, das sie gesehen hatte, kam nicht nur von Wellers Feuer, sondern auch von mindestens einem Dutzend Fackeln, die in eisernen Haltern an den Wänden befestigt waren. Ihre Schritte erzeugten lang nachhallende, unheimlich verzerrte Echos unter der hohen Decke.

Weller wandte sich zu ihr um, als er sie hörte, und deutete mit einer Kopfbewegung auf einen eisernen Kessel, der über dem Feuer hing. »Die Suppe ist gleich so weit«, sagte er. »Ich habe immer einen Vorrat davon bereit, vor allem im Winter, wenn ...« Er brach mitten im Wort ab, starrte aus groß werdenden Augen an Tally vorbei und klappte den Unterkiefer herunter, als er Hrhon erkannte.

»He!«, keuchte er. »Das ... das war nicht vereinbart.«

»Was war nicht vereinbart?«, fragte Tally, perfekt die Ahnungslose spielend.

»Der … der Kerl da!«, stammelte Weller. Seine ausgestreckte Hand deutete anklagend auf Hrhon. »Den fahre ich nicht! Der Bursche wiegt mindestens seine dreihundert Pfund!«

»Eher vierhundert«, verbesserte ihn Tally lächelnd. »Und ich dachte, wir wären uns über den Preis einig?«

»Du hast nicht gesagt, dass dein Begleiter ein Fischgesicht ist!«, antwortete Weller zornig. »Der Kerl kann von mir aus die Klippe hinunterspringen. Mit mir fährt er nicht!«

»Das solltest du dir überlegen«, sagte Tally. »Wir waren uns einig, und genau das habe ich Hrhon gesagt. Wenn er jetzt hört, dass du ihn nicht führst, könnte er denken, dass du uns betrügen willst. Er wird sehr wütend, wenn man ihn betrügt. Hast du schon einmal einen wütenden Waga erlebt, Weller?«, fügte sie lächelnd hinzu.

Weller starrte sie aus flammenden Augen an, war aber klug genug, nicht mehr zu widersprechen, sondern ballte nur die Fäuste und stapfte zu seinem Feuer zurück. »Es war nicht vereinbart«, maulte er, während er zornig in seiner Suppe rührte. »Das kostet den doppelten Preis – wenn ich es überhaupt tue!«

»Du wirst es tun« versprach Tally. »Und den doppelten Preis zahle ich doch sowieso schon, oder nicht?« Sie schlug ihren Mantel zurück, trat an das Feuer heran und hielt die Hände so dicht über die Flammen, wie es gerade noch ging, ohne sie sich zu verbrennen. Weller fuhr fort, heftig in seiner Suppe zu rühren, wobei er Tally und Hrhon abwechselnd wütende Blicke zuwarf. Aber Tally wusste, dass er nicht mehr widersprechen würde. Sie hatte oft genug erlebt, wie der Anblick eines Waga auf einen Menschen wirkte.

Eine Weile saß sie einfach stumm vor dem Feuer, rieb die Hände aneinander und genoss das Gefühl, das Leben prickelnd in ihren Körper zurückkehren zu spüren. Sie merkte erst jetzt, wie kalt es auch hier drinnen war: ihr Atem erschien als unregelmäßige Folge grauer Dampfwolken vor ihrem Gesicht, und ihre Muskeln schmerzten, jetzt, als sie sich langsam entspannte.

»Ihr seid Betrüger«, sagte Weller plötzlich.

»Möglich.« Tally zuckte mit den Schultern. »Dann passen wir zusammen, nicht wahr? Wie viele unbedarfte Reisende hast du schon übers Ohr gehauen, Weller? Es sieht so aus, als wärst du jetzt an der Reihe. Merk dir für die Zukunft, dass du dir deine Fahrgäste erst ansiehst, ehe du den Preis ausmachst.«

Weller hörte auf, wie besessen in der Suppe zu rühren, starrte sie einen Moment lang verdutzt an – und begann schallend zu lachen. »Du gefällst mir«, sagte er. »Wer weiß, vielleicht ist der Spaß ein bisschen Schweißarbeit wert. Woher kommt ihr?«

Tally deutete in die Richtung, in der sie Süden vermutete. »Dorther.«

Weller blinzelte. »Und wenn ich jetzt frage, wohin ihr wollt, wirst du vermutlich antworten ...«

Tally deutete mit dem Daumen über die Schulter und nickte. »Dorthin, richtig.«

Weller seufzte. »Nun gut, warum frage ich auch. Geht mich nichts an, oder?« Er bückte sich, hob zwei verbeulte Blechteller vom Boden auf und füllte sie mit der dampfenden Suppe. »Hier, das wird euch guttun.«

Tally griff nach dem Teller und begann gierig zu essen. Die Suppe schmeckte nach nichts, aber sie war warm, und sowohl Tally als auch Hrhon verlangten einen Nachschlag, den Weller ihnen auch gab. Anschließend kuschelten sie sich nebeneinander ans Feuer, und plötzlich wurde Tally müde. Sie musste mit aller Macht gegen den Schlaf ankämpfen, der sie übermannen wollte.

»Was sucht ihr in Schelfheim?«, fragte Weller nach einer Weile.

Tally hob mühsam den Kopf und blinzelte zu ihm auf. »Jemanden, der uns nicht mit neugierigen Fragen auf die Nerven fällt«, sagte sie matt.

Weller zog eine Grimasse. »Ich habe einen Grund zu fragen«,

sagte er. »Es gibt eine Menge neugieriger Augen und Ohren in der Stadt. Du könntest an den Falschen geraten, wenn du zu viele Fragen stellst. Möglicherweise findest du dich vor dem Stadthalter wieder …« Er seufzte. »Wenn du Informationen brauchst, kannst du sie von mir bekommen.«

»Und wer sagt mir, dass du uns nicht verrätst?«

Weller grinste. »Niemand. Außer der Tatsache vielleicht, dass ich davon lebe, verschwiegen zu sein.« Er zögerte einen ganz kurzen Moment. »Du bist Tally.«

Tally setzte sich kerzengerade auf. Ihre Müdigkeit verflog schlagartig. »Woher weißt du das?«, fragte sie.

»Das war nicht besonders schwer zu erraten«, antwortete Weller. Er deutete auf Hrhon, der zusammengekauert vor dem Feuer hockte und stumpfsinnig in die Flammen blinzelte. »Eine rabiate Amazone, die mit einem Waga durch die Lande zieht und neugierige Fragen stellt …« Er zuckte die Achseln. »Die Beschreibung passt, findest du nicht? Du bist eine berühmte Frau, Tally.«

»Und eine wertvolle«, fügte Tally hinzu. Ihre Hand glitt zum Schwert.

Aber Wellers Grinsen wurde nur noch breiter. »Du enttäuschst mich, Tally«, sagte er. »Ich hätte das zehnfache der Belohnung einstecken können, die auf deinen Kopf steht, hätte ich all die verraten, die zu mir gekommen sind.«

»Irgendwann ist immer das erste Mal«, erwiderte Tally. Ihr Blick glitt aufmerksam über Wellers Gestalt. Auch seine Hand lag auf dem Schwert, aber nicht in drohender Weise. Es war nur ein Reflex, als Antwort auf ihre Bewegung.

»Ich kann euch von Nutzen sein«, fuhr Weller fort. »Sagt mir, wen oder was ihr sucht in Schelfheim, und ich bringe euch hin.«

Tally dachte einen Moment ernsthaft über seinen Vorschlag nach, schüttelte aber dann den Kopf. Die Verlockung, einen Führer zu haben, war groß. Aber sie waren bis jetzt allein gewesen, und ihre innere Stimme riet ihr, auch weiterhin nicht von dieser Taktik abzuweichen.

»Du bist mir zu teuer«, sagte sie. »Selbst wenn ich dir vertrauen würde, könnte ich mir deine Dienste nicht leisten.«

»Womit wir beim Geld wären.« Weller stakste steifbeinig um das Feuer herum und streckte die linke Hand aus. »Du schuldest mir zehn Goldstücke.«

Tally seufzte, griff aber unter ihren Mantel und zog die Geldbörse hervor. Sorgsam zählte sie zehn Goldheller ab, ließ sie in Wellers ausgestreckte Hand fallen und knotete die Börse wieder zu. Ihre Barschaft war jetzt auf vier Goldheller und ein paar kleinere Münzen zusammengeschmolzen; in einer Stadt wie Schelfheim gerade genug für eine Übernachtung und eine drittklassige Mahlzeit. Aber sie hatte auch nicht vor, lange in Schelfheim zu bleiben. Wenn sie Glück hatten und den Mann, den sie suchten, schnell genug fanden – vorausgesetzt, es gab ihn überhaupt – vielleicht nicht einmal einen Tag. Tally hatte Städte nie gemocht, und Schelfheim – obwohl sie es bisher nur von weitem gesehen hatte – würde sie garantiert noch weniger mögen. Allein der Gedanke, in diesen kochenden Pfuhl voller Menschen und Lärm und Gestank hineingehen zu sollen, bereitete ihr körperliches Unbehagen.

Wellers Blicke waren ihren Bewegungen aufmerksam gefolgt. Jetzt seufzte er, ließ seinen Lohn achtlos in der Kitteltasche verschwinden und setzte sich mit untergeschlagenen Beinen nieder. »Du hast wirklich nicht viel Geld«, sagte er.

»Ich brauche keines«, erwiderte Tally ausweichend.

»Hier schon.« Weller machte eine bestimmende Handbewegung, als Tally widersprechen wollte. »Du kommst aus dem Süden, Kindchen«, fuhr er fort. »Dort mag das alles stimmen. Aber Schelfheim ist anders. Ohne genügend Geld bist du hier verloren. Aber ich will nicht so sein – jemand, der von den Töchtern des Drachen gesucht wird, verdient es, ein wenig Hilfe geschenkt zu bekommen. Also: Eine Frage hast du frei.«

»Die Töchter des Drachen?« Tally starrte Weller ungläubig an. »Woher hast du diesen Namen?«

»Ist das die Frage?« Weller grinste.

Allerdings nicht sehr lange, denn Tally beugte sich blitzschnell vor, ergriff ihn am Kragen und zerrte ihn mit solcher Kraft zu sich herab, dass er fast das Gleichgewicht verlor. »Woher du diesen Namen hast, will ich wissen!«

»Beim Schlund, lass mich los!«, keuchte Weller. Vergeblich versuchte er, Tallys Griff zu sprengen, erreichte damit aber nur, dass sie nun auch noch die andere Hand in sein Wams krallte und ihm fast vollends den Atem abschnürte. »Ich antworte ja, aber wie kann ich das, wenn du mich erwürgst?«

Tally ließ widerstrebend sein Wams los, starrte ihn aber weiter drohend an. Weller richtete sich keuchend wieder auf, fuhr sich mit der Linken über die Kehle und senkte die andere Hand auf das Schwert.

Tally schüttelte ganz sacht den Kopf. »Versuch es nicht«, sagte sie.

»Die Beschreibung, die man mir gegeben hat, stimmt wirklich«, murrte Weller. »Du bist rabiat.«

»Ich glaube, ich habe dir eine Frage gestellt«, erinnerte Tally. Weller starrte sie finster an, kroch ein kleines Stück von ihr zurück und strich abermals mit den Fingern über seine misshandelte Kehle.

»Sie sind die wahren Herren von Schelfheim«, antwortete er unwillig. »Der Stadthalter und seine Soldaten gehorchen ihnen, auch wenn sie es nicht zugeben wollen.«

»Wieso Töchter des Drachen?«, fragte Tally.

»Wieso Tally?«, erwiderte Weller böse. »Sie nennen sich eben so. Und sie haben ganz entschieden etwas gegen dich und deinen Freund da. Was glaubst du, woher die Belohnung stammt, die auf deinen Kopf ausgesetzt ist?« Er fluchte. »Ich weiß gar nicht, warum ich mich mit dir abgebe. Ich hätte dich gleich zum Teufel jagen sollen.« Er stand auf und stieß wütend mit dem Fuß ins Feuer, dass die Funken flogen. »Kommt jetzt. Es ist Zeit.«

Die Stunde, von der er zuvor gesprochen hatte, war noch lange nicht verstrichen, aber Tally gehorchte trotzdem. Ihre Gedanken kreisten wie wild um den Namen, den Weller genannt hatte.

Die Töchter des Drachen …

Es konnte Zufall sein, aber wenn, dann war es ein so großer Zufall, dass es ihr schwerfiel, ihn zu akzeptieren. Auf der anderen Seite erschien es ihr unglaublich, dass sie in solcher Offenheit auftreten sollten. Ihr Herz begann schneller zu schlagen. Plötzlich konnte sie es kaum noch erwarten, nach Schelf heim zu kommen. Vielleicht war sie ihrem Ziel näher, als sie geahnt hatte.

2

Aber bevor es so weit war, wartete noch ein gehöriger Fußmarsch auf sie. Weller verließ die Höhle durch einen der Stollen, die in ihre Wände mündeten, und für eine gute halbe Stunde führte er sie durch ein wahres Labyrinth finsterer, sich kreuzender Gänge und schräger Rampen, die mal nach oben, mal abwärts führten. Sie kam nicht dazu, Weller eine weitere Frage zu stellen, denn er ging so weit und so rasch vor ihnen, dass Tally und Hrhon Mühe hatten, überhaupt mit ihm Schritt zu halten, zumal sie noch die Pferde mit sich führen mussten, denen es gar nicht gefiel, durch pechschwarze Tunnel gezwungen zu werden. Schließlich endete der Marsch in einer zweiten, allerdings sehr viel kleineren Kuppelhöhle.

Der Geruch warnte sie, Augenblicke, bevor sie hinter Weller aus dem Gang trat. Und trotzdem wäre es um ein Haar zur Katastrophe gekommen. Sie spürte die Bewegung, eine halbe

Sekunde, bevor Hrhon ein wütendes Zischen ausstieß und sie kurzerhand zur Seite schob; so wuchtig, dass sie gegen die Wand prallte und auf die Knie herabfiel. Weller ließ ein überraschtes Keuchen hören, aber der Waga rannte ihn einfach nieder und stürzte sich mit drohend erhobenen Fäusten auf das schwarzglänzende Chitinbündel, das ihm aus seinen starren Facettenaugen entgegenblickte und gar nicht begriff, wie ihm geschah.

»Hrhon – nicht!«, rief Tally verzweifelt. »Hör auf!«

Sie konnte nicht genau erkennen, ob Hrhon ihre Worte überhaupt gehört hatte, aber einen Augenblick später hörte sie ein dumpfes, berstendes Geräusch, dem ein pfeifender Schmerzlaut folgte, und die Schatten des Waga und des Hornkopfes verschmolzen zu einem unentwirrbaren Bündel wirbelnder Glieder.

»Hrhon! Zurück!«, schrie Tally. Sie sprang auf, stieß Weller, der sich gerade aufrappeln wollte, ein zweites Mal zu Boden, und versuchte Hrhon von seinem Opfer wegzureißen.

Natürlich reichte ihre Kraft nicht aus, den Waga auch nur aufzuhalten, aber ihr Eingreifen brachte ihn wenigstens so weit zur Vernunft, dass er aufhörte, seine geballte Faust immer wieder auf den hornigen Schädel der Termite herunterkrachen zu lassen. Allerdings ließ er den Hornkopf auch nicht los, sondern presste ihn weiter zu Boden, wobei er ohne sichtliche Anstrengung seine gewaltigen Beißzangen auseinanderbog.

»Verdammt, ist das eure Art, Dankbarkeit zu zeigen?«, fragte Weller.

Tally ignorierte ihn. »Bitte, Hrhon, lass ihn los«, sagte sie. »Er gehört nicht zu ihnen.«

Hrhon zögerte. Seine geballte Faust schwebte noch immer über dem Schädel des Hornkopfes, und das trübe Glitzern seiner Augen hatte flammendem Hass Platz gemacht. Seine Lippen zitterten. Dann, ganz plötzlich, war es, als erwache er unversehens aus einem tiefen Schlaf. Verwirrt starrte er auf den Hornkopf herab, stand mit einem Ruck auf und wich zwei, drei

Schritte zurück. Auch der Hornkopf erhob sich taumelnd auf seine sechs Beine und kroch ein Stückweit davon.

»Was soll das?«, beschwerte sich Weller. Wütend trat er neben Tally, riss sie am Arm herum und zog die Hand hastig wieder zurück, als Hrhon ein drohendes Zischen hören ließ.

»Verzeiht meinem Freund«, sagte Tally, betont ruhige. »Er mag Hornköpfe nicht. Sie haben seine Frau getötet«, fügte sie hinzu. Sie war verwirrt. Sie verstand und teilte Hrhons Hass auf die insektoiden Kreaturen, aber sie hatte ihn noch niemals so unbeherrscht wie jetzt erlebt. »Es tut mir leid.«

»Leid?« Weller spie aus. »Beim Schlund, wenn das deine Freunde sind, möchte ich nicht deine Feinde kennenlernen, Tally! Du wirst nicht weit kommen, wenn er auf jeden Hornkopf losgeht, den er sieht. Es wimmelt in Schelfheim nämlich von ihnen.«

»Ich sagte, es tut mir leid«, erwiderte Tally scharf. »Hrhon hat die Beherrschung verloren. Der Winter macht ihm zu schaffen. Aber es wird nicht noch einmal geschehen. Und du hättest uns warnen können.«

»Warnen?« Weller schrie fast. »Wovor? Dass ich Arbeiter beschäftige? Du bist wirklich verrückt, Tally. Ich bin froh, wenn ich euch beiden Irren los bin.« Wütend fuhr er herum und klatschte in die Hände. Ein zweiter, dritter und vierter Hornkopf krochen schwerfällig in die Höhle, jeder einzelne ein wahrer Gigant, dessen bloßer Anblick Tally schaudern ließ.

Sie sah zu Hrhon hinüber. Der Waga war ein Stück zurückgewichen und musterte die Hornköpfe voller schweigendem Hass. Er wirkte kein bisschen bedrückt oder schuldbewusst, dachte Tally besorgt. Ganz im Gegenteil – sie hatte das sichere Gefühl, dass er sich sehr beherrschte, um nicht ein zweites Mal auf die Hornköpfe loszugehen.

»Was ist in dich gefahren?«, fragte sie so leise, dass Weller die Worte nicht hören konnte. »Es sind ganz normale Hornköpfe! Bist du von Sinnen?«

»Etwasss ssstimmt nissst mhit ihnen«, behauptete Hrhon. »Sssie hasssen unsss.«

»Sie ...?« Tally blickte verwirrt auf die vier gigantischen Termiten herab. Der Anblick der chitingepanzerten Ungeheuer bereitete ihr Unbehagen, aber das war normal. Trotzdem war sie für einen Moment nicht sehr sicher, dass Hrhons Behauptung nur seiner Müdigkeit zuzuschreiben war.

»Unsinn«, sagte sie. »Du wirst dich beherrschen, verstanden?«

»Whie ihr bhefhelt, Herrin«, sagte Hrhon – allerdings in einem Ton, der seine Worte Lügen strafte. Seine gewaltigen Pranken bewegten sich, ohne dass er es auch nur merkte. Tally warf ihm einen letzten mahnenden Blick zu, wandte sich wieder an Weller und deutete auf die Hornköpfe herab. »Wozu brauchst du diese Kreaturen?«

»Um Verrückte wie euch nach unten zu bringen«, antwortete Weller mit einem bösen Blick auf Hrhon. Er schnippte mit den Fingern, woraufhin sich einer der Hornköpfe in Bewegung setzte und schwerfällig auf ein vielleicht drei Meter messendes, kreisrundes Loch zukroch, das im Boden gähnte.

Tally sah erst jetzt, dass sich darüber eine komplizierte, aus zahlreichen Stangen und Zahnrädern und Rollen bestehende Konstruktion erhob, von der eine armdicke Kette in die Tiefe führte. Der Hornkopf griff geschickt mit seinen gewaltigen Zangen nach einem Hebel und begann ihn wie einen Pumpenschwengel auf und ab zu bewegen. Ein Teil des verwirrenden Räderwerkes setzte sich in Bewegung. Die Kette spannte sich. Ein ächzendes Klirren drang aus der Tiefe des Schachtes.

»Das ist also dein kleines Geheimnis«, sagte sie spöttisch. »Ein Aufzug. Vermutlich übriggeblieben, als man diese Mine aufgab.«

»Vermutlich«, knurrte Weller. »Aber er funktioniert nur, wenn jemand da ist, der den Hebel bedient, weißt du?«

Tally tat so, als hätte sie die Spitze überhört, trat an den Rand des Schachtes und beugte sich vor, um in die Tiefe zu sehen.

Unter ihr, *sehr* tief unter ihr, bewegte sich ein glitzerndes Etwas durch den Schacht. Der Anblick ließ sie schwindeln. Sie mussten sich in die Höhe bewegt haben, statt nach unten, wie sie bisher angenommen hatte. Der Schacht war mindestens eine Meile tief. Hastig trat sie ein Stück zurück.

»Ist es stabil genug, Hrhon und die Pferde und mich zu tragen?«, fragte sie.

»Keine Ahnung«, sagte Weller ärgerlich. »Der Waga wird allein fahren. Zuerst sind die Pferde dran, dann du.« Er spie zornig aus. »Bei diesem Handel zahle ich drauf!«

Oh ja, dachte Tally spöttisch. *Und du weißt noch gar nicht, wie sehr, mein Lieber.* Aber sie sagte vorsichtshalber nichts mehr, sondern wartete geduldig, bis der Hornkopf den Aufzug zu ihnen heraufgebracht hatte, was eine gute Viertelstunde in Anspruch nahm. Sie nutzte die Zeit, sich Wellers Maschine in aller Ruhe anzusehen.

Tally hatte zwar nicht das mindeste technische Verständnis, aber sie erkannte doch, dass es sich um eine echt komplizierte Konstruktion handelte; etwas, das weit über Rad und Hebel hinausging, die einzigen technischen Hilfsmittel, die die Götter erlaubten. Die Kabine des Aufzuges selbst, die nach einer Weile schaukelnd und ächzend aus dem Schacht auftauchte, bestand zur Gänze aus Metall, das uralt sein musste, aber nicht die geringste Spur von Rost zeigte.

»Das da kann dich den Hals kosten, weißt du das?«, fragte sie.

»So?« Weller blickte provozierend an ihr vorbei.

»Du verstößt gegen die Gesetze der Götter«, sagte Tally. »Wenn sie herausfinden, was du hier tust, dann töten sie dich.«

»Da, wo du herkommst, vielleicht. Hier nicht. Unsere Götter sind weniger schlimm. Aber wozu brauche ich Götter, wenn ich Kunden wie euch habe?«, murrte Weller. Mit einer herrischen Bewegung scheuchte er den Hornkopf vom Rand des Schachtes weg, trat an den eisernen Käfig und stieß die Tür auf. »Mach schnell«, sagte er. »Ich bin froh, wenn ich euch los bin.«

Tally rührte sich nicht von der Stelle.

»Was ist?«, fragte Weller zornig. »Willst du hier übernachten?«

»Nein«, antwortete Tally. »Aber ich habe es mir anders überlegt. Deine Gesellschaft bereitet mir solches Vergnügen, dass ich sie noch ein wenig genießen möchte. Hrhon wird als Erster fahren.« Sie lächelte zuckersüß. »Immerhin ist er der schwerste von uns, nicht? Und wir wollen nicht, dass deine Freunde ihn vor lauter Erschöpfung etwa fallen lassen.«

Weller presste wütend die Lippen aufeinander, aber er widersprach nicht, sondern sah schweigend zu, wie der Waga in den metallenen Korb kletterte und die Tür hinter sich zuzog. Auf einen weiteren Wink Wellers hin krochen die Hornköpfe an die Maschine und griffen mit klickenden Zangen nach Hebeln, die Dinge taten, die Tally nicht verstand. Ächzend und stöhnend setzte sich die Kabine wieder in Bewegung und verschwand ganz langsam in der Tiefe.

»Du bist ein verdammt misstrauisches Weib«, sagte Weller. »Du würdest nicht einmal deiner eigenen Mutter trauen, wie?«

Tally antwortete nicht. Sie war ein weiteres Stück zurückgewichen und sah aufmerksam zu, wie die riesigen Termiten Wellers Maschine bedienten.

Sie hatte Hrhons Worte nicht vergessen, und etwas in ihr sagte ihr, dass sie nicht nur seinem Hass auf die Hornköpfe und seiner Erschöpfung zuzuschreiben waren. Möglicherweise sah sie auch nur Gespenster – wenn man zu lange gejagt wurde, begann man vielleicht hinter jedem Schatten einen Feind und in jeder unbedachten Bemerkung einen Verrat zu wittern. Trotzdem ließ sie die Hand auf dem Schwert liegen und behielt Weller und seine vier Arbeiter aufmerksam im Auge, bis sich die Kette mit einem Ruck entspannte, und sie wusste, dass Hrhon heil unten angelangt war.

Eine weitere Viertelstunde verging, ehe die Kabine ein zweites Mal über dem Rand des Schachtes auftauchte. Weller riss wütend die Tür auf, noch ehe sie vollends zur Ruhe gekommen war. »Jetzt die Pferde und du«, sagte er.

Tally schüttelte den Kopf. »Nein.«

Weller wurde noch bleicher, als er ohnehin war. »Was ... was soll das?«, fragte er. »Glaubst du, ich hätte meine Zeit gestohlen?«

»Nein, aber ergaunert.« Tally trat einen Schritt auf ihn zu und zog mit einer fast gemächlichen Bewegung das Schwert. »Aber vielleicht hast du recht. Deine hornigen Freunde scheinen kräftig genug, uns beide halten zu können.«

Es dauerte einen Moment, bis Weller begriff. »Uns?«, wiederholte er.

»Uns.« Tallys Schwert bewegte sich ein wenig nach oben und deutete nun genau auf seine Kehle. »Du wirst mich begleiten, Weller.«

»Das ... das war nicht vereinbart«, stammelte Weller.

»Möglich. Dann ändere ich unsere Vereinbarung jetzt. Vorwärts!« Sie unterstrich ihre Worte mit einer drohenden Bewegung, die Weller rücklings in den Gitterkäfig hineinstolpern ließ, folgte ihm mit einem raschen Schritt und zog die Tür hinter sich zu.

»Und die Pferde?«, fragte Weller nervös. Sein Blick irrte unstet zwischen Tallys Gesicht und der Spitze ihres Schwertes hin und her.

»Du kannst sie behalten«, antwortete Tally. »Als Dreingabe, für die Mehrarbeit meinetwegen. Los jetzt – oder traust du deinen eigenen Freunden nicht mehr?«

Weller schluckte sicht- und hörbar, widersprach aber jetzt nicht mehr, sondern klatschte zweimal hintereinander in die Hände. Schaukelnd und klirrend setzte sich der Aufzug in Bewegung.

Kurz bevor die Kabine vollends in den Schacht sank und die Dunkelheit über ihnen zusammenschlug, sah Tally noch einmal zu den Hornköpfen auf, die mit ihren gewaltigen Körperkräften Wellers Maschine bedienten, und für einen ganz kurzen Moment blickte sie genau in das glatte Horngesicht eines der Ungeheuer.

Was sie sah, ließ sie schaudern. Die faustgroßen Facettenaugen des Hornkopfes waren ausdruckslos wie geschliffene Halbkugeln aus Glas – und doch ... Etwas war an diesen Hornköpfen anders als an allen, denen sie bisher begegnet war. Sie wusste nicht, was, und ein Teil von ihr versuchte immer noch, sie davon zu überzeugen, dass sie sich von Hrhons Hysterie anstecken ließ. Aber sie war trotzdem überzeugt, dass mit diesen Hornköpfen etwas nicht stimmte.

Die Fahrt in die Tiefe schien endlos zu dauern. Der Gitterkorb schaukelte und schwankte wie ein kleines Boot auf stürmischer See, und mehr als einmal krachte er mit solcher Wucht gegen die Wand, dass Tally fast das Gleichgewicht verlor. Weller wurde zu einem verschwommenen Schatten zwei Schritte vor ihr, und es wurde beständig dunkler, obwohl tief unter ihnen ein heller Fleck von Tageslicht schimmerte.

»Du bist ein verdammt misstrauisches Weib«, sagte Weller nach einer Weile. Tally konnte sein Gesicht in der Dunkelheit nicht erkennen, aber seine Stimme klang eher beleidigt als wirklich zornig.

»Ich habe genug bezahlt, um es sein zu dürfen«, erwiderte sie. »Außerdem lebe ich noch. Das wäre nicht so, wäre ich nicht so misstrauisch.«

Weller lachte leise. »Ich werde nicht schlau aus dir, Tally«, sagte er. »Was hast du vor, wenn wir unten sind? Willst du mich erschlagen?«

»Du wirst uns begleiten«, erwiderte Tally. »Nicht sehr weit. Nur bis wir in der Stadt sind.«

»Das würde euch wenig nutzen«, sagte Weller.

»Wieso?«

»Du hast noch nie eine wirklich große Stadt gesehen, wie?«, vermutete Weller. »Schelfheim ist groß, und damit meine ich wirklich *groß*, Tally. Ihr braucht einen Führer, oder ihr seid verloren. Wohin wollt ihr überhaupt?«

»Wir suchen jemanden«, antwortete Tally nach kurzem Zögern.

»Oh.« Weller kicherte. »Nun, dann seid ihr in Schelfheim richtig. Es gibt einige hunderttausend *Jemands* in der Stadt. Weißt du seinen Namen?«

Tally nickte. Dann fiel ihr ein, dass Weller die Bewegung in der Dunkelheit ja nicht sehen konnte, und sie sagte: »Ja. Er heißt Karan.«

»Karan, der Verrückte?« Weller keuchte. »Wenn du ihn finden willst, wünsche ich dir viel Spaß. Das ist fast unmöglich, ohne jemanden, der euch durch die Stadt führt.«

»Und wieso?«

»Weil er im Norden wohnt, und das ist eine Gegend, in die sich nicht einmal die Stadtgarde wagt. Es wimmelt dort von Gesindel und Halsabschneidern, die dir für einen roten Heller den Hals umdrehen.«

»Kennst du ihn denn?«, fragte Tally harmlos.

»Karan?« Weller schnaubte. »Sicher. Aber du …« Er brach ab, und trotz der pechschwarzen Finsternis glaubte Tally seine vorwurfsvollen Blicke direkt zu spüren. »Ich glaube, ich habe einen Fehler gemacht«, gestand er nach einer Weile. »Jetzt wirst du darauf bestehen, dass ich dich hinführe.«

»Ja«, sagte Tally ruhig. »Das werde ich wohl.«

Weller schnaubte. »Verdammt, ich werde nicht schlau aus dir, Tally«, sagte er. »Ich weiß nicht, ob ich dich verfluchen oder deine Gerissenheit bewundern soll. Du wärst ein würdiger Partner für mich. Aber du bist dabei, mich zu ruinieren, ist dir das klar? Wer ersetzt mir den Verdienstausfall, während ich den Fremdenführer für dich spiele?«

»Ich werde dich entschädigen«, antwortete Tally. »Du kannst uns ja bei der Stadtgarde verraten, sobald wir fort sind. Sie werden zwar keine Belohnung für jemanden bezahlen, den sie nicht haben, aber ein Mann wie du lebt ja wohl davon, gute Beziehungen zu den Mächtigen zu pflegen – oder?«

Weller antwortete nicht; aber er tat es auf eine sehr bezeichnende Weise.

3

Es wurde Nacht, ehe sie die Stadt erreichten. Der Schacht endete zwar in einer gewaltigen Höhle, deren nördliche Wand zusammengebrochen war, sodass der Schelf vor ihnen lag und sie nur wenige Schritte zu gehen brauchten, um ins Freie zu gelangen. Aber was von oben aus betrachtet wie ein schmaler Sandstreifen ausgesehen harte, der die Klippe von den ersten Häusern der Stadt trennte, erwies sich in Wahrheit als ein Stück von gut zwei Meilen, das zudem so unwegsam und so mit Felstrümmern und wucherndem Gestrüpp übersät war, dass das Gehen zu einer reinen Qual wurde.

Tally war dennoch froh über die Umstände; denn nur so hatten sie überhaupt eine Chance, die Stadt ungesehen zu erreichen – was ihr nach dem Gespräch mit Weller wichtiger denn je erschien. Sie war besorgt, weitaus stärker, als sie sich anmerken ließ. Sie hatte gewusst, dass Hrhon und sie gejagt wurden – so wie tausend andere aus tausend anderen Gründen. Trotzdem war sie schockiert, dass ein Mann wie Weller sie und Hrhon auf den ersten Blick erkannt hatte.

Dann näherten sie sich der Stadt, und Tallys Aufmerksamkeit wurde von anderen Dingen in Anspruch genommen. Es gab keine Stadtgrenze im eigentlichen Sinn: Zwischen den Trümmern und dem Unrat, von dem sich ganze Berge auf dem grau gewordenen Sand des Schelfs erhoben, tauchten jäh die ersten Hütten auf, klein und schäbig und aus dem Müll erschaffen, auf dem sie erbaut waren, und das dumpfe Raunen und Brausen der Stadt, das im Laufe der letzten Stunde beständig näher gekommen war, wich dem Klang einzelner Stimmen, schrillem Gelächter und Schreien, dem Kreischen von Kindern und klingenden Hammerschlägen. Weller, der bisher so weit vorausgegangen war, wie Tally es gerade noch zuließ, blieb stehen und wartete, dass sie und der Waga zu ihm aufschlössen.

»Besser, wir bleiben von jetzt an dicht beisammen«, sagte er. Tally wusste nicht, ob sie den Ausdruck auf seinem Gesicht richtig deutete – aber der Klang seiner Stimme verriet Furcht. »Das hier ist eine üble Gegend. Schon so mancher, der hierhergegangen ist, ist nicht wieder zurückgekommen.«

Tally blieb stehen, sah kurz zur Klippe zurück, die zu einem schmalen schwarzen Strich vor dem Nachthimmel geworden war, und blickte ihn nachdenklich an. »Trifft das auch auf deine Kunden zu?«, fragte sie.

Weller zuckte gleichmütig mit den Schultern. »Ich habe nie behauptet, dass der Weg sicher sei, oder?«

Tally antwortete nicht. Es hatte nicht viel Sinn, sich mit Weller zu streiten, und im Grunde konnte sie ihm nur dankbar für die Warnung sein. Wer immer die Menschen waren, die hier lebten – sie waren auf jeden Fall eher *seine* als *ihre* Freunde. »Gehen wir weiter.«

Sie begriff bald, was Weller gemeint hatte. Die Abfallhütten, zuerst nur einige wenige und klein, nahmen an Zahl und Größe zu, und schon nach wenigen Dutzend Schritten bewegten sie sich durch eine regelrechte Stadt, erbaut aus Abfällen und errichtet auf Bergen von Müll. Die Luft stank entsetzlich, und Tally begann sich am ganzen Leib klebrig und besudelt zu fühlen. Dabei herrschte noch immer Winter; wo der Boden nicht von zahllosen Füßen zu klebrigem Morast zertrampelt worden war, lag Schnee. Tally fragte sich, wie es hier im Sommer sein mochte. Schon jetzt hatte sie das Gefühl, kaum noch richtig atmen zu können.

Und so wie dieser Teil Schelfheims waren seine Bewohner. Die Dunkelheit verbarg die meisten vor ihren Blicken oder ließ sie zu flachen Schatten werden, die angstvoll davonhuschten, wenn Tally, Weller und der Waga näher kamen, aber das wenige, *was* sie sah, ließ sie schaudern. Es waren Menschen – meistens jedenfalls –, aber sie waren so schmutzig und heruntergekommen wie die Häuser, in denen sie lebten: ausgemergelte, blasse Kreaturen, in Lumpen gekleidet und mit hungrigen Augen, die sie voller Gier anstarrten. Und nach einer Weile bemerkte Tally, dass sie verfolgt wurden.

Die Verfolger waren geschickt, und wahrscheinlich war es nur Tallys Leben als Gejagte zuzuschreiben, dass sie es überhaupt spürte – niemand kam ihnen nahe, aber die Schatten, die am Rande ihres Gesichtsfeldes entlanghuschten, nahmen zu, und etwas änderte sich im wispernden Chor der Stimmen, der ihnen folgte. Tally konnte die Drohung, die plötzlich über ihnen schwebte, beinahe anfassen.

»Was ist das hier, Weller?«, fragte sie. Ganz instinktiv trat sie ein Stück näher an ihn und den Waga heran. Ihre Hand glitt unter den Mantel und schmiegte sich um den Schwertgriff. Ihre Erfahrung als Kriegerin sagte ihr, dass ihr die Waffe herzlich wenig nutzen würde – sie waren von Dutzenden, wenn nicht von Hunderten der huschenden schwarzen Gestalten umgeben. Aber die Berührung des kalten Stahls tat gut.

»Der Teil von Schelfheim, den Fremde normalerweise nicht zu Gesicht bekommen«, antwortete Weller. »Lass bloß deine Waffe stecken, oder wir sind tot, ehe du Zeit findest, ein letztes Gebet zu sprechen.«

»Verdammt, wohin hast du uns geführt?«, fauchte Tally. »Enden alle deine Kunden hier?«

»Manche«, gestand Weller ungerührt. »Das hier ist die Vorstadt. Eine Menge Menschen und *Nicht*-Menschen kommen nach Schelfheim, um ihr Glück zu machen. Manchen gelingt es, manchen nicht. Die, die Pech haben, enden hier.« Er wandte im Gehen den Kopf und grinste Tally beinahe unverschämt an. »Ich habe dir geraten, die Brücke zu benutzen, oder?« Seine Hand wies nach Westen, und als Tallys Blick der Bewegung folgte, sah sie eine Kette winziger roter Lichter, die sich schräg über den Himmel spannte und irgendwo vor ihnen mit der Stadt verschmolz. »Das hier ist das Reich der Klorschas. Der Slum. Mit etwas Glück lassen sie uns durch.«

»Und mit etwas weniger Glück?«

»Bringen sie uns um«, sagte Weller ungerührt. »Deine Kleidung fällt auf. Du siehst vermögender aus, als du bist. Aber meistens verlangen sie nur einen Wegezoll.«

»Na, dann kann ich nur hoffen, dass du deine Börse eingesteckt hast, Weller«, sagte Tally. Weller blinzelte, starrte sie einen Moment mit offenem Mund an und entschied, dass es klüger war, das Gespräch nicht fortzusetzen.

Er hätte auch nicht sehr viel Gelegenheit dazu gehabt; denn der Kreis aus Schatten, der sie umgab, zog sich immer enger zusammen, und nach wenigen Dutzend weiterer Schritte geschah das, was Tally insgeheim schon längst befürchtet hatte: sie bogen in eine schlammige Gasse, die von fensterlosen, aus Stein und Holz errichteten Häusern gesäumt wurde – und Weller blieb so abrupt stehen, dass Hrhon beinahe in ihn hineinrannte.

Vor ihnen ging der Weg nicht weiter. Ein gutes Dutzend zerlumpter, ausnahmslos sehr großer Gestalten blockierte die Gasse, angeführt von einem wahren Riesen, der sich lässig auf eine fast mannsgroße Keule stützte. Sein Gesicht sah aus, als wäre es vor nicht langer Zeit mit genau dieser Keule kollidiert – was ihn nicht etwa hässlicher als die meisten seiner Begleiter machte. Tallys Hand schloss sich etwas fester um den Schwertgriff.

»Wer ist das?«, flüsterte sie.

»Braku«, antwortete Weller. »Der Schlimmste von allen. Beim Schlund, das hätte nicht passieren dürfen.«

»Was ist so schlimm an ihm?«

»Er hasst mich«, antwortete Weller nervös. »Er hat mir den Tod geschworen. Und bisher hat er sein Wort immer gehalten.«

»Warum?«, fragte Tally. »Hast du einmal Geschäfte mit ihm gemacht?«

Weller grinste gequält. »Ja. Aber ich schwöre, dass es ganz ehrlich zuging. Nur gehört Braku zu denen, die sich übervorteilt fühlen, wenn sie ihren Partner nicht betrügen können.«

»Wenn ihr fertig seid, wäre es wirklich großzügig, würdet ihr mir einen Teil eurer kostbaren Aufmerksamkeit schenken«, mischte sich eine dröhnende Stimme ein. »Falls ich die Herrschaften nicht bei einer wichtigen geschäftlichen Unterredung störe, heißt das.«

Weller erbleichte noch weiter, gebot Tally aber mit einer hastigen Geste, sich nicht einzumischen, und trat den Klorschas einen Schritt entgegen. Braku musterte ihn kühl, aber in seinen Augen stand ein Glitzern, das Tally gar nicht gefiel. In Gedanken wog sie ihre Chancen ab, mit einem raschen Schritt bei ihm zu sein und ihm den Kopf von seinem schmutzigen Hals zu schlagen. Das Ergebnis, zu dem sie kam, besserte ihre Laune nicht wesentlich.

»Schön, dich zu sehen«, sagte Braku grinsend, als Weller näher kam. »Ich nehme an, du bist hier, um dich mit mir auszusöhnen, wie?« Er lachte, setzte seine gewaltige Körperfülle in Bewegung und walzte ein Stück auf Weller zu. Die Keule schwang er sich dabei über die Schulter, als wäre sie gewichtslos. »Ich habe dich lange vermisst, mein Freund. Was ist los – gehen deine Geschäfte so schlecht? Und was sind das für Galgenvögel, die du da bei dir hast?«

»Sssoll isss ihm dhehn Kopf ahbreisssen?«, fragte Hrhon ruhig.

Tally fuhr erschrocken zusammen. Hrhon hatte so laut gesprochen, dass Braku schon taub sein musste, um seine Worte nicht zu verstehen, und tatsächlich sah er auch auf und musterte Hrhon mit einem sehr sonderbaren, halb abschätzenden, halb beinahe mitleidigen Blick. Auf seinen Zügen erschien ein Ausdruck schlecht geschauspielter Überraschung.

»Oha«, sagte er. »Das Ding kann ja sprechen.« Er schob Weller mit einer achtlosen Bewegung zur Seite, wechselte seine Keule von der rechten auf die linke Schulter und kam mit gemächlichen Schritten näher. Tally sah jetzt, dass er tatsächlich ein Stück größer war als Hrhon. Außerdem stank er zum Gotterbarmen.

Zwei Schritte vor dem Waga und ihr blieb er stehen, machte eine übertrieben tiefe Verbeugung und rammte seine Keule in den Boden, um sich wieder darauf zu stützen. »Gestattet die Frage, wer Ihr seid, edle Frau«, sagte er spöttisch.

Tally blickte nervös zu Weller, ehe sie antwortete. »Jemand, der nichts mit eurem Streit zu tun hat, Braku«, sagte sie. Ihre Stimme war nicht ganz so fest, wie ihr lieb gewesen wäre. »Und der auch nichts damit zu tun haben will. Mein Begleiter und ich wollen nur in die Stadt, das ist alles.«

Etwas an ihren Worten schien die Klorschas über die Maßen zu amüsieren, denn die ganze Bande brach ihn dröhnendes Gelächter aus, bis Braku mit einer herrischen Handbewegung für Ruhe sorgte. »Oh, ihr wollt also *nur* in die Stadt«, sagte er grinsend. »Soso. Und da habt ihr euch der Führung Wellers anvertraut. Das war nicht sehr schlau. Er ist hier nicht besonders beliebt, musst du wissen, Süße.«

»Sssoll isss, oder sssoll isss nissst?«, fragte Hrhon.

Braku runzelte die Stirn, blickte einen Moment auf den Waga herab und seufzte hörbar. »Dein Begleiter vergisst seine guten

Manieren, weißt du das?«, fragte er. Die Worte galten Tally, aber er sah Hrhon dabei unverwandt an.

»Still jetzt, Hrhon«, sagte Tally hastig. Zu Braku gewandt, fuhr sie fort: »Verzeiht meinem Begleiter, Braku. Wir sind fremd hier und kennen weder Eure Sitten noch Eure Gebräuche. Wenn wir Euer Gebiet verletzt haben, dann tut es uns leid.«

»Das habt ihr tatsächlich«, sagte Braku ungerührt. »Aber mit einer Entschuldigung ist es nicht abgetan, fürchte ich.«

Tally nickte. »Ich weiß. Weller ... informierte mich, dass Ihr Wegezoll verlangt.«

»So, hat er das?«

Tally nahm die Hand vom Schwert, griff stattdessen unter den Gürtel und zog die Geldbörse heraus. »Das ist alles, was wir haben«, sagte sie, während sie Braku den schmal gewordenen Lederbeutel aushändigte. »Nehmt es und lasst uns in Frieden ziehen.«

Der Klorscha riss ihr den Beutel aus der Hand und schob ihn in eine Tasche seines Mantels. Er machte sich nicht einmal die Mühe hineinzusehen. »Das ist großzügig«, sagte er spöttisch. »Aber ich fürchte, es reicht nicht ganz.«

»Mehr haben wir nicht«, antwortete Tally. »Ihr könnt es natürlich auf einen Kampf ankommen lassen, und wahrscheinlich würdet Ihr ihn auch gewinnen. Aber mehr als das, was Ihr schon habt, würdet Ihr nicht erbeuten, und wahrscheinlich würden ein paar von euch dabei sterben. Du als Erster«, fügte sie lächelnd hinzu. Gleichzeitig kroch ihre Hand wieder unter den Mantel, aber dieses Mal nicht zum Schwert, sondern zur anderen Seite ihres Gürtels. Sie hatte die entsetzliche Waffe, die sie den Drachenreiterinnen abgenommen hatte, niemals gegen Menschen eingesetzt, und sie hatte sich geschworen, es niemals zu tun – aber wozu waren gute Vorsätze da, wenn nicht, um gebrochen zu werden?

Braku starrte sie mit offenem Mund an und schien nicht genau zu wissen, ob er nun wütend werden oder abermals in

Gelächter ausbrechen sollte. »Du hast Mut«, sagte er schließlich. »Das gefällt mir. Aber dein Ton passt mir nicht, Kleines.«

Tally schwieg. Sie wusste, dass sie Braku nicht zu sehr provozieren durfte – wenn er glaubte, vor seinen Leuten das Gesicht zu verlieren, dann hatte er keine andere Wahl mehr, als sie zu töten.

»Du hast also kein Geld«, fuhr Braku fort. Seine Augen wurden schmal. »Das ist bedauerlich. Aber wenn ich dich recht betrachte, dann gibt es vielleicht noch eine andere Möglichkeit, wie du bezahlen kannst.« Er kicherte anzüglich, hob den Arm und streckte die Hand nach Tally aus. Hrhon zischte drohend, und Braku führte die Bewegung nicht zu Ende.

»Tu es nicht«, sagte Tally ruhig. »Hrhon würde dich in Stücke reißen.«

Es wurde still. Brakus Männer hatten jedes Wort gehört, und Tally sah, wie die Mauer aus zerlumpten Gestalten ganz langsam näherkam. Und auch hinter ihr waren jetzt Geräusche. Sie waren eingekreist.

»Du machst es mir wirklich schwer, Kindchen«, sagte Braku drohend. »Möglicherweise hätte ich mich damit zufriedengegeben, diesen Lumpen da in Stücke zu hacken und mich ein paar Stunden mit dir zu amüsieren.«

»Glaub ihm nicht«, sagte Weller. »Er wird uns alle umbringen!«

Braku drehte betont langsam den Kopf. »Wer spricht von umbringen?«, fragte er ruhig. »Vielleicht reicht es mir ja, dir die Hände abzuschneiden und sie dich fressen zu lassen. Oder ich steche dir die Augen aus und ...«

Irgendetwas zischte dicht über Tallys Kopf durch die Luft, riss eine dünne, blutige Spur in Brakus Gesicht und bohrte sich mit einem dumpfen Schlag in die Brust des hinter ihm stehenden Mannes. Der Klorscha keuchte, taumelte einen halben Schritt zurück und brach in die Knie. Seine Hände umklammerten den gefiederten Bolzen, der aus seiner Brust ragte.

»Die Garde!«, brüllte jemand.

In der schmalen Gasse brach die Hölle los. Plötzlich war die Luft voller sirrender, tödlicher Geschosse, und ebenso plötzlich begannen Brakus Männer durcheinanderzuschreien und -zulaufen. Ein zweiter und dritter Klorscha fielen, und irgendetwas sirrte mit einem ekelhaften Geräusch an Tallys Ohr vorbei und schlug Funken aus der Wand, vor der sie stand.

Tally ließ sich blitzartig zur Seite fallen, kam mit einer Rolle wieder auf die Füße und sah gerade noch, wie Braku seine Keule hochriss und mit einem urgewaltigen Schrei auf ein schwarzes, gehörntes Etwas losging, das wie ein Dämon aus der Nacht aufgetaucht war.

Er führte den Hieb niemals zu Ende. Ein ganzes Dutzend Pfeile und Bolzen senkte sich mit tödlicher Präzision auf ihn herab. Und plötzlich machte der gewaltige Vorderlauf der Beterin eine blitzartige, schnappende Bewegung, und Braku war nur noch ein kopfloser Torso, der mit einer grotesk langsamen Bewegung nach hinten kippte. Dann richtete sich der Blick der faustgroßen Facettenaugen auf Tally.

Hinter der ersten Beterin erschienen die hässlichen Schädel weiterer Hornköpfe, groteskerweise von kleinen, albern aussehenden Helmen aus glänzendem Metall gekrönt, und auch vom anderen Ende der Gasse erscholl das helle, widerwärtige Pfeifen der Rieseninsekten. Tally wich mit einem hastigen Schritt bis zur Wand zurück, duckte sich unter einem Pfeil hindurch und zerrte verzweifelt das Schwert aus dem Gürtel.

Die Klinge prallte funkensprühend gegen den gewaltigen Schlagarm der Beterin. Der Hieb verfehlte sein Ziel, und Tallys Kopf blieb, wo er war, aber die Wucht des Schlages ließ Tally auch zurücktaumeln und auf die Knie herabsinken. Ihre Hand war gelähmt. Sie hielt das Schwert noch fest, aber sie hatte nicht mehr die Kraft, es zu heben.

Wieder einmal war es Hrhon, der sie rettete. Der Waga sprang mit einem gewaltigen Satz auf den Rücken der Beterin, verschränkte die Fäuste über dem Kopf und ließ sie mit fürchterlicher Wucht in den Nacken des Rieseninsektes krachen. Einen Sekundenbruchteil stand der Hornkopf einfach da wie ein groteskes Pferd, auf dessen Rücken ein noch groteskerer Reiter hockte. Dann gaben seine dürren Beine nach, und Hrhon kugelte hilflos davon, während die Beterin zusammenbrach und Tally dabei halbwegs unter sich begrub.

Als sie es geschafft hatte, sich unter dem reglosen Rieseninsekt hervorzuarbeiten, hatte sich die Gasse in einen Hexenkessel verwandelt. Die Klorschas, die nicht bereits dem ersten Pfeilhagel zum Opfer gefallen waren, wehrten sich verzweifelt und mit erstaunlicher Behendigkeit gegen die Hornköpfe, aber es war ein aussichtsloser Kampf. Die Beterinnen wüteten wie die Berserker unter den zerlumpten Gestalten, und ihr gewaltiger Chitinpanzer machte sie so gut wie unverwundbar. So gnadenlos der Kampf geführt wurde, er konnte nur noch Augenblicke dauern. Von Brakus Streitmacht war nicht einmal mehr die Hälfte am Leben – und von beiden Seiten der Gasse näherten sich immer mehr der gigantischen Kampfinsekten!

Tally arbeitete sich keuchend in die Höhe, schob das Schwert in den Gürtel zurück, zog stattdessen Mayas Waffe und schickte ein Stoßgebet zum Himmel, dass sie sie nicht im Stich lassen würde.

Tally machte sich nichts vor – trotz dieser entsetzlichen Waffe waren ihre Chancen, die Gasse lebend zu verlassen, erbärmlich. Von der Garde, deren Namen eine der Klorschas geschrien hatte, war keine Spur zu sehen, aber Tally hätte in diesem Moment liebend gerne eine Hundertschaft der Schelfheim-Krieger gegen die zwei Dutzend Rieseninsekten eingetauscht, die von beiden Seiten auf sie eindrangen.

Im Grunde war es ein Zufall, der sie rettete. Die Mauer aus Klorschas, die den Hornköpfen bisher noch erbittert Widerstand geleistet hatten, zerbrach endgültig, und plötzlich sah sich Tally gleich zwei der gigantischen schwarzen Scheusale gegenüber. Sie schoss, sprang hastig zur Seite und feuerte wieder, als die zweite Beterin mit schnappenden Fängen auf sie eindrang. Diesmal traf sie ihr Ziel nicht ganz – einer der gewaltigen Keulenarme der Beterin wurde pulverisiert, aber hinter dem Hornkopf flammte die Wand auf und spie einen Regen aus Glut und brennendem Holz in die Gasse. Ein handbreiter Riss spaltete das Haus vom Dach bis zu den Grundfesten.

»Hrhon!«, schrie Tally. »Weller! Zu mir!« Sie wirbelte herum, setzte über ein brennendes Etwas aus schwarzem Horn hinweg und schoss noch einmal; jetzt nicht mehr auf einen Hornkopf, sondern gezielt auf das Haus.

Die Wand zerplatzte wie unter einem Hammerschlag. Grellweiße Flammen schossen in die Höhe und verwandelten die Gasse in eine zuckende Hölle aus ineinanderfließenden Schatten. Tally hetzte weiter, atmete noch einmal tief ein – und sprang mit einem gewaltigen Satz durch die Flammenwand.

Hitze, ungeheure, unvorstellbar schreckliche Hitze hüllte sie ein. Die Luft in ihrer Lunge schien zu kochender Lava zu gerinnen. Etwas schrammte schmerzhaft an ihren Rippen entlang, ein Stück glühendes Holz versengte ihr Haar. Sie sah einen Schatten auf sich zurasen, versuchte sich instinktiv abzurollen und prallte mit entsetzlicher Wucht gegen einen stehengebliebenen Mauerrest.

Der Aufprall raubte ihr fast das Bewusstsein. Tally blieb einen Moment benommen liegen, dann stemmte sie sich hoch, fegte hastig die Glut beiseite, die auf ihr Haar und ihren Mantel heruntergefallen war, und sah sich um.

Sie befand sich inmitten eines Flammenmeeres. Die Drachenwaffe hatte nicht nur die Wand des Hauses pulverisiert, sondern auch hier drinnen alles kurz und klein geschlagen und in Brand gesetzt, was nur brennen konnte. Die Hitze war unerträglich, obwohl der Brand erst seit Sekunden wütete. Ein verkrümmter Körper lag dicht neben ihr, bis zur Unkenntlichkeit verschmort, aber noch im Tode eine gewaltige Axt umklammernd, und vor dem mannshohen Loch in der Wand rangen Schatten miteinander.

Sie stemmte sich hoch, schlug die Flammen aus, die an einem Zipfel ihres Umhanges leckten, und hob schützend die linke Hand vor das Gesicht, während sie tiefer in den verwüsteten Raum hineinstolperte. Sie konnte kaum noch sehen. Das Feuer, das die unsichtbaren Blitze der Drachenwaffe entfacht hatte, brannte viel heller und heißer als irgendein anderes Feuer, das sie jemals erlebt hatte. Und es griff mit phantastischer Schnelligkeit um sich.

Beißender blauer Rauch verpestete die Luft. Glühende Holzsplitter und Flammen regneten von der Decke, und als sie sich der gegenüberliegenden Tür näherte, brach sie durch die morschen Dielen. Hätte es einen Keller unter dem Haus gegeben, wäre sie vermutlich zu Tode gestürzt; so aber brach sie nur bis an die Knie ein und fand auf einem widerlich schwammigen Boden Halt.

Hastig befreite sie sich, trat mit einer wütenden Bewegung die Tür ein und schoss blindlings ihre Waffe ab. Irgendwo auf der anderen Seite explodierte etwas. Grelles Licht und kleine gelborangene Flammenzungen schlugen ihr entgegen, als sie die Reste der Tür mit der Schulter beiseitestieß.

Vor ihr erstreckte sich ein niedriger, fensterloser Gang, der bis vor wenigen Sekunden am Fuß einer hölzernen Treppe geendet hatte. Jetzt ragten nur noch die obersten vier oder fünf Stufen zerfetzt und brennend aus der Decke, und wo die Wand gewesen war, gähnte ein gewaltiges Loch mit glühenden Rändern. Dahinter war eine weitere schmale Gasse zum Vorschein gekommen. Brennende Trümmerstücke und glühender Stein bildeten ein bizarres Muster auf dem schlammigen Boden. Tally drehte sich herum, als sie ein Geräusch hörte, das nicht in das Prasseln der Flammen gehörte. Sie sah das Glitzern von Horn, hob ihre Waffe und erkannte im allerletzten Moment Hrhon, der ungeschickt durch die Bresche im Mauerwerk hereinkroch. In der rechten Hand hielt er den abgerissenen Arm einer Beterin, seine andere Pranke zerrte ein zappelndes Etwas hinter sich her, das Tally erst nach Augenblicken als einen arg ramponierten Weller erkannte.

Flammen und brennendes Holz regneten auf die beiden herab. Hrhon spürte es wahrscheinlich nicht einmal, aber Weller schrie vor Schmerz, als ein weißglühender Span sein Gesicht traf. Winzige rote Flämmchen begannen aus seinem Bart zu züngeln. Mit einem Satz war Tally bei ihm, schlug die Flammen mit den Händen aus und half ihm auf die Füße.

»Schaff ihn raus!«, schrie sie. »Schnell!«

Gleichzeitig versetzte sie Weller einen Stoß, der ihn meterweit durch den brennenden Raum taumeln ließ, sprang zur Seite, um einem Hagel brennender Balken und sprühender Funken auszuweichen, und sah einen gigantischen hornköpfigen Umriss in der Mauerbresche auftauchen. Instinktiv riss sie ihre Waffe hoch und schoss.

Der unsichtbare Blitz traf die Beterin, zerfetzte zwei ihrer Beine und zermalmte ein Drittel ihres Hinterleibes, aber das Insekt raste weiter auf sie zu, wie ein lebendes Geschoss vom Schwung seiner eigenen Bewegung vorwärtsgerissen. Seine gewaltige Klaue zuckte im Todeskampf, traf Tallys Arm und schmetterte ihr die Waffe aus der Hand.

Sie fiel, spürte eine Woge entsetzlicher Hitze durch ihren linken Arm rasen und sprang verzweifelt wieder auf die Füße. Ihr Mantel brannte. Sie riss ihn herunter, schlug mit der bloßen Hand die Flammen aus, die an ihrem Wams leckten, und taumelte in die Richtung, in der Hrhons Schatten wie ein flacher Scherenschnitt hinter den Flammen tanzte.

Schmerz und Hitze trieben ihr die Tränen in die Augen. Halb

blind hetzte sie durch das brennende Zimmer, prallte unsanft gegen den Türrahmen und fühlte sich plötzlich von einer unmenschlich starken Hand gepackt und vorwärtsgerissen.

Auch der Korridor stand in hellen Flammen. Das Feuer hatte die Decke erreicht und das Gemisch aus Lehm und Stroh in Brand gesetzt, aus dem sie gemacht war. Der Boden schwelte, und die Luft war so heiß, dass Tally vor Schmerz aufschrie, als sie zu atmen versuchte.

Hrhon warf sie sich kurzerhand über die Schulter, versuchte mit der Hand ihr Gesicht vor den Flammen zu schützen und rannte auf seinen kurzen Beinen los, so schnell er nur konnte.

Es war nicht sehr schnell.

Er brauchte zehn Sekunden, um den nur wenige Schritte messenden Gang zu durchqueren, und hätte er weitere zehn Sekunden gebraucht, hätte er nur noch eine Leiche ins Freie geschafft. Tally konnte nicht mehr atmen. Die Hitze hatte ihre Kehle verbrannt, und der erstickende Rauch fraß in ihrer Lunge wie Säure. Ihr Gesicht und ihre Hände fühlten sich an wie eine einzige schmerzende Wunde. Als Hrhon sie behutsam von der Schulter lud und auf die Füße stellte, wankte sie vor Schwäche und wäre gestürzt, wenn der Waga nicht rasch zugegriffen und sie gestützt hätte.

»Sssoll isss disss thraghen?«, fragte Hrhon.

Tally schüttelte mühsam den Kopf. Allein die Vorstellung, ihre schmerzenden Muskeln auch nur noch zu einem einzigen Schritt zu zwingen, bereitete ihr Übelkeit. Aber Hrhon war einfach zu langsam. »Wo ... wo ist Weller?«, keuchte sie.

»Hier, verdammt noch mal. Oder das, was ihr von mir übrig gelassen habt!«

Tally ließ Hrhons Schulter los und drehte sich um. Weller hockte wenige Schritte hinter ihr auf den Knien, die linke Hand gegen sein verbranntes Gesicht gepresst. Sein Wams wies zahllose Brandflecken auf, an einer Stelle schwelte es sogar noch. Aber der Ausdruck in seinen Augen war eindeutig Wut.

Stöhnend stemmte er sich in die Höhe, taumelte auf Tally und den Waga zu und deutete die Straße hinab, ohne die Hand vom Gesicht zu nehmen. »Weg hier!«, keuchte er. »Bevor der ganze Misthaufen in Flammen aufgeht. Das Feuer greift um sich.«

»Ich weiß«, sagte Tally. »Das war der Sinn der Sache. Ich denke, die haben jetzt anderes zu tun, als uns zu jagen.«

Wellers Augen flammten vor Zorn. »Ja!«, brüllte er. »Nämlich dasselbe wie wir, du dumme Kuh – am Leben zu bleiben! Weißt du überhaupt, was ein Feuer hier bedeutet?« Er ballte zornig die Faust und beantwortete seine Frage gleich selbst. »Natürlich nicht. Aber du wirst es gleich merken.«

Er sollte recht behalten.

4

Das Feuer folgte ihnen. Die Flammen mussten in den aus Holz und Abfällen errichteten Häusern überreichlich Nahrung finden; denn schon nach Minuten hatte nicht nur das Haus in Flammen gestanden, durch das sie geflohen waren, sondern die gesamte Gasse brannte so lichterloh, dass Tally bezweifelte, ob es einem der Hornköpfe – oder sogar einem von Brakus Männern – gelang, aus der flammenden Hölle zu entkommen, in die sich die schmale Gasse verwandelt haben musste. Und das Feuer hatte nicht am Ende der Straße Halt gemacht, sondern griff weiter um sich. Rasend schnell. Schon nach Minuten lohte der Himmel über der Slumstadt in düsterem, drohendem Rot, und als Tally über die Schulter zurücksah, glaubte sie, einen flammenspeienden Vulkan zu erblicken, dort wo das Haus gestanden hatte. Das Feuer schoss dreißig, vierzig Meter weit brüllend in die Höhe, fächerte zu einem wabernden Pilz auseinander und fiel wieder zur Erde, um weitere Dächer in Brand zu setzen. Hier und da schossen fauchende blaue Gasfackeln aus dem Boden.

»Bei allen Göttern, was geschieht hier?«, schrie Tally über das Brüllen der Flammen hinweg.

»Was denkst du, was das hier ist?«, schrie Weller zurück. »Der ganze Slum ist auf einem einzigen großen Müllhaufen errichtet worden. Das Zeug brennt wie Zunder.« Er gestikulierte heftig mit der freien Hand. »Lauft schneller. Es ist nicht mehr weit! Noch eine halbe Meile!«

Tally fragte ihn nicht, bis wohin es noch eine halbe Meile war, sondern sparte sich ihren Atem auf, um schneller zu laufen. Sie fühlte sich erschöpft und ausgelaugt wie selten zuvor in ihrem Leben, aber die Angst gab ihr zusätzliche Kräfte. Und selbst Hrhon, der normalerweise Mühe hatte, mit einem Spaziergänger mitzuhalten, entwickelte ein erstaunliches Tempo.

Trotzdem schmolz ihr Vorsprung ganz allmählich zusammen. Hitze und Lärm und beißender Qualm folgten ihnen, und schon bald begann die Luft in Tallys Lunge abermals schmerzhaft heiß zu werden. Rings um sie herum waren plötzlich Hunderte, wenn nicht Tausende von Gestalten – Männer, Frauen und Kinder, einer so zerlumpt wie der andere, eine panische Flucht, die wie eine Woge aus Leibern nach Norden drängte und Tally einfach mit sich riss. Wäre Hrhon nicht wie ein lebender Fels hinter ihnen hergestampft, wären sie schon in den ersten Augenblicken getrennt oder schlichtweg niedergetrampelt worden.

Plötzlich hörte das Labyrinth aus schlammigen Gassen und Plätzen wie abgeschnitten auf, und vor ihnen lag ein vollkommen ebener, sicherlich eine halbe Meile breiter Sandstreifen, an dessen gegenüberliegendem Rand sich die ersten Häuser Schelfheims erhoben, eine ungeheuerliche Masse von neben-, über- und ineinandergeschachtelten Gebäuden, von der Nacht zu einer schwarzen Klippe verschmolzen. Der Widerschein des Feuers schien sie mit Blut zu übergießen.

Und er zeigte Tally auch die gewaltige Masse schwerbewaffneter Hornköpfe, die hundert Schritte vor den ersten Häusern eine undurchdringliche Kette bildeten!

Sie schrie vor Schrecken auf und versuchte stehenzubleiben, aber sie wurde einfach mitgerissen. Nicht einmal mehr Hrhons Titanenkräfte reichten aus, dem Sog des außer Rand und Band geratenen Mobs zu widerstehen.

Brüllend und tobend wie ein angreifendes Heer raste die Menschenmenge auf die Absperrkette aus Hornköpfen zu. Tally sah voller Entsetzen, dass die Rieseninsekten zwar zurückwichen, aber nicht sehr schnell, und dass sie ihre Speere und Schwerter senkten. Dann prallte die vorderste Reihe der in Panik geratenen Menge gegen die Kampfinsekten.

Es mussten Hunderte sein, die im ersten Augenblick starben, aber aus dem brennenden Slum strömten noch immer Tausende herbei. Die Absperrkette der Hornköpfe brach schon unter dem ersten Ansturm zusammen. Die gewaltigen Kampfinsekten wurden zerfetzt, erschlagen und zu Tode getrampelt, ebenso wie jeder, der das Pech hatte, in diesem rasenden Mob nicht schnell genug zu sein oder zu stolpern. Auch Tally, Weller und Hrhon wurden mitgerissen, ohne auch nur die geringste Chance zu haben, ihr Tempo oder auch nur ihre Richtung bestimmen zu können.

Tally wusste hinterher nicht mehr, *wie* es ihnen gelungen war, in dieser Stampede zusammenzubleiben; wahrscheinlich war es schlichtweg ein Wunder. Irgendwann hatten sie die Schneise überquert und fanden sich plötzlich wieder auf einer Straße, wenn auch einer gänzlich anderen als der, die sie bisher gesehen hatte – der Boden unter ihren Füßen war aus Stein, und die Gebäude waren nicht aus Abfällen erbaut, sondern aus wuchtigen Felsbrocken, die sauber behauen worden waren. Trotz der Panik, die längst auch von Tally Besitz ergriffen hatte, registrierte sie, dass die Häuser allesamt kleinen trutzigen Festungen glichen – es gab kein Fenster ohne Gitter, kein Dach ohne eine stachelige Krone aus dolchspitzen Eisenstäben, keine Tür, die *nicht* wuchtig genug schien, dem Ansturm eines Horntieres standzuhalten.

Ganz allmählich verlor der Vormarsch der Menge an Schwung, aber das Schreien und Toben ließ nicht nach – ganz im Gegenteil. Mit einem Male war ein neuer Ton im überschnappenden Chor der Menschenmenge, ein Ton, den Tally nur zu gut kannte.

Es ging ganz schnell – aus der panikerfüllten Flucht der Klorschas wurde das Gegenteil: ein Angriff. Plötzlich begriff Tally, warum die Hornköpfe auf solch selbstmörderische Art versucht hatten, die Menge aufzuhalten, warum die Häuser hier Festungen glichen und welchem Zweck der halbmeilentiefe freie Streifen zwischen Schelfheim und der Slumstadt diente. Selbst ihr, die geglaubt hatte, jede nur denkbare Spielart von Gewalt und Kampf zu kennen, fiel es im ersten Moment schwer zu glauben, was sie sah – aber die Männer und Frauen, die vor Sekunden noch um ihr Leben gerannt waren, begannen einen Augenblick später, die Häuser anzugreifen!

Zu Dutzenden versuchten sie, Türen einzurennen, zerrten an den eisernen Fenstergittern oder bildeten lebende Leitern, um die Hausdächer zu erklettern. Einige der niedrigen Gebäude verschwanden regelrecht unter einer Woge zerlumpter Gestalten. Das Splittern von Holz und Glas und gellender Kampflärm mischten sich in das Schreien der Menge.

Hier und da erschienen schattenhafte Gestalten auf den Dächern, die mit langen Stangen die Kletterer zurückstießen oder wahllos Pfeile und Bolzen in die Menge hinabschossen, aber sie wurden hinweggefegt, ebenso wie die Hornköpfe zuvor. Binnen weniger als einer Minute war die erste Häuserreihe überflutet – und der johlende Mob raste weiter.

Eine Hand ergriff sie grob an der Schulter und riss sie zurück.

Sie fuhr herum, senkte die Hand auf das Schwert und erkannte Weller, der grimassenschneidend auf eine schmale Gasse zur Rechten deutete und irgendetwas schrie, was im Kreischen der Menschenmenge unterging. Aber Tally verstand auch so, was er meinte. Sie nickte, bedeutete Hrhon mit einer hastigen Geste, ihnen zu folgen, und kämpfte sich mit Fäusten, Knien und Ellbogen hinter Weller her.

Der Angriff der Klorschas erreichte seinen Höhepunkt, als sie hinter Weller in die Gasse stolperte. Eine zerlumpte Gestalt sprang ihnen entgegen. Weller schlug den Mann nieder, zog sein Schwert und tötete einen zweiten Klorscha, der ihn anspringen wollte. Dann erschien Hrhons gigantische Gestalt hinter ihnen in der Gasse, und allein sein Anblick reichte, die restlichen Plünderer Hals über Kopf die Flucht ergreifen zu lassen.

»Wohin jetzt?«, fragte sie schwer atmend.

Weller sah sich einen Augenblick gehetzt um, deutete dann auf eine Stelle am Fuße der gegenüberliegenden Wand und winkte Hrhon zu sich heran. »Hilf mir!«, sagte er. »Schnell. Und du hältst uns den Rücken frei, Tally!«

Tally konnte nicht genau erkennen, was Hrhon und er taten – Weller kniete nieder und machte sich an irgendetwas am Boden zu schaffen, dann sah sie, wie Hrhon zugriff und sich mit aller Gewalt gegen einen Widerstand stemmte. Ein entsetzliches Quietschen erscholl, und plötzlich gähnte ein metergroßes Loch im Boden, wo zuvor noch scheinbar massiver Stein gewesen war.

»Schnell!« Weller deutete hastig auf die ausgetretenen Stufen, die unter der Falltür zum Vorschein gekommen waren, sprang selbst als Erster in die Tiefe und gestikulierte Tally ungeduldig, ihm zu folgen.

Ein Blick über die Schulter zurück ließ Tallys letzte Hemmungen verschwinden, Weller in die unbekannte Tiefe zu folgen. Auf der Straße tobte eine Schlacht. Mindestens zwei der Steinhäuser standen in Flammen, und das Klirren der Schwerter war jetzt fast lauter als das Brüllen der Klorschas. Über den Köpfen der Zerlumpten tanzten gewaltige, hornige Schädel. Die Stadtgarde hatte offensichtlich Verstärkung bekommen.

Tally wandte sich hastig um, folgte Weller und fand sich unversehens in einem winzigen, kaum zwei Meter im Quadrat messenden Raum wieder, dessen Decke so niedrig war, dass sie nur gebückt stehen konnte. Sie hatte einen Stollen oder einen geheimen Keller erwartet, aber es gab nur diesen Verschlag – einen flachgedrückten Würfel, gerade groß genug für einen, allerhöchstens zwei Menschen; offensichtlich eine Art Fluchtkeller, der genau zu dem Zweck angelegt worden war, zu dem sie ihn benutzten; sich im Augenblick der höchsten Gefahr zu verkriechen und einfach zu hoffen, dass man nicht entdeckt wurde.

Und er war ganz entschieden *nicht* groß genug für zwei erwachsene Menschen und einen Waga. Als sich Hrhon schnaubend die kurze Treppe hinunterquälte und die eiserne Klappe über sich zuschlagen ließ, wurde es unerträglich eng.

»Verdammtes Froschgesicht!«, brüllte Weller. »Wer hat gesagt, dass du herunterkommen sollst? Hier ist nur Platz für zwei!«

»Dhann geh dhoch rausss«, antwortete Hrhon ungerührt.

»Oh ihr Götter, was habe ich getan, mit euch Verrückten geschlagen zu sein!«, beschwerte sich Weller. »Wir werden hier unten ersticken, wenn uns diese zu groß geratene Schildkröte nicht vorher erdrückt! Sag ihm, dass er rausgehen soll, Tally!«

»Halt endlich den Mund, Weller«, sagte Tally scharf. Sie versuchte vergeblich, in eine halbwegs bequeme Lage zu rutschen – alles, was sie erreichte, war, sich den Fuß unter Hrhons Panzer einzuklemmen und den Handrücken blutig zu schürfen. »Verrate uns lieber, wie lange wir in diesem Grab sitzen sollen.«

»Woher beim Schlund soll ich das wissen«, fauchte Weller. Er bewegte sich, wodurch sein Knie noch ein wenig tiefer in Tallys Magengrube hineingetrieben wurde, als es ohnehin schon war. Sie unterdrückte im letzten Moment ein Stöhnen. »Manchmal dauert es Stunden, bis sie sie zurücktreiben. Manchmal auch Tage.«

Tage?, dachte Tally entsetzt. Plötzlich erschienen ihr Wellers Befürchtungen, ersticken oder von Hrhon schlichtweg erdrückt werden zu können, nicht mehr ganz so lächerlich wie vor Augenblicken. Sie würde es weder Tage noch Stunden hier drinnen aushalten. Schon jetzt hatte sie das Gefühl, keine Luft mehr zu bekommen. Und es war nicht nur Einbildung.

»Verdammt, wir müssen hier raus!«, sagte sie. In ihrer Stimme war ein Unterton von Panik, der sie selbst erschreckte. Sie hatte niemals an Klaustrophobie gelitten – aber sie war auch noch nie in einem zwei mal anderthalb Schritte messenden Würfel mit einem Mann und einem vierhundert Pfund schweren Waga eingepfercht gewesen. »Weller – gibt es keinen anderen Weg hier heraus?«

»Nein«, antwortete Weller. »Das heißt …« Er stockte. Tally spürte, wie er versuchte, sich herumzudrehen. Eine raue, nach Schweiß riechende Hand tastete über ihre Brust, grabschte nach ihrem Gesicht und fuhr scharrend über die Wand, an der ihr Kopf lehnte. Weller atmete hörbar ein.

»Wir haben Glück«, sagte er. »Vielleicht. Die Wand hier besteht nur aus Lehmziegeln. Dahinter muss ein Keller liegen. Wenn dein plattgesichtiger Freund sie einrammen kann, kommen wir vielleicht raus.«

»Khein Phroblem«, sagte Hrhon. Eine gewaltige Pranke glitt über Tallys Schulter und tastete prüfend über die Steine. »Isss khann nisst risstihg ausssholen, aber esss musss ghehen. Nimm den Khopf nach rhechts, Tally.«

»Rechts für mich oder für dich?«, fragte Tally hastig.

Hrhon schwieg einen Moment, dann berührte seine Hand Tallys Gesicht ein zweites Mal und drückte ihren Kopf nach links, so weit, dass sie glaubte, ihr Genick würde brechen. Ihr Herz begann wie wild zu hämmern. Sie vertraute Hrhon blind, aber der Verschlag war verflucht eng, und wenn er nicht ganz genau zielte …

»Vorsssicht!«

Tally fand kaum noch Zeit, erschrocken den Atem anzuhalten, ehe Hrhons Faust mit ungeheurer Wucht gegen die Mauer prallte.

Die gesamte Wand erzitterte. Tally spürte die Wucht des Hiebes, als hätte er sie selbst getroffen. Ein dumpfes, fast wie das Stöhnen eines Tieres klingendes Knirschen drang aus der Lehmziegelwand, und dann war plötzlich nichts mehr da, wogegen sich Tally stützen konnte.

Erschrocken griff sie um sich, bekam Wellers Haarschopf zu fassen – und riss ihn mit sich, als sie in den drei Meter tiefer gelegenen Kellerraum hinabpurzelte.

Der Aufprall war weniger hart, als Tally befürchtet hatte. Sie überschlug sich einmal in der Luft, prallte auf etwas Weiches, Nachgiebiges und hörte einen erstickten Schrei, ehe sie begriff, dass es Weller war, der ihren Sturz gedämpft hatte. Hastig rappelte sie sich hoch, nahm den Fuß aus seinem Gesicht und tastete im Dunkeln umher, bis ihre Hände auf Widerstand stießen.

Hinter ihr waren Geräusche: ein schmerzhaftes Keuchen, dann das dumpfe Poltern und Lärmen eines Menschen, der blind umherstolperte. »Bewegt euch nicht«, sagte Weller. »Irgendwo hier muss eine Fackel sein. Wartet.«

Tally gehorchte, und tatsächlich glomm schon nach wenigen Augenblicken in der Dunkelheit hinter ihr ein winziger roter Funke auf, der rasch zum lodernden Licht einer Pechfackel heranwuchs. Im Widerschein der zuckenden Flammen erkannte sie, dass sie sich tatsächlich in einem mit allerlei Unrat und Gerümpel vollgestopften Keller befanden. Die Luft war voller Staub, und es roch durchdringend nach schlecht gewordenem Obst.

Hrhon hockte wenige Schritte neben ihr zwischen den Überresten eines Weinfasses, das er mit seinem Körpergewicht zermalmt hatte. Er wirkte ein bisschen benommen. Tally sah, dass seine rechte Hand blutete.

Weller trat auf sie zu, drückte ihr die Fackel in die Hand und deutete auf das fast mannsgroße Loch, das Hrhon in die Wand gebrochen hatte. »Leuchte mir«, sagte er. »Und kein überflüssiges Wort. Wenn wir entdeckt werden, ist es aus.«

Ehe Tally ihrer Verwirrung Ausdruck verleihen konnte, kletterte er wieder zu dem kleinen Verschlag hinauf, zwängte sich ächzend durch die Mauerbresche und hob etwas vom Boden auf. Tally hob ihre Fackel etwas höher und stellte sich auf die Zehenspitzen, um zu erkennen, was er tat. Weller hatte eine daumendicke Eisenstange zur Hand genommen, die er jetzt durch eine entsprechende Öse in der Metallklappe schob, die ihr Versteck verschloss, und so verkantete, dass es unmöglich war, die Klappe von außen zu öffnen. Trotzdem rüttelte er noch einmal prüfend daran, ehe er sich mit einem zufriedenen Nicken umwandte und wieder zu Tally hinabsprang.

»Aus dieser Richtung folgt uns jedenfalls niemand mehr«, sagte er. »Jetzt bete, dass die Garde hier ist, ehe das Haus fällt.« Er deutete zur Tür. »Mir ist nicht sehr wohl dabei, aber wir sollten uns draußen umsehen. Möglicherweise brauchen wir einen Weg, auf dem wir so schnell verschwinden können, wie wir gekommen sind.«

»Du kennst das Haus nicht?«, fragte Tally verwirrt.

Weller bückte sie stirnrunzelnd an. »Was bringt dich auf diese Idee? Der Fluchtbunker?« Tally nickte, und Weller fuhr mit einem resignierenden Achselzucken fort: »Du kommst wirklich aus der Wüste, wie? Fast jedes Haus in Schelfheim hat einen solchen Keller. Es ist manchmal wichtig, schnell den Kopf einziehen zu können. Vor allem hier. Der Stadtrand ist eine ungesunde Gegend.«

Wie um seine Worte zu beweisen, erzitterte das Gebäude über

ihren Köpfen in diesem Moment unter einem ungeheuren Schlag. Tally fuhr erschrocken herum und sah, wie irgendetwas mit solcher Kraft am Deckel des Fluchtbunkers zerrte, dass sich die Eisenstange wie weiches Kupfer durchbog. Aber er hielt, und Augenblicke später hörte das Rütteln und Zerren auf. Aber Tally war plötzlich ganz froh, als Weller abermals vorschlug, den Keller zu verlassen und sich im Haus umzusehen.

5

Sie verfolgten das Ende des Dramas vom Dach aus. Das Gebäude hatte leergestanden, wie sie nach einer kurzen, aber gründlichen Untersuchung festgestellt hatten; ein *Zufall,* der nicht ganz so groß war, wie Tally im ersten Moment angenommen hatte.

Weller hatte ihr erklärt, dass jeder, der seine fünf Sinne noch beisammen hatte, geflohen war, kaum dass die ersten Flammen aus dem Slum züngelten. Die Bewohner der Häuser, um die gekämpft wurde, waren entweder zu langsam oder zu dumm gewesen, der Aufforderung der Stadtgarde Folge zu leisten und die Beine – oder was immer sie benutzten, um sich fortzubewegen – in die Hand zu nehmen und sich tiefer in die Stadt zurückzuziehen, wo sie in Sicherheit waren. Und er war überzeugt, dass die rechtmäßigen Besitzer dieses Hauses nicht vor dem nächsten Sonnenaufgang zurückkehren würden.

Tally hatte nur ein einziges Mal auf die Straße hinuntersehen müssen, um ihm zu glauben.

Rings um sie herum tobte eine Schlacht. Die Klorschas hatten weitere Verstärkung bekommen, und Tally schätzte, dass ihre Zahl auf mindestens vier- oder fünftausend angewachsen war.

Aber auch aus der Stadt strömten immer mehr Krieger herbei – Hornköpfe, aber jetzt auch Menschen und *Nicht*-Menschen, die den plündernden Mob gnadenlos angriffen.

Es war zu dunkel, um Einzelheiten zu erkennen, aber das Wenige, was Tally sah, ließ sie erschauern. Es war kein Kampf, sondern ein entsetzliches Gemetzel, bei dem es der Stadtgarde längst nicht mehr darauf ankam, die Klorschas zurückzudrängen. Immer wieder sah sie, wie kleinere oder auch größere Gruppen der Klorschas von den Kampfinsekten der Stadtgarde eingeschlossen und bis auf den letzten Mann niedergemacht wurden.

Aber auch die Klorschas wehrten sich mit erstaunlichem Erfolg. Mehr als eine Beterin – die die Hauptmacht der Verteidiger stellten – wurde vor Tallys Augen überrannt und regelrecht in Stücke gerissen, trotz ihrer ungeheuerlichen Körperkräfte. Die Slumbewohner schienen eine gewisse Übung darin zu haben, mit den gepanzerten Ungeheuern fertig zu werden.

Trotzdem bestand am Ausgang des Kampfes von vornherein kein Zweifel. Die Klorschas wurden zurückgetrieben, sehr langsam, aber unbarmherzig. Das Haus, in dem sie Zuflucht gesucht hatten, hatte im Zentrum des Kampfes gelegen, aber schon nach einer Stunde bewegte sich die Front der Hornköpfe wieder nach Süden. Und aus der Stadt strömten mehr und mehr der gigantischen Kreaturen herbei.

Schließlich wurde es Tally einfach müde, dem Kampf zuzusehen. Es ging bereits auf den Morgen zu, aber der Wind hatte sich gedreht, und mit dem Brandgeruch verschwand auch die Wärme, die bisher aus der brennenden Abfallstadt herübergeweht war. Tally zog fröstelnd den Mantelkragen enger zusammen, verbarg die Hände unter den Achselhöhlen und trat auf der Stelle, um gegen die lähmende Kälte anzukämpfen, die in ihren Beinen emporkriechen wollte. Sie war müde; eine Nacht ohne Schlaf und die stundenlange Flucht durch die Slumstadt forderten ihren Preis.

Sicher wäre es klüger gewesen, hinunterzugehen und wenigstens noch eine oder zwei Stunden zu schlafen; was Wellers Worten zufolge ohne Risiko möglich gewesen wäre. Aber irgendetwas in ihr sträubte sich gegen den Gedanken, sich jetzt hinzulegen, als wäre nichts geschehen. Was sie sah, machte ihr mehr zu schaffen, als sie sich selbst eingestehen wollte.

Es war nicht nur der Kampf. Schlimmer war der Gedanke, dass alles, was sie sah, zumindest indirekt ihre Schuld war. Sie hatte gehofft, dass sich das Feuer ausbreitete, schon, um den Klorschas – und auch der hornköpfigen Garde von Schelfheim – genug Beschäftigung zu verschaffen, die Jagd auf sie und Hrhon für eine Weile zu vergessen. Aber *das* hatte sie nicht gewollt.

Schritte drangen in ihre Gedanken. Müde drehte sie sich herum, blickte in Wellers bleiches Gesicht und wandte sich wieder der brennenden Stadt zu. Trotz des eisigen Windes spürte sie die Hitze der Flammen wie eine glühende Hand auf ihrer Haut. Die Berge und die Klippe waren hinter einer wabernden schwarzen Wand verschwunden, als hätte das Feuer die Welt dort einfach ausgelöscht.

»Warum schläfst du nicht?«, fragte Weller, nachdem er neben sie getreten und ebenfalls eine Weile schweigend auf das entsetzliche Schauspiel herabgeblickt hatte. »Bis zu Karans Haus ist es noch eine schöne Strecke. Du wirst deine Kräfte brauchen.«

Die Flammen spiegelten sich wie kleine rote Funken in seinen Augen. Er war bleich, und in seiner Stimme war ein neuer, sehr müder Ton, der nicht so recht zu seiner hünenhaften Erscheinung passen wollte. Anders als Tally hatte er sich auf eines der leerstehenden Betten gelegt, nachdem sie das Haus erreicht hatten. Aber auch er schien keinen Schlaf gefunden zu haben. Wahrscheinlich hatte er Schmerzen – eine Seite seines Bartes war verschwunden, die Haut darunter rot und angeschwollen. Keine Verletzung, die wirklich gefährlich war. Aber Tally wusste, wie sehr gerade leichtere Verbrennungen weh taten.

»Du machst dir Vorwürfe, wie?«, fragte Weller, als Tally nicht auf seine Worte reagierte. Er deutete mit einer Kopfbewegung auf die Mauer aus Hitze und Licht, eine halbe Meile vor ihnen. Kleine, wie Scherenschnitte wirkende Gestalten huschten vor der *Flammenwand* auf und ab. »Deshalb.«

»Sollte ich?«, fragte Tally knapp.

Weller schüttelte den Kopf. »Nein. Es ist nicht das erste Mal, weißt du? Dieser Müllhaufen brennt jedes Jahr mindestens einmal bis auf die Grundmauern ab. In ein paar Wochen haben sie alles wieder aufgebaut.« Er seufzte, fast, als täte es ihm leid. »Nun mach dich nicht selbst verrückt, Tally. Du hattest keine Wahl. Hättest du den Brand nicht gelegt, wären wir jetzt tot. Oder Schlimmeres. Um diesen Dreckhaufen da ist es nicht schade.«

»Und die Menschen, die dort gelebt haben?«

»Die Klorschas?« Weller lachte böse. »Keine Sorge – wenn sie etwas können, dann ist es fortlaufen. Die meisten werden es überleben.«

»Das klingt, als würdest du es bedauern«, sagte Tally.

»Sie sind Abschaum«, antwortete Weller hart. »Es ist um keinen von ihnen schade. Dort unten lebt niemand, der nicht mindestens ein Menschenleben auf dem Gewissen hat. Du hast Braku erlebt. Er und seine Dreckskerle waren zwar die Schlimmsten von allen, aber die anderen sind auch nicht viel besser. Der Stadthalter von Schelfheim würde dir einen Orden verleihen, wenn er wüsste, dass du den Brand gelegt hast.«

»Auch für das hier?« Tally deutete nach unten. Die Straße lag wie eine schwarze Schlucht unter den Häusern. Aber Tally musste die Toten nicht sehen, um zu wissen, dass sie da waren.

Weller lachte hart. »Was bist du?«, fragte er. »Naiv oder nur blind? Warum glaubst du wohl, ist der Stadtrand von Schelfheim eine einzige Festung. Diese Bastarde versuchen immer wieder, die Stadt anzugreifen. Es war schon schlimmer als dieses

Mal. Vor zwei Jahren haben sie es geschafft, die Garde zu überrennen und bis in die Stadtmitte vorzudringen.«

Er schüttelte drohend die Faust gegen den Halbkreis aus Flammen, der die Stadt einschloss. »Sie sind eine Pest«, fuhr er fort. »Und sie vermehren sich wie die Karnickel. Wenn nicht ab und zu ein paar von ihnen erschlagen würden, würden sie Schelfheim einfach überfluten.«

Tally verbiss sich die zornige Antwort, die ihr auf den Lippen lag. Weller begann sich in Rage zu reden, und wahrscheinlich war er ohnehin taub für alle Argumente, die sie vorbringen würde.

»Und jetzt genug«, fuhr Weller fort. »Ich bin nicht hier, um mit dir über dieses Gesindel zu reden.«

»Sondern?«, fragte Tally.

Anstelle einer direkten Antwort drehte sich Weller herum und deutete nach Norden. »Deshalb.«

Tallys Blick folgte seiner Bewegung. Sie waren der Stadt jetzt sehr nahe, aber es war noch nicht vollends hell geworden, und alles, was sie im blassen Licht der Dämmerung erkennen konnte, war eine gewaltige Massierung finsterer Schatten und gedrungener Umrisse, ein steinernes Meer, das sich bis zum Horizont erstreckte. Die Brände, die auch in ihrer unmittelbaren Nähe noch tobten, ließen die Dunkelheit im Norden noch tiefer erscheinen.

»Es ist ein guter Tagesmarsch bis in den Norden«, sagte Weller. »Schelfheim ist groß.«

»Und du hast keine Lust, uns zu begleiten«, vermutete Tally. Sie lächelte müde. »Erklär mir den Weg, und du bist frei.«

Weller starrte sie an. »Ist das ... dein Ernst?«, fragte er ungläubig.

Tally nickte. »Ja. Ich hätte dich niemals zwingen dürfen mitzukommen. Es tut mir leid.«

»Leid?« Weller ächzte. »Du bist von Sinnen, Tally. Ohne

meine Hilfe wären du und dein geschuppter Freund nicht einmal bis hierhergekommen!«

»So?« Tally war in diesem Punkt etwas anderer Auffassung, und sie sagte es Weller: »Ohne deine Hilfe wären wir vielleicht niemals von Braku und seinen Klorschas aufgehalten worden, meinst du nicht?«

»Unsinn«, behauptete Weller. »Das mit Braku war ein dummer Zufall. Aber es gibt noch mehr Gefahren im Slum als Braku. In Schelfheim übrigens auch. Allein seid ihr verloren, glaube mir.«

»Und jetzt willst du mir deine Führung anbieten?«, vermutete Tally. »Warum?«

Weller zuckte mit den Achseln. »Vielleicht gefällst du mir«, sagte er anzüglich. »Außerdem kann ich ohnehin nicht zurück, solange hier noch der Teufel los ist.« Er grinste, trat einen Schritt auf sie zu und blieb abrupt wieder stehen, als Tally drohend die Hand hob.

»Warum willst du wirklich mitkommen?«, fragte Tally.

»Vielleicht aus Neugier«, antwortete Weller. »Weißt du, als ich dich gestern das erste Mal gesehen habe, habe ich mich gefragt, was an dir so Besonderes sein mag, dass die halbe Welt dich sucht.« Er machte eine vage Geste auf die brennende Stadt hinab. »Ich beginne es zu begreifen.«

»Ich wollte das nicht«, antwortete Tally unerwartet scharf. »Hätte ich geahnt, was passieren wird, hätte ich es nicht getan.«

»Und dich lieber umbringen lassen?« Weller schnaubte. »Mach dir nichts vor, Tally – wenn die Garde nicht zufällig aufgetaucht wäre, hätte Braku uns alle umgebracht. Wenigstens hätte er es versucht. Obwohl ich mir mittlerweile nicht mehr so sicher bin, dass es ihm gelungen wäre.« Er deutete mit einer Kopfbewegung auf Tallys Gürtel. »Diese Waffe, die du da hast – woher stammt sie?«

»Ich habe sie nicht mehr«, sagte Tally. »Ich ... habe sie verloren, als ich noch einmal zurückgegangen bin, um Hrhon und dich zu holen.«

»Oh«, machte Weller enttäuscht. »Das ist schade. Sie hätte uns noch von Nutzen sein können. Außerdem hätte ich sie dir gerne abgekauft.«

Tally lächelte matt. »Was bringt dich auf die Idee, dass ich sie verkauft hätte?«

»Der Umstand, dass ich Leute kenne, die ein Vermögen dafür bezahlen würden«, erwiderte Weller ernst.

»Ich habe dir schon einmal gesagt, dass ich kein Geld brauche«, erwiderte Tally, aber Weller ließ ihre Worte nicht gelten, sondern machte eine heftige Handbewegung und sagte: »Du weißt ja nicht, was du sprichst, dummes Weib. Du kommst aus dem Süden, und da gelten andere Gesetze. Dies hier ist die Zivilisation, und ohne Geld kannst du dich hier nicht einmal in Ehren beerdigen lassen. Wenn du zu Karan willst – und vor allem, wenn du etwas *von ihm* willst, brauchst du Geld. Viel Geld. Hast du irgendetwas, das du verkaufen könntest?«

Tally schüttelte den Kopf, ohne auch nur eine Sekunde über Wellers Worte nachzudenken. Es war so, wie sie gesagt hatte – sie hatte niemals Geld gebraucht, und alles von Wert, was sie jetzt noch besaß, waren das Schwert an ihrer Seite – und die vier anderen Drachenwaffen, die sich wohlversteckt in dem Ledersack befanden, der auf Hrhons Rücken geschnallt war. Aber sie hätte sich eher die linke Hand abhacken lassen, ehe sie eine solche Waffe einem Mann wie Weller gegeben hätte.

Wieder sah sie Weller mit einer Mischung aus Mitleid und Verachtung an, dann runzelte er plötzlich die Stirn, hob die Hand und deutete auf den Blutstein, der an einer dünnen Kette an ihrem Hals hing. »Was ist das?«, fragte er.

Tally legte ganz instinktiv die Hand auf den Stein. »Nichts«, sagte sie hastig. »Jedenfalls nichts, was ich verkaufen könnte.«

»Er sieht wertvoll aus«, sagte Weller stur.

»Das mag sein. Aber ich verkaufe ihn nicht.«

Etwas im Klang ihrer Stimme schien Weller davon zu überzeugen, dass es wenig Sinn hatte, weiter in sie zu dringen. Er seufzte nur, drehte sich wieder um und starrte nach Süden.

»Dann wird es schwer«, murmelte er. »Wir brauchen einen Träger, um in den Norden zu kommen. Und nach dem hier –« Er deutete in die Tiefe. »– wird es in der Stadt von Soldaten und Patrouillen wimmeln.«

»Und?«, fragte Tally.

Weller verdrehte in komisch gespieltem Entsetzen die Augen. »Ihr Götter, woher kommt dieses Weib?«, stöhnte er. »Wir brauchen Geld, um sie zu bestechen. Viel Geld, fürchte ich. Und auch Karan wird seinen Teil verlangen. Ich kenne ihn. Er ist ein gieriger alter Kauz. Wenn du ihn nicht bezahlst, sagt er dir nicht einmal, wie spät es ist.«

Tally schwieg einen Moment, dann seufzte sie, schüttelte ein paarmal den Kopf und sagte: »Vielleicht ist es doch besser, wenn wir uns trennen.«

»Warum?«, fragte Weller scharf. »Hast du Angst, ich könnte dir helfen?«

»Du komplizierst alles«, antwortete Tally ungerührt. »Bisher sind Hrhon und ich ganz gut allein zurechtgekommen, weißt du?«

»Bisher wart ihr auch nicht in Schelfheim«, antwortete Weller ärgerlich. »Beim Schlund, sieh doch endlich ein, dass ich dir helfen will, Mädchen! Du und dein Schildkrötenfreund, ihr seid bisher vielleicht ganz gut allein zurechtgekommen – draußen in eurer Wüste. Aber das hier ist die Zivilisation. Hier gelten andere Gesetze.«

»Ich weiß«, antwortete Tally leise. »Aber sie gefallen mir nicht.«

»Mir auch nicht«, versetzte Weller grob. »Aber sie sind nun mal so. Willst du nun meine Hilfe oder nicht?«

»Ich kann sie nicht bezahlen.«

»Das brauchst du nicht. Ich bringe euch zu Karan, und was an Unkosten entsteht, werde ich schon irgendwie auftreiben.« Er grinste. »Ich bin Geschäftsmann. Manchmal muss man Spesen in Kauf nehmen.«

»Und wo liegt dein Gewinn?«, fragte Tally lauernd.

»Du bist ein Feind der Töchter des Drachen, oder?« Wellers Grinsen wurde noch breiter. »Alles, was ihnen schadet, nutzt mir. Ich lebe von Informationen. Außerdem«, fügte er hinzu, »gefällst du mir. Du bist eine hübsche Frau.«

Tally schürzte geringschätzig die Lippen. »Ich weiß, Weller. Aber wenn du das denkst, was ich annehme, dann schlag es dir aus dem Kopf – oder ich tue es.«

Sie sah Weller scharf an, und trotz der halb scherzhaften Wahl ihrer Worte musste etwas in ihrem Klang gewesen sein, das sein Grinsen gefrieren ließ. Fast ohne es selbst zu merken, wich er ein kleines Stück vor ihr zurück, bis er gegen die steinerne Brüstung des Daches stieß. Als er weitersprach, klang seine Stimme merklich kälter, und es war sicher kein Zufall, dass er abrupt das Thema wechselte:

»Da ist noch etwas, Tally. Du und dein Waga-Freund, ihr seid zu auffällig. Auf eure Köpfe steht eine Menge Geld. Jeder kleine Spitzel in Schelfheim hat eure Beschreibung. So, wie ihr ausseht, kommt ihr keine zwei Meilen weit.«

»Und was schlägst du vor?«, fragte Tally zornig. »Soll ich Hrhon schwarz anmalen und als Hornkopf verkleiden oder mir einen Bart wachsen lassen?«

Weller reagierte nicht auf ihren Sarkasmus. »Zuallererst einmal gibst du mir dein Schwert«, sagte er ernst. »Hier in Schelfheim tragen Frauen keine Waffen, außer sie gehören zur Garde oder den Töchtern des Drachen. Und du brauchst andere Kleider. Unten im Haus sind Röcke und Mäntel, die dir passen müssten. Und wir müssen dein Haar verbergen.«

»Was ist so auffällig daran?«, fragte Tally.

»Es ist zu lang«, erwiderte Weller. »Seit ein paar Jahren ist es Mode geworden, dass die Weiber hier das Haar kürzer tragen als die Männer. Manche scheren sich sogar die Schädel.«

»Alle?«

»Natürlich *nicht* alle«, sagte Weller ungeduldig. »Aber viele, und alle, die etwas auf sich halten. Aber wir müssen vorsichtig sein. Je weniger du auffällst, desto besser. Die Stadtgarde wird herumschwirren wie ein Bienenschwarm und sich jeden sehr gründlich ansehen, der aus dem Süden kommt. Und wenn *ich* weiß, dass eine gewisse Kriegerin und eine flachgesichtige Riesenschildkröte gesucht werden, wissen sie es bestimmt. Du musst dich von Hrhon trennen.«

»Niemals«, widersprach Tally impulsiv, aber Weller schien mit dieser Reaktion gerechnet zu haben, denn er hob beschwichtigend die Hand, noch bevor sie das Wort vollends ausgesprochen hatte, und fügte hinzu: »Natürlich nur für eine Weile. Ihr könnt auf keinen Fall zusammen gehen. Es gibt ein paar Wagas in der Stadt – nicht sehr viele, aber doch nicht so wenige, dass sein Anblick allzu großes Aufsehen erregen würde. Wir machen einen Ort aus, an dem ihr euch treffen könnt.« Er lächelte. »Die Idee stammt übrigens von Hrhon. Ich habe mit ihm gesprochen, ehe ich heraufgekommen bin.«

Tally zögerte einen Moment zu antworten. Alles in ihr sträubte sich ganz instinktiv gegen die Vorstellung, sich von Hrhon zu trennen, und sei es nur für wenige Stunden. Aber wahrscheinlich hatte Weller recht. Immerhin hatte er praktisch auf den ersten Blick gewusst, wen er vor sich hatte.

Hätte sie ihn nur ein wenig länger gekannt, wäre es ihr nicht so schwergefallen, ihm zu trauen. Aber so wenig, wie Weller aus ihr schlau wurde, so wenig wusste sie wirklich, woran sie mit ihm war. Sie hatte gelernt, jeden Fremden zuerst einmal als Feind einzustufen, und mehr als einmal in den letzten vierzehn

Monaten hatte ihr dies das Leben gerettet. Aber sie hatte auch längst begriffen, dass Weller in Wahrheit alles andere als der kleine Gauner war, als der zu erscheinen er sich Mühe gab. Und irgendwann *musste* sie schließlich damit anfangen, einem Fremden zu trauen ...

Schweren Herzens nickte sie. »Gut, Weller. Ich traue dir. Aber wenn du mich hintergehst ...«

»Schneidest du mir die Kehle durch und machst aus meiner Zunge eine Krawatte, ich weiß«, unterbrach sie Weller. Er seufzte. »Weißt du was, Tally? Ich glaube, wir werden noch gute Freunde. Vorausgesetzt, wir bleiben lange genug am Leben.«

6

Tally kam sich reichlich albern vor in den Kleidern, die Weller für sie herausgesucht hatte. Die Kleiderkammer des Hauses war gut gefüllt gewesen; trotz seiner exponierten Lage mussten seine Besitzer sehr wohlhabend sein. Tally hatte noch nie jemanden getroffen, der mehr als fünf oder sechs Kleider und allenfalls noch ein besonders prachtvolles Festgewand besaß, aber hier gab es gleich Dutzende, und wie Weller erklärte, war an dieser Tatsache nichts Besonderes. Schelfheim war eine reiche Stadt, in der reiche Menschen wohnten.

Aber trotz der großen Auswahl hatte Tally nichts gefunden, was ihr zusagte. Mit Ausnahme eines schweren wollenen Mantels – den Weller ihr jedoch sofort aus der Hand riss und erklärte, so etwas würde höchstens eine Küchenmagd tragen, und er verstünde überdies gar nicht, wie er sich in die Kleiderkammer verirrt hatte – waren die Röcke, Mäntel und Kleider allesamt dünne, zum Teil beinahe durchsichtige Fetzchen, derartig mit Borden, Spitzen, Pailletten, Puffärmeln und unbequemen hochgesteckten Kragen besetzt, dass es unmöglich schien, sich vernünftig darin zu bewegen.

Als sie schließlich neben Weller das Haus verließ, trug sie ein dünnes blauseidenes Nichts, das unter dem Mantel unentwegt raschelte und knisterte und sie bei jedem Schritt behinderte, dazu ein goldbesticktes Kopftuch, das ihr Haar verbarg, und Schuhe, die ein Albtraum waren – die Absätze waren so hoch wie ihr kleiner Finger und wenig dicker als eine Nadel; wenn sie versuchen sollte, damit auch nur einen Schritt zu rennen, musste sie unweigerlich auf die Nase fallen. Tally fragte sich vergeblich, was Menschen dazu bringen mochte, sich auf derart unpraktische Weise zu kleiden.

Die Straßen waren voller Toter, als sie das Haus verließen. Es war hell geworden; denn Weller hatte darauf bestanden, dass sie warteten, bis die Sonne vollends aufgegangen war, um nicht nur aus Versehen von der Garde für versprengte Überlebende des Plündererheeres gehalten und kurzerhand niedergemacht zu werden. Mit Anbruch des Tages schien die schlimmste Wut des Feuers gebrochen zu sein; aber vielleicht war das auch nur eine Täuschung, weil das Licht der Morgensonne die Glut der tobenden Brände zu überstrahlen begann. Schelfheim war jetzt vollends von einem Halbkreis aus weißer und roter Glut und schwarzem Qualm eingeschlossen, und manchmal hörte man noch Kampflärm mit dem Wind heranwehen.

Tally versuchte, die Bilder zu verdrängen, die ihre Phantasie zu den Lauten erschuf, aber ganz gelang es ihr nicht – kurz bevor sie das Haus verlassen hatten, war sie noch einmal auf das Dach hinaufgegangen und hatte nach Westen geblickt, und was sie gesehen hatte, hatte sie schlichtweg mit Entsetzen erfüllt. Die Klorschas waren zurückgedrängt worden, aber die Garde gab sich nicht damit zufrieden, sie aus der Stadt zu scheuchen, sondern versuchte die Slumbewohner in die Flammen zurückzujagen; auf dem schmalen unbebauten Streifen zwischen Schelfheim und dem Slum tobte eine Schlacht, die von beispielloser Härte war.

Tally maßte sich kein Urteil an; sie war eine Fremde in dieser Welt und wusste nichts von ihren Regeln und Gesetzen. Aber sie empfand ein tiefes, lähmendes Entsetzen, das mit jedem Augenblick schlimmer wurde.

Und sie fühlte sich einsam. Erst jetzt, als sie das Haus verlassen hatten und sich nach Norden bewegten, begriff sie wirklich, wie sehr sie sich Weller ausgeliefert hatte. Hrhon fehlte ihr. Sie war waffenlos und allein, und sie fühlte sich verloren. Wer sagte ihr, dass dies alles nicht ein raffiniert eingefädelter Plan Wellers war, sie von dem Waga zu trennen und die Belohnung einzustreichen, die auf ihren Kopf stand? Tausend Goldheller waren ein Vermögen, selbst in einer Stadt wie dieser.

Die Gelegenheit, Wellers Loyalität auf die Probe zu stellen, kam schneller, als ihr lieb war. Sie waren kaum eine Meile gegangen – in den Folterschuhen, die Tally trug, schienen es allerdings eher zehn zu sein –, als sie auf die erste Patrouille stießen: eine Gruppe waffenstarrender Hornköpfe, die von einem dunkelhaarigen Mann in der gelben Uniform der Stadtgarde angeführt wurde.

Tally stockte unwillkürlich der Schritt. Ihre Hand glitt dorthin, wo das Schwert sein sollte, und ertastete nur nutzlosen blauen Stoff. Für eine Sekunde war sie nahe daran, einfach herumzufahren und zu rennen, so schnell sie nur konnte. Ihr Herz begann zu rasen.

»Ruhig«, sagte Weller halblaut. »Ich regele das.«

Er hob grüßend die Hand, trat dem Soldaten entgegen und deutete eine Verbeugung an. »Gut, dass wir euch treffen«, sagte er, ehe der Krieger auch nur Gelegenheit zu einem Wort fand. »Sind die Straßen von hier ab sicher?«

Der Soldat blickte ihn schweigend an, drehte betont langsam

den Kopf und sah einen Moment schweigend in Tallys Gesicht. Ein fragender Ausdruck erschien in seinen Augen – nicht unbedingt Misstrauen, aber auch ganz und gar keine Sorglosigkeit. Der Mann schien seine Aufgabe ernster zu nehmen, als Weller annehmen mochte, dachte Tally.

»Wer seid ihr?«, fragte er grob. »Zeigt eure Ausweise.«

Weller ächzte. »Ausweise? Bist du von Sinnen, Kerl? Wir sind froh, dass wir unsere nackte Haut gerettet haben! Unser Haus ist niedergebrannt, und um ein Haar hätte diese verlauste Bande meine Schwester und mich umgebracht.« Er deutete erregt auf Tally. »Sieh dir das arme Ding an! Sie ist noch immer halb verrückt vor Angst!«

»So?«, sagte der Krieger kalt. Er kam näher, schob Weller einfach zur Seite und blieb einen halben Schritt vor Tally stehen. Einer der riesigen Hornköpfe folgte ihm. Ein unangenehmer, metallischer Geschmack breitete sich auf Tallys Zunge aus, als sie dem Blick der gewaltigen Facettenaugen begegnete. Wenn dieses Ungeheuer über die gleichen Fähigkeiten verfügte wie Vakk …

Aber dann drehte der Hornkopf den Schädel und blickte ausdruckslos auf Weller herab. Eine seiner zahllosen Hände begann mit einem mehrschneidigen Schwert zu spielen, das er im Gürtel trug.

»Wie lange braucht ihr noch, um dieses Pack dorthin zurückzutreiben, wo es herkommt?«, fuhr Weller erregt fort. »Ich werde mich beim Stadtrat beschweren! Was sind das für Zeiten, in denen man nicht einmal auf die Straße gehen kann, ohne Gefahr zu laufen, erschlagen zu werden?«

Der Krieger seufzte, bedachte Weller mit einem fast mitleidvollen Lächeln und trat kopfschüttelnd zur Seite. »Ihr könnt passieren«, sagte er. »Aber du solltest zum nächsten Büro des Magistrats gehen und für dich und deine Schwester neue Passierscheine beantragen. Es wird eine Weile dauern, bis ihr in euer Haus zurückkönnt.«

Weller starrte ihn noch einen Moment lang böse an, dann ergriff er Tally bei der Hand und zog sie grob mit sich. Die Mauer der Hornköpfe teilte sich, um sie passieren zu lassen, und schloss sich hinter ihnen wieder.

»Das war knapp, wie?«, fragte Tally, als sie außer Hörweite waren.

Weller grinste. »Ach was. Wir haben Glück – an Tagen wie heute haben sie einfach nicht genug Leute, jeden gründlich zu kontrollieren, der in die Stadt hineinwill. Wenn sie einen Leser dabeigehabt hätten ...«

»Was?«, fragte Tally.

»Einen Leser«, wiederholte Weller. »Es gibt Hornköpfe, die sofort erkennen, wenn du lügst. Aber sie haben nicht viele davon – den Göttern sei Dank. Mit ein bisschen Glück ...«

Er brach mitten im Wort ab, starrte Tally einen Herzschlag lang aus großen Augen an und begann plötzlich zu grinsen wie ein Schuljunge, dem ein besonders boshafter Scherz gelungen war. »Beim Schlund, dieser Hohlkopf hat mich auf eine Idee gebracht«, fuhr er dann fort. »Mit etwas Glück sind wir schneller bei Karan, als ich bisher gedacht habe.«

»Was hast du vor?«, fragte Tally misstrauisch.

Aber Weller schien ihre Frage gar nicht gehört zu haben. Plötzlich sah er sich hektisch nach allen Seiten um, gestikulierte ihr gleichzeitig, still zu sein, und deutete schließlich nach links. »Dort entlang«, sagte er aufgeregt. »Wenn ich mich richtig entsinne, heißt das. Es ist lange her, dass ich hier war ...«

»Was, beim Schlund, hast du vor?«, fragte Tally ärgerlich. Sie hatte das ungute Gefühl, dass ihr das, was Weller mit seinen geheimnisvollen Andeutungen meinte, nicht gefallen würde.

Weller antwortete auch diesmal nicht, aber sein Grinsen wurde noch breiter. »Lass dich überraschen, Tally«, sagte er feixend. »In ein paar Minuten sind wir alle Sorgen los – mit etwas Glück.«

»Und mit etwas weniger Glück?«, fragte Tally misstrauisch.

»Sind wir tot«, erwiderte Weller. »Aber keine Sorge – ich habe das Glück gepachtet. Und jetzt schweig. Die Frauen in Schelfheim streiten sich nicht auf der Straße mit Männern. Komm.« Er wies mit einer Kopfbewegung nach links, wo eine etwas schmalere, aber ebenfalls sauber gepflasterte Straße im rechten Winkel abzweigte, und ging los, ehe sie Gelegenheit fand, abermals zu widersprechen.

Sie waren nicht mehr allein auf den Straßen, jetzt, nachdem sie die Sperre hinter sich hatten. Immer mehr Menschen kamen ihnen entgegen, manche in heller Aufregung, die meisten aber so ruhig und gelassen, als wäre nichts Außergewöhnliches geschehen. Hier und da standen Männer in kleinen Gruppen auf der Straße, um erregt miteinander zu diskutieren, und Tally sah auch Männer und Frauen, die auf die Hausdächer gestiegen waren, um das schreckliche Schauspiel von dort aus zu beobachten. Der Großteil der Schelfheimer jedoch schien von dem Brand und der Schlacht, die kaum ein Dutzend Straßenzüge weitertobte, keinerlei Notiz zu nehmen.

Trotzdem waren sie bald so sehr von Menschen umgeben, dass Tally es nicht wagte, Weller noch einmal zu fragen, was er vorhatte. So schluckte sie ihren Ärger herunter, senkte ein wenig den Blick und folgte ihm in zwei Schritten Abstand, wie er es ihr gesagt hatte.

Ihre Umgebung begann sich zu verändern, je weiter sie in die Stadt eindrangen. Hatten zuerst noch die wuchtigen, festungsähnlichen Quaderbaue vorgeherrscht, wie Tally sie am Stadtrand gesehen hatte, so wurden die Häuser nun rasch normaler – schon nach weniger als einer Viertelstunde hatte sie zum ersten Male das Gefühl, wirklich in einer Stadt zu sein, und nicht in einer zu groß geratenen Festung. Sie sahen noch immer sehr viele Uniformen, und mehr als einmal tauchte der hässliche Schädel eines Hornkopfes über der Menschenmenge auf, aber niemals kam ihnen einer der Krieger auch nur nahe.

Sie überquerten einen großen, sauber gepflasterten Platz, der von einer Unzahl kleiner, zur Straße hin offenen Läden gesäumt wurde. Trotz der noch frühen Stunde herrschte bereits ein reges Treiben; vor mehreren Läden priesen Händler marktschreierisch ihre Waren an, auf einem eigens dafür abgezäunten Teil des Platzes spielten Kinder, und vor einem Haus auf der gegenüberliegenden Seite hatte sich eine regelrechte Menschentraube gebildet, die ein halbes Dutzend gelb uniformierter Stadtgardisten vergebens in irgendeine Ordnung zu bringen versuchte. Tally registrierte besorgt, dass Weller geradewegs auf dieses Gebäude zuhielt.

»Was hast du vor?«, fragte sie noch einmal – und diesmal so laut, dass Weller die Worte deutlich hörte, obwohl er noch immer zwei Schritte vor ihr ging. Es war ihr jetzt auch gleich, dass er vielleicht nicht der Einzige war, der sie hörte.

Ihre Taktik hatte Erfolg – Weller blieb tatsächlich stehen, blickte sie zornig an und schüttelte rasch und warnend den Kopf. »Nicht so laut!«, sagte er erschrocken. »Willst du, dass die ganze Stadt zuhört?« Er seufzte, wartete, bis sie zu ihm aufgeschlossen hatte, und wies mit einer Kopfbewegung auf das Gebäude vor ihnen. »Dieser Narr hat mich auf die einzig wirklich gute Idee gebracht«, sagte er. »Das da ist die Bezirkskommandantur.«

Es dauerte einen Moment, bis Tally begriff. »Du willst ...«

»Uns Passierscheine besorgen, ganz recht«, unterbrach sie Weller feixend. »Was sonst? Unser Haus ist niedergebrannt, zusammen mit all unserer Habe und unseren Pässen. Wenn man uns ohne gültige Ausweise anhält, gibt es Ärger.«

»Du bist verrückt«, keuchte Tally.

»Ganz im Gegenteil«, sagte Weller, plötzlich sehr ernst. »Du kennst diese Stadt nicht, Tally. Es ist fast unmöglich sie zu durchqueren, ohne ein halbes Dutzend Mal angehalten und kontrolliert zu werden. Mit einem gültigen Passierschein können wir einen Träger mieten und ganz offiziell zum Hafen reisen. Wir sind dort, ehe es Mittag wird.« Er sah sie scharf an. »Wenn du lieber Haschmich mit der Garde spielen willst, dann sag es jetzt. Ich gehe jedenfalls jetzt dort hinein und besorge uns Ausweise.«

Tally wollte ganz impulsiv widersprechen – aber dann kam ihr Wellers Idee plötzlich gar nicht mehr so verrückt vor. Sie war riskant, sicher – aber war nicht allein ihr Hiersein schon ein Risiko? Und möglicherweise hatte er recht; sie hatte die brennenden Häuser gesehen.

Widerstrebend nickte sie. »Gut«, sagte sie. »Aber verlang nicht von mir, dass ich mit dir dort hineingehe.« Sie wies auf den wuchtigen Lehmziegelbau, über dessen Eingang das Emblem der Kommandantur prangte. Den Gardisten war es mittlerweile gelungen, die zwei oder drei Dutzend erregten Bürger davor wenigstens zu einer Schlange zu formieren. Einige von ihnen trugen hastig angelegte Verbände, und ein Mann mittleren Alters war so übel verwundet, dass er sich auf seine Begleiterin stützen musste.

Weller überlegte einen Moment. Dann nickte er. »Gut. Meinetwegen bleib hier. Aber geh nicht fort.«

»Ich werde mich ein wenig umsehen«, sagte Tally.

Weller seufzte. Aber er schien einzusehen, wie wenig Sinn es hatte, Tally irgendetwas befehlen zu wollen; denn er zuckte nur resignierend die Achseln und seufzte abermals.

»Wie du willst. Aber sprich mit niemandem. Und bleib in der Nähe.« Er schien noch mehr sagen zu wollen, beließ es aber dann bei einem dritten, gequält klingenden Seufzen, und drehte sich herum, um mit schnellen Schritten auf einen der Gardesoldaten zuzugehen.

Tally sah, wie er einen Moment mit ihm sprach und dabei erregt auf sich selbst und sie deutete. Der Posten blickte neugierig in ihre Richtung und schüttelte den Kopf. Wellers Hand verschwand für einen Moment unter seinem Gürtel; als sie wieder auftauchte, wechselte eine blitzende Silbermünze ihren Besitzer. Diesmal nickte der Soldat auf Wellers Worte, nahm ihn beim Arm und führte ihn an der Schlange der Wartenden vorbei in das Gebäude. Böse Blicke und Verwünschungen folgten ihm, und der verwundete Mann schüttelte sogar seine Faust hinter ihm her.

Tally drehte sich rasch herum und ging ein paar Schritte in die entgegengesetzte Richtung. Sie hätte keine Lust, als Zielscheibe für den Zorn zu dienen, der Weller galt – und sie wollte die Zeit nutzen, sich ein wenig umzusehen. Sie war noch niemals in einer Stadt wie Schelfheim gewesen, und es gab viel hier, was ihre Neugier erregte – und manches, was von Nutzen sein mochte.

Unschlüssig sah sie sich um, wandte sich schließlich wieder in die Richtung, aus der sie gekommen waren, und schlenderte gemächlich an den Auslagen der Geschäfte entlang, die den Platz säumten.

Es gab buchstäblich alles – zumindest alles, was sich Tally vorstellen konnte, und noch eine ganze Menge mehr. Angefangen von Lebensmitteln über Kleider und Waffen und Dinge des täglichen Lebens boten die Geschäfte alles feil, was sich nur für Geld kaufen und verkaufen ließ. Tally blieb immer wieder stehen, um all die sonderbaren und zum Teil für sie unverständlichen Dinge zu begutachten, nahm hier und da sogar etwas zur Hand, entfernte sich jedoch immer rasch, wenn einer der Händler auf sie zutrat und sie in ein Gespräch verwickeln wollte.

Sie hatte Lust, etwas zu kaufen, einfach so, und sie hatte ein wenig Geld, denn gottlob hatten die Leute, deren Haus sie geplündert hatten, nicht mehr die Zeit gefunden, ihre Schatztruhe mitzunehmen. Es waren keine Reichtümer, die sie gefunden hatten, aber genug, ihr Ziel zu erreichen – wie Weller gesagt hatte –, und noch ein bisschen mehr. Tally hielt die Hand voll Münzen, die sie in einem kleinen Lederbeutel unter ihrem Cape trug, für ein kleines Vermögen, aber Weller wäre wahrscheinlich nicht einmal zufrieden gewesen, wenn er einen faustgroßen Goldklumpen gefunden hätte.

Sie blieb vor einem Laden stehen, der Kleider und allerlei anderen Tand feilbot, auf einem kleinen, ein wenig abseits stehenden Tischchen aber auch Waffen – zierliche Dolche, ein Bogen, der allenfalls als Spielzeug gut war und beim ersten ernstgemeinten Spannen zerbrechen musste, einen etwas zu klein geratenen Morgenstern, dessen Kette als Ausgleich zu lang war, sodass sich der, der ihn benutzte, allenfalls selbst den Schädel einschlagen würde ... Ramsch, der hübsch aussah, aber zu nichts nutze war. Trotzdem nahm sie bedächtig jedes einzelne Stück zur Hand und begutachtete es eingehend. So lange, bis ein Schatten über sie fiel und sie ein leises Räuspern hörte.

Erschrocken sah sie auf und blickte ins Gesicht des Händlers, der aus seinem Laden getreten war und aus guten zweieinhalb Metern Höhe auf sie herabblickte. Im ersten Moment hielt sie ihn für einen Menschen, aber dann sah sie die spitzen, einwärts gebogenen Fangzähne, die sich über seine Unterlippe zogen, und die mit dünnen Härchen bewachsenen Pinselohren.

»Du interessierst dich für Waffen, Kind?« Seine Stimme war sehr leise für einen Mann seiner Größe, aber sie hatte einen so angenehmen, weichen Klang, dass Tally sofort einen Teil ihres instinktiven Misstrauens verlor. Sie nickte, erinnerte sich daran, was Weller über die Frauen in Schelfheim gesagt hatte, und schüttelte hastig den Kopf.

Der Blick der geschlitzten Katzenaugen verharrte einen Moment auf ihrem Gesicht und streifte dann den silbernen Zierdolch, den sie in der Hand hielt. Beinahe schuldbewusst legte Tally die Waffe zurück und wollte gehen, aber der Riese hielt sie mit einer raschen Bewegung zurück.

»Warte doch«, sagte er. »Du hast recht – das da ist Tand. Ich habe etwas Besseres für dich. Für wen soll die Waffe sein? Für deinen Mann?«

»Meinen ... Bruder«, sagte Tally hastig. »Ich will ihn überraschen. Aber er kennt sich mit Waffen aus. Ich nicht«, fügte sie mit einem entschuldigenden Lächeln hinzu.

»Dann habe ich genau das Richtige für dich«, sagte der Händler. »Warte hier. Ich bin gleich zurück.«

Er drehte sich herum und verschwand mit gewaltigen Schritten im Inneren seines Ladens, wo Tally ihn lautstark rumoren hörte. Es wäre ihr ein Leichtes gewesen, jetzt einfach zu gehen – aber damit hätte sie eher noch mehr Aufsehen erregt; und die Worte des Riesen hatten ihre Neugier geweckt. Sie wollte einfach wissen, ob er ein ehrlicher Mann war oder ein Gauner, der die Unwissenheit einer Frau nutzen wollte, um ein gutes Geschäft zu machen.

Nach einer Weile kam der Katzer wieder, ein armlanges, in weiße Tücher eingeschlagenes Bündel auf beiden Armen tragend. Mit einem fast verschwörerischen Lächeln legte er es vor ihr ab und machte eine einladende Geste, es zu öffnen.

Tally gehorchte. Unter dem weißen Leinen kam ein prachtvolles, beidseitig geschliffenes Schwert zum Vorschein.

Es war eine prachtvolle Arbeit – die Klinge war so lang wie ihr Arm und mit filigranen Verzierungen versehen, wohingegen ihr Griff beinahe einfach wirkte, aber eine sehr sonderbare Form hatte. Bewundernd nahm sie die Klinge auf, wog sie einen Moment prüfend in der Hand und stellte fest, dass sie ihr Gewicht kaum fühlte. Sie war perfekt ausgewogen. Wenn die Güte ihres Stahles hielt, was sein Aussehen versprach, musste es eine phantastische Klinge sein; zehnmal besser als das Schwert, das sie Weller in Aufbewahrung gegeben hatte.

»Gefällt es dir?«, fragte der Katzer.

Tally nickte heftig. »Es ist wunderschön«, sagte sie. »Was kostet es?«

»Zehn Goldheller«, antwortete der Katzer, »und das ist geschenkt.«

Einen Moment lang war Tally ernsthaft in Versuchung, das Schwert zu kaufen. Sie hatte mehr als die Summe, die der Händler forderte, und die Klinge war diesen lächerlichen Betrag allemal wert. Aber dann dachte sie daran, was Weller sagen würde, wenn sie ihn mit einem neu gekauften Schwert im Gürtel begrüßte, und legte die Klinge mit einem bedauernden Kopfschütteln wieder zurück. Sie erweckte schon viel zu viel Aufsehen allein damit, überhaupt hier zu stehen.

»Es tut mir leid«, sagte sie. »Aber das ist mir zu teuer.«

»Sie ist es aber wert, Mädchen«, sagte eine Stimme hinter ihr.

Tally fuhr zusammen, sah auf und erkannte den Schrecken im Gesicht des Katzers, ehe sie sich zu der Sprecherin herumdrehte. Wie durch Zufall ließ sie das Schwert während der Bewegung nicht los.

Hinter ihr standen zwei dunkelhaarige, in Mäntel aus erdbraunem Leder gekleidete Frauen, die eine, die gesprochen hatte, alt genug, ihre Mutter sein zu können, die andere ein junges Ding, das sie mit einer Mischung aus Hochmut und Ungeduld ansah.

»Du kannst mir glauben«, fuhr die Frau mit einem gutmütigen Lächeln fort. »Eine Waffe wie diese sieht man nicht alle Tage. Sie ist mindestens das Zehnfache dessen wert, was dieser Halsabschneider dafür verlangt.«

Sie lächelte, nahm Tally das Schwert aus der Hand und machte einen spielerischen Ausfall gegen den Katzer, den dieser mit einem erschrockenen Fauchen und einem hastigen Satz nach hinten beantwortete. Tally sah, wie geschmeidig und schnell ihre Bewegungen waren. Es war nicht das erste Mal, dass sie ein Schwert in der Hand hatte. Aus reiner Gewohnheit überlegte sie, ob sie die dunkelhaarige Frau besiegen könnte; aber sie kam zu keinem eindeutigen Ergebnis.

»Wahrscheinlich hat er sie irgendwo gestohlen und weiß selbst nicht, was er da hat«, fuhr die Frau fort. »Ein Schwert aus

Lakamar bringt auf dem Markt allemal seine fünfundzwanzig Goldheller. Zehn ist geschenkt. Wenn du es nicht kaufst, dann nehme ich es.« Sie lachte, legte das Schwert fast behutsam wieder zurück und sah Tally aufmerksam an. »Wie ist dein Name, Kind?«, fragte sie.

»Nora, Herrin«, antwortete Tally. Weller und sie hatten sich auf diesen Namen geeinigt, sollten sie aufgehalten werden. »Ihr könnt die Klinge haben, wenn Ihr wollt. Ich verstehe nichts davon, und mein Bruder hat schon ein Schwert.«

»Du bist nicht von hier, wie?«, fuhr die Dunkelhaarige fort. »Woher kommst du? Einen Dialekt wie deinen habe ich noch nie gehört?« Sie lächelte bei diesen Worten, aber bei Tally begann ein ganzes Läutwerk von Alarmglocken zu dröhnen. Die Frau hatte sich perfekt unter Kontrolle, aber in den Augen ihrer jüngeren Begleiterin stand ein unverhohlenes Misstrauen.

»Aus dem Westen, Herrin«, antwortete sie wahrheitsgemäß. »Hört man es so deutlich?«

»Wenn man darauf achtet, ja. Aus dem Westen, sagst du?«

»Ja«, antwortete Tally, und fügte hastig und in bewusst übertrieben geschauspielertem, vorwurfsvollem Ton hinzu: »Aber ich wollte, ich wäre nicht gekommen. Ich war kaum hier, da wurde das Haus meines Bruders niedergebrannt und wir überfallen. Um ein Haar wären wir umgebracht worden. Und dann musste ich stundenlang in einem finsteren stickigen Loch hocken bleiben, bis die Soldaten dieses Gesindel endlich vertrieben hatten.«

Die Frau schwieg, aber ihr Blick wurde durchdringend. Tally hatte das unbehagliche Gefühl, ein wenig zu viel des Guten getan zu haben. Aber sie war niemals eine gute Schauspielerin gewesen. Sie überlegte, ob sie schnell genug war, das Schwert an sich zu reißen und die beiden Frauen zu töten, wenn es sein musste.

»Wo ist dein Bruder jetzt?«, fragte die Dunkelhaarige schließlich.

Tally deutete über den Platz. »In der Kommandantur. Er sagt, wir brauchen Passierscheine, um in den Norden zu kommen.«

»In den Norden? Was wollt ihr da?« Die Frage war in so scharfem Ton gestellt, dass Tally jetzt *sicher* war, einen Fehler begangen zu haben.

»Mein ... Bruder kennt dort jemanden«, antwortete sie nervös. »Wir brauchen einen Ort zum Schlafen. Und das Haus muss wieder aufgebaut werden, und die Geschäfte sollen weitergehen, sagt mein Bruder.«

Die Augen der Frau wurden schmal. »Ihr seid ausgebrannt«, sagte sie. »Ihr habt nichts mehr, nicht einmal mehr einen Ort zum Schlafen, und du willst ein *Schwert* kaufen?«

»Mein ... mein Bruder war so traurig«, stotterte Tally. »Und da dachte ich, ich könnte ihn aufheitern. Er mag Waffen.«

»Was verschwenden wir unsere Zeit mit dieser Närrin, Jandhi?«, fragte die jüngere Frau ärgerlich. »Sie ist dumm, wie alle Westler.«

»Schweig, Nirl«, sagte die ältere Frau scharf. »Das Kind ist völlig verstört, siehst du das nicht?« Sie wandte sich wieder an Tally und lächelte. »Vielleicht hast du sogar recht«, sagte sie. »Wir werden das Schwert mitnehmen. Wenn sich dein Bruder auf Waffen versteht, wird er sich freuen.«

»Aber ...«

»Kein aber«, unterbrach sie Jandhi. »Ich bin sicher, unser diebischer Freund wird sich freuen, dir die Klinge als Geschenk zu überlassen, nicht wahr?«

Ihre letzten Worte galten dem Katzer, der dem Gespräch mit ständig wachsender Nervosität gefolgt war. Jetzt nickte er fast überhastet, griff mit zitternden Händen nach dem Schwert und hielt es Tally hin. Aber bevor sie danach greifen konnte, nahm ihm Jandhi die Waffe aus der Hand.

»Ich begleite dich zu deinem Bruder«, sagte sie. »Es treibt sich allerhand Gesindel auf den Straßen herum, vor allem an einem Tag wie heute. Jeder Mann der Garde ist im Einsatz, um die Klorschas zurückzujagen, musst du wissen.«

Sie lächelte abermals und machte eine einladende Handbewegung. »Komm«, sagte sie, als Tally zögerte. »Du kannst mir glauben – es ist sicherer für dich, nicht allein zu sein.«

Tally setzte sich widerstrebend in Bewegung. Sie blieb äußerlich ruhig, und sie war fast selbst erstaunt darüber, aber hinter ihrer Stirn tobte ein wahres Chaos. Jandhi gab sich nicht einmal sonderliche Mühe, die Tatsache zu verbergen, dass sie ihr kein Wort glaubte. Sie wusste nicht, wer diese beiden ungleichen Frauen waren, aber sie mussten sehr mächtig sein, den Reaktionen des Katzers nach zu schließen. Und sie hatte keinen großen Hehl daraus gemacht, dass ihr Vorschlag, Tally zu begleiten, nichts anderes als ein *Befehl* war. Tally wäre nicht überrascht gewesen, wenn Jandhi sie geradewegs dem nächsten Posten der Stadtgarde übergeben hätte.

Aber sie tat es nicht. Stattdessen geleitete sie sie zur Tür der Kommandantur, genau wie sie gesagt hatte, scheuchte den Posten mit einer nachlässigen Geste aus dem Weg und machte erneut eine auffordernde Geste, als Tally abermals zögerte, ihr zu folgen.

Es war dunkel im Gebäude, denn die wenigen Fenster, die es gab, waren nicht breiter als eine Hand und zusätzlich vergittert, und es stank nach zu vielen Menschen und zu wenig Sauberkeit. *Eine Falle,* dachte Tally. *Dieses Haus war ein Gefängnis oder eine Falle oder beides* – und sie war dabei, sehenden Auges hineinzulaufen!

Etwas von ihrer Nervosität musste sich deutlich auf ihrem Gesicht widerspiegeln, denn Jandhi blieb plötzlich stehen und schenkte ihr ein neuerliches, beinahe mütterliches Lächeln. »Du musst keine Angst haben«, sagte sie. »Wir werden deinen Bruder finden, und dann könnt ihr weiter.«

Sie gingen weiter, überwanden eine kurze Treppe mit ungleichmäßigen Stufen und standen plötzlich vor einer verschlossenen Tür, die von gleich zwei Kriegern in den gelben Mänteln der Stadtgarde bewacht wurden. Jandhi scheuchte auch sie aus dem Weg, stieß die Tür auf und zog Tally einfach mit sich.

Sie fanden sich in einem großen, muffig riechenden Zimmer wieder, dessen Wände bis unter die Decke mit hölzernen Regalen bedeckt waren, in welchen sich buchstäblich Tausende von Folianten und Pergamentrollen befanden. An einem gewaltigen, mit Bergen von Papier bedeckten Tisch hockte ein dunkelhaariger Mann unbestimmbaren Alters, der bei ihrem rüden Eintreten zornig aufsah.

Aber nur für einen Moment. Dann wurde der Zorn in seinem Blick zu Erschrecken. Er stand so hastig auf, dass sein Stuhl ein Stück nach hinten schlitterte und umzukippen drohte.

Und er war nicht der Einzige, der bei ihrem Anblick erschrak. Auch Weller, der ihnen den Rücken zugekehrt hatte und sich nur ganz langsam herumdrehte, wurde bleich. Sein Unterkiefer sackte herab. Der Blick, mit dem er zuerst Tally und dann ihre beiden Begleiterinnen maß, war eindeutig entsetzt.

Jandhi deutete auf Weller. »Ist das dein Bruder, Kind?«, fragte sie.

Tally nickte.

»Dann sind wir hier richtig«, fuhr Jandhi fort. Sie ließ endlich Tallys Hand los, ging mit zwei raschen Schritten um den Tisch herum und sah Weller vorwurfsvoll an.

»Du bist leichtsinnig, deine Schwester allein draußen herumlaufen zu lassen, weißt du das?«, sagte sie. »Einem Kind wie ihr, und noch dazu einem, das fremd in der Stadt ist, kann hier alles Mögliche zustoßen. Man sollte dich für deinen Leichtsinn bestrafen.« Sie schüttelte tadelnd den Kopf, machte eine unwillige Geste, als Weller widersprechen wollte, und wandte sich an den Mann auf der anderen Seite des Tisches. »Gibt es Schwierigkeiten, Kommandant?«

»Nein«, antwortete der Mann hastig. »Das heißt ... doch.«

»Was denn nun?« Jandhi runzelte unwillig die Stirn. »Wo ist das Problem – diese beiden sind von den Klorschas aus ihrem Haus vertrieben worden und brauchen Passierscheine, um zu ihren Verwandten in den Norden zu kommen.«

»Das ... das stimmt schon«, antwortete der Mann. Er wurde immer nervöser. »Jedenfalls ist es das, was der Bursche da –« Er deutete auf Weller. »– behauptet. Aber so einfach ist das nicht. Ich muss erst sehen, ob ...«

»Wie wäre es«, unterbrach ihn Jandhi scharf, »wenn du einmal hinausgehen und auf die Straße blicken würdest, Kerl? Vor deiner Kommandantur stehen noch drei Dutzend andere, die das gleiche Problem haben. Ein paar von ihnen sind verletzt. Wie würde es dir gefallen, wenn deine Vorgesetzten erführen, dass du die Leute, von deren Steuern sie leben, stundenlang warten lässt?«

Der Mann schrumpfte ein Stück in sich zusammen. »Aber ... aber meine Vorschriften sagen ...«

»Vergiss deine Vorschriften, Kerl!« Jandhi geriet sichtlich in Rage. »Gib den beiden einen Passierschein, und zwar auf der Stelle!«

»Wie Ihr befehlt, Herrin.«

Jandhi schnaubte. »In der Tat, ich befehle es.« Zornig wandte sie sich wieder an Tally. »Diese Narren! Eines Tages werden die Klorschas ganz Schelfheim überrennen, und die Leute werden es nicht einmal merken, weil sie die Nasen nicht aus ihren Gesetzbüchern bekommen!« Sie seufzte, beugte sich ungeduldig vor und stützte sich auf der Tischkante ab, während der Kommandant hastig eine Schreibfeder nahm und einige Zeilen auf ein Stück Pergament kritzelte. Jandhi riss es ihm aus den Händen, kaum dass er Zeit gefunden hatte, sein Siegel darunter zu setzen, faltete es achtlos in der Mitte zusammen und gab es Weller.

»Hier«, sagte sie. »Nimm. Und denk in Zukunft daran, deine Schwester nicht mehr allein zu lassen.«

Weller nickte. Sein Blick flackerte wie der eines Wahnsinnigen. Feiner Schweiß perlte auf seiner Stirn. »Das ist ... sehr freundlich von Euch, Herrin«, stammelte er. »Ich ... ich danke Euch.«

Jandhi machte eine ungeduldige Handbewegung. »Bedank dich bei deiner Schwester«, erwiderte sie grob. »Ich helfe ihr, nicht dir. Im Grunde hast du es nicht besser verdient, Kerl. Predigen wir nicht seit Jahren, dass ihr die Häuser im Westen aufgeben und die Straßen zumauern sollt? Aber Narren wie du sind ja nicht zur Vernunft zu bringen, scheint mir. Nora erzählt, du willst das Haus wieder aufbauen? Stimmt das?«

Weller tauschte einen raschen, sehr nervösen Blick mit Tally. »Ich ... denke darüber nach«, gestand er zögernd. »Mein Geschäft ist hier im Westen, und ...«

»Dein Geschäft nutzt dir nichts, wenn man dir die Kehle durchgeschnitten hat«, unterbrach ihn Jandhi grob. »Jetzt bring erst mal dieses Kind in Sicherheit, und dann überlege dir gut, wo du deinen Handel wieder aufbauen willst. Es ist möglich, dass wir es eines Tages leid sind, das Leben guter Krieger zu verschwenden, um Narren wie dich zu retten.«

»Ich werde darüber nachdenken«, sagte Weller hastig. »Und ich ... ich danke Euch. Auch im Namen meiner Schwester.«

»Schon gut«, murrte Jandhi. »Jetzt geh. Zwei Straßen südlich findest du einen Trägerstand. Sag dem Verleiher, dass Jandhi dich schickt, dann wirst du das erste Tier bekommen, das frei ist.«

Weller nickte abermals, drehte sich mit einer fahrigen Bewegung herum und lief so schnell aus dem Zimmer; dass es fast einer Flucht gleichkam. Seine Angst war nicht mehr zu übersehen.

Tally zögerte, ihm zu folgen. Alles in ihr schrie danach, aus der Nähe dieser beiden geheimnisvollen Frauen zu verschwinden, von denen sie immer noch nicht wusste, wer sie waren, die aber über eine ungeheure Macht zu verfügen schienen. Gleichzeitig hatte sie das Gefühl, dass es ungeheuer wichtig war, mehr über sie zu erfahren.

»Geh ruhig, Kind«, sagte Jandhi, die ihr Zögern wohl falsch deutete. »Wenn dein Bruder tut, was ich sage, seid ihr in wenigen Stunden bei euren Verwandten.«

»Danke, Herrin«, sagte Tally. »Ich ... ich weiß gar nicht, wie ich Euch ...«

»Du brauchst mir nicht zu danken«, unterbrach sie Jandhi. »Es ist unsere Aufgabe, für Ordnung zu sorgen, oder? Und nun geh. Wer weiß – vielleicht sehen wir uns wieder. Wo im Norden wohnen eure Verwandten?«

»Ich weiß nicht genau«, sagte Tally, was der Wahrheit entsprach. »Irgendwo am ... am Hafen, sagte Weller.«

»Am Hafen?« Zwischen Jandhis Augen entstand eine steile Falte. »Keine gute Gegend. Aber sie passt zu deinem Bruder.«

Sie beendete das Gespräch mit einer bestimmenden Geste, lächelte aber noch einmal, als sich Tally rückwärtsgehend aus dem Zimmer entfernte. Erst, als die Tür hinter ihr zuschlug, wagte es Tally, sich wieder aufzurichten und erleichtert aufzuatmen. Obwohl eigentlich nichts Besonderes passiert war, hatte sie das bestimmte Gefühl, mit knapper Not einer entsetzlichen Gefahr entronnen zu sein.

Weller hatte das Gebäude bereits verlassen und wartete auf der Straße auf sie, ein Stück abseits der Schlange, und noch immer bleich wie Kalk vor Schrecken. Aber in seinen Augen flammte es zornig auf, als Tally an den Wachen vorbei aus der Tür trat und auf ihn zuging.

»Bist du wahnsinnig geworden?«, fauchte er. »Habe ich dir nicht gesagt, du sollst mit niemandem sprechen? Und du ...«

»Sie haben mich angesprochen«, unterbrach ihn Tally. »Was sollte ich tun?«

»Oh verdammt, du bist ja noch verrückter, als ich geglaubt habe!« Weller keuchte, als litte er Schmerzen. »Weißt du überhaupt, wer das war?«

Tally nickte. »Jandhi«, sagte sie. »Das war der Name, mit dem sie ihre Begleiterin ansprach.«

»Jandhi, ja«, schnaubte Weller wütend. »Jandhi san Sar, die heilige Mutter der *Töchter des Drachen* in Schelfheim. Die Frau, die ihre rechte Hand opfern würde, um dich in die Finger zu bekommen!«

Tally erschrak nicht einmal sehr. Sie hatte geahnt, dass es mit Jandhi und Nirl etwas Besonderes auf sich hatte, und ein Teil von ihr hatte wohl auch gespürt, dass diese Frau mehr als nur irgendeine einflussreiche Persönlichkeit Schelfheims war. Trotzdem spürte sie, wie alle Farbe aus ihrem Gesicht wich. Unter dem Kleid begannen ihre Knie ein wenig zu zittern. »Die ... *Töchter des Drachen?«,* wiederholte sie unsicher.

Weller grinste böse. »Ja – und jetzt frag mich, warum ich so erschrocken war. Beim Schlund – ich habe mich schon auf dem Schafott gesehen, als du mit den beiden hereingekommen bist.«

»Na, dann sind wir ja quitt«, sagte Tally spitz. Ihr Schrecken schlug in Zorn auf Weller um. »Deine Idee, einfach so in die Kommandantur zu spazieren und dir einen Passierschein geben zu lassen, war ja wohl auch nicht so gut.«

»Unsinn!«, fauchte Weller. »Ich war dabei, mit diesem Narren über die Höhe des Bestechungsgeldes zu verhandeln, als du hereingeplatzt bist. Jetzt ist er zornig und wird uns Ärger machen, wo er nur kann.«

Tally sah ihn scharf an. Sie wusste nicht, ob Wellers Behauptung nun eine Lüge war oder der Wahrheit entsprach. Vielleicht vertrug er es einfach nicht, dass sie recht hatte; der Typ dazu schien er zu sein.

»Ein Grund mehr, zu tun, was Jandhi vorgeschlagen hat«, sagte sie schließlich. »Du weißt, wo dieser Trägerstand ist?«

Weller nickte wütend, drehte sich auf der Stelle herum und wollte losstürmen. Aber sie hatten noch keine drei Schritte getan, als hinter ihnen eine helle Stimme rief: »Nora, Weller! Wartet!«

Als Tally sich herumdrehte, erkannte sie Jandhi, die mit weit ausgreifenden Schritten auf sie zueilte. Von ihrer jüngeren Begleiterin war keine Spur zu sehen, aber hinter ihr traten gleich fünf Soldaten aus dem Haus und scheuchten die Wartenden beiseite.

»Das ist das Ende«, flüsterte Weller »Sie hat endlich gemerkt, wer du bist. Warum habe ich dich nicht in den Schacht geworfen, ich Narr!«

Tally ignorierte seine Worte. Gebannt blickte sie Jandhi entgegen, die beinahe im Laufschritt auf sie und Weller zukam, dicht gefolgt von den Kriegern der Stadtwache. Sie wusste, dass ihre Chancen praktisch gleich null waren, einen Kampf mit diesen Männern zu bestehen, waffenlos und in der unpraktischen Kleidung, die sie trug. Trotzdem spannte sie die Muskeln. Wenn sie schon sterben musste, würde sie wenigstens einen oder zwei von ihnen mitnehmen – und Jandhi zuallererst.

»Gut, dass ihr noch da seid«, sagte Jandhi. »Du hast etwas vergessen, Kind. Hier!« Sie griff unter ihren Mantel. Als sie die Hand wieder hervorzog, blitzte das gewaltige Silberschwert des Katzers darin.

Weller erbleichte noch ein bisschen mehr, als er die Klinge sah, und wie zur Antwort blitzte es in Jandhis Augen spöttisch auf. »Das ist für dich«, sagte sie, hielt die Klinge aber Tally hin, die zögernd und mit zitternden Fingern danach griff.

»Für ... mich?«, wiederholte Weller.

»Bedank dich bei deiner Schwester«, sagte Jandhi. »Sie hat es gekauft, um dir eine Freude zu machen. Dabei hättest du es eher verdient, dass man dir das Ding über den Schädel schlägt.« Sie lachte, trat einen Schritt zurück und maß Weller mit einem sehr strengen Blick. »Behandle das Kind gut, Weller«, sagte sie. »Ich werde mich nach euch erkundigen. Und wenn ich höre, dass Nora ein Leid geschehen ist, ziehe ich dich persönlich zur Verantwortung.«

Damit ging sie. Aber Weller starrte noch lange Zeit mit offenem Mund in die Richtung, in der sie verschwunden war.

Er sprach kein Wort mehr mit Tally, bis sie den Trägerstand erreicht hatten.

7

Der Träger war eine Überraschung. Tally hatte mit einem Wagen gerechnet, vielleicht einer Art Rikscha, wie sie in den kleineren Städten im Westen benutzt wurden, durch die sie gekommen war; nach allem, was sie bisher in Schelfheim erlebt hatte, vielleicht sogar mit einer Maschine – denn wo die Götter selbst regierten, da schienen sie es mit ihren eigenen Gesetzen nicht ganz so ernst zu nehmen. Aber er war nichts von alledem.

Es war ein Hornkopf, ein gigantisches Käferding, zwei Meter hoch und fast doppelt so lang, mit sechs spinnenartig geknickten Beinen und einem hässlichen, stachelgekrönten Schädel.

Tally blieb erschrocken stehen, als sie sich durch die Menschentraube gekämpft hatten, die den Trägerstand umlagerte, und sie das Ungeheuer erblickte. Ihr instinktiver Widerwille gegen Hornköpfe wurde für einen Moment so übermächtig, dass sie um ein Haar herumgefahren und schlichtweg davongelaufen wäre. Vielleicht hätte sie es sogar getan, wäre sie nicht derart in der Menschenmenge eingekeilt gewesen, dass sie sich gar nicht mehr bewegen konnte.

Weller befahl ihr überflüssigerweise, stehenzubleiben und auf ihn zu warten, zog den Passierschein unter dem Wams hervor und ging auf den Trägerführer zu, der ihm feindselig entgegenblickte.

Tally konnte nicht hören, was sie sprachen, aber Jandhis Name schien auch hier Wunder zu wirken. Der Führer erbleichte sichtlich, starrte Weller eine Sekunde lang mit einer Mischung aus Hass und Furcht an und fuhr dann auf dem Absatz herum. Weller winkte ihr ungeduldig, neben ihn zu treten.

Tally wollte gehorchen, aber eine Hand hielt sie am Arm zurück. Ärgerlich fuhr sie herum, blickte in ein breitflächiges, vor Zorn gerötetes Gesicht und erinnerte sich im letzten Moment daran, dass sie die verschreckte kleine Schwester eines verweichlichten Städters spielte. Der Mann, der sie und Weller abwechselnd wütend anstarrte, behielt seine Zähne.

»Was soll das?«, ereiferte er sich. »Wir stehen seit Stunden hier! Was fällt euch Pack ein, euch vorzudrängen?«

»Fragt meinen Bruder, Herr«, antwortete Tally kleinlaut. »Er hat ein Stück Papier. Ich weiß nichts davon.«

Der Mann schnaubte, ließ ihren Arm los, versetzte ihr aber in der gleichen Bewegung einen Stoß, der sie geradewegs in Wellers Arm taumeln ließ. »Das werden wir sehen!«, brüllte er. »Es geht hier der Reihe nach, oder ...«

Er brach mitten im Satz ab, wurde bleich und starrte aus hervorquellenden Augen auf die Schwertspitze, mit der Weller ihn in die Nase piekste.

»Wenn du Ärger suchst, Kerl«, sagte Weller lächelnd, »dann kannst du ihn haben. Oder vergreifst du dich prinzipiell nur an wehrlosen Frauen?«

Der Bursche schluckte ein paarmal. Aber er schien nicht ganz so feige zu sein, wie Weller annahm, denn er wich zwar einen Schritt zurück, hob aber gleich darauf wieder zornig die Fäuste. »Damit kommt ihr nicht durch!«, sagte er. »Wir alle warten seit

Stunden auf einen Träger! Ihr habt euch in der Reihe anzustellen wie alle!«

Weller kam nicht dazu zu antworten, denn in diesem Moment kam der Führer zurück, schlug sein Schwert mit der flachen Hand herunter und baute sich drohend zwischen ihm und dem Mann auf, der Tally gestoßen hatte. »Was geht hier vor?«, fragte er. »Ich dulde keinen Streit an meinem Stand.«

»Wieso lässt du sie vor?«, beschwerte sich der Schelfheimer. »Wir alle warten seit Ewigkeiten hier, und jetzt ...«

»Und jetzt kommt einer, der in Jandhis Namen spricht«, unterbrach ihn der Führer. »Was soll ich machen? Ihn zurückschicken und meine Lizenz verlieren, Kerl?«

Er spie ärgerlich aus, aber Tally hatte das Gefühl, dass diese Geste wohl eher ihr und Weller galt als dem Mann. »Du hast die Wahl«, fuhr er fort. »Du kannst dich einige Augenblicke länger gedulden, oder es darauf ankommen lassen, dass diese beiden mit der Garde wiederkommen und meinen Laden dichtmachen. Dann kannst du zu Fuß gehen – ist dir das lieber?«

Der Mann widersprach nicht mehr. Aber sein Zorn war keineswegs verflogen – und er war nicht der Einzige, der Weller und Tally voller kaum noch verhohlenem Hass anstarrte. Wohin sie auch sah, blickte sie in zorngerötete Gesichter. Hier und da wurden sogar Fäuste geschüttelt. Verwünschungen wurden laut. Einige galten Weller und ihr, andere den Töchtern des Drachen oder der Stadtgarde.

»Komm«, sagte Weller halblaut. »Besser, wir verschwinden, ehe dieser Tölpel etwas tut, was er später bedauert.«

Sie näherten sich dem Träger. Wieder stockten Tallys Schritte, und noch einmal wurde ihre instinktive Angst vor dem gepanzerten Ungeheuer fast übermächtig. Plötzlich war sie froh, dass Hrhon nicht bei ihnen war. Sie war sicher, dass es zu einem Unglück gekommen wäre, hätte der Waga *diese* Kreatur gesehen.

Auf ein Zeichen des Führers hin knickte der Hornkopf in den vorderen beiden Beinpaaren ein und öffnete seinen Rückenschild. Tally sah, dass die zarten Flügel darunter beschnitten waren, sodass er nicht mehr fliegen konnte. Der Chitinpanzer selbst war sehr sonderbar geformt – im ersten Moment dachte sie, er wäre ebenfalls verstümmelt, aber dann erkannte sie, dass er zu einer Art natürlichem Sattel umgeformt war; nicht durch den Eingriff von Messern oder anderen Werkzeugen, sondern durch sorgsame Zuchtauswahl. Der Hornkopf war eine gezielte Mutation. Und nicht nur in einer Hinsicht, wie sie Augenblicke später erkannte.

»Wohin wollt ihr?«, fragte der Führer übellaunig.

»Zum Hafen«, antwortete Weller. »Zur kleinen Schleuse. Das nördliche Ufer.«

Während Tally unsicher auf den halb geöffneten Rückenschild des Trägers hinaufkletterte, begann der Führer mit den Fingerspitzen über den Schädel des Hornkopfs zu fahren. Seine Hände bewegten sich dabei schnell und geschickt wie die eines Künstlers, der ein empfindliches Instrument spielt; mal zog er schnelle, zitterige Linien, mal tippte er nur mit den Fingerspitzen auf das schwarze Chitin, zum Abschluss presste er die Handfläche auf das dreieckige Insektenmaul des Scheusals.

»Was tut er da?«, fragte Tally halblaut.

Weller machte eine erschrockene Bewegung, still zu sein, beugte sich aber trotzdem zu ihr herüber und antwortete: »Er sagt ihm, wohin er uns bringen soll. Wenn er fertig ist, gibt es nichts, was den Träger noch vom Weg abbringen könnte. Aber still jetzt. Du stellst zu viele dumme Fragen.«

Der Führer war mittlerweile fertig geworden und ein Stück zurückgetreten. Einen Moment lang verharrte der Träger noch in seiner reglosen, nach vorne gebeugten Haltung. Dann richtete er sich wieder auf, hob den Kopf und spreizte die Flügeldecken noch weiter auseinander, bis sie im rechten Winkel vom

Körper abstanden und er seine beiden Fahrgäste in der Balance hatte. Tally und Weller saßen nun schräg hinter seinem stacheligen Schädel, sicher gehalten von den natürlichen Vertiefungen seines Panzersattels, während ihre Beine frei in der Luft baumelten.

Tally begann sich unwohl zu fühlen. Außerdem kam sie sich lächerlich vor, auf den auseinandergeklappten Flügeldecken eines Riesenkäfers zu hocken wie ein Korb voller Früchte neben dem Rücken eines Lastesels.

Weller ergriff mit der linken Hand eines der gebogenen Schädelhörner des Trägers und bedeutete ihr mit Blicken, es ihm gleichzutun. Tally gehorchte, und kaum hatte sie das Horn aus schwarzem Chitin berührt, da setzte sich der Hornkopf in Bewegung, langsam und schaukelnd wie ein überladenes Kamel zuerst, dann, als er aus der Menschenmenge heraus war und seine Beine in den gewohnten Takt gefunden hatten, mit erstaunlichem Tempo. Tally verspürte ein leises Ekelgefühl. Die Art, in der sich die Beine des Hornkopfes bewegten, erinnerten sie stark an das Laufen einer Spinne.

Nach wenigen Augenblicken erreichten sie eine breitere, von zweigeschossigen steinernen Häusern gesäumte Straße. Tally sah, dass in ihrer Mitte ein doppelter, gut dreifach mannsbreiter Streifen dunklerer Steine in das Straßenpflaster eingelassen war, auf dem sich zahlreiche Trägerinsekten bewegten – und zwar in einer Ordnung, die sie überraschte. Das hektische Hin und Her der Käfer wirkte chaotisch, aber es war das Gegenteil: Alle Träger, die sich nach Norden bewegten, hielten sich auf dem linken Streifen, während die westwärts eilenden – es waren erheblich weniger – die rechte Straßenseite benutzten. Niemals berührten sich die Insekten dabei, auch wenn es so aussah, als müssten sie mit ihren weit auseinandergeklappten Flügeldecken die Straße leerfegen wie mit Sensen.

Ihr eigener Träger wartete reglos, bis er eine Lücke in dem

schwarzen Strom der Insekten erspähte, flitzte mit erstaunlicher Behendigkeit los und reihte sich ein. Tally hätte sich gerne mit Weller unterhalten, denn es gab buchstäblich Tausende von Dingen, die sie sah und nicht verstand, aber das Klicken und Knistern und Rascheln der wirbelnden Insektenbeine schwoll zu einem derartigen Lärm an, dass sie hätten schreien müssen, um sich zu verständigen. Die Häuser flogen nur so an ihnen vorüber. Wenn sie ihre Geschwindigkeit beibehielten, schätzte Tally, dann mussten sie die knapp zwanzig Meilen bis zum Hafen in weniger als zwei Stunden zurückgelegt haben.

Aus den zwei Stunden wurden vier, denn die Straßen, die der Träger nahm, waren nicht immer so breit wie diese, und mehrmals stockte der klickende Fluss der schwarzen Riesenkäfer, wenn sie an Stellen kamen, an denen sich die Straßen kreuzten. Einmal mussten sie eine geschlagene halbe Stunde warten, weil ein Stück vor ihnen einer der Riesenkäfer von der Bahn abgekommen und wie ein lebendes Geschoss in den entgegengesetzten Laufstrom hineingerast war, was ein heilloses Chaos hervorgerufen hatte. Soweit Tally erkennen konnte, hatte es Verletzte, vielleicht sogar Tote unter den Männern und Frauen gegeben, die unsanft von den Rücken ihrer Lasttiere heruntergeschleudert worden waren.

Als sie sich ihrem Ziel zu nähern begannen, hörte Tally ein dumpfes, an- und abschwellendes Rauschen. Zu Anfang war es so leise, dass es fast im Klicken und Rasseln des Insektenstromes unterging. Aber es schwoll an, bis es das Chitinwispern der Träger zu übertönen begann, und nach einer Weile glaubte sie, den Boden unter den Füßen ihres Tieres im Rhythmus dieses Geräusches zittern zu fühlen.

»Was ist das, Weller?«, schrie sie über den Lärm hinweg.

Weller drehte sich schwerfällig im Sattel herum. »Was?«, antwortete er schreiend. »Dieser Lärm?« Tally nickte, und Weller fuhr mit einer vagen Geste nach Norden hin fort: »Der Hafen.

Mach dich auf eine Überraschung gefasst! Und stell zum Teufel noch mal nicht so viele dumme Fragen. Wir fallen auf!«

Tally verbiss sich die wütende Antwort, die ihr auf der Zunge lag – schon allein, weil sie mit vollem Stimmaufwand hätte schreien müssen, um sie hervorzubringen. Nach allem, was sie bisher mit Weller erlebt hatte, schien er höchst sonderbare Vorstellungen von der Bedeutung des Wortes *unauffällig* zu haben. Aber wenige Augenblicke später bog der Träger in eine schmale Seitenstraße ein, und was Tally sah, ließ sie ihre Verärgerung im Moment vergessen, denn unter ihnen lag der Hafen von Schelfheim.

Sie hatte sich bisher niemals Gedanken über die Bedeutung des Wortes *Hafen* gemacht; irgendwie hatten sich die beiden Vorstellungen, dass Schelfheim am Schlund lag und dass Wasser prinzipiell das Bestreben hatte, bergab zu fließen, in Tallys Bewusstsein nicht zu der Unmöglichkeit vereint, die sie darstellten. Bis jetzt.

Unter ihnen lag der Fluss, ein glitzerndes, eine halbe Meile breites Band, das wie mit einem ungeheuerlichen Lineal gezogen gerade nach Westen verlief, bis es sich im Häusermeer der Stadt verlor. Ein halbes Dutzend gewaltiger Brücken überspannte den Fluss. Seine Ufer waren gemauert, schräg abfallende, grünverkrustete Dämme, unter denen das Wasser mit unglaublicher Geschwindigkeit dahinschoss. Das dumpfe Donnern und Dröhnen, das sie hörte, überraschte sie jetzt nicht mehr, denn sie blickte geradewegs in den gigantischsten Wasserfall, den sie jemals gesehen hatte.

Sie waren dem Schlund jetzt sehr nahe, und eine Viertelmeile unter ihnen schoss das Wasser des Flusses schäumend und donnernd ins Nichts, ein brüllender Strom, der mit der Geschwindigkeit eines Pfeiles in die große Leere hinausraste und zu weißglitzerndem Schaum wurde, ehe er seinen meilentiefen Sturz begann.

Der Boden unter den Füßen ihres Reittieres zitterte jetzt wirklich, und die Luft war so voller Feuchtigkeit, dass ihre Kleider schon nach Augenblicken dunkel und schwer zu werden begannen. Wasser sammelte sich in winzigen glitzernden Tröpfchen auf dem Chitinpanzer des Trägers.

Tally bemerkte es nicht einmal. Wie gebannt starrte sie auf das unglaubliche Bild, das sich ihr bot.

Der Fluss hatte sich im Laufe der Jahrhunderttausende ein Stückweit ins Land hineingefressen, sodass der Wasserfall praktisch innerhalb der Stadt lag. Die Glocke aus sprühender Gischt musste eine halbe Meile hoch sein, ein Bereich immerwährender Feuchtigkeit und nie endenden, entsetzlichen Lärms, in dem trotzdem Häuser und Straßen entstanden waren, von denen sich manche bis auf wenige Schritte an den Rand des Abgrundes herangetastet hatten.

Tally schauderte. Ein Gefühl eisiger Kälte durchflutete sie, und ganz plötzlich hatte sie Angst, panische Angst. Es war das erste Mal, dass sie den Schlund *sah,* wirklich sah, so nahe, dass sie nur noch wenige hundert Schritte hätte tun müssen, um ihn zu erreichen. Und obwohl ihr Leben in den letzten vierzehn Monaten keinem anderen Ziel mehr gedient hatte, als genau diesen Schlund zu erreichen, entsetzte sie sein Anblick zutiefst.

Vor ihr lag der Rand der Welt, das große Nichts, die Leere, aus der alles Leben kam und in die es zurückkehrte, ein Abgrund, Meilen um Meilen um Meilen tief, und mit nichts anderem als *nichts* gefüllt. Wo Land sein sollte, erstreckte sich eine ungeheuerliche, blaugrün gemusterte Einöde, so entsetzlich, so unbeschreiblich *tief* unter der Klippe liegend, dass selbst das Wasser Stunden brauchen musste, es in seinem Sturz zu erreichen.

Für einen ganz kurzen Moment war Tally sicher, dass Maya gelogen hatte. Es war unmöglich, dass dort unten *irgendetwas* existierte, und wenn, war es noch unmöglicher, dass irgendetwas den Weg hinauf aus dieser Tiefe schaffte. Nicht einmal ein Drache.

Dann bewegte sich der Träger in eine weitere Gasse hinein, und mit dem unmittelbaren Anblick des Schlundes verschwand auch die Angst, mit dem er sie erfüllt hatte.

Tally atmete hörbar auf. Der feine Sprühregen des Wasserfalles hatte sie bis auf die Haut durchnässt, und plötzlich spürte sie, wie kalt es geworden war. Sie zitterte am ganzen Leib. Aber sie versuchte tapfer, sich einzureden, dass es wirklich nur an der Kälte und der alles durchdringenden Feuchtigkeit lag. Mit aller Macht kämpfte sie ihre Furcht nieder und versuchte, sich auf ihre Umgebung zu konzentrieren.

Sie näherten sich jetzt dem eigentlichen Hafen, einem komplizierten System hintereinandergestaffelter riesiger Becken, deren Staumauern die Strömung des Flusses schrittweise brachen, bis sie weit genug gebändigt war, nicht jedes Schiff wie ein Spielzeug zu zermalmen. Trotzdem waren die Schiffe, die auf den Wellen schaukelten, mit gewaltigen Ketten und Tauen gesichert. Die gemauerten Ufer waren hier mit einem komplizierten System aus stacheligen Rädern und Ketten übersät, das sich so weit in den Westen zog, wie Tally sehen konnte.

Sie fragte Weller nach dem Sinn dieser Konstruktion, und er erklärte ihn ihr: Schiffe, die nach Schelfheim fuhren, konnten sich der Strömung überlassen, bis sie in einem der Hafenbecken aufgefangen wurden, während das Fahren in südlicher Richtung weitaus schwieriger war. Segel oder Ruder und auch beides zusammen hatten keine Chance gegen den Sog der Strömung, sodass Schiffe, die Schelfheim wieder verlassen wollten, gezogen werden mussten, und zwar mehrere Meilen landeinwärts, bis weit hinüber über die Klippe, die den Schelf vom eigentlichen Land trennte.

Wellers Erklärung erfüllte Tally mit Staunen, aber auch mit einer tiefen, jäh aufflammenden Wut. Sie hatte Städte verbrannt, deren Bewohner so leichtsinnig gewesen waren, einen Flaschenzug zu erfinden. Und in dieser Stadt, die unter dem Befehl der

Drachenreiterinnen stand, sah sie Maschinen, die an ein Wunder grenzten.

Irgendwie holte diese Erkenntnis Tally in die Wirklichkeit zurück. Die Ehrfurcht, mit der sie der Anblick des Schlundes erfüllt hatte, verkroch sich in einen entlegenen Winkel ihres Bewusstseins, und ganz plötzlich wurde sie sich wieder des Grundes bewusst, aus dem sie überhaupt hier war.

Aber sie hatten ihr Ziel jetzt auch fast erreicht. Der Träger trippelte ungeschickt eine gewundene Treppe hinab, näherte sich dem Rand eines der gewaltigen Hafenbecken und hielt plötzlich an. Weller sprang mit einer geschmeidigen Bewegung von seinem Panzer herunter, duckte sich unter seinem Schädel hindurch und streckte die Arme aus, um Tally beim Absteigen zu helfen.

Tally ignorierte ihn, stieg umständlich von ihrem Sitz herab und trat ein paar Schritte auf der Stelle, um ihre vom langen reglosen Sitzen steif gewordenen Muskeln zu durchbluten. »Wo ist Karans Haus?«, fragte sie.

Weller zog eine Grimasse. »Hier nicht«, antwortete er. »Wir haben noch einen kleinen Spaziergang vor uns – nicht lang. Drei, vielleicht vier Stunden.«

Tally starrte ihn wütend an. »Was soll das?«, fragte sie. »Wenn ich einen Fremdenführer gebraucht hätte, der mir die Sehenswürdigkeiten von Schelfheim zeigt, hätte ich einen engagiert, Weller. Warum hast du uns hierherbringen lassen, wenn Karan drei Stunden entfernt wohnt?«

»Deshalb.« Weller deutete mit einer Kopfbewegung auf den Träger, der jetzt schwerfällig seine Flügeldecken zusammenfaltete und sich auf der Stelle zu drehen begann. »Ich traue deiner Freundin Jandhi nicht, weißt du? Diese Biester sind zwar strohdumm, aber sie merken sich jeden Weg, den sie einmal gegangen sind. Wenn er zurück ist, braucht Jandhi nur auf seinen Rücken zu steigen, und er führt sie hierher.« Er grinste. »Aber bis dahin sind wir längst Meilen entfernt.«

»Und Hrhon?«, fragte Tally. »Wir wollten uns hier mit ihm treffen.«

»Er kann frühestens beim Sonnenuntergang hier sein«, antwortete Weller ungeduldig. »Er ist ein Waga, vergiss das nicht. *Nicht-Menschen* bekommen keine Träger in Schelfheim. Er muss wohl oder übel laufen. Aber wir sollten die Zeit nutzen, zu Karan zu gehen und mit ihm zu reden. Wenn wir ihn finden, heißt das.«

Tally starrte ihn wütend an, aber sein Grinsen verriet ihr, dass er zumindest den letzten Satz nur gesagt hatte, um sie zu reizen. So schwieg sie und trat nur finsteren Blickes neben ihn, als er sich umwandte und in die Richtung zu gehen begann, aus der sie gerade gekommen waren.

Sie konnte Wellers Vorsicht sogar verstehen – auch ihr war die Freundlichkeit, mit der Jandhi sie behandelt hatte, noch immer ein Rätsel, und es hätte sie keineswegs überrascht, wenn Weller recht gehabt hätte und dies alles wirklich nur eine geschickt aufgestellte Falle war, in der sie und Hrhon sich fangen sollten. Trotzdem nahm ihre Verärgerung noch zu; denn sie gingen mindestens eine Meile auf genau dem Weg zurück, den der Träger sie hergebracht hatte, ehe sie schließlich nach Norden abbogen und sich wieder dem Schlund näherten. Tally fragte sich, warum sie nicht einfach vom Rücken des Tieres gesprungen waren, als sie an dieser Stelle vorbeikamen, und sie stellte die gleiche Frage Weller, der sie aber nur, als sei sie nicht ganz richtig im Kopf, anstarrte und es vorzog, gar nicht zu antworten.

Je weiter sie sich vom Hafen entfernten, desto zahlreicher wurden die Menschen, denen sie begegneten. Wenn sich die Häuser in der Nähe des Wasserfalles auch aus reiner Platznot bis an den Abgrund herangeschoben hatten, so spielte sich das Leben dort doch zum allergrößten Teil hinter ihren Mauern ab – wer hatte schon Lust, dachte Tally, bei jedem Atemzug Wasser zu atmen und ständig das Gefühl zu haben, sich auf den Grund eines besonders dünnflüssigen Meeres verirrt zu haben. Zwei Meilen westlich des Hafens war dies anders. Zwar übertönte das Grollen und Dröhnen des Wasserfalls auch hier jeden anderen Laut, und wenn sie sich darauf konzentrierte, so konnte sie auch hier noch das Zittern und Beben des Bodens spüren, aber die Straßen waren doch wieder voller Leben. Weller wurde immer schweigsamer, je weiter sie in diesen Teil der Stadt eindrangen, und er ging jetzt dichter neben ihr.

Tally konnte ihn gut verstehen. Was sie sah, erschreckte die Frau in ihr, und es ließ die Kriegerin vorsichtiger werden. Die Häuser waren hier allesamt alt und grau und so schmutzig, dass der Slum dagegen wie eine gepflegte Parklandschaft wirken musste, und manche Straßen waren so mit Abfällen übersät, dass sie über Berge von Müll und Unrat steigen mussten, wollten sie nicht große Umwege in Kauf nehmen. Es gab fast ebensoviele Ratten wie Menschen – und beinahe keine Frauen.

Es dauerte eine Weile, bis Tally dieser Umstand auffiel, und eigentlich waren es auch eher die teils verwunderten, teils aber auch eindeutig gierigen Blicke, die ihr folgten, die sie überhaupt darauf aufmerksam werden ließ, dass hier fast nur Männer zu sehen waren. Von den beiden einzigen Frauen, die ihnen in den gut zwei Stunden ihres Marsches begegneten, war die eine uralt, eine Greisin, die sich schwer auf einen Stock stützte und trotzdem kaum vorwärtskam, die andere etwa in Tallys Alter, aber in Männerkleidung gehüllt und bis an die Zähne bewaffnet. Ihr Gesicht war vernarbt und fast bis zur Unkenntlichkeit entstellt. Sie glaubte plötzlich besser zu verstehen, warum Weller sie gewarnt hatte, in dieser Stadt offen sichtbar eine Waffe zu tragen.

Und sie sehnte sich jetzt mehr denn je danach zurück. Als sie nach einer Weile von der belebten Hauptstraße abbogen und eine Abkürzung durch eine kaum meterbreite Gasse nahmen, befahl sie Weller mit einer Geste stehenzubleiben.

»Mein Schwert«, sagte sie.

Weller zögerte. »Du erregst auch so schon genug Aufsehen«, sagte er, »Ich halte es für keine gute Idee, wenn du eine Waffe trägst.«

»Ich schon«, erwiderte Tally kurz angebunden. »Außerdem werde ich es unter dem Mantel verstecken. Aber diese Gegend gefällt mir nicht. Hier läuft zu viel Kroppzeug herum.«

Weller lachte. »Dann warte, bis wir in der Altstadt sind«, sagte er, griff aber gehorsam unter sein Cape und zog Tallys Schwert hervor. Sie schüttelte den Kopf, als er ihr die Klinge reichen wollte.

»Das andere«, sagte sie. »Das, das ich dem Katzer abgekauft habe. Das da kannst du behalten.«

Weller gab sich keine Mühe, seine Enttäuschung zu verhehlen. »Sagtest du nicht irgendetwas von einem Geschenk für mich?«, fragte er schüchtern.

»Jandhi hat das gesagt, nicht ich«, verbesserte ihn Tally. »Geh zurück und beschwer dich bei ihr.«

Weller lächelte gequält, zog die Silberklinge unter dem Umhang hervor und sah stirnrunzelnd zu, wie sie es in den Waffengurt schob und beides umband. Ihr eigenes altes Schwert hielt sie ihm hin. Weller schüttelte den Kopf, und Tally warf die Klinge achtlos zu Boden. Sie schloss ihren Mantel sorgfältig wieder, tastete durch den schweren Stoff nach der Waffe und rückte sie zurecht, sodass sie sie mit einem Griff ziehen konnte, der Stahl sich aber nicht zu deutlich unter dem Mantel abzeichnete.

»Ich halte das für keine gute Idee«, sagte er noch einmal. »Für eine Klinge wie die da schneidet man dir hier die Kehle durch.«

»Nicht, wenn ich sie in der Hand habe«, sagte Tally trocken. Sie wollte weitergehen, blieb aber nach einem halben Schritt abermals stehen und schlüpfte aus den Folterschuhen, die sie bisher tapfer getragen hatte. Der Stein unter ihren Füßen fühlte sich eisig an. Ihre Fußsohlen begannen fast sofort vor Kälte zu prickeln. Aber zum ersten Mal seit Stunden hatte sie wieder das Gefühl, sicher auf ihren eigenen Füßen zu stehen.

Weller seufzte. »Es hat wohl wenig Sinn, dich davon abhalten zu wollen, wie?«

»Sehr wenig«, antwortete Tally. »Außerdem habe ich den Eindruck, dass ich sowieso auffalle. Also will ich mich wenigstens wehren können, wenn es sein muss.« Sie sah Weller auffordernd an. »Wie weit ist es noch?«

»Nicht sehr weit«, antwortete Weller. »Allerdings weiß ich nicht genau, wo ich ihn finde. Aber ich kenne jemanden, der uns hinführen wird«, fügte er hastig hinzu, als Tally ärgerlich die Brauen zusammenzog.

Sie gingen weiter. Die Kälte kroch eisig in Tallys nackten Beinen empor, und plötzlich hatte sie das Gefühl, nicht mehr richtig atmen zu können. Die Gasse schien sich rings um sie herum zusammenzuziehen, wie ein steinernes Maul, das sie verschlingen wollte. Aber das vertraute Gewicht der Waffe an ihrer Seite beruhigte sie. Und – Tally wusste nicht, warum, aber sie war absolut sicher – sie hatte das ungute Gefühl, dass sie sie brauchen würde.

Sehr bald.

Das Mädchen war eingeschlafen. Die sanfte, sehr leise Stimme der fremden Frau hatte es sacht hinübergeschaukelt ins dunkle Reich des Schlafes, und als es aufschrak und – halb erschrocken, halb erleichtert, sich nicht allein wiederzufinden, wie es im allerersten Moment befürchtet hatte – in ihr Gesicht blickte, spürte es, dass es sehr lange geschlafen haben musste. Im Osten begann der Himmel bereits grau zu werden; die Nacht war zu Ende. Die Geschichte der Frau noch nicht, das spürte es ganz genau, denn obwohl es nur eine ausgedachte Geschichte war, die die dunkelhaarige Fremde sich zweifellos im gleichen Moment einfallen ließ, in dem sie sie dem Mädchen erzählte, hatte sie einen Anfang gehabt und eine Fortsetzung, und sie musste ein Ende haben.

Dass sie nicht wahr war, störte das Mädchen nicht sehr; ganz im Gegenteil – wäre sie wahr gewesen, hätten sie all die sonderbaren und fremdartigen Dinge sicherlich erschreckt. So aber erweckten sie nur sein Interesse, und erfüllten es allenfalls mit einem schwachen, eher wohligen Schaudern.

Und sie half ihm zu vergessen. Die Stadt brannte noch immer, obwohl es hinter den geschwärzten Mauern eigentlich lange nichts mehr geben konnte, was noch zu verbrennen war. Aber dann und wann trug der Wind noch immer den rußigen Geruch des Todes heran, und der Himmel über der Stadt lohte rot.

Hastig wandte das Mädchen den Blick. Es wollte nicht erinnert werden. Es wusste, dass der Schmerz kommen würde, so wie er Talianna eingeholt hatte, das Mädchen aus der Geschichte der Fremden. Aber es fühlte sich noch nicht stark genug, ihn zu ertragen.

Sie setzte sich auf, zog fröstelnd die Knie an den Körper und rieb mit den Händen über ihre nackten Oberarme. Der Morgen war kalt.

Nach einer Weile stand die fremde Frau auf, löste ihren Mantel von den Schultern und legte ihn dem Mädchen über. Das Kind bedankte sich mit einem scheuen Lächeln und kuschelte sich eng in das wollene Kleidungsstück.

»Hat sie Karan gefunden?«, fragte es.

»Tally?« Die Fremde nickte, »Oh ja. Ihn und andere.«

»Und hat er getan, was sie von ihm wollte?«

Die dunkelhaarige Frau lächelte. »Sicher. Wenn auch auf andere Weise, als Tally sich vorgestellt hatte. Aber die Geschichte ist noch lang. Und du bist müde. Schlaf ein wenig. Ich werde auf dich aufpassen.«

Das Mädchen schüttelte fast erschrocken den Kopf Es wollte nicht schlafen. Wenn es schlief würden die Träume kommen. Es hatte Angst. »Rede weiter«, sagte es. »Bitte. Was geschah mit Hrhon und Weller?«

Die Fremde zögerte. Aber dann setzte sie sich wieder auf den Felsen, auf dem sie die ganze Nacht gehockt hatte, stützte die Ellbogen auf die Oberschenkel und beugte sich leicht vor, ehe sie zu erzählen begann.

»Sie brauchten länger, Karan zu finden, als Weller geglaubt hatte. Bald wurde es wieder dunkel, und Tally, die nun schon seit zwei Tagen und einer Nacht nicht geschlafen hatte, wurde sehr müde, und außerdem hatte sie Angst, wie du dir sicher vorstellen kannst. Also schlug Weller vor, dass er sich allein auf die Suche nach Karan machen wolle, während Tally in einem Gasthaus auf ihn wartete ...«

4. Kapitel

Karan

1

Sie war so müde, dass es ihr schwerfiel, dem Treiben in der Schänke die gebührende Aufmerksamkeit zu zollen. Weller hatte sie gewarnt, hier hineinzugehen, selbst in Begleitung, und erst recht, allein hierzubleiben, aber sie hatte auf die eine Warnung so wenig gehört wie auf die andere. Sie hatte zwei Tage und eine Nacht nicht geschlafen, hatte eine mittlere Schlacht miterlebt, um ihr Leben kämpfen und stundenlang vor einem Feuer davonlaufen müssen – mehr, als selbst jemand mit ihrer nicht unbeträchtlichen Kondition so einfach wegstecken konnte, ohne dafür früher oder später zahlen zu müssen. Sie wollte einfach ausruhen, und ein Ort wie dieser schien ihr noch immer geeigneter als die Straße; denn zumindest in diesem Punkt hatte sie Weller uneingeschränkt recht geben müssen: Der Norden Schelfheims war eine Gegend, in der selbst sie es sich gründlich überlegte, nach Dunkelwerden allein auf die Straße hinauszutreten.

Nicht dass dieses Gasthaus sehr viel vertrauenerweckender gewesen wäre. Der Raum war zu klein, zu niedrig und zu schlecht belüftet, um mehr als ein stickiges Loch sein zu können, und das Dutzend zerlumpter Gestalten, das an der Theke herumlümmelte und sich mit billigem Fusel der einzigen Sorte volllaufen ließ, die der Wirt feilbot, hätte geradewegs aus den Bleiminen von Curan entsprungen sein können. Aber hier hatte sie ihre Umgebung wenigstens im Auge, und sie hatte einen Platz in der hintersten Ecke der Kaschemme gewählt, sodass sie vor einem Angriff aus dem Hinterhalt sicher war.

Andererseits glaubte sie nicht, dass die Gefahr ganz so groß war, wie Weller behauptete. Sie war oft genug auch in Gegenden wie dieser gewesen, um zu wissen, nach welchen Spielregeln das Leben hier ablief. Selbst in einer Gesellschaft aus Verbrechern lief nicht jeder zweite herum und schnitt seinem Nachbarn aus purem Übermut die Kehle durch. Es gab ein paar sehr einfache Regeln, am Leben zu bleiben und überflüssigen Ärger zu vermeiden, und Tally bildete sich ein, sie zu beherrschen.

Eine von diesen Regeln lautete, sich in nichts einzumischen, was einen nichts anging – was praktisch *alles* war –, die andere, sich immer einen Fluchtweg offenzuhalten und als Erster zuzuschlagen, wenn es schon sein musste. Auch was dies anging, hatte Tally vorgesorgt: Das einzige Fenster der Kaschemme lag nur knapp zwei Schritte neben ihr, und sie hatte das Schwert gezogen und unter dem Tisch quer über ihre Beine gelegt.

Der Wirt kam, trug den Becher mit schal gewordenem Bier fort, der vor ihr auf dem Tisch stand, und knallte ihr einen neuen Tonkrug hin. Eine schmierige, fette Hand mit zu kurzen Fingern streckte sich aus; Tally griff in ihren Beutel, nahm eine kleine Kupfermünze heraus und ließ sie hineinfallen. Der Wirt antwortete mit einem Grunzen und entfernte sich.

Tally blickte ihm finster nach. Sie verabscheute Neppmethoden wie diese im Allgemeinen, und sie ließ normalerweise keine Gelegenheit aus, dies sehr deutlich klarzumachen (im Zweifelsfalle mit einem Fausthieb oder einem Tritt), aber sie war einfach zu müde, sich wegen einer solchen Kleinigkeit zu ereifern – und sie hatte Wellers Warnung keineswegs vergessen. Sie war eine Frau, und sie war allein, und beides war nicht unbedingt dazu angetan, ihre Position sicherer zu machen.

Das Geräusch der Tür ließ sie aufsehen. Ein halbes Dutzend ausnahmslos hochgewachsener, abenteuerlich gekleideter Burschen betrat das Lokal, gefolgt von einer etwas kleineren, dunkelhaarigen Gestalt in einem bodenlangen schwarzen Cape. Tally hob gelangweilt ihr Bier, stockte plötzlich mitten in der Bewegung und sah noch einmal und etwas genauer hin.

Sie hatte sich nicht getäuscht; die Gestalt in dem schwarzen Mantel war eine Frau, und sie hatte sie schon einmal gesehen; vor nicht einmal einer Stunde, es war die Amazone mit dem Narbengesicht. Tallys Müdigkeit machte vagem Schrecken und einer kribbelnden Anspannung Platz. Sie fragte sich, ob es Zufall war, dass die Frau ausgerechnet hier auftauchte. Schelfheim war eigentlich zu groß für ein solch zufälliges Wiedersehen.

Aber vielleicht hatte sie die unabhängige Flucht, auf der sie sich seit mehr als einem Jahr befand, auch schon ein wenig dem Verfolgungswahn nahegebracht. Aber gleich, ob Zufall oder nicht – das Mädchen mit dem Narbengesicht hatte schon bei ihrem ersten flüchtigen Zusammentreffen Tallys Neugier geweckt; sie beschloss, die Gelegenheit zu nutzen, sich eine typische Einwohnerin Schelfheims aus der Nähe zu besehen. Fast behutsam stellte sie ihren Krug auf den Tisch zurück, zog das Kopftuch noch ein wenig tiefer in die Stirn und versuchte, möglichst unauffällig auszusehen, während sie die Amazone gleichzeitig aufmerksam musterte.

Die dunkelhaarige Frau war an die Theke getreten und hatte ein Getränk bestellt, und obwohl sie ein gutes Stück kleiner als die Männer neben ihr – und zudem eine Frau – war, fiel Tally sofort auf, dass sie mit sichtlichem Respekt behandelt wurde. In den Blicken des Wirtes zum Beispiel erkannte sie eindeutig Angst, als er auf sie zutrat und das Bier vor ihr abstellte. Und er tat es weitaus höflicher, als er Tally bedient hatte.

Tally blickte nervös zur Tür. Weller hatte versprochen, in längstens einer Stunde zurück zu sein, egal ob er Karan nun fand oder nicht. Wenn ihr Zeitgefühl nicht vollends durcheinandergeraten war, musste diese Frist längst verstrichen sein. Aber von Weller war noch keine Spur zu sehen.

Einen Moment lang spielte sie mit dem Gedanken, das Gasthaus zu verlassen und auf eigene Faust nach Karan zu suchen, sah aber rasch ein, wie wenig sinnvoll ein solches Unterfangen war. Wenn Weller Karan nicht fand, hatte sie als Fremde schon gar keine Chance, dafür aber gute Aussichten, auch noch ihn zu verlieren und sich plötzlich ganz allein wiederzufinden.

Tally registrierte überrascht, wie sehr sie dieser Gedanke erschreckte. Sie war wenig länger als vierundzwanzig Stunden mit Weller zusammen, und doch hatte sie sich bereits an seine Gegenwart gewöhnt – obwohl sie sich immer noch nicht vollkommen sicher war, ob sie ihm nun traute oder nicht. Vielleicht war sie wirklich zu lange allein gewesen.

Statt zu gehen, hob sie den Arm und winkte den Wirt herbei, legte aber rasch die Hand auf ihren erst halb geleerten Krug. Das Bier schmeckte nicht nur wie Pferdepisse, es enthielt auch mehr Alkohol, als im Moment für Tally gut war. Das Letzte, was sie sich im Moment leisten konnte, war, sich zu betrinken.

»Was hast du zu essen?«, fragte sie.

»Braten«, antwortete der Wirt. »Und frisches Gemüse. Aber die Küche ist zu.«

»Dann mach sie wieder auf«, sagte Tally grob. »Ich bezahle.«

»Nichts zu machen«, antwortete der Wirt. »Hättest eher kommen müssen. Aber ich weiß nicht, ob du überhaupt ...«

Eine schmale, aber sehr kräftige Hand legte sich auf seine Schulter und drückte zu, und der Wirt verstummte mitten im Wort. Tally sah, wie sein Gesicht unter der Kruste aus Schmutz erbleichte. Hinter ihm stand die dunkelhaarige Frau. Die Narben in ihrem Gesicht ließen ihr Lächeln zu einer Grimasse werden.

»Mach keinen Ärger, Sverd, und bring der Kleinen etwas zu essen«, sagte sie ruhig. »Und mir auch. Ich bin ebenfalls hungrig.«

Sverd nickte hastig. Sein Blick irrte unstet zwischen Tally und der dunkelhaarigen Fremden hin und her, und Tally hatte das Gefühl, dass er etwas ganz Bestimmtes sagen wollte. Aber stattdessen nickte er nur noch einmal – und noch hastiger –, trat einen Schritt herum und stürmte fluchtartig davon.

Tally blickte die junge Frau aufmerksam an. Jetzt, als sie sie aus der Nähe sah, erkannte sie, dass sie noch jünger war, als sie bisher angenommen hatte – keine zwanzig Jahre, ein wenig kleiner als sie, aber von sehr kräftigem Wuchs. Ihr Haar fiel lang und glatt bis auf den Rücken herab und hatte die Farbe glänzenden Rabengefieders, bis auf eine handbreite schlohweiße Strähne, die über ihrer linken Schläfe begann und sich bis zum Scheitel hinaufzog. Ihr Gesicht musste einmal sehr schön gewesen sein – bis jemand Säure hineingeschüttet oder es verbrannt hatte.

»Gefällt dir, was du siehst?«, fragte sie scharf.

Tally schrak schuldbewusst zusammen, als ihr klar wurde, dass sie die Fremde angestarrt hatte. »Verzeih«, sagte sie hastig. »Ich … ich wollte dich nicht verletzen. Danke.«

»Schon gut.« Die Schwarzhaarige machte eine herrische Handbewegung. »Ich weiß, dass ich keine Schönheit bin. Ich bin Angella. Und du?«

»Nora«, antwortete Tally, eine halbe Sekunde, ehe sie ganz automatisch ihren wirklichen Namen nennen konnte und in einem Ton, der selbst dem Dümmsten klarmachen musste, dass dies ganz eindeutig *nicht* ihr wirklicher Name war. Angella runzelte auch prompt die Stirn, beließ es aber dann bei einem Achselzucken, zog sich einen Stuhl heran und setzte sich rittlings darauf. »Du bist hübsch«, sagte sie, während sie die Arme auf die Rückenlehne legte.

Tally lächelte. »Danke.«

»Was tust du in einer Gegend wie dieser?«, fuhr Angella fort.

Tally antwortete nicht gleich. Sie sah Angella aufmerksam an, aber ihr entging auch keineswegs, dass sie nicht die Einzige war. Die Männer, die in Angellas Begleitung gekommen waren, hatten ihr Gespräch unterbrochen und blickten gebannt zu ihnen herüber. Tally hatte plötzlich ein sehr ungutes Gefühl. »Ich … warte auf meinen Bruder«, antwortete sie nach einer geraumen

Weile und stockend, wie jemand, der nur mit Mühe seine Angst unterdrückte.

»Dein Bruder?«, wiederholte Angella. »Der Mann, der vorhin mit dir zusammen war?« Tally nickte, und Angella fuhr fort: »Er muss verrückt sein, dich allein in dieser Kaschemme zurückzulassen. Das hier ist eine üble Gegend, weiß er das denn nicht?«

Tally nickte und schüttelte gleich darauf den Kopf. Ihre rechte Hand näherte sich unter dem Tisch dem Schwertgriff. Dieses Mädchen war nicht nur hier, um mit ihr zu reden, das spürte sie.

»Sieh dir die Burschen nur an«, fuhr Angella mit einer Kopfbewegung hinter sich fort. »Das sind noch die Harmlosesten von denen, die hier herumlaufen. Einem kleinen Mädchen wie dir kann hier weiß Gott was zustoßen, wenn es allein ist.«

»Ich habe keine Angst«, sagte Tally ruhig. »Ich tue niemandem etwas, warum sollte also mir jemand etwas antun wollen?«

Angella lachte schallend. »Bist du so naiv, oder willst du mich auf den Arm nehmen, Nora?«, fragte sie. »Du bist hier schneller tot, als du deinen falschen Namen buchstabieren kannst – wenn du niemanden hast, der auf dich aufpasst, heißt das. Aber den hast du ja nun«, fügte sie nach einer winzigen Pause hinzu.

Tally tat ihr nicht den Gefallen, sie zu fragen, wie ihre Worte gemeint waren, sondern sah sie nur weiter mit gespieltem Unverständnis an.

»Du gefällst mir«, fuhr Angella fort, als sie auch nach weiteren Sekunden nicht reagierte. »Ich denke, ich werde auf dich aufpassen, bis dein Bruder zurück ist. Aber das kann dauern, vor allem in einer Gegend wie dieser.« Sie lächelte, streckte den Arm aus und legte die Hand unter Tallys Kinn. »Ich wüsste etwas, womit wir uns die Wartezeit vertreiben könnten, Liebes.«

Tally schlug ihre Hand beiseite. Angellas Augen verdunkelten sich vor Zorn, und Tally sah, wie ihre Rechte zum Schwert zuckte; gleichzeitig spannte sich das halbe Dutzend Gestalten, das mit ihr hereingekommen war, und mit einem Male war es sehr still.

Aber Angella führte die begonnene Bewegung nicht zu Ende, sondern atmete nur hörbar ein, starrte Tally noch einen Herzschlag lang eisig an und stand dann mit einer so heftigen Bewegung auf, dass ihr Stuhl umschlug. Tally konnte die Spannung beinahe sehen, die sich mit einem Male in der Gaststube ausbreitete.

Aber der gefährliche Moment ging vorüber, ohne dass irgendetwas geschah. Angella trat zu ihren Begleitern an die Theke zurück, deutete mit einer komplizierten Handbewegung auf Tally und sagte ein Wort, das Tally nicht verstand, unter den zerlumpten Gestalten aber ein grölendes Gelächter auslöste. Mit einer herrischen Geste bestellte sie ein weiteres Bier und leerte den Krug mit einem einzigen, gewaltigen Zug.

Tally atmete erleichtert auf. Sie hatte keine Angst gehabt – nicht vor diesem Kind –, aber sie war nicht hier, um sich in eine Wirtshausschlägerei verwickeln zu lassen. Außerdem war Angella nicht allein.

Wo blieb nur Weller?

Nach einer Weile kam der Wirt und brachte einen Teller mit halbverbranntem Fleisch und einer hölzernen Schüssel mit der unappetitlichen Pampe, von der er behauptet hatte, es sei frisches Gemüse. Unfreundlich knallte er beides vor Tally auf den Tisch, streckte die Hand aus und verlangte einen Silberheller.

»Besser du tust, was sie von dir verlangt, Kind«, raunte er ihr zu, als sie die Münze in seine Hand fallen ließ. »Du weißt nicht, wer diese Frau ist.«

Tally schwieg – schon, um dem Wirt nicht als Dank für seine Warnung Ärger zu machen. Aber seine Worte hatten das ungute Gefühl in ihr noch verstärkt. Nein – sie war jetzt ziemlich sicher, dass Angella sie nicht so ohne weiteres gehen lassen würde. Und sie konnte nicht ewig hier sitzen bleiben. Wenn Weller nicht kam, bis sie ihr Mahl beendet hatte, würde sie sich auf die Suche nach ihm machen – schlimmstenfalls über Angellas Leiche.

Sie aß schweigend, spülte den schlechten Geschmack, den das Essen auf ihrer Zunge hinterließ, mit dem Rest Bier in ihrem Becher herab und verbarg das Schwert unter ihrem Mantel, ehe sie aufstand und ohne sichtliche Hast auf die Theke zuging. Angella blickte bei ihrer Annäherung erwartungsvoll auf, sagte aber nichts, und auch ihre Begleiter traten schweigend zur Seite, um Tally Platz zu machen.

»Mein Bruder verspätet sich wohl«, sagte sie, an den Wirt gewandt. »Ich werde mich allein auf den Weg machen, um nach unserem Freund zu suchen. Sollte er noch kommen, richtet ihm aus, wir treffen uns dort.«

»Du solltest nicht allein hinausgehen, Nora«, sagte Angella freundlich. »Die Straßen sind gefährlich. Darf ich dir meinen Schutz anbieten?«

Tally ignorierte sie, nickte dem Wirt grüßend zu und wandte sich zur Tür. Alle ihre Sinne waren bis zum Zerreißen angespannt. Sie wirkte äußerlich weiter ruhig, aber ihr entging nicht der mindeste Laut in ihrer Umgebung. Und es waren Geräusche, die Bände sprachen.

Als sie die Tür fast erreicht hatte, vertrat ihr einer von Angellas Begleitern den Weg. »Hast du nicht gehört, was Angella gesagt hat?«, fragte er grinsend.

Tally nickte. »Doch«, sagte sie. »Aber ich denke, ich komme ganz gut allein zurecht. Gib den Weg frei – bitte.«

Das Grinsen des Burschen wurde noch breiter. »Und wenn nicht?«, fragte er. Hinter Tally waren Schritte zu hören. Das Gefühl von mindestens zwei, vielleicht drei Männern, die sich ihr näherten. In den Augäpfeln des Burschen vor ihr spiegelte sich das Blitzen von Metall.

»Du solltest besser tun, was Angella vorschlägt«, fuhr er fort. »Es sei denn, du legst Wert darauf, dass ich dich vom Hals bis zu deinem hübschen Hintern aufschneide, Schätzchen. Nun?«

Tally zuckte die Achseln. »Warum eigentlich nicht?«

Sie schlug zu, ehe der Mann überhaupt begriff, was sie tat.

Ihre Handkante traf seinen Kehlkopf mit tödlicher Präzision und zermalmte ihn. Gleichzeitig fuhr sie herum, riss das Schwert unter dem Mantel hervor und verschaffte sich mit einem gewaltigen, beidhändig geführten Hieb Luft. Sie traf nicht und hatte es auch nicht gewollt, aber die beiden Kerle, die sich in ihren Rücken geschlichen hatten, brachten sich mit grotesken Hüpfern in Sicherheit, und auch Angella selbst, die nur wenig hinter ihnen stand, prallte mitten im Schritt zurück.

Aber der Schock über Tallys jähe Verwandlung hielt nur einen Bruchteil eines Herzschlages an; dann verzerrte sich das Gesicht des einen Burschen vor Hass, er schrie auf, riss ein schartiges, aber dafür umso längeres Schwert in die Höhe und drang mit einem gellenden Schrei auf sie ein.

Tally wich dem ersten Hieb aus, trat einen halben Schritt zur Seite und riss ihre Klinge hoch, als der Mann das zweite Mal zuschlug. Die Schwerter prallten funkensprühend gegeneinander. Tallys Klinge rutschte an der des Angreifers herab, prallte gegen ihren Handschutz, federte zurück und beschrieb einen unglaublich engen, rasend schnellen Halbkreis, und plötzlich flog das Schwert des anderen im hohen Bogen davon. Zusammen mit der Hand, die es gehalten hatte.

Diesmal hielt das entsetzliche Schweigen länger an.

Der Bursche, dessen Hand sie abgeschlagen hatte, starrte aus hervorquellenden Augen auf seinen blutenden Armstumpf. Kleine, krächzende Laute drangen aus seinem Mund. Dann schrie er auf – nur ein einziges Mal und nicht sehr laut –, umklammerte den Armstumpf mit der anderen Hand und brach wie vom Blitz getroffen zusammen.

Tally wechselte ihr Schwert blitzschnell von der rechten in die linke Hand und wieder zurück, schlug ihren Mantel vollends beiseite und machte eine drohende, halbkreisförmige Bewegung mit der Waffe. »Noch jemand?«, fragte sie leise.

Keiner der vier Burschen reagierte, die ihr noch gegenüberstanden, und auch Angella selbst blickte sie nur mit einer Mischung aus Unglauben und langsam aufkeimender Wut an. Tally ihrerseits fühlte sich nicht halb so sicher, wie sie mit ihren Worten glauben machen wollte. Sie rechnete sich keine Chancen aus, es wirklich mit fünf Gegnern gleichzeitig aufnehmen zu können – nicht hier drinnen und so erschöpft und müde, wie sie war. Und nicht jetzt, wo Angella und ihre Begleiter wussten, dass sie es nicht mit der wehrlosen dummen Gans zu tun hatten, für die sie sie bisher gehalten haben mochten. Aber wenn sie auch nur eine Spur von Schwäche oder Furcht zeigte, war es aus.

Plötzlich lächelte Angella, wenn auch auf eine Art, die Tally einen eisigen Schauer über den Rücken laufen ließ. »Sieh an«, sagte sie. »Eine Schwester im Geiste, wie? Warum hast du das nicht gleich gesagt, Noraschätzchen?« Ganz langsam zog sie ihr Schwert aus dem Gürtel, scheuchte mit einer Handbewegung die Männer zurück, die damit begonnen hatten, einen Halbkreis um Tally zu bilden, und hob den Arm. Einer ihrer Männer trat herbei und befestigte einen runden, nur tellergroßen Schild an ihrer freien Hand.

»Schade«, sagte sie lächelnd. »Ich hatte eigentlich vor, mich auf andere Weise mit dir zu amüsieren, Schätzchen. Aber bitte – wie du willst.«

Tally wich einen weiteren Schritt zurück, bis sie mit dem Rücken gegen die Wand stieß. Angella folgte ihr, machte aber noch keine Anstalten anzugreifen.

»Ich habe keinen Streit mit dir, Angella«, sagte Tally. »Wenn du mich gehen lässt, ist die Sache erledigt. Ich will dich nicht töten.«

Angella schüttelte den Kopf. »Daraus wird nichts. Du hast zwei meiner Männer erledigt. Ich kann dich nicht gehen lassen.«

Ihr Angriff kam so schnell, dass Tally ihn kaum sah. Angellas Schwert zuckte in einer unglaublich raschen, schlängelnden Bewegung vor, unterlief ihre Deckung und zog eine flammende Spur aus Schmerz über ihren Oberschenkel; gleichzeitig schlug sie mit dem Schild nach Tallys Kopf und zwang sie so, in genau die Richtung zurückzuweichen, in der sie sie haben wollte – fort von der Tür und auf die Theke und ihre Begleiter zu, die zweifellos nur darauf warteten, Tally in den Rücken zu fallen.

Der zweite Hieb traf sie in den Oberarm; nicht sehr tief, aber so schmerzhaft, dass sie aufschrie und um ein Haar das Gleichgewicht verlor. Angella heulte triumphierend auf, setzte ihr nach und fiel auf ein Knie herab, als Tally nicht weiter zurückwich, sondern ihr im Gegenteil entgegensprang und ihr mit aller Kraft vors Schienbein trat. Trotzdem besaß sie noch genug Geistesgegenwart, den linken Arm hochzureißen und Tallys nachgesetzten Schwerthieb aufzufangen. Der Hieb war so gewaltig, dass der kleine Metallschild in zwei Teile zerbrach. Angella fiel mit einem schrillen Schmerzlaut auf die Seite und presste den Arm gegen den Leib.

Aber Tally blieb keine Zeit, auch nur so etwas wie Triumph zu empfinden, denn statt Angella griffen nun die vier Kerle an, die in ihrer Begleitung waren. Und sie taten Tally nicht noch einmal den Gefallen, sie zu unterschätzen.

Der Kampf war aussichtslos. Ihre Klinge war den schartigen Waffen der Angreifer überlegen, und sie war zweifellos auch die bessere Schwertkämpferin – aber sie waren zu viert, und der Begriff *Fairness* schien in ihrem Wortschatz nicht vorzukommen. Tally wehrte sich verbissen, konnte aber nicht verhindern, dass sie mehrmals getroffen wurde, und wenn die Wunden auch nicht schwer waren, so behinderten sie sie doch merklich. Schon nach wenigen Augenblicken wurde sie zurückgedrängt, bis sie mit dem Rücken gegen die niedrige Theke stieß und es nichts mehr gab, wohin sie sich zurückziehen konnte. Sie hätte wohl kaum die nächsten zehn Sekunden überlebt, hätte sich nicht Angella in diesem Moment mit schmerzverzerrtem Gesicht aufgerichtet und ihren Männern zugeschrien, sie lebend zu fangen.

Die Angreifer zögerten einen winzigen Moment – und Tally nutzte die Chance. Blitzschnell trat sie einem der Burschen die Beine unter dem Leib weg, stieß sich in der gleichen Bewegung nach hinten und rollte über die niedrige Theke.

Ein Schwert hämmerte in das morsche Holz und verfehlte sie. Dann stürzte sie auf der anderen Seite der Theke herab, rollte herum und sah einen Schatten über sich aufragen. Blindlings stieß sie die Klinge nach oben, traf auf Widerstand und hörte einen gurgelnden Schrei. Als sie sich aufrichtete, brach einer der vier Angreifer mit durchschnittener Kehle zusammen.

Die drei anderen versuchten gleichzeitig, über die Theke zu springen. Tally packte den mittleren Burschen beim Schopf, knallte sein Gesicht wuchtig auf das harte Holz und sprang über seinen Rücken hinweg – und um ein Haar in Angellas Schwert hinein.

Die junge Frau hatte sich taumelnd aufgerichtet. Ihr Gesicht war aschfahl, und ihr linker Arm schien gebrochen zu sein, denn er hing nutzlos herab, und ihr Mund war vor Schmerz zu einem dünnen, blutleeren Strich geworden. Aber ihre Augen flammten vor Hass, und schon ihr erster Hieb bewies Tally, dass sie höchstens noch gefährlicher geworden war.

Angella griff rücksichtslos an. Ihre Hiebe kamen so schnell und kraftvoll, dass Tally plötzlich alle Hände voll zu tun hatte, nicht getroffen zu werden und an ein Zurückschlagen nicht einmal denken konnte. Und die Geräusche hinter ihr bewiesen sehr deutlich, dass die drei Halsabschneider bereits dabei waren, erneut über die Theke zu klettern und ihr in den Rücken zu fallen.

Tally setzte alles auf eine Karte. Als Angella das nächste Mal zu einem Hieb ausholte, fing sie das Schwert nicht mit der eigenen Klinge auf, sondern drehte sich blitzschnell zur Seite, spürte einen entsetzlichen, reißenden Schmerz in der Schulter und stieß gleichzeitig zu.

Angella keuchte. Ihre Augen wurden dunkel vor Schmerz. Eine halbe Sekunde lang stand sie einfach reglos da und starrte auf das Schwert, das ihre Brust dicht unterhalb des Herzens durchbohrt hatte. Dann taumelte sie zurück, fiel auf die Knie herab und presste beide Hände gegen den Leib. Dunkles Blut sickerte zwischen ihren Fingern hindurch.

Tally hörte einen gellenden Schrei hinter sich, dann das Zischen einer Waffe. Sie federte zur Seite, setzte mit einem gewaltigen Sprung über Angella hinweg und rannte auf die Tür zu. Ein Dolch flog an ihr vorbei, bohrte sich in die Tür und blieb zitternd stecken. Tally fuhr mitten in der Bewegung herum, prallte gegen den Mann, der sie einzuholen versuchte, und rannte ihn kurzerhand nieder. Mit zwei, drei gewaltigen Schritten lief sie auf das Fenster zu, stieß sich mit aller Kraft ab und sprang.

Inmitten eines wahren Hagels aus Glas- und Holzsplittern landete sie auf der Straße, rollte über die Schulter ab und schrie vor Schmerz, als die Wunde, die ihr Angellas Schwert geschlagen hatte, noch weiter aufriss. Trotzdem gelang es ihr irgendwie, auf die Füße zu kommen. Taumelnd erreichte sie die gegenüberliegende Wand der schmalen Gasse, auf der sie gelandet war, ließ sich dagegenfallen und schloss für eine Sekunde die Augen. Der Schmerz in ihrer Schulter wurde fast unerträglich. Ihr schwindelte, und in ihrem Mund breitete sich ein bitterer Geschmack aus.

Aber ihr blieb keine Zeit, der Schwäche nachzugeben. Der

Lärm aus dem Gasthaus nahm zu. Irgendjemand begann mit schriller, überschnappender Stimme zu schreien: »Sie hat Angella umgebracht!«, und als sie die Augen öffnete, sah sie einen massigen Schatten, der ungeschickt durch das zerborstene Fenster zu klettern versuchte.

Tally atmete noch einmal tief ein, stieß sich von der Wand ab und begann wie von Furien gehetzt zu rennen.

2

Es war pures Glück, das sie die nächsten Stunden überleben ließ. Tally rannte blindlings los, bis sie einfach nicht mehr weiterkonnte. Eine Zeitlang waren noch die Schritte ihrer Verfolger hinter ihr, aber irgendwie gelang es ihr, sie abzuschütteln, und irgendwie gelang es ihr sogar, nicht vollends die Orientierung zu verlieren und zumindest die Richtung beizubehalten, in der Weller Karan vermutete – Norden. Aber schließlich wurden Schwäche und Übelkeit so stark, dass sie stürzte und minutenlang einfach dort liegenblieb, wo sie war.

Sie war in diesen Augenblicken so hilflos wie niemals zuvor, aber wieder hatte sie Glück: die Gasse, in der sie sich befand, war menschenleer, und das einzige Leben, das sich regte, war eine halbverhungerte Katze, die Tallys Gesicht beschnüffelte und sich trollte, als das Kitzeln ihrer Barthaare die junge Frau stöhnen, die Augen öffnen und sich umsehen ließ.

Es war sehr kalt geworden. Es musste Mitternacht sein, wenn nicht später, und der Himmel hatte sich wieder mit Wolken bezogen. Weit im Norden über dem Schlund fiel Schnee, und ein eisiger Wind wehte durch die Straßen.

Tallys Beine fühlten sich abgestorben und taub vor Kälte an.

Als sie aufstehen wollte, gelang es ihr nicht sofort; sie fiel mit einem Schmerzenslaut wieder auf die Knie herab, blieb einen weiteren Moment hocken und raffte das bisschen Kraft zusammen, das sie noch in ihrem geschundenen Körper fand, ehe sie sich mit zusammengebissenen Zähnen wieder in die Höhe stemmte.

Die Gasse umgab sie wie eine Schlucht aus Schwärze. Für einen Moment drohte sie vollends die Orientierung zu verlieren; sie wusste nicht einmal mehr, in welcher Richtung Norden lag. Dann klärte sich ihr Blick ein klein wenig, und sie ging los.

Zum ersten Mal, seit sie die Gaststube verlassen hatte, nahm sie ihre Umgebung bewusst wahr; zumindest das, was die Dunkelheit sie sehen ließ. Es war wenig genug: Schelfheim hatte sich in eine schweigende Herde buckeliger schwarzer Schatten verwandelt, zwischen denen sich manchmal etwas zu bewegen schien, aber stets verschwand, wenn sie genauer hinsah.

Es wurde auch nicht besser, als sie die Gasse verließ und auf den kleinen, halbrunden Platz hinaustrat, auf den sie mündete. Die Häuser – manche von ihnen schienen auf sonderbare Weise schräg dazustehen, als hätte der Boden begonnen, sie aufzusaugen – lagen dunkel da; nur hier und da sickerte ein wenig Licht durch vorgelegte Läden oder unter einer Tür hindurch. Aber Tally verwarf den Gedanken, an eine dieser Türen zu klopfen und um Hilfe zu bitten, beinahe ebenso rasch wieder, wie er ihr gekommen war. Ihr Bedarf an Begegnungen mit den Bewohnern dieses Stadtteiles war fürs Erste mehr als gedeckt.

Aber sie brauchte Hilfe. Allein hatte sie nicht die mindeste Chance, Karan zu finden.

Wieder blieb sie stehen, lehnte sich erschöpft gegen eine Wand und schloss für einen Moment die Augen. Müdigkeit und Schwäche wollten sie erneut übermannen, aber diesmal gab sie ihnen nicht nach. Sie wartete nur, bis das Zittern ihrer Hände und Knie halbwegs aufgehört hatte, dann öffnete sie ihren Mantel, streifte das Kleidungsstück ab und begann schmale Streifen aus dem Saum ihres Kleides zu reißen.

Sorgfältig verband sie all die kleineren und größeren Wunden, die sie davongetragen hatte, und umwickelte zum Schluss auch ihre nackten Füße mit zusammengedrehten Stoffstreifen – alles andere als ein Ersatz für Schuhe, aber immerhin ein gewisser Schutz vor der Kälte. Schließlich streifte sie ihren Mantel wieder über, legte den linken Arm in die provisorische Schlinge, die sie geknotet hatte, und ging weiter.

Eine Stunde später erreichte sie den Rand der Welt.

Die Straße hörte so jäh auf, dass Tally mit einem erschrockenen Laut zurückprallte. Es gab keine Mauer, kein Geländer, keine irgendwie geartete Warnung: Wo sie stand, war der eiskalte glatte Fels des Kopfsteinpflasters, und zwei Schritte weiter gähnte das Nichts, ein fünf oder auch fünfzig Meilen tiefer Abgrund, der schon nach wenigen Schritten mit der Nacht verschmolz.

Tally starrte mit klopfendem Herzen in die Leere hinaus. Das also war der Schlund, das große Nichts, die Klippe, an der die Welt aufhörte. Sie hatte ihn schon einmal gesehen, am Morgen desselben Tages, vom Rücken des Trägers aus, aber selbst da hatte noch eine halbe Meile zwischen ihr und dieser Albtraumklippe gelegen. Sie war sicher gewesen; der Schlund ein Albtraum, der entsetzlich, aber ungefährlich war. Jetzt war sie ihm ganz nahe.

Sie spürte den Sog der Tiefe, das Zittern der Milliarden Tonnen Fels unter ihren Füßen, an denen der Wind und die Ewigkeit zerrten, und das leise, verlockende Wispern am Grund ihrer Seele … Fast ohne es selbst zu merken, ging sie die zwei Schritte bis zur Klippe und blieb erst stehen, als vor ihren nackten Zehen nichts mehr war. Unter ihr lag Schwärze, eine so tiefe, allumfassende Schwärze, wie sie sie niemals zuvor erblickt hatte. Etwas schien sich in dieser Dunkelheit zu bewegen, ein gewaltiger

Strudel aus nichts, der sich schwarz auf noch dunklerem Hintergrund drehte, der lockte und rief …

»Ich würde das nicht tun«, sagte eine Stimme hinter ihr.

Tally fuhr erschrocken zusammen, wurde sich plötzlich der Gefahr bewusst, in der sie sich befand, und trat hastig einen Schritt von der Klippe zurück. Erst dann drehte sie sich herum. Unter dem Mantel tastete ihre Hand nach dem Schwert. Aber sie spürte, dass sie einen weiteren Kampf jetzt nicht mehr durchstehen würde.

»Wer … ist da?«, fragte sie stockend.

Ein dunkler, nicht sehr großer Umriss löste sich aus den Schatten der Häuser. Tally erkannte hellblondes, kurzgeschnittenes Haar, ein Paar dunkler, durchaus freundlicher Augen, eine Hand, die lose auf einem Schwert lag.

»Du brauchst keine Angst zu haben«, sagte der Fremde. Er lachte leise. »Aber ich glaube, du hast sowieso vor nichts mehr Angst, wie?«

Tally verstand nicht, was die Worte des Fremden bedeuteten. Aber sie glaubte zu spüren, dass er wirklich nichts Übles wollte.

»Es geht mich zwar nichts an«, fuhr er fort, »aber wenn du meine Meinung hören willst, wäre es falsch.« Er machte eine Kopfbewegung auf den Schlund. »Und es ist nicht einmal so leicht, wie die meisten glauben. Der Sturz dauert sehr, sehr lange.«

Endlich begriff Tally. Aus irgendeinem Grunde war der Fremde wohl der Ansicht, sie wäre hierhergekommen, um in den Schlund zu springen – in einer Stadt wie Schelfheim sicherlich eine sehr beliebte Methode, seinem Leben ein Ende zu bereiten.

»Du täuschst dich«, sagte sie. »Ich … ich bin nicht hier, um zu springen.«

Einen Moment lang blickte der Fremde sie durchdringend an,

dann begann er zu lächeln. »Dann habe ich mich blamiert«, sagte er verlegen. »Die meisten kommen hierher, um zu springen, weißt du?«

Er kam näher, blieb wieder stehen, als Tally erschrocken zusammenfuhr, und deutete auf den Arm, den sie in der Schlinge trug. »Was ist passiert? Hat dich dein Mann geschlagen und auf die Straße hinausgejagt, oder bist du überfallen worden?«

»Ich habe keinen Mann«, antwortete Tally ausweichend.

»Dann solltest du nicht allein in dieser Gegend herumlaufen«, fuhr der andere fort. »Nicht, wenn du wirklich am Leben bleiben willst. Hast du einen Platz zum Schlafen?«

»Ich fürchte, ich habe mich verirrt«, gestand Tally. »Ich suche jemanden.«

»Und wen?« Der Fremde lächelte, als Tally zögerte zu antworten. »Wahrscheinlich hast du Grund, misstrauisch zu sein«, sagte er. »Aber ich kenne mich hier aus. Wenn dein Freund hier im Norden lebt, kenne ich ihn.«

»Karan«, antwortete Tally. »Sein Name ist Karan.«

»Karan?« Der Blonde runzelte verwundert die Stirn. Plötzlich glaubte Tally so etwas wie Misstrauen in seinem Blick zu erkennen. »Karan ist ein Freund von dir?«

»Eher der Freund eines Freundes«, antwortete Tally ausweichend. »Oder sagen wir: der Bekannte eines Bekannten. Wir wollten uns bei ihm treffen. Weißt du, wo er zu finden ist?«

Der andere nickte. »Sicher. Es ist nicht einmal weit. Ich bringe dich hin.«

Tally zögerte. »Es … es reicht, wenn du mir den Weg beschreibst«, sagte sie.

»Nichts leichter als das«, antwortete der andere grinsend. »Du gehst zwei Stunden nach Süden, biegst am hungrigen Löwen nach rechts ab, gehst durch das Gebiet der Haie, bis du auf Olannorys Hehlerei triffst, dann über den Platz des Roten Feuers und …«

»In Ordnung«, unterbrach ihn Tally. »Führe mich hin. Aber ich kann dich nicht bezahlen.«

»Das brauchst du auch nicht«, sagte der Blonde. Er grinste. »Eigentlich bin ich Straßenräuber, weißt du? Tagsüber schneide ich den Leuten die Kehle durch. Aber ab und zu macht es mir Spaß, eine gute Tat zu tun.«

Tally war nicht sicher, ob die Worte des Blonden tatsächlich so scherzhaft gemeint waren, wie sie klangen. Aber sie fragte ihn auch nicht danach. Sie war einfach froh, in dieser Stadt voller Wahnsinniger und Mörder auf einen Menschen getroffen zu sein, der freundlich zu ihr war.

Sie sprachen sehr wenig, während sie sich wieder vom Schlund entfernten, obwohl Tally zu spüren glaubte, dass ihr vermeintlicher Retter vor Neugier schier aus den Nähten platzte. Aber ihr fielen auch die raschen, nervösen Blicke auf, die er immer wieder in die Runde warf, und die Art, auf die er die Hand auf dem Schwert ruhen ließ. Das Viertel, durch das sie sich bewegten, schien nicht halb so harmlos zu sein, wie es wirkte.

Aber sie erreichten unbehelligt den Platz, von dem er gesprochen hatte, und kurz darauf erneut den Schlund. Tally begriff, dass sie einen Halbkreis geschlagen hatten. Aber der Rand der Welt unterschied sich hier doch gewaltig von dem, an dem sie zusammengetroffen waren. Hier *gab* es eine Mauer, zwar nur brusthoch, aber beinahe ebenso dick, und zwischen ihr und den letzten Häusern lag ein gut zehn Schritte breiter, unbebauter Streifen kopfsteingepflasterten Bodens. Sie fragte den Mann nach dem Grund des gewaltigen Umweges, den sie gemacht hatten.

»Die Gegend dorthinten ist nicht sicher«, antwortete er. »Es ist das Gebiet der Geier.«

»Geier?«

»Du bist nicht aus Schelfheim, wie?« Er lächelte verzeihend. »Eine Straßenbande. Die meisten sind noch Kinder, aber das macht sie nicht weniger gefährlich. Ich hatte meine Gründe anzunehmen, dass du springen wolltest. Die Stelle dort ist so beliebt, dass die Selbstmörder manchmal Schlange stehen müssen«, fuhr er mit einem leisen Lachen fort. »Die Geier haben sich auf sie eingestellt, weißt du? Sie lauern ihnen auf und plündern sie aus, ehe sie springen können.«

»Und wer gar nicht springen wollte, dem helfen sie nach, wie?«, vermutete Tally.

Der Blonde grinste. »Manchmal. Aber hier sind wir sicher. Und es ist nicht mehr sehr weit bis zu Karans Haus. Bist du schwindelfrei?«

Tally blickte ihn verwundert an, ehe sie bemerkte, dass seine Hand auf eine gut meterbreite Lücke in der Mauer wies, nur noch wenige Schritte vor ihnen. »Du willst ... dort hinunter?«, fragte sie ungläubig.

»Ich nicht. Aber du – wenn du wirklich zu Karan willst, heißt das.«

Tally antwortete nicht. Stattdessen trat sie mit einem raschen Schritt an die Mauer heran, beugte sich vor und blickte aus angestrengt zusammengepressten Augen in die Tiefe. Die Dunkelheit war hier nicht weniger umfassend als weiter im Westen, aber sie erkannte trotzdem den schmalen, aus Holz und Tauen gebauten Steg, der unter ihr schräg in die Tiefe führte. An seinem Ende erhob sich ein massiges Etwas aus der Schwärze.

»Karan ist ein komischer Kauz«, erklärte ihr Begleiter. »Er lebt tatsächlich dort unten. Er behauptet, es wäre der einzige Ort auf der Welt, an dem er sich sicher fühlt. Also?«

Tally zögerte. Allein der Gedanke, auf den schwankenden Steg hinauszutreten, erfüllte sie mit Übelkeit. Aber sie hatte keine große Wahl, wenn sie Weller wiedersehen wollte. Sie nickte.

Der Weg nach unten war ein Albtraum. Der Steg war noch schmaler, als sie geglaubt hatte. Die hölzernen Stufen waren feucht geworden und so schlüpfrig wie Eis. Ein straffgespanntes, allerdings kaum fingerdickes Tau erfüllte die Funktion eines Geländers, aber als Tally sich daran festhalten wollte, begann die gesamte Konstruktion zu zittern und zu schwanken, sodass sie die Hand hastig zurückzog und sich stattdessen gegen die Felswand presste.

Sie hatte behauptet, schwindelfrei zu sein, und bisher hatte das auch gestimmt – aber bisher war sie auch niemals an einem fünf Meilen tiefen Abgrund entlangbalanciert. Die Schwärze unter ihr begann sich zu drehen. Ihr wurde übel. Voller Neid blickte sie auf ihren Führer hinab, der sich mit geradezu unverschämter Sicherheit auf dem schwankenden Steg bewegte.

Aber schließlich hatten sie es geschafft. Vor Tally ragte plötzlich eine graue, schräg nach außen geneigte Wand auf, in der sich eine Tür öffnete. Ihr Begleiter trat rasch hindurch, drehte sich herum und zog Tally mit einer kraftvollen Bewegung zu sich. Tally atmete hörbar auf, als unter ihren Füßen wieder massiver Stein war. Die Vorstellung, dass sich unter diesem Stein nichts mehr befand, versuchte sie zu verdrängen.

»Willkommen in Karans Haus«, sagte der Blonde.

Tally sah ihn verwirrt an. »Bist du ... Karan?«, fragte sie.

»Ich?« Der junge Mann schüttelte heftig den Kopf. »Gott bewahre, nein! Mein Name ist Jan. Aber ich kenne ihn sehr gut. Willst du gleich zu ihm, oder willst du erst einen Moment ausruhen? Du siehst erschöpft aus.«

»Gleich«, sagte Tally, machte einen Schritt, fiel erschöpft auf die Knie herab und fügte hinzu: »Sobald ich mich erholt habe. Beim Schlund, wie kann ein Mensch hier leben?«

»Es ist sicherer als oben«, antwortete Jan lächelnd. »Und so, wie du aussiehst, solltest du das wissen. Du bist Tally, nicht wahr?«

»Woher weißt du das?«, entfuhr es Tally.

»Weil ich dich gesucht habe«, antwortete Jan. »Als ich hörte, dass dieser Idiot Weller dich im *Grünen Frosch* zurückgelassen hat, habe ich mich auf den Weg gemacht. Nach dem, was ich dort gesehen habe, dachte ich schon, ich käme zu spät.« Er beugte sich vor, half ihr auf die Füße und blickte sie mit einer Mischung aus Bewunderung und Sorge an. »Weißt du eigentlich, wen du da erledigt hast?«, fragte er.

Tally schüttelte den Kopf. »Nein«, sagte sie. »Und es interessiert mich auch nicht. Bring mich zu Karan.«

Jan zögerte, zuckte aber dann nur die Achseln und wies mit einer einladenden Geste hinter sich, wo eine weitere, diesmal allerdings aus massivem Stein gebaute Treppe in die Tiefe führte. An ihrem Ende glomm warmes gelbes Licht, und als Tally der Einladung folgte und die Stufen hinabging, fühlte sie die prickelnde Berührung angenehm warmer Luft.

Weller und Karan saßen an einem Tisch und debattierten erregt, als Tally den Raum betrat. Karan – wenigstens vermutete sie, dass der verkrüppelte Alte Karan war – reagierte überhaupt nicht, aber Weller sprang auf, starrte sie einen Moment betroffen an und kam dann mit hastigen Schritten auf sie zu. »Tally!«, keuchte er. »Was tust du hier? Du solltest auf mich warten! Bist du lebensmüde?«

»Das wäre sie wohl, hätte sie getan, was du verlangst, du Idiot«, sagte Jan kalt. »Wenn ich sie nicht gefunden hätte, wäre sie jetzt wahrscheinlich tot.«

Weller setzte zu einer wütenden Entgegnung an. Aber dann wich der Zorn in seinem Blick jähem Erschrecken, als er Tallys bandagierten Arm sah und den erbarmungswürdigen Zustand, in dem sie sich befand. »Was ist passiert?«, fragte er.

»Nichts«, murmelte Tally. Plötzlich spürte sie die Wärme überdeutlich, beinahe schon unangenehm. Das Haus schien unter ihren Füßen zu wanken. Müdigkeit schlug wie eine lähmende Woge über ihr zusammen. Sie fühlte, dass ihr gleich übel werden würde. »Eine kleine ... Meinungsverschiedenheit, mehr nicht.«

»Sie hat Angella und drei ihrer Männer erschlagen«, sagte Jan ruhig.

Zum ersten Mal, seit sie das Zimmer betreten hatten, zeigte nun auch Karan eine Reaktion: In seinem Blick erschien ein Ausdruck von Unglauben, dann schierem Entsetzen, und auch Weller erbleichte noch weiter.

Aber Tally registrierte all dies nur noch am Rande. Plötzlich fühlte sie sich nur noch schwach und müde.

Jan konnte gerade noch hinzuspringen und sie auffangen, als sie das Bewusstsein verlor.

3

Sie verschlief die Nacht, den nächsten Tag und die darauffolgende Nacht, und hätte Weller sie nicht schließlich geweckt, hätte sie wahrscheinlich auch noch den nächsten Tag mit Schlafen zugebracht. Und trotzdem fühlte sie sich nur müde, als sie erwachte, und fast noch erschlagener als zuvor.

Es fiel ihr schwer, sich auf alles zu besinnen, was geschehen war, und als Weller sie ansprach, reagierte sie nur mit einem gereizten Knurren, das ihn davon abhielt, sie abermals in ein Gespräch verwickeln zu wollen. Übellaunig fragte sie ihn nach einer Waschgelegenheit, tastete sich auf unsicheren Beinen hinter ihm her und verbrachte fast eine halbe Stunde damit, Gesicht und Handgelenke immer wieder in das eiskalte Wasser zu tauchen, bis die Benommenheit ganz allmählich zu weichen begann.

Jemand hatte ihre Wunden versorgt, während sie geschlafen hatte. Die meisten waren ohnehin nur Kratzer gewesen, die in wenigen Tagen von selbst verheilt sein würden, nur der Schnitt in ihrer Schulter musste sehr tief sein, denn sie konnte den Arm kaum bewegen, und wenn, dann nur unter erheblichen Schmerzen.

Der Anblick des straffen, sehr sauberen Verbandes weckte die Erinnerungen, und je weiter sich die Benommenheit, die von zu langem Schlaf herrührte, von ihrem Bewusstsein hob, desto mehr besann sie sich darauf, was geschehen war. Die Erinnerungen erfüllten sie nicht unbedingt mit Wohlbehagen – sicher, sie lebte und war als Siegerin aus dem Kampf hervorgegangen, aber sie hatte alles andere als eine gute Figur gemacht. Um ein Haar wäre sie von einem *Kind* erschlagen worden.

Tally beendete ihre Morgentoilette, sah sich nach irgendetwas um, das sie anziehen konnte, und gewahrte zu ihrer großen Freude ihre eigenen, sauber gewaschenen Kleider auf einem Hocker gleich neben der Tür. Rasch zog sie sich an, zwängte ihre noch immer geschwollenen Füße in die Stiefel und band den Waffengurt um. Zum ersten Mal seit Tagen fühlte sie sich nicht mehr schutzlos und nackt.

Das Haus war sehr still, als sie die kleine Waschkaue verließ und sich auf die Suche nach Weller und Karan machte. Das Zimmer, in dem sie aufgewacht war, hatte kein Fenster, sondern nur einen verglasten runden Lichtschacht unter der Decke, aber als sie es durchquerte und die nach oben führende Treppe hinaufstieg, sah sie eine Art Schießscharte, dreieckig und an der breitesten Stelle kaum breiter als ihre Hand. Neugierig blieb sie stehen und blickte hinaus.

Eine Sekunde später wünschte sie sich, es nicht getan zu haben.

Unter ihr war – nichts.

Ihr Erinnerungsvermögen schien noch nicht vollends wiederhergestellt zu sein, denn sie besann sich erst jetzt darauf, auf welch abenteuerliche Weise sie Karans Haus erreicht hatte – das Haus, das wie ein Schwalbennest an die Klippe geklebt war, zehn Meter unter ihrer oberen und vermutlich ebensoviel *Meilen* über ihrer unteren Kante.

Tally schwindelte, als sie auf die gigantische blauweiße Einöde unter sich hinabblickte. Das Wetter hatte aufgeklart, und es war Tag, aber sie sah trotzdem kaum mehr als in der Nacht. Irgendwo, unendlich tief unter ihr, war etwas, etwas Grünes und Blaues und Weißes, aber sie konnte nicht sagen, was. Dafür hatte sie plötzlich erneut das Gefühl, den Boden unter ihren Füßen schwanken zu fühlen.

Hastig trat sie vom Fenster zurück, fuhr sich mit der Hand durch das Gesicht und ging weiter. Ihre Knie zitterten.

Karan und Weller erwarteten sie in dem Zimmer, in dem sie sie auch das erste Mal angetroffen hatte. Im Kamin prasselte ein behagliches Feuer, und der Tisch war reich gedeckt. Das benutzte Geschirr vor Weller und dem alten Mann verriet, dass die beiden mit dem Frühstück nicht auf sie gewartet hatten, aber der Anblick der Speisen ließ Tally auch spüren, wie hungrig sie war.

Ohne große Umstände setzte sie sich, zog einen Teller und die Brotschale heran und begann zu essen. Weller beobachtete sie stirnrunzelnd, während Karan mit ausdrucksloser Miene an ihr vorbei durch das große Fenster blickte, unter dem sich der Schlund ausbreitete. Tally blickte ganz bewusst *nicht* in die gleiche Richtung.

Es vergingen gute zehn Minuten, bis sie ihren ärgsten Hunger gestillt hatte und den Teller zurückschob. Weller beobachtete sie noch immer, und auch Karan hatte den Blick endlich vom Fenster losgerissen und blickte sie an. Zum ersten Mal sah Tally den alten Mann wirklich aus der Nähe.

Sie revidierte ihre Meinung, was sein Alter anging, um etliche Jahre nach unten. Karan war alt – sicherlich fünfzig Jahre –, aber sein Gesicht war so wettergegerbt und von Runzeln und tief eingegrabenen Linien durchzogen, dass er auf den ersten Blick viel älter wirkte. Er schien ein sehr harter Mann zu sein, ohne dadurch unsympathisch zu wirken. Auf seinem Kopf waren nur noch wenige spärliche Haare, aber dafür trug er einen umso gewaltigeren Bart. Außerdem hatte er Segelohren.

»Hat es geschmeckt?«, fragte er, als Tally keine Anstalten machte, das Gespräch zu eröffnen, sondern ihn nur unverblümt anstarrte.

Tally nickte. »Es war sehr gut. Entschuldige, wenn ich unhöflich war. Aber ich war sehr hungrig. Du bist Karan?«

Karan machte eine weit ausholende Handbewegung. »Du hast Karans Haus gesucht und es gefunden«, sagte er. »Du hast in seinem Bett geschlafen, hast sein Essen gegessen und wärmst dich an seinem Feuer. Also bin ich Karan.«

Tally blinzelte.

»Mach dir nichts draus«, sagte Weller. »Er spricht immer so komisch. Habe ich dir schon gesagt, dass er verrückt ist?«

Karan schenkte ihm einen bösen Blick und wandte sich wieder an Tally. »Dieser Narr da sagt, du und dein Waga habt mich gesucht?«

»Hrhon?«, entfuhr es Tally. »Hrhon ist hier?«

»Wo?« Ganz instinktiv sah sie sich um, aber natürlich war der Waga nicht hier im Zimmer.

»Nicht hier«, sagte Karan kopfschüttelnd. »Kein Schildkrötengesicht betritt mein Haus. Aber er war da und wird wiederkommen, wenn ich nach ihm rufe.«

Weller warf ihr einen warnenden Blick zu – der Karan keineswegs entging –, und Tally schluckte die wütende Antwort herunter, die ihr auf der Zunge lag. »Zuerst einmal möchte ich mich für deine Hilfe bedanken, Karan«, sagte sie. »Ohne dich und den jungen Mann ...«

»Jan«, unterbrach sie Karan. »Er ist Karans Sohn, und sein Name ist Jan.«

»Ohne dich und Jan«, fuhr Tally fort, »wäre ich jetzt vielleicht tot.«

»Nicht vielleicht«, korrigierte sie Karan. »Ganz bestimmt. Und schuld daran ist dieser Narr da. Selbst ein Kind weiß, dass man kein Mädchen allein lässt in Angellas Gebiet.«

»Angella«, wiederholte Tally nachdenklich. »Das Mädchen mit dem Narbengesicht, das ich getötet habe. Wer war sie?«

»Frage Karan lieber, wer sie *ist«*, sagte Karan. Tally seufzte. Karans Art, von sich selbst in der dritten Person zu reden, begann ihr auf die Nerven zu gehen. Erst dann begriff sie, was seine Worte bedeuteten.

»Sie ... lebt?«, fragte sie zweifelnd.

Karan nickte. »Und sie tobt vor Wut. Du hast sie erniedrigt, Mädchen, und du hast sie besiegt, vor den Augen ihrer eigenen Leute. Das kann sie nicht hinnehmen. Sie wird dich töten.«

»Wer ist diese Frau?«, fragte Tally, an Weller gewandt.

Weller seufzte. »Die weibliche Ausführung von Braku«, antwortete er. »Nur zehnmal so schlimm. Sie tötet aus reinem Spaß, weißt du? Selbst die Garde hat Angst vor ihr. Der Stadthalter fragt sie um Erlaubnis, wenn er oder seine Leute hier in den Norden müssen. Und er bekommt sie nicht immer. Sie ist so etwas wie die unumschränkte Herrscherin über den Norden Schelfheims.«

»Aber sie ist ein Kind!«, sagte Tally.

Karan schnaubte. »Dasselbe würde mancher auch von dir behaupten, wenn er dich sähe, Tally.«

»Tally?« Tally wandte vorwurfsvoll den Blick. »Du hast ihm verraten, wer ich bin?«

»Das war nicht nötig«, verteidigte sich Weller. »Er wusste es bereits. Beim Schlund, die halbe Stadt weiß, dass du auf dem Wege hierher bist.«

»Aber keiner weiß, dass du Karan gesucht hast«, sagte Karan. »Auch Angella nicht. Du bist in Sicherheit, solange du das Haus nicht verlässt. Aber Weller hat recht – sie suchen dich. Dich und deinen Begleiter, den Waga. Was suchst du hier?«

»Dich«, antwortete Tally. »Ich habe von dir gehört, Karan. Ein Mann namens Sagor nannte mir deinen Namen.«

»Du suchst Karan, du hast Karan gefunden«, deklamierte Karan. »Also sage, was du von ihm willst.«

Tally zögerte. Nach allem, was sie durchgemacht hatte, um nur hierherzukommen, erschien es ihr beinahe zu einfach. »Ich … das heißt, wir«, begann sie, »Hrhon und ich, brauchen deine Hilfe.«

»Wobei braucht ihr Karans Hilfe?«, fragte Karan. »Braucht ihr Waffen? Rauschgift? Gedungene Mörder oder falsche Papiere? Sprich ruhig. Wenn der Preis stimmt, dann gibt es nichts, was Karan nicht besorgen kann.«

»Ich brauche nichts von alledem«, sagte Tally zögernd. Nervös blickte sie erst Weller, dann Karan an, stand schließlich auf und trat ans Fenster. Aber sie blickte nicht in den Schlund hinab, sondern in den Himmel, der sich wie eine gigantische blaue Kuppel darüberspannte. Trotzdem glaubte sie die Nähe des riesigen Abgrundes zu spüren. Ganz leicht wurde ihr schwindelig.

»Ich habe lange nach einem Mann wie dir gesucht, Karan«, begann sie vorsichtig. Sie war nervös. Sie wusste, wie wichtig die nächsten Worte waren. Aber sie hatte niemals gelernt, mit Worten umzugehen.

Mit einem Ruck drehte sie sich herum, ohne auf den stechenden Schmerz in ihrer Schulter zu achten, verschränkte die Arme vor der Brust und lehnte sich gegen das glatte Glas des Fensters. »Wir brauchen einen Führer, Karan«, sagte sie. »Einen Mann, der Hrhon und mich dort hinunterbringt. Man sagte mir, du wärest der Einzige, der das kann.«

Wellers Unterkiefer klappte herunter, aber Karans Gesicht blieb ausdruckslos. Nicht einmal in seinen Augen war so etwas wie Überraschung zu erkennen. Er musste wohl geahnt haben, warum Tally wirklich hier war.

»Nein«, sagte er ruhig.

Tally seufzte. Sie hatte geahnt, dass die Schwierigkeiten jetzt erst wirklich begannen. »Du hast es schon einmal getan«, sagte sie.

»Karan ist nicht der Einzige.«

»Aber du bist der Einzige, der zurückgekommen ist«, beharrte Tally.

»Und wenn? Es bleibt bei Karans nein.«

»Du weißt ja noch gar nicht, was ich dir biete, Karan«, sagte Tally. »Und warum ich es will.«

»Warum du es willst, ist deine Sache«, sagte Karan. »Und was kannst du Karan bieten, was er nicht hätte? Er hat ein Haus, er hat Geld, und er hat einen Sohn. Und er lebt. Wenn er mit dir dort hinunterginge, würde er sterben.«

»Du hast es schon einmal überlebt.«

»Karan hatte Glück«, sagte Karan ruhig. »Und etwas von ihm ist gestorben, dort unten. Auch von dir würde etwas sterben, gingen wir dorthin. Willst du das?«

»Ich ...«

»Du«, unterbrach sie Karan, »bist nicht die Erste, die mit dieser Bitte zu Karan kommt. Viele haben ihn gebeten, viele haben ihm Geld geboten, sehr, sehr viel Geld, und manche haben ihn bedroht. Keinen hat er hinuntergeführt. Er kann dir den Weg beschreiben, aber das kostet Geld.«

»Verdammt noch mal, das können andere auch«, sagte Tally heftig. »Ich habe tausend idiotische Ratschläge bekommen, Karan, angefangen von dem, einfach zu springen bis zu dem, mir Flügel wachsen zu lassen. Ich brauche jemanden, der schon einmal dort war. Jemanden, der sich dort unten auskennt. Der mich zu meinem Ziel führen kann! Verrückte, die versucht haben, den Schlund zu erkunden, gibt es genug. Aber du bist der Einzige, der zurückgekommen ist! Es ist wichtig für mich, Karan! Wichtiger als mein Leben!«

»Nein«, beharrte Karan. Er stand auf. »Du kannst dir deinen Atem sparen, Tally. Niemand wird Karan bewegen, jemals wieder dort hinunterzugehen. Und wenn du ihn weiter bedrängst, dann wird er dich bitten müssen, sein Haus zu verlassen.« Damit wandte er sich um und verließ den Raum so schnell, dass Tally nicht einmal Gelegenheit fand, ihn zurückzurufen.

Wütend starrte sie ihm nach. Sie hatte geahnt, dass es schwer werden würde – aber jetzt hatte sie das Gefühl, dass es schlichtweg unmöglich war. Karan gehörte ganz eindeutig nicht zu den Menschen, die sich durch irgendetwas umstimmen ließen.

»Das ist dein Ernst, wie?«, murmelte Weller verstört. »Du ... du willst wirklich dort hinunter? *Deshalb* hast du Karan gesucht?« Er stand auf, kam auf sie zu und blieb wieder stehen, als Tally ihn zornig anstarrte. »Du ... du bist völlig verrückt!«, fuhr er fort. »Hättest du mir gesagt, was du von ihm willst, dann hätten wir uns das alles sparen können! Karan hat schon Hunderte abgewiesen, die mit der gleichen Bitte zu ihm kamen!«

»Aber ich *muss* dort hinunter«, beharrte Tally. Sie war wütend. Und sie war sich des Umstandes durchaus bewusst, dass sie sich wie ein störrisches Kind benahm, das seinen Willen nicht durchsetzen konnte.

»Und warum?«, fragte Weller.

»Das geht dich nichts an.«

»Oh doch, das tut es!«, behauptete Weller aufgebracht. »Immerhin hast du mich gezwungen, dich zu begleiten. Um ein Haar wäre ich umgebracht worden, und ob ich jemals lebend hier herauskomme, weiß ich noch immer nicht.« Er zog eine Grimasse. »Was immer du dort unten suchst, es ist nicht da«, sagte er mit einer Geste aus dem Fenster. »Glaube mir, Tally, dort unten ist nichts als der Tod.«

»Warst du dort?«, fragte Tally spitz.

»Nein«, antwortete Weller wütend. »Niemand war da, außer Karan vielleicht, und auch nur vielleicht.«

»Du glaubst ihm nicht?«

Weller hob wütend die Schultern. »Was weiß ich. Er kann eine Menge behaupten, wenn niemand da ist, der das Gegenteil beweisen kann. Aber selbst wenn – er wird dich nicht hinunterbringen.«

»Ich könnte ihn zwingen«, sagte Tally.

»Du redest Unsinn«, schnaubte Weller. »Du kannst ihn zu einer ganzen Menge zwingen, aber nicht *dazu.*«

»Bist du sicher?«, fragte Tally böse.

»Ganz sicher«, sagte Weller. »Und das weißt du ganz genau. Willst du wirklich in die Hölle gehen, mit einem Führer, dem du nicht trauen kannst?«

Tally starrte ihn an. Äußerlich wirkte sie ruhig, aber das war für jemanden, der sie kannte, allerhöchstens ein Alarmzeichen. Hinter der Maske aus Gelassenheit und Ruhe brodelte es. Beim Schlund – sie war nicht hierhergekommen, um sich mit einem Nein abspeisen zu lassen, einfach so, weil ein alter Mann zu stur war, sie überhaupt anzuhören.

»Sieh ein, dass es keinen Sinn hat, Tally«, fuhr Weller fort, der ihr Schweigen so falsch deutete, wie es nur ging. »Ich kenne Karan. Wenn er einmal nein sagt, bleibt es dabei. Keine Macht der Welt kann ihn umstimmen. Und wenn du ihn verärgerst«, fügte er hinzu, »wird er uns rauswerfen. Du ...«

Aber Tally hörte schon gar nicht mehr zu. Sie fuhr wütend herum, stapfte aus dem Raum und ging in das Zimmer zurück, in dem sie geschlafen hatte.

4

Es dauerte nicht lange, bis Karan zu ihr kam. Tally hatte halbwegs damit gerechnet, halbwegs hatte sie es aber auch befürchtet; denn sie, ahnte, dass es kaum möglich war, den alten Sonderling umzustimmen. Trotzdem empfing sie ihn so freundlich, wie sie konnte – was angesichts ihrer momentanen Verfassung nicht sonderlich freundlich war.

»Du bist enttäuscht«, begann Karan das Gespräch, »weil Karan dir deinen Wunsch nicht erfüllt.«

Tally schwieg. Sie hatte das bestimmte Gefühl, dass der Alte nicht nur gekommen war, um ein paar Belanglosigkeiten mit ihr auszutauschen. Er war nicht der Typ, der um des Redens willen redete. Aufmerksam sah sie ihn an.

»Du weißt nicht, was du von Karan verlangst.«

»Doch«, widersprach Tally. »Ich weiß es. Aber es ist wichtig für mich.«

»Wichtig?« Karan lächelte auf eigentümliche Art. »Wichtiger als dein Leben?«

»Ja«, antwortete Tally so impulsiv, dass Karan sie einen Moment fast erschrocken anstarrte, ehe er abermals lächelte, diesmal aber sehr dünn und fast traurig.

»Du bist ein Kind«, sagte er. »Eine Frau, und trotzdem ein Kind. Dein Leben hat noch nicht einmal richtig begonnen, und du willst es wegwerfen. Warum? Was treibt dich?« Er seufzte, drehte sich auf der Stelle herum und machte eine einladende Geste mit der Linken. »Komm mit, dummes Kind. Karan will dir etwas zeigen.«

Widerstrebend stand Tally auf und folgte dem Alten. Sie gingen die Treppe hinunter und durchquerten das Kaminzimmer, in dem sie zuvor miteinander gesprochen hatten. Von Weller war keine Spur mehr zu sehen, und auch Jan, Karans Sohn, ließ sich nicht blicken. Überhaupt war das Haus sehr still, dachte Tally. Sie wusste nicht, warum, aber die Vorstellung, mit dem halbverrückten Alten allein in diesem Haus über dem Nichts zu sein, erfüllte sie mit Unbehagen.

Karan trat an das große Fenster, tat etwas, das Tally nicht genau erkannte, und plötzlich glitt ein Teil der mannshohen Glasscheibe mit einem kaum hörbaren Summen zur Seite. Dahinter kam ein kaum meterbreiter, von einer zierlichen schmiedeeisernen Brüstung begrenzter Balkon zum Vorschein. Karan trat mit einem raschen Schritt hinaus, lächelte ihr zu und wiederholte seine auffordernde Handbewegung.

Tally zögerte. Ihr Herz begann zu hämmern. Unter dem Balkon lag der Schlund. Das absolute Nichts. Ein meilentiefer Abgrund.

»Was hast du?«, fragte Karan spöttisch. »Angst? Noch vor Stundenfrist hast du Karan gebeten, dich dort hinunterzubringen. Und jetzt hast du Angst davor, den Schlund auch nur zu betrachten.« Er schüttelte den Kopf. »Du bist ein Kind«, beharrte er.

Seine Worte ärgerten Tally so sehr, dass sie mit einem zornigen Schritt neben ihn trat und die Hände auf das Geländer legte – und genau das sollte sie ja wohl auch. Tally schwindelte, als sie so unversehens in den Abgrund hinabblickte; gleichzeitig wurde sie sich des Umstandes bewusst, dass sie sich wahrhaftig wie ein Kind benahm. Karan spielte mit ihr, und es bereitete ihm nicht einmal besondere Mühe.

»Du bist also Tally«, sagte Karan leise. »Die Frau, die von den *Töchtern des Drachen* und jedem Halsabschneider und Mörder im Lande gesucht wird. Auf deinen Kopf steht ein Vermögen, weißt du das?«

»Ich wäre kaum noch am Leben, wenn ich es nicht wüsste«, antwortete Tally scharf. »Was willst du? Mir erklären, dass ich in Gefahr bin?«

»Mit dir reden«, antwortete Karan ruhig. »Du bist nicht die Erste, die mit diesem Wunsch zu Karan kommt. Die anderen habe ich fortgeschickt, ohne zu fragen. Du interessierst mich.«

»Welche Ehre«, murmelte Tally böse. »Vielleicht interessiere ich dich ja so sehr, dass du ihn mir erfüllst.«

Karan blieb ernst. »Du willst es wirklich«, sagte er leise. »Du willst dort hinunter.« Er deutete in das gigantisch saugende Nichts hinab, ohne den Blick von Tally zu wenden. »Du hast all dies nur auf dich genommen, um zu sterben.«

»Nein«, antwortete Tally heftig. »Ich will dort hinunter, aber lebend. Und dazu brauche ich dich.«

»Es ist dasselbe«, erwiderte Karan ruhig. »Der Schlund ist der Tod.«

»Du bist der lebende Beweis, dass es nicht so ist«, sagte Tally erregt. Sie spürte, dass sie schon wieder dabei war, die Beherrschung zu verlieren, aber es war ihr gleich. Wenn es sein musste, würde sie Karan zwingen, ihr zu helfen. »Ich muss dort hinunter, Karan, egal, wie, und ...«

»Warum?«, unterbrach sie Karan ruhig. »Was glaubst du, dort zu finden, Tally? Ruhm?« Er schüttelte den Kopf. »Sieh Karan an. Er war dort, aber er hat keinen Ruhm gefunden. Reichtum?« Wieder schüttelte er den Kopf. »Dort unten gibt es nichts von Wert. Nichts, was du mitnehmen könntest. Abenteuer?« Zum dritten Male das Kopfschütteln. Tally hatte plötzlich den sicheren Eindruck, dass Karan genau diese Worte mit genau diesen Gesten schon tausendmal gesprochen hatte, und an genau dieser Stelle. Eine einstudierte Szene, die er allen Narren vorspielte, die hierherkamen. »Es gibt keine Abenteuer dort unten. Nur den Tod. Was also treibt dich?«

»Nichts, was dich etwas anginge«, erwiderte Tally zornig.

Karan lachte. »Du verlangst von Karan, dass er dich dort hinunterführt, und meinst, es ginge ihn nichts an, warum?«

»Wirst du es tun, wenn ich es dir sage?«, fragte Tally.

Karan verneinte. »Aber vielleicht hilft er dir anders«, fügte er hinzu. »Du wirst hinuntergehen, ob mit oder ohne Karans Hilfe. Und er weiß viel. Aber er gibt sein Wissen nicht jedem preis. Was also suchst du dort, wenn nicht den Tod?«

»Den Tod schon«, antwortete Tally leise. »Aber nicht meinen.« Fast erschrak sie selbst über ihre Worte. Sie hatte ihr Geheimnis bisher mit niemandem geteilt, und sie hatte bei ihrem Leben geschworen, es auch nicht zu tun. Aber sie hatte das sichere Gefühl, dass Karan eine Lüge erkennen würde.

»Rache also«, sagte Karan. Er schüttelte den Kopf, seufzte. »Wen haben sie getötet?«, fragte er. »Deinen Liebsten? Deine Eltern? Deine Familie?«

»Alle«, antwortete Tally heftig.

»Und sie sind dort unten?«

»Ich denke, du kennst den Schlund?«, fragte Tally misstrauisch.

Karan lächelte. »Oh Kind«, sagte er, »wie kann ein Mann *das da* kennen?« Wieder deutete er in das Nichts hinab, drehte sich aber diesmal herum und stützte sich schwer mit den Unterarmen auf das eiserne Geländer. »Karan war dort, aber was er gesehen hat, war nur ein kleiner Teil der Ewigkeit. Selbst wenn er dich hinabführte, könntest du dein Leben lang suchen, ohne zu finden. Was weißt du über den Schlund?«

Tally schwieg einen Moment. Sie wusste eine Menge über das große Nichts hinter der Welt – eine Menge Unsinn. Konkret gab es niemanden, der zu sagen wusste, was sich unter der blauweißgrün gemusterten Decke tief unter ihnen verbarg. Außer Karan vielleicht.

»Nichts«, sagte sie leise.

»Dann weißt du so viel wie alle«, lächelte Karan. »Karan wird dich nicht hinabführen, aber er wird dir vom Schlund erzählen – wenn du willst. Willst du?«

Seltsamerweise zögerte Tally. Sie brannte darauf, das große

Geheimnis zu lüften, das zum Greifen nahe vor ihr lag – und gleichzeitig hatte sie Angst davor. Vielleicht war es die Angst, dass aus dem Traum jäh ein Albtraum werden konnte, dass sie erkennen musste ...

Ja, dachte sie, das war es. Sie hatte Angst, dass Karan sie überzeugte. Was, wenn er ihr bewies, dass es unmöglich war, dort hinunterzugehen?

Trotzdem nickte sie nach einer Weile.

»Dann sieh hinab«, sagte Karan. »Sieh hinab und spüre die Weite.«

Tally gehorchte, obgleich sie nicht so ganz begriff, was Karan überhaupt meinte. Die Vorstellung, sich von einem verrückten alten Mann zum Narren machen zu lassen, gefiel ihr nicht. Aber welche Wahl hatte sie schon?

Und nach einer Weile glaubte sie sogar zu spüren, was Karan meinen mochte. Sie spürte nichts von Weite und Erhabenheit und Ehrfurcht, nichts von alledem, was Karan von ihr erwarten mochte, aber zum ersten Mal in ihrem Leben blickte sie wirklich in die Unendlichkeit hinab. Es gab keinen Horizont, ja, es war, als lösten sich nach einer Weile alle bekannten Begriffe auf. Es gab kein Hier oder Dort, kein Oben, Unten, Rechts oder Links – der Schlund war einfach da, und er war gewaltig. Richtungen spielten keine Rolle, wenn es nichts gab, was sie begrenzte.

»Was weißt du über die Geschichte unserer Welt?«, fragte Karan nach einer Weile.

»Nicht viel«, erwiderte Tally. Es fiel ihr schwer zu sprechen. Der Anblick der ungeheuerlichen Weite unter ihr lähmte sie. Sie sah eine ungeheuerliche weißgetupfte Masse, tief, unglaublich *tief* unter sich, und noch tiefer darunter etwas Grünes und Blaues und Braunes. *Was war das?*, dachte sie entsetzt.

»Sie ist alt, Kind«, fuhr Karan fort, mit leiser, fast tonloser Stimme, als führe er Selbstgespräche. Wahrscheinlich tat er es.

»Sie war schon alt, als der Mensch noch ein Gedanke in der Unendlichkeit war. Manche behaupten, dass sie stirbt und dass wir die Letzten sind, denen sie Heimat ist. Früher einmal, vor undenklichen Zeiten, war sie reich und fruchtbar, ein Paradies, das allen Wesen Raum bot. Es gab reiche Länder, fruchtbare Ebenen, größer, als du dir vorstellen kannst, und Meere, so gewaltig, dass ein Schiff ein Jahr lang segeln konnte, ohne auf Land zu stoßen.« Er deutete nach unten. »Der Schlund war früher ein Meer.«

Tally sah ihn zweifelnd an. Der Schlund – ein *Meer?* Sie kannte Meere – den östlichen Salzsee, der so groß war, dass ein Mann in einem Ruderboot zehn Tage brauchte, um ihn zu überqueren, das große Meer im Westen mit seinen schwimmenden Städten –, aber der *Schlund?!* Unmöglich.

»Du glaubst Karan nicht«, sagte der Alte. »Und doch war es so. Einstmals war all dies dort Wasser, eine so ungeheuerliche Menge von Wasser, dass niemand sie sich vorzustellen vermag. Karan weiß nicht, ob es Schelfheim damals schon gab, doch wenn, so lag es nicht an der Klippe, sondern war ein Hafen, in den Schiffe einliefen und nach Norden segelten. Dies alles war gefüllt mit Wasser, und der Schlund, die Hölle, war der Grund eines Meeres.«

Tally schwindelte allein bei der Vorstellung, aber sie hatte auch keinen triftigen Grund, Karans Worte zu bezweifeln. Im Gegenteil – jetzt, als er es ihr einmal gesagt hatte, klangen sie fast einleuchtend. Was nicht hieß, dass Tally es etwa schon wirklich *begriffen* hätte. Die Vorstellung sprengte einfach ihre Phantasie.

»Aber wo ... wo ist es hin?«, murmelte sie. »Ich meine, wenn ... wenn du die Wahrheit sagst, wohin ist all dieses Wasser verschwunden? Es kann doch nicht ausgetrocknet sein!«

»Das weiß niemand«, antwortete Karan. »Manche sagen, es ist einfach verschwunden, so wie ein See austrocknet, in einem heißen Jahr. Andere behaupten, die Menschen hätten die Götter gefrevelt, und sie hätten ihnen zur Strafe das Wasser genommen. Wieder andere sagen, der Mensch hätte nach den Sternen gegriffen und ihre Macht entfesselt, so lange, bis er ihrer selbst nicht mehr Herr geworden wäre. Wer will sagen, was nun stimmt? Karan kann es nicht.« Er lachte leise. »Manche behaupten gar, es wäre noch da, nur tief unter dem Boden des einstigen Meeres, gefangen in gewaltigen Höhlen, die aufbrachen, als der Mensch nach verbotenem Wissen griff.«

»Und was ist wirklich dort unten?«, fragte Tally leise.

»Die Hölle«, antwortete Karan, »oder das Paradies.«

Tally sah ihn fragend an.

»Es gibt sie noch, diese Welt, von der Karan gesprochen hat«, fuhr Karan fort. »Eine Welt voller Leben. Siehst du das Grün?«

Tally nickte.

»Es ist Leben«, sagte Karan. »Ein Leben, wie du es dir nicht einmal vorzustellen vermagst. Aber es ist gefährlich. Es ist böse, und es tötet dich, noch ehe du es bemerkst. Es gibt Wälder dort unten, größer als unsere Welt, und so dicht, dass das Licht der Sonne nicht den Boden erreicht.«

»Dann warst du wirklich dort«, murmelte Tally.

Karan lächelte. »Hast du daran gezweifelt?«, fragte er, beinahe sanft. »Karan war dort, aber er hat geschworen, es nie wieder zu tun. Für nichts auf der Welt.«

»War es so schlimm?«, fragte Tally.

»So schön«, erwiderte Karan ernst. »Es ist das Paradies, Tally. Aber Karan kann nicht darin leben, so wenig wie du oder irgendein anderer. Und es ist die Hölle, wenn du es siehst und niemals erreichen kannst.«

»Lebst du deshalb hier?«, fragte Tally. Karan nickte. »Dann beneide ich dich nicht um dein Leben«, fuhr Tally fort. »Es muss ... schrecklich sein.«

»Manchmal«, gestand Karan. »Und doch kann Karan nirgendwo anders leben als hier. Irgendwann, wenn seine Zeit gekommen ist, wird er sein Ende hier finden.«

Tally wollte antworten, aber irgendetwas hielt sie zurück. Sie hatte zu viel erfahren in den letzten Minuten, zu viel, was sie noch gar nicht begriff, um mit Karan reden zu können. Ihr schwindelte, aber es war jetzt nicht mehr allein die ungeheuerliche Höhe, die sie schwindeln ließ. Sie hatte in wenigen Minuten mehr über die Geschichte dieser Welt erfahren als in den fünfundzwanzig Jahren ihres Lebens zuvor.

»Wie ... wie tief ist es?«, fragte sie – nicht aus wirklichem Interesse, sondern nur, um überhaupt irgendetwas zu sagen, das entsetzliche Schweigen des Abgrundes zu brechen.

»Unendlich tief«, erwiderte Karan. »Viele haben versucht, die Klippe hinabzusteigen. Es gibt Wege nach unten. Aber alle führen ins Nichts. Manche sind zurückgekehrt, nach einer Woche in der Wand, aber die meisten nicht. Sie sind tot.«

»Woher willst du das wissen?«, fragte Tally. »Wer sagt dir, dass sie nicht unten angekommen sind?« Sie sprach schnell, und eine Spur zu laut. Ihre Worte waren im Tonfall der Verteidigung vorgebracht, die sie auch waren.

»Wo ist der Unterschied?«, fragte Karan sanft. »Der Schlund tötet dich. Du steigst zehn Tage in die Tiefe und kommst an eine Stelle, an der es nicht weitergeht, aber du kannst nicht mehr zurück, weil deine Kräfte nicht reichen. Oder du stürzt ab, wenn der Fels bricht. Oder du erreichst den Boden, und der Schlund tötet dich erst dort.« Er machte eine vage Handbewegung. »Und jetzt sag Karan, was du dort unten suchst, wenn nicht den Tod.«

»Aber du bist zurückgekommen!«, begehrte Tally auf. »Du kennst den Weg! Du kannst ihn mir zeigen!«

Karan schwieg.

Und auch Tally sagte nichts mehr, sondern warf nur einen letzten, sehr langen Blick auf die blauweiße Unendlichkeit unter dem Fenster und ging mit hängenden Schultern zurück zu ihrem Zimmer, um ihre wenigen Habseligkeiten zu holen. Der dumpfe Schmerz erst halb begriffener Enttäuschung wühlte in ihr.

Aber sie erreichte ihr Zimmer nicht. Auf halber Strecke hörte sie ein sonderbares, halb wimmerndes, halb seufzendes Geräusch, blieb alarmiert stehen und blickte sich um.

Im ersten Moment fiel ihr nichts Außergewöhnliches auf, aber dann hörte sie den seufzenden Laut erneut, und als sie in die Richtung blickte, aus der er kam, sah sie, dass ein Teil der vermeintlich massiven Wand zur Rechten in Wahrheit von einem Vorhang gebildet wurde, straff gespannt und von der Farbe der Felsen, sodass er bei flüchtigem Hinsehen nicht auffiel.

Neugierig – aber auch ein bisschen beunruhigt – trat sie hinzu, streckte behutsam die Hand aus und schlug den Stoff beiseite. Dahinter kam ein kaum einen Meter im Quadrat messender, halbhoher Verschlag zum Vorschein.

Was Tally sah, erschreckte sie zutiefst.

Im ersten Moment glaubte sie, es wäre ein Mensch, aber das konnte nicht stimmen – seine Proportionen waren falsch, und er war zu klein für den gewaltigen aufgedunsenen Schädel. Die Haut der Kreatur war grau, ein sehr helles, unangenehmes Grau, wie Leichenhaut, und die Glieder geradezu absurd dünn. Das Wesen war nackt, und Karan oder Jan hatten es mit dünnen ledernen Riemen so festgebunden, dass es sich kaum zu rühren vermochte. Sein Kopf ruhte in einem regelrechten Netz von dünnen Bändern, und seine Arme waren so gebunden, dass es sie bewegen, sein Gesicht aber nicht damit erreichen konnte.

Tally unterdrückte den Ekel, den der Anblick in ihr wachrief, sah hastig den Gang hinab und schlug den Vorhang vollends beiseite, als sie erkannte, dass sie noch allein war.

Zögernd trat sie vollends in den Verschlag hinein und ließ sich vor der bedauernswerten Kreatur in die Hocke sinken, wobei sie allerdings sorgsam darauf achtete, nicht in die Reichweite der dürren Hände zu geraten. Karan mochte seine Gründe haben, das Wesen so zu fesseln.

»Wer bist du?«, fragte sie schaudernd.

Sie hatte selbst kaum damit gerechnet – aber sie bekam Antwort. Irgendwo in der teigigen Masse, die das Gesicht des Wesens darstellte, öffnete sich ein Paar erstaunlich großer, klarer Augen. Der dünne Mund verzog sich zu einem Idiotenlächeln.

»Beit«, sagte der Krüppel. Seine Stimme war überraschend klar.

»Beit?«, wiederholte Tally. »Ist das dein Name?«

Das Ding antwortete nicht. Seine Augen schlössen sich wieder.

»Was tust du hier, Beit?«, fragte Tally. »Hält Karan dich gefangen? Warum?«

Keine Antwort. Tally seufzte, steckte die Hand aus, wie um den Krüppel zu berühren, tat es aber dann doch nicht, weil ihr der Gedanke, diese grauweiße Leichenhaut unter den Fingern zu spüren, beinahe körperliche Übelkeit bereitete. »Warum antwortest du nicht?«, fragte sie. »Ich bin nicht dein Feind.«

Beit starrte sie an, lächelte erneut sein Idiotenlächeln und begann zu sabbern. Schaumiger Speichel rann an seinem Kinn herab. Tally versuchte das Ekelgefühl zu ignorieren, das der Anblick in ihr hervorrief.

»Du kannst Vertrauen zu mir haben, Beit«, sagte sie. Vielleicht handelte es sich bei Beit wirklich um einen Schwachsinnigen, überlegte sie. Sie hatte nicht viel Erfahrung im Umgang mit Idioten, aber sie glaubte sich zu erinnern, dass man die größten Aussichten auf Erfolg hatte, wenn man mit ihnen sprach wie mit einem sehr kleinen Kind.

»Sag mir, warum Karan dich gefangen hält«, fuhr sie fort, so ruhig sie konnte und mit dem freundlichsten Lächeln, das sie aufzubringen imstande war. »Ich kann dir vielleicht helfen.«

Beit grinste blöd.

»Wie alt bist du, Beit?«, fragte Tally.

»Siebenunddreißig Jahre, neun Monate und vier Tage«, antwortete der Krüppel.

Tally starrte ihn mit offenem Mund an. »Du kannst also doch sprechen«, sagte sie schließlich. »Und du verstehst, was ich sage. Warum antwortest du nicht?«

Beit schwieg. Seine großen dunklen Augen musterten sie voller Leere. Tally war nicht sicher, ob der Schwachsinnige sie überhaupt wahrnahm.

»Du brauchst doch keine Angst vor mir zu haben«, fuhr sie schließlich fort. »Im Gegenteil.« Sie lächelte erneut, drängte ihren Widerwillen mit aller Macht zurück und strich mit den Fingerspitzen über Beits Schädel. Die Berührung zeitigte nicht die mindeste Reaktion auf seinem Gesicht. Seine Haut war kalt wie Stein und schien sehr dünn zu sein. Tally konnte den raschen Schlag seines Herzens darunter spüren.

»Wenn ich nur wüsste, wie ich mit dir reden kann«, murmelte sie, mehr an sich selbst gewandt. »Du scheinst mich zu verstehen, aber du antwortest nicht.«

»Er antwortet nur auf direkte Fragen«, sagte eine Stimme hinter ihr.

Tally fuhr so abrupt herum und in die Höhe, dass sie sich an der Decke des niedrigen Verschlages den Schädel anstieß, fluchte ungehemmt und trat so hastig wieder auf den Gang hinaus, dass Jan unwillkürlich einen Schritt zurückwich. Trotzdem lächelte er amüsiert, als sie die Hand an den Schädel hob und die schmerzende Stelle rieb.

»Was ist das dort drinnen?«, fragte sie gereizt. »Karans und dein finsteres Geheimnis? Ein verkrüppelter unehelicher Sohn, den er vor aller Welt versteckt?«

Jan wirkte ehrlich verblüfft. Dann begann er zu lachen, so laut und schallend, dass Tally ihn nun ihrerseits verblüfft anstarrte.

»Hast du denn noch nie einen Erinnerer gesehen?«, fragte er, nachdem er sich wieder beruhigt hatte und halbwegs zu Atem gekommen war.

»Einen … *Erinnerer?«* Tally drehte sich verblüfft herum, starrte auf den verkrüppelten Zwerg herab und sah dann wieder Jan an. »Nein«, gestand sie. »Nicht so einen.«

»Beit ist einer der besten«, behauptete Jan. »Und bevor du fragst – wir binden ihn nicht aus Grausamkeit fest, sondern zu seinem eigenen Schutz. Der, den wir vorher hatten, hat sich eines Tages die Augen ausgekratzt und ist gestorben, einfach so.« Er seufzte, ging vor Beit in die Hocke und legte die Hand auf seine Schulter, mit der anderen deutete er auf Tally.

»Das ist Tally, Beit«, sagte er. »Sieh sie dir an. Sie ist unser Gast und hat Zugang zu allen Informationen, die nicht ausdrücklich als geheim gekennzeichnet sind. Registrieren und bestätigen.«

»Tally«, wiederholte Beit. »Gast mit Zugang zu allen nicht geheimen Informationen. Registriert und bestätigt.«

»Gut«, sagte Jan. »Ihre Anwesenheit hier ist geheim. Registrieren.«

»Registriert«, sagte Beit.

Jan nickte zufrieden, stand wieder auf und wandte sich um. Lächelnd trat er zur Seite und wies mit einer einladenden Handbewegung auf den Krüppel. »Frag ihn etwas«, sagte er. »Sein Wissen wird dich überraschen.«

Tally war der kurzen Unterhaltung zwischen ihm und dem Erinnerer mit wachsender Verblüffung gefolgt. Es fiel ihr schwer zu glauben, was sie sah. Natürlich wusste sie, dass es so etwas wie Erinnerer gab; aber sie hatte niemals einen gesehen. Sie hatte nicht gewusst, wie entsetzlich sie waren.

Jan, der ihr Zögern falsch deutete, lächelte erneut und wandte sich wieder an den Krüppel. »Schelfheim«, sagte er. »Kurzbeschreibung und Einwohnerzahl. Antwort.«

»Schelfheim«, antwortete Beit mit seiner volltönenden, angenehmen Stimme. »Größte Stadt des nördlichen Schelfs. Untersteht dem Kommando der Töchter des Drachen. Einwohnerzahl offiziell zweihundertundfünfzigtausend, geschätzte realistische Zahl jedoch fast doppelt so hoch. Zentraler Handelsknotenpunkt für ...«

»Abbruch«, sagte Jan scharf. Beit verstummte.

»Der Schelf«, sagte Jan. »Allgemeiner Abriss. Antwort.«

»Schelf«, antwortete Beit. »Größtenteils unfruchtbarer, aber dichtbesiedelter sandiger Streifen, zwischen dem Hochland und dem sogenannten Schlund gelegen. Seine Breite schwankt zwischen fünf Meilen im Norden und hundertfünfzig Meilen im Süden. Größte Stadt ist Schelfheim. Regierungs...«

»Aufhören!«, keuchte Tally, aber Beit fuhr fort: »– bereiche der der drei großen Reiche des Hochlandes überschneiden sich im ...«

»Abbruch«, befahl Jan hart. Beit verstummte mitten im Wort.

»Er reagiert nur auf bestimmte Worte«, sagte Jan lächelnd. »Du musst sie dir merken, wenn du ...« Er sprach nicht weiter, sondern runzelte die Stirn, als er sah, wie bleich Tally geworden war.

»Was hast du?«, fragte er. »Erschreckt dich sein Anblick so sehr? Er ist harmlos, glaube ich. Und sehr nützlich. Du müsstest fünf Häuser wie diese von oben bis unten mit Büchern füllen, um nur die Hälfte des Wissens anzuhäufen, das er im Kopf hat.«

»Das ... das ist entsetzlich«, stammelte Tally. Für einen Moment drohte der Ekel sie vollends zu übermannen. Sie musste all ihre Kraft aufwenden, dem Anblick Beits überhaupt noch standzuhalten. Sie hatte Schrecklicheres gesehen: Bestien, bei deren bloßem Anblick andere schreiend davongelaufen wären, und Menschen, die schlimmer verkrüppelt waren. Aber das ...

»Was ist entsetzlich?«, fragte Jan verwirrt.

»Dieses ... dieses Ding«, antwortete Tally mit einer Geste auf den Erinnerer. »Es ist unmenschlich, Jan.«

»Unmenschlich?« Jans Unverstehen war nicht gespielt. »Was soll das heißen, Tally? Er *ist* kein Mensch.«

»Was dann?«, fragte Tally heftig. »Eine Maschine?« Sie machte eine zornige Handbewegung. »Er ist ein lebendes Wesen, Jan. Es ist grausam, ihn so zu behandeln.«

»Unsinn«, widersprach Jan. »Er bekommt zu essen, und wir binden ihn nur zu seinem eigenen Schutz. Diese Kreaturen sind dumm. Sie haben ein phantastisches Gedächtnis, aber sie sind dumm wie Steine.« Er kam einen Schritt auf sie zu und blieb wieder stehen, als Tally instinktiv um die gleiche Strecke zurückwich.

»Ich sage dir die Wahrheit«, versicherte er. »Glaube mir. Beit ist kein lebendes Wesen, das dein Mitleid verdiente. Ebenso gut könntest du Mitleid mit einem Hornkopf haben.«

»Das ist etwas anderes«, widersprach Tally. »Er ... er ist ein Mensch. Oder war es wenigstens einmal, ehe ihr ... *das da* aus ihm gemacht habt!«

»Das ist er nicht«, widersprach Jan, nun schon etwas heftiger. »Glaube mir, der Unterschied zwischen ihm und einem Hornkopf ist nicht so groß, wie du denkst. Sie sind große, dumme Tiere, die zum Kämpfen und Arbeiten geschaffen worden sind, und er ist nichts anderes. Sein Aussehen erschreckt dich vielleicht, aber es täuscht. Er atmet, und er isst, aber das ist auch alles, was an ihm lebt. Er denkt nicht. Er erinnert sich, das ist alles.«

Tally antwortete nicht mehr, sondern drehte sich nach einem letzten, von Entsetzen erfüllten Blick herum und lief davon, so schnell sie konnte.

5

Eine Stunde nach ihrem Gespräch mit Jan rief sie Karan zum Essen. Tally zögerte zuerst, überhaupt auf die Einladung zu reagieren; aber sie sah sehr schnell ein, dass es niemandem etwas brachte, wenn sie sich wie ein störrisches Kind benahm und schmollend in ihrem Zimmer blieb; ihr selbst am allerwenigsten. Außerdem hatte sie schlicht und einfach Hunger. So stand sie nach einer Weile auf und ging hinab ins Kaminzimmer, wo Karan und sein Sohn bereits auf sie warteten.

Weller fehlte, und als Tally sich setzte, fiel ihr auch auf, dass nur drei Gedecke aufgetragen waren. Auf ihre entsprechende Frage hin erklärte Karan einsilbig, dass er sich verabschiedet habe, um zu seinem Versteck in der Klippe zurückzukehren. Tally kam diese Antwort ein wenig sonderbar vor, nach allem, und auch Jan sah einen Moment auf, als wolle er etwas ganz anderes sagen, beließ es dann aber bei einem wortlosen Achselzucken und konzentrierte sich wieder ganz auf sein Essen.

Der Himmel über dem Schlund begann sich dunkel zu färben, während sie aßen, und nach einer Weile begann es tief unter ihnen zu wetterleuchten; Tally glaubte ein sehr weit entferntes, aber auch sehr machtvolles Grollen zu hören. Wenn Karan die Wahrheit gesagt hatte, dachte sie schaudernd, dann mussten die weißen Flecken dort unten, die sich jetzt grau gefärbt hatten, Wolken sein. Die Vorstellung, sich eine oder auch mehrere Meilen *über* einem Gewitter zu befinden wie ein bizarrer Gott auf einem noch bizarreren Thron, ließ sie schaudern.

»Du hast nachgedacht über das, was dir Karan gesagt hat«, sagte Karan plötzlich.

Tally fuhr erschrocken zusammen und begriff, dass sie in die Leere hinausgestarrt hatte, ohne es überhaupt zu bemerken. Sehr lange. Sie nickte.

»Aber du willst noch immer gehen«, fuhr Karan fort.

Tally nickte abermals, schwieg aber weiter.

»Auch Karan hat nachgedacht«, sagte Karan plötzlich. »Über das, was du ihm gesagt hast. Und über das, was ihm sein Sohn berichtete.«

Tally sah mit einer Mischung aus Schrecken und Zorn zu Jan hinüber. Sie hatte keinen Grund – schließlich war es nur natürlich, dass Jan seinem Vater von dem Zwischenfall vor Beits Quartier erzählt hatte –, aber sie nahm es ihm übel wie eine persönliche Beleidigung. Es war ihr peinlich, ohne dass sie selbst sagen konnte, warum.

»Du bist fremd in dieser Welt«, fuhr Karan fort, als sie keinerlei Anstalten machte, das Gespräch von sich aus fortzusetzen. »Du kommst aus dem Süden, aus den Ländern jenseits der großen Wüste. Der Schelf ist eine fremde Welt für dich. Du verstehst nichts. Du begreifst nichts. Alles erschreckt dich. Dabei ist er ein Stück deiner Welt. Wenn du nicht einmal hier leben kannst, wie kannst du es dann im Schlund?«

Tally sah ihn scharf an, schwieg aber weiter.

»Aus diesem Grund«, sagte Karan, »hat Karan beschlossen, dir nicht zu helfen. Er wird dir den Weg nicht zeigen. Es wäre dein Tod.«

»Und wenn ich dich zwinge?«, fragte Tally ruhig.

Jan verspannte sich, aber sein Vater brachte ihn mit einer raschen, fast nicht wahrnehmbaren Bewegung zur Ruhe.

»Wie?«, fragte er.

»Ich könnte dich töten, wenn du es nicht tust«, sagte Tally.

Karan lächelte. »Nein«, sagte er. »Das würdest du nicht tun.«

»Bist du sicher?«

»Karan ist sicher«, antwortete Karan. »So sicher, dass er dich bittet, noch einige Tage hier bei ihm zu bleiben.«

»Warum sollte ich das tun?«, fragte Tally zornig. »Ich habe genug Zeit verloren.«

»Um dich zu erholen«, antwortete Karan. »Dein Körper braucht Ruhe. Und du weißt viele Dinge, die Karan interessieren. Du könntest mit ihm reden. Er lebt von Informationen.«

Tally dachte an das leichenhäutige, sabbernde Ding draußen in seinem Verschlag. Ganz leicht wurde ihr übel. Oh ja, sie konnte sich vorstellen, dass Karan von Informationen lebte. Jetzt, wo sie wusste, wo er sie unterbrachte.

»Er bezahlt gut«, fuhr Karan fort. »Wissen gegen Wissen.«

»Wissen gegen Wissen?« Tally schnaubte. »Was könntest du mir bieten, alter Mann? Das, was ich von dir will ...«

»Kein Wissen über den Schlund«, unterbrach sie Karan. »Doch sonst alles. Viel, was wertvoll für dich sein kann. Bedenke, wie Jan dich fand. Fast wärest du gestorben, aus reiner Unwissenheit. Vielleicht ist Karans Sohn das nächste Mal nicht da, um dir beizustehen. Der Weg zurück in deine Heimat ist weit und voller Gefahren. Karan kennt andere Wege.«

Tally überlegte einen Moment. Ganz impulsiv hatte sie eher Lust, Karan den Rest ihrer Mahlzeit ins Gesicht zu schütten, als ein *Geschäft* mit ihm einzugehen. Aber sie *brauchte* ihn, ihn und sein Wissen. Und er hatte recht. Ohne Jan wäre sie vielleicht so lange ziellos durch die Stadt geirrt, bis Angellas Männer sie geschnappt und getötet hätten. Im Grunde, dachte sie niedergeschlagen, war ihre Reise nach Schelfheim zu einem Fiasko geworden, einer Flucht, die in der ersten Minute begonnen und bis jetzt nicht wirklich aufgehört hatte, und ...

... und plötzlich wusste sie, was sie tun musste.

Der Gedanke überfiel sie mit solcher Wucht, dass sie an sich halten musste, ihn nicht vor lauter Verblüffung gleich auf der Stelle laut auszusprechen. Oder zu hastig in die Tat umzusetzen. Und er war so einleuchtend, dass sie sich fragte, warum beim Schlund sie zwei volle Tage gebraucht hatte, darauf zu kommen.

Gezwungen ruhig wandte sie sich an Jan. »Dieses Mädchen«, begann sie. »Angella ...«

Jan sah auf. »Mädchen?«, fragte er mit gerunzelter Stirn. »Ich wüsste eine Menge Bezeichnungen, die besser auf sie passen.«

Tally schnitt ihm das Wort mit einer ungeduldigen Geste der Hand ab. »Sie lebt«, sagte sie. »Stimmt das?«

Jan nickte. Er wirkte betrübt. »Ich fürchte, ja«, antwortete er. »Du hättest gründlicher zustoßen sollen; am besten ein Dutzend Mal. Mein Vater hat vollkommen recht – du bist tot, wenn du dieses Haus verlässt. Angellas Männer durchsuchen die ganze Stadt. Und wenn sie dich finden, wirst du dir wünschen, niemals geboren zu sein.«

»Ich kann nicht hierbleiben, bis sie an Altersschwäche stirbt«, sagte Tally.

»Natürlich nicht. Die Aufregung wird sich legen. Wahrscheinlich schon in ein paar Tagen. Aber im Moment wäre es gefährlich für dich, dich draußen sehen zu lassen. Für uns übrigens auch«, fügte er hinzu. »Sie ist nachtragend, weißt du? Wenn sie erfährt, dass wir dir geholfen haben ...« Er sprach nicht weiter, sondern fuhr sich bezeichnend mit dem Zeigefinger an der Kehle entlang und grinste.

Tally tat so, als dächte sie einen Moment lang angestrengt nach. Dann nickte sie. »Vielleicht habt ihr recht«, sagte sie. »Aber ich bin nicht allein. Hrhon wird nervös werden, wenn er nichts von mir hört.« Karan schwieg, und Tally fügte hinzu: »Er könnte beginnen, sich Sorgen um mich zu machen. Oder sogar glauben, dass ich in Gefahr bin. Hast du schon einmal einen wütenden Waga erlebt, Karan?«

»Kein Fischgesicht betritt Karans Haus«, sagte der Alte.

»Das ist auch nicht nötig«, sagte Tally rasch. »Vielleicht könnte Jan ihm eine Nachricht überbringen?«

»Warum nicht?« Jan zuckte die Achseln. »Ich weiß nicht genau, wo er ist, aber ich werde ihn finden. Wagas sind selten hier. Sie fallen auf. Was soll ich ihm sagen?«

»Es würde nicht viel nutzen, ihm etwas zu *sagen*«, sagte Tally.

Sie zögerte einen ganz kurzen Moment. Karan war nicht dumm. Sie musste vorsichtig sein. Ein falsches Wort, und sie verspielte ihre letzte Chance. »Er würde denken, du lügst«, fuhr sie fort. »Er würde dir nicht glauben. Ich … muss beweisen, dass es mir wirklich gut geht.«

»Und wie?« Jan sah sie an, sehr aufmerksam, aber ohne die geringste Spur von Misstrauen.

»Ich werde dir eine schriftliche Nachricht für ihn mitgeben«, sagte Tally. »Nur ein paar Zeilen, die beweisen, dass ich lebe und nicht gefangen gehalten werde. Und es wäre gut, wenn du sie ihm bald bringst«, fügte sie hinzu. »Bevor er auf die Idee kommt, selbst hierherzukommen und nachzusehen, wie es mir geht.«

Jan stand auf. »Ich hole Papier und Feder«, sagte er.

6

Tally verschlief den halben Nachmittag, aber als sie erwachte – es begann bereits dunkler zu werden –, fühlte sie sich müder als zuvor. All die kleinen Verletzungen und Wunden aus dem Kampf mit Angella und ihren Männern (und vor allem die, die sie sich selbst beim Sprung durch das Fenster zugezogen hatte – es waren mehr) schmerzten jetzt heftiger als am Vortage. Sie konnte ihren Arm kaum bewegen. Als sie aufstand und zu Karan und seinem Sohn zurückging, fühlte sie sich wie eine alte Frau.

Karan hatte recht gehabt, dachte sie matt. Es würde noch Tage dauern, ehe sie sich auch nur halbwegs wieder erholt hatte. Einen zweiten Kampf wie den mit Angella würde sie nicht durchstehen.

Das Abendessen verlief so einsilbig wie das zum Mittag. Jan war nicht da, und Karan, der ganz genau zu spüren schien, wie wenig Tally nach Reden zumute war, bemühte sich nach Kräften, sie zu ignorieren. Als sie fertig waren, verließ er wortlos das Zimmer, und Tally war allein.

Die Dunkelheit kroch in den Raum. Es war das erste Mal, dass Tally einen Sonnenuntergang über dem Schlund beobachtete, und es war ein grandioser Anblick: grandios, aber auch erschreckend, weil er ihr deutlich machte, wie winzig und unwichtig sie war.

Die Wolken, über denen Karans Haus schwebte, begannen sich ganz allmählich grau, dann schwarz zu färben. Tally konnte beobachten, wie das Licht erlosch, fünf oder mehr Meilen unter ihnen, während der Himmel darüber noch von strahlendem Blau war. Fünf Meilen unter ihr, in der Welt unter der Welt, unter einem Himmel, der seinerseits von einem zweiten Himmel überspannt wurde, war bereits Nacht.

Die Vorstellung verwirrte Tally. Sie hatte das, was Karan ihr erzählt hatte, längst noch nicht in letzter Konsequenz begriffen, und vielleicht würde sie es niemals. Sie fragte sich, ob es dort unten denkendes Leben gab, und wenn ja, ob es die Titanenklippe, die seine Welt an allen Seiten umschloss, wohl mit der gleichen Ehrfurcht betrachtete wie die Bewohner des Hochlandes den Schlund.

Die Vorstellung ließ sie schwindeln – eine Wand, die eine ganze Welt umschloss, an allen Seiten, so hoch, dass der Blick ihr Ende nicht erreichen konnte. Sie kam sich klein vor, vollkommen unwichtig. Was sie tun wollte, war so lächerlich. Welche Rolle spielte es, ob sie lebte oder nicht?

Sie spürte einen schwachen Anflug von Zorn; denn sie begriff, dass Karan ihr wohl all dies aus genau jenem Grund erzählt hatte: damit sie diese Gedanken dachte und vielleicht in letzter Konsequenz von ihren Plänen abließ.

Sie stand auf. Sie war müde genug, sich auf der Stelle wieder niederlegen und weiterschlafen zu können, aber sie wollte es nicht. Zeit war kostbar.

Auf der anderen Seite – was konnte sie tun? Hier herumsitzen und sich selbst zerfleischen? Oder mit Karan reden, was nichts weiter als neuerliche Enttäuschung einbringen musste?

Dann fiel ihr ein, dass es noch jemanden gab, mit dem sie reden konnte. Auch diese Vorstellung erfüllte sie nicht unbedingt mit Freude, aber vielleicht war es besser, als hier zu sitzen und zu warten, bis Karans Gift wirkte.

Sie stand auf, ging zu Beit zurück und starrte den verkrüppelten Erinnerer fast fünf Minuten lang wortlos an, ehe sie sich so weit überwinden konnte, auf ihn zuzutreten und die Hand auf seine Schulter zu legen, wie sie es bei Jan gesehen hatte.

Die Augen des Erinnerers öffneten sich langsam. Sein Gesicht verzog sich zu dem schon bekannten, schrecklichen Idiotenlächeln; aber sein Blick blieb klar.

»Ich bin Tally«, sagte Tally. »Du erkennst mich? Antwort.«

»Tally«, wiederholte Beit. »Frageberechtigt bei allen Informationen, die nicht ausdrücklich dem Bereich *geheim* unterliegen.«

Tally schauderte. Beits Art zu sprechen entsetzte sie. Sie hatte das Gefühl, mit einer Maschine zu reden. Aber vor ihr saß ein lebender Mensch. Trotzdem schob sie ihre Hemmungen beiseite, setzte sich etwas bequemer hin und begann:

»Der Schlund, Beit. Alle Informationen. Antwort.«

»Informationen unterliegen zum Teil der Geheimhaltung«, antwortete Beit.

»Dann die, die du herausgeben darfst«, sagte Tally. Als Beit nicht reagierte, fügte sie hinzu: »Antwort.«

»Der Schlund«, begann Beit. »Volkstümlicher Begriff für den Rand des ehemaligen Kontinentalschelfs. Mittlere Höhe dreieinhalb Meilen, größte bekannte Tiefe sieben Meilen. Auf seinem …«

Und Beit erzählte. Er sprach eine Stunde lang, ohne zu stocken, und das allermeiste von dem, was Tally hörte, bestand aus unverständlichen Zahlen und Begriffen. Begriffen aus einer Wissenschaft, die so tot war wie die Völker, denen sie gedient hatte, Zahlen aus einer Mathematik, von der Tally niemals gehört hatte. Sie verstand wenig, nichts von den Daten und Maßen, die Beit hervorsprudelte, und wenig von den Fakten; noch viel weniger von dem, was sich aus dem Gehörten ergeben mochte.

Aber *was* sie verstand, erschreckte sie zutiefst.

Vielleicht, weil es so viel war. Für sie – wie für fast alle Menschen und *Nicht*-Menschen – war der Schlund ein Geheimnis, das größte und düsterste Mysterium der Welt. Die Hölle. Niemand wusste etwas darüber.

Aber das Wissen war *da.* Und es war nicht einmal geheim. Jan hatte Beit ja in ihrem Beisein verboten, ihr irgendwelche Geheimnisse anzuvertrauen, und Tally hatte es nicht vergessen. Das war es, was sie am meisten entsetzte: Das Große Geheimnis war keines. Es lag da, offen und für jedermann greifbar – und doch schien es, als interessiere sich niemand wirklich dafür.

Länger als eine Stunde hörte Tally dem Erinnerer zu, und selbst als sie sich schließlich erhob und Beit mit einem scharfen »Abbruch« zum Verstummen brachte, schien er noch lange nicht am Ende seines Wissens angekommen zu sein.

Aufs Tiefste verwirrt zog sie sich in ihr Zimmer zurück und legte sich angezogen aufs Bett. Zwei Stunden nach Sonnenuntergang, hatte in ihrem kurzen Brief an Hrhon gestanden. Sie hatte keine Möglichkeit, die Zeit zu messen – was ihr wie eine Stunde vorgekommen war, mochte viel länger, aber auch viel kürzer sein. Aber so oder so konnte nicht mehr allzu viel Zeit vergehen, bis der Waga kam.

Tally lächelte in stummer Vorfreude auf die unangenehme Überraschung, die sie sich für Karan und seinen Sohn ausgedacht hatte. Die *Töchter des Drachen* waren nicht die einzigen, die sich auf das Spinnen von Intrigen verstanden.

Aber als dann plötzlich unter ihr im Haus Lärm laut wurde, da war es nicht der Waga, der kam, sondern Weller. Sie erkannte seine Stimme, noch ehe sie die Treppe hinunter und ins Kaminzimmer geeilt war, und obwohl sie die Worte nicht verstand, spürte sie doch die Aufregung, die aus ihnen sprach.

Als sie ins Zimmer trat, verstummte Weller mitten im Wort und sah sie mit einer sonderbaren Mischung aus Zorn und Schrecken an. Sein Gesicht glänzte vor Schweiß, und sein Atem ging sehr schnell. Tally begriff, dass er über eine lange Strecke hinweg gelaufen sein musste.

Ganz instinktiv sah sie auch Jan und dessen Vater an. Karans Gesicht wirkte wie eine Maske aus Falten und grauem Stein, wie immer, aber auf Jans Zügen war deutliche Bestürzung abzulesen; wenn auch keine Sorge oder gar Angst. Welche Botschaft Weller auch immer brachte, dachte Tally, sie hatte Karan und seinen Sohn überrascht, aber nicht erschreckt.

»Was ist geschehen«, begann sie übergangslos.

»Das fragst du?« Weller schnaubte. »Die halbe Stadt steht kopf«, fuhr er zornig fort. »Deinetwegen. Sie suchen dich überall. Die Belohnung ist verdoppelt worden. Jandhi selbst leitet die Suchtrupps.«

»Und deshalb bist du zurückgekommen?«, fragte Tally spöttisch. »Willst du dir die Belohnung verdienen oder mich warnen? Das eine ist nicht möglich, das andere nicht nötig.«

Weller machte eine ärgerliche Handbewegung. »Hör endlich auf, die Naive zu spielen«, sagte er. »Ich ...« Er brach ab, seufzte und ließ sich schwer auf einen Stuhl sinken. Auf einen Wink Karans hin brachte Jan ihm einen Becher Wein, den er mit tiefen, gierigen Zügen leerte. Erst dann sprach er weiter.

»Es ist schlimmer, als du denkst, Tally«, sagte er ernst. »Sie wissen alles. Ich mietete mir einen Träger, um zurückzureiten, aber ich bin nicht einmal bis zur Hälfte gekommen. Sie suchen dich – und sie suchen auch mich.«

Es dauert einen Moment, bis Tally begriff. »Dich?«, vergewisserte sie sich.

Weller nickte. »Ja. Ich habe einen Vertrauten in der Garde, der mir alles erzählt hat. Wäre er nicht gewesen, wäre ich ihnen direkt ins offene Messer gelaufen. Sie haben die Brücke abgeriegelt, und eine ganze Hundertschaft Gardisten hat meine Höhle oben in der Klippe besetzt.«

»Aber wie ...«, begann Jan, wurde aber sofort wieder von Weller unterbrochen.

»Ich bin noch nicht fertig, Jan. Sie wissen alles. Wenn mein Freund nicht gelogen hat – und warum sollte er? –, dann wussten sie, dass wir kommen, noch bevor wir Schelfheim auch nur erreichten.«

Tally sah ihn ungläubig an, aber Weller nickte nur, um seine Worte zu bekräftigen. »Sie kennen dich, sie kennen Hrhon, und sie wissen von mir«, sagte er noch einmal. »Frag mich nicht, woher, aber sie wissen alles.« Er grinste schief. »Es war kein Zufall, dass die Stadtgarde auftauchte, als Barok und seine Klorschas uns gestellt hatten, Tally. Sie haben auf uns gewartet. Wäre das Feuer nicht ausgebrochen, wären wir nicht einmal in die Stadt hineingekommen. Wenn ich nur wüsste, wie sie es erfahren haben.«

»Das kann ich dir beantworten«, murmelte Tally. Weller blinzelte überrascht, aber Tally nickte abermals. Es war so klar, dass sie sich fragte, warum sie nicht schon vor Tagen von selbst darauf gekommen war. »Hrhon hatte recht«, sagte sie. »Erinnerst du dich, wie er reagiert hat, in deiner Höhle?«

Weller nickte verwirrt. Gleich darauf schüttelte er den Kopf. »Wieso?«

»Deine Hornköpfe«, erklärte Tally. »Er sagte, irgendetwas stimme nicht mit ihnen. Du hast ihm nicht geglaubt und ich auch nicht. Aber es ist die einzige Erklärung. Niemand wusste, dass wir zu dir wollten, und niemand wusste, wann wir Schelfheim erreichen würden, nicht einmal ich selbst. Außer dir und mir wussten es nur die Termiten.«

»Aber das ist doch Unsinn«, sagte Weller. »Sie sind Tiere. Du sprichst von ihnen, als wären es denkende Wesen.«

»Manche Hornköpfe sind es«, sagte Tally.

Weller machte eine ärgerliche Handbewegung. »Das mag sein, aber nicht sie. Sie sind Tiere. Strohdumme Tiere.«

»Die man dressieren kann, nicht wahr?«

Diesmal war Wellers Selbstsicherheit nur noch gespielt, und noch dazu schlecht. »Sie arbeiten seit zehn Jahren für mich«, sagte er gepresst. »Es ist ... unmöglich, dass ich nichts gemerkt haben sollte.«

»Hast du selbst mir nicht erzählt, dass nicht alle deine Gäste in Schelfheim ankommen?«, fragte Tally. »Wer weiß – vielleicht ist es kein so großer Zufall, wie du glaubst. Möglicherweise hat der Stadthalter das Netz weit genug gelassen, nur die wirklich großen Fische zu fangen.«

»Es ist trotzdem Unsinn«, beharrte Weller. »Selbst wenn du recht hättest – sie hätten niemals vor uns in der Stadt sein können. Der einzige Weg außer dem, den wir gegangen sind, ist dreimal so lang. Und sie sind langsam.«

»Wer sagt, dass sie in die Stadt gehen mussten?«, sagte Karan leise. »Karan hat von Hornköpfen gehört die Gedanken lesen.«

»Das stimmt«, bestätigte Jan ernst. »Sie sind selten, aber es gibt Telepathen unter ihnen. Gezielte Mutationen. Die Feldherren des Ostens setzen sie ein, Nachrichten in Sekundenschnelle über gewaltige Entfernungen hinweg zu übermitteln.«

»Dann wissen sie alles«, murmelte Weller niedergeschlagen. »Du weißt, was das heißt? Ich kann nicht mehr zurück. Sieht so aus, als hättest du einen neuen Verbündeten, Tally. In Schelfheim kann ich mich nicht mehr sehen lassen.« Er blickte zu

Karan auf. »Du wirst drei in den Schlund hinabführen müssen, Karan.«

»Karan führt niemanden in den Schlund«, sagte Karan ruhig.

Tally schnaubte. »Bist du so stur oder verstehst du einfach nicht, Karan? Wenn sie alles wissen, dann wissen sie auch, dass ich hier bin. Auch du bist nicht mehr sicher.«

»Niemand wird Karan etwas zuleide tun«, beharrte Karan. »Du wirst gehen.«

»Natürlich«, sagte Tally rasch. »Aber ich würde mich nicht darauf verlassen, dass sie dann das Interesse an dir verlieren, Karan. Du …«

»Spar dir deinen Atem«, unterbrach sie Jan.

Tally fuhr ärgerlich herum. »Was soll das heißen?«, fauchte sie. »Ich versuche dir und deinem sturen alten Vater das Leben zu retten, und du …«

»Du versuchst uns hereinzulegen«, sagte Jan beinahe freundlich. Er kam auf sie zu, griff unter sein Wams und zog ein zusammengefaltetes Stück Papier hervor. Tally erkannte es als die Botschaft, die sie für Hrhon aufgeschrieben hatte.

»Du hast sie ihm nicht gebracht?«, fragte sie verwirrt.

»Natürlich nicht«, antwortete Jan ungerührt. »Nicht, nachdem ich sie gelesen habe.« Plötzlich verdunkelte sich sein jugendlich glattes Antlitz vor Zorn. »Für wie dumm hältst du uns, Tally? Ich wurde schon misstrauisch, als du nach Papier und Tinte fragtest. Aber als du in einer Sprache zu schreiben begannst, die niemand im Umkreis von tausend Tagesritten lesen kann, wusste ich Bescheid.« Er deutete eine spöttische Verbeugung an. »Mein Kompliment, Tally. Der Plan war nicht schlecht. Niemand hier beherrscht die Schriftsprache der Waga. Du musst lange gebraucht haben, sie zu lernen.«

»Niemand außer dir, nicht?«, sagte Tally eisig.

Jan verneinte. »O nein. Aber du hast Beit vergessen. Er kann sie.« Er zuckte die Achseln und knüllte das Pergament zu einem Ball zusammen. »Ich ließ sie mir von ihm übersetzen, ehe ich ging«, sagte er. »Wie gesagt – mein Kompliment. Möglicherweise wären Vater und ich sogar darauf hereingefallen, wenn dein schuppengesichtiger Freund in ein paar Minuten hier aufgetaucht wäre und von Soldaten erzählt hätte, die ihn verfolgen.«

Karan starrte sie an. Tally hielt seinem Blick einen Moment lang stand, dann fuhr sie ärgerlich herum und schlug mit der Faust auf den Tisch. »Verdammt, begreift ihr denn nicht?«, schrie sie. »Wenn Jandhi Hornköpfe in ihrem Dienst hat, die Gedanken lesen können, weiß sie wirklich, wo ich bin! Und dass ihr mir geholfen habt!«

»Wenn, ja«, bestätigte Karan ungerührt. »Aber das hat sie nicht. Wäre es so, wäre sie längst hier. Du vergisst, dass du seit drei Tagen Karans Gast bist.« Er hob rasch die Hand, als Tally auffahren wollte. »Überlege selbst, Tally – Weller hat Karan erzählt, wie du mit Jandhi zusammengetroffen bist. Sie wird Verdacht geschöpft haben, doch wäre dieser Verdacht Gewissheit gewesen, wäret ihr niemals hierhergekommen.«

Er schüttelte abermals den Kopf, um seine Worte zu bekräftigen. »Karan nimmt dir den Versuch nicht übel, ihn zu überlisten«, sagte er ernst. »Er wäre überrascht, hättest du es nicht getan, denn er weiß, dass dir viel daran liegt, in den Schlund zu gehen. Doch du kannst nicht hierbleiben. Wenn es die *Töchter des Drachen* persönlich sind, die dich suchen, so werden sie hierherkommen, früher oder später, und in einem hast du recht – es wäre um Karan geschehen, fänden sie dich bei ihm. Bist du nicht da, ist er nicht in Gefahr.«

»Ich hoffe, du täuschst dich nicht«, sagte Tally, sehr scharf, aber ohne die mindeste Spur einer Drohung.

»Was soll geschehen?«, fragte Karan ruhig. »Sie werden kommen und nach dir fragen, und Karan wird sagen, was war – dass eine verletzte Frau bei ihm war und um Hilfe bat. Er wird sagen, dass sie ihn bat, sie in den Schlund zu führen, und dass er ihre Bitte abschlug. Sie werden wieder gehen.«

»Und … wir?«, fragte Weller.

»Karan kennt Wege aus der Stadt, die selbst den *Töchtern des Drachen* verborgen sind«, erwiderte Karan ernst. »Er wird euch einen davon zeigen. Ihr werdet in Sicherheit sein, lange bevor sie kommen.«

»Sie werden dich töten, Karan«, sagte Tally ernst. »Glaube mir. Du kannst sie nicht belügen. Sie … sie haben Hornköpfe, die das merken. Ich selbst bin einem solchen Wesen begegnet.«

Aber Karan schien ihre Worte nicht zu hören. Entschieden schüttelte er den Kopf. »Nein«, sagte er. »Du wirst gehen und dein Freund auch. Es bleibt euch überlassen, ob ihr Karans Hilfe annehmen wollt. Aber gehen werdet ihr. Jetzt.«

Tally presste wütend die Lippen aufeinander. Sie wusste, dass ihre letzte Chance dahin war, die letzte Möglichkeit, Karan zu überzeugen, schlimmstenfalls zu zwingen, wenn sie auch selbst nicht wusste wie. Aber nicht einmal mehr dieser letzte Ausweg war ihr geblieben.

Tally tauschte einen fast verzweifelten Blick mit Weller. Aber auch er war so ratlos wie sie. Zum ersten Mal, seit sie zusammengetroffen waren, glaubte sie *wirklich* Angst in einem Blick zu erkennen.

Sie wollte noch etwas sagen, sich in einem letzten, verzweifelten Versuch an Karan wenden, von dem sie schon vorher wusste, dass es vergebens sein würde, aber in diesem Moment erscholl über ihren Köpfen ein splitterndes Krachen und Bersten, und Augenblicke später hörten sie schwere, polternde Schritte die Treppe hinunterkommen.

Karan rührte sich nicht, aber Jan und Weller fuhren wie ein Mann herum und griffen nach ihren Waffen, und auch Tally legte die Hand auf das Schwert, während sie sich zur Tür wandte.

Einen Augenblick später erschien ein vierhundert Pfund schweres Paket aus Muskeln und Panzerplatten am Ende der Treppe, walzte wie eine lebende Lawine auf Tally zu und begann hektisch mit den Armen zu wedeln, noch ehe sie vollends zum Stehen gekommen war.

»Hrhon!«, rief Tally überrascht. »Was ...«

»Ghefahr!«, unterbrach sie der Waga. »Du mussst fliehehn! Sssie khommen!«

»Was tut dieses Ding in Karans Haus?«, fragte Karan scharf. »Schick es fort, Tally! Karan befiehlt es!«

»Gut gespielt«, fügte Weller hinzu. »Kompliment, Waga.«

Tally seufzte nur.

Hrhon starrte sie der Reihe nach aus seinen kleinen, ausdruckslosen Schildkrötenaugen an. »Ssseid ihr ahllhe vohn Sssinnen?«, lispelte er. »Ihr ssseid ihn Gehefhar! In whenigen Augenblicken isst die Ssstadtgarde hier: Isss konnte sssie nissst aufhhalten. Esss sind sssu vhiele!«

»Spar dir deinen Atem, Hrhon«, sagte Tally lächelnd. »Karan hat den Schwindel durchschaut. Er ...« Sie verstummte mitten im Wort, starrte Hrhon einen Herzschlag lang verstört an und fuhr dann mit einem Ruck um.

»Was soll das heißen, Jan?«, fragte sie. »Ich denke, du hast ihm meine Nachricht nicht gebracht?!«

Jan antwortete nicht. Stattdessen blickte er verdutzt von dem Waga auf das zu einem Ball zusammengeknüllte Pergament, das er noch immer in der linken Faust hielt, und wieder zurück.

»Whiessso Ssswindel?«, zischelte Hrhon aufgeregt. »Versssteht ihr dhenn nhicht? Sssie kohmmen!«

»Beim Schlund, ich glaube, das Fischgesicht spricht die Wahrheit«, flüsterte Weller. Er war noch blasser geworden.

Und wie um seine Worte zu unterstreichen, erscholl in diesem Moment zum zweiten Mal ein ungeheures Krachen und Bersten vom oberen Ende der Treppe. Kalk und Staub und

Steintrümmer polterten die Stufen herunter, gefolgt von einem schwarzen Albtraum aus schnappenden Kiefern und wie rasend wirbelnden Beinen.

Es war Hrhon, der der Tür am nächsten stand, und es war auch Hrhon, der als Erster reagierte. Mit einer Schnelligkeit, die selbst Tally verblüffte, fuhr er herum, stürmte dem Hornkopf entgegen und hob die Arme.

Seine Faust fuhr mit vernichtender Kraft zwischen den zuschnappenden Mandibeln des Rieseninsekts hindurch, krachte auf seinen Schädel und zertrümmerte ihn. Der Hornkopf schlitterte noch ein Stück weiter, getragen vom Schwung seiner eigenen Bewegung, und brach tot in der Tür zusammen. Sein riesiger schwarzglänzender Panzerleib ragte halb ins Zimmer hinein und blockierte den Durchgang. Aber nicht weit genug, dass Tally und die anderen nicht die schwarzglänzenden Ungeheuer erkennen konnten, die hinter ihm herangelaufen kamen.

Weller fluchte ungehemmt, zog unsinnigerweise sein Schwert aus dem Gürtel und wich rückwärtsgehend bis zur gegenüberliegenden Wand zurück. Auch Jan zog seine Waffe, während sein Vater weiter reglos stehenblieb. Nicht einmal auf seinem Gesicht zeigte sich irgendeine Reaktion auf den plötzlichen Überfall.

Aus dem Treppenschacht erscholl ein schriller, pfeifender Laut, und irgendetwas Schwarzes, Glänzendes, versuchte über den toten Hornkopf hinwegzukriechen und sich durch den schmalen Spalt zu zwängen, der zwischen seinem Rücken und der Decke blieb. Hrhon wartete, bis der Hornkopf wie ein Korken im Flaschenhals in der Lücke steckte. Dann erschlug er ihn.

Aber Tally und die anderen wussten sehr wohl, dass sie nur Sekunden gewonnen hatten. Der kurze Blick, den sie in den Schacht hineingeworfen hatten, hatte gezeigt, dass er von Chitin erfüllt war.

Ein harter Ruck ging durch den Leib des erschlagenen Hornkopfes. Die erschlafften Antennen des Rieseninsektes erzeugten raschelnde, unangenehme Geräusche auf dem steinernen Boden, als der Kadaver ein Stückweit nach hinten gezerrt wurde.

»Halt sie auf, Hrhon!«, befahl Tally hastig. Während Hrhon mit einem kampflustigen Zischeln nach dem Schädel des toten Hornkopfes griff und sich mit aller Macht dagegenstemmte, wandte sich Tally an Karan: »Gibt es noch einen Ausgang aus diesem Haus?«

Karan nickte. »Einen geheimen Gang direkt in die Wand hinein. Aber sie werden ihn finden. Es sei denn ...«

»Es sei denn was?«, fragte Tally ungeduldig, als Karan nicht weitersprach.

Aber der Alte antwortete nicht, sondern drehte sich mit einem Ruck herum und wies auf einen Vorhang, dicht neben der Stelle, an der Weller versuchte, sich in den gewachsenen Felsen hineinzupressen. »Dort entlang. Und schnell«, befahl er.

Die beiden letzten Worte wären kaum noch nötig gewesen – Weller hatte den Vorhang bereits zur Seite gerissen und stürmte hindurch, noch bevor Karan sie vollends zu Ende sprechen konnte. Und auch Karan selbst und sein Sohn folgten ihm mit großer Hast, während sich Tally noch einmal zu Hrhon herumdrehte.

Der Anblick war beinahe lächerlich – der Waga stemmte sich mit aller Kraft in den Boden und versuchte, den Kadaver des Hornkopfes festzuhalten, an dem unsichtbare Gewalten zerrten. Der Chitinpanzer des Rieseninsekts ächzte hörbar. Es konnte nur noch Augenblicke dauern, dachte Tally, bis das bizarre Tauziehen beendet war – einfach, weil der Hornkopf in Stücke gebrochen war.

»Hrhon!«, befahl sie scharf. »Hierher!«

Der Waga gehorchte sofort. Der tote Hornkopf rutschte ein

gutes Stück zurück und kam wieder zur Ruhe, zitternd und bebend, als wäre mit einem Male wieder Leben in ihm.

Tally wechselte ihr Schwert von der Rechten in die Linke und streckte fordernd die freie Hand aus. Hrhon verstand sofort. Seine Linke verschwand in seinem Panzer, etwas knisterte, und Augenblicke später kam die Pranke des Waga erneut zum Vorschein. Aber sie war nicht mehr leer, sondern hielt nun eine der schrecklichen Drachenwaffen, die sie im Turm erbeutet hatten.

Obwohl im Moment nichts so kostbar war wie Zeit, zögerte Tally sichtlich, danach zu greifen. Sie war sich der Gefahr durchaus bewusst, die sie einging, benutzte sie diese Waffe. Bei dem Kampf im Slum war das Risiko gering gewesen, und sie hatte nicht gewusst, gegen wen sie kämpfte. Jetzt aber ... sie würde den Kampf auf ein neues Niveau ziehen, wenn sie Jandhi zeigte, mit welch harten Bandagen sie zu kämpfen bereit war.

Aber dann schob sie die Bedenken beiseite, gebot Hrhon mit einer Kopfbewegung, den drei anderen zu folgen, und richtete die Waffe auf den Treppenschacht.

Der Hornkopf blockierte den Eingang noch immer, aber über seinen Rücken hinweg tasteten bereits armdicke glänzende Dinge, und plötzlich erscholl ein fürchterliches, mahlendes Geräusch; der Schädel des Hornkopfes brach ab und kollerte ein Stückweit auf Tally zu, und über seinen zerborstenen Panzer hinweg krabbelte eine zwei Meter lange, spinnenähnliche Scheußlichkeit, bewaffnet mit gleich drei Schwertern und Mordlust in den Augen.

Tally drückte ab.

Der Hornkopf verschwand, und mit ihm die Tür. Eine brüllende weißglühende Feuerzunge schoss in den Treppenschacht hinauf, versengte alles, was lebte, und ließ Stein knackend zerspringen. Das kampflustige Pfeifen der Hornköpfe wandelte sich in einen Chor schriller Todesschreie.

Tally feuerte noch einmal, fuhr herum und stürmte hinter den anderen her. Der Boden unter ihren Füßen zitterte. Eine unsichtbare Hitzewelle folgte ihr, versengte ihren Rücken und ließ den Vorhang auflodern. Das Halbdunkel um sie herum wurde vom zuckenden Rot jäh aufflammender Brände vertrieben.

Der Gang endete nach weniger als einem Dutzend Schritten vor einem niedrigen, mit einer gewaltigen Metallplatte verschlossenen Durchgang. Von Weller und Jan war keine Spur mehr zu sehen aber Karan und der Waga erwarteten sie neben dem Fluchttunnel. Zum ersten Mal, seit sie Karan kennengelernt hatte, war seine Selbstsicherheit erschüttert. Sein Blick flackerte, als er die Waffe in ihrer Hand sah.

»Tut mir leid«, sagte Tally lächelnd. »Ich musste dein Haus ein wenig ansengen. Aber die Typen werden allmählich lästig.«

Karan blieb ernst. »Das macht nichts«, sagte er, und es hörte sich an, als meinte er es auch so. Er deutete auf den Stollen. »Geht dort hinein und lauft bis zur ersten Biegung. Dort wartet ihr auf Karan.«

Tally wollte widersprechen, zuckte aber dann nur mit den Achseln und duckte sich hinter Hrhon in den niedrigen Gang. Irgendwo vor ihnen glomm das trübe Auge einer Fackel, aber der Gang wäre auch sonst nicht dunkel gewesen – an den Wänden fluoreszierten die gleichen leuchtenden Schmierpflanzen, wie sie sie im Turm in der Wüste gesehen hatten. Tallys Hochachtung vor Karan stieg.

So schnell sie konnten, hielten sie auf die Fackel zu. Der Gang erweiterte sich nach wenigen Schritten, sodass auch Hrhon aufrecht gehen konnte und sie schneller vorankamen. Nach wenigen Augenblicken schlossen sie zu Jan und Weller auf, die vor der Gangbiegung haltgemacht hatten.

»Was ist passiert?«, empfing sie Weller. »Wo ist Karan, und …« Er verstummte. Seine Augen wurden groß, als er die Waffe in Tallys Hand sah.

»Du … du hast mich belogen!«, sagte er vorwurfsvoll.

»Habe ich das?«

Weller deutete auf Tallys Hand. »Du hast behauptet, du hättest sie verloren!«, sagte er.

»Das stimmt auch«, erwiderte Tally ungerührt. »Du hast mich niemals gefragt, ob ich noch eine zweite besitze, oder?«

Weller schluckte hörbar, starrte Tally finster an und atmete tief ein, beließ es aber dann bei einem resignierenden Seufzen. »Hast du noch mehr solcher Überraschungen auf Lager?«, fragte er.

Tally ruckte. »Ja. Aber wenn ich sie dir verriete, wären es keine Überraschungen mehr, oder?« Sie lächelte kalt, drehte sich mit einem Ruck herum und sah zu Karan zurück, der nun ebenfalls nachkam; schnell, aber ohne zu rennen.

»Was hast du getan?«, fragte sie.

»Nichts«, antwortete Karan. »Noch nichts. Aber sie werden Karans Haus nicht ungestraft angegriffen haben, das schwört er. Kommt mit. Karan braucht eure Hilfe.«

Sie gingen weiter. Der Gang führte für zehn, zwölf Schritte schräg nach oben und endete jäh vor einer nur drei Stufen zählenden Treppe, hinter der sich eine weitere, aus massivem Eisen errichtete Tür erhob. Karan löste einen kompliziert aussehenden Schlüssel vom Gürtel, sperrte das Schloss auf und winkte ihnen ungeduldig nachzukommen.

Tally hatte mit einer Fortsetzung des Stollens gerechnet, vielleicht mit einem Kellerraum, einer Treppe – aber die Tür führte ins Freie hinaus. Über ihren Köpfen und an beiden Seiten erhob sich der in der Nacht schwarze Fels der Klippe, aber vor ihnen, nur ein halbes Dutzend Schritte entfernt, war das Nichts. Sie standen in einer nach Norden offenen Höhle.

Tally schauderte. *Was hatte Karan vor?*

Aber der Alte gab ihr keine Gelegenheit, ihre Sorge in irgendeine Frage zu kleiden. Hastig schlurfte er zum Rand der Felsplatte, ließ sich auf ein Knie herabsinken und winkte Tally befehlend, ihm zu folgen. Mit klopfendem Herzen gehorchte sie.

Der Anblick war so, wie sie erwartet hatte – nur hundertfach schlimmer. Sie kniete über dem Nichts, aber anders als auf Karans Balkon gab es hier kein schützendes Geländer. Direkt unter ihr gähnte der Schlund. Zum allerersten Male in ihrem Leben begriff sie die wahre Bedeutung dieses Namens.

»Sieh!« Karans Hand wies schräg nach unten. Mit wild hämmerndem Herzen beugte sich Tally weiter vor und erkannte, dass sie sich nur wenige Meter oberhalb seines Hauses befanden. In der Schwärze der Nacht wirkte es mehr denn je wie ein Schwalbennest, das direkt an den Felsen geklebt worden war.

»Sie haben es gewagt«, sagte Karan. Seine Stimme bebte. »Sie haben das heilige Gesetz der Gastfreundschaft gebrochen, das in Karans Haus gilt. Sie werden dafür bezahlen.«

Tally sah den Alten verwirrt an. Was sie in Karans Stimme gehört hatte, war eindeutig *Hass* – ein Gefühl, das sie ihm bis zu diesem Augenblick nicht einmal zugetraut hatte. Und doch konnte sie ihn verstehen, als sie abermals zum Haus hinabsah. Durch die Fenster lohte roter Flammenschein, und davor bewegten sich Schatten. Sehr viele, sehr schwarze Schatten. Das Klicken und Rascheln horngepanzerter Glieder war selbst hier oben deutlich zu vernehmen.

Karan stand auf und ging mit zwei schnellen Schritten zur rechten Wand der Höhle. Tally sah erst jetzt, dass dort ein gewaltiger eiserner Hebel aus dem Fels ragte.

»Waga!«, befahl Karan scharf. »Hilf mir!«

Hrhon sah sie fragend an. Tally nickte. Schwerfällig ging Hrhon auf Karan zu, drückte ihn mit sanfter Gewalt zurück und legte seine mächtigen Pranken auf den Hebel, bewegte ihn aber noch nicht.

»Was tust du, Karan?«, fragte Tally.

»Karan tut, was Karan tun muss«, antwortete der Alte entschlossen. »Sie brechen die uralten Gesetze. Sie wollen Krieg. Sie werden ihn bekommen. Zieh den Hebel, Waga!«

Hrhon gehorchte. Seine gewaltigen Muskeln spannten sich. Der Hebel ächzte hörbar, verbog sich knirschend – und senkte sich mit einem Ruck nach unten.

Im ersten Moment geschah nichts. Dann glaubte Tally, irgendwo tief unter ihren Füßen ein mächtiges Knirschen und Rumoren zu hören, und plötzlich begann der buckelige Umriss des Hauses vor ihren Augen zu verschwimmen. Holz splitterte. Irgendwo zerbrach etwas, und die Nacht sog die Trümmer des schmalen Stegs auf, der zu Karans Haus führte.

Dann stürzte das gesamte Gebäude ab.

Es ging sehr schnell und beinahe lautlos, aber Tally sah alles mit phantastischer Klarheit. Karans Haus zerbrach wie ein Ei, das von einem Faustschlag getroffen wird. Gewaltige Stücke lösten sich aus seinen Wänden, dann beugte sich seine gesamte westliche Hälfte grotesk langsam zur Seite, kippte in den Schlund und zerbrach in Tausende einzelner Trümmerstücke, ehe es vollends in der Nacht verschwand.

Irgendwo zwischen den Trümmern des verbliebenen Restes blitzte es auf. Ein kurzer, sonderbar trockener Knall wehte zu Tally empor, und plötzlich quoll eine Wolke aus Feuer und Rauch und zerfetzten Chitinleibern und Trümmern aus der Klippe. Ein ungeheuerliches Donnern erscholl, das noch am anderen Ende Schelfheims zu hören sein musste.

Als es verklang, war von Karans schwebendem Haus keine Spur mehr geblieben. Wo es gewesen war, gähnte ein gewaltiges schwarzverkohltes Loch in der Felswand.

Tally stand langsam auf und drehte sich herum. Es war zu dunkel, als dass sie die anderen deutlicher denn als schwarze Schatten erkennen konnte, aber sie spürte den Schrecken, den Weller empfand, und die Betroffenheit, die von Jan Besitz ergriffen hatte. Unter ihnen war mehr zerstört worden als ein Haus. Viel mehr.

»Und nun?«, fragte sie schließlich.

»Weiter«, antwortete Karan. »Dieser Ort ist nicht sicher. Sie werden nach euch und Karan suchen. Sie werden merken, dass ihr und er noch leben. Aber wir werden nicht mehr da sein. Karan bringt euch an einen Ort, an dem ihr sicher seid.«

Tally seufzte. »Ich weiß nicht, ob es mich freut, recht behalten zu haben, Karan«, sagte sie leise und mit ehrlichem Bedauern. »Aber jetzt wirst du uns helfen müssen. Von diesem Moment an jagen sie nicht nur mich, sondern uns alle.«

Karan schwieg.

7

Wie Karan versprochen hatte, führte er sie auf verborgenen Wegen tiefer in die Stadt hinein. Als sie eine oder auch zwei Stunden später, das wusste Tally nicht zu sagen, wieder ans Tages- beziehungsweise Mondlicht heraustraten, da war nicht nur Tally zum Umfallen erschöpft. Auch die anderen wankten, und selbst Hrhon bewegte sich schleppender als gewohnt. Ihn, der die Geschicklichkeit nicht unbedingt gepachtet hatte, musste das Gehen in den meistens nur halbhohen Gängen und Stollen besonders viel Kraft gekostet haben. Und Tally wusste nicht, was er in den Tagen zuvor durchgemacht hatte. Plötzlich spürte sie, wie sehr ihr der Waga gefehlt hatte.

Sie kamen am nördlichen Ende eines großen, halbrunden Platzes heraus. Die Nacht war still, und selbst das Donnern des Wasserfalles war nicht mehr zu hören. Sie mussten sich ein gehöriges Stück vom Schlund entfernt haben. Es war sehr kalt. Das Kopfsteinpflaster glänzte vor Nässe, und in der Luft lag noch der Geruch von Regen.

»Scheint alles ruhig zu sein«, murmelte Weller. Er war der Erste, der das nur von heftigen Atemzügen untermalte Schweigen brach, und seine Stimme klang matt und erschöpft. »Wo sind wir?«

»Nicht weit vom Hafen entfernt«, antwortete Jan. »Der Wind steht gegen uns«, fügte er hinzu, als er Wellers fragenden Blick bemerkte. »Deshalb hört man nichts. Wir haben Freunde hier in der Gegend.« Er sah seinen Vater erlaubnisheischend an, und Tally bemerkte, dass Karan fast unmerklich nickte, ehe Jan fortfuhr: »Wir werden bei ihnen Unterschlupf suchen, wenigstens für den Rest der Nacht. Der Weg aus der Stadt heraus ist zu weit. Wir müssen im Vollbesitz unserer Kräfte sein.«

Tally wollte eine Frage stellen, aber Karan drehte sich rasch um und begann den Platz zu überqueren, sodass sie ihm folgen mussten, ob sie wollten oder nicht. Mit Ausnahme Karans hatten sie alle ihre Waffen gezogen. Es war sehr still, aber Tally hatte ja am eigenen Leibe erfahren, wie täuschend gerade diese Art der Stille sein konnte.

Nach einer Weile fiel ihr auf, wie sonderbar die Schatten der Häuser aussahen, zwischen denen sie sich bewegten – manche von ihnen waren absurd niedrig, sodass die untere Fensterreihe fast den Boden berührte, einige schienen sogar schräg zu stehen. Sie fragte Weller danach.

»Das hier ist die Altstadt Schelfheims«, erklärte Weller. »Die *wirkliche* Altstadt. Die Leute, die damals hierherkamen, wussten nichts von dem Grund, auf dem sie bauten.«

Tally sah ihn fragend an.

»Die Häuser waren zu schwer«, fügte Weller lächelnd hinzu. »Sie versanken im Boden. Ganz langsam. Manche stürzten ein, aber die meisten sackten einfach in die Tiefe.« Er machte eine rasche Handbewegung nach unten. »Es gibt Häuser hier, die fünf Stockwerke weit in den Boden hinabreichen. Manchmal bauen sie einfach eine Etage obendrauf, bevor sie die unterste aufgeben. Verrückt, nicht?«

Tally fand die Vorstellung eher erschreckend, aber Karan hinderte sie daran, ihre Gefühle in Worte zu kleiden, indem er Weller und sie anherrschte, gefälligst ruhig zu sein. Schuldbewusst verstummten sie.

Nach einer Weile blieben sie stehen. Karan sah sich aufmerksam nach allen Seiten um, ehe er an eines der dunkel daliegenden Häuser trat und gegen die Tür klopfte. Er musste sehr lange klopfen und immer lauter, ehe irgendeine Reaktion erfolgte – zum Schluss hämmerte er mit der Faust gegen die Tür, dass Tally fast glaubte, er wolle sie einschlagen. Aber endlich glomm in dem schmalen Sehschlitz im Holz ein trübgelbes Licht auf, und Augenblicke später lugte ein bärtiges Gesicht von schwer zu schätzendem Alter zu ihnen heraus.

»Karan!« Der Schrecken, der in diesem einen Wort lag, war nicht zu überhören. Trotzdem polterte ein Riegel, und Sekunden später schwang die Tür auf. Karan trat ohne ein Wort an dem Mann vorbei, winkte ihnen, ihm zu folgen, und legte eigenhändig den Riegel wieder vor, nachdem der Letzte das Haus betreten hatte.

Tally sah sich rasch um. Der schmale Korridor, in dem sie standen, bot nicht viel Interessantes – eine Tür an seinem Ende, eine Treppe nach oben, eine zweite, die in die Tiefe führte. Interessanter war schon der Mann, der ihnen aufgemacht hatte: Er war ein Riese, noch größer als Weller und von massigem Körperbau, der sich aber so krumm hielt, dass sich sein Gesicht fast auf gleicher Höhe mit dem Tallys befand. Seine Augen flackerten vor Angst.

»Was tust du hier, Karan?«, stammelte er. »Und wer sind diese Leute?« Er deutete nervös auf Tally, Weller und Hrhon.

»Freunde von Karan«, antwortete Karan. »Sie und er brauchen deine Hilfe.«

»Das geht nicht.« Die Worte des Riesen kamen zu schnell, als dass er darüber nachgedacht haben konnte. Tally begriff, dass ihn ihr Auftauchen nicht überraschte, sondern dass er es im Gegenteil befürchtet hatte. Als er begriff, was er selbst gesagt hatte, lächelte er verlegen.

»Sie suchen euch«, fügte er hinzu, in etwas leiserem Tonfall. »Überall. Sie waren auch schon hier. Und sie werden wiederkommen.« Er seufzte. »Aber gut, kommt erst einmal herein. Eine Mahlzeit und eine kurze Rast sind ja auch nicht schlecht, oder?«

Karan schwieg, und auch der Riese sprach nicht weiter, sondern drehte sich überhastet herum und schlurfte gebückt auf die nach unten führende Treppe zu.

»Wer ist das?«, wandte sich Tally an Jan, während sie dem Riesen folgten.

»Ein Freund meines Vaters«, erwiderte Jan. Er wirkte erschreckt. »Ein sehr guter Freund. Karan hat ihm und seiner gesamten Familie einmal das Leben gerettet.« Er schüttelte verwirrt den Kopf. »Es muss schlimmer sein, als ich bisher annahm.«

Ihr Führer wandte sich im Gehen um und sah schuldbewusst zu ihnen zurück; er hatte jedes Wort gehört. Und auch Karan sah seinen Sohn strafend an.

»Still«, sagte er. »Was Karan mit seinen Freunden zu regeln hat, das bereinigt er selbst.«

Sie erreichten das Ende der Treppe, traten jedoch nicht auf den sich anschließenden Korridor hinaus, sondern nahmen eine zweite, schließlich eine dritte, steil nach unten führende Treppe in Angriff. Tally schätzte, dass sie sich gute fünfzehn Meter unter dem Niveau Schelfheims befinden mussten, als die hölzernen Stufen endlich aufhörten. Vor ihnen lag ein sehr niedriger, von blakenden Fackeln erhellter Gang, von dem zahlreiche Türen abzweigten.

Ihr Führer zögerte wieder, dann deutete er mit einer Kopfbewegung auf eine der Türen, trat hindurch und steckte seine Fackel in einen eisernen Halter, der neben der Tür an der Wand angebracht war.

Tally sah sich neugierig um. Das Zimmer war klein und spartanisch eingerichtet: ein Tisch und eine Anzahl niedriger hölzerner Hocker bildeten zusammen mit einer gewaltigen Truhe die gesamte Möblierung. An der westlichen Seite gab es ein Fenster, aus dem vor hundert Jahren das Glas herausgefallen war. Dahinter lag der steinhart zusammengebackene weiße Sand des Schelfs.

Der Raum war so niedrig wie der Gang draußen – sie verstand jetzt, warum der Riese sich so krumm hielt, denn die Decke war kaum hoch genug, dass sie selbst aufrecht stehen konnte. Ganz instinktiv fragte sie sich, was das für ein Leben sein musste, wie ein Molch in einer Höhle hier unten zu vegetieren. Die Vorstellung ließ sie schaudern.

»Wartet hier«, sagte der Riese. »Ich hole Wein und Brot.«

Karan nickte, und ihr Führer entfernte sich so hastig, dass jedem klar sein musste, wie froh er war, aus ihrer Nähe zu verschwinden.

»Ich verstehe das nicht«, sagte Jan, kaum dass die Tür hinter ihm zugefallen war. »Nors ist dein treuester Verbündeter. Er würde sein Leben opfern, um deines zu retten.«

Karan, dem die Worte galten, nickte. »Er hat Angst«, sagte er. »Karan liest große Furcht in seiner Seele.« Sein Blick suchte den Tallys. »Du hast mächtige Feinde, Tally.«

»Ich fürchte, nicht nur ich«, sagte Tally. »Oh verdammt, Karan, das wollte ich nicht. Hätte ich geahnt, dass ich euch alle mit ins Verderben reiße ...«

»Dann wärst du trotzdem gekommen«, unterbrach sie Karan.

»Du überschätzt dich. Es liegt nicht in deiner Macht, irgendetwas zu tun oder zu ändern, was das Schicksal anders entschieden hat. Alles kommt, wie es kommen muss. Wir sind nur Werkzeuge. Kann das Beil sich weigern, den Baum zu spalten?«

»Manchmal«, sagte Tally ernst, »fährt es in das Bein dessen, der es schwingt.«

»Nur wenn er ungeschickt ist.« Karan machte eine abschließende Geste. »Wir würden auch nicht hierbleiben, wenn Nors es uns anböte«, fuhr er in verändertem Tonfall fort. »Eine Stunde Rast, vielleicht auch zwei, und ein wenig Nahrung, das ist alles, was Karan von ihm verlangt.« Er drehte sich herum, nahm auf einem der unbequemen Hocker Platz und sah demonstrativ zu Boden.

Nach einer Weile kam Nors zurück. Er war nicht mehr allein, sondern befand sich in Begleitung einer ältlichen, ebenfalls sehr hochgewachsenen Frau, die sich so krumm wie er hielt. Die beiden trugen Wein und Brot und sogar ein Tablett mit rohem Fleisch auf, das sie Hrhon vorsetzten. Dann zog sich die Frau zurück, während sich Nors mit vor der Brust verschränkten Armen gegen die Tür lehnte und ihnen stumm beim Essen zusah.

Tally brannten tausend Fragen auf der Zunge. Aber sie hatte das sehr sichere Gefühl, dass es besser war, Karan reden zu lassen. Nors hatte Angst. Panische Angst.

Karan tunkte sein letztes Stück Brot in eine Schale mit kalter, nach Tallys Meinung widerwärtig schmeckender Soße, kaute beides mit sichtlichem Genuss durch und fuhr sich mit der Hand über den Mund, ehe er sich wieder an Nors wandte.

»Nun erzähle, Freund«, begann er. »Was ist geschehen, dass du solche Angst hast, Karan die Freundschaft zu verweigern, auf die er Anspruch hat?«

Nors lächelte nervös. »Du ... du hast nichts gehört?«

»Karan hatte anderes zu tun, als zu hören«, erwiderte Karan

lächelnd. »Er wurde angegriffen und musste fliehen. Sie haben die heiligen Gesetze der Gastfreundschaft gebrochen.«

»Sie werden noch etwas ganz anderes brechen, wenn sie dich in ihrer Begleitung finden.« Nors deutete anklagend auf Tally. »Zum Beispiel deinen Hals, Karan. Sie suchen euch überall.«

Tally spannte sich, aber Jan legte ihr rasch und beruhigend die Hand auf den Unterarm. Tally schwieg.

»Erzähle«, sagte Karan noch einmal.

»Sie durchsuchen die ganze Stadt«, sagte Nors. »Männer der Garde und diese verdammten Hornköpfe.«

»Unmöglich!«, behauptete Weller. »Das würden sie nicht wagen! Keiner von ihnen würde lebend hier herauskommen!«

»Und wenn ich dir sage, dass zwei dieser Speichellecker vor Stundenfrist bei mir waren und nach Karan und euch gefragt haben?«, sagte Nors. Wütend presste er die Lippen aufeinander, sah Karan an und deutete mit einer Geste auf Tally und Hrhon. »Kann man ihnen trauen?«

»Sprich«, sagte Karan ruhig.

»Gut.« Nors blickte noch einmal nervös zu Tally. »Ich ... soll dir folgendes ausrichten: Die *Töchter des Drachen* hegen keine Feindschaft gegen dich und deinen Sohn. Was in deinem Haus geschehen ist, soll vergessen sein. Sie sind sogar bereit, Wiedergutmachung zu leisten – wenn du sie auslieferst.« Er deutete wieder auf Tally. »Die Frau und den Waga. Weller interessiert sie nicht.«

»Lächerlich«, sagte Jan. Karan aber schwieg, wie Tally sehr wohl registrierte.

»Sie erzählen es jedem«, fuhr Nors fort. »Und sie sind überall. Ihr müsst vorsichtig sein, wenn ihr weitergeht. Die Stadt ist nicht mehr sicher. Wo du hinblickst, sind Soldaten und Hornköpfe. Im Westen wird gekämpft«, fügte er nach einer sekundenlangen Pause hinzu.

»Gekämpft?« Weller runzelte die Stirn.

»Ein paar der Straßenbanden haben die Garde angegriffen«, bestätigte Nors. »Die Garde hat große Verluste, aber sie rücken weiter vor. Es heißt, der Stadtkommandant hätte sich geweigert, seine Krieger hierherzuschicken, aber Jandhi habe ihn gezwungen.«

»Dann bleibt Karan nur noch ein Weg«, murmelte Karan.

Tally sah ihn aufmerksam an. »Und welcher?«

»Es geht nicht um ihn«, sagte Karan anstelle einer direkten Antwort. »Es geht um seine Freunde, um diese Stadt. Hier im Norden herrschte Frieden, seit langer Zeit.«

»Den Eindruck hatte ich nicht«, sagte Tally säuerlich und hob die Hand zu ihrer schmerzenden Schulter.

»Ein blutiger Frieden vielleicht, mit grausamen Regeln, aber trotzdem Frieden«, beharrte Karan. »Dein Auftauchen hat ihn beendet.« Er schüttelte traurig den Kopf. »Du ziehst eine Spur von Blut hinter dir her, Tally. Karans Freunde werden sterben, vielleicht wird diese Stadt zerstört.«

»Du übertreibst.«

»Nein.« Weller schüttelte heftig den Kopf. »Hast du vergessen, was ich dir über den Norden der Stadt erzählt habe, Tally? Dies hier ist Schelfheim, aber nicht das Schelfheim der Mächtigen. Hier regieren andere. Der Stadthalter hat hier so wenig zu sagen wie du oder ich. Wenn er seine Krieger hierherschickt, ist das keine normale Patrouille, sondern Krieg. Die Banden werden es nicht hinnehmen. Möglicherweise schlagen sie zurück und legen das schöne, piekfeine Schelfheim des Stadthalters ein wenig in Schutt und Asche.«

»Und alles meinetwegen, nicht wahr?«, sagte Tally zornig. »Das soll es doch bedeuten, oder?«

»Das soll es«, sagte Karan an Wellers Stelle. »Aber es bedeutet nicht, dass Karan dich verrät. Du warst nur der Auslöser. Gebrochen haben andere die Regeln.««

»Und was wirst du tun?«, fragte Tally leise.

»Was die Mächtigen wollen«, antwortete Karan. »Karan wird ihnen sagen, wo du zu finden bist. Aber du wirst nicht mehr da sein.«

Tallys Hand kroch zum Schwert, aber Karan lächelte nur, als er die Bewegung sah. »Nicht, was du denkst, dummes Kind«, sagte er milde. »Karan hat geschworen, es nicht zu tun, doch jetzt bleibt ihm keine Wahl. Er wird dir den Weg zeigen, den du gehen musst.«

Es dauerte einen Moment, bis Tally begriff. Dann sprang sie vor lauter Erregung auf. »Der Schlund!«, keuchte sie. »Du bringst uns hinunter?«

»Nein«, sagte Karan ruhig. »Aber Karan wird euch zeigen, wie ihr dorthin kommt. Ihr braucht keinen Führer. Sein Geheimnis ist nur, wie es zu tun ist, nicht, es zu tun.«

»Sprich nicht in Rätseln, alter Mann«, sagte Tally drohend.

»Es sind keine Rätsel.« Karan lächelte. »Noch ehe die Nacht zu Ende ist, wirst du wissen, was Karan meint. Er wird euch nicht begleiten, aber er wird dir zeigen, was zu tun ist.« Er seufzte, brach noch ein kleines Stück Brot ab und führte es zum Mund, biss aber nicht hinein.

»Du wirst viel Mut brauchen, Mädchen«, sagte er.

»Den habe ich.«

Aber ganz sicher war sie plötzlich nicht mehr. Ganz und gar nicht.

8

Wieder waren sie unterwegs, nach Norden und damit in gerader Linie zurück in die Richtung, aus der sie gekommen waren. Nach Tallys Zeitgefühl musste es Mitternacht sein, aber sicher war sie da nicht: seit sie diese Stadt voller Wahnsinniger betreten hatte, lebte sie nicht mehr nach dem gewohnten Rhythmus. Ihre innere Uhr war ebenso durcheinandergeraten, wie ihre Gefühle es waren.

Der Himmel war nicht zu sehen. Es regnete zwar nicht mehr, aber die Wolken waren schwarz und dicht, wie Fäuste, die sich über den Dächern der Stadt ballten und den Mond und die Sterne verbargen. Tally wäre auch nicht erstaunt gewesen, wäre in diesem Moment die Dämmerung hereingebrochen. Trotzdem, ihr Zeitgefühl war durcheinander, aber wenn sie noch auf ihre Schätzung vertrauen konnte, so musste es Mitternacht sein.

Eine gute Zeit, zur Hölle zu fahren, dachte sie sarkastisch.

»Wohin gehen wir?«, fragte sie.

»Zurück zum Hafen.« Jan antwortete, ohne sie anzusehen. Sein Gesicht war angespannt. Müdigkeit kennzeichnete seine Bewegungen. »Mein Vater besitzt einen Schuppen am mittleren Becken. Dort findet ihr alles, was ihr braucht.«

Tally registrierte sehr deutlich, dass er *ihr* gesagt hatte, nicht *wir.* Aber welche Rolle spielte es schon, ob sie allein ging oder in Karans Begleitung? Wahrscheinlich wären der verrückte Alte und sein kaum weniger beschränkter Sohn nur eine Last für Hrhon und sie, wenngleich auf der anderen Seite ihre Kenntnisse unten im Schlund von enormer Wichtigkeit sein mochten. Aber sie hatte ohnehin das Gefühl, dass sie längst keinen Einfluss mehr auf die Geschehnisse hatte.

»Der Weg in den Schlund führt über den Fluss?«, fragte Weller stirnrunzelnd.

»Nur ein kurzes Stück«, erwiderte Jan. »Aber im Schuppen ist alles, war ihr braucht. Die Ausrüstung ist sehr umfangreich. Unser Haus wäre zu klein, sie aufzunehmen.«

Ausrüstung? Das war interessant. Jans Bemerkung bestätigte zwar ihren Verdacht nicht, aber sie war ein weiteres Stück des

Puzzlespiels, das sie seit Tagen vergeblich zu lösen versuchte: nämlich die Frage, *wie* Karan diese Wahnsinnsklippe überwinden wollte. Dass Klettern unmöglich war, hatte er ihr ja praktisch schon bestätigt. Aber wie dann?

Sie verschob die Lösung dieses Problems auf später, schloss mit wenigen raschen Schritten zu Hrhon auf, der die Spitze der kleinen Kolonne bildete, wobei er immer wieder stehenblieb und fragend zu Karan zurückblickte. Hrhon blickte sie ausdruckslos an, aber für einen kurzen Moment glaubte Tally trotzdem, so etwas wie Freude in seinen Augen zu erkennen. Auch wenn sie wusste, dass es unmöglich war, versuchte sie sich es zumindest einzureden.

Eine weitere halbe Stunde marschierten sie schweigend nach Norden zurück. Das dumpfe Grollen des Wasserfalls nahm allmählich an Macht zu. Die Luft schmeckte feucht. Einmal glaubte Tally Kampflärm zu hören, aber der Wind drehte sich und trug das Geräusch davon, ehe sie sicher sein konnte, und ein andermal sah sie deutlich Feuerschein über den Dächern im Westen aufflammen – ein kurzer, blendend heller Blitz, wie ihn nur ein Ding auf der Welt verursachen konnte, das sie kannte. Instinktiv glitt ihre Hand zum Gürtel und schmiegte sich um die so harmlos aussehende Waffe. Karan hatte recht, dachte sie bitter: Sie hatte mit ihrer Ankunft hier Dinge in Bewegung gesetzt, die sie längst nicht mehr aufhalten konnte.

Und sie war keineswegs unverwundbar, wie sie wenig später auf sehr drastische Weise erfahren sollte.

Sie hatten sich dem Hafen so weit genähert, dass das Tosen des Wasserfalls eine normale Unterhaltung bereits unmöglich machte und der Boden unter ihren Füßen zitterte. Die wenigen Menschen, die ihnen unterwegs begegnet waren, waren entweder so in Eile gewesen, dass sie keinerlei Notiz von ihnen genommen hatten, oder in heller Panik davongelaufen, als sie die vier bewaffneten Menschen und ihren gepanzerten Begleiter sahen, der zwar keinerlei Waffe trug, aber eine *war.* Doch ganz plötzlich hatte Tally das Gefühl – nein, nicht Gefühl. Die *Gewissheit* – beobachtet zu werden. Abrupt blieb sie stehen.

»Was ist los?«, fragte Weller. »Warum gehst du nicht weiter?«

Tally zuckte zur Antwort mit den Achseln, zog das Schwert unter dem Mantel hervor und ließ den Blick ihrer angestrengt zusammengepressten Augen über die Häuserreihe zur Rechten gleiten. Nichts. Nur Schatten. Und doch ...

»Ich weiß nicht«, murmelte sie. »Ich ... ich glaube, jemand beobachtet uns.«

»Nissst jhemahnd«, zischte Hrhon. »Vhielhe. Sssehn. Vhielleissst fünfssehn.«

Tally blickte den Waga mit einer Mischung aus Schrecken und Ärger an. »Bist du sicher?«

»Nhein«, antwortete Hrhon ruhig. »Esss khöhnnen auch ssswansssig sssein.«

Weller erbleichte vor Schrecken, aber Tally schnitt ihm mit einer raschen Geste das Wort ab. »Wie lange schon?«, fragte sie. Sie zweifelte keinen Augenblick an der Wahrheit von Hrhons Worten. Wenn ein Waga sagte, dass sie verfolgt wurden, dann *wurden* sie verfolgt.

»Eine Wheile«, antwortete Hrhon. »Ssssie khommen nissst nhäher.«

»Eine Weile«, murmelte Tally besorgt. »Und sie kommen nicht näher. Was bedeutet das?« Sie sah Karan an. »Jandhis Leute? Oder Angella?«

»Was ist dir lieber?«, fragte Karan. Tally verzichtete auf eine Antwort, tauschte aber vorsichtshalber das Schwert gegen die Drachenwaffe. Sie war sich darüber im Klaren, dass selbst dieses entsetzliche Ding ihr nicht helfen würde, wenn es wirklich die *Töchter des Drachen* waren, die sie verfolgten. Aber ihr Gewicht beruhigte sie.

Seltsam, dachte sie. Noch vor wenigen Tagen erst hatte sie sich geschworen, die Waffe *niemals* gegen Menschen zu verwenden. Jetzt fieberte sie fast danach, den kurzen Lauf auf Jandhi zu richten und abzudrücken.

»Wenn es Jandhi ist, frage ich mich, wie sie so schnell unsere Spur aufnehmen konnte«, murmelte Weller. Er sah Karan an. »Kann es sein, dass dein Freund ...«

»Karans Freunde sind keine Verräter«, unterbrach ihn Karan scharf. »Und selbst wenn«, fügte Jan hinzu, »könnte er nichts sagen. Niemand außer mir und Karan selbst weiß von dem Lagerhaus.« Er machte eine ärgerliche Handbewegung. »Wenn wir noch lange hier herumstehen und reden, finden wir sicher heraus, wer uns verfolgt. Beeilt euch – es ist nicht mehr weit.«

Tatsächlich lagen die fünf hintereinandergestaffelten Hafenbecken Schelfheims unter ihnen, als sie die nächste Gasse durchquert hatten. Das Donnern des Wasserfalls, der weniger als eine halbe Meile nördlich über die Kante der Welt hinausschoss, machte eine Unterhaltung unmöglich, wenn sie nicht schreien wollten, aber Jan deutete mit dem Arm nach links, auf das kleinste, unmittelbar hinter der Klippe gelegene Becken. Tally konnte in der Dunkelheit keine Einzelheiten ausmachen, aber sie glaubte sich zu erinnern, dass es ein gewaltiges Schleusentor in der Zyklopenmauer gab, die dem Wasser seine Wucht nahm. Jetzt erblickte sie auf der landeinwärts gewandten Seite des Beckens nichts als eine kompakte, finstere Masse. Wenn Karan sie mit einem Boot aus Schelfheim herausschaffen wollte, musste jemand die Schleuse öffnen. Aber wie?

Sie bekam keine Gelegenheit, ihre Frage in Worte zu kleiden, denn Karan führte sie in raschem Tempo weiter – eine gewundene, vom Spritzwasser schlüpfrig gewordene Steintreppe hinab, über einen kurzen Steg und eine weitere Treppe, die direkt zum Becken herunterführte, dann ein Stückweit auf den Schlund zu, bis sie auf der Krone der Staumauer entlangliefen. Der Felsen unter ihren Füßen zitterte und bebte unter den Hammerschlägen des Wassers.

Der Wasserspiegel lag gut vier Meter unter ihnen; trotzdem spritzte die Gischt so hoch, dass Tally und die anderen schon nach wenigen Schritten bis auf die Haut durchnässt waren. Sie vermied es krampfhaft, in die Tiefe zu blicken. Trotz der Dunkelheit war das Wasser weiß, so gewaltig war der Sog, der es gegen den Damm trieb. Ein Fehltritt, dachte sie schaudernd, und sie hatte keine Zeit mehr zu ertrinken. Wer in diesen Strudel geriet, musste auf der Stelle zermalmt werden.

Aber sie erreichten unbehelligt das gegenüberliegende Ufer des Beckens. Tally blieb stehen, um einen Moment Atem zu schöpfen, aber Karan trieb sie unbarmherzig weiter. Das Tosen des Wassers war hier so gewaltig, dass sie sich nicht einmal mehr schreiend verständigen konnten, aber sein hastiges Gestikulieren war eindeutig genug.

Eine Reihe flacher, aus Stein gebauter Lagerhäuser tauchte vor ihnen auf, eingehüllt in sprühende Gischt und ganz offensichtlich sehr alt. Manche von ihnen waren nicht mehr als Ruinen, andere standen leer. Die großen, weit offenstehenden Türen erinnerten Tally in der Dunkelheit an aufgerissene Mäuler.

Das Laufen fiel ihr jetzt immer schwerer. Die Luft war so mit Feuchtigkeit geschwängert, dass ihre Kleider wie Zentnerlasten an ihr zerrten und sie das Gefühl hatte, Wasser zu atmen. Mehr als einmal glitt sie auf dem schlüpfrigen Stein aus und kämpfte mit grotesk hüpfenden Schritten um ihr Gleichgewicht. Aber Karan gönnte ihnen nicht die geringste Pause, sondern lief im Gegenteil eher noch schneller. Tally begann sich zu fragen, woher dieser alte Mann die Kraft nahm, nicht einfach auf der Stelle zusammenzubrechen.

Schließlich wurde auch er langsamer – wenn auch nicht vor Erschöpfung, sondern weil sie ihr Ziel erreicht hatten.

Es war ein kleiner, halb über die Kante des Hafenbeckens

hinausgebauter Schuppen, zum Wasser hin nicht aus Stein, sondern aus Holz erbaut und irgendwo in der Tiefe mit den schäumenden Fluten verschmelzend: eine raffinierte Mischung aus Schuppen und Bootshaus, wie Tally beim Näherkommen feststellte.

Karan eilte zu einer schmalen Seitentür, nestelte einen Moment lang am Schloss herum und stieß die Tür auf. Er selbst verschwand als Erster im Haus, hantierte einen Moment lautstark im Dunkeln herum und tauchte schließlich wieder auf, eine Fackel in der Hand, die nicht richtig brannte und mehr Ruß und Gestank als Helligkeit verbreitete. Es schien in diesem Teil der Stadt nichts zu geben, was sich *nicht* mit Feuchtigkeit vollgesogen hatte.

»Kommt!«, sagte er ungeduldig. »Tally und Weller! Der Waga soll Wache halten.«

Hrhon gehorchte wortlos. Während sich Weller und Tally an Karan vorbei in den Schuppen zwängten, ging er ein Stückweit den Weg zurück und verschmolz mit den Schatten eines Lagerhauses. Nur Jan rührte sich nicht, sondern sah seinen Vater fragend an.

Karan erwiderte seinen Blick. Sehr lange, sehr ernst und sehr nachdenklich.

»Eine halbe Stunde«, sagte er schließlich. »Nicht früher.«

»Kein Zeichen?« Jan klang besorgt.

»Kein Zeichen. Genau in einer halben Stunde.«

Jan nickte, drehte sich herum und verschwand im Laufschritt in der Dunkelheit, während Karan seine Fackel senkte und zu Tally und Weller in den Schuppen trat. Beißender Qualm und der Gestank brennenden feuchten Holzes stieg ihnen in die Nasen. Wesentlich heller wurde es nicht.

»Was war das für eine Geheimsprache, Karan?«, fragte Weller misstrauisch. »Wo ist Jan hingegangen?«

»Jemand muss die Schleuse öffnen, oder?«, fragte Karan ruhig. »Es sei denn, du willst das Boot über die Mauer heben.«

»Was für ein Boot?«, fragte Tally rasch, ehe Weller vollends auffahren konnte. »Wohin fahren wir?«

»Wir nirgendwohin«, erwiderte Karan. »Du und dein Freund und –« Er deutete auf Weller. »– er, wenn er will. Karan wird euch sagen, was ihr zu tun habt. Es ist leicht.«

»So leicht, dass es außer dir noch keiner geschafft hat, wie?«, fragte Weller misstrauisch.

»Weil es niemand weiß«, sagte Karan. »Jetzt kommt. Die Zeit ist knapp bemessen. Wir haben viel zu tun.«

»Und was?« Weller rührte sich nicht von der Stelle.

»Ihr müsst das Boot beladen«, antwortete Karan. »Hinter euch sind Fackeln. Entzündet so viele, wie ihr könnt.«

Weller wollte abermals widersprechen, aber Tally versetzte ihm einen so derben Stoß mit dem Ellbogen, dass aus seinem geplanten Protest ein ersticktes Keuchen wurde. Karan lächelte flüchtig, gab ihr seine eigene Fackel und verschwand in der Dunkelheit.

Schweigend taten sie, was Karan ihnen befohlen hatte. Tally entzündete ein gutes Dutzend Pechfackeln, die Weller in große, in Kopfhöhe an der Wand befestigte Halterungen steckte, und nach einer Weile wich die erstickende Schwärze einem schattenerfüllten Halbdunkel, in dem sie zwar noch immer nicht richtig sehen, ihre Umgebung aber halbwegs erraten konnten.

Der Schuppen bestand aus einem einzigen gewaltigen Raum, und er war zu mehr als vier Fünfteln mit Wasser gefüllt. Tally und Weller standen auf einem kaum drei Schritte messenden gemauerten Streifen, unter dem das Wasser des Hafenbeckens sprudelte. Selbst hier drinnen schien es noch zu kochen. Das kleine, sonderbar schlank geformte Boote, das in der Mitte des Beckens lag, hüpfte wild auf und ab. Irgendetwas Großes, Helles bewegte sich unter Wasser.

Als sie alle Fackeln entzündet hatten, deutete Karan auf eine Anzahl großer, in Segeltuch eingeschlagener und sehr schwer aussehender Bündel, die am Ufer aufgestapelt waren. »Bringt sie an Bord«, sagte er.

Weller runzelte die Stirn und deutete auf das Boot. »Und wie?« Das kleine Schiffchen – es war nicht sehr viel größer als ein Kanu und schien kaum lang genug, drei oder vier Passagieren Platz zu bieten – lag genau in der Mitte des kleinen Beckens: das Heck war gute fünf Meter vom Ufer entfernt. Und das Wasser brodelte selbst hier drinnen so, dass an ein Schwimmen nicht einmal zu denken war.

Statt einer Antwort hob Karan selbst eines der kleineren Bündel an, warf es sich über die Schulter – und trat mit einem entschlossenen Schritt ins Wasser hinab.

Er ging nicht unter.

Seine Beine versanken bis über die Waden hinab im Wasser, und Tally konnte sehen, welche Mühe es ihm bereitete, gegen den enormen Sog des Wassers anzukämpfen, aber er ging nicht unter. Irgendetwas war dicht unter der Wasseroberfläche. Wieder sah sie einen gewaltigen hellen Umriss durch den spritzenden Schaum blitzen. Wie ein Segel, dachte sie, das unter Wasser gespannt war. Oder ein Ausleger. Aber wenn, dann einer von gewaltigen Ausmaßen. Mitsamt den unter Wasser liegenden Teilen musste das Boot das ganze Becken einnehmen.

Eine sehr ungute Ahnung stieg in ihr auf, wozu ein Boot mit solch gewaltigen Auslegern gut sein mochte, aber sie vertrieb sie, bevor sie zur Gewissheit werden konnte. Entschlossen bückte sie sich nach einem der Bündel, hob es ächzend auf die Schultern und sprang zu Karan ins Wasser hinab.

Es war ein Schock. Wie der Alte zuvor sank sie nur bis dicht über die Waden ein, aber unter ihren Füßen war kein fester Boden, sondern etwas zwar Hartes, aber Schwankendes, auf und ab Hüpfendes, das sie wie ein bockendes Pferd abzuwerfen versuchte, und das Wasser war eisig. Mit unsichtbaren Krallen riss und zerrte es an ihren Beinen. Es kostete sie all ihre Kraft, die kaum fünf Meter bis zu Karans Boot zurückzulegen. Sie fiel mehr hinein, als sie ging.

Trotzdem registrierte sie, dass der Rumpf des sonderbaren Schiffchens aus einem Holz erbaut war, das sie noch nie zuvor gesehen hatte. Es schien unglaublich leicht zu sein und sehr dünn; eher eine Art straffgespannter, steifer Stoff als Holz. Sie fragte sich vergeblich, wie ein solches Spielzeug gegen die Strömung des Flusses ankämpfen sollte, ohne zu zerbrechen. Aber sie verschob auch diese Frage auf später, ging unsicher zum Ufer zurück und lud sich das nächste Bündel auf die Schulter.

Es dauerte nur wenige Augenblicke, bis das Boot auf diese Weise beladen war – Weller und sie gingen jeweils dreimal zum Ufer und zurück. Als sie fertig waren, war der schmale Innenräum des Kanus so vollgestopft, dass sich Tally fragte, wo um alles in der Welt noch drei Passagiere darin Platz nehmen sollten.

»Und jetzt?«, fragte sie schwer atmend.

»Das Tor, öffnet es.« Karan deutete auf eine komplizierte Anordnung aus Ketten und Rollen, die an der Wand befestigt war. Tally hatte keine Ahnung, wie der Mechanismus funktionierte, aber Weller trat ohne zu zögern hinzu, zerrte an einer herabhängenden Kette und befahl ihr mit einer Kopfbewegung, ihm zu helfen. Irgendwo unter der Decke begann etwas ganz entsetzlich zu quietschen und zu klirren.

Es kostete ihre gesamte Kraft, die hölzernen Tore gegen den Druck des Wassers zu öffnen; denn Karans Mechanismus war offensichtlich seit Jahren nicht mehr benutzt worden und eingerostet. Trotzdem schwangen die deckenhohen Tore ganz langsam nach außen. Trübes Mondlicht strömte herein und vermischte sich mit dem düsteren Rot ihrer Fackeln. Das Hafenbecken lag wie ein Bottich mit kochendem Teer vor ihnen.

»Das genügt«, sagte Karan schließlich. »Jetzt kommt her. Karan muss euch erklären, was ihr zu tun habt.«

»Das wird kaum noch nötig sein, mein Freund«, sagte eine

Stimme aus der Dunkelheit. Tally kannte diese Stimme. Sie hatte sie nur einmal in ihrem Leben gehört, aber sie würde sie niemals vergessen. Sie klang ruhig, beinahe erheitert, und sie behielt diesen fast freundlichen Ton auch bei, als sie hinzufügte: »Und dir, Tally, würde ich raten, die Hand vom Laser zu nehmen, wenn du noch ein paar Sekunden leben willst.«

Tally erstarrte mitten in der Bewegung. Ihre Finger waren nur noch Millimeter vom Griff der Drachenwaffe (wie hatte Jandhi sie genannt? *Laser?)* entfernt, aber sie wusste, dass sie trotzdem keine Gelegenheit haben würde, sie zu ziehen. Bisher hatte sie es für dummes Gerede gehalten, aber es stimmte tatsächlich – man *spürte es,* wenn der Lauf einer Waffe auf seinen Rücken deutete.

Ganz langsam drehte sie sich herum, nahm die Hände in Schulterhöhe und sah zu der in schwarzes Leder gekleideten Gestalt hoch. Jandhi lächelte. Der rote Kristall im Griff ihrer Waffe funkelte wie ein gieriges Dämonenauge. Karans Daumen schwebte dicht darüber.

»Habe ich dir nicht gesagt, dass wir uns wiedersehen, Schätzchen?«, fragte sie. Ihr Lächeln wurde noch freundlicher, aber ihre Augen blieben kalt dabei. »Ich halte mein Wort immer, weißt du.«

Tally schwieg. Was hätte sie schon sagen können! Sie hatte das Bedürfnis, vor lauter Enttäuschung und Zorn einfach loszuheulen, aber dazu war sie zu stolz. Dabei war sie nicht einmal erschrocken. Irgendwie hatte sie damit gerechnet. Trotz allem war es zu glatt gegangen bisher.

»Wie hast du mich gefunden?«, fragte sie schließlich.

»Das ist eine lange Geschichte«, antwortete Jandhi. »Aber ich erzähle sie dir. Später. Jetzt komm her. Und ganz langsam.«

Tally gehorchte. Sie spürte, dass Jandhi sie nicht töten wollte – nicht jetzt –, aber sie war ebenso sicher, dass sie es tun würde, wenn sie sie dazu zwang.

»Den Laser«, verlangte Jandhi.

Ganz langsam senkte Tally die Hand zum Gürtel, zog die Waffe hervor und reichte sie Jandhi. Aber die Drachentochter machte keinerlei Anstalten, danach zu greifen, sondern schüttelte nur den Kopf. »Wirf ihn zu Boden«, sagte sie. »Ich habe gehört, dass es gefährlich ist, dir zu nahe zu kommen.«

Sie lachte leise, wartete, bis Tally die Waffe zu Boden gelegt und auf ein Zeichen von ihr hin mit dem Fuß davongeschossen hatte, dann wich sie mit ein paar schnellen Schritten bis zur rückwärtigen Wand zurück und löste einen kleinen, rechteckigen Gegenstand vom Gürtel. Tally sah, wie sie ihn zum Mund führte und hineinsprach.

»Und jetzt?«, fragte sie. »Was hast du jetzt vor, Jandhi? Willst du mich umbringen?«

»Nein«, antwortete Jandhi ungerührt. »Wenigstens jetzt noch nicht. Aber du wirst mich begleiten, und dein schuppiger Freund draußen auch. Wir werden dafür sorgen, dass du nicht noch mehr Schaden anrichtest, als du bereits getan hast.« Sie machte eine Handbewegung, deren Bedeutung Tally nicht kannte. »Wären wir nicht Feinde, würde ich dir meine Hochachtung ausdrücken, Kindchen. So viel Ärger wie du hat uns noch niemand bereitet.«

»Uns?«, fragte Tally. »Wer ist das?«

Jandhi lachte. »Nicht doch«, sagte sie. »Du wirst Gelegenheit genug bekommen, Fragen zu stellen. Und wer weiß, vielleicht beantworte ich sie sogar. Aber nicht jetzt. Ich mag keine melodramatischen Szenen, weißt du?«

»Lass wenigstens Karan gehen«, sagte Tally. »Und Weller. Sie haben nichts mit unserem Streit zu tun.«

»Wie edel«, sagte Jandhi spöttisch. »Aber leider ein wenig zu spät.« Für einen Moment sah sie Karan an, der noch immer im Wasser stand, wandte ihre Aufmerksamkeit aber wieder Tally zu, ehe diese den Augenblick ausnutzen und sich auf sie stürzen konnte.

»Nein«, sagte sie noch einmal. »Daraus wird nichts, fürchte ich. Die beiden stecken zu tief drinnen in der Sache.«

»Dann willst du sie auch umbringen?«

»Umbringen?« Jandhi runzelte die Stirn, als hätte sie etwas vollkommen Unsinniges gefragt. »Wer spricht vom Töten, Talianna? Nein, nein – sie werden mich begleiten und für eine Weile bei uns bleiben, das ist alles. Wenn sie zurückkommen, werden sie loyale Untertanen sein, mein Wort darauf.« Ihr Blick wurde hart. »Und jetzt Schluss. In wenigen Minuten wird Nil mit ein paar Männern hier sein, und dann hat ...«

Sie brach ab, als vor der Tür Schritte laut wurden, runzelte flüchtig die Stirn und drehte sich kurz herum, ohne Tally jedoch länger als eine halbe Sekunde aus den Augen zu lassen. Ein hochgewachsener Schatten war unter dem Eingang erschienen, gefolgt von einem zweiten und dritten, die sich langsam auf sie zubewegten.

»Nil!«, sagte sie überrascht. »Ihr seid schneller, als ...«

Der Schatten trat ins Licht der Fackeln hinein und wurde zu einer schlanken, schwarzhaarigen Frau mit einem Gesicht aus Narben.

»Als was?«, fragte Angella belustigt.

Jandhi starrte sie an. »Du?«, murmelte sie. »Was ... was tust du hier?«

»Oh, das Gleiche wollte ich dich gerade fragen«, erwiderte Angella ruhig. Langsam trat sie auf Jandhi zu, drückte den Lauf ihrer Waffe herunter, als handele es sich um ein harmloses Kinderspielzeug, und deutete mit der Linken auf Tally. »Du hast da etwas, das mir gehört«, sagte sie ruhig. »Vielen Dank, dass du es aufgehoben hast. Aber nun bin ich ja da. Du kannst gehen, Jandhi.«

Jandhi wurde bleich. Angellas Worte klangen fast harmlos, aber sie waren es nicht. Es gab etwas, was ihnen gehörigen Nachdruck verlieh – das gute Dutzend Bewaffneter, das hinter Angella in den Schuppen drängte nämlich.

Aber Jandhis Unsicherheit währte nur einen Moment. Dann blitzte es in ihren Augen zornig auf. Sie schlug Angellas Hand beiseite, wich zwei, drei Schritte vor ihr zurück und hob drohend die Waffe.

»Was fällt dir ein?«, fauchte sie. »Das hier geht dich nichts an! Verschwinde auf der Stelle!«

Es war sehr schwer, auf Angellas vernarbten Zügen irgendeine Regung zu erkennen, aber für einen Moment war Tally fast sicher, einen Ausdruck abgrundtiefen Hasses in ihren Augen zu sehen. Dann hatte sie sich wieder in der Gewalt.

»Verzeiht, edle Herrin«, sagte sie spöttisch. »Aber Ihr täuscht Euch. Das hier geht mich sehr wohl etwas an. Muss ich dich wirklich daran erinnern, dass du hier in meinem Gebiet bist, Jandhi? Ich dachte, wir hätten eine Abmachung.«

Sie seufzte. Tally sah jetzt, dass sie sich nicht mit der gewohnten Geschmeidigkeit bewegte. Die Haltung, in der sie dastand, wirkte ein ganz kleines bisschen verkrampft. Dann fiel ihr wieder ein, wie tief der Stich gewesen war, den sie ihr versetzt hatte. Eigentlich grenzte es an ein Wunder, dass sie überhaupt die Kraft aufbrachte zu stehen.

»Ich warne dich, Angella«, sagte Jandhi leise. »Ich habe dich und dein Gesindel bisher stillschweigend geduldet, aber du solltest den Bogen nicht überspannen.«

»Sonst?«, fragte Angella spöttisch. »Sätze, wie der, den du gerade gesprochen hast, pflegen mit einem ›sonst wird dies oder das passieren‹ zu enden.«

»Meine Leute werden gleich hier sein«, sagte Jandhi gepresst. Sie hatte jetzt eindeutig Angst. »Wenn du verschwunden bist, ehe sie auftauchen, vergesse ich den Zwischenfall.«

»Deine Leute, so?« Angella kicherte böse. »Falls du diese Narren von der Stadtgarde meinst«, sagte sie beinahe freundlich, »kannst du lange warten. Was von deiner sogenannten Armee noch lebt, versucht gerade verzweifelt sein Leben zu retten. Ich habe dich gewarnt, Jandhi, hierherzukommen. Es ist gut möglich, dass ich deinen Besuch erwidere.«

»Verzeihung, wenn ich mich einmische«, sagte Tally. »Hättet ihr etwas dagegen, wenn ich gehe, während ihr euch streitet, wer mich nun umbringen darf?« Sie lächelte, nahm die Hände herunter und trat einen halben Schritt auf den Laser zu, den sie fallengelassen hatte.

Jandhi warf ihr einen hasserfüllten Blick zu, während Angella ganz leise lachte – und die Waffe mit einem fast beiläufigen Tritt ins Wasser beförderte.

Tally blickte ihr enttäuscht nach, sah Angella an und hob resignierend die Schultern. »Nichts für ungut. Ich habe es versucht.«

»Das ist dein Fehler, Tally«, sagte Angella kalt. »Du versuchst zu viel.«

»Stimmt«, antwortete Tally. »Ich hätte nicht nur versuchen sollen, dich umzubringen; ich hätte das Schwert besser noch zweimal herumgedreht.«

Für einen ganz kurzen Moment entgleisten Angellas Gesichtszüge. Sie hob die Hand, als wolle sie Tally schlagen, führte die Bewegung aber nicht zu Ende. Stattdessen wandte sie sich mit einem Ruck zu einem ihrer Begleiter um. »Bringt den Waga!«, befahl sie. »Und dann ersäuft dieses Vieh vor ihren Augen.«

»Ich warne dich noch einmal«, sagte Jandhi. Ihre Stimme bebte vor Aufregung. »Diese beiden gehören uns.«

Angella reagierte gar nicht, und auch Tally schenkte Jandhi nur einen beinahe mitleidigen Blick. Sie hatte überhaupt keine Angst, was sie selbst ein wenig verwunderte – vielleicht, weil die Situation einfach zu absurd war.

»Es geht hier nicht mehr um deine Rache, Angella,«, sagte Jandhi erregt. »Ich weiß nicht, was Tally dir angetan hat, aber du begehst einen schweren Fehler, wenn du sie nicht auslieferst.«

Ihre Hand kroch zum Gürtel, näherte sich dem kleinen rechteckigen Kasten, in den sie hineingesprochen hatte. Ihr Daumen drückte eine winzige Vertiefung auf seiner Oberfläche. Ein kleines grünes Licht begann an seiner Schmalseite zu leuchten. Jandhi deckte es hastig mit der Hand ab.

»Du hast Tally gefangengenommen und mich dazu«, fuhr Jandhi fort, sehr laut und mit sonderbar übertriebener Betonung. »Wir sind in Karans Lagerschuppen und deine Geiseln. Du kannst Lösegeld von mir haben, wenn du willst. Aber selbst das Dutzend Leute, das du bei dir hast, wird dich ...«

»Was tust du da?«, unterbrach sie Angella zornig. Jandhi verstummte mitten im Wort, lächelte verlegen und drückte ein zweites Mal auf ihren sonderbaren Kasten. Tally sah, wie das grüne Licht unter ihren Fingern erlosch. »Nichts«, sagte sie mit gespielter Niedergeschlagenheit. »Ich dachte nur, ich appelliere ein letztes Mal an deine Vernunft. Aber es scheint sinnlos zu sein.«

Tallys Gedanken überschlugen sich. Was hatte Jandhi getan? Sie hatte in diesen Kasten hineingesprochen, bevor Angella und ihre Leute aufgetaucht waren, aber was hatte *sie jetzt* getan?

Sie fing einen fast beschwörenden Blick Jandhis auf und sah rasch in eine andere Richtung. Was immer geschah – in Jandhis Gewalt würde sie wenigstens am Leben bleiben, und solange sie lebte, konnte sie kämpfen oder fliehen. Angella würde sie umbringen. Sehr langsam.

Zwei von Angellas Männern brachten Hrhon herein. Der Waga war mit Ketten gebunden, und über seiner linken Schläfe war seine Haut aufgeplatzt. Einer seiner Begleiter hatte einen Dolch an seinen Hals gesetzt und so verkantet, dass sich Hrhon selbst die Kehle aufschlitzen musste, wenn er versuchte, den Schädel in den Panzer zurückzuziehen.

Der Anblick erfüllte Tally mit jähem Entsetzen. Sie schrie auf, stieß Angella beiseite und stürmte auf den Waga zu, ohne auf das

Dutzend Waffen zu achten, das sich ihr drohend entgegenreckte. Aus den Augenwinkeln sah sie, wie zwei von Angellas Männern auf sie zustürzen wollten und Angella selbst sie mit einer raschen Geste zurückrief. Das Mädchen mit dem Narbengesicht genoss offensichtlich jede einzelne Sekunde. Tally verlängerte die Liste der Dinge, die sie ihr antun würde, in Gedanken um einige Punkte.

»Hrhon!«, rief sie entsetzt. »Großer Gott, was haben sie dir getan?«

Angellas Männer stießen den Waga grob zu Boden. Hrhon fiel, wälzte sich schwerfällig herum und stieß ein tiefes, schmerzerfülltes Stöhnen aus. Dunkles Echsenblut sickerte aus seinem Panzer. »Esss issst ... nichtsss«, stöhnte er. Seine Stimme war viel tiefer als gewohnt, und es war ein Klang darin, der Tally frieren ließ. Die Vorstellung, dass Hrhon sterben konnte, erfüllte sie mit Panik.

Hastig kniete sie neben ihm nieder, versuchte vergeblich, seine vierhundert Pfund herumzudrehen, und legte schließlich die Hand auf seine flache Stirn. Hrhons Schuppenhaut fühlte sich heiß und trocken an. »Was haben sie dir getan?«, murmelte sie noch einmal. Plötzlich erfüllte sie heißer, kaum noch zu bändigender Zorn. Aus schmalen Augenschlitzen sah sie zu Angella auf.

»Du Bestie!«, zischte sie. »Dafür wirst du bezahlen.«

»So?« Angella lächelte. »Habe ich deinem Schoßhündchen weh getan? Aber keine Sorge – er wird bald von seinen Leiden erlöst sein. Packt ihn!« Die letzten Worte galten den beiden Männern, die den Waga hereingebracht hatten.

Die beiden wollten gehorchen, aber Tally fuhr mit einer so wütenden Bewegung herum, dass sie mitten im Schritt stockten und unsicher zu Angella aufsahen.

»Einen Augenblick noch, Angella«, sagte Tally. »Ich bitte dich. Er ist mein Freund.« Ihr Gaumen war trocken vor Aufregung. Sie konnte kaum sprechen. Ihre Chancen standen eins zu tausend, das wusste sie. Aber sie hatte keine Wahl.

Und zu ihrer eigenen Überraschung nickte Angella nach ein paar Sekunden. In ihren Augen blitzte es spöttisch.

»Wie rührend«, sagte sie. »Aber bitte – nimm Abschied von deinem *Freund.* Es ist ja nicht für lange – falls du an ein Leben nach dem Tode glaubst, heißt das.«

Tally schluckte die Bemerkung herunter, die ihr auf der Zunge lag. Sie hatte so erbärmlich wenig Zeit, dass sie es sich nicht leisten konnte, auch nur eine einzige Sekunde davon zu verschwenden.

»Es … es tut mir so unendlich leid, Hrhon«, sagte sie leise, aber nicht so leise, dass Angella die Worte nicht hören konnte. »Ich wollte noch so viel mit dir erleben. Und jetzt endet es so.«

Hrhon blickte sie an. Seine Augen waren trüb vor Schmerz. Verstand er sie? Sie betete, dass sein Geist nicht bereits so umnebelt war, dass er nicht begriff.

»Wir werden uns wiedersehen, mein Freund«, sagte sie lächelnd. »In einer anderen Welt. Und du gehst nicht allein. Hast du noch die beiden Andenken, die wir aus dem Turm mitgebracht haben?«

Angella sog hörbar die Luft ein und fuhr auf der Stelle herum. Sie hatte begriffen.

Aber so schnell sie war – Hrhon war schneller.

Seine Arme verschwanden mit einem scharrenden Laut im Inneren seines übergroßen Schildkrötenpanzers. Und als sie wieder auftauchten, hielt er in jeder Hand eine der kleinen tödlichen Drachenwaffen.

Angella schrie zornig auf und griff zum Schwert, und neben Tally war plötzlich eine rasche, erschrockene Bewegung. Ein Schwert blitzte.

Tally ließ sich zur Seite fallen, trat dem Mann gezielt in den Leib und warf sich abermals herum, als er zusammenbrach. Sie versuchte gar nicht erst aufzuspringen, denn sie wusste, dass sie im gleichen Moment von einem halben Dutzend Klingen durchbohrt sein würde, sondern ließ sich nach hinten kippen, Hrhons gewaltigen Panzer als Deckung über sich, richtete sie die beiden Waffen auf Angella und die Männer neben ihr und stieß einen schrillen, unartikulierten Schrei aus.

Angella erstarrte mit einer Plötzlichkeit, die mehr als alle Worte deutlich machten, dass sie die Wirkung der Laserwaffen nur zu gut kannte. Ihr Gesicht verzerrte sich vor Hass und Wut. Aber sie stand starr wie eine Statue. Nur in ihren Augen war noch Leben.

»Wenn ich du wäre, Angella«, sagte Tally gezwungen ruhig, »würde ich meinen Männern befehlen, die Waffen zu senken.« Sie wedelte drohend mit einem der beiden Laser. »Wahrscheinlich können sie mich umbringen, ehe ich *Hallo* sagen kann«, fuhr sie fort. »Aber ich bin sicher, ich kann vorher noch abdrücken.«

Angella schwieg verbissen. Ihre Zungenspitze fuhr nervös über ihre Lippen. Tally konnte direkt sehen, wie es hinter ihrer Stirn arbeitete.

»Ich würde tun, was sie sagt«, sagte Jandhi ruhig. »Sie schießt, Angella. Sie hat nicht mehr viel zu verlieren, weißt du?«

»Du kommst nie hier heraus«, sagte Angella gepresst. »Auch mit diesen Dingern nicht.«

»Möglich«, antwortete Tally. »Aber du auch nicht. Also?«

Wieder vergingen endlose Sekunden, in denen Angella sie nur voller stummem Hass anstarrte. Dann nickte sie. Tally sah, wie schwer ihr die Bewegung fiel. »Gut«, sagte sie. »Aber wenn du überhaupt noch eine Chance hattest, am Leben zu bleiben, hast du sie gerade verspielt, Liebling.«

Tally ignorierte sie, »Was ist hinter mir, Weller?«, fragte sie.

»Ein Kerl mit einer Axt«, antwortete Weller ruhig. »Soll ich sie ihm in den Hals schieben?«

Tally unterdrückte ein Lächeln. »Nein«, sagte sie. »Aber wenn er sie nicht sofort wegwirft, hackst du ihm ein paar Zehen damit ab.«

Hinter ihr klirrte Metall auf Stein.

»Du kannst aufstehen«, sagte Weller.

Ganz vorsichtig erhob sich Tally, nicht ohne vorher einen raschen Blick in die Runde geworfen zu haben. Was sie sah, gefiel ihr nicht – Angellas Männer standen allesamt wie zur Salzsäule erstarrt da. Manche von ihnen hatten noch immer die Waffen erhoben, aber niemand schien ernsthaft den Gedanken zu erwägen, sich auf sie oder Weller zu stürzen. Dabei hatte Tally weitaus mehr den Eindruck, dass es Sorge um das Leben ihrer Anführerin war als Angst vor den Waffen, die sie in Händen hielt.

Sie deutete mit einer Kopfbewegung auf ein Schwert, das einer der Männer fallengelassen hatte. Weller verstand den Wink und hob die Waffe auf. Tally wich ein paar Schritte zum Beckenrand zurück, drehte sich halb im Kreis und musterte das Dutzend Bewaffneter finster. Ihr Rücken war frei, und abgesehen von der Stelle, an der Hrhon sich schwerfällig zu erheben versuchte, hatte sie freies Schussfeld. Trotzdem fühlte sie sich alles andere als sicher.

»Weller, Hrhon – ins Boot!«, befahl sie scharf.

Weller sprang auf den unsichtbaren Widerstand unter der Wasseroberfläche herab, ehe sie die Worte vollends ausgesprochen hatte, während der Waga nur langsam und schwankend auf die Füße kam. Er musste schlimmer verletzt sein, dachte Tally besorgt, als sie bisher angenommen hatte.

Angella folgte den Bewegungen des Waga aus Augen, die vor Hass sprühten. »Mistvieh«, sagte sie halblaut. »Das zahle ich dir heim.«

»Dazu wirst du keine Gelegenheit mehr haben, Angellaliebling«, sagte Tally freundlich. »Ich glaube nicht, dass wir uns wiedersehen.« Sie lächelte und deutete auf Hrhon. »Manchmal ist es ganz praktisch, eine lebende Waffenkammer bei sich zu haben, nicht?«

»Ja«, fauchte Angella. »Das nächste Mal schneide ich seinen Panzer auf und sehe nach, was darunter ist;« Sie ballte zornig die Faust. »Du kommst hier nicht heraus. Meine Männer haben den Schuppen umstellt. Und selbst wenn, kommst du nicht aus der Stadt.«

»Wir werden sehen«, sagte Tally lächelnd. »Auf jeden Fall –« Sie brach ab, als sich Hrhon dicht neben ihr ins Wasser plumpsen ließ und die ganze unter der Wasseroberfläche verborgene Konstruktion zu zittern und zu beben begann. Karan stieß ein erschrockenes Keuchen aus. »Heda!«, rief er. »Das geht nicht. Für solche Lasten ist das Boot nicht ausgelegt.«

»Dann mach es leichter«, antwortete Tally lakonisch. »Wirf ein paar der Säcke über Bord.« Karan wollte abermals widersprechen, aber Tally schnitt ihm mit einer wütenden Bewegung das Wort ab und richtete wie durch Zufall einen der beiden Laser auf ihn. »Beeil dich lieber«, sagte sie.

Karan presste die Lippen aufeinander, tat aber, was sie ihm befohlen hatte.

»Angella hat recht«, sagte Jandhi plötzlich. »Du hast keine Chance, ihren Männern zu entkommen. Bleib hier, bis meine Krieger hier sind, dann bist du sicher.«

»Wie in Abrahams Schoß, wie?«, fragte Tally spöttisch.

»Jedenfalls werde ich dich nicht zu Tode foltern lassen«, erwiderte Jandhi ernst.

Tally antwortete gar nicht, sondern sah ungeduldig zu Karan zurück, der bereits einen der schweren Leinensäcke über Bord geworfen hatte und sich mit einem zweiten abquälte. Hrhon hatte das kleine Boot mittlerweile ebenfalls erreicht, machte aber keine Anstalten, Karan zu helfen. Er hatte kaum noch die Kraft, sich auf den Beinen zu halten.

»Du schießt ja doch nicht«, sagte Angella plötzlich. In ihren Augen erschien ein warnendes Funkeln. »Wenn du diese Waffe hier drinnen abfeuerst, stirbst du auch.«

»Möglich«, erwiderte Tally lakonisch. »Aber nicht allein. Ich war schon immer ein sehr geselliger Mensch, weißt du?« Sie lachte hart. »Und ich schwöre dir, dass du vor mit stirbst, Angella.«

»Gib auf, Tally«, sagte nun auch Jandhi. »Angella hat recht – du hast keine Chance. In ein paar Minuten sind Nil und meine Krieger hier. Dann bist du in Sicherheit!«

»In ein paar Minuten?«, wiederholte Tally. Sie wandte sich an Karan und Weller. »Ihr habt es gehört. Beeilt euch lieber.«

Wellers Bewegungen wurden eindeutig hastiger, während Karan sie nur voller stummer Wut anstarrte und sich in das Boot hinabbeugte. Einen Moment lang hantierte er schnaubend darin herum, dann hob er ein gewaltiges, spitzes Dreieck aus Holz hervor, drehte sich herum und balancierte, unter seiner Last schwankend, zum Heck des Schiffes und darüber hinaus.

Es war ein fast absurder Anblick – in der herrschenden Dunkelheit sah es wirklich so aus, als wandele er über das Wasser. Erst als er die kleine Kaimauer fast erreicht hatte, blieb er stehen, setzte das hölzerne Dreieck vorsichtig ab, wobei er sein Gewicht mit dem Knie stützte, und patschte eine Weile mit der Hand im Wasser herum, bis er gefunden hatte, wonach er suchte. Tally sah jetzt, dass sich am unteren Ende des Dreiecks ein hölzerner Zapfen befand, den er offensichtlich unter Wasser in eine dazu geschaffene Vertiefung einpasste.

»Was ist das?«, fragte Tally, wobei sie Karans Konstruktion mit einer Mischung aus Staunen und Misstrauen musterte. Seine äußere Form erinnerte sie vage an eine Haifischflosse.

»Das Ruder«, knurrte Karan.

»Ruder?« Tally schwieg einen Moment. Dann sagte sie: »Verzeih, wenn ich eine dumme Frage stelle, Karan – aber müsste es nicht eigentlich *unter* Wasser sein?«

»Das hier nicht«, knurrte Karan.

Tally seufzte, ging aber nicht weiter auf Karans Worte ein. »Bist du fertig?«, fragte sie nur.

Karan nickte abgehackt. »Ja. Geh ins Boot, damit Karan dir zeigen kann, wie es zu steuern ist.«

Tally schüttelte den Kopf. »Das wird nicht nötig sein«, sagte sie. »Karan wird es nämlich selbst steuern, weiß du?«

Karan riss erschrocken die Augen auf. »Du ...«

»Du täuschst dich«, unterbrach ihn Tally hart, »wenn du denkst, ich lasse dich hier zurück. Angella würde dich in Stücke schneiden. Ganz langsam.«

»Das stimmt«, sagte Angella hasserfüllt. »Aber nicht halb so langsam wie dich, du Miststück. In einer Stunde habe ich dich. Spätestens.« Sie spie aus. »Selbst wenn du hier herauskommst, nutzt dir das nichts. Meine Männer haben das gesamte Becken umstellt.«

Tally schwieg einen Moment. Sie glaubte nicht, dass Angella die Wahrheit sagte – schließlich hatte sie nicht damit rechnen können, sich urplötzlich in Tallys Gefangenschaft zu befinden statt umgekehrt. Andererseits wäre Angella sicherlich nie zu dem geworden, was sie war, wenn sie so leicht zu übertölpeln wäre. Vielleicht war es besser, vorsichtig zu sein.

»Du hast recht, Angella«, sagte sie. »Es würde mir wohl nicht viel nutzen, hier herauszukommen. Allein. Deshalb wirst du uns begleiten.«

Angella erbleichte, rührte sich aber nicht von der Stelle. »Das ist nicht dein Ernst«, keuchte sie.

»Und ob«, bestätigte Tally. »Aber ich verspreche dir, dich unversehrt wieder laufen zu lassen – wenn deine Männer vernünftig sind und nichts tun, was du bereuen müsstest, heißt das. Komm jetzt!«

Sie unterstrich ihre Worte mit einer befehlenden Geste, und diesmal gehorchte Angella. Ihr Gesicht war wie Stein, als sie behutsam ins Wasser herabstieg und dicht neben Tally auf den schwankenden Bootsrumpf zuging.

»Du bist wahnsinnig!«, keuchte Karan. »Das Boot wird zerbrechen! Solche Lasten hält es nicht aus.«

»Es wird es müssen«, sagte Tally ungerührt. »Oder wir sind alle tot.« Rückwärtsgehend wich sie vom Ufer zurück, bis sie die gewölbte Wandung des eigentlichen Bootes hinter sich spürte. Etwas platschte hörbar. Offensichtlich hatten Weller oder Hrhon einen weiteren Sack über Bord geworfen, um Platz für ihre Gefangene zu schaffen.

Tally sah rasch hinter sich. Angella war ins Boot geklettert und saß direkt zwischen Weller und Hrhon. Die gewaltigen Pranken des Waga lagen wie in einer vertrauten Geste auf ihren Schultern. Tally war jetzt sicher, dass Angella ihnen keine Schwierigkeiten bereiten würde. Sie musste wissen, dass Hrhon ihr Genick wie einen dünnen Ast brechen konnte; selbst in seinem momentanen Zustand.

Sie wartete, bis auch Karan – wenn auch mit sichtlichem Widerwillen – an Bord geklettert war, dann zwängte sie sich selbst auf den letzten verbliebenen Platz, der normalerweise kaum noch für ein Kind ausgereicht hätte.

»Los jetzt!«, befahl sie.

Karan zögerte noch immer. »Du bringst uns alle um«, behauptete er. »Es wird zerbrechen!«

»Wenn wir hierbleiben, sterben wir garantiert«, antwortete Tally ernst. »Und wahrscheinlich auf wesentlich unangenehmere Art.« Gegen ihre Überzeugung lächelte sie plötzlich. »Mach schon. Wir werden es schaffen. Ich spüre es.«

Karan schnaubte, drehte sich aber mit einem Ruck um und griff nach einem von drei unterschiedlich großen Hebeln, die vor ihm aus der Bootswand ragten.

Ein harter Schlag ging durch das Schiffchen. Dicht unter der Wasseroberfläche zerriss ein Tau mit solcher Plötzlichkeit, dass sein zerfetztes Ende wie eine Schlange aus dem Wasser hervorbrach und nach den Männern auf der Mauer hieb.

Das Boot schoss wie ein Pfeil aus dem Schuppen.

Und dann brach schier die Hölle los.

Drinnen in Karans Bootshaus war das Wasser fast still gewesen; seine Mauern hatten die größte Wucht der Strömung gebrochen. Hier draußen aber war das winzige Boot den tobenden Gewalten schutzlos ausgeliefert.

Eine Reihe harter, unglaublich *harter* Schläge traf seinen Rumpf und schüttelte seine Insassen durch. Gischt spritzte meterhoch und überschüttete Tally mit eisiger Kälte. Hastig ließ sie die Waffen sinken und klammerte sich am dünnen Holz des Rumpfes fest. Trotzdem hatte sie das Gefühl, jeden Moment im hohen Bogen ins Wasser katapultiert werden zu müssen. Das Schiff bockte und stampfte wie ein durchgehendes Pferd. Ein tiefes, beinahe schmerzhaft klingendes Ächzen drang aus dem unter Wasser liegenden Teil des Schiffes. Karan begann zu schreien.

Tally war fast blind. Himmel und Wasser verschwanden hinter einer Mauer aus sprühender weißer Gischt; trotzdem erkannte sie noch, dass sie sich mit geradezu phantastischer Geschwindigkeit vom Schuppen entfernten – und geradewegs auf die Staumauer zuschossen!

»Wo sind die Ruder!«, brüllte sie. »Karan, zum Teufel – wie lenkt man dieses Ding!«

»Überhaupt nicht«, schrie Karan zurück. »Halt dich fest und bete, dass Jan die Schleuse öffnet, ehe wir an der Wand zerschellen!«

Tally betete nicht, aber sie versuchte verzweifelt, durch den Schleier aus sprühender weißer Gischt hindurchzusehen. Für einen Moment glaubte sie, winzige hastende Gestalten am Ufer zu erkennen, die sich flussaufwärts bewegten, auf die Wehrmauer zu, die sie durchqueren mussten. Angellas Männer. Selbst wenn es Jan gelang, die Schleuse zu öffnen – sie würden sich hindurchkämpfen müssen.

Wenn sie dann noch lebten – denn das Boot schaukelte und bockte jetzt immer mehr. Tally konnte die dünnen Spanten unter ihrem Körper ächzen hören. Noch drei, vier dieser entsetzlichen Erschütterungen, dachte sie, und das Schiff würde wirklich zerbrechen. Das Knirschen des überlasteten Rumpfes hörte sich an wie Schmerzensschreie.

Aber sie sah auch, dass sie sich jetzt nicht mehr in gerader Linie auf die dem Schlund zugewandte Seite des Beckens zubewegten, sondern eine sehr langgezogene Spirale begonnen hatten.

Und sie begriff beinahe zu spät, was diese jähe Kursänderung bedeutete ...

Das Boot jagte mit der Geschwindigkeit eines Pfeiles in den Strudel hinein, tauchte für eine endlose, schreckliche Sekunde vollends unter und brach schäumend wieder aus dem Wasser hervor.

Für einen ganz kurzen Moment hatte Tally den Eindruck, zwei gigantische weiße Dinge zu sehen, die zu beiden Seiten des Rumpfes aus dem Schiff ragten, absurde Konstruktionen wie hölzerne Segel, riesig und spitz zulaufend, aber unsinnigerweise so angebracht, dass sie normalerweise unter der Wasseroberfläche liegen mussten. Aber sie hatte Augen und Mund voller Wasser und war viel zu sehr damit beschäftigt, nach Atem zu ringen, um richtig hinsehen zu können, und im nächsten Moment klatschte das Schiff mit einem so ungeheuerlichen Schlag ins Wasser zurück, dass sie mit dem Kopf gegen die Bordwand prallte und sekundenlang benommen hocken blieb.

»Die Schleuse!«, schrie Karan. »Sie geht auf! Jan hat es geschafft. *Sie geht auf!*«

Tally stemmte sich mühsam hoch und blickte nach Süden. Die Mauer des Hafenbeckens lag weiter wie ein fett gemalter Tuschestrich vor ihr. Schatten bewegten sich darauf, Metall blitzte, aber sie konnte nicht die mindeste Lücke in der nachtschwarzen Barriere erblicken, die zwischen ihnen und der Freiheit lag.

Dann begann sich das Boot zu bewegen. Und es waren keine willkürlichen wilden Stöße mehr, sondern ein fast sanftes Drehen, als es von einer neuen, sehr machtvollen Strömung gepackt wurde ...

... und den spitzen Bug nach Norden richtete.

Direkt auf den Schlund zu.

Tally schrie in heller Panik auf, als sie begriff.

Wo Sekunden zuvor noch das gewaltige eiserne Schleusentor gewesen war, gähnte eine Lücke, aus der Entfernung betrachtet nicht breiter als ihre Hand, und mit hoch aufschießendem, gischtendem Wasser gefüllt. Aber sie wurde breiter, im gleichen Maße, in dem die Geschwindigkeit ihres Schiffes zunahm.

Und dahinter lag der Wasserfall, eine Glocke aus sprühendem Nebel und Donner, die Kante der Welt, über die der Fluss hinausschoss, um sich in der Leere zu verlieren.

»Dieser Idiot!«, brüllte Weller. »Er hat das falsche Tor geöffnet!«

Tally wollte antworten, aber sie konnte es nicht. Sie war gelähmt. Der Anblick paralysierte sie, lähmte ihren Körper, ihre Gedanken, ihre Seele. Das Boot schoss, schneller und schneller werdend, auf die sich öffnende Schleuse zu, und plötzlich begann Karan wie besessen an seinen Hebeln zu zerren und zu reißen. Immer weiter und weiter stieg ihre Geschwindigkeit. Die Schleuse jagte auf sie zu, wuchs von einer handbreiten Spalte zu einem gewaltigen klaffenden Maul und nahm für einen unendlich kurzen Moment die gesamte Welt ein.

Dann waren sie hindurch, und vor ihnen lag nichts mehr als eine halbe Meile Wasser, das so schnell dahinschoss, dass es zu Glas zu werden schien. Gischt und Donner blieben hinter ihnen zurück. Das Boot beschleunigte noch weiter, wurde schneller und schneller und schneller und schien sich schließlich sogar ein Stückweit aus dem Wasser herauszuheben.

»Festhalten!«, brüllte Karan.

Seine Worte gingen im urgewaltigen Tosen des Wasserfalles unter. Das Schiff schoss mit der Schnelligkeit eines Pfeiles in die Glocke aus sprühendem Wasser und Lärm hinein, jagte auf den Rand der Welt zu und ritt noch einen Moment auf dem glitzernden Strom, der fünfzig, hundert Meter weit ins Nichts hinausführte, ehe er sich senkte und zu feuchtem Staub wurde, der fünf Meilen weit in die Tiefe stürzte.

Dann war unter ihnen nichts mehr. Die Zeit schien stehenzubleiben. Tally sah winzige glitzernde Wassertropfen, die schwerelos in der Luft zu schweben schienen, den gewaltigen donnernden Strom, der sie hinausgerissen hatte, die Klippe, die plötzlich nicht mehr vor, sondern für einen unendlich kurzen Moment neben und dann hinter ihnen lag, und dann …

… und dann begann sich der Bug des Schiffes langsam zu senken.

Und der Sturz in die Hölle begann.

»Dann hat sie also auch Karan und den anderen den Tod gebracht.« Die Stimme des Mädchens bebte vor Schrecken. Es war hell geworden, und das Kind war müde, so müde wie niemals zuvor in seinem Leben, aber die Worte der dunkelhaarigen Fremden hatten es so in Bann geschlagen, dass es jetzt einfach unmöglich war einzuschlafen. Gleich, wie lange es dauerte, sie wollte sie zu Ende hören.

Nach einer Weile nickte die Frau, gleichzeitig schüttelte sie den Kopf. »Ja. Aber erst später.«

»Später?« Das Mädchen begriff nur zögernd, dass die Geschichte noch nicht zu Ende war. Gleichzeitig war es erleichtert.

»Viel später«, antwortete die Fremde. Sie lächelte, sah wieder – wie zahllose Male zuvor im Laufe dieser Nacht – zum Himmel empor und fuhr sich mit dem Handrücken über die Augen. Auch sie wirkte jetzt müde. Ihre Art zu sprechen war in den letzten Stunden schleppender geworden. Ihre Stimme klang matt. Aber das Lächeln in ihren Augen war so sanft und warm wie zu Anfang.

»Ihre Geschichte könnte jetzt zu Ende sein«, sagte sie leise. »Möchtest du das?«

Das Mädchen überlegte nur einen Sekundenbruchteil, dann schüttelte es so heftig den Kopf, dass seine Haare flogen. Es wollte ganz entschieden nicht, dass Tallys Geschichte jetzt zu Ende war; zum einen, weil es ein Kind war und es auf die Fortsetzung der Erzählung brannte. Aber da gab es noch einen anderen, sehr viel wichtigeren Grund, den es selbst in dieser Klarheit nicht begriff, aber sehr deutlich spürte. Ja, es hatte direkt Angst davor, dass die Fremde nun sagen könne, Tally und die anderen hätten sich zu Tode gestürzt. Es wäre ein Ende, sicher, aber kein befriedigendes. Nach der Meinung des Kindes brauchte jede Geschichte ein Ende, nicht unbedingt ein gutes, aber einen Abschluss. Eine Geschichte wie die Tallys durfte nicht so enden, denn das hätte nichts anderes bedeutet, als dass sie wahr war. Geschichten, die man sich ausdachte, endeten anders; nur die Wirklichkeit war grausam genug, eine jahrzehntelange Anstrengung zu einem Witz herabzusetzen.

Zum ersten Mal, seit das Mädchen der Fremden zuhörte, bekam sie Angst, dass Tallys Abenteuer mehr als eine Geschichte sein konnten.

»Sie haben den Schlund erreicht?«, fragte das Mädchen. Seine Stimme bebte vor Angst.

Die Fremde nickte. »Das haben sie, Kind. Und mehr. Sie haben gefunden, wonach Tally gesucht hatte, all die Zeit.«

»Aber wie?«, fragte das Mädchen. »Der Abgrund war fünf Meilen tief!«

»Sicher.« Zur Enttäuschung des Kindes sprach die Fremde nicht weiter, sondern stand auf, reckte ihre vom langen Sitzen steif gewordenen Glieder und gähnte ungeniert, ohne die Hand vor den Mund zu heben. Ihr Benehmen war dem Kind peinlich. Ihre Mutter hätte sie für ein solches Betragen gescholten, und nun tat diese Frau genau das, was ihr, dem Kind, bei Strafe verboten war.

»Erzähl mir, wie es weiterging.«

Die Frau nickte. Ihr Gesicht wirkte grau vor Müdigkeit. Das Mädchen glaubte zu spüren, dass sie Angst hatte. »Sicher«, sagte sie. »Aber nicht hier!« Sie sah sich suchend um, blickte abermals in den Himmel und deutete schließlich auf den kleinen Buchenhain, der sich zwei Meilen entfernt erhob.

»Lass uns dorthin gehen«, sagte sie. »Der Tag wird heiß. Vielleicht finden wir dort drüben ein wenig Schatten und Wasser.«

Das Mädchen stand gehorsam auf, und während sie Seite an Seite den grasbewachsenen Hang hinabgingen, begann die Frau wieder zu erzählen:

»Im ersten Moment waren alle starr vor Schreck. Wahrscheinlich dachten sie an den Tod, jeder auf seine Weise, und Tally tat es ganz bestimmt. Der Sturz schien endlos zu dauern, und …«

5. Kapitel

Der Schlund

1

Tally schrie. Der Wind riss ihr die Laute von den Lippen, aber sie schrie weiter, bis ihre Kehle vor Schmerzen zu zerreißen schien. Ihr Herz jagte. Ihre Finger krallten sich mit solcher Macht in den Bootsrumpf, dass ihre Nägel brachen. Blut lief an ihren Händen herab. Sie merkte es nicht einmal.

Das Boot wurde schneller und schneller. Himmel und Erde drehten sich um sie herum; kippten nach rechts und links und oben und unten, wie in einem irrsinnigen Tanz. Die Klippe war ein Schatten in schmutzigem Grau, halb aufgelöst hinter einem Vorhang aus sprühendem Wasser, dann nur noch ein Schemen; dann nichts mehr. Schwärze hüllte sie ein, nur durchbrochen vom Schreien der anderen und ihren verzweifelten, sinnlosen Bewegungen. Unter ihnen war das Nichts, ein entsetzlicher, fünf Meilen tiefer Abgrund, in den sie stürzten, schnell und ohne eine Chance, den Fall aufzuhalten.

Panik übermannte sie. Sie hörte Karan etwas rufen, ohne die Worte verstehen zu können, hörte Hrhons helles, angstvolles Zischen und spürte, wie Angella in ihren Händen zu zappeln begann. Ihre Hände glitten in einer Bewegung blinder Furcht an Tallys Gesicht empor und krallten sich in ihre Haut. Blut lief Tally in die Augen. Ein scharfer Schmerz schoss durch ihre linke Schläfe.

Blindlings schlug sie mit der flachen Hand zu. Angella keuchte, suchte nun gezielt mit den Fingernägeln nach Tallys Augen und handelte sich einen zweiten, weit härteren Schlag ein. Sie erschlaffte, sackte nach hinten und fiel schwer gegen Tally.

Wie lange dauerte dieser entsetzliche Sturz?, dachte Tally. Sie hatte das Gefühl, schnell wie ein Pfeil in die Tiefe zu jagen, aber ihr bizarres Gefährt wurde immer noch schneller. Der Wind schnitt wie mit Messern in ihre Augen. Sie konnte kaum noch atmen.

Und endlich begriff sie, dass sie nicht fielen.

Sie stürzten, aber *sie fielen* nicht. Das Boot – das alles war, nur kein *Boot!*, dachte Tally entsetzt – war von der Wucht der Strömung getragen ins Nichts hinausgeschossen, aber wo der Sturz beginnen sollte, schloss sich ein jähes, aber lange nicht lotrechtes Gleiten an.

Das Brüllen des Wasserfalles blieb hinter ihnen zurück, aber dafür hüllten sie das Heulen des Windes und eisige Kälte ein, und ein hoher, pfeifender Laut, wie ihn Tally noch niemals zuvor in ihrem Leben gehört hatte. Trotzdem erinnerte er sie an etwas. Sie wusste nur nicht, woran.

Und plötzlich wurde es hell. Ihr bizarres Gefährt glitt, wie ein Vogel mit reglos ausgestreckten Schwingen auf dem Wind reitend, aus dem Schatten der Klippe heraus, und Sternenschein hüllte es ein. Es war nur ein Schimmer von Licht, aber nach der absoluten Dunkelheit zuvor glaubte Tally doch erstaunlich viele Einzelheiten zu erkennen. Vielleicht arbeiteten ihre Sinne auch nur mit größerer Schärfe, wie es oft in Momenten extremer Gefahr geschah.

Was sie sah, ließ sie an ihrem Verstand zweifeln – so heftig, dass sie für einen Moment die Möglichkeit ernsthaft in Erwägung zog, in Wahrheit längst tot zu sein und dies alles nicht wirklich zu erleben. Aber es war wahr: *Sie schwebten!!!*

Das Boot stürzte nicht, sondern ritt auf dem Wind, steil nach vorne und zugleich ein wenig zur Seite geneigt, bockend und schüttelnd wie ein richtiges Boot auf einem richtigen, mit Wasser gefüllten See. Und trotzdem war es schwerelos, einem Papiersegler gleich, wie ihn sich Kinder bauten, aber zehn Meter lang und aus Holz – eine vollkommene Unmöglichkeit, die jeder Logik eine lange Nase drehte und sich einfach weigerte abzustürzen, wie es sich gehörte. Sie *schwebten! SIE SCHWEBTEN!!!*

Obwohl sie vor Angst und Entsetzen schier den Verstand zu verlieren drohte, zwang sie sich, Angellas regloses Gewicht nach vorne zu schieben und an ihr vorbei nach rechts zu sehen. Im schwachen Licht der Sterne sah sie zum ersten Male das, was sie für ein Schiff gehalten hatte.

Es war kein Schiff. Es war nichts, was sie jemals gesehen hatte. Es war eine gigantische, im Sternenlicht knochenweiß glänzende Konstruktion aus Holz und Metall und dünnen Seilen, die so straff gespannt waren, dass sie sangen.

Der Bootsrumpf war nur ein winziger Teil des sinnverdrehenden Dings, ein schmaler, spitz zulaufender Zylinder, dessen oberes Drittel weggeschnitten worden war, und der zwischen zwei gigantische, unregelmäßige Dreiecke aus Holz eingebettet war, jedes mindestens fünfzehn Meter lang, dabei aber nicht viel stärker als ihr Arm. Das ganze unmögliche Etwas erinnerte sie an eine gigantische Pfeilspitze.

Und es flog.

Es war unmöglich, aber es flog.

»Karan!«, schrie sie über das Heulen des Windes hinweg. »Was ist das?«

Karan reagierte nicht. Wahrscheinlich hatte er ihre Worte gar nicht gehört; vielleicht hatte er auch keine Zeit zu antworten. Tally erkannte ihn nur als dunklen, formlos wirkenden Schatten vor sich, zusammengekauert und mit beiden Händen an einem der Hebel zerrend, die vor ihm aus dem Boden ragten.

Weller, der direkt hinter ihm saß, wimmerte vor Angst und hatte sich zu einem Ball zusammengerollt, der halb unter Hrhon begraben lag. Der Waga hatte Kopf und Gliedmaßen in seinen Panzer zurückgezogen und sah nun wirklich aus wie eine übergroße Schildkröte. Die Einzige, die außer Tally noch einen halbwegs klaren Kopf behalten zu haben schien, war Angella; denn sie hatte sich wieder aufgerichtet und blickte an Tally vorbei in die Tiefe. Vielleicht hatte sie Tallys Schlag auch nur halb betäubt. Ihre Augen waren glasig. Blut lief aus ihrer aufgeplatzten Lippe.

»Wir sind zu schwer!«, schrie Karan plötzlich. Für einen ganz kurzen Moment drehte er den Kopf, und Tally sah die Furcht in seinen Augen. »Wir stürzen!« Verzweifelt begann er an seinem Hebel zu zerren, wobei er sich mit beiden Beinen gegen den Boden stemmte, um mehr Kraft zu haben. Für einen winzigen Moment glaubte Tally, den Bug des Schiffes sich heben zu sehen. Die Sterne über ihr tanzten.

»Werft Ballast ab!«, brüllte Karan. »Werft alles über Bord, was ihr könnt, oder wir zerschellen!«

Aber Tally hätte nicht einmal reagieren können, wenn sie es gewollt hätte. Das Boot war hoffnungslos überfüllt; von der Hüfte abwärts war sie eingeklemmt. Das Einzige, was sie über Bord hätte werfen können, wäre Angella gewesen ...

»Bei den Dämonen der Tiefe – werft irgendetwas hinaus!!«, brüllte Karan mit überschnappender Stimme. *»Wir sind zu schwer!«* Diesmal *war* der Ton in seiner Stimme Panik.

Wieder einmal war es Hrhon, der sie rettete. Der Waga steckte vorsichtig den Kopf aus seinem Panzer, sah Karan einen Moment lang ausdruckslos an – und stemmte sich mit ungeheurer Kraft in die Höhe. Das zerbrechliche Boot erbebte wie unter einem Hammerschlag. Hrhon wankte wild hin und her, durch die jähe Bewegung aus dem Gleichgewicht gebracht. Karan brüllte irgendetwas, und Hrhon griff fester zu. Das fliegende Boot hörte auf zu taumeln.

»Die Säcke, Weller!«

Weller reagierte nicht. Karan fluchte und versetzte ihm einen derben Tritt in die Rippen, und der Schmerz trieb ihn hoch. Mit vor Anstrengung verzerrtem Gesicht zerrte er einen der schweren Leinensäcke unter Hrhons Körper hervor, wuchtete ihn hoch und warf ihn aus dem Boot. Mit einem dumpfen Laut prallte er auf die hölzerne Schwinge, schlitterte nach hinten und verschwand in die Tiefe. Tally versuchte, seinen Sturz zu verfolgen, aber er verschwand in der Dunkelheit, lange ehe er auf dem Boden aufschlug.

»Mehr!«, schrie Karan. »Alle! Werft sie alle hinaus!«

»Aber wir brauchen die Ausrüstung!«, rief Tally. »Du hast selbst gesagt ...«

»Wenn wir nicht leichter werden, brauchen wir überhaupt nichts mehr!«, unterbrach sie Karan. »Hilf ihm!«

Tally wusste hinterher selbst nicht mehr, wie sie es geschafft hatte – in der Enge des Bootes schien es unmöglich, auch nur einen Finger zu rühren; geschweige denn, die fast mannsgroßen Leinensäcke herauszuheben. Aber irgendwie gelang es Weller und ihr, die Gepäckstücke eines nach dem anderen unter ihren Körpern hervorzuzerren und in die Tiefe zu werfen. Und schließlich war nichts mehr da, was sie abwerfen konnten.

»Wir sind immer noch zu schnell!«, brüllte Karan. In seiner Stimme war nun ein deutlicher Unterton von Panik. »Der Gleiter ist überladen! Er ist für zwei gebaut, und wir sind fünf- sechs, wenn Karan dieses Ungeheuer doppelt zählt!« Er wies mit einer Kopfbewegung auf Hrhon. »Wir werden abstürzen!«

»Aber ... aber das ... das tun wir doch schon!«, stammelte Weller. »Wir werden sterben! Wir ... wir ...«

»Halt endlich das Maul, du Idiot«, unterbrach ihn Angella. »Hast du immer noch nicht begriffen, dass wir fliegen?« Sie stöhnte, hob die Hand an die aufgeplatzte Lippe und betrachtete einen Moment lang das Blut, das plötzlich auf ihren Fingern war. Dann starrte sie Tally an. »Das zahle ich dir heim, Schätzchen«, sagte sie drohend.

Tally sah sie mit einer Mischung aus Verwirrung und Zorn an. Zorn, dass Angella nicht einmal in diesem Moment aus ihrer

Haut herauskonnte, und Verwirrung über das, was sie zu Weller gesagt hatte.

»Fliegen?«, murmelte sie verstört. »Aber das ist ... unmöglich ...«

»So?« Angella schnaubte verächtlich. »Dann spring doch über Bord. Vielleicht haben wir dann eine Chance.«

Tally ignorierte ihre Worte. Einen Moment lang starrte sie Karan an, dann drehte sie sich herum, so weit es die Enge des Bootes zuließ.

»Karan, was ... was ist das?«, stammelte sie. »Was ist das für ein Ding?!«

»Sssauberei«, zischelte Hrhon. »Whirhr sssind verlhohren! Dasss issst Sssauberei!«

»Es ist ein Gleiter und keine Sauberei, du blödes Fischgesicht!«, schrie Karan zurück. »Und zwar einer, mit dem Karan und ihr sich die Hälse brechen werden! Wir sind noch immer zu schwer!« Aber entgegen seinen Worten hatte ihr rasender Sturz schon viel an Schnelligkeit verloren. Aus dem jähen In-die-Tiefe-Schießen war ein zwar noch immer schnelles, aber nicht mehr sehr steiles Gleiten geworden. Tally konnte spüren, wie das bizarre Gefährt auf dem Wind ritt, wie ein Stein, der flach über das Wasser geschleudert worden war. Mit klopfendem Herzen beugte sie sich nach rechts und starrte in die Tiefe.

Einen Moment lang glaubte sie ein machtvolles, düsteres Wogen und Schweben unter sich wahrzunehmen. Dann begriff sie, dass es nur ihre eigene Angst war, die ihr Dinge vorgaukelte, die nicht da waren. Wenn es unter ihnen überhaupt so etwas wie einen Boden gab, so war er noch unsichtbar.

»Kannst du dieses Ding steuern?«, fragte sie.

»Ein wenig«, antwortete Karan. Seine Stimme klang gepresst. Trotz des eisigen Windes war sein Gesicht voller Schweiß. Die Anstrengung, den (wie hatte er das Ding genannt? *Gleiter?)* Gleiter zu lenken, musste alles von ihm verlangen.

»Dann steuere es nach Norden!«, sagte Tally. »Hundertfünfzig Meilen nach Norden, und ...«

»Hundertfünfzig Meilen?« Karan lachte schrill. »Du bist von Sinnen! Karan ist froh, wenn *er fünfzehn* Meilen weit kommt! Außerdem ist es gleich, wie weit er fliegt, bevor er an den Bäumen zerschellt! Der Gleiter ist zu schnell!«

»Aber wir fliegen doch!«, antwortete Tally.

»Und?«, schrie Karan zurück. »Was heißt das? Hast du schon einmal auf einem durchgehenden Pferd gesessen?«

»Warum?«

»Wie bist du abgestiegen?«, fragte Karan.

Tally antwortete vorsichtshalber nicht.

Eine Zeitlang jagten sie schweigend dahin, und Tally versuchte, Ordnung in das Chaos zu bringen, das hinter ihrer Stirn tobte. Ein wenig zweifelte sie immer noch an ihrem Verstand, aber andererseits – sie hatte Frauen gesehen, die auf fünfzig Meter großen Drachen ritten, war intelligenten Insekten begegnet, die ihre Gedanken lasen, hatte eine Waffe erbeutet, deren Feuer heißer war als das der Sonne –, warum also sollten sie nicht fliegen?

Sah man davon ab, dass es unmöglich war, sprach nichts dagegen ...

Tally beschloss, den Gedanken nicht weiterzuverfolgen. Stattdessen drehte sie sich mühsam herum und blickte in die Richtung zurück, in der die Klippe liegen musste. Die hölzerne Haifischflosse des nach oben deutenden Ruders schnitt die Welt hinter ihr in zwei Teile. Tally sah jetzt, dass sie sich bewegte, wie eine wirkliche Fischflosse manchmal nach rechts, manchmal nach links schwenkte, und jedes Mal machte das fliegende Gefährt die Bewegung mit. Unbeschadet seiner eigenen Worte schien es Karan doch gelungen zu sein, den Gleiter irgendwie unter Kontrolle zu bringen.

Dahinter lag die Küste. Die Klippe selbst war unsichtbar, nur ein dunklerer Schatten vor dem Schwarz der Nacht. Aber sie konnte die Stadt sehen, wie ein Diadem aus tausend mal tausend mal tausend Lichtern, das über einen gewaltigen Bereich der Küste verstreut war. Seltsamerweise lag sie *unter* ihnen …

Eine geraume Weile verging, bis Tally klar wurde, was diese Beobachtung bedeutete.

»Wir … wir steigen!«, rief sie aus. »Karan – wir steigen nach oben!«

»Natürlich«, antwortete Karan. »Es gibt starke Aufwinde hier an der Küste. Das ist es nicht, was Karan Sorge macht!«

»Wasss sssonst?«, wisperte Hrhon.

Karan wies mit einer Kopfbewegung auf die schwarze Wand, in die sie hineinschossen. »Der Gleiter ist zu schnell. Karan wird ihn nicht landen können, ohne dass er zerbricht!«

Tally wollte etwas darauf antworten, doch in diesem Moment traf ein harter Schlag den Gleiter. Die gewaltigen Schwingen ächzten wie unter einem Hieb. Tally wurde nach vorne geschleudert, prallte heftig gegen Angellas Gesicht und schmeckte Blut, als sie sich auf die Zunge biss.

Dann überschlugen sie sich.

Tallys Herz blieb stehen, als das ganze gewaltige Gefährt eine Drehung um seine eigene Achse machte, einen entsetzlich endlosen Sekundenbruchteil lang kopfüber durch die Luft schoss und sich mit quälender Langsamkeit wieder aufrichtete.

Als sie die Augen wieder öffnete, waren der Himmel und der schreckliche schwarze Abgrund unter ihnen verschwunden. Der Gleiter schoss durch eine wogende Unendlichkeit. Flockiger grauer Nebel wich mit der gleichen Geschwindigkeit vor ihnen zurück, in der sie hindurchjagten. Plötzlich wurde es kalt, entsetzlich kalt. Ein feuchter, prickelnd-kalter Film legte sich auf Tallys Gesicht und Hände. Das weiße Holz des Gleiters begann zu glänzen, als wäre es lackiert.

»Die Wolken!«, schrie Karan. »Haltet euch fest. Es ist nicht mehr weit!«

Als wäre sein Ruf ein Stichwort gewesen, tauchte der Gleiter durch die Wolkendecke hindurch, und unter ihnen lag eine gewaltige, schwarz-braun-grün gemusterte Ebene, eine Landschaft aus Farben, die so schnell ineinanderflossen, dass Tally zum ersten Mal eine Vorstellung von der unglaublichen Geschwindigkeit bekam, mit der sie sich fortbewegten. Plötzlich verstand sie Karans Angst.

Der Gleiter glitt in einem flachen Bogen nach unten, jagte einen Moment lang waagerecht dahin und schoss dann wieder in die Höhe, auf die brodelnde weißgraue Wolkendecke zu. Aber kurz, bevor er sie erreichte, senkte sich seine spitze Nase wieder. Die riesigen hölzernen Schwingen ächzten, als Karan den Hebel mit aller Kraft an sich heranzog. Tally konnte hören, wie sich das Haifischruder hinter ihr bewegte. Das Holz stöhnte, als litte es Schmerzen.

Wieder glitten sie nach unten, etwas weiter als beim ersten Mal, und wieder nahm ihre Geschwindigkeit zu. Aber wieder riss Karan das bizarre Gefährt in die Höhe, und wieder herab, und wieder hoch ...

Tally glaubte zu verstehen, warum Karan das tat. Sie kamen dem braun-schwarzen Etwas unter ihnen jedes Mal ein Stück näher, aber mit jeder Steigung sank ihr Tempo auch etwas mehr, als es bei dem Sturz in die Tiefe zunahm. Karan versuchte offensichtlich, die Geschwindigkeit des Gleiters auf diese Weise allmählich zu vermindern.

Mehr als eine halbe Stunde musste auf diese Weise vergehen. Keiner von ihnen sprach; selbst Angella starrte Tally nur voller Zorn an. Und ganz allmählich kamen sie tiefer. Trotz der geschlossenen Wolkendecke, unter der sie dahinjagten, war es hell, sogar heller als oben im Licht der Sterne, als leuchteten die Wolken aus sich heraus, sodass Tally erkennen konnte, was unter ihnen war.

Es war Wald.

Ein gigantischer, kompakter Wald, der so dicht war, dass der Gleiter über einen Ozean aus Schwarz und Grün dahinzuschießen schien. Tally fragte sich, wie tief der eigentliche Boden noch unter diesem Blätterdach liegen mochte.

Plötzlich schrie Angella auf, hob den Arm und deutete mit schreckgeweiteten Augen auf einen Punkt irgendwo hinter und über ihr. Tally fuhr herum ...

... und erstarrte vor Schrecken.

Sie hatte es immer für eine bloße Redensart gehalten – aber in diesem Moment spürte sie die eisige Hand ganz real, die nach ihrem Herzen griff.

Über ihnen teilte sich der Himmel. Und aus der brodelnden Wolkendecke hervor senkte sich die Nacht auf den Gleiter herab.

Sie tat es in Gestalt einer gigantischen fliegenden Kreatur, einem ungeheuerlichen Scheusal aus geronnener Schwärze und fleischgewordener Bosheit, einem Ungeheuer, fünfzig Meter lang und mit riesigen schlagenden Lederschwingen, Hass in den Augen und loderndes Feuer in dem gewaltigen, halb geöffneten Maul.

Der Drache schoss mit der Schnelligkeit eines stürzenden Felsens auf den Gleiter herunter, verfehlte ihn um wenige Meter und fing seinen Sturz mit geradezu spielerischer Leichtigkeit ab. Seine riesigen Krallen hatten das zerbrechliche Fahrzeug verfehlt – aber der Sturmwind seiner Schwingen traf es wie ein Hammerschlag.

Tally schrie auf, als der Gleiter jäh zur Seite kippte, einen Moment lang in schier unmöglicher Schräglage in der Luft hing und dann zu trudeln begann. Wolken und Wald begannen einen irrsinnigen Tanz rings um sie herum aufzuführen. Etwas Schwarzes, Gigantisches, huschte durch ihr Blickfeld und verschwand wieder. Für einen winzigen Moment glaubte sie den Blick eines tückischen, absurd kleinen Augenpaares aufzufangen. Dann kippte der Gleiter zur anderen Seite, richtete sich schwerfällig wieder auf und sackte mit einem entsetzlichen Schlag durch, hundert, hundertfünfzig Meter senkrecht nach unten wie ein Stein, bis Karan das Gefährt wieder unter seine Kontrolle zwang. Tally wurde nach vorne geschleudert, prallte zum zweiten Mal unsanft gegen Angellas Gesicht und stöhnte vor Schmerz, als sich der Bootsrand in ihre Rippen bohrte.

Als sie das Gesicht aus Angellas Haaren nahm, war der Drache über ihnen. Wie ein Dämon aus einem Albtraum glitt er über und ein Stück hinter dem Gleiter dahin, eine schwarzgeschuppte Bestie, glänzend wie lackiertes Leder, die beiden Reiterinnen in seinem Nacken zur Lächerlichkeit zusammengeschrumpft. Der Gleiter tanzte auf dem Wind wie ein Boot im Orkan, als das Ungeheuer mit den Flügeln schlug.

»Karan!«, brüllte Tally. »Tu etwas!«

Sie hatte selbst nicht damit gerechnet – aber Karan reagierte tatsächlich. Als die gigantischen Schwingen des Drachen das nächste Mal die Luft peitschten, sackte der Gleiter nicht mehr nach unten, sondern schwang sich wie ein bizarrer hölzerner Vogel auf die Sturmwoge, machte einen gewaltigen Satz nach vorne und oben und schoss dicht vor dem schuppigen Kopf des Ungeheuers in die Höhe.

Ein zorniger, unglaublich lauter Schrei marterte Tallys Ohren. Für einen unendlich kurzen, aber auch unendlich schrecklichen Moment befanden sie sich auf gleicher Höhe mit dem droschkengroßen Schädel der Bestie. Tally spürte Hitze; einen Gestank wie nach Schwefel und brennendem Fleisch und Fäulnis, sah die winzigen tückischen Augen des Ungeheuers und seine um so größeren Zähne, spitz und schwarz wie geschliffene Kohlen.

Und dann kam das Feuer.

Es ging so schnell, dass Tally nicht sah, was der Drache tat, obwohl sie für den Bruchteil einer Sekunde direkt in sein zornig aufgerissenes Maul blickte. Von einer Sekunde auf die andere wich die Nacht einer gleißenden, verzehrenden Lohe. Hitze, ungeheure, quälende Hitze streichelte Tallys Gesicht wie eine glühende Hand.

Sie hörte Angella und Karan schreien, schrie selbst vor Schmerz und versuchte die Hände vor das Gesicht zu heben, roch das brennende Holz des Gleiters und den entsetzlichen Gestank verschmorender Haare. Der Gleiter kippte haltlos zur Seite. Plötzlich war der Himmel über ihnen voller Licht und brüllendem, verzehrendem Feuer. Die Wolken selbst schienen in Flammen zu stehen. Karans Haar brannte. Angella krümmte sich vor Schmerz, und Weller war abermals in sich zusammengesunken, hatte beide Hände vor das Gesicht geschlagen. Sein Hemd schwelte.

Wieder zerriss das wütende Schreien des Drachen die Luft. Und Tally reagierte, ohne zu denken. Ihre Hände glitten ohne ihr Zutun zum Gürtel, fanden das kühle, schwere Metall und schlossen sich darum. Der riesige Schädel des Drachen hob und senkte sich über ihnen, klaffte auseinander …

… und Tally war den Bruchteil eines Herzschlages schneller. Ein dünner, aber unerträglich gleißender Bütz stach in die Nacht hinaus, fraß eine rauchende Spur in den schwarzgeschuppten Hals der Bestie und explodierte in seiner Schulter.

Die rechte Schwinge des Ungeheuers verwandelte sich in eine Flamme. Für einen unendlich kurzen Moment glaubte Tally, das riesige, an eine übergroße Fledermaus erinnernde Knochengerüst des Ungeheuers unter der schwarzen Lederhaut zu erkennen, nachgezeichnet in weiß und rot glühenden Linien, dann flammte der schiffsgroße Flügel des Monsters auf.

Der Schrei des Drachen war voller entsetzlichem Schmerz, und seine eigene, tausendmal heißere Flammenzunge schoss weit an dem Gleiter vorbei. Die Druckwelle warf das winzige Gefährt herum wie eine unsichtbare Keule, aber Tally sah trotzdem, wie sich der Drache in irrsinnigem Schmerz krümmte, die brennende

Schwinge auf und niederschlagend, wie die beiden Reitergestalten in seinem Nacken plötzlich ihren Halt verloren und stürzten, die eine hinein in den Teppich aus Feuer, die andere herab in die Tiefe, die sie verschlang. Für einen winzigen Moment glaubte sie sogar die gellenden Schreie der Sterbenden zu hören.

Dann begannen das Ungeheuer und der von Menschenhand geschaffene Vogel gleichzeitig in die Tiefe zu rasen.

Tally sah nicht, wer das tödliche Rennen gewann. Der Wald sprang auf sie zu, schnell, *viel zu schnell*, war ihr letzter Gedanke ... Dann traf eine Riesenfaust den Gleiter und zerschmetterte ihn in der Luft.

2

Es war noch immer Nacht, als sie erwachte. Zumindest war es dunkel. Die verrücktesten Gedanken schossen ihr durch den Kopf: Erleichterung, noch am Leben zu sein, fast unmittelbar gefolgt von der durch und durch realen Angst, dass es vielleicht gar nicht so wäre und die Schwärze, in der sie sich wiederfand, die des Todes sei. Dann spürte sie Schmerz: einen betäubenden Druck auf ihre gesamte rechte Körperhälfte und den Geschmack von Blut im Mund. Sie war also noch am Leben. Tote spüren keinen Schmerz – wenigstens hoffte sie es.

Sie glaubte Bilder zu sehen, völlig absurde Bilder, die trotzdem etwas erschreckend Reales hatten: Sie sah einen brennenden Himmel, aus dem brennende Dinge stürzten: ein Drache, ein zweiter, hölzerner Vogel, dann ihr eigenes Gesicht, ins Absurde vergrößert, Flammen in den Augen. Eine Stimme rief ihren Namen. Wellers Stimme.

Sie stöhnte. Der Schmerz in ihrer Seite wurde stärker.

Plötzlich hatte sie Angst, blind zu sein, denn sie sah noch immer nichts, obwohl sie die Augen weit aufgerissen hatte. Über ihr war nicht einfach nur Dunkelheit, sondern *absolute Schwärze,* eine Dunkelheit, die tiefer zu sein schien als die bloße Abwesenheit von Licht. Stöhnend hob sie die Hand, tastete über ihr Gesicht und stellte fest, dass dort weder ein Verband noch sonst etwas war, was sie am Sehen hinderte.

»Keine Sorge, Tally. Du bist nicht blind. Es ist so dunkel hier.«

Die Stimme war dicht neben ihrem linken Ohr, und nach kurzem Nachdenken erkannte sie sie auch. Sie gehörte Karan. Aber etwas war mit ihrem Kopf nicht in Ordnung. Jetzt, als sie es versuchte, spürte sie, wie schwer es ihr fiel, sich zu erinnern. Nicht unmöglich, aber sehr schwer. Es gelang ihr nicht, zu Karans Stimme und Namen das passende Gesicht zu assoziieren. Als sie es versuchte, sah sie nur Flammen.

»Karan ...?«, murmelte sie. Ihre eigene Stimme klang fremd. Gedämpft und ohne die fast unhörbaren Echos, die ihren Klang sonst begleiteten; ganz gleich, wo man war. Es war, als spräche sie in eine Mauer aus Watte hinein. Umständlich versuchte sie sich aufzusetzen, spürte, wie der Boden unter ihr zu zittern begann, und ließ sich hastig wieder zurücksinken.

»Karan?«, wiederholte sie. »Bist du auch da?«

»Karan ist hier«, antwortete Karan. »Und auch dein Waga.«

»Hrhon? Bist du verletzt?«

»Nhissst ssslimm«, zischelte der Waga. »Nhur ein paar Krassser.«

»Gut.« Tally empfand eine rasche, heftige Erleichterung. Dann fiel ihr wieder ein, was Karan gesagt hatte. »Kannst du Gedanken lesen?«, fragte sie.

Karan lachte leise. »Nein. Aber die anderen haben Karan die gleiche Frage gestellt, als sie erwachten. Und auch er selbst, als er das erste Mal hier war. Keine Sorge. In einer Stunde geht die Sonne auf. Dann wirst du sehen.«

Tally stöhnte. Der Blutgeschmack in ihrem Mund wurde stärker. Vorsichtig tastete sie mit der Zungenspitze nach seiner Quelle und spürte einen jähen, stechenden Schmerz. Einer ihrer Backenzähne fehlte. Ihr Gesicht fühlte sich geschwollen an.

»Was ist geschehen?«, murmelte sie. Die Schwärze über ihr begann sich zu drehen. Ihr wurde übel. »Wo sind die anderen? Wo zum Teufel sind wir?«

»Geschehen ist, was Karan prophezeite«, antwortete Karan. »Der Gleiter war zu schwer. Er ist abgestürzt, ohne dass Karan etwas dagegen tun konnte.« Er seufzte. Irgendwie, fand Tally, klang es wie ein Lachen. »Und du bist, wohin Karan dich bringen sollte. Im Schlund. Du wirst es bereuen«, fügte er hinzu.

Tally ignorierte den letzten Teil seiner Antwort. Ganz vorsichtig drehte sie sich in die Richtung, aus der seine Stimme kam, tastete mit den Fingerspitzen über den Boden und fühlte federnden, feuchtwarmen Widerstand. Aus einem Grund, den Tally selbst nicht in Worte zu fassen vermochte, fühlte er sich unangenehm an. Weich und pelzig, fast, als läge sie auf dem Rücken einer gigantischen Spinne. Trotzdem gelang es ihr diesmal, sich in eine halb sitzende Lage hochzustemmen, als sie es versuchte. Es war sehr warm. Die Luft roch ... sonderbar. Nach Wald und Leben und noch etwas, das sie nicht kannte. Aber was immer es war, es machte ihr Angst.

»Der Drache«, murmelte sie. »Was ist mit ihm?«

Karan antwortete nicht. Es war auch nicht nötig, denn im Grund war ihre Frage überflüssig gewesen. Sie hatten alle gesehen, wie er abgestürzt war.

»Wieso ist es so dunkel?«, fragte sie nervös.

Karan bewegte sich irgendwo in der Dunkelheit links neben ihr. Sie konnte ihn nicht sehen, aber die Geräusche verrieten ihr, dass er sich wie sie aufsetzte und den Arm hob, wie um eine weit ausgreifende Bewegung zu machen. Die Geräusche waren so deutlich, dass sie für einen Moment fast glaubte, ihn sehen zu können.

»Du bist im Schlund«, sagte er, als wäre dies Antwort genug. »Der Gleiter hat den Wipfel durchbrochen und ist gestürzt. Karan fürchtet, sehr tief.« Tally hörte das Schaudern in seiner Stimme. »Vielleicht bis zu seinem Grund.«

»Da wollte ich doch hin, oder?«, fragte sie.

»Nein«, antwortete Karan. *»Dorthin* wolltest du nicht. Aber Karan weiß nicht, ob es wirklich so ist. Die Dunkelheit macht ihm Sorgen.«

»Und wieso?« Tally versuchte sich zu bewegen. Sofort begann der Boden unter ihr stärker zu zittern. Sie erstarrte wieder.

»Du solltest nicht reden«, sagte Karan ernst. »Der Schlund hat Bewohner, die gute Augen haben, aber schlechte Ohren. Und solche, die schlechte Augen haben, aber scharfe Ohren. Der Aufprall des Gleiters hat alles Leben verjagt, aber es kann wiederkommen.«

»Und die anderen?«, fragte Tally, Karans Warnung bewusst ignorierend. »Was ist mit ihnen?«

»Weller ist tot«, antwortete Karan. In seiner Stimme war nicht die geringste Spur von Mitleid. »Und auch Karan und du und Angella werden sterben. Der Waga mag eine Chance haben. Er ist stark.«

»Tot?«, murmelte Tally. »Weller – *tot?«* Aber das war unmöglich! Sie hatte seine Stimme gehört!

»Er muss es sein«, antwortete Karan. »Er wurde aus dem Gleiter geschleudert, als er zerbrach. Du, Angella und der Waga und Karan selbst hatten Glück, aber er fiel hinaus. Wenn der Sturz ihn nicht getötet hat, so wird er sterben, ehe es hell ist.«

»Dann hast du nicht gesehen, wie er starb?«, vergewisserte sich Tally. Sie empfand eine absurde Erleichterung. Wahrscheinlich war es kindisch – aber solange sie Wellers Leiche nicht mit eigenen Augen sah, konnte sie sich wenigstens einreden, dass er noch am Leben war. Plötzlich spürte sie, dass sie Weller mehr mochte, als sie bisher zuzugeben bereit gewesen war.

»Nein«, antwortete Karan. »Aber du kannst Karans Worten glauben – der Schlund tötet jeden, der zu tief in ihn eindringt. Auch uns.«

»Wenn der Kerl nicht bald aufhört, vom Tod zu reden, nehme ich seinem verdammten Schlund die Arbeit ab«, mischte sich eine Stimme aus der Dunkelheit heraus ein.

Tally sah auf und versuchte die Richtung zu erkennen, aus der Angellas Stimme gekommen war. Es gelang ihr nicht. Die sonderbare, schallschluckende Akustik ihrer Umgebung machte es fast unmöglich, irgendeine Richtung zu bestimmen.

»Angella?«, fragte sie.

Ein spöttisches Lachen antwortete ihr. »Wer denn sonst? Erwartest du noch Gäste?«

»Ihr solltet still sein«, sagte Karan noch einmal. »Es ist nicht gut, hier zu viel zu reden.«

»Ach, halt das Maul«, sagte Angella grob. »Verrat uns lieber, was das hier ist.« Tally hörte Geräusche, noch immer, ohne ihre genaue Quelle bestimmen zu können, aber mit einem Mal war Angellas Stimme sehr viel näher. Dann hatte sie das intensive Gefühl eines Körpers, der dicht hinter ihr war. Es war erstaunlich, dachte sie, wie rasch andere Sinne einsprangen, wenn einer ausfiel.

»Unser kleiner Liebling wird uns schon heraushauen, mit seiner Wunderwaffe, nicht wahr, Tallyschätzchen?«, fuhr Angella fort. »Weiß du, wenn wir nicht schon so gut wie tot wären, käme ich jetzt glatt in Versuchung, dich umzubringen.«

Tally blickte in die Richtung, in der sie Angella spürte. »Was muss noch passieren, damit du endlich Vernunft annimmst?«, fragte sie ärgerlich.

Angella lachte leise, und obwohl es ein sehr abfälliges, ja, bewusst kaltes Lachen war, war es ein Laut, der Tally auf sonderbare Weise guttat. »Aber ich bin doch vernünftig«, sagte sie. »Wenn das nicht so wäre, wärst du jetzt tot, Liebling.«

»So?«, fragte Tally spöttisch.

Sie hörte, wie Angella nickte. »Ich hätte dir dein hübsches Lockenköpfchen von den Schultern schneiden können, wenn ich gewollt hätte. Frag Karan, wer von uns als Erster wach war.«

»Sssie sssagt die Whahrheit, Herrin«, wisperte Hrhon auf der anderen Seite der Dunkelheit. »Sssie whar esss, die Eusss ausss dem Ghleiter ssserrte. Kharan uhnd isss waren unter dhem Whrack eingheklemmt.«

»Stimmt das?«, entfuhr es Tally.

»Es ist die Wahrheit«, antwortete Karan.

»Ich ... danke dir«, sagte Tally zögernd. Sie war verwirrt. Dass Angella ihr bei der ersten sich bietenden Gelegenheit die Kehle durchschnitt, konnte sie sich vorstellen. Aber dass sie ihr das Leben rettete ...?

Angella zuckte hörbar die Achseln. »Vergiss es«, sagte sie, während sie sich neben Tally auf den Boden hockte. »Ich weiß selbst nicht genau, warum ich es getan habe. Wahrscheinlich«, fügte sie nach sekundenlangem Zögern hinzu, »weil es mir zu schnell gegangen wäre. Ich will dich leiden sehen, Süße.«

»Hör endlich auf«, murmelte Tally. Aber in ihrer Stimme war kein echter Zorn mehr. Eigentlich zum ersten Mal, seit sie Angella kennengelernt hatte, kam ihr zu Bewusstsein, wie jung das Mädchen mit dem Narbengesicht noch war – nicht viel mehr als ein Kind. Ein mörderisches Kind vielleicht, aber trotzdem ein Kind. Möglicherweise hatte sie das Recht, so zu reagieren, einfach durch ihre Jugend. »Was ist das hier?«, fragte sie, wieder an Karan gewandt. »Wenn wir uns schon nicht bewegen können, solange es dunkel ist, sollten wir die Zeit nutzen. Erklär uns, wo wir sind.«

»Im Schlund«, murmelte Karan niedergeschlagen. Offenbar

hatte er es aufgegeben, Tally und Angella zum Schweigen zu ermahnen. Trotzdem war in seiner Stimme ein Klang, der Tally alarmierte, obwohl sie ihn nicht einordnen konnte. »Karan weiß nicht genau, wo der Gleiter abstürzte. Der Flug war sehr schnell. Und er hat die Richtung verloren, als der Drache angriff.«

»Aber du findest sie wieder?«

»Natürlich«, antwortete Karan. »Sobald es hell ist. Wenn wir dann noch leben.«

Tally seufzte. Ein ganz kleines bisschen konnte sie Angella fast verstehen. Auch ihr begann Karans unablässiges Gerede von Tod und Sterben allmählich auf die Nerven zu gehen. Aber wahrscheinlich war es einfach seine Art, mit der Angst fertig zu werden.

»Sobald es hell ist«, sagte sie, »suchen wir Weller. Vielleicht lebt er noch.«

»Unmöglich!«, widersprach Karan. »Selbst, wenn ...«

»Der Wald hat unseren Aufprall gedämpft, oder?«, unterbrach ihn Tally. »Warum soll er nicht ebensogut Weller aufgefangen haben?«

»Du kennst diesen Wald nicht«, sagte Karan. »Karan kennt ihn. Er weiß, wovon er spricht.«

»Gut«, sagte Tally. »Dann wird uns Karan ja auch helfen können, Weller wiederzufinden.«

Angella lachte leise. »Habe ich dir schon gesagt, dass du mir gefällst, Tallyschätzchen?«

»Ja«, grollte Tally. »Und wenn du mich noch einmal Tallyschätzchen oder Liebling oder Kleines nennst, befehle ich Hrhon, dir sämtliche Zähne einzuschlagen, Angella*liebling*.«

Angella lachte erneut, sagte aber nichts mehr, und Tally wandte sich wieder an Karan. »Also? Was ist das hier? Wieso ist es so dunkel?«

»Der Wald«, antwortete Karan. »Er ist sehr dicht. An seinem Grunde herrscht immer Nacht. Doch ihr seid nicht dort.«

»Woher willst du das wissen?«, fragte Angella. »Kannst du im Dunkeln sehen wie eine Katze?«

»Das kann Karan nicht«, erwiderte Karan beleidigt. »Aber er kennt den Wald. Es gibt den Wipfel, das Dazwischen und den Boden. Der Boden tötet.«

»Die anderen Teile nicht?«, fragte Angella spöttisch.

»Nicht so schnell«, erwiderte Karan ernst. »Manchmal wenigstens. Der Boden tötet sofort. Nichts lebt dort.«

»Gar nichts?«, fragte Angella. »Auch nicht das, was tötet?« Sie lachte, bewegte sich im Dunkeln und stieß einen halblauten, erschrockenen Ruf aus. Ein dumpfes Knistern und Brechen war zu hören, dann die Geräusche von etwas Schwerem, das in die Tiefe stürzte und dabei unentwegt gegen Holz und Blattwerk schlug.

»Angella?«, fragte Tally erschrocken.

»Ich bin noch da«, antwortete Angella. Ihre Stimme klang gepresst. »Keine verfrühte Freude, Tally. So schnell wirst du mich nicht los.«

»Damit wäre die Frage beantwortet, wo wir sind«, sagte Tally ruhig. »Wir ...«

»Ssstill!«, zischte Hrhon. »Etwasss khohmmt!«

Sie erstarrten zur Reglosigkeit. Tally lauschte gebannt. Im ersten Moment hörte sie nichts außer dem dumpfen Rauschen ihres eigenen Blutes und den schnellen Atemzügen der drei anderen, aber sie wusste, dass der Waga über viel schärfere Sinne verfügte als ein Mensch, und verhielt sich weiterhin ruhig. Und nach einer Weile hörte sie es auch: Irgendetwas kroch durch die Baumwipfel. Etwas Großes, etwas sehr, sehr Schweres, das sich rücksichtslos Bahn brach, dem Splittern von Holz nach zu schließen.

Ihr Herz begann zu hämmern. Der Boden, auf dem sie hockte, vibrierte jetzt ganz sacht, und obwohl sie sich gegen die Erkenntnis zu wehren versuchte, musste sie nach einer Weile gestehen, dass er im Rhythmus der Schritte – oder was immer es war – erzitterte.

Das unsichtbare Ding kam näher. Das Splittern wuchs zu einem ungeheuren Bersten und Krachen an, als walze eine ganze Armee von Hornbestien neben ihnen durch den Wald, und plötzlich spürte Tally einen scharfen, unendlich fremden Geruch, der bald so intensiv wurde, dass er zur Übelkeit reizte.

»Ein Läufer!«, keuchte Karan plötzlich. »Bei allen Dämonen der Tie...«

Der Rest seiner Worte ging in einem urgewaltigen Splittern und Bersten unter. Tally fühlte sich wie von einer unsichtbaren Faust gepackt und in die Höhe gerissen. Dann streifte irgendetwas, das mindestens so groß sein musste wie die Klippe, den Baum, kippte ihn halb um und überlegte es sich im letzten Moment anders. Der Boden tief unter ihnen zitterte, und Tally spürte das machtvolle Aufstampfen von mindestens einem Dutzend Beinen.

Aber sie hatte noch einmal Glück. Nach einer Ewigkeit, die in Wahrheit wohl nur Sekunden gedauert hatte, wurde das Bersten und Krachen leiser; die Welt hörte auf, wie betrunken auf und ab zu schwanken. Trotzdem blieb Tally, an den erstbesten Halt geklammert und zur Reglosigkeit erstarrt, noch eine geraume Weile sitzen, ehe sie es wagte, wenigstens den Kopf zu heben.

»Hrhon?«, fragte sie. »Alles in Ordnung?«

»Ja«, antwortete Hrhon – mit einer Stimme, die verriet, dass ganz und gar nichts in Ordnung war.

»Karan?«

»Karan lebt noch«, antwortete Karan. »Aber es war nur Glück.«

»Gut«, sagte Tally erleichtert. »Was ... was war das, um Himmels willen?«

»Ein Läufer«, antwortete die Stimme aus der Dunkelheit. »Der größte Bewohner des Schlundes, den Karan kennt. Er und ihr hattet Glück. Sie sind gefährlich und böse, aber Menschen sind zu klein, eine lohnende Beute für sie zu sein.«

»Oh«, sagte Tally nur.

»Danke, ich lebe auch noch«, meldete sich Angella. »Eure Sorge ist rührend, aber unbegründet.«

»Wovon leben die Läufer, wenn ein Mensch als Beute für sie zu klein ist?«, fragte Tally vorsichtig.

»Von anderen Wesen«, antwortete Karan. »Solchen, die Menschen sehr wohl fressen. Und die gute Ohren haben.«

»Oh«, sagte Tally noch einmal. Und das war das letzte Wort, das sie oder einer der anderen für eine geraume Weile sprach.

Trotzdem wurde es nicht still. Das Splittern und Bersten des Läufers war noch lange zu hören, und auch der Wald war nicht still – über ihnen, in den unsichtbaren Wipfeln, rauschte der Wind, und auch aus der Tiefe drang ein gedämpftes, unablässiges Murmeln und Flüstern zu ihnen herauf ... Es war ein unheimlicher, angstmachender Laut. Wenn Tally lange genug hinhörte, dann glaubte sie, fast so etwas wie ein wirkliches Flüstern darin zu erkennen. Eine Stimme, die ihr auf entsetzliche Weise gleichermaßen fremd wie sehr vertraut erschien – und die ihren Namen zu flüstern schien.

Natürlich war das Unsinn, wie sie sehr wohl wusste. Es war nur ihre eigene Angst, die sie Dinge hören ließ, die nicht da waren. Sie verscheuchte die Vorstellung endgültig, zog die Knie an den Körper und unterdrückte ein Schaudern. Ihr war kalt, obwohl der sonderbar weiche Boden unter ihr eine angenehme Wärme ausstrahlte. Fast, ohne es selbst zu merken, rutschte sie ein Stückchen näher an Angella heran, bis ihre Schulter deren Brust berührte.

Angella lachte leise. »Angst, Liebling?«

»Ja«, gestand Tally. Die Verärgerung, mit der sie Angellas Worte erfüllen sollten, kam nicht. »Du etwa nicht?«

»Ich weiß nicht«, antwortete Angella. »Noch nicht.« Sie

seufzte. »Ich glaube, ich sollte Angst haben. Aber ich habe mich noch nicht entschieden, vor wem ich mehr Angst habe – vor dem Schlund oder dir.«

»Ich bin nicht dein Feind«, antwortete Tally. »Wäre es nach mir gegangen, hätten wir keinen Streit.«

»Manchmal kommt es eben anders«, sagte Angella achselzuckend. »Nicht? Du bist eine gefährliche Frau, Tally. Und du hast noch gefährlichere Feinde.« Tally spürte, wie sie den Kopf schüttelte. Sie seufzte. »Woher kennst du Jandhi?«

»Ich kenne sie nicht«, erwiderte Tally.

»Dann frage ich mich, warum sie so scharf darauf war, dich mitzunehmen.«

»Vielleicht aus dem gleichen Grund, aus dem du mich töten wolltest?«, schlug Tally vor.

Angella lachte erneut, aber es klang nicht sehr amüsiert. »Wohl kaum.«

»Es tut mir leid, dass ich dich da mit hineingezogen habe«, sagte Tally unvermittelt. Im ersten Moment wusste sie selbst nicht, warum sie es tat – aber irgendwie erschien es ihr mit einem Mal wichtig, Angella dies zu sagen. Und es war ehrlich gemeint.

»Hineingezogen ist wohl der richtige Ausdruck«, sagte Angella amüsiert. »Im wahrsten Sinne des Wortes. Aber mach dir nichts draus. Ich lebe noch, oder? Und ich habe mir schon lange einmal gewünscht hierherzukommen.«

»Du wirst nie wieder nach Schelfheim zurück können«, sagte Tally. »Selbst nicht, wenn wir das hier überleben sollten.«

»Das macht nichts«, erwiderte Angella. »Das Leben dort begann sowieso allmählich langweilig zu werden. Früher oder später hätte mich Jandhi wahrscheinlich erledigen lassen. Sie duldet niemanden in ihrer Stadt, der zu mächtig ist. Warum ist sie hinter dir her?«

Die Frage kam so schnell und in so beiläufigem Ton, dass

Tally um ein Haar ganz automatisch geantwortet hätte. »Das … ist eine lange Geschichte«, sagte sie ausweichend.

»Wir haben viel Zeit.«

Tally schwieg, und Angella besaß genug Gespür, die Frage kein zweites Mal zu stellen.

Sie versanken wieder in dumpfes Schweigen, das nur dann und wann unterbrochen wurde, wenn sich einer von ihnen bewegte. Sie alle sehnten den Tag herbei, aber als er dann kam, war er vor allem eine Enttäuschung.

Was Tally sah, war fremdartig und bizarr und erschreckend, aber es war nichts von alledem, was sie erwartet hatte. Es war im Grunde überhaupt nichts: ein verwaschenes Konglomerat blasser Farben und nur angedeuteter Umrisse, in das ein winziger Ausschnitt der Welt eingebettet war. Vielleicht, überlegte sie, war es mit dem Schlund wie mit vielen wirklich großen Geheimnissen – sie verloren ihren Zauber, wenn man sie lüftete.

Die Dämmerung kam sehr schnell, aber sie nahm kein Ende, und kurz darauf begann es zu regnen: zwei Dinge, die Tally kannte, die aber hier unten, fünf Meilen näher an der Hölle, eine völlig neue Bedeutung bekamen. Die absolute Finsternis, in der Tally erwacht war, wich einem sonderbaren graugrünen Halblicht, das nur Dinge genau erkennen ließ, die nicht mehr zwei oder drei Meter entfernt lagen. Alles dahinter Liegende war verschwommen, große finstere Umrisse mit halb aufgelösten Konturen, unwirklich und drohend zugleich. Und auch der Regen, der fast gleichzeitig mit dem Tag begann, war sonderbar: fein wie sprühender Nebel und so warm, dass Tally seine Berührung kaum spürte, ehe sie bis auf die Haut durchnässt war. Zusammen mit dem unwirklichen graugrünen Licht gab er ihr das Gefühl, sich unter Wasser zu befinden.

Mit einer müden Bewegung strich sie sich eine Strähne ihres nass gewordenen Haares aus dem Gesicht, drehte sich halb herum und sah Karan an. Er hockte nur wenige Meter neben ihr, halb gegen den Stamm eines Baumes gelehnt, der so absurd groß war, dass Tally erst gar nicht versuchte, seinen Umfang zu schätzen. Trotzdem konnte sie sein Gesicht nicht richtig erkennen. Es war nur ein hellerer Schatten in dem wogenden Etwas, in dem sich die Wirklichkeit aufzulösen begann. Er war verletzt, aber das waren sie alle – Kratzer, die jeder für sich genommen nicht gefährlich waren, aber an ihren Kräften zehren würden.

»Wann können wir weiter?«, fragte sie.

Karan schrak sichtlich zusammen, und auch Angella, die ein Stück neben ihm hockte, blickte Tally fast erschrocken an, und Tally fügte hinzu: »Ich meine, wann wird es endlich hell! Ich habe keine Lust, hier zu überwintern, weißt du?«

»Es ist hell«, antwortete Karan knapp.

Tally blinzelte. »Willst du sagen, dass das alles ist?«, fragte sie ungläubig. Sie deutete nach oben. Wo der Himmel sein sollte, erstreckte sich eine geschlossene Decke aus wucherndem Grün und Braun. Kein Himmel. Nicht das kleinste Stückchen Himmel, dachte sie schaudernd.

»Es wird nicht heller?«, vergewisserte sie sich.

»Nicht hier«, antwortete Karan. »Vielleicht später, wenn Karan eine Lichtung oder eine Schneise findet. Hier nicht. Dies hier ist das Dazwischen, von dem Karan erzählt hat. Weiter unten ist ewige Nacht. Im Wipfel herrscht Tag.«

»Dann sollten wir versuchen, in den Wipfel hinaufzukommen«, schlug Angella vor.

»Und zu sterben?«, fragte Karan matt.

Angella gab einen ärgerlichen Laut von sich. »Hast du nicht vor weniger als einer Stunde behauptet, nur der Boden wäre tödlich?«, fauchte sie.

»Der Schlund tötet überall«, erwiderte Karan ungerührt. »Aber an manchen Stellen tötet er schneller.« Er stand auf. Tally bemerkte, wie unsicher und langsam seine Bewegungen waren.

Auch Tally stand auf, machte einen Schritt in Karans Richtung und blieb abrupt wieder stehen, als sie sah, *worauf sie* überhaupt ging. Für einen Moment sehnte sie die Dunkelheit fast zurück.

Der Boden war kein Boden, sondern ein erschreckend dünnes Geflecht von Ästen, ineinandergewachsenen Luftwurzeln und Blättern, ein riesiges Netz, das fest genug gewesen war, den stürzenden Gleiter aufzufangen, in dem aber gewaltige Löcher gähnten. Sie mussten ein ganzes Bataillon erstklassiger Schutzengel auf ihrer Seite gehabt haben, dass während der Nacht keiner von ihnen in eine dieser Fallgruben gestolpert und in die Tiefe gestürzt war.

»Kommt her«, sagte Karan müde. »Karan zeigt euch einen sicheren Weg. Es ist nicht so gefährlich, wie es aussieht.« Er versuchte sogar zu lächeln, aber es gelang ihm nicht ganz. Als Tally näher kam, sah sie, dass sein Gesicht grau geworden war. Dann fiel ihr auf, wie unnatürlich er den linken Arm hielt.

»Was ist mit dir?«, fragte sie erschrocken. »Du bist verletzt!«

»Das ist nichts«, antwortete Karan. »Es wird heilen. Jetzt kommt und folgt Karan.«

Er wollte sich umwenden und davongehen, aber Angella vertrat ihm rasch den Weg, riss ihn grob an der Schulter herum und griff nach seinem Arm. Karan keuchte vor Schmerz, als sie sein Handgelenk berührte.

»Der Arm ist gebrochen«, stellte Angella fest. »Und du sagst, das ist nichts?« Sie sah Karan vorwurfsvoll an und schüttelte den Kopf. »Hier unten kann dieses *nichts* deinen Tod bedeuten, alter Mann.«

»Karan wusste, dass er sterben wird, wenn er hierher zurückkehrt«, antwortete Karan sehr leise, aber mit sehr großem Ernst. »Es spielt keine Rolle. Vielleicht ... vielleicht ist es sogar gut so. Und nun kommt, ehe ihr zu Beute werdet.«

Er löste seinen Arm mit sanfter Gewalt aus Angellas Griff, sah sich suchend um und deutete in die Richtung, in der sich der zerschmetterte Gleiter als weißer Schemen in der ewigen Dämmerung erhob. »Dorthin.«

»Was ist dort?«, fragte Tally.

»Norden.« Karan nickte, um seine Worte zu bekräftigen. »Du wolltest nach Norden, oder?«

»Woher willst du das wissen?«, fragte Angella misstrauisch. »Es kann genauso gut Süden sein, oder Westen oder ...«

»Es *ist* Norden«, beharrte Karan. »Karan weiß es. Er wird vorausgehen. Folgt ihm in zehn Schritten Abstand. Und du, Tally, hältst deine Waffe bereit.«

Wieder wollte er losgehen, aber diesmal war es Tally, die ihn zurückhielt. »Einen Moment noch, Karan«, sagte sie. »Was soll das? Wir hatten vereinbart, Weller zu suchen, und ...«

»Niemand hat das vereinbart«, unterbrach sie Karan. »Du hast es gesagt, aber es ist unmöglich.«

Er blickte sie einen Moment ernst an, aber etwas in ihrem Gesicht schien ihm zu sagen, dass sich Tally mit dieser Erklärung allein nicht zufriedengeben würde; denn nach einem weiteren Augenblick seufzte er, wandte sich um und ging an Tally vorbei bis zu einer der gewaltigen Lücken im Netzboden. »Komm.«

Tally zögerte. Allein die Vorstellung, sich dem gewaltigen Schlund zu nähern, erfüllte sie mit Entsetzen. Dann überwand sie ihre Furcht und trat, wenn auch sehr vorsichtig, neben ihn. Angella und Hrhon folgten ihr.

Ein Schwall feuchtwarmer, nach Fäulnis riechender Luft schlug ihnen entgegen. Unter ihnen, entsetzlich *tief* unter dem Netz, glitzerte schwarzer, sumpfiger Boden, eine schier unendliche Ebene wie aus geschmolzenem Teer, auf der sich nur hier und da ein verirrter Lichtstrahl brach.

Tally schätzte, dass sie mindestens hundert Meter hoch waren. Es war ein bizarrer Anblick: sie standen buchstäblich im Nichts, achtzig oder mehr Manneslängen über dem Boden, im Herzen eines ungeheuerlichen, vor Leben schier überquellenden Waldes – aber unter ihnen war nichts. Nichts als eine Kathedrale aus Schwärze, in der die blattlosen Stämme der Riesenbäume wie titanische Stützpfeiler aufragten. Das Leben hatte den Waldboden geflohen und sich auf eine zweite, höher – und sicherer – gelegene Ebene zurückgezogen. Der Anblick war unglaublich niederschmetternd. Unter ihnen war Wald, der Urquell allen Lebens, aber etwas hatte ihn in das genaue Gegenteil davon verwandelt.

»Großer Gott«, murmelte Angella. »Wie hoch sind diese Bäume, Karan?«

»Sehr hoch«, antwortete Karan. »Über euch noch einmal so hoch wie unter euch. Dort unten ist der Tod, Angella. Wenn Weller dort hinabgestürzt ist, lebt er nicht mehr. Nichts lebt dort unten.«

Angella schauderte sichtlich, beugte sich aber trotzdem neugierig vor und blinzelte in die Tiefe hinab. »Was ist das?«, murmelte sie. »Ein Sumpf?«

Karan nickte. »Auch das«, sagte er. »Karan war nur ein einziges Mal dort unten, und er hat ...« Er zögerte sehr lange, und als er weitersprach, hatte Tally das sichere Gefühl, dass er in Wahrheit etwas ganz anderes hatte sagen wollen. »Er hat großes Glück gehabt davonzukommen. Nichts lebt dort unten, außer den Läufern und den Bäumen.« Er sah Tally an. »Weller ist tot. Und auch du wirst sterben, wenn du ihn suchen willst, dort unten.«

Tally schwieg. Trotz der schwülen Wärme, die sie einhüllte, fror sie plötzlich wieder. Ein schlechter Geschmack breitete sich auf ihrer Zunge aus. Ganz langsam stand sie auf, drehte sich herum und starrte den zertrümmerten Gleiter an. Das Gefährt hing mit zerborstenen Schwingen zwischen den Ästen, gefangen von dem ungeheuerlichen Netz, auf das sich das Leben zurückgezogen hatte, und fast bis zur Unkenntlichkeit zerstört. Das Heck mit dem bizarren Ruder war verkohlt. In diesem Moment kam es Tally mehr denn je wie ein Symbol vor – ein

Symbol für das Unglaubliche, das sie geschafft hatten. Und die Sinnlosigkeit dessen, was sie noch tun wollten. Für einen Moment, einen winzigen Moment nur, war sie nahe daran, einfach aufzugeben.

Dann regte sich ihr alter Trotz wieder in ihr. Sie lächelte. »Geh voraus«, sagte sie.

3

Zeit hatte keine Bedeutung in der graugrünen Dämmerung des Dazwischen. Hinterher begriff Tally, dass es Stunden gewesen sein mussten, die sie Karan über den schmalen Grat zwischen Tag und Nacht gefolgt waren, aber während sie es tat, schien die Zeit einfach stehenzubleiben. Jeder Schritt war mühsamer als der vorangegangene, und es spielte keine Rolle, wie viele sie taten – ihre Umgebung war immer gleich, ein dünnes, schwankendes Netz auf halbem Wege zwischen Himmel und Hölle. Der Regen hörte nicht auf.

Zumindest gewöhnte sie sich allmählich an die unheimliche Beleuchtung, sodass sie nach einer Weile mehr Einzelheiten erkennen konnte. Die Zwischenetage des Waldes war nicht so bar jeden Lebens, wie sie bei Tagwerden gedacht hatte – wohin sie auch blickte, huschte und bewegte es sich; es gab große, knorrige Nester voller gepanzerter Insekten, kleine pelzige Etwasse, um die Karan einen respektvollen Bogen schlug, und Kreaturen, die halb Pflanze, halb Tier zu sein schienen.

Einmal begegnete ihnen etwas, das wie ein Hornkopf aussah, nur größer, bizarrer und sehr viel wilder. Aber Karan hob nur beruhigend die Hand und ging einfach an ihm vorüber, und nach kurzem Zögern folgten ihm auch Tally und Angella.

Das Rieseninsekt hockte einfach reglos da und starrte ihnen nach.

Doch es gab auch Stellen, an denen Karans Nervosität zu purer Angst wurde – so gerieten sie einmal in einen Bereich des Dazwischen, in dem die Zwischenräume zwischen den Bäumen von großen, silbern glänzenden Netzwerken ausgefüllt waren; Spinnennetze, die keine Bewohner hatten, Karan aber mit unübersehbarem Entsetzen erfüllten. Weder Tally noch Angella widersprachen, als er sie hastig aufforderte, kehrtzumachen und den Weg zurückzugehen, den sie gekommen waren.

Nicht immer bewegten sie sich über das Netz. Manchmal gähnten gewaltige Löcher in dem hängenden Boden, sodass sie über die vom Regen glitschig gewordenen Äste der Riesenbäume balancieren mussten, was vor allem Hrhon vor große Probleme stellte. Und mehr als einmal waren sie gezwungen, umzukehren und zurückzugehen, um unüberwindbare Abgründe zu umgehen.

Gegen Mittag – Tally *vermutete* zumindest, dass es Mittag sein musste – rasteten sie. Sie hatten keinerlei Nahrungsmittel, aber das Wasser, das noch immer unablässig aus dem lebenden Himmel über ihnen strömte, stillte zumindest ihren Durst. Angella fragte Karan, ob es jagdbares Wild im Schlund gäbe. Karan antwortete nicht einmal darauf. Nach einer Stunde gingen sie weiter.

Kurz darauf wurde es vor ihnen hell. In die dunkelgrüne Dämmerung mischte sich ein erster Schimmer von Sonnenlicht, und Karan blieb plötzlich stehen. Er sagte nichts, hob aber mahnend die Hand, als Angella und Tally zu ihm aufschlossen. Der Ausdruck auf seinen Zügen war sehr besorgt.

»Lasst den Waga vorausgehen«, befahl er.

Tally wollte widersprechen, aber Hrhon schien ohnehin nur auf dieses Stichwort gewartet zu haben. Mit einer fast beiläufigen Bewegung schob er Karan zur Seite und balancierte über den schwankenden Boden. Augenblicke später hatte ihn das Dickicht verschluckt.

»Was ist dort vorne?«, fragte Tally. »Eine Lichtung?«

»Möglicherweise«, erwiderte Karan. Er sah sie nicht an. »Aber Licht bedeutet Gefahr. Wartet, bis der Waga zurück ist.«

Ihre Geduld wurde auf keine sehr harte Probe gestellt. Schon nach wenigen Augenblicken tauchte Hrhon wieder aus dem grünverschlungenen Dickicht auf, erregt mit beiden Armen wedelnd und so schnell, wie es seine kurzen Beine und der schwankende Boden zuließen.

»Kohmmt!«, zischte er. »Sssnell!« Er fuhr mitten im Schritt herum, wedelte wieder ungeduldig mit den Armen und lief los, noch ehe Tally und Angella ihn ganz eingeholt hatten. Und kaum eine Minute später sahen sie, was der Grund für Hrhons Erregung war:

Der Wald lichtete sich stärker, und nach weniger als zwei Dutzend Schritten erreichten sie eine Stelle, an der der Himmel sichtbar war. Aber Tally sah schon auf den zweiten Blick, dass es keine natürlich entstandene Lichtung war – etwas hatte das gewaltige Blätterdach durchschlagen, Äste und Baumstämme geknickt und ein ungeheuerliches, fast kreisrundes Loch in den Wald gestanzt, ehe es hundert Meter unter ihnen zerschmettert war.

Es war der Drache.

Das Ungeheuer musste mit der Gewalt eines vom Himmel stürzenden Sternes in den Dschungel gefallen sein. Sein Körper war fast bis zur Unkenntlichkeit verstümmelt, zerfetzt und zerbrochen und von abgebrochenen Ästen durchbohrt wie von riesigen Pfeilen. Eine seiner Schwingen war verschwunden, das lächerlich dürre, brandgeschwärzte Knochengerüst verdreht, aber wie durch ein Wunder noch in einem Stück, wie eine Skeletthand über den Boden ausgebreitet. Überall in den Bäumen hingen gewaltige schwarze Hautfetzen. Selbst nach all der Zeit roch die Luft noch verbrannt.

Tally schauderte. Sie hätte Triumph empfinden müssen beim Anblick des toten Kolosses. Absurderweise war alles, was sie spürte, Angst.

Und Mitleid. Sie verstand ihre Gefühle selbst nicht, und ihre Verwirrung wuchs noch, als sie sich ihrer vollends bewusst wurde: Sie hatte allen Grund, diese Ungeheuer zu hassen, und doch tat ihr der erschlagene Titan unter ihr einfach nur leid.

Eine Hand berührte sie an der Schulter. Erschrocken senkte sie die Hand zum Gürtel und fuhr herum, erkannte im letzten Moment Karan und entspannte sich sichtlich.

»Das solltest du nicht tun«, sagte sie kopfschüttelnd. »Meine Nerven sind nicht mehr die besten, weißt du?«

»Geht vom Waldrand zurück«, antwortete Karan. »Es ist gefährlich.«

Tally sah ihn fragend an, und Karan hob die Hand und deutete nach oben. Tallys Blick folgte der Bewegung: Und einen Moment später begriff sie, wie Karans Worte gemeint gewesen waren.

Es war nicht so, dass sie irgendwelche Einzelheiten erkannte; über ihnen spannte sich der Himmel in einem nach Stunden endloser Dämmerung fast schmerzhaft intensiven Blau, das das Blättergewirr darunter dunkler erscheinen ließ, als es war. Tally sah jetzt, dass der Wipfelbereich des Waldes eine Stärke von gut siebzig, achtzig Metern haben musste – *und er war voller Bewegung.*

Nichts war wirklich zu erkennen, nichts einzeln auszumachen. Überall huschte und zuckte es, flitzten kleine und große Körper hin und her, schnappten rasiermesserscharfe Fänge oder klebrige Zungen, schlossen sich tödliche Blüten um ahnungslose Opfer …

Tally stand fast fünf Minuten vollkommen reglos da und blickte in die Höhe, ohne auch nur einen einzigen Bewohner dieses tödlichen Waldes *wirklich* zu erkennen. Aber sie begriff, dass dieser Wald kein Wald war, sondern nichts anderes, als ein einziger großer Magen – das Leben rings um sie herum war ein unablässiges Fressen und Gefressenwerden, eine Orgie des Tötens, in der es aus irgendeinem Grunde eine sehr schmale, ruhige Zone gab, in der sie standen.

»Begreifst du nun?«, fragte Karan, als sie sich endlich wieder von dem bizarren Anblick löste.

Tally nickte.

»Aber ich nicht«, sagte Angella. Karan und Tally sahen sie fragend an, und Angella deutete mit einer fast zornigen Kopfbewegung in die Tiefe. »Du hast behauptet, dort unten wäre kein Leben«, fuhr sie fort. »Dann erklär' mir, was *das* ist.«

Als Tally auf den Drachen herabsah, begriff sie, was Angella meinte. Sie war absolut sicher, dass das tote Ungeheuer vor wenigen Minuten noch vollkommen reglos dagelegen hatte. Jetzt hatte sich der Anblick vollkommen verändert.

Der Drache *bewegte sich.* Genauer gesagt, dachte Tally schaudernd – *etwas ihn ihm* bewegte sich, kroch unter seiner Haut entlang, ließ längst erstarrte Muskeln noch einmal zucken, das gewaltige Maul sich noch einmal öffnen und wieder schließen ...

Angeekelt wandte sie sich ab.

»Das ist kein Leben«, sagte Karan ruhig. »Es sieht nur so aus.«

»So?« Angellas Stimme war sehr scharf. Sie sah jetzt wieder aus wie ein zorniges Kind. »Dann erklär mir, was es ist. Wovor –«

»Karan kann dir nichts erklären, was er selbst nicht weiß«, unterbrach sie Karan hart. »Du kannst hierbleiben, wenn du willst. Karan jedenfalls wird gehen. Er kennt einen Ort, nicht weit von hier, wo ihr sicher seid.«

Er wollte sich umdrehen und gehen, aber Angella riss ihn grob zurück. Karans Lippen zuckten vor Schmerz, als sie seinen gebrochenen Arm berührte.

»Du wirst jetzt stehenbleiben und antworten!«, schrie sie. »Du –«

Tally schlug ihre Hand herunter. »Lass das!«, sagte sie warnend. »Wir haben andere Sorgen, als uns gegenseitig an die Kehle zu gehen!« Sie schüttelte den Kopf, seufzte und fügte etwas ruhiger hinzu: »Was ist los mit dir? Warum bist du so aggressiv? Hast du Angst?«

Angella schnaubte. »Warum fragst du das nicht Karan?« Sie machte eine ärgerliche Handbewegung. »Was bist du, Liebling? Einfach nur naiv, oder auch dumm? Du hast diesen verdammten Wald gesehen, oder?«

»Und?«, fragte Tally. Sie verstand in diesem Moment wirklich nicht, worauf Angella hinauswollte.

»Und?«, äffte Angella ihre Frage nach und zog eine Grimasse. »Und? Und? Zum Teufel, Tally, dieser Wald ist kein Wald, sondern ein einziges großes Maul, das nichts anderes tut als fressen.«

»Das ist mir aufgefallen«, sagte Tally ärgerlich.

»Und mir ist aufgefallen, dass wir noch leben«, erwiderte Angella. »Findest du es nicht auch komisch, dass wir seit einem halben Tag durch diese Hölle marschieren und noch nicht einmal von einer Mücke gestochen worden sind?« Sie spie aus, trat ein Stück zurück und funkelte Karan zornig an. »Irgendetwas stimmt hier nicht!«, behauptete sie. »Entweder mit diesem Wald oder mit unserem sogenannten Führer!«

»Wäre es dir lieber, wir wären schon aufgefressen worden?«, fragte Tally. Aber der spöttische Ton, den ihre Worte verlangten, wollte ihr nicht recht gelingen. Angellas Worte hatten sie mehr getroffen, als sie zugeben wollte – für einen Moment fragte sie sich, wieso sie selbst nicht schon längst auf den gleichen Gedanken gekommen war.

»Dann wüsste ich wenigstens, woran wir sind«, murrte Angella. »Ach zum Teufel, hätte ich dich doch nie getroffen. Oder dir gleich die Kehle durchgeschnitten«, fügte sie böse hinzu.

»Du hast es versucht, oder?«, erwiderte Tally.

Angella zog eine Grimasse, fuhr auf der Stelle herum und entfernte sich ein paar Schritte, blieb aber stehen, ehe sie vollends außer Sicht kommen konnte.

»Es ... tut mir leid«, sagte Tally langsam, an Karan gewandt. »Sie ist nervös.«

Karan nickte. »Aber sie hat recht«, sagte er. »Karan hat sich schon gefragt, wie lange es dauert, bis ihr es merkt.« Er versuchte zu lächeln, aber irgendwie gelang es ihm nicht richtig. »Auch Karan hat sich diese Frage gestellt, beim ersten Mal. Und auch er hat keine Antwort gefunden.« Er machte ein weit ausholende Handbewegung. »Dieser Bereich des Waldes ist sicher. Frag Karan nicht, warum es so ist. Es ist einfach so.«

Er log. Tally konnte nicht sagen, wieso, aber sie wusste mit unerschütterlicher Sicherheit, dass er log, im gleichen Moment, in dem sie die Worte hörte. Er log, oder zumindest verschwieg er ihr etwas, etwas Wichtiges.

Aber sie sprach nichts von alledem aus, sondern zwang sich zu einem neuerlichen, um Vergebung heischenden Lächeln. Dann deutete sie auf Karans Arm. »Tut es sehr weh?«

»Ja«, sagte Karan. »Aber Schmerz bedeutet nichts. Er ist gut. Er sagt uns, dass wir leben.«

»Du solltest Hrhon nach deinem Arm sehen lassen«, sagte Tally. »Er versteht sich auf das Versorgen von Wunden.« Sie lächelte. »Mich hat er schon mehr als einmal zusammengeflickt.«

»Das ist nicht nötig.« Karan wich ein ganz kleines Stück von ihr zurück und legte die Hand auf den verletzten Arm. »Karan wird sterben, so oder so. Aber vorher wird er euch hier herausbringen.«

»Unsinn«, widersprach Tally gereizt. »Hör endlich auf, von nichts anderem als dem Tod zu reden, du alter Schwachkopf. Wir schaffen es schon.«

Sie fühlte sich hilflos. Ihre Gereiztheit war nicht echt, sondern nur Ausdruck der tiefen Betroffenheit, mit der sie Karans Worte erfüllten. Und er schien es zu spüren, denn als Antwort auf ihre scharfen Worte lächelte er plötzlich.

»Was schreckt dich so an dem Gedanken, sterben zu müssen?«, fragte er. »Karan hat es immer gewusst. Er wusste, dass er den Tod finden würde, wenn er hierher zurückkehrt. Er ist dem Schlund einmal entwischt, aber niemand bekommt eine zweite Chance.«

»Hast du ... dich deshalb geweigert, uns zu führen?«, fragte Tally.

Karan nickte. »Euch und andere, ja. Aber du musst dir nichts vorwerfen – es ist gut, so wie es gekommen ist.«

»Was ist gut daran, zu sterben?«

»Manchmal ist es besser«, erwiderte Karan. »Du wirst Karans Worte verstehen, wenn du gelernt hast, den Schlund zu verstehen, Tally. Du ...«

Angella stieß einen erschrockenen Laut aus.

Tally fuhr herum, die linke Hand auf dem Schwert, die andere auf dem Griff des Lasers. Aber es gab nichts, wogegen sie die eine oder andere Waffe hätte ziehen können. Keines von all den Albtraummonstern, deren Bilder ihre überreizte Phantasie ihr in dem Sekundenbruchteil vorgaukelte, ehe sie sich zu Angella herumgedreht hatte, war wirklich da – das Mädchen mit dem Narbengesicht stand da, die rechte Hand ausgestreckt und auf den toten Drachen gerichtet. Ihre Lippen zitterten.

»Was ist los?«, fragte Tally alarmiert. Angella reagierte nicht, sondern starrte weiter in die Tiefe. Ihre Augen waren unnatürlich weit und dunkel vor Furcht.

»Verdammt noch mal – was ist passiert?!«, schrie Tally. Wütend trat sie auf Angella zu und riss sie an der Schulter herum. »Rede!«, befahl sie.

»Es ... es war ...« Angella atmete hörbar ein, streifte Tallys Hand ab und suchte Zuflucht in einem unsicheren Lächeln.

»Für ... für einen Moment dachte ich, ich hätte etwas gesehen«, sagte sie.

»Etwas?« Tally hob zweifelnd die linke Augenbraue. Wenn Angella vor Schrecken die Beherrschung verlor und aufschrie, dann hatte sie ganz entschieden mehr als *etwas* gesehen. »Zum Teufel, Angella – was hast du gesehen?«, fragte sie scharf. »Was war es?«

»Ich ... ich dachte, es wäre ... Weller«, stammelte Angella.

»Weller?« Tally keuchte vor Unglauben. »Dort unten?«

Angella nickte und schüttelte gleichzeitig den Kopf. »Ich muss mich getäuscht haben«, sagte sie, eine Spur *zu* hastig. »Ich ... ich dachte, er wäre es, aber gleichzeitig war es ...«

Sie brach ab, atmete hörbar ein und blickte unsicher an Tally vorbei nach unten. »Es war entsetzlich«, flüsterte sie. »Es war Weller, und gleichzeitig war es etwas ... etwas anderes.«

»Das ist unmöglich!«, mischte sich Karan ein. »Vollkommen ausgeschlossen! Dort unten lebt nichts.«

»Woher willst du das wissen?« Tally fuhr herum und starrte Karan an. »Ich denke, du warst niemals dort?«

»Karan weiß es«, beharrte Karan. »Weller kann nicht mehr am Leben sein. Er wurde aus dem Gleiter geschleudert. Wenn ihn das Feuer des Drachen nicht getötet hat, so hat es der Sturz getan. Ihr seid Meilen von der Absturzstelle entfernt. Wie soll er hierherkommen? Er muss tot sein. Und wenn nicht, so wäre es besser für ihn, er wäre tot.«

»Jetzt reicht es«, sagte Tally, sehr leise, aber voller Wut. »Vielleicht habe ich mich geirrt, als ich dich vorhin in Schutz genommen habe. Gestern wusstest du noch, dass dort unten nichts lebt. Jetzt lebt er vielleicht, aber es wäre besser für ihn, er wäre tot!« Sie trat drohend auf Karan zu. »Welches Spiel spielst du mit uns, Karan? *Was ist dort unten?*«

»Der Tod«, sagte Karan. »Nicht der Tod, wie du oder Angella ihn kennen, Tally. Etwas, das tausendmal schlimmer ist.«

»Das reicht mir nicht«, sagte Tally. »Ich will jetzt eine klare Antwort von dir, Karan. Sag mir, was dort unten ist, oder ich schwöre dir, dass ich hinuntergehen und nachsehen werde. Und du wirst mich begleiten.«

»Niemals!«

Tally hob schweigend die Hand, und Hrhon trat mit einem raschen Schritt hinter Karan und legte eine seiner mächtigen Pranken auf seine Schultern.

»Niemals!«, beharrte Karan. Seine Stimme zitterte, und sein Blick flackerte vor Angst. Aber es war nicht die Angst vor Hrhon, das begriff Tally plötzlich. Ganz gleich, was der Waga ihm antun mochte, es konnte nicht annähernd so schlimm sein wie das, was dort unten auf sie lauerte.

»Hört auf!«, sagte Angella plötzlich.

Tally starrte sie wütend an. »Misch dich nicht ein!«, sagte sie. »Ich ...«

»Vielleicht wirfst du einmal einen Blick nach oben«, unterbrach sie Angella, »bevor du etwas sagst, was dir später leidtut.«

Tally starrte sie eine Sekunde lang verwirrt an, hob aber den Blick und sah in den kreisrunden Flecken blauen Himmels hinauf, der über dem Wald sichtbar geworden war.

Er war nicht mehr leer. Auf dem strahlenden Azurblau waren eine Anzahl weißer, wie hingetupft wirkender Wolken erschienen. Und darüber, sehr hoch darüber, aber nicht so hoch, dass sie nicht mehr sichtbar gewesen wären, kreisten drei gewaltige nachtschwarze Drachen.

»Das ... das ist doch unmöglich«, wisperte Tally. Der Anblick lähmte sie. »Das ... das kann nicht sein ... Sie *können* nicht wissen, dass wir hier sind!«

»Das wissen sie auch nicht«, sagte Angella nachdenklich. Sie deutete nach unten, auf den toten Drachen, und sie tat es, ohne hinabzusehen, wie Tally sehr wohl registrierte. »Sie suchen das da!«

»Du hast recht …« Tally nickte – eigentlich gegen ihre Überzeugung – fuhr sich nervös mit der Zungenspitze über die Lippen und deutete in den Wald zurück. »Lasst uns verschwinden, ehe sie uns wirklich sehen können.«

Hastig wichen sie in die Deckung des Waldes zurück, weit genug, um von den Reitern, die zweifellos auf den Rücken der drei Drachen saßen, nicht mehr gesehen werden zu können, aber noch nicht ganz bis in den Bereich ewiger Dämmerung hinein.

»Und jetzt?«, fragte sie.

Karan deutete in die grüngraue Dämmerung hinein. »Nach Norden. Karan weiß einen sicheren Platz für die Nacht.«

Ohne ein weiteres Wort gingen sie los.

4

Karans *sicherer Platz* für die Nacht war ein Albtraum. Stunde um Stunde waren sie durch das schwindelndmachende Halblicht der Dämmerungszone gelaufen. Mal waren sie über titanische Äste balanciert, mal hatten sie sich an jäh aufklaffenden Abgründen entlanggetastet; die meiste Zeit jedoch waren sie über das gewaltige Netz aus Pflanzenfasern und Gestrüpp gegangen, das sich hundert Meter über dem Boden spannte, einem zweiten, nach oben verlegten Waldboden gleich, eingehüllt von unheimlichem Licht und Stille und dem beständig strömenden Regen. Bald schien es Tally, als könne sie sich schon gar nicht mehr erinnern, wie es war, *nicht* bis auf die Haut durchnässt zu sein und zu frieren. Aber ganz, wie Karan es prophezeit hatte, hörte der Regen nicht auf, sondern fiel unablässig, bis es dunkel wurde.

Mit dem letzten Licht des Tages schließlich erreichten sie den verbrannten Baum. Obwohl es oben über dem Wald bereits dämmerte, wurde es vor ihnen noch einmal heller; denn das Blätterdach des Wipfels war hier nicht so vollends geschlossen wie anderswo – das geschwärzte Skelett des Riesenbaumes ragte wie eine vielfingrige Knochenhand in den Himmel hinauf. Sein Stamm, der den Durchmesser eines Hauses hatte, glänzte vor Feuchtigkeit wie poliertes schwarzes Eisen, und allein sein Anblick ließ Tally einen Moment im Schritt verharren. Er wirkte ... *böse.*

Es war nicht einfach nur ein toter Baum, dachte Tally schaudernd. Irgendwann einmal vor einem oder auch hundert Jahren musste ihn der Blitz getroffen und gespalten haben, und irgendetwas war mit ihm geschehen, was die Rückkehr des Lebens nachhaltig verhinderte.

Auf der borkigen Rinde aus zu Stein gewordenem Holz war nicht der winzigste Flecken Moos zu sehen; keine der Millionen Parasitenpflanzen, die auf den anderen Stämmen wucherten; nichts. Der Baum war tot, und er war so nachhaltig tot, dass alles Leben seine Nähe zu fliehen schien. Selbst das Netzwerk des Dazwischen war unterbrochen. Der Baum stand inmitten des Waldes wie ein zerbrochener Riesenspeer, der in den Bodengerammt worden war. Und er war Teil jenes entsetzlichen Nicht-Waldes dort tief unter ihnen. Den Hauch des abgrundtief Bösen, den sie gespürt hatte, als Karan ihr das erste Mal den Boden zeigte, fühlte sie auch jetzt. Wie einen Pesthauch, den das schwarze Monstrum ausstrahlte.

Im Nachhinein erschien es Tally wie ein Wunder, dass sie alle die waghalsige Kletterei unbeschadet überstanden hatten, die nötig gewesen war, die letzten Meter zu überwinden. Nicht, dass sie auch nur noch einen einzigen Gedanken daran verschwendet hätte, als sie es geschafft hatten ... Ihre Aufmerksamkeit wurde voll von dem in Anspruch genommen, was sie in seinem Inneren erwartete ...

Sie war nicht sehr überrascht, den Baum hohl vorzufinden. Hohl – nicht leer.

Nur wenig mehr als einen Meter unter der Stelle, an der Karan sie durch den zerborstenen Stamm führte, spannte sich ein gewaltiges silberweißes Spinnennetz. Seine Fäden waren absurd dünn, verglichen mit der ungeheuerlichen Größe des Gebildes – Tally schätzte seinen Durchmesser auf gut zwanzig Meter –, nicht sehr viel stärker als normale Spinnweben. Aber es waren Milliarden.

»Wenn ... das ein Witz sein sollte, war es kein guter, Karan«, sagte Angella. Ihre Stimme zitterte vor Ekel. »Was soll das?«

»Es ist ein sicherer Platz«, beharrte Karan. »Geht hinein – keine Sorge, es ist fest genug, selbst den Waga zu tragen.«

Angella keuchte. »Hinein?«, wiederholte sie ungläubig. Ihre Stimme wurde schrill. »Du bist völlig übergeschnappt, was?«

»Du brauchst keine Angst zu haben«, sagte Karan ruhig. »Die Wesen, die es geschaffen haben, sind fort.«

»Es sieht ziemlich neu aus«, sagte Tally. Auch sie musste all ihre Beherrschung aufbieten, um wenigstens äußerlich ruhig zu erscheinen. Die Vorstellung, dieses ungeheuerliche Spinnennetz zu berühren, erfüllte sie mit unbeschreiblichem Ekel. Ihre Augen begannen sich allmählich an das schwache Licht hier drinnen zu gewöhnen, und sie sah zahllose, in helle Spinnenseide eingeschlossene Kokons unterschiedlicher Größe. Beute. In manchen von ihnen bewegte sich etwas. Das Gefühl von Ekel in Tallys Magen steigerte sich zu echter körperlicher Übelkeit. Sauer schmeckender Speichel sammelte sich unter ihrer Zunge.

»Sie sind fort«, beharrte Karan. »Sie werden nicht kommen, solange wir hier sind.«

Tally sah ihn zweifelnd an. Karan lächelte aufmunternd – und sprang mit einem Satz auf das Netz herunter! Ein Laut wie von einer ungeheuer großen, gläsernen Harfe erklang; Augenblicke später antwortete ein Echo aus der unsichtbaren Tiefe. Aber das Netz, so zerbrechlich es aussah, hielt.

»Kommt schon«, sagte Karan auffordernd. »Es ist wirklich sicher hier!«

Tally bezweifelte das nicht einmal. Aber sie hätte sich im Moment wohl eher den rechten Arm abhacken lassen, als dieses widerwärtige Netz auch nur zu berühren.

»Jemand ... sollte Wache halten«, sagte sie.

Karan sah sie nur schweigend an, während Angella hörbar die Luft ausstieß. »Und dieser Jemand bist natürlich du«, sagte sie.

»Wer sonst?« Tally drehte sich abrupt herum und ging wieder ins Freie. Sie spürte echte körperliche Erleichterung, aus der Nähe des Netzes verschwinden zu können. Außerdem hatte sie keine Lust, sich mit Angella zu streiten.

Es war vollends dunkel geworden, als sie ins Freie hinaustrat. Der Himmel über dem Wald war schwarz und leer, und es wurde empfindlich kalt. Tally rieb sich schaudernd die Oberarme mit den Händen, suchte sich eine windgeschützte Ecke in dem Gewirr aus versteinerten Ästen und hockte sich hin. Zumindest hatte der Regen aufgehört.

Tally war müde, so müde, dass es ihr schwerfiel, die Augen offenzuhalten; sie war sich darüber im Klaren, dass sie kaum noch in der Lage sein würde, wirklich zu wachen. Die Anstrengungen des vergangenen Tages forderten ihren Preis; jetzt, wo sie zur Ruhe kam. Aber sie wehrte sich auch nicht dagegen. Zum einen hatte es mit Sicherheit keinen Sinn, und zum anderen ... nun, sie *wollte* auch nicht mehr.

Zum ersten Male in ihrem Leben war Tally des Kämpfens wirklich müde. Hätte sich in diesem Augenblick die Dunkelheit vor ihr geteilt und Jandhi oder eine der anderen Drachentöchter wäre hervorgetreten, sie hätte sich nicht mehr gewehrt. Es war ein Gefühl, das ihr fremd war, gegen das sie aber nicht anzukämpfen versuchte. Vielleicht der Einfluss des Schlundes.

»Tally ...«

Tally sah auf; verwirrt, überrascht, aber auch alarmiert. Ganz automatisch kroch ihre Hand zum Gürtel und schmiegte sich um den Schwertgriff. Ihr Herz begann zu hämmern. Sie hatte ganz deutlich gehört, dass jemand ihren Namen gerufen hatte – aber sie war allein.

Sehr vorsichtig stand sie auf, zog das Schwert aus dem Gürtel und sah sich noch einmal aufmerksamer um. Nein – Angella, Karan und Hrhon waren noch im Inneren des Baumes. Sie hatte den Eingang im Auge, dort, wo sie saß, und wenn sie auch halb eingeschlafen gewesen war, hätte sie doch gemerkt, wäre jemand herausgetreten ...

Einen Moment lang erwog sie die Möglichkeit, einem Trug zum Opfer gefallen zu sein, verwarf sie aber beinahe sofort wieder – nicht zuletzt, weil sie die Stimme in diesem Augenblick noch einmal hörte: dumpf, sehr weit entfernt, aber auch sehr deutlich: *»Taalllyyy ...«*

Dann sah sie den Schatten.

Mit einer blitzartigen Bewegung wirbelte sie herum, hob das Schwert – und erstarrte.

»Du bist lebensmüde, wie?«, fauchte sie, gleichermaßen erschrocken wie erleichtert. Fast unmittelbar darauf kam der Zorn. »Willst du, dass ich dir den Schädel spalte, oder warum schleichst du dich an mich an?«

Angella lächelte dünn. »Ich habe mich auf deine guten Reaktionen verlassen«, sagte sie. »Warum so nervös?«

Tally atmete hörbar aus. Ganz langsam senkte sie das Schwert, sah Angella noch einen Moment kopfschüttelnd an und stieß die Waffe dann mit einem unnötig harten Ruck in den Gürtel zurück. »Dieser verdammte Wald macht mich verrückt«, murmelte sie. »Zum Teufel – was suchst du hier?«

»Dasselbe wie du«, erwiderte Angella. »Auch ich finde den Gedanken nicht erbaulich, in einem Spinnennetz zu schlafen.« Sie hockte sich mit untergeschlagenen Beinen hin.

Nach sekundenlangem Zögern tat es Tally ihr gleich. »Hast du Angst, die Spinnen könnten zurückkehren?«

»Nein.« Die Antwort kam so schnell, dass Tally begriff, dass Angella nur auf diese Frage gewartet hatte. »Karan sagt die Wahrheit. Und gerade das ist es, was mir Sorge bereitet. Irgendetwas stimmt nicht mit diesem verdammten Wald. Und mit Karan.«

»Fang nicht schon wieder an«, seufzte Tally.

»Warum nicht?« Angella runzelte ärgerlich die Stirn. »Du weißt so gut wie ich, dass Karan uns irgendetwas verschweigt. Zum Teufel, dieser ganze verdammte Wald ist eine Hölle, und wir wandern gemütlich hindurch, ohne auch nur von einem Moskito gestochen zu werden! Und du willst mir erklären, das wäre ganz in Ordnung so?«

»Vielleicht fliehen sie vor uns.«

»Ja, weil wir so unappetitlich aussehen«, sagte Angella böse. »Zum Teufel, Tally, ich habe Verständnis dafür, wenn du Karan in Schutz nimmst, aber ich habe mir dieses Netz dort drinnen angesehen.« Sie wies mit einer ärgerlichen Kopfbewegung auf den gespaltenen Baum. »Es ist völlig intakt. In einigen Kokons ist noch *lebende* Beute! Die Biester, die es gebaut haben, sind vor allerhöchstens einer halben Stunde verschwunden! Irgendetwas schützt uns!«

»Und du denkst, es wäre Karan.«

»Ich bin es jedenfalls nicht«, fauchte Angella.

Tally blickte sie schweigend an. Angellas Erregung ärgerte sie, aber nur ein bisschen. Und im Grunde wusste sie sehr wohl, dass sie recht hatte – auch sie hatte längst begriffen, dass es ganz und gar kein Zufall sein konnte, dass sie bisher nicht ein einziges Mal angegriffen worden waren. Jegliches Leben in diesem Wald schien ihnen aus dem Weg zu gehen.

»Wir sind nervös«, murmelte sie. »Wahrscheinlich hat alles eine ganz normale Begründung, Angella. Aber nach dem, was passiert ist, ist es kein Wunder, wenn wir anfangen, Gespenster zu sehen.« Sie lachte unsicher. »Kurz, bevor du gekommen bist, habe ich mir eingebildet, jemanden meinen Namen rufen zu hören.«

»Das war keine Einbildung«, erwiderte Angella.

Tally starrte sie an. »Das war ...«

»Ich habe es auch gehört«, bestätigte Angella. »Und Hrhon und Karan auch. Karan hat nur so getan, als wäre nichts, und dein Waga ist zurückgeblieben, weil ich ihn gebeten habe, ein Auge auf unseren Freund zu werfen.«

Sie nickte grimmig, um ihre Worte zu unterstreichen. Gleichzeitig begann sie ganz dünn zu lächeln, als sie sah, mit welchem Schrecken ihre Worte Tally erfüllten.

»Und du hast auch ... die Stimme erkannt?«, fragte Tally zögernd.

»Ebenso wie du, Liebling«, bestätigte Angella. »Es war Weller. Aber der ist ja tot, nicht wahr?«

Tallys Hände begannen zu zittern. Ihr Blick bohrte sich in die Dunkelheit, die sich wie ein schwarzer Vorhang über den Wald gesenkt hatte. Für einen Moment gaukelten ihre überreizten Nerven ihr Dinge vor, die nicht da waren. Schatten und huschende, pelzige Bewegung. Aber irgendetwas *war* dort. Es war unsichtbar, aber real. Fast greifbar.

»Du hast ihn doch auch gesehen, heute Mittag.«

Angella schwieg einen Moment. Dann schüttelte sie den Kopf. »Nein. Ich habe ... irgendetwas gesehen.«

»Was?«

»Ach verdammt, ich weiß es nicht. Ein ... Ding mit Wellers Gesicht. Aber es war kein Mensch. Es war ...« Sie brach ab, hob in hilflosem Zorn die Hand und ließ sie auf ihren Oberschenkel klatschen. »Ach zum Teufel, ich weiß nicht, was es war. Dieser ganze verdammte Wald ist verhext. Ich bin froh, wenn wir endlich hinaus sind.« Sie sah Tally scharf an. »Wohin gehen wir überhaupt?«

»Nach Norden«, antwortete Tally ausweichend. »Wenigstens hoffe ich es.«

»Und was ist im Norden?«

Tally zögerte. Irgendetwas – eine Art innere Stimme vielleicht – riet ihr davon ab, Angella mehr zu erzählen, als sie ohnehin schon wusste. Auf der anderen Seite sehnte sie sich einfach danach, mit einem Menschen zu reden.

»Die Drachen«, sagte sie schließlich. »Die Heimat der Drachen, Angella.«

»Hier – im Schlund?«

Angellas Zweifel war unüberhörbar.

»Auf einer Felseninsel, die so hoch wie der Schelf aus dem Schlund aufragt, hundertfünfzig Meilen von hier«, bestätigte Tally.

»Woher willst du das wissen?«

»Ich weiß es eben«, fauchte Tally. »Verdammt, du hättest dich nicht einmischen sollen, Angella. Ich wollte nicht, dass du mitkommst. Jetzt ist es zu spät. Du ...«

Sie verstummte, als Angella warnend die Hand hob. Auch sie hatte das Geräusch gehört – nicht sehr laut, aber deutlich. Und es war ... falsch. Es passte nicht in die Geräuschkulisse des Waldes.

Eine Sekunde später hörte sie es erneut. Sie stand auf. Ihre Hand glitt zum Schwert, löste sich nach sekundenlangem Zögern wieder von seinem Griff und schmiegte sich um den Griff des Lasers.

»Geh hinein und hole Hrhon und Karan«, sagte sie. »Rasch.«

Angella widersprach nicht. Schnell und lautlos wie ein Schatten verschwand sie im Inneren des Baumes. Tally selbst huschte ein Stückweit zur Seite, bis sie in Deckung eines mannsdicken verbrannten Astes stand. Sie lauschte. Das Geräusch wiederholte sich nicht, aber irgendetwas hatte sich verändert.

Dann wusste sie, was es war: Seit sie in diesem Wald erwacht war, war seine Geräuschkulisse gleich geblieben – ein unablässiges, aber fast gleichmäßiges Lärmen und Toben, aus Tausenden von einzeln nicht wahrnehmbaren Lauten zusammengefügt, das den Kreis von Stille belagerte, der sie umgab. Jetzt war etwas da, das diesen Herzschlag des Schlundes störte: ein Quell hektischer Unruhe, nicht sehr weit entfernt, als ...

... ja, als wäre etwas in den Wald eingedrungen, das nicht hineingehörte.

Angella kam zurück, dicht gefolgt von Hrhon und Karan.

»Jhemahnd khohmmt«, zischelte Hrhon, nachdem er kaum eine Sekunde lang mit schräggehaltenem Kopf gelauscht hatte.

»Das ist unmöglich!«, widersprach Karan. Seine Stimme klang fast erschrocken. »Sie würden es nicht wagen, uns ...« Tally brachte ihn mit einer herrischen Geste zum Verstummen. »Geh und sieh nach, Hrhon«, befahl sie. »Aber sei vorsichtig. Ganz gleich, wer es ist, geh kein Risiko ein, hörst du?«

Hrhon versuchte ein Nicken nachzuahmen, schob sich an ihr vorbei und balancierte auf den Waldrand zu. Tally blickte ihm schweigend nach, bis die Dunkelheit ihn verschluckt hatte. Das Lärmen und Toben in der Nacht hielt weiter an. Es kam nicht näher.

»Deine Freundin aus der Stadt?«, erkundigte sich Angella beiläufig.

Tally sah sie ärgerlich an. »Woher soll ich das wissen?«, schnappte sie. Angella setzte zu einer scharfen Antwort an, beließ es aber dann bei einem Seufzen und starrte an Tally vorbei in die Richtung, in der Hrhon verschwunden war.

Es dauerte fast zehn Minuten, bis der Waga zurückkam, und in dieser Zeit sprach keiner von ihnen ein Wort. Endlich tauchte Hrhons buckeliger Schatten wieder aus der Nacht auf. Aber er kam nicht ganz heran, sondern blieb auf dem vibrierenden Wurzelnetz stehen und hob winkend den rechten Arm.

»Khohmmt rhasss!!«, rief er.

»Geht nicht!«, rief Karan erschrocken aus. »Es ist gefährlich! Ihr werdet sterben, wenn ihr allein in den Wald geht!«

»So?« Angella lächelte böse. »Weißt du was, Karan – ich glaube dir sogar.«

»Ich auch«, fügte Tally hinzu. »Und das ist auch der Grund, aus dem Karan uns begleiten wird, nicht wahr, Angella?«

»Genau«, sagte Angella.

5

»Da!« Hrhons hornige Klaue bog einen dornengespickten Zweig beiseite und deutete gleichzeitig mit zwei ausgestreckten Fingern nach vorne. Tally kniff angestrengt die Lider zusammen. Es fiel ihr immer noch schwer, in der fast vollkommenen Dunkelheit unter dem Wipfeldach etwas zu sehen, obwohl ihre Augen Zeit genug gehabt hatten, sich an das schwache Licht zu gewöhnen. Und doch hatte sie selbst jetzt noch Mühe, die drei in fließendes Schwarz gekleideten Gestalten als das zu erkennen, was sie waren.

»Das ist doch nicht möglich!«, flüsterte Angella, die neben sie getreten war. Sie schüttelte den Kopf, sah erst Tally, dann Hrhon und dann die drei schwarzglänzenden Gestalten an und schüttelte abermals den Kopf. »Das ist vollkommen ausgeschlossen.«

Tally schwieg. Angella sprach nur aus, was sie alle – ausgenommen vielleicht Karan – dachten: Es war vollkommen ausgeschlossen, dass Jandhis Häscher ihre Spur in diesem Wald aufgenommen haben sollten. Selbst wenn die Reiter auf den drei Drachen, die sie am Mittag gesehen hatte, sie entdeckt haben sollten – es war einfach unmöglich, jemanden in diesem Gewirr aus Blättern und Gestrüpp aufzuspüren.

Und doch war es geschehen.

Zwei der drei Gestalten dort vor ihr waren Hornköpfe; große, selbst hinter dem Schleier der Nacht noch abgrundtief hässliche Kreaturen. Die dritte war eine Frau, nicht sehr viel älter als Angella und in das lederne Schwarz der Töchter des Drachen gehüllt.

Und ebenso tot wie die Hornköpfe.

Tally stand vorsichtig auf, bedeutete Angella und Karan mit Gesten zurückzubleiben, und näherte sich den drei schwarzgekleideten Gestalten. Verwesungsgeruch schlug ihr entgegen, der Gestank von Blut und Tod. Ihr Herz begann vor Erregung fast schmerzhaft zu hämmern.

Die drei Toten standen aufrecht da, mitten in der Bewegung erstarrt wie bizarre lebensgroße Statuen, gehalten von einem jener dünnen silbergrauen Netze, die Karan am Tage zuvor mit solchem Entsetzen erfüllt hatten. Tally warf nur einen raschen Blick dorthin, wo das Gesicht der Drachentochter sein sollte, und sah hastig wieder weg.

Aber auch die beiden Hornköpfe boten keinen wesentlich erfreulicheren Anblick: Der Chitinpanzer des einen war geborsten, aber darunter war nichts mehr. Irgendetwas hatte ihn regelrecht leergefressen, so säuberlich, dass nicht einmal ein Tropfen Blut zu sehen war. Der Brustschild des dritten Kampfinsektes war von Millionen nadelfeiner Einstiche übersät. Darunter schien sich etwas zu bewegen.

»Das ging schnell«, murmelte Angella neben ihr. Natürlich war sie *nicht* zurückgeblieben, ebenso wenig wie Karan. »Da hat jemand gründliche Arbeit geleistet.« Sie sah sich mit routiniertem Blick um. »Kein Kampf«, stellte sie fest. »Sie müssen in Sekunden tot gewesen sein.«

»Ich frage mich, was sie hier gesucht haben«, murmelte Tally. Sie fühlte sich unwohl, nicht nur durch den bloßen Anblick der drei Toten. Angella hatte recht – es gab nicht die geringsten Spuren eines Kampfes. Die drei Eindringlinge mussten binnen Sekunden gestorben sein.

»Das ist eine ziemlich dumme Frage«, sagte Angella. »Dich. Genauer gesagt – uns.« Sie seufzte. »Aber woher wissen sie, wo wir sind?«

Aber darauf wusste Tally ebenso wenig eine Antwort wie sie selbst.

Schaudernd sah sie sich um. Die Nacht war sehr dunkel, aber durch eine Lücke im Blätterdach fiel ein wenig blasser Sternenschein herein, sodass sie erkennen konnten, auf welchem Wege die junge Frau und ihre beiden Begleiter hergekommen waren: Die Hand des toten Mädchens umklammerte noch immer den Griff des Lasers, mit dem sie die Bresche in das Geäst des Wipfelwaldes geschnitten hatte. Sie war nicht einmal mehr dazu gekommen, die Waffe abzuschalten. Das rote Licht in ihrem Griff funkelte wie ein blutiges Auge.

»Diese drei sind bestimmt nicht allein gekommen«, vermutete Angella. Sie entdeckte die Waffe in der Hand der Toten, runzelte überrascht die Stirn und trat auf sie zu.

»Nicht«, sagte Karan hastig. »Du bist tot, wenn du sie berührst.«

Angella erstarrte mitten im Schritt. Ihr Blick irrte zwischen Karans Gesicht und der aufrecht stehenden Toten hin und her. Misstrauen und Schrecken spiegelten sich auf ihrem verbrannten Gesicht. Das Netz war nicht mehr als ein hauchzartes graues Gespinst. Es sah so harmlos aus. Aber es umhüllte drei Tote, und zumindest zwei davon gehörten zu den gefürchtesten Kämpfern, die es auf der Welt gab.

»Glaubst du nicht, dass du uns allmählich eine Erklärung schuldig bist?«, fragte Angella.

»Karan kann nichts erklären, was er selbst nicht versteht«, antwortete Karan ruhig. Er schüttelte den Kopf.« »Wenn sie versuchen, euch selbst hierher zu folgen, werden sie alle sterben.

Das ist alles, was er weiß.« Plötzlich stockte er, legte den Kopf auf die Seite, wie um zu lauschen, und hob mahnend die Hand, als Angella weitersprechen wollte.

Dann hörten Tally und die anderen es auch: ein leises, metallisches Knistern, das sich in die Laute der Nacht gemischt hatte. Dann Stimmen, wie von weit, sehr seit her, von einem Geräusch wie von ferner Meeresbrandung überlagert. Und plötzlich ihr Name. Jemand rief ganz deutlich ihren Namen!

»Was ist das?«, murmelte Angella. »Das... das ist Zauberei!«

Tally brachte sie mit einer ärgerlichen Geste zum Schweigen. Die Stimmen und Geräusche hielten an, und jetzt erkannte sie auch die Richtung, aus der sie kamen.

Es war keine Zauberei, wie Angella glaubte, aber vielleicht etwas, das schlimmer war. Der Ursprung der Geräusche war ein kleines, rechteckiges schwarzes Kästchen im Gürtel der Toten, auf dessen Schmalseite ein grünes Licht aufgeflammt war. Tally streckte die Hand danach aus, führte die Bewegung aber nicht zu Ende, als ihr Karans Warnung einfiel.

Unschlüssig betrachtete sie das Kästchen. Es glich dem sonderbaren Ding, in das Jandhi hineingesprochen hatte, als Angella sie und Tally im Schuppen überraschte. Und mit einiger Phantasie konnte man aus den verzerrten, von knisternden und pfeifenden Lauten halb überlagerten Worten auch Jandhis Stimme heraushören.

»Talianna, melde dich endlich! Ich weiß, dass du in der Nähe bist.«

»Das ist Zauberei!«, beharrte Angella. Ihre Hand senkte sich auf das Schwert. »Sie kann uns nicht sehen! Niemand kann wissen, dass wir hier sind!«

»Sie schon«, antwortete Tally. Sie war nicht einmal besonders erschrocken. Mit der Spitze ihres Schwertes deutete sie auf den sprechenden Kasten im Gürtel der Toten. »Ein ähnliches Ding habe ich bei Jandhi gesehen.«

»Du wirst bald überhaupt nichts mehr sehen, wenn du nicht antwortest, Tally!«, drang die Stimme aus dem Kasten.

Angella stieß einen krächzenden Laut aus und sprang ganz instinktiv zwei, drei Schritte zurück, während Tally den sonderbaren Apparat nur mit milder Verwunderung musterte. Offensichtlich übertrug er nicht nur Jandhis Stimme, sondern hörte auch jedes gesprochene Wort in einiger Umgebung.

»Jandhi?«, fragte sie.

»Nett, dass du dich noch an mich erinnerst«, antwortete der Kasten mit Jandhis Stimme. »Wo bist du?«

Tally lachte unsicher. »Eine gute Frage. Ich denke, du weißt es?«

Jandhi schnaubte ärgerlich. »Was ist mit Kehla? Ist sie tot?«

»Wenn du das Mädchen mit den beiden Hornköpfen meinst, das du hergeschickt hast – ja«, antwortete Tally.

»Hast du sie umgebracht?«

»Das war nicht nötig. Du schickst deine Leute in den Tod, Jandhi. Gib endlich auf.«

»Seltsam«, antwortete Jandhi. »Dasselbe wollte ich dir auch gerade raten. Das Versteckspiel mit dir kommt mich allmählich zu teuer. Ich habe mehr Leute bei der Jagd auf dich verloren als in den vergangenen zwei Jahren beim Kampf gegen Angellas Halsabschneider. Gib auf.«

»Und wenn nicht?«, fragte Tally.

»Dann töte ich dich«, antwortete Jandhi. »Ich habe den Auftrag, dich unschädlich zu machen, ganz egal, wie. Ich wollte dich lebend fangen, aber du lässt mir keine Wahl. Ich gebe dir noch genau fünf Minuten, dich zu ergeben. Kommt nach oben. Wir werden euch aufnehmen.«

Irgendetwas bewegte sich über dem Wald; etwas ungeheuer Großes und Finsteres, das die Lücke im Blätterdach für den Bruchteil eines Herzschlages verdunkelte. Und dann begriff Tally ...

»Um Himmels willen!«, schrie sie. »Weg! *WEG HIER!*«

Ein sanftes, düster-rotes Glühen vertrieb die Schwärze der Nacht, als sie herumfuhr und davonstürzte, Angella und Karan einfach mit sich zerrend. Mit jedem Schritt, den sie taten, nahm es an Leuchtkraft und Gewalt zu, steigerte sich zu Orangerot, dann zu Gelb ...

Die Zeit schien stehenzubleiben. Tally rannte wie von Furien gehetzt, blindlings, nur fort, fort von den drei Toten und dem sprechenden Kasten, die zu einer mörderischen Falle geworden waren. Aber das Licht und die Hitze folgten ihnen, schneller, viel schneller, als sie zu laufen vermochten. Eine brüllende Feuerwolke stieß durch das Blätterdach des Schlundwaldes, loderndheißer Drachenatem, der Holz und Blattwerk und alles Leben versengte und in Sekundenbruchteilen zu Asche verbrannte.

Eine glühende Hand schien ihren Rücken zu streicheln. Tally schrie vor Schmerz auf, ließ Angellas Hand los und fiel. Die Luft kochte. Unsichtbares Feuer verbrannte ihre Lunge, als sie zu atmen versuchte. Durch einen Schleier aus Tränen sah sie, wie die Flammenwolke tiefer in den Wald hinabstieß. Die Gestalten der beiden Hornköpfe und des Mädchens lösten sich auf, zerfielen zu Asche. Die Hitze war unbeschreiblich. Flammen züngelten aus dem Bodennetz, leckten knisternd aus Baumstämmen und Geäst und versengten Blattwerk und Blüten.

Angella riss sie in die Höhe. Ihr Haar schwelte. Ihr Gesicht war verzerrt, und Tally sah, wie sich ihre Lippen bewegten, als sie irgendetwas schrie. Die Worte gingen im Brüllen der Flammen unter. Angella versetzte ihr einen Stoß, der sie weitertaumeln ließ, fuhr noch einmal herum und riss Karan vom Boden hoch.

Hinter ihnen begann das Netz zu zerfallen. Mit einem Geräusch wie von Peitschenhieben zersprangen die fingerdicken Pflanzenfasern. Der Brand breitete sich aus. Die Nacht verwandelte sich in eine Hölle aus Hitze und Lärm und zuckenden roten und gelben Lichtblitzen.

Und es begann erst.

Dem ersten Flammenstrahl folgte ein zweiter. Er war nicht so gut gezielt wie der erste und traf weit von ihnen entfernt in das Wipfeldach, aber der Wald erbebte wie unter einem Hammerschlag; dem Krachen und Bersten des Feuers folgte ein schriller Chor panikerfüllter Tierstimmen. Grellrotes Licht tauchte den Himmel in Blut.

»Sie ... sie verbrennen den ganzen Wald!«, schrie Angella über das Brüllen der Flammen hinweg. »Das war eine Falle, Tally!«

Tallys Antwort ging im Brüllen einer dritten, diesmal sehr viel näheren Explosion unter. Für einen Moment glaubte sie, den gesamten Wald unter ihren Füßen erbeben zu fühlen. Eine unsichtbare warme Hand streichelte ihr Gesicht.

Gehetzt sah sie sich um. Wo die Nacht nicht von Flammenschein durchbrochen wurde, war die Dunkelheit vollkommen. »Karan! Wir müssen hier weg! Gibt es ein Versteck? Irgendetwas, wo wir sicher sind?«

Wie zur Antwort senkte sich zum vierten Male das Feuer der Drachen auf den Wald. Irgendwo, nicht sehr weit von ihnen entfernt, flammte ein Baum vom Wipfel bis zu den Wurzeln hinab auf und brannte sich für einen Moment als brüllende Feuersäule in die Nacht, ehe er zerbrach. Angella hatte recht, dachte Tally entsetzt. Jandhi schien entschlossen zu sein, den gesamten Wald niederzubrennen!

»Dorthin!« Tally deutete in die Richtung, in der die beiden ersten Blitze in den Wald geschlagen waren, und rannte los, ohne den anderen Gelegenheit zum Widerspruch zu geben. Es war der schiere Wahnsinn – der Wald brannte, und das Feuer nahm zu, in der Richtung, in der sie lief. Und doch war es wahrscheinlich ihre einzige Chance.

Jandhi *konnte* nicht wissen, wo sie waren. Vermutlich hatte sie mit ziemlicher Genauigkeit gewusst, wo das sonderbare Sprechgerät war, und es anvisiert – und das war wohl auch der einzige Grund, aus dem sie mit Tally gesprochen hatte. Jetzt ließ sie ihre Drachen offensichtlich wahllos Feuer in den Wald speien.

Sie lief etwas langsamer, um Karan und vor allem Hrhon Gelegenheit zu geben, zu ihr aufzuschließen. Die Nacht war mittlerweile vollends einem unruhigen Flackern von Rot und Orange gewichen. Der Wald war in Panik. Überall brannte es. Schatten huschten hin und her. Etwas Großes, Stacheliges streifte Tallys Wade und verschwand in kopfloser Flucht in der Nacht. Ein Blatt klatschte wie eine große nasse Hand in ihr Gesicht. Sie schlug es zur Seite, sprang über ein mannsbreites Loch im Netz hinweg und kam federnd auf. Ein brennender Ast löste sich aus dem Wipfeldach über ihren Köpfen, prallte dicht neben Angella auf und setzte den Boden in Brand. Angella versuchte die Flammen auszutreten, aber es gelang ihr nicht.

»Sinnlos!«, keuchte Tally. »Karan! Der hohle Baum – weißt du die Richtung?«

Karan nickte, und Tally versetzte ihm einen Stoß zwischen die Schultern, der ihn in die Richtung stolpern ließ, in die er gedeutet hatte.

Es war ein Wettlauf gegen den Tod, und noch bevor sie die halbe Strecke zurückgelegt hatten, begriff Tally, dass sie ihn verlieren würden. Die Drachen fuhren fort, Feuer in den Wald zu speien, und sie taten es nicht so wahllos, wie sie im ersten Augenblick angenommen hatte. Die Flammen folgten ihnen, nicht sehr gut gezielt, aber zu dicht, als dass es bloßer Zufall sein konnte. Zwei- oder dreimal entgingen Tally und die anderen dem Höllenfeuer nur um Haaresbreite. Die Hitze stieg, bis sie kaum noch atmen konnten.

Und dann, ganz plötzlich, hörte es auf. Der Wald brannte

weiter, denn das Höllenfeuer der Drachen musste buchstäblich Hunderte von einzelnen Bränden entfacht haben, und das Feuer griff nun auch von selbst um sich, aber aus dem Himmel regneten keine weiteren Flammen mehr.

Tally blieb schwer atmend stehen. Ihre Hand spielte nervös mit dem Laser, den sie gezogen hatte. Der unsichtbare Schutzwall, der sie bisher umgeben hatte, war zerbrochen. Auch in ihrer unmittelbaren Nähe kroch und huschte und krabbelte es jetzt überall; Kreaturen, wie sie Tally noch nie zuvor im Leben gesehen hatte und die nur eine einzige Gemeinsamkeit zu haben schienen – sie waren ausnahmslos hässlich und schienen ausnahmslos nur aus Zähnen und Krallen zu bestehen. Trotzdem kam ihnen keiner dieser mörderischen Waldbewohner wirklich nahe, und wenn, dann nur durch Zufall. Die Angst vor dem Feuer war stärker als Hunger und Jagdinstinkt. Sie befanden sich inmitten einer gewaltigen, panikerfüllten Flucht.

Karan deutete nach vorne. »Dort entlang. Es ist nicht mehr weit.«

Sie hasteten weiter. Ein brennender Baum verwehrte ihnen den Weg, Sie umgingen ihn, balancierten über schwelende Äste und unter einem Baldachin aus Flammen dahin, vorbei an gewaltigen rauchenden Löchern, die plötzlich im Boden entstanden waren ...

Tally erinnerte sich hinterher nicht mehr an alle Einzelheiten ihrer bizarren Flucht. Obwohl die Drachen aufgehört hatten, Flammen zu speien, nahm das Feuer zu, Jandhis Angriff hatte einen Waldbrand verursacht, der vielleicht den gesamten Schlund erfassen mochte, zumindest aber den Teil des Waldes, in dem sie waren. Aber ihre allerschlimmsten Befürchtungen bewahrheiteten sich nicht – der hohle Baum stand noch, und er schien sogar unversehrt zu sein. Seine nackten, zu Stein gewordenen Äste streckten sich wie eine verkohlte Kralle mit zu vielen Fingern in den Himmel.

Tally erstarrte, als sie die Drachen sah.

Es waren unglaublich viele ... zwanzig, dreißig, vielleicht fünfzig der titanischen schwarzen Kreaturen, die wie ein Schwarm übergroßer, hässlicher Krähen über dem Wald kreisten. Dann und wann stieß eines der schwarzen Ungeheuer herab wie ein Adler, der eine Beute erspähte. Aber das gefürchtete Feuer blieb aus, und die Drachen waren zu hoch und zu weit entfernt, als dass Tally erkennen konnte, was sie wirklich taten.

»Bei den Dämonen der Tiefe, Tally – wer bist du eigentlich?«, flüsterte Angella. Ihre Stimme klang eher ehrfurchtsvoll als erschrocken. »Was hast du getan, dass sie dich mit all ihrer Macht verfolgen.«

»Das beginne ich mich allmählich selbst zu fragen«, murmelte Tally. »Vielleicht ... nimmt es mir Jandhi einfach nur übel, dass ich sie blamiert habe.«

Sie lachte, aber es klang nicht sehr echt, und Angella antwortete gar nicht darauf. Stattdessen blickte sie konzentriert zu den kreisenden Drachen hinauf.

»Irgendetwas geht dort vor«, murmelte sie. »Sie ... großer Gott! Schaut euch das an!«

Tally und Karan erkannten im gleichen Moment, was Angella gemeint hatte. Von den riesigen, dreieckigen Schatten der Drachen begannen sich winzige dunkle Punkte zu lösen; schwarzer Regen, der absurd langsam in die Tiefe fiel und dabei auseinanderfächerte.

»Hornköpfe ...«, murmelte Angella. »Verdammter Dreck, Tally – das sind Hornköpfe! Hunderte!«

Tally antwortete nicht, aber sie wusste, dass Angella nur zu recht hatte. Warum hatte sie diese Möglichkeit nicht selbst in Betracht gezogen, verdammte Närrin, die sie war?! Der schwarze Regen war mittlerweile tief genug gefallen, dass sie die großen, mattglänzenden Chitinkörper erkennen konnte, aus denen er in Wahrheit bestand – eine Armee ins Absurde vergrößerter, fliegender Käfer, die sich auf den brennenden Wald herabsenkte, blitzenden Stahl in den Händen.

Plötzlich begriff sie, dass Jandhi nicht ernsthaft erwartet hatte, sie und die anderen zu verbrennen – das Feuer hatte nur dem Zweck gedient, alles Leben aus dem Wipfelwald zu vertreiben. Jandhi hatte aus dem Schicksal ihrer Kriegerin und der beiden Hornköpfe gelernt.

»Auf jeden Fall nehme ich noch ein paar von diesen Bestien mit«, versprach Angella. »Lebend bekommen sie uns nicht.«

»Sie bekommen uns überhaupt nicht«, antwortete Tally. Ihre Stimme klang matt, gleichzeitig sehr entschlossen. Sie erschrak selbst, als sie ihren Klang hörte.

»Nein?« Angella lachte bitter. »Dann verrate mir, wohin wir noch fliehen sollen!« Wütend hob sie den Arm und machte eine weit ausholende Bewegung. Der Wald brannte, in welche Richtung sie auch wies. Das Feuer der Drachen hatte einen meilenbreiten Ring in den Wipfel gebrannt.

»Eine Richtung gibt es noch.« Tally drehte sich langsam herum und wies erst auf Karan, dann nach unten. »Du kennst den Weg.«

»Nein!«, sagte Karan. Es klang wie ein Schrei.

Tally lächelte. Ganz langsam hob sie den Laser, richtete den Lauf auf Karans Stirn und senkte den Daumen auf das rote Auge in seinem Griff.

Für die Dauer von zwei, drei endlosen schweren Herzschlägen starrte Karan sie nur an. Und irgendetwas in ihrem Blick schien ihn davon zu überzeugen, dass sie es ernst meinte.

»Du weißt nicht, was du tust«, sagte er.

Tally schwieg. Und nach einigen weiteren Sekunden drehte sich Karan wütend herum und deutete auf den versteinerten Baum. »Folgt mir.«

6

Der Abstieg hatte nicht einmal sehr lange gedauert. Karan hatte sie ein Stückweit zurück in den Wald geführt, bis sie eine Stelle erreichten, an der einer der Baumgiganten gestürzt war, vom Blitz, vielleicht auch von einer der gigantischen Läufer-Kreaturen gefällt, deren Schritte sie in der ersten Nacht so in Furcht versetzt hatten. Der Baum war nicht vollends niedergebrochen: Seine Äste hatten sich im Gewirr des Wipfelwaldes verfangen, sodass sie über den Stamm wie über eine schräge, mit einiger Vorsicht aber durchaus begehbare Rampe nach unten gelangen konnten.

Tally sah sich schaudernd um. Über ihren Köpfen brannte es noch immer. Der Himmel über dem Wald loderte noch immer rot im Widerschein der Flammen. Hier unten aber, hundert Meter unter der Ebene, auf die sich das Leben auf der Flucht vor dem namenlosen Schrecken des Schlundes zurückgezogen hatte, herrschte ein sonderbares dunkelgraues Licht, das Tally mit Unehagen erfüllte; einem fast körperlichen Unwohlsein, gegen das sie wehrlos war. Je intensiver sie versuchte, sich dagegen zu wehren, desto stärker schien es im Gegenteil zu werden. Es war ein Licht, das an Krankheit und Fäulnis erinnerte.

Sie hatte Angst.

Noch hatten sie den eigentlichen Boden nicht erreicht – Karan hatte angehalten, als der schwarze Sumpf des Grundes noch zwei, drei Schritte unter ihnen lag, und niemand, auch Angella nicht, hatte ihn zum Weitergehen gedrängt. Plötzlich verstanden sie alle, wovor Karan solch panische Angst hatte. Es waren keine Ungeheuer, keines der tausend gefräßigen Monster, die dieser Wald beherbergen mochte – es war der Wald selbst.

Was Tally oben, beim Anblick des versteinerten Baumes, schon einmal und nur sehr flüchtig gespürt hatte, das fühlte sie hier hunderttausendmal heftiger.

Das Böse. Der Sumpf lag schwarz und tot und glatt wie ein Meer aus erstarrtem Pech unter ihnen, aber sie spürte das finstere, durch und durch *böse* Etwas, das seine trügerisch glatte Oberfläche verbarg, ein Etwas, für das es keine Begriffe in der menschlichen Sprache gab, ein Ding jenseits ihrer Vorstellungskraft, finster und lauernd und böse ... Wenn es so etwas wie negatives Leben gab, dachte sie fröstelnd, dann war es *das hier.*

Angella berührte sie sacht an der Schulter und deutete nach rechts. Tallys Blick folgte der Geste. Sie sah, dass der Boden nicht so leer war, wie Karan sie hatte glauben machen wollen: In einiger Entfernung erhoben sich eine Anzahl übermannshoher, bleicher Gebilde aus dem schwarzen Morast, Dinge von schwer zu erfassender Form, die sie erst nach einiger Zeit als gigantische Pilzgewächse zu identifizieren glaubte. Das unheimliche, *kranke* Licht, das diese bizarre Welt unter dem Wald erhellte, kam von diesen Gebilden. Irgendetwas bewegte sich im bleichen Schein der Verwesung.

»Schaut nicht hin«, flüsterte Karan, dem ihre Blicke nicht entgangen waren. »Es mag sein, dass ihr Dinge seht, die nicht gut sind.«

Weder Tally noch Angella widersprachen. Beinahe hastig sahen sie weg. Tally hatte nur noch Angst.

»Wie ... geht es weiter?«, fragte Angella mit zitternder Stimme. Ihre Hand schmiegte sich so fest um den Schwertgriff, dass ihre Knöchel knackten. Es war eine Geste ohne jede Bedeutung. Gegen die Gefahren, die hier unten auf sie lauern mochten, waren ihre Waffen wirkungslos.

»Es gibt ... Wege durch den Sumpf«, murmelte Karan. »Aber sie sind gefährlich. Ein falscher Schritt ...«

Er seufzte, drehte sich zu Tally herum und blickte nach oben. Der Wald und das gewaltige Netz schwebten wie ein geronnener schwarzer Himmel über ihnen, ein Netz aus Finsternis und braunen und grünen Strängen, durch dessen Lücken düsterroter Flammenschein wie Blut tropfte.

»Und wenn wir hierbleiben?«, schlug Tally vor. Sie deutete nach unten, auf den gewaltigen Baumstamm, auf dem sie standen. »Vielleicht finden sie uns nicht.«

Karan schüttelte den Kopf. »Sie werden es nicht wagen, Karan und euch hierher zu folgen«, sagte er. »Aber hier zu verweilen bedeutet den Tod. Ihr seid schon zu lange an einem Fleck. Nur Bewegung kann euch retten.«

Er atmete hörbar aus, drehte sich wieder herum und blickte konzentriert nach unten. Dann deutete er nach links, hinein in das schattenerfüllte graue Licht, das wie Nebel über dem Sumpf hing.

»Dort entlang. Folgt Karan. Geht genau in seiner Spur. Weicht nicht davon ab, was immer auch geschehen sollte!«

»Und wenn Karan einen Fehltritt macht?«, fragte Angella nervös.

»Dann sterbt ihr mit ihm«, antwortete Karan ruhig. »Kommt!«

Alles in Tally schien sich wie in einem entsetzlichen Krampf zusammenzuziehen, als erst Karan und dann Angella auf den Boden heruntersprangen und die Reihe an sie kam, ihnen zu folgen. Es war nicht nur einfache Angst – es war, als wehre sich ihr Körper ganz eigenständig dagegen, dem unsichtbaren finsteren *Etwas* auch nur nahe zu kommen, als kämpfe irgendetwas in ihrer Natur gegen das *Nicht-Leben* an, dem sie sich näherten. Sie war Feuer, das ins Wasser getaucht werden sollte und dies spürte. Als sie den Boden berührte und bis über die Knöchel in die widerwärtige weiche Masse sank, hätte sie am liebsten geschrien.

»Rasch jetzt!«, befahl Karan. Seine Stimme war schrill und drohte überzukippen. Im bleichen Licht der Faulpilze sah sein Gesicht aus wie das eines Toten.

Tally hörte, wie Hrhon hinter ihr auf den Boden herabsprang, aber sie hatte nicht den Mut, sich herumzudrehen. Angst saß ihr wie eine unsichtbare fette Spinne im Nacken. Es war wie in einem jener entsetzlichen Albräume, in denen sie rannte und rannte und rannte und doch genau wusste, dass sie den namenlosen Schrecken nicht abschütteln konnte, der sie verfolgte; einen Schrecken zudem, der sie einholen würde, im gleichen Moment, in dem sie sich herumdrehte und ihm ins Angesicht sah.

Sie rannten. Karan hetzte in scheinbar sinnlosem Zickzack vor ihnen her, hakenschlagend und manchmal fast grotesk aussehende Sätze und Hüpfer vollführend; Bewegungen, die Tally unter anderen Umständen zum Lachen getrieben hätten, ihre Angst aber jetzt nur noch schürten.

Eine weitere Ansammlung der formlosen grauweißen Riesenpilze tauchte vor ihnen auf, dazwischen ein Gespinst aus dünnen totenweißen Fäden. Karan hielt direkt darauf zu, wich erst im letzten Moment zur Seite und rannte noch schneller. Sein Gesicht war vor Angst verzerrt. Torkelnd und durch den morastigen Boden, der sich bei jedem Schritt saugend um seine Knöchel schloss, zu einer grotesken vorgebeugten Haltung gezwungen, hielt er auf einen der gewaltigen Baumstämme zu, die aus dem Sumpf emporwuchsen. Erst, als sie ihm ganz nahe waren, erkannte Tally die knorrigen schwarzen Wurzeln, die den ansonsten wie glattpoliert aussehenden Stamm umgaben – Karans Ziel.

Schwer atmend erreichte er den Stamm, zog sich hastig auf das Wurzelgeflecht hinauf und gestikulierte ihnen, ihm zu folen. Tally und Angella erreichten den Baum fast gleichzeitig, während Hrhon, der ohnehin ein Stück zurückgefallen war, erhebliche Mühe hatte, das Geflecht aus Wurzeln und zu Stein erstarrtem Holz zu erklimmen.

»Sind wir hier sicher?«, fragte Angella.

Karan schüttelte den Kopf. »Es gibt keinen sicheren Platz hier«, sagte er. »Ihr müsst Kräfte sammeln. Der Weg wird schwieriger.«

»Whiessso?«, fragte Hrhon.

»Er wird jedes Mal schwieriger«, antwortete Karan. Selbst diesen wenigen Worten war deutlich anzuhören, welche Überwindung es ihn kostete, überhaupt zu sprechen. »Sprecht nicht. Spart eure Kräfte.«

»Wohin führst du uns?«, wollte Angella wissen.

»Hinauf«, erwiderte Karan unwillig. »Karan bringt euch wieder nach oben, in sicherer Entfernung zu Jandhi und ihren Drachen. Wenn ihm Zeit genug bleibt, heißt das. Weiter jetzt!«

Und damit stürmte er weiter, noch deutlich nervöser, mit noch mehr Angst als beim ersten Mal. Wieder rannten sie im Zickzack durch den Sumpf, Karans scheinbar sinnlos gewähltem Weg folgend und getrieben von einer an Panik grenzenden Furcht, die keinen sichtbaren Grund hatte, aber von Augenblick zu Augenblick schlimmer wurde. Und wieder waren es nur wenige hundert Schritte bis zum nächsten Baum, dessen Wurzeln wie eine Insel aus dem Sumpf aufragten und ihnen für Augenblicke wenigstens das Gefühl gaben, sicheren Boden unter den Füßen zu haben.

Auf diese Weise ging es weiter. Karan rannte im Zickzack von Baum zu Baum, und jedes Mal, wenn sie ihren Weg fortsetzten, schien es schwieriger zu werden.

Und da war noch etwas. Tally bemerkte es im ersten Moment nicht einmal, denn die Angst wühlte wie ein entsetzlicher Schmerz in ihren Gedanken – aber das Vorwärtskommen wurde nicht nur *scheinbar* schwieriger, sondern ganz konkret ...

Waren ihre Beine während der ersten Minuten nur bis zu den Knöcheln in den klebrigen Sumpf eingesunken, so versackte sie bald bei jedem Schritt bis an die Waden, dann darüber hinaus, schließlich bis fast an die Knie, sodass jeder einzelne Schritt mehr Kraft kostete als der vorhergehende. *Und irgendetwas näherte sich ihnen ...*

Es war mehr als ein bloßes Gefühl, mehr als ein weiterer Schrecken, mit dem sie ihre eigene Angst narrte – es war das absolut sichere Wissen, ein heftiger und schlimmer werdendes Gefühl der Nähe, der Nähe von etwas Gigantischem, absolut Entsetzlichem, das unter dem Sumpf herankroch, langsam, aber unbarmherzig, fast im gleichen Tempo wie sie selbst, aber eben nur fast …

Und sie war nicht allein mit dieser Furcht.

Auch Angellas Gesicht war vor Entsetzen verzerrt, und die Blicke, die Karan in immer kürzerem Abstand nach rechts und links warf, sprachen Bände. Sie hatten das Ungeheuer geweckt, das diesen entsetzlichen Nachtwald beherrschte, das begriff Tally plötzlich, und es kam näher.

»Wie weit … ist es noch?«, keuchte Tally, als sie wieder eine der kurzen, beinahe schon kräftezehrenden Pausen einlegten.

Karan blickte nach oben. Der lebende Himmel über ihnen loderte noch immer im düsteren Rot der Brände, aber die Wut des Feuers hatte merklich nachgelassen; sie hatten den Bereich, über dem die Drachen kreisten, fast überwunden.

»Nicht mehr weit«, sagte Karan schließlich. »Sobald Karan eine Stelle findet, an der der Aufstieg möglich ist, müsst ihr es riskieren. Ihr seid schon viel zu lange hier!«

Tally sah sich voller Angst um. Sie war nicht sicher, ob es wirklich das war oder ob sie nur einer weiteren Halluzination erlag – aber seit einer Weile schon glaubte sie eine schwere, wellenförmige Bewegung wahrzunehmen, die durch den schwarzen Morast lief, ein schwerfälliges Heben und Senken, das sie auf entsetzliche Weise an die Atemzüge eines gigantischen Lebewesens erinnerte …

Sie sahen es alle im gleichen Moment: etwas Massiges, mehr als Mannsgroßes näherte sich ihnen, schwebend und geschwind und in fast lächerlichem Zickzack dem willkürlichen Kurs folgend, den Karan eingeschlagen hatte. Und es war nicht allein.

»Jandhi!«, keuchte Angella. »Das sind Jandhis Häscher!«

Es war lächerlich – aber in diesem Moment empfand Tally nichts anderes als Erleichterung. Das riesige Etwas, das dort wie ein zu groß geratener Käfer herangetorkelt kam, war nichts anderes als ein gewaltiger schwarzglänzender Hornkopf, ein zwei Meter langes Fluginsekt, über dessen auseinanderklaffendem Rückschild filigrane Insektenflügel schlugen. Nicht der namenlose Schrecken des Schlundes.

»Aber das ist unmöglich!« Karan schrie vor Entsetzen. »Sie können Karans Spur nicht gefolgt sein!«

Seine Stimme schallte weit durch die umheimliche Stille des Sumpfes, und der hässliche Schädel des Hornkopfes flog mit einem Ruck herum. Seine kleinen, ausdruckslosen Facettenaugen richteten sich auf die drei Menschen und den Waga, die wie Gestrandete auf einer Insel auf der Baumwurzel saßen.

Hinter dem Hornkopf wuchsen die Schatten von weiteren fliegenden Rieseninsekten heran. Einige von ihnen wirkten buckelig und missgestaltet, bis Tally erkannte, dass auf ihren Rücken Reiterinnen hockten. Es waren sehr viele – zwanzig, dreißig, vielleicht noch mehr. Und die Dunkelheit spie immer noch mehr und mehr aus.

»Das war's dann wohl«, sagte Angella leise. Ihr Blick streifte Tallys Hand, die ganz automatisch zum Gürtel gekrochen war. Sie schüttelte sanft den Kopf, und Tally zog die Hand zurück.

»Whenn isss sssie angreife«, zischelte Hrhon, »habht ihr vielleissst eine Sssanssse ...«

»Nein!« Karan keuchte vor Schrecken. »Rührt euch nicht. Vielleicht ... vielleicht ist das die Rettung.«

Tally sah ihn überrascht an. Aber sie fragte ihn nicht nach der Bedeutung seiner Worte, denn die Armee der fliegenden Hornköpfe war fast heran. Kurz bevor das erste Ungeheuer sie erreichte, schwenkte es zur Seite, wobei es gleichzeitig langsamer wurde. Seine durchsichtigen Flügel schlugen wie rasend, um den tonnenschweren Körper in der Luft zu halten. Ein unangenehmes, vibrierendes Summen erfüllte die Luft, als mehr und mehr der schwarzgepanzerten Giganten herankamen und scheinbar schwerelos in der Luft verharrten. Nach kaum einer halben Minute sahen sich Tally und die anderen einem lebenden Wall aus Chitin und drohend geöffneten Mandibeln gegenüber.

Dann teilte sich der schwankende Wall, um einem besonders großen Exemplar der fliegenden Hornköpfe Platz zu machen. In seinen faustgroßen Kristallaugen schien eine boshafte Intelligenz zu schlummern, und sein Panzer war mit leuchtenden roten und grünen Streifen verziert. Auf seinem Rücken saß eine menschliche Gestalt.

Tally spannte sich an. Das Gesicht der Insektenreiterin war hinter dem geschlossenen Visier ihres Helmes verborgen, sodass sie sie nicht erkennen konnte. Aber sie war zu groß, um Jandhi zu sein. Tallys Hand kroch zur Waffe.

Die Fremde machte eine fast beiläufige, aber sehr schnelle Bewegung, und einer der Hornköpfe schoss vor. Seine Mandibeln schnappten Zentimeter vor Tallys Gesicht in der Luft zusammen. Tally zog die Hand rasch zurück. Der Sumpf unter dem Halbkreis aus schwebenden Hornköpfen begann Wellen zu schlagen.

»Ich sehe, du bist vernünftig«, sagte die Fremde. Ihre Stimme klang sehr unangenehm, denn der geschlossene Helm verzerrte sie. »Du bist Tally.«

Sie nickte.

»Du hast uns viel Ärger gemacht«, fuhr die Fremde fort. »Aber damit ist es jetzt vorbei. Steig auf!«

Wieder hob sie die Hand. Ein zweiter buntbemalter Riesenkäfer schwebte herbei und näherte sich torkelnd der Wurzelinsel. Auf seinem Rücken war ein lederner Sattel befestigt.

»Was ist mit … mit meinen Freunden?«, fragte Tally, ohne sich von der Stelle zu rühren.

»Was soll mit ihnen sein?« Die Fremde lachte leise. »Wir wollen nur dich. Mit den anderen haben wir keinen Streit. Sie können gehen.«

»Ihr wollt sie hier zurücklassen?« Tally ballte in hilflosem Zorn die Faust. »Das bedeutet ihren Tod!«

»Niemand hat euch gebeten hierherzukommen«, erwiderte die Fremde unwillig. »Möglicherweise sterben sie, möglicherweise auch nicht.«

»Rede weiter«, wisperte Karans Stimme an Tallys Ohr. »Nur ein paar Augenblicke noch!«

»Ich gehe nicht ohne die anderen!«, beharrte Tally. Irgendetwas Gigantisches, Formloses kroch unter dem Sumpf heran. Hier und da glitzerte fauliges Weiß unter dem Schwarz des Morastes. »Richte Jandhi aus, wenn sie mich haben will, muss sie uns schon alle hier herausholen.«

Die Frau mit der schwarzen Gesichtsmaske stieß einen wütenden Laut aus und beugte sich im Sattel vor. Ihr Fluginsekt taumelte, als sie das Gewicht verlagerte. Eines seiner Beine berührte den Sumpf.

»Du missverstehst deine Lage, Tally!«, sagte sie wütend. »Du hast nichts zu fordern! Ich gebe dir noch zehn Sekunden, dann erschieße ich deine Freunde – vielleicht kommst du dann mit!« Sie zog eine Laserwaffe aus dem Gürtel und legte auf Karan an, um ihren Worten den gehörigen Nachdruck zu verleihen.

Es war die letzte Bewegung ihres Lebens.

Angella schleuderte ein Messer. Die Klinge zuckte wie ein verschwommener silberner Blitz durch die Luft, traf das Handgelenk der Fremden und durchbohrte es. Die Frau schrie vor Schmerz und Schrecken auf, kippte nach hinten und fiel mit haltlos rudernden Armen in den Sumpf.

Der schwarze Morast begann zu brodeln wie Säure, in die man Wasser geschüttet hatte. Einen Moment lang ragten Hände und Schultern der Fremden noch aus dem Sumpf hervor, dann war es, als packe sie eine unsichtbare Faust und zerre sie mit einem Ruck in die Tiefe. Für eine Sekunde schloss sich die schwarze Masse wie ein Leichentuch über ihr, dann …

Der Sumpf schien an einem Dutzend Stellen gleichzeitig zu explodieren. Klebriger schwarzer Morast schoss zehn, fünfzehn Meter weit in die Luft, traf die fliegenden Insekten und schleuderte sie wie Spielzeuge herum. Und aus dem Sumpf brach …

Etwas *Entsetzliches.*

Obwohl Tally jede Einzelheit mit geradezu phantastischer Klarheit sah, konnte sie sich hinterher nicht mehr erinnern, was sie *wirklich* gesehen hatte.

Es war, als weigere sich etwas in ihr, das grauenerregende Bild als wahr zu akzeptieren, weil es etwas war, das ihren Verstand zerbrechen musste, hätte sie es wirklich erkannt.

Es war gigantisch. Ein riesiges, bleiches Etwas mit Gesichtern und Mündern und peitschenden Tentakeln, bleich wie faulendes Fleisch und tödlich, ein weißes Gewimmel wie übergroße Maden, gleichzeitig ein Körper, Arme, reißende Fänge und matte, blinde Augen. Dünne, peitschende Tentakel schossen aus dem Sumpf, trafen die fliegenden Insekten und umschlangen sie, zerfetzten filigrane Flügel, zerrissen und zerbrachen Panzerplatten und Glieder und zerrten in die Tiefe, was sie nicht in der Luft zerbrechen konnten. Noch immer schoss Schlamm in die Höhe, und immer mehr und mehr der widerwärtigen weißen Madenwürmer bäumten sich auf, griffen mit schnappenden Mäulern nach den Hornköpfen und ihren Reiterinnen, töteten, zerfetzten, zerrten in die Tiefe …

»Lauft!«, schrie Karan mit überschnappender Stimme.

Wie von Sinnen rannten sie los. Hinter ihnen kochte der Sumpf. Die unheimliche Stille war einem Chor gellender Schreie und entsetzlicher, splitternder Laute gewichen. Schwarzer Schlamm regnete vom Himmel, und als Tally von der Wurzel heruntersprang und bis an die Knie einsank, spürte sie schrecklichen, schleimig-weichen Widerstand unter den Füßen. Etwas Helles, Dünnes zuckte aus dem Boden und wickelte sich um ihren Arm. Mit der Kraft der Verzweiflung zerfetzte sie es, streifte das zappelnde Ende angeekelt ab und hetzte weiter.

Trotz des entsetzlichen Gemetzels, dessen Zeuge sie waren, blieben sie fast unbehelligt. Die furchtbaren Angreifer schienen sich – aus einem Grund, über den Tally gar nicht erst nachzudenken wagte – einzig auf die Hornköpfe und ihre Reiterinnen zu konzentrieren.

Trotzdem rannte Karan wie von Furien gehetzt, und auch Tally und Angella stolperten durch den klebrigen Morast, so schnell sie nur konnten. Selbst Hrhon, der normalerweise schon Mühe hatte, mit einem normal gehenden Menschen Schritt zu halten, fiel nicht merklich zurück.

Tally warf einen Blick über die Schulter zurück, und was sie sah, ließ sie ihr Tempo noch mehr steigern. Der Morast kochte. Das stumpfe Schwarz war zu einem brodelnden Muster aus Schwarz und fauligem Weiß und widerwärtigen, sich windenden, madenartigen Körpern geworden, aus dem buchstäblich Tausende von dünnen, peitschenden Tentakeln hervorwuchsen, ein zitternder Wald, der die Hornköpfe verschlang. Nur den allerwenigsten der fliegenden Insekten war die Flucht gelungen. Tally sah eines der Ungeheuer torkelnd durch die Luft schießen; in seinem Nacken etwas Großes, Weißes, das sich in seinen Leib hineinfraß.

»Dort vorne!« Karan deutete auf einen verschwommenen Umriss, der sich vor ihnen aus dem bleichen Licht zu schälen begann. Nach einigen Sekunden erkannte Tally, dass es ein Baum war, niedergestürzt und vom Wipfelwald gehalten wie der, über den sie heruntergekommen waren, nur sehr viel älter und von Fäulnis und Verwesung schon beinahe zerfressen.

Der Anblick gab ihr noch einmal neue Kraft. Keuchend stolperte sie weiter, erreichte die ersten Ausläufer der Wurzeln und zog sich daran in die Höhe. Etwas Kleines, Weißes berührte ihre Hand und huschte lautlos davon. Irgendetwas berührte ihre Wade. Tally schrie auf wie unter Schmerzen, griff mit beiden Händen zu und zog sich mit letzter Kraft in die Höhe.

Aber sie waren noch nicht in Sicherheit. Der Stamm führte in steilem Winkel nach oben, und Rinde und Holz waren so morsch, dass sie bei jedem zweiten Schritt einzubrechen drohten. Trotzdem gestattete ihnen Karan keine Rast, sondern hetzte unbarmherzig weiter, bis der Sumpf zehn, zwölf Meter unter ihnen lag. Erst dann blieb er stehen, drehte sich schwer atmend um und sank erschöpft auf die Knie.

»Sind wir ... in ... Sicherheit?«, fragte Angella schwer atmend.

»Noch nicht«, stöhnte Karan. Er wollte sich aufrichten, hatte aber nicht mehr die Kraft dazu und sank wieder auf Hände und Knie herab. »Aber Karan wird ... es merken, wenn ... wenn ein Angriff erfolgt. Ruht euch ... einen Moment aus.«

Tally schwindelte. Sie hatte auf den wenigen Schritten hierher alles gegeben, was sie geben konnte. Ihr Körper war ausgepumpt, leer, aller Kraft beraubt. Und den anderen erging es nicht besser. Selbst Hrhons Schuppengesicht wirkte grau vor Anstrengung. Trotzdem stemmte sie sich mit letzter Kraft in die Höhe, kroch auf Karan zu und ergriff ihn an der Schulter.

»Was ist das hier, Karan?«, stöhnte sie. Selbst diese wenigen Worte bereiteten ihr Mühe. »Was bedeutet das alles? Ich will jetzt endlich eine Antwort!«

»Später.« Karan versuchte ihre Hand abzustreifen, aber seine Kraft reichte nicht. »Karan wird euch alles erklären, aber nicht ...« Er stockte. Seine Augen wurden rund vor Entsetzen, während sein Blick an Tally vorbei in die Tiefe fiel.

Tally schrie auf, als sie sich herumdrehte.

Nur wenige Schritte neben dem Baumstamm ragte eine Anzahl der fahlen Riesenpilze aus dem Boden, und zwischen ihnen, bis zur Taille im schwarzen Morast versunken und mit schmerzverzerrtem Gesicht, stand …

»Weller!«

Angellas Schrei und Tallys Bewegung waren eines. Von einer Sekunde auf die andere waren alle Furcht und Erschöpfung vergessen. Nur noch mit einem winzigen Teil ihres Bewusstseins registrierte sie, wie Karan ebenfalls aufschrie und sie festzuhalten versuchte, dann war sie herum und sprang blindlings in die Tiefe.

Der weiche Morast dämpfte ihren Sturz. Sie fiel, kam, von ihrem eigenen Schwung nach vorne gerissen, wieder auf die Füße und taumelte auf Weller zu. Über ihr begann Karan schrill und wie unter Folterqualen zu schreien; sie verstand die Worte nicht, und hätte sie sie verstanden, sie hätte nicht darauf reagieren können.

Ein winziger Teil ihres logischen Denkens funktionierte noch – ein Teil, der ihr zuflüsterte, dass das, was sie zu sehen glaubte, vollkommen unmöglich war –, sie waren Meilen von der Absturzstelle entfernt. Weller konnte den Sturz nicht überlebt haben, und wenn doch, so war es unmöglich, ihn *hier* wiederzusehen.

Aber sie stolperte blindlings weiter, unfähig, auf Karans Schreie und die drängende Stimme in ihrem Innern zu hören. Für einen Moment verlor sie Weller aus dem Blick und sah nur noch die gewaltigen bleichen Pilze. Der Boden dazwischen kochte. Etwas Schlankes, Massiges wie eine faulende weiße Schlange bewegte sich darin, ein faustgroßes blindes Auge starrte sie an.

Dann sah sie Weller wieder. Er war etwas weiter in den Boden eingesunken, sein Gesicht verzerrt vor namenlosem Grauen. Und er schrie: hohe, entsetzliche Töne, wie sie eine menschliche Kehle kaum hervorbringen konnte und die sie doch verstand.

Er schrie ihren Namen. *»Tally!«*, brüllte er. *»Um Gottes willen, hilf mir! So hilf mir doch!«*

Und dann sah sie, was es wirklich war.

Es war Weller – oder wenigstens etwas, das wie Weller aussah, eine Weller-Kopie aus weichem Brei, perfekt bis zur Brust und den Ellbogen hinab, darunter aus der Form geraten, zerlaufend, fließend... Seine Hände waren bereits verschwunden, die Unterarme lösten sich auf wie Wachs, das in der Sonnenglut schmolz und in zähen Fäden zu Boden tropfte, dann begann sich seine Brust aufzulösen. Hals und Schultern sanken ein, und mit einem Mal begann sein Gesicht Blasen zu schlagen. Augen und Nase verschwanden, krochen auf entsetzliche Weise in die flacher werdende Stirn zurück, nur noch der Mund war da, ein zerfranstes, aufgerissenes Loch, aus dem diese schreckliche Stimme noch immer ihren Namen brüllte: *»Hilf mir! Tally, so hilf mir doch!!!!«*

Tally stand noch immer da und schrie, als Hrhon und Angella neben ihr anlangten. In blinder Panik schlug sie um sich, hörte Angella stürzen und fühlte sich plötzlich von Hrhons übermenschlich starken Händen gepackt. Wie von Sinnen trat sie zu, hämmerte mit den Fäusten auf Hrhons Schädel ein und versuchte sogar, an ihre Waffe zu kommen.

Angella entwand ihr den Laser, holte aus und versetzte ihr einen Schlag mit der flachen Hand, der sie halb besinnungslos in sich zusammensinken ließ. Aber sie schrie immer noch weiter, bäumte sich mit aller Kraft gegen Hrhons Griff auf, versuchte ihm die Augen auszukratzen und trat nach Angella.

Wie in einer entsetzlichen Vision, auf die sie selbst keinen Einfluss hatte, hörte sie sich schreien, ununterbrochen Wellers Namen rufend, und als Antwort noch immer das hohe, schrille Kreischen des Weller-Dinges, Laute, die nichts mehr mit einer menschlichen Stimme gemein hatten und die doch ihren Namen brüllten, erfüllt von einer Furcht, die die Grenzen des Vorstellbaren sprengte.

Dann brach ein peitschendes weißes Etwas aus dem Sumpf, unmittelbar neben Hrhon. Schwarzer Morast besudelte sie; ein nur kleinfingerstarker, aber ungemein kräftiger Strang wickelte sich wie eine Peitschenschnur um Hrhons Körper. Der Waga brüllte vor Zorn und Schmerz und versuchte ihn zu zerreißen, aber selbst seine ungeheuerlichen Kräfte versagten. Neben ihr schrie Angella wie unter Schmerzen auf, hob den Laser und versuchte vergeblich, die Waffe einzuschalten.

Auch zwischen ihren Füßen zerbarst der Sumpf. Ein ganzes Gespinst weißer, glitzernder Fäden schoss in die Höhe, wickelte sich um Angellas Arme, ihre Schultern und ihren Körper, legte sich wie ein klebriges Gespinst über ihr Gesicht und erstickte ihre Schreie. Tally spürte, wie sich Hrhon noch einmal aufbäumte und mit aller Gewalt an dem entsetzlichen Geflecht zerrte, das ihn in die Tiefe reißen wollte.

Und plötzlich war Karan da. Blindlings und ohne auf die Gefahr zu achten, in die er sich selbst begab, sprang er zu ihnen herab, warf sich mit einem Schrei auf Angella und begann das erstickende Wurzelgeflecht von ihrem Gesicht herunterzuzerren.

Was Hrhon mit seinen übermenschlichen Kräften nicht geschafft hatte – ihm gelang es. Die weißen Fäden zerrissen wie Spinnweben. Plötzlich war Angellas Gesicht wieder frei; sie konnte atmen. Karan zerrte und riss weiter, befreite auch ihre Schultern und Arme und hielt plötzlich den Laser in der Hand.

Ein dünner, unerträglich gleißender Blitz fuhr aus der Waffe und brannte ein rauchendes Loch in den Boden, nur wenige Handbreit vor Angellas Füßen.

Tally glaubte das qualvolle Zusammenziehen des unglaublichen Wesens wie einen eigenen Schmerz zu fühlen. Mit einem Male waren sie frei. Die dünnen Stränge, die Hrhon und sie gepackt und in den Boden hinabzuziehen versucht hatten, fielen kraftlos herab. Hrhon stieß einen erleichterten Schrei aus und stürmte los, während Karan hinter ihnen herumfuhr und Angella in die Höhe riss, mit einer Kraft, die er einfach nicht haben konnte.

Sie erreichten den Baumstamm. Hrhon warf sie wie eine leblose Last auf das morsche Holz hinauf, fuhr noch einmal herum und streckte die Pranken aus, um Karan und Angella zu helfen.

Aber Tally registrierte all dies nur mit einem winzigen Teil ihres Bewusstseins. Sie war fast besinnungslos und fast wahnsinnig vor Angst – und sie hörte noch immer Wellers entsetzliche Schreie.

Die Albtraumgestalt war längst verschwunden, eins geworden mit dem gigantischen protoplasmischen Ungeheuer, das sich unter dem schwarzen Sumpf des Bodens verbarg, aber Tally sah sie noch immer. Wohin sie auch blickte, glaubte sie das fürchterliche, zerlaufende Gesicht zu erkennen, den hilflos aufgerissenen Mund, aus dem gellende Hilfeschreie drangen. Sie war nicht mehr Herrin ihres Willens. Während Hrhon sich abmühte, Karan und Angella auf die rettende Insel hinaufzuzerren, stemmte sie sich hoch, kroch auf Händen und Knien zurück, zurück zum Sumpf, zu Weller, den sie retten musste, der ein Recht darauf hatte, gerettet zu werden, von ihr gerettet zu werden, denn sie war es gewesen, die ihn hierhergebracht hatte, die …

Sie sah Hrhon über sich aufragen, versuchte ihn beiseitezustoßen und spürte nur noch, wie seine gewaltige Pranke sie beinahe sanft im Nacken berührte.

7

Es war hell, als sie erwachte. Sie spürte, dass sie nur Minuten ohne Bewusstsein gewesen sein konnte. Unter ihr war der schuppige Panzer Hrhons, der sie trug, auf ihrem Rücken seine Hand. Ihr Herz jagte, als wäre sie um ihr Leben gerannt, und sie erinnerte sich vage an einen Traum, einen entsetzlichen, nicht enden wollenden Traum, der Stunden gedauert zu haben schien, obwohl sie mit einem anderen, klar gebliebenen Teil ihres Bewusstseins begriff, dass sie nur Augenblicke ohne Bewusstsein gewesen war, ein Traum, in dem sie selbst ein Rolle spielte, und eine fürchterliche Kreatur, die Weller war und doch nicht Weller, und die ...

Die Erkenntnis, dass es kein Traum war, ließ sie aufschreien. Sie fuhr hoch, schlug in blinder Furcht um sich und spürte, wie ihre Handgelenke gepackt und festgehalten wurden. Die Dunkelheit über ihr zersplitterte zu einem zackigen Muster aus Schwarz und Grün und loderndem Rot, als Hrhon sie wenig sanft von der Schulter hob und zu Boden legte.

In ihren Ohren war noch immer der gellende Schrei der Weller-Kreatur, seine Hilferufe, die sich unauslöschlich tief in ihre Seele gebrannt hatten, zu tief, als dass sie sie jemals wieder vergessen konnte. Sie schrie, bäumte sich auf und spürte, wie eine Hand in ihr Gesicht klatschte. Der Schmerz war seltsam irreal.

Mühsam öffnete sie die Augen. Es war noch immer Nacht. Das Licht kam von den Bränden, die irgendwo, nicht mehr sehr weit über ihnen, den Himmel verzehrten. Dann erkannte sie Angella.

»Nimmst du freiwillig Vernunft an, oder muss ich sie dir einprügeln?«, fragte Angella. Sie lächelte, aber ihr Blick war sehr ernst.

Tally nickte mühsam. Ihre Wange brannte, wo sie Angellas Hand getroffen hatte. »Lass ... mich los«, sagte sie. »Ich bin in Ordnung.« Das Reden fiel ihr schwer. Da war etwas gewesen, in ihrem Traum oder dem entsetzlichen Erlebnis, das sie für einen Traum gehalten hatte. Sie wusste nicht mehr, was es war, aber es war wichtig gewesen. Lebenswichtig. Eine Erkenntnis. Ein jähes Wissen, das alles erklärte. Aber es war verschwunden. Und je mehr sie versuchte, es zurückzuzwingen, desto rascher schien es ihr zu entgleiten.

Angella schien ihr nicht zu glauben, denn sie lockerte den Griff um ihre Handgelenke zwar ein wenig, ließ aber noch nicht los. »Wie fühlst du dich?«

»Gut, verdammt noch mal.« Tally riss sich ärgerlich los, setzte sich vollends auf und sah sich um.

Im ersten Moment erkannte sie nichts als Schwärze, durchzuckt von roten und dunkelgelben Blitzen aus Licht. Dann begriff sie, dass der zerbrochene Himmel über ihr das gewaltige Netz war, das Karan das Dazwischen genannt hatte.

Aber das Licht war nicht das sinnverwirrende grüngraue Halblicht der Dämmerungszone, sondern flackernder Feuerschein, der durch Lücken und rauchende Löcher in der Pflanzendecke fiel. Es gab sehr viele solcher Lücken, wie Tally mit einem raschen Blick feststellte. Das Blätterdach über ihnen war zerfetzt. Blätter und Pflanzen hingen als verkohlte Strünke von den geschwärzten Stämmen der Riesenbäume. Hier und da tropfte flüssiges Feuer in die Tiefe wie brennender Regen. Die Luft roch verbrannt. Sie waren nicht mehr weit von der Stelle entfernt, an der sie in die Unterwelt herabgestiegen waren.

»Was ist passiert?«, fragte sie mühsam.

Angella zuckte mit den Schultern. »Karan hat uns rausgebracht«, antwortete sie. »Was sonst?« Ein ärgerliches Stirnrunzeln huschte über den nicht verbrannten Teil ihres Gesichts. »Wäre es anders, wärst du kaum noch in der Lage, eine derartig dumme Frage zu stellen.«

»Zum Teufel, das meine ich nicht«, fauchte Tally. »Was ist mit den Hornköpfen und Karan?«

»Komm, komm, Tally«, sagte Angella ärgerlich. »Du warst ein paar Sekunden weggetreten, keine zehn Tage – also was soll das? Deine hornigen Freunde sind tot – wenigstens hoffe ich es. Und was Karan angeht – frag ihn selbst. Seit wir hier sind, schweigt er wie ein Grab. Er will nur mit dir reden.« Sie deutete mit einer wütenden Geste über die Schulter zurück auf Karan, der mit untergeschlagenen Beinen dahockte und ins Leere starrte.

Tally stand auf. Im ersten Moment schwindelte ihr. Die Tiefe unter ihr schien zu locken, und da war die Stimme ... Wellers Stimme, zu einem entsetzlichen, kreischenden Etwas verzerrt, das tief in ihrer Seele wühlte und grub ...

Sie verscheuchte den Gedanken.

»Alles in Ordnung?«, fragte sie.

Karan hob müde den Blick. In seinen Augen stand ein Ausdruck von vagem Schmerz. Er nickte. »Du verlangst jetzt sicher eine Erklärung von Karan«, sagte er.

»Es wäre an der Zeit, meinst du nicht?«, fauchte Angella.

Tally hob ärgerlich die Hand und gab ihr ein Zeichen zu schweigen. »Was war das?«, fragte sie. »Dieses ... dieses *Ding*, Karan?« Selbst die bloße Erinnerung an ihr schreckliches Erlebnis bereitete ihr fast körperliche Übelkeit.

»Nichts«, antwortete Karan ausweichend. Er sah Tally nicht an. »Nur ein Trugbild. Einer der zahllosen Schrecken, mit denen der Schlund seine Opfer narrt.«

Aber sie spürte, dass er log, und Karan musste seinerseits spüren, dass es so war, denn er wich ihrem Blick noch immer aus. »Nur ein Trugbild, Tally«, sagte er noch einmal.

»Warum hattest du dann solche Angst davor?«, fragte sie. »Was ist das dort unten, Karan? Die ... die Ungeheuer, die die Hornköpfe vernichtet haben – was sind sie?«

Wieder hatte sie das deutliche Gefühl, dass Karan nach einer Ausflucht suchte, nach irgendeiner plausiblen, *aber falschen* Erklärung für das Entsetzliche, das sie erlebt hatten. Dann lächelte er plötzlich; rasch und voller Schmerz und Resignation. Einen Moment lang sah er sie an, dann stand er auf, drehte sich halb herum und deutete nach oben.

»Ihr müsst fort«, sagte er. »Eure Feinde sind noch in der Nähe, Karan kann sie spüren.«

»Das ist keine Antwort!«, fauchte Angella. Aber Karan reagierte gar nicht auf ihre Worte, sondern deutete nur abermals nach oben, legte den Finger auf die Lippen und bedeutete ihnen mit Grimassen, still zu sein. Widerwillig – und eigentlich nur aus dem einzigen Grund, dass sie gar keine andere Wahl hatte – folgte ihm Tally, als er weiterging. Er ging vorsichtig und stark nach vorne gebeugt, wie ein Mann, der gegen einen unsichtbaren Sturmwind ankämpfte.

Es wurde ein wenig heller, als sie das Netz durchstießen, aber es war noch immer nicht das Licht des Tages, sondern flackernder Feuerschein. Wie Tally befürchtet hatte, hatte der Brand um sich gegriffen. Mit dem nächsten Regen würde er erlöschen, aber zumindest jetzt noch brannte der Wipfelwald überall. Die Luft schmeckte bitter und nach Rauch. Ein unglaublicher Lärm schlug über ihnen zusammen.

Karan blieb stehen, sah sich einen Moment lang unschlüssig um und deutete dann in die Richtung, in der das Muster aus Rot und Orange nicht ganz so dicht war. »Dort entlang!«

Tally warf einen letzten Blick in die Tiefe, ehe sie losging. Sie schauderte. Unter ihr war nichts. Das bleiche Totenlicht des Schlundes war verschwunden, als wäre es nur für die sichtbar, die ohnehin in seine unsichtbaren Fänge gerieten, aber sie spürte die Verlockung, das lautlose Wispern in ihrem Innern, die Stimme Wellers, die sie nie, nie wieder vergessen würde. Sie war es gewesen, die ihn hierhergebracht hatte, die die Schuld an seinem Tod (Tod? Nein – etwas tausendfach Schlimmeres!) trug.

Diesmal kostete es sie ungeheure Überwindung, den Gedanken zurückzudrängen und sich Karan und den beiden anderen anzuschließen.

Es war wie eine getreuliche Fortsetzung des Albtraumes, der mit dem Abend seinen Anfang genommen hatte. Der Wald brannte an zahllosen Stellen. Dann und wann regnete Feuer aus dem Wipfelwald über ihren Köpfen, und mehr als einmal musste Karan umkehren, weil es den Weg, den er kannte, nicht mehr gab. Sie marschierten eine halbe Stunde lang durch eine Hölle aus flackerndem Licht und Hitze und Feuer, das jäh vom Himmel fiel, aus Rauch und unbeschreiblichem Lärm, und sie legten in dieser Zeit nicht mehr als eine Meile zurück; vielleicht weniger, denn mehr als einmal mussten sie große Umwege in Kauf nehmen.

Plötzlich blieb Karan stehen, hob warnend die Hand und deutete mit der anderen auf eine Stelle dicht vor ihnen.

»Was ist?«, fragte Tally.

Karan zuckte die Achseln, bedeutete ihnen mit Gesten zurückzubleiben, und ging allein weiter, sehr viel vorsichtiger als bisher. Trotz seiner Warnung folgten ihm Tally und Angella, während Hrhon ein Stück zurückblieb, um ihren Rücken zu decken.

Tally verspürte einen eisigen Schauer von Furcht und Ekel, als sie sah, was Karan entdeckt hatte.

Es war ein Hornkopf; eine der gigantischen fliegenden Käferkreaturen, denen sie um ein Haar zum Opfer gefallen wären. Er war tot. Ein Teil seines Rückenpanzers war weggerissen, das verwundbare Flügelgespinst darunter zerfetzt und wie verbrannt. Etwas Weißes, Formloses hatte sich in das verwundbare Fleisch darunter gefressen.

Dann sah sie die verkrümmte Gestalt, die neben dem Rieseninsekt lag.

Ganz instinktiv blieb sie stehen. Die Frau war tot, *musste* tot sein, so, wie sie zwischen den geschwärzten Ästen lag, mit unnatürlich verrenkten Gliedern, über und über mit ihrem eigenen und dem Blut des Hornkopfes besudelt, aber Tallys Instinkte waren stärker als ihr logisches Denken. Sie blieb stehen, trat ein winziges Stück zur Seite und senkte die Hand zum Gürtel, wo der

Laser sein sollte. Erst dann fiel ihr ein, dass Angella ihr die Waffe fortgenommen hatte – und danach Karan.

»Nicht«, sagte Karan warnend. »Geht nicht näher.« Auch er schien die Gefahr zu spüren, die die tote Drachenreiterin wie ein übler Geruch umgab.

Nicht so Angella. Sie schnaubte abfällig, trat an Tally vorbei und kniete neben der Toten nieder. Mit einer groben Bewegung drehte sie sie auf den Rücken.

Die Hand der Toten bewegte sich. Ein winziges rotes Dämonenauge starrte Angella an.

Tally reagierte, ohne zu denken. Mit weit ausgebreiteten Armen warf sie sich vor, umschlang Angellas Taille und riss sie zu Boden. Gleichzeitig stieß ihr Fuß nach der Hand der Drachenreiterin. Sie traf, aber nicht richtig; der Laser prallte zurück, wurde seiner Besitzerin aber nicht aus der Hand geschleudert, sondern entlud sich mit einem peitschenden Knall.

Es ging unglaublich schnell, aber Tally sah jedes noch so winzige Detail mit entsetzlicher Klarheit.

Gleichzeitig schien sich die Luft in einen zähen Sirup zu verwandeln, der ihre Glieder daran hinderte, sich mit der gewohnten Schnelligkeit zu bewegen. Sie war hilflos, nur noch Zuschauerin des Entsetzlichen, das geschah:

Der Blitz fuhr kaum eine Handbreit an ihrem Rücken vorbei, sengte eine flammende Spur in den Wald und explodierte in Karans Schulter. Karans rechter Arm flammte auf wie eine Fackel. Feuer sprang auf sein Gesicht über, ergriff sein Haar und sein Hemd, plötzlich verstummten seine Schreie; ein Mantel aus weißroten Flammen hüllte ihn ein. Er taumelte, blieb einen Moment reglos stehen, in grotesker, vorgebeugter Haltung, als wehre sich etwas in ihm noch mit verzweifelter Kraft, dann brach er zusammen. Angella schrie auf, stieß Tally zurück und warf sich auf die Drachenreiterin. Ein Dolch blitzte in ihrer Hand. Ihr Gesicht war verzerrt vor Hass.

»Nicht!«, schrie Tally. »Tu es nicht, Angella!«

Aber es war zu spät. Der Laser in der Hand der Sterbenden bewegte sich, aber Angella war schneller. Mit einem Tritt fegte sie die Waffe beiseite, hob den Arm und stieß zu, einmal, zweimal, dreimal, wie in einem schrecklichen Blutrausch gefangen, immer und immer wieder, bis Tally endlich über ihr war und ihren Arm zurückriss.

Angella versuchte auch nach ihr zu stechen. Tally wich dem Dolch aus, packte ihr Handgelenk und verdrehte es, bis sie die Waffe fallen ließ. Dann versetzte sie ihr eine schallende Ohrfeige.

»Verdammte Närrin!«, schrie sie. »Was ist in dich gefahren?!« Sie schlug ein zweites Mal zu – diesmal nicht mehr, weil es nötig war, sondern schlicht und einfach, weil sie etwas brauchte, an dem sie ihre Wut auslassen konnte –, zerrte Angella grob von der Brust der Toten herunter und versetzte ihr einen Stoß, der sie abermals zu Boden fallen ließ. »Du verdammte Närrin!«, schrie sie außer sich vor Zorn. »Warum hast du sie umgebracht? Sie hätte uns wertvolle Informationen geben können. Sie …«

Sie sprach nicht weiter, als sie den Ausdruck in Angellas Gesicht sah.

Angella war totenbleich geworden. Der Abdruck von Tallys Hand zeichnete sich rot auf ihrer Wange ab. Ihr Mund stand halb offen, wie zu einem Schrei, und ihre Augen schienen vor Entsetzen schier aus den Höhlen quellen zu wollen. »Ka… ran!«, stammelte sie.

Tally drehte sich herum.

Das Erste, was sie sah, war Hrhon, und obwohl sie ihn nur für den Bruchteil einer Sekunde anblickte, begriff sie doch, dass sie den Waga zum ersten Mal in ihrem Leben wirklich fassungslos sah, erstarrt vor ungläubigem Schrecken und geschüttelt vor Angst.

Dann sah sie Karan.

Es war wie ein Schlag ins Gesicht. Und es war unmöglich.

Sie hatte *gesehen,* wie der Laserblitz Karan traf. Sie wusste, welche Verheerung diese schreckliche Waffe ausrichten konnte, und sie hatte *gesehen,* wie sein Körper wie ein Stück trockener Holzkohle aufgeflammt war. Großer Gott, sie hatte es *GESEHEN!*

Aber er war nicht tot.

Karan hockte, mit verzerrtem Gesicht und stierem Blick zwar, aber *unverletzt,* auf dem Boden, den rechten Arm gegen den Leib gepresst. Sein Wams war zu Asche verkohlt, aber die Haut darunter war glatt und unversehrt, rosig wie die eines Neugeborenen, ohne die winzigste Wunde, ohne die allergeringste Spur der Höllenglut, die sie vor Tallys Augen versengt hatte.

Und dann, endlich, begriff sie.

Alle Angst fiel von ihr ab. Plötzlich hatte sie keine Furcht mehr, allein, weil sie begriff, dass das Geheimnis, dem sie gegenüberstand, zu groß war, als dass sie irgendwelche menschlichen Gefühle als Maßstab anlegen konnte. Sie ... schauderte. Die Tiefe der Erkenntnis, die sie überfiel, ließ irgendetwas in ihr beinahe ehrfürchtig erzittern. Es fiel ihr selbst schwer zu sprechen.

»Das also war es«, murmelte sie.

Karan nickte. Er stand auf. Sein Arm, der vor Tallys Augen zu schwarzer Schlacke geworden war, hob sich, unversehrt, glatt, neugeboren. Nein – *neugeschaffen,* verbesserte sie sich in Gedanken. Was für eine Närrin war sie doch gewesen, es nicht schon vorher zu merken.

»Was ... was bedeutet das?«, stammelte Angella. Ihre Stimme war schrill. Zitterte. Tally hörte den Ton beginnender Hysterie darin. »Was bedeutet das, Tally?«, kreischte sie.

»Schweig«, sagte Karan sanft. »Deine Angst ist verständlich, aber unbegründet. Karan ist nicht euer Feind. Er wird euch hier herausbringen, wie er es versprochen hat.« Er stockte einen fast unmerklichen Moment. »Er wird euch einen Weg zeigen, auf dem ihr aus dem Wald herauskommt. Aber zuvor wird er deine Frage beantworten, Tally.« Er seufzte. Als er weitersprach, klang seine Stimme verändert. Flach und tonlos wie die eines Mannes, der in Trance sprach.

»Das dort unten ist der Schlund, Tally«, sagte er. Seine Hand wies nach unten, auf das unsichtbare, schlingende Etwas unter dem Netz. Zum ersten Male glaubte Tally zu begreifen, wie wahr der Name war, den die Menschen der Welt unter der Welt gegeben hatten. »Das Leben.«

»Leben?« Angella ächzte. »Ich hatte einen eher gegenteiligen Eindruck, Karan.«

»Es ist das Leben«, beharrte Karan. »Leben in seiner reinsten, ursprünglichsten Form.« Er wandte sich wieder an Tally. »Karan hat dir einmal die Geschichte des Schlundes erzählt, Tally, den kleinen Teil davon, den er selber kennt, und der weiterzugeben ihm erlaubt ist. Dies alles hier war einmal ein Meer, ein Ozean, der den größten Teil dieser Welt umspannte. Alles Leben begann in ihm, und hier wird noch Leben sein, wenn der Rest dieses Planeten längst zu einer toten Staubkugel geworden ist. Es war immer hier, es ist hier, und es wird immer hier sein. Es ist die große Mutter, Gäa, der Ursprung allen Lebens.«

»Die große Mutter?« Angella lachte bitter. »Eine ziemlich rabiate Mutter, findest du nicht?« Ihre Stimme schwankte immer stärker. Tally begriff, dass sie kurz davor war, schlichtweg den Verstand zu verlieren.

»Du verstehst noch immer nicht«, antwortete Karan. »Der Schlund ist kein Wesen wie du oder Tally oder selbst der Waga hier. Er denkt nicht. Er fühlt nicht. Er lebt. Das ist alles.«

»Und deshalb tötet er?«

»Der Sinn des Lebens ist das Leben, sonst nichts«, erwiderte Karan beinahe sanft. »Dinge wie Gut und Böse sind Erfindungen der Menschen. Der Schlund kennt diese Gefühle nicht. Sie hindern nur und nutzen nicht. Der Schlund ist Leben, in absoluter Perfektion. Nichts kann ihn vernichten. Er kennt keine Schmerzen. Keine Skrupel. Kein Gewissen.«

»Dann ist er nicht mehr als ein Plasmaklumpen«, sagte Angella. Sie wimmerte leise. Tally blickte rasch zu ihr zurück und sah, dass ihr Gesicht noch immer verzerrt war. Ihr Blick flackerte. Sie sprach, ohne wirklich zu wissen, was sie sagte. Ihre Hände vollführten kleine, eigenständige Bewegungen. »Nicht mehr als ein Ding, das frisst und sich fortpflanzt.«

»Und damit den Sinn des Lebens erfüllt«, beharrte Karan. Er lächelte milde. »Du verstehst nicht, Angella – und wie könntest du auch? Niemand, der den Schlund nicht so kennengelernt hat wie Karan, kann begreifen, was er ist.«

»Du weißt es«, sagte Tally. Plötzlich war ihr kalt. Entsetzlich kalt. Sie trat dicht an Karan heran und versuchte zu lächeln, aber der bloße Gedanke an das, dem sie *wirklich* gegenüberstand, ließ es zu einer Grimasse werden. »Deshalb also hattest du solche Angst davor, hierher zurückzukehren«, fuhr sie fort.

Karan nickte. »Ja. Aber diese Angst war falsch, das weiß Karan jetzt. Er hätte schon viel früher zurückkehren sollen. Er dankt dir, dass du ihn gezwungen hast, es zu tun.«

»Was zum Teufel redet ihr da?«, fragte Angella. Sie sah abwechselnd Tally und Karan an. »Was soll dieser Unsinn bedeuten?«

»Es ist kein Unsinn.« Tally antwortete, ohne den Blick von Karans Gesicht zu nehmen. In den Augen des alten Mannes stand ein Ausdruck, der sie schaudern ließ. Es war Schmerz, Furcht, sicher, aber auch … ja – aber auch Glück. Glück und Erleichterung. »Du hast gefragt, wie es kommt, dass wir von keinem Bewohner dieses Waldes angegriffen worden sind, Angella«, fuhr sie fort, aber noch immer, ohne sie anzusehen. »Du hast vermutet, dass es Karan ist, der uns schützt, nicht wahr? Aber wir wussten nicht, wie er es getan hat.«

»Und du weißt es jetzt?« Angella klang unsicher.

Tally nickte. »Ja. Sie fürchten ihn, weil sie den Schlund fürchten, nicht wahr, Karan? Und weil er ein Teil davon ist.«

Ganz langsam zog sie ihr Messer aus dem Gürtel, setzte die Spitze auf Karans Unterarm und sah ihn fragend an.

Karan nickte.

»Was tust du?«, rief Angella erschrocken.

Aber Tally antwortete nicht. Stattdessen führte sie die Messerklinge in einem raschen, aufwärts gerichteten Bogen über Karans Arm. Seine Haut klaffte auseinander. Karan zuckte nicht einmal mit den Wimpern.

Die Wunde blutete nicht.

Und darunter kam kein lebendes Fleisch zum Vorschein, sondern eine weißliche, glänzende Masse aus Millionen und Abermillionen mikroskopisch feiner, ineinandergesponnener Fäden, menschliche Knochen und Venen und Muskeln nachahmend.

Angella keuchte. Ihre Augen weiten sich entsetzt. »Was ...«, stammelte sie.

»Du brauchst keine Angst zu haben«, sagte Karan milde. »Karan ist nicht euer Feind.«

»Und du?«, fragte Tally.

»Ich bin ein Teil von ihm«, erwiderte Karan. »So wie Karan ein Teil von mir ist. Er wird zurückkehren, jetzt, wo er den Ruf der Urmutter vernommen hat, aber noch bleibt ihm ein wenig Zeit. Und er wird euch hier herausbringen, zum Dank, dass ihr ihm geholfen habt, dorthin zurückzukehren, wo er hingehört.«

»Du ... du willst doch nicht etwa diesem Ungeheuer trauen?«, keuchte Angella. »Hast du vergessen, was es mit den Hornköpfen gemacht hat? Hast du ... hast du Weller schon vergessen?«

»Auch Weller ist Teil des Schlundes geworden«, antwortete Karan an Tallys Stelle. »Dein Mitgefühl ist verständlich, Angella, doch unbegründet. Er ist glücklich, dort, wo er jetzt ist.« Er zögerte. Dann: »Auch ihr solltet Karan folgen. Ihr wäret aller Schmerzen und Sorgen ledig.« Er lächelte, schüttelte den Kopf und beantwortete seine Frage selbst. »Aber ihr werdet es nicht tun. Auch Karan hätte es nicht getan, bevor ihr ihm die Augen geöffnet habt. Der Teil von euch, der Mensch ist, ist noch zu stark in euch.«

»Aber Weller hat ... hat mich gerufen!«, sagte Tally verstört. »Er hat um Hilfe geschrien, Karan. Er leidet!«

Karan lächelte. Die Wunde auf seinem Arm begann sich zu schließen. »Nur ein Teil von ihm. Schmerz und Leid sind Bestandteile des menschlichen Lebens, Tally. Sie werden vergehen, wie sein Körper verging. Er wird glücklich sein.«

Er log. Tally hatte Wellers Schreie gehört, das entsetzliche Flehen und Rufen in der Nacht zuvor. Sie hatte die Furcht in seinen Augen gesehen, das namenlose Entsetzen im Blick jenes *Dinges,* in das er sich verwandelt hatte. Karan log, wenigstens in diesem Punkt und vielleicht nicht einmal bewusst. Aber sie sprach nichts davon aus, sondern starrte ihn nur weiter an.

Etwas geschah mit ihm, erkannte Tally schaudernd. Karans Gesicht begann sich zu verändern. Die Falten und Linien, die die Jahrzehnte hineingegraben hatten, glätteten sich zusehends; seine Haut wurde heller. Er wurde nicht etwa jünger, aber irgendetwas schien seine Persönlichkeit zu verwischen. Karan verwandelte sich nicht in ein Monster, wie Weller zuvor; er blieb Mensch, wenigstens äußerlich. Aber er war nur noch Mensch, eine bloße Erscheinungsform, ohne Persönlichkeit, ohne Individualität, eine willkürliche Form, die das Leben gewählt hatte. Plötzlich glaubte Tally zu spüren, welch ungeheure Anstrengung es ihn gekostet haben musste, diese Erscheinung all die Zeit hindurch aufrechtzuerhalten.

»Wohin bringst du uns?«, fragte sie. Ihre Stimme brach fast.

Abermals deutete Karan nach Norden. »Hinaus aus dem Wald. Dorthin, wo dein Ziel ist, Tally.«

»Und die Drachen?«

»Sie werden euch nicht folgen«, antwortete Karan. »Nicht auf dem Weg, auf dem Karan euch führen wird.« Seine Hand deutete nach unten. Er lächelte rasch, als er Tallys und Angellas Erschrecken bemerkte. »Keine Sorge«, sagte er. »Karan wird euch schützen, so, wie er euch vor den Gefahren des Waldes beschützte.«

»Vorhin konntest du das noch nicht«, sagte Angella misstrauisch.

»Es war der Mensch Karan, der euch nicht schützen konnte«, antwortete Karan. »Seine Furcht war zu groß. Sein Drang nach dem, was er für Leben hielt, machte ihn blind. Er fürchtete, und das machte ihn schwach. Jetzt fürchtet sich Karan nicht mehr. Aber er ist auch noch genug Mensch, euch zu beschützen. Wenn auch nicht mehr für lange Zeit.«

»Und ... für wie lange?«

»Lange genug«, antwortete Karan. Sein Gesicht war verschwunden; eine ebene Fläche, aus der heraus zwei blinde Augen Tally und Angella anstarrten. »Kommt.«

Es war die Tatsache, dass die Frau aufgehört hatte zu reden, die das Mädchen weckte. Es war eingeschlafen, nicht zum ersten Mal in dieser Nacht, und nicht zum ersten Mal – aber das wurde ihm eigentlich erst jetzt (und mit Schrecken gemischter Verwirrung) klar – hatte die Frau weitergesprochen, war in ihrer Erzählung von Tally und ihren Abenteuern fortgefahren, und sie hatte die Worte verstanden, obwohl sie schlief. Vielleicht besser.

Es war ein sehr sonderbares Gefühl, dachte das Mädchen. Als erinnere es sich an einen Traum, nur dass es ein Traum von ungemeiner Klarheit war. Die Worte der dunkelhaarigen Frau waren von einer Eindringlichkeit, die es dem Kind immer schwerer werden ließ, sie als bloße Geschichte abzutun, obwohl gerade der letzte Teil so phantastisch war, dass er nun wirklich nichts anderes mehr sein konnte.

Müde setzte es sich auf, rieb sich mit Daumen und Zeigefinger über die Augen und sah erst die Frau an, dann blickte es in die Richtung, in der die Stadt lag. Der Wald verbarg sie vor ihren Blicken, aber der Himmel war voller Rauch. Die Stadt schwelte noch immer.

»Ist die Geschichte jetzt vorbei?«, fragte es.

»Möchtest du, dass sie vorbei ist?«, erwiderte die Frau.

Eigentlich wollte das Mädchen das überhaupt nicht. Es wollte nach Hause – nicht dass es nicht gewusst hätte, dass sein Zuhause nur noch ein Haufen rauchender Trümmer und ausgeglühter Steine war, aber das war ihm in diesem Moment gleich. Es war müde und verschreckt und hatte Hunger und Durst und wollte einfach nur nach Hause – aber gleichzeitig war es auch begierig darauf, das Ende von Tallys Abenteuern zu erfahren. Es wünschte sich, die Geschichte würde nicht mehr lange dauern.

Als es aufsah, um genau dies der Frau zu sagen, sah es, dass die Fremde wieder in den Himmel blickte, und diesmal hatte sie ihre

Züge nicht ganz so perfekt unter Kontrolle wie bisher: Das Mädchen erkannte Ungeduld darauf, aber auch eine ganz sachte Spur von Angst.

»Erzähl weiter«, bat es schließlich. »Aber ich ...« Es stockte. Die Frau sah es an, lächelte. »Ja?«

»Ich habe Hunger«, sagte das Mädchen.

»Ich weiß.« Die Fremde seufzte. »Aber ich habe nichts. Soll ich ein paar Beeren für dich sammeln?«

Das Mädchen schüttelte rasch den Kopf. Die Beeren hier im Wald waren größtenteils giftig, das wusste es von seinen Eltern.

»Es wird nicht mehr lange dauern«, versprach die Frau. »Bald bekommst du zu essen. Aber die Zeit reicht noch, dir die Geschichte von Tally und den anderen zu Ende zu erzählen. Und es ist sehr wichtig, dass du zuhörst – verstehst du?«

Das Kind verstand nicht, aber es nickte trotzdem.

»Hat Karan sein Wort gehalten?«, fragte es.

»Natürlich, Dummchen«, sagte die Frau lächelnd. »Sonst könnte ich kaum weitererzählen, nicht wahr?« Sie lachte leise, als sie sah, wie das Mädchen betroffen den Blick senkte, streckte sie die Hand aus und strich ihr über das Haar. »Er brachte Tally und Hrhon und auch Angella aus dem Wald heraus. Der Weg war sehr weit – sie brauchten mehr als vier Tage, ihn zurückzulegen – und so entsetzlich, dass ich dir diesen Teil der Geschichte nicht erzählen kann, denn du würdest mir nicht glauben. Aber schließlich erreichten sie den Rand des Waldes, und vor ihnen lag das, wonach Tally so unendlich lange gesucht hatte ...«

6. Kapitel

Der Drachenfels

1

Der Drachenfels. Vor ihnen lag, wonach sie so lange gesucht hatte, fünfzehn – nein, mittlerweile beinahe schon siebzehn endlose Jahre ihres Lebens. Der Drachenfels …

Mehr als einmal in den letzten Tagen hatte sie ernsthaft daran zu zweifeln begonnen, dass sie ihn jemals erreichen würde. Trotz Karans Führung und Schutz hatte der Marsch das Letzte von ihnen verlangt, nicht nur in körperlicher, sondern auch und eigentlich viel mehr in psychischer Hinsicht. Karan hatte Wort gehalten; sie waren nicht angegriffen, ja, nicht einmal belästigt worden. Aber sie hatten das Ungeheuer geweckt, und es war in ihrer Nähe gewesen, die ganze Zeit über. Es war noch da.

Tally vertrieb die Erinnerungen an die letzten Tage, fuhr sich mit dem Handrücken über die Augen und blickte nach Norden, wo der Fels wie eine gigantische schwarzbraune Nadel in den Himmel stieß. Es fiel ihr schwer, seine Höhe zu schätzen, weil es von einer bestimmten Größe an aufwärts einfach nicht mehr möglich war, so etwas zu tun. Und der Drachenfels hatte diese Größe eindeutig.

Es war kein Fels, sondern ein Berg, an der Basis mindestens zwei Meilen durchmessend und drei-, wenn nicht viermal so hoch. Früher, als der Schlund noch ein Meer und voller Wasser gewesen war, musste er eine Insel gewesen sein, und das bedeutete, dass er mindestens die Höhe der Klippe hatte. Vielleicht auch sehr viel mehr, denn der Boden, über den sie sich bewegten, war während der letzten Tage beständig abgefallen.

»Ist er das?«, fragte Angella. Wie Tally war sie aus dem Wald getreten und eine geraume Weile einfach schweigend stehengeblieben, um den titanischen Felsen anzustarren. Tally nickte, und Angella fuhr mit unveränderter Stimme fort: »Ich wusste immer, dass du verrückt bist. Aber ich wusste nicht, wie schlimm es war.«

Sie seufzte, wandte noch einmal den Blick, um zum Wald zurückzusehen, und schüttelte in übertrieben gespielter Resignation den Kopf. Sie sah müde aus, und wenn sie so müde war, wie Tally sich fühlte, dann musste sie *sehr* müde sein.

»Gehen wir weiter«, befahl Tally. Die Sonne stand bereits tief, in einer Stunde würde es Nacht werden. Und Tally wollte bis dahin möglichst weit vom Wald und seinem schrecklichen Beherrscher entfernt sein. Karan hatte bisher Wort gehalten, und es gab keinen Grund anzunehmen, dass er es nicht auch weiter tun würde – aber sie spürte die Nähe des Ungeheuers noch immer wie eine erdrückende Last, und Angella und auch Hrhon erging es nicht anders. Keiner der beiden widersprach, als sie weitergingen.

Vor ihnen breitete sich eine Landschaft aus, wie sie öder nicht einmal in der großen Wüste gewesen war, in der Tallys Suche begonnen hatte. Es gab keine Spur von Leben – nur harten, von Millionen und Millionen und Millionen Jahren geduldiger Erosion zerschrundenen Fels, phantastisch zackige Formen bildend, zwischen denen sich hier und da kleine, trügerisch glatte Nester von weißem Sand gebildet hatten. Karan hatte sie vor diesen Sandflächen gewarnt, wie vor so vielem, was sie erwarten mochte. Es *gab* einen Unterschied zwischen dieser Wildnis und den Wüsten, die Tally kannte – beide waren gleich tödlich, aber die Gefahren des Schlundes waren viel direkterer Art.

Trotzdem verschwendete Tally kaum mehr als einen flüchtigen Gedanken daran. Sie waren viel zu weit gekommen, um sich jetzt noch aufhalten zu lassen.

Eine halbe Stunde lang marschierten sie schweigend dahin, erschöpft, viel zu müde, um miteinander zu sprechen oder auch nur zurückzublicken. Hitze lag wie ein flimmernder Schleier über der Steinwüste, und schon bald meldete sich der Durst wieder, der wie sein Bruder, der Hunger, in den letzten Tagen zu einem treuen Begleiter geworden war. Sie hatten wenig Wasser gefunden, kleine, ölig schimmernde Pfützen, deren bloßer Anblick ihnen die Mägen herumgedreht hatte, aber keine Nahrung und fünf Tage Hunger begannen ihren Preis zu fordern. Tally geriet jetzt schon bei kleineren Anstrengungen außer Atem, und oft wurde ihr übel. Sie fragte sich, wie sie den Aufstieg schaffen wollten, erschöpft und schwach, wie sie waren.

Als es zu dämmern begann, war der Drachenfels noch nicht näher gekommen. Der Himmel über ihnen überzog sich mit Rot, dann mit Grau, das rasch und lautlos wie ein Tintenfleck in holzigem Papier über das Firmament kroch, und gleichzeitig wurde es kalt. Die Schatten zwischen den Felsen färbten sich schwarz.

»Whir sssollten rasssten«, sagte Hrhon. »Vhergessst nissst, wasss Kharan gesssagt hat.«

Tally nickte müde. Wie konnte sie? Karan hatte von Abgründen gesprochen, die jäh zwischen den Felsen aufklafften, und von gefährlichen Dingen, die darin hausten, nicht so tödlich wie der Schlund, aber tödlich genug für drei Wahnsinnige wie sie, die sich einbildeten, die Welt auf den Kopf stellen zu können. Beinahe wahllos deutete sie auf eine Ansammlung mächtiger grauer Felsbrocken, die wenige Schritte neben ihrem Weg aufragten.

»Dort.«

Auf den letzten Metern ließen ihre Kräfte rapide nach, als schwände mit dem Tageslicht auch die Energie aus ihren Körpern. Hrhon musste Tally stützen, damit sie auf dem unebenen Boden nicht fiel und sich verletzte, und auch Angella taumelte mehr in den Schutz der Steine, als sie ging.

Als sie sie endlich erreicht hatten, brach die Nacht herein.

Es war ein bizarrer Anblick: Der Schatten der Klippe, nun mehr als hunderfünfzig Meilen lang, wanderte wie eine Mauer aus Schwärze über das Land, verschlang den Wald, das lächerliche kurze Stück freien Geländes, das sie bisher zurückgelegt hatten, und schließlich auch ihr Versteck. Es wurde so dunkel, dass sie selbst Hrhon nur noch als verschwommenen Schatten erkennen konnte, obwohl er unmittelbar neben ihr saß.

Eine Zeitlang saßen sie einfach reglos da, still, jede für sich in ihre eigenen, düsteren Gedanken versunken. Tally hätte erleichtert sein müssen, denn das Allerschlimmste lag hinter ihnen; die größte Gefahr, die diese Welt bieten konnte, war überwunden. Aber sie spürte nichts als Mutlosigkeit.

Schließlich war es Angella, die das Schweigen brach.

»Wir sollten Wachen aufstellen«, sagte sie matt. Wie zur Antwort erscholl aus der Nacht ein schrilles, misstönendes Kreischen, noch sehr weit entfernt, aber unzweifelhaft von etwas sehr Großem ausgestoßen.

Überhaupt war die Nacht nicht still: Überall raschelte und polterte es, da waren Geräusche wie Schritte, etwas, das sie an das Schleifen schwerer horniger Körper auf hartem Fels erinnerte, und andere Laute, von denen sie gar nicht wissen wollte, was sie wirklich bedeuteten. Tally versuchte sich einzureden, dass es nur der Wind war, der sie narrte.

»Dasss mache isss«, erbot sich Hrhon. Tally hörte, wie er aufstand und sich entfernte. Ihr schlechtes Gewissen meldete sich. Hrhon war ungeheuer zäh – fünfzigmal so stark wie ein Mensch und sicher auch ebenso leistungsfähig, aber er hatte – wie so oft – die Hauptlast der letzten Tage getragen; im wahrsten Sinne des Wortes. Mehr als einmal hatte er Angella und sie über Meilen hinweg auf der Schulter getragen, wenn ihre Kräfte versagten und ihre Beine sich einfach weigerten, sich immer wieder aus dem klebrigen Sumpf zu lösen. Er hatte sie getragen, wenn sie schlafen wollten, oder wenn Karan – ohne einen Grund dafür anzugeben – plötzlich darauf bestand, einen bestimmten Ort sehr schnell wieder zu verlassen. Auch ein Waga brauchte von

Zeit zu Zeit Ruhe, um sich zu erholen. Sie würde ihn umbringen, wenn sie ihn weiterhin so unbarmherzig antrieb. Aber sie war viel zu müde, um der Stimme ihres Gewissens nachzugeben.

»Weck mich in zwei Stunden!«, rief Angella ihm nach. »Ich löse dich dann ab. Oder besser in drei.«

Hrhon zischelte eine Antwort und verschwand vollends in der Nacht. Die Geräusche der Wüste verschluckten seine Schritte.

»Immer noch die starke Angella, wie?«, fragte Tally spöttisch. »Hast du immer noch nicht genug? Oder kannst du einfach nicht anders?« Sie verstand selbst nicht genau, warum sie das sagte – es wäre an *ihr* gewesen, so zu reagieren. Vielleicht war sie einfach in der Lage eines verwundeten Tieres, das Schmerzen litt und wild um sich biss; selbst in die Hand, die sie streicheln wollte.

»Du hast recht«, antwortete Angella. Ihre Stimme klang sehr ernst. »Ich kann wirklich nicht anders. Es ist nicht meine Art, die im Stich zu lassen, die mir geholfen haben.«

Tally fuhr zusammen wie unter einem Hieb. Angellas Worte taten weh, sehr weh. Und Angella schien zu spüren, *wie* sehr sie sie getroffen hatte, denn Tally hörte, wie sie sich in der Dunkelheit bewegte und ein Stück auf sie zukroch. Als sie weitersprach, klang ihre Stimme sehr viel näher.

»Es tut mir leid«, sagte sie. »Das wollte ich nicht.«

»Ich auch nicht.« Tally lächelte, obwohl sie wusste, dass Angella es nicht sehen konnte.

»Was?«

»Das vorhin. Du hast vollkommen recht – Hrhon ist am Ende. Ich muss ihn ein wenig schonen.«

Angella lachte leise. »Wozu? Bildest du dir wirklich ein, einer von uns käme lebend hier heraus? Das schafft niemand.«

»Karan hat es geschafft«, erinnerte Tally.

»Karan!« Angella schnaubte abfällig. »Karan war ein ... ein

Ding, kein Mensch mehr. Und er hatte seinen verdammten Gleiter.« Tally hörte, wie sie heftig den Kopf schüttelte, dann hob sie den Arm und deutete in die Richtung, in der der Drachenfels hinter der Nacht aufragte. »Du willst dort hinauf? Das schafft niemand!«

»Warum bleibst du dann bei mir?«, fragte Tally matt. Sie hatte keine Lust zu streiten, schon gar nicht mit Angella.

»Eine gute Frage«, erwiderte Angella böse. »Vielleicht, weil ich sehen will, wie du endlich krepierst, Schätzchen.«

»Das hättest du einfacher haben können«, sagte Tally böse. Sie drehte sich mit einem Ruck herum, legte den Kopf gegen den noch warmen Fels und schloss die Augen. »Lass mich jetzt in Ruhe«, fuhr sie fort. »Ich will schlafen. Du kannst mich drei Stunden vor Sonnenaufgang wecken. Oder besser zwei.«

Angella schnaubte eine Antwort, die Tally nicht verstand, und kroch wieder zu ihrem Platz zurück.

Aber Tally schlief nicht. Sie war müde wie niemals zuvor in ihrem Leben, doch der Schlaf wollte nicht kommen. Es war zu viel, was ihr durch den Kopf ging, und es waren Dinge, die sie umso mehr erschreckten, weil sie keine Erklärung dafür hatte. Angella und sie hatten nicht darüber gesprochen – weil sie während der letzten vier Tage kaum dazu gekommen waren, mehr als ein Dutzend Worte miteinander zu wechseln –, aber sie beide wussten, dass Karan ihnen nicht die Wahrheit gesagt hatte. Er hatte nicht gelogen, denn das hatte er nicht nötig gehabt, aber er hatte ihnen lange nicht alles gesagt.

Sie hatte Wellers Schreie gehört und das namenlose Entsetzten darin, und irgendetwas in ihr hatte *gespürt,* wie sehr er litt. Karan hatte nicht mehr getan, als einen winzigen Zipfel des Geheimnisses vor ihren Augen zu lüften und die Decke wieder fallenzulassen, lange bevor sie wirklich einen Blick darunter werfen konnten. Und trotzdem hatte das winzige bisschen, das sie erblickte, Tally bis auf den Grund ihrer Seele erschauern lassen.

Und das Ungeheuer war noch da. Tally hatte keinen Beweis dafür, aber den brauchte sie auch nicht. Das Monster war erwacht, und es war da, belauerte sie, starrte sie mit unsichtbaren Augen aus der Dunkelheit heraus an, wartete ... worauf?

2

Sie musste wohl doch eingeschlafen sein, denn das Nächste, was sie wahrnahm, war Hrhons Hand, die unsanft an ihrer Schulter rüttelte. Erschrocken fuhr sie hoch und senkte die Hand zur Waffe.

»Nissst!«, zischelte Hrhon. »Isss bin esss!«

»Was ist los?«, murmelte Tally schlaftrunken. »Du solltest das nicht tun. Ich könnte dich erschießen, weißt du?«

»Wassser«, antwortete Hrhon. »Isss habe Wassser gefhunden!«

Tally sprang so schnell auf die Füße, dass ihr schwindelig wurde und sie sich an Hrhons Schulter festhalten musste.

»Wasser? Wo?«

Hrhon machte eine vage Geste in die Dunkelheit hinein.

»Nissst ssseht weit. Kohmmt!«

Sie weckten Angella und eilten los. Wie Hrhon gesagt hatte, war es wirklich nicht sehr weit – drei, vielleicht vier Dutzend Schritte, für die sie allerdings eine geraume Zeit brauchten, denn selbst Hrhon tastete sich wie ein Blinder mit weit ausgestreckten Armen durch die pechschwarze Nacht. Dann umrundeten sie einen gewaltigen kugelförmigen Felsen, und vor ihnen lag ein flacher See, wie ein matt gewordener Spiegel im Sternenlicht glänzend.

Angella schrie erleichtert auf, stieß Tally einfach beiseite und rannte los. Mit einem zweiten, erleichterten Schrei fiel sie auf die Knie, beugte das Gesicht zum Wasser herab und begann mit großen, gierigen Schlucken zu trinken.

Eine Sekunde später fuhr sie hoch, spie das Wasser würgend wieder aus und prallte zurück, als wäre sie von einem giftigen Insekt gestochen worden.

»Was ist los?«, rief Tally erschrocken. »Was hast du?«

Angella drehte sich herum. Ihr Gesicht war vor Ekel verzerrt. »Das Wasser …«, murmelte sie. »Es ist …«

Tally hörte gar nicht mehr hin, sondern kniete am Rande des Sees nieder, schöpfte eine Hand voll Wasser und roch daran, ehe sie vorsichtig und nur mit der Zungenspitze kostete.

»Es schmeckt … salzig!«

»Das ist die Untertreibung des Jahrhunderts«, maulte Angella. »In der Brühe kann man höchstens Fleisch einpökeln. Wenn du es trinkst, dann wirst du sterben!«

Tally blickte mit einer Mischung aus Zorn und Enttäuschung auf den See hinab. Sie brauchten so dringend Wasser. Und der Anblick der glänzenden flachen Ebene ließ ihren Durst zu schierer Raserei aufflammen.

»Whir khönnten esss abkhochen«, schlug Hrhon vor.

»Oh ja«, sagte Angella wütend. »Eine wirklich gute Idee. Wir nehmen einfach ein paar Felsen und stecken sie in Brand, und schon haben wir das schönste Feuer, nicht wahr?« Sie schnaubte, stieß wütend mit dem Fuß in den Boden, dass der Sand hochspritzte und ins Wasser klatschte, und fuhr herum. Eine Sekunde später verengten sich ihre Augen. Ihre Hand senkte sich auf die Waffe herab, führte die Bewegung aber nicht zu Ende.

»Was hast du?«, fragte Tally.

Angella zögerte zu antworten. Schließlich schüttelte sie unwillig den Kopf. »Nichts«, sagte sie. »Ich dachte, ich hätte etwas gesehen. Ich muss mich getäuscht haben.« Sie seufzte. »Lasst uns zurückgehen. Wenn wir schon kein Wasser finden, sollten wir wenigstens schlafen.«

»Esss wäre bessser wheitersssugehen«, sagte Hrhon. »Ihr habt ssswei Ssstunden gessschlafen.«

»Oh, phantastisch«, antwortete Angella wütend. »Deshalb fühle ich mich wie neugeboren.«

Tally blieb ernst. »Hrhon hat vollkommen recht«, sagte sie. »Du hast keine große Wüstenerfahrung, wie?«

»Warum?«, fragte Angella feindselig.

»Weil du dann wüsstest, dass es besser ist, tagsüber zu schlafen und nachts zu gehen.« Sie deutete nach Norden. Ihre Augen hatten sich weit genug an die Dunkelheit gewöhnt, sie den Drachenfels wie eine Säule aus erstarrter Dunkelheit in der Nacht erkennen zu lassen.

»Es sind drei Tagesmärsche bis dorthin; mindestens. Und es wird sehr heiß hier, tagsüber.«

Angella schwieg einen Moment. »Ohne Wasser halten wir das sowieso nicht durch«, murmelte sie.

Tally seufzte. »Ich frage mich, wie du es geschafft hast, dir halb Schelfheim unter den Nagel zu reißen, wenn du so leicht aufgibst.«

»Leicht?« Angella ächzte. »Du machst Witze, wie? Wir ...«

»Ssstill!«, zischte Hrhon.

Angella verstummte auf der Stelle und sah den Waga erschrocken an. »Was ist?«

»Jemand issst in der Nhähe«, flüsterte Hrhon. »Drachen!«

»Drachen?« Angella zog nun doch ihre Waffe und sah sich wild um. »Wo? Ich höre nichts.«

»Hrhon kann sie spüren«, widersprach Tally. Auch sie zog ihren Laser und schaltete ihn ein, achtete aber sorgsam darauf, das rote Licht in seinem Griff mit der Hand abzudecken. Sie wusste, wie weit auch ein kleines Licht in der Dunkelheit zu sehen war.

»Aber das ist völlig ausgeschlossen!«, widersprach Angella. »Woher sollen sie wissen, wo wir sind?«

»Vielleisst hahben ssie auf unsss ghewartet?«, schlug Hrhon vor.

Tally nickte zustimmend. »Hast du vergessen, wie leicht sie uns im Wald gefunden haben? Ich traue dieser Jandhi alles zu.«

»Sie müsste zaubern können, um unsere Spur jetzt noch aufzunehmen«, sagte Angella.

»Vielleicht auch das.« Tally machte eine hastige Bewegung zu schweigen, deutete in die Richtung zurück, in der ihr improvisiertes Nachtlager lag, und huschte los, Hrhons breiten Rücken als lebende Deckung vor sich. Ihre Hand schloss sich so fest um den Laser, wie sie nur konnte.

Hrhon, Angella und sie waren jetzt alle drei mit den schrecklichen Drachenwaffen ausgerüstet; denn Tally hatte sich schweren Herzens entschlossen, Angella die Waffe der getöteten Insektenreiterin zu überlassen. Jetzt fragte sie sich, ob es vielleicht ein Fehler gewesen war.

Nach einer Weile blieb Hrhon wieder stehen, hob die linke Hand und legte die andere auf die Lippen. Und diesmal hörte auch Tally die Geräusche – Laute, die nicht in den Gesang der Nacht passten: das Schleifen von Metall, Schritte, schließlich sogar Stimmen, ohne dass sie die Worte verstehen konnte.

Dann sah sie das Licht.

Es war ein sehr sonderbares, ungewohnt weißes Licht – ein dünner, sehr weißer Strahl, der hinter den Felsen auftauchte und einen Moment lang wie ein leuchtender Finger über den Himmel glitt, ehe er sich wieder senkte und unsichtbar wurde. Eine Stimme bellte einen scharfen Befehl.

»Vorsichtig jetzt!«, befahl Tally im Flüsterton. »Keinen Laut. Und – Angella?«

Angella antwortete nicht, aber sie war stehengeblieben und

sah Tally fragend an. »Keine Dummheiten diesmal«, sagte Tally. »Ich will kein Gemetzel.«

Sie schlichen weiter. Der Weg zurück zu ihrem Lagerplatz kam Tally weiter vor als der zum See hinab, aber das mochte an ihrer Aufregung liegen; möglicherweise machte Hrhon auch einen Umweg, um sich den Drachenreiterinnen von der entgegengesetzten Seite zu nähern.

Sie sahen das Licht kein zweites Mal, aber die Stimmen und das Geräusch von Schritten leiteten sie: es waren die Schritte von mindestens zwei, wahrscheinlich aber mehr Frauen, dazwischen das hohe, misstönende Pfeifen eines Hornkopfes.

Dann lag das natürlich gewachsene Felsenfort wieder vor ihnen, und Tally sah zum zweiten Male dieses sonderbare Licht. Sie konnte jetzt auch seine Quelle ausmachen – es war eine Lampe, die die Drachenreiterinnen mitgebracht hatten, eines von ihren technischen Zauberdingern, nicht größer als eine Sturmlaterne, wie sie Tally kannte, aber hundertmal stärker. In ihrem kalkweißen, beinahe schattenlosen Licht waren deutlich die Gestalten zweier hochgewachsener, dunkel gekleideter Frauen auszumachen, die dabei waren, den Lagerplatz gründlich zu untersuchen.

Dabei gab es nicht viel, was der Untersuchung wert gewesen wäre – Tally hatte ihren Mantel zurückgelassen, und den Gürtel mit dem Schwert, Angella ihren Umhang, sonst nichts.

»Ghreifen whir sssie an?«, flüsterte Hrhon.

Tally schüttelte hastig den Kopf, dann fiel ihr ein, dass Hrhon die Bewegung schwerlich sehen konnte. »Nein«, flüsterte sie. »Nicht, bevor wir wissen, wie viele es wirklich sind.«

»Zwei«, sagte Angella. »Sieh nach rechts – es sind zwei Hornköpfe.«

Tally blickte konzentriert in die angegebene Richtung. Am Rand des scharf abgegrenzten hellen Kreises, den die Lampe in die Nacht brannte, hockten zwei der gewaltigen fliegenden

Hornköpfe, gesattelt und mit dünnen Ketten aneinandergebunden, damit sie ihren Besitzerinnen nicht davonfliegen und sie in der Wüste zurücklassen konnten. Und so groß die Bestien auch waren; Tally bezweifelte, dass sie mehr als einen Reiter tragen konnten. Trotzdem schüttelte sie den Kopf. Die Dunkelheit dahinter konnte hundert weitere Ungeheuer verbergen, ohne dass sie sie auch nur sahen – und es gab auch gar keinen Grund, die beiden Frauen anzugreifen. Dass sie hier waren, *konnte* Zufall sein, wenn auch ein verdammt großer. Und auch ein Kundschafter, der nicht zurückkehrte, konnte eine Nachricht bringen.

Als sie sich herumdrehte, um Angella ihre Überlegungen mitzuteilen, war der Felsen neben ihr leer.

Tally fluchte, sprang in die Höhe und war mit einem Schritt neben Hrhon. »Wo ist Angella?«

»Isss weisss nisst«, zischelte Hrhon. »Isss dachte, sssie whäre bei Eusss!«

»Oh verdammt!«, murmelte Tally. »Diese Närrin wird uns noch alle umbringen.« Sie machte eine befehlende Geste. »Such sie! Schlag sie nieder, wenn es sein muss, aber bring sie zurück, ehe sie noch mehr Unheil anrichtet!«

Der Waga verschwand lautlos in der Dunkelheit, während Tally wieder zu den Felsen zurückhuschte, aus deren Deckung heraus sie die beiden Drachenreiterinnen beobachtet hatte. Im Stillen verfluchte sie sich dafür, nicht besser auf Angella achtgegeben zu haben. Trotz allem war sie nichts als ein dummes Kind, das sich selbst und auch sie und Hrhon mit seiner Dickköpfigkeit in Gefahr bringen würde.

Mit klopfendem Herzen blickte sie zu den beiden Frauen hinüber. Sie waren auf die Tally schon sattsam bekannte Art gekleidet – in schwarzes, hauteng anliegendes Leder, dazu mit Helmen, die bei heruntergeklapptem Visier auch ihre Gesichter bis auf den letzten Quadratmillimeter bedeckten. Selbst die Augen waren geschützt hinter zwei kleinen, oval geformten dunklen Gläsern, was ihnen selbst etwas Insektenhaftes gab. Wahrscheinlich war diese Art von Kleidung nötig, damit sie die enorme Kälte ertrugen, die meilenhoch in der Luft auf den Rücken ihrer Flugtiere herrschte.

Die beiden bewegten sich unruhig. Tally sah, wie eine von ihnen in einen jener kleinen Kästen sprach, die sie bereits kannte, während die andere nervös im Kreis ging und dabei mit etwas spielte, was wie eine vergrößerte Ausgabe der kleinen Laser aussah. Von Angella war keine Spur zu entdecken.

Irgendwo links von Tally bewegte sich etwas. Ein heller Schemen huschte durch die Nacht und verschwand wieder. Ein Stein kollerte.

Tallys Herz schien mit einem gewaltigen Satz direkt bis in ihre Kehle hinaufzuhüpfen und dort schneller und ungleichmäßig weiterzuhämmern. Konzentriert starrte sie in die Richtung, in der sie die Bewegung wahrgenommen hatte. Sie sah nichts mehr, aber sie war vollkommen sicher, sich nicht getäuscht zu haben. Natürlich konnte es ein Tier gewesen sein, aber andererseits ...

Sie blickte noch einmal sichernd zu den beiden Frauen hinüber, sah, dass sie sich nicht von der Stelle gerührt hatten, und huschte davon. Ihre Knie schrammten im Dunkeln schmerzhaft über rauen Fels, und plötzlich war unter ihren Füßen nichts mehr. Tally fiel, unterdrückte im letzten Moment einen erschrockenen Aufschrei und landete ungeschickt auf Händen und Füßen.

Weicher, staubfeiner Sand dämpfte ihren Aufprall. Sie rollte herum, sprang gedankenschnell wieder in die Höhe und hob ganz instinktiv die Waffe, als sie eine Bewegung aus den Augenwinkeln wahrnahm.

Was immer es war – es war verschwunden, ehe sie es genau erkennen konnte. Wieder sah sie nur einen hellen Schemen, etwas von der Größe und den ungefähren Proportionen eines

Menschen. Und wieder war es verschwunden, ehe ihr Blick es erfassen und festhalten konnte.

Aber etwas blieb. Ein leichtes Glitzern wie von Sternenlicht, las sich auf etwas Glänzendem brach, auf etwas, das ...

Etwas, das flüssig war und unbeschreiblich süß roch ...

Diesmal gelang es Tally nicht mehr ganz, einen erleichterten Aufschrei zu unterdrücken. Mit einem Satz war sie neben dem Tümpel, tauchte die Hände hinein und kostete hastig von dem eiskalten Wasser. Es war nicht salzig. Es war süß und kalt und klar wie frisches Quellwasser. Es *war* Quellwasser!

Tally ließ ihre Waffe fallen, beugte sich vor und tauchte das Gesicht in den Tümpel. Sie trank, bis ihre Lunge zu platzen drohte und sie sich aufrichten musste, um zu atmen, aber auch dann schöpfte sie mit beiden Händen weiter Wasser, schüttete es sich über Gesicht und Hals und hörte erst auf, bis sie bis auf die Haut durchnässt war und am ganzen Leib vor Kälte zitterte. Als sie die Augen öffnete, fiel ihr Blick direkt auf das Wasser. Die Oberfläche der kleinen Pfütze war in Aufruhr; winzige Wellen huschten über den kaum metergroßen Tümpel und gaben ihm das Aussehen eines zerbrochenen Spiegels. Und trotzdem konnte sie die menschliche Gestalt deutlich erkennen, die sich daran widerspiegelte ...

Tally ließ sich einfach zur Seite fallen. Blitzschnell rollte sie herum, raffte den Laser auf und war im Bruchteil einer Sekunde wieder auf den Knien.

Vor ihr war nichts.

Die Nacht war so leer wie eh und je, und auf dem Tümpel spiegelte sich nichts weiter als das blasse Licht der Sterne. *Aber sie war doch nicht verrückt!!*

Oder?

Tally zog auch diese Möglichkeit einen Moment lang ernsthaft in Betracht – sie war oft genug in der Wüste gewesen, um zu wissen, wie schnell Hitze und Durst die Sinne verwirren konnten, auch und vielleicht gerade die jener, die sich sicher wähnten. Aber was sie gesehen hatte, war keine Halluzination gewesen, sondern Tatsache: für einen unendlich kurzen Moment hatte sie ganz deutlich eine menschliche Gestalt gesehen. Sie hatte sogar das Gesicht erkannt, und …

Ein blauweißer Blitz von ungeheurer Leuchtkraft stieß hinter ihr in den Himmel hinauf. Für den Bruchteil eines Herzschlages wurde die Welt vor ihren Augen zu einem grellen Negativ in abgrundtiefem Schwarz und unerträglich gleißendem Licht, und plötzlich hörte sie einen Schrei von solchem Entsetzen, dass sich etwas in ihr schmerzhaft zusammenzuziehen schien. Dann erlosch das Licht und eine halbe Sekunde später auch der Schrei. Aber die Stille, die ihm folgte, war beinahe noch schlimmer …

Tally rannte los. Sie gab sich jetzt keine Mühe mehr, leise zu sein; das Versteckspiel war ziemlich sinnlos geworden. Trotzdem kam sie kaum von der Stelle. Sie war beinahe blind. Nach den grellweißen Lichtblitzen erschien die Nacht doppelt dunkel; mehr als einmal stolperte sie und fiel. Selbst als sie – nach nur wenigen Augenblicken – wieder das Licht der Zauberlampe vor sich sah, erkannte sie im ersten Moment nicht mehr als Schatten, die sich einzig von den Felsen unterschieden, weil sich zwei davon bewegten.

Trotzdem erkannte sie genug. Ihre schlimmsten Befürchtungen waren nicht wahr geworden – sie waren übertroffen. Das kleine, aus Felsen und Sand gebildete Halbrund hatte sich in ein Schlachtfeld verwandelt.

Die beiden Frauen waren tot. Die Hände der jüngeren umklammerten noch immer den Schaft der gewaltigen Laserwaffe, deren Blitz die Nacht zerrissen hatte, aber Tally erkannte sie nur noch an diesen Händen: Schultern und Kopf waren verschwunden, nicht zermalmt oder verbrannt, sondern einfach nicht mehr da. Die Wunde blutete nicht einmal stark.

Ihre ältere Begleiterin lag nur wenige Schritte neben ihr auf dem Bauch, die Hände in den weichen Sand gegraben, als hätte sie noch im Tode versucht, sich irgendwo zu verstecken, mit so unnatürlich verrenkten Gliedern, dass sie einfach tot sein musste. Angella kniete über ihr, den Dolch in der linken Hand. Mit der anderen durchsuchte sie die Taschen der Toten.

Rote Schleier von Wut vernebelten Tallys Blick. Sie war mit einem einzigen Schritt bei ihr, krallte die Hand in ihr Haar und riss sie so grob in die Höhe, dass Angella vor Schmerz aufschrie und ganz instinktiv das Messer hob. Tally schlug es ihr aus den Fingern, gab ihr einen Stoß vor die Brust und versetzte ihr mit der anderen Hand eine schallende Ohrfeige; so fest, dass ihre eigene Hand brannte. Aber ihre Wut legte sich nicht; ganz im Gegenteil. Mit einem Male hatte sie zu nichts mehr Lust, als Angellas Hals zwischen die Hände zu nehmen und einfach zuzudrücken.

»Verdammte Närrin!«, schrie sie mit überschnappender Stimme. »Bist du einfach nur dumm, oder ist dein bisschen Gehirn schon so krank, dass du nicht mehr weißt, was du tust?« Angella wollte sich schon hochstemmen, aber Tally sprang auf sie zu, versetzte ihr eine zweite Ohrfeige und gab ihr einen Stoß, der sie vollends zu Boden schleuderte. »Ich hatte befohlen ...«

»Sssie war esss nissst«, unterbrach sie Hrhon.

Tally erstarrt für einen Moment. Ihre Hand, schon zu einem dritten Schlag erhoben, verharrte reglos in der Luft, als sie sich *zu* dem Waga umwandte. »Was ... hast du gesagt?«

»Dass ich es nicht war!«, fauchte Angella. Sie hatte sich wieder gefangen und starrte Tally aus Augen an, in denen die schiere Mordlust blitzte. Die linke Hand hatte sie auf ihre schmerzende Wange gepresst.

»Was ... was soll das heißen?«, stammelte Tally. »Du ...«

»Ich habe diese beiden nicht umgebracht«, unterbrach sie Angella zornig. »Ich wollte es, verdammt noch mal, ja, und ich hätte es getan, wenn diese dämliche Riesenschildkröte mich nicht daran gehindert hätte, aber ich habe sie nicht angerührt. Hrhon und ich waren mindestens fünfzig Meter entfernt, als wir den Schrei hörten.« Sie stemmte sich hoch, trat einen Schritt auf Tally zu und legte den Kopf schräg. »Was ist mit dir passiert? Hast du Wasser gefunden?«

Tally ignorierte ihre Frage. Verwirrt wandte sie sich an den Waga. »Ist das ... wahr?«

Hrhon versuchte, ein Nicken nachzuahmen. »Esss stimmt«, sagte er. »Isss habhe sssie eingheholt, ehe sssie herkham. Dhann habhen wir den Sssrei ghehört.«

»Aber wenn du es nicht warst, wer ...« Tally brach verwirrt ab, blickte Angella noch einen Moment lang misstrauisch an, dann drehte sie sich herum und kniete neben der Toten nieder, deren Taschen Angella gerade durchsucht hatte. Mit einem entschlossenen Ruck drehte sie sie herum.

Eine Sekunde später wünschte sie sich, sie hätte es nicht getan.

»Oh«, murmelte sie. Ihre Hände begannen zu zittern. Ein bitterer, schmerzender Klumpen war plötzlich in ihrem Hals. Sie stand auf, schloss für einen Moment die Augen und versuchte, die immer schlimmer werdende Übelkeit zurückzudrängen, die aus ihrem Magen hochstieg. Mit einem Mal hatte sie das Gefühl, Blut zu schmecken.

»Großer Gott!«, flüsterte Angella. »Was ist hier geschehen?!«

»Ich ... ich weiß es nicht«, sagte Tally. »Aber ich glaube dir, dass du es nicht warst.«

»Oh, vielen Dank«, fauchte Angella. Auch sie war blass geworden, hatte sich aber deutlich besser in der Gewalt als Tally. »Ich nehme deine Entschuldigung an. Und wenn dir wieder einmal danach ist, jemanden zu ohrfeigen, komm einfach zu mir.«

»Aber wenn ... wenn du es nicht warst – wer dann?«, fragte Tally verstört. »Habt ihr irgendetwas gesehen – oder gehört?«

Angella schüttelte ärgerlich den Kopf, bückte sich nach ihrem

Dolch und schob ihn mit einem unnötig harten Ruck in den Gürtel. »Vielleicht ein Tier«, vermutete sie. »Karan hat uns vor Raubtieren gewarnt, oder?«

»Ein Tier?« Tally zwang sich, noch einmal auf die Tote herabzusehen. Beinahe sofort wurde ihr wieder übel. »Ich kann mir kein Tier vorstellen, das so etwas anrichten könnte.«

»Ich schon«, erwiderte Angella. »Ich kenne sogar ein paar.«

»Aber ein Ungeheuer von dieser Größe müsste Spuren hinterlassen!« Tally deutete auf den Boden. Der Sand war von ihren und den Schritten der beiden Drachenreiterinnen aufgewühlt – aber es waren nur die Spuren menschlicher Füße, die sie sah. Und plötzlich war die Angst da. Von einer Sekunde auf die andere bildete sich Tally ein, angestarrt zu werden, belauert von unsichtbaren, gierigen Augen. Und waren da nicht Schritte in der Stille?

Sie verscheuchte den Gedanken.

»Vielleicht ist es geflogen«, murmelte Angella. Aber auch sie wirkte plötzlich verunsichert.

»Das hätten wir gesehen.« Tally schüttelte entschieden den Kopf. Dann fiel ihr etwas auf. »Die Hornköpfe!«, sagte sie.

Angella blickte verstört zu den beiden gigantischen Fluginsekten hinüber. Sie hatten sich nicht gerührt, sondern standen einfach reglos da, aneinandergebunden und mit teilnahmslos glitzernden Facettenaugen. »Was soll damit sein?«

»Sssie lheben«, sagte Hrhon.

»Genau!« Tally nickte heftig. »Wenn das hier ein Raubtier war, warum hat es sie dann nicht auch getötet?«

Angella sah sie und den Waga einen Moment lang betroffen an, dann machte sie eine ärgerliche Handbewegung. »Ach verdammt, woher soll ich das wissen?«, fauchte sie. »Und es interessiert mich auch nicht, zum Teufel. Wir sollten machen, dass wir hier wegkommen, bevor das, was diese beiden getötet hat, zurückkommt, um sich noch einen Nachschlag zu holen.«

Es war seltsam – aber Tally wusste ganz genau, dass diese Gefahr nicht bestand. Der Anblick der beiden entsetzlich verstümmelten Leichname vor ihr erfüllte sie mit Ekel und Entsetzen, aber sie wusste mit unerschütterlicher Gewissheit, dass weder Angella noch sie oder der Waga in Gefahr waren. Wer oder was auch immer hier gewesen war, er hatte ganz gezielt die beiden Drachenreiterinnen ausgeschaltet, mit einer Kälte und Präzision, die Tally schaudern ließ.

Trotzdem nickte sie nach einer Weile. »Du hast recht«, sagte sie. »Verschwinden wir von hier. Ich habe eine Quelle gefunden, nur ein paar Schritte von hier. Mit Trinkwasser.« Sie deutete auf die beiden Hornköpfe. »Seht zu, dass ihr irgendetwas findet, worin wir Wasser abfüllen können. Es sind zwei Tagesmärsche bis zum Berg. Mindestens.«

Angella starrte sie einen Moment lang feindselig an, ging dann aber gehorsam zu den beiden riesigen Fluginsekten hinüber und begann die Ausrüstung der beiden Frauen zu durchsuchen, während Tally ihren Widerwillen abermals niederkämpfte und noch einmal neben der Toten niederkniete.

Sie führte zu Ende, was Angella begonnen hatte – sie durchsuchte ihre Taschen, löste schließlich sogar ihren Gürtel und öffnete die zahllosen Schnallen und Täschchen, die darin eingearbeitet waren. Sie fand eine Menge sonderbarer Dinge – die meisten davon völlig fremdartig und einige von durchaus gefährlichem Aussehen –, aber nicht, wonach sie eigentlich suchte. Aber das mochte daran liegen, dass sie selbst keine sehr klare Vorstellung davon hatte, was es war …

Sie warf alles, was sie fand, auf einen Haufen, ging schließlich auch zu der zweiten Toten hinüber und leerte auch ihre Taschen. Einen Moment lang spielte sie mit dem Gedanken, die riesige Laserwaffe an sich zu nehmen. Die Vorstellung war verlockend – schon die kleinen, handlichen Laser, mit denen Angella, Hrhon und sie bewaffnet waren, versetzten sie in die Lage, es mit einer kleinen Armee aufzunehmen – um wie viel furchtbarer musste die Wirkung dieser gewaltigen Waffe sein?

Trotzdem legte sie das Gewehr nach kurzem Zögern wieder aus der Hand. Sein Schaft war mit einer Unzahl von Knöpfen, Skalen und kleinen leuchtenden Augen übersät; Tally hatte keine Ahnung, wie diese Waffe zu handhaben war. Und keine besondere Lust, sich die Beine wegzubrennen, während sie versuchte, es herauszufinden ...

»Ich bin fertig!« Angella kam zurück, zwei an ledernen Riemen befestigte Feldflaschen in der rechten und einen dritten, etwas größeren Behälter in der anderen Hand. »Das ist alles, was ich gefunden habe«, sagte sie. »Die beiden Flaschen sind voll.«

»Dann trinkt sie aus«, befahl Tally, gleichzeitig an Angella wie an den Waga gewandt. »Trinkt, so viel ihr könnt. Wir füllen sie an der Quelle auf.«

Angella zuckte die Achseln, schraubte jedoch sofort den Verschluss der einen Feldflasche auf und warf Hrhon die zweite zu.

»Was suchst du eigentlich?«, fragte sie, nachdem sie ihren Durst gestillt und sich den Rest des Wassers über Gesicht und Hals geschüttet hatte.

»Ich weiß es selbst nicht genau«, gestand Tally. Sie seufzte, stand auf und blickte mit einer Mischung aus Resignation und Zorn auf das Sammelsurium unverständlicher Dinge herunter, das sie aus den Taschen der beiden Toten genommen hatte. »Ich beginne mich nur zu fragen, ob es wirklich Zufall ist, dass sie uns immer wieder aufspüren.«

Angella zog eine Grimasse. »Komisch«, sagte sie. »Ich erinnere mich schwach, vor einer halben Stunde den gleichen Verdacht geäußert zu haben. Bloß hast du mich da niedergebrüllt.«

Sie schraubte die Flasche wieder zu und kam mit fast gemächlichen Schritten näher. Ihr Blick huschte über die Laserwaffe, die Tally achtlos zur Seite geworfen hatte. Aber sie ging mit keinem Wort darauf ein. »Und du denkst, du findest die Antwort …« Sie stockte. Ein verblüffter Ausdruck erschien auf ihrem Gesicht.

»Ich Idiot«, murmelte Angella. »Oh verdammt, ich glaube, ich habe die Ohrfeige verdient, die du mir gegeben hast – wenigstens die erste!«

»Wovon zum Teufel redest du?«, fragte Tally ärgerlich.

»Von Jandhi!«, erwiderte Angella. »Du hast sie schon einmal getroffen, nicht wahr? Ich meine, vor dem Lagerhaus?«

»Einmal«, sagte Tally. »Aber das war, bevor sie wusste, wer …«

»Und sie hat dir irgendetwas gegeben?« Angella war nicht mehr zu bremsen.

»Gegeben?« Tally überlegte einen Moment angestrengt, dann schüttelte sie den Kopf. »Nein«, sagte sie.

»Aber es muss so gewesen sein!«, beharrte Angella. »Denk nach, Tally – hast du irgendetwas mitgenommen, aus Schelfheim?«

»Nein!«, antwortete Tally, in fast zornigem Ton. »Nichts außer diesem Schwert da.« Sie deutete auf die Waffe, die neben Angellas Mantel im Sand lag. »Aber die habe ich …«

»Ja?«, fragte Angella, als Tally nicht weitersprach, sondern sie nur betroffen anstarrte. »Woher hast du sie?«

»Gekauft«, murmelte Tally. »Von einem Katzer. Aber …«

»Aber Jandhi war dabei«, führte Angella den Satz zu Ende. »Nicht wahr? Diese Schlampe! Dieses heimtückische Miststück! Ich hätte ihr den Hals durchschneiden sollen!« Wütend bückte sie sich, hob den Waffengurt auf und zog das Schwert aus der ledernen Hülle. Einen Moment lang bewegte sie es unschlüssig in Händen, dann drehte sie es herum und rammte die Klinge fast bis zur Hälfte in den Boden.

»Was tust du da?«, erkundigte sich Tally. »Sei vorsichtig. Es ist ein verdammt gutes Schwert!«

»Oh ja!«, antwortete Angella. »Du wirst dich gleich wundern, wie gut. Mein Wort, Tally, das Ding hat noch ungeahnte verborgene Qualitäten! Hrhon – hilf mir!«

Der Waga kam mit wiegenden Schritten herbei und sah Angella fragend an. »Halt die Klinge fest!«, befahl sie. »Mit beiden Händen!«

Hrhon zögerte. Erst als Tally fast unmerklich nickte, kniete er nieder und legte beide Hände um das doppelseitig geschliffene Heft. Angella ergriff den Schwertknauf, konzentrierte sich einen Moment und begann mit aller Kraft daran zu drehen.

Ein helles Knacken ertönte, und plötzlich löste sich der Schwertgriff. Unter dem eingefetteten Leder kam ein sorgsam geschnittenes, sehr feines Gewinde zum Vorschein, Angella schnaubte triumphierend, spannte noch einmal die Muskeln an und löste mit einem weiteren Ruck den gesamten Griff von der Klinge. »Ich wusste es!«, sagte sie. »Diese verdammte Hexe! Sieh dir das an, Tally!«

Tally trat gehorsam näher, beugte sich neugierig vor – und verzog angewidert das Gesicht.

Der Schwertgriff war hohl, aber nicht leer. In dem kleinen Zylinder aus Metall bewegte sich etwas, das Tally verdächtig an eine Ansammlung widerlicher weißer Maden erinnerte, schleimige, nur daumennagelgroße Kreaturen, die einen entsetzlichen Geruch verströmten.

»Was ist das?«, fragte sie angewidert.

»Der Grund, aus dem Jandhi immer so genau wusste, wo wir zu finden waren«, antwortete Angella. »Oh verdammt, ich hätte es gleich merken müssen! Spätestens, als sie uns in den Sumpf gefolgt sind!« Sie bewegte den abgeschraubten Schwertgriff wütend in der Hand. »Weißt du, was das ist, Tally? Nein? Diese niedlichen kleinen Dinger sind Sandmaden! *Weibliche* Sandmaden!«

»Ach«, sagte Tally.

»Du hast noch nie davon gehört?« Tally schüttelte den Kopf, und Angella fuhr, noch immer mit zornbebender Stimme, fort: »Sie sind völlig harmlos, weißt du, aber es sind sehr nützliche kleine Biester. Ihre Männchen nämlich können fliegen, und obwohl sie praktisch kein Gehirn haben, sind sie sehr treu. Sie führen eine regelrechte Ehe, weißt du? Ein Sandmadenpärchen, das einmal zusammengefunden hat, trennt sich niemals wieder.«

»Verdammt noch mal, was soll das?«, fauchte Tally ungeduldig. »Wenn ich einen Vortrag in Biologie brauche, gehe ich zu einem Scholaren!«

»Das hättest du besser getan, bevor du dich mit Jandhi eingelassen hast«, versetzte Angella böse. »Diese widerlichen kleinen Biester hier sind nämlich nicht nur treu, sondern äußerst anhänglich. Ein Männchen wittert sein Weibchen auf zehn Meilen Entfernung.« Sie lachte hart. »Na, dämmert es dir? Alles, was Jandhi zu tun brauchte, war, dir diese Maden unterzuschieben und die dazu passenden Männchen in einen Glaskasten zu setzen, um ...«

»Um immer genau die Richtung zu wissen, in der sie suchen musste«, murmelte Tally. Sie starrte abwechselnd Angella und den hohlen Schwertgriff an. »Das ist ...«

»Das ist typisch für Jandhi«, fiel ihr Angella ins Wort. »Du solltest diese Hexe niemals unterschätzen, Liebling. Sie muss schon damals geahnt haben, dass mit dir irgendetwas nicht stimmt, Tallyliebling. Aber ich gebe zu, dass nicht einmal ich *damit* gerechnet habe.« Sie schüttelte wütend den Kopf und setzte dazu an, die Maden aus ihrer Hülle heraus auf den Boden zu schütteln, führte die Bewegung aber nicht zu Ende.

»Worauf wartest du?«, fragte Tally. »Bring sie um!«

Angella grinste. »Ich glaube, ich habe eine bessere Idee. Gib mir das Schwert.«

Tally reichte ihr gehorsam die Schwertklinge. Angella

schraubte die Waffe vorsichtig wieder zusammen, überzeugte sich davon, dass der Griff wieder fest an seinem Platz saß, und wandte sich zu den beiden Hornköpfen um. Einen Moment lang blickte sie die beiden Tiere abschätzend an, dann hob sie das Schwert und stieß die Klinge fast bis ans Heft in den gepanzerten Schädel des kleineren der beiden Insektenwesen. Der Hornkopf bäumte sich mit einem schrillen Pfeifton auf und starb.

»Was hast du vor?«, fragte Tally.

Angellas Grinsen wurde noch breiter. »Eine kleine Retourkutsche«, sagte sie. »Hrhon, hilf mir! Halt das Biest fest.«

Sie wartete, bis der Waga herangekommen war und die Zügel des Fluginsektes ergriffen hatte, dann bückte sie sich, durchtrennte mit einem raschen Schnitt die Fesseln, die es mit dem Kadaver des zweiten Hornkopfes verbanden, und richtete sich wieder auf. Sorgsam befestigte sie Tallys Schwert am Sattelzeug des bizarren Flugtieres, trat einen halben Schritt zurück und zog den Dolch aus dem Gürtel. »Kannst du ihn halten, wenn ich ihm die Augen aussteche?«, fragte sie.

Tally keuchte, aber sie kam nicht mehr dazu, Angella zurückzuhalten. Hrhon knurrte zustimmend, und Angellas Hand machte eine blitzschnelle Bewegung zum Schädel des Hornkopfes hin. Die beiden Facettenaugen erloschen wie Kerzenflammen im Wind.

Der Hornkopf begann zu toben. Schwarzes Insektenblut besudelte Angella, die sich mit einem fast komisch anmutenden Hüpfen in Sicherheit brachte. Der Panzer des Riesenkäfers klappte auseinander. Eine der beiden Hälften traf Hrhon wie ein Hammer aus Chitin und schleuderte ihn zu Boden; dann entfaltete sich ein Paar gigantischer, halbdurchsichtiger Käferflügel über dem buckeligen Leib.

Tally zog hastig den Kopf ein, als das Insekt taumelnd in die Höhe schoss, halb wahnsinnig vor Schmerz und Angst. Mit ungeheurer Wucht krachte es gegen den Felsen, taumelte ein Stück zurück und herab und fing sich wieder. Sekunden später war es in der Nacht verschwunden.

»Was, zum Teufel, sollte das?«, fragte Tally kalt, als sich Angella aufrichtete und damit begann, Sand aus ihrem Haar zu schütteln.

»Ein freundlicher Gruß an Jandhi«, antwortete Angella grinsend. »Diese Hornköpfe sind verdammt zäh, weißt du? Er ist jetzt zwar blind, aber mit ein wenig Glück wird es noch Tage dauern, bis er stirbt.« Sie lachte leise. »Ich gäbe deine rechte Hand dafür, Jandhis Gesicht zu sehen, wenn sie ihn endlich eingeholt hat.«

Tally antwortete nicht. Aber sie dachte noch sehr lange darüber nach, ob Angella sich wirklich versprochen hatte, als sie sagte: *deine* rechte Hand ...

3

Aus den zwei Tagen, die Tally für den Weg zum Drachenfels veranschlagt hatte, wurden fünf, denn der Berg war zum einen sehr viel weiter entfernt, als sie geglaubt hatte, und sie kamen zum anderen sehr viel langsamer voran, als sie gefürchtet hatte. Sie marschierten nur nachts, was zwar mühsam und nicht ganz ungefährlich war; denn die Steinwüste entpuppte sich als gigantisches Labyrinth aus jäh aufklaffenden Abgründen und bodenlosen Spalten. Trotzdem wäre es unmöglich gewesen, bei Tageslicht zu marschieren. Es wurde nicht annährend so heiß, wie Tally befürchtet hatte – aber der Himmel über dem Schlund war voller Drachen.

Angellas Plan schien nicht aufgegangen zu sein. Schon am

ersten Morgen sahen sie einen der gewaltigen, dreieckigen Schatten am Himmel kreisen, und der Tag war noch nicht zur Hälfte vorbei, als mehr und mehr der riesigen Tiere über ihnen erschienen – zu viele, *viel zu viele,* als dass es Zufall oder bloße Routine sein konnte. Tally zählte mehr als zwei Dutzend der titanischen Flugechsen, die in unregelmäßigen Spiralen über der Wüste kreisten, manchmal reglos zu verharren schienen, manchmal aber auch so tief auf das Labyrinth aus Felsen und Abgründen herabstießen, dass sie die schwarzgekleideten Gestalten auf ihren Rücken erkennen konnte.

Keiner von ihnen sprach es aus, aber es war klar, was diese plötzliche Änderung in Jandhis Taktik bedeutete: Sie suchte sie. Sie, Angella und Hrhon, aber vor allem sie. Und Tally verstand allmählich selbst nicht mehr, warum.

Sicher – sie hatte Jandhi gedemütigt, mehr als einmal, und sie hatte wahrscheinlich mehr ihrer Kriegerinnen getötet als alle Klorschas und Banditen Schelfheims zusammen – und doch war nichts davon Grund genug, einen derartigen Aufwand zu rechtfertigen. Nicht, wenn man bedachte, dass Jandhi ja im Grunde nichts anderes zu tun brauchte, als abzuwarten, bis Tally ganz von selbst zu ihr kam ...

Aber auch auf diese Frage fand sie – wie auf so viele – keine Antwort. Und schon bald dachte sie auch nicht mehr darüber nach, denn sie brauchte jedes bisschen Kraft, das sie aufbringen konnte, um am Leben zu bleiben.

Das Gelände wurde schwieriger, mit beinahe jedem Meter, den sie weiter nach Norden kamen. Das Netzwerk aus Rissen und Schrunden, das den Boden durchzog, wurde dichter, und gleichzeitig nahmen die Felsen ab – ein Umstand, der besonders tagsüber nicht nur lästig, sondern lebensgefährlich war; denn die Drachen kreisten ununterbrochen am Himmel, und es wurde immer schwieriger, ein Versteck zu finden.

Aber zumindest in einem Punkt hatten sie Glück: Keines der

zahllosen Raubtiere, vor denen Karan sie gewarnt hatte, griff sie an, ja, sie sahen nicht einmal etwas Lebendes, mit Ausnahme einer riesigen Kreatur, die an einen aufrecht gehenden Haifisch erinnerte, aber hastig die Flucht ergriff, als Hrhon einen Stein nach ihr schleuderte.

Und sie waren nicht allein. Tally sprach mit keinem der beiden anderen darüber, aber sie spürte es überdeutlich, und sie war sicher, dass zumindest Hrhon es ebenfalls fühlte: etwas folgte ihnen. Es war kein Zufall, dass die räuberischen Bewohner des Schlundes sie mieden, so wenig, wie es Zufall gewesen war, dass sie den Wipfelwald so vollkommen unbehelligt durchquert hatten. Irgendetwas war in ihrer Nähe, etwas, das sie schützte. Und zugleich bedrohte.

Am Morgen der fünften Nacht, die sie sich durch den Schlund geschleppt hatten, lag der Drachenfels vor ihnen.

Es war kein Berg, wie ihn Tally jemals zuvor gesehen hatte, sondern ein Albtraum: ein schwarz und tiefdunkelgrün marmorierter Riesenspeer, den ein tobsüchtiger Gott in den Boden gerammt haben musste, lotrecht aufsteigend und fünf, sechs, vielleicht noch mehr Meilen hoch. Es gab kein sanftes Ansteigen des Bodens, keine Hänge, sondern nur den Schlund und dahinter den Berg, gerade wie eine Wand in den Himmel ragend und so hoch, dass Tally schwindelte, als sie den Kopf in den Nacken legte, um zu seinem Gipfel hinaufzusehen.

»Unmöglich«, sagte Angella. Ihre Stimme war sehr ruhig; matt. Die Anstrengungen der letzten Nächte klangen in jeder Silbe mit. Und ihre Worte waren frei von jeder Bitterkeit oder gar von Vorwurf. Es war einfach eine Feststellung. Aber es gab keinen Widerspruch dagegen. Und Tally wusste, dass sie recht hatte. Es *war* unmöglich. Niemand, der keine Flügel hatte, konnte diesen Berg besteigen.

Tally fühlte ... nichts.

Es war sonderbar – sie hätte enttäuscht sein müssen, verzweifelt, zornig ... aber sie spürte nichts von alledem. Allenfalls ein nicht einmal sehr starkes Gefühl von Resignation, eine ganz sanfte, aber nicht sehr unerwartete Enttäuschung. Sie hatte einen Drachen getötet. Sie hatte der Macht die Stirn geboten, die über diese Welt herrschte, länger, als die Geschichte der Völker zurückreichte, sie hatte dem grässlichsten Ungeheuer, das die Götter jemals ersonnen hatten, – dem Schlund – ein Schnippchen geschlagen. Aber dieser Berg besiegte sie. Einfach dadurch, dass er da war.

Und doch spürte sie, dass es richtig war.

Vielleicht ... ja, dachte sie matt, vielleicht war das der Grund, aus dem sie so unbeteiligt schien. Die Erkenntnis, dass Angella und sie an diesem Berg scheitern mussten, kam nicht überraschend. Sie hatten ihn gesehen, während der letzten fünf Nächte, ein ganz allmählich größer werdender Schatten vor dem Nachthimmel, und irgendwie war es – jetzt –, als hätte etwas in ihr die ganze Zeit über gewusst, wie unmöglich es war, ihn zu ersteigen.

Es war wie ein Stein, der noch gefehlt hatte, das Mosaik vollends zusammenzufügen, und der nur so und nicht anders sein konnte, sollte er passen. Der Endpunkt einer Entwicklung, die irgendwann einmal ihren Anfang genommen hatte und ihren Händen längst entglitten war. Vielleicht hatte sie niemals wirklich Einfluss darauf gehabt. Zum ersten Mal, seit sie vor so unendlich langer Zeit als Kind aus dem Wald getreten war und ihre Heimatstadt in Trümmern unter sich liegen gesehen hatte, fragte sie sich, ob sie vielleicht nicht in Wahrheit nur ein Werkzeug war, das Werkzeug einer höheren, durch und durch grausamen Macht, auf deren Entscheidungen sie keinen Einfluss hätte.

»Unmöglich!«, sagte Angella noch einmal. »Das ... das schaffen wir nicht! Niemand schafft das!«

Tally schwieg. Sie spürte, dass Angella auf eine Antwort wartete, darauf wartete, dass sie irgendetwas sagte, *irgendetwas,* aber es gab nichts, was sie sagen konnte. Sie waren am Ende ihres Weges angelangt. Vielleicht war dies eine jener Geschichten, dachte sie, die nicht gut endeten. Eine jener Geschichte, die niemand weitererzählen würde, weil die Helden am Ende nicht siegten, sondern den Tod fanden, nur ein paar Narren mehr, die sich eingebildet hatten, dem Schicksal eine lange Nase drehen zu können.

Sie blickte den Berg an, dann den Himmel, der sich ganz allmählich rot zu färben begann, und dann den Berggipfel. In wenigen Augenblicken würden die Drachen ausschwärmen. Es wäre leicht, dachte sie. Sie brauchten nichts anderes zu tun als einfach dazustehen und zu warten, bis sie sie sahen. Vielleicht würde der Tod im Feuer der Drachen entsetzlich sein, aber er würde nicht lange dauern. Ein kurzer Augenblick furchtbarer Hitze, vielleicht – und auch das nur *vielleicht* – ein kurzer Schmerz. Und nichts mehr.

Aber es wäre falsch. Irgendetwas fehlte noch. Dies alles war nicht sinnlos gewesen, das spürte sie, sondern Teil eines sorgsam ausgeklügelten Planes. Und sein Ziel war *nicht* ihr Tod. Wenigstens noch nicht jetzt. Die Lösung, die endgültige Erklärung, war da, ganz dicht unter ihren Gedanken, aber ihrem Zugriff noch entzogen, wie ein noch ungeborenes Kind.

Und dann wusste sie, was zu tun war.

Ganz langsam zog sie den Laser aus dem Gürtel, schaltete die Waffe ein und richtete sie auf den Berg.

Angella erbleichte vor Schrecken. »Was tust du?«, keuchte sie. »Du wirst alles verderben? *Tally! NEIN!!!*«

Tallys Finger verharrte ein winziges Stück über dem Auslöser. Die Waffe vibrierte in ihrer Hand; sie spürte die Energie, die darauf wartete, entfesselt zu werden, das Drängen in ihrem Inneren, es zu tun, es *endlich* zu Ende zu bringen, die unhörbare, aber drängende Stimme, die ihr zuflüsterte, dass Angella und der Waga unwichtig waren. Ihr Leben zählte so wenig wie das Tallys, wie das irgendeines der zahllosen anderen lebenden Wesen, die sie ausgelöscht hatte, um hierherzukommen. Sie war hier, und sie wusste jetzt, wie sie ihre Rache vollziehen konnte, eine Rache, die tausendmal schrecklicher war, als sich Jandhi und ihre Schwestern auch nur vorstellen konnten.

Und trotzdem zögerte sie noch,

»Geh«, sagte sie leise.

Angella starrte sie an. »Was ... was hast du gesagt?«

»Geh«, wiederholte Tally. »Und auch du, Hrhon – ihr könnt gehen. Was jetzt kommt, geht nur noch mich an.«

Angella starrte die Waffe in Tallys Hand an, dann sie selbst. »Du ... du willst ...«

»Ich will nicht«, unterbrach sie Tally, sehr leise, aber in einem Ton, der es Angella unmöglich machte zu widersprechen. »Ich muss. Ich werde tun, was nötig ist. Ich musst dort hinauf, und es gibt nur einen Weg, dies zu tun.«

»Als Jandhis Gefangene?« Angella lachte, aber es war wohl eher ein Schrei. »Das hättest du leichter haben können!«

Tally antwortete nicht. Wie sollte sie Angella erklären, dass es nur diesen und keinen anderen Weg gegeben hatte? Wie sollte sie etwas erklären, das sie selbst zwar wusste, aber nicht verstand? Wortlos schüttelte sie den Kopf.

Angella trat einen Schritt auf sie zu und blieb stehen, als Hrhon drohend die Hände hob. »Du ... du bist wahnsinnig!«, keuchte sie. »Ich bitte dich, Tally – überlege, was du tust! Sie werden dich umbringen!«

»Wahrscheinlich«, antwortete Tally. »Aber zuerst werden sie mich dort hinaufbringen. Alles andere zählt nicht.«

»Verdammt noch mal, bist du nur hierhergekommen, um zu sterben?«, brüllte Angella. Plötzlich duckte sie sich unter Hrhons Arm hindurch, sprang auf Tally zu und versuchte ihre Hand herunterzuschlagen. Hrhon packte sie im Nacken, riss sie zurück und schleuderte sie zu Boden.

»Lass sie«, sagte Tally sanft. Sie lächelte, senkte den Laser noch einmal und deutete mit der anderen Hand nach Süden, zurück in die Richtung, aus der sie gekommen waren. »Geh, Angella«, sagte sie. »Es ist vorbei. Für dich und auch für Hrhon.«

»Gehen?« Angella stand auf, hob die Hände und führte die Bewegung nicht zu Ende. Tally hatte selten zuvor einen Ausdruck größerer Hilflosigkeit im Gesicht eines Menschen gesehen. »Aber ... aber wohin denn?«

»Euch wird nichts geschehen«, sagte Tally. »Geht zurück zur Klippe. Ihr werdet einen Weg hinauf finden, ich bin sicher. Jandhi wird euch nicht mehr behelligen. Sie will nur mich.«

»Und du willst sie«, stellte Angella fest. Plötzlich war ihr Zorn wie weggeblasen. Auf eine völlig andere, aber ebenso erschreckende Art wirkte sie so kalt und entschlossen wie Tally. »Und wenn ich bleibe?« Sie sah Tally herausfordernd an.

»Dann wirst du sterben«, antwortete Tally. »Willst du das?«

»Du willst es doch auch, oder?« Angella ballte die Faust. »Du bist nicht die Einzige, die glaubt, ein Recht auf Jandhis Kopf zu haben, Tallyliebling. Ich weiß nicht, was sie dir getan haben, aber ich weiß, was sie mir getan haben, und ich gehe nicht hier fort, als wäre nichts geschehen, ohne dass irgendjemand dafür bezahlt hat. Du hast kein Monopol auf Hass, Liebling.«

Tally schwieg endlose Sekunden. Sie spürte, dass es Angella ernst war; zum ersten Mal, seit sie sich kennengelernt hatten, hatte sie das Gefühl, einer erwachsenen Frau gegenüberzustehen, keinem dummen Kind.

»Du meinst es ernst«, sagte sie.

Angella hob die Hand und deutete auf ihr verbranntes Gesicht. »Du hast mich niemals gefragt, woher ich das hier habe«, sagte sie leise. »Ich war einmal so schön wie du, Tally. Aber Jandhi hat dafür gesorgt, dass ich zu einem Monstrum wurde. Und jetzt sag noch einmal, ich soll gehen.«

Tally sagte es nicht. Stattdessen wandte sie sich an Hrhon und sah den Waga sehr lange und sehr ernst an. Sie sagte kein Wort, aber der Waga verstand die Frage trotzdem.

»Sssie habhen Essk ghethöhtet«, zischte er.

Es war entschieden. Und aus einem Grund, den Tally selbst nicht verstand, war sie sehr froh. Von allem hatte sie der Gedanke, allein dort hinaufgehen zu müssen, vielleicht am meisten geschreckt. Es war dumm und unlogisch – aber es *war* ein Unterschied, ob man allein starb oder mit Freunden.

Sie sagte nichts mehr, sondern hob zum zweiten Mal den Laser und drückte ab.

Ein dünner, schmerzhaft greller Lichtstrahl sengte eine blendendweiße Narbe in die Nacht und explodierte an der Flanke des Drachenfelsens. Selbst über eine Entfernung von fast einer Meile konnte sie sehen, wie der Stein in dunklem Rot aufglühte und sich kleine Tropfen geschmolzenen Felsens wie glühende Leuchtkäferchen lösten und in die Tiefe stürzten. Sie verloschten, lange bevor sie den Boden erreichten.

Tally schoss ein zweites Mal, und ein drittes und viertes und fünftes und sechstes Mal, immer und immer wieder, bis die Waffe in ihrer Hand überhitzt war und nur noch ein protestierendes Summen ausstieß. Dann ließ sie die Waffe einfach fallen, drehte sich herum und hob abwehrend die Hand, als Angella neben sie trat.

»Bleibt hier«, sagte sie. »Und wehrt euch nicht, wenn sie kommen.«

»Wohin gehst du?«, fragte Angella.

»Nicht sehr weit.« Tally lächelte, wandte sich an Hrhon und deutete erst auf ihn, dann auf Angella. »Gib acht, dass sie mir nicht folgt«, sagte sie. »Ich bin bald zurück.«

Sie ging, ehe Angella eine weitere Frage stellen konnte. Ihre Zeit lief ab. Wahrscheinlich blieben ihnen jetzt nur noch Minuten.

Über dem ausgetrockneten Ozean dämmerte der Morgen, aber hier unten, auf seinem Grunde, war die Nacht noch immer tief genug, Angella und Hrhon schon nach wenigen Schritten zu verschlucken. Tally wusste nicht, wie weit sie ging, aber sie spürte, dass es nicht sehr weit sein konnte. Sie waren in ihrer Nähe, und sie mussten so gut wie sie selbst wissen, wie wenig Zeit ihnen blieb; nur wenige Minuten, bis Jandhi und ihre Drachen kamen. Aber die Zeit würde reichen. Was Tally verstehen konnte, wusste sie jetzt, und was es darüber hinaus noch gab, konnte sie nicht verstehen. Es gab nichts zu erklären. Eine tiefe, unnatürliche Ruhe hatte von ihr Besitz ergriffen, eine Art von psychischer Lähmung, die ihren Ursprung nicht in ihr selbst hatte, sondern von außen kam.

Trotzdem begann ihr Herz vor Schreck zu hämmern, als sie die beiden Schemen vor sich sah. Sie blieb stehen. Ganz instinktiv blickte sie noch einmal nach oben, zum Gipfel des Drachenfelsens empor. Aber der Himmel war noch leer.

»Du hast dich also entschieden.«

Es war der größere der beiden Schemen, der sprach. Er bewegte sich, kam auf eine fürchterliche, mit Worten nicht zu beschreibende Weise auf sie zu und erstarrte wieder zur Reglosigkeit, als er spürte, wie sehr sein Anblick Tally erschreckte. Sein Gesicht war das Wellers, und gleichzeitig das von etwas anderem, etwas unbeschreiblich *Fremdem,* Entsetzlichem, dessen bloßer Anblick Tally aufstöhnen ließ.

Es war Weller – der gleiche Weller, der sie in jener Nacht vor fünf Tagen zum Wasser geführt hatte, der die beiden Drachenreiterinnen getötet und sie und die beiden anderen sicher hierhergeführt hatte. Gleichzeitig war es eine boshafte Karikatur Wellers, ein entsetzliches Ding, überlebensgroß, breiig, aufgequollen, hier und da zerlaufen wie weiches Wachs in der Sonne, eingesponnen in ein bleiches, pulsierendes Netz wie aus Spinnseide, nur viel feiner, und *lebend* …

»Warum?«, fragte sie einfach.

»Es gibt kein Warum«, antwortete Weller. »Sie und wir sind Feinde. Wir waren es immer. Du weißt, was getan werden muss.«

Tally nickte. Plötzlich war ihr kalt. Was, dachte sie, wenn sie das Feuer mit einem Vulkanausbruch löschte? Vielleicht brachte sie einen zweiten, sehr viel größeren Schrecken auf die Welt. Dann lächelte sie über ihre eigenen Gedanken. Es war nur der Mensch in ihr, der diese Furcht spürte, das alberne, dumme Wesen, das sich einbildete, seine Existenz wäre irgendwie wichtig.

»Du hast gewählt?«, fragte Weller. Auch die zweite Kreatur bewegte sich jetzt, kam näher. Im ersten Moment war ihr Gesicht nicht mehr als eine glatte, totenbleiche Fläche, dann bildeten sich Mund, Nase und Augen. Karan. Tally sah weg.

»Ich habe gewählt«, sagte sie.

»Und wer soll es sein?« Das Etwas, das einmal Weller gewesen war, kam näher. Tally schauderte. Widerwillen ergriff sie, ein unbeschreiblicher Ekel, auch nur in der Nähe dieses entsetzlichen Dinges zu sein, das alles war, nur nicht mehr Weller.

»Warum ich?«, stöhnte sie, wie unter Schmerzen. »Warum nicht Karan oder … oder einer der anderen, die vor mir hierherkamen?«

»Karan war unser Bote«, erwiderte das Weller-Ding. »Und du, weil du da warst. Wir haben auf dich gewartet, sehr lange. Auf jemanden wie dich. Alle anderen waren Narren, die gescheitert wären.«

Tally erschrak, als sie begriff, was die Worte der Kreatur bedeuteten. »Dann … dann hätte ich es auch …«

»Ohne unsere Hilfe geschafft?« Weller schüttelte den Kopf. Das weiße Gespinst, das ihn umgab, raschelte wie ein Totenhemd. »Nein. Vielleicht bis hierher. Vielleicht. Doch nicht weiter.«

Er schwieg einen Moment. Dann deutete seine schreckliche fingerlose Hand in den Himmel. Tallys Blick folgte der Geste. Sie sah den titanischen dreieckigen Schatten, der sich von der Spitze des Drachenfelsens löste und in die Tiefe zu gleiten begann, dann einen zweiten, dritten …

»Uns bleibt nicht mehr viel Zeit«, sagte Weller. »Du hast dich entschieden? Wer von beiden? Angella oder Hrhon?«

»Keiner«, sagte Tally.

Das entsetzliche Ding kroch und glitt ein weiteres Stück auf sie zu. Seine Hände waren jetzt nicht mehr weit von ihrem Gesicht entfernt. Tally unterdrückte nur noch mit letzter Kraft den Impuls, sich einfach herumzudrehen und davonzulaufen.

»Du weißt, dass wir ein Opfer verlangen«, sagte Weller. »Nur so kann deine Rache vollzogen werden. Wer also? Die Frau oder der Waga.«

»Keine von beiden«, sagte Tally noch einmal. Großer Gott, warum fiel es ihr so schwer zu sprechen?

»Dann willst du …?«

»Mich«, sagte Tally. »Nehmt mich!«

Und sie nahmen sie.

4

Die beiden Drachen landeten, als sie zu Angella und Hrhon zurückkam. Der Waga hatte sich hinter einen Felsen geduckt und Angella an sich gepresst; er hielt die Beine leicht gespreizt, um festen Stand zu haben, und hatte den Kopf fast zur Gänze in seinen Panzer zurückgezogen. Trotzdem schwankte er, als die beiden gigantischen Kreaturen weniger als zwanzig Schritte neben ihm den Boden berührten.

Die Erde bebte. Für einen Moment schien die Nacht zurückzukehren, als die Drachen ein letztes Mal ihre gigantischen Schwingen entfalteten, und der künstliche Sturmwind trieb auch Tally noch einmal zwischen die Felsen zurück, in deren Schutz sie stehengeblieben war, um Jandhis Ankunft zu beobachten. Staub und kleine Kiesel überschütteten sie wie Hagel. Die Luft war erfüllt vom Reptiliengestank der Drachen.

Tally drehte das Gesicht aus dem Sturm, hob schützend die Hand über den Kopf und blinzelte aus zusammengepressten Augen zum Himmel hinaus. Über ihr, so dicht, dass sie fast meinte, sie mit dem ausgestreckten Arm berühren zu können, kreisten zwei weitere Drachen, und eine oder anderthalb Meilen darüber ein weiteres Paar der geflügelten Reptilien. Jandhi überließ nichts mehr dem Zufall. Gut.

Geduldig wartete sie, bis die beiden Drachen zur Ruhe gekommen waren; großen, hässlichen Vögeln gleich, die sich noch einen Moment unruhig auf der Stelle bewegten, ehe sich ihre schuppigen Hälse senkten, um den Reiterinnen das Absteigen zu ermöglichen.

Es ging trotz allem sehr schnell – auf jedem der beiden Drachen saßen fast ein Dutzend von Jandhis schwarzgekleideten Kriegerinnen, und Tally musste ihre Bewegungen nicht länger als einen Herzschlag beobachten, um zu erkennen, dass sie es diesmal nicht mit Kindern wie Nil zu tun hatte, sondern mit Elitetruppen; Frauen, deren Bewegungen so schnell und präzise wie die von Maschinen waren. Jandhis Garde, wenn sie so etwas hatte, dachte Tally spöttisch.

Sie bewegte sich nicht. Die Drachenreiterinnen schwärmten rasch und beinahe lautlos aus und bildeten einen doppelten, zur Wüste hin offenen Kreis, in dessen Zentrum sich Angella und Hrhon befanden. Vier oder fünf der schlanken Gestalten traten auf sie selbst zu, sehr langsam, vorsichtig und mit angelegten Waffen.

Die Gesichter der Kriegerinnen waren hinter den heruntergeklappten Visieren ihrer Helme verborgen, sodass sie den Ausdruck darauf nicht erkennen konnte – aber Tally spürte die Nervosität der fünf Kriegerinnen. Mit einem leisen Gefühl der Beunruhigung kam ihr zu Bewusstsein, dass sie nicht irgendwer war. Sie hatte eine Spur von Blut aus jenem verfluchten Turm in der Gehran-Wüste bis hierher gezogen. Die bloße Erwähnung ihres Namens musste diese Frauen mit Furcht oder Hass oder beidem erfüllen.

Sehr vorsichtig senkte sie die Hände, trat den Kriegerinnen einen Schritt entgegen und blieb wieder stehen, als sich eine Waffe drohend auf ihr Gesicht richtete.

»Keine Angst«, sagte sie. »Wir geben auf.«

Wenn die Kriegerinnen ihre Worte überhaupt hörten, so reagierten sie nicht darauf. Vier von ihnen bildeten einen Kreis um Tally, die Waffen im Anschlag, aber so haltend, dass sie sich nicht gegenseitig treffen konnten, während die fünfte um sie herumtrat und sie rasch und sehr gründlich durchsuchte. Sie fand nichts. Tallys Dolch – die einzige Waffe, die sie noch bei sich getragen hatte – lag irgendwo draußen in der Wüste.

Trotzdem wurden ihre Hände auf den Rücken gebunden; so fest, dass es schmerzte, und Tally schon nach Sekunden fühlte, wie ihr das Blut abgeschnürt wurde. Erst dann traten zwei ihrer vier Bewacherinnen zur Seite; sie bekam einen groben Stoß in den Rücken, dann griffen schlanke, aber sehr kräftige Hände unter ihre Achseln. Sie wurde mehr auf Angella und Hrhon zugeschleift, als sie aus eigener Kraft ging.

Angella blickte ihr aus vor Schrecken geweiteten Augen entgegen. Sie war gebunden wie Tally, und auch neben ihr standen zwei der gesichtslosen schwarzen Kriegerinnen, während Hrhon ein Stück zur Seite geführt worden war. Er war nicht gebunden – Jandhis Kriegerinnen schienen zu wissen, wie wenig Zweck es hatte, einen Waga fesseln zu wollen –, aber die Läufe eines Dutzends Laserwaffen waren auf ihn gerichtet. Tally betete lautlos, dass Hrhon nicht die Nerven verlieren und einen Fehler machen würde.

»Was geschieht jetzt, Tally?«, fragte Angella. »Wir ...«

Eine ihrer beiden Bewacherinnen versetzte ihr einen Kolbenstoß, der sie stöhnend in die Knie brechen ließ. »Nicht sprechen!«

»Was soll das?!«, fragte Tally scharf. »Wir haben uns ergeben!«

Ein zweiter Kolbenhieb traf nun auch ihre Rippen; nicht halb so fest wie der, den Angella bekommen hatte, aber heftig genug, ihr die Luft aus der Lunge zu treiben. »Schweigt!«, sagte eine harte Stimme. »Niemand spricht, bis Jandhi kommt.«

Angella stemmte sich stöhnend in die Höhe. Ihr Gesicht zuckte vor Schmerz, aber in ihren Augen flammte schon wieder diese unbezähmbare Wut, die Tally so sehr an ihr kannte und fürchtete. Plötzlich war sie sehr froh, dass Angella gefesselt war. »Dafür bringe ich dich um, Schätzchen«, stöhnte diese. »Mein Wort darauf!«

Die Frau neben ihr hob das Gewehr, schlug aber nicht noch einmal zu, sondern beließ es bei einer warnenden Bewegung. Angella starrte sie hasserfüllt an. In ihrem Gesicht arbeitete es. Tally sah, wie sich ihre Muskeln spannten, als sie vergeblich versuchte, die Fesseln zu sprengen.

»Nicht, Angella«, sagte sie rasch. »Keine Angst – sie werden dir nichts tun. Ich bin es, die sie wollen.«

In Angellas Augen blitzte es abermals auf. Aber sie war klug genug, ihre Bewacherin nicht weiter zu reizen, sondern sich nur mit einem wütenden Ruck herumzudrehen.

Und auch Tally schwieg. Sie verspürte eine absurde Erleichterung. Der gefährliche Moment war vorüber, das wusste sie. Jandhis Kriegerinnen würden sie nicht töten, jedenfalls nicht jetzt. Aber sie hatten nicht mehr viel Zeit. Wellers *(Wellers??!)*

letzte Worte waren noch deutlich in ihrem Ohr: *Dir bleibt nicht viel Zeit, Talianna. Wenig mehr als zwölf Stunden. Wir können dich schützen, bis die Sonne untergeht. Nicht länger.*

Zwölf Stunden … dachte sie. Eine erbärmlich kurze Zeit – und doch genug für das, was sie tun musste.

Sie fühlte sich sonderbar. Sie war noch nicht alt genug, um sich wirklich ernsthaft mit dem Gedanken an den Tod auseinandergesetzt zu haben, aber natürlich *hatte* sie darüber nachgedacht, dann und wann.

Sie erinnerte sich, einmal – in einem Gespräch, dessen Anlass und dessen Beteiligte sie vergessen hatte – über die Frage diskutiert zu haben, was sie tun würde, wüsste sie genau, dass sie nur noch eine festgelegte Spanne Zeit zu leben hätte. Sie erinnerte sich, eine Menge interessanter – und auch kluger – Gedanken zu diesem Thema gehört zu haben, damals. Aber jetzt *war* sie in dieser Situation, und sie fühlte nichts von alledem, was sie geglaubt hatte. Nicht einmal Angst.

Einen Moment lang lauschte sie in sich hinein, aber da war nichts: Ihr Herz schlug sehr schnell und gleichmäßig, unter ihrem rechten Knie pochte ein leichter Schmerz, wo sie im Dunkeln gegen einen Felsen geprallt war, und ihre Rippen waren taub, wo sie der Kolbenstoß getroffen hatte. Aber wo die Angst in ihrem Leib wühlen sollte, war nichts als eine tiefe, sonderbar wohltuende Leere. Vielleicht war dies schon ein Teil des Schutzes, von dem Weller gesprochen hatte.

Ein gigantischer Schatten legte sich über die Wüste und ließ Tally aus ihren Gedanken auffahren. Sie sah nach oben und erblickte einen weiteren Drachen, ein besonders großes, nachtschwarzes Tier, das in steilem Winkel aus dem Himmel geschossen kam und seinen Sturz erst dicht über dem Boden abfing. In seinem Nacken saß eine einzelne Reiterin, gekleidet in das allgegenwärtige Schwarz der Töchter des Drachen, aber ohne Helm, sodass ihr Haar frei im Wind flatterte. Der Sturmwind der Drachenschwingen peitschte die Luft, während das Tier zwei-, drei-, viermal über Tally und den anderen kreiste und schließlich zur Landung ansetzte.

Trotz des Ernstes ihrer Lage konnte Tally nicht anders, als die Eleganz der riesigen fliegenden Kreatur zu bewundern, als Jandhi landete. Der Drache musste an die fünfzig Meter lang sein, und Tally schätzte seine Spannweite auf das Doppelte. Sein Gewicht musste das von zehn Hornbestien gleichzeitig betragen. Und trotzdem bewegte er sich elegant und schwerelos wie ein großer nachtschwarzer Schmetterling. Der einzige Laut, der zu hören war, war das Heulen der Luft, die seine Schwingen peitschten.

Und ebenso elegant, wie er gelandet war, senkte der Drache seinen riesigen Schlangenhals, bis der dreieckige Schädel den Boden berührte und seine Reiterin mühelos absteigen konnte.

Tally blickte ihr ruhig entgegen. Jandhi ging sehr schnell, aber ohne Hast, auf sie zu, blieb einen Moment neben Hrhon stehen und blickte ihn an und kam dann näher. Eine ihrer Kriegerinnen trat auf sie zu; Jandhi scheuchte sie mit einer unwilligen Geste zur Seite.

Für einen Moment wurde es sehr still, während die beiden ungleichen Frauen sich anblickten. Jandhis Gesicht war wie Stein. Auf ihren ebenmäßigen Zügen war nicht das geringste Gefühl zu erkennen. Aber Tally spürte die Erregung, die hinter der Maske aus Unnahbarkeit und Ruhe tobte. Und Jandhi umgekehrt schien die unnatürliche Ruhe zu fühlen, die von Tally Besitz ergriffen hatte, denn nach einer Weile trat ein Ausdruck von leiser Überraschung in ihre Augen. Trotzdem dauerte es sehr lange, bis sie das Schweigen brach, das sich zwischen ihnen ausgebreitet hatte.

»Du wärst besser mit mir gekommen, damals in Schelfheim«, sagte sie. »Eine Menge meiner Schwestern wären noch am Leben. Und deine beiden Freunde auch.« Sie seufzte, maß Tally mit einem langen, sehr nachdenklichen Blick und schüttelte schließlich den Kopf, als könne sie noch immer nicht glauben, was sie sah. »Du hast wirklich aufgegeben.«

»Wie du siehst.«

»Warum?« Jandhi machte eine fragende Geste. »Ich meine – warum jetzt? Du hast uns länger und gründlicher an der Nase herumgeführt als irgendein anderer vor dir – und jetzt gibst du auf?« Sie schüttelte den Kopf. »Wenn du irgendeinen Trick vorhast, hast du zu hoch gespielt, Tally.«

»Kein Trick.« Tally zögerte einen Moment; dann hob sie die Hand und deutete auf den Berg hinter sich. »Du hast mich nicht besiegt, Jandhi. Er war es.«

Jandhi blickte sie einen Herzschlag lang verdutzt an. Dann nickte sie. »Hast du gedacht, wir sitzen schutzlos herum und warten darauf, überfallen zu werden?«, fragte sie. »Niemand besteigt diesen Berg, der keine Flügel hat.« Sie seufzte. »So viel Tote, Talianna. So viel verschwendete Energie ... war es das wert?«

Tally schwieg. Jandhis Frage war nicht von der Art, die eine Antwort erwartete. Und nach einer Weile schüttelte sie auch den Kopf und beantwortete sie selbst: »Nein, das war es nicht. Wärst du doch gleich zu uns gekommen, statt einen Privatkrieg zu beginnen. So viel hätte anders sein können.«

»Ach?«, sagte Tally. »Hättet ihr ein paar Städte weniger niedergebrannt?«

Jandhis Gesicht verdunkelte sich vor Zorn. Sie hob die Hand, wie um Tally zu schlagen, führte die Bewegung aber nicht zu Ende, sondern senkte den Arm wieder und seufzte abermals. »Vielleicht gab es wirklich keinen anderen Weg«, murmelte sie. »Aber du wirst erkennen, wie sehr du dich getäuscht hast, Tally. Und deine beiden Freunde dort auch.«

Sie wies mit einer Kopfbewegung auf Angella und Hrhon. Der Waga war zu weit entfernt, um ihre Worte zu hören, aber

Angella hatte jede Silbe verstanden. Zu Tallys Überraschung schwieg sie jedoch.

»Was hast du mit ihnen vor?«, fragte Tally.

Jandhi drehte sich sehr langsam herum und blickte erst Angella und dann den Waga nachdenklich an, ehe sie sich wieder an Tally wandte.

»Ich nehme an, du willst jetzt um ihr Leben bitten«, sagte sie abfällig.

»Und wenn?«

Jandhi lachte leise. Aber sie antwortete nicht auf Tallys Frage, sondern trat stattdessen einen Schritt zurück und hob die Hand.

In die schwarzgekleideten Kriegerinnen kam Bewegung. Vier von ihnen packten Hrhon und stießen ihn mit angelegten Waffen vor sich her; zwei andere ergriffen Angella unter den Achseln und zerrten sie grob auf einen der Drachen zu.

Jandhi machte eine einladende Handbewegung. »Darf ich dich einladen, auf meinem eigenen Tier zu reiten?«, fragte sie spöttisch. »Diese Art zu reisen ist dir ja nicht fremd, oder? Ich glaube, du bist fliegen gewohnt.«

Tally versuchte, den Sarkasmus in ihren Worten zu ignorieren. »Hast du keine Angst, dass ich dich aus dem Sattel stoße?«, fragte sie böse.

Jandhi lächelte. »Sicher nicht«, sagte sie. »Was hättest du schon davon? Du bist nicht hier, weil du *mich* umbringen willst, oder?«

»Der Gedanke ist verlockend.«

»Das Risiko gehe ich ein«, antwortete Jandhi ruhig. »Es ist nicht sehr groß, weißt du? Ich kenne dich besser, als du ahnst.«

»So?«

Jandhi nickte. »Ich war einmal wie du, Talianna«, sagte sie. »Ein junges Mädchen voller Hass und Zorn, das sein eigenes Leben weggeworfen hätte, um die zu vernichten, die es zu hassen glaubte. Hast du dich für einmalig gehalten?« Sie lachte. »Es gibt viele wie dich – Männer und Frauen und Kinder, die uns den Tod schwören. Die meisten gehen zugrunde, ehe sie uns auch nur nahekommen. Manchen gelingt es sogar, uns Schaden zuzufügen. Gewöhnlich töten wir sie.«

»Und sonst?«, fragte Tally.

Jandhi lachte leise. »Manche nehmen wir in unsere Dienste«, sagte sie. »Wenn sie gut sind. Du bist gut. Und jetzt erspare mir und dir bitte große Worte wie *niemals* oder *lieber sterbe ich*«, fügte sie rasch hinzu. »Das habe ich weiß Gott schon oft genug gehört.« Sie seufzte. »Wenn ich mich richtig erinnere, habe ich selbst etwas Ähnliches gesagt. Aber das ist lange her. Komm jetzt – du wirst alles erfahren. Und danach wirst du vielleicht einsehen, wie dumm du gewesen bist.«

Begleitet von vier von Jandhis schwarzgekleideten Kriegerinnen bewegten sie sich auf den Drachen zu. Tally verspürte nun doch – wenn auch sehr schwache – Angst, aber es war keine Furcht vor der Kreatur selbst, sondern die instinktive Abneigung gegen alles Reptilische, Kalte, das wohl jeder Mensch in sich trug, die Millionen Jahre alte Furcht vor der anderen, großen Lebensform, die diese Welt lange vor dem Menschen beherrscht hatte, welche sie selbst in Hrhons Gegenwart vollkommen überwunden hatte.

Gleichzeitig – so absurd es war – kam ihr wieder zu Bewusstsein, wie schön der Drache war: ein Gigant, trotz seiner Größe elegant und leicht, von der Farbe der Nacht und schimmernd wie ein riesiger schwarzer Diamant. Sie hatte einmal geglaubt, das Lodern in den Augen des Drachen wäre Bosheit, aber das stimmte nicht. Es war so wenig Bosheit, wie es Intelligenz war – während sie sich an Jandhis Seite auf die titanische Flugechse zubewegte, begriff sie, dass die Drachen nichts anderes als Tiere waren, ungeheuer große und ungeheuer starke Tiere, aber nicht mehr. Sie waren so wenig böse, wie es die Waffen in den

Händen von Jandhis Kriegerinnen waren – nur Werkzeuge, mehr nicht.

Irgendwie beruhigte sie dieser Gedanke.

Fünfzig Schritte vor dem turmhohen Ungeheuer blieben sie stehen. Jandhi löste einen kleinen, kastenförmigen Gegenstand von ihrem Gürtel und drückte rasch hintereinander drei oder vier Tasten auf seiner Oberfläche; der Drache erwachte aus seiner Starre, stieß ein tiefes, kehliges Knurren aus und senkte den Schädel. Dicht vor Jandhi berührte der gepanzerte Unterkiefer des Kolosses den Felsboden. Ein Auge starrte sie an, das größer war als Tallys Kopf.

Jandhi drehte sich zu ihr herum und wiederholte ihre auffordernde Geste. »Keine Angst«, sagte sie. »Er tut dir nichts. Er ist sanft wie ein Lamm – solange ich es will.« Bei diesen Worten hob sie den kleinen Kasten in ihrer Hand. Ein Lächeln erschien auf ihren Zügen, das Tallys Verwirrung zu jähem Zorn werden ließ.

»Gibt es irgendetwas womit du *nicht* spielst?«, fragte sie mit mühsam beherrschter Stimme.

Ihr Zorn schien Jandhi zu amüsieren, denn ihr Lächeln wurde noch breiter. »Du verstehst nicht«, sagte sie. »Aber wie könntest du auch? Es hat nichts mit Zauberei oder gar schwarzer Magie zu tun, weißt du?« Sie hob den Kasten und deutete gleichzeitig mit einer Kopfbewegung auf die gigantische geflügelte Kreatur, die wie ein lebender Berg über ihnen in den Himmel ragte. »Wir pflanzen Sensoren in ihre Gehirne, wenn sie noch sehr jung sind. Das ist völlig schmerzlos und ungefährlich. Täten wir es nicht, wären sie vermutlich längst ausgestorben. Oder niemals geboren worden – je nachdem. Aber jetzt komm.«

Tallys Blick irrte unsicher zwischen ihr und dem Drachen hin und her. Sie verstand Jandhis Worte nicht, und noch viel weniger verstand sie, *warum* sie sie überhaupt aussprach. Aber gleichzeitig glaubte sie zu spüren, dass Jandhis plötzliche Redseligkeit nicht von ungefähr kam. Jandhi verriet ihr all dies nicht, um ihr vor Augen zu führen, wie klein und machtlos sie in Wahrheit war – das hatte sie weiß Gott nun nicht mehr nötig. Nein – sie verfolgte einen ganz bestimmten Zweck damit.

Aber welchen? Glaubte sie wirklich, ein paar Worte und ein wenig magischer Hokuspokus würden genügen, Tally alles vergessen zu lassen, wofür sie die letzten siebzehn Jahre ihres Lebens geopfert hatte? Lächerlich!

Sie sprach nichts von ihren wahren Gedanken aus, sondern trat mit einem raschen Schritt an Jandhis Seite und sah sie fragend an. Jandhi deutete einladend auf den Drachen. Tally sah jetzt, dass im Nacken des Kolosses eine Art Sattel befestigt war, eine komplizierte Konstruktion aus Leder und Stahl, lächerlich klein gegen den Giganten, der sie trug. Der bloße Gedanke, dort hinaufzusteigen, erfüllte sie mit einer kreatürlichen Angst, gegen die sie für einen Moment hilflos war.

Und Jandhi schien ihre Angst zu spüren, denn sie forderte sie nicht noch einmal auf, in den Sattel zu steigen, sondern trat mit einem schnellen Schritt auf einen der hornigen Stachel, die aus dem Schädel des Drachen herausragten, zog sich mit einer geübten Bewegung in den Sattel hinauf und machte erst dann eine gleichermaßen auffordernde wie befehlende Geste.

Tally gehorchte. Langsamer als Jandhi und mit vor Aufregung und Furcht hämmerndem Herzen näherte sie sich dem Drachen, blieb noch einmal stehen und kletterte schließlich zu Jandhi hinauf.

Es war ein entsetzliches Gefühl: Es war im Grunde nicht schwerer, als einen Baum zu erklimmen, aber der Gedanke, dass sie auf einer der Bestien saß, die ihre Familie – ihr Leben – verbrannt hatten, vor einer der Frauen, die den Befehl dazu gegeben hatten, ja, vielleicht dabei gewesen waren, brachte sie schier um den Verstand. Alles in ihr schrie danach, sich einfach herumzudrehen und Jandhi zu töten, und wenn es das Letzte wäre, was sie in ihrem Leben tat. Aber sie durfte es nicht. Nicht, wenn nicht alles umsonst gewesen sein sollte. Nicht *jetzt.*

»Halt dich gut fest!«, befahl Jandhi.

Tally hatte kaum Zeit, ihrem Befehl zu folgen und sich am Rand des Sattels festzuklammern.

Der monströse Schlangenhals unter ihr bewegte sich in die Höhe; beinahe gleichzeitig breitete der Gigant die Schwingen aus und stieß sich mit einem ungeheuer kraftvollen Satz ab.

Tally hatte niemals einen Drachen starten sehen, aber allein ihre ungeheure Größe hatte sie ganz instinktiv annehmen lassen, dass es sich um einen schwerfälligen Vorgang handeln musste – ein albernes Flattern wie das eines Kormorans vielleicht. Aber der Drache sprang einfach in die Höhe, schlug nur ein einziges Mal mit den Flügeln und schoss in den Himmel wie ein Pfeil.

Tally begriff plötzlich, wieso Jandhi so wenig Angst davor gehabt hatte, von ihr angegriffen und vielleicht in die Tiefe gestoßen zu werden – selbst wenn sie es gewollt hätte, hätte sie kaum Gelegenheit dazu gefunden; denn sie brauchte all ihre Kraft und Aufmerksamkeit, sich am Sattel festzuhalten und nicht selbst abzustürzen. Die Wüste, die Kriegerinnen und die beiden anderen Drachen fielen unter ihr in die Tiefe, als hätte sich unter dem Schlund ein weiterer, noch gewaltigerer Abgrund aufgetan, um die Welt zu verschlingen. Eisiger Wind peitschte ihr Haar, schnitt wie mit Messern in ihr Gesicht und trieb ihr die Tränen in die Augen, während der Drache in die Höhe schoss, wie ein übergroßer Adler auf dem Wind reitend und nur sehr selten mit den Flügeln schlagend. Die schwarze Flanke des Drachenfelsens glitt vor ihnen in die Tiefe, kippte zur Seite und nach rechts und verschwand für einen Moment aus ihrem Blickfeld, als Jandhi den Drachen in einem weit geschwungenen Bogen herumzwang.

Dann lag der Berg unter ihnen. Tally konnte nicht viel erkennen, denn ihre Augen waren noch immer voller Tränen. Trotzdem war sie überrascht – sie hatte ein Plateau erwartet, vielleicht mit einer Art Festung, einer monströsen Stadt der Drachen; aber unter ihr lag nichts als eine gigantische schwarze Nadel aus glänzender Lava, scharf wie ein Speer, der die Wolken aufzuschlitzen trachtete.

Erst als sich der Drache dem Berg mehr und mehr näherte, sah sie die Höhlen – es waren Hunderte –, die in seiner Flanke gähnten; manche nicht größer als Fenster, andere gigantisch genug, einem halben Dutzend Drachen zugleich Einlass zu gewähren. Sie war ein wenig enttäuscht, den sagenumwobenen Hort der Drachen als nichts anderes als einen hohlen Berg vorzufinden, ein übergroßes Rattenloch.

Jandhi steuerte ihr Tier auf eine der größeren Höhlenöffnungen zu. Ganz instinktiv zog Tally den Kopf zwischen die Schultern, als der Felsen auf sie zusprang, aber der Drache glitt elegant in den Berg hinein, ohne dass die Spitzen seiner Flügel den Fels auch nur berührten.

Sie landeten im hinteren Drittel der Höhle. Jandhi sprang mit einer federnden Bewegung aus dem Sattel, noch ehe sich der Drachenhals vollends gesenkt hatte, trat zurück und wartete, bis Tally ihr gefolgt war – weit langsamer und weniger elegant als sie.

Ihre Augen tränten noch immer, und die wenigen Momente, die sie dem schneidenden Wind ausgesetzt gewesen war, hatten sie vor Kälte steif werden lassen. Ihre Finger schmerzten so sehr, dass sie Mühe hätte, sich an den Hörnern des Drachen festzuhalten. Sie verstand die abenteuerliche Aufmachung der Drachentöter jetzt ein wenig besser.

Schaudernd – und nicht nur vor Kälte zitternd – sah sie sich um. Es war dunkel in der Höhle, obgleich unter der Decke und längs der Wände Dutzende der großen, weißes Licht verströmenden Zauberlampen brannten. Der Boden atmete Wärme, aber durch den Höhleneingang strömte eisige Luft herein, und der Gestank der Drachen war überwältigend.

Gestalten bewegten sich in der grauen Dämmerung – Frauen in den schwarzen Kleidern von Jandhis Schwestern, aber auch andere, größere Silhouetten. Schatten, deren Schwarz tiefer und deren Konturen härter waren; Gestalten, die sich auf zu vielen Beinen mit falsch angeordneten Gelenken bewegten, deren Schritte klickende Chitin-Echos auf dem Felsboden hervorriefen, deren Augen Tally kalt wie große, geschliffene Halbkugeln aus Kristall musterten. Hornköpfe. Zumindest ihrem ersten Eindruck nach schien dieser Berg viel mehr eine Stadt der Hornköpfe als der Drachen zu sein.

Und da war noch etwas.

Tally wusste nicht, was es war – aber im gleichen Moment, in dem sie den Boden berührte, vielleicht sogar schon vorher, ergriff eine sonderbare Unruhe von ihr Besitz, etwas, das nichts mit ihrer Furcht oder der fremdartigen Umgebung zu tun hatte. Ein wenig erinnerte sie das Gefühl an das, das sie in Karans Sumpf gehabt hatte, auch wenn es gleichzeitig ganz, ganz anders war: aber sie spürte, dass *irgendetwas* hier war, irgendetwas Fremdes, Böses, ungemein Mächtiges. Und es waren nicht Jandhi und ihre Drachen.

Tally schauderte. Eine entsetzliche Angst bemächtigte sich ihrer, und es war keine Angst mehr vor dem Tod, vor irgendetwas, das sie körperlich bedrohte, sondern …

Nein – sie wusste nicht, was es war. Irgendetwas, ein Teil ihrer menschlichen Seele, zog sich zusammen wie ein getretener Wurm, als sie das Fremde spürte, das diesen Ort beherrschte, etwas Düsteres, Altes; etwas durch und durch *Unmenschliches;* etwas, das so alt war wie diese Welt, vielleicht älter, und das vom ersten Tag der Schöpfung an der Feind aller anderen denkenden Kreaturen gewesen war.

Tally hatte niemals an derartige Dinge geglaubt – aber jetzt fragte sie sich allen Ernstes, ob es so etwas wie das personifizierte Böse und die Hölle vielleicht doch gab. Und ob sie beidem nicht vielleicht sehr viel näher war, als sie noch vor Augenblicken geahnt hatte …

Sie sah, wie Jandhi sich umwandte und mit einer der insektoiden Kreaturen sprach. Sie verstand die Worte nicht, aber ihr Tonfall und die Gesten, die sie auf beiden Seiten begleiteten, erschreckten sie. Die Bewegungen des Hornkopfes waren herrisch, voller Ungeduld und Zorn. Und Jandhis Antworten … Tally wusste, wie absurd der Gedanke war: aber für einen Moment fragte sie sich, wer von den beiden der Sklave und wer der Herr war …

Schließlich endete der kurze Disput so abrupt, wie er begonnen hatte. Der Hornkopf deutete mit einer zornigen Geste auf sie und drehte sich herum, um Jandhi einfach stehenzulassen. Und hätte Tally nicht ganz genau gewusst, dass es unmöglich war, hätte sie in diesem Moment geschworen, dass seine Facettenaugen sie mit stummer Wut gemustert hatten.

Auf Jandhis Gesicht spiegelten sich Zorn und Ohnmacht, als sie sich zu Tally herumdrehte. Dann bemerkte sie ihren verwunderten Blick und versuchte, sich in ein Lächeln zu retten. Ganz gelang es ihr nicht, und sie merkte es wohl selbst.

»Was war das, Jandhi?«, fragte Tally verstört. »Dieser … dieser Hornkopf – wer war er?«

Jandhi seufzte. Für einen Moment verdunkelten sich ihre Augen vor Zorn, dann huschte ein sehr sonderbares, fast resignierendes Lächeln über ihre Züge. »Komm mit«, sagte sie. »Du wirst verstehen. Bald.«

5

Die Stadt der Drachen war ein Labyrinth aus Gängen und Stollen, aus Treppenschächten und gigantischen, leeren Felsdomen, aus jäh aufklaffenden Abgründen und bodenlosen Schlünden, in deren Tiefe ein unheimliches rotes Feuer glomm. Ein halbes Dutzend bewaffneter Hornköpfe nahm Tally und Jandhi in Empfang, als sie die Höhle durchquerten, und noch einmal die gleiche Anzahl der schrecklichen schwarzen Kreaturen stieß zu ihnen, als sie tiefer ins Innere des hohlen Berges eindrangen.

Tally hatte gehofft, Hrhon und Angella wenigstens noch einmal wiederzusehen, aber diese Hoffnung wurde enttäuscht: Jandhi führte sie durch ein wahres Labyrinth niedriger, kaum beleuchteter Gänge und Treppen tiefer und tiefer in den Berg hinein, und das einzige menschliche Leben, auf das sie trafen, waren drei oder vier schwarzgekleidete Drachentöchter, die jedoch respektvoll beiseitetraten, als sie Jandhi und ihre Eskorte erblickten.

Dafür wimmelte der Berg von Hornköpfen.

Tally sah im wahrsten Sinne des Wortes Tausende der schrecklichen Kreaturen, in allen nur denkbaren (und ein paar undenkbaren ...) Formen und Größen – angefangen von kaum handspannengroßen, emsig hin und her hastenden Geschöpfen von termitenähnlichem Aussehen bis hin zu titanischen Kreaturen, halb so groß wie eine Hornbestie und gewaltige Lasten schleppend.

Schließlich erreichten sie einen Teil der Drachenstadt, in der die Räume kleiner und heller erleuchtet waren; nach und nach nahmen die menschlichen Stimmen wieder zu und das schrille Pfeifen und Sirren der Hornköpfe ab; sie bewegten sich wieder in eine Welt hinein, die wenigstens die Illusion von Normalität bot, und sei es nur, weil die meisten Lebewesen, denen sie jetzt begegneten, aus weichem Fleisch statt aus stahlhartem schwarzem Chitin bestanden.

Sie betraten einen großen, vollkommen leeren Saal, in dem Jandhi einen Moment lang stehenblieb und den Kopf auf die Seite legte; fast als lausche sie auf eine für Tally unhörbare Stimme, und als sie weitergingen, blieb der allergrößte Teil ihrer Eskorte hinter ihnen zurück. Nur noch zwei der gewaltigen Rieseninsekten begleiteten Tally – was allerdings mehr als genug war, jeden Gedanken an Flucht oder Widerstand schon im Keim zu ersticken.

Die beiden Hornköpfe gehörten zu einer Spezies, die Tally noch niemals zuvor gesehen hatte: Es waren übermannsgroße, ungemein kräftige Kreaturen, deren Chitinpanzer über und über mit Dornen und rasiermesserscharfen Kanten besetzt waren. Und als reichten die Waffen noch nicht aus, die ihnen die Natur mitgegeben hatte, trug jede der aufrechtgehenden Scheußlichkeiten gleich vier Schwerter – eines in jeder Hand. Angella, Hrhon und sie zusammen hätten wohl kaum eine Chance gehabt, auch nur eines dieser Ungeheuer zu besiegen.

Und Tally dachte auch gar nicht an Flucht. Sie war nicht hier, um zu kämpfen – wenigstens nicht auf *diese* Art.

Sie durchquerten den Saal und betraten einen kleineren, spartanisch eingerichteten Raum, dessen Südwand von einem großen, vom Boden bis zur Decke reichenden Fenster gebildet wurde. Sein Glas war so klar, dass Tally es erst bemerkte, als sie mil den Fingerspitzen dagegenstieß.

Dann begriff sie, dass es gar kein Fenster war. Sie hatten sich tiefer in den Berg hineinbewegt, nicht nach oben, und die Landschaft, die sich unter ihr ausbreitete, war auch nicht die karge Steinwüste des Schlunds, sondern ... ja, was eigentlich?

Sie erinnerte sich nicht, jemals eine Landschaft wie diese erblickt zu haben. Unter ihr, unendlich tief unter ihr, wie es schien, breitete sich ein idyllisches Muster aus Wiesen und Wäldern aus, durchzogen von kleinen, willkürlich gewundenen Bächen und glitzernden Seen. Hier und da glaubte sie Bewegung wahrzunehmen, ohne genau sagen zu können, was sie verursachte. Sehr weit im Norden, wie mächtige Schatten auf dem Horizont schwimmend, waren Berge, mehr zu erahnen als wirklich zu erkennen.

»Gefällt es dir?«, fragte Jandhi. Sie lächelte, trat an die Wand neben dem Fenster und berührte einen Schalter, der dort angebracht war.

Die Waldlandschaft verschwand. Stattdessen war unter Tally plötzlich Wasser, eine ungeheure, unvorstellbare Menge von Wasser, vom Sturm zu zehnfach mannshohen, schaumgekrönten Wogen gepeitscht.

Tally sprang mit einem erschrockenen Schrei zurück, starrte Jandhi an und dann wieder das so jäh erschienene Meer und schließlich wieder Jandhi. »Was ... was ist das?«, stammelte sie. »Das ist ...«

»Zauberei?« Jandhi lachte amüsiert, schüttelte den Kopf und berührte abermals die Wand. Das tobende Meer wich einer öden, von einer blutigroten bösen Sonne überstrahlten Wüstenlandschaft.

»Es ist keine Zauberei«, sagte Jandhi. »So etwas gibt es nicht, Talianna. Auch, wenn dir das meiste von dem, was du hier sehen wirst, so vorkommen wird.«

Wieder hob sie die Hand, und wieder wechselte das Bild hinter dem Fenster: jetzt erstreckte sich dort eine Stadt, wenn auch eine, wie sie Tally niemals zuvor erblickt hatte – sie sah Häuser von geradezu absurder Höhe, breite, mit weißem Marmor gepflasterte Straßen, kühn geschwungene Bögen und Brücken; Gebäude, deren Aussehen zu phantastisch war, als dass sie irgendeinen Vergleich fand, der auch nur annähernd gepasst hätte. Die Stadt war ... phantastisch. Und sie war groß, *unvorstellbar groß*.

»Es ist keine Zauberei, Tally«, sagte Jandhi noch einmal, aber plötzlich sehr leise und fast wie zu sich selbst gewandt. Tally sah rasch zu ihr hinüber und erkannte, dass auch sie auf das Bild blickte, und ein sonderbarer, fast melancholischer Ausdruck hatte sich auf ihrem Gesicht ausgebreitet.

»Es sind nur Bilder«, fuhr Jandhi fort, mit einer Stimme, die sehr traurig klang. »Bilder einer Zeit, die lange zurückliegt. Hunderttausende von Jahren, Talianna.« Sie seufzte, hob die Hand, als wolle sie das Bild der Stadt abschalten, tat es aber dann doch nicht. Tally sah, wie schwer es ihr fiel, den Blick von der phantastischen Stadt zu lösen und sie anzusehen. »Es sind nur Bilder«, sagte sie noch einmal.

»Bilder?« Es fiel Tally schwer zu antworten. »Aber sie ... sie bewegen sich.«

»Trotzdem.« Jandhi lächelte. Plötzlich gab sie sich einen Ruck, drehte sich vom Fenster weg und wandte sich an die beiden Hornköpfe. »Geht hinaus«, sagte sie.

Die beiden Rieseninsekten zögerten, und Jandhi sagte noch einmal und in merklich schärferem Ton: »Geht. Ich rufe euch, wenn ich euch brauchen sollte. Tally wird vernünftig sein.« Sie sah Tally an. »Das wirst du doch, oder?«

»Habe ich eine andere Wahl?«

Jandhi seufzte. Aus irgendeinem Grund schien Tallys Antwort sie zu ärgern. Aber sie ging nicht darauf ein, sondern wiederholte nur ihre auffordernde Geste zu den Hornköpfen, und diesmal gehorchten die beiden Kreaturen. Tally spürte eine fast körperliche Erleichterung, als sich die Tür hinter den Hornköpfen schloss und sie mit Jandhi allein war. Und auch Jandhi atmete hörbar auf.

»Ich werde mich wohl nie an sie gewöhnen«, sagte sie lächelnd. »Verrückt, nicht – sie sind die treuesten Verbündeten, die ich mir wünschen kann, und gleichzeitig fürchte ich sie.«

Sie sah Tally an, als erwarte sie eine ganz bestimmte Antwort, zuckte schließlich mit den Schultern und setzte sich auf einen der niedrigen, unbequem aussehenden Stühle. Ihre Hand machte eine einladende Geste, aber Tally rührte sich nicht.

»Es geziemt sich nicht für eine Sklavin, neben den Herren zu sitzen«, sagte sie böse.

Jandhi seufzte. Aber die scharfe Antwort, mit der Tally rechnete, kam auch jetzt nicht. Ganz im Gegenteil trat ein Ausdruck von Trauer in ihren Blick. »Du verstehst noch immer nicht«, sagte sie. »Du bist so wenig mein Sklave, wie ich dein Feind bin. Wir haben gegeneinander gekämpft, und du hast verloren.«

»Bist du sicher?«, fragte Tally.

Jandhi nickte. »Es gibt keinen Grund mehr für dich, den Kampf fortzuführen. Alles, was du erreichen könntest, wäre dein eigener Tod. Du warst gut, Tally, aber nicht gut genug für uns. Niemand ist das.« Sie sprach sehr ruhig, und fast ohne Gefühl. Ihre Worte waren eine Feststellung, keine Drohung, und schon gar keine Angabe. Und vielleicht hatte sie recht.

»Möglich.« Tally zuckte mit den Achseln. »Aber vielleicht kommt irgendwann doch jemand, der ...«

»Der uns gewachsen ist?« Jandhi lachte. »Niemals, Tally. Die *Töchter des Drachen,* das sind nicht nur ich und die, die du hier siehst. Es gibt Tausende von uns, überall auf der Welt, an Hunderten von Orten. Selbst wenn es dir gelungen wäre, diese Festung zu zerstören, hättest du nichts erreicht.«

Tally starrte sie an; schwieg. Sie spürte, dass Jandhi auf eine ganz bestimmte Reaktion wartete; vermutlich ein Frage- und Antwortspiel beginnen wollte, in dem ihre und Tallys Rollen von vornherein festgelegt waren. Tally tat ihr den Gefallen nicht.

»Warum hasst du uns so?«, fragte Jandhi schließlich. Sie hob die Hand, als Tally antworten wollte, und fügte hinzu: »Sag jetzt nicht, dass wir deine Eltern getötet oder deine Heimatstadt verbrannt haben. Das ist nicht der wahre Grund. Viele hassen uns, weil wir für den Tod ihrer Freunde oder Verwandten verantwortlich sind, aber das ist es nicht. Dein Hass hat einen anderen Grund. Einen, der tiefer geht. Sag ihn mir.«

Wie zur Antwort schien sich irgendetwas in Tally zu rühren, etwas Mächtiges und Altes und ungeheuer Starkes, von dem sie bisher nicht einmal gewusst hatte, dass es da war. Aber sie ließ sich nichts von ihren wahren Gefühlen anmerken, sondern starrte Jandhi nur weiter an; so kalt und gleichzeitig so voller Verachtung, wie sie nur konnte. »Warum sollte ich?«

»Ich kenne die Antwort«, behauptete Jandhi. »Aber ich möchte sie aus deinem Mund hören.«

Tally schwieg, und wie sie erwartet hatte, fuhr Jandhi nach einer Weile von selbst fort:

»Also gut, dann werde ich es dir sagen – verbessere mich, wenn ich einen Fehler mache. Deine Heimat war Stahldorf, nicht wahr?«

Diesmal gelang es Tally nicht mehr vollends, ihre Überraschung zu verbergen. Sie nickte. »Woher weißt du das?«

»Ich weiß alles über dich«, antwortete Jandhi. Sie setzte sich bequemer hin, so weit dies auf dem metallenen Hocker überhaupt möglich war, schlug die Beine übereinander und sah Tally sehr lange und nicht einmal auf unfreundliche Weise an.

Tally ihrerseits fragte sich, wie viel Zeit ihr noch blieb – sie war schon sehr lange in diesem verdammten Berg, und sie wusste noch immer nicht, wo ihr wahrer Feind eigentlich zu finden war. Sie wusste nicht einmal, wie er aussah; sie spürte nur, dass Jandhi und ihre Schwestern es nicht waren. Und dass sie ihn erkennen würde, wenn sie ihm gegenüberstand.

»Wir wissen alles über dich«, sagte Jandhi noch einmal. »Vielleicht mehr als du selbst. Nach dem Angriff auf den Turm haben wir begonnen, Erkundigungen über dich einzuziehen.« Sie lächelte flüchtig. »Es war nicht leicht«, gestand sie. »Du hast deine Spur gut verwischt. Aber eine Frau und ein Waga, die allein durch die Welt ziehen, bleiben nicht lange unentdeckt. Du stammst also aus Stahldorf. Du warst die einzige Überlebende, nicht?«

»Die Einzige, die Hraban am Leben gelassen hat, ja.«

Jandhi runzelte flüchtig die Stirn, aber sie ging nicht weiter auf Tallys Bemerkung ein. »Du hast ihn geheiratet«, stellte sie fest. »Warum?«

»Warum fragst du, wenn du alles weißt?«

»Weil ich versuchen möchte, dich zu verstehen«, antwortete Jandhi. »Du hast den Mann geheiratet, der dein Dorf niedergebrannt hat. Einen Mann, der in unseren Diensten stand. Wusstest du, dass wir deine Sippe ausgelöscht haben?«

Tally wusste es nicht, aber es überraschte sie auch nicht. Sie schwieg.

»Du warst klug«, gestand Jandhi. »Nach dem Gemetzel, das du im Turm angerichtet hattest, starteten wir eine Strafexpedition gegen deine Sippe. Wir haben ihr Dorf verbrannt und sie ausgelöscht – alle.« Sie seufzte. »Ein Fehler, wie ich jetzt weiß. Du hast sie von Anfang an nur benutzt, nicht wahr? Du hast Hraban nicht aus Liebe geheiratet, sondern nur, um sein Vertrauen zu erringen.«

»Es war der einzige Weg, um an euch heranzukommen«, antwortete Tally. Sie wollte nicht reden, denn sie spürte, dass Jandhi nun doch erreichte, was sie vorgehabt hatte – sie in eine Lage zu manövrieren, in der sie hilflos war.

Schon jetzt war sie halb in die Defensive gedrängt. Aber sie konnte auch nicht schweigen. Es war zu viel. Sie hatte all dies zu lange mit sich herumgetragen, ihren Hass zu lange geschürt, ja, ihn beschützt wie einen Schatz, weil er das Einzige war, das sie noch am Leben erhalten hatte. Und jetzt stand sie einer der Frauen gegenüber, der dieser Hass galt. Sie *konnte* einfach nicht mehr schweigen.

»Ja!«, schrie sie. »Ich wollte sein Vertrauen erringen! Ich habe ihn geheiratet, weil ich ihn benutzen wollte – und? Du und deine Drachen, ihr habt mir alles genommen, was ich hatte. Ich habe Hraban meinen Körper gegeben, weil ich ihm nichts anderes geben konnte. Und? Findest du das *unmoralisch?«*

Das letzte Wort hatte sie auf eine Art ausgesprochen, die Jandhi zusammenfahren ließ. Aber sie schwieg, und Tally fuhr, noch immer sehr erregt und halbwegs schreiend, fort: »Ich habe geschworen, euch zu vernichten. Damals, als ich aus dem Wald trat und meine Heimatstadt brennen sah, habe ich es geschworen, Jandhi, und ich ...«

»Und du hast Hraban und seine Sippe benutzt, diesen Schwur zu halten«, unterbrach sie Jandhi, nun ebenfalls zornig. »Die Menschen, bei denen du aufgewachsen bist. Die dir Heimat und Familie waren, Tally! Sie haben dich aufgenommen, als du niemanden mehr hattest! Und sie sind tot, durch deine Schuld.«

»Menschen?« Tally spie das Wort hervor wie eine Obszönität. »Menschen, Jandhi? Sie waren Mörder, schlimmer als die Tiere. Hrhon und Essk sind für mich tausendmal mehr Menschen als Hrabans Mordgesindel.«

»Du hast dazugehört!«, sagte Jandhi scharf. »Nach Hrabans Tod hast du die Sippe geführt. Du warst es, der an seiner Stelle Städte und Dörfer niederbrennen ließ! Wie viele gibt es jetzt wohl, die dich hassen, so wie du Hraban gehasst hast?«

»Viele«, antwortete Tally ungerührt. »Aber es musste sein. Anders wäre ich nicht an euch herangekommen.«

»Und uns wolltest du ja haben!«

»Ja, das wollte ich!«, schrie Tally. »Euch. Ich ... ihr Ungeheuer! Ihr beherrscht diese Welt! Ihr führt euch auf wie die Götter, und ihr vernichtet jeden, der es wagt, euch zu widersprechen.«

»Und du hast dich niemals gefragt, warum?«

Tally schwieg einen Moment. Dann schüttelte sie den Kopf. »Ich will es nicht wissen«, sagte sie. »Ich bin sicher, du hast tausend gute Gründe, aber was ich gesehen und erlebt habe, reicht.«

»Was hast du denn gesehen?«, fragte Jandhi geduldig. »Du hast einen großen Teil des Kontinents durchquert, den du deine Welt nennst, Tally. Also, was hast du gesehen? Ich will es dir sagen: Du hast eine friedliche Welt voller friedlicher Menschen gesehen. Seit mehr als zehntausend Jahren wachen wir und unsere Drachen über den Frieden auf dieser Welt, Tally. Wir haben ihn erhalten.«

»Frieden?« Tally schnaubte. »Den Frieden des Todes, ja.«

»Aber das stimmt doch nicht!« Jandhi schüttelte heftig den Kopf, lächelte aber. »Sag mir – hast du ein Land gesehen, das vom Krieg verwüstet worden wäre? Hast du eine Stadt gesehen, deren Bewohner Hunger leiden mussten, weil ihre Felder verbrannt worden sind, oder ihre Könige zu hohe Steuern verlangten? Du weißt es nicht, aber deine Welt ist ein Paradies, Tally. Es gibt keine Kriege – jedenfalls keine großen –, keinen Hunger, keine Seuchen, keinen Hass. Die Menschen leben hundert Jahre und mehr, ehe sie friedlich sterben, um der nächsten Generation Platz zu machen. Das war nicht immer so. Es gab eine Zeit, da war ein Jahrzehnt ohne Krieg etwas Besonderes. Unsere Drachen und wir haben dieser Welt den Frieden gebracht. Für dich und viele andere sind wir Ungeheuer, Dämonen und was weiß ich sonst noch. Aber das stimmt nicht. Wir sind Wächter, Tally.«

»Wächter?« Tally schnaubte. »Worüber? Ihr zwingt die Menschen, wie Tiere zu leben, und nennt das, was herauskommt, Frieden?« Sie spie aus. »Meine Eltern wurden getötet, weil sie Stahl gemacht haben, Jandhi! Hraban hat Städte niedergebrannt, deren Bewohner herausfanden, wie man ein Feld zweimal im Jahr aberntet statt einmal. Ich selbst habe einen Mann erschlagen, der nichts anderes tat, als einen Wagen zu erfinden, der besonders große Lasten transportiert.«

»Ich weiß.« Jandhi seufzte. »Die Liste ließe sich beliebig fortsetzen. Gerade jetzt zum Beispiel sind zehn meiner Schwestern unterwegs, jemanden zu suchen, der die Elektrizität neu entdeckt hat. Wir achten darauf, dass die Menschen dieser Welt niemals wieder eine technologische Zivilisation entwickeln. Aber wir haben einen Grund dafür, Tally.«

»So?«, fragte Tally böse. »Welchen? Habt ihr Angst, eure Vormachtstellung könnte gefährdet sein? Habt ihr Angst, irgendjemand könnte eine Waffe entwickeln, mit denen er euren verfluchten Drachen gewachsen ist?« Sie machte eine zornige, weit ausholende Geste. »Was ist das hier, Jandhi? Du selbst hast gesagt, es wäre keine Zauberei – was ist es dann, wenn nicht die Technik, die ihr den Menschen zu entwickeln verbietet?«

»Es ist eine Art... Erbe«, sagte Jandhi mit einem fast unmerklichen Zögern. »Aber ein sehr schweres.« Sie seufzte, hob die Hand und deutete auf das Bild, das noch immer die phantastische Stadt zeigte. »Ihr Erbe, Tally.«

»Und ihr habt Angst, ein anderer könnte es euch wegnehmen, wie?«

Jandhi schüttelte beinahe sanft den Kopf. »Ich kann gut verstehen, dass du so denkst, Talianna«, sagte sie. »Aber es ist falsch. Ich werde dir die Geschichte dieser Welt erzählen und ihrer Bewohner. Und danach wirst du vielleicht verstehen, warum wir so sind.«

»Kaum«, antwortete Tally wütend, sah Jandhi aber gleichzeitig neugierig an. Jandhi ihrerseits lächelte, aber es wirkte jetzt sehr traurig.

»Diese Welt ist alt, Tally«, sagte sie. »Unglaublich alt. Und sie ist viel, sehr viel größer, als du ahnst. Karan hat dir erzählt, dass der Schlund vor langer Zeit einmal ein Meer war?«

Tally nickte.

»Es stimmt«, fuhr Jandhi fort. »Ein Meer, das diese ganze Welt umspannte. Was du deine Welt nennst, Tally, ist nur ein kleiner Teil dieses Planeten – nur einer von sieben Kontinenten, die früher einmal von Meeren voneinander getrennt waren, lange bevor die Ozeane austrockneten und der Schlund entstand.«

»Sieben ... Welten?«, murmelte Tally verwirrt. Der Gedanke sprengte schier ihre Vorstellungskraft. Sie hatte sich niemals gefragt, was jenseits des Schlunds lag. Andere Welten, so groß, so unendlich *groß* wie ihre eigene? Unvorstellbar!

»Sieben *Kontinente«*, verbesserte sie Jandhi. »Man nennt es

Kontinente, nicht Welten. Andere Welten haben sie auch besucht, aber …« Sie stockte. »Später«, fuhr sie nach kurzem Überlegen und mit veränderter Stimme fort. »Es wäre zu viel jetzt. Gib dich damit zufrieden, dass unsere Vorfahren mächtig waren, hundertmal mächtiger, als du oder auch ich uns nur vorzustellen vermögen.«

Sie seufzte, trat an das sich bewegende Bild heran und legte die Hand auf das unsichtbare Glas, als wolle sie die winzigen Gestalten dahinter ergreifen. »Sie schufen Städte wie diese, Tally, und andere, zehnmal größere und phantastischere. Sie waren … Zauberer – von unserem Standpunkt aus.« Sie drehte sich halb zu Tally herum. »Das hier ist nichts. Lass dich nicht von dem beeindrucken, was du siehst. Unsere Waffen und Funkgeräte, unsere elektrischen Lichter und Holografien – es ist ungeheuer viel, und doch ist es nur Abfall. Die kümmerlichen Reste eines untergegangenen Reiches. Alles, was nach mehr als hunderttausend Jahren geblieben ist.« Sie lachte, sehr leise und sehr bitter. »Es ist nichts gegen das, was war. Und doch reicht dieser kümmerliche Rest aus, eine Welt zu beherrschen. Wie gewaltig muss ihre Macht damals gewesen sein?«

Wieder schwieg sie einen Moment, dann huschte ein überraschter, beinahe betroffener Ausdruck über ihre Züge. »Wir kommen vom Thema ab«, sagte sie. »Ich wollte dir von der Geschichte dieser Welt erzählen. Sie ist lang, aber rasch berichtet. Die Menschen machten sich ihre Welt untertan, damals. Sie bauten Städte wie diese –« Sie deutete abermals auf das Bild. »– und gewaltige Maschinen. Dinge, die fliegen konnten und sich unter den Meeren bewegten, die Berge erklommen oder selbst so groß wie Berge waren.«

»Warum erzählst du mir das alles?«, fragte Tally scharf.

»Damit du verstehst«, antwortete Jandhi. »Viele von uns waren dafür, dich einfach zu töten, und ich muss gestehen, auch ich war mehrmals der Meinung, dass es vielleicht besser wäre.

Aber ich will nicht. Du bist unser Feind, und du hasst uns, aber du wirst aufhören zu hassen, wenn du verstehst. Du glaubst, wir unterdrücken die technische Entwicklung dieser Welt, weil wir unsere Rolle als Götter weiterspielen möchten, wie?« Sie lachte leise. »Oh Tally, wenn du wüsstest, wie sehr wir alle ihr längst überdrüssig geworden sind. Aber wir müssen sie weiterspielen.«

»Warum?«

»Weil diese Welt sonst untergeht«, antwortete Jandhi mit großem Ernst. »Weil die Drachen und wir vielleicht die letzte Chance sind, die dieser Planet hat. Und die menschliche Rasse.«

»Oh«, sagte Tally spöttisch. »Tatsächlich?«

»Tatsächlich«, erwiderte Jandhi mit großem Ernst. »Der Gedanke ist entsetzlich, aber es ist die Wahrheit, Tally – wenn es einen Gott gibt, an den manche glauben, so hat er sich mit der Erschaffung des Menschen einen schlechten Scherz geleistet. Wir verhindern eine technische Evolution nicht aus Bosheit, sondern weil sie das Ende der Menschheit bedeuten würde. Du hast mich die Geschichte unserer Vorfahren nicht zu Ende erzählen lassen, Tally. Sie waren mächtig, und so fortschrittlich, wie ihre Kultur war, so entsetzlich waren die Waffen, die sie schufen. Es gab Kriege; Dutzende, vielleicht Hunderte. Manche von ihnen löschten alle aus bis auf eine Hand voll Überlebende, manche *nur* die Bevölkerung eines Kontinents. Neun Mal, Tally, rotteten sich unsere Vorfahren um ein Haar gegenseitig aus, sich und alles Leben auf dieser Welt. Neun Mal vergingen ganze Zivilisationen im Feuer der Sterne, das sie gebändigt hatten, um es als Waffe zu missbrauchen. Und neun Mal entstand die menschliche Rasse neu, aus der Asche ihrer Vorfahren.«

Sie schwieg einen Moment, als hätte sie das, was sie erzählte, vollkommen erschöpft. Vielleicht wollte sie Tally auch nur Gelegenheit geben, das Gehörte zu verdauen.

Nicht dass sie es *wirklich* begriff. Es war vermutlich unmöglich. Jandhi erzählte Dinge von einer Größe und Tragweite, die sie so rasch gar nicht verarbeiten *konnte.* Aber sie begriff zumindest, worauf sie hinauswollte.

»Und du glaubst, ihr könntet den zehnten Krieg verhindern?«, fragte sie. »Indem ihr die menschliche Rasse beaufsichtigt?«

»Beschützt«, verbesserte sie Jandhi. »Wir schützen sie vor sich selbst. Der letzte, der neunte Krieg, war der entsetzlichste. Fast alles wurde zerstört. Diese Welt wurde unbewohnbar, für Hunderte von Jahren. Damals verschwanden die Meere, Tally, und neunundneunzig von hundert Tier- und Pflanzenarten. Nur sehr wenige Orte – wie diese Insel hier – blieben verschont, und das Leben brauchte hunderttausend Jahre, die Welt zurückzuerobern. Eine Welt, die verbraucht war. Es gibt keine Bodenschätze mehr, kaum noch Wasser, kaum noch bewohnbares Land. Der zehnte Krieg, Tally, wäre der letzte.«

»Und du glaubst, er käme, wenn du den Menschen erlaubst, Stahl zu schmieden?«

»Nein«, antwortete Jandhi. »Aber nach dem Stahl kommt die Dampfmaschine, nach ihr die Elektrizität, und dann die Bomben. So war es immer. Unsere Rasse hat neun Chancen gehabt, Tally. Sie hat sie verspielt.«

»Und du sorgst dafür, dass sie keine zehnte bekommt, wie?«, fragte Tally böse. »Was bist du! Gottes rechte Hand?«

Jandhi presste wütend die Lippen aufeinander. Aber wieder blieb die zornige Antwort aus, auf die Tally wartete. Stattdessen schüttelte sie nur den Kopf. »Wir haben eine zehnte Chance«, sagte sie. »Unsere Aufgabe wird bald beendet sein, auch wenn keiner von uns dieses Ende noch erleben wird. Die Drachen und wir sind die Hüter, Tally, mehr nicht. Wir geben acht, dass die Menschen nicht noch einmal den falschen Weg gehen. Die Technik vermag Wunder zu wirken, aber sie ist der falsche Weg. Sie führt nur in den Tod.«

»Benutzt ihr sie deshalb?«

Jandhi seufzte. »Wir würden es nicht tun, wenn wir es nicht müssten«, antwortete sie. »Und wir werden sie aufgeben, sobald wir sie nicht mehr brauchen. Unser Plan mag dir grausam erscheinen, aber er ist richtig. Der Tag wird kommen, an dem der Mensch wieder diese Welt beherrscht.«

»Und er wird schwarzes Leder tragen und auf Drachen reiten, wie?«, fragte Tally böse.

»Die Drachen sind nur Werkzeuge«, sagte Jandhi ruhig. »Wie wir. Sie wurden eigens für diesen Zweck erschaffen, und sie werden verschwinden, wenn es nichts mehr gibt, worüber sie wachen müssten. Nach dem letzten Krieg, Tally, begriff eine kleine Gruppe der Überlebenden, dass der Mensch niemals wieder eine technische Zivilisation entwickeln durfte. Sie ... sie hatten nur noch einen Bruchteil ihrer alten Macht, und doch reichte dieses Wenige, die Drachen zu erschaffen, die Hornköpfe, uns ...«

»Euch?«

Jandhi lächelte flüchtig. »Nicht uns in Person, natürlich. Einige wenige von uns mögen noch direkte Nachkommen der Überlebenden von damals sein, aber die meisten sind Männer und Frauen wie du und ich. Aber sie erschufen die *Töchter des Drachen*, und sie schufen die Gesetze der Götter, wonach es dem Menschen verboten war, etwas wider die Natur zu tun. Sie zeigten uns den richtigen Weg.«

Tally dachte an brennende Städte und schwieg, aber Jandhi schien ihre Gedanken deutlich auf ihrem Gesicht zu lesen. »Es klingt grausam, ich weiß«, sagte sie. »Aber es musste sein. Wir schufen die Gesetze, und wir sorgen dafür, dass sie eingehalten werden. Wo immer man sie bricht, tauchen die Drachen auf und ersticken das Gift im Keim, das unserer Rasse schon neun Mal das Verderben gebracht hat. Und Männer wie Hraban – und Frauen wie du, die in unseren Diensten stehen, vernichten das, was wir übersehen.«

»Ist das euer großartiger Plan?«, fragte Tally wütend. »Dafür zu sorgen, dass Menschen nie wieder so leben können?« Sie wies mit einer Kopfbewegung auf das Bild.

»Wenn es sein muss, ja«, antwortete Jandhi hart. »Aber eine neue Zivilisation entsteht bereits, Tally. Du hast sie gesehen, in Schelfheim und all den anderen Städten, durch die du gekommen bist. Der Mensch hat gelernt, mit der Natur zu leben.« Sie lächelte. »Sie haben gelernt, die Gesetze der Götter zu beachten und sich zu arrangieren. Von Generation zu Generation werden es weniger, die glauben, sich gegen das Schicksal auflehnen zu können. Ich werde dir unsere Aufzeichnungen zeigen, Tally, später. Du wirst es selbst sehen. Der Tag wird kommen, an dem unsere Drachen nicht mehr fliegen müssen.«

»Ja«, sagte Tally böse. »Weil es dann niemanden mehr gibt, den sie umbringen könnten!«

Jandhi blieb ernst. »Du wirst mich verstehen«, sagte sie. »Du wirst es begreifen, so wie ich es einsah und alle anderen vor mir. Unsere Vorfahren haben nach den Sternen gegriffen und dabei das Leben vergessen. Diese Welt ist groß genug für unser Volk. Wir brauchen keine anderen. So wenig, wie wir Maschinen brauchen oder die Wissenschaft. Die menschliche Rasse hat lange gebraucht, dies zu begreifen, aber sie ist auf dem richtigen Weg. Gib ihnen noch ein wenig Zeit, und sie werden so mächtig und reich sein wie unsere Vorfahren.«

Und vielleicht hatte sie sogar recht, dachte Tally. Vielleicht hatte sie die Wahrheit gesagt, und der Weg, der mit dem Schmelzen von Stahl begann, konnte wirklich nirgendwo anders enden als im Tod.

Und trotzdem ...

Etwas war falsch. Tally wusste nicht, was, oder woher dieses Wissen kam, aber sie wusste mit unerschütterlicher Sicherheit, dass Jandhi ihr noch immer nicht alles erzählt hatte. Etwas – ein vielleicht kleiner, aber entscheidender Teil der Geschichte – fehlte noch.

»Ein wenig Zeit«, murmelte sie. »Wie lange? Tausend Jahre? Zehntausend?«

»Wenn es sein muss, ja«, antwortete Jandhi. »Aber es wird schneller gehen.«

Aber es *war falsch!*, dachte Tally entsetzt. Begriff sie das denn nicht? Sie und ihre Schwestern waren keine Götter! Woher nahmen sie das Recht, dem Schicksal ins Handwerk pfuschen zu wollen?

»Ihr wollt also weitermachen«, sagte sie leise. »Ihr wollt damit fortfahren, Menschen zu töten, die nichts anderes tun, als ein wenig bequemer leben zu wollen. Ihr wollt weiter Städte niederbrennen, deren Bewohner sich nichts anderes zuschulden kommen lassen als ...«

»Du verstehst noch immer nicht«, unterbrach sie Jandhi. »Wir ...«

»Nein, und ich will es auch gar nicht verstehen!«, sagte Tally. »Du denkst wirklich, du könntest mich überzeugen? Du denkst wirklich, ich würde bei diesem Wahnsinn auch noch mitmachen?«

»Ich weiß es«, erwiderte Jandhi, und sie sagte es mit einer Ruhe, die Tally einen eisigen Schauer über den Rücken laufen ließ. »Ich weiß es, Talianna, weil ich vor sehr vielen Jahren wie du in diesem Raum gestanden und den gleichen Worten gelauscht habe. Ich hätte mir all dies sparen können – aber ich wollte, dass du die Wahrheit kennst, ehe ich dich zu ihr bringe.«

»Ihr?« Tally spannte sich. »Wen meinst du?«

Aber Jandhi antwortete nicht. Stattdessen klatschte sie in die Hände. Die Tür in Tallys Rücken wurde aufgestoßen, und das Klicken harter Insektenfüße war zu hören. Sie spürte die Anwesenheit der beiden Hornköpfe, ohne sich zu ihnen herumdrehen zu müssen. Tally hatte die halbintelligenten Rieseninsekten niemals gemocht, aber sie hatte noch nie eine derart heftige, körperliche Abneigung verspürt wie in diesem Augenblick. Es war, als wäre mit den beiden Kreaturen das Böse selbst in den Raum getreten.

»Folge mir«, befahl Jandhi.

6

Je tiefer sie in den Berg eindrangen, desto intensiver wurde das Gefühl, sich dem Bösen zu nähern. Tally fror, und gleichzeitig war sie in Schweiß gebadet. Die Nähe der beiden titanischen Kampfinsekten erfüllte sie mit körperlichem Unbehagen, ja, beinahe mit Schmerz, und das Gefühl wurde heftiger, je weiter sie sich dem Herzen der Drachenstadt näherten.

Sie hatte Jandhi zweimal gefragt, wohin sie sie brachte, und zweimal keine Antwort darauf erhalten. Aber ihr fiel auf, dass Jandhi jetzt mehrere Schritte vor ihr ging und auch darauf achtete, diesen Abstand einzuhalten, und dass die beiden Hornköpfe ein wenig dichter zu ihr aufgeschlossen hatten, als eigentlich nötig war. Es wurde dunkler. Die Zahl der Lampen nahm ab, und sie begegneten niemandem mehr, weder Mensch noch Hornkopf.

Tally hatte Angst. Angst vor dem, was sie in der Tiefe erwarten mochte, wer diese *sie* war, von der Jandhi gesprochen hatte, Angst vor dem finsteren Herz der Drachenstadt – denn genau das war es, worauf sie sich zubewegten: ein gewaltiges, durch und durch böses Herz. Der Feind. Das absolut Böse in Person.

Was waren das für Gedanken?, dachte sie verwirrt. Plötzlich war Wissen in ihr, Wissen oder plötzlich ein an Wissen grenzendes Ahnen, das sie nicht haben konnte. Irgendetwas in ihr zog sich zusammen, schreckte zurück vor dem Ding, das da in der

Tiefe lauerte, uralt und mächtig verwundbar, aber bisher unerreichbar für ...

Und plötzlich begriff sie, dass es nicht *ihre* Gedanken waren. Es war das Ding in ihr, das Weller *(Weller?)* ihr mitgegeben hatte, Gäas mörderisches Geschenk an ihre uralte Gegenspielerin.

Gäa... Die Urmutter, Hüterin allen Lebens. Welcher Hohn! Die Bestie dort draußen war so fremd und tödlich wie das Ding, das diesen Berg beherrschte, und so wenig auf ihrer Seite wie Jandhi und ihre Schwestern. Tally versuchte sich vorzustellen, wo dies alles enden mochte, aber es gelang ihr nicht. Irgendetwas in ihr, der Teil, der noch Mensch war, schreckte vor dem bloßen Gedanken zurück; so heftig, dass sie nur mit Macht einen Aufschrei unterdrücken konnte.

Schließlich betraten sie einen Teil des Höhlenlabyrinths, der kaum noch Spuren einer künstlichen Bearbeitung aufwies. Die Lampen mit ihrem unangenehmen weißen Licht waren längst hinter ihnen zurückgeblieben; nur hier und da blakte noch eine Fackel in einem eisernen Halter an der Wand, und die Kälte hatte einer stickigen, unangenehm feuchten Wärme Platz gemacht.

Ein Geruch wie nach faulenden Pflanzen schlug ihnen entgegen, und auf dem Boden lag Staub, manchmal so hoch, dass sie bis an die Knöchel in der flockigen grauen Decke versank. Jandhi hustete von Zeit zu Zeit, und irgendetwas, sehr sehr weit vor ihnen, nahm diesen Laut auf und warf ihn zurück, sonderbar gebrochen und verzerrt, als klänge noch etwas anderes, Böses darin mit.

Tally versuchte vergeblich, die Gedanken und Gefühle zu unterdrücken, die ihr Bewusstsein überschwemmten. Das Etwas in ihr wurde stärker, mit jedem Schritt, dem sie sich dem unsichtbaren Feind näherten. Weller hatte gelogen, als er gesagt hatte, sie könnten sie bis Sonnenuntergang schützen; vielleicht hatte er sich auch schlichtweg geirrt. Aber es war gleich. Nichts spielte jetzt noch eine Rolle. Sie war am Ziel.

Sie blieben erst stehen, als sie nach Tallys Schätzung schon sicherlich wieder den halben Weg zum Schlund hinabgestiegen waren. Das letzte Licht war längst über ihnen zurückgeblieben, aber einer der Hornköpfe hatte im Vorübergehen eine Fackel aus einem der Wandhalter mitgenommen, sodass sie sich im Zentrum eines flackernden, ständig seine Form verändernden Kreises blasser roter Helligkeit bewegten.

Manchmal mussten sie durch knöcheltiefe Pfützen aus faulig riechendem Wasser waten, das aus Rissen in der Decke tropfte, dann wieder wurde es so heiß, dass Tally kaum noch atmen konnte, und ihr Gesicht brannte. Die Wände hier unten waren nicht bearbeitet, sondern irgendwann, vielleicht schon vor Jahrmillionen, durch eine Laune der Natur entstanden; gleichzeitig erinnerten sie Tally an übergroße Wurmgänge, und ein Teil ihrer Phantasie, über den sie irgendwie die Kontrolle verloren hatte, gaukelte ihr schwarze, sich windende, schlangenähnliche Dinge vor, die die Dunkelheit vor ihr erfüllten, aber stets verschwanden, ganz kurz, bevor das Licht der Fackel sie berühren konnte.

Aber dann war es nur eine ganz normale, wenn auch außergewöhnlich große Tür, vor der sie stehenblieben, eine Tür aus geschwärztem Eisen, an dem der Rost seit Jahrtausenden fraß, ohne ihm ernsthaft Schaden zufügen zu können. Tally erwartete, dass Jandhi klopfen oder sich anders bemerkbar machen würde, aber sie tat nichts dergleichen, sondern blieb einfach reglos stehen.

Und es dauerte auch nur ein paar kurze Augenblicke, bis aus dem Inneren der Tür ein schweres, schabendes Geräusch zu hören war. Ein verborgener Mechanismus setzte sich in Gang, dann schwang die gewaltige Tür beinahe lautlos vor Jandhi zurück. Tally sah, dass sie fast einen Meter stark war.

Dann sah sie für Sekunden gar nichts mehr, denn der Raum dahinter war von gleißender weißer Helligkeit erfüllt, die ihre an das schwache Licht gewöhnten Augen für Momente blind sein ließen. Selbst Jandhi wurde zu einem verschwommenen Schatten, dessen Konturen sich im grellen Licht wie in leuchtender Säure aufzulösen schienen.

Einer der beiden Hornköpfe gab ihr einen Stoß, der sie weiterstolpern ließ. Ganz instinktiv breitete sie die Arme aus, fühlte kühles glattes Leder und klammerte sich an Jandhis Arm fest, um nicht zu stürzen.

Der Hornkopf stieß ein wütendes Zischen aus, packte sie mit drei seiner vier Arme und riss sie zurück. Tally versuchte sich loszureißen, aber gegen die gewaltigen Körperkräfte des Insektenwesens hatte sie keine Chance.

»Lass sie los!«, befahl Jandhi scharf. »Das war kein Angriff!«

Der Griff der harten Insektenklauen lockerte sich, aber nur ein wenig und auch nur für einen ganz kurzen Moment. Dann riss er Tally noch einmal und noch heftiger zurück und beantwortete Jandhis Befehl mit einem agressiven Pfeifen.

»Zum Teufel, du sollst sie loslassen!«, befahl Jandhi noch einmal. Wütend trat sie auf Tally und den Hornkopf zu und machte eine herrische Geste. Und endlich lösten sich die hornigen Insektenklauen von Tallys Armen und Hals.

»Es tut mir leid«, sagte Jandhi, nun wieder an sie gewandt. »Sie sind so dumm, wie sie stark sind. Und sie sind sehr stark.«

Tally schwieg. Ihre Augen begannen sich allmählich an die veränderten Lichtverhältnisse zu gewöhnen, und was sie sah, nahm ihre ganze Aufmerksamkeit in Anspruch.

Die Höhle war gigantisch – groß genug, eine kleine Stadt hineinzubauen, was irgendjemand auch getan hatte. Der Eingang lag nicht ebenerdig, sondern fast auf halber Höhe der an die hundert Meter messenden, steinernen Kuppel, sodass Tally die phantastische Anlage zur Gänze überblicken konnte: Die Höhle wirkte wie eine verkleinerte und nach außen gestülpte Ausgabe des Berges, in dessen Herz sie lag.

Auf dem Boden erhoben sich schwarzbraune, sonderbar asymmetrisch wirkende Bauwerke, die Tally an Insektennester erinnerten – und es wohl auch waren –, und in den Wänden gähnten Dutzende, wenn nicht Hunderte unterschiedlich großer und tiefer Löcher. Manche von ihnen waren Gänge, die tiefer hinein ins gewachsene Gestein des Berges führten, andere erweiterten sich zu großen, von düsterrotem Fackellicht erfüllten Sälen, in denen gepanzerte Gestalten von phantastischem Aussehen unverständliche Dinge taten; wieder andere waren nur lichtlose Schächte, die einen Meter, aber auch eine Meile tief sein mochten.

Und überall Hornköpfe.

Wohin Tally auch sah, erblickte sie die schwarzen und braunen Insekten, viele davon Spezies angehörend, von denen sie noch niemals gehört hatte. Überall krabbelte und wogte und bewegte es sich. Das Scharren Millionen stahlhart gepanzerter Füße und Leiber lag wie eine bizarre Musik in der Luft.

Und über allem lag die Nähe des Feindes wie ein düsterer Atem.

Abermals drängte sich Tally der Vergleich mit einem gewaltigen, finsteren Herzen auf, ein schwarzes Zentrum ruhig pulsierender, düsterer Energien, das diesen Berg, seine Bewohner, vielleicht sogar die ganze Welt, beherrschte und lenkte.

Und das Gefühl, das sie schon seit langem beschlichen hatte, wurde immer drängender und klarer – dass nämlich selbst Jandhi und ihre Drachen nur Spielzeuge einer anderen, weit höheren Macht waren.

Jandhi berührte sie beinahe sanft am Arm und deutete nach links. Tally blickte gehorsam in die Richtung und erkannte, dass der Weg noch nicht zu Ende war: Eine schmale, sehr steile steinerne Treppe führte neben ihnen in die Tiefe und endete vor einer weiteren Tür aus Stahl, die vielleicht noch massiver war als die, durch die sie gerade getreten waren. Ganz instinktiv fragte sie sich, warum die Türen hier unten so massiv waren. Beschützten sie das, was dahinter lag, vor der Welt? Oder die Welt vor dem, was sie verbargen?

»Wohin … bringst du mich?«, fragte sie zögernd. Plötzlich hatte sie Angst, ganz entsetzliche Angst, wenn auch aus völlig anderen Gründen, als Jandhi annehmen mochte.

Sie bekam auch diesmal keine direkte Antwort, aber zumindest spürte Jandhi ihre Erregung und ging nicht einfach wortlos weiter, wie die beiden Male zuvor, sondern drehte sich noch einmal zu ihr um und lächelte; auf eine Art, die Tally unter allen anderen denkbaren Umständen zur Weißglut getrieben hätte. Jetzt machte sie ihr Angst.

»Du brauchst keine Angst zu haben«, sagte sie, so sanft und nachsichtig, als redete sie mit einem verschüchterten Kind. »Ich habe mir nicht diese ganze Mühe gemacht, um dich jetzt zu töten, weißt du?«

»Wo sind Angella und Hrhon?«, fragte Tally. »Ich möchte sie sehen.«

»Später«, antwortete Jandhi. »Sie sind in Sicherheit – keine Sorge. Niemand wird ihnen etwas tun. Du wirst sie sehen, aber nicht jetzt. Jetzt ist keine Zeit dazu. Sie wartet nicht gerne.«

»Sie?« Tally wich ganz instinktiv einen Schritt vor Jandhi zurück. »Wer ist das?«

»Komm mit, und du wirst es erfahren«, erwiderte Jandhi. In ihrer Stimme lag nun eine schwache, aber unüberhörbare Spur von Ungeduld – und der unausgesprochene Hinweis, dass sie Tally auch ebensogut zwingen konnte, ihr zu folgen.

Tally verstand beides. Nach einem letzten Blick auf die wimmelnde schwarzbraune Tiefe unter ihr folgte sie Jandhi. Die beiden Hornköpfe schlossen sich ihnen lautlos an.

Die Tür schwang auf, ehe sie sie erreicht hatten. Dahinter lag ein vielleicht zwanzig Schritt langer, sehr niedriger Gang.

Und hinter ihm der *Pfuhl.*

Es gab keinen anderen Ausdruck dafür, kein anderes Wort, das dem, was sich Tally bot, auch nur annähernd entsprochen hätte. Und auch er reichte nicht wirklich aus, den tödlichen Schrecken, das abgrundtiefe Entsetzen zu beschreiben, das Tally beim Anblick des Unbeschreiblichen überfiel.

Die Höhle war riesig – eine hundert Meter messende Halbkugel aus schwarzem Stein, deren Wände von Fäulnis und Schimmel zerfressen waren. Die Luft stank nach Aas und Verwesung und war von flackernder, irgendwie *krank* wirkender grüner Helligkeit erfüllt. Tausende von schwarzen, wimmelnden Insekten bedeckten die Wände wie ein lebender Teppich, unbeschreibliche Dinge herbei- und hinwegschleppend, hingen in großen lebenden Trauben von der Decke oder ballten sich auf dem Boden vor Tally zu pulsierenden Knäueln. Zwischen ihnen erhoben sich ganze Berge von halbverfaultem Aas, tierische – aber auch ein paar menschliche!! – Kadaver, verwest und abgenagt und mit einem widerlichen grünlichschwarzen Schleim überzogen.

Und im Zentrum dieses Kreises aus Entsetzen und Ekel hockte das Ungeheuer.

Tally wollte schreien, aber sie konnte es nicht. Der bloße Anblick der Kreatur lähmte sie, zerschmetterte ihren Willen wie ein Hammerschlag dünnes Eis, löschte ihr Bewusstsein aus, ließ nichts übrig als ein winziges hilfloses Teil, in dem für nichts anderes Platz war als Ekel und Entsetzen und Abscheu und Angst, Angst, Angst, Angst …

Sie war eine Gigantin. Jedes einzelne ihre acht kalten, tausendfach gebrochenen Facettenaugen war größer als Tally, jedes einzelne der borstigen, halbverkümmerten Beine ein Baum, beleckt mit drahtigem Fell, das wie schwarzer Stahl glänzte, der absurd aufgedunsene Hinterleib groß wie ein Schiff, von armdicken, rasch pulsierenden Adern überzogen, in denen selbst wiederum etwas Kleines, Dunkles, Körniges zu krabbeln schien.

Ekel, unbeschreiblicher *Ekel* packte Tally, schüttelte sie wie Fieber und fegte für einen Moment selbst ihre Furcht hinweg. Sie taumelte, stöhnte, krümmte sich wie unter Schmerzen und versuchte mit aller Kraft, den Blick von der hundert Meter großen Scheußlichkeit zu lösen, weil sie spürte, dass allein der Anblick sie töten würde, musste sie ihn noch lange ertragen.

Sie konnte es nicht. Der Blick der titanischen Kreatur lähmte sie, machte sie hilflos, bannte sie. Sie konnte sich nicht bewegen, nicht atmen. Nicht denken. Ihr Herz schlug nicht. Und dann spürte sie, wie irgendetwas in sie hineingriff, eine ungeheuerliche, unsichtbare Hand, kalt wie gefrorenes Glas und ebenso schneidend, in ihre Gedanken drang, sie sondierte und prüfte, tiefer glitt, sich mit der erbarmungslosen Präzision einer Maschine in ihr Bewusstsein wühlte, jeden einzelnen ihrer allergeheimsten Gedanken las und abwog …

… und zurückprallte!

Und im gleichen Augenblick erwachte das Ungeheuer in ihr. Es dauerte nur den Bruchteil einer Sekunde, aber für Tally verging eine Ewigkeit:

Sie spürte, wie sich das Ungeheuer vor ihr aufbäumte, seinen entsetzlichen Leib vielleicht zum ersten Mal seit einem Jahrtausend bewegte, in einer grauenerregenden, entsetzten Bewegung zurückprallte, als es begriff, was Tally mit sich brachte. Und sie spürte, wie irgendetwas in ihr barst, ein Kokon, unsichtbar und lauernd bisher, finster pulsierende Energien, die sie unbemerkt in sich gehabt hatte, wie die Trägerin einer tödlichen Krankheit.

Und im gleichen Moment, noch immer im selben, zeitlosen Augenblick, begriff sie.

Es war dieses … *Ding,* dessen Nähe sie gespürt hatte, die

schwarze Riesin, deren Geist diesen Berg durchflutete wie stinkender Atem. Nicht Jandhi und ihre Drachen waren die wahren Herrscher dieser Insel – sondern *sie!*

Jandhis Geschichte war wahr, und doch war sie so falsch, wie sie nur sein konnte. Und sie wusste es vermutlich selbst nicht einmal. Sie hatte von den Überlebenden gesprochen, von den Nachfahren des letzten Krieges, die nach tausend Jahren zurück ans Tageslicht gekrochen waren, um das Erbe der untergegangenen Menschen anzutreten.

Aber sie hatte Tally nicht gesagt, wer diese Überlebenden gewesen waren.

Sie waren keine Menschen gewesen.

Es waren die Insekten.

Hornköpfe. Schwarze, chitingepanzerte Ungeheuer, die den Weltuntergang tief verborgen im Inneren der Erde überstanden hatten und hervorkrochen, lange bevor der erste Mensch es wagte, seinen Schutz zu verlassen. Mutierte Bestien, vielleicht durch die entfesselten Urgewalten menschlicher Waffen zu dem geworden, was sie jetzt waren, die antraten, den uralten Kampf um die Vorherrschaft auf dieser Welt zu entscheiden.

Und sie hatten ihn entschieden. *Sie* waren es, die sich selbst zu Sklaven machten und doch herrschten. *Sie* waren es, die unerkannt unter den anderen Rassen und Völkern lebten, dumme Tiere, Lastenträger und Krieger, die doch in Wahrheit an den Fäden des Schicksals zogen. *Sie* waren es, die die *Töchter des Drachen* erschufen, die Drachen selbst und Männer wie Hraban. Bestien wie diese, titanische, unsterbliche Rieseninsekten, körperliche Monstrositäten mit den Gehirnen von Göttern, die wussten, dass sie den Menschen und die anderen Bewohner dieser Welt brauchten, um zu überleben, und die wussten, dass er sie vernichten würde, sollte er jemals ihr wahres Selbst erkennen. Und jemals die Macht dazu haben.

Bestien wie diese waren es, die den Befehl zur Vernichtung

jeglichen menschlichen Fortschrittes gegeben hatten und ihn weitergeben würden. Die wahren Herrscher der Welt waren nicht die Menschen, nicht Jandhis Drachenreiterinnen und ihre fliegenden Giganten, sondern die Hornköpfe, ein riesiges Heer stumpfsinniger Kreaturen, das zusammen ein einziges, ungeheuerliches Bewusstsein bildete, vielleicht diese ganze Welt umspannend.

Tally krümmte sich, als all dieses Wissen über sie hereinbrach, mit der Gewalt einer Sturzflut und gesprochen von der Stimme eines Gottes. Der Stimme Gäas, des zweiten ungeheuerlichen Monstrums, das draußen unter dem Schlund lag und wartete, so alt wie diese Welt, tausendmal älter als der Mensch und vom ersten Tag an der Erzfeind der Insekten. Sie schrie, als sie begriff, dass sie zum Spielball einer anderen, ebenso erbarmungslosen Macht geworden war, eine Waffe wie Jandhi und ihre Drachen, nur viel tödlicher. Vielleicht war es von Anfang an so geplant. Vielleicht war nichts Zufall gewesen, von allem, was geschehen war.

Das Ungeheuer hinter ihr begann zu toben. Die Höhle bebte, als es sich aufbäumte, zuckend, schreiend, schwarzen Schleim und Blut und Kot verspritzend wie ein lebender Geysir, während ihr aufgedunsener Hinterleib noch immer Eier ausspie, unfähig seit zehntausend Jahren, damit aufzuhören; eine boshafte Karikatur des Lebens, die nur noch zu zwei Dingen fähig war: denken und gebären. Eines der baumdicken Beine zerbrach wie Glas. Das Ungeheuer brüllte, neigte sich zur Seite und stürzte, kreischend vor Schmerz und Angst, als es begriff, was Tally war.

Und dann, für einen ganz kurzen Moment, fand sie noch einmal in die Wirklichkeit zurück. Das unsichtbare Etwas in ihr zog sich zurück, entließ ihren Geist noch einmal aus seinem Würgegriff, als es Kraft zum letzten, entscheidenden Hieb sammelte. Für Sekunden fand Tally die Kontrolle über ihren Körper zurück.

Taumelnd bewegte sie sich auf Jandhi zu, streckte die Hände

nach ihr aus und fiel, als ihre Kräfte versiegten. Die beiden Hornköpfe neben ihr pfiffen vor Angst, begannen zu toben, wie außer Kontrolle geratene schreckliche Maschinen, als die Angst der Insektenkönigin in ihre Köpfe kroch, und auch Jandhi schrie auf, prallte gegen die Wand und schlug beide Hände gegen die Schläfen. Ihre Augen weiteten sich vor Entsetzen, als sie Tally anstarrte.

Die Höhle verwandelte sich in ein Chaos. Der Teppich aus lebenden Insekten zerbarst, als wären tausend Vulkane unter dem Boden ausgebrochen. Die Insektenkönigin schrie, bäumte sich abermals auf und fiel hilflos zurück, Tausende ihrer Diener unter sich zermalmend. Etwas Schwarzes, ungeheuer Großes wogte auf sie zu.

»Jandhi!«, schrie Tally. »Lauf! Flieh! Nimm deine Drachen und flieh!«

Ihre Stimme ging im Kreischen der Insektenkönigin unter. Aber selbst wenn Jandhi die Worte verstanden hätte, hätte sie kaum noch darauf reagiert. Für den Bruchteil einer Sekunde war ihr Geist frei gewesen, und vielleicht hatte sie sogar begriffen dass sie und die anderen nichts als Werkzeuge gewesen waren, willenlose Spielzeuge dieser schwarzen Abscheulichkeit, deren Gedanken ihren Willen und ihren Geist beherrschten. Aber der Augenblick verging, und Tally konnte sehen, wie der Funke von freiem Willen in ihrem Blick wieder erlosch. Ihre Hand kroch zum Gürtel und dem Laser, den sie darin trug.

Im gleichen Moment hörten auch die beiden Hornköpfe auf zu toben. Ihre gepanzerten Hände hoben sich.

Tally sprang. Eine Klaue streifte ihren Rücken und riss ihn auf, eine andere grub sich in ihre Wade und biss ein Stück Fleisch heraus. Aber irgendetwas in ihr gab ihr Kraft, schaltete den Schmerz ab, übernahm das Kommando über ihren Willen. Ihre Hand schoss vor und schlug die Jandhis beiseite, einen Sekundenbruchteil, ehe sie gegen sie prallte und aus dem Gleichgewicht brachte. Jandhi schrie auf, taumelte gegen die Wand und schlug nach Tallys Gesicht.

Und das Ungeheuer in ihr erwachte erneut – und diesmal endgültig.

Es war nicht mehr Tally, die auf Jandhi zusprang und sie mit einem einzigen Hieb wie eine zerbrochene Puppe zur Seite schleuderte. Sie war endgültig zu dem geworden, wozu Gäa sie ausersehen hatte, vielleicht schon vor ihrer Geburt: einer Waffe. Einem Spielball im ewigen Kampf der beiden Giganten, der zwischen ihnen zermalmt werden musste.

Sie fing die Stürzende auf und riss den Laser aus ihrem Gürtel. Sie feuerte die Waffe ab, noch ehe sie Jandhi losließ. Der dünne weiße Blitz schwenkte herum wie ein Schwert aus Licht, zerschnitt die beiden Hornköpfe säuberlich in zwei Teile und wanderte weiter, brannte eine rotglühende Schlackespur in den Boden und die Masse aus Millionen von Insekten, die auf Tally zuflutete, und näherte sich der Königin.

Das Rieseninsekt bäumte sich in irrsinniger Qual auf, als der Lichtblitz in sein rechtes Auge stach und es in einen Tümpel aus kochendem Fleisch und Blut verwandelte. Der Strahl tastete weiter, ließ auch das andere Auge erlöschen und sengte eine handbreite rotglühende Spur in den Schädel, weiter über den Nacken und den absurd kleinen, dreifach untergliederten Leib, zerschnitt die beiden noch unversehrten Insektenbeine auf der Tally zugewandten Seite und näherte sich dem aufgequollenen Hinterleib des Ungeheuers, der noch immer Eier ausspie.

Dann hatte der lebende Teppich Tally erreicht und überflutete sie. Der Laser in ihrer Hand erlosch, als ihre Beine nachgaben, und sie fiel.

Sie starb, und sie starb schnell, aber in der endlosen Sekunde, die sie noch lebte, sah sie, wie das Heer der Insekten an ihren Beinen emporkroch, schnell wie eine Springflut aus schwarzem Wasser, Fleisch und Knochen zermalmend mit Millionen winziger rasiermesserscharfer Kiefer. Sie sah, wie sich ihr Körper auflöste, zu rotem pulsierendem Schmerz wurde und verschwand, während die entsetzliche Flut höherkroch. Der Schmerz war unbeschreiblich, aber er dauerte nicht lange, und irgendetwas in ihr schützte sie auch davor; oder ließ ihn wenigstens unwichtig werden. Denn sie sah auch das, was sie gebracht hatte, den Keim der Vernichtung, der tief in ihr schlummerte, und der zu Ende bringen würde, was sie begonnen hatte.

Sie war tot, ehe sie nach vorne fiel und in der wirbelnden Masse aus Beinen und Kiefern und winzigen harten Leibern versank.

Aber ihr letzter Gedanke war, dass sie ihre Rache vollzogen hatte.

Und eigentlich hatte sie gerade erst damit begonnen.

7

Da waren Geräusche. Sonderbare Laute, die aus einer fremden Welt zu stammen schienen, die keinen Bezug zu der ihren hatte: ein Kratzen und Schaben und Scharren an der Tür, dann etwas wie eine Stimme, die etwas wie Worte produzierte, ohne dass sie sie verstand.

Angella hatte Fieber. Ihre Stirn glühte, und ihre Gedanken begannen sich jetzt immer öfter zu verwirren, auf Wegen zu wandeln, auf die sie keinen Einfluss mehr hatte. Manchmal schrak sie hoch und spürte, dass Zeit vergangen war, sehr viel Zeit, ohne dass sie sich auch nur an eine einzige Sekunde erinnern konnte. Sie wusste längst nicht mehr, wann sie das letzte Mal Licht gesehen hatte – oder gegessen oder getrunken. Sie wusste nur, dass man sie sterben lassen wollte. Ewige Nacht umgab sie, eine Dunkelheit, die in nicht mehr allzu ferner Zukunft in die Schwärze des Todes übergehen würde.

Vielleicht wäre es weniger schlimm gewesen, wäre sie nicht gefesselt. Aber sie war es, ebenso wie Hrhon, dessen Stöhnen von Zeit zu Zeit durch die Dunkelheit drang und das einzige Geräusch war, das ihr verriet, dass sie noch lebte. Ihre Handgelenke steckten in eisernen Ringen, die mit einer kurzen Kette am Boden befestigt waren, sodass ihr gerade genug Platz blieb, sich von Zeit zu Zeit zu bewegen und ihren wundgelegenen Rücken zu entlasten; oder sich wenigstens einzureden, es zu tun.

Wie lange lag sie schon hier? Tage? Sie wusste es nicht, und je mehr sie versuchte, sich zu erinnern, desto stärker wurde die Verwirrung. Sie hatte Fieber, Hunger und vor allem Durst. Sie wusste nichts mehr, außer diesen beiden Tatsachen: Dass sie Hunger und Durst hatte und sterben würde. Und dass man sie offensichtlich hierhergebracht hatte, um sie elend zugrunde gehen zu lassen.

Während des ersten Tages – nein, verbesserte sie sich in Gedanken: Eigentlich nur während der ersten Stunden – hatte man dem Waga und ihr zu essen und zu trinken gebracht, aber schon nach der zweiten Mahlzeit war die Tür verschlossen geblieben; und sie hatte sich auch nicht mehr geöffnet, bis jetzt. Kurz darauf hatte sie geglaubt, Lärm zu hören: Schreie und dumpfe Explosionen, das helle Peitschen von Lasern und die spitzen Pfeiflaute kämpfender Hornköpfe. Irgendetwas war sogar gegen die Tür ihrer Zelle gepoltert. Aber sehr bald darauf war wieder Ruhe eingekehrt.

Angella hatte die Möglichkeit sehr lange erwogen, dass es im Berg zu einem Kampf gekommen sein könnte, in dessen Verlauf man sie und Hrhon einfach vergessen hatte. Aber so verlockend der Gedanke war – er konnte nicht richtig sein. Wogegen sollten sie kämpfen? Es gab niemanden, der stark genug gewesen wäre, ihnen die Stirn zu bieten, erst recht nicht hier, in diesem verfluchten Berg. Es gab ja nicht einmal jemanden, der närrisch genug gewesen wäre, es zu versuchen, ausgenommen vielleicht Idioten wie sie selbst oder Tally, die ...

Eine dumpfe Wut ergriff von Angella Besitz, als sie an Tally dachte. Wut auf sie, aber auch auf sich selbst, dass sie nicht auf ihre innere Stimme gehört und ihr die Kehle durchgeschnitten hatte, als noch Zeit dazu war.

Jetzt war es zu spät. Der Tod hatte bereits bei ihr angeklopft; mehr noch – er hatte bereits einen Fuß in der Tür, und Angella war nicht sicher, dass sie sie noch einmal zuschlagen konnte. Der dumpfe Druck, die Fieberphantasien und die Vision waren Anzeichen des beginnenden Deliriums, und sie wehrte sich nicht einmal mehr dagegen. Ganz im Gegenteil – sie sehnte es herbei, denn egal wie schrecklich es sein mochte, es wäre zu Ende, danach.

Wahrscheinlich wäre sie längst gestorben, wäre da nicht dieser Riss in der Decke über ihr gewesen, durch den von Zeit zu Zeit Wasser floss, wenige, bitter schmeckende Tropfen, die wie durch Zufall genau auf ihr Gesicht fielen, sodass sie immer wieder Lippen und Zunge damit benetzen konnte. Angella war sich des Umstandes vollkommen bewusst, dass sie ihre Qual dadurch nur verlängerte – aber der Durst war stärker als das bisschen Vernunft, das ihr geblieben war. Jedes Mal, wenn die Tropfen auf ihr Gesicht fielen, leckte sie sie gierig auf; obgleich jeder einzelne davon nicht die Rettung, sondern nur eine weitere Stunde voller entsetzlicher Pein bedeutete.

Wieder glaubte sie diese Geräusche zu hören; näher diesmal, gleichzeitig undeutlicher, als gäbe es da einen Filter, der sich zwischen die Wirklichkeit und sie geschoben hatte. Ihre Sinne begannen sich stärker und stärker zu verwirren: für einen Moment glaubte sie Tallys Stimme zu hören, dann sogar sie selbst zu sehen, aber es war nicht Tally, sondern etwas ganz anderes, ein entsetzliches Ungeheuer, das nur in Tallys Körper geschlüpft war, und …

Der Gedanke entglitt ihr, bevor sie ihn zu Ende denken konnte. Die Vision wurde stärker. Sie glaubte Licht zu sehen, ein wunderschönes, sanftes Licht, das ihren Augen aber weh tat, weil sie so lange nichts als Dunkelheit gesehen hatte. Dann glitt sie wieder hinein in den schwarzen Abgrund, der sich dort aufgetan hatte, wo ihre Gedanken sein sollten. Das Nächste, was sie wahrnahm, war die Berührung sanfter Hände, die irgendetwas mit ihrem Gesicht taten. Es schmerzte; gleichzeitig tat es unglaublich gut.

Kaltes Metall berührte ihre Lippen, dann ergoss sich ein Strom unglaublich wohlschmeckenden Wassers in ihren Mund. Sie trank; so gierig, dass sie sich verschluckte und die kostbare Flüssigkeit fast zur Gänze wieder erbrach. Aber sofort war das Metall wieder da, und das Wasser, das das Leben in ihren Körper zurückspülte.

Sie versuchte die Lider zu heben. Zwei gleißende Dolche aus Licht stachen in ihre Augen. Sie stöhnte, presste die Lider wieder zusammen und trank weiter. Seltsam – sie hatte immer gedacht, der Tod brächte die große Dunkelheit. Wieso war es hell?

Es war diese Frage, die sie zum ersten Mal auf den Gedanken brachte, dass es vielleicht nicht der Tod war. Und dass die Vision wahr sein konnte. Sie *hatte* Tallys Stimme gehört!

Mit einem Ruck öffnete sie die Augen.

Das Licht tat weh, aber sie konnte sehen.

Sie befand sich noch immer in der Zelle, in die man Hrhon und sie vor einer Million Jahren eingesperrt hatte, aber sie war nicht mehr gefesselt. Die Tür stand weit offen, und gelbes warmes Licht fiel herein. Die stählernen Ringe, die ihre Hand- und Fußgelenke gebunden hatten, waren durch saubere weiße Verbände ersetzt worden, ihr Kopf lag auf frischem Stroh, und ein schwarzer Mantel bedeckte ihren fiebergeschüttelten Körper. Tally saß neben ihr, eine metallene Schale mit Wasser in der linken und einen sauberen Lappen in der rechten Hand, mit dem sie von Zeit zu Zeit ihre Stirn betupfte. Hinter ihr, schon wieder halb von der Dunkelheit verschlungen, erhob sich ein gepanzerter massiger Schatten: Hrhon. Sie musste sehr lange so dagelegen haben, seit ihre Fesseln gelöst worden waren.

Angella versuchte zu sprechen, aber es gelang ihr erst, nachdem Tally abermals die Schale an ihre Lippen gesetzt und ihr zu trinken gegeben hatte. Sie fühlte sich schwach. So unendlich schwach. Selbst zu schwach, um Erleichterung zu empfinden.

»Du ... verdammte ... Närrin«, stöhnte sie. Die wenigen Worte kosteten ihre ganze Kraft. Ihre Lippen platzten. Salziges Blut mischte sich in das kalte Wasser auf ihrer Zunge. Trotzdem sprach sie weiter. »Bist ... du ... jetzt ... zufrieden?«

Tally blickte sie sehr ernst an. Sie lächelte, aber es war nur ein bloßes Verziehen der Lippen. Der Ausdruck in ihren Augen war Sorge. Und – ja, und noch etwas. Etwas, das Angella nicht verstand. Aber es machte ihr Angst.

»Wie fühlst du dich?«, fragte sie.

»Gut, das ... das siehst du doch.« Angella versuchte zu lachen, aber ihre Schwäche ließ ein qualvolles Husten daraus werden. »Wieso lebst du noch?«, stöhnte sie. »Und wo warst du die ganze Zeit, verdammt noch mal?«

»Welche Frage soll Tally zuerst beantworten?«, fragte Tally ruhig.

Angela blickte sie irritiert an. Das schwache Licht zauberte Schatten auf Tallys Züge, wo keine sein durften, und Angellas eigene Schwäche fügte Linien des Schreckens hinzu: Für einen kurzen, aber entsetzlichen Moment war es nicht mehr Tally, die neben ihr saß, sondern ein abscheuliches *Ding* mit Tallys Zügen, ein grinsender Totenschädel, eingesponnen in ein Netz feiner weißer Fäden, die pulsierten und sich wanden wie Milliarden haarfeiner lebender Würmer. Dann drehte Tally das Gesicht wieder ins Licht, und die entsetzliche Vision verschwand. Aber die Angst blieb.

»Die Schwäche wird bald vergehen«, fuhr Tally fort. »Du bist erschöpft, aber nicht ernsthaft verletzt.«

»Was zum Teufel ist passiert?«, murmelte Angella. »Wo warst du die ganze Zeit?«

»Tally hat getan, wozu sie hergekommen ist«, antwortete Tally geheimnisvoll. »Es tut ihr leid, wenn ihr leiden musstet. Aber es hat lange gedauert, Hrhon und dich zu finden.«

Und es dauerte auch lange, bis Angella den Sinn von Tallys Worten begriff. Und als sie es tat, da war der Gedanke ein solcher Schock, dass sie sich aufsetzte und für einen kurzen Moment selbst ihre Schwäche vergaß.

Aber wirklich nur für einen kurzen Moment. Dann wurde ihr übel und schwindelig zugleich, und sie brach in Tallys Armen zusammen.

»Hab Geduld«, sagte sie. »Dein Körper braucht Zeit, die verlorenen Kräfte zu regenerieren. Er ist sehr verwundbar, weißt du? Aber du bist auch stark. Gib dir selbst ein wenig Zeit, und Tally wird dich hier herausbringen.«

Irgendetwas war falsch, dachte Angella. Entsetzlich *falsch.* Aber sie wusste nicht, was.

»Rausbringen?«, murmelte sie. *Aber wieso?* Es war nicht möglich. »Jandhi. Was ... was ist mit Jandhi ... und ihren Drachen?«

»Sie sind tot«, antwortete Tally, und plötzlich war eine Kälte in ihrer Stimme, die Angella trotz allem erschauern ließ. Und ein entsetzlicher Triumph.

»Tot?«

»Tally hat sie vernichtet«, bestätigte Tally. »Sie kam, um es zu tun. Und sie hat es getan.« Sie hob rasch die Hand, als Angella eine Frage stellen wollte, und schüttelte den Kopf. »Jetzt nicht.

Du wirst alles erfahren, aber jetzt musst du deine Kräfte schonen. Glaubst du, dass du gehen kannst?«

Angella glaubte es – aber sie konnte es nicht. Sie hatte nicht einmal die Kraft, sich auf Hände und Knie hochzustemmen. Tally fing sie abermals auf, als sie zusammenbrach.

»Dann wird Hrhon dich tragen«, bestimmte Tally. »Du musst hier heraus. Dieser Ort ist kalt und gefährlich.« Sie stand auf und hob die Hand. Beinahe lautlos näherte sich der Waga Angella, hob sie hoch und wandte sich zur Tür.

Sein Griff war sehr hart, und er tat weh, und trotz ihrer Schwäche empfand Angella es als unwürdig, wie ein Kind getragen zu werden. Sie protestierte schwach, aber natürlich ignorierte Hrhon ihre Worte.

Gelbes Licht nahm sie auf, als sie die Zelle verließen und den Weg zurückgingen, den sie vor so vielen Tagen gekommen waren. Angella verlor ein paarmal das Bewusstsein, während Hrhon sie weiter nach oben trug, und die übrige Zeit dämmerte sie auf der schmalen Trennlinie zwischen Wachsein und Schlaf dahin; alles um sie herum war unwirklich, unwichtig, irreal.

Und trotzdem fiel ihr auf, wie sehr der Drachenfels sich verändert hatte: er war still geworden. Still und dunkel.

Die Zauberlampen, die den Weg hier herunter erhellt hatten, waren zum größten Teil erloschen. Einige von ihnen flackerten wie große blinzelnde Augen, und in manchen glomm noch ein gelbes Licht, aber die meisten waren blind. Dafür brannten Fackeln in den Gängen, die sie nahmen, um weiter nach oben zu gelangen.

Der Berg war tot. Vielleicht war dies der einzig wirklich klare Eindruck, den Angella hatte, während Hrhon sie trug: der Berg hatte sich in ein gigantisches Grab verwandelt.

Endlich wich der bleiche Schein der Fackeln dem helleren, wenn auch kälteren Licht der Sonne. Vor ihnen lag noch ein kurzes Tunnelstück, hinter dem sich eine der gewaltigen Drachenhöhlen erhob, durch die sie den Berg betreten hatten. Angellas Herz begann schneller zu schlagen.

»Erschrick jetzt nicht«, sagte Tally. »Was du siehst, wird dir schlimm vorkommen, von deinem Standpunkt aus. Aber es musste sein.«

Ihre Warnung machte es eher schlimmer. Angella wusste nicht genau, womit sie rechnete – mit Toten, mit Spuren eines Kampfes, mit verstümmelten Menschen und Hornköpfen und vielleicht Drachen. Vor ihr war nichts dergleichen. Und trotzdem hatte die Höhle sich verändert; auf entsetzliche Weise verändert.

Sie bekam noch eine kurze Gnadenfrist: Draußen über dem Schlund herrschte später Nachmittag, und die Sonne stand wie ein loderndes rotes Auge direkt vor der Höhlenöffnung. Ihr grelles Licht blendete Angella, sodass sie im ersten Moment nichts als scharf voneinander getrennte Flächen absoluter Schwärze und blendender Helligkeit wahrnahm, ein Ozean aus Licht, aus dem die Einzelheiten nur allmählich auftauchten. Plötzlich war sie sicher, dass Tally die Höhle aus genau diesem Grund ausgesucht hatte. Und es war gut so, denn wahrscheinlich hätte sie den Verstand verloren, hätte sie der Anblick unvorbereitet getroffen.

Das matte Schwarz des Höhlenbodens war unter einer hellen, sonderbar organisch wirkenden Schicht verborgen, einem weißlich schimmernden Pilzgeflecht, in dem es hier und da brodelte und zuckte. Ein seltsamer, gleichzeitig fremder wie auf erschreckende Weise bekannter Geruch hing in der Luft, und nach einer Weile hörte sie ein leises Wispern und Raunen, das von überallher zugleich zu kommen schien. Es war warm, viel wärmer, als sie diesen Teil der Festung in Erinnerung hatte, und es war eine Wärme, die auf schwer in Worte zu fassende Weise *lebendig* wirkte.

Neue Einzelheiten tauchten aus dem verschwommenen Bild auf: Der Boden war nicht eben. Hier und da wuchsen große, asymmetrische Umrisse aus der weißlichen Masse, zuckend und fließend wie sie selbst, aber von etwas dunklerer Färbung, und sie sah jetzt, dass sich das dünne Pilzgeflecht auch über die Wände erstreckte, nicht so dicht wie auf dem Boden, sondern wie ein Netz, großen tausendfingrigen Händen gleich, die sich nach dem schwarzen Fels ausgestreckt hatten und bereits die Decke berührten, sie aber noch nicht ganz berührten.

»Großer Gott!«, stammelte sie. »Was ... lass mich herunter, Hrhon.«

Der Waga tauschte einen fragenden Blick mit Tally, ehe er gehorchte. Sehr behutsam stellte er sie auf die Füße, ließ die Hände aber an ihrer Taille liegen, um sie aufzufangen, sollte sie stürzen.

Aber Angella stürzte nicht. Was sie sah – und vor allem, was es *bedeutete!* – ließ selbst ihre Schwäche unwichtig werden. Ihre Augen gewöhnten sich schneller und schneller an das helle Licht, und mit jeder Sekunde erblickte sie weitere entsetzliche Einzelheiten.

Der helle Belag auf dem Boden *lebte.* Und die dunklen Einschlüsse darin waren ...

»Du ... du hast es hierhergebracht?«, stammelte sie. »Großer Gott, Tally, du hast ... du hast Gäa hergebracht – das Ungeheuer aus dem Schlund!«

»Tally hat getan, was getan werden musste«, antwortete Tally ruhig. »Sie allein wäre zu schwach gewesen, den Kampf zu entscheiden.«

»Sie?« Angellas Augen weiteten sich entsetzt. Langsam, als kämpfe sie gegen unsichtbare Fesseln, drehte sie sich herum und sah Tally an. »Sie?«, wiederholte sie. »Tally, du ... du sprichst wie ...«

Sie brach ab. Eine eisige Hand schien nach ihrem Herzen zu greifen und es zusammenzupressen, langsam, aber mit unbarmherziger Kraft. Zum ersten Male sah sie Tallys Gesicht im hellen Licht des Tages.

Und sie erkannte, dass es nicht Tally war. Nicht mehr.

Es war etwas, das wie Tally aussah, sich wie sie bewegte und – fast – wie sie sprach, aber es bestand nicht mehr aus Fleisch und Blut, sondern aus einer weißlichen, pulsierenden Masse, auf den ersten Blick gleich hell glitzerndem Schleim, die sich bei genauerem Hinsehen jedoch als eine Zusammenballung von Milliarden und Milliarden haardünner, glänzender Fäden erwies. Würmer oder Wurzeln, oder vielleicht eine entsetzliche Mischung aus beidem.

Entsetzt fuhr sie herum und starrte Hrhon an. Aber er war noch er selbst – ein gepanzerter Gigant, dessen geschlitzte Schildkrötenaugen scheinbar ausdruckslos auf Tallys Gesicht ruhten. Angella brauchte all ihre Kraft, sich wieder herumzudrehen und das Etwas anzusehen, das einmal Tally gewesen war.

»Du bist nicht Tally«, sagte sie. Es war eine reichlich überflüssige Feststellung, aber sie musste es einfach sagen.

Das Ding in Tallys Gestalt rührte sich nicht, und nach einer Weile wandte Angella wieder den Blick und zwang sich, die Höhle noch einmal anzusehen. Irgendetwas in ihr revoltierte gegen das entsetzliche Bild, das sich ihr bot, aber sie zwang sich, es zu ertragen; denn trotz allem war es nicht so schlimm wie der Anblick Tallys.

Die weiße Masse aus Wurzelgeflecht war überall, hatte Felsen und Stein und Metall überwuchert und sich zu knotigen, glänzenden Gebilden zusammengefunden, die sanft pulsierten, alle im gleichen Rhythmus, als gäbe es da irgendwo ein gewaltiges Herz, in dessen Takt sie schlugen.

Es gab nichts, wovor sie Halt gemacht hatte, und es musste sehr schnell gegangen sein; denn manche der Gestalten, die sie eingewoben hatten, waren in bizarren Haltungen erstarrt, als hätte der Tod sie mitten in der Bewegung überrascht. Bei den meisten war nicht mehr zu erkennen, ob sie Mensch oder Tier gewesen waren: ihre Körper waren aufgelöst, zum Teil bereits absorbiert von der gewaltigen fressenden Pflanzenmasse, zum Teil aber noch intakt, unbeschädigt, aber eingesponnen, wie in das Netz einer gewaltigen Spinne. Einige schienen sogar noch zu leben …

Sie versuchte sich vorzustellen, wie es gewesen sein musste, aber ihre Phantasie reichte nicht, es in Bilder umzusetzen. Der Kampf musste entsetzlich gewesen sein und von vornherein, aussichtslos. Sie hatte gesehen, wie schnell und rücksichtslos dieses Ding zuschlug, draußen im Sumpf unter dem Wald, und hier musste es schlimmer gewesen sein, tausendfach schlimmer.

»Was hast du mit Tally getan?«, flüsterte sie.

»Nichts«, antwortete das entsetzliche Wesen. »Es war ihr eigener Wunsch.«

»Ihr …«

»Sssie wollte esss«, mischte sich Hrhon ein. Angella drehte sich verblüfft herum und starrt den Waga an.

»Sie wollte *was?«*, keuchte sie. »Das hier?!«

Hrhon versuchte ein menschliches Nicken nachzuahmen. »Sssie whussste esss«, behauptete er. »Sssie sssagte esss mir, in der Nacht, bhevhor sssie sssich Jandhi erghab. Dher Ssschlund vherlanghte ein Ohpfer, uhnd sssie whollte nisst, dasss isss es bin. Oder dhu.«

Angella stand wie gelähmt da. »Sie hat es … freiwillig getan?«, murmelte sie. »Sie … sie hat dieses … dieses Ding absichtlich hierhergebracht?«

»Einen Teil«, bestätigte Tally. »Das Ganze ist im kleinsten meiner Teile, so wie der geringste meiner Teile das Ganze ist. Du trauerst um sie, Angella, aber das ist nicht nötig. Tally lebt, wenn auch auf andere Weise.«

»Oh ja«, sagte Angella. »Gleich wirst du mir erzählen, dass sie die Unsterblichkeit erlangt hat, wie?«

Ihr Spott prallte von dem Wesen an ihrer Seite ab, weil es so etwas wie Spott oder Sarkasmus nicht kannte. Es nickte.

»In gewisser Weise, ja. Tally wusste, was sie erwartete. Sie wurde nicht gezwungen. Das Wesen, das ihr Gäa nennt, mag euch grausam erscheinen, aber es ist es nicht. Nur erbarmungslos. Und auch das nur zu seinen Feinden. Den Feinden des Lebens.«

»Und wir?«, flüsterte Angella. »Gehören wir … auch dazu? Willst du Hrhon und mir auch die Unsterblichkeit verleihen?«

»Wenn ihr es wünscht, wird Tally es tun«, antwortete Tally mit großem Ernst. »Doch wenn ihr es nicht wünscht, könnt ihr gehen. Ihr seid frei. Tally wird euch den Weg zeigen, wie ihr von hier entkommen könnt. Wenn ihr bereit seid, den Kampf fortzuführen.«

»Welchen Kampf?«, flüsterte Angella. »Hier … hier lebt doch nichts mehr!«

»Hier nicht«, bestätigte Tally. »Dieser Ort gehört jetzt mir, und so wird es auf ewig bleiben. Aber es gibt viele Orte wie diese.«

Angella erschrak. »Soll das heißen, es ist noch nicht vorbei?«, keuchte sie.

»Esss hat noch nissst einmal rissstig beghonnen«, zischte Hrhon.

»Der Waga wird dir die Geschichte erzählen, die er von Tally hörte«, sagte Tally. »Doch jetzt müsst ihr gehen. Rasch, solange Tally euch noch zu schützen vermag.«

Angella starrte sie an, und für den Bruchteil einer Sekunde glaubte sie noch einmal die alte Tally im Blick des Pflanzenmonsters vor ihr zu erkennen, eine winzige Spur von ihr, die noch nicht Teil des monströsen Kollektivbewusstseins dort draußen im Sumpf geworden war. Jenes winzige Etwas, das sie und Hrhon noch schützte. Aber es schwand, und wenn es völlig fort war, dann würde dieser gigantische lebende Krebs auch sie verschlingen, so erbarmungslos und kalt, wie er die Hornköpfe verschlungen hatte, Jandhis Kriegerinnen und die Drachen.

»Wir werden es tun«, flüsterte sie. »Wir werden deine Rache beenden. Ich verspreche es dir, Tally.«

Noch einmal blickte Tally sie an, und ein ganz kurzes, unendlich erleichtertes Lächeln glomm in ihren Augen auf.

Dann erlosch ihr Blick.

Für immer.

Epilog

»Das war ... eine sehr traurige Geschichte«, sagte das Mädchen. Einen Moment lang wartete es auf eine Antwort der fremden Frau, aber es bekam keine, und eigentlich hatte es auch nicht damit gerechnet. Es sah auf. Die fremde Frau mit den dunklen Haaren hatte sich gegen einen Baum gelehnt und die Augen geschlossen. Ihr Gesicht lag im Schatten, und es sah aus, als schliefe sie. Aber sie war wach. Nur ein Teil von ihr schien noch in der Vergangenheit zu weilen, bei Tally und Hrhon und all den anderen, die für wenige kurze Stunden durch ihre Worte wieder Leben bekommen hatten.

»Hat sie Wort gehalten?«, fragte das Mädchen schließlich.

»Tally?« Die Frau nickte. »Ja. Es war nicht einmal besonders schwer für Angella und Hrhon, den Drachenfels zu verlassen, weißt du? Jedenfalls nicht im Vergleich zu dem, was sie ertragen mussten, um ihn zu erreichen. Nicht alle Drachen waren tot. Ein paar von ihnen waren fortgeflogen, bevor Tally den Berg erreichte, und sie kamen nichtsahnend zurück.«

»Aber Gäa ...«

»Vernichtete sie alle«, sagte die Fremde. »Alle bis auf einen, dessen Reiter Angella und Hrhon überwältigten. Sie zwangen sie, ihnen das Geheimnis zu verraten, wie man die Drachen lenkte.«

Das Mädchen dachte einen Moment lang darüber nach, wie man jemanden wie eine Drachenreiterin zu irgendetwas zwingen konnte. Aber dann kam es zu dem Schluss, dass es die Antwort eigentlich gar nicht wissen wollte.

»Diese Geschichte ist ... ist wahr, nicht?«, sagte es ganz leise. »Ich meine – du hast sie dir nicht nur ausgedacht, um ... um mir die Zeit zu vertreiben oder mich zu trösten.«

Die Fremde nickte. »Sie ist wahr.«

»Dann gefällt sie mir nicht«, sagte das Mädchen nach kurzem Überlegen. »Sie ist hässlich, und sie hat kein gutes Ende.«

»Sie hat überhaupt kein Ende«, sagte die Fremde. »Hast du

vergessen, was Hrhon gesagt hat – es hat gerade erst begonnen.«

»Aber Tally ist doch tot. Sie hat sich selbst geopfert. Warum?«

»Weil es der einzige Weg war«, sagte die Fremde. »Ihr Leben war sinnlos geworden, weißt du? Sie lebte nur noch für ihre Rache, und als sie begriff, dass sie zu schwach war, ihre Feinde besiegen zu können, tat sie das Einzige, was ihr noch blieb. Ich glaube«, fügte sie mit veränderter Stimme und nach einer hörbaren Pause hinzu, »in Wirklichkeit war sie schon lange tot. Wahrscheinlich ist sie auch gestorben, damals, als ihre Stadt verbrannte.«

Ihre Worte erfüllten das Mädchen mit Schmerz. Auch seine Stadt war verbrannt, mit allen, die es gekannt und geliebt hatte. Ob sie eines Tages auch so werden würde wie Tally?

Die Fremde schien ihre Gedanken zu erraten. Vielleicht waren sie auch deutlich auf ihrem Gesicht abzulesen. »Es war nicht umsonst, Kleines«, sagte sie sanft. »Ich weiß, was du jetzt fühlst – auch deine Stadt ist zerstört, und du hast wie Tally die Drachen gesehen, die es getan haben, nicht wahr?«

Das Mädchen nickte. Schwieg.

»Aber es war nicht umsonst«, behauptete die Fremde.

Sie stand auf, kam auf das Mädchen zu und ließ sich vor ihr in die Hocke sinken. »Sie haben hunderttausend Jahre lang geherrscht, Kind«, sagte sie. »Du kannst nicht erwarten, dass wir sie in einem Tag besiegen. Vielleicht wird es weitere hunderttausend Jahre dauern, weißt du, auf jeden Fall aber länger, als irgendeiner von uns leben wird. Aber wir haben den Feind erkannt, und er wird geschlagen werden. Willst du uns dabei helfen?«

»Euch?«, fragte das Mädchen verstört.

»Willst du?«

Das Mädchen nickte zögernd. Aber es war eher Verwirrung als wirkliche Entschlossenheit. »Aber wie?«, murmelte es. »Sie sind so stark. Und so viele. Und sie haben die Drachen und diese entsetzlichen Waffen und ...«

»Die Geschichte ist noch nicht zu Ende«, sagte die Frau, und plötzlich war ihre Stimme sehr eindringlich. Fast glaubte das Mädchen, eine ganz sachte Spur von Angst darin zu erkennen. »Angella und Hrhon behielten den Drachen, den sie erbeuteten, und sie lernten, diese Tiere zu beherrschen, so wie Jandhi und ihre Schwestern es taten. Und Jandhi hat sich getäuscht, weißt du?« Sie lachte, sehr leise und voller Trauer. »Könnte sie nur noch begreifen, wie sehr sie sich getäuscht hat. Die Zivilisation, vor der sie und die Insekten solche Angst hatten, existiert bereits. Der Mensch hat gelernt, mit der Natur zu leben, Kind. Tausendmal besser, als Jandhi jemals begriffen hat; denn sie war blind. Er braucht keine Technik mehr. Wir brauchen keine Maschinen, die fliegen, wenn wir Tiere wie die Drachen haben. Wir brauchen keine Ärzte und Wissenschaftler, denn wir haben unsere Heiler und Magier, wir haben Männer wie Beit und Karan und Weller, und wir brauchen keine Maschinen, die unsere Arbeit tun, solange wir Tiere erschaffen können, die dies viel perfekter erledigen.«

Sie hob die Hand und deutete nach Norden. »Die großen Insekten, die irgendwo dort draußen jenseits des Schlundes lauern, wissen es nicht, aber sie selbst haben uns den Weg gezeigt, wie wir sie besiegen können. Wir haben unsere eigenen Drachen, Kind, und unsere eigenen Hornköpfe. Noch sind wir wenige, aber wir sind Menschen, und deshalb werden wir siegen. Wir schlagen sie, wo immer wir sie treffen. Aber manchmal kommen wir zu spät.«

Sie sprach nicht weiter, und auch das Mädchen schwieg für sehr lange Zeit. Schließlich stand es auf und hob wortlos den Arm.

Die Frau lächelte, ergriff ihre Hand und drückte sie, sehr kurz und voller Wärme. »Wie ist dein Name, Kleines?«, fragte sie.

»Kara«, antwortete das Mädchen. Es war nicht wahr. Ihr Na-

me war Karenin, aber sie hatte ihn nie wirklich gemocht, und Kara gefiel ihr besser. Ein bisschen erinnerte er sie an Tally, und die fremde Frau schien dies auch zu ahnen, denn sie lächelte, sagte aber nichts, sondern wandte sich wortlos um und ging auf den Waldrand zu.

Die Stadt hatte aufgehört zu brennen, als sie aus dem Wald traten. Sie war jetzt nur noch ein Haufen verkohlter Schlacke, der nicht einmal mehr rauchte.

Aber Kara hatte keinen Blick dafür. Sie starrte die beiden Drachen an, die auf dem freien Feld zwischen der Stadt und dem Wald niedergegangen waren, titanische schwarzgeschuppte Kreaturen voller Wildheit und Kraft, als wäre die Nacht selbst auf die Erde herabgestiegen und hätte ihre Schwingen ausgebreitet. Sie war nicht einmal sehr überrascht, und ein wenig schützte sie wohl auch ihre Müdigkeit und die Betäubung, die noch immer von ihr Besitz ergriffen hatte.

Eine Gestalt näherte sich ihnen; winzig im Vergleich zu den beiden schwarzen Titanen, aber in Wirklichkeit selbst ein Gigant, vierhundert Pfund schwer und von der Form einer aufrecht gehenden Schildkröte.

»Ist das …?«

»Das ist Hrhon«, sagte die fremde Frau. »Ja.« Sie lächelte, ließ Karas Hand los und bedeutete ihr mit einer raschen Bewegung, stehenzubleiben. Dann trat sie dem Waga entgegen.

»Habt ihr sie?«, fragte sie. Plötzlich klang ihre Stimme hart, so hart und kalt, dass das Mädchen erschrak. Mit einem Male schien sie eine völlig andere zu werden, nur indem sie diese wenigen Worte sprach.

»Ja«, antwortete der Waga. »Sssatacks Drachehn habhen sssie erwhischt, khursss bevhor sssie den Sschlund erreichten.«

»Alle?«

»Alle«, bestätigte Hrhon. Er trat einen Schritt zur Seite, um Kara anzusehen. »Isst dasss die einsssige?«, zischelte er.

Die Frau nickte. »Die einzige Überlebende. Alle anderen sind tot. Wir sind zu spät gekommen. Aber wir werden sie mit uns nehmen – wenn sie will, heißt das.« Sie drehte sich herum, blickte Kara sehr ernst an und deutete auf die beiden Drachen. »Willst du lernen, auf ihnen zu reiten?«

Kara schwieg. Zum ersten Male sah sie das Gesicht der Fremden in hellem Licht. Und zum ersten Mal erkannte sie, dass es eine Maske aus Narben und verbranntem Gewebe war.

»Du kansssst rhuhig mit unsss khommen«, sagte Hrhon. »Whir habhen viehle Kindher dort, who wir leben.« Er versuchte zu lächeln, was natürlich misslang, und im gleichen Moment versuchte Kara sich vorzustellen, wie es sein musste, an der Seite dieses großen, gutmütigen Giganten aufzuwachsen, auf einem Drachen zufliegen ... all die Wunder zu erleben, von denen sie in dieser endlos langen Nacht gehört hatte. Der Gedanke gefiel ihr. Und doch war es nicht der wahre Grund, aus dem sie nickte.

Den wirklichen Grund begriff sie erst später, als sie neben Angella und Hrhon auf dem Rücken des Drachen saß und den eisigen Fahrtwind im Gesicht spürte. Der Gigant breitete seine Schwingen aus und schwang sich hoch empor in die Luft, und der Wald und der Fluss und die verbrannte Stadt sackten unter ihnen zurück, bis sie nicht mehr waren als Farbflecke in einer endlosen Ebene, tief, unendlich tief unter ihnen.

Aber Kara blickte nicht hinab. Während die schwarzen Drachenschwingen die Luft peitschten und sie forttrugen, einer neuen Heimat und einem neuen Leben entgegen, blickte sie nach Norden, dorthin, wo der Schlund lag, und dahinter, in unvorstellbarer Entfernung, andere Kontinente, so groß wie der ihre, andere Welten voller anderer Menschen.

Und plötzlich wusste sie, dass sie diese anderen Welten eines Tages sehen würde. Irgendwann einmal würde sie selbst auf dem Rücken eines Drachen dorthin reiten, um ihren Teil dazu beizu-

tragen, das Versprechen zu halten, das Angella Tally gegeben hatte – ihre Rache zu vollenden und den Kampf gegen den uralten Feind endgültig zu entscheiden.

Und sie wusste, dass sie gewinnen würden. Vielleicht würde er wirklich noch einmal hunderttausend Jahre dauern, aber am Ende würden sie siegen.

Einfach, weil sie Menschen waren.

Wolfgang Hohlbein

DER THRON DER LIBELLE

Fantasy-Roman

1

Kara saß am Rande des Abgrundes, baumelte mit den Füßen und dachte über die Ungerechtigkeit der Welt im Allgemeinen und über das, was dieses Krötengesicht Hrhon unter *Freundschaft* verstand, im Besonderen nach. Was die Ungerechtigkeit der Welt anging, so war die Antwort klar. Die Welt war prinzipiell ungerecht zu neunzehnjährigen Mädchen: Und die wenigen, die glaubten, *gerecht* behandelt zu werden, waren einfach zu dumm, um zu begreifen, was mit ihnen passierte.

Was Hrhon anging ... nun, da lagen die Dinge etwas komplizierter.

Bis zum gestrigen Abend hatte sie den Waga für ihren einzigen Freund gehalten, den sie mit Ausnahme von Markor hatte. Aber dann hatte dieser schuppige, lispelnde, breitzahnige ...

Nein. Sie wollte nicht mehr daran denken. Sie wollte einfach nur noch wütend sein, wütend auf Angella, auf diese verdammte Drachenreiterbrut – und vor allem auf Hrhon. Oh, sie hasste ihn!

Das Geräusch leiser Schritte ließ Kara herumfahren; eine Spur zu schnell, wenn man ihren unsicheren Platz bedachte. Unter ihr löste sich eine kleine Staub- und Kiesellawine, hüpfte über den Rand des Schlundes und stürzte in die Tiefe.

Angella war drei Schritte hinter ihr stehengeblieben, denn jeder weitere Schritt auf den Abgrund zu bedeutete unweigerlich Gefahr. Nur Kara und ein paar andere wagten sich bis ganz an den Schlund vor. Tückische Fallwinde, die oben wehten, konnten einen erfassen und umreißen. Angella sah Kara nicht an. Der Blick der dunklen Augen hinter der goldenen Halbmaske folgte der wirbelnden Staubfahne und wanderte dann zu Karas Beinen, die über den Abgrund schwangen. Dann füllten sich ihre Augen mit Sorge. Gut, dachte Kara. Sehr gut.

»Komm da weg.«

Kara rührte sich nicht. »Ist das ein Befehl«, fragte sie, »oder ein freundschaftlicher Rat?«

Hinter der goldenen Maske blitzten Angellas Augen verärgert auf. Ohne auf Karas Frage einzugehen, wiederholte sie noch einmal im gleichen ruhigen Tonfall: »Komm da weg.«

Kara hielt ihrem Blick einen Moment trotzig stand, aber dann dachte sie, dass sie den Bogen besser nicht überspannen sollte. Mit einer eleganten Bewegung sprang sie auf und tänzelte einen Moment am Abgrund entlang, um zu zeigen, wie furchtlos und geschickt sie war. Aber Angellas Miene verdüsterte sich.

»Hast du dich wieder beruhigt?«, begann sie ohne lange Vorrede.

Nein, Kara hatte sich nicht beruhigt. »Es war nicht gerecht«, brach es aus ihr hervor. »Es steht mir zu dabei zu sein! Und du kannst es nicht verbieten!«

Sie sprach schnell – zu schnell – und viel zu laut, dabei wollte sie doch ruhig und überlegt wirken. »Ich war eine der besten des letzten Jahres. Und Markor fliegt schneller und höher als jeder andere Drache! Ich bin allmählich alt genug, um selbst zu entscheiden, was ich mir zutrauen kann oder nicht!«

»Du beweist mir gerade, dass das nicht stimmt«, erwiderte Angella in aller Seelenruhe.

Für einen Moment verschleierte Zorn Karas Blick, aber dann erinnerte sie sich an Angellas erste und wichtigste Lektion: *Lasst euch nie – niemals! – aus der Reserve locken. Zorn kann tödlich für den sein, der sich ihm hingibt.*

»Es war einfach nicht gerecht«, sagte sie noch einmal und ärgerte sich über ihren weinerlichen Tonfall. »Ich habe das gleiche Recht wie alle anderen. Und es gab keinen Grund, mich auszuschließen.«

»Es gab sogar *mehrere* Gründe«, antwortete Angella.

»Dann nenne mir nur einen einzigen!«, verlangte Kara. Aufgebracht trat sie einen Schritt auf die alte Frau zu. »Du ... du weißt, wie sehr ich es mir gewünscht habe! Es ... es war alles für mich. Es war ...«

»Der Grund, aus dem du die beste Schülerin warst, die ich jemals ausgebildet habe«, unterbrach sie Angella. »Ich weiß das. Denkst du denn, ich hätte das Feuer in deinen Augen nie gesehen, du törichtes Kind? Ich habe es gesehen. Ich habe es *geschürt*, Kara. *Ich* war es, die den Funken in dir entzündet hat.«

Karas Augen füllten sich mit Tränen des Zorns. Sie wusste, wie sinnlos es war, mit Angella streiten zu wollen. Angellas Wort war Gesetz, und außerdem hatte sie recht, obgleich Kara es ganz gewiss nie zugegeben hätte. Obwohl sie immer eine gewisse Distanz gewahrt hatte, war Angella mehr als eine *Lehrerin* für sie gewesen, seit man sie vor fast zehn Jahren vor den Mauern ihrer verbrannten Heimatstadt aufgelesen hatte. Und Kara ihrerseits war für Angella viel mehr als nur eine *Schülerin*. Sie hatten keine Geheimnisse voreinander. Sie belogen sich nicht einmal in den kleinsten Dingen des Alltags, wie es selbst Mütter und Töchter oder Väter und Söhne zuweilen tun. Angella hatte nie einen Hehl daraus gemacht, dass sie Kara für etwas Besonderes hielt und dass sie besondere Ziele für sie im Auge hatte. Und Kara auf der anderen Seite war sich dessen auch stets bewusst gewesen und hatte nicht einmal zu verbergen versucht, wie sehr sie ihre Rolle genoss. Sicher, die anderen Schüler und Schülerinnen hatten sie manchmal deswegen geschnitten, und es hatte bittere Momente gegeben; Augenblicke, in denen sie sich gewünscht hatte, wie die anderen zu sein. Aber wenn sie ganz ehrlich war, musste sie eingestehen, dass diese Momente eher selten gewesen waren. Die Vorteile, eine besondere Stellung einzunehmen, überwogen gegenüber einer bösen Bemerkung oder einem neidvollen Blick bei weitem.

Umso mehr schmerzte sie das, was sie jetzt hörte. Sie spürte, wie sich ihre Augen mit Tränen füllten, und versuchte sich einzureden, dass es nur Tränen der Enttäuschung und des Zorns waren.

»Du hast nie vorgehabt, mich gehen zu lassen, nicht wahr?«, flüsterte sie.

»Nein«, antwortete Angella. »Niemals.« Sie hob die Hand, als Kara etwas sagen wollte, und fuhr fort: »Ich habe vom ersten Moment an gewusst, dass du etwas Besonderes bist. Ich wusste es schon in jener ersten Nacht, als ich dir Tallys Geschichte erzählte und den Blick deiner Augen sah. Ich wusste, dass du so werden konntest wie sie. Und ich habe mich nicht getäuscht.«

»Tally *wäre* gegangen«, sagte Kara.

Angella nickte. »Wahrscheinlich. Und wahrscheinlich wäre sie wie alle anderen gestorben. Ich will dich nicht auch noch verlieren. Verdammt, ich kann es mir nicht *leisten,* dich zu verlieren!«

»Ist das der Grund, warum du es mir verbietest?«, fragte Kara. »Vielleicht hast du gar keine Angst um mich, Angella. Vielleicht hast du nur Angst, mich zu verlieren! Aber ich bin nicht dein Eigentum, Angella. Und ich bin auch nicht dein Spielzeug!«

Die Worte taten ihr fast sofort wieder leid, denn sie spürte, wie weh sie Angella tun mussten. Aber sie war in diesem Augenblick auch zu stolz, sich zu entschuldigen, und so verlegte sie sich auf einen Ton trotzigen Bittens: »Ich kann es schaffen, Angella. Du weißt, dass ich es kann. Ich bin die beste Schülerin, die du je ausgebildet hast, das hast du selbst gesagt! Und Markor ist der stärkste Drache, der je geboren wurde!«

»Und genau das ist der Grund, aus dem ich dich nicht gehen lasse«, erwiderte Angella ruhig. »Es sind zu viele gute Reiter nicht von einem Flug über den Drachenfelsen hinaus zurückgekehrt.«

»Weil ihr nie die Besten hinausschickt!«, begehrte Kara auf.

»Glaubst du, ich weiß das nicht? Glaubst du, ich hätte nicht mit den anderen gesprochen, oder ich wäre so blind gewesen, nicht zu *sehen,* dass du deine besten Schüler stets zurückgehalten hast?«

Angella wollte etwas entgegnen, doch diesmal ließ Kara *sie* nicht zu Wort kommen. »Wie glaubst du, eine Aufgabe lösen zu können, wenn du die besten deiner Leute daran hinderst, sich daran zu versuchen?«

»Vielleicht sollten wir die Aufgabe gar nicht lösen. Niemand weiß, was jenseits des Drachenfelsens ist, und ich denke nicht daran, Jahr für Jahr das Leben tapferer Männer und Frauen fortzuwerfen, nur um es herauszufinden. Ihr werdet hier gebraucht. Jeder Einzelne von euch.«

»Gebraucht? Wozu? Der letzte Überfall liegt acht Jahre zurück!«

»Und der nächste findet vielleicht morgen statt«, fügte Angella hinzu. »Doch genug. Ich bin nicht hierhergekommen, um unseren Streit von gestern Abend fortzusetzen.« Sie machte eine befehlende Geste und ergriff dann ihren schweren Samtumhang. »Ich werde nicht ewig leben, Kara. Irgendwann einmal wirst *du* diesen Mantel tragen, und dann wird dein Wort Gesetz sein, so wie es jetzt das meine ist. Dann kannst du tun und lassen, was immer du willst. Doch bis es so weit ist, befehle ich in diesem Lager, und du wirst mir gehorchen. So einfach ist das.«

Kara begriff, dass sie nicht mehr mit ihrer mütterlichen Freundin sprach, die Frau, die ihr jetzt gegenüberstand, war Herrscherin, Älteste und Königin der Drachenreiter, und sie würde keinerlei Widerspruch mehr dulden. Also schwieg Kara und unterdrückte die unfreundliche Erwiderung, die ihr in den Sinn gekommen war. Ihr Gesicht war unbewegt und starr wie ein Stein. Demütig senkte sie das Haupt.

»Um den Grund meines Kommens zu nennen«, fuhr Angella im gleichen, fast kalten Ton fort. »Ich verlasse die Festung bereits morgen. In Schelfheim haben sich Dinge ergeben, die es nötig machen, meine ohnehin geplante Reise vorzuverlegen. Ich werde also nicht an der Abschiedsfeier teilnehmen können. Ich bin hier, um dich zu fragen, ob du mich begleiten willst.« Sie gab Kara keine Gelegenheit zu antworten. »Überlege dir gut, was du sagst. Natürlich wirst du ablehnen, denn du bist zornig und verbittert. Deswegen werde ich ein Nein jetzt ebenso wenig akzeptieren wie ein Ja. Wir brechen morgen früh bei Sonnenaufgang auf. Wenn du mitkommen willst, erwarte ich dich dann.«

In Kara wallte schon wieder Zorn auf. Angella schien sie so leicht zu durchschauen, als wäre sie aus Glas. Schelfheim ... Der Gedanke war verlockend, denn obwohl die riesige Stadt am Rande der Welt nicht einmal besonders weit entfernt lag – zumindest für jemanden, der Entfernungen mit den Flügelschlägen eines Drachen maß –, war sie noch niemals dort gewesen, denn die Drachenreiter mieden die großen Städte.

Schließlich schüttelte Kara den Kopf. »Markor ist noch nicht so weit«, sagte sie und wusste, dass es eine Ausrede war.

»Wir werden nicht mit den Drachen reisen«, entgegnete Angella. »Ich will Schelfheim einen Besuch abstatten – nicht eine Panik auslösen.«

Kara wiederholte ihr Kopfschütteln. »Das würde Wochen dauern. Ich ... will ihn nicht so lange allein lassen.«

»Unsinn!«, sagte Angella. »Er ist ein zweihundert Jahre alter Drachenbulle. An dem Einzigen, was ihn im Moment an einem weiblichen Wesen interessiert, hättest du sicherlich nicht viel Freude. Außerdem fehlen dir einige körperliche Voraussetzungen dafür.«

Kara starrte Angella verblüfft an – und spürte zu ihrer eigenen Überraschung, wie ihr die Schamröte ins Gesicht schoss.

»Zum Beispiel ein Paar fünfzig Meter messende Flügel«, fuhr Angella lachend fort. »Oder woran hast du jetzt gedacht?«

Und plötzlich und gegen ihren Willen musste auch Kara

lachen. Natürlich würde sie Angella am nächsten Morgen nach Schelfheim begleiten.

2

Schelfheim zu beschreiben war eine mehr als schwierige Aufgabe. Wie soll man eine Stadt beschreiben, die ihr Aussehen alle zehn Jahre so gründlich veränderte, dass selbst ihre Bewohner nach längerer Abwesenheit Schwierigkeiten hatten, sich wieder zurechtzufinden? Abgesehen davon, dass ein großer Teil der Stadt in fast regelmäßigen Abständen niederbrannte, versank der Rest allmählich im Boden, sodass es mit einer Ausnahme nicht ein Gebäude in Schelfheim gab, dessen Höhe nennenswert mehr als zehn Meter betrug. In regelmäßigen Abständen räumten die Bewohner der Stadt die unteren Stockwerke ihrer Häuser und fügten oben ein neues an, was zu dem reichlich absurden Effekt führte, dass mehr als neun Zehntel der Stadt mittlerweile unter der Erde lagen.

Die Stadt war groß, unvorstellbar groß. Kara hatte Bilder von Schelfheim gesehen und viel von der größten und erstaunlichsten Stadt der Welt gehört. Aber weder Bilder noch Worte hatten sie auch nur im entferntesten auf das vorbereiten können, was Schelfheim wirklich war: ein Moloch.

Das Meer aus Stein breitete sich unter ihr aus, so weit ihr Blick reichte. Angella hatte ihr erzählt, dass an die zwei Millionen Menschen ... nun ja, *Geschöpfe* in dieser Stadt lebten, und sie hatte diese Zahl hingenommen, ohne sie wirklich zu verstehen.

Jetzt begann sie zumindest zu *ahnen*, was sie bedeutete.

»Beeindruckend, nicht?«, fragte Angella.

Sie hatten einen Steinwurf vor der Brücke haltgemacht, um

sich und ihren Pferden eine letzte Rast vor dem Ritt hinunter in die Stadt zu gönnen und um den beeindruckenden Anblick der Stadt zu genießen. Beeindruckend? Nun ja – die Stadt *machte* Eindruck auf Kara. Sie war nur nicht sicher, ob es die Art Eindruck war, die Angella beabsichtigt hatte.

Sie zuckte mit den Schultern und führte ihr Pferd näher zu Angella. Die Verständigung gestaltete sich in diesem unwegsamen Gelände recht schwierig. An den steil aufragenden Klippen brach sich ein heulender Sturmwind, dessen Getöse niemals nachließ. Darüber hinaus aber suchte Kara auch Angellas Nähe, weil sie sich angesichts dieser ungeheuerlichen Stadt dort unten klein und verloren und unsagbar hilflos vorkam. Ihre Hände zitterten, und sie ergriff die Zügel fester als nötig, um es zu verbergen.

Angella wartete einige Augenblicke lang vergeblich auf eine Antwort, dann warf sie Kara einen raschen, amüsierten Blick zu, zuckte mit den Schultern und ritt weiter. Hinter ihr und Kara setzte sich auch der Rest des Trupps wieder in Bewegung.

Hrhon nicht mitgerechnet, der breitbeinig auf einem für einen Waga viel zu kleinen Pferd hockte, zählten sie zweiundzwanzig, und elf von ihnen waren ausgebildete Drachenkämpfer in voller Rüstung. Zu Karas Bedauern hatte Angella ihnen befohlen, ihre Waffen zu verbergen und sich in weite Umhänge zu hüllen, die nicht nur für die Jahreszeit viel zu warm waren, sondern sie auch wie eine bunt zusammengewürfelte Wandertruppe aussehen ließen. Kara hatte sich diesem Befehl nur widerwillig gefügt. Sie war stolz auf das, was sie war, und sie sah nicht ein, dass sie ihre Identität verbergen sollte.

Sie ritten ein Stück auf die Brücke hinaus, ehe sie auf die erste Barriere stießen: eine mannshohe Wand aus eisenverstärkten Bohlen, die auf wuchtigen Rollen gelagert war, sodass man sie zur Seite schieben musste, wenn man passieren wollte. Eine kleine Tür öffnete sich in der Barriere, und ein fettleibiger, in schmuddelige Lumpen gekleideter Mann trat zu ihnen heraus. Sein Gesicht war schmutzig, und er wirkte unausgeschlafen. In der rechten Hand trug er einen Packen kleiner gelber Blätter und einen Kohlestift. Gelangweilt betrachtete er die Gruppe und schien dann Angella als Führerin auszumachen, denn er schlurfte mit hängenden Schultern auf sie zu.

»Wie viele?«, fragte er.

»Wie viele – was?«, gab Angella zurück.

»Wie viele ihr seid.« Der Schmuddelige seufzte tief und gequält, hob den Kopf – und blinzelte überrascht, als er in Angellas Gesicht sah. Angella hatte, kurz bevor sie die Brücke erreichten, die goldene Halbmaske wieder aufgesetzt, sodass er von ihrem Gesicht nur die unversehrte linke Hälfte ihres Mundes erkennen konnte. »He!«, sagte er. »Was ist das?«

Angella zuckte kaum merklich zusammen. Sie wurde zunehmend empfindlicher, was Anspielungen auf ihr zerstörtes Gesicht anging, je älter sie wurde. Kara hatte selbst gesehen, wie sie wegen einer harmlosen Bemerkung einem Mann den Arm gebrochen hatte.

»Wie du siehst, trage ich eine Maske – genau wie du«, entgegnete sie unfreundlich. »Nur kann ich meine mit einem Handgriff abnehmen, während du deine herunterwaschen müsstest.«

Die Augen in dem schmutzigen Gesicht des Mannes blitzten auf, aber bevor er antworten und sich damit vielleicht um Kopf und Kragen reden konnte, richtete sich Kara wie zufällig ein wenig im Sattel auf, sodass ihr Mantel ein Stück zur Seite glitt. Der Zorn in den Augen des Mannes verwandelte sich in Schrecken, als er den Schwertgriff in ihrem Gürtel bemerkte. Hastig senkte er den Blick.

»Also gut«, knurrte er. »Wie viele?«

»Dreiundzwanzig«, antwortete Angella.

Der Schmuddelige begann mit flinken Bewegungen der linken Hand eine Anzahl der gelben Zettel abzuzählen, während sein Blick über die berittenen Gestalten vor sich wanderte. Plötzlich stockte er.

»Heda!«, sagte er. »Den kann ich nicht mitzählen!« Er deutete auf Hrhon.

»So?«, antwortete Angella. »Was ist daran so schwierig?«

Der Mann bemerkte Angellas spöttischen Ton nicht einmal. »Das ist ein Waga!«

Angella drehte sich im Sattel herum und musterte Hrhon einen Moment lang. Dann sagte sie mit übertrieben gespielter Überraschung: »Tatsächlich! Man erlebt doch immer wieder Überraschungen, nicht wahr? Vielen Dank, dass du mich darauf aufmerksam gemacht hast. Aber trotzdem wirst du ihn mitzählen.«

Allmählich schien dem Kerl zu dämmern, dass Angella ihn verspottete, denn in seinen Augen blitzte es abermals zornig auf. »Er ist zu schwer«, sagte er wütend. »Der Kerl wiegt mindestens so viel wie drei Männer. Ich muss ihn dreifach berechnen.«

Angella seufzte. Aber der Wutanfall, auf den Kara wartete, blieb noch immer aus. »Seit wann berechnet ihr die Gebühren nach *Gewicht?«*, fragte sie nur.

»Seit einer ganzen Weile«, antwortete der Mann. »Jedenfalls bei solchen wie *dem da!«*

»Dem da?« Angella seufzte tief. »Es hat sich wirklich eine Menge geändert, seit ich das letzte Mal in Schelfheim war.« Sie machte eine befehlende Handbewegung, als der Schmuddelige, antworten wollte. »Schreib auf, so viele du willst. In gewisser Hinsicht hast du ja recht – er wiegt wirklich so viel wie drei normale Männer.«

»Kraft hat er sogar für vier«, sagte Kara. Der Schmuddelige erbleichte.

»Mindestens«, bestätigte Angella.

Der Schmuddelige wurde noch eine Spur blasser. »Vielleicht«, sagte er nervös, »kann ich es ja verrechnen. Ich sehe, ihr habt ein Kind dabei.« Er deutete mit einer fahrigen Bewegung auf Kara und erntete einen giftigen Blick dafür. »Ich meine, das könnte das zusätzliche Gewicht ausgleichen, nicht wahr?«

»Gib schon die Zettel her«, erwiderte Angella ungeduldig. »Unsere Zeit ist knapp.«

Der Torwächter begann seine Zettel abzuzählen, aber er war so nervös, dass er sich mehrmals verzählte und dreimal von vorn beginnen musste. Angella riss ihm die gelben Zettel aus der Hand und stopfte sie achtlos unter ihren Umhang. Mit einer sehr hastigen Bewegung fuhr der Mann herum und verschwand hinter seiner Barriere.

Kara blickte ihm kopfschüttelnd nach. »Was war das für ein Kerl?«, fragte sie verblüfft.

»Ein Idiot«, antwortete Angella gelassen.

»Ich meine, was ... was wollte er?«

»Die Benutzung der Brücke ist nicht kostenlos. Man muss Gebühren entrichten, um in die Stadt zu kommen.« Sie betonte den nächsten Satz, als hielte sie das Ganze hier für einen schlechten Scherz. »Schelfheim ist eine arme Stadt, musst du wissen.«

»Gebühren? Warum benutzen wir die Brücke dann?« Kara deutete auf die Klippe hinter sich. »Ich habe mindestens ein Dutzend Stellen gesehen, an denen man bequem hinunterklettern kann.«

»Ja«, bestätigte Angella trocken. »Nur müssten wir dabei unser Gepäck auf den Schultern tragen – und die Pferde auf dem Rücken. Hrhon könnte es schaffen, denke ich. Und du auch.« Sie maß Kara mit einem amüsierten Blick. »Außerdem ... wirst du bald herausfinden, dass Bequemlichkeit manchmal mehr wert ist als ein wenig Geld.«

Das Klirren einer schweren Kette erscholl, bevor Kara noch etwas antworten konnte. Plötzlich teilte sich die Palisade vor ihnen, und die linke Seite rollte ein Stück zurück, allerdings nur so weit, dass sie hintereinander durch die Lücke reiten konnten.

Karas Ärger über diese Bosheit des Brückenwärters flammte kurz auf und erlosch dann schlagartig, als sie hinter Angella durch die Lücke ritt und sah, was vor ihnen lag.

Der Anblick war schlicht phantastisch.

Kara hatte die Brücke bisher nur von weitem gesehen, und da war sie ihr wie eine zwar große, aber durchaus gewöhnliche Brücke vorgekommen. Jetzt aber erkannte sie, dass es sich um alles andere, doch nicht um eine gewöhnliche Brücke handelte.

Die Brücke war gewaltig; es musste auch mehr als einen Zugang geben, denn der Weg, der sich vor ihnen ausbreitete, war mehr als hundert Schritt breit. Rechts und links des aus schweren Bohlen zusammengefügten Weges erhoben sich zwei-, manchmal dreistöckige Gebäude aus Holz und Metall. Die meisten Fenster waren leer und dunkel, aber Kara entdeckte, dass einige dieser Häuser *bewohnt* waren! Aus Kaminen kräuselte sich graubrauner Rauch, und hier und da gewahrte sie flackernden Feuerschein. Gestalten bewegten sich zwischen den Häusern und auf der Brücke, und ein großer, vierrädriger Karren rollte vorbei, gezogen von zwei gedrungenen, sechsbeinigen Hornköpfen. Kara straffte sich. Sie wusste, dass diese Geschöpfe so harmlos – und intelligent – wie ein Stück Holz waren, aber sie hatte die instinktive Furcht vor den chitingepanzerten Kolossen niemals ganz überwunden.

Kara riss sich vom Anblick des Karrens los und trieb ihr Pferd an, um wieder zu Angella aufzuschließen. Ihr Blick versuchte das jenseitige Ende der Brücke zu finden, aber es gelang ihr nicht.

»Bei allen geflügelten Drachen«, murmelte sie, »wie lang ist dieses Ding?«

»Oh, das weiß niemand so ganz genau«, antwortete Angella. »Sie bauen ständig weiter an der Brücke. Ich denke, sie wird schon einen großen Teil der Stadt überspannen, und sie wächst fast so schnell wie Schelfheim selbst.« Sie machte eine Handbewegung über die Stadt hinweg. »Früher einmal war es wirklich nur eine Brücke, die vom Kontinent hinunter auf den Schelf führte, damit …« Sie lächelte flüchtig. »… die Leute hier eben *nicht* ihre Pferde auf dem Rücken das Kliff hinuntertragen mussten. Aber mittlerweile ist sie zu einer Straße über der ganzen Stadt geworden. Es gibt Zugänge in fast jedes Viertel; was ganz praktisch ist in einer Stadt, in der die Straßen schneller im Boden versinken, als man sie bauen kann. Die Bewohner nennen sie den Hochweg. Allerdings«, fügte sie auf eine Art hinzu, aus der Kara neben Erstaunen auch noch eine leise Spur von Sorge herauszuhören glaubte, »ich bin selbst ein wenig überrascht, *wie* schnell die Brücke in den wenigen Jahren gewachsen ist, die ich nicht hier war.«

Karas Blick glitt mit nicht nachlassendem Staunen über die riesige Brückenkonstruktion. Wie fast alle größeren Ansiedlungen – einschließlich Angellas Drachenfeste – war die Stadt auf dem der eigentlichen Welt vorgelagerten Kontinentalschelf errichtet worden; vor zweihunderttausend Jahren, als die Überlebenden der letzten großen Katastrophe aus den Trümmern ihrer Zivilisation herauskrochen und nach einem Ort Ausschau hielten, an dem sie leben konnten. Die schmalen Gürtel zwischen den verbrannten Kontinenten und den gewaltigen Becken der verdampften Ozeane waren die einzigen Teile der Welt gewesen, auf denen Leben überhaupt noch möglich war. Mittlerweile bewohnten Menschen wieder große Teile der Kontinente; es hatte auch Versuche gegeben, Siedlungen in den Bereichen des Schlundes zu errichten, die nicht von Gäa beansprucht wurden. Schelfheim aber war geblieben wie die meisten Städte, weil Schelfheim eben Schelfheim war und nicht Bergheim oder Wüstentor oder Dschungelburg und weil es mit seinen zweihunderttausend Jahren die älteste und auch die größte Stadt war. Nur waren die

Gründer der meisten anderen Städte nicht so dumm gewesen, ihre Häuser auf einem drei Meilen hohen Sandhaufen zu errichten, der langsam unter ihnen zerrann.

Verblüfft wandte Kara sich an Angella. »Wieso versinkt die Brücke nicht im Boden?«, fragte sie. »Wie die Häuser! Sie ist viel schwerer!«

»Aber das tut sie«, antwortete Angella. »Unentwegt.«

Kara blickte sie an und wartete darauf, dass Angella weitersprach und ihre Worte erklärte. Aber Angella schwieg nur und ritt langsam auf der gigantischen Brücke weiter.

Das Treiben auf der Brücke wurde geschäftiger, je weiter sie vorankamen. Kara entdeckte die Wege, die in die einzelnen Stadtviertel führten: große, kühn geschwungene Bögen, über die sich ein Strom von Menschen und Fahrzeugen wälzte. Bald wurde der Verkehr so heftig wie auf einer belebten Straße am Markttag.

Einmal noch mussten sie innehalten, als sie an eine Schranke gerieten. Ein bewaffneter – und wesentlich saubererer – Wächter trat zu Angella und verlangte die gelben Zettel, die ihr der schmutzige Kerl oben am Kliff gegeben hatte.

Der Torwächter war nicht allein. Ein Stück abseits stand ein zweiter Bewaffneter, der Angella und ihre Begleiter mit undeutbarem Gesichtsausdruck musterte. Und ein Stück hinter ihm …

… waren sechs oder acht Hornköpfe postiert, genau ließ sich das nicht erkennen, weil sie sich im Schatten eines Gebäudes aufhielten. Sie waren bewaffnet, bis auf zwei, die das offenbar nicht nötig hatten, denn was ihnen die Natur an Panzern, Scheren und Stacheln mitgegeben hatte, reichte, um eine kleine Armee auszurüsten. Die größere der beiden Käfergestalten sah aus, als wäre sie in der Lage, Hrhon in Stücke zu reißen, ohne dabei mehr als die Hälfte ihrer Klauen und Scheren benutzen zu müssen.

Der Wächter hatte schließlich die Zettel durchgezählt. Angella händigte ihm die geforderte Summe aus, über deren Höhe Kara ziemlich staunte, und dann durften sie passieren. Als sie durch die

Sperre ritten, fiel Kara auf, dass nicht alle, die die Brücke verließen, bezahlen mussten. Vermutlich hatten die Einwohner Schelfheims keinen Wegezoll zu entrichten.

Und dann – endlich – waren sie in Schelfheim angekommen, und der Lärm und die Hektik der Stadt schlugen wie eine Woge über ihnen zusammen.

Kara kam aus dem Staunen nicht mehr heraus. Obwohl keines der Gebäude höher als zehn Meter war, wirkte alles hier irgendwie *riesig*, auf eine fast gewalttätige und zugleich faszinierende Art mächtig. Schelfheim war laut und schmutzig, die Luft roch schlecht, und auf den Straßen war es so eng, dass sie nur zu oft gar nicht mehr von der Stelle kamen. Aber all das registrierte Kara kaum, war sie doch ganz gebannt vom faszinierenden Anblick dieser Stadt. Und sie begriff plötzlich, warum Angella so nachhaltig darauf bestanden hatte, dass sie sie begleitete. Es gab einen Unterschied zwischen Theorie und Praxis. Sie hatte die letzten zehn Jahre in der Sicherheit des Drachenhortes verbracht; das war die Theorie. Diese laute, hektische, stinkende, entsetzlich *schöne* Stadt, das war die Wirklichkeit. Angella hatte es ihr zigmal erklärt, aber verstanden hatte Kara das, was ihre Lehrerin damit meinte, nicht. Erst jetzt begriff sie.

»Wohin wollen wir?«, fragte Kara. Sie musste schreien, um sich überhaupt verständlich zu machen.

Angella zügelte ihr Pferd und sah sich unschlüssig um. Sie hob die Schultern. »Ich bin nicht ganz sicher«, gestand sie schließlich. »Als ich das letzte Mal hier war, sah es anders aus. Wir besuchen einen guten alten Freund«, fügte sie mit einem Lächeln hinzu. »Er wird dir gefallen.«

»Wenn du den Weg wiederfindest.«

»Wenn ich den Weg wiederfinde.«

Sie lachten beide, und plötzlich löste sich das Gedränge vor ihnen so weit auf, dass sie weiterreiten konnten. Sie verließen den Hauptweg und ritten über weniger belebte Nebenstraßen.

Kara vermutete, dass es ein Umweg war, aber sie kamen wenigstens wieder voran.

Der Himmel über der Stadt begann bereits seine Farbe zu verlieren, als sie endlich ihr Ziel erreichten: ein weitläufiges, aber in sehr einfachem Stil gehaltenes Gebäude, an das sich ein großer, von zahlreichen Stallungen gesäumter Hinterhof anschloss. Durch ein festungsähnliches Tor ritten sie in den Hof hinein und übergaben die Zügel ihrer Pferde einigen Hornköpfen, die diensteifrig herbeigeeilt kamen.

Kara streckte sich. Sie hatten vier Tage fast pausenlos im Sattel gesessen. Ein Pferd zu reiten war wesentlich anstrengender als der Ritt auf einem Drachen. Mittlerweile glaubte Kara, jeden Muskel in ihrem Körper spüren zu können.

Am schlimmsten aber hatte es Hrhon erwischt. Er stieg nicht vom Rücken seines Tieres, er ließ sich einfach hinunterfallen und blieb einen Moment reglos liegen. Zwei oder drei Männer warfen ihm mitleidige Blicke zu, aber keiner rührte auch nur eine Hand, um ihm zu helfen. Es wäre allerdings auch ein sinnloses Unterfangen gewesen, einem vierhundert Pfund schweren Waga auf die Füße helfen zu wollen.

Trotzdem streckte Kara nach einem Augenblick des Zögerns hilfreich die Hand aus. Hrhon nahm sie und ließ sich von ihr in die Höhe helfen.

»Wie geht es dir?«, fragte Kara, als Hrhon schwankend vor ihr stand. Wagas boten an sich keinen sehr eleganten Anblick, aber nach einem Fünftageritt wirkten sie einfach erbärmlich.

»Gut«, antwortete Hrhon. Er sah sie betreten an. Es waren die ersten Worte, die sie seit fünf Tagen miteinander wechselten. Kara hatte sich damit abgefunden, dass sie an Angellas Befehl nichts ändern konnte, aber in Hrhon hatte sie einen Sündenbock gefunden. Dass er nicht ihre, sondern Angellas Partei ergriffen hatte, nahm sie ihm mehr als übel.

»Das war ... ein anstrengender Ritt, nicht wahr?«, sagte sie, nur um etwas zu sagen. Es fiel ihr schwer, die richtigen Worte zu finden; Entschuldigungen waren ihr stets schwer über die Lippen gegangen, und Hrhon tat nichts, ihr die Situation zu erleichtern. Er nickte lediglich, was bei einem Wesen, das keinen Hals hatte, recht komisch aussah.

In diesem Moment aber öffnete sich hinter ihr eine Tür, und als sie sich umdrehte, sah sie Angella mit einem Freudenschrei einen grauhaarigen Mann umarmen, ein Verhalten, das für ihre stets so beherrschte Lehrerin höchst ungewöhnlich war.

»Jan!«, rief Angella. »Dass es dich noch gibt! Und du hast dich überhaupt nicht verändert! Du bist noch immer genauso hässlich wie das letzte Mal!« Sie drückte den gewiss nicht schwächlichen Mann so ungestüm an sich, dass ihm die Luft wegblieb und er alle Mühe hatte, sich aus ihrer Umarmung zu befreien.

»Ja?« Kara wandte den Kopf, und in diesem Moment stürmte Hrhon mit hochgerissenen Armen an ihr vorbei. Angella machte einen hastigen Schritt zur Seite, und auch Jan versuchte zurückzuweichen, aber er war nicht schnell genug: Der Waga prallte gegen ihn und schob den Mann unter lautem Gejohle und Getöse zurück ins Haus. Einen Moment später erschienen Hrhon und Jan wieder unter der Tür. Beide grinsten wie die Honigkuchenpferde.

»Angella!«, begann Jan schwer atmend. »Ich freue mich, dass du gekommen bist. Und du hast Hrhon und so viele Freunde mitgebracht. Wie ich sehe, macht sich deine Drachenbrut hervorragend!« Seine Augen drückten ehrliche Freude aus, während sein Blick über Angellas Begleiter glitt. Zuletzt musterte Jan das Mädchen Kara, das seinen freundlichen Blick erwiderte. »Kara?«, fragte er. »Du hast dich verändert, Kind.«

Wenn er jetzt sagt, du bist ja eine junge Frau geworden, dachte Kara, *dann springe ich ihm an die Kehle!*

»Du bist ja eine richtige junge Frau geworden!«, sagte Jan.

Kara lächelte. »Kennen wir uns?«

»Ich war ein paarmal bei euch im Drachenhort«, antwortete Jan. »Aber daran erinnerst du dich nicht mehr. Du warst noch ein kleines Kind damals.« Er lachte, doch Kara tat ihm nicht den Gefallen, in dieses Lachen einzustimmen! Nein, sie erinnerte sich nicht. Natürlich wusste sie, wer Jan war – schließlich hatte Angella oft genug von ihm erzählt, aber das war ein ganz anderer Jan gewesen. Der Jan, der vor ihr stand, war ein alter Mann, ein *uralter* Mann. Sein Gesicht war schmal und so ausgemergelt, als stünde er kurz vor dem Hungertod. Graue Schatten lagen auf seinen Wangen, und sein Haar war dünn und strähnig.

Hastig antwortete Kara: »Ich fürchte, ich erinnere mich tatsächlich nicht.«

Er lächelte auf eine Art, die ihr klarmachte, dass er in ihrem Blick gelesen hatte wie in einem offenen Buch.

»Aber nun kommt schon herein«, erklärte er. »Die Reise muss sehr anstrengend gewesen sein.«

3

Wie anstrengend ihr Ritt tatsächlich gewesen war, spürte Kara, als sie nach dem Essen zusammen mit Angella, Jan und einigen anderen ihres Trupps in Jans gemütlicher Wohnküche saß. Da die Küche nicht für alle Platz bot, waren etliche der Drachenkämpfer draußen bei den Pferden geblieben. Kara hätte es vorgezogen, zusammen mit ihnen zu essen, aber Angella hatte darauf bestanden, dass das Mädchen sie begleitete. Während Angella und Jan freudig Erinnerungen austauschten, machte Kara ein finsteres Gesicht und antwortete nur mit knappen, unfreundlichen Worten. Doch weder Angella noch Jan schienen ihre schlechte

Laune bemerken zu wollen. Sie wurden im Gegenteil immer ausgelassener.

Nach dem Mahl wurde Kara von Müdigkeit überwältigt. Sosehr sie auch dagegen ankämpfte, immer wieder fielen ihr die Augen zu. Schließlich fragte Jan, ob einer der Diener sie auf ihr Zimmer führen solle. Kara lehnte ab. Sie war in Schelfheim, und die Zeit war zu kostbar, um sie mit Schlaf zu vergeuden. Aber Jan widersprach ihr: »Du wirst nicht viel von dieser Stadt sehen, wenn dir vor Müdigkeit die Augen zufallen. Und du versäumst nichts. Ihr werdet lange hierbleiben.« Fragend sah er Angella an. »Eine Woche?«

»Ich hoffe«, antwortete Angella. »Wenn wir so rasch fertig werden.« Und obwohl sie nicht mehr sagte, schlich sich ein Gefühl der Sorge zwischen sie. Unbehagliches Schweigen breitete sich in Jans Küche aus; niemand schien mehr zu wissen, was er sagen sollte ...

Schließlich räusperte sich Jan übertrieben und stand auf. »Ich denke, es wird Zeit«, sagte er. »Es ist bereits dunkel, und der morgige Tag wird für die meisten von euch genauso anstrengend wie die vergangenen Tage. Also ruht euch aus, so gut ihr könnt.« Er klatschte in die Hände, und zwei schlanke Hornköpfe erschienen aus der angrenzenden Kammer und begannen den Tisch abzuräumen, während sich die Drachenkrieger einer nach dem anderen entfernten. Nur Kara blieb sitzen.

»Worauf wartest du?«, fragte Angella ungehalten. »Du kannst gehen.«

»Ich bin noch nicht müde«, antwortete Kara. Das war eine sehr dürftige Lüge, aber ihre Neugier war nun einmal geweckt. Denn verblüfft war ihr eingefallen, dass sie sich im Verlauf der gesamten letzten fünf Tage nicht einmal gefragt hatte, *warum* Angella eigentlich nach Schelfheim reisen musste.

»Du bist schlicht und einfach neugierig«, antwortete Angella gepresst.

»Und wenn es so wäre?«

»Hätte ich vielleicht keine Lust, deine Neugier zu befriedigen«, erwiderte Angella mit einem Blick, der Kara begreifen ließ, dass einzig Jans Anwesenheit sie davon abhielt, einen unfreundlicheren Ton anzuschlagen. Aber lange würde sie ihre Wut nicht zurückhalten. Kara zog es vor, doch aufzustehen.

»Geht es mich nichts an, weshalb wir wirklich hier sind?«, fragte sie.

»Nein«, antwortete Angella. »Jedenfalls im Moment noch nicht. Wenn es an der Zeit ist, werde ich dir schon alles erzählen.« Sie machte eine befehlende Geste in Hrhons Richtung. »Bitte, sei so nett, Kara auf ihr Zimmer zu begleiten«, sagte sie.

Hrhon erhob sich so schnell, dass der Stuhl, auf dem er gesessen hatte, unter ihm zusammenbrach. Jan lächelte amüsiert, während Angellas Zorn noch wuchs. Kara verließ das Zimmer so hastig, dass Hrhon Mühe hatte, mit ihr Schritt zu halten.

»Wharhum bhisst dhu so feindhsheligh zu ihhr?«, fragte der Waga, während er sie zu dem Zimmer begleitete, das Jan ihr zugewiesen hatte. Kara registrierte ohne sonderliche Überraschung, dass Hrhon den Weg zu kennen schien. Sie antwortete erst, als sie das Zimmer erreicht hatten und die Tür hinter ihnen zugefallen war.

»Bin ich das?«, fragte sie herausfordernd.

»Das bissst dhu«, antwortete Hrhon. »Dhu hassst ihr seer wheh ghethan. Wharum?« Kara wusste es selbst nicht. Es war, als wäre ihr Zorn niemals wirklich erloschen, sondern hätte die ganze Zeit auf eine Gelegenheit gewartet, aus ihr hervorzubrechen. »Vielleicht bin ich es leid, wie ein Kind behandelt zu werden, Hrhon«, fuhr sie den Waga an. »Und leid, belogen zu werden!«

»Ssshieh haht dhich nhicht bhelhogen«, sagte Hrhon ernst. »Nhiemhalsss.«

»Oh doch, das hat sie!«, behauptete Kara aufgebracht. »Vielleicht weiß sie es nicht einmal selbst, aber sie hat es getan. Und nicht nur einmal, Hrhon! Zehn Jahre meines Lebens hat sie mich belogen.«

»Ahbher dhasss issst dhoch nhicht whahr«, zischelte Hrhon.

»Es ist wahr!«, widersprach Kara heftig. »Ich bin vor zehn Jahren zu euch gekommen, Hrhon, um mich zu einer Drachenkämpferin ausbilden zu lassen! Ich bin eine Kriegerin, Hrhon, und zwar die verdammt beste, die ihr jemals hattet! Du weißt das!«

»Jha«, sagte Hrhon ruhig.

»Aber warum lässt sie mich dann nicht kämpfen?«, fragte Kara. »Wozu hat sie mir beigebracht, einen Drachen zu reiten, wenn ich ihn nicht fliegen darf?«

»Wheil dhu zhu wherthvholl bissth«, antwortete Hrhon.

Kara starrte ihn einen Moment lang fassungslos an, und dann lachte sie schrill. »Jetzt bist du auch noch übergeschnappt, wie? Du willst mir erzählen, dass ihr mich nicht in den Kampf ziehen lasst, weil ...«

»Ein Ssswert khann ssspröde wherden, wenn mhan dhie Khlinghe zhu sssehr ssshärft«, unterbrach Hrhon sie, und im gleichen Moment erklang hinter ihr ein leises Lachen. Kara fuhr herum. Jan hatte lautlos die Tür geöffnet und war hereingekommen.

»Besser hätte ich es auch nicht ausdrücken können«, sagte er.

»So?« Kara funkelte ihn an. Wieso hatte sie nicht gehört, dass er das Zimmer betreten hatte? Niemand konnte sich so leise bewegen, dass ein Drachenkrieger ihn nicht hörte! Niemand.

Jan lachte abermals, setzte sich lässig auf die Bettkante und sah Kara auffordernd an. Natürlich rührte sie sich nicht. »Hrhon meint, dass ein Schwert, das zu scharf ist, nicht mehr für einen groben, gemeinen Kampf taugt. Selbst wenn die Klinge nicht zerbricht, würde sie Scharten bekommen, und dazu ist sie viel zu kostbar. Grobe Waffen hat Angella genug. Aber nur eine einzige Waffe, die scharf genug wäre ...«

»Ein Haar zu spalten?«, schlug Kara vor.

Jan entging die feine Anspielung keineswegs. Er antwortete zwar nicht darauf, lächelte aber amüsiert. »Angella hat mir erzählt, was passiert ist«, sagte er. »Glaub mir, ich verstehe dich. Auch ich war einmal jung. Ich weiß genau, was du jetzt empfindest. Aber du musst auch Angella verstehen. Du bist zu wertvoll für sie. Sie hat zu viel für dich getan, um das alles jetzt aus einer Laune heraus aufs Spiel zu setzen.«

»Für mich getan?«, fuhr Kara auf, aber Jan ließ sie nicht zu Wort kommen.

»Sie ist alt, Kara. Sie wird nicht mehr lange leben, und sie weiß das.«

Kara erschrak. »Was soll das heißen?«, fragte sie. »Ist Angella etwa krank?«

Jan hob beruhigend die Hand. »Ich sehe, dass du dich doch noch stärker um sie sorgst, als du zugeben willst. Aber sie ist nicht krank. Nur alt, Kara. Sie wird nicht morgen sterben und auch nicht nächstes Jahr. Doch sie ist auch nicht unsterblich. Wenn sie geht, dann braucht sie eine würdige Nachfolgerin.«

»Mich?«, fragte Kara spöttisch.

Eine Spur schärfer entgegnete Jan: »Dich. Und jetzt verschwende bitte nicht deine und meine Zeit. Du bist vom ersten Tag an zu nichts anderem ausgebildet worden, als Angellas Nachfolgerin zu werden.«

»Und wer sagt dir, dass ich es auch will?«, fragte Kara trotzig.

»Du hast die Vorteile, die dir aus dieser Rolle erwuchsen, immer gern angenommen, nicht wahr?«

»Da habe ich noch nicht gewusst, wie hoch der Preis sein würde, den ich dafür vielleicht bezahlen muss«, antwortete Kara.

»Hübsch gesagt«, sagte Jan und zog eine Grimasse. »Glaub mir – du wirst noch mehr Kämpfe bestehen müssen, als dir lieb ist. Vielleicht nicht auf dem Rücken eines Drachen. Vielleicht nicht einmal mit dem Schwert, aber du wirst kämpfen. Und viel eher, als du jetzt schon ahnst.«

»Hübsch gesagt«, versetzte Kara und versuchte möglichst boshaft zu klingen, was ihr allerdings nicht ganz gelang. »Hat Angella dich geschickt, damit du mir das alles erzählst?«

»Nein«, antwortete Jan und stand auf. »Ich bin sogar *gegen* ihren Willen hier. Sie schäumt vor Zorn. Ginge es nach ihr, so hätte sie dich noch heute Abend zum Drachenhort zurückgeschickt.«

Er ging zur Tür, öffnete sie und sagte wie zu sich selbst: »Und wer weiß, vielleicht wäre es sogar das Beste.«

4

Die Reise hatte ihren Tribut gefordert, und so erwachte Kara erst Stunden nach Sonnenaufgang, ein wenig verärgert über die verlorene Zeit und dann beinahe so wütend wie am vergangenen Abend, denn sie musste feststellen, dass außer Hrhon alle schon gegangen waren. Der Waga behauptete stur, nicht zu wissen, wohin sie gegangen waren, aber Kara wusste, dass er log. Zu ihrer Überraschung jedoch erhob er keinerlei Einwände, als Kara sich anzog und verkündete, sich in der Stadt umsehen zu wollen.

Falls Schelfheim überhaupt jemals schlafen ging, so war es zumindest lange vor ihr wieder erwacht. Als sie an Hrhons Seite durch den Torbogen auf die eigentliche Straße hinaustrat, da schlugen der Lärm und die Hektik der Stadt mit der gleichen Wucht über ihr zusammen wie am vergangenen Abend. Für eine geschlagene Minute blieb sie stehen und sah sich mit wachsender Hilflosigkeit um. Dann wandte sie sich an Hrhon.

»Du weißt wirklich nicht, wohin sie gegangen sind?«, fragte sie. »Ich meine – denk lieber noch einmal nach. Angella wird nicht besonders erfreut sein, wenn ich mich verlaufe oder gar in eine Gegend gerate, in der mir etwas zustoßen könnte.«

Hrhons grüngeschupptes Schildkrötengesicht blieb unbewegt wie immer, aber Kara konnte ahnen, wie es hinter seiner Stirn arbeitete. Denn ihre Worte entbehrten nicht einer gewissen Logik. Schelfheim *war* gefährlich, selbst für eine Drachenkämpferin in Begleitung eines Waga.

»Isss ghlauhbe, sssie wollthen zhum Hohchwhegh«, sagte Hrhon zögernd.

»So«, sagte Kara spöttisch. »Glaubst du? Na, dann versuch doch mal, dich zu erinnern, wohin genau – und bring mich hin.« Sie straffte sich für den Fall, dass Hrhon auf den Gedanken kommen könnte, ihr Spielchen auf seine ganz persönliche Art und Weise zu beenden und sie gewaltsam ins Haus zurückzuschleifen. Es gab nicht vieles, in dem sie Hrhon überlegen war – aber laufen konnte sie eindeutig schneller als er.

Hrhon schien ihre Gedanken zu erraten. Seine dunklen Schildkrötenaugen glitten über Karas Körper und irrten dann über das Durcheinander auf der Straße. »Ihch dhenkhe, dhorth enthlhangh«, sagte er mit einer Geste in eine – wie es schien – x-beliebige Richtung. »Khomm. Abher ssshei vhohrssisstigh. Uhnd bhleib immer in meiner Nhähe.«

»Sicher«, murmelte Kara. »Das Kronjuwel könnte ja einen Kratzer abbekommen.« Vorsichtshalber sagte sie das aber so leise, dass Hrhon die Worte nicht verstand.

Sie gingen los. Hrhon bahnte mit seinen ausladenden Schultern eine Gasse für sie durch das Treiben auf der Straße. Ohne Hrhons Führung *hätte* Kara sich innerhalb kurzer Zeit hoffnungslos verlaufen.

Zum Glück ragte der Hochweg so weit über die Dächer Schelfheims empor, dass er von jedem Punkt der Stadt aus zu sehen war. Erneut spürte Kara eine gewisse Ehrfurcht beim Anblick dieser gigantischen Konstruktion. Die Brücke wirkte wie ein riesiger künstlicher Wurm, der sich in zahllosen Kehren und Schleifen über die gesamte Stadt wand. Erneut fragte sie sich, wie um alles in der Welt der Untergrund Schelfheims das ungeheuerliche *Gewicht* des Hochweges trug; ein Boden, in dem selbst zweistöckige Gebäude versanken.

Neugierig blickte sie sich um. Auch abseits der großen Hauptstraßen herrschte ein Gedränge, das auf einen Menschen wie Kara, die in der stillen Abgeschiedenheit des Drachenhortes aufgewachsen war, geradezu lähmend wirkte. Sie hatte niemals mehr als ein paar hundert Menschen auf einmal gesehen; ungefähr so viele bevölkerten diese eine Straße.

Allerdings waren nicht alle Geschöpfe, die sich hier herumtrieben, Menschen. Geschuppte, gefiederte, felltragende, horn- und chitingepanzerte Gestalten mit zwei, vier oder sechs Armen gingen umher, einige auch *ohne* Arme, dafür aber mit dünnen, schlängelnden Tentakeln oder mächtigen Beißzangen. Kara sah Hornköpfe, Katzer und Echsenmänner aus Nihn, federtragende, stachelige, schreiend bunte oder auch Geschöpfe, deren Farbe sich stets an ihre Umgebung anpasste, sodass sie nicht mehr als Flecken reiner Bewegung waren. Nein, Hrhon und sie fielen hier höchstens auf, weil sie zu *normal* aussahen. Im Vergleich zu manchen der Geschöpfe, die ihnen begegneten, wirkte Hrhon geradezu menschlich.

Kara hatte all diese Geschöpfe schon hundertmal gesehen, kannte ihre Namen und Herkunft, wusste um ihre Gewohnheiten und wovor sie sich in acht nehmen musste, aber sie hatte sie nur auf den großen Schirmen in Angellas Unterrichtsraum gesehen. Hier stand sie ihnen gegenüber. Sie konnte sie anfassen. Sie hören. Sie riechen. Es war einfach ein berauschendes Erlebnis.

Und es war gefährlich, aber das kam Kara gerade recht. Ihre schlechte Laune war keineswegs vergangen; ein kleiner Kampf wäre jetzt genau das Richtige. Sie brauchte jemanden, an dem sie ihren Zorn auslassen konnte.

Zunächst jedoch stießen sie lediglich auf eine Straßensperre, eine jener fahrbaren mannshohen Palisaden, welche die Straßen vor ihnen auf ganzer Breite blockierten. Hier waren keine Hornköpfe postiert, wohl aber vier Männer in den schreiend gelben Umhängen der Stadtgarde, die misstrauisch jeden, der das Tor passierte, beäugten. Und sie ließen auch nicht *jeden* hindurchgehen. Kara fiel auf, dass etliche abgewiesen wurden.

Fast gemächlich näherten sie sich dem Tor. Kara registrierte nebenher, dass neben den Schwertern auch die plumpen Griffe von Drachenwaffen aus den Gürteln der Männer prangten. Der Anblick gab ihr einen leisen Stich. *Laser!* Wie alle Drachenkämpfer verachtete sie jegliche Technik; selbst die, die sie notwendigerweise selbst benutzten.

Als sie das Tor passieren wollte, vertrat ihr einer der Gardisten den Weg. Er war nicht sehr viel älter als sie, aber sein Gesicht trug bereits jenen hochmütigen Zug, den man bei Angehörigen seiner Klasse nur allzu oft antraf. Kara beschloss spontan, ihn nicht zu mögen – wie sollte sie schließlich mit jemandem Streit anfangen, der ihr sympathisch gewesen wäre?

»Nicht so schnell«, sagte er und hob die Hand. »Wo ist dein grüner Ausweis?«

Kara zog die Augenbrauen zusammen. »Was für ein grüner Ausweis?«, fragte sie.

Ein zweiter, etwas älterer Soldat gesellte sich zu ihnen, und der jüngere antwortete in einem Ton überheblicher Gönnerhaftigkeit: »Der Ausweis, der beweist, dass du in diesem Viertel lebst, Mädchen. Aber da du danach fragst, nehme ich an, dass du nicht hier lebst und somit auch keinen Ausweis hast.« Er lachte unverschämt. Er hatte perfekte, beinahe strahlend weiße Zähne, und Kara fragte sich einen Moment lang ernsthaft, ob es sich lohnte, sie ihm einzuschlagen.

»Nein«, antwortete sie so beherrscht, wie sie konnte. »Ich habe keinen Ausweis. Ich wohne auch nicht hier. Ich gehe einfach nur spazieren.« Sie wollte den Soldaten aus dem Weg schieben und weitergehen, aber der Mann hielt sie sanft, aber sehr nachdrücklich am Arm zurück.

»So einfach ist das nicht«, erklärte er und grinste noch eine Spur unverschämter. »Wenn du keinen Ausweis hast, dann brauchst du einen Passierschein.«

»Einen Passierschein?« Kara senkte den Blick und starrte einen Moment lang die Hand mit den sorgsam geschnittenen Fingernägeln an, die ihren Arm hielt. Nach einer Weile tat ihr Blick seine Wirkung: Die Hand zog sich vorsichtig zurück.

»Und wenn ich keinen Passierschein habe?«, fragte Kara lächelnd.

»Dann kann ich dich nicht durchlassen, Kleines«, antwortete der Posten. Er deutete auf Hrhon. »Und das da sowieso nicht.«

»Das da?«

»Andere haben hier keinen Zutritt«, sagte der. Gardist. Er machte sich nicht einmal die Mühe, Bedauern zu heucheln. »Es tut mir leid, aber so sind nun mal die Vorschriften. Ich habe sie nicht gemacht.«

»Ich auch nicht«, antwortete Kara und trat einen halben Schritt zurück. Sie tat so, als blicke sie den Posten vor sich an, behielt aber in Wahrheit auch die drei anderen im Auge. Der Mann neben ihrem Gegenüber sah abwechselnd sie und Hrhon an und schien angestrengt über etwas nachzudenken, und auch die beiden anderen starrten zu ihnen hinüber, wirkten aber noch nicht sehr alarmiert. Vier von ihnen gegen Hrhon und sie. Kara hätte sich einen würdigeren Gegner gewünscht.

»Nachdem du also dein Sprüchlein aufgesagt hast, kannst du uns ja durchlassen. Wir haben unsere Zeit nämlich nicht gestohlen, weißt du?«

Sie machte einen Schritt. Der Soldat trat ihr abermals in den Weg. »Du kannst nicht ...«

»Natürlich kann ich«, sagte Kara und versetzte ihm einen Stoß, der ihn taumeln und zu Boden stürzen ließ. Unverzüglich versuchte sich der andere auf sie zu stürzen, aber Kara empfing ihn mit einem Tritt, der ihn nach Luft schnappen und zu Boden gehen ließ. Das Mädchen sah aus den Augenwinkeln, wie plötzlich Bewegung in die beiden anderen Gardisten kam, aber sie wusste, dass Hrhon ihr den Rücken freihalten würde.

Blitzschnell setzte sie den beiden Männern nach, sah, wie der eine nach seiner Waffe griff, und schlug sie ihm mit einem Tritt aus der Hand. Dann ließ sie sich mit einer geschmeidigen Bewegung auf ein Knie fallen und holte zu einem Hieb aus.

Doch Hrhon musste bei seiner Aufgabe, ihren Rücken zu decken, irgendeinen Fehler gemacht haben, denn einer der beiden anderen Männer sprang sie von hinten an, riss sie von den Füßen und klammerte sich an sie, während sie über den Boden rollten. Kara schlug einen Moment erschrocken um sich; der Bursche war stärker, als sie geglaubt hatte. Beinahe mühelos drehte er sie auf den Rücken und drückte ihr linkes Handgelenk mit dem Knie auf den Boden. Gleichzeitig stürzte auch der zweite herbei und packte ihre Beine.

Vermutlich hätten die beiden sie überwältigt, hätten sie nicht den Fehler begangen, sie zu unterschätzen. Ganz offensichtlich hielten sie Kara immer noch für ein Kind.

Dass sie aber keineswegs ein zartbesaitetes Mädchen war, bekam der eine zu spüren, als Hrhons freie Hand plötzlich mit der Wucht eines Hammerschlages gegen seine Schläfe knallte. Seine Augen trübten sich, während er steif wie ein Stock von ihr herunterkippte.

Kara drückte den Rücken durch, ließ sich blitzschnell wieder zurückfallen und bekam ein Bein frei. Ihr Fuß krachte einen Wimpernschlag später zwischen die Oberschenkel des

Mannes. Er kreischte und wälzte sich stöhnend über den Boden.

Kara sprang auf die Füße. Ihr Blick suchte Hrhon. »Du verdammtes Fischgesicht!«, brüllte sie. »Hilf mir gefälligst.«

Aber der Waga dachte gar nicht daran. Er lehnte mit vor der Brust verschränkten Armen an der Palisade und grinste über sein schuppiges Gesicht. Der Anblick machte Kara so wütend, dass sie für einen Moment unachtsam war. Sie bemerkte die Faust, die auf ihr Gesicht zuraste, viel zu spät.

Der Schlag schleuderte sie neben Hrhon gegen die Barrikade und ließ bunte Sterne vor ihren Augen tanzen. Einen Moment lang blieb sie benommen stehen, sah durch die flirrenden Lichter vor sich einen verzerrten Umriss auf sich zuspringen und spannte sich instinktiv an. Trotzdem trieb ihr der Hieb die Luft aus der Lunge. Sie schlug zurück, spürte selbst, dass sie nicht richtig traf, und machte einen Schritt zur Seite. Der Soldat versuchte ihr ein Bein zu stellen, aber damit hatte Kara gerechnet: Sie hob ihren Fuß und ließ ihn auf das Schienbein des Mannes krachen.

Dann hörte sie Knochen brechen.

Der Gardist stürzte mit einem schrillen Kreischen zu Boden, und Kara wandte sich dem letzten verbliebenen Gegner zu.

Der Mann hatte seinen Laser gezogen, aber er zögerte, die Waffe einzusetzen. Voller Schrecken starrte er auf Karas Brust. Bei ihrem Sturz war ihr Mantel auseinandergeklafft, sodass der Soldat die schwarze Drachenkämpfer-Uniform sehen konnte, die sie trug. Offensichtlich begriff er, wem er gegenüberstand.

Blitzschnell sprang Kara vor, entrang dem Mann die Laserpistole – und schlug ihm den Kolben seiner eigenen Waffe zwischen die Zähne. Die Zahl der Bodentruppen wuchs auf vier.

Kara schleuderte den Laser angewidert davon, bedachte das wimmernde Häufchen Elend vor sich mit einem zornigen Blick und hob den Fuß, damit der Bursche wenigstens einen Grund hatte zu kreischen, als wäre er aufgespießt worden.

»Lhasss dhasss!«, sagte Hrhon.

Kara funkelte ihn an. Ihr Fuß schwebte dicht über dem Gesicht des Soldaten. »Warum?«, fragte sie. »Er hat noch ein paar Zähne.«

Der Waga ignorierte ihre Erwiderung. »Whir sssollthen mhachhen, dhasss whir wheghkommen«, sagte er.

Auf der Straße hatte sich ein regelrechter Menschenauflauf gebildet. Dutzende, wenn nicht Hunderte von Gestalten bildeten einen dichten Halbkreis um Hrhon, Kara und die vier Gardisten, die sich stöhnend am Boden krümmten. Auf den Gesichtern der Zuschauer lag ein Ausdruck von Erregung, und das, was Kara in den meisten Augen las, war pure Blutgier. *Es fehlt eigentlich nur doch,* dachte sie schaudernd, *dass sie applaudieren.*

Sie nickte Hrhon zu. »Du hast recht«, sagte sie. »Komm.«

Sie gingen durch das Tor und schritten schneller als bisher aus. »Verdammt noch mal, wieso hast du mir nicht geholfen?«, knurrte sie. Sie hob die Hand zum Gesicht und fühlte, dass ihr rechtes Auge bereits anzuschwellen begann.

»Isss whollthe dhir nhisst dhen Sssphasss vherdherbhen«, lispelte Hrhon. »Ahbher ghansss nhebhenbhei – dhu wharsst nisst bheshondhersss ghuth.«

Kara verzichtete auf eine Antwort.

5

Wäre Kara in einer anderen Verfassung gewesen, dann hätte sie sich in der halben Stunde, die sie brauchten, um den Hochweg zu erreichen, eingestanden, dass die Warnung des Gardisten möglicherweise ernster gemeint gewesen war, als sie glaubte. Niemand griff sie an, niemand machte Anstalten, sie aufzuhalten oder auch nur zu belästigen – aber sie konnte die Gefahr, die sich über ihnen zusammenbraute, regelrecht fühlen.

Vielleicht war sie auch nur nervös. Nachdem sie sich ein wenig beruhigt hatte, musste sie sich eingestehen, dass sie sich nicht nur dumm, sondern auch leichtsinnig verhalten hatte. Immerhin waren sie zu viert gewesen und allesamt keine Schwächlinge. Es hätte schiefgehen können. Andererseits war Hrhon die ganze Zeit über in ihrer Nähe gewesen, sodass sie keinen Moment lang *wirklich* in Gefahr gewesen war.

Die Gegend hinter der Barriere verwirrte Kara immer mehr. Dieses Schelfheim hatte nicht sehr viel mit der Stadt auf der anderen Seite der Barriere gemein. Auch hier waren die Straßen recht belebt, aber die Häuser waren weitaus prachtvoller und sauberer. Es gab Fenster mit Scheiben aus farbigem Glas und vor manchen Häusern schmale, gepflasterte Stege, sodass man nicht auf die Fahrbahn hinaustreten musste, die auch hier schmutzig und voller Unrat war.

Und es gab keine einzigen nichtmenschlichen Geschöpfe.

Kara entdeckte weiße, schwarze, rote, gelbe, hell- und dunkelhäutige Männer, Frauen und Kinder, aber es waren allesamt *Menschen.* Sie begann allmählich zu begreifen, was der Mann am Tor gemeint hatte, als er sagte, »das da« hätte hier keinen Zutritt. Sie sah einige Hornköpfe, aber es waren Arbeitstiere, allenfalls Bedienstete in niedrigen Positionen, die mit Mühe und Not genug Intelligenz für einen einfachen Botengang zusammenkratzen konnten.

»Das ist … seltsam«, murmelte sie.

»Whasss?«, fragte Hrhon.

»Dieses Viertel hier«, antwortete Kara. »Weißt du, warum sie dich nicht passieren lassen wollten? Weil es hier niemanden wie dich gibt, Hrhon. Nur Menschen.«

Hrhon erwiderte nichts, aber natürlich musste er es ebenso bemerkt haben wie sie, denn jeder, der ihnen entgegenkam, warf ihnen einen zornigen Blick zu. Außerdem folgten ihnen seit einer Weile ein paar finster dreinblickende Gestalten, die ihnen allmählich gefährlich nahe kamen. Karas Irritation wuchs mit jedem Schritt. Sie hatte oft mit Angella über diese Stadt und ihre Vielfalt von Rassen und Völkern gesprochen. *Dieses* Viertel aber hatte Angella nie erwähnt. Sie fragte sich, warum.

»Weißt du genau, wo wir Angella finden?«, fragte sie.

Hrhon sah sie wortlos an, wandte dann im Gehen den Kopf und maß ihre Verfolger mit einem düsteren Blick, ehe er einsilbig antwortete: »Wharhum? Hahssst dhu Ahnghssst?«

»Sollte ich denn?«, fragte Kara.

»Jah«, sagte Hrhon.

Kara blickte ihn einen Moment bestürzt an. Dann lachte sie, aber ihr Lachen klang aufgesetzt. Nervös schaute sie sich wieder um. Die Menge war angewachsen, und auf den meisten Gesichtern spiegelten sich pure Mordlust und wilder Zorn. Jedes Mal, wenn Hrhon stehenblieb, wich der Mob ein Stück zurück – um aber sofort wieder näher zu rücken. Kara begriff ganz plötzlich; dass die Feindseligkeit, die sie spürte, nicht einmal so sehr *ihr* galt, sondern Hrhon. Vielleicht hatte Angella den Waga nicht nur zurückgelassen, damit er das Kindermädchen für sie spielte …

Hrhon hielt mit einem Male wieder an und deutete auf einen der gewaltigen Pfeiler, welche die Hochstraße trugen. »Dhort«, sagte er. »Isss ghlaubhe, sssie whollthe dhorthihn.«

Kara maß die titanische Säule mit einem langen, aufmerksamen Blick. Aus der Nähe betrachtet wirkte sie längst nicht mehr so glatt und fugenlos. Ihr Durchmesser schwankte zwischen zehn und zwanzig Meter, und manchmal schien sie sich gefährlich zu verjüngen. Kara gewahrte sogar eine Stelle, an der eine Verstrebung aus Holz und Metallteilen angebracht worden war.

Fragend blickte sie Hrhon an. Der Waga deutete auf ein fensterloses Gebäude auf der anderen Seite der Straße. Das Dach fehlte, dafür erhob sich der Hochweg-Pfeiler aus seinem Inneren.

Als sie dazu ansetzten, die Straße zu überqueren, öffnete sich in dem Gebäude eine Tür, und ein Drachenkämpfer trat heraus, den sie auf den zweiten Blick als Gord erkannte, einen der älteren Reiter, die Angellas besonderes Vertrauen genossen. Sie hob die Hand und winkte ihm zu, und Cord erwiderte die Geste – und erstarrte mitten in der Bewegung, als er Hrhon erblickte. Seine Augen weiteten sich vor Schrecken.

»Hrhon!«, keuchte er. Dann: »Kara! Bist du verrückt geworden, einen Waga hierher …«

Der Rest seiner Worte ging in einem Tumult unter, der plötzlich hinter ihnen losbrach. Kara drehte sich schnell genug herum, um zu sehen, wie die Menschenmenge hinter ihnen erschrocken auseinanderwich, um einem Dutzend berittener Gardesoldaten Platz zu machen, das in scharfem Tempo herangesprengt kam. Zu ihrem Schrecken erkannte Kara unter ihnen auch einen der Männer, die sie am Tor niedergeschlagen hatte.

Der Mann hob die Hand, gestikulierte wild in ihre und Hrhons Richtung und schrie: »Das sind sie! Packt das Mädchen!«

»Oh verdammt!«, sagte Kara. »Das sieht nach Ärger aus. Hrhon, lass mich nicht wieder im Stich!«

Der Reitertrupp teilte sich in eine große und eine kleine Abteilung, um Hrhon und sie getrennt anzugreifen, und der Waga riss die Arme in die Höhe und stürmte den Soldaten brüllend entgegen. Mit einem gewaltigen Krachen prallte er gegen ein Pferd und riss es zu Boden, und noch in der gleichen Bewegung schmetterte er einen zweiten Reiter aus dem Sattel. Dann waren die anderen über ihm, und auch Kara sah sich von vier Reitern umzingelt und hatte plötzlich alle Hände voll zu tun, sich ihrer Haut zu wehren.

Sie wich einem Fußtritt aus, packte ihrerseits den Fuß des Soldaten und versuchte ihn zu verdrehen, um den Mann aus dem Sattel zu reißen, aber in diesem Moment traf sie ein weiterer Tritt zwischen die Schulterblätter. Sie stolperte, prallte ungeschickt gegen das Pferd vor sich und stöhnte vor Schmerz, als ein weiterer Tritt ihr Schlüsselbein wie eine Gitarrensaite vibrieren ließ.

Halb blind vor Schmerz taumelte sie zurück und verschaffte sich mit einem wütenden Schlag in die Runde für einen Augenblick Luft.

Die Dinge sahen nicht gut für sie aus. Die Männer hatten offensichtlich aus ihrem Fehler am Tor gelernt, denn sie taten ihr nicht den Gefallen, abzusitzen und sie einzeln anzugreifen, sondern umkreisten sie auf ihren Pferden und attackierten sie stets zu zweit oder auch zu dritt. Von Hrhon war überhaupt nichts mehr zu sehen. Sein Gebrüll verriet Kara zwar, dass er noch am Leben war, aber er war unter einem ganzen Wust von Körpern und gelben Mänteln verschwunden.

Instinktiv glitt ihre Hand zum Schwert, aber sie zögerte, es zu ziehen. Auch die Gardisten hatten ihre Waffen bisher steckenlassen. Das war – noch – kein Kampf auf Leben und Tod.

Wieder griffen sie zwei der Reiter zugleich an. Kara brachte das Kunststück fertig, ihren Fußtritten auszuweichen, und rannte prompt in einen dritten Hieb hinein, den sie nicht hatte kommen sehen. Sie taumelte, fiel auf die Knie und kämpfte verzweifelt gegen die Bewusstlosigkeit.

Und plötzlich tauchte eine Gestalt in blitzendem Silber und mattem Schwarz neben ihr auf, packte blitzschnell einen der Reiter und zerrte ihn ohne sichtbare Anstrengung aus dem Sattel. Ein zweiter Reiter wollte seinem Kameraden zu Hilfe eilen, aber Cord stieß auch ihn vom Rücken seines Tieres und zerrte Kara auf die Füße. Sein Griff schmerzte sie beinahe mehr als die Fußtritte, die sie abbekommen hatte.

»Danke«, murmelte sie benommen.

»Bedank dich später«, sagte Cord gepresst. »Falls wir hier lebend herauskommen. Schnell!« Er machte eine drohende Bewegung, die ausreichte, die verbliebenen Reiter zurückzuscheuchen, packte Kara am Arm und zerrte sie mit sich, dorthin, wo Hrhon noch immer verbissen mit der Übermacht der Soldaten kämpfte.

Es gelang ihnen, den Kreis zu durchbrechen und dem Waga so viel Spielraum zu verschaffen, dass er sich zweier besonders hartnäckiger Gegner entledigen konnte. Vielleicht wären sie sogar davongekommen, denn ihr unerwartet heftiger Widerstand hatte die Soldaten vollkommen überrascht, wenn nicht in diesem Moment Verstärkung eingetroffen wäre. Die Menge, die ihnen in respektvollem Abstand gefolgt war, schrie wie ein Mann auf und stürzte sich auf sie, Cord und den Waga.

Aus dem Spiel wurde tödlicher Ernst. Kara sah Messer und Schwerter aufblitzen, und in der Hand eines bärtigen Mannes entdeckte sie etwas, das sie voller Entsetzen als Laserwaffe identifizierte. Hastig zog sie ihr Schwert, wich an Hrhons Seite zurück und empfing den ersten Angreifer mit einem Hieb der flachen Klingenseite, der ihn sofort bewusstlos zusammenbrechen ließ. Sofort nahm ein halbes Dutzend anderer seinen Platz ein.

Es war ein Kampf ohne Aussicht auf einen Sieg. Hrhons Arme wirbelten wie Dreschflegel, zertrümmerten Nasen, Kinnladen und Rippen, aber schließlich stürzte sich fast ein Dutzend Männer gleichzeitig auf ihn und riss ihn zu Boden. Auch Cord stürzte, und Kara hätte sich keinen Wimpernschlag länger auf den Beinen gehalten, wäre in diesem Moment nicht die Tür hinter ihnen ein zweites Mal aufgeflogen, um ein Dutzend Drachenkämpfer auszuspeien.

Das bloße Auftauchen der gefürchteten schwarz-silbernen Uniformen lähmte den Mob für einen winzigen Moment, den die Kämpfer nutzten, um die Straße zu überqueren und sich ins Getümmel zu stürzen.

Eine blutige Schlacht begann. Von überallher strömten Männer herbei, um sich den Kämpfenden anzuschließen und wild um sich zu schlagen. Kara sah mehr als einen Mann, der sich einfach auf die erstbeste Gestalt stürzte und auf sie eindrosch. Offenbar gab es auch in den vornehmeren Vierteln Schelfheims Raufbolde, denen der bloße Anblick eines Gesichtes Grund genug war, es einzuschlagen. Der Straßenkampf nahm den Charakter einer außer Kontrolle geratenen Wirtshausschlägerei an.

Allmählich begann Kara die Sache ein gewisses Vergnügen zu bereiten. Sie steckte nicht nur ihr Schwert, sondern auch eine Menge Schläge ein, aber sie teilte weit kräftiger aus.

Plötzlich hörte sie einen hohen, summenden Laut, den sie im allerersten Moment nicht richtig einschätzen konnte, der aber äußerst bösartig klang und rasch näher kam. Ein Schatten fiel über die Straße, und als sie aufsah, erblickte sie eine Anzahl riesiger, geflügelter Hornköpfe, die dicht über den Köpfen der Menge schwebten. Ihre Flügel bewegten sich so schnell, dass sie zu flirrenden Schatten wurden. In den Sätteln hinter den flachen Schädeln saßen Gestalten in schreiend gelben Mänteln.

»Aufhören!«, dröhnte eine Stimme in den Tumult. *»Sofort aufhören! Ihr habt genau eine Minute Zeit, die Straße zu räumen, dann eröffnen wir das Feuer!«*

Und wer immer diese Worte sprach, er schien jedenfalls über ein sonderbares Zeitgefühl zu verfügen, denn es vergingen keine zwei Augenblicke, ehe die ersten Blitze vom Himmel zuckten und in die Menge fuhren.

Kara war eine der Ersten, die getroffen wurde – was ganz gewiss kein Zufall war.

6

»Was hattest du eigentlich vor – einen Krieg anzufangen? Wenn ja, dann ist es dir fast gelungen!« Angellas Stimme war leise, aber so schneidend wie eine Glasscherbe.

Kara hatte die schlimmsten Kopfschmerzen ihres Lebens. Tränen liefen aus ihren Augen, und selbst wenn sie hätte antworten wollen, hätte sie es gar nicht gekonnt. Wenn sie auch nur versucht hätte, den Mund aufzumachen, dann hätte sie vermutlich vor Schmerz geschrien.

Angella erwartete auch gar keine Antwort, denn sie fuhr unvermittelt fort: »Ich sollte dich auf der Stelle zurückschicken und dich zu den Mägden in die Küche stecken, damit du ein Jahr lang Gemüse putzen und die Fußböden schrubben kannst. Was um alles in der Welt hast du dir dabei gedacht?«

Kara blickte sie aus tränenerfüllten Augen an. »Es ... es tut mir leid«, brachte sie mühsam hervor. »Ich war ... ich war einfach schlechter Laune. Ich wusste nicht, was ich tat.«

»Schlechter Laune?« Trotz der Maske konnte Kara den Ausdruck absoluter Fassungslosigkeit auf Angellas Gesicht sehen. *»Schlechter Laune?«*, wiederholte Angella ungläubig. Sie beugte sich vor. »Und deshalb schlägst du vier Mann der Stadtgarde grundlos zusammen und entfesselst einen kleinen Bürgerkrieg? Bist du völlig übergeschnappt?!« Sie begann zu zittern, beugte sich so weit vor, dass sie fast von der Stuhlkante gefallen wäre, und richtete sich hastig wieder auf.

»Wir werden sehr bald darüber reden«, sagte sie mit mühsam beherrschter Stimme. »Das verspreche ich dir.« Sie machte eine wedelnde Handbewegung, und Kara atmete bereits auf, denn sie nahm an, dass das unangenehme Gespräch zumindest für den Moment beendet war. Aber da mischte sich der Mann im gelben Mantel der Stadtgarde ein, der bisher schweigend und mit vor der Brust verschränkten Armen an der Tür gelehnt hatte.

»Verzeih, Angella«, sagte er kalt, »aber ich fürchte, so einfach ist die Sache nicht.«

Angella sah mit einem Ruck auf. »So?«, sagte sie lauernd.

Der Mann stieß sich von der Tür ab und richtete sich zu seiner vollen Größe auf. Er war sehr groß, wirkte aber nicht sehr kräftig. »Nein«, bestätigte er kopfschüttelnd, hob die linke Hand und begann an den Fingern abzuzählen: »Ein Dutzend meiner Männer wurden verletzt, einige davon so schwer, dass sie wochenlang das Krankenlager hüten müssen. Von den verwundeten Bürgern gar nicht zu reden. Wir haben mehrere Pferde, einen Flieger und Ausrüstung von bisher noch nicht einmal abzuschätzendem Wert verloren.«

Ein Flieger?, dachte Kara. Offensichtlich war der Kampf noch weitergegangen, nachdem sie weggetreten war. Es sah so aus, als hätte sie das Beste verpasst.

»Davon, dass ungefähr drei Dutzend Verordnungen übertreten wurden, rede ich erst gar nicht«, sagte der Soldat noch.

Angella seufzte. »Das sehe ich ein«, sagte sie. »Und was erwartet Ihr jetzt von mir, Elder?« Sie deutete auf Kara. »Reicht es, wenn ich sie öffentlich auspeitschen lasse, oder soll ich sie gleich auf der Stelle erschießen?«

Elder machte eine zornige Handbewegung. »Es gab einen Aufstand, Angella! Der Mob hat die Barrikade gestürmt, deren Besatzung deine Schülerin niedergeschlagen hat. Wir brauchten fast eine Stunde, um die Ordnung wiederherzustellen. Und ich fürchte, einige dieser ... Viecher schleichen noch in der Stadt herum!«

Angella seufzte erneut. Sie stand auf. Kara sah, dass ihr Umhang völlig verdreckt und an einer Seite eingerissen war. »Sagt mir eins, Elder«, begann sie in fast freundlichem Tonfall. »Seid Ihr vielleicht nur so wütend, weil es einem Mädchen von neunzehn Jahren gelungen ist, vier Eurer prachtvollen Paradesoldaten aus den Stiefeln zu stoßen?«

»Wohl eher diesem ... Tier, das sie bei sich hat«, sagte Elder grimmig.

Angella warf einen fragenden Blick auf Kara. Das Mädchen schüttelte vorsichtig den Kopf. »Hrhon hat nichts damit zu tun«, gestand sie niedergeschlagen. »Ich war es allein.«

Sie konnte sich täuschen – aber für einen kurzen Moment hatte sie das sichere Gefühl, dass Angella hinter ihrer Maske alle Mühe hatte, ein Lächeln zu unterdrücken. Elder schürzte zornig die Lippen.

»Und wenn schon! Sie hat die Sperre durchbrochen. Sie hat einen *Waga* in diesen Teil der Stadt gebracht!«

»Was natürlich ein todeswürdiges Verbrechen ist«, erklärte Angella mit kaum noch verhohlenem Spott.

»Dieses Viertel ist nur Menschen vorbehalten«, beharrte Elder stur. »So sind nun einmal die Vorschriften.«

»Sicher«, seufzte Angella und fügte hinzu: »Mit Verlaub, Elder – ziemlich schwachsinnige Vorschriften.«

Elder zuckte mit den Schultern. »Ich habe sie nicht gemacht. Aber ich bestehe darauf, dass etwas geschieht! Das Mädchen und der Waga müssen die Stadt verlassen!«

»Das Mädchen und der Waga«, erwiderte Angella ruhig, »werden die Stadt verlassen, sobald die anderen und ich gehen. Wir sind zusammen gekommen, und wir gehen auch zusammen.«

Elder funkelte sie an. »Ich kann auch anders, Angella«, sagte er leise und in einem Ton, der eine unverhohlene Drohung enthielt, Angella aber nicht im Mindesten beeindruckte. »Wollt Ihr mich wirklich zwingen, das Mädchen zu verhaften und bis zum Tag Eurer Abreise in Ketten zu legen?«

»Dann würden wir unverzüglich abreisen, Elder«, versetzte Angella kalt. »Falls Ihr es vergessen haben solltest – wir sind hier, weil Euer Stadtrat uns *gerufen* hat. Ihr könnt dieses Mädchen nicht verhaften. Es untersteht meiner Gewalt, nicht Eurer. Ich verspreche Euch, dass sie bestraft wird, aber auf meine Art und von mir.«

»Wie Ihr wollt, Angella«, antwortete Elder. Sein Gesicht war wie Stein, aber seine Augen brannten vor Zorn. »Doch ich werde dieses ... *Kind* im Auge behalten, das verspreche *ich* Euch.«

»Tut das, Elder«, sagte Angella unbeeindruckt. »Wenn Ihr uns nun bitte entschuldigen wollt ...«

Elder starrte sie noch einen Herzschlag lang so herausfordernd an, dass Angella schon fürchtete, es könne nun doch zu einem offenen Streit zwischen ihnen kommen, aber dann fuhr er auf dem Absatz herum, stürmte aus dem Zimmer und knallte die Tür hinter sich zu. Der Schlag hallte schmerzhaft in Karas Schädel wider. Erneut schossen ihr die Tränen in die Augen. Sie stöhnte und fuhr sich mit dem Handrücken über das Gesicht.

Angella blickte einen Moment wortlos auf sie herab. »Tut es weh?«, fragte sie dann. Kara nickte, und Angella sagte: »Gut. Sehr gut.« Sie nahm ihre Maske ab, legte sie vor sich auf den Tisch und setzte sich wieder. Ihr Gesicht sah alt aus und schrecklich müde.

»Es tut mir wirklich leid«, begann Kara leise. »Ich ... ich weiß nicht, was in mich gefahren ist.« Sie sah Angella an und wartete vergebens auf eine Antwort. »Wie geht es Hrhon?«, fragte sie schließlich.

»Nett, dass du wenigstens nach ihm fragst«, sagte Angella ärgerlich. »Er hat ein paar Schrammen abgekriegt, aber es geht ihm gut. Was allerdings ganz und gar nicht dein Verdienst ist.« Sie schüttelte den Kopf. »Er hätte getötet werden können, ist dir das eigentlich klar?«

»Ich wusste nicht, dass Waga diesen Teil der Stadt nicht betreten dürfen«, verteidigte sich Kara, aber Angella nahm ihre Worte gar nicht zur Kenntnis.

»Ihr hättet beide getötet werden können! Und warum? Nur weil du ärgerlich auf mich warst und nicht die Hälfte von dem verstanden hast, was ich dir erzählt habe.« Ihre Erregung wuchs, und plötzlich schrie sie Kara an. »Warum zum Teufel glaubst du, bilden wir euch zu den gefährlichsten Kriegern dieser Welt aus? Damit ihr herumlaufen und aus purer Langeweile Leute zusammenschlagen könnt?«

Kara war klug genug, darauf nicht zu antworten, sondern nur hastig die Augen zu senken; und wie sie gehofft hatte, verrauchte Angellas Zorn fast ebenso schnell wieder, wie er aufgeflammt war.

Angella seufzte tief und fuhr sich erschöpft mit beiden Händen über das Gesicht. »Es war meine Schuld«, sagte sie. »Ich hätte dich nicht allein in Jans Haus zurücklassen dürfen. Vielleicht hätte ich dich erst gar nicht mit hierherbringen dürfen.« Sie nahm die Hände herunter. »Irgendetwas muss geschehen.«

»Es wird bestimmt nicht wieder vorkommen«, versprach Kara.

Angella lächelte traurig. »Das glaube ich dir sogar. Aber das allein reicht nicht. Du hast Elder gehört. Er ist ein einflussreicher Mann. Ich muss mir irgendetwas einfallen lassen, um ihn zu beruhigen. Er kann uns Schwierigkeiten machen, wenn er will, und ich fürchte, er ...«

Draußen auf dem Flur waren polternde Schritte zu hören, und dann wurde die Tür aufgerissen, und Jan stürmte herein. Sein Atem ging so schnell und schwer, dass er Mühe hatte, überhaupt zu sprechen.

»Der Stollen!«, stieß er hervor. »Er ist eingestürzt! Loban und zwei der anderen sind verschüttet worden!«

7

Am nächsten Morgen waren Karas Kopfschmerzen immer noch nicht gewichen. Kara kam sich schäbig vor. Der Umstand, dass die Katastrophe vom gestrigen Tag Angellas Zorn auf sie hatte unwichtig werden lassen, gab ihr irgendwie das Gefühl, mitschuldig am Tod der drei Männer zu sein. Das war zwar Unsinn, aber seit wann fragten Gefühle nach Logik?

Die Leichen der drei Männer waren noch nicht geborgen worden, aber es gab keine Aussicht mehr, sie lebend zu bergen. Sie waren in eineinhalb Meilen Tiefe verschüttet.

Angella war den vergangenen Tag fortgewesen, und als sie und Jan spät am Abend zurückkehrten, waren sie so erschöpft, dass Kara nicht mehr mit ihr hatte reden können. Am nächsten Morgen ließ sie Kara jedoch schon eine Stunde vor Sonnenaufgang wecken und in die Wohnküche bringen.

Es war noch dunkel. Eine einzelne Kerze brannte und verbreitete weitaus mehr Schatten als Licht im Raum; und in der Luft hing der Geruch von würzigem Tee und frischem Brot. Angella sah so müde und erschöpft aus, als hätte sie in dieser Nacht überhaupt nicht geschlafen.

»Setz dich«, sagte sie und machte eine matte Handbewegung.

Kara gehorchte. Schweigend saß sie da und wartete, dass Angella etwas sagte, aber ihre Lehrmeisterin starrte sie nur an; mit einem Blick, der in weite Ferne gerichtet war, nur nicht auf Karas Gesicht. Schließlich brach Kara das Schweigen.

»Hat man … sie gefunden?«, fragte sie leise.

Es dauerte eine Weile, bis Angella überhaupt auf die Worte reagierte. Sie blinzelte und schien Mühe zu haben, den Sinn von Karas Frage zu verstehen. »Nein«, entgegnete sie schließlich. »Wir haben … die Suche abgebrochen. Es war zu gefährlich.« Sie brach wieder ab, als die Tür aufging und einer von Jans

Hornköpfen hereinkam, um ein weiteres Geschirr für Kara aufzutragen.

Kara verspürte ein rasches, eisiges Frösteln, als sich das vierarmige, schlanke Geschöpf neben ihr vorbeugte, um den Tisch zu decken. Seine Bewegungen waren ruckhaft und so abgehackt wie die einer Maschine. Alles, was Kara hörte, war ein wisperndes Rascheln, ganz so wie leiser Wind in trockenem Laub. Sie schwiegen, bis der Diener das Zimmer wieder verlassen hatte, und obgleich der Anblick der Speisen schlagartig Karas Hunger weckte, zögerte sie einen Moment, danach zu greifen; einfach nur, weil es ein *Hornkopf* gewesen war, der sie aufgetragen hatte.

»Iss«, sagte Angella. Kara fuhr leicht zusammen. Sie erschrak darüber, dass Angella wieder einmal ihre Gedanken erraten hatte. Rasch griff sie zu und begann zu essen.

»Wir suchen später weiter«, knüpfte Angella nach einer Weile das unterbrochene Gespräch an. »Du wirst uns begleiten.«

Kara sah sie fragend an.

»Nimm es als eine Belohnung dafür, dass du mir gestern das Leben gerettet hast. Hätte man mich nicht gerufen, um die Wogen zu glätten, dann läge *ich* jetzt dort unten im Schacht.« Sie trank einen Schluck Tee. »Außerdem habe ich diesem Trottel Elder mein Wort gegeben, dich nicht mehr aus dem Auge zu lassen, solange wir in der Stadt sind.«

»Es wird nicht wieder vorkommen«, sagte Kara leise.

Angella lächelte plötzlich, allerdings nur sehr flüchtig. »Ich glaube dir«, sagte sie. »Aber ich habe Elder mein Wort gegeben. Und er hat recht, weißt du? Es war meine Schuld.« Sie schnitt Kara das Wort ab, ehe das Mädchen auch nur ein Wort sagen konnte. »Ich war zornig auf dich. Ich wollte dich bestrafen, und *deshalb* nahm ich dich gestern nicht mit. Wenn es also jemanden gibt, dem man etwas vorwerfen kann, dann bin ich es. Abgesehen davon«, fügte sie nach einer ganz kurzen Pause hinzu,

»dass es bodenloser Leichtsinn von dir war, dich mit vier bewaffneten Männern gleichzeitig anzulegen.«

»Es waren nur vier«, sagte Kara. Es sollte ein Scherz sein, um die Stimmung aufzulockern, aber Kara spürte, schon während sie die Worte aussprach, dass ihre Worte nicht sonderlich klug gewesen waren. Der einzige Grund, aus dem Angella nicht sofort wieder auffuhr, war ihre Müdigkeit.

So sagte sie einfach nur: »Red keinen Unsinn. Sie waren zu viert, und du allein, oder? Du hättest getötet oder schwer verletzt werden können.«

Kara hatte während ihrer Ausbildung gelernt, mit mehreren Gegnern gleichzeitig fertig zu werden. Doch Angella schien schon wieder zu ahnen, welche Entgegnung Kara auf der Zunge lag. »Du glaubst, du wüsstest, was ein Kampf bedeutet? Du weißt es nicht. Du hast gelernt, dich zu wehren. Du hast Hunderte von Zweikämpfen bestanden, aber keiner davon war *wirklich* ernst gemeint, Kindchen.«

Was diese Sache anging, war Kara entschieden anderer Meinung. Sie hatte mehr als genug Blessuren in den Zweikämpfen davongetragen. Einen Moment lang fragte sie sich, ob es nicht weniger die Sorge um sie gewesen war, die Angella so zornig machte, sondern viel mehr um den immensen *Wert,* den sie darstellte. Ein Werkzeug, das sorgsam geschmiedet und zehn Jahre lang immer wieder geschliffen und poliert worden war. Fast gleichzeitig begriff sie, wie ungerecht dieser Gedanke war.

»Bitte, fang nicht schon wieder an«, sagte Jan leise. Die Worte galten Angella, obwohl er sie dabei nicht ansah. Seine Stimme klang sehr müde. »Wir haben im Moment wirklich genug andere Sorgen.« Und *Sorge* war es tatsächlich, was sein Blick ausdrückte. Jan schien seit dem gestrigen Abend um zehn Jahre gealtert zu sein. Kara fragte sich, *was* ihn bedrückte. Es war sicher nicht nur der Tod der drei Drachenkämpfer; obwohl ihn mit dem Hort eine alte Freundschaft verband, waren die drei Männer doch Fremde für ihn gewesen.

»Du hast recht«, sagte Angella. »Lass uns gehen. Es sind noch beinahe zwei Stunden Weg.«

Sie stand auf, und auch Jan und Kara erhoben sich. Kara war ein wenig verwirrt. Zwei Stunden? Am vergangenen Morgen hatten Hrhon und sie nicht einmal *eine* Stunde gebraucht, um das Pfeiler-Haus zu erreichen. Aber sie verkniff sich eine Frage und folgte Angella und Jan wortlos in den Hof hinaus. Die frische Luft tat ihr gut und dämpfte den hämmernden Schmerz in ihrem Kopf.

Sie waren die Letzten, die das Haus verließen. Sämtliche Drachenkämpfer – selbst die, die bei dem Kampf am vergangenen Tag verwundet worden waren – erwarteten sie neben den bereits gesattelten Pferden. Sie brachen ohne eine weitere Verzögerung auf. Sie ritten sehr schnell und erreichten den Hochweg in weniger als einer halben Stunde. Ohne aufgehalten zu werden, betraten sie den für Menschen vorbehaltenen Teil der Stadt; die hölzerne Palisade schwang einfach vor ihnen auf. Offenbar hatte man sie bereits erwartet.

Ein Dutzend Hornköpfe eilte ihnen vor dem fensterlosen Haus entgegen, um ihre Pferde in Empfang zu nehmen; und unmittelbar vor dem Eingang entdeckte Kara eine Gruppe Männer in gelben Umhängen.

Elder befand sich bei ihnen.

Sein Gesicht verdüsterte sich bei Karas Anblick, aber er beherrschte sich. Er schenkte Angella nur einen eisigen Blick, dann winkte er Jan zu sich heran und begann leise mit ihm zu reden.

»Sag lieber nichts«, bemerkte Angella leise, während sie an den beiden vorbei zur Tür gingen. Kara beherzigte ihren Rat, hielt aber für einen Moment inne und warf einen Blick über die Straße zurück. Doch nichts Ungewöhnliches tat sich. Die Sonne war noch nicht völlig aufgegangen, und im grauen Zwielicht der Dämmerung konnte sie keine Spuren der Schlacht mehr entdecken, die hier gestern getobt hatte.

Sie betraten das Haus, und was Kara in seinem Inneren sah, ließ sie für den Moment ihre hämmernden Kopfschmerzen vergessen.

Das Haus war kein Haus, sondern tatsächlich nur eine zehn Meter hohe Mauer, die rings um den Stützpfeiler des Hochweges errichtet worden war. Zwischen der Säule und der Wand lagen gut fünf Meter, die fast zur Gänze von einem Gewirr aus Leitern, Balken, Streben und Gerüstbrettern beansprucht wurden. Dutzende von Männern bewegten sich im kalten grünen Schein einer Unzahl überall befestigter Leuchtstäbe auf diesem Gerüst hin und her und waren mit den verschiedensten Aufgaben beschäftigt. Kaum eine davon ergab in Karas Augen irgendeinen Sinn.

Staunend sah sie sich um, während Angellas Blick eindeutig suchend über das Durcheinander glitt. Schließlich hob sie beide Hände und winkte eine der Gestalten auf dem Gerüst zu sich heran. Der Mann erwiderte Angellas Winken und begann mit geschickten Bewegungen eine Leiter herunterzuklettern.

»Donay!«, begrüßte Angella den jungen Mann, als er herankam. Er war schlank und nicht ganz so groß wie Elder, machte aber einen wesentlich kräftigeren Eindruck, obgleich sein Gesicht von dunklen Schatten gekennzeichnet war und seine Hände ein wenig zitterten. »Du bist schon wieder hier – oder immer noch?«

»Immer noch«, gestand Donay nach kurzem Zögern. »Ich konnte nicht schlafen, und da dachte ich, ich könnte …«

»… wieder einmal die Nacht durcharbeiten«, unterbrach ihn Angella tadelnd. »Wann hast du das letzte Mal geschlafen?«

Donay lächelte müde. »Oh, ich glaube, es muss ein Jahr her sein. Vielleicht auch zwei.«

»Du tust uns und deiner Stadt keinen Gefallen, wenn du dich umbringst«, sagte Angella streng, und bevor Donay etwas erwidern konnte, erklärte sie das Thema mit einer Handbewegung für beendet und deutete auf Kara. »Das ist Kara. Ich habe dir von ihr erzählt. Kara – das ist Donay, unser Ingenieur.«

Ingenieur? Wozu um alles in der Welt brauchte Angella einen Ingenieur?

»Eigentlich bin ich Bio-Konstrukteur«, berichtigte Donay, als hätte er Karas Gedanken erraten. »Aber das ist ein zu langes Wort. Und die Abkürzung Biko klingt albern, finde ich.« Er lachte, wartete einen Moment lang vergeblich darauf, dass Kara sich über sein lahmes Wortspiel amüsiert zeigte, und wurde dann wieder ernst. »Du bist also Kara. Ich habe schon viel von dir gehört.«

Kara suchte aufmerksam in seinem Gesicht nach etwas, das diese Worte zu einer Anzüglichkeit machte, aber sie fand nichts. Vielleicht wollte er einfach nur höflich sein. Trotzdem blieb ihre Stimme spröde. »So?«

»Du bist Angellas Lieblingsschülerin. Sie redet unentwegt von dir.«

»Habt ihr etwas Neues herausgefunden?«, mischte sich Angella ein.

Donay nickte. »Ja«, sagte er. »Aber ich fürchte, es wird dir nicht besonders gefallen. Komm mit. Ich zeige es dir.« Er fuhr herum und begann fast hastig, die Leiter wieder hinaufzusteigen, und Angella und Kara folgten ihm.

Sie betraten das oberste Gerüstbrett, das so dicht unter dem hölzernen Dach des Gebäudes lag, dass Kara es mit ausgestreckten Armen hätte berühren können. Das Mädchen bewegte sich sehr vorsichtig. Das Brett federte unangenehm unter ihren Schritten, und es gab kein Geländer, an dem man sich hätte festhalten können. Außerdem war ein halbes Dutzend Männer auf die unterschiedlichste Weise mit dem Pfeiler beschäftigt. Manche kratzten daran herum, andere betrachteten seine Oberfläche durch Vergrößerungslinsen, die sie mit ledernen Riemen vor den Augen befestigt hatten. Ein sonderbarer, nicht unangenehmer Geruch stieg Kara in die Nase. Sie kannte ihn, konnte ihn aber im Moment nicht einordnen.

Donay blieb vor einer Stelle des Pfeilers stehen, der sonderbare graue Flecke aufwies. Der Ingenieur wartete, bis er sicher war, sowohl Angellas als auch Karas ungeteilte Aufmerksamkeit zu haben, dann zog er ein Messer mit einer kurzen, aber sehr dicken Klinge aus dem Gürtel und stieß es in den Pfeiler. Es drang fast mühelos bis zum Heft ein, was Kara einigermaßen verwunderte: Sie dachte an das unvorstellbare Gewicht, das auf diesem Stützpfeiler ruhte.

Donay drehte das Messer ein paarmal herum, bis er eine Öffnung geschaffen hatte, in die er seine Hand hineinschieben konnte. Grauer Staub rieselte hervor. Er steckte das Messer wieder ein und griff mit der Hand in das Loch. Kara bemerkte aus den Augenwinkeln, wie sich ein ungläubiger Schrecken auf Angellas Gesicht ausbreitete, während sich Donays rechter Arm tiefer und tiefer in die Säule grub. Als sein Arm bis zur Schulter im Pfeiler verschwunden war, zog er ihn mit einem Ruck wieder zurück. Sein Arm war mit grauem Staub bedeckt, aber seine Finger waren feucht, und in der Hand hielt er eine schmierige, faulig aussehende Masse, in der sich etwas zu bewegen schien. Kara verzog angeekelt das Gesicht, während Angella erschreckt auf Donays Hand hinabstarrte.

»Ich wusste nicht, dass es so schlimm ist«, flüsterte sie.

»Es ist sogar noch schlimmer.« Donay wischte sich die Hände an der Hose sauber und machte eine Kopfbewegung auf den Pfeiler. »Der ganze Fleck war gestern noch nicht da.«

»Aber dann …«

»Er verfault von innen heraus«, sagte Donay leise. »So schnell, als würde er aufgefressen.«

Angella schwieg entsetzt, während Kara endlich zu begreifen begann. »Ist das ... ein *Baum?«*, fragte sie fassungslos. »Du ... du willst sagen, die ganze Brücke ... der ganze Hochweg ist ein einziger Baum?!«

Einen Moment blickte Donay sie nur verwirrt an, erst dann schien ihm klar zu werden, dass Kara bisher gar nicht gewusst hatte, was sie da sah. Er sagte: »So etwas Ähnliches. Ich erkläre es dir später, aber im Moment können wir gern bei diesem Wort bleiben.«

»Wie lange noch?«, flüsterte Angella. »Wie viel Zeit bleibt uns noch, bevor er ... zusammenbricht?«

»Das weiß ich nicht«, antwortete Donay. »Auf jeden Fall sehr viel weniger, als ich bisher geglaubt habe. Vielleicht ein Jahr, vielleicht auch zwei. Aber es können genausogut auch nur noch ein paar Tage sein.« Er seufzte. »Ich weiß nicht, wie es unten aussieht.«

»Schlimmer«, murmelte Angella.

Donays Gesicht verdüsterte sich. »Diese Narren«, sagte er heftig. »Diese himmelschreienden Idioten! Ich habe sie gewarnt, ihn nicht so schnell wachsen zu lassen. Aber sie konnten ja nicht hören. Mehr, schneller und größer, das war alles, woran sie denken konnten! Aber jetzt kriegen sie die Quittung! Wäre es nicht so furchtbar, dann würde ich mich richtig auf ihre dummen Gesichter freuen, wenn ihnen der halbe Himmel auf den Kopf fällt!«

»Es ist noch nicht bewiesen, dass es daran liegt«, sagte Angella mit schleppender Stimme. Man hörte deutlich, wie schwer es ihr fiel, ihr Entsetzen niederzuringen. »Es kann alle möglichen Ursachen haben. Eine Krankheit, eine Vergiftung, das Alter ...«

»Ja«, knurrte Donay. »Oder unten im Schlund sitzt eine große Maus und nagt an den Wurzeln.«

»Hast du mit dem Erinnerer gesprochen?«, fragte Angella,

die zu Karas Verblüffung Donays höchst unfreundliche Antwort nicht einmal zur Kenntnis genommen zu haben schien.

»Ich habe ihn die halbe Nacht mit allen Informationen gefüttert, die ich hatte«, erwiderte Donay. »Und die anderen auch. Ich weiß noch nicht, zu welchem Ergebnis er gekommen ist.« Er trat an den Rand des Gerüstes, beugte sich gefährlich weit vor und schrie mit vollem Stimmaufwand: *»Jemand soll Irata bringen! Wir kommen herunter!«*

Der Abstieg gestaltete sich wesentlich schwieriger als der Weg hinauf. Die Leiter zitterte unter ihrem Gewicht, und jetzt, da Kara wusste, dass die Unerschütterlichkeit des riesigen Stammes eben *Schein* war, glaubte sie noch ein anderes, mächtigeres Vibrieren zu spüren, das selbst die Luft rings um sie herum zum Erzittern brachte.

Die Tür flog auf, und Jan stürmte herein, kaum, dass Kara den Fuß der Treppe erreicht hatte. Sein Gesicht flammte vor Zorn. *»Dieser Idiot!«*, brüllte er. »Dieser verdammte, sture Hornochse!«

»Elder?«, fragten Angella und Donay wie aus einem Mund.

Jan nickte, während er heftig auf die Tür hinter sich gestikulierte. »Er will uns nicht erlauben, Gräber einzusetzen.«

»Aber wir brauchen Tage, um die verschütteten Gänge mit der Hand zu räumen!«, sagte Donay erschrocken.

»Erklär das Elder!«, fauchte Jan. »Er weiß es genauso gut wie du, aber er meint, es wäre sowieso sinnlos, weil eure Männer keine Chance mehr hätten, noch am Leben zu sein! Und er behauptet, das Verbot, *andere* in dieses Viertel hineinzulassen, erstreckte sich ja auch auf Gräber. Er muss erst seinen vorgesetzten Offizier fragen. Und den kann er erst am Mittag erreichen!«

»Und was ist *das da?*«, fragte Kara mit einer Geste auf einen Hornkopf, der beladen mit einem Korb voller Werkzeuge an ihnen vorüberwankte.

Jan zuckte wütend mit den Schultern. »Das habe ich ihn auch gefragt. Er behauptet, sie hätten eine Sondergenehmigung, und wir könnten ja versuchen, eine für unsere Gräber zu bekommen! Ich hätte nicht übel Lust, ihm seine verdammten Genehmigungen und Vorschriften in den Hals zu stopfen!«

»Lass es gut sein«, sagte Angella. Sie legte ihm beruhigend die Hand auf die Schulter. »Wahrscheinlich hat er recht. Sie sind wahrscheinlich längst tot.«

»Ja. Und wenn nicht, dann sterben sie eben, während wir *Formulare* ausfüllen«, knurrte Jan.

»Es ist meine Schuld«, sagte Kara leise. »Das ist seine Rache für das, was gestern geschehen ist.« Weder Angella noch Jan taten ihr den Gefallen, ihr zu widersprechen, und so fügte sie nach einem Augenblick hinzu: »Ich gehe und versuche, mit ihm zu reden.«

»Den Weg kannst du dir sparen«, sagte eine Stimme hinter ihr, und als sie sich herumdrehte, blickte sie in Elders Gesicht. »Du beleidigst mich, Kara. Glaubst du wirklich, ich würde das Leben eines Menschen riskieren, nur um mich bei dir zu rächen?«

Er sah sie einen Moment fast traurig an, dann wandte er sich an Jan, und ein fast spöttisches Glitzern erschien in seinen Augen. »Das gilt im Übrigen auch für Euch, Jan. Ich halte mich an meine Befehle, weil ich es muss. Missachte ich sie, nur um Euch einen Gefallen zu tun, so würde man mich sehr schnell abkommandieren, und Ihr hättet es vielleicht mit einem Mann zu tun, der sehr viel weniger Verständnis für Eure Probleme aufbringt.«

Jan starrte ihn zornig an und schwieg, aber Donay ergriff erregt das Wort: »Ihr wisst nicht, worum es hier geht!«, sagte er. »Selbst wenn Ihr recht habt und diese Männer schon tot sind, so brauchen wir die Gräber dringend. Wir müssen nach unten, so schnell wie möglich!« Er deutete zum Pfeiler hinauf. »Es ist viel schlimmer, als wir bisher angenommen haben.«

Elder blickte einen Moment in die Höhe und schien nachzudenken. Er seufzte. »Ich werde tun, was in meiner Macht steht«, sagte er. »Das verspreche ich. Aber ich habe meine Befehle. Ich lege sie ohnehin schon so großzügig aus, wie ich nur kann.« Er deutete auf eine Gestalt, die, begleitet von einem Hornkopf, hinter Jan aufgetaucht war. »Schon *seine* Anwesenheit hier verstößt im Grunde gegen die Vorschriften.«

Kara registrierte die Gestalt erst jetzt. Das musste Irata sein. Der leere Blick und der idiotische Gesichtsausdruck identifizierte ihn eindeutig als Erinnerer. Kara hatte bisher nur eine einzige dieser lebenden Denkmaschinen gesehen, aber natürlich eine Menge über sie gehört: schwachsinnige Idioten, die so blöd waren, dass man sie füttern und ihnen die Hände binden musste, damit sie sich nicht selbst die Augen auskratzten, aber sie waren mit einem Gehirn ausgestattet, das nicht die winzigste Kleinigkeit vergaß und binnen Momenten Beziehungen zwischen den erhaltenen Informationen herstellen konnte, für die ein normaler Mensch Monate, wenn nicht Jahre gebraucht hätte.

»... Euch ja keine Schwierigkeiten machen«, drang Elders Stimme in Karas Gedanken. Es war nicht das, *was* er sagte, sondern die Art, *wie* er es tat, die sie aufhorchen ließ. Sie riss ihren Blick von Irata los und konzentrierte sich wieder auf Elder, der abwechselnd Angella und Jan ansah und dann mit einer fast resignierenden Geste auf den Erinnerer wies. »Ich verrate Euch kein Geheimnis, wenn ich Euch sage, dass es eine Menge Leute in der Stadt gibt, die dagegen waren, Euch überhaupt zu rufen. Nach dem, was gestern geschehen ist, würde vielleicht schon *sein* Anblick reichen, ihnen Anlass zu geben, um Euch vollends aus der Stadt zu weisen, Angella. Und Euch gleich mit, Jan.«

Angella und Jan antworteten nicht, aber Kara las auf ihren Gesichtern, dass es ihnen ebenso erging wie ihr selbst: Fast zu ihrer eigenen Überraschung glaubten sie Elder plötzlich, dass er es ehrlich meinte.

Nach einer Weile sagte Donay: »Es geht nicht darum, ob uns Eure Regeln gefallen, Elder. Die Sicherheit der ganzen Stadt steht auf dem Spiel. Besonders die der Leute, die so wenig begeistert von Angellas Anwesenheit sind.«

»Wie meinst du das?«, fragte Elder. Es gelang ihm nicht ganz, seinen Schrecken zu verbergen.

»Sie haben einen hübschen Teil der Stadt für sich reserviert«, antwortete Donay. »Die besten Gegenden in der Nähe des Hochweges. Und der Hochweg könnte zusammenbrechen.«

Elder starrte ihn einen Wimpernschlag lang fassungslos an, dann versuchte er, sich in ein Lachen zu retten. Es klang ein bisschen zu schrill, um zu überzeugen. »Das ist eine glatte Übertreibung«, sagte er.

»Keineswegs«, versicherte ihm Jan. Er wies auf das Gerüst. »Geht hinauf und seht es Euch selbst an.«

Elder taxierte ihn einen endlosen Augenblick lang, dann fuhr er plötzlich herum, packte Irata bei den Schultern, schüttelte ihn wild und schrie ihn an: »Ist das wahr? Rede, du Idiot! Ist das so?«

Donay berührte ihn fast sanft an der Schulter. »Lass ihn los, Elder. So geht das nicht!«

Tatsächlich ließ der Soldat den Erinnerer los. Donay schob Irata wieder auf Armeslänge von sich, und Kara fiel auf, dass er sogar dessen Blick starr fixierte, als auch er mit einer ganz bestimmten, fast ausdruckslosen Stimme sprach. »Frage, Irata: Besteht aufgrund der gesammelten Informationen Gefahr für den Hochweg?«

Irata begann zu sabbern. Sein Gesicht verzog sich zu einer Grimasse. Kara sah, welche Anstrengung das Sprechen ihm bereitete.

Seine Stimme war kaum verständlich: »Die Informationen reichen nicht aus, um eine Aussage über den gesamten Hochweg zu treffen.«

Elders Gesicht verdüsterte sich, und Donay machte eine hastige Bewegung, wandte sich wieder an den Erinnerer und setzte erneut an: »Frage, Irata: Vorausgesetzt, die Schäden wären überall vergleichbar schlimm wie an diesem Trieb. Bestünde dann Gefahr für die Straße?«

»Antwort«, gurgelte Irata. »Die Stabilität des betroffenen Triebes ist grundlegend erschüttert. Eine Projektion der angegebenen Daten auf das gesamte System ergibt dessen irreparable Destabilisierung.«

»Aha«, sagte Elder. »Und was bedeutet das – verständlich ausgedrückt?«

Jan lächelte flüchtig, und Angella sagte sehr ernst: »Wenn es wirklich überall so schlimm ist wie hier, dann wird Eure famose Brücke zusammenbrechen.«

»Und zwar bald«, fügte Donay hinzu.

Elder wurde blass. »Ihr übertreibt«, sagte er nervös. »Ich meine ... es gibt ein halbes Dutzend anderer, die die Triebe untersuchen. Keiner hat auch nur etwas Ähnliches herausgefunden.«

»Ihr meint, keiner hat Euch etwas *gesagt*«, korrigierte ihn Angella ruhig.

»Warum sollten sie auch?«, fügte Jan hinzu.

»Wie meint Ihr das?«, fragte Elder scharf.

Jan machte eine verzeihungsheischende Handbewegung. »Ohne Euch zu nahe treten zu wollen, Elder – aber Ihr seid nur ein einfacher Soldat. Und seit wann teilt man einfachen Soldaten irgendetwas von Wichtigkeit mit?«

»Es kann gut sein, dass es nicht überall so schlimm ist«, sagte Angella hastig, wobei sie Jan einen mahnenden Blick zuwarf.

»Umso wichtiger ist es, dass wir wieder nach unten kommen, um uns die Schäden unter der Erde anzusehen. Wir müssen die verschütteten Gänge möglichst schnell räumen. Deshalb brauchen wir die Gräber, nicht nur, um nach Angellas Männern zu suchen.«

Elder bewegte sich unbehaglich auf der Stelle. Sein Blick glitt über den gewaltigen Stamm, tastete dann über die Bohlen, die den Boden des Raumes bildeten, und kehrte nach einem letzten Schwenk über Iratas Gesicht zu Angella zurück. »Ich kann nicht Himmel und Hölle in Bewegung setzen, nur weil dieser Schwachsinnige behauptet, es bestünde vielleicht Gefahr. Was, wenn er nicht die Wahrheit sagt?«

»Habt Ihr jemals gehört, dass sich ein Erinnerer getäuscht hätte, Elder? Oder gar gelogen?«

Damit war die Sache entschieden. Elder mochte sich für besonders gelassen und hart halten, aber er war im Grunde ebenso leicht zu durchschauen wie alle anderen Menschen. Kara las die Antwort in seinen Augen, ehe er sie aussprach. »Ich werde ... die Angelegenheit meinen Vorgesetzten vortragen. Ich verspreche Euch nichts, aber ich tue, was ich kann.« Er maß den Stamm mit einem letzten durchdringenden Blick und fügte leise hinzu: »Und wenn Ihr die Wahrheit gesagt habt, dann werde ich vielleicht noch ein wenig mehr tun.«

Er verabschiedete sich mit einem knappen Nicken und ging. Stille trat ein und legte sich wie eine große Luftblase über sie. Dann räusperte sich Kara und wandte sich an Donay: »Ist das wahr, was der Erinnerer behauptet?«

»Sie können nicht lügen«, antwortete Donay.

»Die Antworten, die man erhält, sind manchmal von den Fragen abhängig, nicht wahr? Ich meine – sind wir deswegen hier? Weil der Hochweg in Gefahr ist?« So erschreckend dieser Gedanke an sich war, es erschien Kara mehr als nur unwahrscheinlich, dass dies der Grund ihrer Anwesenheit war. Die gigantische lebende Brückenkonstruktion war vielleicht eines der größten Wunder dieser Welt, im Grunde aber nichts, was Angella und ihre Drachenkriegerinnen etwas anging. Außerdem – wer rief schon einen Soldaten, wenn er einen Gärtner brauchte?

»Es war ein Vorwand«, gestand Angella. »Wenn auch vielleicht einer, der sich im Nachhinein betrachtet als die Wahrheit herausstellen könnte. Aber es ist nicht der einzige Grund.«

»Und was ist der wirkliche Grund?«, fragte Kara.

Angella sah sie einen Moment durchdringend an und tauschte dann einen raschen Blick mit Jan. Jan nickte. »Gut«, sagte Angella. »Ich werde dir alles erklären. Ich hätte es ohnehin schon längst tun sollen. Begleite uns nach unten. Der Weg ist lang genug, dass wir Zeit zum Reden haben.«

8

Kara war bereits aufgefallen, dass der Boden des Pfeilerhauses nicht aus festem Erdreich bestand, sondern aus eisenharten Bohlen, die so präzise verlegt waren, dass man nicht einmal eine Messerklinge dazwischenschieben konnte. Angella führte sie zu einer Klappe im Boden, und als sie hindurchstiegen, erkannte Kara, dass das Haus gar kein Haus war: Im grünen Licht tat sich unter ihnen ein Schacht auf, aus dem das emporwuchs, was Donay so beschönigend als *Trieb* bezeichnet hatte.

Über eine kurze, bedrohlich schwankende Leiter, die an der hölzernen Decke über ihnen befestigt war, erreichten sie einen gemauerten Sims, der sich an der Innenwand des Schachtes entlangzog. Dieser Schacht war nichts anderes als der untere Teil des Pfeiler-Hauses, das in Wahrheit nichts anderes als ein riesiger, vollkommen leerer Turm war, eine steinerne Hülse für den Stamm, der den allergrößten Teil seines Inneren ausfüllte. Als Kara sich behutsam vorbeugte, erblickte sie eine gemauerte

Treppe, die sich wie ein versteinerter Riesentribolit an der Wand entlang in die Tiefe schraubte. Kein Geländer bot Halt. Zwischen Kara und dem Stamm verlief ein recht breiter Spalt, dessen bloßer Anblick sie schwindeln ließ. Wie tief der Schacht war, vermochte sie nicht zu sagen. Auf dem Sims glommen Hunderte von Leuchtstäben, weiter unten hatte man einfach Kulturen blassblau leuchtender Bakterien an den Wänden emporwuchern lassen. Ihr Licht war hell, aber unscharf. Es war, als blicke sie in einen endlos tiefen Schacht voll leuchtendem Wasser.

»Genug gestaunt?«, fragte Angella nach einigen Sekunden.

Kara richtete sich zögernd wieder auf. Aus der Tiefe drang ein leicht moderiger, warmer Lufthauch zu ihnen empor. »Wie tief ... ist dieser Schacht?«, fragte sie zögernd.

»Eine Meile, anderthalb ...« Angella zuckte mit den Schultern. »Niemand weiß das so genau. Weiter unten ist der Schacht eingestürzt, aber ich denke, er reicht bis auf den Grund der Stadt hinab. Der Trieb selbst reicht, wie Donay vermutet, anderthalb Meilen bis in den Schlund hinunter.«

Kara blickte abermals in den blauleuchtenden Abgrund hinab. Anderthalb Meilen über diese Treppe hinunter? Der bloße Gedanke ließ es ihr kalt über den Rücken laufen. »Anderthalb Meilen?«, fragte sie zögernd.

»Nicht einmal eine halbe«, sagte Jan, der hinter ihr und Angella die Leiter hinabgestiegen war. »Wie gesagt, der Schacht ist weiter unten eingestürzt. Aber wir werden nicht laufen müssen.« Er legte den Kopf in den Nacken, bildete mit den Händen einen Trichter vor dem Mund und schrie in die Tiefe hinab: »Wir brauchen Transporter! Drei Stück!«

Während sie auf die Ankunft der Transporter warteten, zog Jan drei Rufer aus der Rocktasche und befestigte sie auf Angellas, Karas und seiner eigenen Schulter. »Besser ist besser«, sagte er. »Nach dem, was passiert ist, ist es mir einfach lieber, wenn man weiß, wo wir sind.«

Kara versuchte, sich den Schmerz nicht anmerken zu lassen, als sich der Stahl des Rufers durch ihre Haut bohrte. Angella hatte weniger Ambitionen, die Heldin zu spielen. Sie fluchte ungehemmt.

»Also?«, fragte Kara.

Angella rieb sich über den Hals und betrachtete missmutig einen winzigen Blutstropfen, der auf ihrem Zeigefinger glitzerte. »Also was?«

»Du wolltest mir etwas erklären«, sagte Kara. »Den Grund, weswegen wir hier sind.«

»Das ist nicht so einfach zu erklären«, antwortete Angella ausweichend und zerrieb den Blutstropfen zwischen Daumen und Zeigefinger. »Es ist eigentlich nichts Konkretes, weißt du? Es ist ...«

»Schelfheim geht vor die Hunde«, fiel ihr Jan ins Wort. Seine Stimme klang bitter, aber auch sehr zornig. »Du hast diese Stadt doch gesehen, oder? Sie ist nicht mehr das, was sie einmal war.«

»Wie war sie denn?«, fragte Kara.

»Sie war ...« Jan brach ab, starrte einen Moment zornig ins Leere und fasste sich dann. »Angella hat recht, fürchte ich«, seufzte er. »Es ist nicht so einfach zu erklären. Es ist nichts Konkretes, weißt du? Mit Ausnahme von dem da ...« Er deutete auf den Stamm. »Schelfheim war schon immer ein Hexenkessel. Ein einziges großes Irrenhaus, das dich schneller umbringen kann, als du in der Lage bist, deinen Namen zu buchstabieren. Aber es ist nicht mehr, was es war. Es ist ... schlimmer geworden. Dinge tun sich. Schlimme Dinge.«

»Wie zum Beispiel, dass die Hälfte der Stadt nur noch für Menschen reserviert ist«, sagte Kara.

»Ja«, bestätigte Jan. »Ich sehe, du beginnst zu verstehen. Es ist schwer zu erklären. Da ist nichts, worauf man den Finger legen und sagen könnte: *Sieh her!* Aber diese Stadt verändert sich auf eine schlimme Art, Kara. Schau dir ...« Er suchte nach Worten.

»Schau dir Elder an! Ich weiß, dass du ihn nicht magst, aber er ist ein ehrlicher Mann. Vielleicht kein großer Geist, wie die meisten Soldaten, aber ein aufrechter Mann, der seine Pflicht tut. Früher waren es Männer wie er, die Schelfheim regierten. Oder es wenigstens versucht haben, denn man kann eine solche Stadt nicht wirklich regieren. Du kannst nur versuchen, das Chaos nicht zu sehr überhandnehmen zu lassen.«

»Diesen Eindruck hatte ich eigentlich nicht«, sagte Kara.

»Eben!« Jan zog eine Grimasse. »Sie sind natürlich noch lange nicht damit fertig, aber sie haben angefangen, Ordnung in der Stadt zu schaffen. Die Männer, die Schelfheim heute regieren, legen eine Menge Wert auf Vorschriften und Disziplin.«

»Was ist so schlimm daran?«, fragte Kara. Auch sie war in einer Welt aufgewachsen, in der Disziplin und Gehorsam die obersten Werte waren.

»Nichts«, antwortete Jan. »Schlimm ist der Weg, auf dem sie es zu erreichen versuchen. Sie sind sehr viel geschickter als damals Jandhi und ihre Schwestern. Aber sie sind fast noch schlimmer. Sie werden diese Stadt zerstören. Und vielleicht die ganze Welt.«

Über ihren Köpfen erscholl ein raschelndes Schaben und Schleifen, und ein struppiger Schatten erschien in der Klappe, durch die sie selbst heruntergekommen waren. Die Transporter. Kara sah hastig weg.

»Vielleicht übertreibt Jan ein wenig«, sagte Angella besänftigend. »Aber in einem hat er recht. Irgendetwas geht vor. Nicht nur in Schelfheim, sondern überall. Aber hier ist es am deutlichsten zu sehen. Es ist, als ...« Sie machte eine unschlüssige Geste. »Als breite sich ein neuer Geist in der Welt aus. Nicht nur, dass sich Männer wie Elders Vorgesetzte plötzlich für besser als *andere* halten.«

Kara verzichtete darauf zu antworten, denn auch sie hielt Menschen wie sich, Jan, Cord und sogar Elder für etwas Besseres. Tatsache war nun einmal, dass der Mensch die erste denkende Spezies war, die diesen Planeten bevölkerte. Alle anderen – die Waga, die Katzer, die Vogelmenschen und Tiefen, die Echsenmänner und Kentauren und die anderen, manchmal äußerst bizarren Kreaturen, waren erst viel später aufgetaucht; von anderen Welten gekommen oder als Folge der unvorstellbaren Katastrophen überhaupt erst entstanden, die diese Welt für Jahrtausende beinahe unbewohnbar gemacht hatten.

»Was geht uns das an?«, fragte sie, und als sie Jans ärgerliches Stirnrunzeln sah, fügte sie hastig hinzu: »Ich meine – wenn die Zeit sich ändert, was haben wir damit zu tun?«

»Nichts, wenn sie sich ändert, weil es nun einmal so ist«, antwortete Jan ernst. »Aber ich bin nicht sicher, ob sie sich wirklich von selbst ändert.«

»Du meinst ...«

»Ich meine«, unterbrach sie Angella mit leicht erhobener Stimme, »dass wir geschworen haben, diese Welt zu beschützen, Kara. Und nicht nur mit dem Schwert in der Hand. Es gibt Feinde, die mit anderen Waffen kämpfen.«

Ein unförmiger Schatten erschien hinter Angella, und obwohl ihr der Anblick ein leises Ekelgefühl bescherte, war sie fast froh über die Ankunft des dritten Transporters.

»Vergesst nicht, die Fäden zu kappen, sobald wir unten sind«, rief Jan hinauf, während er sich als Erster von dem Transporter ergreifen ließ. »Wir wollen doch nicht, dass unser Freund Elder der Schlag trifft beim Anblick eines nicht genehmigten Transportergewebes.«

Sein Lachen klang ein wenig gekünstelt. Wahrscheinlich, überlegte Kara, erging es ihm nicht anders als den meisten Menschen. Von den acht dünnen, aber ungemein kräftigen Beinen gepackt und festgehalten zu werden war mehr als unangenehm. Längst nicht alle Menschen ertrugen die Berührung eines Transporters.

Auch Karas Übelkeit steigerte sich zu einem elektrisierenden Gefühl körperlichen Abscheus, als sich die drei vorderen Beinpaare des Transporters um ihre Brust schlossen und sich der haarige Hinterleib gegen ihren Rücken presste. Ein scharfer Geruch überlagerte den Moderodem des Schachtes, als ein fingerdicker Strang aus nahezu unzerreißbarer Seide aus den Drüsen am Hinterleib des Tieres schoss und sofort am Fels festklebte, und einen Moment später fühlte sich Kara in die Höhe gehoben, und dann begann der Beinahe-Sturz in die Tiefe.

Die Transporter bewegten sich so rasch, wie Spinndrüsen die Seide produzieren konnten. Der Stamm zur Linken und die gemauerte Wand des Schachtes zur Rechten rasten nur so an ihnen vorbei. Kara dachte flüchtig daran, was ihr alles passieren würde, wenn sie mit der steinernen Wand auf der einen oder dem steinharten Holz auf der anderen Seite kollidierte. Doch natürlich würde das nicht geschehen. Die Transporter waren verlässlich und präzise arbeitende Züchtungen, die so gut wie nie einen Fehler begingen.

Trotzdem kam ihr die rasende Fahrt in die Tiefe endlos vor. Die Luft wurde schlechter, aber die Helligkeit nahm eher noch zu, denn die Leuchtbakterien hatten sich hier unten unkontrolliert zu vermehren begonnen. Kara betrachtete die leuchtenden Flecken voller Sorge. Sie verstand nicht sehr viel von Biochemie, wusste aber, dass die winzigen, lichtspendenden Organismen äußerst aggressiv waren. Ihr blauer Schein war nicht umsonst zu haben.

Ganz allmählich begann sich ihre Umgebung zu verändern. Die gemauerte Schachtwand neben ihnen wies immer schwerere Beschädigungen auf: große, ausgezackte Löcher, hinter denen Erdreich, Felstrümmer oder auch nur Schwärze zu sehen war, und einmal rasten sie auf ein Gewirr aus zerborstenen Balken zu, das wie eine tödliche Gabel mit verbogenen Zinken aus der Wand ragte. Aber die Transporter passierten die Stelle so schnell und geschickt, dass Kara nicht einmal genug Zeit fand zu erschrecken, ehe das Balkengewirr auch schon wieder in der blauen Dunkelheit über ihnen verschwand.

Endlich setzten die Transporter sie auf einem vorstehenden Sims ab, der ihr aber alles andere als einen festen Halt bot. Unter Karas Gewicht lösten sich kleinere Felsbrocken. Sie aber atmete hörbar auf, als sich der Griff der dünnen, vielgelenkigen Beine von ihrer Brust löste. Schaudernd legte sie den Kopf in den Nacken und sah zu, wie die drei Transporter mit phantastischer Geschicklichkeit an ihren eigenen Fäden in die Höhe kletterten. Nach wenigen Augenblicken waren sie in der Dunkelheit verschwunden.

»Eine widerwärtige Art zu reisen«, sagte Jan. »Aber recht praktisch.«

»Vor allem verschafft sie uns den nötigen Vorsprung, den wir brauchen, falls Elder eher zurückkommt, als er versprochen hat. Er wird Stunden brauchen, um zu Fuß hier herunterzukommen.«

Sie lachten, dann gab Angella ein Zeichen weiterzugehen, und sie setzten den Abstieg fort. Trotz allem lag noch ein gutes Stück Weg vor ihnen, das sie über Schutthalden, Trümmer und halbvermoderte Balken führte. Es war beinahe taghell, denn die Leuchtbakterien hatten hier unten buchstäblich jeden Winkel erobert. Nach einer Weile klebten sie an ihren Schuhen, und auch ihre Hände waren voller Staub, der blau leuchtete.

Schließlich erreichten sie den Boden des Schachtes. Die Mauern waren zusammengebrochen und bildeten eine unüberwindliche Barriere überall um sie herum. Kara fröstelte leicht, aber das lag nicht nur am Anblick der ineinandergestürzten Felsmassen und zerborstenen Balken. Ganz plötzlich wurde ihr klar, dass sie nicht nur einfach eine Meile tief in die Eingeweide der Stadt vorgedrungen waren, sondern zugleich auch so etwas wie eine Reise durch die Zeit unternommen hatten. Die zerbrochenen, unter ihrem eigenen Gewicht zu Staub zermahlenen Mauern vor ihnen gehörten zu den ältesten Teilen der Stadt. Die zerbrochenen Balken waren vor *zweihunderttausend Jahren* geschlagen und verarbeitet worden, von Menschen, von denen nicht einmal mehr Staub geblieben war. Für einen Moment hatte sie das Gefühl, nicht mehr richtig atmen zu können. Wenn Zeit wirklich nichts weiter als ein abstrakter Begriff war, wie Angella immer behauptete, dann war es der einzige abstrakte Begriff, der ein *Gewicht* hatte.

Angella deutete nach links, und Kara erkannte den Eingang zu einem niedrigen, offensichtlich erst vor kurzer Zeit erbauten Tunnel.

Die Bakterien hatten die Steine noch nicht vollständig überwuchert. Hintereinander drangen sie in den Stollen ein. Er war dunkel und so niedrig, dass sie nur gebückt gehen konnten. Sehr weit vor ihnen befand sich ein münzgroßer Fleck grünlicher Helligkeit, aber der Gang selbst war von absoluter Schwärze erfüllt. Ein unheimlicher Anblick waren Jans blauleuchtende Schuhsohlen und Hände, die sich vor Kara in der Dunkelheit bewegten.

Nach einer Weile spürte sie, wie der Gang größer wurde. Behutsam richtete sie sich im Gehen auf; sie stieß nicht mit dem Kopf gegen die Decke, wie sie fürchtete. Der Boden unter ihren Füßen war nicht mehr so holprig. Wahrscheinlich befanden sie sich mittlerweile in einem der alten Kellergewölbe Schelfheims. Immerhin war die Stadt anderthalb Meilen tief in den Boden gesunken.

Plötzlich glaubte sie ein Geräusch zu hören und blieb stehen. Angella prallte gegen sie und hätte sie fast von den Füßen gerissen.

»Was ist los?«, fragte sie verärgert. Sie kannte Kara allerdings gut genug, um zu wissen, dass sie nicht aus einer puren Laune heraus einfach stehenblieb.

»Ich bin nicht sicher«, antwortete Kara. Das Echo ihrer eigenen Stimme verriet ihr, dass sie sich nicht mehr in einem Stollen, sondern in einem *sehr großen* Raum befanden. »Ich dachte, ich hätte etwas gehört.«

»Unsinn!«, sagte Angella, aber Jan berichtigte sie. »Natürlich hat sie etwas gehört. Diese Keller sind nicht leer.«

»Wer ... lebt denn hier?«, fragte Kara zögernd.

»Es gibt alle möglichen Untiere hier unten. Aber die meisten sind ungefährlich. Sie haben genug damit zu tun, sich gegenseitig aufzufressen.«

»Hör mit dem Unsinn auf«, sagte Angella streng und ging weiter. Kara folgte dem Geräusch ihrer Schritte im Dunkel, aber sie ertappte sich mehrmals dabei, im Gehen den Kopf zu wenden und die Schwärze hinter sich mit Blicken zu durchbohren. Sie hörte nichts mehr, aber sie hatte immer noch das Gefühl, angestarrt zu werden. Und sie war nicht sicher, ob es wirklich ein *Tier* war, das sie belauerte ...

Verärgert auf sich selbst verscheuchte sie den Gedanken. Wieso war sie nur so nervös? Was war denn schon dabei, durch ein zweihunderttausend Jahre altes Kellergewölbe zu marschieren, das unter zehn Millionen Tonnen Erdreich und Gestein lag und jeden Moment zusammenbrechen konnte?

Ihr Zeitgefühl kündigte ihr angesichts der stygischen Schwärze und ihrer eigenen Furcht den Dienst auf, sodass sie nicht sagen konnte, wie lange es dauerte, bis der Lichtfleck vor ihnen allmählich größer wurde. Sie hörte Grab- und Klopfgeräusche und die Stimmen zahlreicher Männer.

Schließlich betraten sie eine große, von Hunderten grüner Leuchtstäbe erhellte Höhle, die sich auf den zweiten Blick als das Innere eines versunkenen Hauses entpuppte. In den Wänden befanden sich Fenster von ungewöhnlicher Form und Größe, die ebenso wie die offenstehende Tür auf eine Welt aus Erdreich und Sand hinausführte. Das hintere Drittel der Decke war zusammengebrochen. Die Männer, die sie sah, arbeiteten an einem halbrunden Tunnel, den sie schon etliche Meter tief in den Schuttberg vorgetrieben hatten. Kara blieb verblüfft stehen, als sie zwischen den vordersten Männern die schwarzglänzenden Rückenschilde von gleich drei Gräbern gewahrte. Die gewaltigen, zu perfekten Grabinstrumenten umgeformten Unterkiefer der riesigen Käfergeschöpfe fraßen sich mit fast maschinenhafter Gleichmäßigkeit in die Erde, wobei sie ohne Unterschied Sand, Felsen, Holz und überhaupt alles zerkleinerten, worauf sie stießen.

Angella weidete sich einen Moment lang an Karas verblüfftem Gesichtsausdruck. »Was Elder nicht weiß, macht Elder nicht heiß, nicht wahr?«, sagte sie augenzwinkernd.

»Aber wie habt ihr sie hierherbekommen, ohne dass er es gemerkt hat?«, fragte Kara.

»Seine Männer können vielleicht alle Straßen kontrollieren«, antwortete Jan an Angellas Stelle, »aber unmöglich alle unterirdischen Verbindungen. Das hier unten ist eine Stadt unter der Stadt. Manchmal frage ich mich, ob das *hier* nicht das eigentliche Schelfheim ist, und nicht das, was wir dafür halten.«

»Auf jeden Fall wäre Elder misstrauisch geworden, wenn wir nicht nach den Gräbern gefragt hätten«, fügte Angella hinzu. »Er ist nicht dumm.« Sie erklärte das Thema mit einer Handbewegung für beendet und wandte sich an einen der arbeitenden Männer. Kara trat einen Schritt zurück und sah sich unschlüssig um. Es gab nichts für sie zu tun. Sie war sicher, dass Angella sie nicht zum Graben mit hinuntergenommen hatte. Was sie zu der Frage brachte, weshalb sie überhaupt hier war. Sicher nicht nur, damit Angella sie immer in ihrer Nähe wusste und sie nicht aus purem Übermut wieder die halbe Stadtgarde verdrosch. Aber weshalb dann?

Ihre Augen hatten sich inzwischen an das grüne Licht gewöhnt, sodass sie mehr von ihrer Umgebung erkennen konnte.

Bedachte man sein Alter, so befand sich der Raum in erstaunlich gutem Zustand. Seine Bewohner hatten sich nicht einmal die Mühe gemacht, ihn völlig leerzuräumen, als der Tag gekommen war, ihn aufzugeben und in das neue, darüber errichtete Stockwerk umzuziehen. Das eine oder andere hatten sie einfach stehengelassen, vielleicht aus Gedankenlosigkeit, vielleicht, weil sie es ebenso wie ihr Heim neu und größer gebaut hatten. Ein Stuhl, eine Truhe ohne Deckel und Inhalt, ein Tisch, von dessen Platte ein Stück abgebrochen war. Es waren alltägliche Dinge, die allerdings schon vor zwei oder drei Ewigkeiten zu Stein geworden waren. Und alles war sehr ... seltsam.

An der Wand gleich neben der Tür, durch die sie hereingekommen waren, hing ein Bild. Kara ging hin und war im ersten Augenblick enttäuscht, denn die Farben waren natürlich längst verblasst und verschwunden. Aber dann sah sie, dass der Staub die Umrisse auf der versteinerten Leinwand nachgebildet hatte, nicht so, dass sie das Bild wirklich *erkennen* konnte, aber doch so, dass sie zu *ahnen* glaubte, was es einmal gewesen war. Und was immer es war, es machte ihr Angst und ließ sie schaudern.

»Unheimlich, nicht wahr?«

Kara fuhr herum und erkannte Cord, der lautlos hinter sie getreten war. Er war erschöpft und verdreckt; wahrscheinlich war er schon seit Stunden hier.

»Was?«, fragte Kara.

Cord deutete auf das Bild. »Dieses Bild. Es ist irgendwie ... seltsam.«

Kara schwieg, und Cord fuhr mit einem flüchtigen Lächeln fort: »Es hat auf uns alle dieselbe Wirkung. Wenn du es einen Moment lang betrachtest, macht es dich nervös. Aber je länger du hinsiehst, desto mehr Angst bekommst du. Ich bin nicht sicher, ob ich wirklich wissen will, wie es einmal ausgesehen hat.« Er wechselte übergangslos das Thema und grinste Kara breit an. »Das blaue Auge steht dir übrigens ausgezeichnet.«

Kara schenkte ihm einen bösen Blick und machte eine weite Geste, die den ganzen Raum umfasste. »Sie müssen ... sehr seltsam gewesen sein«, sagte sie. »Ganz anders als wir. Ob sie wohl Menschen waren?«

»Wer will das sagen?«, antwortete Cord achselzuckend. »Und wen interessiert es? Ich glaube nicht, dass wir das jemals herausfinden werden.«

»Ist das die Stelle, an der sie verschüttet wurden?«, fragte sie.

Cord blickte dahin, wo Jan, die Gräber und die anderen arbeiteten. Er nickte. »Es geschah ganz plötzlich. Es gab keine Warnung, kein Beben, nichts. Der Stollen ist einfach zusammengebrochen.«

»Vielleicht waren die Streben nicht fest genug?«, fragte Kara, eigentlich nur, um überhaupt etwas zu sagen.

»Nein«, erwiderte Cord heftig. »Ich selbst habe die Arbeiten überwacht. Die Stützpfeiler hätten das zehnfache Gewicht getragen.«

Kara begriff, dass sie einen wunden Punkt berührt hatte. Cord war ein sehr umsichtiger Mann; sie war sicher, dass er keinen Fehler bei seiner Arbeit gemacht hatte. Aber sie war auch ebenso sicher, dass er sich fragte, ob es nicht *doch* seine Schuld war. Daher kam auch seine Besessenheit, die drei toten Drachenkrieger zu finden. Er würde sich für den Rest seines Lebens Vorwürfe machen, wenn er nicht den eindeutigen Beweis erbrachte, dass ihn keine Schuld traf.

»Was sucht ihr überhaupt hier?«, fragte Kara. »Ich kann mich täuschen, aber ich glaube, wir sind ein ganzes Stück vom Pfeiler entfernt.«

»Frag Angella«, antwortete Cord ausweichend. »Es war *ihr* Befehl, hier zu graben.«

Kara spürte, dass Cord genau wusste, was sie hier unten suchten, aber er wollte – oder durfte – es ihr nicht sagen. Vielleicht war Cords Rat sogar klüger, als er selbst ahnen mochte – sie *würde* zu Angella gehen und sie fragen, und diesmal würde sie *Antworten* verlangen.

Sie versuchte, sich durch das Gedränge im vorderen Teil des Tunnels zu Angella vorzuarbeiten, kam aber kaum von der Stelle, weil sich die Drachenkämpfer und Arbeiter in dem Bemühen, sich gegenseitig zu helfen, eigentlich nur nach Kräften behinderten. Plötzlich hörte sie einen Schrei. Der Gräber auf der rechten Seite hörte auf, sich in den Erdboden hineinzuwühlen, und für Augenblicke entstand ein heilloses Durcheinander.

»Liss!«, schrie Angella. »Das ist Liss! Grabt sie aus! Aber seid vorsichtig!«

Rücksichtslos schob sich Kara vor und kniete neben Angella nieder. Schulter, Arm und die zerschmetterte Hand einer Drachenkämpferin ragten leblos aus den Trümmern. Die Insignien ihres Ärmels wiesen die Tote als Liss aus.

Kara, Angella und Cord gingen so behutsam vor, als hätten sie ein verletztes Kind vor sich, während sie Liss' Körper mit bloßen Händen weiter ausgruben. Ein Gräber kam klickend und rasselnd herbei und wollte helfen, aber Angella scheuchte ihn davon. Den Hornkopf Liss' Leichnam auch nur berühren zu lassen wäre einem Sakrileg gleichgekommen. So zerrten und gruben sie mit bloßen Händen weiter. Karas Hände waren schon nach Augenblicken rot von ihrem eigenen Blut. Sie registrierte den Schmerz nicht einmal.

Es dauerte lange, die tote Drachenkämpferin auszugraben, denn die lockeren Steinmassen rutschten immer wieder nach, aber schließlich konnten sie den leblosen Körper der Drachenkämpferin herausziehen. Instinktiv hielt Kara den Atem an, als sie den Leichnam herumdrehten und ihr Blick in Liss' Gesicht fiel, aber das Antlitz der Drachenkämpferin war nicht entstellt, es lag auf ihrem Gesicht ein fast friedlicher Ausdruck. Sie sah eher wie eine Schlafende denn wie eine Tote aus. Allerdings zog sich eine dünne, blutige Wunde von ihrer linken Hüfte bis zur rechten Schulter.

Kara starrte die tödliche Verletzung an und versuchte verzweifelt, das Gefühl nackten Entsetzens niederzuringen, das sich in ihr breitmachte. Liss war tot, aber es waren nicht die herunterstürzenden Erdmassen gewesen, die sie umgebracht hatten. Sie war auch nicht erstickt. Was sie umgebracht hatte, war ein Schuss aus einer Laserwaffe gewesen.

9

»Was wollt Ihr damit sagen?« Ein erstarrtes Lächeln lag auf Gendiks Zügen, das so falsch und schmierig wirkte wie der betont freundliche Klang seiner Stimme. Kara hatte spontan beschlossen, ihn nicht zu mögen.

Auch Angella brachte ihm offenbar nicht die größten Sympathien entgegen. Ihre Stimme klang so glatt und hart wie das Glas. »Ich will überhaupt nichts sagen, Exzellenz«, antwortete sie kühl. »Aber drei meiner Leute sind mit einem Laser oder einer ähnlichen Waffe erschossen worden. Und der Stützbalken eines Tunnels wurde offensichtlich mit der gleichen Waffe zerschnitten, um den Tunnel zum Einsturz zu bringen. Und das in einer Stadt, in der Schusswaffen bei Todesstrafe verboten sind. Außer für die Angehörigen Ihrer persönlichen Garde.«

»Schelfheim ist eine große Stadt«, antwortete Gendik mit einem ausdruckslosen Lächeln.

»Zählt der Tod von drei Menschen in einer großen Stadt weniger als in einer kleinen?«, fragte Angella.

Gendik zeigte sich unbeeindruckt. »Ich will damit sagen, verehrte Angella, dass Schelfheim eine wirklich *große Stadt* ist. Die

Stadtgarde umfasst allein dreißigtausend Mann. Und jedes Jahr werden hundert oder hundertfünfzig davon getötet. Zwanzig oder dreißig von ihnen verschwinden einfach. Und mit ihnen ihre Waffen. In zehn Jahren macht das allein zwei- oder dreihundert; von den Diebstählen, Überfallen und Waffen, die auf dem schwarzen Markt angeboten werden, ganz zu schweigen. *Und* ...« Er hob die Stimme in jener eingeübten, fast immer wirkungsvollen Art, zu der nur Politiker fähig sind. »Eure Krieger genießen einen gewissen Ruf.« Gendik deutete mit einer gepflegten, aber sehr kräftigen Hand auf Kara. »Gestern erst hat dieses Mädchen, das aussieht wie ein Kind, das keiner Fliege etwas zuleide tun kann, vier meiner Männer niedergeschlagen und einen halben Krieg begonnen.«

»Ich bitte Sie, Exzellenz, das ist doch ...«

»Es ist wichtig, Angella«, unterbrach sie Gendik. »Denn es beweist, dass ich recht habe. Man fürchtet Euch, Angella. Ihr genießt den Ruf, unbesiegbar zu sein. Stärke kann sich auch gegen den Starken selbst richten. Es wundert mich nicht, dass die Mörder Eurer Brüder und Schwester sich einer solchen Waffe bedienten. Würdet Ihr einen Drachenkämpfer mit dem *Schwert* in der Hand angreifen – vorausgesetzt, Ihr gehört nicht selbst zu ihnen?«

»Kaum«, gestand Angella. »Aber das ist nicht der Punkt. Der Punkt ist, Gendik, *dass* man sie getötet hat. Ihr habt es selbst gesagt. Wir genießen einen gewissen Ruf. Niemand tötet einen Drachenkämpfer ohne einen sehr triftigen Grund.«

»Irgendjemand hat es getan«, widersprach Gendik ruhig. »Und ich fürchte, wir werden nie herausfinden, wer. Vielleicht waren sie einfach zur falschen Zeit am falschen Ort. Alles mögliche Gesindel treibt sich dort unten herum. Vielleicht haben sie Schmuggler bei ihrer Arbeit gestört. Sie nutzen die Katakomben gern, um unseren Patrouillen zu entgegen.«

»Und dazu steigen sie eine halbe Meile tief in die Erde hinab?« Angella schnaubte. »Macht Euch nicht lächerlich, Gendik.«

Schelfheims Gouverneur blickte sie verwirrt an. Er wirkte nicht einmal erzürnt, sondern nur verwirrt; vollkommen überrascht, dass es jemand wagte, in diesem Ton mit ihm zu reden.

»Jemand hat die drei ermordet, Exzellenz«, fuhr Angella fort. »Es war kein unglücklicher Zufall. Sie wurden *ermordet,* weil sie etwas sahen, was sie nicht sehen durften. Und ich werde herausfinden, wer es war – und warum.« Sie trank einen Schluck. Das Glas klirrte leise, als es gegen den Rand ihrer Maske stieß.

Gendik stand auf und begann unruhig im Zimmer auf und ab zu gehen. Es war ein sehr großes helles Zimmer mit verglasten Fenstern, das sich im obersten Stockwerk des höchsten Bauwerkes der Stadt befand: dem Gouverneurspalast. Der runde Turm ragte weit über den Dächern der Stadt empor, mit dem Ergebnis, dass er mehr als doppelt so schnell in den Boden einsank wie die übrigen Gebäude – woraus wiederum folgte, dass Gendik nicht alle zehn, sondern alle *vier* Jahre in ein neu aufgesetztes Stockwerk umziehen musste.

»Was mich zu der Frage zurückbringt, weshalb ich Euch zu mir gebeten habe, edle Angella«, sagte er nach einer Weile, wobei er im Zimmer innehielt, sich aber nicht wieder setzte.

»Ihr habt *mich* gerufen?« Angella runzelte die Stirn. »Ich dachte, *ich* wäre es gewesen, die *Euch* sprechen wollte.«

»Euer Bote erreichte mich im gleichen Moment, in dem ich den meinen losschicken wollte«, erwiderte Gendik ungerührt. »Meine Frage ist ganz einfach: Was suchten Eure Leute dort unten, als sie getötet wurden?«

»Einen neuen Zugang zum Trieb«, antwortete Angella. »Der Schacht ist auf halbem Wege eingestürzt.«

»Wenn das die Wahrheit ist«, sagte Gendik in einem Ton, der bewies, dass er ganz genau wusste, dass es nicht die Wahrheit war, »dann sind sie ein gehöriges Stück vom richtigen Weg abgekommen.«

Angella zuckte gelassen mit den Schultern. »Das mag sein. Wir bewegen uns normalerweise eine Meile *über* der Erde; nicht darunter.«

Gendik seufzte, spielte das Spiel aber noch immer mit. »Und was glaubtet Ihr dort unten zu finden?«

»Vielleicht etwas, das wir am liebsten gar nicht finden wollten. Ihr habt mit Donay gesprochen.«

»Selbstverständlich«, sagte Gendik. »Aber das beantwortet nicht meine Frage, Angella. Seit wann kümmern sich die Drachenkämpfer um solche Dinge? Wenn der Hochweg wirklich in Gefahr ist – was interessiert Euch daran?«

»Im Grunde nichts«, gestand Angella freimütig. Sie leerte ihr Glas und stellte es auf den Tisch zurück.

»Auf der anderen Seite aber interessiert uns eben alles, was ungewöhnlich ist.«

»Es gibt Stimmen, die meinen, dass Ihr und Eure Kämpfer in den letzten Jahren etwas zu neugierig geworden seid«, erwiderte Gendik.

Kara musterte ihn überrascht von der Seite. Täuschte sie sich – oder hörte sie wirklich eine versteckte Drohung in seiner Stimme? Angella schwieg.

»Es gibt diese Stimmen auch in dieser Stadt«, fuhr Gendik fort. »Manche behaupten, dass Ihr vergessen habt, wer Ihr wirklich seid.«

»So?«, erwiderte Angella kalt. »Und wer sind wir?«

»Krieger«, antwortete Gendik ruhig. »Tapfere Krieger, die unseren Respekt und unsere Dankbarkeit verdienen, denn zweifellos wäre diese Welt nicht, was sie ist, ohne Euch und Euren Schutz.«

»Aber Ihr meint auch, wir sollten es dabei bewenden lassen«, sagte Angella. »Ihr meint, wir sollten uns auf unsere Drachen schwingen und die Grenzen des Landes bewachen und nach Feinden Ausschau halten, nicht wahr?«

»Was *ich* meine, tut nichts zur Sache«, antwortete Gendik.

»Aber vielleicht tun wir genau das«, fuhr Angella fort, ohne seine Antwort überhaupt zur Kenntnis zu nehmen. Sie schnippte mit den Fingern. »Ihr habt recht, Gendik – es interessiert mich überhaupt nicht, ob diese Brücke stehenbleibt oder umfällt. Aber ungewöhnliche Dinge interessieren mich. Und es geschehen ungewöhnliche Dinge im ganzen Land. Ich bin sicher, Ihr wisst, wovon ich rede. In mehreren Städten sind die Lebensmittelvorräte für den Winter ohne ersichtlichen Grund verdorben. In der westlichen Provinz ist fast die gesamte Ernte von einem Schädling vertilgt worden, von dem niemand zuvor gehört hat. Im Osten wütet eine Krankheit, gegen die unsere besten Heiler machtlos sind. Es kommt überall im Land zu immer schlimmeren Mutationen, und in manchen Städten werden plötzlich keine Kinder mehr geboren. Die Aufzählung ließe sich beliebig lang fortsetzen, aber ich glaube, Ihr wisst auch so, worauf ich hinauswill.«

Kara sah Angella überrascht und erschrocken zugleich an. Wieso wusste sie nichts von all diesen Dingen?

»Und worauf wollt Ihr hinaus?«, fragte Gendik.

»Auf die Frage, ob wir vielleicht nicht schon längst angegriffen werden«, antwortete Angella.

Gendik lachte. »Jetzt seid Ihr es, die sich lächerlich macht«, sagte er. »Angegriffen? Von ein paar Schädlingen und einer Krankheit?«

»Nein«, antwortete Angella ärgerlich. »Aber vielleicht von jemandem, der uns diese Plagen *geschickt* hat, Gendik! Wenn ich dieses Land erobern müsste, so würde ich es ganz genauso machen. In diesem Winter werden viele verhungern. Im nächsten vielleicht noch mehr, wenn wir nicht mit den Problemen fertig werden. Zwei oder drei solcher Jahre, und wir sind praktisch wehrlos. Vielleicht ist das ihre Art, uns sturmreif zu schießen.«

»Ein interessanter Gedanke«, sagte Gendik. »Aber ein wenig weit hergeholt, findet Ihr nicht auch? Der letzte Angriff auf eine Stadt liegt fünfundzwanzig Jahre zurück.«

»Zehn«, verbesserte ihn Kara.

»Sie muss es wissen. Sie war die einzige Überlebende«, fügte Angella mit einem Blick auf Kara hinzu.

Gendik wirkte ein wenig irritiert, fing sich aber rasch wieder. »Gut. Aber auch zehn Jahre sind eine sehr lange Zeit. Ich glaube nicht, dass sie heute noch eine Gefahr darstellen. Die einzigen Drachen, die es heute noch gibt, sind die, die Ihr und Eure Krieger reitet.«

»Woher wollt Ihr das wissen?«, fuhr Angella auf. »Wir haben Jandhi und ihre Feuerdrachen besiegt, aber wir haben niemals herausgefunden, woher sie wirklich kamen! Vielleicht haben sie ja nie aufgehört, uns anzugreifen, und wir haben es nur nicht gemerkt!«

»Und Ihr wollt diesen Krieg nun in Schelfheim beenden?«

»Vielleicht wollen wir ihn hier anfangen, Gendik!«, erwiderte Angella heftig. »Begreift Ihr wirklich nicht, dass Ihr hier vor allen anderen in Gefahr seid?«

»Wir?! Aber warum denn?«

»Eine solch große Stadt ist allemal ein lohnendes Ziel«, erklärte Angella. »Zerstört Ihr sie, habt Ihr praktisch das halbe Land vernichtet.«

Gendik lachte. »Niemand kann Schelfheim zerstören«, sagte er. »Es ist einfach zu groß. Und selbst wenn, würden wir es wieder aufbauen. Wir haben diese Stadt schon tausendmal wieder aufgebaut, habt Ihr das vergessen?«

»Nein«, seufzte Angella. »Aber ich fürchte, es hat keinen Zweck, wenn wir weiterreden. Ich habe auf Eure Hilfe gehofft, aber …«

»Ich habe Euch bereits geholfen, Angella«, unterbrach sie Gendik. »Auch wenn Ihr es vermutlich nicht einmal bemerkt habt. Die meisten hier waren dagegen, Euch und Eure Kämpfer in die Stadt zu lassen. Es hat mich meinen ganzen Einfluss gekostet, Euch überhaupt den Einlass zu erlauben – und dann zu verhindern, dass Ihr kurzerhand aus der Stadt geworfen wurdet, nach dem, was dieses Mädchen getan hat. Die Leute fürchten Euch, Angella. Es tut mir leid, aber so stehen die Dinge nun einmal.«

»Dann kann ich … nicht weiter mit Eurer Unterstützung rechnen?«, fragte Angella zögernd.

»Mehr kann ich nicht für Euch tun, ja«, antwortete Gendik. »Es darf nichts mehr geschehen, keine Versteckspiele mehr, keine Abenteuer und Husarenstücke.« Er klatschte in die Hände, und fast im gleichen Moment betrat Elder den Raum. Gendik deutete auf ihn.

»Ihr kennt ja Hauptmann Elder. Er wird Euch von jetzt an auf Schritt und Tritt begleiten. Falls Ihr irgendwelche Wünsche habt, so wendet Euch nur an ihn. Ich werde dafür sorgen, dass er weitreichende Vollmachten erhält.«

»Elder?« Angella schüttelte zornig den Kopf. »Als Aufpasser, meint Ihr?«

»Ich denke, das Wort *Begleiter* macht es Euch leichter. Bitte, glaubt mir, dass ich Euch helfen will, Angella. Aber mir sind die Hände gebunden.«

»Dann betet, dass das noch lange Zeit so bleibt«, sagte Angella zornig. »Denn es könnte gut sein, dass bald jemand kommt, der sie Euch abreißt!«

10

Sie verließen den Gouverneurspalast so rasch, dass Hrhon, der sie begleitet hatte, aber in der Halle hatte warten müssen, beinahe nicht mit ihnen Schritt halten konnte. Angella zitterte, ihre Hände hatten sich zu Fäusten geballt. Kara konnte regelrecht spüren, wie es hinter der goldenen Halbmaske brodelte. Ihre Lehrmeisterin hatte sich nicht einmal mehr die Zeit genommen, sich formell von Gendik zu verabschieden, sondern war zornig aufgesprungen und aus dem Zimmer gestürmt. Dabei war Kara mittlerweile fast sicher, dass Gendik die Wahrheit gesagt hatte: Er konnte ihnen nicht helfen, selbst wenn er gewollt hätte.

Aber das machte ihn in Karas Augen auch nicht sympathischer.

Endlich beruhigte sich Angella so weit, dass sie ein wenig langsamer ging und ihre Hände zu zittern aufhörten. Kara warf einen Blick über die Schulter, ehe sie zu ihr aufschloss. Hrhon watschelte in einiger Entfernung hinter ihnen her und hatte noch immer Mühe, nicht den Anschluss zu verlieren, während Elder dem Waga mit einigem Abstand folgte und gar nicht erst versuchte aufzuschließen.

Es fiel Kara schwer, die richtigen Worte zu finden. »Ist es wahr, was Gendik gesagt hat? Dass … dass die Menschen uns fürchten?«

Angella zuckte mit den Schultern. »Ich weiß es nicht. Vielleicht fürchten sie uns, aber das ist normal.«

»Normal!«, ächzte Kara. »Aber wir sind ihre Freunde!«

»Falsch!«, antwortete Angella mit einem bitteren, durch und durch humorlosen Lachen. »Wir sind ihre Beschützer, nicht ihre Freunde. Der starke Arm, den sie rufen, wenn sie in Gefahr sind. Gendik hat recht: Ohne uns würden noch immer Jandhis Drachen über dieses Land herrschen. *Wir* haben diese Welt in weniger als einem Menschenalter zu dem gemacht, was sie ist. Und trotzdem fürchten sie uns. Oder vielleicht gerade deshalb.«

»Aber wieso?«

»Weil ihnen unsere Stärke ihre eigene Schwäche vor Augen führt«, antwortete Angella. »Außerdem verhalten die Menschen sich immer so: Sie rufen verzweifelt nach Kriegern, wenn sie sie brauchen. Aber wenn die Gefahr vorüber ist, beginnen sie sich zu fragen, ob sie den mächtigen Verbündeten wirklich noch brauchen. Zuerst kommt das Misstrauen, dann die Furcht, und schließlich folgen Verachtung und Hass.« Sie gab einen bitter klingenden Laut von sich. »Vielleicht hätten wir ein paar von Jandhis Drachen entkommen lassen sollen, damit die Menschen von Zeit zu Zeit daran erinnert werden, wozu es uns gibt.«

»Dann ist ... alles wahr, was du Gendik erzählt hast?«, fragte Kara zögernd.

»Nein«, schnappte Angella wütend. »Ich habe mir alles nur ausgedacht!«

»Du hast ... mir nie etwas davon erzählt«, sagte Kara.

Angella seufzte. »Ja. Vielleicht war das ein Fehler. Auch ich bin nicht vollkommen.«

Ein solches Eingeständnis hörte man selten aus Angellas Mund. Aber Kara kam nicht dazu, eine entsprechende Bemerkung zu machen, denn Angella blieb plötzlich stehen. Unsicher sah sie sich um.

»Was ist los?«, fragte Kara. Ihre Hand sank unwillkürlich auf den Schwertgriff herab.

Angella deutete mit einer Kopfbewegung auf eine Gruppe von fünf oder sechs Männern, die zwanzig Schritte vor ihnen standen und sie anstarrten. Dann entdeckte Kara einen zweiten Trupp, nicht sehr weit entfernt, und als sie sich herumdrehte, tauchte hinter Elder, der ihnen in zwanzig Schritt Abstand gefolgt war, eine Gruppe von sieben oder acht Gestalten auf. Elder registrierte Karas Blick und wandte sich besorgt um. Einen Moment lang verhielt er mitten in der Bewegung, dann beeilte er sich mit weit ausgreifenden Schritten, zu Angella und Kara aufzuschließen, wobei er an Hrhon vorbeistürmte.

»Das sieht nicht gut aus«, sagte er.

Angella nickte. »Ein Hinterhalt?« Auch ihre Hand bewegte sich zum Gürtel, aber sie fand nichts. Angella trug selten eine Waffe; und schon gar nicht, wenn sie zu einer Audienz zu Herrn von Schelfheim ging.

Aber wahrscheinlich brauchte sie auch keine Waffe. Sie waren vier gegen fünfzehn, aber dieses Verhältnis war nicht so schlecht, wie es aussah. Hrhon allein wog sechs oder acht von ihnen auf, und Elder war kein Schwächling. Sie ...

Aus dem Schatten einer Toreinfahrt löste sich eine weitere Fünfergruppe. Karas Blick glitt aufmerksam über die Gesichter vor ihr. Es waren grobschlächtige, schmutzige Gesichter mit wilden Augen. Die meisten Kerle hielten gleich mehrere Waffen in den Händen. Schwerter, Keulen, Messer, Sicheln und kurze Speere, manche hatten auch nur eine Latte, die mit rostigen Nägeln verziert war.

»Nett«, murmelte Kara. Mit dem Daumen der rechten Hand löste sie die Verriegelung ihres Schwertes. »Was wollen die Typen?«

»Ssschläghe, vhermhuthe isss«, zischelte Hrhon.

Elder warf ihm und Kara gleichzeitig einen warnenden Blick zu. »Seid still«, sagte er hastig. »Das ist ernst.« Er fuhr sich nervös mit der Zungenspitze über die Lippen. »Tut nichts, habt ihr verstanden? Überlasst mir das Reden.«

Was das Reden anging, so hatte Kara nichts dagegen. Aber sie schloss vorsichtshalber die Hand um den Schwertgriff. Aus den Augenwinkeln sah sie, wie sich auch Hrhon anspannte.

Elder straffte die Schultern und trat den Burschen entgegen, die sich mittlerweile auf der Straße vor ihnen aufgebaut hatten.

Kara musste sich nicht herumdrehen, um zu wissen, dass es hinter ihnen genauso aussah.

»Was wollt ihr?«, fragte Elder mit fester Stimme, die nichts von seiner Nervosität verriet.

»Gebt den Weg frei!«

Natürlich rührte sich niemand. Elders Hand senkte sich auf den Schwertgriff; aber es war eine Geste, die eher demonstrativ als drohend wirkte. Sie tat allerdings keine Wirkung. Kara sah, dass sein Daumen wiederholt einen der kleinen Zierknöpfe auf seinem Gürtel drückte. Was sollte das?

»Ich bin Hauptmann Elder von der Stadtwache!«, versuchte es Elder noch einmal. »Ich befehle euch, den Weg freizugeben!«

Wieder reagierte niemand.

Elder wartete einen Moment vergebens darauf, dass irgendetwas geschah, während sein Finger weiterhin hektisch auf seinem Gürtel herumdrückte. Dann trat er einen Schritt zurück und zog seine Laserwaffe. »Das ist die letzte Warnung! Gebt den Weg frei!«

Die Reaktion auf seine Worte fiel anders aus, als er erhofft hatte: Die Menge vor ihnen rückte geschlossen einen Schritt vor, dann löste sich eine einzelne Gestalt aus dem Mob und deutete auf Hrhon.

»Wir wollen ihn haben, Hauptmann. Wir haben keinen Streit mit Euch. Geht. Wir wollen nur dieses Vieh. Und die beiden Hexen.«

Elder war einen Augenblick ehrlich verblüfft. Dann machte sich Zorn auf seinen Zügen breit. Mit einem Ruck hob er den Laser und zielte auf das Gesicht des Burschen vor sich. »Bist du völlig von Sinnen, Kerl?«, brüllte er. »Was glaubst du, wo wir hier sind? Und wen du vor dir hast? Gib den Weg frei, oder ich schieße dich über den Haufen! Ich spaße nicht!«

Der Bursche seufzte, schüttelte fast bedauernd den Kopf und

machte einen weiteren Schritt auf Elder zu, und Elder drückte ab.

Nichts geschah. Elder starrte das mattsilberne Stück Metall in seiner Hand fassungslos an und drückte noch einmal ab und noch einmal. Der Bursche vor ihm gab ihm ausreichend Zeit, seiner Verblüffung Herr zu werden. Dann stürzten sie sich wie auf ein geheimes Kommando auf sie.

Zwei warfen sich auf Elder, vier auf Hrhon und jeweils zwei Burschen auf Angella und Kara, während der Rest damit beschäftigt war, sich auf der engen Straße gegenseitig zu behindern.

Dass die Angreifer die beiden Frauen unterschätzten, war ein Fehler, den zumindest zwei von ihnen sofort bitter bereuten. Kara riss ihr Schwert aus der Scheide und empfing den ersten mit einem Stoß des Schwertknaufs, der ihn die Hälfte seiner Zähne kostete und ihn mit einem gurgelnden Schrei zurücktaumeln ließ. In der gleichen Bewegung wirbelte die Waffe herum, verwandelte sich in einen schimmernden Kreis aus Stahl und befreite den zweiten Burschen von seinem Schwert. Dann sprang Kara nach vorn, fegte einem dritten Angreifer die Beine unter dem Leib weg und versuchte, die Kehle des Mannes zu treffen, als er stolperte.

Ihr Hieb ging ins Leere. Sie strauchelte, vom Schwung ihrer eigenen Bewegung mitgerissen, und versuchte, mit einem raschen Schritt das Gleichgewicht wiederzufinden. Sie wäre wahrscheinlich trotzdem gestürzt, wäre nicht einer der Angreifer so dumm gewesen, nach ihrem Schwert zu greifen, um ihr die Waffe aus der Hand zu reißen.

Sein Fehler kostete ihn zwei oder drei Finger, und der plötzliche Ruck half Kara, ihre Balance wiederzuerlangen. Mit einem Tritt schleuderte sie den Mann vollends zu Boden, schmetterte einem anderen die flache Seite der Klinge ins Gesicht und hatte sich für einen Moment Luft verschafft.

Es sah nicht gut aus.

Schon nach kurzer Zeit ähnelte die Straße einem Schlachtfeld. Ein halbes Dutzend Männer lag verwundet oder sterbend am Boden, aber die Übermacht war einfach erdrückend. Angella hatte ihre beiden Gegner niedergeschlagen und stand mit gespreizten Beinen und leicht vorgebeugtem Oberkörper da, die Hände pendelten locker neben ihren Hüften. Elder hatte endlich eingesehen, dass sein Laser nicht funktionierte, er hatte sein Schwert gezogen und stocherte damit in der Luft herum, um die Männer vor sich auf Distanz zu halten. Seine freie Hand drückte noch immer wie wild auf dem Knopf an seinem Gürtel herum.

Hrhon wehrte sich nach Kräften, aber Kara verstand plötzlich, was Gendik vorhin gemeint hatte: Als einzigen Gegner schienen die Angreifer *ihn* richtig eingeschätzt zu haben. An jedem seiner Arme hingen gleich drei Burschen und versuchten, ihn zu Boden zu zerren, zwei weitere stießen mit ihren Schwertern nach ihm. Hrhons wild austretende Beine hielten sie noch auf Distanz. Aber früher oder später würde einer von ihnen einfach Glück haben und seine Klinge durch einen Spalt in seinem Panzer stoßen.

Die nächste Attacke trugen die Angreifer sowohl entschlossener als auch klüger vor. Gleich zwei Burschen mit langen Schwertern und ein dritter mit einer mit rostigen Nägeln gespickten Holzlatte drangen auf Kara ein. Mit einer blitzschnellen Hieb- und Stichkombination trieb sie die beiden ersten wieder auf Distanz zurück, traf sie aber nicht. Dafür musste sie selbst einen Treffer des Knüppels in Kauf nehmen. Die Nägel vermochten ihre Jacke nicht zu durchdringen, aber die pure Wucht des Schlages ließ sie aufstöhnen. Mit einem Konterschlag kappte sie die Latte um die Hälfte, traf aber auch den Mann wieder nicht. Und die beiden anderen griffen erneut an.

Kara sprang zur Seite, spürte instinktiv die Gefahr hinter sich und ließ sich mit einer halben Drehung auf das linke Knie fallen.

Ein halber Meter Stahl zischte so dicht über ihren Kopf hinweg, dass sie den Luftzug spüren konnte, aber fast im gleichen Augenblick traf ihr Schwert auch das Schienbein des Mannes, der sie angegriffen hatte. Er brach mit einem gellenden Schrei zusammen. Kara warf sich zur Seite, als der Mann sie unter sich zu begraben drohte, kam mit einer Rolle wieder auf die Füße und riss gleichzeitig die Waffe an sich, die der Mann fallengelassen hatte.

»Angella!«

Angella stieß einen Mann von sich, der mit einer dreizinkigen Harke nach ihrem Gesicht zu stoßen versuchte, riss den Arm hoch und griff nach dem Schwert, das Kara schleuderte. Sie fing es auf, musste aber im gleichen Augenblick einen Schwerthieb gegen den anderen Arm hinnehmen. Der schwarzsilberne Stoff ihrer Jacke färbte sich rot.

Der Angreifer fand nicht viel Zeit, sich an seinem Erfolg zu freuen. Angella tötete ihn fast im gleichen Moment, und Kara wandte ihre Aufmerksamkeit wieder ihren eigenen Gegnern zu.

Die Burschen begannen allmählich, eine gewisse Taktik zu entwickeln, die Kara nicht besonders gefiel. Immer zwei von ihnen griffen absolut gleichzeitig an, während der dritte ein wenig später nachsetzte, sodass Kara gewärtig sein musste, jedes Mal zumindest *einen* Treffer hinzunehmen. Noch schützte sie das zähe Drachenleder ihrer Jacke, aber es gab praktisch keinen Muskel in ihrem Körper, der nicht schmerzte. Früher oder später würde sie wirklich getroffen werden. Angella war bereits verwundet.

Als die beiden Männer das nächste Mal heranstürmten, schlug Kara nicht nach ihren Schwertern, sondern sprang in die Höhe, drehte sich um ihre eigene Achse und trat mit aller Gewalt zu. Ihr Fuß zerschmetterte den Unterkiefer des Mannes; gleichzeitig kam Kara wieder auf die Füße und führte einen schnellen Stich, der den zweiten Angreifer niederstreckte. Der dritte zog sich hastig zurück. Wieder hatte Kara sich eine Atempause verschafft.

Die Situation wurde immer brenzliger.

Obwohl Kara und die anderen etliche Gegner ausgeschaltet hatten, wuchs die Zahl der Angreifer noch. Die Männer hatten Verstärkung bekommen, denn der Hinterhalt war sorgfältig geplant gewesen. Lange würden sie sich nicht mehr halten können.

Mit einem raschen Blick überzeugte sie sich davon, dass Angella allein zurechtkam, und sprang dann an Elders Seite. Der Hauptmann blutete aus einem Dutzend kleinerer Wunden. Er wankte. Sein Atem ging schnell und stoßweise. Er schlug heftig mit dem Schwert um sich, ohne allerdings zu treffen, und seine andere Hand drückte noch immer an seinem Gürtel herum. »Offizier in Not!«, keuchte er. »Verdammt noch mal, ich brauche Hilfe!« War er verrückt geworden?

Kara schaffte ihm zwei seiner Gegner vom Hals und musste sich dann mit einem hastigen Sprung selbst in Sicherheit bringen, denn Elder drosch blindlings auf alles ein, was sich bewegte. Kara schleuderte einen dritten Mann mit einem Tritt zu Boden und zerrte Elder dann mit sich ein Stück auf Hrhon zu. Der Waga brüllte aus Leibeskräften und hatte bereits drei oder vier Männer einfach niedergetrampelt, aber auch sein Schuppenpanzer war über und über mit Blut bedeckt.

Kara beschloss, das Risiko einzugehen und Elder einen Moment alleinzulassen; sie eilte zu Hrhon und stieß einem der Burschen, die den Arm des Waga hielten, das Schwert in den Rücken. Der andere drehte sich mit einem zornigen Knurren zu ihr herum, beging aber den tödlichen Fehler, Hrhons Hand loszulassen.

Einen Augenblick später packten Kara und der Waga Elder einfach bei den Schultern und zerrten ihn zu Angella hinüber. Rücken an Rücken hatten sie eine bessere Chance, die Angreifer auf Distanz zu halten. Drei oder vier von ihnen fielen, ehe sie wussten, wie ihnen geschah. Aber die verbliebene Übermacht war immer noch erdrückend. Kara kämpfte. Je mehr sie erschlugen, desto mehr schienen sie zu werden.

Keuchend sah sie sich um. Die Straße glich einem Schlachthaus. Zahlreiche Männer lagen tot oder schwer verwundet auf dem Boden, und überall war Blut. Elder bearbeitete noch immer seinen Gürtel und schrie: »Offizier in Not! Wir brauchen Hilfe!«

»Verdammt noch mal, halt endlich das Maul!«, schrie Kara. Gleichzeitig erwehrte sie sich eines weiteren Angriffs und sah sich erneut wild um. Sie brauchten einen Fluchtweg.

Der Angriff der Gegner verlor jedoch an Schwung. Noch immer zuckten Schwerter und Knüppel nach ihnen, aber die Angreifer beschränkten sich jetzt darauf, sie in Atem zu halten. Keiner kam ihnen nahe genug, dass sie ihn treffen konnten.

Natürlich bemerkten auch Angella und Elder diesen Umstand. »Was ist los?«, murmelte Angella. »Das gefällt mir nicht.«

»Vielleicht haben sie genug«, keuchte Elder.

»Da stimmt etwas nicht«, entgegnete Angella schwer atmend.

Sie hatte recht.

Als wäre ihre Bemerkung ein Stichwort gewesen, zogen sich die Angreifer plötzlich ein gutes Stück zurück und gaben eine Gasse frei.

Vor Kara und den anderen stand der größte Hornkopf, den sie je gesehen hatte.

Es war eine Termite, fünf oder mehr Meter lang und mit einem Schädel, der allein so breit wie Hrhons ganzer Körper war. Ihre schnappenden Zangen waren länger als Karas Arme.

Kara erstarrte für einen Moment. Sie hatte von solchen Giganten gehört, seltene Mutanten, die in den großen Strahlenwüsten des Westens lebten, aber noch niemals einen *gesehen;* geschweige denn gegen ein solches Monstrum gekämpft.

»Großer Gott!«, flüsterte Elder. »Wie um alles in der Welt haben sie diese Bestie in die Stadt bekommen, ohne dass wir es merkten?!«

»Du hast vielleicht Sorgen, Elder«, murmelte Angella. »Warum fragst du sie nicht?«

Kara hörte kaum hin. Ihr war etwas aufgefallen, von dem sie nicht einmal wusste, ob es etwas bedeutete. Einer der Männer, derselbe, der am Anfang mit Elder gesprochen hatte – hatte sich jetzt zu der Termite herumgedreht und starrte sie an. Seine linke Hand lag auf einem kleinen Kästchen an seinem Gürtel. Es sah aus, als ... als *spräche* er mit dem Hornkopf, dachte Kara verstört. Sie verscheuchte den Gedanken.

»Passst auf ssseinhe Sssanghen aufh«, sagte Hrhon. »Whenn whir ihn ahllhe sssuhssammhen anghreifhen, habhen whir einhe Ssshansshe.«

»Was?«, rief Elder verwirrt.

Angella winkte ab. »Vergesst es. Wir müssen versuchen, seine Beine zu erwischen. Wenn wir drei oder vier davon kappen, ist er harmlos.«

So weit die Theorie. Die Praxis sah allerdings anders aus, denn Hrhon stieß plötzlich ein markerschütterndes Gebrüll aus, rannte die vor ihm stehenden Männer einfach über den Haufen und stürzte sich mit erhobenen Armen auf den Hornkopf. Es dröhnte, als schlüge ein Riesenhammer auf einen noch größeren Amboss, als seine Fäuste auf den Schädel der Termite krachten. Der Hieb hätte ausgereicht, einen ausgewachsenen Bullen auf der Stelle zu töten.

Das Rieseninsekt schien den Schlag nicht einmal zu spüren. Seine fürchterlichen Mandibeln schnappten zusammen, und aus Hrhons Kampfgebrüll wurde ein erschreckendes Kreischen. Blitzartig zog er Beine und Kopf in seinen Panzer zurück, wodurch er sich vollends in eine zu groß geratene Schildkröte verwandelte. Der Hornkopf bewegte zornig den Schädel hin und her. Kara hörte, wie der Panzer des Waga zu knirschen begann.

»Wir müssen ihm helfen!«, schrie Angella. »Los!«

Nebeneinander stürmten sie los, aber sie erreichten den Hornkopf nicht, denn in diesem Moment griffen die Banditen wieder an. Und obwohl sie Hrhons Ausfall schwächte, trieben sie die Männer im allerersten Moment noch zurück.

Allerdings nicht für sehr lange.

Sie hatten zu nachdrücklich bewiesen, wie gut sie in der Lage waren, sich ihrer Haut zu wehren, sodass niemand mehr versuchte, sie wirklich zu treffen. Die Männer beschränkten sich lediglich darauf, die beiden Drachenkämpferinnen und den Gardehauptmann aufzuhalten; im Übrigen bauten sie darauf, dass ihr sechsbeiniger Verbündeter den Hauptteil der Arbeit für sie übernahm.

Kara brachte inmitten eines wüsten Hagels von Schlägen das Kunststück fertig, einen Blick zu Hrhon und dem Hornkopf hinüberzuwerfen, und was sie sah, ließ sie zusammenzucken. Der Hornkopf hielt Hrhon noch immer mit den Zangen gepackt und schüttelte ihn wild. Er hockte wie eine riesige, missgestaltete Spinne auf der Straße, mit weit gespreizten Beinen und zitterndem Hinterleib. Offenbar legte er alle Kraft in seine Kiefer, um den Panzer des Waga zu zerbrechen. Kara wusste, wie hart die Schale des Waga war. Aber die Kräfte dieses gigantischen Insektenmonstrums mussten einfach unvorstellbar sein.

Karas Blick suchte den Mann, den sie vorhin bei der Termite gesehen hatte. In ein paar Augenblicken würde der Hornkopf Hrhon getötet haben, und dann würde er sich zweifellos mit Angella, Elder und ihr befassen. Auf seine ganz persönliche Art. Kara verschaffte sich mit einem wütenden Schwerthieb Luft und sprang mit einem Salto über den Kopf eines verblüfften Banditen hinweg. Dann fuhr sie herum und sah sich drei weiteren Gegnern gegenüber – und dem Mann, den sie gesucht hatte.

Zwei Dinge machten ihren Verdacht zur Gewissheit: Der Schmutz auf dem Gesicht war nicht echt, sondern vor nicht allzu langer Zeit künstlich aufgetragen worden. Außerdem waren seine Augen auffällig. Es waren die Augen eines Kriegers, die sie mit einem einzigen Blick taxierten. Wer immer dieser Mann sein mochte – er gehörte ganz bestimmt nicht zu dieser Bande von Halsabschneidern hinter ihr, die sie wahrscheinlich nur angriffen, weil man ihnen Geld dafür gab.

Kara machte eine Bewegung aus dem Handgelenk und schlug einen Mann nieder, fast ohne es zu bemerken. »Wie ist es?«, fragte sie schwer atmend.

»Nur du und ich?«

Im allerersten Moment schien ihr Gegenüber ehrlich verblüfft zu sein – aber dann reagierte er genauso, wie Kara gehofft hatte: In seinen Augen flammte es spöttisch auf. Mit einer Handbewegung scheuchte er die anderen Männer zurück und hob gleichzeitig seine Waffe. Kara sah, dass das Schwert in gewisser Weise seinem Gesicht ähnelte. Der Schmutz und Rost darauf waren sorgsam aufgetragen worden. Darunter verbarg sich eine Klinge, die ihrer ebenbürtig war.

»Du weißt nicht, was du tust, Kindchen«, sagte er. »Aber bitte. Ganz wie du willst.«

Er griff an, und schon seine allerersten Bewegungen verrieten Kara, dass auch er ein ebenbürtiger Gegner war.

Ein ganzer Hagel von Hieben und Stichen ließ sie zurücktaumeln. Er hätte sie mit dem zweiten oder dritten Hieb erledigen können, hätte er es gewollt. Aber er wollte es nicht. Stattdessen gefiel er sich darin, Katz und Maus mit ihr zu spielen und ihr zwei schmerzhafte, blutende Schnitte auf beiden Handrücken zuzufügen.

Kara sprang mit einem Keuchen zurück und betrachtete verblüfft ihre Hände. Sie hatte nicht einmal *gespürt,* dass er sie getroffen hatte.

Der Bursche grinste und wechselte spielerisch das Schwert von der rechten in die linke Hand. »Nun, Kleines«, feixte er. »Überrascht? Dabei habe ich noch gar nicht richtig angefangen.« Er machte einen Ausfall, dem Kara mit Mühe und Not entging, und lachte blasiert. *Einen* schwachen Punkt hatte er also doch, dachte Kara. Dummerweise nutzte ihr diese Erkenntnis im Moment nicht viel.

Ein Schatten flog über sie hinweg, als der Hornkopf Hrhon mit einer einzigen Bewegung über die Straße und gegen die Wand eines Hauses schleuderte. Die Wand brach krachend zusammen, und Hrhon blieb inmitten eines Hagels aus niederstürzenden Trümmern und Staub liegen. Er regte sich nicht mehr.

Kara duckte sich unter einem weiteren Hieb, tat so, als wolle sie nach links ausweichen, und machte dann einen blitzschnellen Schritt in die entgegengesetzte Richtung. Ihr Gegner fiel nicht darauf herein, sondern konterte mit einem Schlag, der ihre Deckung fast mühelos durchbrach und sie von der Hüfte bis zur Achsel aufgeschlitzt hätte, hätte sie nicht die Jacke aus Drachenleder geschützt. Aber auch so prallte sie mit einem Schmerzensschrei zurück, glitt in einer Blutlache aus und fiel auf den Rücken. Sofort war der Fremde über ihr und setzte ihr die Schwertspitze an die Kehle.

»Du warst nicht schlecht, Kleines«, sagte er fröhlich. »Für ein dummes Kind.«

»Bitte nicht«, stöhnte Kara. Sie versuchte vergeblich, den Kopf zurückzubiegen, um der rasiermesserscharfen Klinge auszuweichen. Blut lief warm und klebrig über ihren Hals. Als sie den Kopf zur Seite drehte, sah sie, wie sich der Hornkopf mit staksigen, mühsam aussehenden Schritten in Bewegung setzte, um Hrhon nachzusetzen.

Die Klinge ritzte ihre Kehle. »Bitte nicht!«, flüsterte sie noch einmal. »Ich gebe auf.«

Der Mann zögerte. Er war nicht überzeugt, aber verunsichert. »Wie?«, fragte er.

Hätte Kara genickt, hätte sie sich wahrscheinlich die Kehle aufgerissen. So wiederholte sie gepresst: »Ich gebe auf. Wirklich.«

»Kein Trick?«, vergewisserte sich der Mann misstrauisch.

»Bestimmt nicht«, krächzte Kara. »Ich will nicht ... sterben.«

Der Mann zögerte noch einen Moment, dann trat er ein Stück zurück und machte eine auffordernde Bewegung mit der freien Hand. »Steh auf. Und keine falsche Bewegung.«

Kara betete zu allen ihr bekannten Göttern (die, die sie nicht kannte, schloss sie vorsichtshalber gleich mit in ihr Stoßgebet ein), dass jede ihrer Bewegungen richtig war; sie löste mit übertriebener Gestik die Hand vom Schwert und stand auf. Die Klingenspitze an ihrem Hals folgte ihr getreulich. Der Druck ließ keinen Deut nach.

»Vielleicht lasse ich dich wirklich am Leben«, sagte der Bursche. »Du siehst eigentlich ganz hübsch aus.«

»Das wäre nett«, antwortete Kara, lächelte und ließ sich in die Schwertklinge hineinfallen, womit der Mann überhaupt nicht gerechnet hatte.

Im allerletzten Moment drehte sie Kopf und Oberkörper zur Seite. Das Schwert schnitt fingertief in ihren Hals, ohne jedoch eine lebenswichtige Ader zu treffen, glitt unter ihre Jacke und durchbohrte ihre Schulter unter dem Schlüsselbein. Kara schrie vor Schmerz, als die Klinge in ihrem Rücken wieder austrat, aber gleichzeitig packte sie den Arm des Angreifers und brach ihm mit einem einzigen Hieb das Handgelenk.

Der Kerl brüllte. Kara rammte ihm das Knie zwischen die Beine, versetzte ihm einen Hieb mit dem Ellbogen zwischen die Schulterblätter und riss das Knie zum zweiten Mal in die Höhe, sodass es in seinem Gesicht landete.

Sie und ihr Gegner brachen fast gleichzeitig zusammen. Kara sank auf die Knie, kämpfte einen Moment mit aller Macht dagegen an, das Bewusstsein zu verlieren, und hob die Hand zu dem Schwert, das noch immer in ihrer Schulter steckte. Ihr war übel, und sie hatte entsetzliche Angst, aber sie musste es tun, solange sie überhaupt noch die Kraft dazu hatte.

Der Schmerz, mit dem die Klinge ihre Schulter durchbohrt hatte, war grauenhaft gewesen.

Der Schmerz, mit dem sie es wieder herauszog, war unvorstellbar.

Sie musste wohl doch für einen Moment das Bewusstsein verloren haben, denn das Nächste, woran sie sich erinnerte, war, auf dem Gesicht in einer rasch größer werden Lache ihres eigenen Blutes zu liegen. Es konnten nur ganz wenige Augenblicke vergangen sein, denn der Hornkopf hatte Hrhon noch nicht erreicht, und rings um sie herum tobte der Kampf mit unverminderter Heftigkeit weiter. Kaum eine Handspanne vor sich gewahrte sie das Gesicht des Mannes, der sie niedergeschlagen hatte. Seine Augen waren trübe vor Schmerz, aber er war bei Bewusstsein und erkannte sie.

»Das war ... nicht besonders fair von dir«, murmelte er. Blut lief aus seinem Mund und seiner zerschlagenen Nase.

»Wer hat je behauptet, dass ich *fair* bin, du Idiot?«, gab Kara ebenso leise zurück. Dann nahm sie ihre letzte Kraft zusammen und schlug ihm den Ellbogen gegen die Schläfe. Und bevor sie das Bewusstsein verlor, löste sie das kleine Kästchen von seinem Gürtel und zerschmetterte es.

11

Von Angella erfuhr sie später, dass der Hornkopf im gleichen Moment, in dem sie das Steuergerät zerschlug, schlagartig das Interesse an Hrhon verloren und zu toben begonnen hatte. Das Ungeheuer hatte sich wahllos auf Freund oder Feind gestürzt. Nur sehr wenige von den Banditen, die an dem Hinterhalt beteiligt gewesen waren, hatten sein Wüten überlebt. Anschließend war der Hornkopf weitergezogen und hatte drei komplette Straßenzüge in Schutt und Asche gelegt, ehe es der Stadtgarde gelungen war, ihn zu töten.

Drei Tage nach dieser Schlacht wurde Kara von Angella aus dem Heilschlaf erweckt. Zweiundsiebzig Stunden totentiefer Schlaf und Angellas Magie hatten die tiefe Wunde in ihrer Schulter fast und das halbe Dutzend kleinerer Verletzungen, das sie davongetragen hatte, vollkommen verheilen lassen. Ihr Körper hatte den Blutverlust verkraftet, und sie fühlte sich frisch und ausgeruht, als hätte sie monatelang geschlafen. Trotzdem hätte Angella sie drei weitere Tage schlafen lassen, hätte nicht für diesen Abend Gendik seinen Besuch angekündigt.

Angella hatte darauf bestanden, dass Kara die Zeit bis dahin noch in ihrem Zimmer und im Bett verbrachte. Der magische Heilschlaf wirkte manchmal Wunder, aber er barg auch Gefahren, denn er mobilisierte die geheimen Kraftreserven des Körpers, sodass sich derjenige, der daraus erwachte, nur zu oft fühlte, als könne er die sprichwörtlichen Bäume ausreißen – und manchmal zu spät begriff, dass dieses Gefühl trog. So mancher hatte seine Kräfte überschätzt und prompt einen Rückfall erlitten, der tödlich enden konnte.

Bei Kara bestand diese Gefahr allerdings nicht – ganz einfach, weil sie keinen Moment allein gelassen wurde. Nachdem Jan zu ihr gekommen war, um sich in allen Einzelheiten die Geschichte ihres Kampfes erzählen zu lassen, wechselten sich Hrhon, Angella und Elder darin ab, Kara die Zeit zu vertreiben und ihr den Rest der Geschichte zu erzählen, den sie nicht mehr aus eigenem Erleben kannte. Viel war allerdings nicht mehr passiert. Nachdem der Angriffswille der Banditen einmal gebrochen war, war es Angella und dem Waga ein Leichtes gewesen, sie in die Flucht zu schlagen.

Als es dämmerte, kam Elder zum zweiten Mal zu ihr und erklärte, dass Gendik und ein zweiter, hochrangiger Würdenträger der Stadt auf dem Weg seien und in wenigen Augenblick eintreffen mussten. Kara ging zum Fenster und warf einen Blick auf den Hof hinaus. Es war noch niemand zu sehen.

»Also gut«, seufzte Angella. »Dann lasst uns hinuntergehen und alles für den Empfang unserer hohen Gäste vorbereiten.«

Kara sah sie aufmerksam an. Täuschte sie sich, oder hörte sie eine ganz sanfte Spur von Spott in ihrer Stimme? Nein – sie täuschte sich nicht. Das Glitzern in Angellas Augen, bevor sie ihre Maske aufsetzte und damit wieder zur gesichtslosen Führerin der Drachenkämpfer wurde, verriet es ihr.

Auch Kara wandte sich zur Tür. Gedankenverloren rieb sie sich über den Arm, den sie in einer Schlinge vor dem Körper trug. Die Schulter schmerzte nur noch ein wenig, aber sie fühlte sich noch immer taub an.

»Kara?«

Sie blieb stehen, während Elder das Zimmer verließ, und sah Angella fragend an.

»Nur eines«, begann Angella. »Und ich bitte dich, mir ausnahmsweise einmal zuzuhören.«

»Ja?«

»Ganz gleich, was ich oder Gendik oder irgendein anderer nachher sagen oder tun – du wirst schweigen und nur antworten, wenn du gefragt wirst, ist das klar?«

Kara nickte. »Wenn du es wünschst«, sagte sie.

»Nein, ich wünsche es nicht. Ich *befehle* es dir.«

Kara spürte, wie sich ein Lächeln der Verwirrung auf ihre Züge stehlen wollte, doch im letzten Moment unterdrückte sie es. Mit völlig ausdruckslosem Gesicht antwortete sie: »Wie Ihr befehlt, Herrin.«

Angella wollte an ihr vorübergehen, aber da hielt Kara sie zurück. »Gestattet Ihr mir eine Frage, Herrin?«

Angella machte eine ärgerliche Handbewegung. »Hör mit dem Unsinn auf, ja? Was willst du wissen?«

»Wieso soll ich überhaupt dabei sein, wenn ich doch nichts sagen darf?«

»Eine gute Frage«, antwortete Angella. »Ginge es nach mir, dann wärst du es auch nicht, sondern würdest jetzt noch in deinem Bett liegen und schlafen. Aber es geht nicht nach mir. Gendik bestand ausdrücklich darauf, dich zu sehen.«

»Mich?«

»Alle, die bei dem Überfall dabei waren, lautete sein genauer Befehl«, antwortete Angella. »Du wirst ihm seine Fragen wahrheitsgemäß beantworten, aber nicht mehr. Nicht, was du geglaubt hast oder gedacht oder befürchtest. Verstehst du?«

»Nein«, sagte Kara wahrheitsgemäß. »Aber ich werde tun, was du befiehlst.«

»Es ist wichtig, Kind. Ich kann es dir jetzt nicht erklären, aber von diesem Gespräch kann viel abhängen, glaub mir. Für uns alle.«

»Es gibt eine Menge, was du mir jetzt nicht erklären kannst – oder willst. Nicht wahr?« Kara spürte, dass ihre Worte Angella verletzten. Aber sie war auch in diesem Augenblick zu stolz, um sich zu entschuldigen. Und zu zornig. Mit einem Ruck drehte sie sich herum und lief mit raschen Schritten die Treppe hinab.

Die zum Hof führende Tür stand offen. Ein kühler Lufthauch drang herein und das grüne Licht Dutzender von Leuchtstäben. Im ersten Moment dachte sie, Jan hätte sie entzünden lassen, aber als sie sich der Tür näherte, erkannte sie, dass sich auf dem Hof einiges getan hatte: Auf dem ummauerten Viereck befanden sich gute zwei Dutzend Reiter in den gelben Umhängen der Stadtgarde. Weitere Berittene schirmten das Tor und die Straße ab, und dann als Angella neben sie trat und ebenfalls stehenblieb, hörte Kara ein durchdringendes Summen und sah die klobigen Hornköpfe, die die beiden Reiter um Haupteslänge überragten, obwohl sie zu Fuß neben ihnen einherstaksten. Kara konnte nicht erkennen, welcher Gattung sie angehörten, aber sie bestanden fast nur aus Panzerplatten, Stacheln, Scheren und Klingen. Darüber hinaus schleppten sie genug Waffen mit sich herum, um eine kleine Armee auszurüsten. Oder niederzumachen.

»Wenn es um seine eigene Sicherheit geht, scheint sich Gendiks Abneigung gegen Nichtmenschen in Grenzen zu halten«, sagte sie stirnrunzelnd.

Angella lachte spöttisch. »Vielleicht hat er Angst vor Überfällen?«

Die beiden Reiter saßen ab, wodurch sie neben den Hornköpfen vollends zu Zwergen zusammenzuschrumpfen schienen, und näherten sich dem Haus. Kara unterdrückte ein Schaudern. Sie hatte Hornköpfe noch nie besonders gemocht, und seit dem Erlebnis vor drei Tagen hatte sie eine regelrechte Abneigung gegen sie. Zu ihrer Erleichterung betraten die beiden Giganten das Haus nicht, nachdem Jan seine Gäste begrüßt und mit den zeremoniellen Worten – die ihm offenbar schwer von den Lippen gingen – hereinbat.

Kara musterte besonders den zweiten Besucher aufmerksam, während sie Angella und den anderen in respektvollem Abstand in Jans Wohnküche folgte. Er war älter als der Gouverneur, ein gutes Stück kleiner, aber sehr viel drahtiger. Sein Haar war grau und fiel bis auf die Schulter herab, und sein Gesicht war hart, wirkte aber trotzdem nicht unsympathisch. Er trug einen Mantel von blutroter Farbe, der wie Elders geschnitten war. Auf seinen Schultern glänzten goldene Insignien, deren Bedeutung Kara nicht kannte.

Jan bat seine Gäste, Platz zu nehmen, und bot ihnen zu trinken an, was sie jedoch ablehnten.

Gendiks Blick glitt über die Gesichter der Anwesenden, nachdem er sich gesetzt hatte. Außer ihm selbst und seinem Begleiter hielten sich nur Jan, Angella, Elder und Hrhon in der Küche auf. Lediglich zwei von Jans Hornköpfen standen bereit, um die Wünsche der Gäste zu erfüllen. Gendik scheuchte die beiden Insektenkreaturen mit einer fast angewiderten Geste hinaus und wartete, bis sie das Zimmer verlassen hatten. Dann wandte er sich wieder an Kara und lächelte.

»Du bist die junge Drachenkämpferin, die man Kara nennt, nicht wahr?«

Kara dachte an Angellas Warnung und nickte nur.

»Es freut mich, dass du wieder wohlauf bist«, fuhr Gendik stirnrunzelnd fort. »Man erzählte mir, du wärst bei dem Kampf schwer verletzt worden.«

Kara fing einen raschen, warnenden Blick Angellas auf. Sie lächelte flüchtig und machte eine wegwerfende Geste. »Es war halb so schlimm«, sagte sie. »Eine kleine Fleischwunde, mehr nicht.«

In den Augen des Mannes neben Gendik blitzte es spöttisch auf. »Eine kleine Fleischwunde? Deine Schulter wurde durchbohrt, Mädchen! Was nennst du eine schwere Verletzung? Wenn man dir den Arm abhackt?« Er lachte. »Es scheint zu stimmen, was man sich über die heilende Magie der Drachenkämpfer erzählt. Als *ich* vor Jahren einmal einen Pfeil in die Schulter bekam, lag ich drei Wochen auf dem Krankenbett und konnte den Arm monatelang nur unter Schmerzen bewegen.«

»Vielleicht hattet Ihr die falschen Heiler«, sagte Angella.

»Vielleicht«, antwortete der Grauhaarige. »Aber bei uns nennt man sie Ärzte.« Er konzentrierte seine Aufmerksamkeit wieder auf Kara. »Hauptmann Elder berichtete mir, dass du es warst, die den Kampf entschieden hat?«

Hinter Karas Stirn begann es heftig zu arbeiten. Das war kein bloßer Austausch von Belanglosigkeiten, sondern ein Gespräch, das mit einer ganz bestimmten Absicht geführt wurde. Sie wog jedes Wort sorgsam ab, ehe sie antwortete. »Wenn das stimmt, dann war es ein Zufall. Ich geriet an ihren Anführer und erschlug ihn.«

»Erschlagen hast du ihn nicht«, sagte der Grauhaarige. »Wir fanden das Steuergerät, mit dem er den Hornkopf lenkte, und ...« Er unterdrückte mit Mühe ein Lachen. »... ein paar seiner Zähne. Aber keinen Toten.«

Kara konnte einen überraschten Blick in Angellas Richtung nicht unterdrücken. Weder sie noch Hrhon oder Elder hatten ihr bisher gesagt, dass der Fremde entkommen war. Und sie war ziemlich sicher, dass das kein Zufall war.

»Es ist schade, dass er entkommen ist«, fuhr der Grauhaarige fort. »Ich hätte mich gern mit ihm unterhalten. Das Steuergerät, das er bei sich hatte, war ein kleines Wunderwerk. Wir könnten so etwas nicht bauen. Unsere Techniker verstehen nicht einmal, wie es funktioniert. Zu bedauerlich, dass du es zerstört hast.«

Vorsicht!, dachte Kara. Zögernd antwortete sie: »Ich hatte keine andere Wahl.«

»Ja. Auch das hat man mir erzählt.« Der Grauhaarige lächelte noch immer, aber etwas an diesem Lächeln gefiel Kara nicht. Ganz plötzlich begriff sie, dass die Ausstrahlung des starken, aber gütigen alten Mannes, die ihn umgab, nicht echt war, sondern eine sorgsam gepflegte Maske, hinter der sich etwas *völlig* anderes verbarg. »Ist dir sonst noch irgendetwas an ihm aufgefallen, Kind?«

Kara zögerte, um ihn glauben zu lassen, sie denke über seine Frage nach. Dann schüttelte sie den Kopf. »Nein. Er war nur ein ausgezeichneter Schwertkämpfer.« Sie begriff nicht ganz, was an dieser Antwort verfänglich war, aber Angella warf ihr einen mahnenden Blick zu und mischte sich ein.

»Womit wir beim Thema wären, geehrter Rusman. Da Ihr als oberster Befehlshaber der Stadtgarde persönlich gekommen seid, nehme ich an, Ihr habt herausgefunden, wer für den heimtückischen Überfall verantwortlich ist.«

Man sah Rusman an, dass er lieber noch weiter mit Kara geredet hätte, statt Angella zu antworten. Er schüttelte den Kopf. »Ich fürchte, ich muss Euch enttäuschen, Angella«, sagte er. »Meine besten Männer haben drei Tage lang buchstäblich jeden Stein in dieser Stadt herumgedreht. Ohne Erfolg.«

»Das meint Ihr nicht ernst«, erwiderte Angella ohne jeden Respekt vor den Kommandanten. »Ihr wollt mir erzählen, Ihr hättet nichts herausgefunden?«

»Ich will es Euch nicht *erzählen«*, verbesserte sie Rusman. »Es ist die Wahrheit. Aber wir haben natürlich eine Menge herausgefunden, nur fürchte ich, nicht genau das, was Ihr hören wollt, Angella.«

»Ach?«, machte Angella herausfordernd. »Und was wäre das?«

»Dass es sich genauso verhält, wie ich schon vor drei Tagen vermutet habe«, antwortete Gendik an Rusmans Stelle. »Die Männer, die Euch überfallen haben, waren ganz gewöhnliche Straßenräuber. Gesindel, dem Ihr durch einen unglücklichen Zufall in die Hände gefallen seid. Ein paar von den Toten sind uns wohlbekannt. Mörder und Diebe, um die es nicht schade ist. Von der großen Verschwörung, der Ihr auf die Spur gekommen zu sein glaubt, haben wir nichts gefunden.«

»Mörder und Diebe?«, wiederholte Angella ungläubig. »Eine ziemlich große Mörderbande, nicht wahr?«

»Schelfheim ist eine große Stadt«, antwortete Gendik. »Und Ihr wart in einer üblen Gegend. Seht Ihr – es hat seine Gründe, dass wir manche Viertel nur für Menschen freigeben.«

»Die allermeisten von ihnen *waren* Menschen«, wandte Kara ein.

»Und sie waren ziemlich gut ausgerüstet für eine Mörderbande«, fügte Angella hinzu. Erstaunlicherweise verzichtete sie darauf, Kara mit einem neuerlichen Blick wieder zum Schweigen zu bringen, sondern wies stattdessen beinahe anklagend auf Elder. »Sie hatten einen Dämpfer, Gendik!«

»Nein, das hatten sie ganz bestimmt nicht«, sagte Rusman. »Ich habe Hauptmann Elders Waffe untersuchen lassen. Sie war defekt, ein Materialfehler, mehr nicht.«

Elder wirkte verblüfft, fast erschrocken. Er nickte zwar, als Rusman ihn auffordernd ansah, aber es wirkte nicht sehr überzeugend.

Angella hob spöttisch die Brauen. »Und sein Sender? Wieso funktionierte der nicht?«

»Ein weiterer Defekt«, sagte Rusman achselzuckend. »So etwas kommt vor.«

»Im gleichen Moment?«

»Ein Zufall.« Rusman gab sich nicht einmal die Mühe, überzeugend zu lügen.

»Dann war es sicher auch ein Zufall, dass auch mein Rufer nicht funktionierte, wie?«, fragte sie herausfordernd. »Ich habe hinterher mit Jan gesprochen. Sein Tier hat nichts empfangen. Etwas hat die Gedankenwellen des Tieres blockiert.«

»Ihr tragt einen Rufer?«, fragte Rusman. »Ihr wisst, dass diese Tiere in Schelfheim verboten sind.«

Angella lachte böse. »Dann legt mich doch in Ketten«, erwiderte sie.

Rusman blieb ernst. »Zwingt mich nicht dazu, es wirklich zu tun, Angella«, sagte er. »Es könnte sein, dass mir keine andere Wahl bleibt. Und sei es zu Eurem eigenen Schutz.«

»Wie rührend«, sagte Angella. »Das habe ich noch nie gehört.«

»Aber ich meine es ernst«, antwortete Rusman. »Seht Ihr,

Angella – in einem habt Ihr recht. Es gibt sehr wohl noch eine andere Erklärung für den Überfall auf Euch. Aber sie wird Euch noch viel weniger gefallen als die erste.«

»So?« Angella bewegte sich nervös.

»Die Menschen hier fürchten Euch«, sagte Rusman. »Und daher hassen sie Euch. Ihr und Eure Begleiter seid nicht willkommen in Schelfheim.«

»Bei niemandem, nehme ich an«, sagte Angella. »Nicht einmal bei Euch.«

»Nein«, sagte Rusman mit überraschender Offenheit. »Gerade bei mir nicht, denn ich bin für die Sicherheit dieser Stadt verantwortlich. Wir sind jedoch zivilisiert genug, nicht gleich ein Schwert zu nehmen und jeden, den wir nicht mögen, zu erschlagen. Wie Ihr leider erfahren musstet, gilt das nicht für alle Einwohner dieser Stadt.«

»Der Mann, gegen den ich gekämpft habe, war nicht aus Schelfheim«, sagte Kara.

Sie hätte sich am liebsten im gleichen Moment auf die Zunge gebissen, aber da war es schon zu spät. Alle starrten sie an. Angella wirkte ziemlich wütend.

»Wie meinst du das?«, fragte Rusman misstrauisch.

»Es war ... nur so ein Gefühl.« Kara druckste einen Moment herum. »Etwas an ihm war fremd. Ich kann es nicht genauer beschreiben.«

»Unsinn!«, sagte Gendik, aber Rusman brachte ihn mit einer Geste zum Schweigen.

»Sprich weiter, Mädchen«, sagte er. »Wie meinst du das?«

»Was sie meint«, drängte sich Angella in das Gespräch, »ist, dass dieser Mann ganz bestimmt kein dahergelaufener Halsabschneider war. Kara ist eine Drachenkämpferin, Rusman. Vielleicht die beste, die ich je ausgebildet habe. Und dieser Fremde hat sie *besiegt!*«

Kara fuhr zusammen, und Angella warf ihr einen um Verzeihung bittenden Blick zu, bevor sie fortfuhr: »Vor ein paar Tagen hat sie vier Eurer Soldaten niedergeschlagen, Rusman, ohne sich sonderlich dabei anzustrengen. Und dieser *Halsabschneider*, wie Ihr ihn nennt, hätte sie um ein Haar getötet.«

»Ich dachte, sie hätte den Kampf gewonnen«, antwortete Rusman.

»Das hat sie. Aber nur durch einen ziemlich schmutzigen Trick, über den ich noch mit ihr reden werde. Er war *besser* als sie.«

»Und das verletzt Euren Stolz, nicht wahr?« Gendik schnaubte. Angella wollte auffahren, aber er ließ sie nicht zu Wort kommen. »Das führt zu uns, Angella. Unsere Entscheidung ist ohnehin gefallen. Rusman und ich sind hergekommen, um sie Euch persönlich mitzuteilen.«

»Was für eine Entscheidung?«, fragte Angella eine Spur zu hastig.

»Die Entscheidung, dass wir Euch bitten möchten, die Stadt zu verlassen«, antwortete Rusman.

Angella starrte ihn an. Sie sagte nichts.

»Ich könnte es Euch befehlen«, sagte Rusman, »und ich werde es, wenn Ihr mich dazu zwingt. Aber es wäre mir lieber, wenn Ihr es nicht tätet. Schelfheim hat sich verändert, Angella. Es ist nicht mehr die Stadt, über die Ihr einst als Anführerin einer Räuberbande herrschtet. Und es ist auch nicht mehr die Stadt, die sich der Gewalt von Jandhis Drachenschwestern gebeugt hat. Ihr könnt hier nicht mehr leben.« Er wies mit einer Geste, die frei von jeder Anklage war, auf Kara und Hrhon. »In nur drei Tagen, die Ihr hier wart, habt Ihr zweimal fast einen Bürgerkrieg entfesselt. Was wird als Nächstes passieren? So hart es klingen mag, aber wir können uns Gäste wie Euch nicht leisten. Bitte geht.«

»Und wann?«, fragte Angella.

»Am liebsten sofort. Aber ich will nicht unhöflich sein. Morgen bei Sonnenaufgang ist früh genug. Ich lasse die Posten am Hochweg informieren, damit Ihr passieren könnt.«

»Wie großzügig«, spottete Angella. »Und Ihr ladet uns sicherlich noch zu einem üppigen Frühstück in Eurem Palast ein – wenn wir darauf bestehen, nicht wahr?«

»Eure Verbitterung ist verständlich«, sagte Rusman. »Aber sie hilft uns nicht weiter.«

»Und ... und der Hochweg?«, fragte Angella. Sie war sichtlich aus der Fassung gebracht. Kara erinnerte sich nicht, sie jemals so hilflos gesehen zu haben. »Der Stamm? Ist es Euch völlig gleichgültig, was mit dem Stamm geschieht? Er ist krank. Er wird zusammenbrechen!«

»Kaum«, erwiderte Gendik.

Angella funkelte ihn wütend an. »Ihr wart nie dort unten!«, sagte sie aufgebracht. »Ihr habt ihn nicht gesehen. Aber ich habe ihn gesehen, und glaubt mir, was ich gesehen habe, das hat mich mit Entsetzen erfüllt! Er stirbt! Er ist fast schon tot.«

»Dieser eine vielleicht. Aber der Stamm hat Hunderte von Trieben.«

»Und wenn sie alle krank sind? Donay sagt ...«

Gendik unterbrach sie mit einer Handbewegung. »Donay ist ein zorniger junger Mann. Glaubt mir, wir sind uns des Problems durchaus bewusst und arbeiten daran. Und wir haben gute Spezialisten für solch eine Aufgabe.«

Angella seufzte tief und schwieg, und Rusman sagte fast sanft: »Ich verstehe Eure Gefühle, Angella. Und bitte, glaubt mir – könnte ich so handeln, wie ich wollte, würde ich Euch bestimmt nicht bitten zu gehen. Aber ich kann nicht anders. Ich bin für Ruhe und Sicherheit in dieser Stadt verantwortlich.«

»Ich glaube Euch«, murmelte Angella. Sie lachte bitter. »Ich glaube Euch. Und vielleicht ist das gerade das Schlimme.«

12

Der Abschied der beiden hochrangigen Besucher verlief beinahe überhastet. Beide waren sichtlich froh, gehen zu können. Jan und Elder begleiteten sie auf den Hof hinaus, während Angella, Hrhon und Kara allein in der Küche zurückblieben.

Es wurde sehr still. Angella hatte sich auf einen Stuhl am Tisch sinken lassen und das Gesicht zwischen den Händen verborgen, und Kara fühlte sich immer unbehaglicher. Schließlich hielt sie die Stille nicht mehr aus.

»Es ... es tut mir leid«, sagte sie. »Bitte, entschuldige.«

Im ersten Moment reagierte Angella gar nicht. Dann nahm sie ganz langsam die Hände herunter und sah Kara an. »Entschuldigen? Was?«

»Dass ich mehr gesagt habe, als ich durfte«, antwortete Kara. »Ich habe mich hinreißen lassen.«

Angella winkte ab. »Das ist schon in Ordnung«, sagte sie. »Es war ein dummer Befehl, und dummen Befehlen sollte man nie gehorchen. Wenn überhaupt, dann war es mein Fehler.« Sie seufzte. »Ich hielt es für einen klugen Gedanken, vorsichtig zu sein. Diplomatisch. Pah! Man muss diesen Narren die Wahrheit ins Gesicht schleudern. Mit Knüppeln sollte man sie ihnen in die Schädel prügeln! Aber das würde wahrscheinlich auch nichts nutzen. Sie wollen sie ja gar nicht hören. Und vielleicht haben sie ja recht.« Sie seufzte abermals und schwieg für eine ganze Weile.

Zögernd hob Kara die Hand und berührte ihre Lehrerin an der Schulter, und plötzlich streckte auch Angella den Arm aus und berührte Karas Finger. Es war ein seltsames Gefühl. Sie hätte sich nie auch nur träumen lassen, dass eines Tages *sie* es sein könnte, die Angella Trost spendete. Aber es war so. Vielleicht war Angella nicht so stark, wie sie immer geglaubt hatte.

»Vielleicht haben sie recht«, sagte Angella noch einmal. Sie löste ihren Griff von Karas Hand, straffte die Schultern und nahm die Maske ab. Das Gesicht, das darunter zum Vorschein kam, sah sehr alt aus und sehr müde. »Vielleicht bin ich es ja, die sich irrt. Vielleicht gibt es keinen Feind, und ich bilde mir das alles nur ein.«

»Bestimmt nicht«, sagte Kara.

Angellas Hände begannen nervös mit der goldenen Halbmaske zu spielen. »Vielleicht doch«, sagte sie. »Weißt du, Kara, es gibt viel, was ich dir nicht erzählt habe. Du weißt vielleicht von allen lebenden Menschen am meisten über mich, aber du weißt nicht alles von mir.« Sie deutete auf die verbrannte Seite ihres Gesichtes. »Ich habe dir erzählt, dass es Jandhis Drachen waren, die mir dies angetan haben. Aber was ich dir niemals erzählt habe, ist, dass ich nie wirklich darüber hinweggekommen bin, Kara. Nie.«

Kara sah sie verwirrt an. Sie begriff nicht ganz, was Angella meinte.

»Ich war nicht viel älter als du, als es passierte«, fuhr Angella fort. Ein bitterer, harter Klang schwang plötzlich in ihrer Stimme. »Ich war wild und jung und stark und wollte die Welt erobern, und dann war es ganz plötzlich vorbei. Sie haben meine Familie getötet und mich selbst in ... in ein Wesen verwandelt, bei dessen Anblick es jedem schaudert. Sie haben mein Leben zerstört, Kara, in einem einzigen Augenblick! Ich habe sie dafür gehasst. Ich habe mich selbst gehasst für das, was ich geworden war, aber noch mehr habe ich sie gehasst. Ich wollte sterben, aber noch sehr viel mehr wollte ich herrschen. Und wenn ich ganz ehrlich sein soll – deshalb habe ich Tally und Hrhon damals geholfen. Nicht, weil sie meine Freunde waren. Weil sie die Feinde meiner Feinde waren, Kara. Dieses närrische, hitzköpfige Kind und ihr schildkrötengesichtiger Freund waren mir so gleichgültig wie der Schmutz unter meinen Fingernägeln.«

Kara warf einen Blick auf den Waga, der neben der Tür saß und zuhörte. Hrhon reagierte aber nicht auf Angellas Worte. Eigentlich glaubte Kara auch nicht, dass sie die Wahrheit sagte. Angella hatte ihr Tallys und ihre Geschichte erzählt, in jener furchtbaren, nicht enden wollenden Nacht, in der sie sie vor den Ruinen ihrer brennenden Heimatstadt aufgelesen hatte. Vielleicht war es ganz am Anfang so gewesen – aber das war nicht alles. Tally hatte ihr Leben geopfert, um Jandhi und ihre Drachen tödlich zu treffen, aber was danach kam, der fünfundzwanzigjährige, zermürbende Kampf gegen die Versprengten, das zähe, aufreibende Ringen, aus dem Sieg einen dauerhaften Zustand des Friedens und der Sicherheit zu machen, war der schwerere Teil der Arbeit gewesen. Und *den* hatten Angella und Hrhon ganz allein bewältigt. Sie allein hatten die neuen Drachenkämpfer aufgebaut.

»Aber du hast sie besiegt«, sagte Kara leise.

»Vielleicht«, murmelte Angella. »Und vielleicht hätte ich es besser nicht getan.«

Kara verstand nicht.

»Vielleicht haben wir sie damals wirklich geschlagen, Kara, vernichtend und endgültig. Ich habe es niemals geglaubt, aber heute beginne ich mich zu fragen, warum das so war. Sag es mir, Kara. Wieso suche ich seit fünfundzwanzig Jahren nach einem Feind, den es vielleicht schon nicht mehr gibt?«

»Weil man immer auf der Hut sein muss«, antwortete Kara. »Weil der Feind niemals schläft und immer auf einen Moment der Unaufmerksamkeit wartet, um …«

Angella unterbrach sie. »Das ist es, was ich euch erzählt habe. Ich habe es dir und den anderen zwanzig Jahre lang eingehämmert, so lange, bis ich es selbst glaubte. Aber ich weiß einfach nicht mehr, ob es die Wahrheit ist. Vielleicht … brauchte ich einfach einen Feind. Vielleicht brauchte ich all die Jahre über einfach etwas, das ich hassen konnte.«

Sie schloss mit einem tiefen Seufzen. Kara ahnte, wie schwer

Angella dieses Eingeständnis gefallen war, ob es nun stimmte oder nicht. Angellas Worte erschütterten sie zutiefst. Sie betrachtete Angellas Gesicht, und in gewisser Weise war es, als sehe sie es zum ersten Mal.

Die eine Hälfte von Angellas Antlitz war einfach das einer alten Frau; die andere Hälfte ihres Gesichtes, wo sie der Feueratem des Drachen getroffen hatte, war eine Maske aus braunschwarzem Narbengewebe, in dem einzig das Auge wie durch ein Wunder unversehrt geblieben war. Für Kara hatte dieser Anblick niemals etwas Abstoßendes gehabt. Sie versuchte zu begreifen, was Angella ihr gerade gesagt hatte, aber der bloße Versuch ließ sie schon erschaudern. Ein Leben, das nur von Hass bestimmt war. Was bedeutete es, wenn sie recht hatte und es jenen geheimnisvollen Feind, auf den sie warteten, schon längst nicht mehr gab?

Sie dachte den Gedanken nicht zu Ende. Denn wenn sie wirklich einem Phantom aufgesessen waren, bedeutete es, dass alles, was Angella jemals getan, alles, was sie aufgebaut und erschaffen hatte, der Drachenhort, die Armee der Drachenkämpfer, ihr aller Leben, umsonst gewesen war. Nein, das durfte nicht sein!

Leise fragte Kara: »Und was willst du jetzt tun?«

Angella hob müde die Schultern. »Was kann ich schon tun?«, fragte sie. »Du hast Gendik gehört. Wir werden die Stadt verlassen – und hoffen, dass ich mich geirrt habe.«

Dass in diesem Moment die Tür aufging und Jan und Elder hereinkamen, erschien Kara wie ein Geschenk des Himmels, denn Angella gab sich bei ihrem Anblick einen sichtbaren Ruck und setzte ihre Maske wieder auf. Kara bemerkte, dass Elder erschrocken zusammenfuhr, als er Angellas Gesicht für einen Moment sah, wie es wirklich war. Wahrscheinlich hatte er ihre goldene Halbmaske für ein Schmuckstück gehalten; für eine harmlose Marotte.

»Nun, Hauptmann?«, begrüßte ihn Angella. »Habt Ihr Euren … *Herrn* zur Tür begleitet?«

Elder zuckte unter ihren Worten zusammen, als hätte sie ihn geohrfeigt. »Es tut mir leid«, sagte er. »Es … war nicht meine Entscheidung, das müsst Ihr mir glauben. Im Gegenteil. Ich …« Er brach ab. Mit einem hilfesuchenden Blick wandte er sich an Kara, aber sie reagierte nicht. Was hätte sie auch sagen sollen? »Ich glaube eher, dass Ihr recht habt und Rusman und Gendik sich irren.«

Angella blickte ihn nur schweigend durch die Schlitze ihrer Maske hindurch an, aber Kara sagte in scharfem Ton: »Wenn das so ist, Elder, warum habt Ihr dann vorhin geschwiegen?«

»Mir waren die Hände gebunden«, verteidigte sich Elder. »Was hätte ich tun sollen? Rusman der Lüge bezichtigen? Oder etwa Gendik?«

»Der Lüge? Wie meint Ihr das?« Angellas Interesse war erwacht.

Elder druckste einen Moment herum. »Vielleicht ist es auch nur ein Irrtum«, sagte er ausweichend. »Jemand kann einfach einen Fehler gemacht haben. Aber mein Laser …« Er zögerte noch einmal, dann stieß er mit sichtlicher Anstrengung hervor: »Er war völlig in Ordnung. Ich habe ihn aufgehoben, nachdem der Hornkopf fort war, und noch drei oder vier Schüsse abgegeben. Ihr habt es nicht gemerkt, weil Ihr mit dem Waga und mit Kara beschäftigt wart. Aber er funktionierte tadellos.«

»Genauso wie Euer Sender, vermute ich.« Angella schürzte verächtlich die Lippen. »Ihr solltet Euch überlegen, ob Ihr für die richtigen Leute kämpft, Elder. Das Leben ihrer Untergebenen scheint Euren Herren nicht viel wert zu sein.«

Elder sah immer unglücklicher aus. »Bitte, Angella«, sagte er. »Zwingt mich nicht, eine Entscheidung zu treffen, die ich nicht fällen will. Ich bin nur ein einfacher Soldat, der nichts von Politik versteht. Ich weiß nicht, was hier vorgeht. Ich bin nicht einmal sicher, ob ich es wirklich wissen will.«

»Ein bequemer Standpunkt«, erklärte Kara spöttisch.

Angella brachte sie mit einem Blick zum Schweigen, ehe sie sich wieder an Elder wandte. »Ihr wollt mir damit also sagen, dass Rusman gelogen hat.«

»*Jemand* hat gelogen«, antwortete Elder betont. »Es muss nicht Rusman gewesen sein. Er ist ein ehrlicher Mann.« Nervös fuhr er sich mit der Zunge über die Lippen. Er wich Angellas Blick aus. »Aber sie *haben* einen Dämpfer. Ich bin ganz sicher.«

»Was ist das?«, fragte Kara, »ein Dämpfer?«

»Ein technisches Gerät«, antwortete Angella an Elders Stelle. »Es stammt noch aus der alten Welt. Ich selbst habe noch nie einen gesehen, aber davon gehört. Dämpfer sind sehr selten. Angeblich sollen sie jede andere technische Apparatur in einem gewissen Umkreis lahmlegen.«

»Und das Steuergerät, das der Fremde trug?«

Angella zuckte mit den Schultern. »Vielleicht *war* es der Dämpfer.« Sie lachte rau. »Sollte es so sein, dann verstehe ich, dass Rusmans Techniker so enttäuscht waren, dass du es zerschlagen hast.«

Sie stand auf. »Es ist spät geworden. Lasst uns schlafen gehen. Die Nacht ist kurz, und wir haben eine anstrengende Reise vor uns.«

Elder blickte sie völlig verwirrt an, aber nach einem Moment schien er zu begreifen, dass Angella jetzt einfach nicht mehr reden wollte. Er verabschiedete sich mit dem Versprechen, am nächsten Morgen noch vor Sonnenaufgang wiederzukommen; nach einer Weile verließen auch Jan und Hrhon das Zimmer.

Kara hielt Angella mit einer Handbewegung zurück, als auch sie gehen wollte. Es gab noch eine Frage, die sie bewegte.

»Was du vorhin gesagt hast, Angella«, sagte sie. »War der Fremde wirklich besser als ich?«

»Es würde deinen Stolz verletzen, wenn es so wäre, nicht wahr?«, erwiderte Angella. Sie schüttelte den Kopf, als Kara widersprechen wollte. »Wenn du ganz ehrlich zu dir bist, dann kannst du dir diese Frage allein beantworten, Kara. Und wenn nicht ... nun, *ich* werde sie dir beantworten, wenn *du* mir zuvor eine andere beantwortest.«

»Und welche?« Kara hatte das Gefühl, dass es besser gewesen wäre, das Thema nicht anzusprechen.

»Als er dich am Boden hatte, da hast du um dein Leben gefleht«, sagte Angella. »War das wirklich nur eine List? Oder meintest du deine Worte ernst?«

Kara senkte betroffen den Blick. Sie wusste es nicht. Die Verlockung, sich auf eine List herauszureden, war groß – aber sie war nicht sicher, ob es wirklich die Wahrheit gewesen wäre.

»Ich verlange nicht, dass du mir antwortest«, sagte Angella sanft. »Aber vielleicht solltest du darüber nachdenken, dass es Fragen gibt, die man besser nicht stellt.«

13

Obwohl sie drei Tage und Nächte ununterbrochen geschlafen hatte, sank sie wenige Augenblicke später in einen tiefen Schlummer, aus dem sie erst nach Sonnenaufgang erwachte. *Traumlos* war ihr Schlaf nur in den ersten Stunden gewesen, danach verwandelte er sich in ein wirres Durcheinander von Bildern und Farben.

Sie glaubte, Schreie zu hören und ein Zittern und Beben zu spüren, als wäre die ganze Welt aus den Fugen geraten, aber sie sah nur dann und wann ein verzerrtes Gesicht, ohne es zu erkennen.

Dann wachte sie auf. Verwirrt hob sie die Lider und starrte die weißgetünchte Decke über sich an. Sie fühlte sich benommen. In ihrem Mund klebte ein schlechter Geschmack, und in ihren Ohren dröhnte ein Rauschen – und die Schreie waren immer noch da.

Alarmiert schwang Kara die Beine aus dem Bett und richtete sich auf. Ein scharfer Schmerz zuckte durch ihre Schulter. Sie verzog das Gesicht, massierte sich flüchtig den Oberarm und griff nach der Schlinge, die am Bettpfosten hing. Erst als sie sie übergestreift und den Arm hineingelegt hatte, stand sie auf und trat ans Fenster.

Nichts.

Jans Hof lag verlassen da, aber das Gefühl, dass irgendetwas passiert war, verdichtete sich fast zur Gewissheit. Sie eilte zum Bett zurück, schlüpfte in ihre Kleider und verließ das Zimmer.

Im Haus herrschte helle Aufregung. Sie hörte hastige Schritte und laute Stimmen. Was war geschehen? Sie hielt die erste Gestalt an, die an ihr vorüberkam, aber sie geriet an einen Hornkopf, der sie nur blöde anglotzte. Kara versetzte ihm einen Stoß und eilte weiter.

In der Küche war niemand, und auch die übrigen Zimmer waren leer, aber auf dem Hof traf sie Hrhon, der gerade ebenso ungeschickt wie erfolglos versuchte, auf ein Pferd zu steigen. Das Tier wehrte sich heftig. Wahrscheinlich gefiel es ihm nicht, von einem Reiter bestiegen zu werden, der fast so viel wog wie es selbst.

»Hrhon!«, rief Kara. »Hör auf, das arme Tier zu quälen, und sag mir lieber, was hier los ist. Was soll die Aufregung?«

Hrhon hielt in seinen fruchtlosen Bemühungen inne, auf das Pferd zu klettern, und wandte sich zu ihr um. »Der Hhohchwehgh!«, keuchte er aufgeregt. »Er ihsssth uhmghefhallhen!«

Kara stand da wie vom Donner gerührt. »Wie bitte?«, keuchte sie.

»Er ihsssth uhmghefhallhen!«, wiederholte Hrhon. »Eihnfhahch shoh! Bhuuuhm!«

Einen Wimpernschlag lang stand Kara reglos da und starrte den Waga an, dann sprang sie mit einem Satz die zwei Stufen zum Hof hinunter, stieß Hrhon einfach beiseite und sprang selbst in den Sattel des Pferdes. »Worauf wartest du?«, schrie sie. »Such dir ein anderes Pferd, das dich trägt, und dann komm! Wo sind überhaupt Angella und die anderen?«

»Bheim Fffheilher«, antwortete Hrhon. Er sah sich wild nach einem anderen Reittier um.

Was für eine dumme Frage, dachte Kara. Wo sollten sie sonst sein? Sie verspürte einen flüchtigen Ärger, dass Angella es nicht einmal für nötig gehalten hatte, sie zu wecken. Aber wahrscheinlich waren sie alle einfach zu aufgeregt gewesen.

Hrhon rannte zum Tor, und Kara war ihm kaum gefolgt, als sie auch schon einsah, wie wenig ihr das Pferd nutzte: auf den Straßen herrschte ein solches Gedränge und Chaos, dass sie mit dem Tier schon nach Augenblicken hoffnungslos steckenblieb.

Sie stieg aus dem Sattel und ließ das Pferd einfach stehen. Hrhon versuchte, mit seinen mächtigen Körperkräften einen Weg für sich und Kara zu bahnen, doch obwohl er alles andere als zimperlich dabei vorging, kamen sie kaum von der Stelle. Jeder einzelne Einwohner Schelfheims schien auf den Beinen zu sein. Die Luft hallte wider von Schreien und Pfiffen, und der Boden schien unter dem Gewicht Tausender hämmernder Füße zu zittern. Mehrmals fürchtete Kara, von Hrhon getrennt zu werden, und einmal verlor sie den breiten Rückenschild des Waga tatsächlich aus den Augen, fand ihn aber wieder, ehe sie in Panik geraten konnte.

Irgendwie schafften sie es, die Barriere zu erreichen, an der sie vor drei Tagen schon einmal fast gescheitert waren. Diesmal wurde das Hindernis von gleich einem Dutzend Soldaten und dreimal so vielen Hornköpfen bewacht.

Was allerdings auch bitter nötig war.

Hunderte, wenn nicht Tausende von Gestalten drängten

gegen die hölzerne Wand, und der Lärm war so unbeschreiblich, dass sie sich nicht einmal mehr schreiend verständigen konnten. Kara signalisierte Hrhon mit Gesten, sich irgendwie einen Weg zu bahnen. Am Ende einer Gasse aus geprellten Rippen, ausgekugelten Armen und blutigen Nasen und Zehen erreichten sie das Tor – und Karas Herz machte einen erschrockenen Satz, als sie über einem der papageiengelben Mäntel ein Gesicht erblickte, das sie nur zu gut kannte. Vor gut drei Tagen hatte sie dieses Gesicht mit ihrem rechten Fuß ein wenig unsanft traktiert. Der Soldat schien sich ebenso gut an sie zu erinnern, denn sein noch immer geschwollenes Gesicht verdüsterte sich. Aber dann hob er zu Karas Überraschung die Hand und gab ein Zeichen, sie und Hrhon durch das Tor zu lassen.

»Verdammt!«, murmelte Kara. »Ich habe keine Zeit, mich jetzt mit diesen Idioten herumzuschlagen!« Finster blickte sie dem Gardesoldaten entgegen, der mit wehendem Mantel auf sie zugeeilt kam. Sie spannte ihre Muskeln an. Sie hatte nicht vor, sich lange von diesen Operettensoldaten aufhalten zu lassen.

Aber der Mann begann plötzlich aufgeregt hinter sich zu gestikulieren, wo Kara zwei aufgezäumte Pferde erblickte. »Los doch!«, brüllte er. »Macht, dass ihr weiterkommt, ehe hier die Hölle ausbricht. Diese verdammte Bande wartet doch nur auf einen Vorwand, die Sperre zu stürmen!«

Kara war ziemlich überrascht, aber sie verschwendete keine Zeit mit überflüssigen Fragen, sondern stieg in den Sattel und wartete ungeduldig, bis auch Hrhon ungeschickt auf den Rücken des Pferdes geklettert war. Wahrscheinlich hatte Angella Befehl gegeben, sie und den Waga durchzulassen.

Sie sprangen los. Ganze Trupps von Soldaten und Hornköpfen kamen ihnen entgegen, manche voller frischer Kraft, andere verdreckt und erschöpft. Sie passierten einen von zwei Pferden gezogenen Wagen, auf dem ein halbes Dutzend Verletzter auf blutigen Laken lag. Dann entdeckten sie die ersten wirklichen

Spuren der Katastrophe: Vor ihnen gähnte ein gewaltiges Loch in der Straße. Vier oder fünf Häuser waren in die Tiefe gestürzt.

Kara blickte schaudernd in das dunkle Loch hinab. Unheimliche Geräusche drangen aus der Tiefe: ein beständiges Rasseln und Schleifen, das gelegentliche Poltern eines Steins, das Rieseln von Sand und Kies. Dann legte Kara den Kopf in den Nacken und sah auf. Hrhon hatte übertrieben: Der Hochweg war nicht *umgefallen.* Er erhob sich noch immer über den Dächern Schelfheims, und er wirkte nicht einmal schwer beschädigt. Zwei oder drei seiner Beine waren abgebrochen und zu Boden gestürzt. Kara erspähte darüber hinaus mehr oder weniger große Risse in der Brücke; hübsch anzusehende Flecke, durch die das Licht der Morgensonne schien. Wenn man genauer hinsah, erkannte man, dass ein vielleicht zwei Meilen langes Teilstück der zyklopischen Konstruktion in sich verbogen und verzogen war; ein Wunder, dass es noch hielt.

Trotzdem war das Unglück entsetzlich genug; ein tödlicher Regen aus Stein und Holz, der völlig warnungslos aus dem Himmel fiel. Kara dachte an die Häuser und Verschlage, die sie oben auf der Brücke gesehen hatte, und sie fragte sich, auf welcher Seite es wohl mehr Tote gegeben hatte – hier unten oder dort oben.

»Ich schätze, die Grundstücke unter der Brücke werden in Zukunft nicht mehr ganz so heiß begehrt sein wie bisher«, sagte sie. »Komm – beeilen wir uns. Angella wird bestimmt nicht auf uns warten.« Sie wollte auf jeden Fall dabei sein, wenn Angella in die Tiefe herabstieg, um sich die Schäden am Trieb aus der Nähe anzusehen.

Hrhon schaute sie auf eine sonderbare Weise von der Seite her an, aber Kara achtete nicht darauf, sondern trieb ihr Pferd an. Rings um den riesigen Krater herrschte eine hektische Aktivität. Seile und Leitern wurden in die Tiefe gelassen, und Männer und Hornköpfe stiegen auf der Suche nach Überlebenden hinab.

Kara sah gleich Dutzende von Gräbern, und auf einem hölzernen Wagen wurden etliche Transporter herangebracht.

Die Spuren der Zerstörung nahmen zu, je weiter sie in die Stadt eindrangen. Nicht alle Häuser hatte es so schlimm getroffen, dass sie gleich in den Boden hineingestampft worden waren, aber viele lagen in Trümmern. Dächer waren durchschlagen und Wände zu gewaltigen Schutthalden aufgetürmt. Überall wirbelte Staub. Glasscherben, Schutt und zertrümmerte Möbel bedeckten die Straße.

Karas Unbehagen wuchs, je näher sie dem Pfeilerhaus kam. Aber einen Pfeiler gab es hier nicht mehr.

Im ersten Augenblick glaubte sie, es läge am Staub, dass sie nirgends den Pfeiler ausmachen konnte, aber schließlich riss ein kräftiger Windstoß die Staubwolken über ihr auf, und sie konnte sicher sein: Der Pfeiler war nicht mehr da, nur noch ein größeres Trümmerstück ragte aus dem Boden.

Der Stamm war verschwunden.

Kara biss sich auf die Lippen. Offensichtlich war der ganze Trieb zusammengebrochen. Sie war fast sicher, dass Rusman oder dieser Narr Gendik allerhöchstens zwei Tage brauchen würden, um zwischen dieser Tatsache und der, dass sie in seiner unmittelbaren Nähe gearbeitet hatten, eine Beziehung herzustellen. Es würde sie nicht einmal wundern, wenn es am Ende so aussah, als wäre es *ihre* Schuld! Gleichzeitig begann sich eine Sorge um Donay in ihr breitzumachen. Bedachte sie die Gewohnheit des jungen Bio-Konstrukteurs, praktisch Tag und Nacht zu arbeiten, dann standen die Chancen nicht schlecht, dass er *hier gewesen* war, als das Unglück passierte. Kara war plötzlich froh, bald aus dieser verrückten Stadt herauszukommen.

Fassungslos blickte sie das riesige gähnende Loch an, wo das Pfeilerhaus gestanden hatte. Der Pfeiler war nicht zusammengestürzt. Er war einfach *nicht mehr da!* »Oh mein Gott!«, flüsterte Kara. »Was … was ist hier passiert?«

Hrhon hielt neben ihr an und deutete zur anderen Seite des Platzes. Hunderte von Gestalten bewegten sich hektisch am Rand des Loches. Zu ihrer Erleichterung erkannte Kara Elder unter den gelb bemäntelten Gestalten. Sie wusste nicht, warum, aber sie war plötzlich froh, ihn zu sehen.

Dann erblickte sie Donay. Der Junge war völlig verdreckt, aber offensichtlich unverletzt. Durch einen Berg aus Trümmern und Staub stolperte er auf sie und Hrhon zu.

»Donay!« Kara sprang aus dem Sattel und eilte ihm entgegen. »Was ist passiert? Um Gottes willen, was ist hier geschehen?«

Donays Lippen bewegten sich, aber im ersten Moment brachte er nur ein unverständliches Schluchzen heraus. Tränen liefen aus seinen Augen und zeichneten dunkle Spuren in den Staub auf seinem Gesicht.

Kara ergriff ihn bei den Schultern und schüttelte ihn grob. »Donay! Was ist passiert?« Ihr scharfer Ton brachte ihn ein wenig zur Besinnung.

»Tot«, stammelte Donay. »Sie ... sie sind alle tot!«

Kara widerstand der Versuchung, ihn noch heftiger zu schütteln. Mit erzwungener Ruhe fragte sie noch einmal: »Was ist passiert, Donay? Bitte, beruhige dich und erzähl es mir.«

»Er ist ... zusammengebrochen«, stammelte Donay. »Einfach so. Gerade war er noch da, und einen Augenblick später ... nicht mehr. Er war ... er war einfach weg. Es hat ihn einfach in die Tiefe gerissen. Wie ... wie eine Fliege, der man ein Bein abreißt. Einfach so.«

Er begann wieder zu stammeln, und Kara sah ein, wie sinnlos es war, weiter mit ihm reden zu wollen. Unschlüssig blickte sie zu dem gewaltigen Loch hinüber. *Wie einer Fliege ein Bein* ... Sie erschauerte. Der Pfeilerrest sah tatsächlich wie abgerissen aus, und dieser Schacht in der Erde ...

Eine Bewegung ließ sie aufblicken. Elder eilte auf sie zu. Sein Gesicht war ebenso schmutzig wie Donays, aber offensichtlich hatte der Schrecken ihm nicht die Sinne getrübt. »Kara!«, rief Elder schwer atmend. »Gott sei Dank, dass du kommst. Angella …«

»Ich weißt nicht, wo sie ist«, unterbrach ihn Kara ungeduldig. »Sie ist vor mir losgeritten. Was ist hier passiert? Donay behauptet, der Stamm wäre einfach nach unten gezerrt worden!«

»Das stimmt«, antwortete Elder. »Ich war in der Nähe, als es passiert ist. Es gab ein Krachen, als stürzte die ganze Stadt zusammen, und dann … verschwand der Pfeiler einfach.«

Kara ging an ihm vorbei, näherte sich vorsichtig dem Rand des Loches und kniete nieder. Mit klopfendem Herzen beugte sie sich vor. Die Schwärze unter ihr war mit bloßem Auge nicht zu durchdringen. Mit dem Stamm waren auch die Leuchtstäbe und lichtspendenden Bakterienkulturen verschwunden.

Schaudernd griff sie nach einem Stein und ließ ihn in die Tiefe fallen. Er verschwand. Sie wartete einige Momente, aber sie hörte keinen Aufprall. »Was für ein schrecklicher Abgrund«, flüsterte sie. »Als ob man geradewegs in die Hölle blickte.« Sie stand auf und wich vom Rand des gewaltigen Loches zurück. »Ich muss Angella finden. Vielleicht weiß sie, was hier passiert ist.«

Elder hielt sie an der Schulter fest, und plötzlich erschrak sie, erschrak bis auf den Grund ihrer Seele, denn sie wusste, dass etwas Furchtbares geschehen war. Dann sagte Elder. »Das habe ich dir die ganze Zeit über erklären wollen, Kara. Angella ist heute Nacht noch einmal hierhergekommen, um ein letztes Mal hinunterzugehen und nach dem Fortgang der Arbeiten zu sehen.«

Kara starrte ihn an. Sie hatte das beklemmende Gefühl, als setze ihr Herz aus. *»Was?«*, flüsterte sie.

Elder deutete auf den Abgrund zwei Schritte hinter ihr. »Es ist die Wahrheit. Sie ist dort unten, Kara.«

14

Der Strahl des starken Handscheinwerfers, von dem Elder behauptet hatte, er reiche eine halbe Meile weit, verlor sich unter ihr in der Tiefe, ohne irgendetwas anderes als wirbelnden Staub zu zeigen. Dann und wann glitt das bleiche, kalte Licht über Stufen, die im Nichts endeten, tastete über Türen, die in das gigantische Labyrinth des unterirdischen Schelfheim hineinführten, oder verlor sich in völliger Dunkelheit, wenn es durch einen der gewaltigen Hohlräume glitt, die es unter der Stadt gab. Manche von ihnen mussten groß genug sein, um allein eine kleine Stadt aufzunehmen. Niemand hatte bisher von der Existenz dieser ungeheuerlichen Höhlen gewusst, denn sie lagen tiefer in den steinernen Eingeweiden Schelfheims, tiefer als je ein Mensch vorgedrungen war.

Aber Kara war im Moment einzig daran interessiert, an das Ende des Lochs zu geraten. Wenn die Angaben stimmten, die Elder ihr regelmäßig über Funk durchgab, dann befanden sie sich mittlerweile zwei Meilen unter dem Straßenpflaster. Zwei Meilen ... aber unter ihr gähnte nur Leere! Vielleicht führte dieses Loch tatsächlich geradewegs in die Hölle. Was sie allerdings nicht daran hindern würde, es bis zu seinem Ende zu erkunden, und wenn sie bis zur anderen Seite der Welt an diesem Seil hinabgleiten musste! Sie würde Angella finden, ganz egal, wo und wann.

Zuerst an den seidenen Fäden dreier Transporter, dann über den Gang, den sie bereits kannte, waren sie selbst, Hrhon und Elder zu jenem unheimlichen Saal eine halbe Meile unter der Stadt geeilt. Beinahe allerdings wären sie abgestürzt, denn fast die gesamte gewaltige Halle war in den ungeheuerlichen Schlund geglitten. Und von Angella, Jan und den vier Männern, die in ihrer Begleitung gewesen waren, fehlte jede Spur.

Trotzdem war Kara überzeugt, dass Angella noch lebte.

Sie hatte sogar einen Beweis dafür; oder zumindest doch etwas, von dem sie *behaupten konnte,* dass es ein Beweis war: Der winzige Rufer an ihrem Hals, der auf die gleiche gedankliche Frequenz eingestellt war wie der Angellas und Jans, regte sich von Zeit zu Zeit. Wenn schon nicht Angella, so war zumindest ihr Rufer noch am Leben.

Natürlich hatte Elder versucht, sie von ihrem Vorhaben abzubringen. Worauf Kara sich aber nicht eingelassen hatte; sie hatte sich lediglich bereit erklärt, seine Hilfe anzunehmen. Ob das fingerdicke Drahtseil, an dem sie hing, tatsächlich sicherer war als der Spinnenfaden eines Transporters, wusste sie nicht. Aber der Scheinwerfer erwies sich als recht nützlich. Kara war im Moment in einer Verfassung, in der sie jede Hilfe gebrauchen konnte; selbst die verpönte Technik.

Sie hatte eine unvorsichtige Bewegung gemacht und begann sich prompt am Ende des Kabels um ihre Achse zu drehen. Sehr behutsam versuchte sie, die Drehung abzufangen, und nach einer Weile gelang es ihr. Erleichtert atmete sie auf. Es war nicht nur das unangenehme Gefühl, sich wie ein lebender Kreisel hilflos herumzudrehen. Elder hatte sie gewarnt: Am Ende eines zwei oder drei Meilen langen Kabels konnte jede unvorsichtige Bewegung sie mit Wucht gegen die Schachtwand schleudern.

In ihrem Ohr knackte es, und Kara fuhr erschrocken zusammen, noch ehe Elders Stimme aus dem Funkgerät drang. Sie würde sich nie daran gewöhnen, diese Dinger zu tragen. »Alles in Ordnung, Kara?«

Sie hob vorsichtig den Kopf und blickte in die undurchdringliche Schwärze über sich. Das Tageslicht war schon vor Stunden zu einem münzgroßen Fleck über ihnen zusammengeschrumpft und danach erloschen. Obwohl Elder kaum fünf Meter über ihr schwebte, konnte sie ihn nur als Schemen erkennen. Er konnte sie offenbar deutlicher ausmachen. »Sicher«, antwortete sie. Es ärgerte sie, dass Elder Zeuge ihres kleinen Patzers geworden war.

»Gut«, sagte Elder. »Aber sei vorsichtig, ja?«

Kara runzelte die Stirn und ersparte sich eine Antwort. Stattdessen konzentrierte sie sich lieber auf das, was unter ihr lag. *Wie tief war dieses verdammte Loch?* Sie wünschte sich, eine Sucher-Fledermaus dabeizuhaben, die sie vorausschicken konnte. Aber wahrscheinlich gab es so etwas in ganz Schelfheim nicht.

Vorsichtig hob sie die Hand und berührte eine Taste des winzigen Kästchens, das vor ihrem Kinn befestigt war. In ihrem Ohr erscholl ein Knacken, als schnippe jemand mit dem Zeigefinger gegen ihr Trommelfell.

»Hrhon?«

»Jha?«, fragte die Stimme des Waga in ihrem Ohr. Sie klang gepresst – als unterdrücke Hrhon mit letzter Kraft seine Angst.

»Alles in Ordnung?«

»Nhein«, antwortete Hrhon. »Nhihsss ihssst ihn Ohrdhnunhngh. Ihsss whill ehndhlhisss whidher fhessthen Bodhen uhnther dhen Fhüssshen!«

»Dann beiß doch dein Seil durch und flieg schon mal voraus«, mischte sich Elders Stimme in das Gespräch. Ernst fügte er hinzu: »Haltet Funkdisziplin!«

»Gern«, antwortete Kara. »Wenn du mir erzählst, was das ist.«

Elder seufzte. »Jemand könnte mithören.«

Das zumindest war bei einem Rufer nicht möglich, dachte Kara. Sie musste an den Fremden denken, der sie um ein Haar getötet hätte. Wenn das kleine Kästchen an seinem Gürtel, das sie zerschlagen hatte, wirklich ein Dämpfer gewesen war, dann verfügten diese Männer vielleicht noch über ganz andere Schätze aus der Trickkiste der Alten Welt. Sie mussten aufpassen.

Gute zehn Minuten glitten sie weiter durch die Dunkelheit, dann sagte Elder plötzlich: »Da unten ist etwas.«

Kara presste angestrengt die Augen zusammen, aber sie sah nichts. Der Scheinwerferstrahl verlor sich noch immer in sechs- oder siebenhundert Metern unter ihr in einer Schwärze, die fast stofflich zu sein schien. »Da ist nichts«, sagte sie.

»Mein Trigger zeigt etwas an«, beharrte Elder. Mochten die Götter wissen, was nun wieder ein *Trigger* war. »Da bewegt sich etwas. Aber das ...« Er erschrak hörbar. »Das ist unmöglich!«, keuchte er.

»Wieso?«

»Anderthalb Meilen!«, stöhnte Elder.

»Und?«, fragte Kara. »Es ist ein tiefes Loch.«

»Das wäre eine Meile unter dem Schlund!«, sagte Elder. »Wir sind fast auf dem Meeresgrund, aber dieses Loch reicht noch viel tiefer.«

»Oh«, brachte Kara nur hervor.

»Da unten ist etwas«, fuhr Elder nach einer Weile fort. »Ich kann es nicht genau erkennen. Zehn, vielleicht auch fünfzehn ...«

»Fünfzehn *was?*«

»Blips.«

»Aha«, sagte Kara.

»Du schaltest besser den Scheinwerfer aus. Sie könnten das Licht sehen, lange bevor wir *sie* sehen«, sagte Elder.

Kara gehorchte.

Der Scheinwerferstrahl, so dünn und blass er gewesen war, hatte immerhin noch einen letzten Schutz vor dieser fürchterlichen Schwärze geboten. Jetzt glitt sie völlig orientierungslos durch die Dunkelheit. Sie kam sich hilflos und furchtbar verloren vor. Für Augenblicke musste Kara mit aller Macht gegen die Panik ankämpfen, die nun sie zu überwältigen drohte. Es war nicht die Abwesenheit von Licht, es *war* ein unsichtbares

Ding, das sie packen und zerreißen würde, unweigerlich, und ... Sie zwang sich mit aller Kraft, den Gedanken zu vertreiben und die Panik zurückzudrängen.

Für beinahe eine halbe Stunde glitten sie schweigend immer weiter in die Tiefe. Sie wagten es nicht einmal, die Funkgeräte zu benutzten.

Sie mussten sich noch zwei- oder dreihundert Meter über dem Boden befinden, wenn Karas Einschätzung richtig war, als sie plötzlich einen flüchtigen Eindruck von Bewegung unter sich erhaschte – und einen Moment darauf einen grünen, unglaublich dünnen Faden aus Licht sah, der wie ein leuchtender Finger zu ihnen hinauftastete. Geblendet schloss sie die Augen und hörte einen gellenden Schrei über sich. Erschrocken blickte sie hoch.

Der Lichtfaden hatte eine der Gestalten über ihr getroffen. Sie konnte nicht erkennen, wer es war, denn der Mann brannte lichterloh. Kreischend warf er sich hin und her, dann riss sein Seil, und er stürzte wie eine lebende Fackel an ihnen vorbei in die Tiefe. Seine Schreie hörten plötzlich wie abgeschnitten auf, aber der lodernde Flammenschein war noch sekundenlang zu sehen, ehe er erlosch.

Das grüne Licht flammte zum zweiten Mal auf und traf mit tödlicher Präzision sein Ziel, und in die gellenden Schreie des Mannes über ihr mischte sich Elders überschnappende Stimme. *»Um Gottes willen! In Deckung!«*

In Deckung?, dachte Kara, die selbst einer Panik nahe war. Wie sollten sie in Deckung gehen? War Elder völlig übergeschnappt?

Die Schreie des unglücklichen Mannes über ihr verstummten, aber sein Seil riss nicht ab. Im flackernden Feuerschein des lichterloh brennenden Körpers sah Kara, wie Elder mit raschen, ruckhaften Bewegungen am Seil zu zerren begann, sodass er sich wild im Kreise drehte. Sie begriff rechtzeitig genug, warum er das tat, und machte es ihm nach, denn der nächste Schuss war auf *sie* gezielt. Der grüne Lichtblitz verfehlte sie so knapp, dass sie das elektrische Knistern der Luft hören konnte. Immer heftiger warf sie sich hin und her. Ein zweiter Lichtblitz tastete nach ihr und verfehlte sie erneut, dann sah sie die Wand des Schachtes auf sich zurasen und konnte noch die Knie an den Körper ziehen, um dem Aufprall wenigstens die ärgste Wucht zu nehmen. Trotzdem hatte sie das Gefühl, ihr würden die Beine zerschmettert werden. Sie schrie vor Schmerz, hielt sich aber instinktiv irgendwo fest und brachte es sogar fertig, nicht wieder von der Wand zurückgeschleudert zu werden. Etwas schnitt ihr tief in ihre Hände. Sie spürte ihr eigenes Blut warm und klebrig über ihre Finger rinnen, biss die Zähne zusammen und klammerte sich nur noch fester an ihren Halt, und in diesem Moment zischte der grüne Lichtfaden ein drittes Mal aus der Tiefe und kappte ihr Seil kaum einen Meter über ihrem Kopf.

Kara rutschte schlagartig ein Stück weit nach unten und keuchte ein zweites Mal vor Schmerz, als das rotglühende Ende des durchtrennten Drahtseils wie eine Peitsche auf ihren Rücken schlug. Aber sie ließ nicht los. Und wenn sie es tat, war sie verloren.

Wahrscheinlich wäre sie auch so abgestürzt, hätte nicht plötzlich eine Hand nach ihrem Arm gegriffen und sie mit einem einzigen, kräftigen Ruck nach oben gezerrt. Fels schrammte über ihre Hüftknochen, dann wurde sie in einen niedrigen, muffig riechenden Korridor hineingezerrt und sank keuchend zu Boden. Mit letzter Kraft drehte sie den Kopf und blickte in den Schacht hinaus. Der Tote am Ende des Seiles brannte noch immer, und der Feuerschein tauchte die Szene in ein unheimliches, flackerndes Licht.

Nachdem Elder und sie sich aus der Schusslinie gebracht hatten, konzentrierte sich das grüne Feuer auf Hrhon. Der Waga zappelte brüllend am Ende seiner drei Meilen langen Sicherheitsleine und versuchte gleichfalls, Elders Manöver nachzuahmen, wozu er sich allerdings nicht geschickt genug anstellte. Immerhin erschwerte es dem unsichtbaren Schützen in der Tiefe sein Geschäft. Zwei-, dreimal stach der grüne Blitz vergebens nach ihm. Dann änderte der Schütze seine Taktik und kappte schlicht und einfach Hrhons Seil. Mit einem gellenden Schrei stürzte der Waga in die Tiefe.

Kara schloss entsetzt die Augen. Aber sie gestattete sich nicht, den Schmerz an sich herankommen zu lassen, sondern richtete sich sofort wieder auf und starrte Elders Umriss in der Dunkelheit vor sich an.

»Was ist das?«, flüsterte sie.

»*Wer* ist das, Elder?!«

Elder zuckte mit den Schultern, kroch auf Händen und Knien zurück zum Ende des gemauerten Tunnels, in dem sie Zuflucht gefunden hatte, und steckte behutsam den Kopf ins Freie. Allerdings nur, um ihn hastig wieder zurückzuziehen, denn beinahe augenblicklich zuckte wieder das grüne Feuer aus der Tiefe empor und schlug Funken in die Felswand.

»Ich weiß es nicht«, murmelte er. »Aber wer immer sie sind, sie können im Dunkeln sehen.« Kara wagte es nicht, gleichfalls einen Blick in die Tiefe zu riskieren. »Sie haben Hrhon umgebracht! Und Fahrin!«

»Und einen meiner Männer«, versetzte Elder ärgerlich. »Aber was soll ich jetzt tun? Mich aus purer Sympathie erschießen lassen?«

Kara deutete anklagend auf den Laser in seinem Gürtel. »Du hast eine Waffe! Warum wehren wir uns nicht?«

»Weil *ich* nicht im Dunkeln sehen kann!«, erwiderte Elder gereizt. Dann seufzte er. Mit einer müden Bewegung zog er den Laser aus dem Gürtel und drehte ihn in den Händen.

»Ich weiß nicht, ob das Ding so weit schießt«, gestand er. »Außerdem wäre es Selbstmord, auch nur eine Sekunde über den Felsrand zu blicken. Ich fürchte, wir sitzen hier fest.«

»Was soll das heißen?«, fragte Kara alarmiert.

Elder lächelte humorlos und machte eine Geste auf die Wand hinter Kara. »Sieh dich doch mal um!«

Kara zog erschrocken die Luft zwischen den Zähnen ein. Sie hatte angenommen, dass sie sich in einem jener endlosen Tunnel befanden, die es unter der Stadt gab. Aber der Stollen, den sie erwischt hatten, endete nach ein paar Schritten vor riesigen Felsblöcken.

»Und was tun wir jetzt?«, fragte Kara mutlos.

Elder zuckte nur mit den Schultern. »Warten«, sagte er. »Früher oder später werden sie merken, dass irgendetwas nicht stimmt, und nachsehen kommen.«

»Und wann wird das sein?«

Elder grinste. »Ich schätze, in sechs oder sieben Stunden.«

»Sechs oder sieben Stunden?!« Kara ächzte. »In diesem Loch?«

»Keine Sorge.« Elder hob beruhigend die Hand. »So lange werden wir nicht hier aushalten müssen.« Er machte eine Kopfbewegung zum Ausgang. »Ich denke, unsere Freunde werden sehr viel früher hier auftauchen und nachschauen, ob wir noch am Leben sind.«

»Deine sonderbare Art von Humor geht mir ein wenig auf die Nerven, Elder«, sage Kara.

Sie erntete ein weiteres, noch breiteres Grinsen und schluckte ihren Ärger wie eine bittere Flüssigkeit hinunter. Elder hatte vermutlich recht – die Männer, die auf sie geschossen hatten, mussten wissen, dass sie noch am Leben waren. Und sie *würden* etwas dagegen unternehmen.

»Was ist damit?« Sie deutete auf Elders Funkgerät. »Warum benutzt du dieses Wunderding nicht und rufst Hilfe?«

»Durch drei Meilen Erdreich und Fels hindurch?« Elder schüttelte den Kopf. »Keine Chance.«

»Da siehst du, wie weit du mit deiner famosen *Technik* kommst«, erwiderte Kara verärgert. Sie gab sich Mühe, das

Wort möglichst abfällig auszusprechen. »Wenn man sie einmal wirklich braucht, funktioniert sie nicht!«

Elder hielt es nicht einmal für nötig, darauf zu antworten.

Eine ganze Weile saßen sie schweigend im Dunkeln nebeneinander. Kara versuchte, sich über ihre eigenen Gefühle klarzuwerden. Sie hatte keine Angst vor dem, was kommen würde. Ganz im Gegenteil war ihr der Gedanke, vielleicht wenigstens im Kampf zu sterben, sehr viel weniger unangenehm als die Vorstellung, von einem grünen Lichtblitz aus der Dunkelheit getroffen und in eine lebende Fackel verwandelt zu werden. Doch sie verspürte *Zorn.* Einen unbändigen, brodelnden Zorn, so heftig, dass sie ihn beinahe wie einen körperlichen Schmerz empfand.

»Verdammt, ich will nicht hier herumsitzen und warten, bis ich abgeschlachtet werde!«, sagte Kara aufgebracht. »Wir müssen etwas ...«

»Still!« Elder brachte sie mit einer hastigen Handbewegung zum Verstummen und richtete sich auf. Ein gebannter Ausdruck erschien auf seinem Gesicht.

»Was ist?«, fragte Kara. Auch sie lauschte, hörte aber nichts.

»Ich weiß nicht«, antwortete Elder. »Jemand ... kommt.«

Kara lauschte wieder, ohne irgendetwas wahrzunehmen. Sie beschloss, sich einfach darauf zu verlassen, dass Elder über ein besseres Gehör verfügte als sie. Was hatte sie auch zu verlieren, außer ihrem Leben?

Nach einigen Augenblicken hörte sie dann aber ein sonderbares Kratzen und Schaben, als krieche etwas an der Wand unter ihnen empor. Vor Karas innerem Augen entstand das Bild einer riesigen stählernen Spinne, die langsam, aber unaufhaltsam an der Wand heraufkrabbelte ...

»Der Scheinwerfer«, flüsterte Elder. »Schalt ihn ein, sobald sie auftauchen. Vielleicht blendet sie das Licht.«

»Bestimmt nicht«, murmelte Kara. Trotzdem löste sie den

klobigen Handscheinwerfer von den dünnen Lederriemen, mit denen er vor ihrer Brust befestigt war, und richtete ihn wie eine Waffe auf den Tunnelausgang. Ihr Finger strich nervös über den Schalter, aber sie widerstand der Versuchung, ihn jetzt schon zu drücken.

Das Kratzen und Schaben kam näher, dann erschien ein buckeliger Schatten vor dem Tunnel. Kara schaltete den Scheinwerfer ein.

Im allerersten Moment, als sich das gleißende Licht schmerzhaft reflektierte, erkannte sie kaum etwas. Vor ihnen ragte ein großes, kantiges Etwas hervor, dessen metallen schimmernde Oberfläche das Licht des Scheinwerfers so heftig zurückwarf, dass es Kara fast die Tränen in die Augen trieb.

Das Ding reichte ihnen wahrscheinlich nur bis zu den Knien, hatte aber einen Durchmesser von gut eineinhalb Metern und tatsächlich ein gutes Dutzend Beine, von denen die meisten in gebogenen Widerhaken endeten, mit denen es sich an der Wand festgeklammert hatte. Es ähnelte eher einer Krabbe als einer Spinne, es hatte lange, rasiermesserscharfe Scheren und glotzende Augen aus rotem Kristall, in denen sich das Licht des Scheinwerfers widerspiegelte, als glühten sie in einem unheimlichen inneren Feuer. Zwischen den beiden faustgroßen Glotzaugen ragte ein kurzes Rohr heraus, das den Durchmesser von Karas kleinem Finger hatte.

»Pass auf!«, schrie Elder mit überschnappender Stimme, und im gleichen Moment ertönte ein ratterndes Dröhnen; eine orangerote, unterbrochene Stichflamme zuckte aus dem Rohr der Metallkrabbe, und der Scheinwerfer vor ihrer Brust zersprang mit einem lauten *Plink!*

Kara krümmte sich vor Schmerz und fiel auf den Rücken, während rings um sie herum ein Kreischen und Dröhnen losbrach: eine Reihe fürchterhcher, betäubender harter Schläge traf ihr rechtes Bein, die rechte Seite ihres Körpers und den Arm, welche der Krabbe zugewandt waren. Gleichzeitig begann Elders Körper wild zu zucken, wie eine Marionette, deren Fäden sich verheddert hatten, und von einer unsichtbaren Hand wurde er gegen die Wand und zu Boden geschleudert.

Dann hörte das Dröhnen auf; so plötzlich wie es begonnen hatte. Kara lag auf dem Rücken, hilflos und gelähmt vor Schmerz, aber mit offenen Augen. Die Krabbe hockte vor ihr und starrte sie aus ihren faustgroßen Kristallfacetten an. Aus dem kurzen Rohr in ihrem Schädel kräuselte sich grauer Rauch. Kara erkannte, was sie getroffen hatte. Rings um sie herum bedeckte eine Unzahl kleiner, deformierter Kugeln den Boden; Geschosse, die nicht tödlich wirkten. Aus irgendeinem Grund wollten die Unbekannten Elder und sie lebend in die Hand bekommen, wenn möglich allerdings bewusstlos.

Zumindest in Elders Fall hatte es geklappt. Er lag reglos neben ihr, aber wenigstens atmete er noch.

Und sie?

Die Schläge waren so hart gewesen, dass ihre Muskeln verkrampft und paralysiert waren. Sie hatte kaum Schmerzen und konnte sich nicht bewegen. Der Gedanke an Widerstand, der ihr immer noch durch den Kopf schwirrte, war völlig sinnlos geworden.

Die Krabbe kroch auf rasselnden Beinen näher. Ihre gläsernen Augen starrten Kara an. Eine ihrer riesigen Scheren bewegte sich, tastete erstaunlich behutsam über Karas Gesicht und verharrte einen Moment außerhalb ihres Gesichtsfeldes. Dann spürte Kara einen heftigen, aber rasch abklingenden Schmerz. Und als sie die Schere wieder hob, hielt sie Überreste eines winzigen Insekts: Karas Rufer.

Die Krabbe kroch zurück, drehte sich auf der Stelle und untersuchte auch Elder sehr sorgfältig, und dann kroch sie fast behäbig zum Schacht zurück. Sechs ihrer zwölf Beine krallten sich weit gespreizt in den Fels, während sie sich so weit vorbeugte, dass das vordere Drittel ihres flachen Metallkörpers über den Abgrund hing. Dann erstarrte sie.

Kara wusste nur zu gut, was geschah. Auf ihre stumme Art und Weise trat die Krabbe mit denen in Verbindung, die sie geschickt hatten, und in wenigen Augenblicken würden sie selbst kommen. Und das Schicksal, das Kara erwartete, war schlimmer als der Tod, davon war das Mädchen überzeugt. Sie musste etwas tun. Unbedingt!

Doch die Krabbe musste eine teuflische Waffe eingesetzt haben. Karas Muskeln waren so hart und gefühllos wie Holz. Panik drohte sie zu überwältigen. Der Verzweiflung nahe versuchte sie sich in Erinnerung zu rufen, was Angella ihr beigebracht hatte. Der Schock, der die rechte Hälfte ihres Körpers paralysiert hatte, schien sich auch auf ihr Denken auszuwirken. Versuch nicht, dagegen anzukämpfen! Stell dich dem Schmerz, nimm ihn an wie einen Freund und verwandele ihn in etwas, das dir hilft – Zorn, Wut, Trauer, ja, auch Angst! Verwandele ihn! Richte ihn gegen sich selbst! *Benutze ihn!*

Sie versuchte es. In ihrem linken Arm war wieder ein wenig mehr Leben, aber noch immer nicht genug, um auch nur die Hand zu heben. Kara zählte: fünf, zehn, dreißig ... wie viel Zeit hatte sie noch? Egal, sie kämpfte weiter, zwang das Leben zuerst in ihre linke Körperhälfte und dann Stück für Stück in die rechte zurück und jubilierte, als ein krampfhaftes Zucken durch ihre gelähmten Muskeln lief; nicht heftig genug, um die Aufmerksamkeit der Krabbe zu erwecken, aber allemal ausreichend, ihr die Tränen in die Augen zu treiben.

Durch dunkle Schleier hindurch betrachtete Kara die Krabbe. Sie war ein Stück weitergekrabbelt und hing fast zur Hälfte über dem Abgrund. Kara beschloss, ihre zurückgewonnenen Kräfte auszuprobieren, wappnete sich gegen den erwarteten Schmerz und trat mit aller Gewalt zu. Ihr Fuß traf die Krabbe, katapultierte sie einen halben Meter weit ins Nichts hinaus, wo sie den

Bruchteil einer Sekunde schwerelos hängenzubleiben schien, ehe sie mit einer fast anmutig erscheinenden Bewegung nach vorn kippte und in der Tiefe verschwand.

Kara biss die Zähne zusammen, richtete sich mit einem Stöhnen auf und begann ihre gelähmte Arm- und Beinmuskulatur zu massieren, so gut sie es mit einer Hand vermochte. Sie hatte keine Ahnung, wie viel Zeit ihr blieb – aber viel war es bestimmt nicht. Selbst wenn ihre Feinde die artistischen Kunststücke der Krabbe beobachtet hatten und ihren Absturz für einen Unfall hielten, würden sie sehr schnell heraufkommen und nach dem Rechten sehen. Oder eine zweite Krabbe schicken, deren Maschinengewehr vielleicht *nicht* mit Hartgummigeschossen geladen war.

Dieses Risiko musste sie eingehen.

Sie massierte wie besessen ihren Arm und das rechte Bein. Den Gedanken, Elder irgendwie aufzuwecken, gab sie schon nach dem ersten Blick in sein schlaffes Gesicht auf. Sie würde allein zurechtkommen müssen.

Es war noch keine Minute vergangen, als sie ein hohes, unangenehmes Summen hörte. Ein bleicher gelbgefärbter Lichtstrahl tastete über die Tunnelöffnung. Kara erstarrte. Ihre Gedanken überschlugen sich, dann tat sie instinktiv das einzig Richtige: Sie sank zu Boden und spielte die Bewusstlose.

Das Summen wurde lauter, und dann kehrte das gelbe Licht zurück und richtete sich auf ihr Gesicht und ihre halb geschlossenen Augen. Sie wagte es nicht zu blinzeln, deshalb ertrug sie den Schmerz, den ihr die grellen Lichtpfeile zufügten, die ihre Netzhaut trafen. Nach einem Augenblick löste sich der Lichtstrahl von ihrem Gesicht und wandte sich Elder zu.

Kara konnte zwei hoch aufgerichtete Schatten draußen vor dem Tunnel erkennen. Es waren zwei Männer, die in einteilige, fremdartig anmutende Kleider gehüllt waren. Ihre Gesichter verbargen sich hinter gebogenen Scheiben aus rauchfarbenem dunklen Glas, das alles bis auf die Mund- und Kinnpartie bedeckte, und auf den Köpfen trugen sie buckelige Helme, aus denen jeweils zwei kurze Antennen ragten. Der eine führte ein schweres Gewehr mit sich, dessen Lauf aus Glas zu bestehen schien, der zweite hielt den Scheinwerfer, mit dem er in den Gang hineinleuchtete. Aus ihren Gürteln ragten die Kolben schwerer Laserpistolen. Und sie schienen einen halben Meter vor dem Tunnelende einfach in der leeren Luft zu stehen!

Der Scheinwerferstrahl kehrte noch einmal zu ihr zurück und wandte sich dann erneut Elder zu. Offensichtlich hielten die beiden ihn für den gefährlicheren Gegner.

Ein Irrtum, den zu berichtigen Kara ihnen keine Zeit mehr ließ.

Sie sprang den Burschen mit der Lampe an, als er das Bein hob und mit einem übertriebenen großen Schritt in den Tunnel hineinspringen wollte. Ihre Bewegung kam völlig überraschend: Sie packte ihn, zerrte ihn mit einem harten Ruck zu sich herunter und versetzte ihm einen Schlag mit der flachen Hand auf die Kehle. Noch während er keuchend neben ihr zusammenbrach, wirbelte sie herum und ergriff den zweiten Mann. Mit einem harten Ruck drückte sie ihn gegen die Felswand neben dem Tunneleingang. Glas splitterte. Sie hörte einen gurgelnden Schrei, ließ los und sah, wie der Fremde zurücktaumelte und beide Hände vor das Gesicht schlug. Blut und Glassplitter rieselten zwischen seinen Fingern hervor. Er stolperte zurück, trat plötzlich ins Leere und stürzte, ohne dass ihm ein Schrei über die Lippen kam.

Ein Geräusch hinter ihr warnte sie. Sie fuhr herum, riss die Arme hoch und vollführte eine instinktive Ausweichbewegung zur Seite. Trotzdem wäre ihre Reaktion zu spät gekommen, hätte der Mann sie angesprungen, um sie in die Tiefe zu stoßen. Stattdessen versuchte er, seine Waffe zu ziehen.

Kara trat sie ihm aus der Hand, kaum dass er sie aus dem Halter gezogen hatte, riss ihn mit der linken Hand zu sich heran und rammte ihm das Knie in die Rippen.

Der Fremde musste eine Panzerung unter seiner Montur tragen, denn ein stechender Schmerz schoss durch ihr ohnehin malträtiertes Bein. Dic Wucht des Stoßes ließ den Burschen gegen die Wand torkeln, aber er schleuderte ihn weder zu Boden noch nahm er ihm den Atem.

Er blieb einen Moment lang reglos stehen und betrachtete sie verblüfft durch das getönte Glas vor seinem Gesicht. Als er sich dann wieder bewegte, tat er es auf eine Art, die Kara verriet, dass er in einer Kampftechnik ausgebildet war. Voller Unbehagen dachte sie an die beinahe tödliche Überraschung, die sie vor drei Tagen in Schelfheim erlebt hatte. Unwillkürlich glitt ihre Hand zum Schwert. Aber sie zog die Waffe nicht. Der Stollen war einfach zu eng, die Klinge hätte sie nur behindert.

Der andere schien ihr Zögern bemerkt zu haben, denn er stürzte plötzlich vor, um sie einfach über den Haufen zu rennen. Kara wich ihm im letzten Moment aus und streckte das Bein vor, um ihn ins Stolpern zu bringen, aber der Mann sprang mit einer fast eleganten Bewegung darüber hinweg und versetzte ihr aus dem Sprung heraus einen Tritt, der ihr das Gefühl gab, ihr Wadenbein wäre gebrochen.

Kara schrie auf, taumelte zur Seite und nutzte die Zeit, die der Mann brauchte, sich an der gegenüberliegenden Wand abzustoßen und herumzuwirbeln, um sich eine neue Taktik zu überlegen. Sie zitterte am ganzen Leib. Jeder Muskel ihres Körpers tat ihr weh, und ihre Bewegungen waren längst nicht mehr so geschmeidig und kraftvoll wie gewohnt. Sie konnte sich auf keinen langen Kampf mit diesem Burschen einlassen; nicht in ihrem Zustand.

Als er das nächste Mal heranstürmte, machte sie erst gar nicht den Versuch, ihm auszuweichen, sondern empfing ihn mit einer blitzschnellen Kombination aus drei fast gleichzeitig erfolgenden Hieben und Stößen, die er alle drei beinahe mühelos abwehrte. Dann erwischte ihn ein Schlag am Knie, den er nicht kommen gesehen hatte. Er schrie. Kara packte seinen vorgestreckten Arm und zerrte gleichzeitig mit aller Kraft das Schwert aus der Scheide. Dann krachte der stählerne Knauf auf die Brust des Mannes. Ob Panzer oder nicht – diesmal weiteten sich seine Augen vor Schmerz. Keuchend stieß er die Luft aus. Kara zerrte ihn erneut zu sich heran und ließ seinen Körper über ihre plötzlich eingeknickte Hüfte abrollen. Der Bursche verlor den Boden unter den Füßen und prallte mit fürchterlicher Wucht auf den Fels.

Kara taumelte. Alles drehte sich um sie. Noch Momente, dann würde ihr schwarz vor Augen werden. Doch noch hatte sie ihre Arbeit nicht erledigt. Als der Mann es schaffte, sich vor dem Tunnelausgang wieder aufzurichten, sprang sie ihn an. Ihre vorgestreckten Füße stießen gegen seine Brust und ließen ihn mit wild rudernden Armen nach hinten torkeln.

Und hinter ihm war nichts als Leere.

Kara hatte nicht mehr die Kraft, ihren Sturz aufzufangen. Mit schmerzhafter Wucht prallte sie auf den harten Fels, zerschrammte sich Hände und Gesicht und kämpfte verzweifelt gegen die schwarze Bewusstlosigkeit, die in ihr emporkroch. In ihren Ohren gellte der Todesschrei des Mannes, der durch die düstere Tiefe glitt.

»Und das war für Hrhon«, murmelte sie, bevor ihr endgültig die Sinne schwanden.

15

Zwei Stunden später hatte sich auch Elder so weit erholt, dass sie ihr Versteck verlassen konnten. Wie eine erste, flüchtige Untersuchung Karas zeigte, war auch er nicht ernsthaft verletzt.

Trotzdem hatte es ihn viel schlimmer erwischt als sie. Sein ganzer Körper war zerschrammt und zerschlagen, und Kara war nicht sicher, ob er nicht auch ein paar gebrochene Rippen davongetragen hatte. »Was ist überhaupt passiert?«, murmelte Elder benommen, während er unter Karas massierenden Händen allmählich in die Wirklichkeit zurückfand.

»Das Übliche«, antwortete Kara mit einem schiefen Grinsen, das ganz und gar nicht das widerspiegelte, was sie wirklich empfand. »Du hast dich diskret zurückgezogen und mich die ganze Arbeit machen lassen.«

»Die Krabbe?«

Kara schüttelte den Kopf. »Das war das kleinste Problem.« Dann erzählte sie ihm mit knappen Worten, was geschehen war. Elder hörte ihr stirnrunzelnd zu. Erst als sie zu Ende gekommen war, sagte er: »Du hättest sie nicht beide töten dürfen.«

»Oh, entschuldige bitte«, grollte Kara. »Aber ich bin in der Eile leider nicht dazu gekommen, darüber nachzudenken. Es wird nicht wieder vorkommen. Das nächste Mal lasse ich mich umbringen.«

»Ich meine es ernst«, sagte Elder unbeeindruckt. »Die beiden hätten uns wertvolle Informationen liefern können.«

»Sie sahen nicht so aus, als wären sie zum Reden gekommen«, antwortete Kara gereizt. Verdammt, war das etwa Elders Art, sich bei ihr dafür zu bedanken, dass sie ihm das Leben gerettet hatte?

»Ich hätte sie schon – au!« Elder fuhr zusammen und schob ihre Hand zur Seite, die wohl etwas zu heftig seinen Hals massiert hatte. »Was hast du vor? Willst du mich umbringen?« Er richtete sich auf, verzog schmerzhaft das Gesicht und sammelte einen Moment Kraft, ehe er auf Händen und Knien zum Tunnelende kroch. Vorsichtig ließ er sich auf den Bauch sinken und schob Kopf und Schultern ins Freie. Er blieb eine ganze Weile so liegen, dann sagte er: »Wenigstens brauchen wir uns keine Gedanken mehr zu machen, wie wir nach unten kommen.«

Kara kroch auf Händen und Knien neben ihn und blickte in die Tiefe.

Einen halben Meter unter ihnen schwebte eine kreisrunde Scheibe aus halbdurchsichtigem Glas oder Kristall. Ein sanftes, bläuliches Glühen ging von ihr aus, und erst jetzt fiel Kara auf, dass das helle Summen, das die Ankunft der beiden Männer begleitet hatte, noch immer zu hören war. »Was, zum Teufel, ist das?«, murmelte sie.

Elder zuckte mit den Schultern – und dann tat er etwas, was Kara vor Schrecken die Luft anhalten ließ. Behutsam richtete er sich wieder in eine kniende Position auf, drehte sich herum – und angelte mit dem Fuß nach der Scheibe, die schwerelos im Nichts hing.

»Elder!«, keuchte Kara erschrocken. »Du kannst doch nicht ...«

Sehr vorsichtig, aber ohne innezuhalten, setzte er erst den einen, dann den anderen Fuß auf die Scheibe. Einen Moment blieb er in einer grotesk vorgebeugten Haltung, beide Hände auf dem Tunnelrand, stehen und richtete sich dann auf. Wie ein Hochseilartist auf dem Draht breitete er die Arme aus, um die Balance zu halten, was allerdings gar nicht nötig war. Die Scheibe schwankte wie ein kleines Schiff auf der Wasseroberfläche, aber sie kippte weder unter Elders Gewicht zur Seite, noch stürzte sie wie ein Stein in die Tiefe.

»Was ... was ist das?«, flüsterte Kara.

»Keine Ahnung«, entgegnete Elder. »Aber es funktioniert, wie du siehst.« Er machte eine ungeduldige Bewegung mit der Hand. »Worauf wartest du?«

Kara betrachtete die schwebende Glasscheibe misstrauisch. »Bist du sicher, dass sie unser beider Gewicht trägt?«, fragte sie zögernd. Sie machte keine Anstalten, zu ihm zu kommen.

»Nein«, antwortete Elder grinsend. »Aber sie hat die beiden anderen getragen, oder? Und was soll schon passieren? Immerhin *wollen* wir ja nach unten, oder nicht?«

Kara funkelte ihn an. »Habe ich dir schon gesagt, was ich von deinem Humor halte?«

Elders Grinsen wurde so breit, dass Kara schon fürchtete, er würde im nächsten Moment seine Ohren verschlucken. »He, he«, sagte er. »Was ist los mit dir? Ich dachte, du gehörst zu diesen harten Frauen, die diese riesigen schuppigen Drachen reiten und sich zehn Meilen über dem Boden erst so richtig wohl fühlen. Du hast doch wohl keine Angst?«

Kara starrte ihn einen Moment fast hasserfüllt an, aber die Herausforderung zog. Sie kletterte zu ihm hinaus; sogar ein wenig zu schnell, denn sie geriet prompt ins Stolpern, sodass Elder hastig zugriff und sie festhielt.

Kara riss sich zornig los – allerdings erst, nachdem sie wieder Halt gefunden hatte. »Weißt du überhaupt, wie man das Ding steuert?«, fragte sie.

»Nein«, gestand Elder. »Aber so schwer kann es nicht sein.« Er deutete auf eine Reihe sternförmig in die Scheibe eingebettete Schalter. Sie waren sehr groß, offensichtlich sollten sie mit den Füßen bedient werden.

Ehe Kara ihn daran hindern konnte, probierte er den ersten Schalter aus. Die Scheibe glitt mit einem Ruck ein Stück weit in die Höhe und kam wieder zur Ruhe, als Elder den Fuß zurückzog. »Siehst du«, erklärte er fröhlich. »So schwer ist das doch gar nicht.«

Kara lächelte verkrampft und schwieg.

Elder brauchte schweißtreibende sechs oder acht Versuche, bis er die Steuerung der Flugscheibe so weit begriffen hatte, dass sie ihren Weg in die Tiefe fortsetzen konnten. Ehe sie es taten, kletterte Kara noch einmal in den Tunnel zurück und holte den Scheinwerfer, den der Fremde fallengelassen hatte. Sie bedauerte zutiefst, dass die Waffe des anderen mit ihm selbst in der Tiefe verschwunden war. Aber man konnte eben nicht alles haben.

Nur vom unheimlichen bläulichen Licht der Kristallscheibe begleitet, sanken sie tiefer in den Leib der Erde hinab. Der Schacht schien kein Ende zu nehmen. Elder hatte zwar behauptet, dass es nur noch eineinhalb Meilen bis zu seinem Grund waren, aber Kara hatte das Gefühl, dass sie stundenlang durch die fast vollkommene Schwärze glitten. Das wenige, das sie im schwachen Licht der Scheibe erkennen konnte, verriet ihr, dass sie sich längst nicht mehr durch die gemauerten Eingeweide Schelfheims bewegten. Rings um sie herum war jetzt der gewachsene Fels der Erdkruste. Unvermittelt traf sie die Erkenntnis, dass sie sich wahrscheinlich schon tief unter dem Boden des Schlundes befanden, jener zweiten, um ein vierfaches größeren Welt, über die sich die von Menschen bewohnten Kontinente wie unvorstellbar große Tafelberge erhoben. Plötzlich begann sie zu frieren. Der Gedanke an die Felsmassen, die sich über ihr türmten, ließ sie erschauern.

Dann fiel ihr auf, dass auch Elder fröstelnd die Schultern zusammenzog. »Es ist kalt«, sagte er. »Und es wird immer kälter. Das ist seltsam.«

»Wieso?«

»Weil es wärmer werden müsste, je tiefer wir in die Erde eindringen«, antwortete Elder.

Und es wurde nicht nur kälter. Während sie in gleichmäßigem Tempo weiter in die Tiefe glitten, nahm auch der anfangs nur leichte Modergeruch der Luft zu.

Dann entdeckten sie das Licht unter ihnen.

Es war nur ein blasser hellgrauer Schimmer, den sie auf der Erde wahrscheinlich nicht einmal in der Nacht wahrgenommen hätten, aber ihre an stundenlange Dunkelheit gewöhnten Augen machten ihn aus, bevor sie sich seinem Ursprung auch nur vage genähert hatten.

Karas Herz begann hart und schnell zu schlagen, während die Scheibe mit nervenaufreibender Langsamkeit weiter in die Tiefe sank. Sie konnte erkennen, dass der Schacht sich immens verbreitert hatte: Aus dem knapp fünfzehn Meter durchmessenden Stollen war ein gewaltiges Rund von hundert oder mehr Metern geworden, dessen Wände nur noch zum Teil aus Fels bestanden. Überall entdeckten sie Reste des Triebes, der dieses Loch in der Erde noch vor Tagesfrist ausgefüllt hatte. Sie musste plötzlich wieder an Donays Worte denken: *Als hätte ihn jemand gepackt und in die Tiefe gezogen.*

Und dann kamen sie aus dem Schacht heraus und schwebten buchstäblich im Nichts.

Fassungslos sahen sich Kara und Elder um.

Über ihnen war nicht mehr der Schacht, sondern die Decke einer ungeheuerlichen Höhle, in deren Mitte ein rundes Loch gähnte. Ihr Blick verlor sich in unmöglich zu schätzender Entfernung und grauem Dunst, und unter ihnen …

»Ein Meer!«, flüsterte Kara fast ehrfürchtig »Das ist … ein Meer, Elder!«

Sie hatte niemals ein Meer gesehen, so wenig wie irgendein Bewohner dieser Welt, der in den letzten zweihundert Jahrtausenden geboren worden war, aber das, was da unter ihnen glitzerte, ein Puzzle aus Milliarden und Milliarden winziger Wellen, *musste* ein Meer sein.

In gleichmäßigem Tempo glitten sie tiefer, aber plötzlich konnte Kara die Fahrt gar nicht mehr langsam genug vonstattengehen, so faszinierend war der Anblick. Ein unterirdisches Meer, so groß, dass es vermutlich mehr Wasser enthielt als Flüsse und Seen der Welt zusammen! Welch unvorstellbarer Schatz, in einer Welt, die fast ausschließlich aus Wüste bestand.

Die Wasseroberfläche lag ungefähr vierhundert Meter unter der Höhlendecke, und als sie sich ihr näherten, sah Kara, dass sie sich nahe am Ufer des unterirdischen Ozeans befanden. Das

Meer bildete hier eine halbkreisförmige, vielleicht eine Meile durchmessende Bucht, die zur offenen Seite hin von Felsen begrenzt wurde. Unmittelbar unter ihnen war fester Boden, und als sie noch tiefer kamen, erkannte Kara eine Anzahl großer, unregelmäßig geformter Körper, die im Wasser trieben. Schließlich begriff sie, dass es sich um titanische Zweige des verschwundenen Triebes handelte.

Aufmerksam sah sie sich weiter um. Jetzt, da sie den ersten Sturm von Gefühlen überwunden hatte, entdeckte sie rasch mehr und mehr der gigantischen Wurzelstränge, die die lebende Brücke über Schelfheim fünf Meilen weit in die Erde bis in dieses riesige Wasserreservoir hinabgesandt hatte. Aber etwas war mehr als seltsam: Die meisten Wurzeln reichten nicht bis auf die Wasseroberfläche herab, sondern endeten hundert oder fünfzig Meter darüber in einem Gewirr schlaff herabhängender, weißer Stränge; wie nasses totes Haar, das die Farbe von verwesendem Fleisch angenommen hatte.

Endlich berührte die Kristallscheibe den Boden – besser gesagt, hielt sie zitternd einen knappen Dreiviertelmeter darüber an, sodass sie das letzte Stück mit einem Sprung überwinden mussten.

Ihre Stiefel verursachten ein unheimliches, lang nachhallendes Geräusch in der riesigen Höhle, und erneut konnte sich Kara eines Schauderns nicht erwehren. Es war eine unheimliche, *unwirkliche* Welt, in der sie sich befanden: Die Felsen waren schwarz und so glatt wie Glas, aber hier und da von dicken, verkrusteten Panzern aus abgestorbenen Muscheln und anderen Meerestieren bedeckt. Die Höhlendecke befand sich jetzt so weit über ihnen, dass sie wie ein versteinerter Himmel wirkte. Vom Wasser stieg ein eigenartiger salziger Geruch auf, und das Holz, das darauf trieb, entpuppte sich als riesige Trümmerstücke, die manchmal größer als ein Haus waren. Zwischen den Trümmern trieb der zerschmetterte Körper eines der Männer auf den Wellen, gegen die sie oben im Tunnel gekämpft hatten. Den Ursprung des grauen Lichtes konnte Kara nicht entdecken.

Elder deutete nach rechts, vom Ufer fort, und da entdeckte Kara das Lager der beiden Männer. Sehr vorsichtig näherten sie sich. Zwischen zwei hohen Felsbuckeln erhob sich ein sonderbar geformtes Zelt, dessen Wände zu Karas Verblüffung völlig durchsichtig waren. Es hatte nicht die gewöhnliche, an ein Dach erinnernde Form, sondern glich einer abgeflachten Halbkugel; halbrund war auch der Eingang. Gebückt folgte sie Elder.

Das Erste, was ihr auffiel, war die Wärme. Die unangenehme Feuchtigkeit der Höhle blieb hinter ihnen zurück, und ein behaglicher Hauch wehte ihnen in die Gesichter. Kara gewahrte allerlei völlig unverständliche Gerätschaften und Apparaturen, die sie jedoch nur mit einem fast angewiderten Blick streifte, während Elder sich sofort mit Begeisterung darauf stürzte.

Wenigstens auf dem Boden entdeckte sie Dinge, die sie kannte: eine unordentlich zusammengeknüllte Decke, eine lederne Tasche mit einem hübsch geformten Messingverschluss, ein paar Schuhe von geradezu absurder Größe, zwei Schlafsäcke ... *Zwei.* Das bedeutete, dass die beiden, die sie getötet hatte, tatsächlich allein gewesen waren und sie zumindest nicht unmittelbar mit einer bösen Überraschung rechnen mussten.

Während Elder sich mit der Begeisterung eines Kindes, das eine ganze Kiste voll neuer Spielzeuge entdeckt hatte, auf die technische Einrichtung stürzte, unterzog Kara die Habe der beiden Männer einer eingehenderen Untersuchung. Sie fand ein Buch mit unverständlichen Schriftzeichen und ebenso unverständlichen, aber interessanten Bildern, das sie flüchtig durchblätterte und dann zurücklegte. Die Schlafsäcke bestanden aus einem höchst bemerkenswerten Material, das sich glatt wie Seide anfühlte, aber beinahe unzerreißbar war, und die Tasche enthielt jenen nützlichen Kleinkram, den man mitnimmt, wenn man sich auf eine längere, aber nicht ganz lange Reise begibt: ein wenig Essen, ein Bild, das eine Frau und zwei Kinder vor einem sehr sonderbaren Hintergrund zeigte (die Häuser waren zu groß und der Himmel hatte die falsche Farbe), ein halbleeres Päckchen mit weißen Stäbchen, das mit aromatisch riechenden Krümeln gefüllt war, weitere Bücher, ein verknittertes Hemd ohne Ärmel, ein Paar Socken, die genauso unmöglich groß waren wie die Schuhe und zum Himmel stanken ...

Fein säuberlich legte Kara alles wieder in die Tasche zurück, nahm aber das Bild noch einmal zur Hand und betrachtete es erneut. Die Häuser im Hintergrund kamen Kara sehr seltsam vor (hätte sie nicht gewusst, dass es unmöglich war, dann hätte sie schwören können, dass sie aus Stahl waren), und der Himmel war blau, nicht türkis. Die drei Personen auf dem Bild allerdings wirkten recht normal – eine junge, weder besonders hübsche noch besonders unattraktive Frau und zwei ausgesprochen hässliche Kinder. Wahrscheinlich die Familie des Mannes, dem die Tasche gehörte.

Ein heftiges Gefühl von Verwirrung überfiel Kara. Sie dachte an die ausdruckslosen, glasbedeckten Gesichter der beiden, und zum allerersten Mal kam ihr zu Bewusstsein, dass sie neben Feinden und Angreifern auch Menschen waren; Männer, die lachten, liebten, Familien und Freunde hatten ... war es das, was Angella gemeint hatte, als sie sagte, Kara hätte im Grunde noch nie *wirklich* gekämpft? Sie hatte nicht einfach nur zwei Gegner ausgeschaltet wie bei den Übungskämpfen im Hort, sondern zwei Leben ausgelöscht.

Ehe diese Vorstellung ihr Denken völlig vergiften konnte, schob sie das Bild hastig wieder in die Tasche zurück und wandte sich Elder zu. Er hockte mit leuchtenden Augen über einem flachen Kästchen von der Größe einer Schreibtafel, das er in der Mitte auseinandergeklappt hatte. Die obere Hälfte bestand aus einer mattblauen Glasscheibe, während sich auf der unteren eine Unzahl kleiner rechteckiger Tasten befand, die mit den gleichen unverständlichen Buchstaben beschriftet waren, die sie auch in dem Buch gesehen hatte. Zusammengeklappt musste das Kästchen bequem in die Tasche passen.

»Was ist das?«, fragte Kara.

Elder zuckte mit den Achseln. »Ich habe nicht die geringste Ahnung«, gestand er. »Aber es ist faszinierend.«

Kara seufzte. »Du und deine Technik. Meinst du nicht, wir haben im Moment Wichtigeres zu tun?«

Elder sah sie einen Moment ernst an, dann klappte er das Kästchen zu und richtete sich auf. Ein flüchtiger Ausdruck von Schmerz huschte über sein Gesicht. Er konnte sich immer noch nicht richtig bewegen. »Vielleicht übertreibe ich es manchmal«, sagte er. »Aber nicht so schlimm wie ihr. Ihr verachtet alles, was mit Technik zu tun hat. Aber man muss eine Sache nicht lieben, um etwas davon zu verstehen. Und wie willst du deine Feinde wirksam bekämpfen, wenn du nichts über sie weißt?«

Kara sah ein, dass ein Streit sie jetzt überhaupt nicht weiterbrachte, und vielleicht hatte Elder sogar recht. »Hast du irgendetwas entdeckt, was uns weiterhilft?«

»Nein.« Elder zuckte abermals die Achseln. »Wenn ich eine Woche Zeit hätte, oder wenigstens ein paar Stunden ... ich werde nicht schlau aus dem Gerät.« Er deutete auf ein klobiges Etwas, das auf einem dreibeinigen Tisch stand und zahlreiche farbige Lichter und Skalen aufwies. »Es scheint eine Art Funkgerät zu sein.«

»Das heißt, die beiden waren nicht allein?« Kara erschrak. Dann begriff sie plötzlich, wie naiv diese Frage gewesen war.

»Natürlich nicht«, antwortete Elder. »Ich möchte nur wissen, was sie hier unten suchen.«

»Vielleicht Wasser?« Der Gedanke kam ihr im selben Moment, in dem sie ihn aussprach.

»Ja, sicher«, sagte Elder spöttisch. »Sie werden irgendwo einen ganz großen Eimer versteckt haben, mit dem sie es abschöpfen, wie?« Er lachte, schüttelte den Kopf und verließ das Zelt. Kara folgte ihm.

Nach der Wärme im Inneren kam ihr die Luft draußen doppelt so kalt und feucht vor. Ihr Blick glitt über das Ufer. Das Wasser war hier sehr seicht. Treibgut war angespült worden. Dazwischen trieb ein schwarzblaues Bündel.

Elder deutete auf die Leiche. »Sieh nach, ob seine Waffe noch funktioniert. Wenn wir auf mehr von ihnen stoßen, bist du nur mit deinem Schwert nicht sonderlich gut ausgerüstet.«

Der Gedanke, eine Leiche abzutasten und zu bestehlen, gefiel Kara überhaupt nicht. Aber wenn sie auf eine ganze Armee dieser Typen stießen ... Sie watete in das eiskalte Wasser und drehte mit heftigem Widerwillen den Leichnam herum. Es *war* der Mann mit dem gläsernen Gewehr. Aber wie sie erwartet hatte, hatte der Sturz aus eineinhalb Meilen nicht nur seinen Körper und sein Gesicht, sondern auch den zerbrechlichen Lauf der Waffe zertrümmert. Enttäuscht ließ sie ihn los, griff dann noch einmal zu und suchte nach der Laserpistole an seinem Gürtel, fand sie aber nicht. Die Schicksalsgötter schienen nicht ganz auf ihrer Seite zu stehen.

»Kara!« Elders Stimme klang alarmiert. Sie drehte sich um und watete zum Ufer zurück, froh, aus dem eisigen Wasser herauszukommen. Die Kälte machte bereits ihre Beine taub. »Was ist?«

Elder war am Ufer auf und ab gegangen und untersuchte die Felsen, als hätte er noch nie einen Stein gesehen. Jetzt beugte er sich vor und hob etwas auf, das Kara auf den ersten Blick für ein Büschel Haare hielt.

»Tang«, sagte er. »Und weiter oben habe ich Muschelschalen gefunden. Und tote Fische. Und sieh mal dort oben, an der Wand – erkennst du die Linien im Fels?«

Kara tat ihm den Gefallen und legte den Kopf in den Nacken. Sie sah nichts, aber sie nickte trotzdem.

»Das sind Wassermarkierungen«, sagte Elder aufgeregt. »Verstehst du, was das bedeutet?«

»Ja«, sagte Kara und schüttelte den Kopf.

Elder nahm ihre Antwort nicht einmal zur Kenntnis. »Du hattest recht, Kara. Diese Höhle muss früher völlig unter Wasser gestanden haben. Und es kann noch nicht lange her sein. Ein paar Monate, allerhöchstens ein Jahr! Der Wasserspiegel sinkt, verstehst du?« Plötzlich wurde seine Stimme zu einem zitternden Krächzen. »Verstehst du jetzt, warum der Hochweg stirbt?«

»Ich glaube ... schon«, murmelte Kara. Ihr Blick suchte die titanischen Wurzelstränge, die wie Säulen, die den Himmel trugen, von der Decke hingen. Vielleicht war es kein Irrtum gewesen, als sie geglaubt hatte, sie sähen wie totes Haar aus.

»Du meinst, sie sind ...«

»Verdurstet, ja«, führte Elder den Satz zu Ende. »Sieh doch selbst! Die Wurzeln müssen bis tief ins Wasser hineingereicht haben. Und als der Wasserspiegel gesunken ist, da ... da sind sie abgestorben.«

Kara blickte die traurig herabhängenden Riesenwurzeln mit neuem Schrecken an. Wenn Elder recht hatte, dann war das Schrecklichste nicht einmal das, was er ausgesprochen hatte, sondern vielmehr das, was er *nicht* gesagt hatte. Nur die allerwenigsten Riesenwurzeln reichten überhaupt noch bis aufs Wasser herab. Und wenn der Wasserspiegel weiter sank, dann würde dieses riesige Pflanzenwesen, das die meisten Bewohner Schelfheims für nichts anderes als eine Brücke hielten, binnen weniger Wochen oder vielleicht auch nur Tage verdursten und absterben.

»Glaubst du, dass ... dass *sie* etwas damit zu tun haben?«, flüsterte sie.

Elder schwieg eine ganze Weile. »Ich weiß es nicht«, sagte er dann. »Aber auf jeden Fall wissen sie etwas darüber. Und allein dafür, dass sie dieses Wissen geheimgehalten haben, werden sie bezahlen, das verspreche ich dir.«

»Dazu müssen wir sie aber zuerst einmal finden«, gab Kara zu bedenken.

Elder wies mit einem zornigen Schnauben auf das Zelt und die kristallene Flugscheibe. »Früher oder später werden sie schon hier auftauchen, um nachzusehen, was aus ihren beiden Freunden geworden ist.«

»Ja. Dreißig Mann hoch und bis an die Zähne bewaffnet«, knurrte Kara. »Nein – wir müssen vorher etwas unternehmen.« Sie sah sich suchend um, blickte einen Moment zu dem durch die große Entfernung winzig erscheinenden Loch in der Höhlendecke hinauf und sah dann wieder zum Zelt zurück.

»Vielleicht können wir mit diesem Ding da etwas anfangen.« Kara wies auf die Kristallscheibe.

»Fünf Meilen weit senkrecht nach oben?« Elder schüttelte fast erschrocken den Kopf. »Das traue ich dem Ding nicht zu. Und selbst wenn, es würde Stunden dauern, und Tage, bis wir zurück sind. Dann sind die Burschen längst auf und davon. Willst du das Risiko eingehen?«

Und Angellas Mörder entkommen lassen? Nein! »Dann suchen wir sie! Dieses Ding da fliegt auch über dem Wasser!«

»Suchen? Wo denn?« Elder lachte humorlos und machte eine weit ausholende Geste. »Wir wissen ja nicht einmal, wie groß diese verdammte Höhle ist. Es können Hunderte von Meilen sein! Wie lange willst du denn suchen?«

»Hast du eine bessere Idee?«

»Ich ... bin nicht sicher«, gestand Elder. »Aber das Funkgerät scheint ganz ähnlich zu funktionieren wie unsere Geräte. Es ist sehr leistungsstark, glaube ich. Wenn ich damit klarkomme und die Antenne auf den Schacht ausrichte ...«

»Dann versuch es!«, sagt Kara ungeduldig. »Worauf wartest du?«

»Immer mit der Ruhe«, sagte Elder. »Ich sagte, es *ähnelt*

unseren Geräten. Ich habe nicht die geringste Ahnung, ob ich es schaffe.«

»Warum probierst du es nicht einfach aus?«

»Damit unsere schießwütigen Freunde beim ersten Pieps hier sind?« Elder machte ein finsteres Gesicht. »Ich habe genau einen Versuch. Und ich übernehme keine Garantie, wen ich damit hierherbringe.«

»Haben wir denn eine Wahl?«, fragte Kara.

Elder nickte und verschwand wortlos wieder in dem durchsichtigen Kugelzelt. Kara dachte einen Moment darüber nach, ihm zu folgen, schon um der Kälte und Feuchtigkeit zu entgehen, aber dann zog sie es doch vor, draußen zu bleiben. Es gab eine Menge, worüber sie nachdenken musste.

Über Elder zum Beispiel. Sie beobachtete ihn eine Weile, wie er über dem fremdartigen Funkgerät saß und versuchte, es in Gang zu bringen. Plötzlich wurde Kara klar, was sie von ihm verlangte. Im Grunde verstand er so wenig von der Technik der Alten Welt wie sie oder irgendein anderer. Niemand *verstand* wirklich etwas davon. Sie waren wenig mehr als Lumpensammler, die in den Trümmern einer vor zweihundert Jahrtausenden untergegangenen Welt herumstocherten und dann und wann etwas fanden. Elders Funkgerät, seine Waffen, der Scheinwerfer, das Gerät, das er als *Trigger* bezeichnet hatte – nützliche Dinge, von denen es, wie manche meinten, viel zu wenige gab und die nur den Privilegierten oder dem Militär vorbehalten waren.

Aber wozu auch? Sie hatten während der vergangenen zweihunderttausend Jahre bewiesen, dass es andere Arten zu leben gab. Sie hatten ihre Hornköpfe, die die schweren Arbeiten erledigten; Männer und Frauen mit magischen Heilkräften und Dinge wie die riesige, lebende Brücke Schelfheims. Und Menschen wie Elder und Angella, um diese Welt zu bewachen. Sie hatten sich eine Welt erschaffen, die völlig auf den Kräften der Natur basierte und keinerlei Technik mehr brauchte. Das, was aus der Alten Zeit noch übrig war, würde auch noch verschwinden, in tausend oder auch vielleicht erst in weiteren zweihunderttausend Jahren – das spielte keine Rolle. Ihre Kultur, so primitiv sie einem Bewohner der Alten Welt auch vielleicht vorgekommen wäre, hatte länger überdauert als jede andere zuvor. Und sie würde auch weiterexistieren, wenn das letzte von Elders geliebten technischen Spielzeugen schon längst zu Staub zerfallen war.

Falls nicht jemand kam und etwas dagegen unternahm.

Ihr Blick suchte den toten Mann im Wasser, und wieder verspürte sie ein kurzes, eisiges Frösteln, das nichts mit der Kälte in der Höhle zu tun hatte. Der Gedanke erschien ihr in den ersten Momenten schlichtweg absurd – wie sollten diese Männer, ganz gleich, mit welchem technischen Erbe der Alten Welt sie ausgestattet waren, eine ganze Welt in Gefahr bringen? Und was war bisher schon passiert? Selbst, wenn das Brücken-Tier starb, ja, selbst wenn ganz Schelfheim unterging – das würde die Welt nicht in ihren Grundfesten erschüttern.

Und doch.

Die Gefahr, nach der Angella zeit ihres Lebens gesucht und deren Handlanger Kara gesehen hatte, war Wirklichkeit.

Ein weiterer dunkler Körper im Wasser fiel ihr auf. Im ersten Moment hielt sie ihn für den Leichnam des zweiten Kriegers und ging näher, dann ...

Der Schock war nicht so groß wie oben in der Höhle, wo die Salve der Betäubungsgeschosse sie getroffen hatte, aber er lähmte nicht nur ihren Körper, sondern auch ihre Gedanken und ließ die Zeit gefrieren. Sekunden, vielleicht auch einige Minuten stand sie reglos, gelähmt, mit ganz langsam, schwer und schmerzhaft schlagendem Herzen am Ufer des unterirdischen Sees und starrte den zerfetzten rotbraunen Umhang an, der auf dem Wasser trieb, der sich vom Ufer entfernte, näher kam, sich vom Ufer entfernte, näher kam, ein unablässiges Hin und Her, als zögere das Meer noch, sein grausiges Geschenk vollends herauszugeben.

Irgendwann erwachte sie aus ihrer Erstarrung und begann ins eisige Wasser hineinzuwaten. Es war an dieser Stelle viel tiefer und reichte ihr bis zur Brust; die Luft vor ihrem Gesicht wurde zu grauem Dampf, und von den Knien kroch ein Woge der Gefühllosigkeit durch ihren Leib. Doch sie spürte nichts von alledem. Ihre Hände, obgleich sie vor Kälte mittlerweile weh taten, zitterten nicht einmal, als sie die Arme ausstreckte und den reglosen Körper vollends zu sich heranzog.

Es war Angella. Sie hatte ihre Maske verloren, und auf ihren Zügen lag ein Ausdruck, der Kara verriet, dass ihr Tod schmerzlos gewesen war. Wahrscheinlich hatte sie schon lange, bevor ihr Sturz zu Ende gewesen war, das Bewusstsein verloren. Vielleicht hatte sie auch der Sturz getötet, nicht der Aufprall. Kara hatte genügend Zeit auf dem Rücken eines Drachen verbracht, um sich in solchen Dingen auszukennen, wenigstens theoretisch. Sie wusste, dass ein stürzender Körper schon nach zweihundertfünfzig Metern seine größtmögliche Geschwindigkeit erreichte und dass das Schicksal oft gnädig genug war, den Stürzenden bald das Bewusstsein verlieren zu lassen. Was für eine grausame Ironie! Konnte es einen würdigeren Tod für einen Drachenreiter geben als den letzten schwerelosen Fall aus dem Himmel?

Ihre Finger strichen über Angellas erstarrtes Gesicht. Ihr Verstand sagte ihr, dass es die Kälte des Wassers war, die sie fühlte, aber es war zugleich auch eine andere Kälte, der Beginn einer eisigen, tödlichen Entschlossenheit, die sich in diesem Moment in Kara auszubreiten begann. Keine Tränen liefen über ihr Gesicht. Die Nässe auf ihren Wangen stammte nur von dem salzigen Wasser, durch das sie watete. Sie fühlte keinen Schmerz, keinen Zorn, keine Verbitterung, nur eine kalte, sachliche Entschlossenheit, die Männer zu finden, die für Angellas Tod verantwortlich waren, und sie dafür zur Rechenschaft zu ziehen.

Langsam zog sie die Tote zum Ufer hinauf, bettete ihren Oberkörper in ihrem Schoß und blieb lange Zeit so sitzen, mit ausdruckslosem Gesicht, reglos bis auf die rechte Hand, die immer wieder Angellas Stirn streichelte wie die eines fiebernden Kindes.

Sie wusste nicht, wie viel Zeit vergangen war, als Elder mit weit ausgreifenden Schritten aus dem Zelt stürmte und rief: »Ich habe es geschafft! Sie kommen, Kara. In zwei oder drei Stunden sind ...«

Er brach mitten im Satz ab, als er sah, dass Kara nicht allein war. Schrecken, Zorn und Entsetzen spiegelten sich in rascher Folge auf seinem Gesicht wider, aber er sagte nichts mehr, sondern blickte Kara nur noch einen Moment lang voll echtem Mitgefühl an, ehe er sich neben ihr in die Hocke sinken ließ. Zögernd streckte er die Hand aus, um Angella zu berühren. Kara schlug seinen Arm zur Seite.

»Rühr sie nicht an!«

Elder lächelte. Es war ein sehr trauriges Lächeln, und erneut sah Kara in seinen Augen, dass dieses Mitleid nicht gespielt war. Aber es war ein Mitgefühl, das ihr galt. Er empfand Trauer, weil *ihr* weh getan worden war, nicht um Angellas willen, und das machte sie zornig.

»Rühr sie nicht an!«, sagte sie noch einmal. »Niemand darf sie anrühren, verstehst du? Niemand!«

16

Sie bestatteten Angella und den toten Fremden ein gutes Stück vom Ufer entfernt. Da der Boden aus Fels bestand und sie keinerlei Werkzeuge hatten, bedeckten sie die Toten mit flachen

Steinen und Schlamm, den Kara mit bloßen Händen vom Meeresgrund dicht am Ufer kratzte. Keiner von ihnen sprach auch nur ein Wort. Kara hatte immer geglaubt, dass es wichtig und auch gut wäre, in einem solchen Moment irgendetwas zu sagen, aber die Wahrheit war, dass alle Worte in diesem Moment leer und hohl klingen mussten.

»Sie war eine alte Frau.« Mehr hatte Elder nicht gesagt. Und es war nur eine reine Feststellung gewesen, eine Tatsache, die nichts änderte, es aber vielleicht ein wenig leichter machte. Angella war alt gewesen, und sie hatte ein Leben gehabt, das reicher und erfüllter gewesen war als das der meisten anderen.

Es bereitete Kara keine Schwierigkeiten, die beiden Gräber so dicht nebeneinander anzulegen, als gehörten sie zusammen. Obwohl es gut möglich war, dass dieser Mann Angellas Tod verschuldet hatte, empfand sie nichts für ihn als Gleichgültigkeit. Vielleicht war es ja wirklich so, wie man sagte: dass der Tod alle Unterschiede verwischt.

Danach wartete sie.

Minuten reihten sich zu einer halben Stunde, dann zu einer ganzen.

Die Männer, auf die Elder wartete, kamen nicht. Doch auch sonst kam niemand. Entweder hatte Elder durch einen Zufall genau die Frequenz getroffen, auf der die Funkgeräte der Stadtgarde arbeiteten – oder die anderen machten sich nicht die Mühe, den Funkverkehr zu überwachen. So abwegig war diese Vorstellung auch gar nicht – wer kam schon auf die Idee, fünf Meilen unter der Erde nach geheimen Nachrichten Ausschau zu halten?

Im gleichen Maße, in dem sich Karas unmittelbarer Schmerz legte, kehrten ihre Gedanken zu den vor ihnen liegenden Problemen zurück. Je länger sie sich in dieser gigantischen unterirdischen Höhle aufhielten, desto weniger glaubte Kara, dass die Fremden wirklich etwas mit dem Verschwinden des Wassers zu tun hatten. Das Licht, das ihnen nach der langen Dunkelheit hell vorkam, war in Wahrheit so blass, dass sie wahrscheinlich nur zwei oder drei Meilen weit sehen konnten. Aber selbst wenn die Höhle gar nicht viel größer war, so musste die in ihr enthaltene Wassermenge ungeheuerlich sein. Selbst die fortschrittlichste Technik, die sie sich vorstellen konnte, musste vor der Aufgabe kapitulieren, diese unvorstellbaren Wassermengen irgendwie zu transportieren.

Nein, sie glaubte nicht, dass sie irgendetwas *getan* hatten. Aber sie hatten davon gewusst und wahrscheinlich auf eine rätselhafte Weise davon profitiert. Und das reichte, um sie sofort und endgültig zu Karas Feinden zu erklären.

Mehrmals glaubte sie ein Geräusch zu hören und sah auf, aber sie musste sich wohl getäuscht haben. Und als sie dann *wirklich* etwas hörten, da kam der Laut nicht aus dem Schacht über ihren Köpfen, sondern drang vom Wasser herüber.

Elder und sie hörten es nahezu im selben Moment; und sie reagierten auch gleichzeitig und ohne dass es irgendeiner Absprache zwischen ihnen bedurft hätte. Sie liefen los und duckten sich hinter einen Felsen, der ihnen zum offenen Wasser hin Deckung bot.

Sie warteten mit angehaltenem Atem, aber das Geräusch wiederholte sich nicht. Alles, was sie hörten, war das monotone Klatschen der Wellen gegen den Fels. Doch war Kara völlig sicher, nicht nur Opfer eines Streiches geworden zu sein, den ihr die überreizten Nerven gespielt hatten. Etwas hielt sich dort draußen auf, das aus Unvorsichtigkeit oder aus einem anderen Grund ein sonderbares Geräusch ausgestoßen hatte.

Kara hatte sich nicht getäuscht. Es verging eine Weile, aber dann hörten sie beide das Geräusch noch einmal, ein Laut, als bewege sich ein riesenhafter Fisch mit majestätischer Langsamkeit durch das Wasser, das Klatschen der Wellen, die sich an stählernen Flanken brachen. Und plötzlich flammte ein grell weißer Lichtbalken auf und trieb ihnen die Tränen in die an das graue Zwielicht gewöhnten Augen.

Der Scheinwerferstrahl griff aus einer Entfernung von zwei oder vielleicht auch drei Meilen auf den Strand und verwandelte eine Nacht, die vielleicht seit Anbeginn der Zeiten gedauert hatte, jäh in den Tag. Das Licht riss jede noch so winzige Einzelheit aus dem Dunkel und war so intensiv, dass Kara sich einbildete, das Wasser unter seiner Berührung zischen zu hören. Zuerst sehr schnell, dann ein zweites Mal sehr langsam glitt der Strahl über den Strand, verharrte einen Moment auf dem durchsichtigen Zelt, wobei er winzige weiße Sterne in seinen transparenten Wänden auflodern ließ. Dann richtete er sich für einen Moment auf die schwebende Kristallscheibe und kehrte wieder zum Zelt zurück. Kara war plötzlich sehr froh, der Verlockung widerstanden zu haben, in der Wärme und Trockenheit dort auf das Eintreffen von Elders Männern zu warten. Als sie aus eng zusammengekniffenen Augen zum Zelt hinübersah, bemerkte sie ein winziges Licht, das rot auf dem Funkgerät zu flackern begonnen hatte.

»Ihre Leute«, sagte Elder, der auch das Licht gesehen hatte. »Sie rufen sie.«

»Und wenn sie nicht antworten …«

»… dann werden sie herkommen und nachsehen«, führte Elder den Satz zu Ende.

Kara dachte besorgt an die beiden Gräber, die nicht sehr weit vom Zelt entfernt lagen. Wenn der Scheinwerferstrahl sie erfasste, dann würden sie nicht nur argwöhnen, dass hier irgendetwas nicht stimmte, sondern es plötzlich wissen.

Unvermittelt erlosch der grelle Lichtbalken wieder, aber noch bevor die Dunkelheit wie eine Woge über ihnen zusammenschlagen konnte, hörten sie ein pfeifendes Zischen, und weit auf dem Meer stieg ein grellgelber Stern in die Höhe, der einen funkensprühenden Schweif hinter sich herzog. Ein flackerndes Licht, das beinahe die Farbe der Sonne hatte, verwandelte den Strand in ein sinnverwirrendes Durcheinander aus reflektierenden Flächen und tintenschwarzen Schatten.

Kara blinzelte verwirrt zum steinernen Firmament hinauf. Es war nicht die erste Leuchtkugel, die sie sah, wohl aber die erste, die am Ende ihrer Bahn anhielt und flackernd weiterbrannte, wie von unsichtbaren Seilen gehalten.

Elder deutete plötzlich aufgeregt über das Meer, und als Karas Blick seiner Bewegung folgte, sah sie etwas, das sie noch sehr viel mehr verblüffte als die von unsichtbaren Kräften gehaltene Leuchtkugel.

Ob es wirklich ein Schiff war, konnte Kara ebenso wenig sagen wie sie es wagte, seine Größe zu schätzen. Aber das Gebilde war riesig; es musste aus Metall oder sehr schwerem Holz bestehen, denn die Wellen, die gegen seine Flanken klatschten, vermochten es nicht um einen Deut zu erschüttern. Und aus seiner Mitte erhob sich ein runder, an der Vorderseite abgeflachter Turm, an dessen Spitze der ausgeschaltete Scheinwerfer nachglühte wie ein riesiges, langsam verlöschendes Auge.

»Was ist das?«, flüsterte Kara. Elder fuhr erschrocken zusammen und legte den Zeigefinger auf die Lippen, als befürchte er, schon die leisesten Worte könnten auf dem Meer gehört werden. »Ich weiß es nicht. Aber es sieht gefährlich aus«, presste er hervor. Nervös hob Kara den Blick und sah zum Schacht empor. »Wo bleiben deine Leute?«

»Ich kann nur hoffen, dass sie nicht ausgerechnet jetzt auftauchen«, sagte Elder düster. Kara sah ihn verständnislos an, und Elder fügte mit einer Kopfbewegung auf das Gebilde im Wasser hinzu: »Was immer es ist – ich bin sicher, dass es bis an die Zähne bewaffnet ist. Sie würden sie abschießen wie junge Spatzen!«

Kara schauderte bei der Vorstellung. Elder hatte recht. Wenn sie an die unheimliche Präzision dachte, mit der das grüne Licht Hrhon und die beiden Männer erfasst hatte, dann konnten sie nur hoffen, dass die angeforderte Verstärkung noch eine Weile auf sich warten ließ.

Sehr langsam näherte sich der eiserne Fisch dem Ufer. Kara und Elder beobachteten ihn aus der sicheren Deckung ihres Felsens heraus, wagten es aber nicht, ihr Versteck zu verlassen, obgleich das riesige Scheinwerferauge nicht noch einmal aufleuchtete. Aber die Besatzung musste entweder Verdacht geschöpft haben, oder sie waren von Natur aus sehr misstrauisch. Das Fahrzeug änderte mehrmals seinen Kurs, aber es hielt schließlich nicht vor den Riffen an, wie Kara erwartet hatte, um Männer auf Booten oder den kleinen Flugscheiben an Land zu schicken. Stattdessen glitt es einige Minuten lang vor der natürlichen Sperre hin und her und fuhr dann durch eine Spalte in den Felsen, die Kara bisher nicht einmal gesehen hatte. Einen Moment lang erfreute sie sich an der Vorstellung, dass der riesige Eisenfisch im nächsten Augenblick einfach auf den felsigen Meeresgrund auflaufen und festsitzen würde.

Aber der Eisenfisch tat ihr nicht den Gefallen, sich selbst den Bauch aufzuschlitzen, stattdessen stiegen plötzlich rings um seinen metallenen Leib Luftblasen empor. Das Wasser brodelte, schien zu kochen und verwandelte sich in weißen Schaum, und dann erhob sich das Schiff, bis es nur noch auf dem Wasser zu fahren schien!

Kara sah aus den Augenwinkeln, wie Elder erstaunt zusammenfuhr. Gebannt beobachteten sie, wie das bizarre Gebilde unaufhörlich herankam. Sein Leib musste fast so lang wie ein Drachen sein, und es bot mit Sicherheit Platz für hundert oder mehr Männer. Wasser perlte in breiten Strömen von dem mit schwarzen Stahlplatten gepanzerten Rumpf, an dem auch überall kleinere Lichter brannten. Zischend und auf einer gewaltigen Bugwelle aus kochendem Wasser reitend, näherte sich der Gigant dem Ufer. Ein abgestorbener, riesiger Wurzelstrang war ihm im Weg, aber er machte sich nicht die Mühe, ihm auszuweichen, sondern zermalmte das Holz mit seinem stumpfen Bug.

Es war dieser Augenblick, der Kara schlagartig wieder zu Bewusstsein brachte, in welcher Gefahr Elder und sie schwebten. Zwei Schwerter und eine altersschwache Laserpistole waren ein bisschen wenig …

»Hast du eine gute Idee?«, fragte sie.

Elder nickte. »Wie wäre es damit: Kennst du zufällig ein paar nützliche Zaubersprüche?«

Kara ersparte sich eine Antwort. Ihre Gedanken überschlugen sich. Das Schiff bewegte sich noch immer äußerst langsam, aber auch so blieben ihnen allerhöchstens noch zehn Minuten. Wenn ihnen bis dahin nichts eingefallen war, konnten sie sich genauso gut auch gegenseitig umbringen. Nach dem, was sie den beiden Posten angetan hatten, würden die Männer auf diesem Schiff kurzen Prozess mit Elder und ihr machen.

Wenn sie Glück hatten.

Ihr Blick fiel auf eines der riesigen Holzstücke, das nahe dem Ufer im Wasser dümpelte. Rasch sah sie noch einmal zum Boot hinüber und verlängerte seinen Kurs in Gedanken. Es konnte klappen. Mit ein wenig Glück konnte es klappen.

»Kannst du schwimmen?«, fragte sie.

Elder sah sie irritiert an, und Kara machte eine Kopfbewegung zum Trümmerstück. Es dauerte einen Moment, aber dann begriff er, was sie vorhatte. »Ja.«

»Das trifft sich gut«, sagte Kara. »Ich nämlich nicht.«

Elder riss erstaunt die Augen auf, sagte aber nichts. Nachdem er sich seines gelben Umhanges entledigt hatte, krochen sie auf dem Bauch liegend und jede noch so winzige Deckung ausnutzend zum Ufer und glitten ins Wasser. Kara wusste, dass sie dennoch leicht zu entdecken sein mussten, wenn sich irgendjemand die Mühe machte, den Strand ein wenig aufmerksamer im Auge zu halten. Nach wenigen Augenblicken erreichten sie unbehelligt das Wasser und glitten durch die eisige Kälte auf den zyklopischen hölzernen Findling zu.

Kara hatte nicht gelogen, als sie behauptete, nicht schwimmen zu können. Aber mit Elders Hilfe war es nicht einmal sehr schwer, durch das Wasser zu tauchen und nur ab und zu den Kopf zu heben, um zu atmen.

Schwieriger war es schon, in das riesige Holzstück hineinzuklettern, denn das Holz war so morsch, dass es unter jeder Berührung einfach abbrach. Nur mit äußerster Anstrengung gelang es Elder und ihr, sich auf den schwankenden Boden hinaufzuziehen. Geduckt, unsicher und sehr vorsichtig bewegten sie sich weiter. Sie mussten aufpassen, wo sie hintraten, denn nur zu oft gab der morsche Boden unter ihnen nach. Einmal brach Elder bis an die Hüften ins Wasser ein, ehe Kara ihn festhalten und wieder in die Höhe ziehen konnte.

Ein Blick über den Rand ihres schwimmenden Verstecks hinweg zeigte ihr, dass der Riesenfisch noch näher gekommen war, seine Fahrt aber verlangsamt hatte. Außerdem hatte sich ihre hölzerne Scholle in Bewegung gesetzt und trieb langsam vom Ufer fort.

Sie beratschlagten einen Moment lang, dann machte Elder einen Vorschlag, der Kara den puren Angstschweiß auf die Stirn trieb, obwohl er sie nicht einmal überraschte. Genau genommen hatte sie die Idee schon selbst gehabt, es aber nicht gewagt, sie laut auszusprechen.

Mit Elders Hilfe brach sie ein längeres Stück aus der Rinde, ließ es ins Wasser gleiten und legte sich flach darauf. Elder war dicht neben ihr, als sie sich von ihrem schwimmenden Versteck trennten und mit gleichmäßigen Hand- und Fußbewegungen einen Kurs auf den Eisenfisch einzuschlagen versuchten – was sich als recht schwierig gestaltete, denn rings um das riesige Schiff kochte und brodelte das Wasser heftiger als je zuvor.

Dreißig oder vierzig Meter vom Ufer entfernt und fast auf

gleicher Höhe mit Elder und ihr kam das Schiff schließlich zur Ruhe. Der weiße Schaum versiegte, und Kara hörte ein dumpfes Knirschen, als der stählerne Rumpf den Meeresboden berührte. Endlich lag es vollkommen still. Kara hörte eine Reihe dumpf polternder Schläge, die tief aus seinem Rumpf herausdrangen.

Sie sah sich nach Elder um. Sein Kopf hüpfte wie ein Korken drei oder vier Meter neben ihr auf den Wellen, und obwohl das Wasser so kalt war, dass Kara fast erwartete, kleine Eisklümpchen auftauchen zu sehen, brachte er die Unverschämtheit auf, sie anzugrinsen. Kara selbst hatte das Gefühl, im nächsten Moment nicht nur erfrieren, sondern vor Angst sterben zu müssen. Das Brett, auf dem sie lag, trug sie zuverlässig, und wahrscheinlich war das Wasser an dieser Stelle nicht einmal tief genug, um zu ertrinken. Aber all ihre Instinkte schrien ihr zu, dass der sichere Tod nur noch die Stärke eines verfaulten Brettes von ihr entfernt war. Sie musste mit aller Macht die Panik niederkämpfen, die sie zu überwältigen drohte. Es war absurd – sie hatte in den letzten zehn Jahren gelernt, einen Drachen zwei Meilen über der Erde durch die Luft zu steuern, sie wagte auf Markors Rücken Flugmanöver, die selbst erfahrenen Drachenreitern den Angstschweiß auf die Stirn trieben, aber dieses seichte Wasser trieb sie vor Angst fast in den Wahnsinn.

Zu ihrem Entsetzen wandte sich Elder plötzlich dem offenen Meer zu und gab mit einem Zeichen zu verstehen, ihm zu folgen. Kara war viel zu starr vor Angst, um auch nur zu protestieren, und so paddelte sie ungeschickt hinter ihm her, zuerst ein gutes Stück von dem gewaltigen Boot fort, dann in einem weiten Bogen wieder zu ihm zurück, sodass sie sich ihm von der dem Ufer abgewandten Seite näherten.

Auf dem Eisenfisch hatte sich mittlerweile eine Klappe geöffnet, und ein gutes Dutzend Männer waren ins Freie getreten. Sie trugen die gleiche Art blauschwarzer Uniform wie jene beiden, die Kara und Elder oben getroffen hatten, und sie verbargen ihre

Gesichter ebenso hinter bizarren Masken aus getöntem Glas. Voller Unbehagen registrierte Kara, dass ein großer Teil von ihnen mit den gläsernen Gewehren ausgerüstet war.

Zum Glück konzentrierte sich ihre Aufmerksamkeit völlig auf das vor ihnen liegende Ufer. Keiner warf auch nur einen Blick auf das Meer hinaus. Allerdings hätten sie Kara und Elder kaum entdeckt. Auf der fast schwarzen Wasseroberfläche waren sie so gut wie unsichtbar. Langsam trieben sie näher.

Das Schiff spie immer noch Männer aus, und aus einer zweiten, größeren Luke wurde eine Anzahl der runden Flugscheiben entladen. Kara vermutete, dass ihre Zahl begrenzt war, denn sie brachten jeweils zwei der glasbehelmten Krieger ans Ufer und flogen dann leer zurück, um weitere zu holen.

Als sie sich dem Schiff näherten, geriet das Deck außer Sicht. Kara hörte noch immer das hohe Singen der Kristallscheiben. Sie hoffte, dass alle Männer vom Deck des Schiffes verschwunden waren, wenn sie es erreichten. Gleichzeitig fragte sie sich zum ersten Mal, was sie dort eigentlich *wollten.*

Auf ihre Frage hin zuckte Elder mit den Schultern. »Wäre doch nett, wenn wir es erobern könnten, oder?«

»Wir beide?« Kara blickte schaudernd an der gewaltigen Flanke des stählernen Fisches hoch, die wie ein Berg aus Eisen vor ihnen aufragte. Einen winzigen Moment lang peinigte sie die Vorstellung, dass das Schiff sich plötzlich bewegen und sie unter seinem gewaltigen Leib zerquetschen könnte. Eine grässliche Vorstellung. Sie schüttelte sie ab. »Du bist verrückt!«

»Wahrscheinlich. Aber es wäre wirklich phantastisch, dieses Ding in die Hände zu bekommen. Und sei es nur, um zu erfahren, wer diese Kerle eigentlich sind.«

Und schlimmstenfalls, dachte Kara, konnten sie sich immer noch verstecken und warten, bis der Gigant wieder abfuhr. *Falls* er irgendwann einmal wieder abfuhr und falls sie bis dahin nicht erfroren waren. Ihre Glieder waren schon gefährlich blau angelaufen. Kara sah ein, dass sie auf das Boot klettern mussten, ob sie wollten oder nicht. Wenn Flucht unmöglich war, was außer Angriff blieb ihnen dann schon noch?

An den Seiten des Schiffes waren in regelmäßigen Abständen eiserne Leitersprossen angebracht worden, aber Karas Finger waren so steifgefroren, dass sie drei Versuche brauchte, ehe sie sich auch nur auf die erste der drei Dutzend Sprossen emporziehen konnte. Der Schmerz trieb ihr die Tränen in die Augen. Mit zusammengebissenen Zähnen kletterte sie weiter, hielt aber immer wieder inne, um neue Kraft zu schöpfen. Das Leben kehrte schmerzhaft in ihre Finger und Zehen zurück, aber ihre Muskeln waren immer noch so verkrampft, dass sie nicht einmal sicher war, ob sie ihr Schwert würde halten können.

Sie hielt ein letztes Mal inne, als das Deck eine Handbreit über ihr lag, und warf einen Blick unter sich. Elder folgte ihr in dichtem Abstand. Er sah erschöpft und müde aus wie sie. Sein Gesicht war grau, und er zitterte am ganzen Leib und hatte sichtliche Mühe, sich überhaupt noch auf der Leiter zu halten. Und sie wollten dieses Monstrum von Schiff erobern? Sie mussten völlig verrückt sein!

Vorsichtig kletterte Kara weiter und warf einen Blick über das Deck. Es war verlassen, wie sie gehofft hatte. Nur ein einzelner Posten war zurückgeblieben. Er stand breitbeinig nur wenige Schritte von Kara entfernt, blickte zum Ufer und wandte ihr den Rücken zu.

Kara ließ sich wieder ein Stück zurücksinken und sah zu Elder hinab. »Ein Wächter«, flüsterte sie.

»Aha«, sagte Elder müde.

»Du oder ich?«

»Alter vor Schönheit«, murmelte Elder. »Ich schenke ihn dir.«

»Danke«, knurrte Kara – obwohl sie gleichzeitig einsah, saß ihre Frage ziemlich überflüssig gewesen war. Sie war nun einmal die Erste auf der Leiter. Vorsichtig zog sie sich weiter empor, bis sie zuerst das rechte, dann das linke Knie auf das Deck schieben konnte. Langsam richtete sie sich ganz auf und beobachtete den Posten mit angehaltenem Atem. Nichts. Er hatte sie nicht bemerkt. Seine Konzentration galt voll und ganz dem, was sich am Ufer abspielte.

Bis zu dem Moment, in dem Kara den ersten Schritt machte.

Das Wasser in ihren Stiefeln verursachte ein deutlich hörbares, quietschendes Geräusch, und der Posten fuhr erschrocken herum. Sein Unterkiefer klappte herunter, als er das dunkelhaarige, bis auf die Haut durchnässte Mädchen hinter sich erblickte.

Kara machte einen Satz, riss den Fuß hoch und versetzte ihm einen überraschend kräftigen Tritt unter das Kinn. Der Kopf des Mannes flog mit einem harten Ruck in den Nacken. Sie konnte hören, wie sein Genick brach. Kara war mit einem Satz bei ihm und fing ihn auf, bevor er auf das Deck schlagen konnte. Er war ziemlich schwer. Ihre verkrampften Muskeln versagten ihr den Gehorsam, sodass sie ihn wahrscheinlich fallengelassen hätte, wäre nicht in diesem Moment Elder neben ihr aufgetaucht. Gemeinsam schleiften sie den Toten über das Deck und warfen ihn kurzerhand über Bord – nachdem Kara die Laserpistole aus seinem Gürtel gezogen hatte.

Elder sah sie überrascht an.

»Man kann nie wissen«, sagte Kara, während sie die Waffe unter ihrem Mantel verschwinden ließ.

Sie warf einen raschen Blick zum Ufer hinüber. Die Krieger hatten sich auf dem felsigen Strand verteilt und suchten pedantisch jeden Fußbreit Boden ab. Niemand hatte bemerkt, was geschehen war.

Instinktiv wollte Kara zu der Luke eilen, durch die die Männer das Schiff verlassen hatten, aber Elder schüttelte hastig den Kopf und deutete auf die andere Luke, aus der die Flugscheiben herausgekommen waren. Wahrscheinlich hat er recht, dachte Kara. Es war sicherer, durch eine Ladeluke einzudringen, statt durch eine Tür, hinter der es vermutlich von Soldaten wimmelte.

Kara bewegte unter Schmerzen die Finger, um das Leben in ihre abgestorbenen Glieder zurückzuzwingen. Es tat entsetzlich weh; es würde vermutlich Tage dauern, bis ihre Muskeln die gewohnte Geschmeidigkeit zurückerlangt hatten, aber sie konnte sich wenigstens bewegen. Geduckt näherten sie sich der Ladeluke. Elder warf einen aufmerksamen Blick in die Tiefe und gab ihr dann mit einem Nicken zu verstehen, dass alles in Ordnung war. Nacheinander kletterten sie in die Tiefe.

Das pulsierende Licht der Leuchtkugel, die sonderbarerweise noch immer brannte, blieb über ihnen zurück, aber dafür umgab sie ein kalter blauer Schein, in dem alle Farben falsch und alle Bewegungen abgehackt wirkten. Ein dumpfes Dröhnen und Rauschen drang an ihr Ohr, und ein warmer Lufthauch schlug ihnen in die Gesichter.

Aufmerksam blickte Kara sich um. Sie befanden sich in einem niedrigen, mit Schränken und Regalen vollgestopften Raum. Der Boden bestand aus geriffeltem, vielfach durchbrochenen Metall. In einem großen Gestell aus stählernen Trägern hingen drei der kristallenen Flugscheiben, und das Gestell selbst bot noch Platz für sieben weitere der bizarren Fluggeräte. An jedem Ende des langgestreckten Raumes gab es eine halbrunde Tür aus Metall, die äußerst massiv aussah.

Sie gingen in Richtung Bug. Elder brauchte nur einen Moment, um den simplen Öffnungsmechanismus der Tür zu durchschauen, der nur aus einem massiven eisernen Speichenrad bestand. Die Tür war nicht verriegelt; nachdem Elder keuchend das Rad zweimal gedreht hatte, schwang sie beinahe lautlos nach innen und gab den Blick auf einen schmalen, vom gleichen bläulichen Licht erfüllten Gang frei. Zahlreiche Türen zweigten davon ab. Alles hier unten war aus Metall. Kara hörte eine Reihe verwirrender Laute, die sie nicht einordnen konnte. Niemand war zu sehen. Vielleicht war wirklich die gesamte Besatzung dieses sonderbaren Eisenschiffes von Bord gegangen. Aber Kara glaubte nicht daran, dass sie so viel Glück hatten.

»Und jetzt?«, fragte sie.

Elder überlegte einen Moment. Sein Blick tastete aufmerksam über die gleichförmigen grauen Türen. Kara hatte das Gefühl, dass er nach etwas suchte. »Es muss eine Art ... zentralen Raum geben«, sagte er schließlich. »Wie die Brücke auf einem Schiff, verstehst du?«

»Nein«, sagte Kara. »Wieso?«

»Wenn wir irgendwo Schaden genug anrichten können, um dieses Ding lahmzulegen, dann dort.«

»Wieso zerstören wir nicht einfach die Maschinen, die es antreiben?«, fragte Kara.

»Hast du eine Vorstellung, wie groß sie wahrscheinlich sind?« Elder schüttelte entschieden den Kopf. »Komm, ehe sie merken, dass der Posten nicht mehr da ist.«

Er zog die schwere Tür ohne spürbare Anstrengung weiter auf und begann geduckt den Gang vor Kara entlangzuhuschen. Kara rechnete jeden Augenblick damit, dass eine der Türen auffliegen und irgendjemand sie angreifen würde, aber sie erreichten unbehelligt das jenseitige Ende des Ganges. Hinter der Tür lag ein runder Schacht, in dem eine schmale Metallleiter nach oben und unten führte. Die Luft war feucht. Stimmen und eine Vielzahl anderer, verwirrender Laute drangen aus der Tiefe zu ihnen.

»Dort oben geht es wahrscheinlich zum Turm«, flüsterte Elder.

Kara deutete nach unten. »Und dort zu deinem zentralen Raum«, sagte Kara. »Worauf warten wir. Eine bessere Chance bekommen wir nicht.«

»Reinkommen ist nicht das Problem«, sagte Elder. »Ich möchte ganz gern auch wieder lebendig rauskommen«. Er sah sich suchend um. Rasch kletterte er über die Leiter in die Höhe. Sie gelangten in einen runden Raum, der sich tatsächlich im Turm des Schiffes zu befinden schien, denn über ihren Köpfen lag eine runde, offenstehende Luke, über der das flackernde Licht der Leuchtkugel zu sehen war. Ein Schatten bewegte sich über ihnen. Kara erschrak. Wenn sie einen Posten auf dem Turm zurückgelassen hatten, dann konnte ihnen das Verschwinden des zweiten Wächters nicht mehr sehr lange verborgen bleiben.

Es gab drei Türen. Elder probierte sie rasch nacheinander aus, schlüpfte durch die dritte hindurch. Kara hörte ein klatschendes Geräusch, dann einen Aufprall. Hastig folgte sie Elder, die rechte Hand auf dem Schwertgriff. Aber er brauchte keine Hilfe. Er stand gebeugt über einer reglosen Gestalt am Boden, die eine schwarzblaue Uniform und einen Helm mit einem Glasvisier trug. Der winzige Raum war mit verwirrenden Apparaturen und Gerätschaften vollgestopft.

Elder zog dem Mann den Helm vom Kopf und streifte ihn sich selbst über. Sein Gesicht verschwand hinter getöntem Glas, worauf eine unheimliche Veränderung mit ihm vonstattenging. Er schien plötzlich zu einem von *ihnen* zu werden. Kara starrte ihn an.

»Was hast du?«, fragte Elder.

»Nichts«, antwortete Kara hastig. Verrückt! Für einen winzigen Augenblick war sie davon überzeugt gewesen, dass er einer von ihnen *war* »Es ist nichts«, sagte sie noch einmal. »Ich war erschrocken. Du siehst unheimlich aus mit dem Ding. Was soll das?«

»Tarnung«, erklärte Elder. »Schade, dass wir nicht auch einen für dich haben. Es wäre – *he!*«

»Was ist?«, fragte Kara alarmiert.

»Das ist ... faszinierend!«, sagte Elder. »In dem Glas sind

plötzlich Bilder. Und Buchstaben und Zahlen. Sieht man sie von außen?«

Kara schüttelte den Kopf. »Was bedeuten sie?«

»Ich habe nicht die geringste Ahnung«, erwiderte Elder. »Aber es ist einfach unglaublich. Ich werde das Ding auf jeden Fall mitnehmen.«

Kara verdrehte die Augen und seufzte. In diesem Moment regte sich der Mann zu Elders Füßen stöhnend. Elder versetzte ihm einen Faustschlag unter das Kinn, der ihn sofort wieder erschlaffen ließ.

»Er lebt noch«, sagte Kara vorwurfsvoll.

»Man kann einen Gegner auch ausschalten, ohne ihn gleich umzubringen«, sagte Elder. »Darüber solltest du vielleicht einmal nachdenken.«

»Habe ich«, antwortete Kara. »Das Problem ist, dass er irgendwann wieder aufsteht«.

»Und wenn du ihn umbringst, kommt ein anderer an seiner Stelle. Oder auch zehn. Oder hundert.«

»Du weißt eine Menge über diese Burschen«, sagte Kara. »Woher willst du wissen, dass es nicht nur ein paar sind?«

Elder schnaubte. »Sieh dich doch um! Glaubst du, sie hätten dieses Ding auf dem Müll gefunden oder aus ein paar alten Ersatzteilen zusammengeschraubt? Begreife doch! Angella hatte recht. Das hier ist keine Bande von Halsabschneidern und Lumpen. Das hier ist eine Invasion!«

Kara fror plötzlich wieder. Elders Eröffnung hätte sie eigentlich nicht überraschen dürfen, und doch erschütterten sie seine Worte bis ins Innerste. Er hatte recht. Der Albtraum, auf den Angella sie und alle anderen ihr Leben lang vorbereitet hatte, war zur Wirklichkeit geworden. Sie fragte sich, ob es wirklich Zufall war, dass Angella das erste Opfer dieser Invasion geworden war oder nur eine besondere Ironie des Schicksals.

»Du wolltest … irgendetwas beschädigen, damit sie nicht weg können«, sagte sie stockend.

Elder sah sich einen Moment lang suchend um, dann hob er die Schultern. »Ich denke, ich kümmere mich erst einmal um den Burschen auf dem Turm«, sagte er. »Ich habe gern den Rücken frei. Warte hier!« Ehe Kara ihn zurückhalten konnte, schlüpfte er aus der Tür und war verschwunden.

Er blieb nicht sehr lange fort. Nach kaum einer Minute hörte Kara eine Reihe gedämpfter, metallisch klingender Laute; kurz darauf kam Elder zurück.

»Was hast du getan?«

»Dafür gesorgt, dass sie so schnell hier nicht wegkommen«, antwortete Elder. »Wenigstens hoffe ich das.«

Kara blickte fragend.

»Das hier scheint eine Art Schiff zu sein, das unter Wasser fahren kann«, erklärte Elder. »Ich bin gespannt, wie sie das anstellen, ohne die Turmluke zu schließen.«

Sie verließen die Kammer, kletterten wieder in die Tiefe und passierten unbehelligt den Ausgang, durch den sie hergekommen waren. Der Boden des nächsten Ganges lag noch vier oder fünf Meter unter ihnen, als das Licht plötzlich von blau zu rot wechselte und zu pulsieren begann. Gleichzeitig zerriss ein heulender, an- und abschwellender Ton die Luft.

»Verfluchter Mist!«, schimpfte Elder. »Sie müssen den Posten gefunden haben!« Er überwand das letzte Stück der Leiter mit einem gewagten Satz, drehte sich in der gleichen Bewegung, in der er die Kraft des Sprunges abfederte, einmal um seine Achse und gab Kara dann mit einer Geste zu verstehen, dass sie ihm folgen sollte. Dann flog plötzlich eine Tür in Elders Rücken auf, und einer der Blauuniformierten stürmte heraus. Elder schlug ihn nieder und fing ihn auf, ehe er zu Boden stürzen konnte. Mit vereinten Kräften schleiften sie den Mann in den Raum zurück, aus dem er gekommen war.

Elder ließ ihn zu Boden sinken, band ihm die Hände auf dem Rücken zusammen und versuchte, ihm den Helm abzunehmen. Kara sah sich um, während Elder mit dem ledernen Kinnriemen des Helmes kämpfte. Sie befanden sich in einer kleinen, offensichtlich für vier Männer gedachten Kabine: An beiden Wänden rechts und links der Tür standen vier Betten, jeweils zwei übereinander, der restliche verbliebene Raum wurde fast völlig von vier Spinden und einem an der Wand verschraubten Tisch eingenommen. An den Spindtüren hingen bunte Bilder.

»Hier!« Elder hatte den Helm endlich dem Mann vom Kopf gezogen und hielt ihn Kara hin. Sie setzte ihn auf, und die Welt war plötzlich um eine Nuance dunkler, doch sie sah keine Bilder wie Elder zuvor.

Ihre Nerven waren bis zum Zerreißen angespannt, als sie die Kabine hinter Elder wieder verließ. Sie näherten sich den Stimmen und Geräuschen, die aus einem Raum am Ende des langen Korridors drangen. Obwohl im Schiff noch immer die Alarmsirenen widerhallten, begegnete ihnen niemand mehr. Entweder befand sich der Großteil der Besatzung tatsächlich nicht an Bord, oder alle Männer hatten bereits Gefechtsposition bezogen, als der Alarm losging.

Zwei Schritte vor der Tür bedeutete Elder Kara mit Handzeichen, vorsichtiger zu sein. Sie pressten sich rechts und links des Durchganges gegen die Wand, lauschten einen Moment, dann schob sich Kara weiter und lugte vorsichtig durch die Tür in den dahinterliegenden Raum.

Im ersten Moment erkannte sie nichts außer einem verwirrenden Durcheinander. Der Raum wirkte winzig, weil sämtliche Wände, ja sogar die Decke und der Boden mit Instrumenten, Skalen, Bildschirmen und anderen technischen Geräten versehen war. Ein knappes Dutzend Männer stand oder saß an diesen Apparaturen, und genau gegenüber der Tür prangte ein gewaltiger, dreidimensionaler Monitor, ganz ähnlich den Geräten, die

Kara im Drachenfels gesehen hatte; nur viel größer und mit einem viel schärferen Bild.

Als ihr Blick das Bild auf dem Monitor erfasste, wurde ihr klar, wie sie unbehelligt so weit hatten vordringen können. Der Alarm galt nicht ihnen. Der Monitor zeigte den Abschnitt des Strandes, auf dem die Männer mit ihren kleinen Flugscheiben niedergegangen waren. Immer wieder zuckten grüne und rote Lichtblitze zum oder vom Himmel, Männer hetzten wild durcheinander, schossen oder wurden selbst von großen, über den Himmel fegenden Schatten unter Feuer genommen. Elders Leute waren gekommen. Und offensichtlich ließen sie sich doch nicht ganz so leicht vom Himmel schießen, wie Elder befürchtet hatte.

Ihre Aufmerksamkeit richtete sich auf einen Mann, der mit dem Rücken zur Tür stand und mit lauter Stimme in ein Mikrofon sprach. »Diver vier an Diver eins und drei. Wir haben hier Schwierigkeiten. Ich glaube, wir kommen allein zurecht, aber es ist wahrscheinlich besser, wenn ihr erst einmal auf Distanz bleibt.«

Diver vier? Bedeutete das, dass es noch *drei weitere* von diesen Ungeheuern aus Eisen gab? Elder hatte recht gehabt – es *war* eine Invasion.

Elder machte eine Geste, und Kara reagierte so schnell und präzise, als wären sie ein seit langer Zeit perfekt aufeinander eingespieltes Team: mit einer fast gleichzeitigen Bewegung drehten sich beide durch die Tür und blieben rechts und links des Einganges stehen. Kara zog ihr Schwert und setzte die Spitze der meterlangen Klinge an die Halsschlagader eines Mannes, der unweit der Tür vor einem Pult saß und auf der Stelle erstarrte. Elder zog mit einer ebenso schnellen Bewegung seine Pistole und zielte auf den Mann am Bildschirm.

Von allen hier im Zentralraum reagierte er als Allererster, obwohl er wahrscheinlich der Kommandant dieses Bootes war. Jedes Wort in dem halbrunden Raum verstummte. Eine Sekunde lang schienen selbst die leise summenden Apparaturen den Atem anzuhalten, dann fuhr der Mann vor dem Bildschirm blitzschnell herum, versuchte seine Waffe zu ziehen – und fiel mit einem Schmerzlaut auf die Knie, als Elder ihm den Lauf seiner Waffe hart ins Gesicht schlug.

»Noch so eine Dummheit«, sagte Elder, »und ich erschieße dich. Und das gilt für jeden hier!«

Stöhnend richtete sich der Mann wieder auf, den Elder niedergeschlagen hatte. Aus einer Wunde über seiner Stirn lief Blut und malte eine gezackte rote Linie auf seine Wange. Sein Gesicht war verzerrt, aber nicht vor Schmerz oder Furcht – was Kara in seinen Augen las, war grenzenloses Entsetzen über ihr plötzliches Auftauchen. Offensichtlich überstieg die Vorstellung, dass es zwei Fremden gelungen sein sollte, unbemerkt in sein Allerheiligstes vorzudringen, einfach sein Fassungsvermögen. »Was wollt ihr?«, stammelte er. »Wer seid ihr? Was wollt ihr hier?«

»Dein Schiff«, antwortete Elder. »Was sonst?«

Der Ausdruck von Fassungslosigkeit auf dem Gesicht des Kapitäns wich purem, unverfälschtem Entsetzen. »Ihr wollt ... *was?«*, krächzte er. »Ihr müsst ... ihr müsst vollkommen verrückt sein!«

»Stimmt«, sagte Kara. »Du solltest das bedenken, bevor du irgendetwas tust.«

»Ihr habt keine Chance«, versuchte der Kapitän eine neue Taktik einzuschlagen. »Ihr kommt hier niemals lebend raus!«

»Möglich«, sagte Elder, schwenkte den Lauf seiner Laserpistole und gab einen einzelnen Schuss ab. Der dünne Lichtblitz fuhr in das Pult hinter dem Kapitän und verursachte eine funkensprühende Explosion. Flammen züngelten aus dem Pult, und zwei oder drei Männer wollten instinktiv aufspringen, um den Brand zu bekämpfen, erstarrten aber mitten in der Bewegung, als Elder drohend mit seiner Waffe gestikulierte.

»Ich kann weitermachen«, sagte er, »und hier alles kurz

und klein schießen. Oder du legst das Schiff freiwillig auf Grund.«

»Warum sollte ich so etwas tun?«, fragte der Kapitän. »Außerdem liegt es bereits auf Grund, falls du das noch nicht bemerkt haben solltest.«

»Du weißt ganz gut, was ich meine«, sagte Elder unwillig. »Und der Unterschied ist ganz einfach der, dass wir dein Schiff sowieso bekommen – aber es liegt an dir, ob du und deine Leute dann noch am Leben sind oder nicht. Also?«

Der Kapitän wollte antworten, aber er kam nicht dazu. Etwas traf mit unvorstellbarer Wucht den Schiffsrumpf und ließ ihn dröhnen wie eine hundert Meter lange, gusseiserne Glocke, und mit Ausnahme Karas, die sich instinktiv am Türrahmen festklammerte, fegte die Erschütterung jedermann im Kommandoraum von den Füßen. Auch Elder. In fast jeder anderen Situation wäre die Besatzung in diesem Moment über die beiden Eindringlinge hergefallen, aber die Männer schienen von der plötzlichen Erschütterung ebenso überrascht wie Kara und Elder zu sein, und als sie sich von dieser Überraschung erholt hatten, war Elder bereits wieder auf den Beinen und schwenkte drohend seine Waffe.

»Also?«, fragte er. »Wie es aussieht, bleibt dir nicht mehr allzu viel Zeit, dich zu entscheiden.« Wie um dem zögerlichen Kapitän ein wenig auf die Sprünge zu helfen, hob er demonstrativ seine Waffe und zielte auf ein weiteres Pult.

»Nicht«, sagte der Kapitän hastig. »Ich tue, was du verlangst. Wenn du auf die falsche Stelle schießt, fliegen wir hier alle in die Luft!«

»Gut zu wissen«, grinste Elder.

Kara warf gelegentlich einen Blick über die Schulter in den Gang zurück. Bisher schien niemand außerhalb dieses Raumes ihr Eindringen bemerkt zu haben. Trotzdem machte sie sich nichts vor.

Sie ständen zu zweit fünf Gegnern gegenüber, und jeder von ihnen war ein ausgebildeter Soldat. Sie durften ihr Glück nicht überstrapazieren.

»Beeil dich«, sagte sie an Elder gewandt.

Elder fuchtelte mit seiner Waffe, als der Kapitän noch immer zögerte. »Du hast sie gehört.«

Kara versuchte, einen Blick auf den Monitor zu erhaschen, während der Kapitän an seine Kontrollen trat und in rascher Folge Schalter umzulegen begann. Aber sie konnte nicht viel erkennen. Die Soldaten auf dem Strand kämpften gegen einen Gegner, der sie von zwei Seiten angriff: aus der Deckung der Felsen heraus und vom Ende des Tunnels. Sie konnte nicht sehen, um wen es sich dabei handelte.

Der Kommandant legte einen Hebel nach dem anderen um, und allmählich begann sich etwas in der Geräuschkulisse des Schiffes zu ändern. Kara konnte nicht sagen was – aber irgendetwas tat sich.

Ein unsichtbar angebrachter Lautsprecher knackte, dann sagte eine Stimme aus dem Irgendwo: »Steeler hier, Maschinenraum. Das ist doch nicht Ihr Ernst, Commander. Bitte begründen Sie diesen Befehl!«

Der Kapitän sah Elder stirnrunzelnd an. Elder überlegte einen Moment, dann nickte er widerstrebend. »Sagen Sie etwas«, sagte er, »bevor er Verdacht schöpft. Keine Tricks!«

Commander berührte eine Taste. »Steeler? Sie haben richtig verstanden. Schalten Sie die Reaktoren ab.«

»Aber ich brauche eine Woche, um sie wieder hochzufahren«, erwiderte Steeler noch immer ungläubig.

»Das war ein Befehl, Steeler«, erklärte Commander mit fester Stimme. »Schalten Sie die Generatoren ab.«

»Ich denke ja nicht daran«, antwortete Steeler. »Ich komme rauf. Das will ich aus Ihrem eigenen Mund hören!« Ein scharfes Knacken verkündete das Ende der Sprechverbindung.

»Verdammt!« Elder biss sich zornig auf die Unterlippe. »Das war doch ein Trick, oder?«

»Du hast Steeler gehört«, antwortete Commander gelassen. »Ich kann nichts tun. Er hat seinen eigenen Kopf, wenn es um seine Maschinen geht.« Er sah erst Elder, dann Kara durchdringend an. »Gebt auf, ihr habt keine Chance. Selbst wenn ihr Steeler auch noch kidnappt – ihr könnt nicht die ganze Besatzung gefangennehmen.«

»Er hat recht, Elder«, sagte Kara. »Lass uns von hier verschwinden, solange wir es noch können!«

Elder überlegte fieberhaft. Kara konnte sich vorstellen, was in ihm vorging. Die Vorstellung, dieses phantastische Fahrzeug in seine Hand zu bekommen, musste eine ungeheure Verlockung für ihn darstellen. Aber ihre Chancen standen wirklich erbärmlich schlecht – vorsichtig formuliert.

»Das Mädchen hat recht«, sagte Commander. Er streckte vorsichtig die Hand aus. »Gib mir die Waffe. Ich verspreche dir, dass wir euch am Leben lassen.«

»So habe ich das nicht gemeint«, sagte Kara, und Elder nickte bekräftigend, hob seine Waffe und ließ den grellen Laserstrahl in einer weit ausholenden Bewegung durch den Raum kreisen. Flammen und Funken stoben auf. Bildschirme explodierten in grellweißen Stichflammen und überschütteten den Raum mit glühenden, scharfkantigen Glassplittern und Feuer. Männer warfen sich mit entsetzten Sprüngen in Deckung, und in das noch immer anhaltende Heulen der Alarmsirenen mischte sich ein zweiter schriller Ton.

Elders Laserstrahl hinterließ eine Spur der Zerstörung. Trotzdem glaubte Kara nicht, dass sie dieses gewaltige Schiff ernsthaft in Gefahr bringen konnten. Doch jeder Schaden, den sie dem Feind zufügten, konnte ihnen nutzen.

»Das reicht«, sagte sie und winkte Elder. »Los jetzt – raus hier!«

»Sofort!« Elder hatte einen Monitor erspäht, den er noch

nicht zerstört hatte, und jagte einen gezielten Schuss hinein. Dann war er mit einem Satz auf dem Gang draußen, zog die schwere Eisentür mit einem Ruck zu und verschweißte das Schloss mit einem Schuss aus seiner Laserpistole.

Als sie sich umwandten, um zur Leiter zu laufen, erschien der Kopf eines grauhaarigen Mannes über dem Schachtrand. Sein Gesicht war rot vor Zorn; und seine hektischen Bewegungen verrieten den Grad seiner Erregung. Steeler.

Elder gab im Laufen einen Schuss auf ihn ab. Er verfehlte ihn. Neben Steelers Gesicht sprühten weißglühende Funken auf und trieben ihn hastig in den Schacht zurück. Kara war sehr sicher, dass Elder absichtlich vorbeigeschossen hatte.

Sie erreichten die Leiter, die zum Turm hinaufführte, aber Elder winkte hastig ab, als Kara nach den Metallsprossen greifen wollte. Er gab zwei, drei ungezielte Schüsse in die nächstuntere Etage ab, wohin Steeler verschwunden war, sprang mit einem Satz über den Schacht hinweg und sah sich wild um. Auf dem Gang vor ihnen öffnete sich eine Tür. Elder schoss, und sie wurde hastig wieder zugeschlagen.

Wie von Furien gehetzt rannten sie den Weg zurück, den sie gekommen waren. Sonderbarerweise wurden sie nicht angegriffen, ja, nicht einmal aufgehalten, bis sie den Laderaum erreicht hatten, durch den sie auch hereingekommen waren. Wahrscheinlich waren wirklich alle Soldaten von Bord gegangen, sodass sie es nur mit ein paar verschreckten Matrosen und Technikern zu tun hatten.

Elder warf die Tür hinter sich zu, verschweißte auch sie mit einem gezielten Laserschuss und begann dann an einer der kristallenen Flugscheiben herumzuzerren, die noch in ihren Tragegestellen lag. Es dauerte einen Moment, bis Kara begriff, was er überhaupt vorhatte, aber dann half sie ihm. Mit vereinten Kräften wuchteten sie die Scheibe zu Boden. Elder begann mit fliegenden Fingern nach irgendetwas zu suchen, womit er sie einschalten konnte, während Kara einen besorgten Blick nach oben warf. Die Lichtkugel brannte noch immer, und vom Strand her zuckte ein wahres Gewitter verschiedenfarbiger Lichtblitze herüber. Sie hörte Schreie und dumpfe Explosionen.

»Verdammt!«, fluchte Elder. »Irgendwie muss dieses Scheißding doch angehen!« Er schlug wütend mit der Faust auf das halb durchsichtige Kristall und sah zu Kara auf. Mit der anderen Hand deutete er auf die Metallschränke und -kisten, die sich im rückwärtigen Teil des Lagerraums befanden. »Sieh zu, ob du irgendetwas findest, was uns nutzt. Ich schätze, wir bekommen gleich Besuch!«

Kara gehorchte. Elders Verhalten gab ihr immer mehr Rätsel auf – sie hatte gewusst, dass er sich eine Zeitlang mit dem technischen Erbe der Alten Welt beschäftigt hatte. Aber er verstand ihrer Meinung nach beinahe ein wenig *zu viel* von der Funktion all dieser fremdartigen Maschinen und Apparaturen. Einen Moment lang hatte sie sogar geglaubt, dass er zu *ihnen* gehörte; irgendwie. Aber wieso wusste er dann nicht einmal, wie man eine Flugscheibe einschaltete?

Sie verscheuchte den Gedanken und machte sich daran, die Schränke und Kisten zu durchsuchen. Die meisten waren verschlossen, und in den anderen fand sie buchstäblich Tausende verschiedener Dinge, von denen ihr nicht ein einziges etwas sagte. Schließlich wählte sie eine Anzahl von Gegenständen aus, die ihr noch die größte Ähnlichkeit mit irgendeiner Art von Waffe zu haben schien, und trug sie zu Elder zurück. Elder warf das meiste einfach achtlos zu Boden und behielt nur ein schwarzes, klobiges Kästchen, auf dessen Oberseite sich zwei kleine rote Tasten befanden. Gleichzeitig berührte er eine Stelle am Rand der Flugscheibe, und das Kara schon bekannte Singen und Pfeifen hob an. Die Scheibe glitt in die Höhe.

»Gibt es noch mehr von diesen Dingern?« Elder deutete mit dem Kinn auf das Kästchen in seiner Hand.

Kara nickte. »Eine ganze Kiste. Zehn oder zwölf, mindestens. Soll ich sie holen?«

Elders Finger berührten in einem raschen, verwirrenden Rhythmus die beiden Tasten, und auf der gerade noch ebenmäßigen Oberfläche des Kästchens begannen grüne Leuchtbuchstaben zu flackern. »Nein«, sagte er. »Bring das zurück und leg es zu den anderen.«

»Du verstehst eine Menge von solchen Sachen, wie?«, fragte Kara misstrauisch. »Wie kommt das?«

Elder zögerte. »Ich erkläre es dir«, sagte er schließlich, »sobald wir hier raus sind. Aber jetzt bring das Ding zurück und komm. Wir haben noch genau fünf Minuten.«

Kara trug das Kästchen zu der Kiste zurück, dann kletterte sie neben Elder auf die schwankende Flugscheibe hinauf, und sie stiegen langsam in die Höhe.

Als sie über den Rand der Ladeluke glitten, durchschnitt ein grüner Lichtstrahl die Luft und traf Elder in die Brust. Lautlos glitt er nach hinten, stürzte auf das Deck zurück und schlug schwer auf dem stählernen Boden auf.

Durch die jähe Gewichtsveränderung geriet die Scheibe für einen Moment ins Trudeln – und das rettete Kara das Leben. Ein zweiter Lichtblitz stach nach ihr und hätte sie unweigerlich getroffen, wäre sie nicht mitsamt ihres Fluggefährts zur Seite gekippt. Sie torkelte, fiel auf die Knie herab und kämpfte einen Moment lang verzweifelt darum, nicht zu stürzen. Gleichzeitig versuchte sie zu erkennen, wer auf sie schoss.

Drei Mann waren auf dem Turm erschienen. Ein weiterer tauchte in der kleinen Luke davor auf; auch er legte sofort auf sie an.

Kara hantierte verzweifelt an den Kontrollen der Scheibe. Als Elder das Gerät bedient hatte, hatte es so leicht ausgesehen, aber ihre eigenen Versuche führten nur dazu, dass die Scheibe immer wildere Sprünge ausführte und es ihr immer schwerer fiel, sich auf ihrer Oberfläche zu halten. Allerdings gab sie so auch ein sehr schwer zu treffendes Ziel ab. Die Männer schossen noch immer auf sie, aber sie konnten lediglich darauf hoffen, einen Zufallstreffer anzubringen. Im Zickzack glitt die Scheibe über das Deck des Bootes, näherte sich gefährlich dem Turm und raste dann fast im rechten Winkel auf das Wasser hinaus und auf den Strand zu. Kara verwandte eine halbe Sekunde darauf, sich den Kampf am Ufer anzuschauen. Das Zucken der grünen und weißen Lichtblitze hielt immer noch an, aber die Uniformierten schienen die Oberhand zu gewinnen: In der Luft über ihnen kreisten nur noch zwei oder drei gewaltige Käfergestalten; eine sehr viel größere Anzahl lag verkohlt am Strand oder im seichten Wasser. Elders Männer hatten gegen einen derart überlegen bewaffneten und rücksichtslosen Gegner keine Chance gehabt!

Allmählich brachte Kara die Flugscheibe in ihre Gewalt: Sie kauerte sich so eng auf ihr zusammen, wie sie konnte, denn sie rechnete damit, dass die Männer auf dem Schiff ihr Feuer verstärken würden, nun, da sie ein sicheres Ziel bot.

Das Gegenteil aber war der Fall.

Die grünen Blitze hörten plötzlich auf, nach ihr zu züngeln, und als Kara irritiert zum Schiff zurücksah, begriff sie auch den Grund: Aus der Ladeluke stiegen die beiden verbliebenen Flugscheiben empor. Die Männer hatten nicht sehr lange gebraucht, um die von Elder zugeschweißte Tür zu überwinden. Die beiden Scheiben kamen rasend schnell näher.

Fluchend hämmerte Kara auf den Kontrollen der Scheibe herum, erreichte aber nur, dass sie wieder zu trudeln begann. Verzweifelt blickte sie zum Strand hinüber und versuchte *die Zeit* abzuschätzen, die sie noch brauchte, um ihn zu erreichen. Sie würde es nicht schaffen, denn ihre Verfolger hatten noch an Tempo gewonnen. Entschlossen richtete sie sich auf der über der Wasseroberfläche dahinrasenden Scheibe auf, suchte mit gespreizten Beinen festen Halt und zog ihr Schwert.

Einer der beiden Männer hob sein Gewehr und drückte ab.

Kara wappnete sich gegen den entsetzlichen Schmerz, der alles auslöschen musste. Aber der Schmerz kam nicht. Der grüne Lichtblitz traf die Scheibe, auf der sie stand, und ließ sie in Millionen winziger Splitter zerbersten. Eine halbe Sekunde lang flog Kara noch fast waagerecht über das Wasser, dann prallte sie auf und versank.

Der Aufschlag hatte ihr fast das Bewusstsein geraubt. Drei, vier Meter tauchte sie unter, presste instinktiv die Lippen zusammen und machte instinktiv hilflose Schwimmbewegungen. Sie versuchte, den entsetzlichen Druck auf ihrer Brust zu ignorieren, und öffnete die Augen. Überrascht stellt sie fest, dass es nicht dunkel um sie herum war – auch hier herrschte der gleiche unheimliche graue Schimmer wie in der Höhle; die Wasseroberfläche über ihr spiegelte das gelbe Licht der Leuchtkugel wider, sodass sie einige Meter weit sehen konnte.

In der nächsten Sekunde wünschte sie sich, sie hätte ihre Augen besser nicht geöffnet.

Ein riesiger Schatten, mit Zähnen und Klauen und einem gewaltigen schwarzbraun geschuppten Leib, bewegte sich rasend schnell auf sie zu! Wer, zum Teufel, hatte gesagt, dass dieses unterirdische Meer kein Leben beherbergte?

Voller Panik paddelte sie und trat Wasser, so schnell sie konnte. Prustend durchstieß sie die Wasseroberfläche und fiel zurück, noch ehe sie Zeit für einen Atemzug fand. Doch sie tauchte nicht weit unter, denn etwas schrammte so rau wie Sandpapier an ihren Beinen entlang und katapultierte sie regelrecht aus dem Wasser. Im gleichen Moment griff eine starke Hand nach ihr, krallte sich in ihre Schulter und hielt sie fest. Kara schrie gellend auf, vor ihrem inneren Auge entstand noch einmal das Bild des gewaltigen Ungeheuers, das sie gesehen hatte: riesig, geschuppt und mit entsetzlichen Krallen, die sie mit einem einzigen Hieb in Stücke reißen mussten.

Erst dann wurde ihr klar, dass man *Luft* brauchte, um schreien zu können. Abrupt öffnete sie die Augen und blickte in das Gesicht eines der beiden Männer, die sie verfolgt hatten. Ihr Oberkörper lag auf der Kristallscheibe, die kaum eine Handbreit über dem Wasser schwebte. Mit einer kraftlosen Bewegung versuchte sie, die Hand beiseitezuschieben, die sie hielt, und erntete eine schallende Ohrfeige.

»Lass das!«, sagte der Mann streng. »Oder du kannst zum Schiff zurückschwimmen.«

Eine schemenhafte Bewegung glitt durch das Wasser. Ein riesiger, plumper Umriss zog in einem großen, aber sehr schnellen Bogen um die Flugscheibe herum und kam wieder näher.

Der Mann auf der zweiten Scheibe bemerkte die Bewegung im gleichen Moment wie sie. Misstrauisch runzelte er die Stirn und richtete seine Waffe auf das Wasser. »Da ist irgendetwas«, sagte er. »Irgend so ein verdammtes Vieh, das ...«

Der Schatten machte einen regelrechten Satz; ein ungeheurer Schlag traf die Kristallscheibe und zerschmetterte sie, und das riesige Wesen griff nach dem Mann und zog ihn mit einem Ruck in die Tiefe.

Der Mann, der sie gepackt hatte, schrie entsetzt auf und ließ ihre Schultern los. Kara rutschte auf der glatten Oberfläche der Scheibe zurück, versuchte sich verzweifelt irgendwo festzuklammern und ergriff zufällig den Knöchel des Mannes. Er schrie abermals auf und begann mit wild rudernden Armen um sein Gleichgewicht zu kämpfen, wodurch die ganze Scheibe gefährlich ins Schwanken geriet.

Kara strampelte wie besessen mit den Beinen und warf einen Blick zu der Stelle zurück, an der die zweite Flugscheibe verschwunden war. Das Wasser schien zu kochen. Blasen und weißer Schaum tanzten auf seiner Oberfläche, und plötzlich färbte sich der Schaum rot.

Der Bursche über ihr trat nach ihrer Hand. Kara keuchte vor

Schmerz, ließ aber nicht los. Sie war verloren, wenn sie es tat. Selbst wenn das Ungeheuer sie nicht zerriss, würde sie ertrinken! Mit zusammengebissenen Zähnen klammerte sie sich fest. Der Mann trat noch einmal nach ihr, fuhr dann plötzlich herum, fiel auf die Knie herab und richtete seine Waffe auf den zyklopischen Schatten hinter Kara, aber das Wasser fing den Laserblitz auf und machte ihn zu einer grell leuchtenden, aber harmlosen Woge aus Licht, die sich rasend schnell nach allen Seiten ausbreitete.

Zu einem zweiten Schuss kam er nicht mehr.

Kara konnte *fühlen,* wie das Ungeheuer heranraste. Irgendetwas traf die Scheibe mit unvorstellbarer Wucht und zertrümmerte sie. Der Soldat stürzte ins Wasser und ließ seine Waffe fallen, und Kara tauchte unmittelbar neben ihm unter und klammerte sich instinktiv an ihm fest. Der Soldat begann mit den Füßen zu strampeln. Sein Gesicht verzerrte sich. Er musste entweder völlig in Panik geraten sein, oder er glaubte, dass Kara ihn angriff, denn er begann mit beiden Fäusten auf sie einzuschlagen. Halb bewusstlos vor Schmerz und Atemnot klammerte sie sich weiter an ihn. Sie stiegen wieder in die Höhe. Der Wasserspiegel befand sich nur noch eine Armlänge über ihnen, aber Kara wusste, dass sie es nicht schaffen würden.

Einen Wimpernschlag bevor sie die Wasseroberfläche erreichten, legte sich eine riesige, vierfingrige Pranke von hinten um das Gesicht des Soldaten und drückte zu. Er bäumte sich auf, und plötzlich färbte sich das Wasser rings um sie herum rot. Karas Hände glitten kraftlos von der Brust des Mannes herunter. *Was für ein Tod,* dachte sie. *Was für ein lächerlicher, grauenhafter Tod.* Dann gab sie den Kampf auf und verlor das Bewusstsein.

Einen Moment, bevor sie den Mund öffnen und ihre Lunge mit Wasser füllen konnte, packten sie Hrhons starke Hände und stießen ihren Kopf durch die Oberfläche des Meeres.

17

Der Waga hockte neben ihr, als sie Stunden später am Strand erwachte. Ihr Kopf schmerzte entsetzlich, und jeder Atemzug tat ihr weh. Hrhons Gesicht verschwamm immer wieder vor ihren Augen, und sie roch, dass sie in einer Lache ihres eigenen Erbrochenen lag. Ekel ergriff sie, und für einen Moment wünschte sie sich fast, wieder das Bewusstsein zu verlieren.

»Bist du noch am Leben – oder bin ich tot?«, fragte sie. Hrhon antwortete nicht, sondern sah sie nur nachdenklich an, und Kara setzte sich behutsam auf, presste die Handflächen gegen die schmerzenden Schläfen und wartete, bis das Dröhnen in ihrem Kopf langsam verebbte.

»Ich habe es nicht geschafft, wie?«, fragte sie. »Großer Gott, Hrhon, ich kann dir sagen: Ertrinken ist ein scheußlicher Tod.« Sie sah sich demonstrativ um.

Hrhon stieß einen Laut aus, den man mit einigem guten Willen als ein Lachen deuten konnte. »Ssso ssshnehll bhin isss nhihsssth uhmssshubhringenhehn«, sagte er. »Ssshohn ghahr nhihssst vhon diehsssen Fflachghesssissssthehrnh.«

Kara blinzelte. Hrhons Sprachfehler schien sich nach seinem Sturz verschlimmert zu haben. »Was ist passiert?«, fragte sie. »Versteh mich nicht falsch, Hrhon – aber wieso lebst du noch?«

Hrhon lachte wieder, aber dann begann er mit langsamen und dennoch beinahe unverständlichen Worten zu erzählen. Wie Kara aus seinem Gezischel und Gelispel heraushörte, war er abgestürzt und während seines Sturzes ohnmächtig geworden. Wahrscheinlich hatten ihm die ererbten Instinkte seiner Vorfahren das Leben gerettet, denn er hatte wohl reflexartig Kopf und Glieder in seinen Panzer zurückgezogen und die Luft angehalten, bis er irgendwann aus seiner Bewusstlosigkeit erwachte, hilflos auf dem Wasser treibend und Meilen vom Ufer entfernt.

»Ich wusste gar nicht, dass du schwimmen kannst«, sagte Kara.

Die zwei Meter große Schildkröte ersparte sich eine Antwort auf diese Bemerkung und fuhr in ihrem Bericht fort. Hrhon wäre wahrscheinlich trotzdem gestorben, denn der Ozean, in dem er sich wiederfand, war endlos, und er hatte keine Möglichkeit, sich irgendwie zu orientieren, wäre nicht plötzlich der riesige Eisenfisch aufgetaucht. Das Monstrum war schnell gewesen, aber Hrhon war ein schneller Schwimmer, und so hatte er zusammen mit dem Schiff die Bucht und das rettende Ufer erreicht. Er hatte Kara und Elder sogar gesehen, während sie das Schiff enterten, war aber zu weit entfernt gewesen, um irgendetwas zu unternehmen.

»Angella ist tot«, sagte Kara plötzlich, nachdem Hrhon seine Geschichte zu Ende gezischt hatte und sie eine Weile schwiegen.

»Ich wheisss«, sagte Hrhon. »Uhnd Jan auhchh. Ssseine Lheiche threihbt dhraussehn im Mheerhr.«

»Sie werden bezahlen«, versprach Kara. Dann: »Wo sind sie überhaupt?«

Hrhon wies mit einer Handbewegung auf das Meer hinaus. Erst jetzt bemerkte Kara, dass das Unterwasserboot noch dalag. Nur sein Turm und der buckelige Rücken ragten aus dem Wasser. Etwas schien nicht zu stimmen. Winzige Gestalten bewegten sich hektisch über den Rumpf des Schiffes, und irgendwo dort, wo sich die Ladeluke befinden musste, kräuselte sich schwarzer, fettiger Rauch. Am Turm flammte manchmal ein blauer, stechend heller Funke auf. Der Anblick erfüllte Kara mit einem Gefühl der Befriedigung. Elder hatte es zwar nicht geschafft, das Schiff völlig zu zerstören, aber offenbar hatte er der Besatzung eine Menge Schwierigkeiten gemacht.

»Die anderen?«, fragte sie.

Hrhon deutete auf die Felsen, hinter denen sie lagen. »Ein paar sssind noch da. Einighe sssihnd thot.«

»Aber unsere Leute haben verloren«, murmelte Kara bitter. »Nicht wahr?«

»Shieh hatthen kheinhe Ssshanssse«, bestätigte Hrhon. »Ssshieh habhen fhursstbhare Whaffen. Ahlthe Whaffen.«

Einige sind noch da ... Karas erster Impuls war, einfach aufzuspringen und sich auf sie zu stürzen, um ihnen die Rechnung für Angellas, Elders und Jans Tod und den all der anderen zu präsentieren. Aber gleichzeitig wusste sie auch, wie dumm dieser Einfall war. Angella und die anderen wurden nicht mehr lebendig, wenn sie sich auch noch umbringen ließ. Außerdem hatte sie noch nicht einmal eine Waffe. Niedergeschlagen blickte sie auf die leere Schwertscheide an ihrem Gürtel herab.

Als hätte er ihre Gedanken gelesen, griff Hrhon plötzlich zwischen die Felsen neben sich und reichte Kara – ihr Schwert. Offensichtlich war er bis auf den Meeresgrund hinabgetaucht, um es zu holen, »Ihsss dhachthe mhir, dhasss dhu dhassss ghebhrauchhen khanssst«, sagte er. »Ahber mhach kheinhe Dhuhmmheihthen dhamhit.«

Kara nahm die Waffe entgegen und wog sie in ihrer Hand. Sie begriff, wie entkräftet sie war. Trotzdem tat es gut, die Klinge wieder an ihrer Seite zu spüren. Das Schwert war ein Geschenk Angellas. Sie hätte es sehr bedauert, es endgültig zu verlieren.

Plötzlich spürte sie, welch ein eisig kalter Hauch vom Wasser herüberwehte. Trotzdem richtete sie sich auf Hände und Knie auf und kroch das kurze Stück zum Ufer hinab, um sich den Schmutz vom Gesicht und aus dem Haar zu waschen. Hinterher hatte sie das Gefühl, schmutziger zu sein als zuvor, aber wenigstens stank sie nicht mehr so schlimm, dass ihr fast selbst davon übel wurde.

Hrhon sah ihr schweigend, wenn auch mit unübersehbarer Missbilligung zu. Er half ihr, sich abzutrocknen. Kara zitterte am ganzen Leib. Sie brauchte ein Feuer, irgendetwas, um sich zu wärmen, wenn sie sich nicht eine tödliche Unterkühlung zuziehen oder gleich erfrieren wollte.

»Wo sind sie?«, fragte sie mit klappernden Zähnen.

Hrhon deutete abermals auf die Felsen. »Sssiehmhlisss ghenhau hinthehr dhir.«

So viel zu dem Gedanken an ein Feuer. Kara trat auf der Stelle, um sich durch die Bewegung ein wenig Wärme zu verschaffen. Nach einigen Augenblicken wandte sie sich um, bewegte sich vorsichtig auf die Felsen zu und suchte nach einer Lücke, um hindurchzuspähen. Es war gar nicht so einfach, denn Hrhon hatte die Stelle, an der er sie an Land gebracht hatte, sorgfältig ausgewählt.

Als es ihr schließlich gelang, einen Blick über den Rand ihrer improvisierten Deckung zu werfen, bot sich ihr ein Bild, wie sie es sich schlimmer kaum hätte vorstellen können.

Der Strand glich einem Schlachtfeld. Die Fremden hatten ihre eigenen Toten und Verwundeten weggeschafft, aber die reglosen Körper, die zerschmettert oder verbrannt auf den Felsen lagen, waren beinahe nicht zu zählen. Zwei, wenn nicht drei Dutzend verendeter Flieger lagen zwischen den Felsen oder im Wasser; die Chitinpanzer einiger der riesigen Käferkreaturen brannten noch immer oder glühten wie trockene Holzkohle.

Kara schauderte, dann riss sie sich von dem furchtbaren Anblick los. Wie Hrhon gesagt hatte, befanden sich nur noch eine Hand voll der Blauuniformierten an Land. Sie liefen mit gesenkten Häuptern zwischen den Toten umher. Manchmal bückten sie sich, um etwas aufzuheben, das sie in durchsichtige Säcke warfen, die sie an den Seiten trugen. Kara musste ihnen eine ganze Weile zusehen, ehe ihr klar wurde, was diese Männer dort taten: Sie beseitigten ihre Spuren. Zwei von ihnen lasen sogar die Splitter einer zerborstenen Flugscheibe auf, andere suchten nach zerbrochenen Waffen, ja, sogar nach Uniformresten. Die Fremden schienen panisch darauf bedacht zu sein, jedes Anzeichen ihrer Anwesenheit zu verwischen. Natürlich konnten sie die stummen Zeugen des Gemetzels nicht beseitigen: die toten Soldaten der Stadtgarde, die abgeschossenen Flieger und die schwarzen Brandspuren ihrer Waffen auf den Felsen. Aber sie konnten verhindern, dass irgendjemand herausfand, *wer* für dieses Massaker verantwortlich war.

Die Zeit verstrich mit quälender Langsamkeit. Eine Stunde oder vielleicht zwei vergingen, bis die Männer ihre schreckliche Säuberungsaktion beendeten und einer nach dem anderen zum Schiff zurückkehrten.

Nur einer schritt noch am Strand entlang, offenbar mit der allerletzten Inspektion beschäftigt.

Kara warf Hrhon einen auffordernden Blick zu. Sie hatte nicht vor, den Burschen so einfach davonkommen zu lassen. Lautlos und sorgsam darauf bedacht, die Felsen als Deckung zwischen sich und dem Meer zu halten, näherte sie sich dem Punkt, an dem sie den Fremden vermutete. Plötzlich hörte sie Schritte und gab Hrhon ein Zeichen stehenzubleiben. Die Schritte kamen näher, brachen ab, und dann hörte sie ein knackendes Geräusch und die Stimme des Fremden: »Okay, hier scheint alles in Ordnung zu sein ... ja, ich glaube schon ... wie? Unsinn. Die brauchen Stunden, bis sie hier sind ... macht ruhig weiter. Ich komme in ein paar Minuten nach.«

Kara wartete, bis ein neuerliches Knacken verriet, dass das Funkgerät abgeschaltet war, dann trat sie aus ihrer Deckung hervor und sagte: »Das glaube ich nicht.«

Der Mann reagierte schneller als sie erwartet hatte. Er erstarrte weder vor Schrecken, noch versuchte er seine Waffe zu ziehen oder irgendeine andere Dummheit zu begehen. Er drehte sich ganz ruhig herum und sah Kara fast gelassen an. Obwohl sich auch vor seinem Gesicht eine der rauchfarbenen Glasscheiben befand, erkannte Kara ihn sofort.

»Du schon wieder?«, fragte er.

»Die Welt ist klein«, antwortete Kara. »Hast du einen neuen Schneider?« Sie machte eine Kopfbewegung auf die fremdartig geschnittene Kleidung. »Das Zeug steht dir gut. Aber ich finde trotzdem, dass die Lumpen, die du oben getragen hast, irgendwie besser zu dir passten.«

Der Fremde hob das Visier seines Helms in die Höhe. Der Blick seiner dunklen Augen war ernst und aufmerksam, aber ohne die geringste Spur von Furcht. »Es freut mich, dass du mich wiedererkennst«, sagte er.

Kara schürzte geringschätzig die Lippen. »Ich merke mir jedes Gesicht, in das ich schon einmal hineingetreten habe.«

Für einen Moment blitzte es zornig in den Augen des Mannes auf. »Was willst du?«, fragte er. »Wieso bist du zurückgekommen? Du irrst dich, wenn du glaubst, ich wäre ein edler Ritter, der dich aus purem Großmut laufenlässt.« Seine Hand tastete nach dem kleinen Funkgerät, das an seinem Gürtel war.

»Damit rechne ich keine Sekunde«, sagte Kara. »Übrigens – wenn du die Finger noch weiterbewegst, schneide ich sie dir ab.«

Der Bursche starrte sie verblüfft an – aber er zog gehorsam die Hand zurück. »Was willst du?«, fragte er noch einmal.

»Mit dir abrechnen«, antwortete Kara. »Deine Leute haben Angella umgebracht.«

»Ich weiß nicht, wer diese Angella ist«, antwortete der andere achselzuckend. »Und selbst wenn – es ist Krieg. Und einen Krieg ohne Opfer gibt es nicht.«

Roter Zorn verdunkelte Karas Blick. Ihre Hand zuckte zum Schwert, aber sie führte die Bewegung nicht zu Ende. Sie begriff, dass der Fremde sie provozieren wollte.

»Krieg?«, fragte sie mühsam beherrscht. »Ich wüsste nicht, dass wir Krieg mit euch haben.«

»Aber wir mit euch. Du willst also mit mir –« er lachte »– abrechnen? Du allein?«

Hrhon trat hinter seinen Felsen hervor, und Kara sagte ruhig. »Und er.«

Das Gesicht unter dem Visierhelm erbleichte. »Also so ist das«, murmelte er.

»Ghenhau«, zischte Hrhon. Seine Stimme bebte vor Hass.

»Nein«, sagte Kara. »So ist das nicht. Nur du und ich. Hrhon – du hältst dich raus, egal, was passiert.«

Sie schlug den nassen Mantel zurück, sodass er den Griff ihres Schwertes sehen konnte. Einen Moment lang musterte er Kara sehr aufmerksam. Dann nickte er.

»Du meinst das ernst, wie?«

»Nur du und ich.«

»Ich habe nicht einmal eine Waffe.«

Sie machte eine zornige Handbewegung zu den toten Gardesoldaten. »Hier liegen genug herum. Bedien dich.«

Nach einem letzten nervösen Blick auf den Waga ging der Fremde zu einem der Leichname, zog dessen Schwert aus dem Gürtel und machte ein paar spielerische Hiebe. Kara runzelte besorgt die Stirn, als sie sah, wie leicht er mit der zentnerschweren Waffe hantierte.

»Bist du sicher, dass du den Kampf wirklich willst, Kindchen?«, fragte der Mann, während er weiter mit dem Schwert Löcher in die Luft hieb und versuchte, sich an das Gewicht der Klinge zu gewöhnen. Er hielt es nicht einmal für nötig, sie dabei anzusehen. »Wir hatten schon einmal das Vergnügen, nicht? Ich warne dich. Ich bin kein Gentleman.«

Kara hatte keine Ahnung, was ein Gentleman war. Es interessierte sie auch nicht. »Ich weiß«, sagte sie ruhig. »Aber du hast eines vergessen: Ich habe eine Menge schmutziger Tricks auf Lager.«

Für eine halbe Sekunde erstarrte er. Dann fuhr er herum. Seine Augen weiteten sich. »Verdammtes Mutantengesocks«, murmelte er. Kara lächelte. »Ziemlich schmutzig sogar«, sagte sie. Dann hob sie die Laserpistole, zielte auf sein Gesicht und erschoss ihn.

18

Es war nicht der erste Fehler, den sie beging, und es würde auch ganz gewiss nicht der letzte sein – aber den Mann zu töten war ihr bis dahin schwerster Fehler gewesen. Es gab buchstäblich Tausende von Fragen, die sie ihm hätten stellen können, und es hätte vielleicht eine Menge geändert, hätte er auch nur jede zehnte beantwortet. So aber war es gleichgültig, denn Kara kehrte nach ihrem Abenteuer in und unter Schelfheim mit letzter Kraft in den Drachenhort zurück und sank in ein tiefes, gefährliches Fieber. Ihr Körper war erschöpft, weil Kara ihn über alle Maßen beansprucht hatte. Sie hatte zu viel gesehen, zu viel ertragen, was man eigentlich nicht sehen und ertragen konnte. Den Umstand, dass sie überhaupt am Leben blieb, verdankte sie der Tatsache, dass der Hort seine besten Magier und all seine Macht aufbot, um Heiler aus allen Teilen des Landes kommen zu lassen, die sich um sie kümmerten. Kara wusste nichts von diesem panischen Kampf um ihr Leben – vermutlich hätte sie es empört abgelehnt, anders als irgendein anderer Bewohner des Hortes behandelt zu werden. Zum Glück fragte sie niemand, und so verließ sie nach zwei Wochen zum ersten Mal wieder ihr Zimmer und ging in die riesigen Höhlen unter dem Hort, wo die Drachen lebten.

Obgleich sich die Drachen so schnell und so geschickt wie Fische im Wasser in der Luft zu bewegen vermochten, hatten sie das Erbe ihrer höhlenbewohnenden Vorfahren niemals ganz vergessen. Wenn sie nicht auf ihren riesigen Schwingen die Wolken teilten, dann fand man sie zumeist in finsteren Schluchten, deren Grund das Licht der Sonne nie erreichte, oder aber in solch feuchtkalten Höhlen, in denen niemals wirklich Tag herrschte.

Alles, was Kara über Drachen wusste, hatte ihr Angella beigebracht. Überhaupt stammte all ihr Wissen von Angella. So gedachte Kara auch ihrer toten Lehrerin, als sie die scheinbar endlose, in den gewachsenen Fels geschlagene Treppe hinunterging, die zum Grund der Höhle führte. Die Drachen, so hatte Angella erklärt, waren Hybriden, Wesen, die es eigentlich gar nicht geben durfte, denn sie waren im Bauplan der Natur nicht vorgesehen. Niemand wusste genau, wer sie geschaffen hatte, und es gab sogar berechtigte Zweifel, ob die Geburt dieser neuen Spezies in dieser Form wirklich beabsichtigt gewesen war. Zweifelsfrei aber waren die Drachen künstlich geschaffen worden. Die Drachen waren nicht einfach eine der zahllosen Mutationen, welche die mörderische Strahlung des Jahrtausende zurückliegenden Atomkrieges hervorgebracht hatte. Sie waren eine Kreuzung zwischen zwei oder drei verschiedenen Spezies, die nicht einmal derselben Familie angehört hatten; wenn man ganz genau hinsah, dann erkannte man noch heute zwei von ihnen, vor allem bei ganz jungen Drachen, die gerade geboren worden waren: Fledermaus und eine vor etlichen Jahrhunderten ausgestorbene Echsenart, die in alten Aufzeichnungen als Gila-Monster bezeichnet wurde. Die dritte oder vielleicht sogar vierte Komponente war weniger leicht zu bestimmen und stammte vielleicht gar nicht von dieser Welt. Auch diese Möglichkeit war in Betracht gezogen worden: dass die Drachen von einem anderen Planeten kamen. Es war kein Geheimnis, dass es Besucher von anderen Sternen gegeben hatte, früher, als es die Alte Welt noch gab. Doch wer auch immer diese Drachen geschaffen hatte, musste über unvorstellbares Wissen und eine noch unvorstellbarere Macht verfügt haben. Selbst Männer wie Donay, die Geschöpfe wie die lebende Brücke Schelfheims, wie die Erinnerer und Hornköpfe für fast jeden

Zweck zu züchten imstande waren, vermochten nichts annähernd Vergleichbares zu schaffen.

Kara hatte den Grund der Höhle erreicht und näherte sich Markors Lieblingsplatz, einem gezackten Felsen von der Größe eines Schiffes. Sie lauschte auf jedes noch so winzige Geräusch und achtete auf jede noch so kleine Bewegung, während sie sich in respektvollem Abstand zwischen den schlafenden Tieren hindurchbewegte. Diese Vorsicht war lebenswichtig. Kein Drache hätte ihr bewusst etwas zuleide getan, aber die Tiere waren so ungeheuer groß, dass sie einen Menschen mit einer beiläufigen Bewegung zerschmettern konnten, ohne es auch nur zu merken.

Markor döste – wie gewöhnlich, wenn er sie nicht zu den Wolken hinauftrug oder auf Brautschau war. Aber er öffnete träge ein Auge und sah sie an, als er ihre Nähe spürte. Der strenge Geruch verriet ihr, dass er vor kurzem eines der Weibchen begattet hatte. Sie brauchten neue Drachen, wenn es zum Krieg kam. Fast im gleichen Moment begriff sie, wie dumm dieser Gedanke war. Ein Drachenweibchen trug drei Jahre, und es dauerte weitere fünf, bis das Junge so weit war, dass sie es zureiten konnten. Nein – wenn es zu einem Krieg mit den Männern mit den gläsernen Gesichtern kam, dann mussten die Kräfte ausreichen, die sie besaßen.

Sie verscheuchte den Gedanken an den Krieg und die unheimlichen Fremden und winkte Markor zu, um ihn nach der langen Abwesenheit zu begrüßen. Der Drache reagierte mit einem Grollen, das so tief war, dass Karas Zwerchfell zu vibrieren begann. Sie redete sich ein, so etwas wie Wiedersehensfreude aus seinem Knurren herauszuhören. Aber sicher war sie sich nicht. Sie wusste nicht einmal, ob er ihre lange Abwesenheit überhaupt bemerkt hatte. Drachenzeit war keine Menschenzeit, vielleicht hatte Markor länger geschlafen, als sie fort gewesen war.

Während sie den riesigen, geschuppten Echsenleib vor sich betrachtete und der Blick der dunklen Drachenaugen auf ihr ruhte, begann sie sich zu fragen, ob sie wirklich beide dasselbe sahen. Für sie war Markor ihr Beschützer, ihr Spielzeug, ihr Gefährte, ihre Waffe und irgendwie auch ihr unbezwingbar starker Bruder, den sich jedes Kind insgeheim wünscht; und er war ihr Freund.

Aber was war sie für ihn?

Sie wusste es nicht. Niemand wusste ganz genau, warum diese größten jemals existierenden Lebewesen sich von Menschen beherrschen ließen, Kreaturen, die im Vergleich zu ihnen so winzig waren, dass sie nicht einmal als Beute in Frage kamen. Die Erklärungen reichten von der Theorie, dass es ein geheimes telepathisches Band zwischen diesen Tieren und ihrer Bezugsperson gab, über die Vorstellung, es fände schon vor der Geburt eines Drachenkämpfers eine Art Seelenwanderung statt, die ihn untrennbar mit einem dieser Giganten verknüpfte, bis hin zu der kühnen Behauptung, Drachen verfügten über eine verborgene, herausragende Intelligenz und machten sich einfach einen Spaß daraus, mit den zerbrechlichen dummen Menschen zu spielen und sie in dem Glauben zu lassen, *sie* wären die wirklichen Herren.

Wahrscheinlich waren all diese Erklärungen genauso falsch wie die zahllosen anderen, die es gab. Niemand wusste wirklich, was in den Köpfen der Drachen vorging; und Kara glaubte auch, dass es Rätsel gab, die besser ungelöst blieben. Doch trotz aller Gewöhnung an den Menschen war den Drachen ein gewisser Grad von Unberechenbarkeit geblieben. Manche waren auf eine einzelne Person fixiert, wie Markor auf sie, anderen war es gleichgültig, wer sie ritt. Es hatte Fälle gegeben, in denen sich ein Drache bewusst und freiwillig in den Tod gestürzt hatte, nachdem sein Reiter gestorben war. Und Drachen, die ihre Reiter plötzlich und scheinbar ohne irgendeinen Grund getötet hatten.

Seltsam – noch vor drei Wochen hätten Kara diese Gedanken nicht beunruhigt. Bei ihrem letzten Besuch war der Drache nichts als ein gutmütiger Freund für sie gewesen. Doch Kara hatte sich verändert; in jenen furchtbaren Stunden tief unter der Stadt hatte eine Entwicklung mit ihr stattgefunden. Sie war sich noch nicht ganz sicher, ob ihr diese neue Kara gefiel, aber was änderte das schon? Sie würde mit ihr leben müssen, ob sie wollte oder nicht.

Sie trat vollends auf Markor zu und legte die Hand auf sein Bein. Die geschuppte Panzerhaut des Drachen war rau und kalt und so hart wie Stahl, und sie konnte spüren, wie langsam sein Herz schlug – drei Schläge in der Minute, ganz egal, ob er schlief oder mit aller Gewalt die Flügel schwang.

Markor reagierte auf die Berührung, wie er es gewohnt war: Er hob den Fuß und winkelte gleichzeitig das Bein an, was für ihn eine sehr unbequeme Haltung bedeuten musste, es Kara aber ermöglichte, ohne große Anstrengung auf seinen Rücken zu klettern.

Kara widerstand der Versuchung, ihm das Zeichen zum Start zu geben, obwohl sie im Moment nichts lieber getan hätte, als sich auf seinem Rücken in den Himmel über dem Drachenhort zu schwingen. Sie verspürte ein körperliches Bedürfnis danach, endlich wieder den unendlich weiten Raum des Himmels zu fühlen, in *ihm* zu sein, statt ihn nur durch das Fenster ihres Zimmers zu sehen. Aber sie durfte nichts überstürzen. Sie war noch lange nicht im Vollbesitz ihrer Kräfte, und sie wusste, dass sie jede übermäßige Anstrengung bitter bereuen würde. So beließ sie es dabei, für eine gute halbe Stunde auf Markors Rücken sitzen zu bleiben und nur in Gedanken zu fliegen. Erst als sie wieder vom Rücken des großen Drachen herunterstieg, sah sie die Gestalt, die im Schatten einiger Felsen stand und sie beobachtete.

»Cord?«, sagte sie zögernd.

Der alte Drachenkämpfer trat zwischen den Felsen hervor. Er sah Kara auf eine sonderbare Art und Weise an.

»Wie lange stehst du schon da?«, fragte sie ohne einen Vorwurf in ihrer Stimme.

»Eine ganze Weile«, antwortete Cord. Er zögerte, dann gestand er: »Seit du auf seinen Rücken gestiegen bist.«

»Aber warum hast du mich nicht gerufen?«, fragte Kara verwundert.

»Ich wollte dich nicht stören. Du hast ... so glücklich ausgesehen.«

Die Worte machten Kara verlegen, was sie ein wenig ärgerte. »Was willst du?«, fragte sie. Die Worte klangen unfreundlicher, als sie gemeint waren, aber es war nicht nötig, sich bei Cord zu entschuldigen; sie las in seinem Blick, dass er sie verstand.

»Der Bote aus Schelfheim ist angekommen«, sagte er. »Ich dachte mir, dass du dabei sein möchtest, wenn wir mit ihm reden.«

Kara erinnerte sich, dass Cord vor einigen Tagen erwähnt hatte, dass sie einen Mann aus Schelfheim erwarteten. »Was für Neuigkeiten bringt er?«

»Das weiß ich nicht«, antwortete Cord achselzuckend. »Ich habe ihn und die anderen gebeten zu warten, bis du eingetroffen bist.«

»Das ist nett von dir«, sagte Kara – eigentlich nur, um überhaupt zu antworten, aber Cord sagte ernst: »Soll ich unsere zukünftige Herrin von wichtigen Dingen einfach ausschließen?«

Kara, die sich bereits umgedreht hatte und sich zum Ausgang der Höhle gewandt hatte, blieb abrupt stehen. Irritiert sah sie Cord an und suchte nach irgendeiner Spur von Spott in seinem Gesicht. »Nein«, antwortete sie mit einem nervösen Lächeln. »Aber das hat doch noch ein wenig Zeit, nicht wahr?«

Cord machte eine Bewegung, als wollte er mit den Schultern zucken, überlegte es sich aber im letzten Moment anders. »Du bist Angellas Nachfolgerin«, sagte er. »Du hast das doch immer gewusst, oder?«

»Natürlich.« Eine unerklärliche Unruhe ergriff von Kara Besitz. »Aber ... ich meine ... irgendwann einmal. In ein paar Jahren, wenn Angella ...«

»Angella ist tot«, unterbrach sie Cord. »Es gibt niemanden, der ihren Platz einnehmen könnte.«

»Unsinn!«, erwiderte Kara heftig. »Mir fallen auf Anhieb ein Dutzend ein, die besser dazu geeignet wären als ich. Du an allererster Stelle.«

»Ich?« Cord lachte, als hätte sie einen Scherz zum Besten gegeben. »Ganz bestimmt nicht.« Er hob die Hand, als sie widersprechen wollte. »Aber du hast recht – die Entscheidung hat noch ein wenig Zeit. Auf jeden Fall müssen wir sie nicht hier und in diesem Augenblick fällen. Komm – unser Gast wartet.«

Kara hatte plötzlich das Gefühl, dass die Entscheidung in Wahrheit längst gefallen war. Aber sie sagte nichts mehr, sondern folgte ihm mit raschen Schritten zur Treppe.

Bevor sie die Höhle verließen, sah sie noch einmal zu Markor zurück. Der Drache war wieder eingeschlafen und bot einen fast grotesken Anblick: ein riesiges, geschupptes Echsenmonster, das irgendwie einer überdimensionalen Fledermaus glich. Die Erinnerung an die glücklichen Augenblicke aber, die sie auf Markors Rücken verbracht hatte, erfüllten Kara plötzlich mit Trauer. Vielleicht war diese halbe Stunde, die Cord schweigend im Schatten gestanden hatte, ein Geschenk an sie gewesen, eine allerletzte halbe Stunde, in der sie noch einfach sie selbst sein durfte. Sie drehte sich mit einem Ruck herum und begann rasch die Treppe hinaufzusteigen. Die Wirklichkeit wartete.

19

Karoll war ihr auf den ersten Blick zuwider. Nein, das stimmte nicht ganz – auf den allerersten Blick erschreckte er sie, denn als Kara hinter Cord den kleinen Versammlungsraum im Hauptturm des Hortes betrat, da stand er mit dem Rücken zur Tür und sah aus dem Fenster auf das weite, steinige Land herab, sodass sie ihn nur von hinten erblickte. Und was sie sah, war eine sehr hochgewachsene, fast schon ein wenig zu schlanke Gestalt, einen kurzgeschnittenen dunklen Haarschopf und eine übertrieben lässige Haltung.

Einen Moment glaubte sie, es könnte Elder sein.

Dann drehte er sich herum, und die Illusion zerplatzte wie eine schillernde Seifenblase. Der Mann war nicht Elder. Er war älter, und sein Lächeln war – wenn schon nicht verlogen – so doch eine Spur zu überheblich, um wirklich echt zu wirken. Über seinem linken Auge entdeckte Kara eine winzige, halbmondförmige Narbe. Er hatte schmale, gepflegte Hände und perfekt geformte Zähne. Es gab nichts an ihm, was Kara wirklich abstieß. Doch er hatte mit der Erinnerung an Elder auch Karas Schmerz geweckt.

Karoll verbeugte sich tief, als Kara eintrat. Offensichtlich hatte man ihm gesagt, wer sie war. Trotzdem stellte Cord sie umständlich einander vor, und Karoll verschwendete ein paar Momente darauf, ihr die besten Wünsche seiner Herren auszurichten und ihr wortreich zu versichern, wie sehr man in Schelfheim den Tod Angellas bedauere und wie erleichtert man sei, wenigstens sie, Kara, wieder bei Kräften zu wissen.

Ehe er noch mehr Unsinn reden konnte, unterbrach Kara ihn mit einer Geste und deutete auf die Tafel. Außer ihr und Cord hielten sich noch Tera, Borss und Storm im Raum auf, die wie Cord zu den alten, erfahrenen Drachenkämpfern zählten. Daneben war auch noch die Magierin Aires anwesend, die nicht nur Angellas engste Vertraute, sondern auch ihre Freundin gewesen war.

»Ich bitte Euch, Karoll«, sagte Kara. »Nehmt doch Platz. Fühlt Euch wie unter Freunden. Wir halten hier nicht viel von Konventionen.«

Von Höflichkeit offenbar auch nicht, schien Karolls Blick zu sagen. Doch äußerte er nichts, sondern lächelte nur flüchtig und ließ sich auf einen der freien Stühle sinken. Kara fing einen warnenden Blick von Cord auf. Es gelang dem Drachenkämpfer nicht ganz, das amüsierte Flackern aus seinen Augen zu verbannen, aber Kara verstand, was er meinte: *Er hat es verdient, aber übertreib es nicht.*

Auch Kara setzte sich und klatschte in die Hände. Diener traten ein und brachten Wein und Schalen mit Obst und Leckereien.

»Greift nur zu, Karoll«, sagte Kara und trank selbst einen gewaltigen Schluck des süßen, schweren Weines. »Ihr müsst hungrig und durstig sein. War die Reise sehr anstrengend? Ihr seht ... etwas müde aus, wenn Ihr mir die Bemerkung gestattet.«

Das war eine glatte Lüge. Karoll sah aus, als wäre er gerade aus einem langen, sehr erholsamen Schlaf aufgewacht. Kara fragte sich, warum man ausgerechnet diesen Mann geschickt hatte, wo es doch um so wichtige Dinge ging. Karoll war ein Politiker. Ein Beamter, kein Krieger.

Er war auch diplomatisch genug, auf Karas Geplänkel einzugehen. Er trank einen Schluck Wein und nickte. »Das war die Reise, in der Tat. Der Weg in den Drachenhort ist weit – und nicht unbedingt leicht, wenn man nicht fliegen kann.«

Der leise, aber unüberhörbare Vorwurf in seinen Worten ärgerte Kara, obwohl sie sich selbst sagte, dass sie ihn verdient hatte. »Ich weiß«, antwortete sie. »Ich bin ihn auch schon mehrmals geritten.«

Karolls Mund verzog sich. Tera und Cord blickten sie warnend an, während die Magierin sichtlich Mühe hatte, sich nicht anmerken zu lassen, wie sehr sie der kleine Schlagabtausch amüsierte.

»Ihr würdet Euch selbst – und übrigens auch uns – eine

Menge Mühen ersparen, wenn Ihr Euch endlich überwinden könntet, Funkgeräte zu benutzen«, sagte Karoll.

»Leider besitzen wir so etwas nicht«, antwortete Kara.

»Ich weiß.« Karoll seufzte. »Aber die Regierung Schelfheims wäre glücklich, dem Drachenhort eine entsprechende Anlage zur Verfügung zu stellen. Kostenlos, versteht sich.«

»Das ist sehr freundlich«, sagte Kara, eine Spur kühler als bisher. »Aber wir halten hier nichts von Eurer Technik – Verzeihung«. Sie verbesserte sich, obwohl der Versprecher keiner gewesen war. »Von Technik überhaupt.«

»So?«, sagte Karoll.

»Funkgeräte mögen ganz praktisch sein«, räumte Kara ein, »aber sie haben keine Gesichter. Und ich sehe denen, die mit mir reden, gerne in die Augen.«

»Ich glaube nicht, dass Karoll gekommen ist, um mit uns über die Nützlichkeit von Funkgeräten zu diskutieren«, mischte sich Cord ein. »Ihr bringt Neuigkeiten, nehme ich an. Gute?«

»Ich fürchte nein«, antwortete Karoll. »Wir haben eine Expedition in die Höhlen hinuntergeschickt, die Hauptmann Elder entdeckt hat. Es ist noch zu früh, um etwas Genaues zu sagen – aber ich fürchte, der Wasserspiegel fällt noch immer.«

»Was ist mit den Fremden?«, fragte Kara. »Habt Ihr sie gefunden?«

»Ich fürchte nein«, sagte Karoll mit einem seltsamen, an Kara gewandten Blick. »Wir haben mehrere Gruppen losgeschickt – zwei davon mit Flößen weit hinein in die Höhle. Bisher konnten wir nicht die geringste Spur Eurer Fremden entdecken.«

Die Formulierung fiel Kara erst auf, als sie Cords Stirnrunzeln bemerkte. *»Meine Fremden!«*, sagte sie. »Wie meint Ihr das, Karoll? Glaubt Ihr, ich lüge – oder hätte mir das alles nur eingebildet?«

»Natürlich nicht«, antwortete Karoll hastig. »Verzeiht, wenn ich mich missverständlich ausgedrückt hatte. Es ist nur so, dass wir nicht die kleinste Spur gefunden haben. Weder von ihnen noch von ihrem Fahrzeug.«

»Was denn für Spuren?«, fragte Kara ärgerlich. »Vielleicht Fußabdrücke im Wasser?«

Diesmal kostete es Karoll schon weitaus mehr Mühe, seine Fassung zu wahren. Und Kara gab ihm nicht die Zeit, sich eine diplomatische, nichtssagende Antwort einfallen zu lassen, sondern fuhr fort: »Ich habe Euch erzählt, wie sorgfältig sie alle Beweise für ihre Anwesenheit vernichtet haben, oder? Was braucht Ihr noch?«

»Sind Eure toten Kameraden nicht Beweis genug, dass Kara die Wahrheit spricht?«, fragte Tera. »Ich habe gehört, es waren sehr viele.«

»Einhundertsechsundzwanzig«, sagte Karoll. »Hauptmann Elder und sein Begleiter mitgezählt.« Den Drachenkämpfer, den sie zusammen mit den Gardesoldaten vom Seil geschossen hatten, erwähnte er gar nicht.

»Aber dass es sie gibt, das gebt Ihr zu, ja?«, fragte Kara böse. »Ich meine – Ihr glaubt nicht, dass ich mir das Massaker an Euren Leuten nur eingebildet habe?«

Karoll schien unter ihrem Blick zusammenzuzucken. In Wirklichkeit, das spürte Kara, beeindruckten ihn ihre Worte überhaupt nicht. Er druckste einen Moment herum. »Verzeiht, Kara. Ich weiß nicht genau, wie ...«

»Redet ganz offen, Karoll«, sagte Cord. »Vergesst einfach für einen Moment, wer Kara ist und wer wir sind.«

Karoll seufzte. »Wie Ihr wollt. Wir haben nichts von alledem gefunden, was Kara angeblich gesehen hat. Dort unten liegen hundertzwanzig tote Soldaten, das ist wahr. Aber es gibt keine Spur von geheimnisvollen Maschinen. Keine Spur von Männern mit unbekannten Waffen – oder einem Schiff, das unter Wasser zu fahren imstande ist.«

»Das waren Elders Worte, nicht meine«, sagte Kara und

kehrte sofort wieder zum Thema zurück. »Wer, glaubt Ihr wohl, hat Eure Soldaten getötet? Ich vielleicht?«

»Natürlich nicht«, antwortete Karoll. »Niemand behauptet, dass Ihr lügt, Kara, oder Euch diese Geschichte nur ausgedacht habt. Dort unten ist etwas Furchtbares passiert. Und bisher weiß niemand genau, was.«

»Aber ich ...«

»Ihr«, unterbrach sie Karoll ruhig, aber mit großen Nachdruck, »wart mehr tot als lebendig, als man Euch fand. Ihr wart schwerverletzt, hattet hohes Fieber.« Er atmete hörbar ein. »Verzeiht. Aber Ihr wolltet, dass ich offen rede.«

»Glaubt Ihr denn wirklich, dass es ein Zufall ist?«, fragte Storm.

»Was?«

Der Drachenkämpfer deutete auf Kara. »Lassen wir einmal beiseite, ob Kara die Wahrheit sagt oder einer Fieberphantasie erlegen ist. Aber die Höhle, von der sie berichtet hat, gibt es. Ebenso das unterirdische Meer unter der Stadt, dessen Wasserspiegel immer mehr sinkt. Und jemand *hat* Eure Leute getötet.«

Karoll seufzte, schüttelte den Kopf und faltete nachdenklich die Hände. »Ich verstehe Euch ja«, sagte er. »Bitte glaubt nicht, dass wir es uns leichtgemacht hätten. Falls Ihr es vergessen habt – die Existenz ganz Schelfheims könnte gefährdet sein, wenn Karas Geschichte der Wahrheit entspräche. Unsere Männer haben in den vergangenen zwei Wochen buchstäblich jeden Stein dort unten umgedreht, aber gefunden haben sie bisher nichts. Was erwartet Ihr jetzt von uns?«

»Und die toten Soldaten?«, fragte Kara gereizt.

»Jeder kann sie getötet haben«, antwortete Karoll. »Es gibt Schmugglerbanden, die in den Kellern der Stadt leben. Manche von ihnen sind sehr groß und sehr gut bewaffnet. Es kann ... alles Mögliche passiert sein. Leider hat keiner der Männer überlebt, um Eure Aussage zu bestätigen.«

»Ihr braucht einen Zeugen?«, fragte Kara. »Den könnt Ihr haben. Hrhon war dabei.«

»Der Waga, ich weiß.« Die Art, wie Karoll das Wort *Waga* aussprach, brachte Kara fast zur Weißglut. »Aber ich fürchte, das reicht nicht.«

»Glaubt Ihr, dass er lügt?«, fragte Kara scharf.

Karoll blieb ganz ruhig. »Es kommt nicht darauf an, was ich glaube«, sagte er. »Ich bin nur ein Bote, Kara. Was zählt ist, was man in Schelfheim glaubt. Und dort ist man nicht bereit, Vorbereitungen für einen Krieg zu treffen, nur aufgrund einer Geschichte, die ein ...«

»Ein hysterisches Kind erzählt?«, schlug Kara vor.

»– ein Waga und eine schwerverletzte junge Frau berichten, die mehr tot als lebendig aus einem fünf Meilen tiefen Abgrund geborgen wurden«, schloss Karoll unbeeindruckt. »Es tut mir leid.«

»Ja«, knurrte Kara. »Das sagtet Ihr bereits.«

Cord räusperte sich übertrieben. Diesmal war es Kara, die *ihm* einen ärgerlichen Blick zuwarf. »Lassen wir diese Sache einen Moment auf sich beruhen, Karoll«, sagte er. »Was habt Ihr über das Meer herausgefunden?«

»Dass es sehr groß ist«, sagte Karoll. »Ich meine – es ist gigantisch. Wir haben Männer losgeschickt, um es zu erkunden. Sie haben nach einem Tag kehrtgemacht, ohne sein Ufer auch nur gesehen zu haben.« Er verneigte sich leicht in Karas Richtung. »Die Stadt wird Euch ewig dankbar sein für diese Entdeckung.«

»Ihr kommt vom Thema ab, Karoll«, sagte Kara eisig.

Das Lächeln auf dem Gesicht ihres Gegenübers blieb unverändert ausdruckslos. »Nein, das komme ich nicht. Ihr dürft mir glauben, dass wir Eure Geschichte sehr ernst genommen haben – und noch nehmen. Fünfhundert unserer besten Soldaten sind ständig am Ufer des unterirdischen Meeres postiert, und sie sind mit allem ausgerüstet, was wir haben.«

»Ja«, sagte Kara abfällig. »Mit Eurer *Technik* nicht?«

»Ich verstehe nicht, was Ihr gegen sie habt«, sagte Karoll. »Sie erleichtert das Leben ungemein.«

»Elders Leben hat sie nicht retten können«, antwortete Kara spitz. »Und wenn ich es recht überlege, dann habe ich Eure Technik bisher nur in dem Moment erlebt, wo es darum ging, Leben auszulöschen.«

Karolls Miene verdüsterte sich, aber offenkundig war er ein guter Diplomat und hatte sich in der Gewalt. »Ihr mögt mir verzeihen, Kara, wenn ich diese Diskussion nicht weiterführen möchte. Die Technikfeindlichkeit des Hortes ist bekannt, und ...«

»Mit Recht«, unterbrach ihn Kara erregt. Es fiel ihr immer schwerer, noch den Schein von Höflichkeit zu bewahren. »Sie bringt nichts als Unglück. Und sie nutzt keinem.«

»Aber waren es nicht die Drachenkämpfer, die für uns das Recht erkämpft haben, sie zu benutzen?«, fragte Karoll sanft.

»Ihr sagt es, Karoll – das Recht. Ihr macht eine Pflicht daraus. Ihr verachtet doch alle, die sich weigern, Eure ... Spielzeuge zu benutzen.«

»Das Vermächtnis der Alten Welt, das Ihr als Spielzeug bezeichnet«, antwortete Karoll betont, »bringt viel Nutzen. Es war eine phantastische Zivilisation. Ihre Macht muss unvorstellbar gewesen sein.«

»Ja«, kommentierte Storm freundlich. »Deswegen ist sie untergegangen und hat die ganze Welt in Brand gesteckt.«

»Wir werden die Fehler der Vergangenheit nicht wiederholen«, entgegnete Karoll förmlich und wie auswendig gelernt.

»Das glaube ich sogar«, fügte Kara boshaft hinzu. »Ich bin sicher, Ihr werdet eigene machen.«

»Was meint Ihr damit?«

»Ihr seid doch nichts anderes als Lumpensammler«, sagte Kara. »Ihr wühlt in den Ruinen der Alten Welt und freut Euch wie Kinder, wenn Ihr wieder etwas findet – das ihr zumeist nicht einmal versteht. Was geschieht, wenn Ihr eines Tages nichts mehr findet?«

»Ich bitte Euch, Kara«, erwiderte Karoll ruhig. »Wir haben noch nicht einmal angefangen zu suchen. Wir wissen nicht, was auf den Kontinenten jenseits des Schlundes liegt.«

»Vielleicht andere Männer wie Ihr«, sagte Kara. »Männer, die gründlicher gesucht und mehr gefunden haben?«

»Und ganz abgesehen davon«, fuhr Karoll fort, ohne Karas Entgegnung zu beachten, »beginnen wir bereits, ihre Technik zu verstehen. Gebt uns noch hundert Jahre, und wir werden unsere eigenen Maschinen bauen.«

»Ihr habt keine hundert Jahre mehr«, sagte Kara ernst. »Nicht einmal mehr zehn, Karoll. Sie werden Euch diese Zeit nicht lassen.«

»Sie?«

»Die Männer, die ich mir eingebildet habe. Die Soldaten in dem Unterwasserschiff, das es gar nicht gibt. Die Gespenster, die Eure Leute niedergemetzelt haben.«

Karoll seufzte. »Selbst wenn es sie gäbe, Kara«, sagte er. »Was sollten sie uns tun? Was nutzt ein einzelnes dieser Schiffe gegen ...«

»Vier«, unterbrach ihn Kara. »Es gibt mindestens vier.«

»Von mir aus vierzig«, antwortete Karoll gereizt. »Schelfheim ist eine gewaltige Stadt. Selbst *vierhundert* dieser Schiffe könnten uns nicht ernsthaft schaden.«

Die Borniertheit, die aus diesen Worten sprach, machte Kara für einen Moment fassungslos. »Aber sie tun es doch bereits!«, sagte sie. »Sie *haben* es schon getan, Karoll! Habt Ihr denn vergessen, was mit dem Hochweg geschehen ist – und noch geschieht?«

»Überhaupt nicht«, antwortete Karoll. »Aber glaubt Ihr denn, sie würden uns das Wasser stehlen, um uns zu bekämpfen? Was sollten sie denn überhaupt mit dem Wasser anstellen wollen? Es ist salziges Wasser, das man nicht trinken kann und in dem nichts lebt. Und wo sollten sie es hinschaffen?«

»Das weiß ich nicht«, sagte Kara erregt. »Und es interessiert mich auch nicht. Aber sie sind da! Und sie sind schon mitten unter uns! Ich habe den Mann, den ich am Strand traf, vorher in der Stadt gesehen!«

Karolls spöttischer Blick verriet, was er von ihren Worten hielt. Kara sah ein, wie sinnlos es war weiterzureden.

»Wie auch immer«, fuhr Karoll nach einer Weile mit veränderter Stimme fort, »ich habe Euch Folgendes auszurichten: Die Stadt Schelfheim dankt Euch für Eure Hilfe und das Angebot, ihr beizustehen. Aber im Moment besteht dazu keine Notwendigkeit. Der Probleme, die es wirklich gibt, werden wir aus eigener Kraft Herr.«

Kara stand mit einem Ruck auf. »Im Klartext heißt das, wir sollen uns zum Teufel scheren, wie?«

Karoll lächelte ein Lächeln, das es ihr schwermachte, es ihm nicht aus dem Gesicht zu prügeln. »Ich bitte Euch, Kara. Die ganze Welt ist dem Drachenhort zu Dank verpflichtet für das, was er für uns getan hat. Ohne Euch würden Jandhis Feuerdrachen noch heute dafür sorgen, dass wir leben wie die Tiere. Aber jetzt ...«

»... haben wir unsere Schuldigkeit getan und können gehen, nicht wahr?«, fiel ihm Kara ins Wort. »Mein Gott, Karoll – seid Ihr nur dumm, oder wollt Ihr nicht verstehen? Es ist gerade zehn Jahre her, dass wir sie das letzte Mal geschlagen haben. Was sind zehn Jahre für ein Volk, das jahrtausendelang über uns geherrscht hat, ohne dass wir es auch nur wussten?«

Mit einer wütenden Bewegung trat sie vom Tisch zurück und wollte den Raum verlassen, blieb aber unter der Tür noch einmal stehen. »Ihr habt es zwar nicht verdient, Karoll, aber richtet Euren Herren folgendes aus: Der Drachenhort steht zu seinem

Wort. Wenn Ihr unsere Hilfe braucht, sind wir bereit, loszuschlagen.«

»Loszuschlagen?«, wiederholte Karoll. »Aber gegen wen denn, Kara?«

20

Am Abend kam Cord noch einmal zu ihr. Kara war nicht nur aus dem Versammlungszimmer, sondern aus dem ganzen Hort geflohen und war stundenlang auf der Plattform des höchsten Turmes geblieben, bis Kälte und Müdigkeit sie zurück ins Innere getrieben hatten. Der Turm war eigentlich gar kein Turm, sondern ein bizarr wie eine Nadel geformter Felsen, in den man mühsam Treppenstufen und eine Plattform gemeißelt hatte. Die Plattform lag so hoch, dass der Blick an einem klaren Tag gute hundertfünfzig Meilen weit über das Land reichte; und in der anderen Richtung eine nicht einmal mehr zu schätzende Strecke über die Leere des *Schlundes.* Kara kam gern und oft hier herauf, obwohl es ein sehr unwirtlicher Ort war. Der Wind, der an den Flanken der Berge und dem Turm entlangstrich, wehte selbst im Hochsommer eine kalte Brise herüber. Die vorherrschende Farbe war das stumpfe, lichtschluckende Schwarz der Lava, aus der der Turm und fast der gesamte Hort herausgeschlagen worden waren.

Doch Kara liebte diesen öden abweisenden Ort, denn hier oben hatte ihr Angella – eingehüllt in wärmende Pelze und Felle – die Geschichte der Drachenkämpfer erzählt und ihr das Land gezeigt, über das sie nicht herrschten, das zu beschützen sie aber geschworen hatten. Es war ein altes Land, ein uraltes Land, dessen Geschichte so weit zurückreichte, dass niemand mehr wusste, wann und wo sie begonnen hatte. Was freilich kein Zufall war – mehr als einhunderttausend Jahre lang hatten Jandhis Feuerdrachen dafür gesorgt, dass die technische und kulturelle Entwicklung dieses Landes auf einem niedrigen Niveau blieb.

Erst Angella und Tally brachen den Terror der Töchter der Drachen. Angella, die Kara wie eine Tochter aufgezogen hatte, und Tally, die Kara niemals gesehen hatte, denn sie war lange vor ihrer Geburt schon gestorben. Doch so alt dieses Land war, so jung war die Geschichte derer, die es beschützten; keine fünfundzwanzig Jahre, seit Angella zusammen mit Hrhon und einer Hand voll Getreuer diese Felsenburg erobert und zu ihrem eigenen Hauptquartier gemacht hatten. Keine *zehn* Jahre, seit sie den letzten Angriff feindlicher Drachen abgeschlagen hatten. Glaubte dieser Narr Karoll wirklich, alles wäre *vorbei?* Lächerlich. Ein Feind, der hunderttausend Jahre lang über ein Land geherrscht hatte, war nicht besiegt, nur weil man zehn Jahre lang nichts von ihm gehört hatte!

Cord erwartete sie in ihrem Zimmer, als sie kurz vor Einbruch der Dunkelheit mit blauen Lippen und steifgefrorenen Fingern zurückkehrte. Er lag auf ihrem Bett, hatte die Hände hinter dem Kopf verschränkt und das rechte Knie angezogen; eine Geste, die nur lässig wirkte, wie Kara wusste. Seit einem bösen Absturz vor fünf oder sechs Jahren bereitete ihm das Bein manchmal Schmerzen. Er sprach nie darüber, aber jedermann im Hort wusste es. Er döste vor sich hin, als Kara das Zimmer betrat, öffnete aber träge die Augen und schenkte ihr ein müdes Lächeln. Wahrscheinlich wartete er schon seit Stunden auf sie.

»Wie lange bist du schon hier?«, fragte sie.

Cord zuckte mit den Schultern, ohne die Hände hinter dem Kopf hervorzunehmen. »Ich weiß nicht. Eine Stunde. Zwei.«

»Ich war auf dem Turm«, begann Kara, und Cord unterbrach sie: »Ich weiß. Ich wollte dich nicht stören.«

Kara, die damit begonnen hatte, ihre vor Kälte klammen Finger über dem Kaminfeuer aneinanderzureiben, hielt mitten in der Bewegung inne und sah stirnrunzelnd zu ihm auf. »Verbringst du deine Zeit jetzt nur noch damit, mir dabei zuzusehen, wie ich ... glücklich aussehe?«

Cord überging die Frage. Ächzend setzte er sich auf. »Du warst nicht besonders freundlich zu unserem Gast.«

»Hat er es anders verdient?« Kara war unaufmerksam und verbrannte sich an den züngelnden Flammen die Finger. Mit einem Fluch richtete sie sich auf und stieß sich prompt am Kaminsims den Kopf. Cord lachte.

»Im Moment jedenfalls siehst du nicht besonders glücklich aus.«

Kara funkelte ihn an, rieb sich mit ihrer verbrannten Hand den schmerzenden Hinterkopf und setzte sich auf einen Stuhl. »Du versuchst nicht zufällig, mir irgendetwas beizubringen – auf möglichst schonende Art?«

Cord machte ein ertapptes Gesicht. »Das hat noch ein paar Tage Zeit«, sagte er.

»Was?«

»Wir haben drei Wochen gewartet, da können wir auch noch ein paar Tage länger warten«, antwortete Cord unbestimmt.

»Womit?«, fragte Kara voller Ungeduld. Als Cord noch immer nicht antwortete, fügte sie hinzu: »Wenn man bedenkt, wie viel Zeit es noch hat, finde ich es schon erstaunlich, dass du schon seit Tagen um mich herumschleichst wie die Katze um den heißen Brei.«

Cord druckste noch einen Moment herum, aber schließlich rückte er doch mit der Sprache heraus: »Es geht um die Frage, was mit dir geschieht, Kara.«

»Mit mir?«

»Angella ist tot«, antwortete Cord. »Wir sind ohne Führer.«

»Vergiss es«, sagte Kara impulsiv. »Ich bin zu jung.«

»Humbug«, antwortete Cord. »Tally war auch nicht viel älter, als sie die Drachentöchter schlug.«

»Ich bin nicht Tally«, sagte Kara. Sie versuchte, so viel Ernst wie möglich in ihre Worte zu legen, ohne theatralisch zu klingen. »Ich ... kann es nicht.«

»Du *willst* nicht«, stellte Cord fest.

»Und? Macht das einen Unterschied? Ich wäre keine gute Führerin des Hortes. Es gibt so viel, das ich noch nicht verstehe ...«

»Wir alle werden dir helfen.«

»... und sie nehmen mich nicht ernst«, fuhr Kara fort. »Du hast diesen Karoll erlebt!«

»Männer wie er sind unwichtig«, antwortete Cord und machte eine wegwerfende Geste. »Der Drachenhort braucht einen neuen Führer. Angella hat nie einen Zweifel daran gelassen, dass du eines Tages ihre Nachfolge antreten sollst. Wir sind es ihr schuldig, diesen Wunsch zu respektieren.«

»Und aus diesem Grund wollt ihr *mich* zu eurer Herrin machen? Nur weil ihr glaubt, es Angella *schuldig* zu sein?«

»Nein, auch ich wüsste keinen besseren. Du musst noch eine Menge lernen, und vor allem musst du lernen, dein Temperament zu zügeln und dich nach gewissen Konventionen zu richten. Aber das ist nur eine Frage der Zeit. Du bist die Richtige.«

»Bin ich das?«, fragte Kara. Plötzlich lächelte sie. »Wenn du mit aller Gewalt darauf bestehst, mir die Krone aufzusetzen, dann nehme ich sie an. Und ich werde dir gleich meinen ersten Befehl erteilen: Bis die neue Herrin des Drachenhortes dazu bereit ist, wirst *du* kommissarisch die Führung der Drachenreiter übernehmen.«

Cord lächelte flüchtig. »Abgelehnt.«

»Aber du ...«

»Wir haben Wichtigeres zu tun«, unterbrach sie Cord. »Denk darüber nach. Wir werden deine Entscheidung akzeptieren, wie immer sie auch ausfällt. Aber nicht, wenn du sie leichtfertig triffst oder aus einer Laune heraus. Bedenke, was auf dem Spiel steht.«

»Vielleicht nichts«, murmelte Kara. »Weißt du, manchmal frage ich mich, ob Männer wie Karoll oder Gendik nicht recht haben. Vielleicht ist unsere Zeit vorbei, Cord. Vielleicht war alles nur ein Zufall, so unwahrscheinlich es scheint.«

»Und die Männer, die du unter der Stadt gesehen hast?«

»Also glaubst du mir wenigstens«, sagte Kara.

Cord runzelte die Stirn. »Willst du mich beleidigen?«

»Karoll hat vielleicht recht, weißt du?«, fuhr Kara fort. »Wir wissen bis heute nicht, was in den Ländern jenseits des *Schlundes* liegt. Vielleicht kommen sie von dort. Wir selbst schicken regelmäßig junge Drachenkämpfer auf die Reise über den Drachenfels hinaus, um diese Länder zu erforschen.«

»Ja«, grollte Cord. »Und keiner ist bisher zurückgekehrt.«

»Das kann tausend Gründe haben«, sagte Kara. »Vielleicht kommen diese Männer von dort. Vielleicht sind sie nur neugierig.«

»Warum zeigen sie sich uns dann nicht offen?«

»Woher soll ich das wissen? Vielleicht haben sie Angst vor uns, was weiß ich?« Natürlich redete sie Unsinn; das wusste sie so gut wie Cord. Die Fremden hatten den ersten Schuss in diesem Krieg abgegeben. Sie hatten Liss und die beiden anderen im Stollen getötet, und es war einer von ihnen gewesen, der die Banditen angeführt hatte, die sie überfallen hatten. »Ich sage ja nur, dass wir noch nicht endgültig wissen, ob wir uns wirklich im Krieg befinden«, schloss sie lahm.

»Dann sollten wir vielleicht damit anfangen, genau *das* herauszufinden«, sagte Cord.

Aber genau das war ja ihr Problem, begriff er das denn nicht? Angella hatte ihr viel erzählt, aber noch sehr viel mehr hatte sie ihr *nicht* erzählt.

»Bleibt es dabei, dass du mir helfen wirst?«, fragte sie. Cord nickte.

»Gut«, sagte Kara. »Dann beruf eine Versammlung für heute Abend ein. Ich will alles wissen.«

21

»Libellen?« Kara blickte abwechselnd Cord, Storm und die Magierin an, dann fragte sie noch einmal: »Sagtest du tatsächlich: *Libellen?«*

Cord nickte. Er sah verstört aus, beinahe ein wenig unglücklich, fand Kara. In einer hilflosen Geste breitete er die Hände aus. »Das haben die Bauern jedenfalls gesagt: Zwanzig Meter große Libellen, die etwas auf ihre Felder gesprüht haben. Kurze Zeit darauf begann die Ernte an den Halmen zu verfaulen.«

»Zwanzig Meter, so«, murmelte Kara. »Nicht fünfzig oder zweihundert?«

»Es sind einfache Bauern«, wandte Storm ein. »Sie waren zu Tode erschrocken, und solche Menschen neigen erfahrungsgemäß zu Übertreibungen. Aber selbst wenn man die Hälfte wegstreicht, bleibt es erstaunlich genug.«

»Es gibt auch keine *zehn* Meter großen Libellen«, sagte Kara.

»Du meinst, wir kennen keine«, verbesserte sie Cord. »Denk an die Termite, die euch in Schelfheim angegriffen hat.«

Kara machte eine ärgerliche Geste. »Das war etwas anderes. Ein Mutant. Sie sind selten, und sie leben nicht lange. Und vor allem greifen sie nicht die Felder harmloser Bauern an und sorgen dafür, dass ihre Ernte verdirbt.« Sie überlegte einen kurzen Moment. »Vielleicht haben sie einen Fehler gemacht. Ich meine, vielleicht haben sie die Ernte durch eigene Schuld verdorben und sich diese verrückte Geschichte nur ausgedacht?«

»Wozu?«, fragte Storm. »Sie sind selbständige Bauern, keine Lehnsmänner oder Arbeiter. Niemand ersetzt ihnen ihren Schaden. Und sie haben keine Strafe zu befürchten, sieht man von einem langen und hungrigen Winter ab. Nein – sie *haben* etwas gesehen. Wir müssen nur herausfinden, was es wirklich war.«

Kara überlegte. Ihr Kopf schwirrte von den zahllosen Berichten, die sie gehört hatte und von denen die lächerliche Geschichte der zwanzig Meter großen Libellen nur der letzte gewesen war. Nein – Angella hatte ihr wirklich nicht alles gesagt. Es war schlimmer, viel, viel schlimmer, als sie befürchtet hatte, und es war sehr viel mehr passiert, als Angella in jenem kurzen Gespräch mit Gendik erzählt hatte. Aber nichts davon ergab Sinn. Kara hatte das Gefühl, vor den Teilen eines gewaltigen Puzzles zu sitzen.

Sie warf einen fast hilfesuchenden Blick in die Runde. Die Versammlung, die sie verlangt hatte, war nicht mehr am selben Abend anberaumt worden, sondern erst drei Tage später. Kara begann sich zu fragen, ob diese Versammlung wirklich eine gute Idee gewesen war. Was sie erfahren hatte, war entschieden mehr gewesen, als sie im Grunde wissen wollte. Es gab keinesfalls nur ein paar böse Ahnungen auf kommendes Unheil, nein – das Land brannte bereits; überall und lichterloh.

Die letzten drei Tage waren auch die vielleicht schwierigsten in Karas Leben gewesen. Neben der Entscheidung, ob und wie sie Angellas Erbe antreten sollte, hatte es buchstäblich tausend Dinge gegeben, die sie zu regeln hatte. Gleich mit ihrer ersten Entscheidung hatte sie gegen die Konventionen verstoßen, an die sich zu halten Cord sie ermahnt hatte. Sie hatte sich geweigert, ihr kleines Zimmer im Trakt der Schülerinnen und Schüler aufzugeben, und stattdessen Angellas weitläufiges, aus gleich vier Räumen bestehendes Quartier zu beziehen.

Doch ihre Gedanken kehrten in die Wirklichkeit zurück, als ihr klar wurde, dass nicht nur Cord, sondern auch Storm und Aires sie ansahen und offensichtlich darauf warteten, dass sie etwas sagte. Sie räusperte sich, versuchte es mit einem Lächeln, auf das weder die beiden Drachenkämpfer noch die Magierin reagierten, und wurde übergangslos wieder ernst. »Das klingt alles ziemlich schlimm«, sagte sie. »Ich frage mich, ob es wirklich so schlimm ist. Oder ob wir Gespenster sehen.« Sie hob die Hand, als Aires etwas sagen wollte, und deutete auffordernd auf Cord.

»Bitte, fasse noch einmal die wichtigen Punkte zusammen. Und zeige sie uns auf der Karte.«

Cord erhob sich und trat an die zweifarbige Karte, die fast die gesamte Wand neben der Tür bedeckte. Obwohl sie so groß war, war sie doch in einem Maßstab gehalten, der selbst Schelfheim kaum größer als Fliegendreck erscheinen ließ. Die Karte zeigte die ganze bekannte Welt – nämlich den grob dreieckig geformten, mit einem unregelmäßigen, hakenförmigen Ausläufer am unteren Ende versehenen Kontinent, der Karas Welt darstellte. Das ihn umgebende, in Beige gehaltene Terrain täuschte: Das Land war weder zur Gänze unbekannt, noch war es harmlos. Der *Schlund*, wie der Grund der ausgetrockneten Ozeane genannt wurde, war Gäas Reich. Bisher war jeder Versuch, ihn zu durchqueren, gescheitert. Sie wussten, dass der von ihnen bewohnte Kontinent nicht der einzige auf dieser Welt war; vielleicht nicht einmal der größte. Dort drüben – wo immer dieses Drüben lag – konnte buchstäblich alles sein; von strahlenverseuchten, toten Wüsten bis hin zu einer technischen Hochkultur, die Schiffe baute, die unter Wasser zu fahren imstande waren. Vor zehn Jahren hatten sie den Angriff eines Feindes abgewehrt, der aus dem großen Nichts jenseits des *Schlundes* kam. Manche behaupteten, dass sie ihn bei dieser Gelegenheit vernichtend geschlagen hätten, aber Kara war sich dessen nicht sicher, doch sie glaubte, bald eine Antwort auf *diese* Frage zu finden.

»*Schelfheim*«, sagte Cord und legte die Hand auf einen mittelgroßen Punkt auf der Karte. »Was dort passiert ist, muss ich nicht wiederholen.« Seine Hand wanderte ein Stück nach rechts. »In dieser Stadt werden im nächsten Frühjahr keine Kinder geboren werden, denn seit drei Monaten werden die Frauen dort nicht mehr schwanger. Niemand weiß, warum das so ist.« Er legte eine dramatische Pause ein, ehe er die gespreizten Finger seiner Hand weiterwandern ließ. »Hier liegt das Gebiet, in dem die Bauern die Libellen gesehen haben wollen«, fuhr er fort. »Tatsache ist, dass die gesamte Ernte binnen weniger Tage verdorben ist. Das Gleiche ist übrigens auch hier und hier und hier ...« Seine Hand fuhr mit einer wischenden Bewegung über die Karte, wobei sie ein Geräusch verursachte, das Kara einen eisigen Schauer über den Rücken jagte. »... passiert. Nur dass uns von dort keine Meldungen über riesige Libellen oder andere Ungeheuer erreichten. Was hier geschehen ist, das weiß niemand.« Der nächste Punkt auf der Karte lag schon recht nahe am Drachenhort. Kara fragte sich, ob es einen zeitlichen Zusammenhang zwischen all diesen Geschehnissen gab und ob sich das Unglück vielleicht auf den Hort zubewegte, aber sie unterbrach Cord nicht, sondern hob sich die entsprechende Frage für später auf.

»Es gab einen ungewöhnlich heftigen Sturm, und einige behaupten, dass der Regen, den er mitbrachte, blau gewesen sei. Am nächsten Morgen waren jeder Mann und jede Frau über dreißig tot.«

Kara erschrak. *Davon* hatte Cord bisher noch nichts gesagt.

»Wurden auch andere betroffen?«, warf Aires ein.

Cord schüttelte den Kopf. »Ausschließlich Menschen«, sagte er. Seine Hand wanderte weiter, berührte flüchtig den Drachenhort und glitt nach Westen. Kara atmete innerlich auf. »Hier geschah etwas höchst Seltsames: Ein See, der seit Jahrtausenden ausgetrocknet war, füllte sich in wenigen Tagen wieder mit Wasser.«

»Aber jeder, der davon trank, wurde krank oder starb«, sagte Kara.

Cord sah sie überrascht an. »Woher weißt du das?«

»Es war nur eine Vermutung«, gestand Kara.

»Sie trifft die Sache auch nicht ganz«, sagte Cord. »Nicht alle sind gestorben, denn nicht alle haben von dem Wasser getrunken. Die davon gekostet und es überlebt haben, sagen, es hätte … tot geschmeckt.«

»Tot?«

Cord nickte. »Ich habe eine Probe davon angefordert, damit Demares sie untersuchen kann. Aber es heißt, es schmeckt wie Wasser, das ein paar hundert Jahre in einem Fass gestanden hat. Das allein ist noch nicht das Schlimme. Niemand zwingt die Menschen dort schließlich, davon zu trinken. Aber der See beginnt auch alle Quellen in der Umgebung zu vergiften. Wenn sich keine Lösung findet, werden die Bauern dort ihr Land aufgeben und wegziehen müssen.« Er atmete hörbar ein, dann kehrte seine Hand zurück und berührte einen Punkt am entgegengesetzten Ende der Karte.

»Und schließlich hier«, erklärte er in einem Ton, der klarmachte, dass er sich das Wichtigste bis zum Schluss aufgehoben hatte. »Dort regnet es.«

»Und?«, fragte Kara.

»Seit vier Monaten«, fuhr Cord fort. »Ohne dass es bisher auch nur eine einzige Minute aufgehört hätte. Das Land ist ein einziger Morast. An vielen Stellen ist die Erdkrume schon bis auf den nackten Fels weggespült worden.«

Kara betrachtete die Karte voller Besorgnis. Cord hatte nur die schlechtesten Neuigkeiten erwähnt, die den Drachenhort in den letzten Monaten erreicht hatten. Und für einen unwissenden Betrachter wäre die Besorgnis auf seinem und den Gesichtern der anderen nicht einmal verständlich gewesen; schließlich war es nur ein schmaler Streifen an der Küste entlang, den das Unglück betroffen hatte. Aber die Welt bestand im Grunde nur aus diesem schmalen Streifen an der Küste; selbst nach all der Zeit präsentierte sich das Landesinnere als eine monotone, radioaktiv verseuchte Wüste und als ein unbewohnbares, verseuchtes Gebirge.

Plötzlich hatte Kara das Gefühl, dass Cords Gesten ein ganz bestimmtes Bild ergaben. Aber bevor sie den Gedanken aussprechen konnte, kam ihr Aires zuvor.

»Wisst ihr, woran mich das erinnert?« Die Magierin beantwortete ihre eigene Frage nicht sofort, sondern stand auf und trat an die Karte heran, als müsse man nur gut genug hinsehen, um die Antwort in winzigen Buchstaben darauf zu erkennen.

Schließlich tat Kara ihr den Gefallen und fragte: »Woran?«

»Vorausgesetzt, hinter all diesen Dingen steckt wirklich jemand«, antwortete die Magierin, ohne den Blick von der Karte zu nehmen, »dann habe ich das Gefühl, er weiß selbst noch nicht so recht, was er da tut.«

»Wie bitte?«, fragte Storm verblüfft.

Die Magierin nickte so heftig, dass ihr schulterlanges silberfarbenes Haar flog. »Ich glaube, sie probieren einfach nur herum. Sie spielen mit uns. Anscheinend wissen sie selbst noch nicht so genau, wie sie uns am besten bekämpfen können, und probieren einfach verschiedene Wege aus. Nebenbei ...« Sie drehte sich nun doch herum, um Storm und die anderen anzusehen. »... der Winter wird in diesem Jahr viel früher kommen. Und er wird sehr hart und lang werden.«

»Bist du sicher?«, fragte Storm erschrocken. Es war eine dumme Frage, die nur seinen Schrecken verdeutlichte, und Aires antwortete auch nicht darauf. Wenn es einen Menschen gab, der die geheimen Zeichen der Natur zu erkennen und zu deuten wusste, dann war es die Magierin.

»Du glaubst also auch, dass irgendjemand dahintersteckt«, sagte Kara. Ihr fiel selbst auf, dass ihre Stimme beinahe erleichtert klang, und sie schämte sich ein wenig.

Aires nickte. »Für meinen Geschmack sind das zu viele Zufälle«, sagte sie.

»Dann sollten wir etwas dagegen unternehmen«, bemerkte Storm. »Wir müssen unsere Leute an jeden dieser Orte schicken. Wir müssen mit jedem reden, der irgendetwas gesehen hat. Irgendwo muss sich ein Hinweis finden.«

»Gut überlegt«, sagte Aires. »Aber sehr viel nützlicher wäre es, dabei sein zu können, wenn wieder etwas Ungewöhnliches geschieht.«

»Sicher. Fragt sich nur, wie. Kannst du jetzt zufällig in die Zukunft blicken?«

»Gottlob nicht«, erwiderte Aires lächelnd. Sie wurde sofort wieder ernst. »Mir liegen Berichte von Reisenden vor, die in den *Schlund* vorgestoßen sind. Ich weiß nicht was, aber ... irgendetwas geschieht dort. Die Tiere sind unruhig geworden. Manchmal ist der ganze Dschungel in Aufruhr, dann wieder herrscht für Tage unnatürliches Schweigen.« Sie zuckte mit den Schultern. »Natürlich kann das alles eine ganz gewöhnliche Ursache haben. Niemand von uns *weiß* wirklich etwas über den Schlund. Trotzdem habe ich mich entschlossen, mich selbst davon zu überzeugen, was dort vor sich geht.«

Für Augenblicke trat Stille ein. Aller Aufmerksamkeit richtete sich auf Aires. Dann sagte Cord: »Hältst du das für eine gute Idee?«

»Nein«, gestand Aires lächelnd. »Leider aber trotzdem für die beste, die ich im Moment habe.«

Cord blieb sehr ernst. »Der *Schlund* ist gefährlich, Aires. Nur zwei von drei Reisenden, die sich hineinwagen, kehren zurück.«

»Vielen Dank für die Warnung«, sagte Aires spöttisch. »Ich wäre nie von selbst darauf gekommen, weißt du?«

»Ich glaube, Cord meint, dass wir es uns nicht leisten können, dich zu verlieren«, sagte Kara. »Du bist das Gehirn des Drachenhortes. Wenn dir etwas zustößt, ist es um uns schlecht bestellt.«

Aires nickte. »Ich werde auf mich aufpassen«, sagte sie. »Ich bin vielleicht alt, aber nicht lebensmüde.«

»Verbiete es ihr«, sagte Cord. »Das ist viel zu gefährlich. Du musst es ihr verbieten, Kara!«

»Das könnte ich«, sagte Kara. Sie sah die Magierin durchdringend an, aber Aires' Lächeln blieb so rätselhaft wie bisher. »Aber ich werde es nicht tun.«

»Und warum nicht?«, fragte Storm. Auch er schien nicht sehr begeistert von der Vorstellung zu sein, dass sich Aires einer solchen Gefahr aussetzte.

»Weil sie recht hat«, antwortete Kara. Sie spürte es. Sie *wusste* einfach, dass es nur einen einzigen Ort gab, von dem die Angreifer kommen konnten: aus den unbekannten Ländern jenseits des *Schlundes.* »Und weil ich sie begleiten werde«, fügte sie hinzu.

22

Vor einem Augenblick hatte unter Markors Schwingen noch das zerklüftete Bergland der Küste gelegen. Einen gewaltigen Flügelschlag später breiteten sich Wolken unter ihnen aus; ein flockiges Meer aus Zuckerwatte, durch dessen Lücken es grün und braun schimmerte, so wie es über der zweiten Wolkendecke, die ebenso weit über ihnen lag wie die andere unter ihnen, türkis und blau funkelte. Sie glitten zwischen zwei Himmeln dahin.

Allein dieser Anblick konnte einen unvorbereiteten Menschen in den Wahnsinn treiben, dachte Kara. Ein einziger Schritt, um von der Welt unter den Wolken in die über den Wolken zu wechseln ... verrückt.

Aber schließlich war die ganze Welt irgendwie verrückt – im buchstäblichen Sinne des Wortes. Der *Schlund* unter ihnen war nichts anderes als der Boden des gewaltigen Ozeanes, der einst vier Fünftel der Planetenoberfläche bedeckt hatte. Das Wasser war zusammen mit neunundneunzig Prozent der bewohnbaren Kontinentaloberflächen verschwunden – genauso wie das Volk, das für dieses Verschwinden verantwortlich war –, aber das hieß nicht, dass der *Schlund* ohne Leben war. Ganz im Gegenteil – wo früher nichts als gewaltige Wassermassen gewesen waren, da tummelten sich nun die meisten Lebewesen dieses Planeten. Der Name *Schlund* stimmte in jeder Beziehung. Wenig, was in die Welt jenseits dieser zweiten Wolkendecke eintauchte, kam je wieder heraus.

Markor bewegte sich elegant, um sich in einem weit geschwungenen Bogen an die Spitze der gewaltigen Zwölferformation zu setzen. Kara klammerte sich instinktiv fester an das polierte Sattelhorn, als eine mächtige Wellenbewegung durch den riesigen Drachenkörper lief. Sie blinzelte, wischte sich mit dem Handrücken die Tränen aus den Augen und setzte nach einem letzten kurzen Zögern die Schutzbrille auf. Wie die meisten jungen Drachenkämpfer war auch Kara meist zu stolz, die durchsichtige Schutzbrille zu tragen, sondern ließ sich lieber vom eisigen Fahrtwind die Tränen in die Augen treiben. Aber sie spielte nun kein Spiel mehr. Zum ersten Mal befand sich Kara in einem echten Einsatz. Wenn auch die Wahrscheinlichkeit, auf den Feind zu treffen, gering war, so drangen sie doch in ein Land ein, das allein schon gefährlicher war als die meisten vorstellbaren Gegner.

Ihr Rufer meldete sich. Obwohl seit Jahren geübt, brauchte Kara doch einige. Momente, bis sie die an- und abschwellenden

Schmerzimpulse zu einer Nachricht ordnen konnte. Manchmal, dachte sie, während die direkt in ihr Nervensystem gespeisten Morsezeichen des Rufers ihr schon wieder Tränen in die Augen trieben, verstand sie Männer wie Karoll. Funkgespräche waren vielleicht umständlicher und nicht so sicher, aber sie taten nicht so weh.

Es war Aires. *Ein paar Grad mehr nach links, Kara,* signalisierte sie. *Direkt auf den Drachenfels zu.*

Aber das ist ein Umweg, morste Kara zurück.

Ich weiß. Aber es ist sicherer.

Kara ersparte sich eine Antwort darauf; einerseits, weil es sinnlos war, sich mit Aires zu streiten, andererseits, um den anderen zehn Drachenkämpfern unnötiges Unbehagen zu ersparen. Der größte Nachteil der Rufer bestand darin, dass man nicht gezielt mit einem einzigen Tier reden konnte. Jede Nachricht, die in das halbtelepathische Kommunikationssystem der winzigen Insekten eingespeist wurde, wurde von allen Rufern innerhalb ihrer Reichweite aufgenommen, was gezielte oder auch längere Anweisungen zu einer ebenso komplizierten wie auch schmerzhaften Angelegenheit machte. So beließ sie es dabei, Markors Kurs um einige Grade nach Westen zu korrigieren. Der Rest der Formation vollzog den Richtungswechsel getreulich nach. Gleichzeitig verloren sie weiter an Höhe.

Karas Herz begann hart und schnell zu schlagen, als der Drache in die Wolkendecke eindrang. Im allerersten Augenblick zerrissen Markors peitschende Schwingen das wattige Grau einfach, dann umgab sie für endlose Minuten nichts als feuchter grauer Dunst, der sie so sehr einhüllte, dass selbst die Gestalten der anderen Drachen zu verschwommenen Schatten in unbestimmter Entfernung wurden. Dann hatten sie die Wolken durchquert, und unter ihnen lag Gäas Reich.

Eine wilde Erregung ergriff von Kara Besitz, als sie auf das endlose, wogende Meer aus Braun und Schwarz und allen nur vorstellbaren Grünschattierungen hinunterblickte. An einem klaren Tag konnte man den Dschungel selbst vom Hort aus sehen, wenn auch nur als verwaschenes Muster ineinanderlaufender Farben. Doch zum ersten Mal würde Kara landen, den Dschungel erforschen und vielleicht auf den unbekannten Feind stoßen.

Ihre Gruppe war nicht die einzige, die aus dem Drachenhort aufgebrochen war, um nach Spuren der gesichtslosen Angreifer zu suchen, aber unbestritten die wehrhafteste. Die elf Drachen, die hinter Markor flogen, waren zweifellos die kräftigsten und erfahrensten Tiere, die der Hort aufzubieten hatte. Und auch ihre Reiter gehörten unbestritten zu den besten des Drachenhortes.

Für einen Moment jedoch dachte Kara nicht an Kämpfe und Gefahren. Sie genoss es einfach, sich von Markors gewaltigen Schwingen durch die Luft tragen zu lassen, während das wogende Blättermeer unter ihr dahinglitt. Manchmal glaubte sie eine Bewegung unter sich wahrzunehmen, aber sie war immer viel zu schnell vorüber, um sicher sein zu können. Sie fühlte sich frei und beinahe schwerelos. Die hohe Geschwindigkeit, der heftige Wind und der gewaltige Drachenkörper unter ihr erfüllten sie mit einem Gefühl der Macht, das wie eine berauschende Droge war. Sie lachte, laut und lang anhaltend, ohne es selbst zu merken.

Geh nicht so tief hinunter, warnte Aires sie. *Dieser Dschungel hat ein paar ziemlich unangenehme Bewohner.*

Ich weiß, antwortete Kara. *Aber ich passe schon auf.*

Aires schwieg darauf, und Kara ergab sich weiter dem berauschenden Gefühl, unverwundbar und schnell wie ein Pfeil über den Dschungel dahinzurasen.

Dann plötzlich teilte sich das dichte grüne Blätterdach unter Markor, und ein gewaltiger, peitschender Tentakel griff hervor. Ein riesiges, stacheliges Ding, geschuppt und dicker als ein Mann und mit zahllosen schnappenden Mäulern, das sich in einer einzigen, unvorstellbar schnellen Bewegung um Markors Hals wickelte und ihn in die Tiefe zu zerren versuchte. In einer noch schnelleren Bewegung griffen die Vordertatzen des Drachen zu und zerfetzten den Strang. Grüngefärbtes, zähes Pflanzenblut spritzte in einer Fontäne an Kara vorbei, und der zerfetzte Stumpf des Tentakels zog sich mit einer hastigen Bewegung wieder in den Dschungel zurück. Einen Wimpernschlag, bevor sich das Blätterdach wieder schloss, erhaschte Kara einen Blick auf ein riesiges, buntes Etwas, das wie eine überdimensionale Spinne inmitten eines komplizierten Netzes aus Strängen und Wurzeln hing, abgrundtief hässlich und faszinierend schön zugleich. Sie konnte nicht erkennen, ob es eine Pflanze oder ein Tier gewesen war.

Verstehst du jetzt, was ich meine?

Kara verzichtete auf eine Antwort, die Aires ohnehin nicht erwartete. Außerdem war sie auch viel zu sehr damit beschäftigt, das Gefühl der Übelkeit zu unterdrücken, das aus ihrem Magen emporstieg, als sie sah, wie Markor das abgerissene Ende des Tentakels aufzufressen begann.

Eine Stunde lang flogen sie weiter nach Norden, ohne dass sich etwas Ungewöhnlicheres tat als das Auffliegen eines gigantischen Vogelschwarms, dessen einzelne Tiere kaum größer als Bienen waren, der aber nach Millionen zählte. Wenn es in diesem Dschungel größere fliegende Räuber gab, was Kara vermutete, dann schreckte sie wohl der Anblick der zwölf riesenhaften Drachen ab.

Zwei weitere Stunden vergingen, dann begannen die Flügelschläge der Drachen allmählich an Kraft und Eleganz zu verlieren. Die ungeheure Größe der Tiere führte dazu, dass sie nicht unbegrenzt leistungsfähig waren. Wer verfügte schon über unendliche Kräfte, wenn er das Gewicht eines Schlachtschiffes mit sich herumschleppen musste? Andererseits legten die Drachen in den vier oder fünf Stunden, die sie in der Luft bleiben konnten, Entfernungen von tausend und mehr Meilen zurück. Somit war der Drachenfels, das erste Etappenziel ihrer Expedition ins Nichts, ohne größere Gefahr zu erreichen.

Kara verspürte eine neue, heftige Erregung, als die schwarze Felsnadel endlich aus dem Dunst der Ferne vor ihnen auftauchte. Durch die große Entfernung wirkte der Fels beinahe zerbrechlich. Die winzigen Punkte in seiner Flanke waren in Wahrheit gewaltige Höhlen, groß genug, einen Drachen hineinfliegen zu lassen. Der kaum erkennbare, gezackte Kranz auf seiner Krone stellte die Mauern einer zyklopischen Festung dar, gegen die selbst der Drachenhort zu einem Nichts zusammenschrumpfte. Und sein Inneres …

In Karas Erregung mischte sich eine Spur jenes absurden Gefühls von Enttäuschung, das in Erfüllung gehende Träume manchmal begleitet. Seit zehn Jahren träumte sie hierherzukommen. Sie kannte diesen Ort aus Angellas und Cords Erzählungen so gut, als hätte sie Monate dort verbracht. Aber plötzlich war sie gar nicht mehr sicher, ob sie ihn wirklich sehen wollte, denn es war der Ort, der nicht nur mit Geschichten von Abenteuern verbunden war, sondern auch mit furchtbaren Schreckensberichten, war er doch hunderttausend Jahre lang der Quell des Terrors gewesen.

Eine Bewegung neben der Spitze des Felsens weckte Karas Aufmerksamkeit. Obwohl sie wusste, wie groß der Fels war, fuhr sie doch überrascht zusammen, als ihr klar wurde, dass die beiden winzigen Punkte neben der Felsnadel Drachen waren, größer als ihre eigenen Tiere.

Aires?

Ich sehe sie.

Glaubst du, dass es wilde Drachen sind? Der Name Drachenfels kam nicht von ungefähr. Nach dem Ende von Jandhis Drachentöchtern waren die wilden Drachen in ihren angestammten Hort zurückgekehrt. Zwar wusste Kara, dass wilde Drachen niemals Menschen angriffen, aber es war schon vorgekommen, dass sie gezähmte Drachen attackierten, was unweigerlich zum Tod seines Reiters führen musste.

Das sind Tess und Silvy, drang Aires' Botschaft in ihre Gedanken. *Alles in Ordnung. Zieht die Krallen wieder ein.*

Kara atmete insgeheim auf; zumal einige der Tiere – Markor eingeschlossen – tatsächlich deutliche Spuren von Nervosität zeigten. Die Feindschaft zwischen zahmen und wilden Drachen war allgemein bekannt. Kara fragte sich, woher sie kam. Hassten die wilden Drachen ihre gezähmten Brüder, weil sie sich von Menschen reiten und befehlen ließen? Oder verachteten sie sie sogar? Oder gab es vielleicht *zwei* Arten von Drachen – solche, die sich zähmen ließen, und solche, die immer wild blieben?

Die beiden winzigen Punkte wuchsen zu den vertrauten Umrissen geflügelter Drachen heran. Und Augenblicke später konnte Kara die beiden Gestalten hinter den mächtigen Schädeln erkennen. Es waren tatsächlich Tess und Silvy, zwei junge Drachenkämpferinnen, die das letzte Jahr ihrer Ausbildung zusammen mit Kara absolviert hatten. Flüchtig bewunderte Kara Aires' Augen. Selbst jetzt erkannte sie Tess nur an ihrem auffälligen, strohblonden Haar.

Silvy hob die Hand zum Gruß, und Kara und einige der anderen erwiderten die Geste. Augenblicke später stieß Markor ein markerschütterndes Begrüßungsgebrüll aus. Kara erwartete schon, dass die dreizehn übrigen Tiere in das Gebrüll einstimmen würden, aber die Drachen waren erschöpft und wollten nur in eine warme, trockene Höhle.

Auch Kara spürte die Strapazen des Fluges. Auf dem letzten Stück des Weges schenkte sie der Landschaft unter sich kaum noch Beachtung, obwohl sie sich völlig verändert hatte: Statt des grün wuchernden Dschungels umgab den Drachenfels steiniger, unfruchtbarer Boden, auf dem nichts lebte. Nicht einmal Gäa, die unvorstellbare Lebensform des *Schlundes,* hatte hier Fuß gefasst.

Markors Schwingen peitschten ein letztes Mal die Luft, um Höhe zu gewinnen, dann glitt der Drache mit weit ausgebreiteten Flügeln wie eine übergroße Schwalbe in eine der Höhlen in der Flanke des Drachenfelsens. Dunkelheit schlug wie eine Woge über Kara zusammen, als Markor pfeilschnell durch die Höhlenöffnung schoss.

Kara fiel mehr aus dem Sattel, als sie abstieg. Sie war es gewohnt, Stunde um Stunde auf dem Rücken des Drachen zu verbringen, aber die Tiere waren mit äußerster Kraft geflogen und hatten dabei nicht viel Rücksicht auf ihre Reiter nehmen können. Die Schläge der gewaltigen Rückenmuskeln hatten Kara und die anderen durchgeschüttelt wie ein stundenlanger Ritt über Steine und Geröll.

Tess landete ihr Drachenweibchen dicht neben Markor. Der Drache knurrte unwillig, und Kara zog instinktiv den Kopf zwischen die Schultern, als der Sturmwind der Drachenschwingen sie von den Füßen zu reißen drohte. Während die übrigen Mitglieder ihrer Formation rings um sie herum niedergingen, blickte sie ärgerlich zu Tess auf, die mit geradezu unverschämter Leichtigkeit vom Rücken ihres Tieres kletterte und auf sie zueilte. Wie ein Schatten folgte ihr Silvy.

»Kara«, rief Tess erfreut. »Wie schön, dass du doch noch gekommen bist. Aber wieso seid ihr so viele? Ist irgendetwas geschehen?«

Kara war im ersten Moment verwirrt. Dann erinnerte sie sich daran, dass Tess und das halbe Dutzend anderer den Drachenhort ja verlassen hatten, während sie und Angella nach Schelfheim gereist waren.

»Ist irgendetwas ... passiert?« Tess hielt im Schritt inne und sah Kara erschrocken an, als sie den Ausdruck auf ihrem Gesicht gewahrte. »Wieso ist Angella nicht mitgekommen?«

»Angella ist tot«, antwortete Kara leise. »Und du hast recht – es *ist* etwas passiert. Aber das erzähle ich euch später.«

»Tot?«, wiederholte Tess fassungslos. »Angella ist ... tot. Aber wieso denn? Ich meine ... was ist passiert?«

»Später«, sagte Kara noch einmal. »Ihr werdet alles erfahren, aber jetzt habe *ich* erst einmal ein paar Fragen. Was ist mit den anderen? Sind alle noch hier, oder sind sie schon aufgebrochen?«

»Wir sind alle noch da«, antwortete Tess verwirrt. »Zen und Maran sind auf einem Übungsflug, aber sie wollten vor Sonnenuntergang wieder hier sein. Die anderen ...«

»Gut«, unterbrach sie Kara. »Dann tu mir bitte einen Gefallen und ruf sie alle zu einer Versammlung zusammen. In einer halben Stunde.«

»Aber was ist denn nur ...«

»Tu einfach, was ich sage«, unterbrach sie Kara. »Jetzt gleich.«

Etwas in Tess' Blick änderte sich. Zu dem Schrecken und der Verwirrung, mit dem sie das von Kara Gehörte erfüllt hatte, gesellte sich eine neue Verwirrung, die irgendetwas in Karas Stimme oder Blick galt. Begann es schon?, dachte Kara erschrocken. Merkte man es ihr schon an? War sie vielleicht schon nicht mehr die Freundin, sondern vielmehr die Herrin für dieses Mädchen?

Tess wandte sich wortlos um und ging.

Als Kara sich herumdrehte, stand sie Aires gegenüber.

»Du lernst schnell«, sagte die Magierin. Es war Kara nicht möglich zu sagen, ob diese Worte Lob oder Tadel enthielten.

»Ich ... wollte nur keine Zeit verlieren«, sagte sie. Es klang wie eine Entschuldigung. Nein – es *war* eine Entschuldigung.

Aires seufzte. »Allerdings ist deine Eile übertrieben. Ruf die

Versammlung ein, wenn Maran und Zen zurück sind. Oder hast du Lust, alles zweimal zu erzählen?«

»Dann verlieren wir unter Umständen einen ganzen Tag.«

»Das tun wir ohnehin«, erklärte Aires. »Ich habe nicht vor, heute noch weiterzureiten. Und selbst wenn ich es wollte – die Drachen brauchen ebenso dringend eine Pause wie wir.« Sie machte eine Kopfbewegung über die Schulter zurück. Kara widerstand der Versuchung, in dieselbe Richtung zu blicken. Sie wusste, wie erschöpft die Tiere waren. Aires hatte natürlich recht, einen halben Tag und eine ganze Nacht zu verlieren gefiel Kara nicht.

»Zeit, die man nutzt, um zu Kräften zu kommen und sich vorzubereiten, ist keine verlorene Zeit, Kara«, belehrte sie Aires, während sie nebeneinander die Höhle verließen und die Treppe hinaufgingen, um zu den Bereichen der Festung zu gelangen, den die Drachenkämpfer für sich beanspruchten. Es war nur ein winziger Teil des steinernen Labyrinths, das der Drachenfels in Wirklichkeit war, aber sie brauchten nicht viel. Die Besatzung der Burg überstieg niemals zehn Köpfe. Selbst mit Kara und ihren Begleitern waren sie so wenige, dass die Gefahr, sich in den endlosen Tunnels und Gängen zu verirren, nicht von der Hand zu weisen war.

Kara sah sich mit einer Mischung aus Neugier und Unbehagen um, während sie Aires durch einen langen Korridor folgte, der vor einer weiteren, steil in die Höhe führenden Treppe endete. Für einen Moment glaubte Kara, sie hörte noch einmal Angellas Stimme, die ihr mit eindringlichen Worten erzählte, was hier vor fünfundzwanzig Jahren geschehen war, als füllten die lautlosen Worte den Berg um sie herum mit Geräuschen und Bewegung, einem Echo des düsteren, insektoiden Lebens, das einst über die schwarze Festung am Rande der Welt geherrscht hatte.

Kara verscheuchte den Gedanken, aber ihre Empfindungen

hatten sich offenbar auf ihrem Gesicht widergespiegelt, denn Aires lächelte plötzlich und sagte: »Es ist unheimlich, nicht?«

»Woher ...« Kara suchte einen Moment hilflos nach Worten. »Ich meine, wie ... wie kommst du darauf?«

»Weil es jedem so geht, der zum ersten Mal hier ist«, antwortete Aires. »Manche halten es nicht aus. Aber die meisten gewöhnen sich rasch daran.«

»Aber was ... was ist das?«, murmelte Kara verstört.

»Das weiß niemand wirklich«, antwortete Aires. Sie zuckte mit den Schultern. Kara sah sie scharf von der Seite her an, und erst jetzt fiel ihr auf, dass auch Aires sich nicht besonders wohl fühlte.

»Ich glaube, es ist einfach dieser Ort«, fuhr sie nach einer Weile fort. Sie nickte bekräftigend, obwohl Kara gar nicht widersprochen hatte. »Weißt du, wir nehmen immer wie selbstverständlich an, dass nur Menschen und Tiere sich erinnern können. Aber wer sagt uns, dass das stimmt? Vielleicht haben auch Plätze ein Gedächtnis oder Häuser und Steine. Sie haben unendlich lange über diesen Ort geherrscht. Vielleicht ist es die Erinnerung an sie, die wir spüren. Oder Gäas Nähe«, fügte sie überraschend hinzu. Sie nickte, als sie Karas Verblüffung bemerkte. »Wusstest du nicht, dass wir ihr hier ganz nahe sind?«

Kara schüttelte wortlos den Kopf, und Aires machte eine Bewegung auf den steinernen Boden, über den sie schritten. »Sie hat die Höhle der Ameisenkönigin nie wieder freigegeben«, sagte sie. »Aus Gründen, die nur Angella wusste, erlaubte sie uns und den Drachen, in der Spitze des Berges zu leben. Aber alles, was unterhalb der großen Höhle liegt, gehört ihr. Du hast davon nichts gewusst?«

»Nein«, sagte Kara. »Angella hat mir nie etwas davon erzählt.« Nach einer Pause fügte sie leise hinzu: »Sie hat mir überhaupt eine Menge nicht erzählt.«

Kara rechnete mit energischem Widerspruch, aber Aires sah

sie nur stumm an und nickte. »Ich weiß. Ich habe mehrmals versucht, mit ihr darüber zu reden, aber es war sinnlos. Sie glaubte, noch ein wenig Zeit zu haben. Sie sagte, sie wollte dich nicht mit all diesen Dingen belasten, solange es nicht sein muss. Ich habe sie gewarnt, aber sie wollte nicht hören. Sie war wohl schon ein bisschen wunderlich.« Die Magierin lachte hell auf, als sie den strafenden Blick registrierte, mit dem Kara diese Bemerkung quittierte. »Ich darf das sagen. Ich war ihre beste Freundin.«

»Ich weiß. Du ... du verkraftest ihren Tod ganz gut, nicht wahr?«

Aires schaute sie auf eine sonderbare Weise an, fast als suche sie nach einem Vorwurf in diesen Worten. Dann zuckte sie mit den Schultern. »Vielleicht. Vielleicht auch nicht. Angella hätte jedenfalls nicht gewollt, dass ich mir das Haar rasiere und mich kasteie, um sie zu betrauern. Trauer ist eine leise, sehr heimliche Angelegenheit, weißt du? Man muss sie nicht vor sich her tragen, damit sie echt wird.«

»Verzeihung«, murmelte Kara. »So ... so habe ich das nicht gemeint.«

»Ich weiß.« Aires lächelte milde. »Aber ich habe schon lange auf eine Gelegenheit gewartet, dir das zu sagen.«

Eine Weile gingen sie schweigend nebeneinanderher, dann – nur um überhaupt etwas zu sagen – bat Kara: »Erzähl mir mehr von Gäa, Aires.«

»Was könnte ich erzählen, was du noch nicht weißt?«, fragte die Magierin.

»Ich werde es dir sagen, nachdem du es mir erzählt hast.«

Aires blickte sie einen Atemzug lang verblüfft an, aber dann lachte sie. »Du lernst wirklich schnell, mein Kompliment. Du bist schon beinahe so spitzfindig, wie Angella es war.« Sie machte eine kleine Pause. »Es gibt nicht viel, was ich dir über Gäa erzählen könnte, weil ich selbst nicht viel über sie weiß. Niemand weiß viel über sie. Und das, was wir wissen, sind nur

Vermutungen, die richtig sein können, aber auch falsch. Interessiert es dich, was ich vermute?«

Kara nickte.

»Soviel wir wissen«, begann Aires, »bedeckte Gäa den Boden des gesamten *Schlundes.* Wenn das stimmt, dann ist sie das größte lebende Wesen, das es jemals auf dieser Welt gegeben hat. Ich weiß nicht, ob sie Pflanze oder Tier ist. Manche glauben, sie wäre eine Art riesiges, denkendes Pilzgeflecht, das diesen ganzen Planeten umspannt, aber ich persönlich glaube, dass sie etwas ganz anderes ist, eine eigene Lebensform, die nichts mit anderen zu tun hat – außer vielleicht, dass sie rücksichtslos alles absorbiert, worauf sie stößt.«

»Aber es heißt, von Gäa verschlungen zu werden bedeute nicht den Tod, sondern das ewige Leben.«

»Ich weiß.« Aires seufzte. Ihr Gesicht verdunkelte sich. »Wenn man es als ewiges Leben betrachtet, von einem gigantischen Protoplasmaklumpen aufgesogen und zu einem Teil eines riesigen Überbewusstseins zu werden. Meine Vorstellungen vom Paradies sehen anders aus. Hast du von dieser neuen Torheit gehört, die in den östlichen Ländern um sich greift?«

Kara verneinte. »Irgendeine verrückte Sekte«, berichtete Aires. »Sie glauben, dass Gott in Gäa einen Körper gefunden hat, und sehen ihr höchstes Glück darin, zu einem Teil Gäas zu werden.«

Kara riss erstaunt die Augen auf, und Aires nickte bekräftigend. »Sie haben irgendwie einen Weg in den Schlund gefunden, und nun pilgern sie einmal im Jahr wie die Lemminge hinunter, um sich Gäa zu opfern. Zumindest diejenigen, die nicht auf dem Weg durch den Dschungel von Raubtieren gefressen werden oder sich zu Tode stürzen.«

»Hat denn nie jemand versucht, mit ihr zu reden?«, fragte Kara.

»Mit Gäa?« Aires zog verblüfft die Augenbrauen in die

Höhe. »Manche behaupten, sie hätten es getan, aber ich glaube, dass sie entweder lügen oder einfach verrückt sind. Man kann mit einem solchen Geschöpf nicht reden. Es gibt keine gemeinsame Basis.«

»Das klingt ja fast, als hättest du Angst vor ihr?«

»Das habe ich«, gab Aires unumwunden zu.

»Aber warum? Sie ist unsere Verbündete! Sie hat Jandhis Reiterinnen und die Ameisenkönigin vernichtet, und sie erlaubt uns, in diesem Berg zu leben und sogar Städte im *Schlund* zu bauen.«

»Sie hat Tally und Angella benutzt, um die Königin zu vernichten«, verbesserte sie Aires. »Sie waren seit Urzeiten Feinde. *Unser* Krieg mit ihnen hat Gäa niemals interessiert, Kara. Sie hat unsere Feinde vernichtet, aber nur aus dem einen Grund, weil sie auch ihre Feinde waren. Und sie gestattet uns, an Orten zu leben, die für sie nicht nützlich oder nicht zu erreichen sind.« Die Magierin runzelte die Stirn. »Was passiert, wenn sie es nur tut, um uns zu studieren? Was, wenn sie eines Tages lernt, den *Schlund* zu verlassen und auch unsere Welt beansprucht?«

Kara erschrak bei Aires' Worten. »Das ... das ist eine entsetzliche Vorstellung«, sagte sie zögernd. »Du hast niemals darüber geredet.«

»Weil es nur Unruhe stiften würde«, entgegnete Aires. »Seit dem Krieg gegen Jandhi gilt Gäa als unsere Verbündete. Die große Urmutter Erde, in deren Schoß wir alle sicher und geborgen sind, nicht wahr? Vielleicht frisst sie uns eines Tages mit Haut und Haaren auf.«

»Das meinst du nicht ernst!«, sagte Kara erschrocken.

Aires zögerte einen Moment. Sie verzog das Gesicht. Dann zwang sie sich zu einem Lächeln. »Nein«, sagte sie. »Eigentlich nicht. Ich glaube nicht, dass man Gäas Beweggründe mit menschlicher Logik nachvollziehen kann. Aber ich glaube auch nicht, dass sie unser Freund ist. Wir sind ihr bestenfalls gleichgültig.«

Sie hatten das Ende der langen Treppe erreicht, und Kara war plötzlich froh, als Aires ihr eines der kleinen, fensterlosen Zimmer zuwies und ihr riet, bis zum Abend noch einige Stunden zu schlafen.

23

Das Bett, das beinahe die gesamte Einrichtung der Kammer darstellte, war hart und unbequem, und die Luft war schlecht. Trotzdem schlief Kara bereits nach wenigen Augenblicken ein. Sie erwachte nach Stunden erquickt und ohne jede Erinnerung an einen Albtraum.

Auf dem Weg in den Versammlungsraum traf sie auf Tess, Silvy sowie die beiden Drachenreiter Zen und Maran. Die vier hatten auf sie gewartet; offensichtlich aber waren sie schon über das Wichtigste informiert worden. Was also wollten sie von ihr? Kara beschlich ein ungutes Gefühl.

Maran kam ihr mit einem breiten Lächeln entgegen und schloss sie in die Arme. Er war ein junger Mann mit dunklem Haar, der eine Handbreit größer war als Kara. Auf seinen Wangen zeigte sich der erste zaghafte Bartwuchs, und er kultivierte sorgsam eine übertrieben galante, extrovertierte Art des Auftretens, die eigentlich gar nicht seinem Charakter entsprach. Wahrscheinlich wollte er Storm damit nachahmen, den er wie die meisten jungen Männer im Hort bewunderte.

»Kara!«, begrüßte er sie. »Tess hat uns erzählt, dass du gekommen bist. Warum hast du Hrhon nicht mitgebracht?«

Kara löste sich mit sanfter Gewalt aus seinem Griff und trat einen Schritt zurück. »Du weißt genau, dass sich Hrhon lieber Arme und Beine ausreißen lassen würde, ehe er auf den Rücken eines Drachen steigt«, sagte sie.

Maran lachte, aber sein Lachen klang gezwungen. Er hatte etwas auf dem Herzen. »Was ist mit euch?«, fragte Kara. »Los, raus mit der Sprache.«

»Was ... meinst du?«, fragte Maran zögernd.

»Ihr vier habt mir doch hier nicht aufgelauert, um mir guten Tag zu sagen. Ihr wollt irgendetwas von mir, nicht wahr? Also macht es nicht so spannend und rückt schon raus mit der Sprache.«

Marans Miene verdüsterte sich. »Zen und ich sind gerade zurückgekommen. Wir haben mit Aires gesprochen. Sie hat uns erzählt, was passiert ist, und sie ...«

»Ja?«

»Sie hat uns befohlen, zum Hort zurückzukehren.«

Kara war für einen Moment überrascht, nicht einmal so sehr über Aires' Befehl, sondern eher über den Umstand, dass sie ihn erteilt hatte, ohne vorher mit ihr darüber zu reden.

Trotzdem zuckte sie nur mit den Schultern und fragte: »Und? Was soll ich nun tun?«

»Wir wollen nicht nach Hause fliegen, während ihr gegen den Feind zieht«, sagte Maran ernst. »Wir haben ein Recht ...«

»... euch umbringen zu lassen?«, fiel ihm Kara ins Wort.

»Wir sind Krieger, genau wie du und die anderen«, sagte Tess. »Ein paar von denen, die ihr mitgebracht habt, sind auch nicht älter als wir. Wieso schickt Aires uns zurück und bringt sie mit hierher?«

»Das weiß ich nicht«, antwortete Kara – was nicht ganz der Wahrheit entsprach. Sie glaubte, die Antwort zumindest zu ahnen. »Aber es ist auch nicht meine Entscheidung. Ich werde mit Aires reden und sie fragen. Aber wenn sie euch befiehlt zurückzufliegen, so nehme ich an, dass sie ihre Gründe dafür hat.«

»Sie fragen?«, sagte Maran. »Wer ist Angellas Nachfolgerin – du oder sie?« Der junge Drachenkämpfer wusste im gleichen Moment, als er die Worte aussprach, dass er einen Fehler begangen hatte.

Aber Kara fuhr nicht auf, sondern blickte Maran nur einen Moment lang betroffen an, ehe sie sich mit einem Ruck umwandte und weiterging, ohne noch ein einziges Wort zu sagen. Auch die anderen schwiegen, aber Kara konnte ihre Blicke wie die Berührung brennender Hände im Rücken fühlen.

Plötzlich war ihr zum Heulen zumute. Sie verspürte eine Mischung aus Schmerz, Wut und Enttäuschung, die ihre Hände zum Zittern brachte. Ihr besonderes Verhältnis zu Angella hatte es mit sich gebracht, dass sie niemals wirklich zu der Gemeinschaft der anderen gehört hatte. Dieses kurze Gespräch hatte ihr wieder einmal vor Augen geführt, wie tief die Kluft war, die zwischen ihr und den anderen klaffte.

Kara wusste im Grunde sehr wohl, warum Aires die vier jungen Kämpfer so schnell wie möglich zum Hort zurückschicken wollte. Es war der gleiche Grund, aus dem Angella ihnen erlaubt und Kara verboten hatte hierherzukommen. Sie waren einfach nicht gut genug. Die regelmäßigen Expeditionen über die Grenze hinaus, die der Drachenfels bildete, waren vielleicht nicht überflüssig, aber im Grunde nicht viel mehr als eine Mutprobe gewesen, die kein großes Risiko beinhaltete.

Kara zwang sich zur Ruhe, als sie die große Versammlungshalle unter dem Gipfel des Berges erreichte. Der riesige, asymmetrisch geformte Raum war einst die Kommandozentrale der gefürchteten Drachentöchter gewesen, das elektronische Gehirn, von dem aus sie ihr Terrorregime aufrechterhalten hatten. Wände und Decke waren mit Bildschirmen, Computern und tausend anderen unverständlichen Geräten bedeckt, die allesamt abgeschaltet waren, aber noch immer funktionierten, wie Kara sehr wohl wusste. Die gesamte der Tür gegenüberliegende

Wand wurde von einem einzigen gewaltigen Bildschirm eingenommen, der ebenfalls blind und grau war. Wie jedes technische Gerät war er vor fünfundzwanzig Jahren das letzte Mal benutzt worden.

Aires warf ihr einen missbilligenden Blick zu, denn mit Ausnahme der vier jungen Drachenreiter, die dicht hinter ihr den Raum betraten, war Kara die Letzte. Alle anderen hatten bereits um den gewaltigen Tisch in der Mitte des Raumes Platz genommen. Kara schenkte der Magierin ein rasches, verzeihungheischendes Lächeln, steuerte den freien Platz am Kopfende der Tafel an und setzte sich. Sie wartete, bis auch Maran und die drei anderen Platz genommen hatten, dann gab sie Aires ein Zeichen zu beginnen.

Die Magierin erhob sich, räusperte sich umständlich und warf einen langen Blick in die Runde. Dann begann sie ohne weitere Umschweife zu erzählen, warum sie gekommen waren. »Ihr seht also«, sagte sie schließlich, »dass unser Besuch kein gewöhnliches Unternehmen ist. Morgen in aller Frühe werden Kara, ich selbst und die Hälfte der Drachen zu der Siedlung zweihundert Meilen östlich von hier fliegen, um dort mit einigen Leuten zu sprechen. Darüber hinaus aber interessieren mich alle außergewöhnlichen Dinge, die hier in den letzten Wochen oder Monaten vorgefallen sind. Verhalten sich die Tiere irgendwie ungewöhnlich ... hat sich irgendetwas im Dschungel verändert? Gab es ungewöhnliche Wetterverhältnisse ... alles eben.«

»Verzeiht, Aires«, sagte Petar, einer der zehn Männer, die die ständige Besatzung des Drachenfelsens bildeten. »Aber wie können wir diese Fragen beantworten? Ich meine ... da wir kaum wissen, was hier *normal* ist, wie sollten uns irgendwelche Veränderungen auffallen?«

Aires seufzte. »Ich bin mir des Problems durchaus bewusst, Petar«, sagte sie. »Dennoch bitte ich euch darüber nachzudenken. Der Mann, mit dem ich vor zwei Wochen sprach, berichtete zum Beispiel, dass die Zahl der Raubtiere in der Nähe der Siedlung seit Monaten zunimmt.«

»Vielleicht sind sie auf den Geschmack gekommen?«, witzelte Zen.

Kara warf ihm einen ärgerlichen Blick zu, und Zen verteidigte sich, allerdings in Aires' Richtung gewandt: »Wir reden über einen Feind, der wahrscheinlich von jenseits des *Schlundes* kommt und offenbar über die Technik der Alten Welt verfügt. Was sollte das Verhalten irgendwelcher Tiere damit zu tun haben?«

»Wir reden über einen Feind, über den wir so gut wie gar nichts wissen«, verbesserte Aires ihn sanft. »Und solange man *nichts* über einen Feind weiß, tut man gut daran, ihm *alles* zuzutrauen.«

»Sehen Cord und Storm die Sache auch so?«, fragte Maran herausfordernd. »Wenn ja, dann frage ich mich, warum sie beide nicht hier sind.«

»Storm ist zurückgeblieben, um den Drachenhort zu leiten, solange Kara und ich fort sind«, antwortete Aires.

»Und Cord jagt Libellen«, fügte Kara amüsiert hinzu.

Aires blickte sie strafend an. Einige der anderen lachten, die übrigen runzelten entweder die Stirn oder sahen einfach nur verwirrt aus. Nur Maran fuhr sichtlich zusammen und wiederholte: »Libellen?«

»Zwanzig Meter große Libellen«, bestätigte Kara lächelnd. »Warum fragst du? Hast du welche gesehen?«

»Ja«, sagte Maran.

Es wurde sehr still. Plötzlich starrten alle den jungen Drachenkämpfer an.

»Erzähle«, sagte Aires. Ihre Stimme klang sehr ernst.

Maran war anzusehen, dass es ihm nicht behagte, von allen so angestarrt zu werden. »Es ... es war gestern Nachmittag«, berichtete er. »Sie waren sicher keine zwanzig Meter groß, aber sie waren *groß.* Ich bin nicht einmal sicher, ob es wirklich Libellen waren. Zen hat sie auch gesehen.« Er warf dem anderen Drachenkämpfer einen flehenden Blick zu. Zen nickte.

Kara sah die beiden scharf an. Einen Moment lang überlegte sie, ob Maran diese Geschichte vielleicht nur erfand, um nicht zurückgeschickt zu werden, sie verwarf den Gedanken aber sofort wieder. Maran war vielleicht ein Angeber, aber er war nicht dumm.

»Wie sahen sie aus?«, fragte Aires. »Wie viele waren es?«

»Drei oder vier«, sagte Maran. »Sie waren sehr weit entfernt und ... fast sofort wieder verschwunden. Wir haben auch nicht besonders auf sie geachtet. Wir hielten sie für Tiere. Es gibt alle möglichen Ungeheuer in dieser Gegend.«

»Und wo genau waren sie?«

»Nicht weit von der Siedlung entfernt«, antwortete Maran. »Zen und ich haben noch überlegt, ob wir hinfliegen und die Leute warnen sollten.«

»Habt ihr es getan?«

Maran verneinte.

»Das ist schade«, sagte Aires. »Es wäre interessant zu erfahren gewesen, ob man sie dort auch gesehen hat.«

»Das können wir morgen nachholen«, sagte Kara. Sie blickte Maran an, überlegte einen Moment, dann deutete sie auf ihn und Zen. »Ihr beide solltet uns begleiten, um uns den genauen Ort zu zeigen, an dem ihr die Libellen gesehen habt.«

Aires' Blick machte deutlich, dass sie sehr wohl wusste, warum Kara diesen Vorschlag in Wahrheit unterbreitete. Aber sie wirkte eher amüsiert als verärgert. »Wie Ihr befehlt, Kara«, sagte sie spöttisch. »Obwohl ...«

Die Tür wurde mit solcher Kraft aufgestoßen, dass sie mit einem lauten Knall gegen die Wand flog, und eine völlig atemlose Gestalt im matten Silberschwarz der Drachenkämpfer stolperte herein.

»Die Drachen«, stieß sie hervor. »Sie verlassen den Berg! Sie fliehen!«

»Was?« Aires fuhr herum. Einige der anderen sprangen erschrocken von ihren Stühlen.

Kara stürmte zur Tür und hastete an dem völlig fassungslosen Drachenkämpfer vorbei. Hinter ihr entstand ein Tumult, als auch einige andere ihr folgen wollten. Aires rief ihr in befehlendem Tonfall nach zurückzukommen, aber sie konnte diesem Befehl natürlich nicht gehorchen. Die Drachen! Markor! Markor war in Gefahr!

Sie erreichte die Treppe und lief die ausgetretenen Stufen so schnell hinunter, dass sie mehrmals ausglitt und sich mit ausgestreckten Armen an der Wand abfangen musste, um nicht zu stürzen.

Dann stürmte sie atemlos den langen Korridor entlang, und noch ehe sie an die Treppe gelangte, hörte sie das Brüllen eines Drachen, so laut und zornig und voller Angst, wie sie es noch nie zuvor vernommen hatte. Das Geräusch ließ sie ihre Schritte noch mehr beschleunigen. Sie rannte nicht mehr – *sie flog* die Treppe regelrecht nach unten.

Bis sie die drei letzten Stufen erreicht hatte. Dann prallte sie so entsetzt zurück, dass sie beinahe das Gleichgewicht verloren hätte.

Kara wusste nicht, was es war, aber es sah entsetzlich aus.

Im schwachen Licht der gewaltigen Höhle hatte sie das Gefühl, der gesamte Boden wäre zu einer widerwärtigen Art Leben erwacht. Etwas Weißes schlängelte sich kniehoch auf dem Boden; wie Nester weißer, ekelerregender Würmer, die Strudel und Wellen und mannslange Stränge bildeten.

Das Drachengebrüll erscholl erneut, so nahe und laut, dass Kara schmerzhaft das Gesicht verzog. Sie sah auf – und unterdrückte nur noch mit Mühe einen Entsetzensschrei.

Nicht alle Drachen hatten die Höhle verlassen. Zwei Tiere

waren zurückgeblieben – aber nicht freiwillig. Sie steckten in der gleichen, furchtbaren Masse, die den Boden bedeckte, und obwohl Kara wusste, über welch unvorstellbare Körperkräfte die gigantischen Tiere verfügten, gelang es ihnen nicht, sich zu befreien. Eines der Tiere war auf die Seite gefallen und ließ nur noch ein leises, fast wie ein Stöhnen klingendes Grollen hören. Das andere stand auf die Hinterläufe aufgerichtet da, schlug wie besessen mit den Flügeln und schrie, dass Karas Ohren dröhnten. Seine rasiermesserscharfen Krallen zerfetzten die Luft, und seine schnappenden Kiefer bissen nach einem Gegner, der ihm offensichtlich furchtbare Schmerzen zufügte, ohne dass es ihn auch nur sehen konnte.

»Gäa«, flüsterte eine Stimme hinter ihr. »Mein Gott – das ist Gäa.« Kara wandte den Blick und sah, dass es Aires war, die diese Worte hervorgestoßen hatte. Sie und die anderen hatten das Ende der Treppe erreicht, ohne dass Kara es bemerkt hatte.

»Gäa?« Voller Entsetzen wandte sich Kara wieder um und sah dem Todeskampf des Drachen zu. Die weißliche, widerwärtige Masse hüllte den Drachen immer mehr ein. Ein zischelndes Prasseln erklang, ein Laut, als liefen Milliarden von Ameisen über eine riesige Glasscheibe. Die Bewegungen des Tieres wurden bereits langsamer, es brüllte noch immer, aber seine Schreie klangen nur noch gequält.

Plötzlich gellte hinter Kara ein anderer, spitzer Schrei auf. Sie sah, wie einer der jungen Drachenkämpfer nach vorn zu stürzen versuchte. »Aldar!«, schrie er mit überschnappender Stimme. »Das ist Aldar! So helft ihm doch!«

»Haltet ihn fest!«, befahl Aires. »Du kannst ihm nicht mehr helfen.«

Drei, vier Männer packten den Tobenden, aber selbst sie mussten ihre gesamte Kraft aufbieten, um ihn zu bändigen. Kara blickte wieder zu dem Drachen hinüber.

Aires hatte recht – es ging zu Ende. Der Drache stand noch

immer hoch aufgerichtet da, aber er bewegte sich kaum noch. Das Geflecht aus weißen Fäden hatte seine Flügel erreicht und begann sich so schnell und lautlos darauf auszubreiten wie ein Tintenfleck auf einem Bogen Löschpapier. Der Körper des Drachen schien von innen heraus seinen Halt zu verlieren. Der Schweif, der Hinterleib und die mächtigen Läufe flossen langsam in die wimmelnde Masse hinein, die den Boden bedeckte; eine bizarre Riesenskulptur aus Wachs, die in der Sonne schmolz.

Der Anblick war so entsetzlich, dass Kara nicht einmal merkte, in welcher Gefahr sie sich selbst befand, bis eine Hand ihre Schulter ergriff und sie mit einem harten Ruck zurückzerrte. »Pass auf!«

Kara prallte zurück. Ihr Herz machte einen schmerzhaften Sprung, als sie sah, dass die pulsierende Masse die Treppenstufen heraufzuwachsen begann, während sie dem Todeskampf des Drachen zusah. Dünne, zuckende weiße Fäden krochen über die Kante und griffen wie gierige Dämonenfinger nach ihren Füßen. Mit einem schnellen Schritt wich Kara zwei, drei Stufen zurück.

Der Mann neben ihr hatte weniger Glück. Er bewegte sich ebenso hastig wie sie, stolperte aber und glitt aus. Kara griff hastig zu, aber sie verfehlte die wild rudernden Arme des Mannes. Er stürzte, prallte schwer auf den steinernen Stufen auf und verschwand bis zu den Knien in der zuckenden Masse.

Sein Schrei klang beinahe schon unmenschlich.

»Kam! Nein!«

Kara ignorierte Aires' Schrei, stürzte vor und ergriff die Hände des Kriegers. Der Mann tobte, bäumte sich auf und zerrte mit aller Kraft, aber Gäas Griff lockerte sich um keine Handbreit.

»Kara! Um Gottes willen – *lass los!«*, schrie Aires.

Der Krieger warf sich herum. Sein Griff wurde so fest, dass Kara vor Schmerz aufstöhnte. Dann ging eine entsetzliche Veränderung mit ihm vor. Seine Glieder verformten sich, blähten sich auf, sein Gesicht wurde zu einer verquollenen Grimasse, dann platzten seine Augen, seine Haut; weiße, feuchte Fäden brachen aus dem Inneren seines Körpers und hüllten ihn ein wie ein lebendiges Spinnennetz. Einen Wimpernschlag, bevor das zuckende Pilzgeflecht Karas Finger berührte, zog sie die Hand zurück, und fast im selben Moment zuckte ein bleistiftdünner roter Lichtstrahl an Kara vorbei und durchbohrte den Sterbenden. Seine Schreie brachen abrupt ab.

Kara wich rasch zwei weitere Treppenstufen in die Höhe, ehe sie sich entsetzt herumdrehte.

Aires steckte die Laserpistole ein. »Das war das Einzige, was ich noch für ihn tun konnte«, sagte sie. »Obwohl ich kaum glaube, dass es ihm noch genutzt hat.« Sie machte eine herrische Geste, als Kara antworten wollte. »Weg hier. Es kommt näher.«

Die Stufe, auf der Kara gestanden hatte, war bereits unter einer wimmelnden weißen Schicht verschwunden, und die ganze gewaltige Masse stieg weiter an, wie ein Kessel voller brodelnder weißer Lava, der kurz vor der Explosion stand.

»Weg hier!«, sagte Aires noch einmal. »Bevor es uns alle erwischt!«

Rückwärtsgehend wichen sie die Treppe hinauf, während Gäa ihnen folgte, langsam, aber mit der unaufhaltsamen Beharrlichkeit einer Naturgewalt. Stufe um Stufe verschwand unter der brodelnden weißen Masse, wie eine Invasion Milliarden und Abermilliarden weißer Faulwürmer, die aus dem Inneren der Erde emporquollen.

Von der Treppe wichen sie im Laufschritt zurück in den Gang. Vor der nächsten Treppe ließ Aires anhalten und begann mit ruhiger Stimme Befehle zu erteilen. »Verschließt alle Türen! Versucht sie irgendwie zu verbarrikadieren! Es darf nicht der kleinste Spalt offenbleiben. Wir treffen uns im großen Saal.«

»Glaubst du, dass das hilft?«, fragte Kara, während sie neben Aires die nächste Treppe hinaufhetzte.

»Nein«, antwortete Aires. »Aber vielleicht hält es sie wenigstens auf.«

»Aber wieso greift sie uns an?«, fragte Kara. »Was ist denn nur passiert?«

»Woher soll ich das wissen?« Aires lachte humorlos. »Vielleicht hat sie gehört, was ich vorhin über sie gesagt habe?« Sie warf einen Blick über die Schulter zurück, als fürchte sie, Gäas tödliche Arme bereits am Ende der Treppe auftauchen zu sehen.

Sie erreichten den Versammlungsraum. Aires warf die Tür hinter sich zu, ließ aber einen Mann zurück, um nach eventuellen Nachzüglern Ausschau zu halten.

»Und jetzt?«, fragte Kara atemlos. »Was, zum Teufel, tun wir jetzt?«

»Woher soll ich das wissen, verdammt noch mal? Bin ich der Führer des Hortes oder du?« Die Magierin biss ich auf die Unterlippe. »Entschuldige. Das wollte ich nicht sagen.«

Kara winkte ab. »Wir sitzen ganz schön in der Klemme, wie?«

»So könnte man es ausdrücken.« Aires' Gesicht verdüsterte sich weiter. »Wenn wir sie nicht aufhalten können, sind wir verloren. Und dieser verdammte Berg hat mehr Löcher als ein alter Käse!«

»Wir müssen raus hier«, sagte Kara.

»Eine phantastische Idee«, sagte Aires spöttisch. »Du musst mir nur noch verraten, wie unsere Abreise aussehen soll. Die Drachen sind weg. Wir sitzen hier fest!« Sie schnaubte. »Wenn ich nur wüsste, was überhaupt los ist. Fünfundzwanzig Jahre Ruhe – und dann *das!«* Sie sah sich in dem weitläufigen, hohen Raum um. Es gab einige Türen, aber Kara wusste, dass sie alle keinen Ausweg darstellten. Nur eine Tür führte zu einer schmalen Treppe, über die man auf die kleine Plattform der Festung gelangte.

»Und wenn wir auf die Plattform flüchten?«, fragte Kara. »Vielleicht können wir die Drachen rufen?«

Aires dachte einen Moment ernsthaft über diesen Vorschlag nach, dann schüttelte sie den Kopf. »Zu gefährlich«, sagte sie knapp. »Die Plattform ist zu klein, als dass die Drachen dort sicher landen könnten. Außerdem sind sie wahrscheinlich längst fort.« Sie wiederholte ihr entschiedenes Kopfschütteln. »Nein. Wir müssen sehen, dass wir uns hier irgendwie halten.«

Kara hatte plötzlich das Gefühl, angestarrt zu werden. Sie wandte sich um und erblickte Maran und Zen, die zusammen mit Silvy und Tess nur ein paar Schritte entfernt standen. Sie waren bleich vor Schrecken. Für einen Moment fragte Kara sich, ob man es ihr ansah, dass sie einfach hilflos vor der Magierin stand und verzweifelt darauf wartete, dass ihr jemand sagte, was zu tun war. Erblickte sie Spott in Marans Augen? Im gleichen Moment verspürte sie Zorn auf sich selbst. Was für ein törichter Gedanke!

Nach und nach kehrten die anderen zurück. Aires wandte sich an den letzten Mann, der hereinkam. »Wie sieht es aus?«

»Es ist zwecklos«, antwortete der Krieger. »Das Zeug ist wie Wasser. Es dringt durch den kleinsten Spalt. An manchen Stellen sogar durch den Fels.«

»Dann müssen wir versuchen, uns hier irgendwie zu verbarrikadieren.« Die Magierin warf einen Blick in die Runde. »Sind alle hier?«

»Demec fehlt«, sagte Maran.

Der an der Tür postierte Krieger schüttelte müde den Kopf. »Er kommt nicht mehr. Sie hat ihn erwischt.«

»Zwei.« Aires schloss für einen Moment die Augen. »Und es hat noch nicht einmal richtig angefangen.« Sie trat einen Schritt zurück, musterte die Tür und gab Kara dann ein Zeichen, beiseitezutreten. Es war eine sehr massive Tür aus dicken Eisenplatten. Doch Aires schien sie nicht massiv genug zu sein. Sie zog ihre Laserpistole aus dem Gürtel, stellte den Strahl auf die feinste Bündelung ein und verschweißte die Tür sorgfältig mit dem Rahmen.

Kara hustete, als ihr die beißenden Dämpfe in die Nase stiegen. Heftig wedelte sie mit der Hand vor dem Gesicht herum, machte aber keine Anstalten zurückzuweichen wie die anderen.

»Ich wusste gar nicht, dass du so eine Waffe hast«, sagte sie hustend.

Aires steckte den Laser wieder ein. »Manchmal sind sie ganz praktisch«, sage sie, während sie misstrauisch ihr Werk beäugte. »Ich hoffe, das hält sie für eine Weile auf. Verdammt!« Ihr Blick blieb an den verrosteten Gittern der Klimaanlage hängen.

»Was ist los?«, fragte Kara alarmiert.

»Die Belüftung.« Aires deutete auf die unter der Decke befindlichen Lüftungsgitter. »Sie wird über die Luftschächte kommen. Versucht sie irgendwie zu verstopfen!«

Die Krieger bauten aus dem Tisch und einigen Stühlen eine Pyramide, über die sie hinaufkletterten und die Lüftungsschlitze so gut es ging verstopften. Kara bezweifelte, dass ihre Bemühungen Erfolg hatten.

Doch Gäa hatte schon einen anderen Weg in den Versammlungsraum gefunden.

Eines der jungen Mädchen schrie plötzlich auf und deutete auf eine Stelle unweit der Tür, und als Kara hinsah, fuhr auch sie erschrocken zusammen. Dünne weiße Fäden krochen aus einem der Computerpulte hervor. Sie quollen unter den Bildschirmen heraus, drangen aus undichten Schweißnähten und durch leere Fassungen. Plötzlich begriff Kara, was geschehen war: Gäa benutzte die Kabel- und Leitungsschächte, die die

Computeranlage mit anderen Geräten im Berg verbanden, um in den hermetisch abgeschlossenen Raum einzudringen.

»Großer Gott«, flüsterte Kara. »Und jetzt?«

Aires überlegte nur eine Sekunde, dann deutete sie mit einer Kopfbewegung auf die Tür, hinter der die Treppe zur Plattform lag. »Versuchen wir es mit deiner Idee.«

»Und wenn die Drachen wirklich nicht mehr da sind?«, fragte Kara.

»Dann leben wir wenigstens ein paar Augenblicke länger«, antwortete Aires, während sie bereits herumfuhr und auf die Treppe zulief.

Aires wartete ungeduldig, bis auch der Letzte an ihr vorübergelaufen war, dann verschweißte sie auch diese Tür sorgfältig mit ihrer Drachenwaffe. Vielleicht würde es helfen, dachte Kara. Es gab in dem kahlen Treppenschacht weder eine Klimaanlage noch irgendwelche Gerätschaften, über deren Versorgungsleitungen Gäa herankriechen konnte. Doch Gäa war kein Feind, gegen den man kämpfen oder vor dem man davonlaufen konnte. Sie konnten ebenso gut gleich aufgeben und ihr Ende erwarten.

Trotz dieser Gedanken stürmte Kara hinter Aires die Treppe hinauf. Eiskalter Wind und Dunkelheit schlugen ihnen entgegen, als sie die Plattform erreichten. Sie war noch kleiner, als Kara sie nach Aires' Worten erwartet hatte. Selbst die vierundzwanzig Drachenkrieger fanden kaum Platz auf dem gemauerten Geviert. Unmöglich, dass auch nur einer der Drachen hier niedergehen konnte. Unter ihnen, vielleicht hundert Meter tiefer, erstreckte sich ein ganzes Gewirr von Türmen und Innenhöfen, jeder einzelne davon groß genug, um mehreren Drachen Platz zur Landung zu bieten. Einen Moment lang erwog sie ernsthaft die Möglichkeit, an der Außenseite des Turmes hinabzuklettern; dann erhaschte sie eine weißliche Bewegung in der Festung, es war, als wäre das schwarze Lavagestein selbst unter ihnen zum Leben erwacht. Kara verschwendete keinen weiteren Gedanken an diesen Fluchtweg.

Stattdessen richtete sie ihren Blick in den Himmel. Da es bereits dämmerte, musste sie eine Weile suchen, bis sie die Drachen fand; ein Schwarm nachtschwarzer, dreieckiger Schatten, die in einiger Entfernung um den Drachenfels kreisten. Einer von ihnen war Markor. Aber wie sollte sie ihn erreichen? Er war viel zu weit entfernt, als dass Rufen einen Sinn gehabt hätte.

Trotzdem schrie sie ein paarmal Markors Namen. Aires ließ sie eine Weile gewähren, dann legte sie beinahe sanft die Hand auf ihre Schulter und schüttelte den Kopf. »Lass es gut sein«, sagte sie. »Die Drachen sind viel zu weit weg. Außerdem würden sie sowieso nicht kommen. Sie fürchten Gäa hundertmal mehr als wir.«

Kara wollte antworten, aber in diesem Moment gewahrte sie eine Bewegung am Himmel. Einer der Schatten war aus dem Schwarm ausgebrochen, als ob ...

Es war keine Einbildung! Es war ... »Markor!«, schrie Kara noch einmal. »Das ist Markor! Er kommt uns holen!«

Tatsächlich näherte sich der Schatten dem Turm so zielstrebig, dass es kein Zufall sein konnte. Kara vermochte nicht zu erkennen, ob es Markor war oder nicht; gegen den Nachthimmel betrachtet sah ein Drache aus wie der andere. Aber es musste einfach Markor sein!

Der Drache kam rasend schnell näher und begann um den Turm zu kreisen, dicht genug, dass der heulende Sturmwind sie die Köpfe einziehen ließ. Brüllend strich der Drache über den Turm hinweg, kam in einer engen Schleife wieder zurück und wiederholte sein Manöver. Schließlich versuchte er sogar, mit wild schlagenden Flügeln in der Luft über der Turmplattform stillzustehen; was ihm aber misslang. Er taumelte und wäre beinahe abgestürzt.

»Was tut er da?«, schrie Aires über das Heulen des Sturmes hinweg.

»Er versucht zu landen!«, schrie Kara zurück. »Versteh doch – er versucht uns zu retten!«

Aires warf einen gehetzten Blick zur Treppe zurück, aber noch war dort alles ruhig. »Vielleicht hast du recht«, murmelte die Magierin. »Wir müssen ihm helfen. Aber wie?«

Kara blickte verzweifelt zu Markor empor. Der Drache hatte seinen Sturz abgefangen und kam wieder näher. Die Rettung war so nahe! Nicht einmal einen Steinwurf, wenig mehr als ein kurzer Sprung, und …

Karas Blick blieb auf der steinernen Brüstung hängen. Es war kein Plan, nicht einmal eine Idee, sondern nur kompletter Wahnsinn. Aber was hatte sie schon zu verlieren? Wenn sie starb, starb sie ein paar Minuten bevor der Tod sie ohnehin ereilte.

Mit einem Satz sprang sie auf die Brustwehr hinauf, hob die Hände in die Höhe und fixierte den näher kommenden Drachen. Markor flog so langsam, wie er nur konnte. Wenn es ihr gelang, mit einem Sprung seine ausgestreckten Krallen zu erreichen, hatte sie eine Chance. Aber wenn sie danebengriff oder einen Wimpernschlag zu früh oder zu spät absprang …

Sie spürte, dass sie den Absprung falsch berechnet hatte, noch während sie sich abstieß. Sie war zu spät, hatte zu viel Kraft in den Sprung gelegt, und Markor flog plötzlich in einem völlig anderen Winkel an, als sie berechnet hatte. Seine riesigen, weit geöffneten Klauen trafen sie mit der Wucht von Hammerschlägen und schleuderten sie im Sprung zu Boden. Dass sie sich beim Sturz nicht schwer verletzte, lag einzig an dem Umstand, dass sie zwischen die anderen fiel und drei oder vier von ihnen mit zu Boden riss.

In die Schreie der Krieger mischte sich das Knirschen von zerbrechendem Stein. Einen Augenblick später begann der ganze

Turm unter ihnen zu zittern. Ein riesiger Schatten hockte wie ein überdimensionaler Rabe auf der Brustwehr und schlug mit den Flügeln, um das Gleichgewicht zu halten, während der meterdicke Fels unter seinem Gewicht zu zerbröckeln begann.

Kara plagte sich auf die Füße; sie war mit einem Satz an der Mauer und begann, an Markors Vorderlauf emporzuklettern. Der Drache schlug immer hektischer mit den Schwingen, um sein Gleichgewicht zu halten, Kara riss und zerrte an seinen Gliedern, um irgendwie auf seinen Rücken zu gelangen. Hätte ihr nicht die Todesangst zusätzliche Kräfte verliehen, hätte sie es wahrscheinlich nicht geschafft.

Aber auch so war sie mit ihren Kräften völlig am Ende, als sie endlich den Sattel erreichte und sich am Zaumzeug festklammerte. Während unter ihr vier oder fünf weitere Gestalten am Leib des Drachen emporzuklettern begannen, bedankte sich Kara im Stillen bei allen Göttern dafür, dass sie bisher keine Zeit gefunden hatte, Markor das Geschirr abzunehmen.

Der Drache kämpfte immer verzweifelter um sein Gleichgewicht; und schließlich verlor er diesen Kampf. Karas Herz machte einen erschrockenen Sprung, als Markor mit lautem Gebrüll nach hinten kippte. Der Drache taumelte, begann zu stürzen und brachte es irgendwie fertig, seinen Sturz nicht nur im letzten Moment abzufangen, sondern auch keinen seiner Passagiere abzuwerfen. Mit weit ausgebreiteten Schwingen schoss er vom Berg fort, mehr gleitend als fliegend. Auf diese Weise kam er zwar den Wipfeln des Dschungels gefährlich nahe, ermöglichte es dem halben Dutzend Krieger aber, sich vollends auf seinen Rücken emporzuziehen. Erst im allerletzten Moment, als Kara schon fürchtete, ihr Flug würde in einer splitternden Bruchlandung im Dach des Dschungels enden, bewegte Markor mit einem kraftvollen Schlag die Flügel und gewann wieder an Höhe. Dann zog er eine enge Schleife über dem Dschungel und nahm erneut Kurs auf den Drachenfels.

Kara fragte sich schaudernd, was sie tun sollte. Ganz davon abgesehen, dass Markor mit sechs Reitern auf dem Rücken sein Kunststück kaum würde wiederholen können, vermochte nicht einmal der riesige Drache das Gewicht von fast dreißig Menschen zu tragen.

Ein gewaltiger Schatten glitt über sie hinweg, und dann spielte sich vor Karas ungläubig aufgerissenen Augen ein Schauspiel ab, das beinahe noch unglaublicher war als Markors phantastische Rettungsaktion: ein zweiter Drache glitt heran, kreiste zweimal um den Turm und wiederholte das Manöver, das Markor ihm vorgemacht hatte! Auch er konnte sich nicht lange in der Schwebe halten; aber die Zeit reichte, drei weiteren Kriegern die Flucht vom Drachenfels zu ermöglichen. Und nach ihm folgte ein weiterer Drache. Dann noch einer. Kara zweifelte fast an ihrem Verstand, obwohl sie genau sah, was vorging. Hatte sie sich wirklich jemals im Ernst gefragt, ob Drachen mehr als dressierte Tiere waren?

Nicht alle Drachen schafften es. Eines der Tiere flog zu schnell und im falschen Winkel an, sodass es mit voller Wucht gegen die Mauerbrüstung prallte und in einem Hagel aus Trümmern in die Tiefe stürzte, wobei es drei oder vier der Gestalten mit sich riss, die bereitgestanden hatten, sich an seine Läufe zu klammern.

Den letzten Drachen schließlich, auf den schon ein halbes Dutzend Männer und Frauen geklettert waren, holte sich Gäa. Kara war zu weit entfernt, um Einzelheiten auszumachen. Sie hatte den Eindruck einer raschen, zupackenden Bewegung, als schnappe der ganze Turm wie ein riesenhaftes Maul nach dem Drachen und ihren Kameraden, und plötzlich verwandelte sich das halbe Dutzend Gestalten in eine Versammlung kreischender, zappelnder Marionetten, die am Ende unsichtbarer Fäden einen irrsinnigen Veitstanz aufführten. Im gleichen Augenblick begann auch der Drache zu toben. Wie von Sinnen schlug er mit den Flügeln, brüllte und bäumte sich auf, dass der gesamte Berg zu beben schien. Aber es gelang ihm nicht, sich loszureißen.

Markor schrie voller Zorn auf, warf sich mit einer ruckhaften Bewegung in der Luft herum und jagte immer schneller werdend auf den Turm zu. Hinter Kara erscholl ein Chor erschrockener Schreie, und Kara selbst, die wusste, was kommen würde, klammerte sich mit aller Gewalt an den Sattel und presste die Augen zu, so fest sie nur konnte.

Trotzdem hatte sie das Gefühl, geblendet zu werden, und stöhnte vor Schmerz, als Markor den sterbenden Drachen, die Krieger und Gäas wimmelnde Arme und Hände aus allernächster Nähe mit einer Lohe weißglühender, höllisch heißer Flammen überzog.

24

Sie waren noch dreiundzwanzig Reiter und siebzehn Drachen, und sie verloren ein weiteres Tier und drei ihrer Kameraden, als sie versuchten, vier oder fünf Meilen entfernt in den Wipfeln des Dschungels zu landen. Das so massiv erscheinende Blätterdach gab unter dem Gewicht des Tieres nach, und als der Drache mit einer erschrockenen Bewegung wieder in die Höhe zu gelangen versuchte, schnellte ein zerborstener Ast wie ein Speer in die Höhe und schlitzte seine linke Schwinge in voller Länge auf. Kara schloss entsetzt die Augen, als das Tier samt seiner Reiter durch die Baumkronen brach und in der Tiefe verschwand.

Durch das Schicksal seines Bruders gewarnt, setzte Markor sehr viel vorsichtiger auf dem Blätterdach auf. Auch er sank ein Stück in das grüne Dickicht ein, aber nach einem kurzen Moment des Schreckens begriff Kara, dass es sein Gewicht halten würde. Müde und zitternd vor Erschöpfung ließ sie sich von Markors Rücken gleiten und sank auf weiches, leicht klebriges Moos. Sie kämpfte gegen den Impuls an, einfach die Augen zu schließen und einzuschlafen, doch plötzlich spürte sie das schmerzhafte Ziehen des Rufers in ihren Nacken- und Schultermuskeln.

Kara?

Sie fühlte sich viel zu müde, um zu antworten. Aber sie wusste, dass der Quälgeist nicht aufhören würde. *Ja. Ich lebe noch.*

Wie viele sind bei dir?

Kara zwang sich, den Kopf zu heben und die verschwommenen Schatten in ihrer Nähe zu zählen. *Fünf.* Nach einer Sekunde verbesserte sie sich. *Nein. Sechs.*

Gut, signalisierte Aires. *Dann schick sie weg. Wir haben mehr Drachen als Reiter.*

Aber …

Die anderen Tiere kommen zurück. Sie sind vor Gäa geflohen, nicht vor uns. Sieh selbst.

Kara war viel zu müde, um auch nur den Kopf zu heben. Aber sie registrierte auch so die riesigen, dreieckigen Schatten, die sich ihnen aus der Richtung, in der der Drachenfels lag, näherten. Wahrscheinlich waren die Tiere ebenso verängstigt und hilflos wie ihre Reiter und suchten die Nähe der anderen Drachen.

Da alle die Botschaft des Rufers mitgehört hatten, brauchte Kara Aires' Befehl nicht zu wiederholen. Die Drachenkämpfer entfernten sich auf der Suche nach ihrem eigenen oder irgendeinem anderen Tier, auf dessen Rücken sie sich zurückziehen konnten.

Lange Zeit saß Kara einfach nur da und versuchte zu begreifen, was sie mitangesehen hatte. Es gelang ihr nicht. Wenn Gäa tatsächlich mit einem Male beschlossen hatte, zu ihrem Feind zu werden, dann war das … unvorstellbar; eine Gefahr, gegen die jeder denkbare andere Feind zu einem Nichts wurde.

Nach einer Weile sah sie auf. Ihr Blick begegnete dem Markors, und was sie in den riesigen schwarzen Augen des Drachen las, ließ sie abermals schaudern. Mitgefühl stand in seinen Augen und eine Intelligenz, die weder menschlich noch animalisch zu nennen war.

Plötzlich tropfte etwas auf ihre Hand. Und als Kara den Arm hob, sah sie, dass es Blut war. Erst dann bemerkte sie die Blutstropfen, die Markors Lefzen bedeckten.

Es gehörte nicht viel Phantasie dazu, sich auszumalen, was passiert war. Wie alle ausgewachsenen Drachen war auch Markor in der Lage, Feuer zu speien, und das Drachenfeuer war die mächtigste und gefährlichste Waffe des Hortes. Doch durfte diese Waffe nicht leichtfertig eingesetzt werden. Der gleiche biochemische Prozess, der die Drachen befähigte, zu lebenden Flammenwerfern zu werden, entzog ihren Körpern auch Kräfte und bereitete ihnen erhebliche Schmerzen, weshalb sie diese letzte Waffe nur dann einsetzten, wenn es wirklich keine andere Möglichkeit mehr gab. Offensichtlich war Markor so rasend vor Zorn gewesen, dass er sich in seinem Hass auf Gäa selbst verletzt hatte.

Kara stand auf, ging auf den Drachen zu und schmiegte sich an seine Flanke. Markor grollte leise. »Ich weiß, du hast Schmerzen«, murmelte sie. »Ich wollte, ich könnte dir helfen.«

Markor bewegte den Kopf, um sie anzusehen, und noch mehr Blut fiel wie roter Regen herab. Karas Augen füllten sich mit Tränen.

»Wenn dir etwas passiert, Markor«, sagte sie mit zitternder Stimme, »dann vernichte ich sie. Das schwöre ich dir.«

»Mit solchen Versprechungen wäre ich vorsichtig«, sagte Aires aus dem Dunkel heraus. Kara hatte ihr Kommen nicht bemerkt, war aber trotzdem nicht überrascht; es war, als hätte sie die Nähe der Magierin gespürt. Sie fuhr sich mit dem Handrücken über das Gesicht, um die Tränen abzuwischen, und drehte sich herum. Aires war nicht mehr als ein Schatten in der Nacht. Mit einem langen besorgten Blick musterte die Magierin erst sie und dann den Drachen. »Er verliert viel Blut, aber er wird es überleben«, sagte Aires dann knapp.

Kara nickte stumm, wich ein Stück von dem Drachen zurück und schmiegte sich sofort wieder an seine Flanke, als Markor unruhig zu knurren begann. Es war kein Zufall. Der Drache wollte sie offenbar in seiner Nähe haben.

Auch Aires war Markors ungewöhnliche Reaktion nicht entgangen. Sie zog überrascht die Augenbrauen zusammen, sagte aber nichts. »Wie geht es dir?«, fragte sie schließlich.

Kara zuckte die Achseln. »Ich bin nicht verletzt, wenn du das meinst.«

»Nein«, antwortete Aires. Die Schärfe in ihrer Stimme überraschte Kara. »Das meine ich nicht.« Sie schwieg einen Moment. Als sie weitersprach, klang sie wieder so ruhig wie gewohnt. »Bist du in der Lage, ein vernünftiges Gespräch zu führen?«

Kara war verwirrt. Sie wollte schon verärgert auffahren, denn sie konnte sich nicht erinnern, Aires einen Grund für diese Frage geliefert zu haben, aber dann nickte sie nur. Sie begriff, dass Aires den langen, gefährlichen Weg über die Baumwipfel auf sich genommen hatte, weil es etwas zu besprechen gab, das nicht für andere Ohren bestimmt war. »Was ist nur geschehen?«, fragte sie. »Wieso greift Gäa uns an?«

»Das weiß ich nicht«, antwortete Aires ruhig. »Und im Moment interessiert es mich offen gesagt auch nicht sehr. Wir müssen etwas tun, Kara – und zwar sehr schnell. *Du* musst etwas tun.«

Kara sah sie fragend an.

»Ich möchte, dass du zum Hort zurückkehrst«, sagte Aires.

»Was?«

»Ich möchte, dass du zurückfliegst und Maran und die anderen jungen Reiter mitnimmst«, bestätigte Aires. »Und zwar gleich. Nicht morgen früh, sondern sobald sich die Tiere ein wenig erholt haben.«

»Aber warum denn?«, fragte Kara verstört. Sie fühlte sich hilflos. Aires' Worte stürzten sie in eine tiefe Verwirrung, denn sie gaben ihr das Gefühl, für irgendetwas bestraft zu werden. Und sie wusste nicht einmal wofür. »Ich meine ... es ist Nacht. Die Tiere sind erschöpft, und ... warum warten wir nicht wenigstens, bis es hell wird?«

»Weil es zu gefährlich wäre«, sagte Aires bestimmt. »Bildest du dir im Ernst ein, wir wären hier sicher? Dieser Dschungel ist voll von Geschöpfen, die selbst einem Drachen gefährlich werden können. Die jungen Narren überleben hier keinen halben Tag. Bring sie zurück!«

»Und du?«

»Ich werde nachkommen«, antwortete Aires.

»Nachdem du *was* getan hast?«, erkundigte sich Kara.

»Zum einen werde ich zu der Siedlung im Norden fliegen und die Menschen dort warnen, falls es noch nicht zu spät ist. Wenn Gäa uns angegriffen hat, dann gibt es keinen Grund, aus dem sie nicht auch sie angreifen sollte.«

»Wenn sie es tat, dann ist es längst geschehen. Das weißt du so gut wie ich.«

Aires schwieg.

»Ich weiß, warum du zurückbleiben willst«, fuhr Kara fort. »Du willst herausfinden, was passiert ist, nicht wahr? Und du weißt, wie gefährlich das ist, und hast Angst, dass ich es dir verbieten könnte.«

»Verbieten?« Aires versuchte spöttisch zu klingen, aber es gelang ihr nicht. »Du kannst mir nichts verbieten, Kindchen.«

»Oh, ich denke doch, dass ich das kann«, erwiderte Kara ruhig. »Cord und Storm und du, ihr habt doch keine Gelegenheit ausgelassen, mir und allen anderen zu versichern, dass ich die einzig mögliche Nachfolgerin Angellas bin, oder etwa nicht?

Dass ich den Hort führen und Befehle erteilen und vor allem Verantwortung tragen muss. War es nicht so?«

Ihre Worte waren ungerecht, aber das war ihr im Moment völlig gleichgültig. Als Aires keine Anstalten machte, irgendetwas zu antworten, fuhr sie in dem gleichen, herausfordernden Ton fort: »Gut, dann erteile ich dir jetzt einen *Befehl*, Aires. Ich lasse nicht zu, dass du dich einem solchen Risiko aussetzt. Du hast recht – wir müssen diese Menschen warnen, und wir müssen herausfinden, warum Gäa uns so plötzlich angreift. Aber wir werden es gemeinsam tun.«

Aires' Augen glitzerten wie kaltes Glas. »Leg es nicht auf eine Kraftprobe an, Kleines«, sagte sie mit fremder, eisiger Stimme. »Versuche es nicht. Du könntest verlieren, weißt du?«

»So?«, fragte Kara ruhig. Für Momente fochten ihre Blicke ein stummes Duell; ein Duell, das Kara ganz eindeutig verlor. Ohne ein weiteres Wort aktivierte Kara ihren Rufer.

Kara hier, meldete sie sich und sah, wie Aires zusammenzuckte. *Wir rasten eine Stunde, damit die Tiere sich erholen können. Danach fliegen wir weiter. Wir müssen die Stadt im Norden warnen. Und herausfinden, was, zum Teufel, hier überhaupt vorgeht.*

Aires' Gesicht verlor jede Farbe. Verärgert machte sie einen Schritt auf Kara zu, und Kara wäre nicht einmal erstaunt gewesen, hätte sie die Hand gehoben, um sie zu schlagen. *Noch etwas,* fügte sie hinzu. *Wer verletzt ist oder aus irgendeinem anderen Grund zum Hort zurückkehren möchte, kann das tun. Ich werde es niemandem zum Vorwurf machen.*

Aires starrte sie an. Kara war nicht sicher, ob das, was sie in ihren Augen sah, nicht abgrundtiefer Hass war. »Du verdammte Närrin«, sagte sie leise. »Du bringst die Hälfte von ihnen um, ist dir das eigentlich klar?«

»Und wenn ich es nicht tue, bringe ich dich um«, erwiderte Kara. »Ist dir das lieber?«

»Ein Leben gegen zwanzig?«

»Ein einziges Leben ist ebenso viel wert wie Hunderte«, antwortete Kara. Sie hob zornig die Hand. »Was soll das? Soll *ich* dir jetzt erzählen, was Angella und du mir mein Leben lang eingepaukt haben?«

»Offensichtlich waren wir keine guten Lehrer«, sagte Aires. »Denn du hast nichts verstanden.« Sie presste die Lippen zusammen und starrte an Kara vorbei ins Leere. »Ich könnte dich trotzdem zurückschicken, Kara. Mit einem einzigen Wort.«

»Warum tust du es dann nicht?«

»Ganz bestimmt nicht um deinetwillen«, fauchte Aires. »Ich werde gehorchen – um das Wohl des Hortes zu wahren. Wir brauchen keinen Führer, von dem jedermann weiß, dass er nur von meinen Gnaden herrscht. Aber wir werden darüber reden, sobald wir zurück sind. Und ich schwöre dir, Kara, du wirst dich für jedes Leben rechtfertigen müssen, das auf diesem Flug verlorengeht.«

»Auch für jedes, das ich rette?«, gab Kara trotzig zurück.

Aires' Augen funkelten.

Aber sie sagte nichts mehr, sondern wandte sich wortlos um und ging zu ihrem Drachen zurück.

25

Der kurze, aber heftige Streit mit der Magierin beschäftigte Kara die ganze Nacht. Sie war zornig und verunsichert, denn sie war keineswegs davon überzeugt, dass sie wirklich richtig gehandelt hatte. Nachdem ihre erste Erregung abgeklungen war, hatte sie sich sehr schnell eingestanden, dass Aires sie vermutlich mit wenigen Worten hätte überreden können, in den Hort zurückzukehren. Für gewöhnlich wäre sie auch so vorgegangen, aber stattdessen hatte sie es auf diese sinnlose Machtprobe ankommen lassen.

Es musste lange nach Mitternacht sein, als sie sich der Stadt näherten. Die knapp zweihundert Seelen zählende Ansiedlung, die hier inmitten des *Schlundes* entstanden war, lag nicht weniger als zweihundert Meter über dem Boden, erbaut auf den Ästen der gewaltigen Bäume, die aus Gäas alles verschlingendem Sumpf hervorwuchsen.

In die Baumwipfel war eine gewaltige Schneise geschlagen worden, ein riesiger Krater, dessen Wände aus lebendem Grün bestanden, sodass das Sonnenlicht hereinfallen konnte, zugleich aber die größeren Raubtiere daran gehindert wurden, sich der Stadt unentdeckt zu nähern. Der Boden dieses künstlichen Kraters gestaltete sich als ein Gewirr unterschiedlich hoher und verschachtelter Ebenen. Hier und da waren die Lücken zwischen den einzelnen Ästen durch stabile Brücken- und Holzkonstruktionen geschlossen worden, aber überall, wo es nur möglich war, hatten die Erbauer der Stadt die von der Natur vorgegebenen Bedingungen genutzt. Die meisten Häuser waren gar keine Häuser, sondern gewaltige Äste, die nur ausgehöhlt worden waren.

Eine der größten Gefahren des *Schlund-Waldes* war die Nacht. Diese gewaltige, aus vielen unterschiedlichen Ebenen bestehende Welt war fast zur Gänze in immerwährende Dunkelheit getaucht, denn die Wipfelregion des Dschungels war so dicht, dass das Sonnenlicht selbst an einem wolkenlosen Tag nur wenige Dutzend Meter tief hineindrang, ehe es zu einem grüngrauen Schimmer verblasste und schließlich ganz erlosch. Daher hatten sich die meisten Geschöpfe dem Leben in ewigem Zwielicht angepasst und fürchteten den Tag, denn Licht bedeutete für die meisten Bewohner dieser Welt nicht Leben, sondern Tod, und also war die wirksamste Verteidigung, die die Stadt besaß, Licht.

Aber unter ihnen herrschte fast vollkommene Finsternis.

Kara ließ drei, vier weitere Kreise über der Waldstadt ziehen, ehe sie ganz langsam tiefer ging. Ihre Unruhe wuchs mit jedem Augenblick. Der gleißende Ring aus Leuchtbakterien, der rings um die Stadt herum die Nacht zum Tage machte, war ebenso verschwunden wie die Unzahl von Leuchtstäben, die die Straßen und Brücken säumen sollten. Sie sah nur ein einziges blassgelbes Licht, das in einem der kleineren Häuser brannte. Der Rest der Stadt lag wie tot unter ihr.

Wie tot?

Nein. Sie *war* tot, dachte Kara erschüttert. Dort unten lebte nichts mehr, doch nicht nur die Stadt, auch der Dschungel ringsum war vollkommen still.

Maroni Tess!, befahl sie. *Ihr folgt mir. Die anderen halten Abstand. Kommt dem Dschungel nicht zu nahe!*

Zwei der geflügelten Schatten brachen aus der Formation aus und näherten sich ihr. Nach einigem Zögern fügte Kara hinzu: *Aires? Würdest du uns begleiten?*

Sie erhielt keine Antwort, aber einen Moment später tauchte ein dritter Drache in den Krater hinab und gesellte sich zu den beiden Tieren, die Markor folgten.

Unendlich behutsam glitt Kara tiefer. Das Gefühl, sich in einem gewaltigen Grab zu befinden, wurde immer bedrängender, je näher sie der Stadt kamen. Kara war plötzlich sehr sicher, dass dort unten niemand mehr lebte. Aber sie spürte auch, dass es nicht Gäa war, die diese Stadt ausgelöscht hatte.

Kara ließ Markor fünfmal über die große freie Fläche im Zentrum der Stadt hinweggleiten, die eigens als Landeplatz für die geflügelten Boten des Hortes erbaut worden war, ehe sie endlich niederging. Ihr Blick suchte sehr aufmerksam den Boden ab, bevor sie vom Rücken des Drachen herunterglitt. Markor bewegte sich mit einem ungeschickt anmutenden Schritt zur Seite, um Platz für die drei anderen Tiere zu machen, und Kara sah sich mit klopfendem Herzen um.

Alles war still. Selbst der Wind schien sich gelegt zu haben. Die Gebäude, die schon aus der Luft einen sehr verwirrenden Eindruck gemacht hatten, weigerten sich hier am Grund vollends, sich zu irgendeiner Ordnung zusammenzufinden. Die Finsternis schnürte Kara beinahe die Kehle zu. Maran trat neben sie und dann auch Tess und als Letzte Aires. Die Magierin wich Karas Blick aus, aber sie tat es wie zufällig und ohne dass die beiden anderen etwas von ihren wahren Beweggründen bemerken konnten.

Schweigend sahen sie sich um. Dunkelheit und Stille waren so bedrückend, dass sie alle vier sich sehr behutsam und so leise bewegten, als fürchteten sie, durch ein zu lautes Geräusch irgendeine Bedrohung aufzuwecken, die irgendwo unmittelbar in den Schatten dieser Totenstadt lauerte.

Den ersten Beweis, dass etwas nicht stimmte, fanden sie nach wenigen Schritten. Wie überall gab es auch am Rande dieses Platzes eine Unzahl von Leuchtstäben, die für gewöhnlich wie ein in hellem Blau leuchtender Zaun die Nacht erleuchteten. Doch sie waren erloschen und dienten als ein nutzloses Hindernis in der Dunkelheit. Kara näherte sich diesem Zaun, ging vorsichtig in die Hocke und streckte die Hand aus.

»Fass sie nicht an!«

Kara zog erschrocken den Arm wieder zurück und blickte Aires an.

»Fasst überhaupt nichts an«, sagte die Magierin ernst. »Berührt so wenig wie möglich, solange wir nicht wissen, was hier passiert ist.« Sie ließ sich neben Kara auf die Knie sinken – und tat genau das, was sie Kara verboten hatte: Sie löste einen der Stäbe behutsam aus seiner Verankerung und drehte ihn in den Händen. Erst dann sah Kara, dass sie dünne, fleischfarbene Handschuhe trug, die fast bis zu den Ellbogen hinaufreichten.

Aires untersuchte den Stab sorgfältig, dann zog sie einen schmalen Dolch aus dem Gürtel und stieß ihn in das Holz. Mit einem kräftigen Ruck spaltete sie den Stab und wischte die Spitze ihres Messers sorgsam am Boden ab, ehe sie es wieder einsteckte; zuletzt nahm sie die beiden Hälften des Leuchtstabes in beide Hände.

Kara und die beiden anderen konnten nicht viel erkennen: das Innere des Stabes bestand aus mürbem, von zahllosen Rissen durchzogenem Holz; nichts Ungewöhnliches für Leuchtstäbe, die von den in ihnen wohnenden Bakterien aufgefressen wurden, um die nötige Energie für die Erzeugung des blauen Lichts zu gewinnen. Aber wo die leuchtenden Schimmelflecken sein sollten, gewahrte Kara nichts als nur eine schmierige graue Masse. Ein schwacher, aber sehr unangenehmer Geruch drang in die Nase.

»Tot«, murmelte Aires. »Sie sind tot. Etwas ... hat sie umgebracht.«

Sie sah zu Maran auf. »Ihr wart gestern erst hier?«

»Nicht direkt«, räumte Maran ein. »Wir waren vielleicht zwanzig Meilen entfernt. Die Stäbe haben aber noch geleuchtet.«

»Bist du sicher? Ihr wart tagsüber hier?«

»Man sieht sie auch bei Tage«, antwortete Tess an Marans Stelle. »Nachts leuchten sie an die hundert Meilen weit. Ich habe mich schon die ganze Zeit über gewundert, wo das Licht geblieben ist.«

Aires seufzte tief und legte den zerbrochenen Stab aus der Hand. »Das heißt, sie sind innerhalb eines einzigen Tages gestorben«, murmelte sie. »Alle.«

»Aber das ist völlig unmöglich!«, sagte Kara.

Aires lächelte bitter, stand auf und wandte sich dem nächstliegenden Haus zu. Mit klopfendem Herzen folgten ihr Kara und die anderen. Kurz bevor sie die Tür erreichten, zog Aires einen kleinen Leuchtstab aus der Jacke und entfernte die Seidenumhüllung. Es dauerte eine Weile, bis der Sauerstoff das Holz weit genug durchtränkt hatte, um den biochemischen Verbrennungsprozess im Inneren der Bakterien in Gang zu setzen, dann breitete sich rings um Aires' Arm eine flackernde Kugel aus blassgrünem Licht aus.

Kara stöhnte innerlich auf, als sie durch die Tür traten. Sie hatte geahnt, was sie finden würde: Alle Bewohner des Hauses waren tot. Es waren zwei junge Männer und eine sehr junge und eine sehr alte Frau. Sie lagen nebeneinander auf dem Boden, als hätten sie in den letzten Sekunden die Nähe des anderen gesucht, wie sterbende Tiere, die sich aneinanderdrängten. Und es war kein leichter Tod gewesen, der sie ereilt hatte. Ihre Gesichter waren verzerrt und blau angelaufen. Einer der jungen Männer hatte die Hände um die Kehle gekrampft, als wäre er erstickt; auf dem Gesicht des anderen bildete eingetrocknetes Blut, das aus Mund, Nase, Ohren und Augen gelaufen war, ein bizarres Muster.

Sie blieben nur einige Augenblicke, dann ging Aires wieder hinaus, und nicht nur Kara war froh, als das Licht erlosch und sich die Dunkelheit wieder gnädig über die furchtbare Szene senkte.

Sie betraten noch vier oder fünf weitere Häuser, in denen sich ihnen überall derselbe furchtbare Anblick bot: Menschen, die in Gruppen oder einzeln zu Boden gestürzt waren, als hätte sie der Tod mit der Schnelligkeit eines Blitzes getroffen. Auch auf den Straßen lagen Leichen. Allerdings nicht sehr viele. So überraschend der Tod über die Bewohner der Stadt gekommen war, schien er doch den meisten Zeit genug gelassen zu haben, sich in ihre Häuser zurückzuziehen.

»Gäa?«, fragte Maran, nachdem sie einige weitere Leichname untersucht hatten.

»Nein«, antwortete Aires ernst. Sie blickte auf den Leichnam hinunter, den sie sich zuletzt angeschaut hatte; ein Mann von vielleicht fünfzig Jahren, der auf den Stufen seines Hauses zusammengebrochen war. »Nach allem, was ich hier sehe, würde ich auf Gift tippen oder auf ein rasch wirkendes Gas.« Sie richtete sich auf, drehte sich herum und blickte zu dem einzigen Licht hinüber, das in der Stadt brannte. Sie hatten sich ihm so weit genähert, dass Kara erkennen konnte, dass es aus einem schmalen Fenster aus einem der ausgehöhlten Stämme drang. Das Licht flackerte heftig und war von gelber Farbe. Ein sehr außergewöhnliches Phänomen. Neben dem sie umgebenden Wald mit all seinen gefräßigen Bewohnern war Feuer der natürliche Erzfeind dieser Stadt, die fast völlig aus Holz erbaut worden war. Es wunderte Kara fast ein bisschen, dass es hier überhaupt eine Öllampe gab, konnte doch ein einziger Funke zu einer Katastrophe führen.

Sie näherten sich dem Haus. Aires zog die Hülle wieder über ihren Leuchtstab und erstickte das grüne kalte Feuer; sie erhob auch keine Einwände, als Kara als Erste durch die niedrige Tür trat. Ganz schwach hörten sie Geräusche aus dem Inneren des Hauses.

Trotzdem kam ihre Reaktion beinahe zu spät.

Kara sah das Messer von unten auf ihr Gesicht zurasen, wich der Klinge im letzten Moment mit einer halben Drehung des Oberkörpers aus und fegte die Hand beiseite, die sie hielt. Gleichzeitig schlug sie mit aller Gewalt zurück.

Sie erkannte ihren Irrtum einen Augenblick später. Es gelang ihr nicht mehr, den Schlag vollends zurückzuhalten, aber immerhin konnte sie ihm seine tödliche Wucht nehmen, sodass er das Gesicht des Jungen nicht zerschmetterte, sondern ihn nur von den Füßen riss und gegen die Wand prallen ließ.

Es war ein dunkelhaariger Junge von allerhöchstens zwölf Jahren. Außer ihm hielten sich zwei oder drei Dutzend weitere Kinder in dem großen Raum auf, die meisten wesentlich jünger als er. Wie auf ein Kommando begannen die Säuglinge loszubrüllen.

»Ach du lieber Himmel«, murmelte Tess, die hinter Kara hereingekommen war. Kara war plötzlich froh, dass *sie* die Erste gewesen war, denn Tess hatte das Schwert gezogen. Wäre sie an Karas Stelle gewesen, dann wäre der Junge jetzt vielleicht tot. »Das hat uns gerade noch gefehlt!«

Aires warf Tess einen zornigen Blick zu, und auch Kara runzelte ärgerlich die Stirn, obwohl sie Tess im Stillen recht geben musste. Wortlos wandte sie sich um und ging zu dem Knaben hinüber, den sie niedergeschlagen hatte. Er hatte das Bewusstsein nicht verloren, sondern lag mit an den Leib gezogenen Knien auf der Seite und wimmerte leise. Sein Gesicht begann bereits anzuschwellen.

»Was ist hier geschehen?«, fragte Aires laut, aber keines der Kinder antwortete ihr. Die Magierin seufzte, deutete auf eines der älteren Mädchen und wiederholte die Frage.

»Sie sind alle tot«, antwortete das Mädchen. »Sie ... sie haben sie umgebracht. Sie sind alle tot.«

»Wer hat sie getötet, Kind?«, frage Aires sanft.

Die Augen des Mädchens füllten sich mit Tränen. Es begann zu weinen, erzählte aber unter heftigem Schluchzen und Keuchen weiter. »Sie sind am Abend gekommen. Direkt ... direkt aus der Sonne heraus. Man konnte sie gar nicht sehen.«

»Wer?«, fragte Aires.

»Es ging ganz schnell«, fuhr das Mädchen schluchzend fort. »Sie waren plötzlich da und ... und haben grauen Rauch gespuckt. Und dann sind alle krank geworden und gestorben. Sie haben so furchtbar geschrien. Ich ... ich wollte helfen, aber ich konnte nichts tun. Meine Eltern und ... und mein älterer Bruder. Sie sind einfach gestorben.«

»Wer hat sie umgebracht?«, fragte Aires ungeduldig. Sie trat auf das Mädchen zu, ergriff es an beiden Schultern und schüttelte es. »Versuch dich zu beruhigen, Kind! Es ist wichtig!« Sie schüttelte das Mädchen immer heftiger, erreichte damit aber nur, dass es noch stärker zu weinen begann.

Kara trat neben sie und löste mit sanfter Gewalt ihre Hände von den Schultern des Mädchens. Aires runzelte leicht verärgert die Stirn, war aber auch ein wenig erleichtert, während Kara sich ein bisschen verwirrt fühlte. Sie hatte angenommen, dass die Magierin mehr von Kindern verstand.

»Hör mir zu, Kleines«, sagte sie, während sie sich vor dem Kind in die Hocke sinken ließ. »Ich verstehe, dass du Angst hast, und dass du ... dass du dich ... ganz schrecklich fühlen musst. Aber versuche dich trotzdem zu beruhigen, ja? Wir müssen wissen, was hier passiert ist. Du kannst uns vertrauen. Wir sind hier, um euch zu helfen. Niemand wird euch etwas tun, das verspreche ich. Aber du musst dafür auch etwas für uns tun. Du musst uns sagen, wer deine Eltern und all diese Leute getötet hat.«

»Die Libellen.«

Es war nicht das Mädchen, das antwortete, sondern ein Knabe von vielleicht sieben Jahren. Sein Gesicht war bleich, und seine Augen waren dunkel vor Angst. Aber seine Stimme klang fest und bestimmt. »Es waren die Libellen.«

Kara und die drei anderen wandten sich dem Jungen zu. Kara schwieg, weil sie annahm, dass Aires den Jungen weiter befragen wollte, aber die Magierin winkte ab. »Libellen?«, wiederholte Kara.

»Vier Stück«, antwortete der Junge. »Sie waren sehr groß. Und laut.«

»Laut?«, vergewisserte sich Aires.

Der Junge nickte. Sein Blick blieb starr auf Kara gerichtet. »Sie haben gebrummt«, sagte er. »Alle sind hinausgelaufen, um sie anzusehen. Und dann kam der graue Staub, und alle wurden krank und sind gestorben. Bis auf uns hier.«

»Blauer Regen«, murmelte Kara.

Aires sah sie fragend an.

»Erinnere dich daran, was Cord uns erzählt hat«, sagte Kara. »Blauer Regen – und am nächsten Morgen war jeder der

Erwachsenen tot.« Sie wandte sich wieder dem Jungen zu. »Und du bist sicher, dass es die Libellen waren?«

»Es waren die Libellen«, beharrte der Junge. »Sie waren groß. Nicht so groß wie eure Drachen, aber groß und laut.«

»Wann war das?«, mischte sich Maran ein.

»Gestern«, antwortete der Junge. »Eine Stunde, bevor die Sonne untergegangen ist.«

»Eine Stunde?« Maran trat näher und sah den Jungen durchdringend an. »Bist du ganz sicher? Nicht eine halbe oder zwei?«

»Eine Stunde«, beharrte der Junge.

»Was ist daran so wichtig?«, fragte Kara.

»Weil es dieselben waren, die wir gesehen haben«, antwortete Maran. Sein Gesicht verhärtete sich. »Ihr versteht nicht, wie? Wir haben sie gesehen, eine Stunde vor Sonnenuntergang. Hier!«

»Ihr hättet nichts tun können«, sagte Kara. Ihre Worte klangen selbst für sie leer und bedeutungslos.

»Wir haben sie gesehen«, wiederholte Maran. »Wir hätten es verhindern können, begreift ihr nicht? Wenn Zen und ich nur einen Moment weitergeflogen wären, dann ... dann hätten wir es vielleicht verhindern können! All diese Menschen wären vielleicht noch am Leben.«

»Oder ihr beiden wärt genauso tot wie sie«, unterbrach ihn Aires. »Denk lieber darüber nach, Maran, was wir mit diesen Kindern machen. Wir müssen sie hier wegbringen.«

»Das ist das kleinste Problem«, sagte Kara. »Wir haben genug Platz auf den Drachen, um sie alle mitzunehmen.« Sie schenkte Aires das herzlichste Lächeln, das sie zustande brachte. »Wie gut, dass du dich entschieden hast, doch nicht allein hierherzugehen.«

In Aires' Augen blitzte es ärgerlich auf, aber sie enthielt sich jeden Kommentars.

»Erzähl mir von den Libellen«, sagte Kara, wieder an den

Jungen gewandt. »Wie haben sie ausgesehen? Was haben sie getan?«

»Sie waren groß«, wiederholte der Junge stur. »Und sie hatten Flügel. Und große leuchtende Augen. Sie waren sehr hoch. Sie sind über der Stadt gekreist, und ihre Flügel haben sich gedreht. Ganz schnell.«

»Gedreht?« Tess runzelte die Stirn. »Der Junge redet wirres Zeug«, sagte sie.

»Vielleicht«, sagte Kara. »Vielleicht auch nicht. Und steck endlich das Schwert ein. Du brauchst es hier nicht.«

Tess blickte einen Moment lang stirnrunzelnd auf die Waffe, die sie noch immer in der rechten Hand hielt, dann steckte sie sie mit einer beinahe hastigen Bewegung weg. »Also?«, fragte sie. »Was tun wir?«

»Zuerst kümmern wir uns um die Kinder hier«, entschied Kara. Sie sah sich einen Moment lang um. »Ich denke, dass fünf oder sechs Drachen ausreichen müssten, sie zurückzubringen. Die kleineren Kinder könnten ein Problem darstellen. Vielleicht müssen wir eine Art Traggestell bauen, um ...« *Kara? Aires?*

Die vier Drachenkämpfer fuhren im gleichen Moment erschrocken zusammen. *Ja?* signalisierte Kara.

Silvy, antwortete das schmerzhafte Zucken in ihrem Nacken. *Irgendetwas kommt auf uns zu. Ich kann nicht erkennen, was es ist. Aber die Drachen werden unruhig.*

Zieht euch zurück, befahl Aires, noch ehe Kara Gelegenheit fand zu antworten. *Schnell. Ehe sie euch bemerken.*

»Zwei Dutzend Drachen, die sie nicht bemerken sollen?«, sagte Maran in zweifelndem Tonfall.

»Es ist Nacht«, antwortete Aires. »Wenn sie über dem Wald kreisen ...« Sie zuckte mit den Schultern, dann schloss sie die Augen, um sich wieder auf ihren Rufer zu konzentrieren. *Haltet uns auf dem Laufenden. Aber ihr tut nichts, solange wir nicht angegriffen werden oder euch rufen. Verstanden?*

Verstanden.

Aires öffnete wieder die Augen. Sie sah sehr müde aus und sehr alt. Aber nur für einen ganz kurzen Moment. Dann kehrte ihre gewohnte Tatkraft wieder zurück. »In Ordnung«, sagte sie. »Die Lampe aus. Und seid so still wie möglich, Kinder.«

Tatsächlich verstummten die meisten der Kinder innerhalb weniger Augenblicke. Aber keines machte auch nur Anstalten, die Öllampe zu löschen. Kara verstand das sehr gut. Selbst ihr war nicht wohl bei der Vorstellung, in völliger Dunkelheit dazusitzen und darauf zu warten, dass irgendetwas Furchtbares geschah.

Aires' Gedanken schienen in die gleiche Richtung zu gehen, denn sie zog plötzlich den Leuchtstab aus der Jacke und entfernte die Hülle. »Keine Angst«, sagte sie, während sie das leuchtende Holz in die Höhe hielt. »Es wird nicht völlig dunkel. Hier – seht ihr?«

Ihre Worte wirkten Wunder. Bis auf die ganz kleinen Kinder und Säuglinge beruhigten sich alle endgültig. Niemand begann mehr zu weinen, als Aires Tess ein Zeichen gab, die Öllampe zu löschen. Der Raum wurde plötzlich nur noch vom unheimlichen grünen Schein des Leuchtstabes erhellt, doch so blass dieses Licht auch sein mochte, Kara war sich schmerzhaft des Umstandes bewusst, dass es draußen sehr deutlich zu sehen war.

»Tess – sieh zu, dass du irgendetwas findest, um die Fenster zu verhängen. Maran – du hältst an der Tür Wache!«

Die beiden gehorchten wortlos, und Kara tauschte einen raschen, besorgten Blick mit Aires, ehe sie sich wieder an die Kinder wandte. »Hört zu«, sagte sie. »Es ist wichtig, dass ihr jetzt ganz still seid. Euer und unser Leben kann davon abhängen. Habt ihr das verstanden?«

Die meisten Kinder starrten sie einfach nur an, aber einige nickten auch zaghaft. »Gut«, fuhr Kara fort. »Und versucht bitte, auch die kleinen Kinder irgendwie zu beruhigen.« Sie zögerte einen Moment. »Ich weiß, dass ihr Angst habt. Wir haben auch Angst. Das macht nichts. Wenn wir alle zusammenhalten, dann kann uns gar nichts passieren.«

Kara. Sie kommen näher.

»Wer kommt näher?«, fragte Kara. Ganz unwillkürlich stellte sie die Frage laut und wiederholte sie dann auf der telepathischen Frequenz des Rufers.

Ob du es glaubst oder nicht – aber es sind Marans Libellen. Es gibt sie wirklich.

Haben sie euch gesehen?

Bis jetzt nicht. Aber die Drachen werden unruhig. Ich weiß nicht, wie lange wir sie noch halten können.

Versucht es, erwiderte Kara nervös. *Sie dürfen euch auf keinen Fall sehen. Wie viele sind es?*

Drei. Nein – vier.

Und was tun wir, wenn sie wieder ihren grauen Staub abladen?

Kara war im ersten Moment verwirrt. Dann begegnete sie Marans Blick und begriff, dass er es gewesen war, der die Botschaft geschickt hatte. Im allerersten Moment verstand sie nicht, warum er seine Frage nicht offen ausgesprochen hatte. Dann begriff sie, dass er nicht wollte, dass die Kinder seine Frage hörten. Sie schenkte ihm einen dankbaren Blick und schüttelte gleichzeitig den Kopf.

Was für ein grauer Staub?, erkundigte sich Silvy.

Das erkläre ich dir später. Ruhe jetzt. Mit einem Blick auf Maran: *Das glaube ich nicht. Wahrscheinlich wollen sie einfach nachsehen, ob hier noch jemand lebt.*

Sie kommen, signalisierte Silvy. *Seid vorsichtig!*

Tess hatte in der Zwischenzeit einige Decken und Kleidungsstücke aufgetrieben, mit deren Hilfe sie die unregelmäßigen Fensteröffnungen verstopfte. Einige der größeren Kinder halfen ihr dabei, sodass nur wenige Augenblicke vergingen, bis kein Lichtschimmer mehr ins Freie drang. Trotzdem war Kara nicht davon überzeugt, dass sie wirklich unentdeckt bleiben würden. Mit klopfendem Herzen trat sie neben Maran an die Tür. Die Stadt lag wie eine bizarre Riesenskulptur aus Schatten und Schwärze vor ihnen, und im allerersten Moment hörte sie nichts außer dem Rauschen des Blutes in ihren eigenen Ohren. Dann begriff sie ihren Irrtum.

Das Rauschen wurde lauter, steigerte sich zu einem von einem hohen, pfeifenden Laut begleiteten Grollen, und dann erschienen sie am Nachthimmel über der Stadt. Im bleichen Sternenlicht sahen sie tatsächlich wie Libellen aus – vier schlanke Schatten mit riesigen schimmernden Köpfen, auf deren polierter Oberfläche sich das Sternenlicht brach. Keines von ihnen hatte leuchtende Augen, wie der Junge behauptet hatte, und sie sah auch keine Flügel. Kara schätzte ihre Größe auf gute zehn bis zwölf Meter.

»Was ist das?«, murmelte Maran verwirrt.

Kara zuckte mit den Schultern und machte ein hastiges Zeichen, still zu sein.

Die Libellen kamen näher und kreisten über der Stadt. Zwei von ihnen verloren dabei ganz allmählich an Tiefe, während die beiden anderen über die Baumwipfel dahinglitten.

Silvy? Seht ihr sie?

Klar und deutlich. Was ist das? Sind das Tiere?

Kaum, antwortete Kara. *Aber was immer es ist – ich will nicht, dass sie entkommen. Ihr lasst sie rein, aber nicht mehr raus, klar?*

Worauf du dich verlassen kannst!

Kara blickte aufmerksam zu den beiden Libellen auf, die sich allmählich der Stadt näherten. Mittlerweile konnte sie die sonderbaren Flügel erkennen: über den klobigen Köpfen der Monstren schwirrte etwas in der Luft, das durch seine rasende

Bewegung wie eine schimmernde Scheibe aus Glas aussah. Das Rauschen und Pfeifen wurde lauter, und Kara spürte den tosenden Windzug, den die Libellen verursachten.

Marans Hand glitt zum Schwert, aber Kara machte eine rasche, beruhigende Geste. »Warte«, flüsterte sie. »Ich glaube, sie wollen landen. Wir schnappen sie uns, sobald sie am Boden sind.« Sie sah über die Schulter zu Tess und Aires zurück. »Ihr bleibt hier bei den Kindern. Maran!«

Lautlos wie Schatten verließen sie das Haus und näherten sich geduckt dem großen Platz in der Mitte der Stadt, auf dem sie ...

Die Drachen!

Der Gedanke durchzuckte Kara im gleichen Moment, in dem einer der vier Drachen ein gewaltiges, zorniges Brüllen ausstieß und sich mit einem kraftvollen Satz auf einen der bizarren Libellenvögel warf.

Aber so schnell seine Bewegung war – das unglaubliche Vogelwesen war schneller. Kara beobachtete fassungslos, wie die Libelle mit einer schier unmöglichen Bewegung in der Luft zur Seite kippte, sich unter den zupackenden Klauen des Drachen hindurchschraubte und dann wieder in die Höhe schoss. Aus dem Brausen und Pfeifen, das seinen Flug begleitete, wurde ein schrilles Heulen. Fast in der gleichen Sekunde kippte auch die zweite Libelle zur Seite, drehte einen Kreis und schoss mit einem wütenden Kreischen auf den Drachen zu. Ein dünner, durchbrochener Faden aus grünen Lichtperlen brach aus ihrem klobigen Schädel und explodierte in der Flanke des Drachen.

Flammen sprühten auf. Aus den Wutschreien des Drachen – Kara betete, dass es nicht Markor war – wurde ein kreischendes Schmerzgebrüll.

Plötzlich begann der Boden unter ihnen zu zittern, und ein zweiter, dritter und vierter Schatten sprangen in die Höhe und stürzten sich auf die Libellen. Wie durch ein Wunder gelang es ihnen zwar, den Tieren auszuweichen, aber aus ihrem bislang eleganten Flug wurde ein hektisches Hin- und Herspringen. Das grüne Feuer zuckte ein zweites Mal auf, verfehlte aber sein Ziel.

Silvy!, befahl Kara. *Schnappt sie euch!* Gleichzeitig rannte sie los und schrie aus Leibeskräften Markors Namen. Über dem immer schriller werdenden Heulen der Libellen konnte er ihre Stimme unmöglich vernehmen. Aber wie am Drachenfels hörte er sie dennoch und reagierte. Als Kara den Landeplatz erreichte, prallte er mit einer Erschütterung, die die ganze Stadt erbeben ließ, auf den Boden. Kara kletterte auf seinen Rücken, und der Drache wartete nicht ab, bis sie sich richtig gesetzt hatte, sondern schwang sich sofort wieder in die Luft. Kara klammerte sich hastig am Sattel fest und hielt nach den Libellen Ausschau. Plötzlich sahen sie sich vier bizarr geformten Schatten gegenüber. Wieder schnitt das grüne Licht durch die Luft. Diesmal traf der Strahl Markors Flügel und durchbohrte ihn, richtete aber nicht mehr Schaden an als ein faustgroßes, rauchendes Loch, das der Drache wahrscheinlich nicht einmal spürte. Dafür warf sich Markor mit einem zornigen Knurren herum, schwang sich mit einer einzigen kraftvollen Bewegung auf die gleiche Höhe wie die Libelle hinauf und schlug mit den Flügeln zu.

Kara sah ganz genau, was geschah.

Markors Schwinge war dreimal so groß wie sein Gegner, und er hätte die Libelle zerschmettern müssen wie eine Fliegenklatsche ihr Opfer. Aber obwohl die Libelle nicht mehr die geringste Chance hatte, dem Schlag auszuweichen, traf sie die Schwinge nicht. Etwas Unsichtbares schien plötzlich zwischen ihr und der Drachenschwinge zu sein. Die Libelle taumelte, wurde zur Seite gedrückt und begann zu trudeln, fing ihren Sturz aber im letzten Moment wieder ab.

Karas Verblüffung hätte sie fast das Leben gekostet.

Eine zweite Libelle jagte kreischend heran, und plötzlich

hatte sie Augen: ein Paar großer, grausam hell leuchtender Scheinwerfer, die sich auf Kara richteten und sie blendeten. Grünes Feuer schnitt eine Narbe in die Nacht und hinterließ eine rauchende Spur in den Panzerplatten auf Markors Hals; eine Handbreit von Karas linken Bein entfernt.

Der Drache brüllte vor Schmerz und begann zu taumeln. Kara duckte sich tief über seinen Hals, während die Libelle heulend über sie hinwegschoss. Der Doppelstrahl ihrer Scheinwerfer erfasste für eine Sekunde eine zweite Libelle, und zum ersten Mal sah Kara die unglaublichen Gebilde, so wie sie wirklich aussahen.

Es waren keine Tiere.

Es waren *Maschinen.*

Ihr Körper bestand im Grunde nur aus einer vielfach durchbrochenen Gitterkonstruktion. Der aufgedunsene Kopf war nichts als eine Kugel aus Glas, in der zwei sitzende Gestalten zu sehen waren. Über dieser Kugel drehte sich ein flimmernder Kreis, dessen Luftwirbel die bizarre Konstruktion in der Luft hielt.

Kara sah einen weiteren Strahl giftgrünen Lichts auflodern, und diesmal traf der Blitz mit tödlicher Präzision den Schädel eines der Drachen. Das Tier brüllte vor Schmerz, kippte plötzlich zur Seite und begann mit hilflos schlagenden Flügeln abzustürzen. Einen Augenblick später schlug es mit unvorstellbarer Wucht in der Stadt auf und durchbrach deren Boden. Zusammen mit einem halben Dutzend zerschmetterter Häuser verschwand es in der Tiefe.

Silvy!, rief Kara verzweifelt. *Wo bleibt ihr?*

Wie zur Antwort erscholl über ihr ein wütendes Brüllen, und als sie den Kopf hob, sah sie die Umrisse von fast zwei Dutzend Drachen über der Stadt auftauchen. Die Tiere stürzten sich in den Kampf.

Und trotzdem war es nicht sicher, dass sie ihn gewinnen würden.

Der Himmel über der Stadt war so voller Drachen, dass sich die riesigen Tiere gegenseitig behinderten und mehr als einmal miteinander kollidierten. Trotz ihrer Überzahl gelang es ihnen einfach nicht, ihre Gegner zu fassen. Es war, als würden die Maschinen von einem unsichtbaren Zauber beschützt.

Dafür wütete das grüne Feuer umso furchtbarer unter den Tieren. Die Angreifer mussten kaum noch zielen, um zu treffen, und immer mehr Drachen schrien gepeinigt auf, wenn in ihren Panzern rauchende Löcher entstanden. Schließlich sah Kara, wie das grüne Licht einen der Drachenreiter durchbohrte und ihn in eine lebende Fackel verwandelte, die brennend in die Tiefe stürzte.

Zurück!, befahl Kara entsetzt. *Zieht euch zurück. Wir müssen anders vorgehen!*

Kara musste ihren Befehl noch zweimal wiederholen, bis auch der letzte Reiter sein Tier zurückriss und wieder an Höhe gewann. Sie sah über die Schulter zurück und war nicht sonderlich überrascht zu sehen, dass die Libellen die flüchtenden Drachen verfolgten. Vermutlich hätte sie nicht anders gehandelt, hätte sie sich unverwundbar gefühlt. Nun, dachte sie grimmig, sie würden sehen, was es mit ihrer Unverwundbarkeit auf sich hatte!

Verteilt euch!, befahl sie. *Versucht, sie in verschiedene Richtungen zu locken!*

Die Drachen strebten in verschiedene Richtungen auseinander, wobei sie immer schneller wurden. Auch die Libellen erhöhten ihre Geschwindigkeit, aber zumindest in diesem Punkt waren ihnen die Tiere überlegen: Es bereitete ihnen keinerlei Mühe, ihren Vorsprung zu halten.

Kara versuchte, die Distanz zu schätzen, die mittlerweile zwischen den Libellen lag. Die Maschinen waren schnell, aber auch sie brauchten Zeit, um sich zu bewegen. Wenn ihr Plan funktionierte, dann würden sie diese Zeit nicht mehr haben.

Jetzt!, befahl Kara. *Schnappt sie euch!* Gleichzeitig riss sie Markor herum und steuerte direkt auf die Libelle zu. Der Pilot der Maschine registrierte diesen Angriff, aber er ignorierte ihn im Vertrauen auf seine Unverwundbarkeit.

Feuer!

Die Nacht über dem Wald wich grellem, flackerndem rotem Licht, als fast zwei Dutzend grelle Flammenstrahlen auf die Libellen herabregneten. Einige verpufften harmlos im Himmel, andere fuhren in das dichte Geäst unter ihnen und setzten es in Brand, und Kara beobachtete voller Entsetzen, wie die Libellenmaschine vor ihr unter dem Einschlag von drei Feuerstrahlen taumelte – und sie überstand! Das Feuer traf ihren Rumpf so wenig wie es die Klauen der Drachen getan hatten, sondern prallte dicht vor ihm gegen ein unsichtbares Hindernis, an dem es abperlte wie ein Wasserstrahl an einer Wand aus Glas! Auch die zweite und dritte Maschine torkelten, eingehüllt in einen Mantel aus Flammen, der ihnen nichts anhaben konnte, lediglich zur Seite.

Die vierte Libelle hatte weniger Glück. Die Feuerstrahlen von sechs Drachen vereinigten sich über ihrer Kanzel zu einem einzigen grellweißen Ball aus Glut – und die unsichtbare Wand brach! In einer Explosion, die an das Auflodern einer neuen Sonne über dem Wald erinnerte, explodierte die Maschine. Brennende Trümmerstücke stürzten in den Wald hinab und entfachten zahllose kleine Brände.

Kara blinzelte, fuhr sich mit dem Handrücken über die Augen und hielt nach den verbliebenen drei Libellen Ausschau. Vor ihren Augen tanzten bunte Kreise und Ringe. Für Sekunden war sie fast blind. Wahrscheinlich wäre sie in diesem Augenblick eine leichte Beute für die Libellen gewesen. Aber die bizarren Maschinentiere kreisten ziellos auf der Stelle. Vielleicht, dachte Kara, war es das erste Mal, dass sie mitansehen mussten, wie einer von ihnen zerstört wurde. Möglicherweise war der Tod für jemanden, der sich unverwundbar wähnte, eine ganz neue Erfahrung …

Sie begriff die Chance, die sich ihnen bot. *Greift noch einmal an!*, signalisierte sie. *Konzentriert euch auf den im Norden. Alle! Ignoriert die anderen!*

In die Formation der Drachen kam Bewegung, die nur auf den ersten Blick ziellos wirkte. Und als der Pilot der Libellenmaschine begriff, dass man ihn ins Visier genommen hatte, war es zu spät. Zwei Dutzend Drachen überschütteten die Maschine mit einem Höllenfeuer, dem selbst ihr unheimlicher Schutz nicht gewachsen war. Die Explosion war so gewaltig, dass die Maschine regelrecht verdampfte.

Als Kara nach den beiden anderen Libellen Ausschau hielt, sah sie, wie die Maschinen mit heulenden Motoren in den Himmel hinaufjagten und sich zur Flucht wandten. Einige der Drachenreiter setzten sofort zur Verfolgung an, aber Kara rief sie zurück.

Lasst sie!, befahl sie. *Wir fliegen zur Stadt zurück.*

Kein Aber! Sie haben genug. Und wir haben genügend Verluste hinnehmen müssen. Sie verspürte selbst einen heftigen Widerwillen bei dem Gedanken, die Maschinen nicht zu verfolgen, doch der Kampf war für die Drachen zu hart gewesen. Sie hatten es mit Mühe und Not geschafft, *zwei* von vier Gegnern zu vernichten! Das war … unvorstellbar!

Zutiefst verunsichert und von Furcht erfüllt, lenkte sie Markor zur Stadt zurück und ging auf dem großen Platz in ihrer Mitte nieder. Mit müden Bewegungen kletterte Kara von seinem Rücken hinunter und näherte sich dem Haus, in dem Aires mit Tess und den Kindern auf sie wartete. Die Magierin war noch da. Tess nicht. Sie hatte Karas Befehl missachtet und war auf ihren Drachen gestiegen, um an dem Kampf teilzunehmen.

Aires kam ihr entgegen, als sie sich dem Haus bis auf fünf Schritte genähert hatte. Die Magierin war bleich, und ihre

Hände zitterten. Offensichtlich hatte sie den ungleichen Kampf vom Boden aus verfolgt.

»Was war das, Aires?«, fragte Kara müde.

Aires deutete ein Schulterzucken an. »Ich habe keine Ahnung«, gestand sie. »Ich habe solche Maschinen noch nie gesehen. Ihr habt eine vernichtet?«

»Zwei«, antwortete Kara. »Die beiden anderen sind entkommen. Ich habe befohlen, sie nicht zu verfolgen. Großer Gott, Aires, diese ... *Dinger* widerstehen sogar dem Feuer der Drachen!«

»Ich habe es gesehen«, sagte Aires. »Es war sehr klug von dir, sie nicht verfolgen zu lassen.«

»Klug?« Kara lachte hart. »Klug? Ich bin mir nicht sicher, Aires. Vielleicht hatte ich einfach nur Angst.«

»Ist es etwa nicht klug, auf die Stimme seiner Angst zu hören?«, fragte Aires.

Ihre Worte versetzten Kara in Zorn. »Hör mit deinen Sprüchen auf!«, sagte sie hart. »Wir sind hier nicht in der Schule. Sie haben uns den Hintern versohlt, und zwar gründlich, ist dir das klar? Zehn von ihnen statt vier – und *wir* wären jetzt tot. Wir haben nichts, womit wir sie aufhalten können, Aires, absolut nichts! Hundert oder auch nur fünfzig von ihnen, und ...«

»Hör auf!«, sagte Aires. Sie lächelte, um ihren Worten ein wenig von ihrer Schärfe zu nehmen, und fuhr ruhiger fort: »Wenn sie hundert von diesen Maschinen hätten, dann hätten sie uns längst angegriffen, glaubst du nicht auch?«

»Ich weiß nicht, was ich glaube«, sagte Kara matt. Plötzlich musste sie mit den Tränen kämpfen. »Wir haben sie vertrieben, Aires, aber gewonnen haben *sie.*«

»Ich weiß«, antwortete Aires leise. »Es tut weh, eine Schlacht zu verlieren. Aber noch ist nichts entschieden. Wir wissen ja nicht einmal, wer sie sind.«

Hastige Schritte erklangen hinter ihnen, und als Kara sich herumdrehte, erkannte sie Tess, die mit hochrotem Kopf auf sie zulief. Wenige Schritte hinter ihr stürmten Maran, Zen und noch ein halbes Dutzend der anderen heran.

»Was soll das heißen, wir dürfen sie nicht verfolgen«, begann Tess übergangslos und in einem Ton, der für sich genommen schon eine Beleidigung darstellte. »Wieso lässt du sie entkommen? Wir hätten sie alle vernichten können!«

Kara antwortete in sehr ruhigem, nicht belehrendem Ton. »Weil wir es eben nicht gekonnt hätten«, sage sie. »Sieh dich doch um. Wir haben einen Drachen und einen Krieger verloren. Die meisten anderen Tiere sind verletzt! Ein paar sind so erschöpft, dass sie kaum noch fliegen können. Wie viele Leben ist dir die Vernichtung dieser zwei Maschinen wert?«

Tess wischte ihre Worte mit einer zornigen Handbewegung beiseite. »Was soll das?«, schnappte sie. »Sind wir Krieger oder nicht? Seit wann verweigern wir einen Kampf, wenn dabei die Gefahr besteht, dass wir zu Schaden kommen?«

»Dann, wenn es sinnlos ist«, antwortete Aires an Karas Stelle. »Und jetzt sei still und kümmere dich um dein Tier. Ich glaube, es ist verletzt.«

Tess schürzte trotzig die Lippen. Einen Moment lang war Kara fest davon überzeugt, dass sie sich selbst der Magierin widersetzen würde. Aber dann wandte sie sich mit einem Ruck um und rannte zornig davon. Maran und die anderen folgten ihr.

Kara sah ihnen kopfschüttelnd nach. »Danke«, sagte sie, an Aires gewandt. »Ich weiß nicht, ob ich jetzt auch noch den Nerv gehabt hätte, mich mit ihr zu streiten.«

»Kinder!«, grollte Aires. »Ich habe Angella immer gesagt, dass es nicht reicht, sie in eine Uniform zu stecken und ihnen ein Schwert zu geben, um Krieger aus ihnen zu machen.«

Kara sah wenig Sinn darin, das Gespräch fortzusetzen; sie ging ohne ein weiteres Wort an Aires vorbei und betrat das

Haus, in dem die Kinder warteten. Ein einziger Blick in die Gesichter der Jungen und Mädchen sagte ihr, dass auch sie den Kampf beobachtet hatten.

»Ihr habt sie verjagt.« Es war der Junge, den sie versehentlich niedergeschlagen hatte. Sein Gesicht war angeschwollen, und als Kara auf ihn zutrat und die Hand ausstreckte, zuckte er unwillkürlich zurück. Sie konnte es ihm nicht verübeln.

»Ja«, sagte sie.

»Aber sie werden wiederkommen.«

»Vielleicht«, gestand Kara. »Aber ihr brauchte keine Angst zu haben. Selbst wenn sie zurückkommen, werden wir und ihr nicht mehr hier sein. Wir bringen euch weg, sobald sich unsere Drachen ein wenig erholt haben.«

Sie hörte, wie Aires hinter ihr das Haus betrat, dann sagte die Magierin: »Wir sollten so schnell wie möglich von hier verschwinden.«

»Und warum?«

»Sie waren gestern Abend hier, kurz vor Sonnenuntergang«, sagte Aires, ohne ihre Frage direkt zu beantworten. »Ich kann mir vorstellen, dass sie die ganze Zeit über irgendwo ihre Kreise über den Wald gezogen haben.«

»Du meinst, es gibt irgendwo eine Basis.«

Aires nickte. »Wahrscheinlich nicht einmal sehr weit entfernt. Wenn wir Pech haben, sind sie in einer Stunde wieder hier.«

»Die Drachen sind erschöpft«, sagte Kara. »Sie schaffen den Weg zurück zum Hort nicht, wenn wir ihnen keine Pause gönnen.«

»Es reicht, wenn wir uns hundert Meilen weit zurückziehen. Oder auch nur fünfzig. Ich bin sicher, wir finden einen Platz, an dem wir in Ruhe das Ende der Nacht abwarten können.«

Kara deutete ein Achselzucken an. »Meinetwegen.«

Das war nicht das, was Aires hatte hören wollen. Trotzdem sah sie Kara nur einen Moment lang vorwurfsvoll an, ehe sie sich zu einem Lächeln zwang und sich wieder an die Kinder wandte. »Wie ist es?«, fragte sie. »Hättet ihr Lust, auf einem richtigen Drachen zu reiten?«

Kara hörte nicht weiter zu, sondern ging zur Tür zurück, ließ sich müde gegen den Rahmen sinken und blickte in die Nacht hinaus. Dann riss sie plötzlich ungläubig die Augen auf und blickte die vier Drachen an, die sich rasch aus der Mitte der Stadt erhoben und sich nach Norden wandten.

»Was ...« *Wer ist das? Antwortet. Kommt sofort zurück! Das ist ein Befehl!*

Aires war mit einem Sprung neben ihr an der Tür. Auch auf ihrem Gesicht erschien ein ungläubiger Ausdruck, aber er schlug unvermittelt in Zorn um. »Tess!«, murmelte sie. »Ich wette, das sind Tess, Silvy und diese beiden anderen Narren!« *Kommt auf der Stelle zurück! Oder ich sorge dafür, dass ihr nie wieder auf einem Drachen reitet!*

»Spar dir die Mühe«, sagte Kara laut. »Ich glaube, es ist ihnen ohnehin gleich. Kümmere dich darum, dass die Kinder in Sicherheit gebracht werden!«

Aires' Antwort darauf hörte sie nicht mehr, denn noch ehe die Magierin überhaupt begriff, was Karas Worte zu bedeuten hatten, war sie schon auf halbem Weg zur Mitte der Stadt. Und einen Augenblick später saß sie auf Markors Rücken und jagte hinter den vier anderen Drachen her nach Norden.

26

Sie brauchte eine knappe Viertelstunde, um Tess und die drei anderen einzuholen, denn obwohl Markor der größte und stärkste Drache des Schwarmes war, war er verletzt und ziemlich erschöpft. Außerdem hatte Kara es nicht besonders eilig, sie einzuholen. Sie war einerseits zornig, weil die vier sich so offen über ihren Befehl hinweggesetzt hatten, aber andererseits war sie froh, über den Vorwand, selbst nach Norden fliegen zu können statt zurück zum Hort. Ihr Befehl, den Angriff abzubrechen, war von der Vernunft diktiert gewesen, nicht von ihrem Gefühl.

So enthielt sie sich auch jeden Kommentars, als Markor schließlich zu den anderen aufschloss. Sie glitten dicht über den Baumwipfeln dahin, um den dunklen Hintergrund des Waldes als Deckung auszunutzen, und da die Drachen sehr langsam flogen, bewegten sich ihre Schwingen nahezu lautlos.

Tess hob den Arm und winkte ihr zu, aber Kara widerstand dem Impuls zurückzuwinken. Wie die Dinge auch immer aussahen – die vier hatten gegen einen direkten Befehl verstoßen, und das war ein schweres Vergehen, über das sie später reden würden.

Sie flogen eine gute Stunde nach Norden, ohne die beiden Libellenmaschinen zu Gesicht zu bekommen. Kara glaubte mittlerweile nicht mehr, dass sie sie wirklich einholen konnten. Die Drachen waren müde, während die Libellen keine Erschöpfung kannten. Sie waren Maschinen, die entweder funktionierten oder nicht. Außerdem wusste Kara ja noch nicht einmal, ob sie sich überhaupt auf dem richtigen Weg befanden. Vielleicht waren die Maschinen nur ein kurzes Stück nach Norden geflogen und dann auf einen anderen Kurs eingeschwenkt. Schließlich gab Kara das Zeichen, nach einem Landeplatz Ausschau zu halten, und dieses Mal gehorchten die vier Drachenreiter. Vorsichtig suchten sie einen halbwegs sicheren Platz und gingen nieder. Alle bis auf Maran stiegen aus den Sätteln. Kara war ein wenig enttäuscht. Sie hatte sich mit Marans Aufsässigkeit im Grunde abgefunden, aber dass er auch noch feige war, hätte sie nicht gedacht.

Tess, Silvy und Zen balancierten über den unsicheren Boden heran. Silvy wich ihrem Blick aus und wirkte schlichtweg verängstigt. Kara war niemals so deutlich wie jetzt aufgefallen, dass sie nur so etwas wie Tess' Anhängsel war. Zen versuchte so gelassen und ruhig auszusehen, als wäre gar nichts Außergewöhnliches passiert, während Tess Karas Blick trotzig erwiderte und schon wieder kampflustig die Lippen geschürzt hatte. Kara sah sie schweigend an, wartete und überließ es ganz bewusst ihr, das Gespräch zu eröffnen.

»Also?«, sagte Tess nach einer Weile.

»Also – was?«

Zornig ballte Tess die Fäuste, dass es fast aussah, als wolle sie auf Kara losgehen. Aber die herausfordernde Haltung sollte lediglich ihre Unsicherheit überspielen. »Nun fang schon an, damit wir es hinter uns haben. Du bist doch sicher gekommen, um uns Vorhaltungen zu machen.«

»Wenn du wirklich glaubst, ich fliege euch eine Stunde lang nach, um euch *Vorhaltungen* zu machen, dann tust du mir leid«, antwortete Kara. »Nicht dass das nicht passieren würde. Wir werden uns über eure Auffassung des Wortes Gehorsam unterhalten, aber nicht jetzt. Das hat Zeit, bis wir zurück sind.«

»Ich weiß«, murmelte Tess. »Wir haben Aires gehört.«

»So schlimm wird es schon nicht werden«, sagte Kara seufzend. »Ich werde sehen, was ich für euch tun kann.« Sie wechselte mit einer Handbewegung das Thema. »Die Drachen brauchen dringend eine Pause. Wir werden eine Stunde rasten und dann weiterfliegen.« *Ach ja, und Maran,* fügte sie lautlos hinzu, *wenn es dir auf dem Rücken deines Tieres schon so ausnehmend gut gefällt, dann kannst du gleich dableiben und die erste Wache übernehmen, während wir versuchen, ein wenig zu schlafen!*

Maran fügte sich ihrem Befehl widerspruchslos, und Kara kuschelte sich an Markor, kaum dass Tess und die beiden anderen gegangen waren, und fand zu ihrer eigenen Überraschung sofort Schlaf. Aber entweder war Maran ebenfalls eingeschlummert, oder sie hatte seinen Weckruf nicht gehört; als sie erwachte, stand die Sonne schon zwei Fingerbreit am Horizont.

Kara lief ein wenig auf und ab, um ihre Muskeln wieder geschmeidig zu machen, und betrachtete währenddessen besorgt den Drachen. Seine Verletzungen waren schwerer, als sie befürchtet hatte. Das Loch in seiner Schwinge war harmlos, aber die Wunde an seinem Hals sah schlimm aus, sie war gute drei Meter lang und so tief, dass das rohe Fleisch hervorbrach. Der Anblick erschütterte Kara. Die Panzerplatten eines Drachen waren härter als Stahl; nicht einmal Aires' Laserwaffe vermochte ihnen ernsthaften Schaden zuzufügen. Die Waffen der Fremden mussten ihren grenzenlos überlegen sein. Kara fragte sich ernsthaft, ob irgendetwas von dem, was sie tun konnten, überhaupt noch einen Sinn hatte.

Sie verscheuchte den Gedanken. Sie würden einfach weitermachen und sehen, was geschah.

Tess, Maran, Zen – seid ihr wach?

Sie bekam keine Antwort; wahrscheinlich schliefen die drei noch. Kara war eher amüsiert als verärgert. Sie alle hatten während der letzten vierundzwanzig Stunden praktisch keine Minute Ruhe gefunden.

Wacht auf!

Nichts.

Sie hob die Hand über die Augen und blinzelte gegen das rote Licht der aufgehenden Sonne. Die vier Drachen hockten ein Stück weit entfernt wie schlafende Riesenkrähen auf den Ästen. Von ihren Reitern war keine Spur zu entdecken. In das Gefühl der Beunruhigung, das Kara empfand, mischte sich ein deutliches Empfinden von Gefahr. Hinter ihr hob Markor träge den Kopf und blinzelte, als hätte er ihre Beunruhigung gefühlt.

Sie ging weiter, blieb wieder stehen, machte wieder einige Schritte und stockte abermals. Sie erkannte jetzt Tess, die mit an den Leib gezogenen Knien an ihrem Drachen lag und schlief. Kara rief abermals ihren Namen, Tess bewegte sich zwar leicht, reagierte aber ansonsten nicht. Hinter ihr ließ Markor ein drohendes Grollen hören. Aber es hätte seiner Warnung nicht einmal mehr bedurft, um Kara erneut innehalten zu lassen.

Vor ihr . . . war etwas.

Sie konnte nicht genau erkennen, was es war; eine Veränderung in den Blättern vor ihr, in den Geräuschen und vor allem dem *Gefühl* des Waldes. Sie ließ sich in die Hocke sinken und betrachtete das Blattwerk vor sich. Etwas mit den Blättern stimmte nicht, aber sie konnte nicht sagen, was es genau war.

Sehr viel vorsichtiger ging sie weiter. Der Boden unter ihren Füßen federte, und manchmal klafften große Löcher in der grünen Decke. Während sie weiterlief, wurde ihr bewusst, wie müde sie immer noch war. Die wenigen Stunden Schlaf hatten längst nicht ausgereicht, sie wieder völlig zu Kräften kommen zu lassen. Ihre Glieder fühlten sich wie Blei an, und es fiel ihr immer schwerer, sich darauf zu konzentrieren, wohin sie ihre Füße setzte. Aber es war eine angenehme Müdigkeit, so wohltuend, dass es ihr schwerfiel, ihrer warmen Verlockung zu widerstehen.

Beinahe wäre sie in eines der klaffenden Löcher im Blätterdach gestürzt. Sie bemerkte im allerletzten Moment, dass dort, wohin sie ihren Fuß setzen wollte, nichts mehr war, und prallte zurück.

Der Schrecken jagte eine zusätzliche Dosis Adrenalin in ihren Blutkreislauf. Ihr Herz begann zu jagen, und für einen Moment war sie so wach und klar, als hätte sie eine Woche geschlafen. Was geschah mit ihr? Diese plötzliche Müdigkeit war nicht normal, und sie – kam zurück. Kara konnte regelrecht spüren, wie sich eine Woge angenehmer Mattigkeit in ihrem Körper ausbreitete. Ihr Denken begann unscharf zu werden und zerfaserte ... Sie stolperte und fing den Sturz im letzten Moment instinktiv ab, aber sie spürte es kaum noch. Langsam hob sie die Hand, versuchte, sich die Müdigkeit aus den Augen zu wischen, aber selbst dafür fehlte ihr die Kraft. Ihre Hände fielen schwer wie Blei hinunter, glitten über ihre Wangen und berührten den winzigen chitingepanzerten Körper des Rufers, der direkt an ihr Nervensystem angeschlossen war. Das Insekt bewegte sich unruhig, schien zu pulsieren, als ...

Kara griff mit einer letzten Willensanstrengung zu und riss das Tier aus ihrem Fleisch.

Ein entsetzlicher Schmerz zuckte wie ein Stromschlag durch ihren Körper. Sie schrie auf, fiel auf die Knie und fühlte, wie warmes Blut an ihrem Hals herablief. Der Schmerz war so schlimm, dass er ihr die Tränen in die Augen trieb und sie stöhnend die Zähne zusammenbiss. Aber im gleichen Maß, in dem er verebbte, kehrte auch ihr klares Denken zurück. Es war, als würde ein Schleier von ihren Augen gezogen, der ihren Blick getrübt hatte. Plötzlich sah sie die Abermilliarden haardünner, weißer Fäden, die die Blätter ringsum bedeckten.

Sie, die Drachen und die vier Reiter.

Kara rannte mit einem Schrei los. Ihr Schrecken steigerte sich zu purem Entsetzen, als sie das dünne, glitzernde Netz erblickte, das Tess von Kopf bis Fuß einhüllte, noch nicht so dicht wie ein Kokon, aber dicht genug, dass ihr Gesicht kaum noch zu erkennen war. Hastig kniete sie neben der jungen Kriegerin nieder, streckte die Hände aus und zerriss das Gewebe, das ihr Gesicht bedeckte. Die Berührung schmerzte, als hätte sie eine Brennnessel angefasst. Tess stöhnte, wachte aber nicht auf.

Kara zerrte mit der linken Hand weiter an dem Netz, das Tess' Körper einhüllte, während sie mit der anderen heftig an ihrer Schulter zu rütteln begann und ihren Namen schrie. Tess' Kopf rollte haltlos von einer Seite auf die andere, und sie stöhnte, wachte aber noch immer nicht auf. Karas Blick suchte den Rufer. Sie erschrak. Das Tier war heftig angeschwollen und pulsierte wie ein kleines, wie rasend schlagendes Herz. Entschlossen griff sie zu, nahm das Tier zwischen Daumen und Zeigefinger und riss es heraus. Tess zuckte zusammen und öffnete die Augen. Einen Moment lang blickte sie Kara nur verstört an, dann sah sie an sich herab, begriff, was mit ihr geschah, und bäumte sich so heftig auf, dass Kara sie mit aller Kraft festhalten musste.

»Beruhige dich«, sagte Kara beschwörend. »Es ist vorbei! Es ist alles in Ordnung!«

»Was ...«

»Jetzt nicht«, unterbrach sie Kara. »Wir müssen den anderen helfen. Es sind die Rufer. Ich weiß nicht wie, aber irgendwie haben sie euch betäubt. Schnell!«

So schnell sie konnten, eilten sie zu Silvy, Maran und Zen, die sich in demselben erschreckenden Zustand befanden wie Tess zuvor. Doch sie erwachten ebenso rasch, nachdem sie die Rufer entfernt hatten. Das klebrige Gewebe von ihren Körpern herunterzubekommen erwies sich als nicht schwierige, aber langwierige und schmerzhafte Prozedur. Kara hielt einen der dünnen Fäden an spitzen Fingern vor das Gesicht und betrachtete ihn eingehender. Er war nur scheinbar glatt. Sah man genauer hin, erkannte man Hunderte kleiner Widerhaken, mit denen sie sich in der Haut ihrer Opfer festkrallten.

»Was, um Gottes willen, ist das?«, murmelte Maran verstört, während er sich mit der Hand über den Hals rieb und stirnrunzelnd das Blut betrachtete, das an seinen Fingerspitzen klebte. »Gäa?«

Kara schüttelte den Kopf. »Ich glaube nicht«, sagte sie. »Wahrscheinlich irgendein Bewohner dieser reizenden Gegend. Seht ihr?« Sie deutete nach links. Nicht weit entfernt entdeckte sie eine Anzahl großer, formloser Kokons, die im Blätterdickicht versunken waren. Einige waren kaum so groß wie Bälle, andere geradezu riesig. »Es schließt seine Beute ein und löst sie dann wahrscheinlich auf«, murmelte sie. »Wie eine fleischfressende Pflanze.«

Tess schauderte. »Es hätte uns bei lebendigem Leibe verdaut, wenn du uns nicht gerettet hättest.«

»Aber wieso die Rufer?«, fragte Zen.

»Ein Zufall«, vermutete Kara. »Wahrscheinlich haben sie die beruhigenden Impulse dieses ... *Dinges* so weit verstärkt, dass ihr keine Chance hattet. Sie sind direkt an unser Nervensystem angeschlossen. Man spürt es trotzdem noch.«

Tess und Maran sahen sie verständnislos an, und Kara machte eine weit ausholende Geste. »Euch fällt wirklich nichts auf?«

»Nein«, sagte Tess.

»Eben«, antwortete Kara. »Ich finde es schon seltsam, dass ich nicht einmal Angst habe – nachdem wir alle um ein Haar ums Leben gekommen wären.«

»Fast alle«, sagte Zen betont.

Kara zuckte mit den Schultern. »Ich hatte eben das Glück, nicht unmittelbar neben ihrem Nest zu landen.« Sie deutete auf die Drachen. »Kümmert euch um sie. Und dann lasst uns sehen, dass wir weiterkommen.«

Wie sich herausstellte, waren die Drachen nicht der einschläfernden Verlockung des unheimlichen Pflanzenwesens erlegen. Das unheimliche Gewebe hatte während der Nacht auch sie einzuspinnen versucht, es hatte aber ihren stahlharten Panzerplatten nicht den mindesten Schaden zufügen können. Vielleicht, dachte Kara in einem Anflug von Galgenhumor, hatten sie mit der Wahl dieses Platzes sogar Glück gehabt. Gott allein mochte wissen, welchen Monstern sie *sonst* in die Hände gefallen wären.

»Wir haben ein Problem«, sagte Zen nach einer Weile.

Kara sah ihn fragend an. »So?«

»Ohne die Rufer können wir uns nicht verständigen.« Er

deutete in den Himmel hinauf: »Wir sollten vorher besprechen, in welche Richtung wir weiterfliegen.«

»Du hast recht«, sagte Kara nach einigem Nachdenken. »Wer weiß, wann wir das nächste Mal einen sicheren Landeplatz finden. Ruf die drei anderen.«

Während Zen sich entfernte, um Maran und die beiden Mädchen zu holen, sah sich Kara mit einem neuen Gefühl von Unsicherheit um. Die unmittelbare Bedrohung durch das Pflanzenwesen hatte sie für einen Augenblick fast die andere größere Gefahr vergessen lassen, in der sie schwebten. Sie befand sich vermutlich schon in dem Teil des *Schlundes*, von dem nicht sehr viel mehr bekannt war, als dass es ihn eben gab. Wie es schien, breiteten sich Gäas Sumpfwälder endlos weit aus; auf jeden Fall sehr viel weiter, als ein Drache zu fliegen imstande war.

Zen kam mit den beiden anderen herbei, und sie einigten sich darauf, in einer engen Formation weiter nach Norden zu fliegen. Kara schärfte ihnen noch einmal ein, auf gar keinen Fall auf eigene Faust zu handeln, sollten sie die Libellen wieder einholen oder auf andere Gegner stoßen.

Wenige Augenblicke später saß Kara wieder auf Markors Rücken, und der Flug in die unbekannten Tiefen des *Schlundes* ging weiter.

Eine Stunde. Eine zweite, der eine Rast von der gleichen Länge folgte, und dann wieder eine Stunde Flug. Die Sonne stieg höher, und bald begann es selbst auf den Rücken der Drachen unangenehm warm zu werden. Die Landschaft unter ihnen änderte sich nicht: grüne Hügel, zwischen denen gelegentlich gewaltige Löcher klafften.

Sie hatten eine zweite Rast eingelegt und glitten in dreißig oder vierzig Metern Höhe am Rand einer der gewaltigen Lichtungen entlang, als der Drache, der links von Kara flog, plötzlich eine scharfe Wendung machte und sich fast im rechten Winkel von Kara entfernte.

Kara fluchte ungehemmt. Tess! Wer sonst?

Sie sparte sich die Mühe, den Namen der jungen Kriegerin zu rufen, sondern zwang Markor mit einer abrupten Bewegung herum und flog hinter ihr her. Gleichzeitig signalisierte sie den drei anderen zu bleiben, wo sie waren, und ihr und Tess den Rücken freizuhalten.

Tess schraubte ihren Drachen in einer immer enger werdenden, flachen Spirale in die Tiefe. Kara beobachtete das Flugmanöver nicht ohne Sorge. Drachen waren eher einfache Segler als Kunstflieger. Wenn das Tier mit den Bäumen kollidierte oder Tess es in eine zu enge Kurve zwang, dann würde es der Drache zwar überstehen; seine Reiterin aber *nicht.* Kara hatte diesen Gedanken noch nicht zu Ende gedacht, da vollführte Tess ein noch gewagteres Manöver – ihr Drache schoss plötzlich mit vorgestreckten Krallen auf einen Ast zu und versuchte, darauf Halt zu finden. Der Anblick erinnerte an einen Falken, der auf seine Beute hinabstieß; nur dass der Drache kein Falke war, sondern ein Gigant von achtzig oder auch hundert Tonnen Körpergewicht. Der Ast splitterte unter dem Aufprall und stürzte mit einem gewaltigen Krachen und Poltern in die Tiefe. Kara beobachtete mit angehaltenem Atem, wie der Drache taumelte und Tess sich im allerletzten Moment mit verzweifelter Kraft auf seinem Rücken festklammerte.

Sie lenkte Markor an das heftig mit den Flügeln schlagende Tier heran und versuchte, gestikulierend Tess' Aufmerksamkeit zu erwecken. »Bist du wahnsinnig geworden?«, schrie sie. »Was hast du vor? Dich umzubringen?«

Es war zweifelhaft, ob Tess die Worte überhaupt verstand, aber sie winkte jedenfalls zurück. Dann bemerkte Kara, dass Tess auf etwas im Wald deutete: Unter ihnen, vielleicht vierzig oder fünfzig Meter tief, lag eine der Libellenmaschinen. Sie hing aufgespießt wie ein übergroßer Schmetterling an einem der vorstehenden Äste des Riesenbaumes.

Kara ließ Markor wieder höher steigen, signalisierte Tess, ihr zu folgen, und hielt nach einem Landeplatz Ausschau. Tess' Idee, den Drachen möglichst nahe bei dem Wrack niedergehen zu lassen, wäre nicht einmal so dumm gewesen, hätte es einen ausreichend stabilen Ast gegeben, um den Drachen landen zu lassen. Leider aber gab es keinerlei Landemöglichkeit.

Resignierend steuerte sie Markor von der Lichtung fort und hielt nach einem Ast Ausschau, der das Gewicht des Tieres zu tragen imstande war. Die Äste, die sie fand, lagen ein gutes Stück von der Lichtung entfernt. Trotzdem – es ging nicht anders. Kara wäre auch *zwanzig* Meilen zu Fuß durch den Dschungel marschiert, um sich eine der Libellen aus der Nähe anzusehen. Dicht hintereinander landeten sie in einer Baumkrone und stiegen ab.

»Was hattest du vor?«, empfing Kara Tess verärgert. »Eine besondere Art Selbstmord?«

»Hast du sie nicht gesehen?«, fragte Tess verblüfft.

»Doch«, erwiderte Kara. Sie musste an sich halten, um Tess nicht vor Zorn anzuschreien. »Aber du hättest etwas *sagen* können.« Sie winkte ab. »Vergiss es. Ich will mir dieses Ding ansehen.« Sie deutete auf Zen. »Du kommst mit. Maran, Silvy – ihr steigt abwechselnd auf und haltet uns den Rücken frei.«

Ihr knapper, befehlender Ton verfehlte seine Wirkung nicht. Keiner der anderen widersprach, obwohl sie Maran ansah, wie enttäuscht er war. Im Grunde hätte sie auch viel lieber ihn als Tess mitgenommen. Aber schließlich hatte Tess das Wrack entdeckt.

Vorsichtig machten sie sich auf den Weg zur Lichtung. Die Baumkronen waren hier nicht annähernd so dicht wie in den Gebieten, über die sie bisher geflogen waren, sodass sie langsamer als erwartet vorankamen und mehr als einmal Umwege oder halsbrecherische Klettereien in Kauf nehmen mussten, um sich ihrem Ziel zu nähern. Sie drangen immer weiter in den Wald ein, denn die obersten Äste waren nicht stark genug, um ihr Gewicht zu tragen. Als sie die Lichtung erreichten, erhob sich das gigantische Blätterdach gut zwanzig Meter über ihnen.

Kara gab den beiden anderen ein Zeichen zurückzubleiben, ließ sich auf Hände und Knie herab und kroch die letzten Meter bis zum Ende des mannsdicken Astes. Er endete an einem zersplitterten Stumpf, aus dem Harz gequollen und zu einer dicken braunen Kruste erstarrt war. Dahinter lag nichts als Leere, die sich in dunkler Tiefe verlor. Ein fauliger Geruch stieg empor. Kara schauderte. Der flüchtige Gedanke, den sie vorhin gehabt hatte, war richtig gewesen. Diese Lichtung war nicht auf natürlichem Wege entstanden. Irgendetwas war vom Himmel gestürzt und hatte ein gewaltiges Loch in das Blätterdach gerissen.

Mit größter Konzentration überzeugte sie sich davon, dass sie mit Händen und Füßen sicheren Halt hatte, dann beugte sie sich vor und hielt nach der Libelle Ausschau. Sonderbar: Jetzt, wo sie praktisch festen Boden unter den Füßen hatte, ergriff sie ein heftiges Schwindelgefühl. Sie schloss für einen kurzen Moment die Augen, wartete, bis der Schwindel sich legte, und zwang sich dann, direkt in den Abgrund zu bücken.

Die Libelle lag kaum dreißig Meter tiefer. Kara erwog für einen Moment, einfach in die Tiefe zu klettern, was sie gekonnt hätte – es gab genug Äste, um sich festzuhalten. Aber irgendetwas warnte sie, nicht hinabzusteigen.

Sie kroch ein Stück rückwärts, richtete sich vorsichtig wieder auf und ging zu Tess und Zen zurück. »Wir sind fast da«, sagte sie. »Aber das letzte Stück wird schwierig.«

»Hast du jemanden gesehen?«, fragte Zen. »Der Pilot könnte noch am Leben sein.«

Kara war keine Bewegung aufgefallen. Sie schüttelte den Kopf. »Nein. Seid aber vorsichtig.«

Für die letzten fünfzig Meter brauchten sie fast genauso lange wie für die knappe Meile hierher. Sie stießen entweder auf ein Gewirr aus Ästen, Zweigen und Dornenranken, das so gut wie undurchdringlich war, oder Löcher, die sie nur mit lebensgefährlichen Sprüngen überwinden konnten. Die abgestürzte Libelle war schon zu sehen, als sie beinahe zum Aufgeben gezwungen worden wären: Vor ihnen lagen noch vier oder fünf Meter, aber der Stamm des Riesenbaumes war an dieser Stelle so glatt, als hätte sich jemand die Mühe gemacht, ihn sorgfältig zu polieren. Sie überwanden den Abgrund nur, indem sie all ihren Mut zusammennahmen und einfach sprangen. Dann saßen sie erschöpft neben dem Wrack der Libelle und mussten erst einmal wieder zu Kräften kommen. Kara blinzelte müde zu der gewaltigen Flugmaschine auf. Sie musste in die Sonne blicken, weshalb sie die Libelle nur als schwarzen Schattenriss erkannte, aber der Anblick war auch so unheimlich genug. Aus der Nähe betrachtet kam ihr die Maschine viel größer vor als in der vergangenen Nacht. Es war kein Zufall, dass sowohl Maran und Zen als auch die Kinder von Libellen gesprochen hatten. Es *war* eine Libelle. Der schwarze Umriss vor ihr glich so sehr dem eines ins Riesenhafte vergrößerten Insekts, dass Kara für einen Moment fast damit rechnete, es würde seine Flügel entfalten und davonfliegen. Statt dieser Flügel befanden sich über dem runden Kopf drei lange Blätter aus einem recht elastischen Metall. Einer davon war abgebrochen.

Als Kara schließlich aufstand und näher an das Wrack herantrat, wich die Ähnlichkeit mit einer Libelle ein wenig. Wie sie schon gestern Abend erkannt hatte, bestand der eigentliche Körper der Libelle nur aus einer offenen Gitterkonstruktion, vor der sich eine Glaskugel befand. In der gläsernen Kapsel waren zwei sonderbar geformte Sessel und eine verwirrende Anordnung fremdartiger Apparate zu sehen, die offenbar dazu dienten, das Gefährt zu steuern.

Allerdings würde *diese* Libelle nirgendwo mehr hinfliegen,

dachte Kara. Sie konnte sich jetzt ungefähr vorstellen, was passiert war. Dem Winkel nach zu schließen, in dem sich das Gefährt in der Astgabel verkeilt hatte, musste der Pilot es in einem flachen Kurs nach unten gesteuert haben. Vielleicht hatte er versucht, in dem Wald zu landen. Sie hatte am Abend zuvor beobachtet, dass diese bizarren Maschinen durchaus in der Lage waren, sehr langsam zu fliegen; ja, für eine kurze Zeit sogar in der Luft zu *stehen.*

»Wer immer dieses Ding geflogen hat, war ein richtiger Künstler«, sagte Tess spöttisch. »Er hat es hübsch an den Baum genagelt.«

Kara nickte. »Um ein Haar hättest du das gleiche Kunststück vollbracht.«

Tess' Augen blitzten auf, aber sie antwortete nicht darauf. Stattdessen wandte sie sich wieder der Libelle zu und fragte: »Weiß einer von euch, was, zum Teufel, das ist?«

Kara wollte antworten, aber Zen kam ihr zuvor. »Ich bin nicht sicher«, murmelte er. »Aber ich glaube, ich habe so etwas schon einmal in einem von Angellas Büchern gesehen.« Er sah Kara fragend an, aber sie zuckte nur mit den Schultern. »Ein Heliotopter ... eine Maschine der Alten Welt.«

»Niemals«, sagte Tess impulsiv. Sie deutete auf die Trägerkonstruktion des Rumpfes. »Das Metall der Alten Welt rostet nicht.«

»Falsch«, korrigierte sie Zen. »Es rostet sehr wohl. Nur das, was heute noch übrig ist, rostet nicht. Der Rest hat sich längst in Staub aufgelöst.«

Während Tess und Zen sich zu streiten begannen, trat Kara näher an die zerstörte Maschine heran. So naiv Tess' Antwort auf den ersten Blick klang, sie war nicht ganz aus der Luft gegriffen. Kara hatte noch nie ein rostiges Artefakt aus der Alten Welt gesehen. Was zweihunderttausend Jahre überdauerte, das überdauerte auch ein paar Tage oder Wochen im Dschungel.

Diese Maschine hier nicht.

Sie gehörte nicht zu den beiden, die sie am vergangenen Abend in die Flucht geschlagen hatten, sondern musste schon eine ganze Weile hier liegen, ein paar Monate vielleicht. Die ledernen Bezüge der beiden Sessel waren voller schimmeliger Flecken und alle Metallteile völlig verrostet.

Aber wenn diese Maschine *nicht* aus der Alten Welt stammte, dachte Kara erschrocken, woher kam sie dann? Die Vorstellung, dass es auf dieser Welt jemanden gab, der in der Lage war, *so etwas* zu bauen, versetzte sie in Schrecken. Sie warf einen Blick über die Schulter zurück und sah, dass Tess und Zen noch immer stritten, griff aber nicht ein, sondern versuchte, die Pilotenkanzel des Libellenflugzeuges zu öffnen. Sie fand keinerlei Tür oder irgendeinen Öffnungsmechanismus. Vielleicht, überlegte sie, wurde die ganze Kuppel nach oben geklappt. Was dagegen sprach, war, dass die Leiche des Mannes verschwunden war, der ungefähr zehn Liter Blut auf dem durchbohrten Sessel hinterlassen hatte.

»Interessant, nicht?« Zen trat plötzlich neben sie und deutete mit einer Kopfbewegung auf die Kanzel.

»Was?« Zen beugte sich vor und wies auf eine Anzahl wuchtiger Scharniere, die an der Kuppel befestigt waren. »Man muss das ganze Ding hochklappen, um einzusteigen. Aber das geht nicht mehr.« Seine flache Hand klatschte auf den Ast, der die Kanzel durchbohrt hatte. »Wie zugenagelt.«

»Und?«, fragte Kara. Worauf wollte er hinaus?

»Wo ist der Pilot geblieben?« Zen deutete auf den Sitz. »Der Kerl hat geblutet wie ein abgestochenes Schwein. Ich glaube nicht, dass er noch aus eigener Kraft davongelaufen ist.«

»Vielleicht haben ihn seine Leute abgeholt?«

»Und sich danach die Mühe gemacht, die Kuppel wieder zu schließen?« Zen lachte. »Bestimmt nicht. Irgendwas stimmt hier nicht, Kara.«

»Was für eine tiefschürfende Erkenntnis«, spöttelte Tess. Zen sah sie schon wieder kampflustig an, und Kara trat mit einem raschen Schritt zwischen sie.

»Hört endlich mit dem Unsinn auf«, sagte sie streng. »Dafür haben wir wirklich keine Zeit. Lasst uns das Ding untersuchen und dann von hier verschwinden. Dieser Ort gefällt mir nicht.«

Zumindest in *diesem* Punkt schienen sie ausnahmsweise alle einer Meinung zu sein.

Trotzdem nahmen sie sich Zeit, das Wrack sehr gründlich in Augenschein zu nehmen. Und wenn Kara noch einen Beweis gebraucht hätte, dass die stählernen Libellen und die Männer in den blauschwarzen Uniformen, auf die sie in der Höhle tief unter Schelfheim gestoßen waren, zusammengehörten, dann fand sie ihn jetzt. Es war die Waffe der Libelle; ein zerborstener, gläserner Lauf, der wie ein Stachel unter der Kanzel hervorragte. Obwohl er beschädigt war, gab es doch keinen Zweifel: ähnliche, nur kleinere Gewehre hatten die Männer getragen, die aus dem Tauchboot gekommen waren …

Kara versuchte trotz des Widerwillens, mit dem sie der Anblick der Flugmaschine erfüllte, sich so viele Einzelheiten wie möglich einzuprägen, denn sie war sicher, dass Aires und die anderen viele Fragen stellen würden, sobald sie zurück waren und von ihrem Fund erzählten. Irgendwann hatte sie genug gesehen und erinnerte die beiden anderen daran, dass sie noch eine Stunde ebenso anstrengender wie gefährlicher Kletterei vor sich hatten. Tess wirkte ebenso erleichtert wie sie, aus der Nähe des unheimlichen Wracks zu kommen, aber Zen schüttelte fast erschrocken den Kopf.

»Gib mir noch zehn Minuten«, bat er. »Ich denke, ich kann die Kanzel öffnen und einen Blick hineinwerfen.«

Kara sah ins Innere der verglasten Pilotenkugel. »Glaubst du, du siehst mehr, wenn du die Glaskugel hochgeklappt hast?« Sie schlug mit den Knöcheln gegen die Kugel. Obwohl durchsichtig wie feinstes Kristall, fühlte sich das Material härter als Stahl an.

»Vielleicht«, sagte Zen. »Was machen schon zehn Minuten? Vielleicht finden wir ja etwas, was uns weiterhilft?«

Tess verdrehte die Augen, aber Kara gab Zen mit einem Kopfnicken zu verstehen, dass sie einverstanden war. Er hatte recht – was machten schon zehn Minuten? Vielleicht war es vernünftiger, jetzt noch ein wenig Zeit zu investieren, als sich die nächsten Tage immer wieder zu fragen, ob sie vielleicht nicht doch einen wichtigen Hinweis übersehen hatten.

»In Ordnung«, sagte sie, während sich Zen bereits wieder umwandte und an der Kanzel zu hantieren begann. »Aber ich werde versuchen, Silvy und Maran ein Zeichen zu geben, ehe sie anfangen, sich Sorgen zu machen. Wir sind schon eine ganze Weile weg.«

Es war eine Ausrede. Ob sich die beiden anderen Sorgen machten oder nicht, war Kara ziemlich gleichgültig. Aber sie fühlte sich noch immer unwohl in der Nähe dieser bizarren Maschine. Die linke Hand auf dem Rumpf, balancierte sie vorsichtig so weit über die Astgabel nach außen, bis sie wieder den Himmel sehen konnte. Über ihr kreiste ein mächtiger, dreieckiger Schatten. Sie konnte gegen das grelle Gegenlicht nicht erkennen, ob es Silvy oder Maran war, aber allein der Anblick wirkte beruhigend, gleichwohl wusste Kara, dass ihnen der Drache nicht im Mindesten helfen konnte, wenn sie hier in Gefahr gerieten oder angegriffen wurden. Sie hob die freie Hand und winkte, und nach einigen Augenblicken hob die winzige Gestalt auf dem Rücken des Drachen ebenfalls den Arm und winkte zurück.

Kara blieb noch einige Augenblicke reglos stehen und genoss das Sonnenlicht, das warm auf ihr Gesicht fiel. Es war ein angenehmes Gefühl, das sie für Sekunden alles andere vergessen ließ. Nur der faulige Geruch war mehr als störend, der aus der Tiefe zu ihr emporstieg. Widerwillig öffnete sie die Augen – und blickte mit einem verblüfften Stirnrunzeln in die Tiefe.

Es war Mittag. Die Sonne stand im Zenit, und es dauerte nur wenige Augenblicke, bis die Sonne weiterwanderte und die Schatten den Grund des klaffenden Risses im Wald wieder verschlangen – aber in dieser Minute, vielleicht sogar der einzigen des Jahres, in der es überhaupt möglich war, brachen sich die Sonnenstrahlen glitzernd auf einer gewaltigen *Wasserfläche,* die dort war, wo der Waldboden sein sollte. Es war nicht einfach nur ein Bach oder ein Tümpel; Kara sah ganz deutlich die Wipfel kleinerer Bäume, die schon fast völlig im Wasser verschwunden waren, blattlos und tot wie die skelettierten Hände von Ertrunkenen. Hier und da trieb etwas auf dem Wasser, zu weit entfernt, um es genau zu erkennen, aber zu groß, um einfach ein Stück Baumrinde oder ein ausgerissener Busch zu sein. Vielleicht waren es die Kadaver von Tieren, die in diesem Wasser den Tod gefunden hatten.

Kara sah verwirrt auf, als sich die Schatten wieder über den Grund der Lichtung schoben. Erst jetzt bemerkte sie, dass sie nicht allein war: Fast lautlos war Tess neben sie getreten. Und auf ihrem Gesicht lag die gleiche ungläubige Verblüffung, die auch Kara erfüllte.

Tess las die unausgesprochene Frage in ihrem Blick. »Nein, du bist nicht verrückt. Es sei denn, wir sind es beide. Und beide auf die gleiche Weise.«

»Aber das ist unmöglich«, murmelte Kara.

»Stimmt«, sagte Tess.

»Dort unten kann kein Wasser sein.«

»Nein, das kann es nicht«, pflichtete ihr Tess bei.

»Ich meine, Angella hat uns immer wieder erzählt, dass dort Sumpf ist!«

»Das hat sie«, bestätigte Tess.

»Gäa könnte im Wasser nicht leben.«

»Nein, bestimmt nicht«, versicherte Tess.

»Und außerdem ... wachsen Bäume nicht aus dem Meer!«

»Niemals!«, stimmte Tess zu.

»Also kann es dieses Wasser gar nicht geben.«

»Ganz sicher nicht«, sagte Tess.

Kara blickte sie eine Weile durchdringend an. »Aber es ist da«, murmelte sie schließlich und blickte noch einmal in die Tiefe. Aber schon hatte sich Finsternis über diese sonderbare Wasserfläche gelegt.

»Dieser Wald stirbt«, murmelte Tess plötzlich. »Und jetzt wird auch klar, wieso wir so leicht hierhergekommen sind.«

»Leicht?« Kara ächzte. Ihr schwindelte noch, wenn sie an die halsbrecherischen Kletterpartien dachte, die hinter ihnen lagen. »Ich fand es alles andere als leicht.«

»Nach allem, was uns Angella über diesen Wald erzählt hat, dürften wir gar nicht mehr leben«, beharrte Tess.«

Kara verstand, was sie meinte – und sie gestand sich widerwillig ein, dass Tess recht hatte. So unheimlich dieser Teil des Waldes auch war, gab es doch kaum tierisches Leben. Ein paar Insekten, einige wenige Vögel, die schimpfend davongeflogen waren ... Von all den gefräßigen, tödlichen, heimtückischen Monstern, von denen es in Gäas Reich nur so wimmeln sollte, hatten sie auf dem Weg hierher nicht eines gesehen.

»Vielleicht sind sie alle ertrunken«, murmelte Tess mit einem schiefen Lächeln. Ihre Worte hatten scherzhaft klingen sollen, aber sie schürten Karas Beunruhigung nur noch. Sie waren beide zu sehr im Einklang mit der Natur aufgewachsen, um nicht sofort und zweifelsfrei zu wissen, was hier geschehen war: Wenn es dort unten wirklich plötzlich ein Meer gab, dann war das ökologische Gleichgewicht des Waldes vielleicht schon jetzt unwiderruflich zerstört.

Ein lautstarkes Klirren ließ sie beide zum Wrack der Libelle herumfahren. Im ersten Moment war die Ursache des Lärms nicht auszumachen, aber dann erkannte Kara, dass Zens Füße aus einer schmalen Öffnung des Libellenkopfes herausragten.

Erschrocken liefen sie los, um Zen zu Hilfe zu eilen, doch noch bevor sie ihn erreichten, begann Zen sich rückwärts ins Freie zu schieben. Tess wollte ihm helfen, aber Kara hielt sie zurück. Sie wussten nicht, wie es hinter der Klappe aussah, durch die sich Zen gezwängt hatte. Es war möglich, dass sie ihn verletzten, wenn sie versuchten, ihm zu helfen.

Es dauerte noch eine geraume Weile, bis sich Zen keuchend und verschwitzt aus der Öffnung herausgearbeitet hatte. Er zitterte vor Anstrengung – aber das hinderte ihn nicht daran, über das ganze Gesicht zu grinsen.

»Was ist los mit dir?«, fragte Tess stirnrunzelnd. »Hast du die Notration des Piloten gefunden?«

»Nein«, antwortete Zen atemlos. »Etwas viel Besseres.« Er beugte sich vor. Sein rechter Arm verschwand noch einmal bis zur Schulter in der Klappe. Als er die Hand wieder herauszog, hielt sie ein buntes, total zerknittertes Stück Papier, das an einer Ecke angesengt war.

»Was ist das?«, fragte Kara.

»Das«, antwortete Zen triumphierend, während er das Blatt auseinanderfaltete, »ist eine Karte, Kara. Eine Karte des *Schlundes.*« Seine Augen leuchteten vor Stolz auf, als er Karas Verblüffung registrierte. Dann stieß sein Zeigefinger so heftig auf das Papier herab, dass er fast ein Loch hineingestoßen hätte. »Und ich fresse Markors rechten Flügel«, fuhr er fort, »wenn das hier nicht der genaue Standort ihres Hauptquartiers ist.«

27

Als sich der Abend über den Schlund senkte, befanden sie sich über dreihundert Meilen weiter im Norden; und anders als am vorangegangenen Abend hatten sie einen Platz für die Nacht gefunden, an dem sie keine Angst haben mussten, unversehens in den Boden einzubrechen oder mit fremden Tieren unliebsame Bekanntschaften zu machen.

Mit Hilfe der Karte, die Zen im Wrack des Heliotopters gefunden hatte, hatten sie einen der steilen Lavafelsen ausfindig gemacht, die sich hier und da aus den Wipfeln des Waldes emporreckten; nicht annähernd so hoch wie der Drachenfels, aber hoch und vor allem unwegsam genug, um Sicherheit vor uneingeladenen Gästen zu bieten. Nahe des Gipfels entdeckten sie eine niedrige, aber sehr tiefe Höhle, wo sie die Nacht verbringen konnten. Sie waren allerdings nicht allein; als Kara einen vorsichtigen Blick in die Höhle warf, stellte sie fest, dass es bereits einen Mieter gab. Er war ziemlich groß, hatte zu viele Beine und entschieden zu große Zähne, aber Markor erledigte das Problem mit einem brüllenden Feuerstrahl. Was von dem Monstrum übrigblieb, eignete sich vorzüglich, ein Feuer für die Nacht zu entzünden.

Im Schein der übelriechenden Flammen studierten sie die Karte zum ersten Mal genauer. Kara war noch nicht überzeugt davon, dass Zen mit seiner Behauptung, das Hauptquartier der Fremden gefunden zu haben, wirklich recht hatte – obwohl einiges dafür sprach. Sie hatten dieses Thema am Mittag allerdings nicht diskutiert, sondern es vorgezogen, so schnell wie möglich von der sonderbar toten Lichtung zu verschwinden. Der See auf ihrem Boden war nicht der einzige Grund, aus dem es dort so wenig Leben gab. Auf dem Rückweg hatten sie mehrere eigentümliche Pflanzen entdeckt, und sie alle kannten die

Zeichen einer strahlenverseuchten Region zu gut, um noch länger zu verweilen.

Der größte Teil der kontinentalen Landmasse war noch immer so verstrahlt, dass er gänzlich unbewohnbar war. Nur der *Schlund* war vom Allerschlimmsten verschont geblieben, weil er früher der Grund des Meeres gewesen war. Welchen Sinn sollte es schon gemacht haben, eine Atombombe ins Wasser zu werfen? Kara verdrängte diese Frage und strich die Landkarte sorgsam auf dem Boden glatt. Die Karte war viel größer, als es im ersten Moment den Anschein gehabt hatte. Sie bestand aus einem dünnen, aber reißfesten Material; völlig auseinandergefaltet maß sie gute achtzig Zentimeter im Quadrat. Ihr oberer Rand war verkohlt; vermutlich war ein Stück von nicht mehr zu schätzender Größe beim Absturz verbrannt.

»Wo genau sind wir?«, fragte Maran, während er sich über ihre Schulter beugte.

Nun, da die Karte in voller Größe ausgebreitet war, brauchte Kara einige Sekunden, bis sie ihren derzeitigen Standpunkt wiederfand. Sie deutete auf den winzig kleinen Felsen. Maran blickte den Punkt, auf den sie gedeutet hatte, eine geraume Weile wortlos an. Es fiel Kara nicht sehr schwer, seine Gedanken zu erraten. Sie waren tiefer in den *Schlund* vorgedrungen als je ein Mensch vor ihnen, und in das aufregende Gefühl, ein phantastisches Abenteuer zu erleben, mischten sich Sorge und Angst vor den Libellenflugzeugen und ihren mysteriösen Erbauern. Außerdem ergab sich ein viel profaneres Problem: Sie hatten seit gestern Abend weder etwas gegessen noch getrunken.

»Schade, dass man auf der Karte nicht mehr Einzelheiten erkennt«, sagte Maran. Stirnrunzelnd blickte er Zen an. »Was bringt dich zu der Überzeugung, dass das ...« Er wies auf einen Punkt, der fast am Ende der Karte lag. »... ihr Hauptquartier ist?«

Zen verdrehte die Augen, seufzte tief und warf Maran einen

vorwurfsvollen Blick zu, weil die Antwort auf diese Frage für ihn viel zu offensichtlich war. »Es ist ein strategisch idealer Punkt«, erklärte er. »Außerdem erkennt man, dass die Karte an dieser Stelle ganz besonders oft gefaltet worden ist. Und sie ist schmutzig.«

»Aha«, sagte Tess. »Was uns beweist, dass wir es mit einer Bande von Schmutzfinken zu tun haben.«

Zen schien ihre Worte nicht besonders amüsant zu finden. »Was uns beweist«, sagte er in belehrendem Tonfall, »dass die Besitzer dieser Karte ganz besonders oft auf diese Stelle gedeutet haben.«

Plötzlich vernahm Kara vom Höhleneingang ein machtvolles Rauschen. Einer der Drachen war zurückgekommen. Die Tiere flogen abwechselnd aus, um irgendwo im Dschungel zu jagen. Kara fragte sich, was sie in diesem beinahe leblosen Wald finden mochten, aber fast im selben Moment drang ein lautes Schlingen und Schmatzen an ihr Ohr; gefolgt von einem Rülpser, der die ganze Höhle zum Zittern zu bringen schien. Kara lächelte, während Silvy fast schmerzhaft das Gesicht verzog.

»Drache müsste man sein«, sagte sie. »Ich sterbe gleich vor Hunger.«

»Frag sie doch mal, ob sie dir etwas abgeben«, sagte Kara. Die Worte waren eigentlich als Scherz gemeint, aber Silvy sah sie nur eine Sekunde lang an, dann stand sie auf, zog ihr Messer aus dem Gürtel und verließ die Höhle. Kara sah ihr kopfschüttelnd nach. Silvy musste wirklich *sehr* hungrig sein. Sie wandte sich wieder der Karte zu. Je länger sie sie betrachtete, desto verwirrender kam sie ihr vor. An ihrem Rand befand sich eine Anzahl einfacher, aber unverständlicher Symbole. Eigentlich ohne besonderen Grund streckte Kara die Hand aus und berührte eines davon.

Am Rand der Karte leuchtete plötzlich ein Rechteck aus orangeroten Linien auf.

Kara zog erschrocken die Hand zurück, und Zen und Tess blickten verblüfft auf die Karte hinab. Maran beugte sich stirnrunzelnd vor. »Was war *das?*«, fragte er.

Kara zögerte, dann streckte sie abermals die Hand aus und berührte das Symbol ein zweites Mal. Das Rechteck erlosch. Und leuchtete wieder auf, als sie das Symbol zum dritten Mal berührte. Dann probierte sie auch die anderen Symbole aus, aber nichts geschah.

»Irgendeine Bedeutung muss es doch haben!«, murmelte Zen. Er sah Kara fragend an, erntete ein hilfloses Achselzucken als Antwort – und berührte das Rechteck mit dem Zeigefinger.

Es begann zu zittern. Zen zog die Finger erschrocken wieder zurück.

Aber Kara beugte sich neugierig vor. Sie hatte etwas entdeckt: Wenn man genau hinsah, erkannte man, dass sich das Rechteck um wenige Millimeter verschoben hatte. Zögernd streckte sie die Hand aus und berührte es auf die gleiche Weise wie Zen zuvor. Aber sie zog die Finger nicht wieder zurück, sondern ließ sie langsam über das Papier gleiten. Das Rechteck folgte der Bewegung.

Zen sperrte Mund und Augen auf, während Kara das Rechteck langsam weiter über die Karte verschob, bis es über der Region angekommen war, in der sie sich befanden. Sie zog die Hand zurück und rechnete fast damit, dass das Gittersegment einfach an seinen angestammten Platz zurückkehren würde, aber es blieb, wo es war.

»Beeindruckend«, sagte Tess. »Und jetzt?«

Kara zuckte mit den Schultern. Sie hatte erwartet, dass irgendetwas geschah, aber nichts war passiert.

Zen fuhr sich nervös mit der Zungenspitze über die Lippen, streckte einen zitternden Finger aus und berührte das zweite Symbol auf dem Rand der Karte. Die orangeroten Linien leuchteten auf – und plötzlich begann das Rechteck zu wachsen, bis es fast die gesamte Karte bedeckte.

Und mit ihm wuchs sein Inhalt. Statt einer recht kleinen Darstellung des gesamten *Schlundes* blickten sie plötzlich auf eine in großem Maßstab gehaltene, farbige und *dreidimensionale* Darstellung des Berges herab, in dessen Innerem sie sich befanden. Und als wäre dies allein noch nicht erstaunlich genug, *bewegte* sich das Bild! Sie konnte sehen, wie der Wind mit den Blättern spielte. Die Schatten großer Vögel glitten über die Wipfel dahin, ohne dass die Tiere selbst zu erkennen gewesen wären, und durch eine Lücke in den Bäumen konnte sie Wasser am Grunde des Waldes glitzern sehen. Bald bemerkte man aber, dass sich immer dieselbe Bewegung abspielte, eine Sequenz von nicht ganz zehn Sekunden, die sich ununterbrochen wiederholte.

»Das ist ... unglaublich!«, flüsterte Zen.

Kara sah flüchtig auf, als Silvy zurückkehrte. Sie brachte nichts von der Beute des Drachen mit, war aber ziemlich bleich geworden.

»Schaut euch das an«, murmelte Tess. »Man ... man kann sogar die einzelnen Blätter erkennen.«

Das war zwar übertrieben – aber auch Kara hatte nie zuvor eine Karte (Karte?) von solcher Detailgenauigkeit gesehen.

Über zehn Minuten saßen sie über die Karte gebeugt da und staunten über dieses Wunderwerk aus einer alten, längst untergegangenen Welt, dann machten sie sich daran, die Funktion der Karte genauer zu ergründen. Kara und Zen experimentierten eine Weile herum, bis sie herausfanden, wie der zu vergrößernde Ausschnitt genau festgelegt oder auch aufgeteilt werden konnte, sodass man zwei, vier oder auch acht unterschiedliche Bereiche der Karte gleichzeitig betrachten konnte. Die Karte war ein kleines Wunderwerk, das allein ihre Expedition in den *Schlund* gelohnt hatte.

»So«, sagte Maran in fast fröhlichem Ton und wandte sich an

Zen. »Dann wollen wir uns dein *Hauptquartier* ein wenig genauer ansehen.« Mit übertriebenen Bewegungen verschob er das orangerote Rechteck dorthin, wo Zen die Zentrale der Fremden vermutete, dann berührte er das Symbol auf dem Kartenrand, und ...

Wahrscheinlich vergingen weitere fünf Minuten, in denen sie völlig reg- und wortlos dasaßen und die Karte anstarrten, gelähmt von einer Mischung aus Entsetzen und Erstaunen.

Endlich war es Maran, der das Schweigen brach. »So ist das also«, murmelte er. »Jetzt verstehe ich, dass nie jemand zurückgekommen ist.« Seine Stimme bebte vor Zorn. Er war leichenblass.

»Ein ... ein zweiter Drachenfels«, flüsterte Kara. »Großer Gott. Er ist ... er ist mindestens doppelt so groß wie der andere!«

Niemand antwortete ihr. Das Schweigen dauerte an und wurde bedrückender und schwerer, je länger es währte. Kara hatte das Gefühl, dass ihr gleich schwindelig wurde. In ihrem Kopf wirbelten die Gedanken durcheinander. Ein zweiter Drachenfels! Und sie hatten geglaubt, Jandhis Hauptquartier aufgespürt und zerstört zu haben! Was für ein grausamer Witz des Schicksals – zehn Jahre lang hatten sie immer und immer wieder junge Reiter in den *Schlund* geschickt, ohne zu ahnen, dass der wirkliche Feind noch immer da war, genauso stark, wenn nicht stärker als zuvor.

»Was tun wir?«, fragte Tess schließlich. Der Klang ihrer Stimme ließ Kara aufblicken. Tess war blass und zitterte, aber sie war auf eine ganz andere Art erschreckt als Kara.

»Wir fliegen zurück«, antwortete Kara. »Morgen früh, sobald die Sonne aufgeht.«

Zen, Silvy und Maran atmeten erleichtert auf, während Tess Kara fast hasserfüllt anstarrte. »Zurück? Wieso willst du ...«

»Wir kehren zum Hort zurück«, unterbrach sie Kara in schärferem Tonfall. »Sofort.«

»Jetzt, wo wir so weit gekommen sind?«, schnappte Tess.

»Willst du warten, bis es zu spät ist?«, fragte Kara. »Was glaubst du, warum keiner der anderen zurückgekehrt ist?« Sie legte demonstrativ die Hand auf die Karte. »Diese Karte ist vielleicht das Wertvollste, was je im *Schlund* gefunden wurde! Wir müssen sie zurückbringen!«

Tess schwieg, aber ihr Blick sprach Bände.

»Ich weiß, was du denkst«, sagte Kara ruhig, aber bestimmt. »Vergiss es. Einmal seid ihr damit durchgekommen, aber ein zweites Mal werde ich keinen Alleingang zulassen.«

Tess' Augen blitzten auf, aber sie schwieg. Kara sah sie einen Moment lang an, dann wandte sie sich an Maran. »Du bist mir dafür verantwortlich, dass sie keinen Unsinn macht, ist das klar? Wenn ich morgen früh aufwache und sie weg ist, dann werde ich dir höchstpersönlich den Kopf dafür abreißen.«

Maran lächelte über ihre Formulierung, aber Kara blieb sehr ernst, und nach einigen Sekunden erlosch Marans Lächeln und machte einem nervösen, fast infantilen Grinsen Platz. Kara war nicht sicher, ob ihre Reaktion richtig gewesen war. Sie kannte Tess gut genug, um zu wissen, dass sie mit ihren Worten wahrscheinlich eher Tess' Trotz schüren als ihre Einsicht fördern würde. Verdammt, warum war es nur so schwer, Entscheidungen zu treffen?

Sie beugte sich wieder über die Karte und musterte den gewaltigen Felsen. Er war größer als der Drachenfelsen und wurde vom gleichen Gewirr von Mauern, Türmen, Innenhöfen und zinnengesäumten Terrassen gekrönt.

»Das ist ... unvorstellbar«, murmelte Zen. Er streckte die Hand aus, als wolle er den Berg berühren; ein Impuls, den Kara sehr gut verstand. Die dreidimensionale Abbildung war so naturgetreu, dass auch Kara glaubte, nur die Hand ausstrecken zu müssen, um den glatten Fels zu fühlen. »Er muss groß genug für Hunderte von Drachen sein!«

»Nein, das glaube ich nicht«, sagte Silvy.

»Ach? Und warum nicht?«

»Weil wir sie schon vor zehn Jahren geschlagen haben«, antwortete Silvy heftig. »Wenn sie tausend Drachen hätten, hätten sie uns längst überrannt.«

»Lasst uns hinfliegen und nachsehen«, sagte Tess. »Wir finden es nicht heraus, wenn wir hier sitzen und herumraten.«

»Wir *werden* nachsehen«, versprach Kara. »Aber nicht allein.« Sie machte eine entschiedene Handbewegung, und Tess schluckte die Antwort herunter, die ihr auf der Zunge gelegen hatte.

»Ich verspreche dir, dass du dabei sein wirst«, sagte Kara. »Ihr alle werdet dabei sein, wenn ihr das wollt. Doch zuerst müssen wir diese Karte zurückbringen. Aires und Cord müssen sie sehen.«

Sie blickte Tess aufmerksam an. Sie war sich nicht sicher – aber sie *glaubte* zumindest, dass sich das zornige Funkeln in ihren Augen ein wenig gelegt hatte. »In Ordnung«, sagte sie. »Lasst uns sehen, welche Überraschungen diese Karte noch für uns bereit hat.«

Zwei Dinge versetzten sie noch in Erstaunen.

Zum einen war der Fundort der Karte nicht auf ihr eingetragen. Sie fanden eine ganze Reihe der großen, kraterförmigen Lichtungen, die das monotone Grün des Blätterdachs durchbrachen, aber an der Stelle, an der die abgestürzte Libelle gelegen hatte, fand sich etwas anderes, was kaum zu beschreiben war, irgendetwas Formloses befand sich unter den Baumwipfeln, etwas, das sich im Zehnsekundentakt der Karte bewegte, aber es war nicht zu erkennen, was es war.

Die zweite erstaunliche Entdeckung machten sie, als sie sich die Randbezirke der Karte ansahen. Ein Ausschnitt Schelfheims war zu erkennen, so detailliert, dass selbst einzelne Häuser auftauchten und Kara sich nicht einmal mehr gewundert hätte, wären plötzlich Menschen und Hornköpfe aus den Häusern getreten und hätten ihr zugewinkt. Auch die dahinterliegende Küstenregion – leider nicht der Drachenhort – ließ sich auf der Karte ausmachen.

Kara starrte eine der Küstenstädte so fassungslos an, dass es auch den anderen auffiel. »Was hast du?«, fragte Zen.

»Diese Stadt«, murmelte Kara benommen.

Zen blickte das Rechteck am Rande der Steilküste einige Augenblicke lang verwirrt an, aber offenbar fiel ihm nichts Außergewöhnliches daran auf. »Und?«

»Es ist meine Heimatstadt«, antwortete Kara.

»Wie bitte?«

Kara nickte. »Ich bin dort aufgewachsen«, sagte sie. »Versteht ihr nicht? Diese Stadt war die letzte, die von Jandhis Feuerdrachen zerstört wurde. Sie existiert nicht mehr.«

»Aber das war vor zehn Jahren«, sagte Silvy. »Das bedeutet, dass ...«

»Dass dieses Wrack seit mindestens zehn Jahren im Dschungel liegt«, führte Kara den Satz zu Ende. »Und die Karte ebenso alt ist.«

»Wahrscheinlich sogar älter«, sagte Zen düster. »Dieses Wrack sah aus, als läge es seit einem Jahrhundert dort.« Er atmete tief und hörbar ein. »Ist euch klar, was das bedeutet?« Er sah sich fragend um. Als er keine Antwort bekam, fuhr er fort: »Es heißt nichts anderes, als dass sie seit mindestens zehn Jahren hier sind und uns beobachten.« Keiner der anderen antwortete darauf.

Aber als Kara am nächsten Morgen aufwachte, war Tess verschwunden. Sie bekam allerdings keine Gelegenheit, sich Maran vorzuknöpfen, wie sie ihm angedroht hatte. Maran und sein Drache waren ebenfalls fort. Und die Karte hatten sie auch mitgenommen.

28

Obwohl sie ihren Drachen das Letzte abverlangten, sahen sie bis zum späten Nachmittag keine Spur von Maran oder Tess. Sie waren mit dem ersten Licht der Sonne losgeflogen, viel zu hastig, um sich im schwachen Licht des Morgens zu orientieren. Was allerdings verständlich war – Kara kochte innerlich vor Wut. Dass die beiden ihren eindeutigen Befehl so offen missachtet hatten, war schlimm genug. Aber dass sie die Karte mitgenommen hatten, war unverzeihlich und mehr als töricht. Begriffen sie denn nicht, dass sie nicht nur ihr eigenes Leben aufs Spiel setzten, sondern vielleicht das Schicksal der ganzen *Welt?*

Was von Kara Besitz ergriffen hatte, war kein gewöhnlicher Zorn mehr, der nach einer Weile verrauchte. Zum ersten Mal im Leben spürte sie so etwas wie *Mordlust.* In gewisser Hinsicht war es ganz gut, dass sie Maran und Tess nicht einholten. Kara war nicht sicher, was geschehen wäre, hätte sie die beiden in die Finger bekommen.

Vielleicht war auch ihr unbändiger Zorn der Grund, warum ihr die Veränderung nicht sofort auffiel, die mit ihrer Umgebung vonstattenging.

Am Anfang waren es nur Kleinigkeiten – ein brauner Fleck im Wipfelwald hier, ein blattloser Baum da, das umgestürzte Gerippe eines Riesenbaumes, manchmal ein Schimmern von Silber, das vom Grund des Waldes heraufdrang. Aber die Anzeichen wurden deutlicher, je weiter sie nach Norden kamen.

Der Wald starb.

Immer öfter flogen sie über sterbende Bäume dahin, und immer öfter sahen sie das Schimmern einer gewaltigen Wasserfläche, die sich am Grund des Waldes erstreckte; dort, wo eigentlich Gäas lebensspendender Sumpf sein sollte. Manchmal glitten sie über tote Baumgiganten dahin, die wie Pfähle eines irrsinnigen Riesenzaunes aus einer endlosen Wasserfläche emporragten, dann wieder tauchten grüne, lebende Inseln unter ihnen auf, die dem mörderischen Würgegriff des Wassers bisher getrotzt hatten. Aber wie lange noch?

Zwei Stunden vor Sonnenuntergang waren die Drachen mit ihrer Kraft am Ende. Aber sie hatten Glück, dass sie auf Anhieb einen Landeplatz fanden: einen Felsen, der dreißig Meter aus dem Wasser ragte. Kara ließ ihren Drachen zwei vorsichtige Runden über dem Berg drehen. Der Fels wirkte leblos, aber sie dachte an den Bewohner der Höhle, in der sie die Nacht verbracht hatten, und so ließ sie Markor und die beiden anderen Drachen einen Schwall Feuer über den Lavafelsen speien, ehe sie endgültig landeten.

Markor wäre fast gestürzt, als er auf dem Berg aufsetzte. Seine ungeschickte Landung zeigte Kara deutlicher als alles andere, wie erschöpft die Tiere waren, und dieser Gedanke wiederum ließ ihre Sorge um Maran und Tess zu neuer Glut aufflammen. Die Drachen der beiden mussten ebenso erschöpft sein wie ihre Tiere. Wenn sie den Berg fanden und wenn es dort auch nur noch einen einzigen Verteidiger gab, dann hatten die beiden keine Chance.

Umständlich, mit steifen, schmerzenden Gliedern, kletterte Kara von Markors Rücken und entfernte sich ein paar Schritte von dem Drachen. Der Boden unter ihren Füßen war noch heiß. Grauer Rauch drang aus Felsspalten und Rissen im Fels, und der scharfe Geruch von heißem Stein lag in der Luft. Schaudernd sah sich Kara um. Sie glaubte nicht, dass Markors Feuer mehr Schaden angerichtet hatte, als ein paar Algen und Schimmelpilze zu verbrennen. Der Felsblock war so tot, wie er nur sein konnte – genauso leblos wie die Umgebung, in der er lag.

Karas Blick tastete über die silbergraue Wasserwüste, aus der sich der Felsbuckel erhob. Aus der Luft war der Anblick schlimm gewesen; aus der Nähe war er entsetzlich. Der Wald hatte sich gelichtet. Viele Bäume waren einfach verschwunden. Hier und da ragte noch ein fauliger Stumpf aus dem Wasser, an manchen Stellen waren große Schatten unter der Oberfläche sichtbar, und nicht weit von Kara entfernt hatte ein einzelner Baum seine grüne Krone behalten. Als sie aber genauer hinsah, erkannte sie, dass es nicht das Grün von Blattwerk war, sondern unzählige Parasitenpflanzen, die sich auf den kahl gewordenen Ästen niedergelassen hatten. Doch auch die Parasiten würden nicht mehr lange leben; zwischen dem Grün gewahrte Kara hässliche braune Flecke, die wie Rost aussahen.

»Entsetzlich, nicht wahr?«

Kara widerstand der Versuchung, sich herumzudrehen, als sie Zens Stimme hörte. Stattdessen nickte sie nur und blickte weiter nach Norden. Es sah beinahe so aus, als erstrecke sich das Meer bis ans Ende der Welt. Kara verstand einfach nicht, woher die unvorstellbaren Mengen von Wasser kamen. Jeder Versuch, seine Menge zu schätzen, musste kläglich scheitern, zumal für Menschen, die auf einer Welt aufgewachsen waren, auf der jeder kleine See ein Wunder bedeutete.

»Es ist absurd«, murmelte Zen hinter ihr. Er wartete einen Moment, und als sie immer noch keine Anstalten machte, irgendwie auf seine Worte zu reagieren, trat er mit einem Schritt neben sie und blickte sie von der Seite her an. »Wäre es nicht so entsetzlich, dann würde ich lachen, weißt du? Ich habe immer gedacht, ohne Wasser gäbe es kein Leben. Das hat man uns doch beigebracht, oder? Dass das Wasser der Ursprung allen Lebens ist.«

Kara sah ihn an und schwieg. Zen wollte keine Antworten. Er wollte nur reden.

»Aber das Wasser tötet das Leben«, fuhr er fort. »Dieser Wald ist mehr als hunderttausend Jahre alt. Und jetzt stirbt er innerhalb weniger Jahrzehnte!«

Falsch, dachte Kara. *Innerhalb weniger Jahre.* Auf der Karte war dieser Teil des Dschungels noch als lebend und unversehrt eingezeichnet gewesen. Von einem See – geschweige denn von einem Meer! – hatte sie keine Spur entdecken können.

»Vielleicht ist das der Grund, aus dem sie gekommen sind«, murmelte Zen.

»Die Fremden?«

Zen nickte. »Ja. Vielleicht ... ich meine, vielleicht wurde ihre Heimat zerstört. Ich habe darüber nachgedacht, weißt du? Es kann kein Zufall sein, dass sie gerade jetzt aufgetaucht sind. Vielleicht leben sie in einem Teil des *Schlundes,* der untergegangen ist, und suchen neuen Lebensraum.«

Kara dachte einen Moment über diese Idee nach. Plausibel – aber aus irgendeinem Grund vermochte der Gedanke sie nicht zu überzeugen. Andererseits hatte sie keinen wirklichen Anlass, Zen zu widersprechen, da sie so gut wie nichts über die Welt jenseits des Drachenfelsens wussten.

»Die Höhle, von der du erzählt hast«, fuhr Zen nach einer Weile fort. Kara blinzelte irritiert, bis ihr klar wurde, dass Zen übergangslos das Thema gewechselt hatte.

»Glaubst du, dass es *das hier ist!«*

Sie blinzelte abermals, ein wenig überrascht über die Frage. Sie hatte geglaubt, als Einzige auf diese verrückte Idee gekommen zu sein. Schließlich schüttelte sie den Kopf. »Nein. Ich habe selbst schon mit dem Gedanken gespielt, aber das ist unmöglich. Die Höhle ist groß, aber nicht *so* groß ...«

»Woher willst du das wissen?«, unterbrach sie Zen. »Du hast selbst gesagt, dass du nicht weißt, wie groß das unterirdische Meer ist.«

»So groß jedenfalls nicht«, beharrte Kara. »Außerdem liegt ihr Wasserspiegel fast eine Meile unter dem *Schlund.* Und Wasser fließt in den allerwenigsten Fällen nach oben – glaube ich.« Sie lächelte, aber Zen blieb ernst.

»Der Wasserspiegel fällt«, beharrte er. »Und hier erscheint plötzlich ein Meer, das es vorher nicht gegeben hat.«

»Ich könnte mir ein Dutzend Erklärungen einfallen lassen, die einleuchtender und logischer sind.« Kara war selbst ein wenig überrascht, als ihr die Schärfe in ihrer Stimme auffiel. Erst jetzt spürte sie, wie sehr Zens Worte sie erschreckt hatten. »Vielleicht hat es irgendwo ein Erdbeben gegeben, das den Lauf einiger Flüsse verändert hat. Oder ein Damm ist gebrochen.« Sie spürte, wie unbefriedigend diese Erklärung war. Zen machte sich nicht einmal die Mühe, darauf zu antworten.

Mit einem resignierenden Seufzen ging er an ihr vorbei und schritt vorsichtig über den Felsen, bis er das Wasser erreicht hatte. Er beugte sich vor und blieb reglos und sehr aufmerksam stehen, um auf eine Stelle unweit des Ufers zu blicken. Als Kara in die gleiche Richtung sah, erkannte sie, dass etwas im Wasser schwamm. Sie konnte nicht genau erkennen, was es war, aber es war groß und dunkel und bewegte sich leicht auf den Felsen zu. Zen beugte sich vor und streckte die Hand aus.

»Fass es nicht an!«, sagte Kara erschrocken.

Zen erstarrte mitten in der Bewegung, und Kara warf einen raschen Blick in den Himmel hinauf, ehe sie losrannte. Silvys Drache kreiste noch immer über der Insel. Aus irgendeinem Grund wagte sie es nicht zu landen. Aber vielleicht hatte sie etwas entdeckt, das sie weiter aus der Luft beobachten wollte.

Sie blieb neben Zen stehen und legte ihm die Hand auf die Schulter, obwohl er den Arm längst wieder zurückgezogen hatte. »Rühr nichts an«, sagte sie noch einmal. Gleichzeitig beugte sie sich weiter vor, um erkennen zu können, was vor ihnen im Wasser schwamm. Es war ein mehr als mannsgroßes Büschel aus fauligem Wurzelwerk oder Tang, das wie nasses Haar im Wasser wehte.

Zen streifte mit sanfter Gewalt ihre Hand ab, watete ein paar Schritte ins Wasser hinein und zog sein Schwert. Ohne zu zögern, streckte er den Arm aus und angelte einen Wurzelstrang aus dem Meer; verwesende weiße Fäden, die traurig und leblos von seinem Schwert herabhingen.

»Gäa«, flüsterte Kara erschüttert. Zen sagte nichts, aber sein Gesichtsausdruck sprach Bände. Sein Fund hatte sie schlagartig der letzten Möglichkeit beraubt, sich selbst etwas vorzulügen. Dieses Meer war nicht immer hier gewesen. Der Boden, aus dem sich der Felsen erhob, hatte vor nicht einmal langer Zeit zu Gäas Reich gehört. Das Wasser hatte sie erstickt wie den Wald, den sie und von dem sie sich ernährte.

Zen schleuderte das tote Geflecht angewidert von sich und schwenkte sein Schwert ein paarmal heftig durch das Wasser, um die Klinge zu reinigen. Tot oder nicht, Gäa war vermutlich das gefährlichste Geschöpf, das jemals auf diesem Planeten existiert hatte. Zen watete ans Ufer zurück, dann legte er plötzlich den Kopf in den Nacken und sah zu Silvy hinauf, die noch immer über der Insel kreiste. »Warum landet sie nicht?«

Silvy flog zu weit oben, um ihr etwas zurufen zu können, deshalb signalisierte Kara eine entsprechende Frage. Sie war ziemlich sicher, dass Silvy ihre weit ausholenden Gesten gesehen hatte. Aber die erhoffte Reaktion blieb aus. Ganz im Gegenteil schlug Silvys Drache plötzlich heftiger mit den Flügeln und schraubte sich in engen Spiralen wieder höher in den Himmel hinauf.

»Was, zum Teufel ...«, murmelte Zen und brach erschrocken mitten im Satz ab, als Silvys Drache plötzlich nach Norden schwenkte und über den abgestorbenen Wipfeln des Waldes verschwand.

Oh nein, dachte Kara. *Nicht sie auch noch! Waren denn jetzt hier alle verrückt geworden?*

Aber dann tauchte Silvys Drache aus der anderen Richtung über dem Wald auf. Sie war nicht mehr allein. Hinter ihr glitt der Schatten eines zweiten Drachen über den Himmel, und für wenige Augenblicke bildete sich Kara fast ein, auch ein drittes Tier zu erkennen. Aber das war nur ein Trugbild, etwas, das sie lediglich sehen *wollte.*

In aller Deutlichkeit allerdings bemerkte sie, dass mit diesem Drachen etwas nicht stimmte: So hoch sie auch flogen, konnte sie doch erkennen, dass das Tier entweder verletzt oder zu Tode erschöpft sein musste: Seine Flügelschläge waren langsam und schwerfällig, er hatte Mühe, mit Silvys Drachen mitzuhalten, obwohl der fast gemächlich vor ihm dahinglitt. Immer wieder taumelte er oder drohte abzustürzen, und Kara war plötzlich nicht einmal mehr sicher, dass er das kurze Stück bis zur Insel noch schaffen würde. Sie konnte jetzt den Reiter erkennen, der zusammengesunken über dem Hals des Drachen lag, konnte aber nicht ausmachen, ob es sich dabei um Maran oder Tess handelte.

Sie liefen ein Stück vom Ufer zurück und begannen Silvy zuzuwinken. Silvy lenkte ihr Tier in einer eleganten Schleife auf die Insel zu, und der zweite Drache versuchte, das Manöver nachzuvollziehen, hatte aber nicht mehr die nötige Kraft. Er taumelte, und seine Schwinge berührte die Baumkronen. Ein gewaltiges Splittern und Krachen erscholl; der zweite Drache schrie vor Schmerz und Angst und sackte einen entsetzlichen Moment lang wie ein Stein in die Tiefe, ehe es ihm mit einer verzweifelten Anstrengung gelang, seinen Sturz abzufangen. Wie durch ein Wunder wurde der Reiter auf seinem Rücken bei diesem Manöver nicht abgeworfen.

»Wir müssen ihm helfen!«, schrie Zen.

Ja, dachte Kara. *Aber wie?* Ihr Blick suchte die beiden anderen Tiere. Die Drachen waren unruhig und bewegten die Flügel, als spürten sie wie Kara, in welcher Gefahr ihr Gefährte schwebte.

»Er stürzt!«

Zens Stimme überschlug sich, und Karas Herz macht einen

erschrockenen Sprung, als sie sah, dass der Drache tatsächlich steil in die Tiefe schoss. Fast auf sie und Zen zu! Einen schrecklichen Moment lang war sie fest davon überzeugt, dass er sie treffen und zermalmen würde, dann warf sich das Tier im buchstäblich allerletzten Moment herum, breitete noch einmal die Flügel aus und glitt um Haaresbreite über ihnen hinweg.

Sie wurden beide von den Füßen gerissen und stürzten. Kara schlug sich Hände und Knie auf den harten Felsen blutig, während der Drache ein Stück von der Insel entfernt auf dem Wasser aufprallte.

Kara fegte mit einem gewaltigen Satz an Zen vorbei, stieß sich ab und landete im Wasser, noch ehe sie auf ihre innere Stimme hören konnte, die ihr verzweifelt zuzuschreien versuchte, dass sie nicht schwimmen konnte. Rasend schnell schoss sie durch das schäumende Wasser, sah eine Gestalt vor sich in der Gischt auftauchen und griff instinktiv zu. Ihre Finger bekamen nasses Leder zu fassen. Kara klammerte sich mit verzweifelter Kraft am Flügel des tobenden Drachen fest und brachte sogar irgendwie das Kunststück fertig, sich weiter hinaufzuziehen. Es war völlig absurd, aber während sie sich keuchend und mit letzter Kraft Stück für Stück weiter auf die peitschende Riesenschwinge hinaufarbeitete, war ihr einziger Gedanke, dass sie Cord oder Storm unbedingt darum bitten musste, ihr das Schwimmen beizubringen, sobald sie zurück im Hort war.

Wahrscheinlich hätte sie es nicht geschafft, hätte der Drache nicht zu toben aufgehört. Seine Bewegungen wurden schwächer, und schließlich lag die gewaltige Schwinge still wie das Segel eines untergegangenen Schiffes auf dem Wasser.

Kara gönnte sich eine einzige, kostbare Sekunde, um wieder zu Atem und Kräften zu kommen, dann stemmte sie sich auf Hände und Knie und kroch los. Der Drache rührte sich nicht mehr, aber der Flügel gab unter ihrem Gewicht immer wieder nach. Sie wusste, dass der Drache tot war, lange bevor sie seinen

Körper erreichte und sich auf seinen schuppigen Rücken hinaufzog. Es war nicht der Sturz gewesen, der ihn umgebracht hatte. Seine Flanken und sein Hals waren übersät mit tiefen, blutenden Wunden. Wie es schien, hatten Tess und Maran wirklich den zweiten Drachenfels gefunden.

Sie versuchte, den Schmerz zu verdrängen, mit dem sie der Tod des Drachen erfüllte, und eilte auf die reglose Gestalt in seinem Nacken zu. Es war Maran, und Kara erkannte, weshalb er bei dem verzweifelten Flugmanöver des Tieres nicht abgeworfen worden war: Er hatte sich im Sattel festgebunden. Aber er regte sich nicht, und er reagierte auch nicht, als Kara seinen Namen rief.

Voller Panik kniete sie neben ihm nieder, zerrte den Dolch aus dem Gürtel und zerschnitt die Lederriemen, die Maran hielten. Mit einer schrecklich schlaffen Bewegung sackte Maran zur Seite und wäre ins Wasser gefallen, hätte Kara nicht rasch zugegriffen und ihn aufgefangen. Seine Haut war eiskalt, und für einen furchtbaren Moment war sie ganz sicher, dass auch er tot war.

Sie konnte ihn kaum noch halten. Ihre Finger glitten auf dem nassen Leder seiner Jacke ab. Wo, zum Teufel, blieb Zen?

Sie sah zum Ufer zurück. Zen war bis auf die Hüften ins Wasser gewatet, unternahm aber keinen Versuch näher zu kommen. Natürlich – er konnte auch nicht schwimmen. Die wenigsten Drachenkrieger konnten schwimmen.

Kara versuchte, die Hände in Marans Jacke zu krallen, aber immer wieder entglitt sie ihm. Verzweifelt und ohne wirklich darüber nachzudenken, packte sie schließlich sein schulterlanges, dichtes Haar. Ob sie ihn auf diese Weise wirklich gehalten hätte, erfuhr sie nie – ihr Griff bereitete ihm auf jeden Fall genug Schmerzen, um ihn aus der Bewusstlosigkeit zu reißen. Stöhnend öffnete er die Augen, tastete blindlings um sich und fand am schuppigen Hals des toten Drachen Halt.

»Verdammt, hilf mir!«, stöhnte Kara. Die Anstrengung überstieg fast ihre Kräfte. »Willst du ertrinken?«

Maran kam langsam zu sich; er schien zu begreifen und griff kräftig zu. Endlich schwand der entsetzliche Druck von ihren Schultermuskeln. Sie atmete erleichtert auf, ließ aber erst ganz los, als sie sicher war, dass sich Maran aus eigener Kraft halten konnte.

Fast eine Minute lang lagen sie beide keuchend und völlig erschöpft nebeneinander, dann hob Kara mühsam den Kopf und sah Maran an. Er hatte sich weiter in die Höhe gezogen und war über dem Sattel zusammengebrochen. Kara erschrak erneut, als sie seinen Rücken sah. Nicht nur sein Drache war von dem entsetzlichen grünen Licht der Libellen getroffen worden.

»Beweg dich nicht!«, sagte sie erschrocken. Sie plagte sich auf und spürte, wie ihr schwindelig wurde. Trotzdem fuhr sie fort: »Ich bringe dich ... an Land. Irgendwie.«

Irgendwie schaffte sie es, wenngleich sie einen Grad der Erschöpfung erreicht hatte, der sie nicht einmal mehr spüren ließ, dass Silvy und Zen ihnen auf dem letzten Stück entgegenwateten und sie beide an Land zogen.

Sie verlor nicht das Bewusstsein, aber sie dämmerte lange am Rande einer Ohnmacht dahin. Die Sonne war bereits hinter den Bäumen verschwunden, als sie sich so weit erholt hatte, dass sie sich aufsetzen und zu Silvy und Zen hinüberkriechen konnte, die sich noch immer um Maran bemühten. Seine Augen waren geschlossen, aber dann hob er die Lider, als spüre er ihre Nähe, kaum dass sie neben ihm ankam. Sein Blick war getrübt, und doch glaubte sie, dass er sie erkannte.

Maran zitterte am ganzen Leib, und auch Kara fror entsetzlich. Die Nacht würde noch kälter werden. Kara hoffte, dass Maran überlebte. Leider wies die Felseninsel keine Höhle auf.

»Wie geht es ihm?«

Zen zuckte mit den Schultern, und Silvy machte ein besorgtes

Gesicht. »Ich weiß es nicht«, sagte sie. »Die Verbrennungen auf seinem Rücken sind nicht sehr tief, aber sehr groß. Ich habe nichts, um die Wunde zu versorgen. Möglich, dass sie sich entzündet.«

Kara beugte sich vor, berührte flüchtig Marans Stirn und lächelte, als er den Kopf zu drehen versuchte, um sie anzusehen. »Wie fühlst du dich?«, fragte sie.

»Es ist sinnlos«, sagte Zen. »Er versteht dich nicht. Ich habe es ein paarmal versucht.« Er zögerte sichtlich, dann griff er unter seine Jacke und zog etwas hervor. »Das hatte er bei sich.«

Kara riss überrascht die Augen auf, als sie sah, dass es die Karte war; völlig durchweicht und zerknittert, aber ansonsten unbeschädigt.

»Er?«, murmelte sie. »Aber das bedeutet, dass …«

»Dass *er* wahrscheinlich die Idee hatte, auf eigene Faust loszuziehen und den Helden zu spielen«, fiel ihr Zen ins Wort. »Nicht Tess.« Beinahe hasserfüllt sah er auf Maran herab. »Ich schwöre dir: Wenn sie tot ist, dann bringe ich ihn eigenhändig um!«

Kara lag eine scharfe Antwort auf der Zunge, aber sie sprach sie nicht aus. Zen liebte Tess, das war ein offenes Geheimnis, aber er war auch als sehr besonnen bekannt.

Statt Zen zurechtzuweisen, machte sie nur eine besänftigende Handbewegung. »Vielleicht versuchen wir erst einmal, am Leben zu bleiben, ehe wir Pläne schmieden, wer wen umbringt«, sagte sie. »Wir müssen mit ihm reden.«

»Wozu?«, grollte Zen.

»Vielleicht, damit uns nicht dasselbe passiert wie ihm«, antwortete Silvy an Karas Stelle. »Du scheinst nämlich recht gehabt zu haben. Es sieht so aus, als wären wir ganz in der Nähe ihres Hauptquartiers.«

Zen presste die Lippen zusammen und starrte sie wortlos an.

»Wir müssen ihn irgendwie wärmen«, sagte Kara. »Er erfriert

sonst.« Sie überlegte einen Moment, dann deutete sie auf die Drachen. »Bringen wir ihn dorthin. Wenigstens sind wir da aus dem Wind heraus.«

Vorsichtig, um ihm nicht noch mehr Schmerzen zuzufügen, trugen sie Maran in den Windschatten der gewaltigen Tiere. Und Karas Einfall erwies sich als doppelt nützlich: Markor musste spüren, wie es um sie stand, denn er breitete plötzlich eine seiner Schwingen aus, sodass sie sich wie das Dach eines lebenden Zeltes über ihnen spannte.

Eine Stunde nach Sonnenuntergang begann Maran zu fiebern, und als sich Kara seinen Rücken besah, stellte sie fest, dass genau das eingetreten war, was Silvy befürchtet hatte: Die Verbrennung hatte sie entzündet. Das salzige Wasser hatte alles nur noch schlimmer gemacht, was Kara auch nicht im geringsten überraschte. Die Wunden auf ihren Händen und Knien brannten wie Feuer. Das Wasser war nicht einfach nur salzig, es stank und war faulig.

»Er stirbt, Kara«, sagte Silvy, nachdem sie eine Weile besorgt in sein Gesicht geblickt hatte. »Tu irgendetwas, Kara. Hilf ihm!«

Kara hatte diese Bitte befürchtet. Sie selbst hatte im Laufe der letzten Stunde mehr als ein Dutzend Mal daran gedacht, das bisschen Wissen um die geheime Heilmagie der Drachenkrieger anzuwenden, um ihm zu helfen, war aber jedes Mal davor zurückgeschreckt. Angella hatte ihr so wenig erzählt.

»Ich weiß nicht, ob ich es kann«, sagte sie ausweichend. »Vielleicht bringe ich ihn damit um.«

»Ich glaube nicht, dass du noch viel Schaden anrichten kannst«, erwiderte Silvy. »Er stirbt, wenn wir nichts tun.«

Kara zögerte noch lange; Minuten, in denen sich Marans Zustand so rasch verschlechterte, dass Silvy sie stumm und vorwurfsvoll anblickte.

»Also gut«, sagte sie schließlich. »Helft mir!«

Gemeinsam entkleideten sie Maran und betteten ihn so auf den Boden, dass seinem Rücken übermäßige Schmerzen erspart blieben. Dann begannen Karas Hände und Fingerspitzen behutsam über seinen Körper zu gleiten. Sie berührten Nervenknoten, fuhren die Bahnen entlang, die die geheimen Ströme seines Körpers entlangliefen, massierten, streichelten, kneteten, drückten. Nach einer Weile fühlte sie, wie sich ihre Fingerspitzen auf Marans Haut zu erwärmen begannen. Es war mehr als die Wärme, die die Berührung verursachte. Kara glaubte ein Prickeln und Kribbeln zu verspüren, als flössen geheimnisvolle Kräfte von ihrem Körper in den seinen und umgekehrt. Ganz allmählich beruhigte sich Marans rasender Pulsschlag, und Kara begann Hoffnung zu schöpfen, dass ihr Tun ihm vielleicht wirklich half.

Aires hatte ihr einmal erklärt, dass diese Art der Massage auf eine uralte Technik zurückging, die sogar noch älter als die Alte Welt sein sollte und auf dem Prinzip beruhte, sowohl die Selbstheilungskräfte des menschlichen Körpers als auch seine geheimen Kraftreserven zu mobilisieren. Sie wusste, dass das stimmte; schließlich hatte sie es vor nicht einmal langer Zeit am eigenen Leib gespürt.

Nach einer Stunde war sie so erschöpft, dass sie selbst über Marans Körper zusammengebrochen wäre, hätte sie nicht aufgehört. Aber sein Atem ging plötzlich sehr viel ruhiger, und er hatte aufgehört zu phantasieren und sich so heftig hin und her zu werfen, dass Zen ihn festhalten musste. Er war nicht mehr bewusstlos, sondern schlief; einen sehr, sehr tiefen Schlaf. Kara war so erschöpft, dass sie kaum noch Zeit fand, ein paar Schritte weit zu kriechen und sich an Markors Flanke zu kuscheln, ehe ihr die Augen zufielen und auch sie in den Schlaf sank.

29

Eine Stunde vor Sonnenaufgang schrak sie auf, aus dem Schlaf gerissen durch ein grelles Licht und durch ein gewaltiges Getöse, das noch in ihren Ohren dröhnte.

Mit einem Ruck setzte sie sich auf und sah sich um. Ihr war kalt, denn der Drache hatte sich aufgerichtet, sodass der schneidende Nachtwind sie ungeschützt traf. Über ihr war wieder der Sternenhimmel, nicht mehr Markors beschützende Schwinge. Maran lag schlafend neben ihr, aber sie sah die Schatten der beiden anderen, die sich ebenfalls aufgerichtet hatten und gebannt nach Norden sahen.

Ein grellweißer Blitz von unerträglicher Helligkeit zerriss die Nacht. Kara schrie auf und schlug die Hände vor die Augen, aber das Licht drang durch ihre geschlossenen Augen und hinterließ ein hartes Abbild des toten Waldes auf ihren Netzhäuten.

Für eine geraume Weile war das alles, was sie sah, selbst als sie die Hände wieder herunternahm und vorsichtig die Augen öffnete. Ein ungeheures Krachen und Dröhnen drang an ihr Ohr, und im selben Moment bäumten sich die drei Drachen auf und stimmten ein Gebrüll an, das beinahe noch schlimmer war. Wenige Augenblicke später spürte Kara, wie der Boden unter ihnen zu zittern begann; und noch einmal Augenblicke später traf ein warmer Lufthauch ihr Gesicht. Kara blinzelte stöhnend. Ihre Augen füllten sich mit Tränen, aber sie konnte noch nichts sehen außer dem in ihre Netzhaut gebrannten Bild des Waldes. Und plötzlich war sie sicher, dass dieses Bild ihr vermutlich das Augenlicht gerettet hatte. Hätte der Wald nicht den allergrößten Teil der entsetzlichen Lichtflut aufgehalten, wäre sie jetzt blind.

Aber auch so vergingen noch Minuten, bis sie ihre Umgebung

wenigstens wieder schemenhaft erkennen konnte. Ihr erster Blick galt Silvy und Zen. Beide hockten zusammengekrümmt da. Silvy blinzelte ununterbrochen. Tränen liefen über ihr Gesicht. Zen presste noch immer stöhnend die Hand vor die Augen.

Voller Angst wandte Kara sich wieder nach Norden um.

Der Wald loderte rot im Widerschein zahlloser Brände, die in seinen Wipfeln tobten. Dahinter erhob sich ein schwarzes Ungeheuer, so hoch wie der Himmel: eine ungeheuerliche, brodelnde Wolke von der Form eines Pilzes, in der es noch immer rot und orange aufleuchtete. Kara glaubte, auch einige dünne, grüne Blitze zu erkennen, die zwischen Boden und Himmel hin und her zuckten. Vor ihren Augen tanzten noch immer bunte Farbkleckse und Schlieren.

Kara hatte noch nie zuvor solch ein Höllenspektakel gesehen, aber der Anblick berührte irgendetwas tief in ihrem Inneren, eine Erinnerung, die sie nie zuvor bewusst gehabt hatte, die aber immer da gewesen war, vielleicht ein Teil eines kollektiven Gedächtnisses, das sie mit jedem anderen denkenden Wesen dieses Planeten teilte. Sie war gelähmt vor Entsetzen, unfähig, sich zu bewegen, zu denken oder auch nur den Blick von dieser furchtbaren Feuersbrunst zu lösen. Dieses schwarze brüllende Monstrum war der gestaltgewordene Teufel, der aus dieser Welt das gemacht hatte, was sie war. Es war DER FEIND, den man nicht bekämpfen und vor dem man nicht davonlaufen konnte. Es war ein Feind, der durch sein bloßes Dasein tötete.

Auch Silvy und Zen hockten wie gelähmt da, mit offenen Mündern, starren Augen und schreckensbleichen Gesichtern. Endlos lange starrten sie den schwarzen Höllenpilz an, der immer noch wuchs und wuchs, als wolle er den gesamten Himmel verschlingen.

Schließlich sank Silvy mit einem Wimmern zu Boden und verbarg das Gesicht zwischen den Händen.

Ihre Bewegung brach den Bann. Es gelang Kara endlich, ihren

Blick von der fürchterlichen Erscheinung loszureißen, und auch Zen drehte sich mit einem erschöpften Seufzer zur Seite. »Großer Gott!«, flüsterte er. »Was ... was war das?«

Keiner von ihnen wusste es, und zugleich spürten sie alle genau dieses Wissen tief in sich, nicht die Antwort auf Zens Frage, sondern das Wissen, dass dieses ... *Etwas* der Inbegriff aller Schrecken war, ein entsetzliches, durch und durch BÖSES Wesen.

Wieder verging eine lange, lange Zeit, in der keiner von ihnen sprach oder sich auch nur nennenswert bewegte. Dann begann Maran plötzlich zu stöhnen und sich unruhig hin und her zu werfen. Er öffnete die Augen, versuchte den Kopf zu heben und sank keuchend wieder zurück.

»Bleib liegen«, sagte Kara. Es fiel ihr schwer, überhaupt zu sprechen. Angellas Stimme, die noch immer irgendwo in ihr war, versuchte ihr zu erklären, dass Maran jetzt jede nur erdenkliche Hilfe von ihr brauchte, aber sie brachte einfach nicht die nötige Kraft auf, ihm irgendwie beizustehen. Sie legte die Hand auf seine Stirn, aber es war eine leere Geste ohne jede Bedeutung.

Maran schob ihren Arm zur Seite und stemmte sich mühsam auf. Er wollte etwas sagen, aber in diesem Moment fiel sein Blick auf den Rauchpilz am Horizont. Seine Augen weiteten sich. »Was ... was ist *das?«*, krächzte er.

»Irgendetwas ist explodiert«, antwortete Kara ausweichend. Ihre Lippen waren spröde und schmerzten, als sie sprach. »Wie fühlst du dich?«

Maran antwortete, ohne den Blick von der grauenerregenden Erscheinung am Himmel zu nehmen. »Ich habe höllische Schmerzen.«

»Gut«, sagte Zen. »Ich hoffe, es wird noch schlimmer. Wo ist Tess? Was hast du mit ihr gemacht?«

»Tess?« Maran schien im ersten Moment nicht einmal zu verstehen, wovon er sprach. Dann legte sich eine tiefe Trauer auf sein Gesicht. »Ich weiß nicht«, sagte er. »Aber ich fürchte, sie ist tot.«

»Du …« Zen sprang auf und machte einen drohenden Schritt auf Maran zu. Sein Gesicht war verzerrt.

»Zen!«

Kara hob besänftigend die Hand, aber ihre Stimme war scharf wie eine Messerklinge, sodass Zen tatsächlich innehielt. Kara sah ihn fast beschwörend an, während ihre freie Hand zum Schwertgriff wanderte. Zens Hände zuckten, und für einen Moment glühte in seinen Augen pure Mordlust, die nicht nur Maran, sondern auch ihr galt. Plötzlich begriff Kara, wie gefährlich die Situation war. Es war nicht nur Zens Sorge um Tess, sie alle hatten ins Herz der Hölle geblickt und ein Entsetzen kennengelernt, das mit Worten nicht einmal zu beschreiben war.

»Bitte, Zen«, sagte sie ein wenig sanfter. »Beruhige dich. Lass ihn erzählen.« Sie wandte sich an Maran. »Wenn du dich in der Lage dazu fühlst.«

»Erzählen?« Maran machte eine verwirrende Geste. »Ja, ich … ich versuche es. Aber ich … ich erinnere mich kaum.«

»Das würde ich an deiner Stelle auch nicht«, bemerkte Zen voller Hass.

»Jetzt halt endlich den Mund!«, fuhr ihn Kara an. *»Setz dich hin!«*

Zen starrte abwechselnd sie und Maran an. In seinem Gesicht arbeitete es. Für einen Moment war Kara nicht sicher, dass er ihr gehorchen würde. Aber dann ließ er sich mit einer trotzigen Bewegung zu Boden sinken und starrte Maran nur hasserfüllt an. Kara machte eine auffordernde Geste. »Was ist passiert?«

»Ich … weiß nicht einmal, wie … wie ich zurückgekommen bin«, murmelte Maran. »Wie komme ich hierher? Wasser. Da war Wasser. Hast du mich … herausgeholt?«

»Ja. Aber was ist vorher geschehen, Maran? Ihr wart dort, nicht wahr?« Sie deutete auf den Horizont im Norden, vermied es aber, in diese Richtung zu sehen.

Maran schluchzte. »Ja. Ich ...«

»Wie hast du Tess dazu gebracht, dich zu begleiten?«, unterbrach ihn Zen aufgebracht.

Kara warf ihm einen warnenden Blick zu – aber sie sagte nichts. Maran setzte sich mit einem Ruck ganz auf und funkelte Zen an.

»Ich?«, schnappte er. »Bist du verrückt? *Sie* ist einfach auf ihren Drachen gestiegen und davongeflogen! Ich habe versucht, sie zurückzuhalten, aber es ist mir nicht gelungen.«

»Oh ja!«, höhnte Zen. »Das glaube ich dir! Deswegen hattest du ja auch die Karte in der Tasche, nicht wahr?« Er zog die Karte unter der Jacke hervor und schleuderte sie vor Maran auf den Boden. Maran blickte sie verstört an, und Kara beugte sich rasch vor und nahm die Karte an sich.

»Reiß dich zusammen, Zen«, sagte sie mit schneidender Stimme. »Erzähle weiter, Maran. In allen Einzelheiten. Und – *bitte* – die Wahrheit.«

»Ich habe nichts zu verbergen!«, antwortete Maran in einem Ton, der in Karas Ohren eine Spur zu heftig klang. »Du hattest mir befohlen, auf Tess aufzupassen«, fuhr er fort, »und genau das habe ich getan. Ich gebe zu, ich bin eingeschlafen, aber ich wurde wach, als ich sie in der Höhle hantieren hörte. Ich sah, dass sie die Karte an sich genommen hatte, und ging ihr nach, um sie zur Rede zu stellen.«

»Warum hast du mich nicht geweckt?«

»Warum sollte ich? Ich konnte ja nicht ahnen, dass sie plötzlich verrücktspielt!«

»Verrücktspielt?«

Maran zögerte einen Augenblick. »Sie hat mich niedergeschlagen«, gestand er. »Ohne Warnung. Ich muss wohl einen

Moment das Bewusstsein verloren haben. Als ich wieder zu mir kam, war sie schon auf ihrem Drachen.«

»Und warum hast du uns da nicht geweckt?«, fragte Kara misstrauisch. Etwas an Marans Geschichte gefiel ihr nicht.

»Dazu war keine Zeit«, verteidigte sich Maran. »Es war dunkel! Was hätte ich tun sollen? Auf euch warten? Bis dahin wäre sie in der Nacht verschwunden gewesen! Ich bin zu meinem Drachen gelaufen und habe die Verfolgung aufgenommen.«

»Du hättest schreien können – *während* du zu deinem Drachen rennst.«

»Ich gebe zu, das war ein Fehler«, sagte Maran – in einem Ton, der klarmachte, dass er eigentlich *gar nichts* zugab. »Ich war wütend. Und ich dachte, ich hätte eine gute Chance, sie einzuholen und zurückzubringen, bevor ...«

»Bevor was?«, fragte Zen, als Maran nicht weitersprach.

»Bevor ihr überhaupt etwas merkt«, antwortete Maran heftig. »Verdammt, glaubst du, ich war stolz darauf, dass sie mich übertölpelt hat? Ich war wütend. Vielleicht habe ich einen Fehler gemacht. Na und? Willst du mich dafür erschlagen oder aufhängen lassen?«

»Du hast sie also nicht eingeholt«, sagte Kara rasch, ehe Zen antworten konnte.

Maran schnaubte. »Eingeholt? Sie hat Katz und Maus mit mir gespielt! Erst als die Sonne aufging, erreichte ich sie. Sie hatte auf mich gewartet.«

»Wieso?«

»Woher soll ich das wissen?«, schnappte Maran. »Vielleicht wollte sie nicht allein weiterfliegen. Vielleicht hatte sie auch Angst, dass ich nicht zu euch zurückfinde und ums Leben komme. Wir haben uns gestritten. Ich habe ihr die Karte fortgenommen und verlangt, dass wir zurückfliegen. Aber sie hat sich geweigert. Und schließlich hat sie mich überzeugt, dass wir genauso gut auch weiterfliegen konnten. Es war nicht mehr allzu weit.« Seine Stimme nahm wieder jenen verteidigenden Tonfall an, der es Kara so schwermachte, ihm zu glauben. »Ich hatte nicht vor, den Felsen anzugreifen. Ich wollte nur einen Blick darauf werfen und dann zurückfliegen. Und Tess hat mir versprochen, nichts ohne mein Einverständnis zu unternehmen.«

»Ich glaube dir nicht«, sagte Zen.

Kara stimmte ihm im Stillen zu, gebot ihm aber mit einer unwilligen Geste, still zu sein.

»Nach zwei Stunden konnten wir den Felsen sehen«, fuhr Maran fort. »Er sieht wirklich genauso aus wie auf der Karte. Aber er ist sehr viel größer, als ich dachte. Er muss Platz für tausend Drachen bieten, falls es dort noch welche gibt.«

»Falls?«, fragte Kara. »Wart ihr denn nicht da?«

»Nicht nahe genug, um Einzelheiten zu erkennen«, antwortete Maran düster. »Ich schätze, wir waren noch fünfzig oder sechzig Meilen entfernt, als sie uns angriffen.«

»Libellen?«

Maran nickte. »Ein ganzer Schwarm«, sagte er. »Zwanzig oder dreißig Maschinen. Wir konnten eine vernichten, aber dann mussten wir fliehen. Tess und ich wurden getrennt. Ich weiß nicht, was mit ihr passiert ist.«

»Du hast dich nicht einmal überzeugt, was ihr passiert ist?«, fragte Zen aufgebracht.

»Ich hatte zu tun, weißt du?«, fauchte Maran. »Ich hatte ein Dutzend von diesen ... Dingern am Hals und war damit beschäftigt, am Leben zu bleiben – wenn du gestattest.«

»Hört auf!«, sagte Silvy erschrocken. »Still!«

Alle drei sahen sie überrascht an. Silvy hatte sich wieder aufgesetzt und den Kopf in den Nacken gelegt. »Hört ihr nichts?«, flüsterte sie.

Im ersten Moment hörte Kara tatsächlich nichts – aber dann vernahm sie ein fernes, dunkles Grollen, das sie bis ins Mark erschreckte, ohne dass sie auch nur wusste, was es war. Sie sah auf …

… und sprang mit einem Schreckensschrei in die Höhe.

Die Brände im Norden erloschen einer nach dem anderen, und im gleichen Augenblick wusste Kara, was sich ihnen näherte. »Weg hier!«, schrie sie. »Auf die Drachen! *Schnell!*«

Sie riss Maran in die Höhe und zerrte ihn mit sich, während die beiden anderen zu ihren Drachen hetzten. Markor bewegte sich unruhig, und Marans Gewicht erschwerte es ihr noch mehr, auf den Rücken des Drachen zu klettern. Sie musste Markor keine Befehle mehr erteilen; der Drache breitete die Schwingen aus und stieß sich mit einem gewaltigen Satz in die Höhe, kaum dass Kara im Sattel saß.

Keine zwanzig Sekunden später erbebte die Insel unter dem Anprall einer gewaltigen Flutwelle. Gischt spritzte so hoch in die Luft, dass selbst Kara auf Markors Rücken noch einige Spritzer abbekam. Kara hörte ein krachendes Splittern, als einige der Baumriesen am Waldrand umstürzten. Die Insel verschwand im brodelnden Meer.

»Das war knapp«, keuchte Maran. »Eine Minute später, und …«

Kara nickte wortlos. Sie starrte gebannt in die Tiefe. Das Wasser war einfach über die Insel hinweggespült.

»Was war das?«, flüsterte Maran. »Du hast behauptet, etwas wäre *explodiert?*«

»Es war wohl eine ziemlich große Explosion«, murmelte Kara. Ihre Stimme klang flach, und sie spürte, wie das Entsetzen ihr ganzes Denken lähmte. Was würde noch passieren?

Eine Weile kreisten sie über der Lichtung, bis Kara glaubte, dass sie das Schlimmste hinter sich hatten, und das Zeichen zur Landung gab. Natürlich war an Schlaf in dieser Nacht nicht mehr zu denken. Also konnten sie auch ebenso gut Pläne für ihr weiteres Vorgehen schmieden.

»Jetzt, wo wir die Karte wiederhaben, können wir ja zurückfliegen«, sagte Silvy.

Kara deutete ein Achselzucken an, und Maran und Zen reagierten gar nicht. Aber Kara ahnte, was in ihnen vorging. Zen würde nicht von hier fortgehen, solange er nicht genau wusste, was mit Tess geschehen war, und Maran musste irgendwelche anderen Gründe haben, die Kara immer noch nicht verstand. Sie wusste nicht warum, aber sie glaubte ihm die Geschichte nicht völlig, die er ihnen erzählt hatte.

Und sie selbst?

Ohne ihr Zutun wanderte ihr Blick wieder nach Norden. Jetzt, wo die Brände erloschen waren, sah sie den Pilz aus Rauch und Qualm nur noch als gewaltigen Schatten, dessen Umrisse den Sternenhimmel verdunkelten. Sie hatte noch immer entsetzliche Angst davor, aber plötzlich wusste sie, dass auch sie nicht hier weggehen konnte, ohne zu wissen, was dort geschehen war. Sie musste es sehen, gleichgültig, wie entsetzlich es war.

»Wir warten, bis es hell wird«, bestimmte sie. »Dann fliegen Zen und ich hinüber.«

»Bist du wahnsinnig?«, keuchte Silvy. »Willst du, dass sie euch umbringen wie Tess?«

»Wir wissen nicht, ob sie tot ist«, antwortete Kara. »Wenn du an ihrer Stelle wärst, würde ich dich auch nicht zurücklassen – und ich würde dasselbe von euch erwarten. Außerdem glaube ich nicht, dass dort noch irgendjemand lebt, der uns gefährlich werden könnte.« Sie wusste, dass sie sich damit selbst widersprach, aber keiner der anderen schien es zu bemerken.

»Es bleibt dabei«, sagte sie noch einmal. »Du bleibst zusammen mit Maran hier. Ihr wartet bis zum nächsten Morgen.« Sie zögerte einen Moment, dann nahm sie die Karte und gab sie Silvy. »Wenn ihr angegriffen werdet oder wir nach Ablauf eines Tages nicht zurück sind, dann bringst du die Karte zu Aires.«

Silvy drehte die Karte unschlüssig in den Fingern. Sie sah Maran an, stellte aber keine Fragen mehr. Sie wussten alle, dass Marans momentanes Wohlbefinden täuschte. Der Zusammenbruch würde kommen, vielleicht schon morgen.

»Sollen wir nicht besser zwei Tage warten?«

»Vierundzwanzig Stunden«, beharrte Kara. »Wenn wir bis zum nächsten Sonnenaufgang nicht zurück sind, dann kommen wir vermutlich nicht wieder.«

30

Es war, wie Maran behauptet hatte: Als die Sonne aufging, sahen sie den Schatten des zweiten Drachenfelsens am Horizont. Da sie die Entfernung nicht kannten, war es unmöglich, seine Größe zu schätzen; aber er musste gewaltig sein. Unter ihnen begann sich das Land auf furchtbare Weise zu verändern. Die Flutwelle, der sie mit knapper Not entkommen waren, hatte wie ein Orkan im Wald gewütet. Gewaltige Schneisen gähnten zwischen den Bäumen. Sie überflogen Gebiete, in denen nur noch zersplitterte Stümpfe aus dem Wasser ragten. Und wo die Springflut nicht zugeschlagen hatte, da hatten gewaltige Brände den Wald verwüstet. Eine unbestimmte Trauer ergriff von Kara Besitz, während sie in zwei Meilen Höhe über den verbrannten Wald dahinglitten. Was immer auch geschah und was immer sie auch taten; die Wunden, die dieses Land davongetragen hatte, würden niemals wieder heilen.

Bevor sie den Drachenfelsen erreichten, wollten sie noch einmal eine Rast einlegen. Es dauerte allerdings eine ganze Weile, bis sie einen geeigneten Landeplatz fanden, denn die Bäume lichteten sich mehr und mehr. Sie flogen im Grunde nicht mehr über einen Wald, der unter Wasser stand, sondern über ein Meer, aus dem hier und da ein Baum ragte. Sie rasteten eine halbe Stunde, dann flogen sie weiter.

Allmählich traten die Einzelheiten des zweiten Drachenfelsens stärker hervor. Anders als sein kleinerer Bruder im Westen glich er einer gewaltigen, sehr schlanken Pyramide. Sämtliche Grate und Kanten wirkten wie abgeschliffen.

Sie überschritten die Grenze, die Maran ihnen genannt hatte, ohne angegriffen zu werden. Keine Libellenmaschinen tauchten auf, kein grünes Licht stach nach ihnen. Sie sahen nicht die geringste Bewegung, nicht das kleinste Zeichen von Leben. Der Berg ragte aus der Oberfläche eines leblosen Ozeans empor.

Kara signalisierte Zen, ihr zu folgen, und lenkte Markor fast bis auf die Wasseroberfläche herab. Sie ahnte, dass es eine vergebliche Vorsichtsmaßnahme war – die Männer in den eisernen Libellen waren nicht auf ihre Augen angewiesen, um zu sehen. Ihr Herz begann vor Aufregung hart und schwer zu schlagen, während sie die zyklopische Felsnadel zweimal in respektvoller Entfernung umkreisten. Kara hatte sich geirrt: Der Berg war nicht glatt geschliffen, sondern geschmolzen. Hier und da glühte die Lava noch in einem tiefen, drohenden Rot. Grauer Rauch kräuselte sich aus gewaltigen Rissen und Spalten, die in seinen Flanken klafften.

In kleiner werdenden Spiralen stiegen sie wieder höher. Karas Blick suchte die schwarze Felswand ab, die rechts von ihr emporwuchs, aber sie entdeckte keine Spur von Leben. Die Maschinen, die Tess und Maran angegriffen hatten, waren nicht mehr da – oder Opfer des höllischen Feuerblitzes geworden, den sie in der Nacht gesehen hatten.

Karas Verdacht, dass dieser Berg im Zentrum der ungeheuerlichen Explosion gelegen hatte, wurde zur Gewissheit, als sie den Gipfel erreichten. Der größte Teil der Verteidigungs- und Festungsanlagen, die seinen Gipfel gekrönt hatten, war völlig

zerstört. Mauern und Türme waren zermalmt oder zu Staub zerfallen, große Gebäude wie von einer riesigen Hand zusammengedrückt worden, der Fels war zu riesigen, unförmigen Steinbrocken zusammengeschmolzen, über denen die Luft noch immer vor Hitze flimmerte.

Von Westen nach Osten hin nahm die Schwere der Zerstörung ab. Offensichtlich hatte der Hauch des tödlichen Feuers die westliche Flanke des Berges getroffen, sodass es an seiner gegenüberliegenden Seite noch Teile der Festung gab, die nur leicht oder auch gar nicht beschädigt waren. Da und dort entdeckten sie die Überreste von Libellenmaschinen, und einmal glaubte Kara auch eine Bewegung zu erkennen, aber als sie genauer hinsah, war es nur ein toter Schatten.

Plötzlich riss Zen seinen Drachen so abrupt zur Seite, dass Kara im allerersten Moment glaubte, er wäre von irgendetwas getroffen worden. Aber im gleichen Augenblick sah sie, dass er heftig gestikulierte, und reagierte ganz instinktiv. In einer engen Kurve jagte sie Markor hinter Zens Drachen her und versuchte, in Blickkontakt mit ihm zu treten.

Sie waren zu weit voneinander entfernt, um zu sprechen, und Zen war so aufgeregt, dass Kara seine Zeichen nicht genau verstand. Aber sie begriff, dass er auf dem Turm über ihnen etwas entdeckt hatte. Völlig ohne Leben schien dieser verbrannte Berg wohl doch nicht zu sein. Kara bedeutete ihm, zurückzubleiben und ihr den Rücken freizuhalten, dann steuerte sie Markor in einer langgezogenen Spirale auf den Turm zu. Sie flog ihn sehr niedrig an, darauf gefasst, angegriffen zu werden. Sie war sich sehr schmerzhaft bewusst, welch leichtes Ziel sie jedem Heckenschützen bieten musste. Ärgerlich auf sich selbst verscheuchte sie den Gedanken. Es hatte wenig Sinn, sich selbst verrückt zu machen. Trotzdem waren ihre Hände nass vor Schweiß, als sie sich dem zinnengesäumten Innenhof näherte, vor dem Zen so plötzlich beigedreht hatte.

Es gab keine Heckenschützen. Aber auf dem Hof standen drei der riesigen Libellenmaschinen. Der Anblick hätte Kara nicht überraschen dürfen, aber sie war dennoch so erstaunt, dass sie über den Hof hinwegflog, ohne etwas anderes zu tun, als die plumpen Kolosse aus braungrün geflecktem Stahl anzustarren, die unter ihr auf dem Hof hockten, ihre Köpfe einander zugedreht, als wären es wirklich große, eiserne Tiere, die hierhergekommen waren, um miteinander zu reden. Sie ähnelten den Maschinen kaum, die sie im Wald getroffen und gegen die sie gekämpft hatten. Trotzdem erkannte Kara auf den ersten Blick, dass sie der gleichen Technologie entstammten.

Kara kreiste dreimal über dem Turm, ohne irgendein Anzeichen der Besatzung zu entdecken. Allerdings wurde ihr sehr schnell klar, dass sie hier irgendwo sein mussten. Welche Katastrophe auch immer diesen Berg getroffen hatte: Die Heliotopter waren *danach* gelandet. Und da die Maschinen weitaus größer waren als die, die sie bisher kennengelernt hatten, standen auch ihre Chancen recht gut, auf *mehr* als sechs Männer zu stoßen ...

Ihre Gedanken drehten sich wild im Kreis, während sie zu Zen zurückflog und ihm mit knappen Gesten ihren Plan signalisierte. Sie wusste eigentlich nicht, was sie *tun* sollte. Sie hatten nur einen einzigen Vorteil auf ihrer Seite: das Überraschungsmoment.

Sie ließ Markor ein wenig langsamer fliegen, während Zen seinen Drachen vor sie setzte und hoch und schnell auf den Turm zusteuerte. Markor knurrte, als spüre er Karas Erregung. Sie war immer noch nicht sicher, ob sie richtig handelten. Aber es war zu spät für Zweifel. Der Turm raste auf sie zu, und dann waren sie über ihn hinweggeglitten und steuerten die Libellen an. Einen Wimpernschlag bevor sie heran waren, glaubte Kara, eine Bewegung unter einer der Türen wahrzunehmen, die ins Innere des Turmes hineinführten, doch ihr blieb keine Zeit mehr, sich zu überzeugen, ob sie es sich nur eingebildet hatte. Zens Drache breitete einen Vorhang aus orangeroten Flammen über dem Hof aus, und wenig später stieß Markors Feueratem in diese Glut hinein und verwandelte den Turm in einen flammenspeienden Vulkan.

Die drei Libellen explodierten. Während Zen und sie ihre Drachen in verschiedene Richtungen abdrehten, um nicht von ihrer eigenen Glut erfasst zu werden, glommen inmitten des Feuervorhanges drei grellweiße Bälle auf. In respektvollem Abstand umkreisten sie den Turm, ehe sie es wagten, sich wieder zu nähern. Schwarzer Rauch hing über der Festung, aber das Feuer war bald erloschen, als die Maschinen ausgebrannt waren. Trotzdem war der Stein noch zu heiß, um zu landen. Zweimal flog Markor an, und zweimal zog er sich mit einem zornigen Knurren wieder zurück, als seine Krallen die glühende Lava berührten. Erst nachdem sie noch einmal zehn endlose Minuten gewartet hatten, gelang es dem Drachen, auf einem Teil der zerstörten Zinnenkrone Halt zu finden, sodass Kara absteigen konnte.

Sie rannte auf die Tür zu, hinter der sie eine Bewegung zu sehen geglaubt hatte. Der Stein war noch immer so heiß, dass es ihr selbst durch die dicken Stiefelsohlen hindurch Schmerzen bereitete. Mit großen, beinahe grotesk aussehenden Sprüngen erreichte sie die Tür, stürmte hindurch und stolperte über etwas, das im Schatten dahinterlag. Sie versuchte vergebens, ihren Sturz abzufangen. Sie fiel gegen die Wand, prallte zurück und stürzte auf die Hände und Knie. Selbst hier war der Boden so heiß, dass sie schmerzhaft die Luft einsog und hastig wieder in die Höhe sprang.

Mit klopfendem Herzen sah sie sich um. Sie war allein. Vor ihr verlor sich der Gang nach einem knappen Dutzend Schritten in völliger Finsternis, und hinter ihr, nur einen Schritt vom Eingang entfernt, lag ein geschwärztes Etwas, das einmal ein

Mensch gewesen sein mochte. Sie hatte sich also nicht getäuscht; etwas hatte sich hier bewegt.

Sie warf einen Blick auf den Hof und stellte fest, dass Zen noch immer nach einem Landeplatz suchte, dann ging sie neben dem Toten in die Hocke und zwang ihren Ekel so weit zurück, dass sie ihn untersuchen konnte. Es war nicht mehr festzustellen, ob das Kleidungsstück, das der Tote trug, eine jener verhassten blauschwarzen Uniformen gewesen war. Mit ihrem Schwert drehte Kara die verkohlte Leiche herum. Gesicht und Brust des Toten waren ebenso verbrannt wie sein Rücken, aber seine verkrampften Finger hielten etwas, das Kara sofort wiedererkannte, obwohl es rußgeschwärzt war und sich das Metall in der Glut des Drachenfeuers ein wenig verzogen hatte: Es war eine der Waffen, die das entsetzliche grüne Licht verschossen.

Angewidert löste sie die Waffe aus den Händen des Toten, wischte mit ihrem Umhang die schwarze, schmierige Schicht herunter, die Schaft und Lauf bedeckte, und drehte sie unschlüssig in den Händen. Der gläserne Lauf schimmerte so glatt und bösartig, wie sie ihn in Erinnerung hatte, und als sie mit dem Daumen über den Schaft fuhr, sah sie ein winziges mattgrünes Licht.

Kara erschauerte, als wäre ihr kalt. Alles in ihr sträubte sich dagegen, dieses Ding auch nur zu berühren. Sie hatte das Gefühl, das, was sie eigentlich verteidigte, zu verraten, wenn sie diese Waffe benutzte.

Aber weder Aires noch Angella hatten je Bedenken gehabt, Dinge der Alten Welt einzusetzen, wenn es ihren Zwecken diente. Und aus Angellas Erzählungen wusste sie, dass auch Tallys Drachenwaffen nichts anderes als Laserpistolen gewesen waren.

Kara zögerte noch einen ganz kurzen Moment, dann hob sie das Gewehr und berührte das, was sie für den Abzug hielt. Ein bösartiges Licht glomm im Lauf der Waffe auf, dann spannte sich plötzlich ein haardünner, singender Lichtfaden von giftgrüner Farbe zwischen Karas Händen und der gegenüberliegenden Wand und erlosch wieder, als sie erschrocken den Finger zurückzog. Wo er den Stein berührt hatte, blieb eine rauchende Linie aus blassroter Glut zurück.

Kara entschied sich, endgültig die Waffe zu behalten, bis die Gefahr vorüber war.

Sie hörte hastige Schritte, drehte sich herum und erblickte Zen, der durch den Eingang gestürmt kam. Er hatte das Schwert gezogen und sah sehr erschrocken aus. »Kara, was ...«

Der Schrecken auf seinen Zügen wandelte sich in Überraschung, als er das Gewehr in Karas Händen entdeckte. Dann fiel sein Blick auf den Toten. Er verzog angewidert das Gesicht, wirkte aber zugleich erleichtert.

»Ich habe das grüne Licht gesehen und dachte, du wärst in einen Hinterhalt geraten«, sagte er.

»Bin ich nicht«, antwortete Kara knapp. »Aber das ist kein Grund, leichtsinnig zu werden. Ich schätze, dass seine Kameraden noch in der Nähe sind. Komm weiter.«

Hintereinander bewegten sie sich tiefer in den Berg hinein. Die Dunkelheit war nicht so vollkommen, wie Kara im ersten Moment angenommen hatte: Vom Ende des Ganges her drang ein schwacher rötlicher Lichtschimmer zu ihnen, der ausreichte, ihre Umgebung zumindest schemenhaft zu erkennen.

Sie näherten sich der Quelle des roten Lichts, aber der Stein, über den sie liefen, war noch immer so heiß, dass ihnen jeder Schritt Schmerzen bereitete. Und auch die Wände strahlten eine sengende Hitze aus. Die Luft schmeckte nach verbranntem Fels, und manchmal knackte der Stein, und ein paarmal glaubte sie, ein tiefes, mahlendes Geräusch zu hören, als stöhne der ganze Berg vor Schmerzen. Es war, als bewegten sie sich in einen gewaltigen Backofen hinein.

Vor ihnen lag eine halbrunde Tür aus Metall, die sich in der Hitze verzogen hatte, und dahinter, vom düsteren Rot der Notbeleuchtung in eine moderne Version der Hölle verwandelt, erstreckte sich der riesige Versammlungsraum des Drachenfelsen.

Er war völlig zerstört.

Die Monitore, die die Wände in schier endlosen Reihen bedeckten, waren geborsten und wirkten wie schwarze Augenhöhlen, aus denen Nervenenden aus ausgeglühtem Draht ragten. Die meisten Computerpulte mussten explodiert oder ausgebrannt sein, und alles, was aus dem glatten harten Material bestanden hatte, das Aires ›Kunststoff‹ nannte, war in der Hitze zerlaufen wie Wachs. Die abgehängte Decke war verschwunden, sodass man das Gewirr der Kabel und Versorgungsleitungen sehen konnte, das sich dahinter verbarg. Es gab ungefähr ein Dutzend Tote, die auf dem Boden oder auch über den Pulten zusammengebrochen waren. Ihre verzerrten Gesichter bewiesen Kara, dass sie nicht leicht gestorben waren. Die Luft hier drinnen musste *gekocht* haben, dachte sie schaudernd.

Kara bewegte sich unschlüssig durch den riesigen Raum. Sie wagte es nicht, irgendetwas zu berühren – nur Zen nahm auch eines der gläsernen Gewehre an sich. Vorsichtig näherten sie sich der Tür am anderen Ende des Raumes. Wenn der Grundriss dieser Festung dem kleineren Drachenfelsen im Süden glich, dann musste sich dahinter ein Gang befinden, der in die Mannschaftsquartiere und Versorgungsräume des Berges führte. Aber Kara glaubte nicht, dass es so einfach war. Schließlich hatten Jandhis Urahnen diesen Berg nicht gebaut, sondern sich die von der Natur vorgegebenen Bedingungen nur zunutze gemacht.

Trotzdem fanden sie sich am Anfang erstaunlich gut zurecht. Auch wenn sie in manchen Räumen Dinge sahen, deren Zweck sie nicht einmal zu erraten imstande waren. Kara begriff hingegen sehr bald, was hier vor ein paar Stunden geschehen war. Es war auch nicht besonders schwer. Manche Teile des Labyrinths waren noch immer so heiß, dass es unmöglich war, sie zu betreten.

Was immer sie in der vergangenen Nacht beobachtet hatten – es hatte diesen Berg getroffen und zu einem Grab für alle die gemacht, die sich hinter seinen fünfzig Meter dicken Mauern sicher gefühlt hatten. Nicht einmal die unvorstellbare Explosion, die sie beobachtet hatten, hatte den Berg zerstören können.

»Ob es ... eine Waffe der Alten Welt war?«, fragte Zen zögernd. Seine Stimme klang belegt, und als Kara sich zu ihm herumdrehte, sah sie, dass er totenbleich war und zitterte. Aber wahrscheinlich sah sie nicht besser aus.

Sie zuckte nur mit den Schultern und sagte: »Wir wissen ja nicht einmal, ob es überhaupt eine Waffe war. Vielleicht ... war es ein Unfall.«

Sie glaubte selbst nicht, was sie sagte. Zen hatte es nicht ausgesprochen, aber sie wussten beide, was er wirklich gemeint hatte. Es war nicht *irgendeine* Waffe. Er sprach von der Bombe, die diese Welt in einer einzigen Nacht in einen Vorhof der Hölle verwandelt hatte. Aber Kara weigerte sich, es zu glauben. Es konnte nicht sein, weil es nicht sein durfte. Von allen Hinterlassenschaften der Alten Welt hatten sie die Nuklearwaffen niemals angerührt. Die Angst vor dem, was geschehen war, war zu tief in den Genen der Hand voll Überlebender verwurzelt gewesen, die sich aus den radioaktiven Trümmern des letzten der zehn Kriege herausgruben. Es durfte nicht sein.

»Ich glaube es nicht«, sagte sie wie etwas, das sie sich nur oft genug einzureden brauchte, um es Wahrheit werden zu lassen. »Komm weiter. Vielleicht ...« Sie fuhr sich nervös über das Gesicht, »... finden wir heraus, was hier passiert ist.«

Tiefer und tiefer drangen sie in die steinernen Eingeweide des

Berges ein. Der Anblick ihrer toten Feinde erfüllte Kara schon lange nicht mehr mit Zufriedenheit. Sie fanden nichts mehr heraus, aber dafür wurde Kara mit jedem Schritt, den sie tat, mit jeder Tür, die sie öffnete, klarer, wie falsch das Gefühl der Sicherheit gewesen war, in dem sie sich alle in den letzten zehn Jahren gewähnt hatten. Hatten sie sich wirklich eingebildet, Jandhis Drachentöchter besiegt zu haben? Lächerlich. Das vermeintliche Hauptquartier ihrer Feinde, das sie zerstört hatten, war nichts als ein kleiner Außenposten gewesen. Jandhis Drachentöchter hatten nur mit ihnen *gespielt*.

Gegen diese Theorie sprach allerdings eine Tatsache: dass Zen und sie hier am Leben und all diese Männer und Frauen tot waren.

Kara vermutete, dass sie etwa ein Viertel des Berges erkundet hatten, als sie zum ersten Mal das Geräusch hörte. Eigentlich *spürten* sie das Geräusch eher, ein ganz sachtes, aber ungeheuer *mächtiges* Vibrieren und Zittern, das den Boden, die Wände und sogar die Luft schwingen ließ.

Zen und sie sahen sich nur an. Plötzlich hatten beide das Gefühl, dass dieses Zittern die Lebensäußerungen von etwas Ungeheuerlichem sein mussten, etwas, das unsichtbar und tödlich irgendwo lauerte und sie verschlingen würde, sobald sie auch nur ein verräterisches Geräusch machten.

Unendlich vorsichtig gingen sie weiter. Die Halle, durch die sie sich bewegten, war riesig und vollkommen leer. Das gewaltige Einflugloch an ihrem jenseitigen Ende bewies Kara, dass es sich um eine Drachenhöhle handelte. Mit einem Gefühl eisigen Entsetzens fragte sie sich, ob sie auch hier auf eine ebenso gigantische wie intelligente Ameisenkönigin treffen würden wie die, von der ihr Angella erzählt hatte.

Das Vibrieren und Pochen wurde stärker, je tiefer sie kamen, und nach einer Weile gesellte sich auch ein wirklich hörbares Geräusch dazu: ein dumpfes Dröhnen und Hämmern, das Kara

Schließlich brachte Zen mehr durch Zufall einen Schlag an, der den Soldaten ein Stück zurücktaumeln ließ. Einen Atemzug lang war er benommen, und Kara nutzte die Chance, mit einem Tritt gegen die Brust seine Deckung zu durchbrechen. Zen setzte sofort nach, nahm einen Hieb mit der flachen Hand gegen den Hals in Kauf und rammte den rechten Ellbogen in die Rippen seines Gegenübers, dann versetzte ihm Kara einen Handkantenschlag, der ihm eigentlich das Nasenbein hätte brechen müssen. Die Schläge zeigten Wirkung. Der Mann taumelte, und das leise, aber sehr hochmütige Lächeln, das bisher auf seinen Zügen gelegen hatte, machte einem Ausdruck von Überraschung und Schrecken Platz.

Kara bewegte sich mit einem Ausfallschritt an ihm vorbei und versuchte, mit einem Ellbogenstoß seinen Körper zu treffen; aber obwohl er angeschlagen war, gelang es ihm nicht nur, dem Stoß auszuweichen, sondern auch gleichzeitig ihren Ellbogen abzufangen und sie mit der gleichen Bewegung aus dem Gleichgewicht zu hebeln. Sie stürzte und sah, wie sich auch Zen unter einem Fußtritt in den Leib krümmte und auf die Knie fiel.

Hätte er sie in diesem Moment angegriffen, wäre das ganze Spiel zu Ende gewesen. Aber statt die Gelegenheit zu nutzen, setzte er mit einem Sprung über Kara hinweg und raste zur Tür. Zen warf sich zur Seite und griff mit weit ausgestreckten Armen nach seinem Gewehr, und Kara begriff ganz plötzlich, in welcher Gefahr er sich befand. Hinter ihr fiel die Tür ins Schloss, und Zen wälzte sich mit einem knurrenden Laut auf den Rücken und drückte ab. Der grüne Lichtblitz verfehlte Kara um eine knappe Handbreite, brannte ein Loch in das Metall der Tür und erwischte wohl auch den Mann, denn Kara hörte einen erstickten Schrei, dem ein dumpfer Aufprall folgte.

Sie war als Erste auf den Füßen. Sie öffnete die Tür mit einem Tritt und sprang kampfbereit hindurch. Der Mann lag mit ausgebreiteten Armen drei Meter hinter der Tür. Er war tot.

Kara machte einen Schritt zur Seite, als Zen hinter ihr auf den Gang herausgestürmt kam. Er hob sein Gewehr und legte auf den Toten an. Kara drückte den Lauf der Waffe herunter. »Lass das«, sagte sie. »Wir haben schon zu viel Aufhebens gemacht. Wenn sie uns bis jetzt nicht gehört haben, müssen sie taub sein.«

Zen blickte den Toten mit einer Mischung aus brodelndem Zorn und tiefster Verstörtheit an. Nur ganz langsam senkte er das Gewehr, dann hob er die Hand und wischte sich das Blut aus dem Gesicht. Sein Gesicht begann bereits anzuschwellen. Er sah aus, als hätte er mit einem Drachen gekämpft.

»Großer Gott!«, murmelte er erschöpft. »Was sind das für Typen, Kara?«

»Ich ... weiß es nicht«, antwortete Kara zögernd. »Ich ... ich habe schon einmal mit einem dieser Männer gekämpft – in Schelfheim. Er war genauso zäh. Ich ... ich dachte, es wäre einer ihrer besten Krieger. Ihr Anführer vielleicht. Aber sie scheinen alle so gut zu sein.«

Sie war auf eine Art und Weise verstört, die sie beinahe völlig lähmte. Plötzlich verstand sie, wieso Elders Männer so chancenlos gegen die Krieger aus dem Unterwasserboot gewesen waren. Sie machte sich nichts vor: Dieser eine Krieger allein hätte sie beide töten können, hätte er nicht den Fehler begangen, sein Heil in der Flucht zu suchen. Die Vorstellung, gegen eine ganze Armee dieser Männer kämpfen zu müssen, erfüllte sie mit Entsetzen.

Sie gingen zurück zu dem Verwundeten in der Kammer. Der Mann war bei Bewusstsein, reagierte aber nicht, als Kara neben ihm niederkniete. Seine Augen waren trüb. Er atmete schwer, und ein rasselndes Geräusch begleitete jedes Luftholen. Als Kara den Mantel anhob, den sie über sein verbranntes Bein gebreitet hatte, begriff sie auch, warum.

Weder sie noch Zen brachten es fertig, den Wehrlosen zu

töten, und so bedienten sie sich des Gürtels des Toten, um ihn zu fesseln – eine überflüssige Vorsichtsmaßnahme, denn Kara war sicher, dass der Mann die nächste halbe Stunde nicht überleben würde. Doch nach allem, was sie mit diesen unheimlichen Fremden bisher erlebt hatten, war sie einfach auf *alles* gefasst.

Sie opferten zwei oder drei Minuten, um wieder zu Kräften zu kommen, dann setzten sie die Erkundung fort. Kara gab sich nicht der Illusion hin, dass sie nunmehr alle Gegner überwunden hätten. Die Libellen waren groß genug gewesen, um zehn Mann aufzunehmen. Sie gingen besser davon aus, dass sie es auch mit dieser Anzahl von Gegnern zu tun hatten. Und ihr einziger wirklicher Vorteil war die winzige Hoffnung, dass ihr Eindringen noch immer nicht entdeckt worden war. Der kurze Kampf hatte Kara sehr deutlich vor Augen geführt, wie lächerlich gering ihre Chancen waren.

Umso vorsichtiger bewegten sie sich weiter. Der Gang endete vor einer Tür. Zen öffnete sie, während Kara ihm mit der Waffe im Anschlag Deckung gab.

Das Dröhnen wurde noch lauter. Ein Schwall feuchtkalter Luft schlug ihnen entgegen.

Hinter der Tür erwartete sie eine in steilen Spiralen in die Tiefe führende Treppe, und auch sie war so neu wie alles, worauf sie bisher in dieser untersten Etage des Berges gestoßen waren. Jemand hatte sie aus der granitharten Lava wie mit einem Messer herausgeschnitten. Kara wechselte das Gewehr wieder gegen ihr Schwert aus, während sie vor Zen in die Tiefe herabstieg. In dem engen Treppenschacht war das Schwert zweifellos die bessere Waffe – und außerdem fühlte sie sich damit sonderbarerweise sicherer als mit dem gläsernen Gewehr. Der Lärm nahm nicht weiter zu, schien aber irgendwie intensiver zu werden, und die Luft war jetzt so feucht, dass sich auf den Wänden kleine Wassertröpfchen bildeten. Kara war nicht sehr erstaunt darüber.

Wenn ihre Schätzung richtig war, dann mussten sie sich jetzt unter dem neu entstandenen Ozean befinden. Was, dachte sie schaudernd, wenn der Berg vielleicht nicht ganz so massiv war, wie es von außen den Anschein gehabt hatte?

Die Treppe endete nach genau sechshundertachtzehn Stufen im Inneren einer riesigen Höhle, deren Decke sich vielleicht sechzig Meter über ihren Köpfen erhob. Die Wände waren so glatt, dass sie unmöglich auf natürlichem Wege entstanden sein konnten, und Kara schätzte ihren Durchmesser auf gute zwei oder drei Meilen. Sie mussten sich unter dem Meeresboden befinden.

Der Boden der Höhle, der so glattpoliert war, dass sich ihre und Zens Gestalt verzerrt wie auf schwarzem Glas darauf spiegelten, bestand nur aus einem zehn Meter breiten Sims, der einen kreisrunden See umgab, in dem das Wasser sprudelte und brodelte. Eine zwanzig Meter hohe Glocke aus Gischt erhob sich über dem See, und darunter glitzerten die nassen silbernen Umrisse gewaltiger Maschinen.

Und ganz plötzlich begriff sie *alles.*

Das Pochen und Dröhnen machte hier unten jede Verständigung unmöglich, ein Laut, der den Boden vibrieren und das Wasser kochen ließ, der jede Faser ihres Körpers zum Erzittern brachte und ihre Zähne schmerzen ließ. Es *war* das Schlagen eines Herzens, eines großen, stählernen, durch und durch *bösen* Herzens, das tief in den steinernen Eingeweiden den Takt zum Untergang der Welt schlug.

Kara stand da wie gelähmt. Sie fühlte nicht einmal Schrecken, denn das Entsetzen, das die Erkenntnis um die Bedeutung dieser zyklopischen silbernen Maschinenkolosse begleitete, war einfach zu gewaltig. Die Möglichkeit des menschlichen Geistes, Entsetzen und Grauen zu empfinden, mochte gewaltig sein, aber sie war nicht grenzenlos. Die Bösartigkeit jedoch, die hinter diesen Maschinen steckte, kannte keine Grenzen. Die Welt begann sich um Kara zu drehen. Das dumpfe Dröhnen und Hämmern der Maschinen zwang allmählich selbst ihren Herzschlag in seinen Takt, löschte jeden anderen Gedanken, jede Empfindung aus. Das Universum schien rings um sie herum zu verblassen, wurde zu einem Meer von Schwärze, in dessen Zentrum nur noch die silbernen Kolosse Bestand hatten.

»Warum tun sie das, Zen?«, flüsterte sie. *»Warum tun sie uns das an?!«*

Den letzten Satz hatte sie geschrien, aber Zen hätte vermutlich nicht einmal dann geantwortet, wenn er ihre Worte verstanden hätte. Er stand so starr und gelähmt wie sie da, und das Entsetzen in seinen Zügen machte aus seinem Gesicht eine Maske des Grauens.

So fremdartig und monströs die Maschinen waren, an ihrer Funktion bestand kein Zweifel.

Es waren Pumpen. Gigantische Pumpen, in deren schimmernden Rohren Milliarden und Abermilliarden Liter Wasser an die Oberfläche der Welt über ihren Köpfen pulsierten, die Menge eines Sees an einem Tag, ein Meer in einem Monat, ein Ozean in einem Jahr. Der kreisförmige See, aus dem sie sich erhoben, war die Quelle, ein Meilen durchmessender und ebenso tiefer Schacht, der zu einem unvorstellbaren Wasserreservoir tief im Leib der Erde führen musste. Die alten Legenden waren wahr, dachte Kara matt. Das Meer, das einst den *Schlund* bis zum Kontinentalschelf hinauf gefüllt hatte, gab es noch. Die Höllennacht des Zehnten Krieges hatte es nicht verdampft, wie man sie gelehrt hatte, sondern den Boden der Meere selbst aufgerissen, bis das Wasser in tiefer gelegene, unvorstellbar große Höhlensysteme abgeflossen war.

Und *sie* pumpten es wieder zurück.

Im ersten Moment erschien Kara der Gedanke einfach lächerlich. Keine Pumpe konnte ein Becken von der Größe des *Schlundes* füllen, auch wenn sie eine Million Jahre arbeitete.

Und gleichzeitig spürte Kara, dass sie es schaffen würden, irgendwie. Sie waren ihre Feinde. Sie waren vielleicht durch und durch *böse,* aber sie waren nicht dumm. Selbst für sie musste es eine ungeheure Aufgabe gewesen sein, diese gewaltigen Maschinen hierherzuschaffen und aufzustellen. Sie hätten es nicht getan, wenn es sinnlos wäre.

Kara wusste nicht, wie lange sie so dastanden und die silbernen Monster anstarrten, deren mechanisches Dröhnen die Todesmelodie ihrer Welt sang, bis Zen schließlich müde seine Waffe hob, auf die Maschinen anlegte und abdrückte. Der grüne Lichtstrahl traf die spiegelnde Flanke des Kolosses und prallte davon ab wie Wasser von einer Mauer. Kara empfand nicht einmal Enttäuschung. Sie hatte gewusst, dass diese Kolosse unzerstörbar waren. Sie legte die Hand auf Zens Arm und schüttelte den Kopf. Eine Sekunde lang stand er einfach nur reglos da, jeder Muskel in seinem Körper bis zum Zerreißen angespannt. Dann schien alle Kraft aus ihm zu weichen. Er taumelte und war kaum noch in der Lage, das Gewehr zu halten. Mit müden, schleppenden Bewegungen wandte er sich um und folgte Kara zurück zum Eingang.

Es dauerte fast eine halbe Stunde, die sechshundert Stufen wieder hinaufzugehen, und kostete sie das letzte bisschen Kraft. Doch es war nicht nur die körperliche Anstrengung, die Kara erschöpft gegen die Wand neben dem Treppenschacht sinken ließ. Sie hatten einen Blick in die Hölle getan, und sie würden beide nie wieder dieselben sein, die sie vorher gewesen waren.

»Was ... tun wir jetzt, Kara?«, flüsterte Zen. Seine Stimme war nur ein Hauch, und als Kara den Kopf hob und in sein Gesicht blickte, sah sie, dass das Entsetzen in seinen Zügen um keinen Deut schwächer geworden war. »Was sollen wir tun?«

Kara antwortete nicht, weil sie keine Antwort wusste.

»Wir ... wir müssen sie ... zerstören!«, stammelte er. »Wir müssen sie anhalten, Kara. Sie zerstören, irgendwie.«

»Ich glaube kaum, dass wir das können«, antwortete Kara leise. »Und ich glaube nicht einmal, dass es noch etwas nutzen würde.«

»Damit hast du sogar ausnahmsweise einmal recht«, sagte eine Stimme hinter ihr.

Kara fuhr herum, hob instinktiv das Gewehr – und riss erstaunt die Augen auf, als sie den Mann erkannte, der wie aus dem Nichts hinter Zen und ihr aufgetaucht war. Aus den Augenwinkeln sah sie, wie auch Zen seine Waffe hob, und machte eine hastige Geste. Zen erstarrte.

»Außerdem«, fuhr der dunkelhaarige Mann in der blauschwarzen Uniform fort, »würdet ihr beiden Spezialisten es garantiert irgendwie hinkriegen, dass alles nur noch schlimmer wird.« Er seufzte, kam einen Schritt näher und sah abwechselnd Kara und Zen an. Die dunkelblaue, einteilige Uniform stand ihm ausgezeichnet. Er sah irgendwie … imposanter aus als in dem papageiengelben Mantel der Stadtgarde. In der rechten Hand trug er eines der kleinen weißen Stäbchen, wie sie Kara in dem Kuppelzelt unterhalb Schelfheims gefunden hatte. Zu ihrem Erstaunen glühte sein Ende dunkelrot, und Karas Verwirrung wuchs noch mehr, als Elder das Stäbchen an die Lippen hob und daran sog, sodass sein Ende noch heller aufglühte.

»Ich hätte mir eigentlich denken können, dass du es bist«, fuhr er fort, während er den Rauch durch die Nase wieder ausblies, wie ein junger Drache das Feuerspeien übte. »Ihr habt vier meiner Männer erledigt. Und die drei Maschinen, die ihr im Hof abgefackelt habt, gehörten mir. Einen solchen Unsinn kannst auch nur du verzapfen.« Er blies eine weitere Qualmwolke von sich, warf das brennende Stäbchen zu Boden und zertrat es mit dem Absatz. Dann kam er mit einem breiten Lächeln auf sie zu. »Hallo, Kara. Es ist schön, dich wiederzusehen.«

»Und ich«, antwortete Kara leise, »hätte mir eigentlich gleich denken sollen, dass du zu ihnen gehörst.«

Elders Augen blitzten freudig auf, aber dann riss Kara ihr Gewehr hoch und schmetterte ihm den gläsernen Lauf mit solcher Wucht gegen die linke Schläfe, dass er zerbrach.

31

Als Elder vier oder fünf Stunden später wieder zu sich kam, fand er sich geknebelt und gefesselt einen Meter hinter Karas Sattel auf Markors Rücken. Am späten Nachmittag des darauffolgenden Tages erreichten sie wieder den Drachenhort. Ohne die Karte hätten sie es wahrscheinlich nicht geschafft. Nachdem Kara und Zen zur Insel zurückgekehrt waren und den beiden anderen ihre Geschichte erzählt hatten, nutzten sie die Zwangspause, zu der sie die Erschöpfung der Drachen zwang, um die Karte in aller Ruhe und Ausführlichkeit zu studieren. Sie stellten sehr bald fest, dass sie auf dem Hinweg mehrere überflüssige Schleifen geflogen waren. Kara erfüllte diese Erkenntnis jedoch eher mit Freude als Ärger, denn das bedeutete, dass sie auf dem Heimweg beinahe nur die halbe Entfernung zurücklegen mussten.

Ihre Entdeckung – und ihr Gefangener – waren zu wertvoll, als dass sie auch nur das allermindeste Risiko eingehen durften, und so widerstand Kara der Versuchung, das Letzte aus den Drachen herauszuholen, um so schnell wie nur irgend möglich nach Hause zurückzukehren. Sie flogen nie länger als zwei Stunden, ehe sie eine Pause einlegten. Das Einzige, was Kara missachtete, war das strenge Nachtflugverbot, das sowohl Angella als auch Cord für Flüge über den *Schlund* ausgesprochen hatten. Nach ihrem Erlebnis in der ersten Nacht fand es Kara wesentlich sicherer, wenn sie sich bei Dunkelheit in der Luft befanden als in den Baumwipfeln.

Trotzdem sahen sie den Drachenhort erst im letzten Licht des darauffolgenden Tages wieder.

Der Anblick schien den Tieren noch einmal neue Kraft zu geben. Während der letzten beiden Flugperioden waren sie deutlich langsamer geworden, aber jetzt schlugen sie noch einmal kräftiger mit den Flügeln, ohne dass es eines entsprechenden Befehls bedurft hätte.

Ihre Annäherung blieb nicht unbemerkt. Sie waren noch acht oder zehn Meilen vom Rand des *Schlundes* entfernt, als sich ein ganzer Schwarm winziger schwarzer Krähen von den Türmen des Drachenhortes löste und ihnen entgegenflog. Aus den Krähen wurden zwanzig, dann dreißig oder vierzig gewaltige Drachen, die auf halbem Weg zu ihnen stießen und ihnen Geleit gaben. Markor und die beiden anderen Tiere stießen ein mattes Begrüßungsgebrüll aus, das von den anderen Tieren mit lauten Trompetenstößen beantwortet wurde.

In die Erleichterung, endlich nach Hause zu kommen, mischte sich Schrecken, als Kara die Silhouette der Burg gegen das rote Licht des Sonnenuntergangs betrachtete. Die Spitze des Hauptturms und ein Teil der Mauer waren eingestürzt und bildeten eine gewaltige Schutthalde auf dem Innenhof. Was war während ihrer Abwesenheit geschehen? So gewaltig ihr der große Innenhof der Burg auch immer vorgekommen war, war er doch beinahe zu klein, um dem gewaltigen Drachenschwarm Platz zu bieten, der darauf zu landen versuchte. Kara, Zen und Silvy landeten ihre Drachen unweit des Hauptgebäudes. Silvys Tier war so erschöpft, dass es hart aufschlug und Silvy aus dem Sattel geworfen wurde. Kopfüber purzelte sie in die ausgebreitete Schwinge des Drachen auf den Hof hinab, sprang aber sofort wieder auf die Füße und machte mit Gesten klar, dass sie unverletzt sei. Kara hatte alle Hände voll damit zu tun, sich selbst im Sattel zu halten, denn Markors Landung war zwar eleganter, aber kaum weniger hart. Trotzdem kam es ihr fast wie ein Wunder vor, dass der Drache nicht einfach wie ein Stein vom Himmel gefallen war. Markor hatte während der ganzen Zeit *zwei* Reiter getragen. Der Drache breitete die Flügel aus, damit Kara absteigen konnte, aber sie blieb noch einige Sekunden mit geschlossenen Augen im Sattel sitzen und genoss das Gefühl, es geschafft zu haben. Erst dann kletterte sie steifbeinig vom Rücken des Drachen herab.

Gestalten eilten ihr entgegen, die zu erkennen sie sich nicht die Mühe machte, und dann wurde sie mit Hunderten von Fragen bombardiert. Sie beantwortete nicht eine von ihnen, sondern hielt aus müden, rotgeränderten Augen nach Aires Ausschau. Während des ganzen Fluges zurück hatte sie sich mit zunehmender Sorge gefragt, wie sich das Schicksal der anderen entwickelt hatte, die aus dem Drachenfels entkommen waren.

Sie sah weder Aires noch einen der anderen, doch dafür sprangen zwei junge Krieger vor ihr plötzlich zur Seite, und ein riesiges, gelbgrün gemustertes Etwas raste wie eine lebende Lawine auf sie zu. Kara ahnte, was kam, und fand gerade noch Gelegenheit zu einem letzten, tiefen Atemzug, dann prallte Hrhon mit ungebremster Wucht gegen sie, schloss sie in die Arme und wirbelte sie herum wie ein übermütiges Kind einen kleinen Hund.

»Khahra!«, brüllte er. »Dhu lhebhst!«

»Ja!«, antwortete Kara. Mehr bekam sie nicht heraus, denn der Waga drückte sie in seiner Wiedersehensfreude so fest an sich, dass ihre Rippen nachzugeben drohten. »Dhu lhebhst«, schrie er immer und immer wieder. »Dhehnhenh Ghöttherrn sssei Dhankh, dhu lhebhssst!« Ein paarmal wirbelte er sie im Kreis herum, bis ihm aufzufallen schien, dass ihr Gesicht allmählich blau anzulaufen begann. Mit einem erschrockenen

Ruck setzte er sie ab und ließ sie los, griff aber sofort wieder zu, als sie zu wanken begann.

»Dhu lhebhssst!«, sagte er noch einmal.

Kara holte erst einmal tief Luft, ehe sie keuchend, aber glücklich antwortete: »Ja. Aber nicht mehr lange, wenn du mich noch einmal so begrüßt.«

»Who ssseihd ihr ghewhesssen?«, fragte der Waga aufgeregt. »Whasss ihssst phasssierth? Who sssindh dhie andherhen?«

»Ich beantworte dir alle Fragen, aber jetzt brauche ich erst einmal fünf Minuten Verschnaufpause, einverstanden?«

»Ich würde sagen: du brauchst ungefähr zwölf Stunden Schlaf, so wie du aussiehst.«

Kara drehte sich herum – und fiel Cord, der sich ihr unbemerkt von der Seite her genähert hatte, mit einem erleichterten Seufzen um den Hals. Die impulsive Bewegung überraschte sie selbst am meisten, und sie löste sich auch nach ein paar Augenblicken wieder und sah ihn verlegen an. »Entschuldige«, sagte sie. »Ich weiß gar nicht, was ich ...«

Cord winkte ab. Er lächelte und rief mit erhobener, lauter Stimme: »Ihr habt es gehört. Kara braucht erst einmal ein wenig Ruhe. Ihr werdet alles erfahren.«

Kara nickte dankbar, und Cord erwiderte die Bewegung mit einem gütigen Blick. Besorgt fragte sie sich, ob die anderen sich wohl ebenfalls an die Absprache hielten, die sie bei ihrer letzten Rast getroffen hatten: nämlich zuerst einmal noch nichts von dem zu verraten, was sie entdeckt hatten, sondern sich mit Aires, Cord und Storm zu beraten. Aber dann sah sie, dass auch die drei anderen bereits von einem älteren Krieger in Empfang genommen worden waren.

»Wo ist Aires?«, fragte sie. »Und was ist mit dem Turm geschehen?«

»Ein Erdbeben«, antwortete Cord ungeduldig. »Und Aires und alle anderen sind wohlauf und schon seit Tagen zurück.«

»Ein Erdbeben?«, wiederholte Kara ungläubig. »Hier?«

»Unwichtig«, antwortete Cord. Plötzlich stahl sich eine Spur von Ungeduld in seine Stimme. »Es ist niemand ernstlich zu Schaden gekommen. Wir reden später darüber. Im Moment habe ich nur zwei Fragen: Wo ist Tess? Und wer ist das da?« Er deutete auf Markor, und Kara sah erst jetzt, dass zwei junge Krieger auf den Rücken des Drachen geklettert waren, um Elder loszubinden.

»Ich weiß nicht, wo Tess ist«, sagte sie. »Ich fürchte, sie ist tot. Und das da ist Elder.«

»Elder?« Cords Augenbrauen hoben sich erstaunt.

»Das ist … eine lange Geschichte«, antwortete Kara ausweichend.

Cord verstand. Mit einer raschen Bewegung drehte er sich herum und ging zu den beiden Männern, die Elder vom Rücken des Drachen herunterhoben. »Bringt ihn in eine Zelle«, sagte er. »Und bewacht ihn gut. Niemand spricht mit ihm, ehe Aires und ich ihn verhört haben. Ach ja«, fügte er noch hinzu, »und steckt den Kerl in einen Bottich mit heißem Wasser.« Ein paar Männer lachten, aber Kara fiel auch auf, wie still es plötzlich geworden war. Die Menge, die Cord und sie umgab, war mittlerweile auf gut fünfzig Personen angewachsen, aber in den meisten Gesichtern hatte sich in die Freude, sie und die anderen wiederzusehen, eine vage Furcht gemischt. Vielleicht war es ein Fehler gewesen, überhaupt nichts zu sagen. Ihr Schweigen würde in den nächsten Stunden Anlass zu den wildesten Spekulationen geben.

Cord nahm sie am Arm und führte sie ins Haus, während Hrhon dafür sorgte, dass sie auch wirklich allein blieben und ihnen niemand in der Hoffnung, vielleicht ein Wort oder eine Andeutung aufzuschnappen, hinterherschlich. Der Waga war unter den Drachenkämpfern nicht unbedingt für sein sanftmütiges Wesen bekannt …

Kara war so müde, dass sie Cord beinahe gebeten hätte, sie in ihr Quartier zu bringen, damit sie wenigstens einen Moment ausruhen konnte. Aber sie wusste auch, dass es nicht bei einem Moment bleiben würde. Was sie zu erzählen hatte, war zu wichtig, um zu warten. Und allein die Tatsache, wieder in der Sicherheit des Hortes zu sein, verwandelte ihre Erschöpfung in eine wohlige Müdigkeit.

Aires erwartete sie in Angellas ehemaligem Privatgemach, das zugleich als Versammlungs- und Konferenzraum bei nicht ganz offiziellen Anlässen diente, was Kara als ganz selbstverständlich hinnahm. Aires war nicht nur Angellas Freundin gewesen, sondern auch ihre rechte Hand und damit gewissermaßen ihre Stellvertreterin.

Mit dem kühlen Empfang, den Aires ihr bereitete, hatte Kara nicht gerechnet. Sie hatte nicht erwartet, dass die Magierin ihr um den Hals fiel, wohl aber eine gewisse Erleichterung. Stattdessen sah Aires sie nur einen Moment abschätzend an – wobei sie keinen Hehl daraus machte, dass ihr das, was sie sah, nicht besonders gefiel – und dann funkelte es plötzlich zornig in ihren Augen. »Kara! Was um alles in der Welt hast du dir dabei gedacht, mich mit zwei Dutzend kreischender Bälger dort draußen zurückzulassen?«

Kara war völlig verblüfft. Meinte Aires diese Worte ernst? War sie verrückt geworden? Oder war das nur ihre Art, ihrer Erleichterung Ausdruck zu verleihen, sie und die anderen lebendig wiederzusehen? Sie suchte vergebens nach der Andeutung eines Lächelns in Aires' Augen.

»Setz dich«, sagte Cord. Er stand hinter Kara, aber sie konnte den ärgerlichen Blick, den er der Magierin zuwarf, regelrecht spüren. So nahe sich Aires und Angella gestanden hatten, so wenig Freunde waren Cord und die Magierin. Eigentlich hatte es außer Angella niemanden hier gegeben, der Aires wirklich mochte.

Kara streifte Angellas breites Bett mit einem sehnsuchtsvollen Blick, steuerte aber gehorsam einen der Stühle an und ließ sich darauf niedersinken. Auch Cord und Aires nahmen Platz. Hrhon blieb vorsichtshalber stehen.

»Was ist geschehen?«, fragte Aires in einem Ton, der nur wenig freundlicher klang. »Ihr wart fünf, als ihr losgeflogen seid. Aber gerade habe ich nur noch drei Drachen gezählt.«

Kara war zu müde, um sich über Aires' herausfordernden Ton aufzuregen. Mit leisen Worten berichtete sie, was geschehen war.

Aires hörte schweigend zu, aber ihr Ausdruck wurde dabei nicht unbedingt freundlicher.

»Also, du hast einen Krieger und zwei Drachen verloren«, sagte sie, als Kara zu Ende erzählt hatte. »Keine schlechte Bilanz für deinen ersten Alleinflug.«

Kara fielen vor Müdigkeit die Augen zu. »Gib mir irgendetwas, um wach zu bleiben«, murmelte sie. »Oder bringt mich in mein Zimmer. So hat unser Gespräch keinen Sinn.«

Aires sah sie einen Moment lang kühl an, dann stand sie auf, hantierte einige Augenblicke lang lärmend an einem Regal herum und kehrte schließlich mit einem Trinkbecher aus Zinn zurück, den sie Kara reichte.

»Trink das. Es wirkt eine halbe Stunde, aber danach wirst du so tief schlafen, dass du nicht einmal aufwachen würdest, wenn ich dein Bett in Brand steckte.«

Kara kostete vorsichtig an dem Getränk, verzog das Gesicht und leerte den Becher dann in einem Zug. Der Trank schmeckte scheußlich, aber er wirkte sofort. Schon nach wenigen Sekunden spürte sie, wie sich eine Woge kribbelnder Wärme in ihrem Magen ausbreitete, die rasch von ihrem ganzen Körper Besitz ergriff. Eigentlich war sie noch immer müde, zugleich aber auch so frisch, als hätte sie tagelang geschlafen.

Sie wartete noch einige Minuten – und eigentlich nur, um

Aires zu ärgern, die genau wusste, wie schnell die Droge wirkte –, ehe sie mit ihrem Bericht begann. Aires ließ sie reden, bis sie von dem grellen Licht erzählte, das sie geweckt hatte.

»Ein Blitz, sagst du? Wie genau sah er aus?«

Kara schwieg, und nach zwei Sekunden fuhr Aires fort: »Eine Kugel aus weißem Feuer, die auf den Boden fiel und zu einem riesigen Flammenpilz wurde?« Sie klang sehr erschrocken.

»Ich weiß es nicht«, gestand Kara. »Ich bin davon aufgewacht, aber ... aber ich war ein paar Minuten lang fast blind. Es könnte so gewesen sein.«

»Aber sicher bist du nicht?«

»Nein.«

Sie war nicht sicher, ob Aires besorgt oder erleichtert war, aber was immer es war – sie war sehr erregt.

Kara fuhr in ihrem Bericht fort, doch schon bald wurde sie wieder von Aires unterbrochen. »Ein zweiter Drachenfels? Bist du sicher?«

Was für eine dumme Frage. »Ja«, antwortete sie, nur noch mühsam beherrscht. »Aber sehr viel größer. Die Drachentöchter hatten mehr als einen Stützpunkt.«

Und so ging es weiter. Aires – und bald auch Cord – unterbrachen sie immer öfter und stellten immer ungläubigere Fragen. Dabei war es keineswegs so, dass sie ihr nicht glaubten, vielmehr schien es selbst Aires so zu ergehen wie ihr und Zen, als sie am Ufer des Sees gestanden und versucht hatten, alle nur möglichen Gründe dafür zu finden, dass das, was sie zu sehen glaubten, einfach nicht existieren *konnte.*

»Das ist einfach lächerlich«, sagte Aires, als Kara alles erzählt hatte. »Pumpen, um das Meer wieder aufzufüllen! Wie groß sollen die Pumpen denn sein? So groß wie diese Burg hier?«

»Ungefähr«, antwortete Kara ernst. »Vielleicht nicht ganz so breit, aber höher.«

Aires starrte sie konsterniert an, aber sie sagte nichts mehr.

»Die ganze Geschichte kommt mir immer unglaubhafter vor«, sagte Cord. »Wenn sie wirklich über eine solche Macht verfügen, warum sollten sie dann ...«

»Du kannst Zen fragen«, unterbrach ihn Kara. »Er war dabei.«

Cord wirkte ein wenig betroffen, als begriffe er erst jetzt, was er gesagt hatte. Mit einer entschuldigenden Geste fuhr er fort: »Ich glaube dir jedes Wort. Es ist nur so, dass es alles keinen Sinn ergibt. Du warst damals nicht dabei, Kara. Aber ich weiß noch, wie verzweifelt sich Jandhis Drachentöchter gewehrt haben. Sie haben sich nicht aus taktischen Gründen zurückgezogen, glaube mir. Wir haben sie in den *Schlund* zurückgetrieben. Sie haben sich erbittert gewehrt. Viele tapfere Männer und Frauen sind damals gestorben. Wenn sie wirklich über diese Hilfsmittel verfügen, dann hätten sie uns in einer Woche schlagen können.«

»Vielleicht haben sie ihre Taktik einfach geändert«, vermutete Kara. »Diese Maschinen sahen neu aus.«

»Hast du Drachen gesehen?«, fragte Aires.

Kara sah sie verwirrt an und schüttelte den Kopf.

»Vielleicht ist alles ganz anders«, fuhr die Magierin fort. »Ich meine: Wir gehen ganz selbstverständlich davon aus, dass es derselbe Feind ist, gegen den wir vor zehn Jahren gekämpft haben. Vielleicht ist das gar nicht so.«

»Elder könnte diese Frage beantworten«, sagte Kara.

»Dann bringt ihn her.«

»Das geht jetzt nicht.« Cord lächelte flüchtig und machte eine abwehrende Handbewegung. »Heute hätte das sowieso wenig Sinn. Wir sind alle zu Tode erschöpft. Verschieben wir es auf morgen früh.« Er warf Aires einen bezeichnenden Blick zu. »Ich denke, wir haben für heute noch genug zu tun.«

Aires schwieg, aber sie tat es auf eine ganz bestimmte Art, die

Kara klarmachte, dass sie nicht die Einzige war, die mit schlechten Neuigkeiten aufzuwarten hatte.

»Was gibt es Neues in Schelfheim?«, fragte Kara aufs Geratewohl.

»Nicht viel«, antwortete Cord viel zu hastig. »Offiziell erfahren wir nichts. Anscheinend sind die neuen Führer der Stadt der Meinung, ganz gut ohne uns zurechtzukommen.«

»Aber ihr habt eure Quellen, um zu erfahren, was wirklich vorgeht«, vermutete Kara.

Cord lächelte flüchtig. »Sie haben eine bewaffnete Expedition in die Höhle unter der Stadt geschickt. Mehr als fünfhundert Mann, ausgerüstet mit allem, was sie hatten.«

»Und?«, fragte Kara.

»Bis heute ist keiner von ihnen zurückgekehrt«, sagte Aires. »Aber das muss nichts bedeuten. Wenn diese Höhlen wirklich so groß sind, können sie jahrelang dort unten herumirren, ohne mehr als Steine und Wasser zu finden. Außerdem ist noch lange nicht gesagt, dass ...«

Den Rest des Satzes hörte Kara nicht mehr. Aires' Trank verlor seine Wirkung, und die Drachenkriegerin schlief von einem Moment auf den anderen ein.

32

Das Sonnenlicht auf ihrem Gesicht weckte sie spät am nächsten Morgen. Sie ließ sich Zeit damit, völlig aus dem Schlaf in die Wirklichkeit hinüberzugleiten. Vorerst genoss sie nur das Gefühl, wirklich zu Hause zu sein und in einem richtigen Bett zu liegen, statt auf steinigem Boden oder in einem harten Sattel.

Als sie die Augen öffnete, sah sie Aires, die auf einem Stuhl neben ihrem Bett saß. Ihr Kopf und die Schultern waren nach vorn gesunken, die Hände im Schoß gefaltet; sie schien die ganze Nacht an Karas Lager verbracht zu haben.

Behutsam richtete Kara sich auf. Sie stellte fest, dass sie in Angellas Bett lag. Sie gab sich Mühe, so wenig Geräusche wie möglich zu machen, aber Aires wachte trotzdem auf. Sie blinzelte, sah Kara eine Sekunde lang fast verstört an, und war dann von einem Herzschlag auf den anderen hellwach. Kara hatte diese Fähigkeit, die auch Angella zu eigen gewesen war, stets mit Bewunderung erfüllt. Sie selbst brauchte mindestens eine halbe Stunde, um richtig wach zu werden.

Sie nickte Aires zu. »Hast du die ganze Nacht hier gesessen?«, fragte sie.

Aires nickte. »Du warst in keiner guten Verfassung. Und ich bin die einzige Heilerin.« Ihr Blick verdüsterte sich. »Was du deinem Körper zugemutet hast, ist unverantwortlich. Wenn ich es könnte, würde ich dich dafür zur Verantwortung ziehen.«

»Ich dachte immer, er gehört mir«, sagte Kara, während sie die Decke beiseiteschlug und sich nach ihren Kleidern bückte.

»Nein, das tut er nicht«, antwortete Aires scharf. »Er gehört dem Hort. Wir haben ihn zu dem gemacht, was er ist. Du gehörst längst nicht mehr dir selbst. Du gehörst dir seit dem Moment nicht mehr, in dem Angella dich aufgelesen und hierhergebracht hat. Du warst ein kleines Balg, als sie dich gefunden hat, und das wärst du auch geblieben, wenn du überhaupt überlebt hättest. Alles was du bist, bist du durch uns, Kara. Es wird Zeit, dass du das endlich begreifst!«

Die scheinbar völlig grundlose Heftigkeit ihres Ausbruchs überraschte Kara. Als Aires das Zimmer verlassen wollte, rief Kara sie zurück. »Ich glaube, wir sollten uns unterhalten«, sagte sie.

Aires maß sie mit einem verächtlichen Blick. »Das wäre nicht sehr anständig von mir. Du bist im Moment kein sehr guter Gegner.«

»Für dich wird es reichen«, antwortete Kara spitz; ein billiger Triumph, der ihr im gleichen Moment schon wieder leid tat.

»Also?«

»Seit Angellas Tod stimmt etwas nicht mit dir«, antwortete Kara. »Was ist los? Hast du das Gefühl, mich erziehen zu müssen? Oder ist das irgendeine törichte Probe?«

»Wenn es so wäre, wärst du durchgefallen«, sagte Aires kalt.

»Warum bist du so feindselig, Aires? Wir waren niemals Freunde, aber seit ... seit Angella nicht mehr da ist, bekämpfst du mich regelrecht. Warum?«

Sie hatte eine abfällige Bemerkung erwartet, oder eine ausweichende Antwort. Aber zu ihrer Überraschung sah Aires sie einige Sekunden lang sehr ernst an und antwortete dann: »Weil du mir alles weggenommen hast, Kara.«

»Weil ich ...« Kara rang einen Moment vergeblich nach Worten. »Du meinst den Hort?«, flüsterte sie dann. »Du meinst die Macht über die Drachenkämpfer? Du meinst ...«

»Ich meine *alles*«, unterbrach sie Aires leise, aber sehr verbittert. »Du glaubst, Angella hätte das alles hier allein geschaffen? Du meinst, sie allein hätte den Hort gegründet, die Drachenkämpfer ausgebildet und den Krieg gegen Jandhi gewonnen? Das hat sie nicht. *Ich* war es. Sie ist zu mir gekommen, wenn sie ratlos war und Hilfe brauchte. Ich habe ihr gesagt, was sie zu tun hatte!«

»Und jetzt musst du zusehen, wie ich es dir wegnehme, nicht wahr?«, fragte Kara. »Ist es das? Du kannst alles haben. Ich schenke dir den Hort, die Drachen, die Macht ... alles. Ich will es nicht.«

»Wie sich die Zeiten doch ändern«, sagte Aires abfällig. »Noch vor drei Tagen hast du mich zu einer Kraftprobe herausgefordert, und jetzt willst du mir den Hort schenken? Vielleicht will ich nichts geschenkt haben?«

»Das ist es auch nicht«, erwiderte Kara. Sie wusste, dass sie bereits verloren hatte, noch ehe der Kampf begonnen hatte. Es gab keine gemeinsame Basis zwischen ihnen. »Du hast recht, Aires. Angellas Platz gebührt hundertmal mehr dir als mir. Ich will ihn nicht.«

»Aber du hast ihn«, versetzte Aires. »Und du wirst ihn ausfüllen, ob es dir passt oder nicht. Glaubst du, ich will Herrscherin von deinen Gnaden sein? Wie lange? Bis es dir nicht mehr passt? Oder bis irgendein anderer Kindskopf einen Aufstand anzettelt?«

»Niemand würde es wagen, sich zu widersetzen, wenn ich dich offiziell zu meiner Nachfolgerin erkläre und zurücktrete«, sagte Kara.

»Sie würden mich nicht akzeptieren«, antwortete Aires. »Nicht wirklich.«

Ein Gefühl tiefen, ehrlich empfundenen Mitleids ergriff Kara. Sie verstand jetzt, dass die Feindschaft, die sie gespürt hatte, gar nicht ihrer Person galt. Aires hätte niemanden als Angellas Nachfolgerin akzeptiert. Sie hatte ihr Leben in dem Bewusstsein verbracht, dass all die Macht und der Ruhm, der Einfluss und die Beliebtheit, deren sich Angella erfreute, im Grunde ihr gebührten. Und zugleich in dem sicheren Wissen, dass sie all das niemals bekommen würde. Wie viel Verbitterung und Zorn mussten sich in all diesen Jahren in ihr angesammelt haben?

Sie wollte Aires um ihre Freundschaft bitten, aber sie wusste, dass das verlogen gewesen wäre; bestenfalls leere Worte, die sie beide in Verlegenheit brachten, und so sagte sie nur: »Es tut mir leid, Aires. Ich … wusste das alles nicht.«

»Ich weiß«, antwortete Aires. »Niemand weiß es. Aber ich glaube, es würde auch niemanden interessieren. Und es würde nichts ändern.«

Kara verstand den wirklichen Sinn dieser Worte. »Alles kann so bleiben, wie es war«, fuhr sie fort. »Ich weiß, dass wir niemals wirkliche Freunde werden können, Aires. Aber ich biete dir das an, was dir Angella gegeben hat. Den Platz an meiner Seite. Sei meine Beraterin, meine Lehrerin, wenn du glaubst, dass ich noch eine brauche.« Sie fragte sich ernsthaft, ob es das gleiche Gespräch vielleicht schon einmal gegeben hatte, zwischen Angella und Aires. Vielleicht waren die beiden gar nicht die Freundinnen gewesen, als die alle Welt sie gesehen hatte.

»Und wenn ich ablehne?«, fragte Aires.

»Dann muss ich dich bitten zu gehen«, antwortete Kara. Es fiel ihr schwer, die Worte auszusprechen, aber sie wusste, dass sie keine andere Wahl hatte. Ob Aires ging oder blieb, es war der einzige Weg, wie sie in ihren Augen bestehen konnte. »Du wirst den Drachenhort verlassen.«

»Nachdem das alles hier vorbei ist«, vermutete Aires.

»Nein, sofort«, sagte Kara. »Ich Verlange die Entscheidung nicht jetzt von dir, aber bald. Sehr bald. Und wie immer sie ausfällt, ich werde sie akzeptieren. Du wirst bleiben und meine Beraterin sein, oder du wirst den Drachenhort unverzüglich verlassen und deiner Wege gehen.«

»Ihr braucht mich«, sagte Aires. Sie wirkte verstört.

»Und das sogar dringender, als du selbst ahnst«, bestätigte Kara. »Die Gefahr, der wir uns gegenübersehen, ist unvorstellbar. Ich brauche jede Unterstützung, die ich nur bekommen kann. Aber gerade deshalb kann ich niemanden in meiner Nähe dulden, dessen ich mir nicht sicher bin. Ich meine damit nicht, dass ich deine Loyalität in irgendeiner Form anzweifle, Aires. Aber ich kann und will mir eine Szene wie vor drei Tagen nicht noch einmal leisten.« Sie machte eine Geste auf den Hof hinaus. »Du hast nicht gesehen, mit wem wir es zu tun haben, Aires. Du weißt vielleicht hundertmal mehr über sie als ich, aber du hast sie nicht *gesehen.* All unsere Krieger werden vielleicht sterben,

Aires. Die meisten davon sind meine Freunde, ich werde sie vielleicht in den sicheren Tod schicken müssen. Wie kann ich das, mit jemandem neben mir, der mich unentwegt an mir zweifeln lässt?«

»Und wenn er recht hat?«

»Ich brauche niemanden, der mir sagt, was ich falsch mache«, beharrte Kara. »Ich brauche jemanden, der mir erklärt, wie ich es *richtig machen* soll. Wenn du das willst – willkommen. Wenn nicht – geh.«

Aires starrte sie an. Ihre Augen brannten, und die schmalen Hände waren zu Fäusten geballt. Sie zitterte. »Vielleicht habe ich mich doch in dir getäuscht«, sagte sie gepresst. Aber sie machte keinen Versuch, diese Worte zu erklären, sondern fuhr auf dem Absatz herum, stürmte aus dem Zimmer und warf die Tür hinter sich zu.

Kara sah ihr voller Trauer hinterher. Wäre dies eine erdachte Geschichte gewesen, dachte sie, so wäre dies wohl der Moment, in dem sich die alte Frau und das Mädchen in die Arme fielen und sich der Tatsache versicherten, dass alles nur eine Verkettung von schrecklichen Missverständnissen und Irrtümern gewesen war. Aber das hier war die Wirklichkeit, und da liefen die Dinge leider nicht immer so glatt. Kara glaubte nicht, dass Aires ihr Angebot annahm. Sie würde in Zukunft ohne die Magierin auskommen müssen.

33

Was vor einer Woche noch die Spitze des Hauptturmes gewesen war, hatte sich in eine gewaltige Schutt- und Trümmerhalde verwandelt, die sowohl den Zugang als auch die untere Reihe der schmalen Fenster blockierte. Zerborstene Balken und scharfkantige Glas- und Metallsplitter ragten aus dem Trümmerberg. Die Erdstöße waren zudem heftig genug gewesen, den Turm nicht nur seiner beiden oberen Stockwerke zu berauben, sondern den stehengebliebenen Rest auch der Länge nach zu spalten. Ein Netz haarfeiner Risse durchzog den Innenhof.

»Und es ist wirklich niemand getötet worden?«, fragte Kara zweifelnd.

»Niemand«, bestätigte Cord. »Wir hatten großes Glück. Aber das Beben kam nicht ganz ohne Vorwarnung. Wir hatten Zeit, die Leute aus dem Turm zu bringen.«

Kara sah ihn fragend an.

»Es gab einige leichte Erdstöße, die große Beben ankündigten«, erklärte Cord. »Dieser Turm hat mir schon lange Sorgen bereitet. Er muss schon einmal beschädigt worden sein; lange, bevor wir diese Burg in Besitz nahmen.«

»Aber ein Erdbeben? Hier?«, sagte Kara zweifelnd. »So etwas gab es doch noch nie!«

»Nicht seit wir hier sind«, sagte Cord. »Doch zwanzig Jahre sind keine lange Zeit. Nicht für diese Berge.«

Nicht einmal für diese Festung, dachte Kara. Natürlich kannte sie die Geschichte dieser Festung wie alle hier – beziehungsweise kannte sie sie eben nicht. Die Burg war uralt. Sie waren nicht die Ersten, die sie erobert und zu ihrem neuen Hauptquartier gemacht hatten. Vor ihnen hatten das Jandhis Drachentöchter getan, und vor ihnen viele, viele andere, von denen niemand mehr wusste. Die Burg war so alt, dass von ihren ursprünglichen Erbauern nicht einmal Legenden zurückgeblieben waren.

Was nichts daran änderte, dass es in all der Zeit nicht die Spur eines Erdbebens gegeben hatte. Der Turm, dessen Trümmer sich zu Karas Füßen ausbreiteten, war fünfzigtausend Jahre alt, und das *war* eine lange Zeit.

»Du glaubst doch nicht wirklich, dass es ein Zufall ist, oder?«, fragte sie.

Cord schwieg.

»Erdbeben. Seen mit vergiftetem Wasser, die aus dem Nichts erscheinen; ein Meer, das nach zweimal hunderttausend Jahren zurückkehrt; Regen, der nicht aufhört zu fallen ... das sind keine Zufälle, Cord.«

»Ich weiß, worauf du hinauswillst«, antwortete Cord. »Vielleicht hast du recht. Aber sei vorsichtig. Man darf nie anfangen, zu viel in die Dinge hineinzugeheimnissen. Einen Gegner zu überschätzen kann ebenso verhängnisvoll sein wie ihn zu unterschätzen.«

»Lehrbuch für junge Krieger, Seite elf«, sagte Kara spöttisch.

»Seite zwölf, erster Abschnitt, um genau zu sein.« Auch Cord lächelte, aber sein Blick blieb ernst. »Aber weißt du, warum man Dinge in Lehrbücher schreibt, Kara? Weil sie wahr sind.« Er sah zum Himmel, um die Zeit am Stand der Sonne abzulesen. »Ich glaube, wir sollten Aires und die anderen nicht zu lange warten lassen.«

Vor allem die anderen, dachte Kara. Nicht Zen, Silvy und Maran, sondern den Rest des Drachenhortes.

Ihre Vermutung vom gestrigen Abend hatte sich als richtig erwiesen: Niemand hier wusste bis jetzt, was sie draußen im *Schlund* gefunden hatten. Silvy, Zen und Maran waren in ihre Quartiere gebracht worden und standen gewissermaßen unter Hausarrest, und Cord hätte am liebsten auch Kara das Verlassen des Zimmers verboten, aber das hatte er dann doch nicht gewagt, allerdings hatte er dafür gesorgt, dass ihr niemand begegnete. Es hatte eine Weile gedauert, bis Kara das halbe Dutzend Männer aufgefallen war, das sie und Cord diskret abschirmte. Sie lächelte. Als Cord sie fragend ansah, meinte sie: »Ich dachte gerade daran, dass ich nie richtig verstanden habe, was Angella damit meinte, als sie sich einmal darüber beklagte, dass sie eine Gefangene dessen sei, was sie ist. Ich glaube, jetzt weiß ich es.«

Cord zog es vor so zu tun, als verstünde er nicht, und Kara wandte sich seufzend um und ging zum Haupthaus zurück. Sie war gleichzeitig erleichtert wie verärgert darüber, dass ihr Ausflug so kurz gewesen war. Sie hatte es genossen, endlich wieder zu Hause zu sein und das Gefühl der Sicherheit zu spüren, mit dem sie die vertraute Umgebung erfüllte. Aber der Anblick des Turms hatte ihr auch deutlich vor Augen geführt, wie trügerisch dieses Gefühl der Sicherheit war.

Cord und sie waren die Letzten, die den Versammlungsraum betraten, und Aires' Blick nach zu schließen betrug ihre Verspätung mehr als ein paar Augenblicke. Zen, Silvy und Maran saßen neben ihr an der großen Tafel, auf der sie die erbeutete Karte ausgebreitet hatten. Außer ihnen waren noch Storm, Borss, Tera und natürlich Hrhon anwesend. Der harte Kern, dachte Kara spöttisch. Seltsam – sie fühlte sich plötzlich wie eine Fremde.

Sie verscheuchte den Gedanken, ignorierte Aires' strafenden Blick und nahm auf dem Stuhl am Kopfende der Tafel Platz. Bisher hatte Angella hier gesessen. Sie verjagte auch diesen Gedanken. »Warum ist Elder nicht hier?«, eröffnete sie das Gespräch.

Anstatt zu antworten, wandte sich Aires an Cord, der sich als Einziger noch nicht gesetzt hatte, sondern seinen Platz ansteuerte. »Würdest du ihn holen. Und … beeil dich nicht zu sehr.«

Kara blickte fragend, und Aires machte eine Kopfbewegung in Marans Richtung. Kara fiel der düstere Ausdruck auf den Zügen des jungen Drachenkämpfers auf. Offensichtlich hatte Aires *nicht* auf sie gewartet, ehe sie mit dem Gespräch begann. »Wir sollten vorher entscheiden, was mit ihm zu geschehen hat.«

»Zu geschehen? Ich ... verstehe nicht ganz, fürchte ich.«

Aires machte eine zornige Geste. »Er hat seinen Drachen verloren. Findest du nicht, dass wir darüber reden sollten?«

Kara seufzte leise. Natürlich hatte Aires recht – die Drachen waren der wertvollste Besitz des Hortes. Eines der Tiere durch Fahrlässigkeit oder gar Leichtsinn zu verlieren, war das schlimmste nur vorstellbare Verbrechen, dessen sich ein Drachenkämpfer schuldig machen konnte; schlimmer als Mord und unverzeihlicher als Verrat. Und auch sie zweifelte noch immer am Wahrheitsgehalt der Geschichte, die Maran ihnen erzählt hatte. Aber jetzt war einfach nicht der Moment, *darüber* zu reden.

»Maran hat uns alles erklärt«, sagte Kara. »Er hat vielleicht unbedacht gehandelt, aber das ist auch alles, was man ihm vorwerfen kann. Der Verlust seines Drachen ist schlimm, aber nicht mehr zu ändern. Es war nicht seine Schuld.«

Selbst Maran sah sie überrascht an, während es in Zens Augen fast ebenso zornig aufblitzte wie in Aires.

»Und das ist alles?«, fragte Aires. »Damit ist die Sache erledigt, meinst du?« Sie funkelte Maran an, dann wandte sie sich wieder an Kara. »Warum eigentlich nicht? Ich schlage vor, wir geben ihm einen neuen Drachen. Es dauert ja nur ungefähr fünfzig Jahre, ein solches Tier auszubilden!«

»Wir werden über das, was er getan hat, reden«, sagte Kara besänftigend. »Was er getan hat, war so dumm, dass er dafür eine Strafe verdient hat. Aber vergiss nicht, Aires, dass der Verlust seines Drachen allein schon Strafe genug ist.« Eine innere Stimme flüsterte ihr zu, dass sie schon wieder einen schweren Fehler begangen hatte, und ein einziger Blick in die Runde bestätigte diese Vermutung. Trotzdem hielt sie Aires' bohrendem Blick gelassen stand. Was hatte Angella einmal zu ihr gesagt? *Besser, du machst einen Fehler, als du tust gar nichts.*

Sie wechselte abrupt das Thema, indem sie die Zeit bis zu Cords Rückkehr nutzte, Storm und den beiden anderen Kriegern, die gestern Abend nicht dabei gewesen waren, noch einmal mit knappen Worten zu schildern, was sie unter dem zweiten Drachenfels im *Schlund* gefunden hatte. Natürlich hatte Aires ihnen bereits alles erzählt. Trotzdem hörten sie gebannt zu, und auch auf dem Gesicht der Magierin erschien der gleiche besorgte Ausdruck wie am vergangenen Abend, während sie Karas Geschichte zum zweiten Mal lauschte.

Kara hatte den letzten Satz ausgesprochen, als die Tür aufging und Cord und Elder hereinkamen. Sie registrierte mit einer Mischung aus Schrecken und Verärgerung, dass Cord es nicht einmal für nötig befunden hatte, Elder zu fesseln. Sie ließ sich nichts anmerken, nahm sich aber vor, mit ihm darüber zu reden, dass man seine Feinde niemals unterschätzen sollte. Cord war einer der erfahrensten Krieger des Hortes, aber nur Kara wusste, wie gefährlich Elder war.

Hrhon löste sich plötzlich von seinem Platz neben der Tür und trat hinter den Stuhl, auf den Cord Elder bugsierte. Cord nahm ebenfalls Platz, jedoch nicht, ohne dem Waga einen sonderbaren Blick zuzuwerfen. Wie kompliziert Menschen doch waren, dachte Kara, und wie viele Probleme ihnen wohl allen erspart geblieben wären, *weil* sie es waren.

Für eine Weile trat ein unbehagliches Schweigen ein. Sie alle starrten Elder an, und Elder starrte zurück. Das Gefühl in seinen Augen, als er Kara ansah, erschreckte sie ein wenig. Es war kein Hass, aber ein tiefer Zorn. Kara konnte ihn beinahe verstehen. Sein Gesicht war noch immer angeschwollen, und die Kopfschmerzen, die er in den letzten zwei Tagen gehabt hatte, würde er wahrscheinlich in fünfzig Jahren noch nicht vergessen haben.

Schließlich war es auch Elder, der das Schweigen brach. »Darf ich jetzt reden?«, fragte er herausfordernd.

»Dazu bist du hier«, antwortete Kara. Es fiel ihr erstaunlich leicht, Ruhe zu bewahren.

»Ich frage ja nur«, sagte Elder sarkastisch. »Gestern Abend hat man mir einen Knebel verpasst, als ich auch nur nach einem Schluck Wasser verlangt habe.«

»Wie bedauerlich«, erwiderte Kara kalt. »Vielleicht hätte man dir stattdessen lieber die Zunge herausschneiden sollen. Oder sie wenigstens spalten. Das hätte zu dir gepasst.«

Aires warf ihr einen warnenden Blick zu, überging ihre Bemerkung aber ansonsten. »Ich nehme an, du weißt, was wir von dir wollen, Elder.«

»So? Weiß ich das?«

»Wenn nicht, bist du dümmer, als ich annahm. Und das wäre nicht gut. Ich verachte Dummheit. Ich schätze sie nicht einmal bei meinem Gegner, obwohl sie da manchmal ganz nützlich ist. Aber ich nehme nicht an, dass du dumm bist.«

»Nein«, antwortete Elder. »Und ich bin auch nicht euer Feind.«

»Was bist du dann?«, schnappte Kara.

Elder starrte sie schon wieder voller Zorn an. »Ich dachte, dass *du* das eigentlich am besten wissen müsstest. Verdammt, ich bin euer Verbündeter, ob es dir passt oder nicht.«

»Verbündeter?« Kara zog die Augenbrauen hoch. »Du hast eine sonderbare Art, das zu zeigen.«

»Ach?«, machte Elder spitz.

»Unsere Verbündeten«, sagte Storm an Karas Stelle, »belügen uns für gewöhnlich nicht. Sie spielen uns auch nicht vor, jemand anderes zu sein als der, der sie wirklich sind.«

Elder schnaubte. »Du weißt ja nicht einmal, wovon du sprichst«, sagte er.

»Dann erklär es uns«, sagte Kara. Sie spürte, dass sie nun doch allmählich die Beherrschung verlor. »Versuch doch einmal etwas Neues, Elder: Sag einfach die Wahrheit. Erzähl uns zum Beispiel, warum ihr Gäa tötet. Warum ihr den *Schlund* vernichten wollt – und uns offensichtlich auch!«

»Wir?«, wiederholte Elder in einem Tonfall, der Fassungslosigkeit ausdrücken sollte. »Bist du von Sinnen, du dummes Kind?«

Cord versetzte ihm einen Stoß, der ihn zusammenfahren und schmerzhaft das Gesicht verziehen ließ. »Das *dumme Kind,* mit dem du sprichst, ist unsere Herrscherin«, sagte er. »Überleg dir also, was du sagst.«

Kara machte eine Geste. »Lass es gut sein, Cord.« An Elder gewandt, der sie verwirrt ansah, sagte sie: »Es ist die Wahrheit. Du bist nicht mehr ganz auf dem Laufenden.«

»Meinen Glückwunsch«, sagte Elder böse. »Du hast schnell Karriere gemacht. Von einem kleinen Mädchen zur Herrscherin des Drachenhorts.«

»So wie du«, versetzte Kara. »Von einem kleinen Hauptmann zu einem Mann, der sich noch Minuten von einem sehr unangenehmen Tod entfernt befindet.«

»Genug!«, sagte Aires scharf. »Wenn ihr euch streiten wollt, könnt ihr das gern später tun, aber jetzt haben wir Wichtigeres zu besprechen.«

Kara biss sich zornig auf die Unterlippe, sagte aber nichts. Sie hatte sich den Rüffel verdient.

»Was hast du damit gemeint: Du bist unser Verbündeter?«, fuhr Aires fort. »Die Kleider, in denen man dich hergebracht hat, waren die unserer Feinde. Und der Ort, an dem man dich aufgegriffen hat, gehörte ihnen.«

»Was für ein schöner Satz«, sagte Elder abfällig. »Du solltest ihn aufschreiben.«

»Du ...«

Elder hob hastig die Hand. Hrhon, der die Bewegung wohl falsch deutete, trat noch einen Schritt vor. »Schon gut, schon gut«, sagte Elder hastig. »Du hast ja recht. Aber diese Männer dort draußen sind ebenso *meine* Feinde wie eure.« Er deutete anklagend auf Kara. »Hätte eure *Herrscherin* da nicht meine

Maschinen in die Luft gejagt, meine Männer erschossen und mich niedergeschlagen, ohne uns auch nur zu Wort kommen zu lassen, dann hätte ich alles erklären können und vielleicht das Schlimmste verhindert. Was jetzt passiert, das habt ihr euch selbst zuzuschreiben.«

»Was soll das heißen?«, fragte Kara. »Die Männer, die diese Anlage errichtet haben …«

»… sind genauso scharf auf meinen Hals, wie du es warst«, fiel ihr Elder ins Wort. »Zum Teufel noch mal, was glaubst du eigentlich, *wer* diesen Berg angegriffen hat! Das waren wir! Ich hätte noch eine Stunde gebraucht, um ihren Pararaumsender umzuprogrammieren und meine Leute zu verständigen, wenn du nicht gekommen und wie ein tollwütiger Hund über uns hergefallen wärst.«

Kara starrte ihn an. Sie sah den Ausdruck auf Aires' Gesicht und auch auf denen der anderen, und sie begriff, dass Elder sich vermutlich gerade um Kopf und Kragen geredet hatte, ohne es überhaupt zu wissen.

»Du hast diesen Berg angegriffen?«, fragte Aires. In ihrer Stimme war ein Zittern, dessen wahre Bedeutung Elder wahrscheinlich nicht einmal ahnte, denn er nickte nur trotzig.

»Die … die Explosion, von der Kara berichtet hat, das … das war dein Werk?«

Elder schnaubte. »Ich wollte, es wäre so«, sagte er. »Wenn du es genau wissen willst, es war der Fusionsreaktor meines Schiffes.«

»Was?«, fragte Tera.

Elder setzte zu einer Antwort an, seufzte aber dann bloß und winkte ab. »Es hätte wenig Sinn, es erklären zu wollen«, sagte er. »Sagen wir: die Maschine, die mein Schiff angetrieben hat.«

»Von was für einem *Schiff* sprichst du?«, fragte Storm. Er deutete auf Kara. »Sie hat nichts von einem Schiff erzählt. Seid ihr über das Meer gekommen, von einem der unbekannten Kontinente im Norden?«

Elder verdrehte die Augen und machte ein Gesicht, als wollte er jeden Moment vor Lachen einfach herausplatzen, schien sich aber im letzten Moment selbst zu sagen, dass er den Bogen besser nicht überspannte. »Nein«, antwortete er erzwungen ruhig. »Ich komme nicht von einem der anderen Kontinente. Ich komme von …« – er zögerte einen Moment – »… von einer anderen Welt.«

Die Reaktion auf diese Worte schien anders auszufallen, als er erwartet hatte, denn er legte eine Pause ein, in der er sich mit wachsender Verwirrung umsah. Einzig Aires und Kara schienen wirklich zu verstehen, was Elder meinte.

»Und?«, fragte Storm schließlich.

Elder fuhr sich nervös mit der Zungenspitze über die Lippen. »Ich fürchte, ich habe mich nicht richtig ausgedrückt. Wir benutzen das Wort Welt in einem anderen Sinn als ihr. Ihr meint mit anderen Welten die Kontinente, die ihr jenseits des *Schlundes* vermutet; nicht wahr?«

Storm nickte. Er wirkte plötzlich sehr aufmerksam.

»Wir nicht«, fuhr Elder vorsichtig fort. »Wir meinen damit andere Planeten. Planeten, die so groß sind wie eure Welt.«

»Wie bitte?«, ächzte Cord.

»Eure Welt ist nicht die einzige im Universum«, antwortete Elder in einem Tonfall, als versuche er einem Kind die ersten Buchstaben des Alphabets beizubringen. »Es gibt Milliarden Sonnen in der Galaxis, und viele von ihnen haben Begleiter wie diese Welt.«

»Das reicht«, sagte Aires zornig. »Wir bauen vielleicht keine Maschinen wie ihr, aber das bedeutet nicht, dass wir dämlich sind.« Sie beugte sich vor, und es gelang ihr kaum, ihre Erregung zu unterdrücken. »Du behauptest also, du kämst von einer dieser anderen Welten?«

Elder nickte. »Ebenso wie die Männer, gegen die ihr kämpft.«

»Das ist lächerlich!«, sagte Storm. »Ich glaube ihm kein Wort. Er lügt, um uns von der Wahrheit abzulenken.«

»Warum sollte ich das tun?«, erwiderte Elder ruhig. »Warum sollte ich mir wohl eine *so* unwahrscheinliche Geschichte ausdenken?«

»Vielleicht genau, um diese Frage zu stellen!«, schnappte Storm.

Kara bedeutete ihm mit einer Geste, still zu sein. Mühsam beherrscht wandte sie sich an Elder. Sie glaubte ihm. Storm hatte nicht gesehen, was *sie* gesehen hatte. »Vorausgesetzt, du sagst die Wahrheit, Elder«, sagte sie. »Lassen wir einmal deine Geschichte von anderen Welten und Schiffen, die zwischen ihnen verkehren, beiseite ...« Das sagte sie nur, um Storm zu beruhigen, der schon wieder auffahren wollte. »... dann beantworte mir nur eine Frage: Warum bekämpfen wir uns?«

»Bekämpfen?« Elder lachte herzhaft. »Großer Gott, sie bekämpfen euch gar nicht. Wenn sie sich dazu entschließen würden, dann wäret ihr nach spätestens drei Tagen alle tot.«

»Und wie nennst du das, was sie uns bisher angetan haben?«

»In ihrer Bilanz taucht der Posten wahrscheinlich unter *Diverses* auf«, antwortete Elder, ohne dass einer von ihnen verstand, was er damit meinte. »Du meinst, sie bekämpfen euch? Du solltest einmal die Bewohner des östlichen Kontinents fragen. *Denen* haben sie wirklich übel mitgespielt, weißt du?«

»Wer sind sie?«, fragte Aires erregt. »Und was wollen sie – wenn nicht uns bekämpfen, wie du behauptest? Warum sind sie hier? Und warum bist *du* hier?«

»Vielleicht führen sie Krieg gegeneinander?«, sagte Kara zornig. »Und haben sich unsere Welt ausgesucht, um ihn auszutragen.«

»Wir führen schon seit Jahrtausenden keine Kriege mehr«, sagte Elder. »Kriege sind barbarisch.«

»Und wie nennst du das, was hier geschieht?«

»Ein Geschäft«, antwortete Elder ruhig.

Kara war fassungslos. Weder sie noch die anderen begriffen, wovon ihr Gefangener überhaupt sprach.

Elder seufzte tief, schüttelte ein paarmal den Kopf und drehte sich auf seinem Stuhl zu Aires herum. »Vielleicht ist es das Beste, wenn ich euch die ganze Geschichte erzähle. Glaubst du, dass das möglich ist, ohne dass mir eure *Herrin* oder dieser Hitzkopf dort drüben die Kehle herausreißen?«

»Versuch es einfach«, sagte Kara, ehe Aires antworten konnte.

Elder runzelte die Stirn und murmelte eine Antwort, die sie besser nicht verstand, begann dann aber mit ruhiger Stimme an Aires gewandt zu erzählen. »Ich glaube, dass alles mit einem Irrtum angefangen hat. Die Sonde, die diesen Planeten katalogisieren sollte, war entweder defekt, oder jemand hat Mist gebaut, als er die Daten ausgewertet hat.«

»Bitte, Elder«, sagte Aires. »Versuche so zu erzählen, dass auch wir Barbaren begreifen, was du meinst.«

Elder lächelte. »Ich habe euch erzählt, dass es Tausende von bewohnbaren Welten in der Galaxis gibt. Die allerwenigsten sind den Menschen freundlich gesonnen. Nur eine von tausend Welten ist so beschaffen, dass wir ohne Schwierigkeiten darauf leben können. Und wir brauchen Platz. Unsere Rasse wächst, und sie wächst schnell.«

»Soll das heißen, sie … sie sind hierhergekommen, weil sie unsere Welt wollen? Diesen ganzen Planeten?«, krächzte Storm.

»Ich fürchte, ja«, antwortete Elder. »Du musst das verstehen. Es gibt nicht viele Welten, auf denen Menschen leben können. Aus diesem Grund haben wir schon vor langer Zeit begonnen, die etwas weniger gastlichen Welten unseren Bedürfnissen anzupassen.«

»Wie bitte?« Aires riss erstaunt die Augen auf.

»Das Projekt nennt sich *Terraforming*, und die Idee ist so alt wie der Plan, zu den Sternen zu fliegen«, antwortete Elder. »Es ist nicht so unmöglich, wie es sich im Moment vielleicht anhört. Meistens braucht man nicht mehr dazu als einen kleinen Anstoß, der das ökologische System einer Welt in die richtige Richtung lenkt. Manchmal ist auch ein wenig mehr nötig. Aber im Grunde ist es nichts anderes als das, was auch ihr tut, wenn ihr neues Land kolonisiert. Ihr passt es euren Bedürfnissen an. Dasselbe tun auch wir – nur in etwas größerem Maßstab.«

»Wir stehlen niemandem seine Welt«, sagte Storm mit zornbebender Stimme.

»Wir auch nicht«, erwiderte Elder. Plötzlich war er wieder sehr ernst. »Ich sagte bereits – was hier geschehen ist, war ein ... ein unglücklicher Zufall. Wir schicken Sonden los, unbemannte Maschinen, die manchmal Jahrhunderte unterwegs sind und neue Planeten suchen, die sich zur Kolonisation oder dem Terraforming eignen. Aber wir haben sehr strenge Gesetze. Kein Planet, der bereits eine eigene Spezies intelligenten Lebens hervorgebracht hat, darf verändert werden. Wir zeigen uns ihnen nicht einmal, ehe sie nicht von sich aus den ersten Schritt tun. Stößt eine unserer Sonden auf eine bewohnte Welt, so parken wir ein Robotraumschiff in ihrer Nähe, das sie beobachtet. Mehr nicht. Wir zeigen uns nicht, wir mischen uns nicht ein.«

»Das haben wir deutlich zu spüren bekommen«, bemerkte Kara spöttisch.

Elder wirkte verletzt. »Eure Welt ist nicht wie die anderen«, sagte er. »Es gibt hier nicht nur ein, sondern gleich vier oder fünf Dutzend verschiedener intelligenter Gattungen. Eure Ökologie ist der reine Irrsinn! Ich habe so etwas noch nie gesehen, und glaube mir – ich bin auf vielen Welten gewesen. Außerdem bestehen achtzig Prozent der Landmasse aus verstrahlten Wüsten, in denen absolut nichts lebt. Vielleicht ist die Sonde in einem dieser Gebiete niedergegangen, oder die Daten wurden falsch interpretiert. Vielleicht ist sie irgendwo auf ihrem Flug beschädigt worden. Jedenfalls wurde euer Planet als unbewohnt, aber formbar eingestuft. Ein Fehler, mehr nicht.«

»Ein Fehler, mehr nicht?«, wiederholte Kara ungläubig. *»Mehr nicht?«*

Aires hob beruhigend die Hand. »Nehmen wir an, es war so, Elder«, sagte sie rasch. »Warum wurde dieser Fehler nicht korrigiert, nachdem ihr hergekommen wart und gesehen habt, wie unsere Welt *wirklich* aussieht?«

»Das ist genau die Frage, die ich einigen Herren in der Vorstandsetage von PACK gern stellen würde«, antwortete Elder grimmig.

»PACK?«

»Die Firma, die eure Welt gekauft hat«, erklärte Elder.

»Gekauft?« Aires beugte sich vor. Ihre Augen glitzerten. »Sagtest du gekauft?«

»Ja«, bestätigte Elder. »Es gibt eine Reihe großer Firmen, die neuentdeckte Welten kaufen und umformen. Es dauert lange und verschlingt Unsummen, aber wenn das Terraforming gelingt, ist der Gewinn enorm.«

»Aber wie kann man etwas verkaufen, das einem nicht gehört?«, fragte Cord. »Ich kann mich nicht erinnern, diese Welt verkauft zu haben.« Er sah Aires an. »Du vielleicht?«

»Die Kaufoptionen werden von unserer Regierung vergeben«, sagte Elder ruhig. »Sie sind nicht billig – und ich sagte bereits mehrfach: Was hier geschehen ist, war ein Fehler.«

»Ja, das sagtest du«, bestätigte Kara. »Aber du sagtest noch nicht, weshalb er bisher nicht korrigiert wurde.«

»Vielleicht sind sie ja gerade dabei, es zu tun«, grollte Storm. »Wenn ihr alles Leben auf dieser Welt auslöscht, dann stimmen die Voraussetzungen wieder, nicht wahr?«

Elder ignorierte sowohl seinen bohrenden Blick als auch den

beißenden Spott in seinen Worten. »Was hier geschehen ist, ist ein Verbrechen«, sagte er ruhig. »Ich kann mir ungefähr denken, was passiert ist. PACK gehört zu den größten Firmen der Galaxis, die Planeten bauen. Sie sind nicht so groß geworden, weil sie zimperlich sind. Sie haben viel Geld für diesen Planeten bezahlt und noch sehr viel mehr, um die nötige Ausrüstung hierherzuschaffen. Die Besatzung der Landungsschiffe muss der Schlag getroffen haben, als sie hier ankamen und sahen, dass dieser Planet bewohnt ist.« Er lachte humorlos und schwieg einen Moment.

»Aber sie sind trotzdem geblieben«, sagte Aires.

Elder nickte. »Irgendjemand ist wohl zu der Auffassung gekommen, den Aktionären von PACK den Verlust nicht zumuten zu können, den ein Scheitern des Unternehmens bedeutet.«

Kara hatte keine Ahnung, was ein Aktionär war – aber sie begriff sehr gut, was Elder meinte. »Du willst damit sagen, sie ... sie zerstören unsere Welt aus ... aus Profitgier?«, flüsterte sie stockend.

»Geschäft ist Geschäft, Kindchen«, sagte Elder. »Das war schon immer so, und es wird auch immer so bleiben. Wenn genug Geld auf dem Spiel steht, dann vergisst man sein Gewissen schon einmal.« Er zuckte mit den Schultern. »Ich habe die Regeln nicht gemacht.«

Kara begann am ganzen Leib zu zittern. Sie wusste nicht, was sie mehr erschütterte: die Monstrosität dessen, was sie hörte, oder die lakonische Art, mit der Elder diese Ungeheuerlichkeit erzählt hatte. Sie konnte nicht einmal schreien, um ihrem Entsetzen Luft zu machen.

»Wie lange sind sie schon hier?«, fragte Aires leise.

»Etwas länger als fünfzig Jahre«, antwortete Elder.

»Fünfzig Jahre? Und du willst mir erzählen, dass niemand etwas gemerkt hat in all dieser Zeit? Du sagst, euer Reich besteht aus Tausenden von Welten. Dann muss euer Volk nach Billionen zählen! Und in all dieser Zeit soll niemand ...«

»Das Universum dort draußen besteht zum allergrößten Teil aus nichts anderem als Leere«, unterbrach sie Elder. »Es ist nicht so, dass man nur ein paar Schritte zu gehen braucht, um über die nächste bewohnte Welt zu stolpern. Und es ist nicht ungewöhnlich, dass eine Firma den Planeten, an dem sie gerade arbeitet, streng abschirmt. Jede Firma hat ihre speziellen Methoden des Terraforming, die sie streng geheimhält.«

»Ja«, flüsterte Storm. »Eine dieser Methoden lernen wir gerade kennen.«

»Davon abgesehen«, fuhr Elder bitter fort, »würden sich neunundneunzig Prozent dieser Trillionen anderer dort draußen einen Dreck um euer Schicksal kümmern.«

Er sprach nicht weiter, und die anderen verfielen in brütendes Schweigen, sodass sich für Minuten eine unangenehme Stille zwischen ihnen ausbreitete.

»Ghehöhrthen Jhandhi uhnd ihrhe Dhrachhen auch zhu euhch?«, fragte Hrhon endlich.

Elder verdrehte den Kopf, um dem Waga ins Gesicht zu blicken. »Jandhi? Nein. Ich habe euch von den Bewohnern des östlichen Kontinents erzählt. Das waren sie. Es gibt sie nicht mehr. PACK hat sie ausgelöscht.«

»Wann?«, fragte Kara. Ihr Herz begann zu rasen.

Elder wich ihrem Blick aus. »Vor ungefähr zehn Jahren«, sagte er dann.

»Vor zehn Jahren?« Storm richtete sich stocksteif auf, und auch Cord sah plötzlich so aus, als hätte er ein Gespenst gesehen.

»Ja«, bestätigte Elder. »Es tut mir leid, wenn ich euch diese Illusion auch noch nehmen muss – aber ihr habt Jandhis Volk nicht besiegt. Das war PACK. Im Übrigen solltet ihr ihnen dafür sogar dankbar sein.«

»Wieso?«, fragte Kara.

»Weil ihr keine Chance gehabt hättet. Auf dem östlichen Kontinent haben sich die Dinge etwas anders entwickelt als hier bei euch. Dort ist eine Insektenzivilisation entstanden. Die, gegen die ihr gekämpft habt, waren nur ein kleiner Vorposten. Selbst PACKS Sturmtruppen haben sich zwanzig Jahre lang die Zähne an ihnen ausgebissen.«

Plötzlich hasste ihn Kara, allein für die Art, wie er über die Vernichtung eines ganzen Volkes sprach. Sie fragte sich, ob er wirklich ein Mensch war.

»Es wäre gut, wenn ihr begreifen würdet, dass es längst nicht mehr nur um Geld geht«, fuhr Elder mit fast beschwörender Stimme fort. »Sie sind zu weit gegangen. Wenn bekannt wird, was hier geschieht, dann bedeutet dies das Ende für PACK. Sie kämpfen nicht mehr um Profite, sondern ums nackte Überleben.«

»Aber es ... es ist doch nur eine Firma«, murmelte Aires. »Nur ein Geschäft.«

»Es ist eine sehr große Firma«, sagte Elder sanft. »Sie ist Zehntausende von Jahren alt. Und unvorstellbar groß und mächtig. Vielleicht stellst du dir etwas anderes unter diesem Wort vor, aber was ist ein Staat im Grunde, wenn nicht eine große funktionierende Firma? Es sind Gebilde wie PACK und die anderen, die unser Reich ausmachen. Irgendwie leben sie, weißt du? Und sie wehren sich wie ein lebendes Wesen, wenn es um ihre Existenz geht.«

»Das heißt, sie haben gar keine andere Wahl mehr, als uns alle umzubringen«, sagte Aires.

»Ich fürchte«, bestätigte Elder. »Wenn es mir nicht gelingt, sie aufzuhalten, seid ihr alle verloren.«

»Du?« Zum ersten Mal glomm so etwas wie Hoffnung in Aires' Augen auf. »Welche Rolle spielst du in diesem Spiel? Wo liegt dein *Profit,* Elder?«

Er zögerte. Dann lächelte er flüchtig und schenkte Aires ein anerkennendes Nicken. »Ich glaube, es hat wenig Sinn, dir etwas vormachen zu wollen«, sagte er. »Ich werde dir die Wahrheit sagen – auch wenn ich nicht sicher bin, ob es richtig ist.« Er warf einen nervösen Blick in Karas Richtung und einen zweiten auf Storm, ehe er fortfuhr: »PACK ist nicht die einzige Firma, die sich mit der Erschließung neuer Welten beschäftigt. Es gibt andere Firmen, die dasselbe tun. Ich gehöre zu einer von ihnen.«

»Du bist …«

»Von der Konkurrenz, wenn du so willst«, bestätigte Elder. »Ja.«

Aires' Augen wurden schmal. »Wenn das die Wahrheit ist, Elder, dann war es wirklich nicht sehr klug, sie zu erzählen. Du … du sagst, du gehörst zu den gleichen Ungeheuern, die uns unsere Welt stehlen wollen, und glaubst, wir würden dir auch noch helfen? Was versprichst du uns, wenn wir es tun? Einen angenehmen Tod? Einen Grabstein, so groß wie diese Welt?«

Elder blieb ganz ruhig, obwohl die Spannung im Raum immer heftiger wurde und sich bald entladen musste. »Ich kann mich nicht erinnern, euch um irgendeine Hilfe gebeten zu haben«, sagte er. »Aber ich bitte dich, denke in Ruhe über das nach, was ich dir erzählt habe. PACK ist erledigt, wenn herauskommt, was sie hier treiben. Aber das bedeutet auch gleichzeitig, dass überall bekannt wird, dass diese Welt bewohnt ist. Ich gebe es zu – das Hauptinteresse der Leute, die mich hierhergeschickt haben, liegt darin, PACK zu ruinieren. Aber sag selbst: Was kann euch Besseres passieren? Meine Auftraggeber würden alles tun, um den entstandenen Schaden wiedergutzumachen. Ihr würdet mehr als entschädigt für das, was man euch angetan hat. Wir würden diesen Planeten in ein Paradies verwandeln. Es sind keine leeren Versprechungen, Aires. Wir können euch eure Welt so umgestalten, wie ihr es wollt.«

»Warum solltet ihr das tun?«, fragte Storm verächtlich. »So etwas ist teuer. Und wir können nicht viel bezahlen.« Seine Stimme troff vor Hohn.

»Das kann ich dir sagen«, erklärte Elder ruhig. »Weil es ein Geschäft ist, von dem wir beide profitieren. Ihr bekommt eine Welt, auf der nicht jeder Tag ein neuer Kampf ums nackte Überleben ist. Und für uns bedeutet eine so großmütige Hilfe einen Imagegewinn, der mit Geld gar nicht aufzuwiegen ist. Wir können beide nur gewinnen, Storm. Die Zeche dafür zahlt PACK. Aber ich glaube nicht, dass euch das allzu leidtut.«

»Genug«, flüsterte Kara. »Hör ... auf. Hör sofort auf, Elder.« Ihre Stimme bebte. Sie zitterte am ganzen Leib. In ihrem Inneren tobte ein Sturm von Gefühlen, der sie fast um den Verstand brachte. »Ich kann es nicht mehr hören. Ich ... ich lasse nicht zu, dass du um unsere Leben schacherst wie ein Krämer um ein Fass Wein.«

Aires hob besänftigend die Hand. »Beruhige dich, Kara. Ich verstehe dich, aber Elders Vorschlag klingt vernünftig genug, um zumindest darüber nachzudenken. Was nicht bedeutet«, fügte sie an Elder gewandt und mit veränderter Stimme hinzu, »dass wir ihn annehmen oder dir alles glauben.«

»Das habe ich auch nicht erwartet«, sagte Elder. »Nicht sofort.« Er warf Kara einen dunklen Blick zu. »Ich bin ja schon froh, dass ihr mir nicht gleich den Kopf abgeschlagen habt.«

»Gesetzt den Fall, wir glauben dir«, sagte Aires. »Was müssten wir tun?«

»Nichts«, antwortete Elder. »Ihr könnt nichts tun, glaubt mir. Es ist eine Sache zwischen ihnen und mir. Ich kann sie aufhalten, aber das kann ich nur allein. Wenn ihr euch einmischt, werdet ihr zermalmt wie Jandhis Volk.«

»Was könntest du allein tun, was wir nicht können?«, fragte Tera.

»Etwas sehr Einfaches und zugleich das Einzige, was überhaupt einen Sinn ergibt«, antwortete Elder. Er warf Kara einen beinahe entschuldigenden Blick zu. »Das, was ich zu tun im Begriff stand, ehe sie mich niedergeschlagen und weggeschleppt hat. Hilfe herbeirufen. Ich habe die Basis im *Schlund* angegriffen, weil ich an ihren Pararaumsender heranwollte. Der Versuch hat mich mein Schiff gekostet, aber es ist gut möglich, dass sie mich für tot halten. Ich habe daher eine gute Chance, es ein zweites Mal zu versuchen. Gelingt es mir, an einen Sender heranzukommen und einen Hilferuf abzusetzen, dann wimmelt es hier in drei Monaten von Truppen, das schwöre ich euch.«

»Was ist ein Pararaumsender?«, fragte Aires.

»Etwas wie die Funkgeräte, die sie in Schelfheim benutzen«, antwortete Elder. »Nur sehr viel leistungsfähiger. Ich kann damit andere Welten erreichen. Aber es gibt nur zwei Stück davon auf diesem Planeten. Der eine befindet sich in der Pumpstation, doch ich fürchte, dass sie ihn jetzt etwas besser bewachen werden.«

»Und der andere?«

»In ihrem Schiff«, antwortete Elder. »Leider weiß ich nicht, wo er steht.«

»Und wenn wir einen eigenen Sender bauen?«, schlug Kara vor.

Elder starrte sie einen Moment lang aus weit aufgerissenen Augen an – und begann schallend zu lachen.

»Was ist daran so komisch?«, grollte Kara. »Habe ich was Falsches gesagt?«

Elder beruhigte sich erst nach einer Weile. »Das hast du«, sagte er schließlich. »Drücken wir es vorsichtig aus: Es ist völlig unmöglich. Ich muss dieses Schiff finden und versuchen, irgendwie hineinzukommen. Ihr könnt dabei gar nichts tun.«

»Wir werden sehen«, sagte Aires. »Vorerst danke ich dir für deine Kooperation, Elder. Ich möchte mich für das entschuldigen, was dir geschehen ist. Kara hat einen Fehler gemacht;

aber ich hoffe, dass du verstehst, warum. So wie die Dinge liegen, hätte ich vermutlich auch nicht anders gehandelt.«

Kara war nicht sicher, ob das zornige Funkeln in Elders Augen ihr oder dem Vorwurf in Aires' Worten galt. Er schwieg.

»Du hast sicher Verständnis, dass wir ein wenig Zeit brauchen, um uns zu beraten«, fuhr Aires fort. Sie wandte sich mit einem auffordernden Blick an Hrhon. »Geleite Elder in sein Quartier, Hrhon. Und sorge dafür, dass er mit allem Respekt behandelt wird, der einem Gast zukommt.«

34

Die Beratung dauerte bis nach Sonnenuntergang. Kara schwirrte der Kopf, als sich Aires und Cord schließlich als Letzte erhoben und gingen; nicht ohne die Drohung, am nächsten Morgen in aller Frühe wiederzukommen, um die Beratung fortzusetzen.

Sie versuchte, Aires' Blick festzuhalten, damit sie blieb, aber Aires wich ihr aus und hatte es plötzlich sehr eilig zu gehen. Kara hätte gern noch einen Moment mit ihr gesprochen. Nicht über das, was Elder ihnen erzählt hatte, aber sie hatte während des ganzen Tages immer wieder an Maran gedacht, und irgendwann einmal hatte sie sich eingestanden, dass ihre Entscheidung über das Schicksal des jungen Drachenkriegers eigentlich mehr von einem kindischen Trotz Aires' gegenüber diktiert gewesen war.

Aires jedoch ging, ohne ihr Gelegenheit zu einer Aussprache zu geben, und Kara blieb in einem Zustand tiefer Verwirrung und Furcht zurück. Unruhig lief sie in ihrem Zimmer auf und ab. Der Tag war überaus anstrengend gewesen, und sie war schon wieder müde, trotz der fast zwölf Stunden, die sie in der vergangenen Nacht geschlafen hatte. Trotzdem wusste sie, dass an Schlaf in den nächsten Stunden nicht zu denken war. Elder hatte irgendetwas gesagt, was ihr keine Ruhe ließ. Sie rang noch eine halbe Stunde mit sich selbst, dann verließ sie ihr Zimmer, um noch einmal zu Elder zu gehen.

Als sie auf den Gang hinaustrat, löste sich ein unförmiger Schatten aus einer Nische neben der Tür. »Hrhon?«, sagte sie erstaunt. »Du? Wie lange stehst du schon hier?«

Sie bekam keine Antwort, aber sie wusste auch so, dass der Waga die ganze Zeit vor der Tür gestanden hatte. »Warum bist du nicht hereingekommen?«

»Dhu bhissst ... dhie nheuhe Herrsssherhin«, antwortete Hrhon zögernd.

»Deswegen bin ich doch noch immer dieselbe, die ich vorher war«, sagte Kara. Aber stimmte das wirklich? Im selben Moment wurde ihr klar, dass sie diesen einen Satz in schärferem Ton gesprochen hatte, als es zwischen Hrhon und ihr üblich war. Sehr viel sanfter fügte sie hinzu: »Wir sind doch noch immer Freunde, oder?«

»Sssisssher«, zischelte Hrhon. »Ahbher nhiehmahnd dharf Angellahsss Sssimmher be...« Er brach ab und verbesserte sich. »Isss mheinhe, dhasss Sssimmher dher Herrsssherhin bhethrethen, ohne aufghefhordhert sssu ssseinh.«

Kara lächelte flüchtig. »Du schon«, sagte sie. »Ich sehe nicht ein, dass sich irgendetwas zwischen uns ändern sollte, nur weil ich umgezogen bin.«

»Esss whäre nhissst ghut fhür dhie Dhisssssiplhihn«, sagte Hrhon. »Rhegheln sssinhd fhür allhe da.«

Kara seufzte. »Na gut, du dickköpfige Schildkröte. Hiermit ernenne ich dich offiziell zu meinem Leibwächter. Du wirst mich auf Schritt und Tritt begleiten, wohin ich auch gehe. Es sei denn, du hättest das Gefühl, dass ich allein sein möchte. Einverstanden?«

Hrhon nickte. Ein breites Grinsen erschien auf seinem geschuppten Gesicht, und Kara fügte schadenfroh hinzu: »Natürlich wirst du mich auf meinen Reisen begleiten müssen. Du solltest dir also in den nächsten Tagen schon einmal einen eigenen Drachen aussuchen und reiten üben.«

Sie wusste zwar, dass es unmöglich war – aber sie hätte in diesem Moment jeden Eid geschworen, dass Hrhon unter seinem Schuppenpanzer blass wurde. »Wende dich an Cord«, bemerkte sie noch. »Er wird dir ein passendes Tier heraussuchen und dich einweisen. Und jetzt komm mit. Ich möchte noch einmal mit Elder reden.«

»Elder?« Hrhon wandte sich gehorsam um und ging neben ihr her. »Ahirhesss whirdh dhasss nhissst ghernhe sssehen.«

»Das kann schon sein«, antwortete Kara achselzuckend. »Aber weißt du: Ich bin die Herrscherin hier, nicht Aires.«

Sie gingen in den Seitenflügel des Gebäudes, in dem Elders Quartier lag. Auf dem Weg dorthin begegnete ihnen niemand, was an sich schon sonderbar war. Karas Müdigkeit gab ihr zwar das Gefühl, es wäre irgendwann nach Mitternacht, aber die Sonne war erst vor einer halben Stunde untergegangen, und eigentlich sollte dieses Haus noch vor Stimmen und Gelächter widerhallen, denn die Drachenkämpfer waren ein lebenslustiges Völkchen, das gern und oft lachte und keine Gelegenheit zu einem Fest ungenutzt verstreichen ließ. Wahrscheinlich galt Cords Befehl, sie und die anderen abzuschirmen, noch immer.

Erst vor der Tür von Elders Zimmer traf Kara wieder auf einen Menschen; den Posten, den Cord davor abgestellt hatte. Kara schickte ihn mit einer Kopfbewegung fort; der Mann zögerte einen Moment, ehe er gehorchte. In der Tat, dachte sie. Sie *würde* mit Cord reden müssen.

Elder lag angezogen auf dem Bett und schlief, als sie die Kammer betrat, wachte aber durch das Geräusch der Tür auf. Er konnte nicht tief geschlafen haben, denn sein Blick sprühte sofort vor Feindseligkeit, kaum dass er sie ansah. Mit einer gewandten Bewegung setzte er sich auf, schwang die Beine von der Liege.

»Hallo«, sagte Kara. Seltsam – sie war hergekommen, um mit ihm zu reden, und jetzt wusste sie nicht, was sie sagen sollte.

Elder hob den Kopf, sah sie an und schwieg, und zum ersten Mal seit sie sich wiedergesehen hatten, fiel ihr wieder auf, wie gut er aussah. In Ermangelung eines anderen Kleidungsstückes hatte ihm Cord die schlichte schwarze Lederkombination eines Rekruten gegeben.

»Überlegst du gerade, ob du mich köpfen oder lieber bei lebendigem Leib häuten lässt?«, fragte Elder.

Seine Worte taten ihr weh, was Elder sehr genau wusste. Offensichtlich bereitete es ihm großes Vergnügen.

»Ich ... ich wollte nur nach dir sehen«, sagte Kara verlegen. »Wirst du gut behandelt? Fehlt dir irgendetwas?«

»Deine Sorge rührt mich zu Tränen«, erwiderte Elder spöttisch. »Kümmert ihr euch um alle eure Gefangenen so rührend?«

»Du bist unser Gast, Elder, nicht unser Gefangener.«

Elder lachte hart. »Euer Gast? Dann habt ihr eine höchst sonderbare Art, mit Gästen umzugehen. Ich habe noch nie ein Gästezimmer gesehen, bei dem sich der Riegel außen an der Tür befindet. Und ein Wächter davorsteht.«

»Der Posten steht zu deinem Schutz dort«, antwortete Kara. »Den Riegel lasse ich noch heute Abend entfernen. Du kannst dich frei bewegen. Ich würde dich nur bitten, dein Zimmer vorerst nicht zu verlassen und mit niemandem zu reden.«

»Ist das eine von diesen Bitten, die man nicht abschlagen kann, ohne Gefahr zu laufen, dass einem etwas anderes abgeschlagen wird?«, fragte Elder.

»Es ist eine Bitte, Elder, nicht mehr. Du bist frei. Du kannst tun und lassen, was du willst. Und du kannst gehen, wohin du willst. Ein Wort, und ich lasse dich nach Schelfheim zurückbringen – oder an jeden anderen Ort, den du mir nennst. Aber ich …« Sie stockte. Es fiel ihr schwer weiterzusprechen.

»Ja?«, sagte Elder.

»Ich würde mich freuen, wenn du noch eine Weile bleiben würdest«, sagte Kara, ohne ihn anzusehen.

»Wozu? Willst du mich zur Feier der nächsten Jahreswende öffentlich verbrennen lassen?«

Kara fuhr unter seinen Worten zusammen. »Es tut mir leid, Elder«, sagte sie. »Ich entschuldige mich. Wenn du es willst, offiziell und in aller Form. Ich habe einen Fehler gemacht, aber was sollte ich tun? So wie die Dinge liegen, dachte ich, dass … dass du zu ihnen gehörst. Es tut mir leid, dass ich dich geschlagen habe.«

»Darum geht es gar nicht«, sagte Elder. Kara sah ihn überrascht an, und plötzlich lächelte er. »Du hast eine Menge Schaden angerichtet, aber das konntest du nicht wissen. Es war auch meine Schuld. Ich hätte euch ins Vertrauen ziehen sollen, statt den einsamen Helden zu spielen. Das ist es aber nicht.«

»Was dann?«, fragte Kara. »Warum hasst du mich so?«

»Blödsinn!«, sagte Elder aufgebracht. »Du überschätzt dich, Kind. Ich bin nur wütend auf dich.«

»Weil ich dich niedergeschlagen habe?« Karas Blick tastete schuldbewusst über sein immer noch angeschwollenes Gesicht.

»Ich bin wütend darüber, was du *danach* getan hast«, antwortete Elder. »Du hast mich behandelt wie … wie ein Stück Dreck. Du hast mir nicht die kleinste Chance gegeben, mich zu verteidigen oder auch nur ein Wort zu erklären. Du hast mich zwei Tage lang gefesselt. Ich habe mich beschmutzt, Kara. Ich habe mich vor mir selbst geekelt, und es war mir peinlich. Deshalb bin ich zornig.«

»Es tut mir leid«, sagte Kara. »Wirklich.«

Elder antwortete nicht. Plötzlich aber lächelte er, rutschte ein

Stück auf der Bettkante zur Seite und machte eine einladende Geste. Ohne zu zögern, nahm Kara neben ihm Platz, hielt aber einen Meter Abstand zu ihm.

»Ich glaube, wir haben uns alle wie die Idioten benommen«, sagte er kopfschüttelnd. »Weißt du, ich habe darüber nachgedacht, euch um Hilfe zu bitten. Aber ich dachte, ich würde es allein schaffen.«

»Vielleicht hättest du das auch, wenn ich nicht dazwischengekommen wäre«, sagte Kara.

»Nicht vielleicht – bestimmt«, verbesserte sie Elder. Als sie schuldbewusst zusammenfuhr, schüttelte er den Kopf. »Es ist trotzdem meine Schuld. Schließlich kenne ich dich. Ich hätte mir denken müssen, dass du nicht einfach die Hände in den Schoß legst und abwartest, was passiert. Spätestens nach dem, was du auf dem Unterseeboot getan hast. Wie bist du herausgekommen?«

»Mit Glück«, antwortete Kara, »und Hrhons Hilfe. Aber wie bist *du* herausgekommen? Ich habe die Explosion gesehen!«

»Ich hatte ebenfalls Glück«, antwortete Elder ausweichend. »Ich war noch bei Bewusstsein. Ich konnte mich in Deckung schleppen, ehe die Bombe hochging.«

Kara sah ihn verwirrt an. Sie versuchte, sich das Bild des Unterwasserbootes noch einmal vor Augen zu führen. Da war nichts gewesen, wohinter er sich in Deckung hätte bringen können. Aber Elder sprach schnell weiter, sodass sie ihm ihre ganze Aufmerksamkeit widmen musste. »Trotzdem hat es mich ziemlich schlimm erwischt. Sie haben mich für tot gehalten und über Bord geworfen. Glücklicherweise war ich nicht ganz so tot, wie sie dachten. Ich schleppte mich zum Ufer.« Er rückte näher an sie heran, sodass sein Gesicht nur noch ein Stück von ihrem entfernt war, als sie den Kopf hob und ihn ansah. »Was danach war, weiß ich nicht mehr. Ich war für ein paar Tage bewusstlos.«

»Bewusstlos? Sie hätten dich finden müssen. Ich meine, die Männer der Stadtgarde haben jeden Meter abgesucht.«

Elder zuckte die Schultern. »Ich glaube, ich bin ein gutes Stück abgetrieben worden. Als ich aufwachte, war ich jedenfalls allein. Ich hatte das Schlimmste wohl hinter mir. Jedenfalls habe ich es irgendwie geschafft, wieder nach oben zu kommen und mit meinen Leuten Kontakt aufzunehmen.«

Seine Geschichte hatte Löcher, die so groß waren, dass man einen Drachen hätte hindurchschieben können. Aber Kara widersprach ihm nicht. Sie war völlig durcheinander. Seine Nähe erfüllte sie mit einer Verwirrung, die es ihr schwermachte, einen klaren Gedanken zu fassen. »Deine Leute«, sagte sie, aber Elder unterbrach sie sofort mit einem Kopfschütteln – und legte ihr in der gleichen Bewegung den Arm um die Schulter. Kara fuhr unter der Berührung zusammen, aber sie gestand sich auch gleichzeitig ein, dass Elders Nähe ihr gefiel.

»Meine Leute sind tot«, sagte er. »Die vier, die die Explosion meines Schiffes überlebt haben, hast du erledigt.«

Seine Worte erfüllten Kara für einen ganz kurzen Moment mit Schaudern. Die Kälte, mit der er über den Tod seiner Gefährten sprach, stieß sie beinahe ab. Aber das wohlige Gefühl seiner Nähe vertrieb diesen Gedanken rasch. Elders Berührung erfüllte sie mit einem Kribbeln, das ihr nicht ganz fremd war – das sie aber in diesem Augenblick bestimmt nicht erwartet hatte.

Sie schob seinen Arm beiseite, aber er schien genau zu spüren, warum sie es tat, denn er wirkte kein bisschen verletzt, sondern griff stattdessen nach ihrer Hand. Kara wollte auch sie zurückziehen, aber er hielt sie einfach fest.

»Wie lange seid ihr schon hier?«, fragte sie.

Er überlegte einen Moment. »Sechs … nein, beinahe sieben Jahre.«

»Das ist eine lange Zeit«, sagte Kara.

»Ja und nein«, antwortete Elder. »Wir rechnen in anderen Zeiträumen als ihr.« Seine Hand löste sich von der ihren und legte sich wieder um ihre Schulter, und diesmal wehrte sie sich nicht, als er sie sanft zu sich heranzog. Außerdem schien sich ihre eigene, linke Hand plötzlich selbständig zu machen, denn sie glitt ohne Karas Zutun seinen Hals hinauf.

Das schien einer der Momente zu sein, in denen Hrhon das Gefühl hatte, sie besser allein zu lassen, denn sie hörte, wie er sich bewegte, und einen Moment später fiel die Tür ins Schloss.

»Aber warum habt ihr in all dieser Zeit nicht ...«

Er verschloss ihre Lippen mit einem Kuss, gegen den sie sich nur einen Wimpernschlag lang wehrte.

Und auch ihre rechte Hand machte sich plötzlich selbständig und tat Dinge, die sie selbst ein wenig überraschten. »Und wenn jemand hereinkommt?«, fragte Elder, als sie sich atemlos wieder voneinander lösten und Kara begann, ihre Bluse zu öffnen.

»An Hrhon vorbei?« Sie lachte. »Nichts, was kleiner ist als ein Drachen, kommt an ihm vorbei. Er ist mein Leibwächter.«

»Hoffen wir, dass er seinen Job nicht zu ernst nimmt«, sagte Elder mit einem schrägen Blick zur Tür. Für die nächste Stunde war das das Letzte, was sie sprachen.

Elder war nicht der erste Mann, den sie hatte, aber es *war* wie das erste Mal. Er war zugleich zärtlich wie stark, erfahren und scheu wie ein Junge, der noch nicht ganz zum Mann geworden war. Hinterher lagen sie lange eng aneinandergeschmiegt auf dem viel zu schmalen Bett, und Kara kämpfte gegen die Müdigkeit an, die schon wieder nach ihr greifen wollte. Es wäre schön, einfach so an seiner Seite einzuschlafen, dachte sie, seine Wärme zu spüren und das Gefühl, sicher und beschützt zu sein. Aber sie durfte sich nicht dem Schlaf hingeben. Unvorstellbar, wenn Cord oder gar Aires sie so überraschten.

Sie zwang sich, die Augen offenzuhalten, und stemmte sich

auf die Ellbogen hoch, als er die Beine von der Liege schwang und sich nach seinen Kleidern bückte, die auf Karas lagen, ineinanderverschlungen wie sie selbst noch vor Augenblicken. Ohne die geringste Scheu betrachtete sie seinen Körper. Angezogen sah er sehr, sehr schlank aus, fast schon schmächtig, aber unter seiner Haut verbargen sich stahlharte Muskeln. Er hatte die Statur eines Raubtieres, das sich schnell wie der Wind zu bewegen imstande war. Und Kara hatte ja auch bei früheren Gelegenheiten schon erlebt, wie stark er war.

Er schien ihren Blick zu spüren, denn er wandte plötzlich den Kopf und sah sie an. »Woran denkst du?«, fragte er.

»Vielleicht frage ich mich, was *du* denkst?«, antwortete Kara.

»Willst du wissen, ob es schön war?« Elder lachte. »Diese Frage stellt eigentlich der Mann. Aber ich kann dich beruhigen. Es war schön.«

»Nur schön?« Kara setzte sich vollends auf. »Mehr nicht?«

Er schwieg einen Moment. Als er antwortete, klang seine Stimme ein wenig traurig. »Was willst du hören – dass ich dich liebe? Ich mag dich, Kara. Aber Liebe?« Er suchte einen Moment nach Worten. »Ich habe dir gesagt, woher ich komme, Kara. Wir sind dort sehr vorsichtig mit diesem Wort, weißt du?«

»Warum?«, fragte Kara. »Kann man niemanden mehr lieben, wenn man zwischen den Sternen fliegt?«

Elder lächelte bitter. »Vielleicht ist das der Preis, den wir bezahlen müssen«, murmelte er. Dann fragte er ganz unvermittelt: »Wie alt bist du, Kara?«

»Achtzehn«, antwortete sie verwirrt. »Warum?«

»Und für wie alt würdest du mich halten?«

Sie betrachtete ihn noch einmal. Zuerst fiel ihr auf, wie schwer es war, sein Alter zu schätzen – er hätte zwanzig, aber auch vierzig Jahre alt sein können. Oder hundert? Durch seine Frage vorgewarnt, sagte sie zögernd: »Dreißig?«

Elder lachte. »Ich bin mehr als zweihundert Jahre alt, Kara.«

Erschrocken setzte sie sich stocksteif auf. *»Zweihundert?!«*

»Ich sagte dir, dass wir in anderen Dimensionen rechnen als ihr«, antwortete Elder. »Unsere Welt ist größer als eure, und wenn sich die Welt ausdehnt, in der du lebst, dann dehnt sich auch die Zeit. Wir rechnen in Jahrhunderten, wie ihr in Jahrzehnten.«

»Soll das heißen, ihr seid ... unsterblich?«, fragte Kara ungläubig.

»Nein«, antwortete Elder. »Aber wir leben so lange, dass es der Sache schon ziemlich nahe kommt. Sehr wenige von uns sterben an Altersschwäche, früher oder später erwischt es jeden – ein Unfall, oder du fliegst mit deinem Schiff zu weit hinaus und kommst nicht zurück ... Auch Selbstmord ist eine recht häufige Todesursache. Ein langes Leben ist etwas Wundervolles, aber ich glaube, viele werden es eines Tages überdrüssig. Wenn du alles getan hast, was überhaupt getan werden kann, dann ist der Tod irgendwann vielleicht die letzte wirkliche Herausforderung.« Er schwieg einen Moment, aber dann blickte er in ihr Gesicht und sah, mit welchem Schrecken sie seine Worte erfüllten. »Keine Sorge. Ich denke noch lange nicht daran, mich umzubringen. Nicht, solange es noch Mädchen wie dich gibt.«

»Obwohl ich dir nichts bedeute?«

»Aber wer sagt denn das? Ich sagte nur, dass wir sehr vorsichtig mit Worten wie ›Liebe‹ und ›für immer‹ sind«, antwortete er ernst. Dann lächelte er wieder. »Du warst keine Jungfrau mehr«, sagte er. »Hast du viele Männer vor mir ... gekannt?«

»Geht dich das etwas an?«, fragte Kara.

»Nein. Aber hast du sie alle unsterblich geliebt?«

Sie wollte wütend werden, aber es gelang ihr nicht. »Nein«, gestand sie nach einer Weile. »Sie waren ganz nett, aber ...«

»Siehst du?« Elder beugte sich zur Seite und küsste sie flüchtig. »Und ich finde dich eine ganze Menge mehr als *ganz nett.* Das ist doch schon ein Fortschritt, oder?«

»Zweihundert Jahre.« Kara seufzte und schüttelte ein paarmal den Kopf. »Kein Wunder.«

»Was?«

»Dass du so ... anders warst als die anderen. Du hattest eine Menge Zeit zum Üben.«

»Das hatte ich«, bestätigte Elder und küsste sie noch einmal und sehr, sehr viel länger.

35

Irgendwann war Kara doch eingeschlafen, und sie erwachte durch ein heftiges Wortgefecht, das in ihren Schlaf drang. Die eine Stimme gehörte Hrhon, die andere erkannte sie nicht auf Anhieb. Sie öffnete die Augen, und im gleichen Moment wusste sie, dass es Aires war. Mit einem Ruck setzte sie sich auf und stieß dabei Elder fast von der Liege. Aires! Ausgerechnet Aires!

Elder erwachte so übergangslos wie gestern Abend und sah sie erschrocken an. »Was ist los?«

»Aires«, antwortete Kara knapp, während sie über ihn hinwegzusteigen versuchte und schon in der gleichen Bewegung nach ihren Kleidern griff. Sie sah hastig zum Fenster. Es war noch dunkel und die Nacht noch lange nicht vorüber. Was zum Teufel wollte Aires?

»Sagtest du nicht, niemand kommt an Hrhon vorbei?«, fragte Elder, der sich ebenfalls anzuziehen begann.

»Das gilt nicht für Aires«, antwortete Kara.

Fast im gleichen Augenblick wurde die Tür aufgestoßen, und die Magierin stürmte herein. Sie blieb verblüfft stehen, als sie

Kara und Elder auf der Bettkante erblickte. Dann erschien eine steile Falte zwischen ihren Augen. »Oh«, sagte sie. »Das ging ja ziemlich schnell.«

»Eigentlich nicht«, antwortete Kara. »Du bist zu früh gekommen. Es fing gerade erst an, interessant zu werden.« Ihr Tonfall war dumm und töricht, aber da sie diesen Ton nun einmal angeschlagen hatte, fuhr sie sogar noch grober fort: »Was willst du?«

»Ich habe dich gesucht«, antwortete Aires. »Der Posten, der eigentlich draußen vor der Tür stehen sollte, sagte mir, dass du ihn fortgeschickt hast. Sakara hat nach mir verlangt. Sie hat Nachricht aus Schelfheim. Irgendetwas geht dort vor. Etwas Schlimmes, fürchte ich.«

»Schelfheim?« Kara sprang mit einem Satz auf die Füße. Sie nahm sich nicht einmal Zeit, sich vollkommen anzuziehen, sondern folgte Aires barfuß und ohne ihren Mantel, als sich die Magierin herumdrehte und aus dem Zimmer stürmte. Auch Elder schloss sich ihnen an. Sehr schnell gingen sie den Gang wieder zurück und die Treppe hinauf zu der Turmkammer, in der sich die Gemächer der Seherin befanden.

Die Tür zu Sakaras Zimmer stand weit offen. Mehr als ein Dutzend Kerzen und zwei schmiedeeiserne Pfannen voller glühender Kohlen tauchten den Raum in ein warmes Licht, sorgten zugleich aber auch dafür, dass die Luft recht stickig war. Wie viele Bewohner des Hortes mochte Sakara den kalten grünen Schein der Leuchtstäbe nicht.

Die Seherin war nicht allein. Cord und Storm waren bei ihr, außerdem ein sehr junges, dunkelhaariges Mädchen, das Kara zum ersten Mal sah. Vielleicht eine neue Schülerin, die Sakara zu Diensten war. In ihren Augen erschien eine Mischung aus Ehrfurcht und Staunen, als sie hintereinander Aires, Kara und den Waga durch die Tür stürmen sah.

»Was ist los?«, fragte Aires knapp.

»Ich weiß es nicht«, antwortete Cord besorgt. »Sie hat nach dir verlangt. Ich habe nur ein paarmal das Wort Schelfheim verstanden.«

Aires eilte um den Tisch herum und beugte sich besorgt über Sakara, und auch Kara blickte die Seherin aufmerksam an. Sakaras Gesicht hatte jenen matten Ausdruck angenommen, der ihr sagte, dass sie schon fast in Trance versunken war, um Kontakt mit ihrer Partnerin in Schelfheim aufzunehmen. Ihre Augen standen weit offen. Sie blinzelte nicht einmal.

Aires berührte sie sanft an der Schulter und flüsterte ihren Namen. Sakara reagierte nicht, aber Aires schien einen Moment mit geschlossenen Augen in sie hineinzulauschen. »Sie kommt nicht durch«, murmelte sie. »Irgendetwas … stimmt nicht. Angst. Ich spüre Angst. Und großen Schmerz.«

»Bei ihr?«, fragte Kara.

»Nein. Auf der anderen Seite. Wir müssen ihr helfen.« Sie hob die Hand und deutete auf das Mädchen, das neben dem Tisch stand und abwechselnd sie und Sakara aus schreckgeweiteten Augen ansah. »Du. Geh hinaus. Und schließ die Tür hinter dir.«

Das Mädchen entfernte sich, und Aires streckte fordernd die Hand aus. Nach kurzem Zögern legte Kara ihre Hand in die der Magierin. Aires' Griff war so fest, dass es weh tat, aber Kara wagte es nicht, die Hand zurückzuziehen. Sie unterdrückte tapfer jeden Schmerzlaut, während Aires die andere Hand ausstreckte, sie auf Sakaras Schulter legte und die Augen schloss.

Kara wartete darauf, dass irgendetwas geschah, aber sie wurde enttäuscht. Sie fühlte nichts außer dem pochenden Schmerz, den ihr Aires' harter Händedruck zufügte. Und trotzdem *tat* die Magierin etwas. Auf eine geheimnisvolle Weise schien sie Kara Kraft zu entziehen und sie mit ihrer eigenen zu verbinden, um sie der Seherin zu spenden.

Minuten vergingen, dann begannen Sakaras Lippen plötzlich

zu zittern. Ihre Augenlider flatterten, fielen zu, und ein Ausdruck unheimlicher Qualen vertrieb die Schlaffheit ihrer Züge. Unartikulierte Laute drangen über ihre Lippen.

Kara schaute Elder an. Er wirkte verwirrt, aber sie sah auch eine Angst in seinen Augen, die sie im ersten Moment nicht verstand, bis sie sich daran erinnerte, mit welch instinktiver Furcht und Abneigung umgekehrt *sie* der Anblick seiner Welt erfüllt hatte. Er öffnete den Mund, um etwas zu sagen, aber Kara signalisierte ihm mit einem erschrockenen Blick, still zu sein. Elder verstand und schwieg.

Aus Sakaras gestammelten Lauten wurde ein Stöhnen. Sie begann zu wimmern, zitterte immer stärker und sank langsam nach vorn. »Feuer«, murmelte sie. »Ich sehe ... Feuer. So viele Flammen.«

»Schelfheim?«, fragte Aires. »Ist es Schelfheim, das brennt?«

»Flammen«, keuchte Sakara. »Die Hitze und der Rauch. Die ganze Stadt ... sie brennt.« Sie hustete gequält, als spüre sie tatsächlich den beißenden Qualm, der ihre Partnerin in der Küstenstadt quälte. Kara wusste, dass Seher *mehr* austauschten als Bilder.

»Was siehst du, Sakara?«, fragte Aires. »Was geschieht in Schelfheim? Werden sie angegriffen?«

»Flammen«, sagte Sakara noch einmal. »Überall ist Feuer, auch am Himmel. Es sind so viele. Sie brennen alles nieder ... Die ... die Garde versucht sie aufzuhalten, aber sie können nichts dagegen tun. Die ... die Flieger fallen wie Motten vom Himmel. Grünes Feuer.«

»Das sind sie«, murmelte Elder.

Aires' Kopf hob sich mit einem Ruck. Zornig starrte sie Elder an, sagte aber nichts, sondern wandte sich wieder an Sakara. »Wer sind sie?«, fragte sie mit leiser, aber fast beschwörender Stimme. »Kannst du sie erkennen? Sind es Maschinen, die wie große Libellen aussehen?«

»Hunderte«, murmelte Sakara. Sie zitterte so heftig, dass es Aires schwerfiel, die Hand weiter auf ihrer Schulter ruhen zu lassen. »Es müssen Hunderte sein. Sie töten jeden, den sie sehen. Die Stadt brennt. So viel Feuer. Es kommt näher. Die Hitze … ich … kann nicht …«

Aires zog ihre Hand zurück, ergriff Sakara eine halbe Sekunde später mit nunmehr beiden Händen an den Schultern und schüttelte sie so heftig, dass ihr Kopf hin- und herrollte. »Sakara!«, rief sie beschwörend. »Wach auf! Du musst abbrechen, verstehst du? Sie wird sterben – und du mit ihr!«

Die Seherin versuchte stöhnend, Aires' Hände zur Seite zu schieben, wachte aber nicht auf. Ihre Lippen formten weiter sinnlose, stammelnde Laute.

Aires ohrfeigte sie.

Sakara hob mit einem Ruck die Lider. Ihr Blick war immer noch verschleiert, aber er klärte sich rasch. Sie hörte auf zu stammeln. Dafür erschien ein Ausdruck tiefer Verwirrung auf ihren Zügen. Wie immer erinnerte sie selbst sich nicht an das, was sie gesagt hatte. »Alles in Ordnung?«, fragte Aires besorgt.

»Was … ist geschehen?«, murmelte Sakara. Verstört hob sie die Hand an die brennende Wange. Sie erinnerte sich auch nicht an die Ohrfeige, die Aires ihr verpasst hatte. »Du hast mich geschlagen? Warum?«

»Ich hatte keine Wahl«, antwortete Aires. »Ich fürchte, deine Partnerin in Schelfheim ist tot. Oder zumindest in großer Gefahr.«

»In Gefahr?« Sakara schüttelte hilflos den Kopf. »Ja, da … war etwas. Etwas geschieht in Schelfheim.«

»Sie greifen die Stadt an«, sagte Aires grimmig. Ihre Augen blitzten vor Zorn, als sie sich zu Elder umdrehte. »Behauptest du immer noch, dass sie uns nicht bekämpfen, Elder?«

»Ich fürchte, das ist nur die Quittung für die beiden Maschinen, die ihr über dem *Schlund* abgeschossen habt«, antwortete Elder.

»Was?«, fragte Storm ungläubig.

»So sind sie nun einmal«, sagte Elder. »Das ist genau ihre Art zu sagen: *Lasst uns in Ruhe!*«

»Du willst mir erzählen, dass sie eine ganze Stadt niederbrennen, weil wir *zwei* von ihnen getötet haben?«, vergewisserte sich Kara.

»Ja«, antwortete Elder. »Ich gebe zu, eine recht harte Methode – aber sie wirkt.«

»Dann werden sie sich das nächste Mal eine größere Stadt aussuchen müssen«, sagte Kara, »denn wir werden noch viel mehr von ihnen töten.« Sie fuhr herum und wandte sich an Storm. »Gib Alarm! Lass die dreißig stärksten und schnellsten Drachen satteln! Wir fliegen nach Schelfheim!«

Storm verschwand so rasch, dass klar wurde, dass er nur auf diesen Befehl gewartet hatte, und Elder stieß einen erschrockenen Ruf aus. »Bist du verrückt geworden? Sie werden euch umbringen!«

»Vielleicht«, antwortete Kara. »Aber vielleicht auch nicht. Wir haben sie schon einmal geschlagen!«

»Selbst wenn ihr es schafft, wird die Hälfte von euch dabei draufgehen«, brüllte Elder aufgebracht.

»Wofür hältst du uns, Elder«, schnappte Kara. »Wir sind Krieger, und wir haben keine Angst, in einem Kampf zu fallen!«

»Ich beschwöre dich, Kara!« Elder versuchte, sie am Arm zurückzuhalten, aber Kara schlug seine Hand beiseite. »Selbst wenn es euch gelingt, sie zu besiegen, dann macht ihr damit alles nur noch schlimmer! Begreifst du denn nicht, dass das nur eine Warnung war? Sie hätten ebenso gut eine Fünfzig-Megatonnen-Bombe auf diese Stadt werfen können, und das nächste Mal werden sie es vielleicht tun!«

»Dann sollen sie es!«, erwiderte Kara zornig. »Aber vorher

erledige ich noch so viele von ihnen, wie ich kann.« Sie lief zur Tür, blieb aber noch einmal stehen und wandte sich an den Waga. »Hrhon, du bleibst hier. Gib darauf acht, dass Elder wie ein königlicher Gast behandelt wird. Und dass er noch hier ist, wenn ich zurückkomme!«

36

In einem Punkt stimmte Elders Behauptung wahrscheinlich, was die Sinnlosigkeit ihres Fluges anging. Kara glaubte selbst nicht, dass sie früh genug kamen, um die Angreifer zu stellen. Der Weg vom Drachenhort nach Schelfheim zu Pferde betrug fünf Tage; vier, wenn man sich beeilte, und drei, wenn man das Risiko einging, die Tiere zu Schanden zu reiten. Mit den Drachen jedoch konnten sie es in ein paar Stunden schaffen, und sie hatten Glück: Ein starker Rückenwind wehte und erleichterte den Drachen das Fliegen.

Sie waren nicht dreißig, als sie den Hort verlassen hatten, sondern nahezu siebzig. Fast ein Drittel der Krieger hatte Storms Befehl ignoriert und sich ihnen angeschlossen, als sie hörten, was geschah. Und Kara hatte weder Zeit noch Lust, sich auf langwierige Diskussionen einzulassen. Und außerdem hatte sie das sichere Gefühl, dass sie jeden einzelnen der vierzig Reiter, die sich ihnen gegen ihren Willen angeschlossen hatten, gut gebrauchen konnten, wenn die Libellen noch nicht verschwunden waren.

Da keine Zeit mehr geblieben war, alle Reiter mit Rufern auszurüsten, hatte Kara sie vorher informiert und hoffte im Übrigen darauf, dass ihre Taktik richtig war. Ihre Befehle waren so knapp wie klar gewesen: Keine Experimente. Greift sie zu fünft oder sechst an und verbrennt sie mit dem Feuer eurer Drachen! Wir brauchen keinen einzigen toten Helden!

Die Sonne ging auf, als sie sich der Küste näherten. Auf den letzten Meilen gab Kara das vereinbarte Zeichen, und die Formation aus siebzig riesigen schwarzen Drachenvögeln verlor an Höhe und glitt das letzte Stück so dicht über dem Boden dahin, dass ihre peitschenden Schwingen die Baumwipfel streiften. Sie ahnte, dass ihre Gegner über mehr Sinne als nur ihre Augen und Ohren verfügten, aber zusammen mit dem grellen Licht der Sonne mochte ihnen dieser Tiefflug vielleicht einen winzigen Vorteil verschaffen.

Die Feinde waren noch da.

Über Schelfheim lag eine Glocke aus roter Glut, die ihnen schon meilenweit entgegenleuchtete, und noch ehe sie nahe genug heran waren, um die Stadt und die zahllosen Feuer zu erblicken, sah Kara das Funkeln in der Luft. Es waren nicht Hunderte, aber doch *fast* hundert, schätzte sie. Langgestreckte, filigrane Gebilde mit schwimmenden Kugelköpfen, über denen die Luft silbern zerschnitten wurde, die Bäuche blutrot vom Widerschein der Brände, die unter ihnen tobten. Sie hatten den Beschuss zum größten Teil eingestellt. Nur dann und wann blitzte noch ein haardünner grüner Lichtfaden auf, dem meistens ein rot loderndes Echo aus der Tiefe antwortete. Die meisten Libellen kreisten eine halbe Meile über der Stadt, einige jedoch standen auch still in der Luft.

Die Drachenkrieger wurden entdeckt, ehe Markor als Erster über die Kontinentalklippe glitt und sich plötzlich wieder eine halbe Meile in der Luft befand. Das ruhelose Kreisen der Libellenmaschinen geriet für einen Moment durcheinander. Dann drehten sie eine nach der anderen ab und jagten nach Norden, in den *Schlund* hinaus.

Kara fluchte lauthals, als ihr klar wurde, dass auch die Piloten der Maschinen sehr eindeutige Befehle zu haben schienen.

Offensichtlich hatten die Männer aus ihrem ersten Zusammenstoß mit den Drachen gelernt. Sie dachten nicht daran, sich zum Kampf zu stellen.

Ein wenig verwirrte sie dieses Verhalten: Das Kräfteverhältnis stand bestenfalls eins zu eins – und das bedeutete nichts anderes, als dass sie ein Dutzend von ihnen erwischte, ehe die anderen sie in aller Ruhe vom Rücken ihrer Drachen hinuntergeschossen hätten.

Ihre Formation teilte sich. Der größere Teil des Schwarmes folgte den flüchtenden Libellen. Nicht um sich doch noch dem Kampf zu stellen, sondern lediglich, um sie zehn oder fünfzehn Meilen weit in den Dschungel hinauszujagen; weit genug, damit sie nicht plötzlich kehrtmachen und einen überraschenden Angriff fliegen konnten. Die anderen etwa zwölf Drachen folgten Kara zum Stadtzentrum.

Ein Gefühl ungläubigen Entsetzens machte sich in ihr breit, als sie nach unten sah.

Die Stadt brannte lichterloh. Kaum ein Straßenzug, aus dem nicht Flammen oder schwarzer Rauch in den Himmel stieg; kaum ein Viertel, in dem nicht mindestens ein kompletter Häuserblock in Flammen stand; kaum eine Straße, die nicht mit Toten, Verwundeten und mit glühenden Kratern übersät war. Die Angreifer mussten sich über die gesamte Fläche der Stadt verteilt und jeden Widerstand erbarmungslos zusammengeschossen haben.

Ein schimmernder Umriss erhob sich aus dem Stadtzentrum, gefolgt von einem zweiten und dritten, die sich nach Norden wandten, kaum dass sie über die Dächer hinaus waren. Kara versuchte, Markor zu größerer Schnelligkeit anzutreiben, aber der Drache gab ohnehin schon alles, was er konnte. Die Maschinen stiegen rasend schnell in die Höhe und verschwanden, ehe sie ihnen nahe genug kamen, um einen gezielten Feuerstoß anbringen zu können.

Sie verzichtete darauf, sie zu verfolgen, sondern ließ Markor noch tiefer sinken. Nach ein paar Sekunden bemerkte sie, dass ihre Vermutung richtig gewesen war: Eine weitere Libelle erhob sich aus dem brennenden Häusermeer im Herzen der Stadt, und auch am Boden sah sie ein gläsernes Schimmern und Blitzen. Kara wagte es nicht, Markors Feuer einzusetzen, denn sie waren den Häusern zu nahe. Einer der Reiter neben ihr kannte die Bedenken nicht. Kara schloss geblendet die Augen, als ein grell lodernder Feuerstrahl neben ihr die Luft zerschnitt und die Libelle traf.

Es war so, wie sie befürchtet hatte: Der Heliotopter taumelte, aber die Flammen prallten wirkungslos von einer unsichtbaren Wand ab, die ihn umgab, und glitten in die Tiefe. An zwei oder drei Stellen loderten neue Brände auf.

Kara gestikulierte heftig, das Feuer einzustellen, und brachte Markor in einer engen Spirale nach unten. Sie entdeckte fünf, sechs weitere Libellen am Rande eines gewaltigen Kraters, der im Boden der Stadt gähnte. Der Anblick kam ihr bekannt vor, aber sie hatte keine Zeit, darüber nachzudenken. Eine weitere Libelle startete, während Markor sich in die Tiefe schraubte, dann schlug der Drache wie ein lebendes Geschoss zwischen den übrigen Maschinen auf. Seine peitschenden Schwingen zermalmten zwei der Libellen. Kara triumphierte innerlich. Der unsichtbare Schild der Maschinen funktionierte offenbar nur, wenn sie sich in der Luft befanden. Am Boden waren sie verwundbar.

Das Mädchen glitt von Markors Rücken, zog das Schwert und rannte auf eine Libelle zu, deren Rotoren sich in diesem Moment pfeifend zu drehen begannen. Eine Sekunde später stieß ein ungeheuerlicher Schatten vom Himmel. Meterlange Krallen schnappten zu, zerfetzten die Rotoren und den gläsernen Kopf der Maschine mitsamt der beiden Männer, die sich darin befanden.

Kara warf sich zur Seite, als ein grüner Blitz nach ihr stach. Sie rollte über die Schulter ab, lief im Zickzack auf die beiden übriggebliebenen Maschinen zu und sah, wie die gläsernen Pilotenkanzeln nach oben klappten, um den Männern darunter die Flucht zu ermöglichen. Eine der Maschinen wurde von einem herabstoßenden Drachen in Stücke gerissen, ehe die Männer in den blauen Uniformen herauskamen. Die beiden anderen schafften es.

Aber sie lebten trotzdem nicht mehr sehr lange.

Ein riesiger Schatten stieß vom Himmel herab. Kara begann fast verzweifelt zu gestikulieren, aber es war zu spät. Die Kiefer des Drachen schlossen sich mit einem furchtbaren Laut und bissen einen Flüchtenden in zwei Hälften, und fast im gleichen Moment traf die Schwinge des Drachen den letzten Überlebenden und schleuderte seinen zerschmetterten Körper fünfzig Meter weit. Mit einem triumphierenden Brüllen schraubte sich der Drache wieder in die Luft. Aus dem Haus hinter Kara zuckte ein dünner, giftgrüner Blitz, traf den Mann auf seinem Rücken und verwandelte ihn in eine lebende Fackel, die schreiend zu Boden stürzte.

Kara fuhr herum und begann in wilden Sprüngen auf das brennende Gebäude zuzuhetzen. Ihr Blick suchte verzweifelt nach dem Schützen, aber sie konnte ihn nirgends entdecken.

Dafür hatte er sie umso besser im Visier. Ein grüner Blitz zuckte in ihre Richtung und verwandelte den Boden neben ihr in rotglühende Lava. Kara bewegte sich nach links, rechts, machte unberechenbare Sätze und Sprünge und näherte sich dem Haus weiter. Sie wusste jetzt, woher die Schüsse kamen: aus einem Fenster im oberen Stockwerk der Ruine. Und der Mann schoss sich allmählich ein; obwohl sie wie verrückt hin und her sprang, kamen die grünen Blitze immer näher. Wahrscheinlich hätte sie auch einer der nächsten Schüsse getroffen, wäre nicht in diesem Moment wieder ein Drache vom Himmel herabgestoßen. Seine Krallen trafen das Haus und zermalmten einen Teil des Mauerwerks zu Staub. Das grüne Feuer brach ab.

»Nein!«, schrie Kara so laut sie konnte. *»Ich brauche ihn lebend!«*

Sie wusste nicht einmal, ob der Reiter ihre Worte überhaupt hörte. Aber in der gleichen Sekunde erreichte sie das Haus und stürmte durch die Tür, und wenn schon nicht, um ihrem Befehl zu gehorchen, so doch wenigstens, um sie nicht in Gefahr zu bringen, brach der Drache seinen Angriff ab.

Das Haus war voll schwarzen Qualms, der sie zum Husten brachte. Vereinzelt loderten Flammen auf, und als sie sich behutsam auf die Treppe zutastete, die ins obere Stockwerk hinaufführte, stolperte sie über die Leiche eines sechsarmigen Hornkopfes. Sie fiel auf Hände und Knie, stemmte sich fluchend und mühsam nach Atem ringend wieder auf und blieb am Fuß der Treppe stehen. Aus tränenden Augen sah sie nach oben. Auch dort loderte rotes Licht. Sie hörte das Prasseln der Flammen und das Poltern von Steinen.

Kara ergriff ihr Schwert fester und bewegte sich vorsichtig und mit rasendem Herzen die Treppe hinauf. Sie hatte keine Ahnung, ob der Mann noch lebte, aber wenn, dann war er …

Er lebte noch. Und obwohl er so schwer verletzt war, dass Kara sich fragte, wie er überhaupt noch auf den Beinen stehen konnte, war er noch immer ein überaus gefährlicher Gegner. Sein Gewehr war zerbrochen, aber der zersplitterte gläserne Lauf bildete eine fast ebenso tödliche Waffe wie Karas Schwert. Er bewegte sich so schnell, dass Kara ihm nur mit Mühe ausweichen konnte, als er sie unversehens ansprang.

Sie glitt auf der Treppe aus, fing sich ungeschickt an der Wand ab und rutschte vier, fünf Stufen weit in die Tiefe. Das zerbrochene Gewehr riss eine fingerdicke Spur in die Mauer über ihr. Knurrend fuhr der Mann herum und setzte ihr nach.

Kara versuchte erst gar nicht, auf die Füße zu kommen, sondern stieß ungeschickt mit dem Schwert nach ihm. Die Klinge riss eine blutige Wunde in seinen Oberschenkel. Er prallte zurück, aber der neuerliche Schmerz schien ihn nur noch wütender zu machen. Sein Gesicht war das eines Wahnsinnigen.

»Gib endlich auf!«, sagte Kara schwer atmend, während sie gleichzeitig versuchte, in eine günstigere Position zu gelangen. Der Mann rührte sich nicht, aber Kara bezweifelte, dass er so freundlich sein würde, ihr das Aufstehen zu gestatten. »Du hast keine Chance mehr! Deine Kameraden haben dich im Stich gelassen! Selbst wenn du mich besiegst, kommst du hier nicht mehr lebend heraus!«

Sie erfuhr nie, ob er ihre Worte überhaupt gehört hatte, denn er sprang sie im gleichen Moment an, in dem sie versuchte, auf den Treppenstufen aufzustehen. Kara sah ihn mit weit ausgestreckten Armen auf sich zufliegen und hob schützend die Hände vor das Gesicht. Ein dumpfer Schlag schmetterte ihr das Schwert aus der Hand, sie stürzte, krümmte sich zusammen und spürte, wie der Mann über sie hinweggeschleudert wurde. Sie konnte hören, wie sein Genick brach, als er unter ihr auf der Treppe aufschlug.

Mit einem erschöpften Laut sank Kara vollends in sich zusammen und blieb einige Augenblicke lang liegen. Schwäche übermannte sie wie eine lähmende Woge, und für Sekunden musste sie mit aller Macht darum kämpfen, wach zu bleiben. Sie würde sterben, wenn sie das Bewusstsein verlor. Das Haus brannte, und wenn nicht das Feuer, so würde der Rauch sie umbringen. Mühsam stemmte sie sich wieder in die Höhe.

Sie war nicht mehr allein, als sie sich herumdrehte. Eine Gestalt in schwarzem Leder und Silber kniete neben dem Toten. Als sie den Kopf hoch und Kara anblickte, erkannte sie, dass es Zen war.

»Kara!«, sagte er erschrocken. »Bist du in Ordnung?«

Sie nickte müde, fuhr sich mit dem Unterarm über das Gesicht und bückte sich nach ihrer Waffe. »Ist er tot?«, fragte sie, während sie das Schwert wieder in ihren Gürtel schob.

»So tot, wie man nur tot sein kann«, antwortete Zen. »Das war ganze Arbeit.«

»Verdammter Mist«, sagte Kara. »Ich wollte ihn lebend!«

Ein Gefühl heftiger Übelkeit breitete sich in ihrem Magen aus, als sie an Zen vorbeiging und den Toten ansah. Er hatte sich nicht nur das Genick gebrochen. Sein Kopf war so unglücklich auf der steinernen Treppe aufgeschlagen, dass er regelrecht auseinandergeplatzt war. Sie sah rasch weg.

»Er hätte uns sowieso nichts verraten«, sagte Zen. »Ich glaube nicht, dass sie ...« Er sog scharf die Luft ein. »Kara! Sieh dir das an!«

Doch Kara blickte starr in die entgegengesetzte Richtung. »Ich weiß, wie ein Gehirn aussieht«, sagte sie, während sie mit einem Brechreiz kämpfte. »Ich habe schon mal eines gesehen.«

»So eines bestimmt noch nicht«, antwortete Zen leise.

Kara wandte sich alarmiert zu ihm um. Ihr Magen rebellierte, und ihr Mund füllte sich schneller mit bitterem Speichel, als sie ihn herunterschlucken konnte. Doch was sie sah, ließ sie schlagartig ihre Übelkeit vergessen.

Sie hatte tatsächlich noch nie zuvor so ein Gehirn gesehen. *Wenn* es überhaupt ein Gehirn war. Sie entdeckte sehr viel Blut, zerrissene Gewebe und glitzernde Flüssigkeit, aber sie sah auch Metall und ein winziges, blassblau leuchtendes Etwas und blutverschmiertes ... Glas?

»Großer Gott – was ist das?«, flüsterte sie.

Zen streckte zögernd die Hand aus, wagte aber nicht, das Ding zu berühren.

Es ist tatsächlich Glas, dachte Kara fassungslos. Sie bemerkte winzige Drähte und Spulen, die kleiner als ein Stecknadelkopf waren, aber darüber spannte sich eine durchsichtige Kapsel, deren Oberflächenstruktur der eines menschlichen Gehirns entsprach.

Zen starrte sie an. Sein Gesicht war grau vor Entsetzen. Er sagte nichts.

»Wir ... müssen das ... Aires zeigen«, flüsterte Kara stockend. Es fiel ihr schwer zu reden. Nahm der Schrecken denn gar kein Ende mehr?

»Aber ich ... kann es nicht. Glaubst du, dass du ...«

Zens Haut färbte sich von Grau zu Grün. Er schluckte ein paarmal krampfhaft, aber er nickte und zog den Dolch aus dem Gürtel. Und Kara fuhr herum und stürzte aus dem Haus, um sich zu übergeben.

Der Sonnenaufgang begann hier unten eine Stunde später, weil die Kontinentalklippe, die Schelfheim überragte, den Horizont verdeckte. So erlebte Kara die Dämmerung an diesem Morgen zweimal, und im ersten Licht des neuen Tages erkannte sie auch, wo sie war und wieso ihr dieser Ort so vertraut vorkam: Der gewaltige Krater, an dessen Rand die Libellen niedergegangen waren, war derselbe, in den Kara und Elder damals hinabgestiegen und das erste Mal auf die Männer in den blauen Uniformen gestoßen waren. Sie fragte sich, was sie hier gemacht hatten, wo ihnen doch der um vieles sicherere Weg über das unterirdische Meer zur Verfügung stand. Selbst wenn Schelfheims Machthaber dort unten eine Truppe stationiert hatten – hier oben hatten sie es mit der *gesamten Stadtgarde* zu tun gehabt. Aber vielleicht, dachte Kara, hatten sie ganz genau das gewollt.

Während sie im Haus gewesen war, hatten sich fünf oder sechs Drachen auf den Häusern ringsum niedergelassen. Ihre Reiter waren abgestiegen und durchsuchten die umliegenden Häuser nach versprengten Blauuniformierten. Der Rest ihrer kleinen Streitmacht kreiste weiter über ihnen. Kara machte sich jedoch keine Hoffnungen. Irgendwie war sie sicher, dass dieser Mann der Letzte gewesen war, der sich hier aufgehalten hatte. Wenn man von dem Knistern der Flammen und einem gelegentlichen Grollen der Drachen absah, war es fast unheimlich still. Kara hatte erwartet, dass die Bewohner der umliegenden Häuser sich nun, da die Angreifer vertrieben waren, wieder aus ihren Verstecken hervorwagen würden, aber niemand zeigte sich. Entweder sie waren alle tot, dachte Kara erschrocken, oder die Drachen erschreckten sie ebenso wie die Libellen. Die Stille wurde noch bedrückender, als die Sonne ganz aufging und die Schatten vollends vertrieb. Dann und wann hörte sie das Poltern eines Steins; der Wind, der sich beständig drehte, trug manchmal ein Stöhnen oder unverständliche Stimmen herbei, aber niemand kam, um in den Ruinen nach Überlebenden oder Verletzten zu suchen oder die Brände zu löschen. Kara hatte plötzlich das Gefühl, dass sie zu spät gekommen waren und eine tote Stadt aus dem Griff der Blauuniformierten befreit hatten. Sie hätte zumindest ein paar Neugierige erwartet, die irgendwann aus den Ruinen rings um den Krater hervorkrochen.

Von einer plötzlichen, bösen Vorahnung erfüllt, wandte sich Kara um und ging zu einem halb zusammengestürzten, aber nicht in Brand stehenden Gebäude hinüber. Sie musste durch ein Fenster hineinklettern, denn das abgebrochene Rotorblatt einer Libellenmaschine versperrte die Tür. Es war wie ein Speer ins Holz gefahren und nagelte sie so fest ans Mauerwerk, dass alles Rütteln und Zerren nichts nutzte.

Der Raum, in den sie gelangte, war fast unversehrt.

Seine Bewohner nicht.

Kara fand auf Anhieb drei Tote. Die Menschen waren nicht erschossen worden oder verbrannt, sondern Opfer einer Waffe geworden, die sie offensichtlich alle im gleichen Augenblick niedergestreckt hatte. Sie drehte einen der reglosen Körper herum und stellte fest, dass er sich vollkommen falsch bewegte; wie ein

Sack voller nasser Erde. Als hätte er keine Knochen mehr oder als wären sie allesamt in winzige Stückchen zerbrochen. Dann stellte Kara fest, dass nichts, was aus Glas, Steingut oder Porzellan bestanden hatte, heil geblieben war. Unter ihren Sohlen knirschte ein Teppich aus feingemahlenen Splittern.

Sie untersuchte ein zweites und drittes Haus und machte überall die gleiche Entdeckung. Hier und da hatte es gebrannt, und einige der Toten, die sie sah, zeigten Spuren des furchtbaren grünen Lichts oder waren von herabstürzenden Trümmerstücken erschlagen worden, aber allmählich fügte sich das Bild zusammen: Die Angreifer mochten sich überall in der Stadt einen Spaß daraus gemacht haben, ein Scheibenschießen auf Häuser oder auch Menschen zu veranstalten, doch zuvor hatten sie mit einem einzigen gezielten Schlag dafür gesorgt, dass sie in aller Ruhe tun konnten, weshalb auch immer sie hergekommen waren.

Als Kara das letzte Haus auf dieser Seite des Kraters verließ, bemerkte sie eine Bewegung: Einer der Drachen wandte knurrend den Schädel und äugte misstrauisch auf eine Prozession winzig kleiner Gestalten herab, die neben ihm die Straße entlangkam. Kara erkannte die glitzernden Panzer von Hornköpfen, dahinter das schreiende Gelb der Garde. Die beiden riesigen Kampfinsekten an der Spitze der Gruppe kamen ihr vage bekannt vor, und im gleichen Moment begriff sie, wer die Männer in ihrer Begleitung waren. Sie seufzte lautlos, drehte sich aber herum und ging ihnen in raschem Tempo entgegen.

Trotzdem war sie nicht die Erste, die die Gruppe erreichte. Zwei Drachenkämpfer kamen ihr zuvor. Der eine beruhigte mit Gesten und Worten den Drachen, der noch immer nervös knurrte – die Abneigung zwischen Hornköpfen und Drachen war so alt wie diese beiden Völker selbst –, der andere versuchte offensichtlich, mit den Männern in den gelben Mänteln zu reden, hatte aber wenig Erfolg dabei: Die beiden Hornköpfe ließen ihn nicht in Ruhe gewähren.

»Was ist hier los?«, fragte Kara scharf, als sie die Gruppe erreicht hatte.

Der Krieger fuhr ärgerlich herum und schluckte eine wütende Entgegnung hinunter, als er Kara erkannte. »Ich versuche diesem Verrückten zu erklären, dass er die beiden Viecher hier wegbringen soll, ehe die Drachen vollkommen durchdrehen«, sagte er. »Aber er hört nicht auf mich.«

Kara unterdrückte ein schadenfrohes Lächeln, als sie erkannte, dass der »Verrückte« niemand anders als Gendik war, das regierende Oberhaupt von Schelfheim. Auch er hatte die Worte des Kriegers gehört. Sein Gesicht verfinsterte sich.

»Es wäre besser, wenn Ihr auf ihn hört, Gendik«, sagte sie mit einer Geste auf die beiden Hornköpfe. »Sie machen unsere Tiere nervös. Schickt sie fort. Ich weiß, dass es sich um Eure persönliche Garde handelt, aber solange Ihr bei uns seid, garantieren meine Leute und ich für Eure Sicherheit.«

Zumindest die boshafte Spitze, die sich in diesen Worten verbarg, hatte Gendik verstanden, denn der Blick, mit dem er Kara von seinem Sattel aus maß, zeigte mehr als nur eine leichte Verärgerung. »Kennen wir uns, Kind?«, fragte er.

Kara wollte auffahren, aber dann begriff sie, dass Gendik sich wirklich nicht an sie erinnerte. »Wir haben uns einmal gesehen«, antwortete sie. »Aber das spielt jetzt keine Rolle. Ich bitte Euch – schickt sie fort.«

Gendik zögerte noch einen Moment, aber dann machte er eine knappe, befehlende Geste, und die beiden riesigen Kampfinsekten wandten sich um und stolzierten mit eckigen Bewegungen davon. Kara atmete auf. Auch sie hatte die Nähe der Hornköpfe mit einem fast körperlichen Unbehagen erfüllt. Sie wusste natürlich, dass ihre Furcht völlig unbegründet war. Die Hornköpfe waren spezielle Züchtungen, und der Begriff *Loya-*

lität gehörte zu einem unauslöschlichen Teil ihrer Erbinformationen. Aber das änderte rein gar nichts daran, dass sie ihr Angst machten.

Gendik schwang sich mit einem hörbaren Ächzen aus dem Sattel, und Kara sah erst jetzt, dass er verletzt war. Sein linker Arm hing in einer Schlinge, auf der sich ein dunkler Blutfleck gebildet hatte. Sein gelber Mantel war mit hässlichen Brandspuren übersät. Mit kleinen, mühsamen Schritten trat er ihr entgegen und musterte sie mit einem langen Blick von Kopf bis Fuß. »Jetzt erinnere ich mich«, sagte er. »Du warst mit eurer Anführerin bei uns, nicht wahr? Wie hieß sie doch gleich?«

»Angella«, sagte Kara gepresst.

»Angella, richtig. Ist sie mitgekommen?«

»Sie ist tot«, antwortete Kara.

»Tot? Das tut mir leid. Aber jetzt bring mich bitte zu eurem Kommandanten. Ich habe mit ihm zu reden.«

»Er steht vor Euch, Gendik«, antwortete Kara. Sie hatte Mühe, noch höflich zu bleiben.

»Du?« Gendik suchte einen Moment verwirrt nach Worten, dann hellte sich sein Gesicht auf. »Ich verstehe. Er ist bei den anderen, die diese Hunde verfolgen, nicht wahr? Dann werde ich mich wohl bis zu seiner Rückkehr gedulden müssen.«

»Ich fürchte, Ihr habt mich missverstanden, Gendik«, sagte Kara. »Angella war die Herrin der Drachenkämpfer. Ich bin ihre Nachfolgerin.«

Diesmal war Gendik mehr als überrascht. Der neuerliche Blick, mit dem er Kara maß, war beinahe schon beleidigend. Aber er überwand seine Verwirrung sehr schnell. »Nun, wie dem auch sei«, sagte er. »Das vereinfacht die Sache sogar. Ich bin gekommen, um dir und den anderen tapferen Kriegern für eure Hilfe zu danken. Ihr seid im letzten Moment aufgetaucht.«

Lag da ein Vorwurf in seiner Stimme? Kara sah ihn scharf an, sie unterstellte zu seinen Gunsten, dass sie sich täuschte. »Wir sind gekommen, so schnell wir konnten«, sagte sie. »Aber ich fürchte, trotzdem nicht schnell genug. Was haben sie gewollt? Was habt Ihr getan, um diesen Angriff zu provozieren?«

»Nichts«, antwortete Gendik. »Wir wissen ja nicht einmal, wer sie sind.«

Kara sah ihn auf eine ganz bestimmte Art und Weise an, und Gendik fuhr in einem Tonfall fort, für den Kara ihm am liebsten die Zähne eingeschlagen hätte. »Gut. Ich weiß, was du jetzt sagen willst, Kindchen ...«

»Kara«, unterbrach sie ihn. »Mein Name ist Kara.«

»Kara, meinetwegen. Du wirst mir jetzt erzählen, dass ihr uns gewarnt habt und es allein meine Schuld ist, weil ich nicht auf dich und die alte Frau gehört habe. Vielleicht hast du recht, vielleicht auch nicht. Das spielt im Moment keine Rolle. Wir können später Schuld zuweisen und Verantwortung verteilen. Vielleicht finden wir auch ein paar Köpfe, die wir abschlagen können.« Er lächelte überheblich. »Möglicherweise ist sogar mein eigener dabei, wer weiß.«

»Möglicherweise«, sagte Kara. Sie kochte innerlich vor Zorn.

»Was hier wessen Schuld ist und warum, ist im Moment unwichtig«, fuhr Gendik kühl fort. »Bedeutsam ist, was wir tun müssen, um den Schaden so gering wie möglich zu halten – und zu verhindern, dass es noch einmal geschieht. Glaubst du, dass deine Krieger sie schlagen können?«

Gendik schien nicht einmal bemerkt zu haben, dass es so etwas wie einen Kampf gar nicht gegeben hatte. Kara schüttelte den Kopf. »Das ist nicht die Frage, Gendik. Seht Euch hier um, und Ihr wisst, was meine Drachen mit diesen ... Dingern anstellen können. Die Frage ist, *warum* sie Eure Stadt überhaupt angegriffen haben.« Sie deutete mit einer weit ausholenden Geste auf die zerstörten Häuser rings um den Krater, dann auf das gewaltige Loch im Herzen Schelfheims selbst: »Sie haben hier irgendetwas gesucht. Könnt Ihr Euch vorstellen, was?«

»Nein«, antwortete Gendik. »Rusman hat einige seiner Männer in dieses Loch hinabgeschickt, nachdem du und der Waga zurückgekommen seid. Aber sie haben nichts gefunden.«

»Vielleicht sollten wir Rusman selbst …«

»Er ist tot«, unterbrach sie Gendik. »Sie haben fast meine gesamte Garde ausgelöscht.« Zum allerersten Mal glaubte Kara, so etwas wie ein echtes Gefühl in Gendiks Gesicht zu erkennen: einen Schrecken, der die ganze Zeit über in ihm gewesen war und den er jetzt nicht mehr zu unterdrücken versuchte.

»Das tut mir leid«, sagte sie. »Ich wusste nicht, dass Eure Verluste so groß waren.«

»Groß?« Gendik schürzte die Lippen. »Ich fürchte, es ist kaum ein kampffähiger Mann übriggeblieben. Dieser Narr Rusman hat sie alle umgebracht. Wäre er nicht selbst in der Schlacht gefallen, würde ich ihn hinrichten lassen.«

»Er ist tot, und …«

»Das macht aus einem Dummkopf noch keinen Helden, Kara«, unterbrach Gendik sie. »Es ist kein Zeichen von Tapferkeit, seine Truppen gegen einen Feind anrennen zu lassen, der vollkommen unverwundbar ist.«

Es dauerte einen Moment, bis Kara begriff, was Gendik überhaupt meinte. Ungläubig starrte sie ihn an. »Ihr wollt damit sagen, dass Eure Leute nicht eine einzige dieser Maschinen zerstört haben?«, fragte sie ungläubig.

»Nicht eine«, bestätigte Gendik. »Sie haben unsere Krieger abgeschossen wie Spatzen, obwohl wir ihnen hundert zu eins überlegen waren. Wenn ihr nicht gekommen wäret, dann gäbe es diese Stadt jetzt vielleicht nicht mehr.« Er schüttelte ein paarmal den Kopf, und Kara konnte regelrecht sehen, wie der Zorn in seinen Augen erlosch und wieder diesem dumpfen Schrecken Platz machte. »Wer sind diese Männer, Kara? Was weißt du über sie?«

»Nichts«, log Kara. »Jedenfalls nicht viel.« Sie starrte einen Moment ins Leere und fragte sich vergeblich, warum sie das gesagt hatte. War es wirklich so, dass sie einfach keinem Menschen mehr traute? Oder hatte sie nur Angst davor, die Wahrheit auszusprechen und Gendik zu erklären, dass das, was er für einen Sieg hielt, nichts als ein taktisches Manöver ihrer Gegner war?

»Ich schlage vor, dass wir uns zu einem späteren Zeitpunkt darüber unterhalten«, fuhr sie in unverändertem Tonfall fort. »Die Stadt brennt. Es muss sehr viele Verwundete geben. Wenn ich und meine Leute Euch irgendwie helfen können ...«

Sie wusste selbst, wie kümmerlich dieses Angebot war. Sie waren kaum siebzig Männer und Frauen in einer Stadt, die an hundert Stellen brannte und in der es möglicherweise hunderttausend Verwundete gab. Gendiks Lächeln machte ihr klar, dass seine Überlegungen wohl in dieselbe Richtung gingen. »Das wird kaum nötig sein«, sagte er. »Ihr habt uns schon zur Genüge geholfen. Wisst ihr schon, wo ihr eure Tiere unterbringen werdet?«

Seine Frage überraschte Kara. Der Gedanke *hierzubleiben* war ihr bisher nicht einmal gekommen. Mit einem Schulterzucken deutete sie in die Runde. »Dieser Platz ist so gut wie jeder andere. Hier lebt ohnehin niemand mehr, und ...«

»Ich fürchte, das wird nicht gehen«, unterbrach sie Gendik sanft, aber nachdrücklich.

»Wieso?«

»Deine Krieger unterzubringen ist kein Problem. Aber die Drachen können nicht hierbleiben. Du hast es selbst gesagt: Sie hassen die Hornköpfe. Doch Schelfheim ist voll von Hornköpfen. Außerdem würde ihre Anwesenheit die Leute hier verängstigen.«

»Und ich dachte, sie würde sie beruhigen«, sagte Kara spöttisch.

»Für den Moment vielleicht«, räumte Gendik ein. »Aber sie haben Angst vor ihnen. Das Letzte, was ich jetzt gebrauchen kann, ist etwas, das die Angst der Leute noch schürt.« Er überlegte einen Moment. »Es gibt eine Festung oben am Rand der Klippe«, sagte er dann. »Dort ist Platz genug für eure Tiere. Ich schlage vor, du bringst sie und deine Krieger dorthin und kehrst dann zurück. Ich werde inzwischen versuchen, meine Berater zusammenzurufen. Und das, was von unserer glorreichen Armee noch übrig ist. Wäre es dir recht, wenn ich dir gegen die Mittagsstunde einen Wagen schicke, der dich abholt?«

»Ich fürchte, das wird nicht möglich sein, Gendik«, erwiderte Kara, so freundlich sie konnte. »Ich kann nicht bleiben. Sobald alle meine Krieger zurück sind, werden wir zum Hort zurückkehren. Natürlich lasse ich Euch eine ausreichende Zahl von Drachen und Männern hier, die für den Schutz Schelfheims garantieren.«

»Du willst fort?«, fragte Gendik irritiert. »Aber wir ...«

»Müssen uns beraten, sicher«, unterbrach ihn Kara. »Aber gibt es einen besseren Ort dafür als den Drachenhort? Wir erwarten Euch und Eure Berater in drei Tagen dort.« Sie gestattete sich den Luxus, sich einen Moment an seiner Verblüffung und dem allmählich aufkeimenden Zorn in seinem Blick zu weiden, als er begriff, dass dieser als Einladung getarnte Befehl einen dreitägigen mörderischen Ritt für ihn bedeutete, dann wandte sie sich mit einer ruckhaften Bewegung zum Gehen, hielt aber noch einmal inne.

»Ich denke, es ist wirklich besser, wenn die Drachen genau hier bleiben, Gendik. Die Angreifer haben hier irgendetwas gesucht, und es würde mich nicht wundern, wenn sie zurückkommen. Bitte sorgt dafür, dass für die Drachen ausreichend Futter bereitsteht. Sie werden leicht nervös, wenn sie hungrig sind. Und noch etwas: Kennt Ihr einen jungen Ingenieur namens Donay?«

»Nein«, antwortete Gendik. »Aber ich kann ihn suchen lassen. Falls er noch lebt.«

»Tut das«, sagte Kara. »Ich möchte, dass er mich begleitet.« Sie ging weiter und ließ Gendik einfach stehen.

Es dauerte noch zwei Stunden, bis die letzten Drachen aus dem *Schlund* zurück waren. Sie hatten Karas Befehl befolgt und die Libellen beinahe zweihundert Meilen weit verfolgt, sie aber nicht angegriffen. Wenig später brachten zwei von Gendiks Soldaten einen total verstörten, aber unverletzten Donay zu ihr. Bevor Kara zum Drachenhort aufbrach, suchte sie zehn der besten und erfahrensten Krieger samt ihrer Tiere aus, die in der Stadt zurückblieben. Sie sah keinen von ihnen lebend wieder.

37

»In seinem Kopf?«

Aires drehte das gläserne Etwas, das sie aus dem Schädel des Toten herausgeschnitten hatten, in den Händen. Ihre Stimme war schrill gewesen vor Unglaube, und auf ihrem Gesicht spiegelte sich ein leichter Ekel. Gesäubert und aus dem Rest des Gehirns herausgelöst, wirkte das gläserne Ding aus lebendigem Gewebe und blinkendem Metall noch unheimlicher.

Zen hob den Arm und legte die gespreizten Finger auf die Stelle, wo das Gebilde im Schädel des Toten gesessen hatte. »Es hing fest. Ich musste es herausschneiden.«

»Das ist unglaublich«, murmelte Aires. Behutsam legte sie das unheimliche gläserne Gebilde vor sich auf den Tisch, betrachtete es noch einen Moment eingehend und schüttelte den

Kopf. »Ich habe so etwas noch nie gesehen. Ich habe nicht die mindeste Ahnung, was es sein kann.«

»Wir sollten Elder fragen«, schlug Kara vor. »Vielleicht weiß er, was es ist.«

Bei der Erwähnung von Elders Namen blitzte es in Aires' Augen auf. Aber dann nickte sie nur und wandte sich an Cord, der nahe der Tür stand. »Bitte geh und hol ihn her.«

Sie wartete, bis Cord das Zimmer verlassen hatte, dann drehte sie sich wieder zu Kara und Zen um, die nebeneinander auf der anderen Seite des Tisches saßen. »Hatte nur dieser eine so etwas im Kopf oder die anderen auch?«

Kara und Zen sahen sich eine Sekunde lang betroffen an und schwiegen.

Aires seufzte. »Ich verstehe. Ihr habt nicht nachgesehen.«

»Nein«, gestand Kara kleinlaut. »Um ... um ehrlich zu sein, ich bin gar nicht auf den Gedanken gekommen.«

Aires seufzte erneut, winkte dann aber ab. »Wahrscheinlich ist es nicht so wichtig«, sagte sie und schaute nacheinander die anderen an. Ihre Runde war beträchtlich gewachsen, sodass sie sich in dem großen Versammlungsraum im Erdgeschoss des Haupthauses zusammengefunden hatten. Kara gefiel das zwar nicht, aber sie sah ein, dass es keinen Sinn mehr hatte, irgendetwas geheimhalten zu wollen. Außerdem hatte Aires sie vor vollendete Tatsachen gestellt, indem sie sie, Zen und Donay auf der Stelle hatte hierherbringen lassen, kaum dass sie gelandet waren und Zeit gefunden hatten, aus den Sätteln zu steigen.

»Vielleicht ist es eine Art ... Prothese?«, murmelte Donay. Er war noch immer ein wenig blass. Der ungewohnte Ritt auf dem Rücken des Drachen saß ihm noch in den Knochen. Aires sah ihn zweifelnd an, und Donay fuhr in beinahe verlegenem Tonfall fort: »Ich meine ... diese Menschen der Alten Welt sollen sogar künstliche Gliedmaßen gehabt haben. Möglicherweise hatte er einen Unfall ...«

Aires seufzte. »Eine Prothese? Also ... ich kenne eine Menge Leute, denen ein Stück des Gehirns zu fehlen scheint, aber das erscheint mir dann doch sehr unwahrscheinlich.«

Zaghaftes Gelächter antwortete auf ihre Worte und verstummte sofort wieder, als Aires die Hand hob. »Genug. Wir warten auf Elder. Doch es gibt noch anderes zu besprechen. Donay – du bist der Einzige hier, der dabei war. Erzähle.«

Donay zögerte. »Da ... gibt es nicht viel zu erzählen«, sagte er schließlich. »Ich muss gestehen, ich ... habe die meiste Zeit in einem Keller verbracht. Ich hatte Angst.«

»Das ist verständlich. Und war im Übrigen auch sehr klug gehandelt. Aber du hast gesehen, wie es begonnen hat.«

»Ja«, sagte Donay. »Ich war auf dem Weg zurück zum Schacht.« Er sah flüchtig Kara an. »Dem Krater, an dessen Rand sie gelandet sind.«

»Warum?«

»Ich fahre seit zwei Wochen jeden Tag hinunter«, antwortete Donay. »Sie haben eine Seilbahn eingerichtet.«

»Ich dachte, du bist Biologe«, sagte Zen. »Seit wann interessieren dich alte Steine?«

»Der Hochweg stirbt noch immer«, erwiderte Donay ernst. »Ich war einmal ganz unten. Der Wasserspiegel fällt weiter – nicht sehr schnell, aber er fällt. Wenn wir keinen anderen Weg finden, die Wurzeln mit Wasser zu versorgen, ist die Brücke in einem Jahr tot.«

Betretenes Schweigen breitete sich aus, und Kara fragte sich erneut, ob es wirklich klug von Aires gewesen war, allen die Wahrheit zu erzählen. Dass sie anfingen, sich zu wehren, war in Ordnung; aber der Gedanke an einen zu übermächtigen Gegner konnte auch lähmen.

Aires räusperte sich ein wenig zu laut, um Donays Aufmerksamkeit wieder auf sich zu ziehen. »Du wolltest vom Angriff auf Schelfheim erzählen.«

Donays Gesichtsausdruck nach zu schließen stand ihm der Sinn ganz und gar nicht danach. Aber er zuckte gehorsam mit den Schultern und begann: »Sie kamen zwei oder drei Stunden nach Mitternacht und griffen sofort an. Ich ... habe nur ein Heulen gehört, wie ein ...« Er suchte nach Worten. »Ein Bienenschwarm«, sagte er schließlich. »Dann waren sie plötzlich da und eröffneten das Feuer, überall zugleich.«

»Ohne Vorwarnung?«, vergewisserte sich Aires. »Ohne irgendwelche Forderungen zu stellen? Kein Ultimatum? Keine Aufforderung zur Kapitulation, nichts?«

»Nichts von alledem«, bestätigte Donay. »Ich war draußen auf der Straße und habe alles genau gesehen. Sie müssen durch den *Schlund* geflogen sein, so tief, dass niemand sie gesehen hat. Sie tauchten plötzlich über der Klippe auf und schossen sofort. Es hat allein zehn Minuten gedauert, bis sich der erste Widerstand formiert hat.« Aires runzelte die Stirn. »Ja. Kara hat von Rusmans ... Verteidigung erzählt.« Sie überlegte einen Moment. »Du sagst, du warst in der Nähe des Schachtes, als sie angriffen?« Sie deutete auf Kara. »Kara und die anderen berichten, dass dort niemand überlebt hat.«

»Das stimmt«, sagte Donay. »Es war entsetzlich. Ein Teil von ihnen schoss direkt auf mich zu. Ich weiß nicht, was sie getan haben, aber ... aber ich konnte sehen, wie auf der anderen Seite der Straße plötzlich alle umfielen. Alles Glas zersprang, und ich hörte einen entsetzlichen Ton, wie ich ihn nie zuvor im Leben vernommen hatte. Ein Heulen, das ...«

»... dir das Gefühl gab, die Augen wollten dir aus dem Kopf springen«, sagte eine Stimme von der Tür her. »Und deine Zähne taten weh, nicht wahr?«

Nicht nur Donay blickte Elder verblüfft an, der in Cords Begleitung unter der Tür erschienen war und offensichtlich schon eine ganze Weile zugehört hatte. Mit gemächlichen Schritten kam er näher und fuhr in einem blasierten Tonfall fort, für den Kara ihn in diesem Augenblick hasste. »Eine Schallwaffe. Du hast verdammtes Glück gehabt, mein Freund. Zehn Meter weiter, und wir könnten mit deinen Knochen jetzt Sandsäcke füllen.«

»Schall?«, fragte Aires. »Du meinst, sie benutzen ... *Lärm* als Waffe?« Der Zweifel in ihren Worten war nicht zu überhören.

Elder nickte eifrig. »Ultrahohe Schallwellen«, bestätigte er. »Unhörbar, aber tödlich. Wenn sie intensiv genug sind, pulverisieren sie sogar Stahl. Ich habe euch gesagt, dass ihr es mit einer Macht zu tun habt, die euch grenzenlos überlegen ist. Es wäre wirklich besser, ihr würdet euch zurückhalten und es mir überlas ...«

Er brach mitten im Wort ab, als er sah, was vor Aires auf der Tischplatte lag. Sein Gesicht wurde grau vor Schrecken. »Großer Gott!«, flüsterte er. »Seid ihr wahnsinnig, dieses Ding hierher ...« Elder stockte abermals, sah plötzlich mit einem Ruck auf und blickte sich betroffen um.

»Ja?«, fragte Aires alarmiert.

Elder blinzelte, fuhr sich nervös mit dem Handrücken über den Mund und trat mit raschen Schritten neben die Magierin. Seine Hand zitterte, als er nach dem gläsernen Gehirn vor ihr griff. Aires ließ es widerstandslos geschehen.

Elder nahm das unheimliche Fundstück hoch, drehte es in den Händen – und atmete erleichtert auf.

»Was hast du, Elder?«, fragte Aires. »Was ist daran so gefährlich?«

»Nichts«, antwortete Elder. Er lächelte entspannt und warf das Glasgehirn achtlos auf den Tisch zurück. »Nichts. Ich habe mich geirrt. Tut mir leid, wenn ich euch erschreckt habe. Ich habe das Ding im ersten Moment für etwas anderes gehalten.«

»Wofür?«, fragten Aires und Kara wie aus einem Mund.

»Für ... etwas, das zu erklären jetzt wirklich zu weit ginge«, sagte er ausweichend. »Es wäre auch nutzlos. Entschuldigt.« Er lächelte, aber Aires' Gesichtsausdruck verdüsterte sich weiter. Elders Antwort stellte sie ganz und gar nicht zufrieden.

»Nun, wenn du uns schon nicht verraten willst, was es *nicht* ist«, sagte sie gepresst, »dann sag uns wenigstens, was es *ist.* Oder hast du Angst, wir wären auch zu dumm, um das zu verstehen?«

Elder lächelte nervös und suchte sich einen freien Platz. »Es ist wirklich nichts«, sagte er. »Ein Ersatzteil. Nicht viel mehr als ein falsches Gebiss. Vergesst es.«

»Ein Ersatzteil?« Verwirrt blickte Aires zuerst Elder, dann Donay an. Der junge Bio-Konstrukteur lächelte zufrieden, wirkte aber im Grunde nicht weniger verstört als sie. »Aber es war in seinem *Gehirn!«*

»Natürlich war es in seinem Gehirn«, sagte Elder »In seinem rechten Knie hätte es wenig Sinn, oder? Ich nehme an, der Bursche hat sich irgendwann einmal eine schwere Kopfverletzung zugezogen. Möglicherweise war er blind oder taub, bis man ihm das Ding da verpasst hat.« Er verzog das Gesicht. »Es ist widerlich. Ihr solltet es in den *Schlund* hinabwerfen, wo es hingehört.«

»Du willst sagen, ihr könnt sogar zerstörte Gehirne reparieren?«, murmelte Kara fassungslos.

»Leider nur zum Teil.« Elder maß das schimmernde Glasgehirn vor Aires mit einem angewiderten Blick. Dann sah er Kara an. »Hinterkopf, linke Seite?«

Sie nickte.

»Ein Teil des motorischen Systems«, erklärte Elder. »So etwas können wir ersetzen. Wirklich wichtige Teile leider nicht.« Er seufzte. »Was aus diesem grauen Matsch da ein denkendes Individuum macht, wissen selbst wir nicht. Vielleicht ist das auch gut so.«

»Ja, vielleicht«, murmelte Aires. Sie wechselte abrupt das Thema. »Cord hat dich über alles informiert?«

»Sicher«, bestätigte Elder. »Ihr braucht euch nicht den Kopf über den Grund dieses Angriffes zu zerbrechen. Es war ein Vergeltungsakt, wie ich euch gesagt habe. Was Donay erzählt hat, passt hundertprozentig zu dem, was ich über PACKS Taktik weiß. Schnell zuschlagen und wieder verschwinden.«

»Nicht ganz«, sagte Kara. »Wir haben sie vertrieben, hast du das vergessen?«

»Mach dich nicht lächerlich«, sagte Elder ruhig.

Kara wollte auffahren, aber Aires sorgte mit einer raschen Handbewegung für Ruhe. »Kara hat trotzdem recht«, sagte sie. »Sie müssen einen Grund gehabt haben, dieses eine Viertel auszulöschen und dort zu landen.«

»Vielleicht war der ganze Angriff nur ein Ablenkungsmanöver«, vermutete Cord.

»Ich wüsste nicht, wozu«, sagte Elder. »Wo genau sind sie gelandet?«

Kara sagte es ihm. Zuckte Elder leicht zusammen, oder hatte sie es sich nur eingebildet?

»Kannst du dir vorstellen, was sie ausgerechnet dort gesucht haben?«, fragte Aires. »Der Weg über das unterirdische Meer wäre bequemer und sicherer gewesen. Dein Vertrauen in ihre Superwaffen in allen Ehren, Elder – aber immerhin haben Karas Drachen fünf von diesen Heliotoptern erwischt.«

»Wir nennen sie Helikopter«, verbesserte sie Elder. »Aber warum sagen wir nicht weiter Libellen?«

»Warum bleiben wir nicht beim *Thema?«*, schlug Cord in leicht gereiztem Ton vor.

Elder schenkte ihm ein abfälliges Lächeln. »Ich weiß nicht, was sie dort gesucht haben«, sagte er. »Aber ihr hattet dort schon einmal Ärger mit ihnen, nicht wahr? Es war doch in der

Nähe dieses Schachtes, wo sie damals eure Leute erschossen haben, oder?«

»Ja. Du glaubst, dort unten wäre etwas, das für sie wichtig ist?«

»Oder etwas, was auf keinen Fall in unsere Hände fallen darf«, fügte Kara nachdenklich hinzu. Elder blickte sie an, aber das registrierte sie kaum. Wieder hatte sie das sichere Gefühl, dass etwas hier nicht so war, wie es sein sollte. Und wieder wusste sie nicht, was.

»Sicher«, sagte Elder spöttisch. »Irgendeine Superwaffe, die eure Vorfahren dort vergraben haben, wie?«

»Und wenn es so wäre?«

»Dann ist sie zusammen mit dem Trieb und einigen Kubikmeilen Gestein in die Tiefe gestürzt, als der Schacht zusammenbrach«, sagte Elder. »Außerdem ... weißt du, ich habe die Technologie dessen, was ihr die Alte Welt nennt, gründlich untersucht; sie war nicht schlecht – aber sie hatte nichts, was PACK aufhalten könnte. Gott sei Dank.«

»Gott sei Dank? Wieso?«

»Weil das das Schlimmste wäre, was euch passieren kann«, sagte Elder ernst. »Verstehst du immer noch nicht, dass sie bisher nur mit euch gespielt haben? Sie haben irgendwo auf diesem Planeten ein Schlachtschiff versteckt, Kara! Wenn ihr ihnen *wirklich* weh tut, Kara, dann werden sie auf eine Weise zurückschlagen, die ihr euch nicht einmal vorstellen könnt. Seid ihr so versessen auf eine Neuauflage des Zehnten Krieges?«

Kara starrte ihn an. »Du bist sicher, dass du nicht von ihnen geschickt worden bist, um unsere Kampfmoral zu untergraben?«, fragte sie.

Elder grinste.

»Selbst wenn du recht hast, Elder«, sagte Aires rasch, ehe Kara Gelegenheit zu einer weiteren zornigen Bemerkung fand. »Spielt das eine Rolle? Sie werden uns so oder so alle töten.«

»Vielleicht auch nicht«, sagte Elder. »Sie haben die Insektenzivilisation auf dem Ostkontinent ausgelöscht – aber eigentlich nur, weil sie ein bisschen zu hartnäckig gesucht haben.«

»Hatten sie etwas dagegen, ausgerottet zu werden?«, fragte Cord höhnisch.

Elder sah ihn an. »Insekten kennen keine Kompromisse«, sagte er. »Sie siegen oder gehen unter. Aber denk an den grauen Staub, von dem ihr erzählt habt. Er tötet nur Erwachsene. Vielleicht wollen sie euer Volk nicht auslöschen.«

»Und was sonst?«

Elder zuckte mit den Schultern. »Einen ganzen Planeten umzubauen ist eine gewaltige Aufgabe«, sagte er. »Arbeitskräfte werden immer gebraucht.«

»Sklaven?«, fragte Aires mit hochgezogenen Brauen.

»Warum nicht?«

»Zum Beispiel, weil sie lästige Zeugen wären«, sagte Cord.

»Kaum. Bis die ersten Kolonisten hier eintreffen, vergehen noch gute hundert oder auch zweihundert Jahre. Bis dahin haben sie längst vergessen, wer sie einmal waren.«

»Man kann nicht einem ganzen Volk seine Vergangenheit stehlen«, sagte Kara.

»PACK kann«, erwiderte Elder. »Du verstehst noch immer nicht, mit wem ihr es hier zu tun habt. Vielleicht war es ein Fehler, PACK als Firma zu bezeichnen. Das ist es zwar, aber es ist auch eine Macht, die mit Planeten spielt wie ... wie ihr mit Schachfiguren.«

»Danke«, sagte Kara säuerlich. »Du machst einem wirklich Mut.«

Elder achtete nicht auf ihre Worte. »Ihr haltet euch für Krieger. Für eine Art Wächter, deren Aufgabe es ist, diesen Kontinent oder besser noch die ganze Welt vor jeder Gefahr zu beschützen. Aber ihr seid dabei, Selbstmord zu begehen! Ihr bringt euch und jedes lebende Wesen auf dieser Welt um, wenn ihr so weitermacht! Ihr dürft nicht gegen sie kämpfen.«

»Und was verlangst du von uns?«, erwiderte Kara scharf. »Sollen wir abwarten, bis sie überlegt haben, ob sie uns umbringen oder nur versklaven?«

»Kara!«, sagte Aires scharf.

Kara ignorierte sie. »Gut, dann sterben wir eben alle!«, fuhr sie fort. »Aber vorher werden wir ihnen wehtun, Elder. Ich verspreche dir, dass ihnen diese Welt sehr schwer im Magen liegen wird, selbst wenn es ihnen gelingt, sie zu verschlingen.«

»Aber das ist doch gar nicht nötig«, sagte Elder sanft. »Ich kann euch helfen. Helft mir, ihr Schiff zu finden und dorthin zu gelangen. Alles andere erledigen meine Leute.«

»Darauf wette ich«, murmelte Cord. »Und die Rechnung bekommen wir später präsentiert, nicht wahr? Kara hat recht – wenn wir schon sterben müssen, dann will ich ihnen vorher noch ein Andenken verpassen, an das sie noch in hundert Jahren denken.«

Elder seufzte. Sekundenlang blickte er den grauhaarigen Drachenkämpfer beinahe traurig an. »Es tut mir leid, Cord«, sagte er dann sehr ruhig und in einem Ton, den Kara nicht zu deuten vermochte. »Ich wollte es dir nicht so deutlich sagen, um dich nicht zu verletzen. Aber du lässt mir keine Wahl: Eure famose Drachenarmee ist nichts! Ihr könnt sie nicht einmal ärgern, geschweige denn ihnen wehtun! Ich bin mit einem kleinen Boot hierhergekommen, Cord, ein Ding, das nicht einmal den Namen Schiff verdient. Und ich gebe dir mein Wort, dass dieses Boot allein in der Lage gewesen wäre, diese ganze Festung samt ihrer Krieger und Drachen zur Hölle zu schicken. PACK hat dieses Schiff vernichtet, Cord. Ohne sich besonders dabei anzustrengen.« Er stand mit einem Ruck auf. »Mehr habe ich dazu nicht zu sagen. Tut, was ihr wollt, ihr Narren! Aber lasst es mich früh genug wissen, damit ich mir ein möglichst tiefes Loch graben kann, ehe sie anfangen, euch zu bombardieren!« Wutentbrannt stürmte er aus dem Zimmer.

Kara sah ihm traurig nach. »Er verschweigt uns etwas«, sagte sie. »Oder er lügt.« Sie wollte noch mehr sagen, aber Aires warf ihr einen strengen Blick zu.

»Es ist spät«, sagte die Magierin. »Ich denke, dass es das Beste ist, wenn wir uns alle zurückziehen und versuchen, ein wenig Ruhe zu finden.«

Es war ganz und gar nicht spät, aber alle verstanden, was Aires meinte. Was als strategische Besprechung gedacht gewesen war, war zu etwas entgleist, das keiner von ihnen im Moment wollte. Der Saal begann sich zu leeren, aber Aires gab ihr, Donay und Cord mit Blicken zu verstehen, dass sie noch bleiben sollten.

»Er lügt«, sagte Aires, als der Letzte die Tür hinter sich zugezogen hatte.

»Er ist ein wenig zu sehr darauf bedacht, uns von einem Angriff abzuhalten«, pflichtete ihr Cord bei. »Ich frage mich, warum?«

»Das meine ich nicht«, bemerkte Aires. Sie deutete auf das gläserne Gehirn vor sich. »Dieses Ding hat ihn zu Tode erschreckt. Ich frage mich, was es wirklich ist.«

»Seine Erklärung klingt einleuchtend«, sagte Donay schüchtern.

»Sicher«, sagte Aires. »Ich zweifle auch gar nicht daran, dass es wirklich etwas ist, das sie künstlich in den Kopf gepflanzt haben. Ich zweifle nur daran, dass es sich wirklich um eine *Krücke* handelt.«

»Mir gefällt die ganze Geschichte nicht, die er erzählt hat«, grollte Cord. »Andere Planeten! Hunderte von Welten, die von ihnen besiedelt worden sind, wie?« Er macht eine zornige Geste. »Wenn das so ist, wieso ist er dann ein Mensch?«

Die anderen sahen ihn fragend an; Aires beinahe entsetzt. »Selbst hier bei uns gibt es mehr als ein Dutzend grundverschiedener Völker. Wenn dieser Kerl wirklich von einer anderen Welt kommt, wieso sieht er dann nicht so aus? Wenn ihr mich fragt, dann ist diese ganze Geschichte von vorn bis hinten erlogen. Ich glaube, diese Burschen stammen von einem der anderen Kontinente, die wir noch nicht kennen. Wahrscheinlich haben sie ein paar alte Maschinen ausgegraben und versuchen jetzt, uns genug Angst einzujagen, damit wir gar nicht erst auf die Idee kommen, uns zu wehren.«

Kara dachte an den Blitz und den grauenhaften Rauchpilz, den sie gesehen hatte. »Wenn das so wäre, warum hätten sie dann Jandhis Leute erledigen sollen?«, fragte sie.

»Wer sagt, dass das die Wahrheit ist?«, schnappte Cord. »Du hast ihn in diesem anderen Drachenfels gefunden, oder? Wer sagt dir, dass es nicht Jandhis Leute *sind?«*

»Hat er recht?«, fragte Aires, an Kara gewandt.

»Woher soll ich das wissen?«, fragte Kara.

»Immerhin bist du ihm so nahe gewesen, wie es nur geht«, erwiderte Aires mit leiser Stimme.

Kara senkte den Blick.

»Du ... hast mit ihm geschlafen?«, fragte Donay.

»Wie bitte?« Kara war über diese Frage mehr als verblüfft.

»Ich will keinen detaillierten Bericht von dir«, antwortete er, ohne zu lächeln oder so zu tun, als wäre ihm die Frage peinlich. »Aber Aires hat recht. Es gibt keine Möglichkeit, einen Menschen genauer kennenzulernen.«

Kara begann nervös mit den Fingerspitzen auf der Tischplatte zu trommeln. Wenn ihr Gesicht so aussah wie es sich anfühlte, musste es hell genug glühen, um als Lampe zu dienen.

»Bitte, Kara«, sagte Aires. »Es ist viel zu wichtig, als dass wir Rücksicht auf dein Schamgefühl nehmen können, auch wenn es dir noch so peinlich ist. Ist dir irgendetwas aufgefallen?«

Da gab es tatsächlich etwas. Etwas, das sie die ganze Zeit über gewusst hatte; nur hatten sich die Ereignisse in den letzten Stunden derartig überschlagen, dass sie dieser Sache keine Beachtung hatte schenken können.

»Sein Körper ist ... perfekt«, sagte sie.

»Ich finde, er ist viel zu dünn«, sagte Cord.

»Das meine ich nicht. Er hat keinen Kratzer, versteht ihr? Er hat mir erzählt, dass er über zweihundert Jahre alt ist, aber er hat nicht eine einzige Narbe.«

»Zweihundert Jahre?« Donay riss die Augen auf.

»Dasselbe hat er mir auch erzählt«, sagte Aires, »als ich heute Nachmittag mit ihm sprach. Und?«

»Man müsste es ihm ansehen«, beharrte Kara. »Er ist ein Krieger, zumindest eine Art Abenteurer. Ein solches Leben hinterlässt Spuren!« Aires deutete auf das gläserne Gehirn vor sich. »Wenn sie so etwas können, dann können sie auch ein paar Narben verschwinden lassen, denke ich.«

Kara schüttelte überzeugt den Kopf. »Ihr habt die Explosion nicht gesehen«, sagte sie. »Das halbe Unterwasserboot ist in die Luft geflogen – und er war mittendrin. Er müsste zumindest ein paar Verbrennungen haben.«

»Vielleicht hast du nicht gründlich nachgesehen«, sagte Cord anzüglich.

Kara fuhr auf. »Vielleicht habe ich ...« Sie hielt verblüfft inne und wusste plötzlich, woher das Gefühl gekommen war, dass sie die ganze Zeit etwas übersehen hatte. Wieso war sie nur nicht gleich darauf gekommen?

»Was hast du?«, fragte Aires alarmiert.

»Der Schacht«, sagte Kara leise. »Er hat davon gesprochen, dass Liss und die anderen dort erschossen worden sind.«

»Und?«, fragte Cord. »Das stimmt auch.«

»Ja. »Aber das konnte er nicht wissen. Die offizielle Version lautete, dass sie verschüttet worden sind. Wir haben Gendik und Elder erzählt, dass man sie getötet hat, aber nicht wie.« Sie legte eine winzige Pause ein und fuhr dann mit beinahe ausdrucksloser Stimme fort. »Dass sie von einem Laser getötet wurden, das konnten nur Angella und ein paar von uns wissen.«

»Und der, der sie erschossen hat«, fügte Cord düster hinzu.

Lange Zeit saßen sie einfach da und schwiegen, dann stand Kara auf und ging zur Tür. Aires sah ihr mit unverhohlener Sorge nach. »Wohin gehst du?«, fragte sie.

»Zu Elder«, knurrte Kara. »Ich muss noch ein Experiment durchführen.«

38

Natürlich ging sie an diesem Abend nicht mehr zu Elder. Hätte sie es getan, dann ganz bestimmt nicht, um mit ihm zu schlafen, sondern um ein Experiment ganz anderer Art durchzuführen, zum Beispiel, wie tief sie einen Dolch in seinen Rücken stoßen konnte, bis sie auf Widerstand traf. Dafür kamen Donay und Aires an diesem Abend noch einmal zu ihr, und sie redeten bis tief in die Nacht hinein. Was am Ende dabei herauskam, das überzeugte so recht keinen von ihnen, denn es war allenfalls die Idee einer Idee – aber besser als gar nichts.

Sie begann gleich am nächsten Morgen damit, ihren Plan in die Tat umzusetzen, indem sie zweierlei Dinge tat: Sie beauftragte Silvy und zwei freiwillige Begleiter, mit ihren Drachen noch einmal in den *Schlund* hinauszufliegen, um eine Probe der Traumbestie zu holen, die ihnen in ihrer ersten Nacht im Dschungel fast zum Verhängnis geworden wäre. Und sie erschien mit einem Eimer voller eiskaltem Wasser in Elders Zimmer.

Ihre Schritte oder das Geräusch der Tür mussten ihn geweckt haben, aber er tat ihr den Gefallen und spielte mit – zumindest bis sie den Eimer hob und ihn schwungvoll in seine Richtung entleerte. Im allerletzten Moment rollte er sich zur Seite, fiel vom Bett und sprang in dem Augenblick auf die Füße, in dem das Wasser sein Kopfkissen und die Decke durchnässte. »He!«, sagte er empört.

Kara lachte. »Ich wusste, dass ein Eimer Wasser ein todsicheres Mittel ist, dich wachzubekommen. Badet ihr dort, wo du herkommst, nicht?«

»Nicht im Bett«, antwortete Elder. Er wirkte ein wenig verwirrt.

Kara ließ den Eimer sinken und lächelte verlegen. »Ich …«

»Ja?« Er legte den Kopf schräg und sah sie fragend an.

»Wegen gestern Abend«, sagte Kara linkisch. »Ich meine, es … tut mir leid, wenn ich ein bisschen … ach verdammt, ich bin nicht gut darin, mich zu entschuldigen.«

»Geschenkt«, sagte Elder. »Wir waren alle ein bisschen nervös. Ich hoffe, ich habe Cord nicht zu hart vor den Kopf gestoßen. Ich wollte ihm nicht wehtun.«

»Cord ist ein Krieger«, sagte Kara. »Er ist daran gewöhnt, dass man ihm wehtut.«

»Das wollte ich nicht«, sagte Elder. »Aber ich hatte irgendwie das Gefühl, keine andere Wahl mehr zu haben.«

»Um *was* zu verhindern?«, fragte Kara. Plötzlich war sie ganz nahe daran, ihm die Wahrheit zu sagen. Sie kam sich vor wie eine Verräterin, denn gleichgültig, was sie Aires und Cord und Donay gegenüber behauptet hatte, zwischen Elder und ihr hatte es mehr gegeben als nur eine rein körperliche Anziehung. »Ich will ganz ehrlich zu dir sein, Elder«, begann sie. »Die anderen glauben dir deine Sorge um unser Wohl nicht ganz.«

»Die anderen? Und du?« Elder versuchte, sie an sich zu ziehen, aber Kara wich zurück.

»Ich bin … nicht sicher«, sagte sie zögernd. »Ich glaube nicht, dass ich noch ganz unvoreingenommen bin.«

»Aber wenigstens ehrlich.« Elder seufzte. »Und was wollen sie tun?«

Kara antwortete nicht gleich. Sie durfte Elder nicht unterschätzen. Er war ein intelligenter Mann und ein guter Beobachter. »Ich glaube, du würdest es einen faulen Kompromiss nennen«, sagte sie. »Cord nennt es Vorsicht. Wir bereiten uns darauf vor, sie abzuwehren und gegebenenfalls selbst anzugreifen. Aber wir werden es nicht tun. Nicht, solange uns noch eine andere Wahl bleibt.«

»Angreifen? Aber wen denn? Und womit?«

»Wir sind nicht ganz so wehrlos, wie du glaubst«, sagte Kara. »Und wir zählen auf deine Hilfe.«

»Meine Hilfe?«

»Warum nicht. Es ist ein faires Geschäft, oder nicht? Wir werden dich unterstützen. Wir versuchen, dieses Schiff zu finden, und wir werden dir helfen hineinzugelangen. Im Gegenzug erwarten wir nicht mehr, als dass du uns alles über ihre Bewaffnung erzählst und wie wir sie überwinden oder uns zumindest vor ihnen schützen können. Diese Schallwaffe macht Cord große Angst. Und mir auch.«

»Haltet euch die Ohren zu«, riet ihr Elder. Er lächelte, als er sah, dass sein Spott sie nur verärgerte. »Es tut mir leid, Kara – aber das ist der einzige Rat, den ich euch geben kann. Ich bin Scout, kein Waffeningenieur. Davon abgesehen gibt es gegen die meisten dieser Waffen keine Gegenwehr. Nicht hier. Nicht mit euren Mitteln. Und ich bin nicht einmal sicher, ob ich es euch verraten würde – selbst wenn ich es könnte.«

Es war diese unerwartete Ehrlichkeit, die Kara schwankend machte. Wenn er sie wirklich belogen hatte, warum versuchte er dann nicht mit allen Mitteln, ihr Vertrauen zu gewinnen? Noch dazu mit einer Lüge, die so wenig zu überprüfen gewesen wäre?

»Du verlangst, dass wir das Schicksal unserer Welt in die Hände eines einzigen Mannes legen?«, fragte sie. »Du weißt genau, dass wir das nicht können. Selbst wenn sie alle dir trauen würden – sie könnten es trotzdem nicht.«

Elder seufzte. »Ja«, sagte er. »Das sehe ich ein. Ein schönes Dilemma, nicht?« Er lachte. Kara verstand nicht, warum. »Ist das eure offizielle Antwort?«

»Ich fürchte, ja«, sagte Kara. »Es ist die Entscheidung des Rates. Und ich kann und will sie nicht ändern.«

»Das tut mir sehr leid«, sagte Elder. »Denn ihr werdet alle sterben. Ich weiß nicht, ob sie auch die Leute in Schelfheim und all den anderen Städten töten werden, aber euch werden sie auf keinen Fall verschonen. Du hast gesehen, wie rachsüchtig sie sind.«

Kara machte eine Bewegung, als wolle sie zur Tür gehen, und blieb noch einmal stehen. »Lass uns ein paar Schritte gehen«, bat sie. »Vielleicht kann ich dich wenigstens überzeugen, noch eine Weile bei uns zu bleiben.«

»Ich fürchte, das geht nicht«, antwortete Elder, trat aber gehorsam neben ihr auf den Gang hinaus und hob grüßend die Hand, als er Hrhon entdeckte, der neben der Tür Wache gestanden hatte.

»Warum nicht?«, fragte Kara. »Solange du nicht weißt, wo dieses Schiff ist, bist du hier bei uns besser aufgehoben als an jedem anderen Ort.«

»Das mag sein. Aber ich werde es auch nicht herausfinden, wenn ich hier herumsitze.«

»Was willst du tun? In den *Schlund* hinunterklettern und auf gut Glück mit der Suche beginnen?«

»Ich habe schon noch die eine oder andere Möglichkeit«, antwortete Elder geheimnisvoll.

»Ja?« Kara versuchte vergeblich, sein rätselhaftes Lächeln zu durchdringen, dann sagte sie mit übertrieben gespieltem Groll: »Ich verstehe. Es hätte keinen Sinn, uns Barbaren etwas so Kompliziertes erklären zu wollen.«

»Stimmt«, antwortete Elder fröhlich. »Nur dass ich es etwas diplomatischer ausgedrückt hätte. Allerdings halte ich euch nicht für Barbaren. Ich bin schon auf einer Menge anderer Planeten gewesen, und einige davon hätten dich wirklich erstaunt. Aber ich habe niemals ein Volk wie eures getroffen.«

»So?«

Elder nickte überzeugt. »Ihr seid das Erstaunlichste, was mir je untergekommen ist. Ich gebe zu, dass ich euch im ersten Moment wirklich für Barbaren hielt. Aber das stimmt nicht. Eure Kultur ist ... faszinierend. Die Leute von PACK müssen noch dümmer sein, als ich immer angenommen habe, dass sie das in all der Zeit nicht erkannt haben.«

Kara sah ihn fragend an, und Elder fuhr mit einer weit ausholenden Geste fort: »Sie könnten zehnmal mehr Geld als mit dem Verkauf dieses Planeten verdienen, wenn sie versuchen würden, mit euch ins Geschäft zu kommen.«

»Was?«, fragte Kara verwirrt. »Du willst mich auf den Arm nehmen.«

»Ganz bestimmt nicht«, antwortete Elder. »Eure Kultur ist nicht halb so primitiv, wie es auf den ersten Blick scheint. In Wirklichkeit unterscheidet sie sich nicht so sehr von der Kultur der meisten Kolonien, die wir errichten. Was hier entstehen wird, wenn ihr ...« Er brach betroffen ab. »Entschuldige.«

»Sprich weiter«, sagte Kara.

»Ich meine, falls es uns nicht gelingt, sie aufzuhalten, dann wird hier für die nächsten fünfhundert oder auch tausend Jahre eine Kolonie entstehen, die unter weit schlechteren Bedingungen lebt als ihr.«

»Bei all eurer Technik?«

»Unsere heißgeliebte Technik hat ein paar kleine Nachteile«, antwortete er. »Einer ist, dass sie *teuer* ist. Maschinen müssen gewartet und repariert werden. Man braucht Spezialisten und vor allem Rohstoffe. Was tut ihr, wenn ihr einen Stollen graben wollt?«

»Wir haben einen Gräber«, antwortete Kara. »Was denn sonst?«

»Du meinst einen dieser riesigen Käfer. Wesen, die Steine und Sand fressen?« Er beantwortete seine eigene Frage mit einem Kopfnicken. »Das ist es, was ich meine, Kara. Ihr habt gelernt, die Natur dazu zu bringen, all die Dinge zu tun, für die wir Maschinen brauchen.«

»Wir mussten es«, sagte Kara. »Nach dem Zehnten Krieg war nichts mehr da, woraus man Maschinen hätte bauen können.«

»Und später waren da Jandhis Drachentöchter, die jeden umbrachten, der auch nur ein Wasserrad gebaut hat, ich weiß«, fügte Elder hinzu. »Ihr musstet lernen, euch lebende Maschinen zu bauen. Weißt du, dass wir genau das seit Zehntausenden von Jahren versuchen? Und dass es uns bisher nicht gelungen ist?«

»Das kann ich nicht glauben«, erwiderte Kara impulsiv. Für sie war es völlig selbstverständlich, dass man ein Geschöpf in Auftrag gab, je nachdem, welche Arbeit man zu erledigen hatte.

»Natürlich verstehen wir uns auf Genmanipulation«, antwortete Elder. »Aber das ist ein aufwendiger Prozess, der oft Jahrzehnte in Anspruch nimmt und nicht immer funktioniert.« Er schüttelte den Kopf. »Nimm diesen Donay als Beispiel. Einmal habe ich mich bei ihm aus Spaß beschwert, dass meine Kleider immer so unordentlich gestopft würden. Drei Tage später brachte er mir eine Spinne, die die Löcher in meinem Umhang so sauber zuwob, dass man nicht einmal mehr sah, dass er überhaupt beschädigt worden war. Leider prinzipiell in der falschen Farbe«, fügte er säuerlich hinzu. »Nach einer Woche sah ich aus wie ein Clown.«

»Ich wette, das hat er mit Absicht getan«, sagte Kara.

»Sicher«, bestätigte Elder. »Verstehst du? Das ist es, was ich meine. Er hat dieses Tier gemacht – in drei Tagen! Und es ist ihm so leichtgefallen, dass er sogar noch einen seiner Scherze eingebaut hat. Unsere Labors würden für so etwas Monate brauchen, wenn nicht Jahre! Und Donay ist nicht der Einzige, der so etwas kann! Eure Begabung ist einmalig in der Galaxis. Vielleicht im ganzen Universum! Allein deshalb muss diese Welt gerettet werden.«

Sie hatten den Hof erreicht; plötzlich öffnete sich auf der anderen Seite des Platzes eine Tür, und Donay trat ins Freie. Kara wusste, dass er Aires gebeten hatte, ihm in einem der leerstehenden Gebäude ein kleines Labor einzurichten. Elder hob den Arm und winkte, und als Donay sich daraufhin auf sie zubewegte, sah Kara, dass er vermutlich die ganze Nacht gearbeitet hatte. Er bewegte sich schleppend und mit hängenden Schultern, und unter seinen Augen lagen dunkle Ringe.

»Donay!«, sagte Elder aufgeräumt. »Wir reden gerade über dich.«

»So?« Donay warf Kara einen verstohlenen Blick zu. Außer Cord und Aires war er der Einzige, der in ihren Plan eingeweiht war. Und Hrhon natürlich. Sie antwortete mit einem angedeuteten Kopfschütteln. Nein, noch nicht. »Ich hoffe doch, nur Gutes.«

»Du siehst nicht aus, als könntest du noch ein paar schlechte Nachrichten gebrauchen«, sagte Elder. »Woran arbeitest du?«

Donay druckste einen Moment herum, bis Kara sagte: »Erzähl es ihm. Ich habe ihm gesagt, wie wir uns entschieden haben.«

»Ich versuche, ein paar Überraschungen für deine Freunde zu entwickeln, Elder«, sagte er.

»Habt ihr deshalb heute Morgen die Drachen in den *Schlund* geschickt?«, fragte Elder.

Donays Überraschung war so wenig geschauspielert wie die Karas. »Wie ... kommst du darauf?«, fragte Kara unsicher. »Es ist ein Routineflug. Eine Patrouille, mehr nicht.«

»In den *Schlund*, den ihr ansonsten fürchtet wie sonst nichts auf der Welt.« Elder sah sie strafend an. »Du enttäuschst mich,

Kara. Hältst du mich für so dumm? Ihr hofft, dort etwas zu finden, was Donay zu einer Waffe umbauen kann.«

»Du hast mir vor einer Minute bestätigt, wie gut er ist.«

»Dazu aber ist er nicht gut genug«, antwortete Elder. Seine Augen wurden schmal. »Erinnerst du dich an den Krater, in dem ihr das Helikopterwrack gefunden habt?«

»Warum?«

»Du solltest gelegentlich einmal einen Blick auf die Karte werfen«, riet ihr Elder. »Dann würdest du feststellen, dass dort nicht immer ein Krater war. Dort lebte etwas, was *wirklich* unangenehm war. Etwas, das selbst Donay Albträume bescheren würde. Ich weiß nicht genau, was es war – aber es hat sie nicht lange aufgehalten.«

»Vielen Dank für den Tipp«, sagte Donay fröhlich. »Ich werde jemanden hinschicken. Vielleicht findet sich noch ein Rest, mit dem ich etwas anfangen kann.«

Elder seufzte, aber er hatte auch Mühe, ein Lachen zu unterdrücken. »Ihr seid wirklich unverbesserlich.«

Kara hob die Hand und massierte sich den Nacken, und das war das Zeichen, auf das Cord hinter seinem Fenster auf der anderen Seite des Hofes gewartet hatte. Eine Tür flog auf, und der grauhaarige Krieger trat auf den Hof hinaus; er stolperte hinter den beiden riesigen Hunden her, die er an zwei kurzen Ketten hielt. Die Tiere begannen immer wütender an ihren Ketten zu zerren und kläfften, was das Zeug hielt.

»Gehen wir besser ins Haus«, schlug Kara vor. Sie runzelte in gespieltem Ärger die Stirn. »Dieser Narr Cord! Angella hat ihm mindestens zehnmal verboten, mit seinen Tieren in den Hof zu kommen. Irgendwann einmal wird ein Unglück geschehen.«

Sie gingen zurück und die Treppe hinauf. Cord zerrte heftig an den Ketten, und einer der beiden Hunde beruhigte sich tatsächlich. Der andere gebärdete sich dafür immer wilder. »Was sind das für Tiere?«, fragte Elder.

Kara betete, dass er ihrem Gesicht nichts von der Erleichterung ansah, die sie spürte. Sie hatte gehofft, dass Elder noch nie einen Suchhund gesehen hatte. Ihr ganzer Plan stand und fiel mit dieser Annahme. »Kampfhunde«, sagte sie. »Cord ist ganz vernarrt in diese Bestien.«

»Sie sehen gefährlich aus«, bemerkte Elder nervös.

»Das sind sie auch«, bestätigte Kara. »Ich schätze, wenn sie so richtig in Fahrt sind, könnten sie selbst einem Waga gefährlich werden.« Hrhon schenkte ihr einen beleidigten Blick, und Kara beeilte sich, ihre Worte ein wenig abzuschwächen. »Jedenfalls würden sie ihm einige Schwierigkeiten machen.«

»Die scheint dein Freund da auch zu haben«, sagte Elder und deutete auf Cord, dem es sichtlich Mühe bereitete, das tobende Tier im Zaum zu halten.

»Du hast recht«, sagte Kara besorgt. »Lass uns ins Haus gehen. Cord wird schon mit ihnen fertig. Sie beruhigen sich, sobald sie dich und Donay nicht mehr sehen. Sie sind auf Fremde abgerichtet«, fügte sie mit einem fast verlegenen Lächeln hinzu.

Im gleichen Moment erscholl hinter ihnen ein Schrei, und als Kara herumfuhr, sah sie, wie Cord stürzte und eine der Ketten losließ. Mit einem schrillen Heulen raste der Hund los – direkt auf sie zu!

»Ins Haus!«, schrie Kara. »Schnell!«

Ihre Aufforderung wäre gar nicht mehr nötig gewesen, denn Elder und auch Donay hatten sich bereits herumgedreht und versuchten, beide gleichzeitig durch die Tür zu stürmen. Zu Karas heimlicher Freude stellte sich zumindest Donay dabei so ungeschickt an, dass sie sich gegenseitig behinderten. Kara folgte ihnen dichtauf, wobei sie einen raschen Blick über die Schulter zurückwarf. Was sie sah, spornte sie zu noch größerer Eile an: Der Hund raste mit gewaltigen Sätzen auf sie zu, und der Anblick erfüllte für einen Moment selbst sie mit Schrecken. Cord hatte ihr versichert, dass das Tier sie nicht angreifen würde. Aber der

Anblick der langen, gebleckten Reißzähne und der gewaltigen Muskeln unter der glatten Haut ließen ihr Herz einen erschrockenen Sprung machen. Sie warf sich durch die Tür, prallte gegen Elder und klammerte sich instinktiv an ihm fest. Hinter ihr kam Hrhon herein, drehte sich unter der Tür herum und hob die Fäuste vor die Brust.

»Hrhon!«, schrie Kara. »Die Tür!«

Falls Hrhon ihre Worte überhaupt hörte, dann war es zu spät, um darauf zu reagieren. Der Hund heulte schrill auf, stieß sich am Fuß der Treppe ab und flog wie ein lebendes Geschoss auf den Waga zu.

Er hatte nur ein Viertel von Hrhons Gewicht, aber die Kraft, die in seinem Sprung lag, war ungeheuerlich. Der Waga taumelte und ruderte hilflos mit den Armen, ehe er mit einem überraschten Keuchen nach hinten fiel. Der Hund blieb nur einen Wimpernschlag benommen liegen, ehe er wieder hochsprang – und sich mit gefletschten Zähnen auf Kara warf!

Kara erstarrte vor Schrecken. Sie hatte vorgehabt, Elder irgendwie zwischen sich und den Hund zu bringen, aber sie begriff plötzlich, dass sie dazu viel zu langsam war. Die gewaltigen Fänge öffneten sich …

… und plötzlich fühlte sich Kara gepackt und zur Seite gerissen. Sie fiel auf die Knie, und im gleichen Augenblick hörte sie ein schreckliches, schnappendes Geräusch, gefolgt von Elders keuchendem Schmerzensschrei.

Hrhon und sie kamen fast im gleichen Moment wieder auf die Füße und eilten zu ihm. Elder lag auf dem Rücken, hatte den linken Arm schützend vor Gesicht und Kehle gerissen und schlug mit der anderen Faust immer wieder auf den Hund ein, der sich in seinen rechten Oberschenkel verbissen hatte. Seine Fänge waren mühelos durch das Leder der Hose gedrungen. Blut lief an Elders Bein herab und hatte die Schnauze des Hundes rot gefärbt. Elder schrie vor Schmerzen.

Nicht einmal zu zweit gelang es ihnen auf Anhieb, das Tier von Elder wegzuzerren. Kara schloss die Hände um die Kette des Hundes und zog mit aller Kraft daran, während Hrhons gewaltige Pranken den Brustkorb des Tieres umspannten und es von seinem Opfer wegzureißen versuchte. *»Hrhon!«*, schrie Kara. *»Tu etwas!«*

Hrhon versuchte, die Kiefer des Hundes auseinanderzuzwingen und musste zu seiner Verblüffung feststellen, dass nicht einmal seine gewaltigen Körperkräfte das vermochten. Elder brüllte mittlerweile wie am Spieß – und Kara registrierte voller Schrecken, dass seine Bewegungen merklich an Kraft verloren hatten. Die Blutlache, in der er lag, war größer geworden. Verdammt, sie wollten ihn nicht umbringen!

Auch Hrhon musste erkannt haben, dass aus dem Spiel unvermittelt tödlicher Ernst zu werden drohte, denn er ließ von seinen fruchtlosen Bemühungen ab, die Kiefer des Hundes zu öffnen, ballte die Faust und versetzte dem Tier einen Hieb zwischen die Ohren, der den Hund wie einen gefällten Baum zur Seite kippen ließ. Und auch Elder verlor in dem Moment das Bewusstsein. Kara beugte sich hastig über ihn und überzeugte sich davon, dass er noch lebte, dann wandte sie sich Hrhon zu und half ihm, die Kiefer des bewusstlosen Hundes behutsam zu öffnen. Selbst jetzt fiel es ihnen schwer, was Kara einigermaßen verwunderte. Sie hatte nie gehört, dass sich Suchhunde derart in ihre Opfer verbeißen. Hatte das Tier etwas in Elder gesehen, was es so rasend gemacht hatte?

Irgendjemand trat neben sie, und dann vernahm sie Cords Stimme. »Lebt er noch?«

Kara sah mit einem Ruck auf. Ihre Augen sprühten vor Zorn, der nicht gespielt war. »Wen meinst du?«, schnappte sie. »Elder oder deinen verdammten Köter?« Sie fing einen warnenden Blick Donays auf; gleichzeitig spürte sie, wie sich der Körper neben ihr zu bewegen begann. Elder wachte auf.

»Wenn du Elder meinst«, fuhr sie erregt und mit nur noch mühsam beherrschter Stimme fort, »dann lautet die Antwort ja. Aber das ist ganz bestimmt nicht dein Verdienst!«

»Kara, es tut mir leid …«

»Wie oft hat Angella dir verboten, diese verdammten Viecher mit in die Festung zu bringen?« Kara stand auf und warf einen raschen Blick in Elders Gesicht. Seine Augen waren trüb vor Schwäche und Qual. Die Wunde in seinem Bein blutete noch immer, obwohl Donay mittlerweile einen Streifen aus seinem Mantel gerissen hatte und versuchte, damit die Blutung zu stillen. »Dieses Monster hätte ihn um ein Haar umgebracht! Ich verlange, dass du es tötest! Und den anderen Hund auch!«

Cord starrte sie völlig entgeistert an, und erst da wurde Kara klar, wie bitterernst ihr diese Worte waren. Obwohl es ihre Idee gewesen war, hasste sie den Hund in diesem Augenblick so sehr, dass sie sich beherrschen musste, um nicht ihr Messer zu ziehen und ihm auf der Stelle die Kehle durchzuschneiden.

»Aber …«, versuchte Cord zu entgegnen.

»Bring ihn weg!«, unterbrach ihn Kara schreiend. »Und geh mir aus den Augen! Bevor ich mich vergesse, Cord!«

Der Krieger starrte sie noch einen Atemzug lang zutiefst verwirrt an, dann bückte er sich, hob den reglosen Hund ächzend auf die Arme und wankte mit seiner Last aus dem Haus.

Kara beugte sich wieder zu Elder hinab. Sein Gesicht war grau, und er stöhnte leise. Aber ein rascher Blick zeigte Kara, dass es Donay mittlerweile gelungen war, die Blutung zu stoppen. In diesem Moment eilten Aires und zwei weitere Krieger die Treppe herab, angelockt durch Elders Schreie – und die Tatsache, dass Aires gewusst hatte, was passieren würde. Trotzdem zuckte sie erschrocken zusammen, als sie die gewaltige Blutlache erblickte. »Was ist passiert?«

»Einer von Cords Hunden hat durchgedreht!«, antwortete Kara zornig. »Das Mistvieh hat ihm fast das Bein abgerissen!

Hilf ihm!« Kara machte sich schwere Vorwürfe. Sie hatte ihm nicht *solche* Schmerzen zufügen wollen! Sie wandte sich an Elder, der die Augen aufschlug. »Alles in Ordnung?«

Elder biss die Zähne zusammen. »Das ist die mit Abstand dämlichste Frage, die ich seit zehn Jahren gehört habe.«

»Ja, es *ist* alles in Ordnung«, sagte Aires stirnrunzelnd. Sie gab den beiden Männern, die in ihrer Begleitung gekommen waren, einen Wink. »Bringt ihn in mein Zimmer. Aber seid vorsichtig.« Die Männer gingen wirklich so behutsam zu Werk, wie sie konnten. Trotzdem keuchte Elder vor Schmerz, als sie ihn hochhoben. Kara begleitete sie nur bis zur Treppe, dann verließ sie das Haus, um Cord nachzueilen. Sie musste sich davon überzeugen, dass der Hund noch am Leben war.

Und dass man den Drachen gesattelt hatte, der ihn und Cord nach Schelfheim bringen sollte.

39

Elders Verletzung musste wohl doch schwerer sein, als Kara angenommen hatte, denn als sie nach einer guten halben Stunde wieder in Aires' Turmkammer hinaufging, saß die Magierin noch immer an seinem Lager und hantierte an seinem Bein herum. Vor der nur angelehnten Tür zu ihrem Schlafgemach stand ein Posten, der offensichtlich Befehl hatte, niemanden einzulassen, denn er verwehrte selbst ihr den Zutritt. In Aires' Zimmer endete ihre Macht als Führerin des Hortes. Vermutlich hätte sie sich trotzdem Eintritt verschaffen können, aber sie verzichtete darauf und geduldete sich, bis sich Aires nach einer weiteren Viertelstunde erhob und das Zimmer verließ. Karas Sorge um Elder war größer, als sie zugeben wollte.

»Wie geht es ihm?«, fragte sie.

Aires zuckte mit den Schultern und ließ sich auf einen Stuhl sinken. Sie wirkte erschöpft. »Er wird es überstehen. In zwei oder drei Tagen kann er vielleicht schon wieder laufen. Die Wunde war sehr tief – aber keine Angst: Es sind keine edlen Körperteile verletzt.«

Kara beschloss, den letzten Satz zu überhören. »Kann ich zu ihm?«

»Er schläft«, sagte Aires mit einem Kopfschütteln. »Ich habe ihm etwas gegeben, damit er die Schmerzen nicht mehr spürt.« Stirnrunzelnd sah sie Kara an. »Was war mit dem Hund los?«

»Ich habe keine Ahnung«, gestand Kara. »Ich habe so etwas noch nie erlebt. Und Cord auch nicht.«

»Ehr mheihnt, dher Huhnd hätthe ehthwhasss Frhemdhesss ghewittherth, dhasss ihn rahsendh gehmachth hat«, sagte Hrhon.

»Nun ja – er *ist* fremd, nicht wahr?« Aires seufzte wie nach einer furchtbar großen Anstrengung. »Das Tier ist unverletzt.«

»Ich weiß nicht, ob sich Hunde über Kopfschmerzen beklagen«, sagte Kara mit einem Seitenblick auf Hrhon. »Wenn ja, wäre ich an Hrhons Stelle nicht mehr hier, wenn der Hund zurückkommt. In vier oder fünf Stunden dürfte er in der Stadt sein. Keine Sorge – wenn Elder dort unten gewesen ist, dann findet er seine Spur.«

Aires fuhr erschrocken zusammen und warf einen Blick auf die geschlossene Tür, hinter der Elder schlief, fast als hätte sie Angst, dass er Karas Worte im Schlaf hören konnte. »Hoffen wir, dass nicht alles umsonst war.«

»Wir sollten hoffen, *dass* es das war«, sagte eine Stimme vom anderen Ende des Raumes her. Kara drehte den Kopf und bemerkte, dass Donay auf einem Stuhl neben der Tür saß. »Du hast zwar recht«, sagte sie, »aber manchmal geht einem das ganz schön auf die Nerven, weißt du das?« Sie wandte sich an Aires. »Du solltest lieber ihm ein Schlafmittel verpassen. Er sieht aus, als würde er jeden Moment aus den Latschen kippen.«

Aires lächelte müde, und Donay sagte: »Aber dann würdest du nicht erfahren, welche Neuigkeiten ich über deinen Freund dort drinnen habe, Kara.«

Sein Ton ließ Kara aufhorchen. »Neuigkeiten?«

Donay nickte heftig. »Ich will dir ja nicht zu nahe treten, Kara – aber ich habe deinen Freund bei mindestens einer Lüge ertappt.«

»So?«, fragte Kara lauernd. »Und welche wäre das?«

»Es geht um diese Pumpstation«, antwortete Donay. »Was er dir darüber erzählt hat, ist völliger Unsinn.«

»Ich war selbst da«, antwortete Kara.

»Kein Mensch bezweifelt, dass es sie gibt und dass sie Wasser in den *Schlund* pumpt. Aber weißt du, ich kann ganz gut rechnen. Wenn der *Schlund* auch nur annähernd so groß ist, wie wir annehmen, dann müssten diese Pumpen ungefähr zwanzigtausend Jahre lang arbeiten, um ihn aufzufüllen. Ganz davon abgesehen, dass die Sonne das Wasser schneller verdunsten lassen würde, als sie es hochpumpen könnten. Es ist eine ganz einfache Gleichung – die Wasseroberfläche im Verhält ...«

»Ich war da«, unterbrach ihn Kara. »Ich habe das Meer gesehen, Donay. Es existiert.«

»Sicher«, sagte Donay. »Aber ganz bestimmt nicht, weil es diese Pumpen gibt.«

»Was beweist das?«, fragte Kara aggressiver, als sie eigentlich wollte. »Vielleicht hat er sich getäuscht. Er weiß möglicherweise auch nicht alles.«

»Oder zieht es vor, nicht alles zu erzählen, was er weiß«, sagte Donay. »Wie wäre es damit: Es gibt nicht nur diese eine Pumpstation. Hundert solcher Anlagen könnten es in hundertfünfzig oder zweihundert Jahren schaffen.«

»Aber warum sollte er uns das verschweigen?«, fragte Kara. Sie fühlte sich hilflos.

»Vielleicht, damit wir uns auf diese eine Sache konzentrieren und erst gar nicht auf die Idee kommen, nach den anderen zu suchen«, sagte Aires.

Kara wollte widersprechen – aber dann gestand sie sich ein, wie zwecklos das wäre. Ob Donays Rechnung nun richtig war oder einen Fehler enthielt – in einem hatte er recht: Die Idee, die ausgetrockneten Meeresbecken einer ganzen Welt mit nur einer Pumpe wieder aufzufüllen, war lächerlich.

»Also?«, fragte sie. »Was schlagt ihr vor?«

»Ich schlage überhaupt nichts vor«, sagte Aires. »Du hast hier das Sagen.«

Kara fühlte sich viel zu müde, um in der angemessenen Schärfe zu antworten. Sie sah Aires nur so lange vorwurfsvoll an, bis die Magierin betreten den Blick senkte; es passierte zum ersten Mal, dass sie ein Blickduell verlor. »Dann warten wir ab, was Cord herausfindet«, sagte sie. »Im Moment kann Elder uns sowieso nicht davonlaufen und also auch keinen Schaden anrichten.«

»Wir könnten versuchen, ihm etwas zu geben, was ihn zwingt, die Wahrheit zu sagen«, schlug Donay vor. An Aires gewandt fügte er hinzu: »Du könntest es ihm unter die Medizin mischen, die er sowieso nehmen muss.«

»Hast du eine solche Droge?«, fragte Kara.

Aires nickte. »Ja. Aber das ist nicht so einfach. Wenn man einen starken Willen hat, kann man sich durchaus dagegen wehren, sodass wir immer noch nicht sicher sein können, ob er wirklich die Wahrheit sagt. Und wenn ich die Dosis zu hoch ansetze ...« Sie zuckte mit den Schultern. »Er ist kein Mensch. Er sieht aus wie einer, aber ich weiß nicht, wie sein Körper auf Drogen reagiert. Es könnte ihn umbringen. Oder ihn in einen stammelnden Idioten verwandeln. Oder gar keine Wirkung haben.« Sie zögerte noch einmal. »Und selbst wenn die Droge wirkt – er wüsste hinterher, was mit ihm geschehen ist. Und wenn er uns nicht belogen hat und wirklich auf unserer Seite steht, dann haben wir sein Vertrauen damit endgültig verspielt.«

»Habt ihr das mit dem, was ihr gerade getan habt, nicht sowieso?«

»Niemand in Schelfheim weiß, dass es die Suchhunde gibt«, antwortete Aires. »Er hat dort gelebt, nicht hier. Auch der Drachenhort hat so seine Geheimnisse.«

Donay lächelte flüchtig und wurde sofort wieder ernst. »Also wollte ihr abwarten und gar nichts tun.«

»Ich fürchte, allzu lange werden wir keine Gelegenheit dazu haben«, sagte Kara. »Was immer die Libellen in Schelfheim gewollt haben – sie haben es nicht gefunden. Sie werden wiederkommen oder sich etwas anderes einfallen lassen.«

Donay erbleichte. »Du meinst, ein neuer Angriff?«

Kara dachte einen Moment ernsthaft über diese Möglichkeit nach und schüttelte dann den Kopf. »Nein. Das glaube ich nicht. Ich habe immerhin zehn Drachen in der Stadt gelassen.«

»Zehn deiner Drachen gegen fünfzig oder hundert von ihnen?«, sagte Donay zweifelnd.

Kara zuckte mit den Schultern. »Sie werden es nicht wagen«, sagte sie überzeugt. »Frag mich nicht, warum es so ist, Donay. Ich habe mehrmals selbst gegen sie gekämpft – sie kämpfen, als hätten sie keine Angst vor dem Tod. Aber sobald sie auch nur einen Drachen sehen, ergreifen sie die Flucht.«

»Das ist richtig«, bestätigte Aires. »In jener Nacht im *Schlund* gaben sie sofort auf, als es Karas Leuten gelang, den ersten zu zerstören. Die beiden, die entkommen sind, hätten Tess und die drei anderen töten können.« Sie sah Kara an und erntete ein ernstes Kopfnicken. »Aber sie haben nicht einmal versucht, sich zum Kampf zu stellen.«

»Aus irgendeinem Grund fürchten sie die Drachen mehr als den Tod«, sagte Kara.

Donay machte plötzlich ein sehr nachdenkliches Gesicht. »Interessant«, sagte er. »Nur die Drachen?«

»Es scheint so«, bestätigte Kara. »Der Mann, mit dem ich in Schelfheim kämpfte, zog es vor zu sterben, statt sich zu ergeben. Sie haben keine Angst vor dem Tod.«

»Das ist wirklich interessant«, sagte Donay. »Zumal du selbst mir erzählt hast, dass sie gewissermaßen ewig leben.«

»Wieso?«

»Ich kann mich täuschen«, antwortete Donay, »aber ich hätte gedacht, dass ein Unsterblicher noch sehr viel mehr Angst vor dem Tod hat als du oder ich. Wir haben fünfzig oder sechzig Jahre zu verlieren – sie vielleicht fünf- oder sechshundert. Oder auch tausend. Irgendwie erscheint mir das unlogisch.«

»Mir auch«, gestand Kara in einem verblüfften Ton, als frage sie sich, warum, zum Teufel, sie nicht schon längst von sich aus auf diesen Widerspruch gestoßen war.

Kara setzte zu einer Antwort an, aber in diesem Moment klopfte es an der Tür, dann betrat ein Krieger unaufgefordert den Raum. Sein Blick huschte über die Anwesenden und blieb auf Karas Gesicht hängen. »Ka... Herrin?«

»Ja?«

»Ihr solltet ... vielleicht auf den Turm hinaufkommen«, sagte der Mann stockend. »Wir beobachten etwas Ungewöhnliches.«

Kara stand auf, und auch Aires und Donay erhoben sich hastig. »Was?«

»Ich bin nicht sicher«, antwortete der Krieger. »Es könnten Silvy und die anderen sein, die zurückkommen.«

»Jetzt schon? Aber es ist viel zu früh.«

»Sie fliegen sehr langsam«, sagte der Krieger. »Und etwas ... scheint bei ihnen zu sein.«

Kara ersparte sich die Frage, was er mit diesem ›Etwas‹ gemeint hatte. Eilig trat sie an ihm vorbei und lief die Treppe zur Aussichtsplattform hinauf. Sie entdeckte die näher kommenden Drachen erst, nachdem sie einige Augenblicke lang angestrengt nach ihnen gesucht hat.

Sie waren noch sehr weit entfernt, Meilen über dem *Schlund*, und sie erkannte sie mehr an der charakteristischen wiegenden Bewegung als an ihrem Aussehen. Sie flogen tatsächlich sehr langsam. Von *irgendetwas,* das bei ihnen war, konnte Kara nichts entdecken.

Sie wollte den Mann, der sie herbeigeholt hatte, gerade fragen, was er gemeint hatte, als sie das Blitzen sah.

Es war nur ein flüchtiges Schimmern. Ein verirrter Sonnenstrahl, der sich auf Metall oder Glas brach und sofort wieder erlosch. Aber Kara fuhr zusammen, als hätte sie glühendes Eisen berührt. Hinter ihr sog Aires die Luft ein.

Das Aufblitzen wiederholte sich, nicht in regelmäßigen Abständen, aber oft genug, um ihnen zu zeigen, dass es nichts anderes sein konnte als ... irgendetwas, das zwischen den Drachen flog. Etwas aus Metall oder Glas.

»Denkst du dasselbe wie ich?«, fragte Aires im Flüsterton.

»Ja«, murmelte Kara ebenso leise. »Aber es ...« Sie brach ab und wandte sich an den Mann, der sie heraufgebracht hatte. »Jemand soll Markor satteln! Und ein Dutzend weiterer Drachen!«

Aires sagte: »Das ist keine gute Idee. Es wäre besser, wenn du nicht fliegst.«

»Wieso?«, fragte Kara aufgebracht. »Das da draußen ...«

»Ist vielleicht eine Falle«, fiel ihr Aires leise und ernst ins Wort. »Was tust du, wenn noch fünfzig von ihnen auftauchen, sobald ihr über dem *Schlund* seid?«

»Ich habe keine Angst!«

»Das ist ja gerade das Schlimme«, sagte Aires. »Du bist keine x-beliebige Kriegerin mehr, Kara. Du bist die Herrscherin über den Drachenhort. Fang endlich an, dich so zu benehmen.«

Widerstrebend gestand sich Kara ein, dass sie recht hatte. Sie durfte sich nicht unnötig in Gefahr begeben, weil sie die Einzige war, die Elders Vertrauen genoss. »Kann es vielleicht sein, dass mir meine Beraterin plötzlich doch zur Verfügung steht?«, fragte sie.

Aires blieb ernst. »Das habe ich immer«, sagte sie. »Wir klären diese andere Sache, sobald das hier vorbei ist.«

»Dürfte man erfahren, worüber ihr beide überhaupt redet?«, mischte sich Donay ein.

»Eine reine Frauensache«, antwortete Kara ausweichend. »Es würde dich nicht interessieren.« Sie wandte sich wieder um und blickte nach Norden. Die Drachen waren näher gekommen, allerdings nicht sehr viel. Trotzdem glaubte sie jetzt einen vierten, verschwommenen Umriss zwischen ihnen zu erkennen. Es erschien ihr selbst unglaublich – aber es war eine Libelle!

»Vielleicht ein Parlamentär«, murmelte Aires.

Kara lachte. »Warum sollten sie wohl mit uns reden?«

»Um uns dasselbe zu sagen wie Elder – oder das Gegenteil. Vielleicht sind sie nicht so stark, wie er uns glauben machen wollte?«

Vielleicht, vielleicht, vielleicht ... Kara antwortete nicht. Aires riet einfach herum, sie war genauso verwirrt und fassungslos wie sie alle.

Da sie seit dem Angriff auf Schelfheim immer eine Staffel von Drachen und Reitern in Alarmbereitschaft hatten, vergingen nicht einmal fünf Minuten, bis sich ein Dutzend der riesigen Drachenvögel in die Luft schwangen und nach Norden glitten. Die Schnelligkeit, mit der sie sich den vier anderen Drachen und der Libelle näherten, bewies Kara, *wie* langsam die anderen flogen. Als sie nahe genug waren, dass Kara die Libelle deutlich erkennen konnte, beobachtete Kara, wie die Maschine torkelte oder manchmal zur Seite kippte. Die Maschine war beschädigt, sie zog einen Schweif aus grauem Rauch hinter sich her. Ein hässlicher Brandfleck verunzierte die durchsichtige Pilotenkanzel, hinter der verschwommene Umrisse zweier Passagiere erkennbar waren.

Kara eilte in den Hof hinunter, als die Libelle und der Drachenschwarm die Klippe erreichten. Für einen Moment konnte sie das bizarre Gefährt nicht mehr sehen, aber sie hörte sein schrilles, unheimliches Heulen, und auch dieses Geräusch klang anders, als Kara es in Erinnerung hatte: schrill und eigentümlich blechern.

Dann tauchte die Libelle über den Zinnen der Burg auf. Sie war nur noch ein Wrack, bei dessen Anblick sich Kara verblüfft fragte, wieso es überhaupt noch flog: Der schlanke, gerippte Rumpf war ausgeglüht, als wäre er von einem Dutzend Laserstrahlen getroffen worden, und der Kopf hatte sich in ein wahres Spinnennetz von Sprüngen und Rissen verwandelt, mit einem immer schriller werdenden Heulen näherte sich die Maschine dem Boden.

Kara sah die Katastrophe kommen, aber sie konnte nichts tun.

Bei den Libellen, die sie in Schelfheim gesehen hatte, waren ihr drei wuchtige Räder aufgefallen, die an einem Gestänge unter Rumpf und Heck angebracht waren und offensichtlich vor der Landung ausgefahren werden konnten. Der Pilot dieses Helikopters machte nicht einmal den Versuch, das Fahrwerk auszuklappen. Außerdem kam er viel zu schnell herunter. Die Maschine schlug mit fürchterlicher Wucht auf dem Boden auf und kippte halb auf die Seite. Die wirbelnden Rotorblätter hämmerten in den Fels und zerbrachen, die Splitter jagten wie tödliche Messer durch die Luft. Die pure Wucht dieser Bewegung warf die Libelle auf die andere Seite, und die gläserne Pilotenkanzel zerbarst endgültig. Das schrille Heulen des Motors erstarb, und der Rauch, der aus dem Heck der Maschine gequollen war, wurde schwarz. Flammen züngelten aus dem zerborstenen Heck der Maschine.

Kara rannte los, ehe das Wrack noch völlig zur Ruhe gekommen war. Sie war die Erste, die die brennende Libelle erreichte und die beiden Gestalten sah, die reglos in den gepolsterten Sitzen lagen.

Abrupt blieb sie stehen. Ihre Augen weiteten sich ungläubig.

Tess! Das war ... *Tess!*

Ihre Verblüffung währte nur einen Moment, dann sprang sie über die glühenden Trümmerstücke hinweg und stieg in die zerborstene Kanzel. Hastig beugte sie sich über Tess und berührte sie an der Schulter. Sie fühlte warmes, frisches Blut, und Tess stöhnte. Sie war bewusstlos, aber sie lebte. Kara wollte sie aus dem Sitz heben, doch Tess war mit einem komplizierten System von Gurten an den Sitz gefesselt, dessen Öffnungsmechanismus sie eine Sekunde lang vergeblich studierte, ohne ihn zu durchschauen. Als sie das Messer aus dem Gürtel zog, um die Gurte kurzerhand durchzuschneiden, erschien eine riesige gepanzerte Gestalt neben ihr. Hrhon erfasste die Situation mit einem Blick, er schob Kara zur Seite und packte mit seinen gewaltigen Händen zu. Nicht einmal ihm gelang es, die dünnen schwarzen Gurte zu zerreißen – aber die Verankerungen, in denen sie saßen, gaben knirschend nach. Mühelos hob er Tess hoch und trug sie davon, während sich Kara hastig dem zweiten Passagier der Libelle zuwandte.

Es war ein dunkelhaariger Mann in einer blauschwarzen Uniform. Sein Gesicht – der Teil, der nicht hinter dem zersplitterten Glasvisier seines Helmes verborgen lag – war blutüberströmt. Der Mann war reglos über dem Steuerknüppel zusammengesunken. Schwarzer, übelriechender Rauch nahm Kara die Sicht und ließ sie husten, und sie fühlte die Hitze eines Feuers auf dem Gesicht, das sich schnell ausbreitete. Sie hatte nicht mehr viel Zeit.

Andere Gestalten tauchten um sie herum auf und versuchten ihr zu helfen, aber der Mann war ebenso festgeschnallt wie Tess. Kara schnitt den Gurt mit dem Messer durch, was sich allerdings als gar nicht so einfach erwies. Das Material, das wie ein feingewobener schwarzer Stoff aussah, entpuppte sich als wesentlich stärker als Leder. Kara säbelte eine ganze Weile daran herum, ehe es ihr gelang, es zu zerschneiden. Der Körper des Piloten glitt zur Seite und hätte Kara beinahe unter sich begraben, hätten nicht andere, hilfreiche Hände rasch zugegriffen und ihn aus der Steuerkanzel gezerrt.

Kara stolperte hustend aus dem brennenden Wrack fort, ohne es auch nur eine Sekunde lang aus den Augen zu lassen. Es stand fast völlig in Flammen, und aus einem aufgeplatzten Tank an seiner Seite ergoss sich eine offenbar brennbare Flüssigkeit, denn die Flammen loderten heftig auf. Kara empfand ein flüchtiges Bedauern beim Betrachten der brennenden Maschine. Sie wusste, dass kaum mehr als ein Haufen ausgeglühter Schrott davon übrigbleiben würde.

Sie verscheuchte den Gedanken und drängte sich zu Tess durch, die man in sicherer Entfernung zu der brennenden Libelle auf den Boden gelegt hatte. Gleich drei oder vier Krieger bemühten sich um sie, und im gleichen Moment, in dem Kara die Gruppe erreichte, trat auch Aires hinzu. Mit groben Bewegungen scheuchte sie die zwar gutwilligen, aber wenig talentierten Helfer davon, kniete neben Tess nieder und untersuchte sie mit fliegenden Fingern. »Was ist mit ihr?«, fragte Kara besorgt.

»Warum lässt du mir nicht erst einmal Zeit nachzusehen, ehe du dumme Fragen stellst?«, schnappte Aires.

Kara nahm ihr ihren Ausbruch nicht übel; Aires war ebenso überrascht und erschrocken wie sie alle. Zitternd vor Ungeduld, aber schweigend sah sie zu, wie Aires die junge Drachenkämpferin untersuchte. Man musste allerdings nicht viel von der Heilkunst verstehen, um zu erkennen, dass Tess mehr tot als lebendig war. Die Splitter der zerborstenen Kanzel hatten ihr eine Reihe von Schnittwunden zugefügt, die heftig bluteten, aber nicht sehr gefährlich waren. Aber ihr Rücken und ein Teil des linken Armes waren übel verbrannt – und es war keine frische Wunde. Als Kara die Hand ausstreckte und ihre Stirn berührte, fühlte sie, dass Tess' Haupt regelrecht glühte.

Aires gab zwei Kriegern neben sich einen Wink. »Bringt sie in mein Zimmer – nein, Angellas Kammer. Schnell! Aber seht euch vor!« Sie wartete nicht einmal ab, bis die beiden Männer ihren Befehl ausführten, sondern sprang auf die Füße und rannte Kara fast über den Haufen, als sie sich zu dem verwundeten Piloten der Libelle umwandte.

Auch er wurde von einem dichten Kreis von Neugierigen umlagert, durch den Aires sich fast gewaltsam einen Weg bahnen musste. Für ihn jedoch kam jede Hilfe zu spät. Kara begegnete dem Blick seiner weit aufgerissenen, starren Augen und wusste, dass er tot war, noch ehe Aires neben ihm niederkniete.

Trotzdem untersuchte die Magierin ihn ebenso gründlich wie Tess. »Er ist noch warm«, murmelte sie. »Fühl seine Haut. Wahrscheinlich ist er erst durch den Absturz ums Leben gekommen.« Sie zögerte einen Moment. »Aber das hat ihn nicht umgebracht. Sieh her!« Sie deutete auf einen dunklen Fleck auf seiner Uniform, der Kara bisher bei all dem Blut auf seinen Kleidern gar nicht aufgefallen war. In seiner Mitte glitzerte etwas Silbernes. Etwas dicker als ein gewöhnlicher Pfeil.

»Vermutlich hat er sich mit letzter Kraft hierhergeschleppt und das Ding gelandet«, sagte Aires.

Kara schwieg. Die Vorstellung, dass ein Uniformierter seinen letzten Atemzug vergeudete, um einen von ihnen nach Hause zu bringen, kam ihr absurd vor. Außerdem – wer sagte ihnen denn, dass es wirklich so gewesen war? Vielleicht hatte Tess den Piloten gezwungen, sie hierherzubringen.

Dagegen sprach, dass Tess unbewaffnet war; der Mann in der blauen Uniform jedoch eine Waffe trug.

»Bringt ihn weg!«, befahl Aires. »Und bewacht ihn. Niemand darf ihn anrühren, ehe ich ihn nicht genauer untersucht habe.« Sie fuhr sich müde über das Gesicht und wandte sich wieder der brennenden Libelle zu. In den wenigen Augenblicken, die Kara und sie abgelenkt gewesen waren, hatten die Flammen die gesamte Maschine ergriffen. Einige Männer hatten eine Kette gebildet und schütteten Eimer mit Wasser ins Feuer, aber es nutzte nichts.

»Lasst es sein!«, rief Kara laut. »Es hat keinen Sinn. Passt nur auf, dass das Feuer nicht um sich greift!« Sie zögerte einen kurzen Moment, dann fügte sie hinzu: »Vier Mann bleiben hier. Der Rest steigt wieder auf. Ich will keine bösen Überraschungen erleben. Und gebt Alarm für die anderen. Es ist möglich, dass wir angegriffen werden.« Sie trat zwei Stufen die Treppe hinauf und sah sich nach Silvy und den beiden anderen Reitern um, ohne sie zu entdecken.

Kara fand Silvy sowie die beiden anderen Krieger auf dem Gang vor ihrem Quartier, wo sie unruhig auf und ab lief und Hrhon beschimpfte, der mit vor der Brust verschränkten Armen vor der Tür stand und ihr den Zutritt verwehrte, vermutlich auf Aires' Befehl hin. Kara hatte nicht einmal bemerkt, dass Hrhon nicht mehr in ihrer Nähe war.

»Ihr wartet hier«, sagte sie knapp, gab Hrhon einen Wink und trat an ihm vorbei ins Zimmer. Sie schloss die Tür sofort wieder hinter sich. Trotzdem sah Aires sehr ärgerlich auf.

Kara trat mit raschen Schritten um das Bett herum. Dann presste sie erschrocken die Lippen zusammen, als sie Tess' reglos ausgestreckten Körper auf dem Bett sah. Aires hatte sie ausgezogen und das Blut von ihrem Gesicht gewaschen. Tess lag auf der Seite, sodass Kara erkennen konnte, dass die Brandwunden auf ihrem Rücken und Arm viel größer waren, als sie geglaubt hatte, allerdings nicht sehr tief.

Ihr Blick wanderte weiter und blieb an Tess' linkem Bein hängen. Das Bein war geschient; sehr geschickt, aber auch recht primitiv: zwei fingerdünne Stäbe aus silberfarbenem Metall waren mit fleischfarbenen Bändern am Bein befestigt.

»Wie sieht es aus?«, flüsterte Kara.

»Sie hat sehr hohes Fieber. Aber ich denke, sie wird es überleben. Allerdings ist das nicht mein Verdienst.«

»Wie meinst du das?«, fragte Kara.

Aires deutete auf Tess' bleichen, fiebernden Körper. »Wer immer das getan hat, muss eine Art Zauberer gewesen sein.«

»Die Schiene ...«

»Nicht das Bein«, fiel ihr Aires ins Wort. »Einen gebrochenen Knochen kann ich auch schienen. Aber sieh dir ihren Rücken an! Das Fleisch muss bis auf den Knochen verbrannt gewesen sein.«

»Bist du sicher?« Kara beugte sich zweifelnd vor. »Es sieht normal aus.«

»Ich erkenne eine Brandwunde, wenn ich sie sehe«, antwortete Aires. Kara widersprach ihr nicht. Brandwunden waren die häufigsten Verletzungen im Hort. Schon so mancher Drachenkämpfer war in die Flammen seines eigenen Tieres hineingeflogen. »Ich verwette meine linke Hand, dass das da so etwas wie künstliches Fleisch ist. Und ich gäbe meine Rechte dafür, wenn ich wüsste, wie sie es gemacht haben.«

Durch das Fenster drang ein heller, dreifacher Glockenton, und Aires sah fragend auf. »Du hast Alarm gegeben?«

»Wo eine von diesen Libellen ist, sind meistens noch mehr«, antwortete Kara. Sie sah wieder auf Tess hinab und knüpfte an ihr unterbrochenes Gespräch an. »Viel mehr als die Frage, *wie* sie es getan haben, interessiert mich eigentlich, *warum*. Ich ... verstehe das nicht ganz.« Sie schüttelte den Kopf. »Sie töten Tausende aus Rache. Und dann pflegen sie Tess mühsam gesund.«

Sie wartete eine Weile vergeblich auf eine Antwort.

»Wann wird sie aufwachen?«

Aires hob die Schultern. »Das weiß ich nicht. Sicher nicht vor morgen. Ich werde ihr etwas geben, das ...«

»Nein«, sagte Kara. »Das wirst du nicht.«

»Wie?« Aires sah sie erstaunt an. Sie schien selbst zu verblüfft, um Ärger zu empfinden.

»Du wirst ihr kein Schlafmittel geben«, wiederholte Kara. »Ich muss mit ihr reden. So schnell wie möglich.«

»Ich glaube, wie ich meine Patientin behandele, das geht dich gar nichts an«, entgegnete Aires verärgert.

»Und was ich für die Sicherheit des Hortes für das Richtige halte, das geht dich nichts an, Magierin«, antwortete Kara. Sie unterdrückte mühsam den Zorn in ihrer Stimme. »Ich muss mit ihr reden. *Wir* müssen mit ihr reden, Aires! Was ist, wenn sie ihnen alles verraten hat? Wenn sie alles über unsere Festung wissen, unsere Stärken – und vor allem unsere Schwächen?«

Aires schwieg, und Kara fuhr in verändertem, fast flehendem Ton fort. »Verdammt, glaubst du, ich hätte keine Angst um sie? Sie war meine Freundin, ganz egal, was sie getan hat! Ich würde mein eigenes Leben riskieren, um ihres zu retten! Aber wir können nicht hier sitzen und darauf warten, dass sie aufwacht, während sie dort draußen im *Schlund* vielleicht gerade zum entscheidenden Angriff auf uns rüsten.« Sie wandte sich zur Tür; absichtlich so rasch, dass Aires keine Gelegenheit fand zu antworten.

»Bitte, weck sie auf«, sagte sie. »Ich will nicht, dass du ihr Leben in Gefahr bringst, aber tu, was in deiner Macht steht, damit ich mit ihr sprechen kann.«

Sie verließ das Zimmer. Hrhon stand noch immer vor der Tür und verbarrikadierte sie allein mit seinen breiten Schultern, sodass sich Kara mühsam an ihm vorbeiquetschen musste. Zu Silvy und den beiden anderen Kriegern hatte sich mittlerweile noch Zen gesellt.

Erregt trat er auf Kara zu. »Wie geht es ihr?«, fragte er. »Kann ich zu ihr?«

»Nein«, antwortete Kara und hob die Hand, als Zen sich unverzüglich an ihr vorbeidrängen wollte. »Aires kümmert sich um sie. Sie schläft.« Einen Moment lang suchte sie nach einem verräterischen Zeichen in seinem Gesicht, ob er vielleicht ihr Gespräch mit Aires durch die Tür hindurch gehört hatte. Aber da war nichts. Gott, dachte sie, was hat Angella mir da hinterlassen, dass ich selbst meine Freunde belügen muss?

Sie schob Zen mit sanfter Gewalt von der Tür fort und wandte sich dann mit einer knappen Geste an Silvy: »Erzähle!«

»Wir waren unterwegs zu dem Ort, an dem wir am ersten Abend gelagert haben«, begann Silvy, »wir wollten gerade die erste Rast einlegen, als Kerr ein Blitzen am Horizont sah.«

»Die Libelle«, vermutete Kara. »Nur diese eine?«

»Ja«, bestätigte Silvy. »Wir bemerkten gleich, dass sie beschädigt war. Ich wollte sie trotzdem vernichten, aber Kerr meinte, es wäre eine gute Gelegenheit, eine von ihnen unbeschädigt in die Hände zu bekommen.«

Kara dachte an den ausgeglühten Schrotthaufen auf dem Hof und seufzte. »Ja«, sagte sie. »Es war eine gute Idee. Weiter.«

»Ich flog so dicht heran, wie ich konnte, während Kerr mir Deckung gab – für den Fall, dass sie uns doch noch angreifen sollte. Und dann habe ich Tess erkannt. Ich wollte es zuerst gar nicht glauben, bis sie die Hand gehoben hat, um mir zuzuwinken.«

»Was war mit dem Piloten?«, fragte Kara. »War er bei Bewusstsein?«

»Ja – aber er muss schon verletzt gewesen sein. Er hatte große Mühe, die Libelle zu halten. Ein paarmal haben wir gedacht, sie würden abstürzen.«

»Seid ihr sicher, dass euch niemand gefolgt ist?«, fragte Kara.

»Ich habe niemanden bemerkt«, antwortete Silvy. Die beiden anderen Drachenreiter schüttelten stumm den Kopf.

Die Tür hinter Hrhon ging auf, und Aires trat aus dem Zimmer. Da Hrhon ihr nicht schnell genug aus dem Weg ging, versetzte sie ihm einen rüden Stoß, den der vierhundert Pfund schwere Waga kaum spüren konnte. Aber er tat ihr den Gefallen, ein paar Schritte zur Seite zu stolpern – wobei er wie zufällig Zen mit sich zerrte, ehe der die Magierin mit Fragen bestürmen konnte.

»Und?«, fragte Kara.

»Sie schläft«, antwortete Aires. »Sie wird in einer Stunde oder zwei zu sich kommen, denke ich. Das Fieber bereitet mir noch ein wenig Sorge, aber keine Angst; ich bekomme es in den Griff.« Sie seufzte. »Kommt. Sehen wir uns diesen Fremden an, solange sie schläft. Hrhon – du bleibst bei ihr und rufst uns, sobald sie aufgewacht ist. Und sorge dafür«, sagte sie mit einem schrägen Seitenblick auf Zen, »dass niemand sie stört.«

40

Zu behaupten, dass Elder tobte, wäre eine glatte Untertreibung gewesen. Kara hätte sich auch nicht mehr gewundert, wenn er Schaum vor dem Mund gehabt hätte, als er sich von Aires zu ihr herumdrehte, um einen Schwall von Vorwürfen und Beschimpfungen auf sie loszulassen. Kara beging nicht den Fehler, ihn unterbrechen zu wollen oder sich irgendwie zu verteidigen. Sie wartete lediglich ab, bis er seine Tiraden unterbrach, um Luft zu holen. »Warum regst du dich eigentlich so auf?«, fragte sie. »Was hätte es schon geändert, wenn du wach gewesen wärst? Hättest du die Libelle aufgefangen?«

»Nein!«, sagte Elder wütend. »Aber vielleicht wäre es mir gelungen, den Brand zu löschen. Ich kenne mich nämlich mit so etwas aus. Oh verdammt!« Er schlug sich mit der Faust in die geöffnete Linke. »Da haben wir vielleicht eine einmalige Chance, doch noch alles zum Guten zu wenden, und ich verschlafe sie, nur weil … weil dieses Kräuterweib mir etwas eingeflößt hat, um mir ein paar Schmerzen zu ersparen.«

Aires – das *Kräuterweib* – zog die Augenbrauen zusammen, aber sie sagte kein Wort. Wie Kara war sie wohl zu dem Schluss gekommen, dass es das Klügste war, einfach abzuwarten, bis Elder sich ausgetobt hatte.

»Was hätte uns diese eine Maschine schon genutzt?«, fragte Donay. »Da sie ohnehin beschädigt war? Sie haben Dutzende davon.«

Elder schenkte ihm einen bösen Blick. »Die Maschinen überhaupt nichts«, antwortete er giftig. »Aber vielleicht die Informationen, die in ihrem Bordcomputer gespeichert waren!«

»Bordcomputer?« Donay runzelte die Stirn. »Was soll das sein?«

»Etwas wie … wie dein Freund Irata.«

»So eine Art mechanischer Erinnerer«, vermutete Donay.

Elder nickte. »Ja. Nur dass er sehr viel besser ist. Er sabbert sich zum Beispiel beim Sprechen nicht voll.«

»Elder«, sagte Aires. »Ich verstehe ja, dass du zornig bist – vielleicht sogar zu Recht. Aber gegenseitige Vorwürfe helfen uns jetzt nicht weiter. Lass uns lieber überlegen, was geschehen sein kann. Es war keine von deinen Maschinen, die Tess zurückgebracht hat, sagst du?«

»Aber einer meiner Männer«, bestätigte Elder.

»Hast du nicht gesagt, sie wären alle ums Leben gekommen?«, fragte Kara.

»Das dachte ich auch«, knurrte Elder. »Und vielleicht hätte ich euch diese Frage sogar beantworten können, hätten mich nicht gewisse Umstände daran gehindert einzugreifen.« Er machte einen zornigen Schritt, der wohl etwas zu heftig ausfiel, denn er verzog sofort schmerzhaft das Gesicht. »Eines schwöre ich«, murmelte er. »Sollte ich jemals den Auftrag bekommen, eine Welt zu kolonisieren, wird es auf diesem Planeten ganz bestimmt *keine* Hunde geben.«

»Es würde schon reichen, wenn es keine tollwütigen Hunde gäbe«, sagte Kara trocken. »Hier bei uns ist das eine weit verbreitete Krankheit.« Sie sah Elder mit einem treuherzigen Lächeln an, als sein Gesicht an Farbe verlor. »Hat dir Aires nichts erzählt? Cord hat den Hund untersucht, und …«

»Hör mit dem Unsinn auf!«, sagte Aires streng.

Die Tür wurde geöffnet, und Hrhon kam herein. »Ssshie ihsst whahch«, sagte er.

»Tess?« Kara und Aires sprangen gleichzeitig von ihren Stühlen hoch, und auch Elder wandte sich zur Tür.

»Ssshie whill mhit dhir sssphrechen«, sagte Hrhon zu Kara. »Khohmm ssshnhelh!«

So schnell, dass Elder mit seinem verletzten Bein keine Chance hatte, mit ihnen Schritt zu halten, eilten sie in Angellas Zimmer. Vor der Tür stand ein Mann, den Hrhon dort postiert hatte, ehe er zu ihnen kam, aber irgendwie hatte es Zen trotzdem geschafft hereinzukommen. Er saß auf dem Bettrand und hielt Tess im Arm.

Aires zerrte ihn mit einer groben Bewegung weg. »Raus!«

Natürlich wollte Zen widersprechen, aber ein einziger eisiger Blick in Aires' Augen ließ ihn sein Vorhaben auf der Stelle vergessen. Gehorsam drehte er sich herum und ging, blieb aber unter der Tür noch einmal stehen.

»Keine Sorge«, sagte Kara. »Du kannst sie nachher sehen.« Sie drehte sich wieder zu Tess um, die von Aires mittlerweile wieder sanft auf das Bett zurückgeschoben und zugedeckt worden war. »Wie fühlst du dich?«, fragte sie lächelnd.

»Schwach«, antwortete Tess. Ihre Stimme klang, als hätte sie sehr lange Zeit nicht mehr gesprochen. »Ich habe ... Durst.«

Aires stand auf und kam mit einem Becher Wasser zurück. Als sie ihn an Tess' Lippen setzte, humpelte Elder ins Zimmer. Sein Gesicht glänzte vor Schweiß. Mit einer Kopfbewegung deutete er auf Tess. »Hat sie gesprochen?«

»Ja«, antwortete Kara. »Sie hat alle zweiundvierzig Strophen unserer Schöpfungsgeschichte gesungen. Sie wollte gerade anfangen, sie in die Sprache der Waga zu übersetzen, als du hereingeplatzt bist.«

Elder ignorierte ihre dumme Bemerkung und trat näher an das Bett heran. »Was ist passiert?«, fragte er. »Wo bist du gewesen?«

»Halte den Mund, Elder«, sagte Aires grob. Als sie sich jedoch wieder an Tess wandte, da erschien wie hingezaubert ein Lächeln auf ihrem Gesicht. »Glaubst du, dass du mit uns reden kannst, Kleines? Nur ein paar Fragen beantworten?«

Tess nickte. Sie fuhr sich mit der Zunge über die Lippen, die spröde und aufgesprungen waren. Das Fieber zehrte sie aus. Aber ihr Blick war klar, als sie Kara ansah. »Es tut mir ... leid«, sagte sie stockend. »Ich habe ... ziemlichen Mist gebaut, nicht wahr?«

»Das hast du«, bestätigte Kara. »Aber das spielt jetzt keine Rolle. Erzähl uns, was dir passiert ist. Wo bist du gewesen?«

»Der ... Thron«, antwortete Tess stockend. »Ich weiß nicht ... Sie nannten es den Thron.«

»Thron?« Elder wiederholte das Wort stirnrunzelnd, und Kara sah ihn fragend an. Eine Sekunde lang überlegte er sichtlich angestrengt, dann zuckte er mit den Schultern.

»Immer schön der Reihe nach«, sagte Aires. »Maran hat erzählt, ihr seid angegriffen und getrennt worden.«

»Das stimmt. Es ... war nicht seine Schuld. Er wollte mir helfen, aber es waren einfach zu viele. Er hat mich nicht im Stich gelassen.«

Die viel zu heftige Verteidigung Marans überzeugte Kara davon, dass er Tess und ihr Tier doch im Stich gelassen hatte, eine Vermutung, die Kara die ganze Zeit gehabt hatte. »Du bist ihnen entkommen?«, fragte sie.

Tess schüttelte den Kopf. »Mein Drache war getroffen«, sagte sie leise. »Und ich auch.«

»Das grüne Licht?«

»Ja. Ich war ganz sicher, dass ich sterben würde. Wir sind ins Meer gestürzt, und dann ... weiß ich nichts mehr. Als ich wach wurde, lag ich in einem Bett in einem kleinen Zimmer, das ganz aus Silber gemacht war. Die Wände, der Boden ... alles. Überall waren Geräte, und sie hatten spitze Nadeln in meine Arme und meine Beine gestochen, an denen Schläuche hingen.«

»Die Krankenstation auf dem Schiff«, bemerkte Elder verblüfft. »Sie müssen sie zu ihrem Schiff gebracht haben!« Erregt beugte er sich vor. »Weißt du, wo es ist? Hast du es gesehen?«

»Später«, sagte Tess. »Ich war lange in diesem Zimmer. Ein paarmal kam ein Mann und machte etwas mit meinem Rücken. Es hat sehr wehgetan. Ich dachte, sie würden mich foltern, damit ich ihnen alles über uns verrate, aber er hat nicht eine einzige Frage gestellt. Ich glaube, er verstand nicht einmal unsere Sprache.«

»Er hat dir das Leben gerettet, Kind«, sagte Aires ernst. »Ihre Heilkunst muss an Zauberei grenzen.«

»Das tut sie«, sagte Elder ohne die Spur eines Lächelns. Zu Tess gewandt fuhr er fort: »Der Mann, der dich hergebracht hat ...«

»Er kam gestern Abend in mein Zimmer geschlichen«, sagte Tess. »Er und noch ein anderer. Sie erzählten, dass auch sie Gefangene im Thron sind.«

»Wieso nennst du es immer *Thron?«*, fragte Elder.

»Weil sie es so nannten«, antwortete Tess. »Sie sprachen

unsere Sprache nicht besonders gut. Ich habe nicht alles verstanden, aber dieses eine Wort schon.«

»Der Thron ...« Plötzlich hellte sich Elders Gesicht auf. »Eine Drohne! Sie haben von einer Drohne gesprochen, nicht wahr?«

Tess sah ihn verunsichert an. Sie schwieg.

»Was soll das sein?«, fragte Donay.

»Ein Beiboot«, antwortete Elder. »Aber lass dich davon nicht täuschen. Was PACK als Beiboot bezeichnet, das würden andere immer noch ein Schlachtschiff nennen.«

»Es war sehr groß«, bestätigte Tess. »Als wir geflohen sind, habe ich es gesehen.«

»Wie groß?«, fragte Aires. »So groß wie dieser Turm?«

Tess schwieg. Sie sah sehr erschrocken aus.

»So groß wie ... wie die Festung?«, fragte Donay stockend.

»Größer«, murmelte Tess. »Viel größer. Es liegt im Meer, sodass man es nicht richtig erkennen kann. Aber es ist wie eine gigantische Stadt unter Wasser.«

»Was haben die beiden erzählt?«, fragte Elder. »Sie wollten fliehen? Wohin?«

»Hierher«, sagte Tess. »Ich habe nicht alles verstanden, aber ich glaube, sie haben dich und ihre Kameraden für tot gehalten. Sie wollten zu den Drachenreitern, um hier auf die Ankunft der anderen zu warten. Ich sollte sie begleiten, damit die Drachen sie nicht für ihre Feinde halten und sie vernichten. Sie haben große Angst vor den Drachen.«

»Wen meinst du mit den *anderen!«*, hakte Elder nach.

»Sie sagten, sie erwarteten die Ankunft ihrer Freunde«, antwortete Tess. »Sie hatten wohl Angst, dass sie den Thron angreifen und wir alle dabei umkommen.«

»Bist du sicher?«, vergewisserte sich Elder erregt. »Sie fürchteten einen Angriff auf die Drohne?«

»Sagtest du nicht, du hättest keine Gelegenheit mehr gehabt, einen Hilferuf zu senden?«, fragte Aires misstrauisch.

»Das habe ich auch nicht«, sagte Elder ärgerlich. »Wieso ...« Er sah einen Moment nachdenklich auf Tess herab. »Was genau haben sie gesagt? Denk nach, Kind.«

»Ich habe kaum etwas verstanden«, sagte Tess hilflos. »Sie haben meistens in einer fremden Sprache miteinander geredet.«

»Denk nach!«, drängte Elder. Plötzlich kam ihm sichtbar eine Idee. »Hast du das Wort *Di-Es-Ar-Vi* verstanden?«

Tess nickte, sichtlich verblüfft. »Ja. Woher weißt du das?«

Elder atmete auf. Von einer Sekunde auf die nächste sah er nicht nur erleichtert, sondern sehr zufrieden aus. »Jetzt haben wir sie!«, sagte er. »Ich habe es nicht zu hoffen gewagt, aber offensichtlich hat das Schiff im letzten Moment doch noch eine Sonde gestartet. Wir haben sie! In einer Woche ist der Spuk vorbei! DSRV bedeutet Deep Space Rescue Vessel«, erklärte er. »Ein Rettungsboot, das das Schiff vollautomatisch ausschleust, wenn der Bordcomputer zu dem Schluss kommt, dass die Zerstörung des Schiffes nicht mehr zu verhindern ist.«

»Einer deiner Leute ist entkommen?«

»Nicht unbedingt«, antwortete Elder. »Das DSRV fliegt auch unbemannt. In diesem Fall steuert der Computer automatisch das Ziel an, das man ihm vorher einprogrammiert hat.« Plötzlich grinste er.

»Und in diesem Fall war dieses Ziel die Hauptniederlassung der Company, für die ich arbeite. Das Mädchen hat recht – in spätestens zehn Tagen sind meine Leute hier. Sie werden mit dieser Saubande aufräumen, das verspreche ich euch!«

Er sah abwechselnd Kara und Aires an, und in das strahlende Lächeln auf seinen Zügen mischte sich Verwirrung, als er bemerkte, dass sie beide noch genauso besorgt aussahen wie bisher. »Was ist los mit euch?«, fragte er. »Versteht ihr denn nicht? Ihr braucht keine Angst mehr zu haben. Niemand wird euch jetzt noch etwas tun! Eure Welt wird weiter euch gehören!«

»Wie schön«, sagte Aires ruhig.

»Ich verstehe«, murmelte Elder. »Ihr traut mir immer noch nicht. Ihr habt Angst, den Teufel mit dem Beelzebub auszutreiben.«

»Ich weiß zwar nicht genau, was diese Worte bedeuten«, sagte Aires, »aber ich schlage vor, dass wir die Diskussion darüber auf später vertagen.« Sie deutete wieder auf Tess. »Weiter.«

»Wir flohen heute Morgen«, sagte Tess. »Aber sie müssen verraten worden sein; oder sie hatten einfach Pech. Als wir in den Raum kamen, in dem die Libellen standen, wurden wir angegriffen. Einer der Männer starb, der andere und ich konnten eine Libelle stehlen und entkamen.«

»Und sie haben euch nicht verfolgt?«, fragte Elder zweifelnd.

»Doch. Aber wir hatten einen guten Vorsprung. Nur zwei holten uns ein. Wir kämpften und siegten. Eine Libelle stürzte in den Dschungel, die andere zog sich zurück. Aber auch unsere Libelle war beschädigt, und am Schluss haben sie ihn schwer verletzt.« Sie starrte einen Moment, von der Erinnerung an die schrecklichen Bilder geplagt, ins Leere.

»Sie haben eine Art unsichtbaren Schutzschild«, fuhr sie fort. »Deshalb konnten wir sie über der Stadt im *Schlund* kaum vernichten. Er ist nicht unüberwindlich, aber für eine Weile hat er sogar dem grünen Licht getrotzt.«

»Trotzdem haben sie den Piloten erwischt«, sagte Aires.

»Ja. Es war …« Tess suchte nach Worten. »Etwas wie ein Pfeil. Aber er flog ganz langsam. Irgendwie … hat er sich durch den Schild gebohrt. Der Pfeil steuerte direkt auf den Libellenreiter zu, als wüsste er, auf wen er gezielt war. Er hatte große Angst. Er … er hat versucht, ihn mit der Hand zur Seite zu schlagen, aber der Pfeil hat seine Hand einfach durchbohrt und dann seine Brust getroffen.«

»Ein Sucher«, sagte Elder düster. »Sie werden auf einen bestimmten Menschen programmiert und folgen ihm bis in die Hölle, wenn es sein muss. Es gibt keine Rettung vor ihnen.«

»Und wieso konnte er den Schild durchdringen, der sogar dem Feuer eines Drachen widersteht?«

Elder zuckte mit den Achseln, ein wenig zu schnell für Karas Geschmack. »Wie soll ich das wissen? Ich bin kein Waffentechniker.«

»Soll das heißen, sie könnten ein paar hundert von diesen Dingern einfach auf uns abschießen, und wir könnten nichts dagegen tun?«, fragte Donay erschrocken.

»Keine Sorge.« Elder machte eine beruhigende Geste. »Die Sucher müssen genau auf ihr Ziel geeicht werden. Bei den beiden Gefangenen hatten sie Zeit und Gelegenheit dazu. Das ist unsere Version von Bluthunden.« Er blickte vorwurfsvoll auf sein bandagiertes Bein herab. »Sie tut nicht ganz so weh.«

»Was ist mit ihm?«, fragte Tess. »Lebt er?«

Es dauerte einen Moment, bis Kara begriff, dass sie von dem Piloten sprach, der sie hergebracht hatte. Sie schüttelte den Kopf.

»Das tut mir leid«, sagte Tess ehrlich. »Er hat sich geopfert, um mich zu retten.«

»So?«, fragte Aires mit hochgezogenen Brauen. »Für mich hört es sich eher an, als hätte er *dein* Leben aufs Spiel gesetzt, um *seine* Haut zu retten.«

»Glaubst du, dass du den Ort wiederfindest, an dem dieser ... Thron liegt?«, fragte Kara.

Tess schüttelte bedauernd den Kopf. »Nein. Er liegt unter Wasser, irgendwo im Meer. Man sieht ihn nicht.«

»Es würde euch auch nicht viel nutzen«, sagte Elder. »Die Drohnen sind schwer bewaffnet. Sie würden eure Drachen vom Himmel pusten, ehe ihr auf zehn Meilen heran seid.«

Die Wahl seiner Worte gefiel Kara nicht. Und noch viel weniger gefiel ihr der hörbare Stolz, der darin mitschwang.

»Haltet euch da raus«, fuhr Elder fort. »Es ist nicht nötig, dass ihr euer Leben aufs Spiel setzt. Überlasst das Leuten, die etwas davon verstehen. Das DSRV ist wahrscheinlich jetzt schon angekommen.«

»Wenn sie es nicht abgeschossen haben«, sagte Donay.

Elder lachte. »Das ist völlig unmöglich. Die Dinger bestehen praktisch nur aus einem großen Triebwerk mit einem bisschen Blech drum herum. Sie fliegen selbst einer Nova davon. Nichts im Universum kann sie aufhalten.«

Donay schwieg. Aber Kara las in seinen Augen, dass er jedes einzelne Wort, das er von Elder gehört hatte, mit größter Aufmerksamkeit registrierte. Ob Elder wusste, dass Donay nie etwas vergaß? Tess wurde zunehmend matter, und Kara stand auf. »Ich denke, das reicht für heute«, sagte sie. »Aires – gib ihr etwas gegen das Fieber. Sie soll schlafen. Im Moment haben wir genug erfahren.«

»Jemand sollte bei ihr Wache halten«, bemerkte Aires.

Kara lächelte. »Ich denke, ich weiß schon jemanden für diese Aufgabe«, sagte sie. »Elder, Donay – ich erwarte euch in meinem alten Zimmer drüben bei den Schülern. Ich werde inzwischen gehen und den Alarm aufheben. Es nutzt niemandem, wenn wir die Leute sinnlos am Schlafen hindern.«

Sie ging, um ihren Entschluss in die Tat umzusetzen. Eine knappe halbe Stunde später kehrten die ruhelos kreisenden Drachen in ihre Höhlen unter der Festung zurück, und die meisten Krieger gingen wieder in ihre Quartiere.

Und zehn Minuten, bevor die Sonne am nächsten Morgen aufging, griff ein Schwarm von annähernd fünfzig Libellen den Drachenhort an.

41

Später, als Kara den Teil des Überfalls rekonstruierte, den sie schlicht und einfach verschlafen hatte, gestand sie sich ein, dass sie alle sowohl die Intelligenz als auch die technischen Möglichkeiten ihrer Gegner unterschätzt hatten. Die Libellenreiter mussten unterhalb der Wolkendecke des *Schlundes* angeflogen sein, und sie mussten auch die Möglichkeit haben, das schrille Heulen ihrer Maschinen zu einem Wispern zu dämpfen, das im Geräusch des Windes unterging, denn der einzige überlebende Posten, der auf der Klippe Wache gehalten hatte, schwor später Stein und Bein, dass sie lautlos wie Gespenster aus den Wolken hochgeschossen waren und so schnell, dass den Männern nicht einmal Zeit geblieben war, einen Warnruf auszustoßen, ehe sie von einem Gewitter grüner Lichtblitze niedergestreckt wurden. Eine zweite, unvorstellbar präzise Salve traf den Hort und löschte jedes Leben hinter den dem *Schlund* zugewandten Zinnen aus; dann teilte sich der Schwarm, wobei ihre Maschinen wieder mit diesem schrillen, nervenzerfetzenden Heulen anhoben. Die meisten erreichten binnen weniger Augenblicke sämtliche Ausflugsöffnungen der Drachenhöhlen und blieben reglos in der Luft stehen, um mit ihren grünen Blitzen auf jede Bewegung dahinter zu reagieren. Nicht einem einzigen Drachen gelang es, sich in die Luft zu erheben und in den Kampf einzugreifen.

Das alles erfuhr Kara allerdings erst später. Donay, Aires und sie hatten noch bis tief in die Nacht miteinander geredet, und sie war erst lange nach Mitternacht in einen erschöpften Schlaf gesunken. Sie erwachte weder vom Heulen der Libellenmotoren noch von den erschrockenen Rufen und Schreien, die plötzlich in der Festung widerhallten. Was sie weckte, war das Krachen einer ungeheuerlichen Explosion, die den westlichen Turm samt einem Teil des Hauptgebäudes in Schutt und Asche legte und ein halbes Dutzend lodernder Brände in den Trümmern entfachte.

Die Erschütterung war so gewaltig, dass Kara aus ihrem Bett geschleudert würde. Der Aufprall auf den harten Steinboden raubte ihr beinahe wieder das Bewusstsein. Benommen plagte sie sich auf. Im allerersten Moment wusste sie nicht, ob sie wach war oder einen Albtraum erlebte.

Sie *war* wach; aber es war eine Realität, die es spielend mit jedem Albtraum aufnehmen konnte. Der Boden zitterte. In der Wand neben ihrem Bett war ein gezackter Riss. Die Luft war voller Staub und schmeckte nach Feuer, und durch das Fenster drang lodernder Flammenschein und das Flackern grüner Blitze herein; ein unvorstellbarer Lärm, Schreie, das Krachen von Explosionen, das Prasseln von Bränden und ein schrilles, in den Ohren schmerzendes Heulen und Kreischen.

Libellen!, dachte Kara entsetzt. Das waren Libellen!

Sie verschwendete keine Zeit damit, zum Fenster zu stürzen und sich von der Richtigkeit ihrer Vermutung zu überzeugen, sondern nahm ihr Schwert vom Boden und band den Gürtel mit fliegenden Fingern um, während sie bereits aus dem Zimmer stolperte.

Die dicken Mauern sperrten den Lärm und den Feuerschein ein wenig aus, aber der Boden zitterte auch hier. Staub hing in der Luft, und auf dem Boden lagen Steinbrocken und Trümmer, die aus der Decke herausgebrochen waren. Gestalten mit wehenden Mänteln und gezückten Schwertern stürmten ihr entgegen, und noch bevor sie das Ende der Treppe erreichte, erschütterte eine weitere dröhnende Explosion die Festung. Kara taumelte gegen eine Wand. Sie glaubte zu spüren, wie das gesamte Gebäude sich neigte. Feuerschein drang durch die zerborstene Tür herein, als sie das Ende der Treppe erreichte. Hustend und mit tränenden Augen stolperte sie auf den Hof hinaus – und blieb vor Entsetzen gelähmt einfach stehen.

Was sie erblickte, war ein Inferno. Die Festung lag in Trümmern. Überall brannte es. Libellen kreisten mit heulenden Motoren über dem Hof und spien grüne Blitze aus, die immer wieder in Mauerwerk oder durch Türen und Fenster hämmerten. Kara sah mit eigenen Augen, was Donay ihr aus Schelfheim berichtet hatte: Die Maschinen spien ihre tödlichen Blitze nicht nur gegen die Gebäude, sondern machten auch Jagd auf einzelne Menschen. Gestalten rannten im Zickzack zwischen den immer dichter niederprasselnden Blitzen hin und her, aber sie wurden nur zu oft getroffen. Kara hatte ihr Schwert gezogen, aber plötzlich begriff sie, wie hilflos sie waren. Die Libellen kreisten über der Burg und schössen auf alles, was sich bewegte. Und sie konnten *nichts* tun. Überhaupt nichts!

»Zurück!«, schrie Kara so laut sie konnte. »Zieht euch zurück! Geht in Deckung!«

Ihre Worte gingen im Durcheinander der Schlacht unter, aber es gab ohnehin niemanden, der nicht versuchte, sich irgendwo zu verkriechen. Es war kein Kampf – die Libellen kreisten in sicherem Abstand über dem Burghof und schossen die Festung und ihre Bewohner methodisch zusammen. Nur ein einziges Mal zuckte ein dünner grüner Lichtblitz aus einem Fenster, als einer der Drachenreiter das Feuer mit einer der in Schelfheim erbeuteten Waffen erwiderte. Der Strahl prallte wirkungslos vom unsichtbaren Schild der Libellen ab, und fast im gleichen Augenblick erwiderten fast ein halbes Dutzend Maschinen das Feuer. Das gesamte Gebäude, aus dem der Schuss gefallen war, ging in Flammen auf.

Kara rannte los, um das brennende Haupthaus zu erreichen. Ihr schwarzer Umhang und das dunkle Haar schienen ihr Deckung zu geben, denn niemand schoss auf sie. Aber als sie den Hof zur Hälfte überquert hatte, raste ein weißglühender Ball auf sie zu und fegte heulend über sie hinweg. Eine Sekunde später explodierte das Haus, in dem Kara vor wenigen Minuten aufgewacht war, in einem grellen Feuerball.

Die Druckwelle fegte Kara von den Füßen. Sie schlitterte über den Boden und riss schützend die Arme über den Kopf, als rings um sie herum Trümmer und Flammen niederregneten. Ein Felsbrocken traf ihr rechtes Bein und jagte ihr einen betäubenden Schmerz bis in den Rücken hinauf. Aus tränenden Augen blickte sie hinter sich. Der Turm mit den Quartieren der Schüler war verschwunden. Ein lodernder Trümmerhaufen hatte seinen Platz eingenommen. Kara fragte sich entsetzt, wie viele von ihren Freunden dort drinnen gewesen sein mochten.

Als sie sich in die Höhe stemmte, änderte sich die Angriffstaktik der Libellen. Ein Teil der Maschinen kreiste weiter über dem Hof und verschleuderte grünes Feuer, aber sechs oder acht Maschinen begannen langsam tiefer zu sinken. Als sie drei Meter über dem Hof angelangt waren, hielten sie mit wirbelnden Rotoren in der Luft an. Die Kanzeln öffneten sich, und Männer in blauen Uniformen mit glasverhüllten Gesichtern sprangen auf den Hof hinab. Sie hatten gelernt, dachte Kara zornig. Diesmal stellten sie ihre Maschinen nicht mehr auf dem Boden ab, wo sie verwundbar waren. Die Männer verteilten sich, während die Maschinen heulend wieder an Höhe gewannen, um einer zweiten Staffel Platz zu machen, die weitere Krieger hinabschickte.

Kara erwachte erst aus ihrer Erstarrung, als sie begriff, dass das Ziel der meisten Soldaten das brennende Haupthaus war. Aires und Elder waren dort! Sie rannte los, schlug einen Haken nach links und kletterte über einen rauchenden Trümmerhaufen hinweg, um das Hauptgebäude durch einen Nebeneingang zu betreten. Fettiger Rauch schlug ihr entgegen. Sie hustete, sah eine Bewegung in den. brodelnden Schwaden vor sich und hob ihr Schwert. Im letzten Moment erkannte sie, dass es keiner der Angreifer war, sondern ein verwundeter Krieger, der ihr blutüberströmt entgegentaumelte.

Kara wankte weiter, sah eine weitere Gestalt vor sich und

erkannte, dass es diesmal wirklich einer der Angreifer war. Sie stieß ihm das Schwert in die Brust und sprang zurück, als er zusammenbrach. Einer von dreißig, dachte sie voller Hass. Zu wenig. Viel zu wenig.

Vorsichtig tastete sie sich durch den immer dichter werdenden Qualm, bis sie die Tür zur großen Eingangshalle erreichte. Sie blieb stehen. Der Saal stand in Flammen. Drachenkämpfer in schwarzem Leder, die reglos auf dem Boden lagen, dokumentierten den erbitterten Widerstand, den die Verteidiger geleistet haben. Kara verspürte eine grimmige Befriedigung, als sie zwischen ihnen auch zwei Gestalten in schwarzgestreiftem Dunkelblau erkannte. Zumindest bekamen sie nicht ganz umsonst, was immer sie hier wollten.

Eine Anzahl Blauuniformierter hielt sich in der Halle auf. Einer von ihnen gab in jener fremden Sprache, von der Tess geredet hatte, Befehle. Einige Soldaten rannten nach rechts und links, um die übrigen Räume im Erdgeschoss zu durchsuchen, aber der Großteil – einschließlich des Offiziers – wandte sich zur Treppe und lief hinauf. Also hatte sie richtig vermutet, dachte Kara grimmig. Es waren entweder Aires oder Elder, die sie haben wollten. Sie würde sehen, was sie dagegen tun konnte.

Der Weg durch die Halle war ihr verwehrt, denn drei Männer waren zurückgeblieben, die mit schussbereiten Waffen auf jede Bewegung lauerten.

Sie wich vorsichtig ein paar Schritte zurück, dann drehte sie sich herum und rannte auf die zweite Treppe zu, die nach oben führte. Sie hoffte, dass sie noch begehbar war. Auf halbem Weg trat ihr eine massige, grüngelb gefleckte Gestalt entgegen.

»Hrhon!«, fauchte Kara. »Wo warst du?«

»Ihsss habhe eihnhen vohn ihnenh ehrwhissht«, erwiderte der Waga.

»Gut«, sagte Kara. Sie deutete zur Decke. »Sie sind oben. Vermutlich wollen sie Elder oder Aires.«

»Ohdher dhisss«, zischelte Hrhon.

»Dann wollen wir sie nicht warten lassen, nicht wahr?« Kara packte ihr Schwert fester und eilte an Hrhon vorbei.

Auf ihrem Weg schlossen sich ihnen vier weitere Krieger an. Das Schwert des einen war blutig, wie Kara voller Zufriedenheit registrierte. Ganz so billig wie in Schelfheim würden die PACK-Truppen hier nicht davonkommen. Sie stürmten an einem schmalen Fenster vorbei, und Kara sah, dass die Festung fast vollkommen in Flammen stand. Über dem Hof kreisten noch immer Libellen, die dann und wann grüne Blitze auf den Hof spien.

»Verdammt, wo bleiben die Drachen?«, fragte Kara.

»Ssshie khohmmhen nhissst«, antwortete Hrhon. »Ssshie whisssssseehn ghenhau, who dhie Ausssflughhöhlhen ssshind, uhnd lhasssssshen kheinhen hinhausss.«

»Aber das ist doch unmög ...«, begann Kara, sprach aber den Satz nicht zu Ende. Zwei der vier Ausflugsöffnungen waren zwar so gut versteckt, dass eine zufällige Entdeckung ausgeschlossen schien, aber es gab eine Erklärung: Tess musste etwas verraten haben.

Sie erreichten das Stockwerk, auf dem Elders Zimmer lag, und stießen fast sofort auf heftigen Widerstand. Zwei PACK-Soldaten stellten sich ihnen entgegen. Ein greller Lichtblitz tötete den Mann neben Kara, dann schleuderte einer der anderen Krieger seinen Dolch und verletzte den Schützen am Arm. Die beiden Soldaten zogen sich wild um sich schießend zurück, trafen aber nichts mehr.

Karas Herz machte einen erschrockenen Sprung, als sie sah, dass die Tür zu Elders Zimmer zertrümmert war. Ein Teil des Mobiliars brannte, der Rest war zerschlagen, und sie erwartete schon, Elders Leichnam zwischen den Trümmern zu finden, aber das Zimmer war leer.

Sie rannten weiter. Ein paarmal hörten sie Kampflärm, sahen

aber keinen Blauuniformierten mehr, bis sie Karas Zimmer erreichten. Auf dem Gang davor lag ein toter PACK-Soldat, umgeben von einem halben Dutzend regloser Drachenkrieger. Kara erkannte auch Zen unter ihnen, und aus ihrem brodelnden Zorn wurde pure Mordlust.

Ihr eigenes Zimmer war zerstört und verwüstet worden wie Elders. Die Angreifer hatten sich sogar die Mühe gemacht, das Bett in Brand zu schießen. Tess allerdings lebte noch. Sie hockte mit angezogenen Knien in einer Ecke unter dem Fenster und blutete aus einer frischen Platzwunde an der Stirn. Offenbar hatte man sie geschlagen, aber darauf verzichtet, sie umzubringen. Kara gab einem ihrer Begleiter einen Wink. »Bring sie weg. Ihr darf nichts geschehen. Ich habe später noch ein paar Fragen an sie.« Sie warf Tess einen drohenden Blick zu, den diese aber nicht zur Kenntnis nahm oder nicht verstand.

Sie liefen weiter. Die Luft wurde heißer, und einmal erbebte der ganze Bau unter einer neuerlichen Explosion, die Kara und die anderen fast von den Füßen riss.

Kurz vor dem Aufgang zu Aires' Turmkammer wurden sie in ein heftiges Handgemenge mit PACK-Soldaten verwickelt. Sie überraschten die Männer so sehr, dass die nicht dazu kamen, ihre Glasgewehre einzusetzen. Doch die Blauuniformierten waren neben ihren Gewehren auch mit Schwertern bewaffnet, mit denen sie ausgezeichnet umzugehen verstanden, wie Kara ja schon am eigenen Leibe erfahren hatte. Wahrscheinlich lag es einzig an Hrhon, dass es ihnen schließlich doch gelang, das halbe Dutzend Männer langsam vor sich her zu treiben, bis sie den Fuß der Treppe erreichten.

Dann wendete sich das Blatt schlagartig, denn am oberen Ende der Treppe tauchte ein Trupp von sicherlich acht oder zehn weiteren PACK-Soldaten auf, die sofort das Feuer eröffneten. Grüne Blitze fuhren unter Karas Krieger und streckten drei von ihnen nieder, töteten aber auch einen der Blauuniformierten. Dann fühlte sich Kara von hinten gepackt und herumgewirbelt. Eine Sekunde später fuhr ein zischender Lichtblitz in Hrhons Rückenpanzer. Der Waga kreischte so schrill auf, wie Kara es noch nie zuvor gehört hatte, kippte zur Seite und begrub sie unter sich.

Die Soldaten stürmten an ihnen vorüber. Kara beobachtete, dass sich auch der Offizier, den sie unten in der Halle gesehen hatte, bei ihnen befand – und erst jetzt erkannte sie ihn. Es war unmöglich – aber es war zweifelsfrei der Mann, dem sie schon zweimal gegenübergestanden hatte: einmal in einer Gasse in Schelfheim, das zweite Mal an einem steinigen Strand fünf Meilen unter der Erde. Und bei ihrer zweiten Begegnung hatte sie ihn ganz zweifelsfrei *getötet.*

Kara war hilflos unter Hrhons zentnerschwerem Körper eingeklemmt, sodass sie absolut nichts tun konnte, als der Mann stehenblieb und auf sie hinabstarrte. Sekundenlang blickte er sie nur an, dann senkte er ganz langsam seine Waffe, richtete den Lauf auf Karas Gesicht – und schwenkte den Lauf urplötzlich zur Seite.

»Peng!«, sagte er. »Siehst du? So einfach wäre das – wenn ich so unfair wäre wie du, Kindchen.« Er lachte, klemmte sich das Gewehr unter den linken Arm und schob mit der anderen Hand das halbierte Glasvisier seines Helmes hoch. Seine Augen glitzerten spöttisch.

»Aber weißt du, ich bin nicht so unfair. Ich denke, ich lasse dich diesmal am Leben. Aber ich warne dich: Wenn du mich noch einmal umbringst, dann werde ich wirklich sauer.« Er lachte, klappte sein Helmvisier wieder hinunter und ging weiter. Die Männer folgten ihm, wobei sie nicht nur ihre Verwundeten, sondern auch die Toten mitnahmen.

Kara versuchte mit aller Gewalt, sich unter Hrhons reglosem Körper hervorzuarbeiten, aber es ging nicht. Hrhons vierhundert Pfund nagelten sie regelrecht an den Boden, sodass sie kaum noch Luft bekam. Der Waga lebte noch, aber sie wusste nicht, wie schwer er verwundet war. Obwohl sie sich der Sinnlosigkeit ihrer Bemühungen bewusst war, versuchte sie weiter mit aller Kraft, die reglose Riesenschildkröte von sich hinunterzuwuchten. Es gelang ihr erst, als Hrhon nach guten zehn Minuten grunzend wieder zu sich kam.

Der Waga war noch benommen. Kara brauchte ein wenig länger, um auf die Füße zu kommen. Sie fühlte sich an, als wäre ihr ganzer Körper eine einzige schmerzhafte Wunde. »Was ist mit dir?«, fragte sie schwer atmend. »Bist du verletzt?«

»Jha«, antwortete Hrhon mühsam. »Esss thut sssher wheh. Ahbher isss wherdhe nhissst ssstherbhen.«

Kara wollte an ihm vorbeigehen, um sich die Verletzung in seinem Rückenpanzer anzusehen, aber Hrhon drehte sich rasch herum. Sie versuchte es nicht noch einmal, sondern ließ ihren Blick betroffen durch den Gang schweifen. Hrhon hatte ihr zweifellos das Leben gerettet, als er sie hinter seinem eigenen Körper in Deckung zerrte. Außer ihm und ihr selbst lebte hier niemand mehr.

Plötzlich fuhr sie erschrocken zusammen. *Aires!*

Immer drei Stufen auf einmal nehmend, rannte sie die Treppe zu Aires' Turmkammer hinauf. Sie stieß auf zwei verwundete und einen toten Krieger, aber sie beachtete sie nicht, sondern rannte nur noch schneller, bis sie Aires' Zimmer erreichte. Es war ziemlich verwüstet, aber Aires selbst lag mit blutüberströmtem Gesicht neben der Tür. Kara fiel mit einem Schrei auf die Knie und ergriff sie bei den Schultern.

»Aires!«

Die alte Magierin öffnete die Augen, und Kara atmete unendlich erleichtert auf. Aires lebte. Die Angreifer hatten sie wie Tess nur niedergeschlagen.

»Was ist passiert?«, fragte Aires. Sie schien kaum bei Bewusstsein zu sein und nahm anscheinend gar nicht richtig wahr, was um sie herum geschah. Sie versuchte sich aufzusetzen, aber es gelang ihr nur mit Karas Hilfe.

»Lebe ich noch?«, murmelte sie.

Kara tupfte ihr behutsam mit einem Zipfel ihres Umhanges das Blut aus dem Gesicht. Aires hatte eine üble Platzwunde über dem linken Auge. Sie fuhr zusammen, als Kara sie berührte. »Doch«, sagte sie gepresst. »Ich muss wohl noch leben, so weh wie das tut.«

»Du lebst noch«, sagte Kara. »Allerdings frage ich mich wieso.«

»Wie nett«, murmelte Aires.

»So meine ich das nicht«, sagte Kara. »Ich wundere mich nur – sie haben mindestens ein Dutzend Männer verloren, um hier heraufzukommen. Wenn sie es nicht getan haben, um dich zu töten ... weshalb dann?« Sie sah sich in dem vollkommen verwüsteten Zimmer um. »Vielleicht haben sie etwas gesucht?«

Hrhon kam schwer atmend hereingewankt. »Sssie sssihehn sssisssh ssshurhück«, stieß er hervor.

Kara war mit einem einzigen Satz am Fenster.

Der Burghof bot ein apokalyptisches Bild. Nicht ein einziges Gebäude war unbeschädigt geblieben. Der Himmel über der Festung glühte rot im Widerschein der Flammen. Eine Hand voll Libellen kreiste noch immer über dem Hort, aber die meisten waren mittlerweile gelandet. Dutzende von Männern in blauen Uniformen rannten auf die offenstehenden Glaskanzeln zu. Viele von ihnen trugen andere reglose Körper mit sich.

»Hrhon!«, sagte sie. »Lauf hinunter. Sie sollen sie auf keinen Fall verfolgen, hörst du? Ich will keinen Drachen in der Luft sehen. Und jemand soll nachsehen, ob Elders toter Kamerad noch da ist.« Sie begegnete Aires fragendem Blick und deutete auf den Hof hinunter. »Sie nehmen all ihre Toten mit.«

»Aber warum?«, wunderte sich Aires. Ächzend stemmte sie

sich an der Kante des umgestürzten Tisches in die Höhe und trat zu ihr ans Fenster.

»Vielleicht, weil sie nicht tot sind«, murmelte Kara.

»Wie bitte?«

Kara sah weiter auf den Hof hinab. Der Kampf war vorbei. Dann und wann zuckte noch ein grüner Blitz auf, wenn einer der PACK-Soldaten nervös wurde und auf einen Schatten feuerte, aber die meisten hatten ihre Maschinen wieder erreicht. Die ersten Libellen starteten bereits wieder.

»Ich weiß, dass es verrückt klingt«, sagte Kara. »Aber ... erinnerst du dich, dass ich dir von dem Mann erzählt habe, der Angella und mir in dieser Gasse in Schelfheim aufgelauert hat?«

»Der, den du nachher unten am Strand erschossen hast?«

»Das dachte ich bis jetzt«, antwortete Kara. »Aber vor zehn Minuten habe ich ihn wiedergesehen, Aires. Es war der Offizier, der die Soldaten angeführt hat. Du müsstest ihn eigentlich auch gesehen haben – er trug einen dünnen Bart.«

Aires nickte. »Das war der Kerl, der mich niedergeschlagen hat.« Sie blinzelte. »Aber du musst dich täuschen. Du kannst ihn nicht getötet haben.«

»Doch, Aires.« Kara drehte sich langsam zu der alten Magierin um und sah ihr ins Gesicht, während im Hof unter ihr die letzten Libellen kreischend abhoben. »Verstehst du immer noch nicht, Aires? Wir kämpfen gegen eine Armee von Unsterblichen!«

42

Selbst Stunden später war es ihnen nicht einmal gelungen, sämtliche Brände zu löschen. Kara hatte alle, die sich nicht um die Verletzten kümmern mussten oder selbst verletzt waren, zum

Löschen des Feuers eingesetzt, aber es war ein fast aussichtsloses Unterfangen. Was nicht den grünen Blitzen der Libellen zum Opfer gefallen war, würde bis zum Abend ein Raub der Flammen werden. Der Drachenhort hatte Jahrtausende überdauert, hatte Kriege, Belagerungen und Naturkatastrophen überstanden und ganze Völker aus dem Nichts auftauchen und wieder dorthin verschwinden sehen, doch jetzt war er verloren.

Bis zur Mittagsstunde hatten sie einunddreißig Tote gezählt, und sie gruben immer noch Leichen aus den Trümmern. Kara schätzte, dass es bis zum Abend fünfzig sein würden; wenn sie Glück hatten. Und kaum einer der Lebenden war ohne mehr oder weniger schwere Blessuren davongekommen.

Da sie zu Recht argwöhnte, dass Aires so lange Verwundete versorgen würde, bis sie zusammenbrach, geleitete sie die Magierin selbst in ihre Turmkammer, die in einem der wenigen Teile des Gebäudes lag, das nicht völlig zerstört worden war. Kara war im ersten Moment überrascht, als sie die Kammer betrat und Tess auf einem Stuhl am Tisch vorfand; in eine Decke gewickelt und zitternd. Dann fiel ihr ein, dass sie selbst befohlen hatte, die junge Kriegerin hinaufzubringen. Trotzdem klang in ihrer Stimme keine Spur von Mitgefühl. »Also?«, fragte sie kalt. »Ich höre.«

Tess sah sie aus fiebrigen Augen an. »Ich ... verstehe nicht ...«

»Nein?«, schnappte Kara. »Dann geht es dir wie mir. Ich verstehe auch so einiges nicht. Zum Beispiel, woher sie so genau wissen konnten, wie sie uns am härtesten treffen können.« Sie trat beinahe drohend auf Tess zu. »Sie wussten alles über uns und die Festung, Tess! Wie unsere Verteidigung aussieht, wo unsere Wachen stehen und in welchen Gebäuden die Krieger schlafen! Selbst wie sie die Drachen ausschalten können!«

»Ich habe nichts gesagt, wenn du das meinst!«, verteidigte sich Tess. »Sie haben mich nicht einmal verhört!«

»Sie …«

»Natürlich haben sie das«, sagte eine Stimme hinter Kara, und sie brach mitten im Satz ab und drehte sich zornig zu Elder herum, der auf einem unbequemen Hocker hinter der Tür saß. Storm, der einen Verband um den linken Arm und einen zweiten über der Stirn trug, stand mit grimmigem Gesichtsausdruck neben ihm und stieß ihn grob auf den Stuhl zurück, als er sich erheben wollte. »Sie haben sie verhört«, sagte Elder noch einmal. »Sie haben jedes bisschen Wissen aus ihrem Gehirn gesaugt, nur erinnert sie sich nicht mehr daran. Es ist nicht ihre Schuld.«

Kara funkelte ihn an. »Elder – wie schön, dass du uns auch wieder einmal die Ehre gibst. Wo bist du gewesen?«

Elder ignorierte die Frage und machte eine Kopfbewegung auf Tess. »Das arme Kind sitzt seit Stunden hier und hat hohes Fieber«, sagte er. »Aber sie kann nichts dafür. Glaub mir – auch du hättest ihnen jede Frage beantwortet, die sie dir gestellt hätten.«

»Ich habe ihn in den Drachenhöhlen gefunden«, sagte Storm zornig. »Wo er in Sicherheit war, dieser verdammte Feigling!«

»Feigling?« Elder lachte kurz. »Hältst du es für tapfer, hier oben zu bleiben und als Zielscheibe zu dienen?«

»Wenigstens sind wir nicht weggelaufen und haben unsere Kameraden im Stich gelassen!«, entgegnete Kara.

»Ich habe euch oft genug gewarnt!«, sagte Elder. »Ihr wolltet mir nicht glauben, wie? Habt ihr gedacht, ich lüge, oder habt ihr euch wirklich für so unbesiegbar gehalten? Weißt du eigentlich, dass ihr noch Glück gehabt habt? Ihr könntet jetzt alle tot sein, wenn sie es ernst gemeint hätten!«

»Wir sind verraten worden!«, sagte Storm mit einem fast hasserfüllten Blick auf Tess. »Hätten wir unsere Drachen in die Luft be …«

»Hätten! Wenn! Wäre!«, unterbrach ihn Elder. »So ist noch

nie ein Krieg gewonnen worden, Storm. Der Trick ist, dass ihr nicht dazu gekommen seid!«

»Noch einmal wird uns das bestimmt nicht passieren«, grollte Storm. »Sicher nicht!«, antwortete Elder. »Das nächste Mal denken sie sich etwas anderes aus, um euch zu überraschen. PACK hat noch nie einen Krieg verloren.«

»Sie kämpfen nicht fair!«, sagte Storm.

»Na und?« Elder deutete auf Kara. »Um einmal einen der Lieblingssätze eurer Herrin zu zitieren: Wer hat je behauptet, dass ein Kampf immer fair sein muss?«

»Das reicht!«, sagte Kara, aber Elder unterbrach sie sofort wieder. »Nein, verdammt, das reicht nicht! Ist das, was heute passiert ist, denn immer noch nicht genug? Wie viele Helikopter habt ihr in Schelfheim zerstört? Fünf? Und jetzt sieh dir eure Festung an und deine toten Kameraden! Das ist die Quittung, die ihr dafür bekommen habt! Und dabei haben sie es noch nicht einmal wirklich ernst gemeint. Sie sind nur einmal kurz gekommen und haben ›Hallo‹ gesagt, glaub mir!«

»Ich würde es dir glauben, hätten sie die Burg einfach nur in Brand geschossen«, erwiderte Kara. »Aber sie waren hier. Sie sind in dieses Zimmer und ein paar andere eingedrungen, und sie haben mindestens ein Dutzend Männer dabei verloren. So etwas tut man nicht ohne Grund.« Sie sah Elder bei diesen Worten scharf an. Aires und sie waren übereingekommen, niemandem von der unheimlichen Wiederkehr vermeintlich toter Krieger zu erzählen.

»Vielleicht haben sie den Piloten gesucht, der Tess hergebracht hat«, sagte Elder.

»Vielleicht auch dich.«

»Kaum«, antwortete Elder achselzuckend. »Wenn sie auch nur den Verdacht gehabt hätten, dass ich noch lebe, dann stünde hier jetzt kein Stein mehr auf dem anderen.«

Kara starrte ihn zornig an, aber zumindest in diesem einen

Punkt glaubte sie ihm. Noch immer vor Zorn bebend drehte sie sich zu Hrhon herum. Der Waga war ihr trotz seiner schweren Verletzung bisher kaum von der Seite gewichen. »Hast du getan, was ich dir befohlen habe, und nach dem toten Krieger gesehen?«, schnappte sie. »Ist er noch da?«

Hrhon nickte, aber sie glaubte ein Zögern in dieser Bewegung zu erkennen.

»Jha«, sagte er. »Ssseihn Khörpher ssshon.«

»Was soll das heißen – sein Körper?«, fauchte Kara. Aus den Augenwinkeln sah sie, wie Elder fast unmerklich zusammenfuhr. »Ist er noch da oder nicht?«

Hrhon druckste einen Moment herum. »Ssshi hahbhen ihn nhissst mhitghenhommhen. Abher ssshie hahbhen ihm dhen Khopfh abghessshnhitthen.«

»Den Kopf *abgeschnitten?«* Geschlagene zehn Sekunden starrte Kara den Waga fassungslos an – und dann fiel es ihr plötzlich wie Schuppen von den Augen.

Auch Aires vergaß schlagartig ihre Müdigkeit, sprang auf und eilte zu einer umgestürzten Truhe neben ihrem Bett. Mit fliegenden Fingern durchwühlte sie ihren Inhalt, dann richtete sie sich auf und schüttelte den Kopf. »Es ist nicht mehr da. Das war es, was sie gesucht haben.«

»Wovon redet ihr eigentlich?«, fragte Elder. Er wirkte mit einmal sehr nervös.

Kara starrte ihn an, und plötzlich gab sie Hrhon einen Wink. Der Waga packte Elder, ehe der überhaupt richtig begriff, was mit ihm geschah, und drehte ihm die Arme auf den Rücken. Elder keuchte vor Schmerz, begann um sich zu treten und stellte seinen Widerstand hastig ein, als Hrhon seinen Griff verstärkte.

»Du weißt ganz genau, wovon wir reden«, sagte Kara. Ihre Stimme zitterte vor kaum noch unterdrücktem Zorn. »Wir reden von dem *Ersatzteil,* das der tote Mann in Schelfheim im

Kopf hatte. Die *Prothese*, erinnerst du dich? Nicht viel mehr als eine Krücke, nicht wahr? Ich halte jede Wette, dass dein toter Kamerad auch eine solche *Prothese* im Schädel getragen hat. Dummerweise war jemand so nachlässig, seinen Kopf zu verlegen, sodass wir nicht mehr nachsehen können.«

»Ich … verstehe nicht, was du … was du meinst«, stammelte Elder. In seinen Augen flackerte Angst.

»So?«, fragte Kara. »Wirklich nicht? Ich bin sicher, dass wir wahrscheinlich in deinem Kopf auch so eine Krücke finden werden, wenn wir ihn aufschneiden, um nachzusehen.« Sie zog ihr Messer, als wollte sie ihre Worte augenblicklich in die Tat umsetzen, und aus der Angst in Elders Blick wurde Panik.

»Was … was hast du vor?«, stammelte er.

»Dir ein paar Fragen stellen«, antwortete Kara. »Auch wir haben so unsere Methoden, Antworten zu bekommen. Aber an *unser* Verhör *wirst* du dich erinnern, das verspreche ich dir!« Sie hob das Messer, steckte es dann plötzlich wieder weg und streckte fordernd die Hand in Aires Richtung aus. »Deinen Laser, Aires. Ich glaube, jetzt brauche ich ihn doch.«

»Kara, nein!«, keuchte Elder. »Du weißt nicht, was …«

Kara trat dicht an ihn heran, drückte seinen Kopf zur Seite und setzte den Lauf der kleinen Laserpistole an die linke Seite seines Hinterkopfes. »Genau hier, nicht?«, fragte sie. »Ich möchte dir ungern unnötige Schmerzen zufügen, indem ich danebenschieße!«

»Kara, bitte!«, stöhnte Elder. »Lass es mich erklären!«

»Was?«, fragte Kara. »Dass du uns die ganze Zeit über belogen hast? Dass ihr gar keine Menschen seid? Dass ihr nur mit uns gespielt habt?« Sie zitterte. Für Sekunden musste sie all ihre Selbstbeherrschung aufbieten, um nicht wirklich abzudrücken. »Was bist du, Elder?«, fragte sie. »Nur ein Haufen grauer Schlamm unter Glas, der nach Belieben in einen neuen Körper schlüpft?«

»Nein«, stöhnte Elder. »Bitte, Kara – ich erkläre es dir. Hör mir nur eine Minute zu, ich flehe dich an!«

Eine Hand legte sich beruhigend auf ihren Arm. »Lass ihn reden«, sagte Aires.

Kara zitterte. Ihr war fast schlecht vor Zorn. Aber dann nahm sie ganz langsam die Waffe herunter und trat einen Schritt zurück. Sie widersetzte sich nicht, als Aires ihr den Laser aus der Hand nahm.

»Rede!«, befahl sie.

Elder hob stöhnend den Kopf. »Diese dämliche Schildkröte kann mich jetzt loslassen«, sagte er.

Die *Schildkröte* knurrte und machte eine kaum sichtbare Bewegung; Kara konnte hören, wie Elders Handgelenk brach. Elders Gesicht wurde grau.

»Oh Verzeihung«, sagte Kara kalt. »Hrhon ist manchmal auch zu ungeschickt. Du solltest das bei deinen Antworten bedenken, sonst reißt er dir ganz aus Versehen noch einen Arm aus. Allerdings nehme ich nicht an, dass dir das allzu viel ausmacht. Vermutlich wirst du ihn dir einfach nachwachsen lassen.«

Elder stöhnte vor Schmerz. Sein Gesicht war schweißbedeckt. »Es tut mir leid«, sagte er. »Es war meine Schuld. Ich … hätte es euch sagen sollen, ich weiß.«

»Dann tu es doch jetzt«, schlug Kara vor. »Wir sind geduldige Zuhörer.«

»Ich habe dich nicht belogen«, sagte Elder. »Es stimmt, was ich dir über unser Volk erzählt habe. Wir werden sehr alt. Aber wir sind nicht unverwundbar. Deshalb schützen wir unser Gehirn. Verdammt, ich habe die Wahrheit gesagt! Es ist eine Art Ersatzteil! Wie ein Helm, wenn du willst – nur dass wir ihn in unseren Köpfen tragen statt darüber!«

»Ich glaube dir nicht«, sagte Kara. »Der Mann, den ich heute Morgen sah, ist derselbe, den ich schon zweimal getötet habe. Getötet, Elder – nicht verletzt!«

»So leicht ist es nicht, einen Menschen umzubringen«, antwortete Elder. »Organe sind austauschbar. Selbst ein ganzer Körper.«

»Soll das heißen, ihr … könnt euch neue Körper besorgen, wenn die alten zerstört werden?«, fragte Aires fassungslos.

Elder nickte. »Ja. Die Technik ist schon seit Jahrtausenden bekannt. Du brauchst nur eine einzige Zelle, um einen vollkommen neuen Körper daraus zu klonen. Eine perfekte Kopie des alten.«

»Dann … dann seid ihr wirklich unsterblich«, hauchte Kara. »Ihr werdet einfach wiedergeboren, wenn der alte Körper verbraucht ist!«

»Ganz so einfach ist es leider nicht«, antwortete Elder. »Ich kann mich hundertmal kopieren lassen, aber es wären nur … leere Hüllen. Fleisch, das atmet und blutet, aber nicht mehr. Es ist uns nie gelungen, *Leben* zu erschaffen. Wir können auch das Gehirn nachzüchten, und es funktioniert so gut oder schlecht wie das, nach dessen Vorbild es erschaffen wurde.«

Aires starrte ihn immer ungläubiger an. Dann gab sie Hrhon einen Wink. »Lass ihn los.«

Der Waga gehorchte. Elder stolperte einen Schritt von ihm fort, krümmte sich und presste stöhnend die gebrochene Hand gegen den Leib.

»Dann ist das, was Kara gefunden hat …«

»… das, was wir nicht kopieren können«, führte Elder den Satz stöhnend zu Ende. »Organisch schon, aber das hat keinen Sinn. Es sind die Erinnerungen, das, was Charakter und das Wesen eines Menschen ausmacht. Der Sitz des Bewusstseins, wenn du so willst.«

»Das heißt, wenn euer Körper getötet wird, nehmt ihr einfach dieses … *Ding* aus seinem Kopf und pflanzt es in einen neuen«, murmelte Kara. Sie empfand ein nicht mit Worten zu beschreibendes Entsetzen.

»Ganz so einfach ist es nicht«, antwortete Elder. »Aber im Prinzip hast du recht. Die Kapsel enthält eine winzige Überlebenseinrichtung. Und einen Sender, der automatisch ein Notsignal ausstrahlt, wenn sie aktiviert wird.«

»Deshalb sind sie so furchtlose Kämpfer«, sagte Storm düster. »Sie sterben ja nicht wirklich. Jedenfalls nicht für lange.«

»Ja«, fügte Aires hinzu. »Und das ist auch der Grund, aus dem sie unsere Drachen fürchten, nicht wahr?« Sie sah Elder auffordernd an, aber er schwieg, und so fuhr sie nach ein paar Augenblicken fort. »Ich nehme an, diese Kapseln sind aus einem sehr widerstandsfähigen Material gefertigt. Aber sie sind nicht unzerstörbar. Das Feuer eines Drachen kann sie vernichten. Und dann sind sie *wirklich* tot. Ist es nicht so?«

Elder nickte widerstrebend. Er sagte aber nichts, und nach einem Moment wich er auch Aires' Blick aus.

»Warum hast du uns nichts davon erzählt?«, fragte Kara. »Du hast gewusst, was ich aus Schelfheim mitgebracht habe. Du hast es gesehen, als es vor Aires auf dem Tisch lag! Du hast es in der Hand gehabt! Warum hast du geschwiegen? Du musst gewusst haben, dass sie kommen würden. Das alles hier ist deine Schuld, Elder, ist dir das klar?«

»Ich weiß«, flüsterte Elder. »Es ... es tut mir aufrichtig leid, glaub mir. Ich habe einen Fehler gemacht.«

»Es tut dir leid?« Kara hob zornig die Hand und ließ sie wieder sinken. »Dort draußen liegen dreißig Tote, Elder! Weißt du überhaupt, was dieses Wort bedeutet – ich meine *wirklich* bedeutet? Sie sind tot, Elder! Niemand wird kommen und ihre Gehirne in neue Körper stopfen! Sie sind tot, und sie werden es bleiben!«

»Es tut mir leid«, sagte Elder zum wiederholten Mal. »Was soll ich tun, außer meinen Fehler einzugestehen? Würde es euch zufriedenstellen, wenn ich Selbstmord beginge?«

Kara wollte auffahren – aber in diesem Moment fiel ihr etwas ein, woran sie bisher nicht einmal gedacht hatten.

»O mein Gott«, flüsterte sie entsetzt. »Wisst ihr, was das noch bedeutet?« Aires und Storm sahen sie erschrocken an, und Kara fuhr mit bebender Stimme fort. »Es bedeutet, dass sie auch Schelfheim noch einmal angreifen werden!«

43

Sie erreichten die Stadt im Morgengrauen des nächsten Tages, denn trotz allem hatte keiner von ihnen noch die Energie aufgebracht, sofort aufzubrechen. Sie wären ohnehin zu spät gekommen, denn wie Kara gleich nach ihrer Ankunft erfuhr, hatte der Angriff auf Schelfheim nahezu in der gleichen Minute stattgefunden, als auch der Hort überfallen worden war.

Keiner der Drachen samt ihrer Reiter waren noch am Leben. Zwei der riesigen Tiere waren in die Stadt gestürzt und hatten den Verheerungen des vorangegangenen Angriffs neue hinzugefügt, doch die meisten Tiere waren draußen über dem *Schlund* abgestürzt. Sie hatten nicht einmal die Chance gehabt, ihre Gegner in einen Nahkampf zu verwickeln.

Vielleicht hat Elder recht, dachte Kara matt, während sie schweigend und mit unbewegtem Gesicht Cords Bericht lauschte. Vielleicht waren ihre Gegner einfach *besser* als sie.

»Ich konnte nichts tun«, beendete Cord seinen Bericht. »Ich war mit dem Hund unten in den Katakomben. Als ich den Lärm hörte, bin ich sofort zurückgelaufen, aber es war zu spät. Sie hatten meinen Drachen erschossen.«

»Sei froh, dass du unten warst«, sagte Donay. »Sonst wärst du jetzt auch tot.« Er hatte Kara und das gute Dutzend Drachenflieger begleitet, da er in der Stadt noch einige Dinge holen wollte – unter anderem auch Irata, das menschliche Gegenstück zu Elders *Computer*. Und eine ellenlange Liste von Dingen, die mitzubringen ihm Elder aufgetragen hatte. Donay war blass geworden, als er sie überflog, hatte sie aber kommentarlos eingesteckt.

»Ja, vermutlich hast du recht«, sagte Cord düster. »Aber ich wünschte mir fast, es wäre so.«

»Unsinn!« Kara widersprach heftig. »Ich brauche lebende Krieger, keine toten! Hast du eine Spur gefunden?«

»Von Elder?« Cord nickte. »Er war dort unten. Ganz in der Nähe der Stelle, an der Liss und die beiden anderen ermordet wurden. Der Hund hat seine Spur eindeutig wiedererkannt.«

»Dass er dort unten war, muss nicht unbedingt bedeuten, dass er die drei auch umgebracht hat«, sagte Donay. Kara registrierte den besorgten Blick, den er ihr aus den Augenwinkeln zuwarf. »Was hast du entdeckt?«

»Ein paar alte Keller voller Staub und Spinnen«, antwortete Cord. Zögernd fügte er hinzu: »Und noch etwas, aus dem ich nicht schlau werde.« Er sah Donay an. »Vielleicht solltest du es dir bei Gelegenheit noch einmal ansehen.«

»Nicht bei Gelegenheit«, sagte Kara. »Sofort. Wir gehen noch heute hinunter. Was ist es?«

»Wahrscheinlich nichts von Bedeutung«, antwortete Cord. »Eine Inschrift an einer Wand. Ich kann es nicht besser ausdrücken, aber irgendwie jagte sie mir Angst ein. Der Hund wurde auch unruhig. Ich konnte ihn kaum noch bändigen.«

»Eine Inschrift?« Donay beugte sich interessiert vor. »Ein Bild, meinst du?«

»Nein. Eine Art ... Buchstaben. Ich konnte sie nicht lesen.«

»Hunde können auch nicht lesen«, sagte Donay.

»Ich weiß«, antwortete Cord in leicht beleidigtem Ton.

»Trotzdem war er wie von Sinnen. Er hat sogar nach mir geschnappt.«

»Gut«, sagte Kara. »Sehen wir uns diese sonderbare Inschrift an.«

»Jetzt gleich?«, fragte Cord.

»Was spricht dagegen?«

»Gendik will dich sehen«, antwortete Cord. »Karoll und er warten bereits draußen auf dich.«

»Er ist noch hier?«, fragte Kara überrascht. Gleichzeitig war sie fast erleichtert. Der Anblick des brennenden Drachenhortes war nicht unbedingt das, was sie Gendik zur Begrüßung hatte bieten wollen.

»Er war noch gar nicht weg«, bestätigte Cord. Er stand auf. »Ich kann ihn abwimmeln, wenn du das möchtest.«

Kara liebäugelte eine Sekunde lang tatsächlich mit dem Gedanken. Aber dann schüttelte sie mit einem Seufzer den Kopf. »Nein, schick ihn nur her. Bringen wir es hinter uns.«

Cord ging, und Donay blickte ihm nachdenklich hinterher. »Was, zum Teufel, hat er damit gemeint?«

»Wir werden es sehen«, sagte Kara. Sie hatte keine Lust, jetzt darüber nachzudenken. Im Grunde wollte sie über gar nichts nachdenken. Sie wollte nicht einmal *hier sein.* Für einen Moment wünschte sie sich, wieder das Kind zu sein, das in einem anderen, beschützenden Drachenhort aufwuchs.

Karoll und der Herrscher von Schelfheim mussten wohl unmittelbar vor der Tür gewartet haben, denn sie erschienen bereits nach wenigen Augenblicken. Karolls Gesicht war so ausdruckslos, wie Kara es kannte; das Gesicht eines Politikers und Diplomaten, in dessen Wortschatz der Begriff ›Gefühl‹ einfach fehlte. Aber auch auf dem Antlitz Gendiks entdeckte sie weder Niedergeschlagenheit noch Schrecken. Seine Augen blitzten vor Zorn, und es dauerte eine Weile, bis Kara begriff, dass dieser Zorn weder den namenlosen Angreifern noch dem grausamen

Schicksal galt, das seine Stadt getroffen hatte, sondern einzig und allein ihr.

Er polterte auch sofort los. »Du kommst spät! Der Überfall fand gestern Morgen statt! Wieso kommt ihr erst jetzt, und wieso habt ihr nur so wenige Krieger bei euch? Die, die du hiergelassen hast …«

»… sind tot«, unterbrach ihn Kara. »Stellt Euch vor, Gendik, das ist meiner Aufmerksamkeit nicht entgangen.«

Gendik erbleichte, weil er solch eine harte, schneidende Replik noch nicht erlebt hatte. Im gleichen beleidigenden Ton fuhr sie fort: »Ich muss gestehen, dass ich ein wenig überrascht bin, Euch hier zu sehen, Gendik. Ich dachte, ich hätte Euch und Eure Berater zu einem Gespräch in den Drachenhort eingeladen.«

»Ich kann hier nicht weg«, antwortete Gendik verstört. »Wie stellst du dir das vor? Die Stadt ist von einer Katastrophe unvorstellbaren Ausmaßes getroffen worden. Soll ich sie im Stich lassen, nur um einen Becher Wein mit dir und deinen Freunden zu trinken?«

Wie recht du hast, dachte Kara. *Und die wirkliche Katastrophe kommt erst noch, mein Freund.*

Karoll versuchte zu schlichten. »Ich bitte euch«, sagte er in die Runde. »Wir sind alle erregt und nervös. Gegenseitige Vorwürfe helfen da niemandem weiter. Gendik konnte nicht einfach für eine Woche verschwinden, nach allem, was hier geschehen ist, Kara. Und du hattest sicher gute Gründe, erst jetzt hier zu erscheinen und mit weniger Kriegern, als wir erwarteten.«

»Ja«, sagte Kara düster. »Die hatte ich.«

Gendik warf seinem Berater einen zornigen Blick zu, ging aber nicht weiter auf seine Worte ein, sondern setzte im gleichen herausfordernden Tonfall wieder an: »Wann kommen die anderen Krieger? Und was gedenkt ihr zu tun, um einen dritten Überfall zu verhindern?«

»Überhaupt nichts«, antwortete Kara ruhig.

Karoll starrte sie aus aufgerissenen Augen an.

»Wir werden nichts tun, weil wir nichts tun können, Gendik. Du hast gesehen, wozu sie fähig sind. Was erwartest du von mir? Dass ich meine Leute gegen einen übermächtigen Feind in die Schlacht schicke? Ich habe dir zehn meiner besten Krieger hiergelassen, und sie haben sie abgeschossen wie lahme Tauben. Ich denke nicht daran, meine Freunde zu opfern.«

»Das heißt, du lässt uns im Stich?«, murmelte Gendik fassungslos. »Du wirfst uns ihnen zum Fraß vor?«

»Zehn Jahre, Gendik«, begann Kara. »Zehn Jahre lang habt ihr alle keine Gelegenheit ausgelassen, uns zu zeigen, wie sehr ihr uns verachtet. Ihr habt unseren Schutz angenommen, aber unsere Nähe wolltet ihr nicht. Und ihr wollt sie noch immer nicht. Ihr verachtet uns, und ihr gebt euch nicht einmal die Mühe, es zu verheimlichen. Ihr haltet uns für Barbaren, für Wilde, die in ihrer Burg weit weg in den Bergen gut genug aufgehoben sind! Aber jetzt, wo eure kostbaren Leben in Gefahr sind, da schreit ihr plötzlich nach uns. Mit einem Mal sind die Barbaren wieder gut, nicht wahr?«

Sowohl Gendik als auch Karoll sahen sie völlig verständnislos an. Selbst Kara war ein wenig überrascht über die Heftigkeit ihres Ausbruchs, aber sie fühlte sich sehr erleichtert. Sie hatte es einfach einmal sagen müssen.

»Wir haben einen Vertrag, Kara«, sagte Karoll beinahe sanft. »Schelfheim zahlt Abgaben an euch. Nicht viel und auch nicht immer so pünktlich, aber wir erfüllen unseren Teil. Und der Hort ...«

»Der Hort«, unterbrach ihn Kara leise, »existiert nicht mehr.«

Die beiden Männer starrten sie an, und auch in Donays Augen erschien ein besorgter Ausdruck. Sie waren eigentlich übereingekommen, nichts von ihrer Niederlage zu erzählen oder sie zumindest herunterzuspielen. Aber Kara hatte plötzlich das Gefühl, dass die Zeit für Lügen endgültig vorüber war.

»Wie ... bitte?«, hauchte Gendik schließlich.

»Sie haben uns ebenfalls angegriffen«, antwortete Kara leise, ohne ihn oder Karoll anzusehen. »Der Drachenhort ist zerstört. Sie haben ihn niedergebrannt, Gendik. Ich weiß nicht, ob wir ihn überhaupt jemals wieder aufbauen können. Sehr viele unserer Krieger sind tot. Die, die ich mitgebracht habe, sind beinahe alle, die überhaupt noch in der Lage waren, einen Drachen zu besteigen. Und ich werde sie ganz gewiss nicht als Zielscheibe für diese Ungeheuer hierlassen.«

»Ihr ... gebt einfach auf?«, sagte Gendik verstört. »Ihr wollt nicht einmal gegen sie kämpfen? Ihr wollt uns einfach im Stich lassen?«

Hatte er denn gar nichts verstanden? Kara blickte ihn an und versuchte vergeblich, weiterhin so etwas wie Zorn oder wenigstens Verachtung zu empfinden. Es gelang ihr nicht. Ihr Vorrat an Gefühlen war erschöpft. Sie fühlte sich nur noch leer.

Und es war auch Donay, der Gendik antwortete, nicht Kara. »Natürlich nicht«, sagte er mit einem fast flehenden Blick in Karas Richtung. »Aber wir haben es mit einem Gegner zu tun, der mit den uns bekannten Mitteln und Waffen nicht zu schlagen ist. Wir müssen eine neue Taktik ausarbeiten. In diesem Zusammenhang ...« Er griff unter seine Jacke und zog den zusammengefalteten Zettel hervor, den er von Elder bekommen hatte. »Da wären noch ein paar Dinge, die ich euch zusammenzustellen bitte.«

»Eine neue Taktik?«, ächzte Gendik. »Worin besteht sie? Darin, sich feige zu verkriechen und darauf zu warten, dass sie die Lust verlieren, uns zusammenzuschießen?«

»Sie besteht auf jeden Fall nicht darin, mit offenen Augen in den sicheren Tod zu rennen«, antwortete Kara müde. »Überdies habe ich sicheren Grund zu der Annahme, dass sie euch nicht noch einmal angreifen werden.«

»Wie beruhigend«, sagte Gendik. »Und wenn du dich täuschst, dann sind wir die Ersten, die das merken, wie?«

Sein Hohn prallte von Kara ab. Er war ebensowenig echt wie sein überheblicher Blick. Der Gendik, der Kara gegenübersaß, hatte kaum noch etwas mit dem Mann gemein, der vor wenigen Minuten durch die Tür hereingekommen war. Gendik war bis ins Mark erschüttert. Schelfheim hatte sich all die Jahre hindurch sicher gefühlt, beschützt von der stärksten Macht, die es auf dieser Welt gab. Und mit einem Mal mussten sie erkennen, wie wenig dieser Schutz wert war.

»Es ist keineswegs so, dass wir aufgeben«, fuhr Kara fort. »Aber Donay hat völlig recht. Die Libellen sind keine Gegner, die wir mit Waffengewalt in die Knie zwingen können. Wir müssen uns einen anderen Weg ausdenken. Das bedeutet nicht, dass wir kapitulieren.«

»Dann ... dann verbünden wir uns mit ihnen«, sagte Gendik nervös. »Wir müssen herausfinden, was sie von uns wollen und warum sie hier sind. Vielleicht gibt es einen Weg, sich mit ihnen zu arrangieren.«

Kara lächelte bitter. Sie hatte diesen Vorschlag von einem Mann wie Gendik erwartet. »Ich fürchte, das Einzige, was sie von uns wollen, ist auch das Einzige, was wir ihnen nicht geben können«, sagte sie.

Karoll hatte mittlerweile den Zettel gelesen und sah stirnrunzelnd auf. »Das kann ich euch nicht geben«, sagte er. »Diese Dinge werden in Schelfheim benötigt. Ganz davon abgesehen, dass ich einen Monat brauchte, um sie zusammenzustellen.«

Kara maß ihn mit einem langen Blick. »Ich kann mich nicht erinnern, dass Donay Euch um diese Dinge *gebeten* hat, Karoll«, sagte sie kühl. »Es war ein *Befehl*, und Ihr werdet ihm gehorchen. Und Ihr habt Zeit bis morgen früh, das Gewünschte zusammenzustellen.« Sie stand auf. »Es sei denn, Ihr legt Wert darauf, dass ich meine Krieger ausschicke, um sie zu suchen.«

So schnell, dass Gendik keine Chance mehr hatte, eine Antwort zu finden, verließ sie das Zimmer und das Haus. Ein warmer Wind schlug ihr entgegen. Ohne im Schritt innezuhalten, eilte sie auf den gewaltigen Krater zu, bückte sich unter der dreifachen Absperrung hindurch und blieb erst stehen, als jeder weitere Schritt nicht nur Lebensgefahr, sondern *Selbstmord* bedeutet hätte. Das Loch war merklich größer geworden. Als sie das erste Mal zusammen mit Elder und Hrhon hier hinabgestiegen war, da hatte es gerade den Durchmesser des Brückenpfeilers gehabt. Jetzt hatte es mehr als die Hälfte des Platzes verschlungen; und das leise, aber beständige Rieseln und Rascheln verriet ihr, dass es sich noch immer ausdehnte. Vielleicht, dachte sie, wird es überhaupt nie aufhören zu wachsen, sondern Schelfheim eines Tages wie ein steinerner Strudel verschlingen.

»Warum warst du so grob zu ihnen?«, fragte Donay hinter ihr. Sie hatte nicht gemerkt, dass er ihr gefolgt war, und sie drehte sich auch nicht zu ihm herum.

»Wieso? Hattest du solches Mitleid mit Gendik?«

»Nein«, antwortete Donay. »Er hat es verdient, aber der Zeitpunkt war nicht sehr klug gewählt.« Mit veränderter Stimme fügte er hinzu: »Geh da weg. Es macht mich nervös, dich da stehen zu sehen.«

Wie um seine Worte zu bekräftigen, löste sich ein kleiner runder Stein unmittelbar neben Karas rechtem Fuß, rollte ein Stück und fiel dann ins Loch. Kara verfolgte seinen Flug, bis er von der Schwärze des Schachtes aufgesogen wurde. Sie rührte sich nicht. »Wieso? Wir wollen doch sowieso nach unten, oder?«

»Aber nicht so«, antwortete Donay. »Jedenfalls hatte ich das nicht vor. Du vielleicht?« Das Schweigen, mit dem sie auf seine nur rhetorisch gemeinte Frage antwortete, schien ihn zu alarmieren, denn plötzlich vergaß er seine eigene Warnung, trat neben sie und legte die Hand auf ihre Schulter. Sie wankte, machte einen hastigen Schritt vom Rand des Kraters fort und hielt sich instinktiv an Donay fest. Unter ihrer beider Füßen lösten sich immer mehr Steine und rollten abwärts, und ganz plötzlich spürte sie den Sog der Tiefe. Die Gefahr abzustürzen bestand nicht wirklich, aber sie hatten es doch plötzlich sehr eilig, einige Schritte zwischen sich und den Abgrund zu bringen.

Was für ein absurdes Ende wäre das doch für diese Geschichte gewesen, dachte Kara.

Donay ließ fast verlegen ihre Schultern los, trat einen Schritt vor und wusste plötzlich nicht mehr, was er mit seinen Händen anfangen sollte.

»Lass uns gehen«, sagte Kara, als sie seine Verlegenheit spürte. »Cord wartet sicher schon auf uns.«

44

Vier Stunden später war Kara nicht mehr ganz sicher, ob es nicht wirklich einfacher gewesen wäre, den direkten Weg in die Tiefe zu wählen. Sie hatten nicht sofort aufbrechen können, obwohl alles in Kara danach drängte, ihren Ausflug in Schelfheims Unterwelt möglichst rasch hinter sich zu bringen, damit sie zum Drachenhort und den anderen zurückkehren konnten. Aber zugleich hatte sie auch Angst vor dem gehabt, was sie finden mochten. Denn ob es nun ein Beweis für Elders Schuld oder im Gegenteil für seine Ehrlichkeit war, es würde die Dinge so oder so komplizieren.

Stand Elder auf ihrer Seite, wie er behauptete, und sprach die Wahrheit, dann kämpften sie einen Kampf ohne jede Aussicht auf einen Sieg. Log er und war ein Verräter, der in Wirklichkeit mit den Männern in den blauen Uniformen zusammenarbeitete, dann standen ihre Chancen noch viel schlechter, denn dann wussten ihre Feinde mittlerweile alles über den Drachenhort und seine Bewohner.

Sie war auf dem besten Weg gewesen, tatsächlich trübsinnig zu werden, als Donay und Cord schließlich kamen und ihr mitteilten, dass sie bereit seien. Cord hatte allerdings den Spürhund nicht bei sich, womit sie fest gerechnet hatte, und irgendein Teufel hatte Donay geritten, seinen brabbelnden Erinnerer mitnehmen zu wollen; eine Kreatur, die bei aller Intelligenz, die Kara ihr zubilligte, kaum in der Lage war, aus eigenem Entschluss mehr als drei Schritte zu tun. Außerdem hatte Cord nur abgewunken, als sie sich herumdrehen und zu dem an einer fast mannsgroßen Seilwinde hängenden Aufzugkorb gehen wollte, den Gendiks Männer in den letzten Tagen installiert hatten. Die feindlichen Truppen hatten ihn nicht zerstört, sodass er noch immer einen relativ sicheren und bequemen Weg bot, in die tieferen Gefilde der Stadt vorzustoßen.

Aber obwohl es ihr nicht behagte, folgte Kara Cord widerspruchslos zu einem halb heruntergebrannten Haus, das einen guten Block weit entfernt lag. Vorbei an Trümmern und verkohlten Balken, die man nur notdürftig zur Seite geräumt hatte, erreichten sie eine ausgetretene Treppe, über die sie in das hinunterstiegen, was vor zehn oder zwölf Jahren einmal der Wohnraum dieses Hauses gewesen war, jetzt aber als Keller diente. Cord versah sich mit einem ganzen Arm voller kleiner Leuchtstäbe, entfernte von dreien sorgsam die lichtundurchlässige Hülle und geduldete sich einen Moment, bis die Bakterien im Inneren des Holzschwammes begannen, ihr kaltes grünes Licht zu produzieren. Zwei dieser Stäbe reichte er Kara und Donay, den Rest schob er unter seinen Gürtel und in sein Hemd.

Während der ersten halben Stunde ihres Abstiegs verspürte

Kara trotz allem wieder die gleiche Neugier und beinahe Ehrfurcht, die sie beim ersten Mal hier unten empfunden hatte, brachte sie doch jede Stufe, auf die sie ihren Fuß setzte, gewissermaßen ein Jahr in die Vergangenheit zurück. Die unterirdischen Räume und Säle waren in erstaunlich gutem Zustand, bedachte sie, wie alt sie waren und wie tief sie sich schon nach kurzer Zeit unter der Erdoberfläche befanden: Nach dem zehnten Geschoss nicht nur fünfundzwanzig Meter, sondern gleichsam auch ein Jahrhundert weit in der Vergangenheit. Es gab kaum Staub oder Spuren von Verfall, und selbst hier unten trafen sie noch auf die Zeugnisse menschlicher Anwesenheit, die nicht älter als wenige Tage oder Wochen sein konnten: ein achtlos weggeworfener Wurstzipfel, ein Stück schimmelndes Brot, eine Flasche mit Wasser, deren Inhalt schal, aber noch nicht faulig roch, und zu Karas Erstaunen einen Schuh. Sie fragte sich, wie man einen Schuh vergessen konnte, ohne es zu merken. Einmal hörten sie Geräusche, und Kara war sehr sicher, am Rand der grünen Helligkeit, die ihnen vorauseilte, eine Bewegung zu sehen; ein Schatten in der Dunkelheit, das Glitzern eines dunklen Augenpaares, das sie misstrauisch ansah. Voller Unbehagen dachte sie daran, was Cord oder Angella ihr bei ihrem allerersten Besuch hier unten erzählt hatten, dass nämlich diese Unterwelt das bevorzugte Jagdrevier der Schmuggler und Diebe, der Halsabschneider und Banditen sei. Eigentlich das wahre Schelfheim.

Aber je weiter sie in die Erde vordrangen, desto stiller wurde es rings um sie herum. Sie mussten sich noch immer in der Nähe des Schachtes aufhalten, denn dann und wann glaubte Kara einen kühlen Luftzug auf dem Gesicht zu spüren, der nach Salz roch. Erneut fragte sie sich, warum Cord diesen mühseligen Weg über die Treppen gewählt hatte.

»Weil dies der Weg ist, den auch Elder genommen hat«, antwortete Cord auf ihre Frage. Und Kara schalt sich in Gedanken, dass sie nicht selbst auf diese einfache Erklärung gekommen war. Der verschwommene Schatten, der in der blassgrünen Helligkeit neben ihr war, zuckte mit den Schultern. »Ich fürchte, er hat eine Menge Umwege gemacht. Aber der Hund ist hier entlanggelaufen. Und ich bin nicht sicher, ob ich den Weg wiederfinde, wenn ich versuche, eine Abkürzung zu nehmen.«

Der bloße Gedanke, sich hier unten zu verirren, versetzte Kara beinahe in Panik. So etwas war schon häufiger vorgekommen, und selbst im oberirdischen Schelfheim sollen sich schon Menschen hoffnungslos verlaufen haben.

Der Weg hinunter war länger, als Kara befürchtet hatte. Sie wusste, dass die Leuchtstäbe eine Lebensdauer von gut drei Stunden hatten, und eigentlich hätte sie allein die große Zahl, die Cord mitgenommen hatte, warnen müssen. Trotzdem war sie erstaunt, als Donays Stab an Leuchtkraft verlor und dann erlosch und zu Staub zerfiel. Cord blieb stehen, reichte Donay einen neuen Stab und tauschte vorsichtshalber auch seinen und Karas aus, ehe sie ihren Weg fortsetzten.

Nach einer Weile wurde der Weg wirklich mühsam. Kara hatte schon nach einer halben Stunde aufgehört, die Stufen zu zählen. Sie hatte auch bisher ganz bewusst jeden Gedanken daran verdrängt, dass sie all die Tausende und Abertausende von Stufen wieder hinaufsteigen mussten. Die Vorstellung einer drei oder vier Meilen hohen Treppe war im Moment mehr, als sie verkraften konnte. Eines war ihr jedoch klar: Sie waren längst an jener Ebene vorbei, auf der sie damals die Leichen der drei Drachenkämpfer gefunden hatten. Sie unterbrach ihr kräftesparendes Schweigen zum ersten Mal, um Cord auf diesen scheinbaren Widerspruch anzusprechen.

»Ich weiß«, sagte er. Er machte eine vage Geste in die Schwärze hinein. »Es gibt eine Spur, die dorthin führt. Sie endet im Nichts. Dieser Teil der Katakomben ist mit abgestürzt.«

»Niemand hat bisher bewiesen, dass Elder die drei getötet hat«, sagte Donay.

»Wer soll es sonst gewesen sein? Keiner wusste, dass sie erschossen wurden. Keiner außer denen, die sie gefunden haben. Und wir haben es niemandem erzählt«, erwiderte Cord.

»Ich habe nicht gesagt, dass er sie nicht *gesehen* hat«, sagte Donay ruhig. »Ich bin sogar sicher, dass er uns eine Menge verschweigt.«

»Wieso verteidigst du ihn dann?«, fragte Cord.

»Das tue ich ja gar nicht«, antwortete Donay. »Ich mag diesen Kerl nicht. Ich möchte nur nicht, dass wir alles ihm anhängen, weil es so bequem ist, und dabei vielleicht etwas Wichtiges übersehen.«

Cord murmelte eine übellaunige Antwort, und dann schwiegen sie wieder, weil der Weg immer mehr Kraft und Aufmerksamkeit von ihnen verlangte. Sie mussten sich nahe der tiefsten Ebenen Schelfheims befinden, die noch zugänglich waren. Die Treppen und Gänge, durch die sie kamen, waren zum größten Teil halb oder ganz zusammengebrochen, sodass sie bald mehr kletterten als wirklich gingen. Der Staub, den sie bei jedem Schritt aufwirbelten, brachte sie zum Husten. Manchmal tasteten sie sich blind und mit klopfenden Herzen über eine Treppe, deren Stufen unter dem Schmutz von Jahrzehntausenden nicht mehr zu sehen waren, und ein paarmal glaubte Kara fest, dass sie sich verirrt hatten und es nicht mehr weiterging, wenn sie an Stellen kamen, wo Decken und Wände zusammengebrochen waren oder der Weg vor einer massiven Mauer zu enden schien. Aber Cord fand jedes Mal einen Durchschlupf, irgendeinen Spalt, durch den sie sich hindurchquetschen konnten. Ohne den Hund, dachte Kara, der Cord hier heruntergeführt hatte, hätten sie wahrscheinlich in einer Million Jahre nicht die Chance gehabt, Elders kleines Geheimnis aufzudecken.

Sie waren alle vier völlig erschöpft und so verdreckt, dass ihre

Gesichter kaum noch zu erkennen waren, als sie endlich die unterste Ebene der Stadt erreichten. Cord war noch einmal stehengeblieben und hatte einen weiteren Leuchtstab für sich und zwei zusätzliche für Donay und sie selbst entzündet, sodass das Licht ein wenig heller wurde, aber im Grunde unterschied Kara ihn, Donay und den Erinnerer – der sich als einzig angenehme Enttäuschung dieses Ausfluges erwiesen hatte, denn er hatte ihnen nicht die mindesten Schwierigkeiten bereitet – nur noch an ihren Schattengestalten.

Sie befanden sich in einem langgestreckten, rechteckigen Raum, der sich auf den ersten Blick in nichts von dem unterschied, was sie auf dem Weg hierher gesehen hatte. Der Gang war zum Teil verschüttet, und die Kruste, die die Zeit auf den Wänden und dem Boden zurückgelassen hatte, verlieh allen Konturen etwas sonderbar Weiches und Fließendes, als hätte jemand diesen Raum mit flüssigem Wachs ausgegossen. Dann erkannte Kara ihren Irrtum. Verblüfft ließ sie sich in die Hocke hinabsinken, legte einen der Leuchtstäbe aus der Hand und streckte beinahe furchtsam die Finger aus. Cord sah ihr verwirrt und Donay eindeutig alarmiert zu, während der Erinnerer nur idiotisch grinste.

Karas Fingerspitzen tauchten in die Staubschicht ein und trafen auf einen sehr harten Widerstand, der aber nicht aus Stein war.

»Was hast du?«, fragte Donay. Er trat neben sie und streckte wie sie die Hand aus. Aber er berührte den Boden nicht, sondern sah sehr aufmerksam zu, wie Kara die Staubschicht beiseitewischte, vorsichtig, um die grauen Flocken nicht aufzuwirbeln und wieder husten zu müssen.

»Metall!«, flüsterte er. »Das ist Metall!«

Cord trat schweigend hinter ihn und beugte sich vor. Er sah verwirrt aus.

»Geschmolzenes Metall«, fuhr Donay in fast ehrfürchtigem

Ton fort. Er legte den Kopf in den Nacken und sah Cord gleichermaßen fragend wie fassungslos an. »Das ist Stahl!«, flüsterte er. »Dieser ganze Raum besteht aus geschmolzenem Stahl.«

Cord sagte auch jetzt noch nichts, ließ sich aber mit einer beinahe aggressiven Bewegung auf ein Knie herabsinken und überzeugte sich davon, dass Donay die Wahrheit sprach. »Das ist mir gar nicht aufgefallen, als ich gestern hier war«, sagte er.

Donay wollte antworten, aber Kara hinderte ihn daran, indem sie rasch aufstand und eine Geste auf die linke Seite des Raumes machte, wo das grüne Licht die sonderbar deformierten Konturen einer Tür enthüllte. »Kommt weiter«, sagte sie. »Ich habe keine Lust, länger als unbedingt nötig hier unten zu bleiben.«

Gebückt trat sie durch die Tür, machte einen Schritt zur Seite und blieb stehen. »Ist dies der Raum, von dem du gesprochen hast?«, fragte sie, während sie die beiden Leuchtstäbe über den Kopf hob. Das grüne Licht vermochte die Kammer nicht ganz zu erhellen, aber sie sah, dass sie viel kleiner war als der Gang draußen – und nicht rechteckig, sondern rund. In einer Stadt wie Schelfheim, in der jeder gerade so baute, wie es ihm in den Sinn kam, war das an sich nichts Außergewöhnliches. Trotzdem beunruhigte sie irgendetwas. Cord trat dicht gefolgt von Donay und dem Erinnerer hinter ihr durch die Tür, nickte wortlos und legte seine beiden Leuchtstäbe auf den Boden. Rasch hintereinander ließ er vier weitere der lichtspendenden Hölzer aufflammen und verteilte sie in einem Halbkreis vor der Tür, sodass sie nunmehr beinahe jede Einzelheit der kleinen Kammer sehen konnten. Kara sah, dass ihre Frage überflüssig gewesen war – in der Staubschicht am Boden waren die Spuren zu sehen, die Cord, der Suchhund, und vor ihnen Elder hinterlassen hatten.

Die Kammer bestand nicht aus Metall, aber auch nicht aus gewöhnlichem Stein. Von einem Gefühl beunruhigt, dessen

Ursache sie nicht ergründen konnte, trat Kara näher an die Wand neben der Tür heran und hob den Leuchtstab dicht vor das Gesicht. In dem fast schattenlosen grünen Licht erkannte sie eine Oberfläche, die so rau wie Sandpapier war, aber völlig fugenlos. Nirgends war ein Spalt zu erkennen, keine noch so kleine Unterbrechung – dieser Raum musste direkt aus einem einzigen, gewaltigen Steinblock herausgemeißelt worden sein. Die Wände waren kahl und nackt bis auf die sinnlosen Muster, die das Alter darauf hinterlassen hatte. Es gab keine Fenster, keine Nischen, keine weitere Tür – nichts bis auf den Eingang und eine mannshohe Tafel, die unweit der Tür in die Wand eingelassen war.

Im gleichen Moment, in dem Karas Blick auf die Tafel fiel, begriff sie, was Cord gemeint hatte.

Sie wusste nicht, ob es eine Schrift war, ein Bild oder eine Mischung aus beidem, aber das spielte auch keine Rolle. Cord hatte behauptet, dass ihn der Anblick *irgendwie* beunruhigte. Kara erfüllte er mit einer Angst, die beinahe an Panik grenzte. Sie konnte es nicht erklären. Die fremdartigen Zeichen und Linien ergaben keinen Sinn, es waren keine Buchstaben irgendeiner ihr bekannten Sprache, sondern allenfalls Symbole, Zeichen, die nur dem einen Zweck zu dienen schienen, den Betrachter in Schrecken und Furcht zu versetzen.

Und nicht nur Kara überwältigte die Angst. Als sie erschrocken den Blick von der Tafel löste, sah sie, dass auch Donay für einen Moment wie gelähmt dastand. Seine Hände zitterten ganz leicht.

Sie sah Cord an und glaubte, dass auch er nervöser geworden war. Aber von Angst oder gar dem Gefühl von Panik war bei ihm nichts zu spüren. Die Tafel beunruhigte ihn lediglich.

Mit einem raschen Schritt trat Kara zwischen Donay und die Inschrift, um ihn aus dem Bann der bösen Symbole zu lösen. Aber er tat etwas, womit sie nicht gerechnet hatte: Mit einer beinahe hastigen Bewegung hob er die Arme und schob sie aus dem Weg. Als er sie berührte, spürte sie, *wie* heftig seine Hände zitterten. Sein Herz schlug so hart, dass sie seinen Puls bis in seine Fingerspitzen fühlen konnte.

»Donay!«, sagte sie. »Sieh nicht hin! Du …«

»Lass mich!«, unterbrach sie Donay. Seine Stimme war so leise, dass Kara sie kaum verstand. »Ich bin in Ordnung.«

»Ja, ganz bestimmt«, knurrte Kara. Sie trat ihm abermals in den Weg, und diesmal ließ sie sich nicht einfach beiseiteschieben, sondern ergriff *seine* Schultern und schüttelte ihn heftig.

Donay blinzelte. Sein Blick löste sich von der furchtbaren Inschrift, tastete für einen Moment hilflos über Karas Gesicht und kehrte dann zu der Tafel hinter ihr zurück. »Das ist … unglaublich«, murmelte er.

»Das ist *grässliche«* sagte Kara. »Sieh nicht hin, Donay.«

Er schüttelte den Kopf. »Das ist es«, sagte er. »Und ich glaube, ganz genau das soll es sein.«

»Wie bitte?« Kara runzelte die Stirn.

»Schau es dir an!« Donay hob erregt die Hand und deutete auf die mannshohe Tafel hinter ihr. »Wer immer das gemacht hat, muss …« Er verriet Kara nie, wofür er den Schöpfer dieser gedankenverdrehenden Symbole hielt, aber sein Blick sprach Bände.

»Wir sollten gehen«, sagte Kara.

»Gehen?« Donays Augen lösten sich widerwillig von der Wand, um Kara auf eine Art zu mustern, als zweifle er an ihrem Verstand. »Wir sind extra hierher ekommen, um uns *das da* anzusehen.«

»Ja«, antwortete Kara ungeduldig. »Und nun haben wir es gesehen und können wieder gehen.«

»Verstehst du denn nicht?« Donay starrte wieder die Inschrift an und schob sie zum zweiten Mal aus dem Weg, um näher an die Wand zu treten. »Sieh es dir an, Kara. Begreifst du nicht, was das ist?«

»Nein«, antwortete Kara. »Und ich glaube, ich will es nicht begreifen.«

»Es ist nicht so schlimm, wie es im ersten Moment aussieht«, fuhr Donay erregt fort. »Bitte, versuch es, Kara. Es ist nur im ersten Moment schlimm.«

Kara zögerte. Sie verspürte kein großes Bedürfnis, sich das schreckenerregende Bild an der Wand noch einmal anzusehen. Dann begegnete ihr Blick dem Cords, und was sie auf seinem Gesicht las, war eine tiefe, fassungslose Verwunderung. Schließlich überwand Kara ihren Widerwillen und drehte sich mit einem Ruck herum.

Im allerersten Moment war es so schlimm, wie sie befürchtet hatte. Die Zeichen schienen sie anzuspringen und ihre Seele zu vergewaltigen. Dann wurde es noch schlimmer – sie hatte einfach nur noch Angst, ohne zu wissen wovor. Doch plötzlich geschah genau das, was Donay behauptet hatte: Ihre Furcht erlosch beinahe ebenso rasch, wie sie gekommen war. Sie verging nicht ganz, sondern rumorte lediglich als bohrendes Unwohlsein weiter in ihr. Es kostete Kara noch immer spürbare Überwindung, neben Donay zu treten und sich die mannshohe Tafel genauer anzusehen.

Ihre Hoffnung, einen Sinn in den uralten Runen zu entdecken, erfüllte sich nicht. Es blieben fremdartige, düstere Zeichen, von denen sie jetzt zwar annahm, dass es Symbole einer untergegangenen Schrift waren, die ihr aber rein gar nichts sagten. Es waren Buchstaben von unterschiedlicher Größe und Form, die so tief in die Oberfläche der Platte hineingemeißelt oder gebrannt worden waren, dass nicht einmal zweihundert Jahrtausende sie völlig hatten auslöschen können. Hier und da sah die Schrift ein wenig verwischt aus. Im unteren Teil der Platte hatte jemand offensichtlich versucht, die Schrift auszulöschen: Das Metall war dort zerkratzt und von Schrammen übersät, und die Runen mit feuchtem Lehm oder Erdreich gefüllt, um die Schrift auf diese Weise unkenntlich zu machen, was allerdings erfolglos geblieben war.

»Weißt du, was das ist?«, fragte Donay. In seiner Stimme lag keine Furcht mehr, sondern nur noch fasziniertes Erstaunen.

»Etwas, das mir nicht gefällt«, antwortete Kara, nachdem sie ihm einen raschen, prüfenden Blick zugeworfen hatte.

»Eine Warnung«, sagte Donay leise.

»Eine Warnung?« Kara warf wieder einen Blick auf die Platte. »Wie kommst du darauf?«

»Sieh es dir doch an!« Donay deutete erregt mit der Hand. »Ich habe keine Ahnung, was diese Zeichen sagen – falls sie überhaupt irgendetwas sagen. Wer immer sie geschaffen hat, hat es nur aus dem Grund getan zu warnen.«

»Ja«, grollte Kara. »Um harmlose Höhlenforscher zu erschrecken.« Die Worte klangen selbst in ihren eigenen Ohren schal. Ihr Versuch, dem Unheimlichen seinen Schrecken zu nehmen, indem sie es ins Lächerliche zog, scheiterte kläglich.

»Ja«, sagte Donay ernst. »Verstehst du denn nicht?« Plötzlich drehte er sich zu ihr herum und begann erregt zu gestikulieren. »Hier hat sich jemand sehr große Mühe gemacht, um etwas zu schaffen, das durch seinen bloßen Anblick schon erschreckend wirkt.« Er deutete aufgeregt auf Cord. »Erinnere dich, was er erzählt hat! Selbst den Hund hat es nervös gemacht.«

»Mich macht es auch nervös«, sagte Cord.

Kara sah ihn an und fragte sich, ob er vielleicht in Wahrheit ebenso erschrocken und entsetzt gewesen war wie sie und Donay und vielleicht einfach nur mit seiner Furcht besser fertig wurde.

»Aber welchen Sinn sollte so etwas haben?«, fragte sie verstört. »Selbst wenn es möglich wäre.«

»Es *ist* möglich«, korrigierte sie Donay. »Sieh hin, und du hast den Beweis.«

»Und welchen Sinn?«

Er zuckte mit den Schultern. »Um uns vor irgendetwas zu warnen. *Um jeden* zu warnen, der hier herunterkommt.«

»Ach ja?«, machte Kara nervös. »Und wovor?«

Donay antwortete nicht gleich, sondern musterte wieder die Platte. Ihre seitlichen Ränder waren fast fugenlos mit der Wand verbunden, aber ihre obere Kante bildete einen sichtbaren Absatz.

»Vielleicht vor etwas, was dahinter liegt«, murmelte Donay.

»Auf diese Idee bin ich auch schon gekommen«, sagte Cord. Nach ihrer eigenen Furcht und der überschwenglichen Begeisterung Donays empfand sie Cords Nüchternheit als wohltuend.

»Worauf?«, fragte Donay.

Cord deutete auf die Platte. »Dass es eine sehr massive Tür ist.« Er ballte die Hand zur Faust und schlug gegen den Stein neben der Platte! Kara hatte plötzlich die absurde Vorstellung, dass die Zeichen aus ihrer Jahrhunderttausend währenden Ruhe erwachen und sich auf die Hand stürzen mussten, die es gewagt hatte, sie zu schlagen.

»Hörst du? Das klingt nicht sehr hohl.«

»Was bedeutet das schon«, sagte Donay mit einer wegwerfenden Handbewegung.

»Das bedeutet, dass es für uns gleich sein kann, ob es nun nur eine Platte oder eine Tür ist«, antwortete Cord ruhig. »Wir haben nichts dabei, um sie aufzubrechen.«

Donay schüttelte ärgerlich den Kopf, trat dichter an die Wand heran und tastete mit spitzen Fingern über die verschlungenen, unangenehmen Linien der Runenschrift. »Du bist ein Krieger, Cord«, sagte er spöttisch. »Vielleicht ist es ja für dich der einfachste Weg, eine Tür kurzerhand einzuschlagen, die dir im Weg ist. Aber es gibt noch andere Möglichkeiten.« Er winkte den Erinnerer heran. »Frage«, sagte er mit dieser übertrieben modulierten Stimme, mit der er stets mit Irata zu sprechen pflegte. »Erkennst du in diesen Symbolen eine dir bekannte Schrift oder Zeichensprache wieder?«

Iratas trübe Augen richteten sich zum ersten Mal bewusst auf die Platte, und so etwas wie Leben blitzte in ihnen auf. Kara verstand sehr gut, warum so viele Menschen instinktiv Angst vor den Erinnerern hatten und fast alle Abscheu vor ihnen empfanden. Vielleicht war nicht alles gut, was Männer wie Donay mit der Natur anstellten.

»Antwort«, blubberte der Erinnerer. »Nein.«

Donay wirkte keineswegs enttäuscht. Er überlegte nur einen Moment, dann stellte er die nächste Frage. »Frage: Erkennst du eine mathematische oder sonstwie geartete Regelmäßigkeit in diesen Zeichen?«

Diesmal dauerte es länger, bis Irata seine Antwort hervorwürgte. »Antwort: Ja.«

Donay frohlockte, und der Erinnerer fuhr nach einem keuchenden Atemzug fort: »Aber die Informationen reichen nicht für eine wörtliche oder auch sinngemäße Übersetzung aus.«

Donay seufzte enttäuscht. »Wenn du lange genug mit ihm herumgespielt hast, dann können wir vielleicht endlich gehen«, sagte Kara ungeduldig. Sie machte eine Kopfbewegung zur Decke. »Wir haben noch ungefähr vierundachtzigtausend Stufen vor uns, falls du das vergessen haben solltest.«

Cord wollte etwas sagen, aber Donay ließ ihn gar nicht zu Wort kommen, sondern wedelte ungeduldig mit der Hand. »Noch einen Versuch«, bat er.

Ihre innere Stimme riet ihr, nein zu sagen. Aber gleichzeitig begriff sie, dass es wahrscheinlich sehr viel schneller ging, wenn sie Donay diesen letzten Versuch gestattete. Wortlos nickte sie.

Donay machte einen großen Schritt von der Schrifttafel fort.

»Befehl«, sagte er. »Untersuche die Symbole nach einem mathematisch oder sonstwie gearteten Hinweis auf einen eventuell vorhandenen Öffnungsmechanismus.«

»Umständlicher ging es wohl nicht mehr, wie?«, knurrte Cord.

Donay brachte ihn mit einem ärgerlichen Blick zum Verstummen, und auch Kara sah ihn mahnend an.

Der Erinnerer trat zwei Schritte vor. Der Funke in seinen kleinen, trüben Idiotenaugen schien plötzlich heller zu brennen, während sein Blick rasch und ohne zu blinzeln über die Zeichen huschte. Das Gesicht des Erinnerers erschlaffte immer mehr, im gleichen Maße, in dem die Konzentration in seinem Blick zunahm. Sein Unterkiefer klappte herunter, die Zunge glitt haltlos über seine Zähne, und ein dicker Speichelfaden rann aus seinem Mundwinkel und lief an seinem Kinn hinab. Ein ekelerregender Geruch breitete sich aus.

»Das ist widerlich«, sagte Kara.

»Widerlich«, korrigierte sie Donay in überheblichem, belehrendem Tonfall, »sind Gehirne unter Glasglocken, die man in künstliche Körper stopft.«

Kara starrte ihn ärgerlich an. Sie wusste, dass Donay das nur gesagt hatte, um sie zu verletzen. Was ihr aber nicht klar gewesen war, war die Tatsache, wie sehr es *ihn* verletzte, wenn man Irata angriff. Offensichtlich war der Erinnerer für Donay mehr als ein lebendiges Werkzeug. »Er braucht all seine Kraft zum Nachdenken, wie?«, fragte sie ironisch.

»Ganz genauso ist es«, sagte Donay betont.

Mit einem verlegenen Lächeln drehte Kara sich herum, ließ ihn und seinen sabbernden Erinnererfreund stehen und ging zu Cord hinüber, der sich zur Tür zurückgezogen hatte und im Schein seines Leuchtstabes auf den Gang hinausblickte.

»Ich möchte wissen, was er hier unten gesucht hat«, murmelte Cord, ohne sie anzusehen.

»Wer?«

»Elder«, antwortete der Krieger. »Es muss etwas ziemlich Wichtiges gewesen sein, wenn er sich die Mühe gemacht hat, hier herunterzukommen.«

Kara pflichtete ihm mit einem stummen Kopfnicken bei. Sie hatten annähernd vier Stunden gebraucht, um hier herunterzukommen – und sie hatten sich beinahe die ganze Zeit *treppab* bewegt. Den größten Teil des Weges hinauf würden sie zwar mit dem gerade installierten Aufzug hinter sich bringen, aber *Elder* hatte das nicht gekonnt, weil es diesen Aufzug noch nicht gegeben hatte. Eine Treppe, die drei oder vier *Meilen* hoch war ... Nein. Ihre Phantasie reichte nicht aus, sich das auszumalen. Es musste die Hölle sein.

»Was ist das hier?«, murmelte Cord.

»Die Alte Welt, Cord.«

Kara hatte nicht einmal bemerkt, dass sich Donay von der Seite des Erinnerers gelöst hatte und zu ihnen getreten war.

Cord löste seinen Blick von dem unheimlichen Schatten auf der anderen Seite der Tür und maß Donay mit einem verächtlichen Blick. »Wohl kaum«, sagte er.

»Ich nehme an, wir sind auf der alleruntersten Ebene«, sagte Donay. »Oder zumindest auf *einer* der untersten. Unter uns ist nur noch Fels – und Karas Meer.«

»Und?«, fragte Kara leicht gereizt. Wieso bezeichnete er es als *ihr* Meer?

Donay deutete mit einer übertriebenen Geste in den Gang hinaus. »Wie alt ist diese Stadt? Zweihunderttausend Jahre? Oder noch älter? Damals hat niemand Korridore aus Stahl gebaut. Und das hier ...« Er trat zurück und machte mit der gleichen Hand eine theatralische Bewegung in die Runde, »... habe ich auch noch nie gesehen. Ich verwette meine rechte Hand, dass dieser Gang und dieser Raum hier und alles, was sich hinter jener Tür verbirgt, zur Alten Welt gehören.«

Kara überlegte einen Moment. Donays Worte entbehrten

nicht einer gewissen Logik – zumal sie vielleicht erklären würden, warum Elder überhaupt hier heruntergekommen war. Zugleich sträubte sich etwas in ihr, sie zu glauben. Die Alte Welt war etwas, von dem man sprach und von dem man manchmal noch Überreste fand. Doch was von ihr geblieben war, hatte bisher nur Schrecken und Unglück gebracht.

Aber spürte sie nicht noch immer das bohrende Unwohlsein, das deutliche Gefühl, sich an einem Ort zu befinden, an dem sie besser nicht wäre?

»Ich bin sicher, dass diese Ebene der Stadt das erste, ursprüngliche Schelfheim ist«, fuhr Donay fort. Auf seinem Gesicht erschien schon wieder jener fiebrige Glanz der Begeisterung, den Kara schon beim Anblick der Tür bemerkt hatte. »Wenn wir genügend Zeit hätten und eine vernünftige Ausrüstung, um uns hier unten umzusehen, dann könnten wir …«

»Das haben wir aber nicht«, unterbrach ihn Kara grob. »Und außerdem ist es Unsinn.«

»Sieh dich doch um!«, widersprach Donay. »Du kennst die Geschichte Schelfheims so gut wie jeder andere. Die Überlebenden des Zehnten Krieges sind hierhergekommen, weil dies der einzige Ort auf diesem ganzen Planeten war, an dem sie noch leben konnten. Du weißt, wie sie waren. Kaum mehr als Tiere. Glaubst du, sie hätten Häuser aus Stahl gebaut?«

Kara blickte ihn fast wütend an, dann erkannte sie den Fehler in seinen Worten. »Das müssen sie wohl«, sagte sie. »Das alles hier lag damals nämlich zweihundert Meter unter dem Meeresspiegel. Anscheinend kennst *du* die Geschichte deiner Heimatstadt nicht so gut wie ich. Zumindest scheinst du vergessen zu haben, woher ihr Name stammt.«

Aber Donay war keineswegs so irritiert, wie sie angenommen hatte. Er zuckte nur mit den Schultern. »Und? Wer sagt dir, dass all das hier nicht unter Wasser gelegen hat?«

»Jetzt dreht er völlig durch«, sagte Cord. »Eine Stadt auf dem

Meeresgrund, wie? Wahrscheinlich sind sie auf Fischen geritten und haben Wasser geatmet!«

»Und warum nicht?«, gab Donay ernst zurück. »Sie sind immerhin zu den Sternen geflogen, Cord.«

»Das sind Legenden!«, sagte Cord wegwerfend. »Nichts als Ammenmärchen.«

»Sicher«, meinte Donay höhnisch. »So wie die Legenden von den verschwundenen Meeren, die noch da sind. Und die, die jetzt irgendwo dort draußen im *Schlund* hocken und einen Plan ausbrüten, wie sie uns alle umbringen können.«

»Genug!«, sagte Kara. Donay holte zu einer zornigen Entgegnung Luft, aber sie schnitt ihm mit einer herrischen Handbewegung das Wort ab und fuhr in ungeduldig-aggressivem Tonfall fort: »Wie lange braucht der Erinnerer noch?«

»Nicht mehr lange«, antwortete Donay hastig.

»Das hoffe ich«, sagte Cord. »Während dein schwachsinniger Freund da drüben sich vollsabbert, zünden sie vielleicht über unseren Köpfen den Rest der Welt an.«

»Ja«, antwortete Donay mit zornbebender Stimme. »Und wir finden vielleicht hinter dieser Tür etwas, das sie daran hindert, genau das zu tun.«

»Ich gebe dir noch fünf Minuten«, sagte sie in ganz bewusst sachlichem Ton. »Danach kehren wir zur Oberfläche zurück, und ich werde Elder fragen, was diese Zeichen bedeuten. Falls sie etwas bedeuten.«

Der Ton, in dem sie gesprochen hatte, schien Donay klarzumachen, wie sinnlos jede weitere Diskussion war, denn er sah sie nur einen Moment vorwurfsvoll an, dann drehte er sich herum und ging zu Irata zurück.

Kara wartete, bis er außer Hörweite war. »Das war nicht sehr geschickt von dir«, sagte sie leise. »Er hängt an Irata.«

»Ja, wie eine Mutter«, sagte Cord übellaunig. »Immerhin scheint er ihn sogar zu wickeln und trockenzulegen.«

Wortlos sah Kara weiter zu, wie der Erinnerer die Tafel anstarrte, während Donay dabeistand und vergeblich zu verheimlichen suchte, dass auch er immer nervöser wurde.

Kara hatte keine Möglichkeit, das genaue Verstreichen der Zeit festzustellen, aber sie schätzte, dass die fünf Minuten, die sie Donay zugebilligt hatte, allmählich vorüber sein mussten. Und sie wollte ihn endgültig zum Aufbruch auffordern, als Irata plötzlich aus seiner Starre erwachte und einen Schritt tat. Cord und sie waren gleichzeitig an der Seite des Erinnerers, aber es hätte Donays drohenden Blickes gar nicht bedurft, dass sie ihn nicht unterbrachen. Gegen ihren Willen fasziniert sah Kara zu, wie Iratas Finger, die für gewöhnlich kaum in der Lage waren, eine Schale Suppe zu löffeln, so geschickt und schnell wie die Hände eines Künstlers über die verschlungenen Symbole glitten, hier etwas ertasteten, dort drückten – und dann hörten sie alle ein dumpfes, metallenes Schnappen wie das Einrasten eines gewaltigen Riegels.

»Was war das?«, fragte Cord alarmiert.

Jeder Spott in seiner Stimme war verschwunden. Plötzlich hatte auch er Angst.

»Er hat es geschafft!«, sagte Donay stolz. »Es *ist* eine Tür.«

»Sie bewegt sich nicht«, sagte Cord ruhig.

Donay schenkte ihm einen beinahe feindseligen Blick, dann hob auch er die Hände und legte die gespreizten Finger auf die Platte. Kara sah, wie sich seine Muskeln spannten, als er mit aller Kraft drückte und schob. Ebenso gut hätte er allerdings auch versuchen können, die Wand daneben mit bloßen Händen niederzureißen.

»Helft mir!«, sagte er gepresst. »Sie muss irgendwie aufgehen.« Er rüttelte, schob und zerrte, aber aus den in die Platte hineingeätzten Linien löste sich nicht einmal ein Staubkorn. Schließlich trat er keuchend und mit schweißglänzendem Gesicht zurück und maß Kara und Cord mit einem düsteren Blick.

»Es ginge wahrscheinlich leichter, wenn ihr mir helfen würdet«, sagte er.

»Ich ... bin nicht sicher, dass ich wirklich wissen will, was dahinter liegt«, sagte Kara zögernd.

»Elder würde es interessieren«, antwortete Donay. »Willst du abwarten, bis *er* hier herunterkommt und nachsieht?«

Nein, das wollte sie ganz gewiss nicht. Aber sie wollte auch nicht hinter diese Tür schauen. Sie wünschte sich, niemals hierhergekommen zu sein. Etwas Furchtbares würde geschehen, wenn sie sie öffneten. Vielleicht war dies die Alte Welt, wie Donay behauptete, und vielleicht hatten sie hinter dieser Tür all die Schrecken eingesperrt, die zum Untergang ihrer Welt geführt hatten.

Donays Augen funkelten, als er begriff, dass weder sie noch Cord ihm helfen würden. »Was soll dieser Unsinn?«, fragte er aufgebracht. »Was seid ihr? Kinder, die sich vor einem Springteufel fürchten?« Er schlug wütend mit der Faust gegen die Platte – und wäre beinahe mit wirbelnden Armen in den dahinterliegenden Raum gestürzt, als die Tür mit einem Knirschen, wie sie nur Jahrtausende alte Scharniere hervorzubringen vermochten, aufschwang. Im letzten Moment fand er am Türrahmen Halt und sprang mit einem Keuchen und schreckensbleich zurück. Auch Kara erstarrte vor Entsetzen. Die Dunkelheit auf der anderen Seite der Tür schien sie zu überrollen wie eine Flutwelle.

Nichts geschah. Zehn Sekunden, zwanzig, dreißig, schließlich eine Minute lang standen sie alle drei wie gelähmt da und starrten die Schwärze jenseits der Tür an, und nichts kam heraus, um sie zu verschlingen. Alles, was sie fühlte, war ein leichter Luftzug – dem wenige Augenblicke später ein fauliger Geruch folgte, der einen heftigen Brechreiz in Kara auslöste. Es gelang ihr, die Übelkeit zu unterdrücken. Trotzdem kostete es sie enorme Überwindung, neben Donay zu treten und den

Leuchtstab zu heben, sodass sein grünes Schimmern in den dahinterliegenden Raum fiel.

Was sie sah, das enttäuschte und erleichterte sie zugleich.

Das Licht ihrer leuchtenden Stäbe erhellte eine Dunkelheit, die Jahrtausende gewährt haben musste. Der Raum hinter dieser Tür musste gewaltig sein. Aber das Licht verlor sich schon nach wenigen Schritten, ohne ihnen mehr zu zeigen als staubige grüne Leere und zwei oder drei Schritte eines Fußbodens, der aus geriffeltem Metall bestand.

Cord griff unter sein Hemd und zog einen weiteren Leuchtstab hervor. Kara bemerkte nicht ohne eine gewisse Sorge, dass sein Vorrat bereits bedenklich zusammengeschrumpft war. Wenn sie weiter so verschwenderisch mit ihrem Licht umgingen, dann würden sie den Rückweg im Dunkeln zurücklegen müssen, dachte sie. Aber sie sprach ihre Besorgnis nicht aus, sondern sah schweigend zu, wie Cord die Hülle von dem Leuchtstab entfernte und ihn dann im hohen Bogen in den Raum hinter der Tür warf. Ihre Blicke folgten gebannt dem Weg, den die flackernde grüne Leuchtkugel beschrieb, ehe sie irgendwo ein gutes Stück entfernt auf den Boden prallte und liegenblieb. Sie hatten nichts anderes feststellen können, als dass der Raum sehr groß und offensichtlich vollkommen leer war.

Widerwillig gestand sie sich ein, dass sie den Raum wohl oder übel betreten mussten, wollten sie mehr über ihn herausfinden. Ihre Hand mit dem Leuchtstab hoch über dem Kopf erhoben und mit angehaltenem Atem machte Kara ein paar Schritte vor. Die Luft roch noch immer zum Erbrechen, und ihre Hoffnung, dass sie sich daran gewöhnen würde, erfüllte sich nicht.

Der Raum war eine einzige Enttäuschung. Mit Ausnahme des Umstandes, dass der Fußboden aus Metall bestand, auf dem ihre Schritte unheimliche, lang widerhallende Echos hervorriefen, bot er keine Besonderheit. Sie näherten sich vorsichtig dem Leuchtstab, dessen grünes Licht wie ein Signalfeuer zwanzig

Meter vor ihnen brannte, blieben ganz instinktiv einen Herzschlag lang im Schein dieses Lichtes stehen und erreichten nach weiteren zwanzig oder auch dreißig Schritten die gegenüberliegende Wand des Raumes. Kara registrierte, dass sie aus dem gleichen, sonderbar rauen grauen Stein bestand wie die andere Kammer.

Es gab eine zweite Tür, die mit einer simplen Klinke versehen war, die Donay zu Karas Verärgerung kurzerhand herunterdrückte. Sein Versuch, die Tür einfach zu öffnen, scheiterte jedoch. Ärgerlich lehnte er sich mit der Schulter dagegen und drückte mit dem ganzen Gewicht seines Körpers. Die Tür bewegte sich mit einem furchtbaren Quietschen lediglich ein winziges Stück nach innen. Erst als sich Cord zu Donay gesellte und ihm half, gelang es ihnen, sie so weit aufzuschieben, dass sie sich hindurchquetschen konnten.

Die Luft wurde noch schlechter, als sie den dahinterliegenden Raum betraten. Kara fiel erst jetzt die Kälte auf und der feuchte, klebrige Hauch, der sich auf ihr Gesicht, ihre Hände und ihre Kleider gelegt hatte. Zu der ohnehin würgenden Übelkeit in ihrem Magen gesellte sich ein heftiges Ekelgefühl. Mit gesenktem Blick und krampfhaft schluckend trat sie neben Cord und stieß plötzlich gegen etwas Hartes. Im selben Augenblick ergriff Donay ihre linke Schulter und hielt sie zurück. Als Kara erschrocken aufblicke, verstand sie, warum er es getan hatte.

Auch der Boden dieses Raumes bestand aus jenem geriffelten, schmutzverkrusteten Metall, aber es war hier nur ein knapp eineinhalb Meter breiter Steg, der von einem hüfthohen Geländer begrenzt wurde. Darunter, in vier oder fünf Metern Tiefe, schwappte eine ölige, schwärzliche Flüssigkeit, die das Licht ihrer Leuchtstäbe nur schwach zurückwarf. Es dauerte einen Moment, bis Kara klar wurde, dass diese Brühe der Quell jenes furchtbaren Geruches war, der ihr allmählich das Gefühl gab, ersticken zu müssen.

»Was ist das?«, fragte sie angewidert.

Sie bekam keine Antwort, aber Donay schwenkte seinen Stab, um den Metallsteg zu erhellen. Der Steg setzte sich entlang der Wand fort, aber es gab in wenigen Schritten Entfernung eine schmale Unterbrechung im Geländer, hinter der eine Metallleiter in die Tiefe führte. Wie weit sie reichte, konnte man nicht erkennen, denn sie verschwand nach zwei oder drei Dutzend Sprossen in dem schwarzen See unter ihnen. Karas Magen drehte sich schon bei der bloßen Vorstellung herum, dass irgendjemand in diesen Schlamm hinuntergestiegen sein sollte.

Vorsichtig gingen sie weiter. Der Raum musste gewaltig sein, denn es dauerte allein mehrere Minuten, bis Kara überhaupt auffiel, dass die Wand zu ihrer linken nicht gerade war, sondern leicht gekrümmt. Sie folgten dieser Krümmung ein Stück. In regelmäßigen Abständen stießen sie auf Leitern, die in die Tiefe hinabführten, und zwei- oder dreimal auf die geschlossenen Doppeltüren von Aufzügen. Dann fanden sie eine Tür, die offenstand.

Donay blieb stehen. Kara konnte nicht einmal sein Gesicht erkennen, aber sie erriet seine Gedanken so präzise, als hätte er sie ausgesprochen. »Vergiss es lieber ganz schnell«, sagte sie. »Er funktioniert sowieso nicht mehr. Und selbst wenn ...« Sie machte eine Kopfbewegung über das Geländer hinweg in die Tiefe. »Willst du wirklich dort hinunterfahren?«

Donays Blick folgte ihrer Geste. Ohne ein Wort ging er weiter.

Kara zählte ihre Schritte, um zumindest eine ungefähre Vorstellung von der Größe dieses Raumes zu haben, und in ihre Furcht mischte sich beinahe Ehrfurcht, als sie nach einer geraumen Weile zurücksah und erkannte, dass die Tür, durch die sie diese Halle betreten hatten, mittlerweile fast genau auf der gegenüberliegenden Seite lag. Wenn sie sich nicht verzählt hatte, dann musste dieser unterirdische Saal einen Durchmesser von mindestens dreihundert Metern haben.

»Wozu mag die Halle einmal gedient haben?«, murmelte Cord.

»Ich vermute, es war der Eingang«, sagte Donay. »Vielleicht haben sie irgendetwas durch diesen Raum herein- oder auch hinausgebracht.« Er hob den Arm so weit über den Kopf, wie er konnte, und Karas Blick folgte automatisch seiner Bewegung. Der grüne Schimmer des Leuchtstabes erreichte die Decke kaum, denn sie befand sich gute sechs Meter über ihren Köpfen. Aber sie *glaubte* zu erkennen, dass sie wie der Steg unter ihren Füßen nicht aus Stein, sondern aus Metall gemacht war. Die Zeit war aber nicht einmal an dem fast unzerstörbaren Material der Alten Welt spurlos vorübergegangen: Geschmolzenes Eisen hatte sich zu erstarrten Tropfen und langen, konisch geformten Nadeln arrangiert, die wie die bizarren Skulpturen eines wahnsinnigen Künstlers von der Decke hingen. Doch man konnte trotzdem noch sehen, dass die gewaltige Platte über ihren Köpfen aus mehreren Teilen bestanden hatte. Vielleicht war Donays Vermutung gar nicht so abwegig gewesen, und all diese Korridore und Räume hatten einmal auf dem Grunde des Meeres gelegen. Kara hatte das unheimliche Schiff, auf das sie nicht weit von hier gestoßen war, keineswegs vergessen. Und welchen Sinn machte ein Schiff, das unter Wasser fuhr – wenn nicht den, eine Stadt zu erreichen, die unter Wasser lag.

Donay senkte den Arm wieder, trat an das Geländer heran und beugte sich vor. Auch über sein Gesicht huschte ein deutlicher Ausdruck von Ekel. Kara konnte beobachten, wie er immer heftiger und schneller schluckte, als sich Speichel in seinem Mund ansammelte. Trotzdem blieb er sekundenlang reglos stehen und blickte in die Tiefe. »Wasser ...«, murmelte er. »Das muss einmal Wasser gewesen sein.« Enttäuschung machte sich auf seinem Gesicht breit. »Es ist alles vollgelaufen.«

Kara verstand seine Enttäuschung. Es war nicht schwer zu erraten, was Donay sich hinter der Tür mit dieser schrecklichen

Warnung erhofft hatte. Auch sie hatte für einen Augenblick geglaubt, noch einmal Elders spöttische Stimme zu hören: ... *irgendeine Superwaffe, die eure Vorfahren euch hinterlassen haben?* Die Vorstellung war zu verlockend gewesen, um sich ihr nicht wenigstens für einige Augenblicke hinzugeben.

»Vielleicht gibt es irgendwo doch noch etwas«, sagte Donay. »Ich meine ... Wenn ich eine Stadt auf dem Meeresgrund erbauen würde, dann wären die Türen wasserdicht. Vielleicht haben einige standgehalten.«

»Möglich«, sagte Cord. »Warum tauchst du nicht hinunter und siehst nach?«

Donay blickte ihn verärgert an, aber er antwortete nicht. Natürlich hatte Cord auch recht, dachte Kara. Selbst wenn Donays Vermutung zutraf, nutzte ihnen das nichts. Wahrscheinlich war es schon gefährlich, sich überhaupt hier aufzuhalten. Dieses Wasser zu berühren oder gar hineinzutauchen, würde sie umbringen.

Trotzdem bedeutete sie ihm mit einem raschen Blick, still zu sein, und gab Donay zu verstehen, dass er weitergehen sollte. Sie hatten den Raum zu mehr als zwei Dritteln umkreist, als sie eine weitere offenstehende Aufzugkabine fanden. In einer Ecke lag etwas, das bewies, dass sich hier ein Mensch befunden hatte, als sich ihre Türen zum letzten Mal öffneten: Fetzen einer bräunlichen, undefinierbaren Substanz, eine rostverkrustete Gürtelschnalle aus Metall, die zu Staub zerfiel, als ihre Schritte den Boden erschütterten, ein verbogenes Brillengestell, dessen Glas zersprungen war, und ein paar erstaunlich große Sohlen ohne die dazugehörigen Schuhe. Alles andere hatte die Zeit wieder zu Staub werden lassen, aus dem es einst gemacht worden war. Aber neben diesem bizarren Grab standen zwei Koffer aus dem gleichen geriffelten Metall, aus dem auch der Steg und die Hallendecke gefertigt waren!

»Nicht anfassen«, sagte Donay erschrocken, als Kara automatisch die Hand ausstrecken und danach greifen wollte. Sie zog gehorsam den Arm zurück, sah ihn aber verblüfft an.

Donay ging an ihr vorbei, ließ sich neben den Koffern in die Hocke sinken und streckte nun seinerseits die Rechte aus. Er tat es unendlich behutsam, und sein Finger zuckte zurück, als hätte er glühendes Eisen berührt, kaum dass er einen der Koffer flüchtig angefasst hatte. Kara verstand, was er da tat. Er hatte Angst, das Metall könnte unter seiner Berührung zerfallen wie die Gürtelschnalle zuvor. Als nichts geschah, griff er noch einmal und etwas entschlossener zu. Ein Teil der fingernageldicken Staubkruste, die eine geschlossene Schicht auf dem Koffer bildete, fiel mit einem Knistern wie von trockenem Pergament herab, und darunter kam silberfarbenes, fast unversehrt wirkendes Metall zum Vorschein.

Mutiger geworden schloss Donay die Hand um den Griff des Koffers und zog daran. In der nächsten Sekunde hielt er ihn verblüfft in der Hand, während der Koffer auf dem Boden stehenblieb. Der Griff hatte dem Ansturm der Zeit standgehalten, seine Scharniere, die aus einem anderen Material gefertigt waren, nicht.

Donay ließ den Koffergriff fallen, beugte sich vor und versuchte, die ganze Metallkiste vom Boden hochzuheben. Er musste einiges an Kraft aufwenden, aber nach einigen Augenblicken gelang es ihm, den Koffer hochzuhieven, ohne dass er zerbrach oder unter seinen Händen zu Staub zerfiel. Donays Gesichtsausdruck und der verkrampften Haltung nach zu schließen, musste er sehr schwer sein. Trotzdem klemmte Donay ihn sich unter den linken Arm und versuchte mit der anderen Hand, den zweiten Koffer zu ergreifen. Natürlich funktionierte es nicht.

Cord sah ihm einige Sekunden zu, dann bückte er sich wortlos und hob den zweiten Koffer auf.

»Sei vorsichtig!«, sagte Donay erschrocken. »Behandle ihn wie ein rohes Ei!«

»Was glaubst du, was sie enthalten?«, fragte Kara.

»Ich weiß es nicht«, antwortete Donay. »Ich werde sie öffnen. Aber nicht hier.« Sie verließen die Liftkabine und machten sich auf den Weg. Aber als sie sich der Tür wieder bis auf zwanzig Schritte genähert hatten, begann der Boden unter ihren Füßen zu zittern. Kara blieb erschrocken stehen. Der metallene Steg schwankte und bebte. Auf dem schwarzen Wasserspiegel, fünf Meter unter ihnen, entstand ein bizarres Wellenmuster aus träge ineinanderlaufenden Kreisen und Ringen, und sie glaubte, ein ganz fernes, dumpfes Mahlen und Knirschen zu hören.

»Was ist das?«, fragte Cord erschrocken.

Kara sah sich aus weit aufgerissenen Augen um. Ihre ohnehin überreizte Phantasie spielte ihr Dinge vor, namenlose, grauenhafte Dinge, die sie aus einem Jahrhunderttausende währenden Schlaf gerissen hatten, denn natürlich waren die beiden Koffer keine Koffer, sondern Siegel einer geheimnisvollen Magie gewesen, die den Eingang zu einem Verlies voller unvorstellbarer Ungeheuer verschlossen, und jetzt würden sie den Preis für diesen Frevel zahlen müssen. Aber die Bilder verblassten so schnell, wie sie gekommen waren, und dann begriff sie auch, was es *wirklich* war.

»Ein Erdbeben«, flüsterte sie. Wie um ihr recht zu geben, erzitterte der Steg zum zweiten Mal.

Sie gingen schneller weiter. Nicht dass sie rannten, aber sie bewegten sich doch so rasch, wie es Donay und Cord mit ihrer Last möglich war, und nicht nur Kara atmete hörbar auf, als sie den Saal hinter sich ließen. Der Boden unter ihren Füßen zitterte weiter. Es *war* ein Beben. Sie befanden sich nicht in seinem Zentrum, nicht einmal wirklich in seiner Nähe, aber sowohl Kara als auch die beiden anderen dachten daran, was ein ebensolches Erdbeben dem Drachenhort angetan hatte, ehe eine andere, bösartigere Macht über sie hereingebrochen war. Ohne auch nur noch einen Blick zurückzuwerfen, durchquerten sie den leeren Raum und betraten die kleine runde Kammer, in der Irata auf sie wartete.

Donay hielt an, setzte seine Last auf den Boden und blieb erschöpft stehen. Auch Cord verlagerte das Gewicht der Metallkiste, die er trug, ein paarmal ungeschickt auf den Armen und atmete tief durch. Kara wusste zwar, dass es ein unter Umständen gefährlicher Trugschluss sein mochte – doch selbst sie fühlte sich hier sicherer. Dabei gab es hier unten wahrscheinlich keinen Ort, an dem sie sicher waren. Ein Erdbeben in einer Stadt wie Schelfheim … Nein, sie konnte und wollte sich nicht vorstellen, was das bedeutete.

Sie gewährte sich und den beiden anderen eine Minute, um wieder zu Atem zu kommen, dann machte sie ein Zeichen weiterzugehen. Aber Donay schüttelte den Kopf. »Noch nicht«, sagte er. »Bitte, warte noch ein paar Augenblicke.«

»Wie lange?«, fragte Kara gereizt. »Bis uns die ganze Stadt auf den Kopf fällt?«

Donay atmete tief ein und aus und versuchte, sich den Schmutz aus dem Gesicht zu wischen. »Nur eine Minute«, sagte er. »Oder zwei. Bitte.« Er wartete Karas Antwort nicht ab, sondern winkte Irata herbei. »Befehl!«, sagte er mit einer Stimme, die hörbar schwankte. »Merke dir die Symbole auf der Tafel. Ich brauche später eine genaue Reproduktion.«

»Wozu soll das gut sein?«, fauchte Cord.

Donay zuckte mit den Schultern. »Vielleicht gelingt es uns, es zu übersetzen.«, sagte er. Dann schwieg er einen Moment, bevor er grimmig hinzufügte: »Schlimmstenfalls reicht es wahrscheinlich wenigstens aus, um eurem Freund Elder einen gehörigen Schrecken einzujagen.«

»Wie lange braucht er?«, fragte Kara nervös.

»Nicht lange«, antwortete Donay. »Er vergisst nie etwas, das er einmal gesehen hat.«

»Du auch nicht, denke ich.«

»Das stimmt«, erwiderte Donay. »Aber sicher ist sicher.«

Der Erinnerer löste seinen Blick von der Tür mit der unangenehmen Inschrift und gurgelte ein Wort, das Kara nicht verstand, auf das Donay aber mit einem zufriedenen Nicken reagierte. Ächzend nahm er seine Last wieder auf. Wenige Augenblicke später verließen sie die runde Kammer und begannen den langen, kräftezehrenden Aufstieg hinauf nach Schelfheim.

45

Als sie Stunden später verdreckt und bis zum Umfallen erschöpft aus dem Korb stiegen, den ein Dutzend keuchender, verschwitzter Gardesoldaten mit Hilfe einer quietschenden Seilwinde nach oben kurbelten, da wartete die nächste Katastrophe bereits auf sie. Es war nicht das Erdbeben, das kaum heftig genug gewesen war, ein paar Teller und Krüge von ihren Regalen herunterzustürzen und zerbrechen zu lassen, und es waren auch nicht die Libellen, die zurückgekommen waren, aber in der Stadt herrschte ein hektisches Durcheinander, und die Luft war voller Drachen. Kara hörte ein entferntes, zorniges Brüllen, und sie sah orangeroten flackernden Feuerschein hinter den flachen Dächern im Norden.

Noch ehe der Korb vollends zum Stillstand gekommen war, sprang sie mit einem ungeduldigen Satz hinaus und griff sich den erstbesten Soldaten, den sie erreichen konnte. »Was ist passiert? Werdet ihr angegriffen?«

Der Mann versuchte, ihre Hand abzustreifen. Karas Griff war so fest, dass er kaum Luft bekam. »Ja ... nein, ich ... ich weiß nicht«, stammelte er.

»Libellen?«, mischte sich Cord ein.

»Nein. Sie erzählen etwas von ... von irgendwelchen Ungeheuern, die aus dem *Schlund* gekommen sein sollen«, antwortete der Soldat.

»Ungeheuer?« Donay, der taumelnd unter seiner Last aus dem Aufzugkorb kam, zog die Augenbrauen hoch. »Was ist das für ein Unsinn.«

»Ich weiß es doch nicht!«, beteuerte der Gardist. »Ich war die ganze Zeit hier. Ich habe nur gehört, was sie sich zugerufen haben, und ...«

Ein mächtiges Rauschen und Brausen in der Luft unterbrach ihn und ließ Kara aufblicken. Sie zog unwillkürlich den Kopf zwischen die Schultern, aber lief im gleichen Moment auch schon los. Als Markors Krallen sich knirschend in die Ruinen eines Hauses auf der gegenüberliegenden Seite des Platzes gruben, hatte sie den Krater bereits umkreist.

Ein zweiter Schatten verdunkelte die Sonne. Kara sah auf und beantwortete das Winken des Drachenreiters mit einer hastigen Geste, dann hatte sie Markor erreicht und kletterte hastig in den Sattel in seinem Nacken. Der Drache wartete nicht einmal, bis sie sich festgebunden hatte, sondern stieß sich mit einem gewaltigen Satz ab und segelte dicht über den Dächern der Stadt nach Norden.

Kara entdeckte den Feuerschein. Einige der Häuser am nördlichen Stadtrand standen in Flammen, und je weiter sie sich dem *Schlund* näherten, desto größer wurde die Anzahl der Menschen, die ihnen entgegeneilten, manche mit Taschen, Säcken oder anderen Gepäckstücken beladen. Trotzdem dauerte es noch einige Augenblicke, bis Kara begriff, dass diese Menschen vor irgendetwas *flohen.* Etwas, das aus dem Norden kam und von dort aus in die Stadt eingedrungen war. Was hatte der Mann gesagt? *Ungeheuer aus dem Schlund?*

Wieder loderte das grellorange Feuer eines Drachen vor ihr

auf. Kara sah, wie der Flammenstrahl einen Häuserblock eine halbe Meile vor dem *Schlund* traf und in Brand setzte – aber sie konnte beim besten Willen nicht erkennen, worauf der Drache gezielt hatte.

Sie ließ Markor langsamer fliegen und ging weiter hinunter. Die gleichmäßig schlagenden Schwingen des Drachen berührten jetzt beinahe die Häuser. Hier und da schien der Anblick des Drachen den Menschen neuen Mut zu geben, denn sie blieben stehen und winkten ihr zu, manche machten gar kehrt und rannten ein Stück im Schatten des riesigen Tieres in die Richtung zurück, aus der sie gekommen waren, aber bei den meisten schien Markors Auftauchen die Angst nur noch zu verstärken. Kara beugte sich weit im Sattel vor und hielt nach dem Grund der Massenflucht Ausschau.

Sie brauchte nicht lange zu suchen.

Sie war noch mehr als eine Meile vom Rande der Stadt und damit dem *Schlund* entfernt, als sie ein gewaltiges, hässliches Etwas erblickte, das auf zu vielen missgestalteten, kurzen Beinen hinter der Menschenmenge herlief. Im allerersten Moment kam ihr die Gestalt so grotesk vor, dass sie ein Lachen unterdrücken musste und sich verblüfft fragte, wieso all diese Menschen dort unten vor ihr davonliefen. Aber dann sah sie die schnappenden Kiefer und die blind herumtastenden, mit Stacheln versehenen Greifarme der Kreatur und machte sich klar, dass der Anblick allerhöchstens von der sicheren Höhe des Drachenrückens aus komisch wirkte.

Kara zog Markor herum, steuerte in einer eleganten Schleife auf das Monster zu und verbrannte es mit einem kurzen, gezielten Feuerstoß. Gleichzeitig wurde ihr allerdings bewusst, wie nutzlos dieses Unterfangen war. Während des kurzen Rundfluges hatte sie gesehen, dass die Straßen unter ihr von allen möglichen und unmöglichen Monstern nur so wimmelten. Eine halbe Meile vor dem *Schlund* hatte sich eine mindestens fünf

Meter große Spinnenkreatur eingenistet und bereits damit begonnen, in aller Seelenruhe ein gewaltiges Netz zwischen den Häusern zu spinnen. Sie würde nicht allzu weit damit kommen, denn gleichzeitig hatte etwas, das wie der Urgroßvater sämtlicher Käfer auf diesem Planeten aussah, damit begonnen, eines der Häuser aufzufressen, an denen sie ihre Fäden befestigt hatte. Neben diesen beiden Kolossen gab es Dutzende von anderen, kleineren Gestalten, die allesamt aus einem Albtraum entsprungen zu sein schienen. Viele von ihnen waren so groß wie ein Mensch.

Kara widerstand der Versuchung, dem Spuk zumindest in dieser Straße mit einem weiteren Feuerstrahl Markors ein Ende zu bereiten. Die Flammen waren die mächtigste Waffe der Drachen, aber eben aus diesem Grund mussten sie vorsichtig damit umgehen. Es fiel einem Drachen nicht leicht, Feuer zu speien. Es bereitete ihm sowohl Schmerzen als auch große Mühe, und Kara hatte von Fällen gehört, in denen Drachenreiter ihre Tiere umgebracht hatten, indem sie sie zwangen, zu oft und zu lange Feuer zu speien.

Sie lenkte Markor wieder nach Norden und ließ ihn gleichzeitig ein wenig Höhe gewinnen, als die Klippe des Kontinentalschelfs unter ihr davonglitt und sich der Drache plötzlich inmitten der tückischen Windböen befand, die seit zweihundert Jahrtausenden an Schelfheims Fundamenten rüttelten. Geschickt nutzte sie diese Böen aus, um den riesigen Drachen fast ohne einen einzigen Flügelschlag ein Stück weiter in die Höhe und zugleich von der Klippe forttreiben zu lassen, und begann dann in enger werdenden Spiralen wieder in die Tiefe zu sinken. Das schier endlose Häusermeer Schelfheims breitete sich für einen Moment wie ein bizarres Spielbrett der Götter unter ihr aus, schien dann in die Höhe zu steigen und wurde zur Zinnenkrone der ungeheuerlichen Wehrmauer, die das Leben auf dem Land gegen das auf dem Meeresgrund errichtet hatte.

Die annähernd drei Meilen hohe, lotrechte Klippe des Kontinentalschelfs *war* eine Bastion, und sie wurde im Moment von einer Armee berannt, deren bloßer Anblick Kara einen Schauer des Entsetzens über den Rücken laufen ließ. Ungeachtet der heulenden Windböen, die immer wieder einzelne, manchmal aber auch Dutzende oder Hunderte der Angreifer von der Wand pflückte, bewegte sich eine unvorstellbare Masse von meist ebenso unvorstellbaren Kreaturen an der Wand empor. Manche von ihnen waren so groß, dass sie vermutlich selbst einem Drachen gefährlich werden konnten, andere wieder so winzig, dass sie aus der Entfernung gar nicht zu sehen waren, dafür aber nach Millionen oder auch Milliarden zählten. Kara begriff voller jähem Schrecken, dass das, was sie oben in der Stadt gesehen hatte, nur die Vorhut dieser unvorstellbaren Invasion gewesen war – einige wenige Späher, denen ein Heer folgte, das die Stadt dort oben auf der Klippe und ihre Bewohner einfach überrennen würde, gleichgültig, was sie taten, und gleichgültig, ob sie ein Dutzend Drachen zu ihrer Unterstützung hatten oder nicht.

Links von ihr loderte orangerotes Feuer auf. Sie wandte den Kopf, korrigierte gleichzeitig Markors Kurs, damit er der Klippe und seinen entsetzlichen Bewohnern nicht zu nahe kam, und erblickte eine Gruppe von drei Drachen, die sich der Wand näherten und wieder davonglitten, wobei sie versuchten, eine Schneise aus Feuer zu legen, die der krabbelnden Monsterarmee den Weg verwehrte. Die Idee war gut, dachte Kara, aber leider undurchführbar. Sie hätten nicht zwölf, sondern zweihundert Drachen gebraucht, um die Stadt auf diesem Wege zu schützen.

Sie signalisierte den drei Drachenreitern, in ihrem sinnlosen Tun innezuhalten und wieder höherzusteigen, lenkte Markor selbst in die entgegengesetzte Richtung. Sie hatte eine ziemlich genaue Vorstellung davon, was die Bewohner des *Schlunddschungels* bewogen haben mochte, alle im gleichen Moment ihren Wohnort zu wechseln. Aber sie konnte sich nicht mit einer

Ahnung zufriedengeben, wenn das Leben von Millionen Menschen gefährdet war.

Markors Flug wurde unruhiger, je mehr sie sich dem Dschungel näherten. Die Anpassung und der schneidende Wind trieben Kara die Tränen in die Augen, sodass sie im ersten Moment kaum mehr als ein verschwommenes Muster aus Farben und Bewegung unter sich wahrnehmen konnte. Halb blind tastete sie nach rechts, fand die Schutzbrille, die an Markors Sattel befestigt war, und setzte sie auf, nachdem sie sich mit dem Handrücken die Tränen aus den Augen gewischt hatte. Sie konnte jetzt wieder klar sehen, aber der Dschungel unter ihr blieb ein Gewusel aus brauner glitzernder Bewegung, das mehr an die Oberfläche eines Ozeans aus verschmutztem Teer als an den gewohnten Anblick der Baumwipfel erinnerte. Wo das alles überwuchernde Grün des Blättermeeres gewesen war, da tobte jetzt eine unvorstellbare Masse der gleichen Kreaturen, die auch die Klippe und die Stadt attackierten. Es war, als hätte der *Schlund* jedes bisschen Leben, das in der Lage war, sich von der Stelle zu bewegen, aufgeboten, um hier eine apokalyptische Generalprobe des Weltunterganges abzuhalten.

Das brodelnde Meer einander aus purer Todesangst umbringender Geschöpfe erstreckte sich unter ihr wie eine braunschwarze Flutwelle, die gegen den Fuß der Klippe gebrandet war und sich nach Osten und Westen in der Entfernung verlor. Was im Norden war, das verbarg sich unter der niemals wirklich aufreißenden Wolkendecke des *Schlundes.* Und Kara wollte auch gar nicht wissen, wie es dort aussah. Vielleicht, weil sie schon wusste, was sie erwarten würde.

Trotzdem lenkte sie Markor nach einem kurzen Zögern nach Norden und hielt instinktiv den Atem an, als der Drache in die graue Wolkenschicht eintauchte. Für zwei, drei Sekunden umgab sie nichts als Feuchtigkeit und Kälte, dann waren die Wolken plötzlich über ihr, und sie sah, dass sich die Armee der

Ungeheuer auch in dieser Richtung noch sicherlich fünf oder sechs Meilen weit erstreckte.

Dahinter war der Dschungel verschwunden. Und mit ihm die Masse der flüchtenden Tiere. Aus dem unsterblichen Grün des Waldes war eine Ödnis aus blattlosen Bäumen geworden, die von einer dünnen weißen Schicht wie von einem Eispanzer eingehüllt wurden. Es sah aus, als wäre der Wald dort im Griff einer Eiszeit erstarrt, die binnen eines Atemzuges gekommen war.

Aber Kara wusste, dass das, was sie sah, alles andere als die *Abwesenheit* von Leben bedeutete. Die weiße Schicht war nicht starr, wie es von weitem den Anschein gehabt hatte, sondern bewegte sich auf eine Weise, mit der das Auge nicht fertig zu werden vermochte. Es war ein Wogen und Gleiten, das die ganze Welt der belebten und unbewohnten Dinge erfasst zu haben schien, als wäre jedes winzige Teilchen der Schöpfung in diese zuckende, *fressende* Bewegung geraten – ein mehrere Meilen tiefer, gerader Streifen, der sich langsam, aber vollkommen unaufhaltsam nach Süden schob, wobei er alles auslöschte, was er berührte. Zurück blieb das Skelett des Waldes, der seit Jahrtausenden hier unten gewachsen war.

Es war Gäa.

Im Anblick dieser unvorstellbaren Vernichtung – die im Grunde doch nur eine *Verwandlung* bedeutete – fragte sich Kara, wieso es nicht schon längst geschehen war. Die riesige, auf eine für Menschen vollkommen unverständliche Art *denkende* Kreatur aus den Sümpfen des Schlundes floh vor den heranrückenden Wassermassen eines Meeres, das sein Reich zurückforderte.

Kara wusste, dass es eine Flucht in den Tod war. Der Angriff des wimmelnden weißen Pilzgeflechtes, der die Bewohner des *Schlundes* zu ihrer Massenflucht veranlasst hatte, war nur ein letztes Aufbäumen. Gäas Reich waren die lichtlosen, heißen Sümpfe unter dem Dschungel. Wäre sie fähig gewesen, in anderen Lebensräumen zu existieren und sie zu erobern, dann hätte sie es längst getan, denn obgleich sie und diese winzigen verwundbaren Wesen, die die Welt über dem *Schlund* bewohnten, einmal für kurze Zeit Verbündete gegen einen gemeinsamen Feind gewesen waren, waren ihr doch Begriffe wie Mitleid und Rücksicht völlig fremd. Die Katastrophe, deren Zeugin Kara wurde, war nichts als ihr letzter verzweifelter Versuch, ihre eigene sterbende Welt zu verlassen, wobei sie einer anderen samt ihren Bewohnern den Untergang brachte. Die gesamte Tier- und Pflanzenwelt des Dschungels befand sich auf der Flucht vor der unaufhaltsam näherrückenden, alles verschlingenden Masse aus dünnen, beweglichen Pilzfäden, deren Gesamtheit Gäa war. Und die einzige Richtung, in die sie fliehen konnten, war nach Süden.

Kara hatte genug gesehen und kehrte um. Gebannt von dem apokalyptischen Bild unter ihr hatte sie gar nicht gemerkt, dass sie beinahe eine halbe Stunde tief in den *Schlund* vorgedrungen war, und sie erschrak, als sie die Kontinentalklippe in größerer, viel größer als erwarteter Entfernung vor sich im Westen aufragen sah. Gleichzeitig beruhigte sie der Anblick ein wenig. Auf diese Weise blieben ihnen noch einige Stunden, sich so etwas wie eine Verteidigung zu überlegen.

Noch etwas anderes bemerkte sie erst jetzt – nicht nur die Baumwipfel, sondern auch die Luft war von wirbelndem Leben erfüllt. Riesige Schwärme mikroskopisch kleiner Insekten glitten wie die Schatten von Wolken über den Wald dahin, große und kleine Vögel versuchten sich verzweifelt in der Luft zu halten, und nicht weit entfernt entdeckte Kara etwas, das wie ein gewaltiges, fliegendes Spinnennetz aussah. Sie lenkte Markor näher und drehte hastig wieder ab, als sie dem dicht genug gekommen war, um zu erkennen, dass es Hunderte von Metern messendes Gewebe war, in das sich Millionen faustgroßer, haariger Bälle gekrallt hatten. Kurze Zeit darauf änderte Kara zum zweiten Mal den Kurs, als sie auf etwas zutrieben, das wie eine riesige, halb durchsichtige, schwebende Qualle aussah und ein Büschel dunkelgrauer Fäden hinter sich herzog. Wo diese Fäden die Baumwipfel berührten, stieg grauer Rauch auf. Eine Spur verkohlter, sterbender Tiere und Pflanzen markierte den Weg der Qualle.

Die meisten dieser Geschöpfe schienen nicht in der Lage zu sein, sich weit über die Baumwipfel zu erheben, aber einige Kreaturen vermochten es doch, und denen wollte Kara selbst auf dem Rücken des gewaltigen Drachen lieber aus dem Weg gehen. Sie warf einen letzten Blick zurück, um sich zu orientieren, dann ließ sie Markor wieder höher steigen, um das letzte Stück des Weges über der Wolkendecke zurückzulegen.

Kurz bevor sie in den grauen Dunst eindrang, sah sie das Aufblitzen von Licht, das sich auf einer spiegelnden Oberfläche brach. Sofort ließ sie den Drachen wieder tiefer sinken, machte abermals kehrt und flog wieder nach Norden. Ihr Blick tastete aufmerksam über die abgestorbenen Baumwipfel und die weiße Linie des Todes, die Gäas Vorrücken markierte. Ganz weit entfernt am Horizont gewahrte sie eine silberblaue Linie, von der sie annahm, dass es das Wasser des neu entstandenen Ozeans war. Aber sie war sicher, dass sie nicht die Ursache des Lichtblitzes gewesen war, den sie erblickt hatte. Sie hatte einen ähnlichen Reflex vor nicht sehr langer Zeit schon einmal gesehen – vom höchsten Turm des Hortes aus, als Tess in der gestohlenen Libelle zurückkam und sich ein Sonnenstrahl auf ihrer Kanzel gebrochen hatte.

Einen Moment später entdeckte sie das Blitzen ein ganzes Stück weiter westlich, und dann gesellte sich ein zweiter, dritter und vierter Funke hinzu. Plötzlich begriff Kara, dass die Wolkendecke für einen Moment aufgerissen sein musste, sodass sich das Licht der Sonne auf den Libellenmaschinen spiegelte. Wenig später schloss sich die Lücke in den Wolken wieder, und die

Kette aus funkelnden Diamantsplittern verschwand so spurlos, wie sie aufgetaucht war.

Es waren Libellen. Sie schwebten irgendwo dort draußen über dem sterbenden Wald, und Kara musste nicht einmal lange überlegen, um zu wissen, was sie dort taten. Hastig ließ sie den Drachen wieder in die Wolkendecke tauchen und atmete erst auf, als die Wolken wie ein Teppich aus Zuckerwatte unter ihr lagen.

Über Schelfheim hing der schwarze Rauch zahlloser Brände, als sie die Stadt wieder erreichte. Es befanden sich nur noch sehr wenige Drachen in der Luft, aber der plötzliche Schrecken, mit dem diese Beobachtung Kara erfüllte, währte nur einen Augenblick; dann entdeckte sie Silhouetten der Tiere auf der eigentlichen Kontinentalklippe, die Schelfheims westliche Grenze bildete. Alles in allem war sie eine gute Stunde fort gewesen. Die Tiere mussten entweder völlig erschöpft sein, oder ihre Reiter hatten die Sinnlosigkeit ihres Tuns eingesehen.

Obwohl auch Markor deutliche Anzeichen von Ermüdung zeigte, kreiste sie noch einmal über der Stadt. Was sie erblickte, das erschreckte und beruhigte sie zugleich. Die panische Massenflucht hielt noch immer an, aber der Angriff der Monsterarmee war wenn schon nicht aufgehalten, so doch deutlich verlangsamt worden. Ein gut fünfhundert Meter breiter Streifen der Stadt stand in Flammen. Die Verteidiger hatten das Einzige getan, was sie überhaupt tun konnten – sie hatten eine Mauer aus Feuer zwischen sich und dem *Schlund* errichtet, die von den Drachen aus sicherer Höhe heraus überwacht wurde. Manchmal stieß eines der Tiere herab und entfachte die Flammen neu, wenn sie zu erlöschen drohten. Von überallher strömten Männer und Hornköpfe herbei und warfen Holz ins Feuer, und von der anderen Seite her ergoss sich ein unablässiger Strom glitzernder, schuppiger und horngepanzerter Körper in die Flammen; die Armee, die Schelfheim überrannte. Die Furcht vor dem, was sie verfolgte, musste größer sein als die Angst vor dem Feuer.

Aber Kara wusste auch, dass diese Verteidigung nicht lange halten würde. Es war unmöglich, einen Brand *dieser Ausdehnung* lange Zeit unter Kontrolle zu halten. Irgendwann würde er auf den Rest der Stadt übergreifen.

Sie vertrieb den Gedanken und lenkte Markor endgültig nach Süden. Wenige Augenblicke später landete sie unweit der Stelle, an der sie Schelfheim das erste Mal betreten hatte, und stieg vom Rücken des Drachen herab. Sofort war sie von einem Dutzend Männern umringt – unter ihnen auch Cord und Donay, wie sie mit einem deutlichen Gefühl von Erleichterung registrierte –, die sie mit Fragen bestürmten. Sie hob die Arme und bat mit befehlender Stimme um Ruhe. Erschöpft sah sie sich um und blickte in Gesichter, die von Schweiß und Staub bedeckt waren und deutlicher als alle Worte verrieten, was die Männer in der letzten Stunde getan hatten. Und sie alle wussten, wie sinnlos ihr Tun gewesen war. Wenn kein Wunder geschah, dann war Schelfheim verloren. Und offensichtlich erwarteten sie dieses Wunder von ihr.

Ehe Kara zu einer Erklärung ansetzen konnte, vernahm sie eine wohlbekannte Stimme hinter sich und erkannte Gendik und seinen Berater, die, begleitet von einem guten Dutzend Krieger, auf sie zueilten. Jede Spur von Hochmut war aus Gendiks Zügen verschwunden; Kara las nichts als Verzweiflung und Schrecken in seinen Augen. Seltsam, dachte sie, er stand jetzt so vor ihr, wie sie ihn hatte haben wollen – ein gebrochener, verzweifelter Mann, der nur noch Hilfe wollte. Aber der Anblick erfüllte sie nicht mit Triumph. Vielleicht hatte sie ihm auch vorher unrecht getan. Sie hatte ihn für überheblich und kalt gehalten, aber vielleicht war das die einzige Möglichkeit gewesen, einen Moloch wie diese Stadt zu verwalten.

»Was … geschieht dort draußen?«, brachte Gendik heraus und blickte sie entgeistert an.

»Gäa«, antwortete Kara. »Es ist Gäa, Gendik. Sie ...« Sie zögerte. Aus irgendeinem Grund scheute sie sich plötzlich davor, Gendik die Wahrheit zu sagen. »Sie verschlingt den Wald. Ich weiß nicht warum, aber ich habe es gesehen. Sie greift alles an, was sich ihr in den Weg stellt.«

Sie hörte, wie einige der Krieger hinter ihr erschrocken die Luft einsogen, aber Gendiks Gesichtsausdruck änderte sich nicht. Erst nach einigen Sekunden wurde ihr klar, dass er gar nicht verstanden hatte, was ihre Worte bedeuteten.

Aber das ist doch unmöglich!, dachte Kara. *Er muss doch von Gäa wissen!*

Dann fragte Gendik mit verwirrter Stimme: »Gäa? Du ... ich verstehe. Du redest von diesem ... Wesen, das in den Sümpfen dort unten leben soll.«

Kara starrte ihn an, hin- und hergerissen zwischen dem Bedürfnis, in ein hysterisches Gelächter auszubrechen oder ihm ins Gesicht zu schlagen, bis er endlich aufwachte und begriff, was in der Welt dort draußen vor sich ging. Doch dann begriff sie den fundamentalen Irrtum, dem sie bisher erlegen war. Gendik *konnte* gar nicht begreifen, was sie meinte, so wenig wie sie umgekehrt wirklich über seine Beweggründe und Entscheidungen urteilen konnte. Sie lebten in zwei verschiedenen Welten. Schelfheim und der Drachenhort hatten ein Bündnis, das den einen untrennbar mit dem anderen verband, aber im Grunde hatten sie so wenig miteinander zu tun wie ihre Welt und die Elders und der Männer, die er bekämpfte. Gendiks simple Frage nach Gäa machte ihr in einer Sekunde klar, was Angella ihr in zehn Jahren nicht hatte begreiflich machen können.

Gendik war nicht dumm. Natürlich wusste er, was Gäa war. Aber es spielte keine Rolle für ihn. Die größte denkende Kreatur dieser Welt – vielleicht aller Welten im ganzen Kosmos – war für ihn so unwichtig wie irgendein Insekt, das er unter seinem Schuh zertreten mochte, ohne es überhaupt zu bemerken. Einen

Moment lang fragte sie sich ernsthaft, ob Männer wie er und diese ganze verdammte Stadt es überhaupt wert waren, gerettet zu werden. Sie verfolgte diesen Gedanken nicht zu Ende – vielleicht weil sie Angst vor der Antwort hatte. »Ja«, sagte sie nur. »Sie wird den gesamten Dschungel verschlingen, fürchte ich.«

»Und all diese Ungeheuer …«

»… sind auf der Flucht vor ihr«, führte Kara den Satz zu Ende. Sie sah Gendik fest in die Augen, während sie eine Kopfbewegung auf die Stadt hinab machte. »Das ist nur die Vorhut, Gendik. Ich weiß nicht, wie schnell sich Gäa bewegt, aber ich fürchte, wenn sie den Fuß der Klippe erreicht, dann werden noch viel mehr von diesen … Ungeheuern die Wand hinaufkommen. Ihr werdet Schelfheim nicht halten können.«

Gendik erbleichte. »Was meinst du damit?«

»Ich meine, dass ihr die Stadt evakuieren müsst«, sagte Kara. »Und zwar sofort. Es sei denn, ihr wollt zusehen, wie die Hälfte ihrer Bewohner von diesen Monstern aufgefressen wird.«

»Du bist von Sinnen, Kind!«, keuchte Gendik. »Du weißt nicht, was du da redest! Schelfheim hat *zwei Millionen* Einwohner, und es gibt nur diesen und zwei oder drei andere Wege aus der Stadt.« Er deutete erregt auf den Hochweg, der nur wenige Schritte von ihnen entfernt lag. Erst jetzt fiel Kara auf, dass bisher *niemand* die Stadt verlassen hatte. Der Hochweg war verwaist, die großen Tore in der beweglichen Barrikade waren verschlossen und mit einem massigen Riegel gesichert. Plötzlich begriff sie, dass Gendik den Zugang zur Stadt absichtlich geschlossen hatte.

»Verzeiht, Kara, aber ich fürchte, Gendik hat recht«, mischte sich Karoll ein.

Sie fuhr auf. »Ihr wollt doch nur …«

»Es steht gar nicht zur Debatte, was wir oder andere wollen«, fiel ihr Karoll ins Wort. »Es ist unmöglich, eine Stadt wie Schelfheim binnen weniger Stunden zu evakuieren. Wir brauchten sechs Wochen, um die Bevölkerung aus der Stadt zu schaffen. Und selbst wenn wir es könnten – wo sollten wir all diese Menschen unterbringen? Wie sollten wir sie ernähren?« Er schüttelte traurig den Kopf. »Es ist leider so – wir müssen uns verteidigen. Ich bitte Euch – helft uns.« Seine Stimme wurde leise. »Ich poche nicht auf irgendwelche Verträge oder Absprachen, Kara. Ich appelliere auch nicht an Euer Gewissen oder das Versprechen auf Schutz, das uns Angella gegeben hat. Ich bitte Euch nur, uns zu helfen.«

Unter normalen Umständen hätte Kara jetzt nichts als Verachtung für den Mann empfunden. Aber sie wusste auch, warum sich Karoll so erniedrigte. Er hätte alles gegeben, was nötig war, um seine Stadt zu retten.

»Aber das können wir nicht, Karoll«, sagte sie so ruhig sie konnte. Sie deutete auf die Drachen. »Die Tiere sind erschöpft. Und selbst wenn ich alle Drachen hierherbrächte, die noch im Hort sind, würde es nichts nutzen.«

»Aber ihr habt über zweihundert Drachen!«, protestierte Gendik.

»Es wäre nicht einmal genug, wenn es *zweitausend* wären«, sagte Kara. »Ihr habt nicht gesehen, was ich gesehen habe. Schelfheim ist verloren.«

»Dann zünden wir die Stadt an!«, sagte Gendik mit verzweifelter Stimme. Er gestikulierte wild nach Norden, wo sich noch immer ein lodernder Flammenvorhang über der Klippe erhob. »Wir legen eine Feuerschneise und verbrennen sie.«

»Euch wird sehr schnell das Brennmaterial ausgehen«, sagte Donay. Es war das erste Mal, dass er das Wort ergriff, seit Kara zurückgekommen war.

»Dann brennen wir die ganze Stadt nieder!«, sagte Gendik in der Tonlage eines verzweifelten Kindes, das sich zum ersten Mal mit der Unbarmherzigkeit des Schicksals konfrontiert sieht.

»Wir bauen sie sowieso alle zehn Jahre neu. Es spielt keine Rolle, ob wir es einmal mehr oder weniger tun!«

»Es würde nichts nutzen«, sagte Donay an Karas Stelle. »Eure Feuerschneise wird nicht lange halten. Schelfheim ist keine normale Stadt, Gendik. Sie ist ein Schwamm, auf dessen Oberfläche zufällig ein paar Menschen leben. Sie werden durch die Keller kommen und die Stollen und Gänge unter unseren Füßen. Es würde Euch gar nichts nutzen, die Stadt anzuzünden.«

»Er hat recht, Gendik«, sagte Kara beinahe sanft. Dann fasste sie einen Entschluss. »Wir können nur eines tun. Ich werde die restlichen Drachen herrufen, und wir werden versuchen, diese Ungeheuer so lange wie möglich aufzuhalten. Vielleicht bringt es Euch nur ein paar Stunden, vielleicht einen halben Tag. Aber ihr werdet wenigstens einige Eurer Untertanen retten können.« Sie wandte sich an Cord. »Du und Donay – sucht euch die kräftigsten Drachen heraus und fliegt zum Hort zurück.«

»Und wenn er ... ebenfalls angegriffen wird?«, fragte Cord zögernd.

Kara wusste, dass dem nicht so war. Sie hatte den wahren Grund für die Invasion der Ungeheuer gesehen. »Dann gebt den Hort auf. Sie sollen alle Verwunde ...« Sie brach mitten im Wort ab, als sie sah, dass Cord ihr gar nicht mehr zuhörte. Sein Blick war plötzlich auf einen Punkt hinter ihr gerichtet, und auf seinem Gesicht erschien ein Ausdruck, der eine Mischung aus Fassungslosigkeit und Furcht war.

Und als Kara sich herumdrehte, verstand sie ihn.

Über dem nördlichen Rand der Stadt waren zwei Libellen aufgetaucht. Sie flogen langsam, fast gemächlich, und unter ihren Rümpfen blitzten in regelmäßigen Abständen verschiedenfarbige Lichter auf: rot, grün, rot, grün, rot ...

Großer Gott!, dachte Kara. *Ich habe die hierhergeführt!* Sie mussten sie gesehen haben, als sie draußen über dem sterbenden

Dschungel flog, und waren ihr gefolgt. Statt der Rettung hatte sie den Tod nach Schelfheim gebracht!

Aber die Libellen waren nicht gekommen, um der Stadt den Todesstoß zu versetzen, denn dann wären sie nicht nur zu zweit gekommen und hätten sich nicht jede erdenkliche Mühe gegeben, *gesehen* zu werden.

Einige Krieger wollten zu ihren Tieren rennen, aber Kara hielt sie zurück. »Wartet«, sagte sie. »Sie ... wollen nicht ... kämpfen.« Ihr Blick irrte nervös zu den drei Drachen hinauf, die über dem brennenden Stadtviertel kreisten. Zwei von ihnen hatten ihren Kurs geändert und versuchten, neben den Libellenmaschinen herzufliegen. Die Helikopter bewegten sich jedoch so langsam, dass die Tiere wahrscheinlich abgestürzt wären, hätten ihre Reiter versucht, ihre Geschwindigkeit den Maschinen anzupassen. So umkreisten sie die beiden viel kleineren Flugmaschinen ständig wie zwei Falken, die zum Angriff auf ein Taubenpärchen ansetzten. Kara signalisierte den Drachenkämpfern, nicht einzugreifen, aber die beiden Krieger schienen auch so begriffen zu haben, dass es sich diesmal nicht um einen Angriff handelte.

Aber was war es dann?

Die Maschinen flogen sehr langsam in östliche Richtung an der Flammenwand entlang.

»Was tun die da?«, fragte Cord. »Es sieht aus, als ... suchten sie etwas.«

Kara begriff, was der Sinn dieser Demonstration war, noch bevor die beiden Libellen endgültig in der Luft stillstanden. Vor der lodernden Feuerwand wurden sie zu schwarzen Schemen, deren Konturen sich in den Tränen aufzulösen schienen, die das grelle Licht in Karas Augen trieb. Trotzdem erkannte sie einen dritten, viel größeren Schatten, der im Inneren der Feuerwand heranwuchs – und sie plötzlich durchbrach.

Es war nicht das erste Ungeheuer, das die Feuerbarriere überwand, aber wahrscheinlich bisher das größte – ein riesiges, gepanzertes Insektenwesen mit einem zweifach unterteilten Körper, der länger war als ein Haus, und mannsdicken, behaarten Beinen, unter deren stampfenden Schritten das Straßenpflaster zu Staub zerfiel. Das Feuer hatte eines seiner gewaltigen Facettenaugen geblendet, hier und da schwelte sein Panzer oder war von hässlichen Brandflecken bedeckt. Aber die Flammen hatten es nicht aufhalten können.

Die beiden Libellen hatten sich dem Ungeheuer bis auf dreißig oder vierzig Meter genähert. Der Kopf des Ungeheuers pendelte hin und her, als es versuchte, mit seinem einzigen verbliebenen Auge die beiden Angreifer zugleich zu beobachten.

»Was zum Teufel …?«, begann Gendik, und im gleichen Moment blitzte es grell unter den Köpfen der beiden Libellen auf. Eine Perlenkette aus Tausenden winziger giftgrüner Funken spannte sich für eine Sekunde zwischen den Libellen und der Dinosaurier-Ameise. Dann explodierte das Ungeheuer in einem grellen Blitz aus Flammen.

»Sie helfen uns!«, murmelte Gendik. »Mein Gott, seht euch … seht euch das an – sie *helfen uns!«*

Kara warf ihm einen nachdenklichen Blick zu, schwieg aber ansonsten. Es machte im Grunde keinen Unterschied, ob die Verteidiger Schelfheims es nun mit einem Ungeheuer mehr oder weniger zu tun hatten. Und Gendik hatte nicht gesehen, was *sie* gesehen hatte auf der anderen Seite der Feuerbarriere. Aber der Sinn dieser Demonstration war so klar gewesen, dass sich jedes weitere Wort erübrigte.

Die beiden Libellen gewannen wieder an Höhe – und Kara war nicht überrascht, als sie nach einigen Augenblicken erkannte, dass sie direkt auf sie und die anderen zuhielten.

»Cord, Donay«, flüsterte sie, ohne die beiden bizarren Gebilde aus den Augen zu lassen. »Verschwindet! Tut, was ich gesagt habe!«

»Aber …«

»Auf der Stelle! Zurück zum Hort. Wenn hier … irgendetwas passiert, dann hat Aires das Kommando.«

Die beiden entfernten sich gehorsam, und noch bevor die Libellen herangekommen waren, hörte Kara ein mächtiges Rauschen; ein gewaltiger Schatten legte sich über sie und die anderen, als die beiden Drachen abhoben und sich nach Osten wandten.

Die Männer wichen zu einem Halbkreis vor der Klippe zurück, während die beiden Libellen aufsetzten und der Sturmwind der Rotoren in ihre Gesichter schlug. Auch Kara schloss die Augen und drehte das Gesicht weg, widerstand aber der Versuchung, wie die anderen zwei, drei Schritte zurückzuweichen, obwohl ihr die kreischenden Sturmböen den Atem nahmen. Erst als das infernalische Heulen ebenso wie der künstliche Orkan zu verebben begannen, wagte sie es, den Kopf wieder zu drehen und die beiden Maschinen anzublicken.

Selbst jetzt, als sie wusste, dass sie nichts weiter als Maschinen waren, hatte ihr Anblick nichts von seiner unheimlichen Wirkung verloren. Die riesigen Rotoren mit ihren scharfgeschliffenen Kanten drehten sich wie tödliche Messer, und die Läufe der gläsernen Waffen glichen den tödlichen Stacheln wirklicher Riesenlibellen.

Hinter ihnen begannen sich einige der Drachen unruhig zu bewegen. Kara war nicht sicher, ob es Zufall war, oder ob die Tiere tatsächlich die Fremdartigkeit dieser Maschinen spürten. Sie verlängerte die Linie, die die Zwillingsläufe der beiden Geschütze bildeten, in Gedanken, und war nicht überrascht festzustellen, dass die Waffen auf die beiden am nächsten stehenden Drachen deuteten. Eine Sekunde lang fragte sie sich, ob diese beiden Maschinen allein wohl in der Lage waren, mit ihnen und ihren geflügelten Reittieren fertig zu werden. Noch vor zehn Minuten hätte sie diese Frage mit einem klaren Nein beantwortet. Aber dann dachte sie daran, mit welcher spielerischen Leichtigkeit die Libellen das Rieseninsekt vernichtet hatten. Entweder waren diese beiden Maschinen sehr viel besser bewaffnet als die, mit denen sie es bisher zu tun gehabt hatten, oder sie hatten die wahre Macht der Libellen bisher noch nicht zu spüren bekommen.

Die Rotoren der Maschinen kamen endgültig zur Ruhe, und im gleichen Moment verstummte auch das schrille Geräusch der Triebwerke. Kara überlegte, ob sie auf die beiden Libellen zugehen sollte, aber die Entscheidung wurde ihr abgenommen: Lautlos klappten die durchsichtigen Kugelköpfe der Maschinen nach oben, und zwei Männer stiegen ins Freie. Sie trugen eine dunkelblaue, einteilige Uniform, die mit Schwarz abgesetzt war, und mattsilberne Helme, deren getönte Glasvisiere ihre Gesichter zur Hälfte verbargen. Sie kletterten ohne jedes Zögern heraus. Offensichtlich fühlten sie sich sehr sicher – und warum auch nicht?, dachte Kara bitter. Sie waren zwar nicht unverwundbar, aber im Besitz von Körpern, die sie nach Belieben austauschen und erneuern konnten. Plötzlich wurde ihr bewusst, dass sie einen einzigen, winzigen Trumpf in diesem ungleichen Spiel besaß. Das Wissen um die einzig verwundbare Stelle dieser unheimlichen Angreifer von den Sternen.

Und sie war sehr froh, dass außer ihr, Donay und Cord – die sich schon zehn Meilen entfernt auf dem Rückflug zum Drachenhort befanden – niemand hier um das Geheimnis der Blaugekleideten wusste.

Ihr fiel auf, dass die beiden Männer unbewaffnet waren. Die Halfter an ihren breiten Instrumentengürteln waren leer; eine Geste, die ziemlich bedeutungslos war – es hätte ihnen auch nicht viel genutzt, bewaffnet hierherzukommen.

Sie überwand endlich ihre Erstarrung und wollte etwas sagen, aber wieder kamen ihr die Fremden zuvor. »Du bist Kara?«, fragte der eine Mann sie und löste den Blick seiner hinter getöntem Glas verborgenen Augen von ihrem Gesicht, noch ehe sie antworten konnte. »Wer von euch ist Gendik? Ist er hier?«

Kara war sehr sicher, dass er Gendik ebenso zweifelsfrei erkannt hatte wie sie selbst. Sie glaubte, das Vorgehen der Fremden allmählich zu durchschauen. Nichts von dem, was sie taten, war Zufall. Ihre Art, sich zu bewegen, die Fragen, die sie stellten, selbst der Ausdruck auf ihren Gesichtern. Und sie würde sich diese Erkenntnis zunutze machen. Es war immer gut, ein wenig unterschätzt zu werden. Sie würde nicht den Fehler begehen und die Idiotin spielen, aber sich ein wenig dümmer anstellen, als sie war.

»Ich bin Gendik«, antwortete Gendik und trat mit zwei schnellen Schritten neben Kara. Sie wandte den Kopf und konnte sehen, wie sich Angst und eine kaum unterdrückte Hoffnung auf seinem Gesicht einen stummen Zweikampf lieferten. Er versuchte, gelassen und so unbeeindruckt auszusehen, wie Kara ihn fast immer erlebt hatte, aber es gelang ihm nicht. Seine Hände zitterten zu sehr.

»Ich bin Gendik«, wiederholte Gendik. »Wer seid ihr? Ihr habt uns geholfen. Wieso ...«

»Unser Kommandant wünscht Euch zu sprechen«, unterbrach ihn der Fremde in einem Ton, der so beiläufig war, als rede er über das Gebell eines Straßenköters hinweg. Er deutete auf die noch immer offenstehenden Kanzeln der beiden Libellenmaschinen. Gendik zögerte.

»Wir garantieren für freies Geleit«, fuhr der Fremde fort. Mit der anderen Hand deutete er zuerst auf seinen Kameraden, dann auf sich. »Wir beide werden im Austausch für dich und das Mädchen hierbleiben.«

Gendik war offensichtlich noch immer nicht überzeugt; vielleicht hatte er auch einfach nur Angst vor der fremdartigen, bizarren Maschine. Auch Karas Herz begann etwas schneller zu schlagen. Obwohl sie ganz genau wusste, wie dumm dieser

Gedanke war, erinnerte sie der Anblick der aufgeklappten, durchsichtigen Halbkugeln an aufgerissene Mäuler, die nur darauf warteten, dass sie so dumm waren, auch noch von selbst hineinzumarschieren. Und trotzdem war sie es, die nach einigen Augenblicken als Erste ihr Zögern überwand und mit langsamen, aber festen Schritten auf die beiden stählernen Kolosse zuzugehen begann.

Umständlich nahm sie auf dem Sitz neben dem Piloten Platz; sie versuchte, sich daran zu erinnern, auf welche Weise Tess darauf festgeschnallt gewesen war, erhob aber keinen Einspruch, als der Pilot mit einem Arm über sie griff, die Gurte aus einer Vertiefung in der Wand über ihrem Kopf hervorzog und in ein kleines Schloss neben dem Sitz einrasten ließ. Sie versuchte, desinteressiert zu wirken, merkte sich aber das Funktionsprinzip des Mechanismus sehr genau.

Sie sah, wie Gendik endlich ihrem Beispiel folgte und die zweite Maschine ansteuerte, und sie sah gleichzeitig, wie unter den Kriegern eine merkliche Unruhe entstand. Rasch hob sie die Hand und signalisierte ihnen in der Zeichensprache der Drachenkämpfer, dass alles in Ordnung sei und sie nichts unternehmen sollten. Tatsächlich machte keiner der Männer einen Versuch, sie aufzuhalten oder gar die beiden Fremden anzugreifen. Kara hoffte, dass nichts geschah, bis sie zurück war – falls sie zurückkam. Eine kleine Unbedachtsamkeit, ein Fehler oder eine nachlässige Bemerkung, und die Drachenflieger würden diese beiden Männer töten.

Nach ein paar Augenblicken, die ihr wie eine Ewigkeit vorgekommen waren, hatte auch Gendik in der zweiten Maschine Platz genommen, und ebenso lautlos, wie sie sich geöffnet hatten, begannen sich die durchsichtigen Kugeln der Kanzeln wieder zu senken. Sie rasteten mit einem kaum hörbaren Klicken ein, und im selben Augenblick legte der Mann neben ihr eine Hand auf den Steuerknüppel der Maschine und betätigte mit der anderen rasch hintereinander ein paar Schalter. Die Triebwerke erwachten mit einem hellen, winselnden Geräusch zum Leben, und über Karas Kopf begann sich der dreiflügelige Rotor zu drehen, zuerst langsam, dann immer schneller, bis er zu einem wirbelnden Kreis aus Schatten und Lichtreflexen wurde. Das Geräusch der Triebwerke wurde lauter, doch nicht annähernd so laut, wie es sich draußen angehört hatte. Und obwohl Kara zu den sehr wenigen Bewohnern ihrer Welt gehörte, für die das Fliegen nicht nur nichts Ungewohntes darstellte, musste sie sich doch erschrocken mit beiden Händen an ihren Sitz klammern, als die Libelle mit einem sanften Zittern abhob. Der Mann neben ihr wandte kurz den Kopf, und sie glaubte die Andeutung eines spöttischen Lächelns über sein Gesicht huschen zu sehen. Sie zog verärgert die Hände zurück und unterdrückte im letzten Moment den Impuls, die Arme nun vor der Brust zu verschränken. In einer Haltung, die Gelassenheit ausdrücken sollte, saß sie dann da und blickte mit einer Mischung aus Furcht und Faszination durch die Kuppel nach unten. Das braunschwarze Schachbrettmuster Schelfheims raste nur so unter ihnen dahin, eine Sekunde später blitzte eine dünne orangerote Linie unter ihnen auf, dann lag der *Schlund* unter ihnen. Die Maschine wurde schneller und schneller, sank plötzlich tiefer und raste dann unterhalb der Wolkendecke des *Schlundes* dahin.

Es war eine völlig andere Art des Fliegens als die, die Kara bisher kannte. Plötzlich löste der Pilot eine Hand von seinem Steuer und betätigte ein paar Schalter vor sich. Das Heulen der Motoren wurde leiser, und eine Sekunde später bemerkte sie voller jähem Schrecken, dass die Rotoren über ihr aufgehört hatten, sich zu drehen. Die Libelle zitterte, begann für einige schreckliche Sekunden zu trudeln und an Tempo zu verlieren – und beschleunigte dann mit einem Ruck, der Kara wie ein Faustschlag in den Sitz presste und ihr die Luft nahm. Die Landschaft unter ihr wurde zu einem dahinrasenden Kaleidoskop, und selbst die Wolken über ihnen sprangen ihr entgegen wie in einem Albtraum, in dem sie das Verstreichen der Zeit hundertmal in den Himmel riss. Es hatte nichts mit dem majestätischen Dahingleiten auf dem Rücken eines Drachen zu tun; es war schlicht und einfach wider die Natur.

Der Mann neben ihr lächelte plötzlich. »Keine Angst, Kleines«, sagte er. »Uns kann nichts passieren.« Er wandte den Kopf.

»Wir fliegen ein bisschen schneller als eure mutierten Fledermäuse, nicht wahr?«

»Es ist wirklich sehr schnell«, erwiderte Kara gepresst. »Können wir noch schneller fliegen?«

Zuerst wollte er antworten, dann jedoch zuckte er mit den Schultern und sagte nur: »Vielleicht«, ehe er sich wieder den Kontrollen seines Flugapparates zuwandte.

Karas Enttäuschung hielt sich in Grenzen. Was immer sie dort, wo sie hinflogen, auch erwarten mochte, sie glaubte nicht, dass es noch eine große Rolle spielte, ob sie diesem Mann ein paar Informationen mehr oder weniger entlocken konnte.

Etwas in der Welt unter ihr änderte sich. Das matte Grau des abgestorbenen Waldes wurde plötzlich zum Schimmern eines gewaltigen blaugrauen Spiegels. Sie rasten über das neu entstandene Meer hinweg.

Da sie nicht einmal zu schätzen wagte, wie schnell sich die Libellenmaschine bewegte, konnte sie auch nicht sagen, welche Entfernung sie zurückgelegt hatten, als der Pilot ihre Geschwindigkeit endlich wieder drosselte. Aber wie weit es auch war – es war auf jeden Fall *zu weit,* als dass sie diesen Ort mit ihren Drachen erreichen konnten.

Die Maschine wurde immer langsamer und verlor gleichzeitig an Höhe. Karas Blick tastete aufmerksam über die endlose Wüste aus Wasser. Sie sah nirgends eine Insel, einen Felsen oder auch nur ein Schiff, das ihr Ziel hätte sein können. Trotzdem wurde die Libelle weiter langsamer, sank auf hundert, dann auf fünfzig und endlich auf weniger als zehn Meter auf die Meeresoberfläche herab und verhielt schließlich auf der Stelle. Kara gewahrte einen Lichtreflex in der spiegelnden Kanzel vor sich und blickte zur Seite, wo die zweite Libelle schwebte, die Gendik transportierte.

Eine Welle kräuselte plötzlich das Wasser unter ihnen, dann eine zweite, dritte und vierte, die zu einer kreisförmigen Woge verschmolzen. Zuerst langsam, dann immer schneller werdend, entstand aus dem Nichts ein rasender Strudel unter den beiden Maschinen. Kara sah mit angehaltenem Atem zu, wie der Strudel wuchs, bis er zu einem gewaltigen Trichter geworden war, der hundert oder mehr Meter tief ins Meer hinabreichte: ein Schacht von kreisrundem Durchmesser, dessen Wände aus kochendem, von einem unsichtbaren Zauber gehaltenem Wasser bestanden. Und an seinem Grund war nicht der Fels des Meeresbodens, sondern das nasse Metall eines gewaltigen, buckeligen Gebildes, das dort lag. So riesig der Strudel auch war, enthüllte er doch nur den winzigen Teil eines stählernen Ungeheuers, das wie ein ertrunkenes Fabeltier in der Tiefe lauerte. Die Libellen begannen langsam hinunterzugehen, erreichten die Meereshöhe und glitten weiter hinab, aber Kara verschwendete keinen einzigen Blick auf die zischenden Wände des Strudels, dessen Anblick sie vor zehn Sekunden noch an ihrem Verstand hatte zweifeln lassen. Wie gebannt sah sie das ungeheuerliche Etwas an, das auf dem Grund des neu entstandenen Ozeans lag, und zum allerersten Mal glaubte sie, Elders Warnung wirklich zu verstehen. Sie hatten nicht im Ansatz begriffen, was er ihnen wirklich hatte sagen wollen. Es war nicht nur so, dass sie gegen einen hoffnungslos überlegenen Feind kämpften. Sie hatten nicht einmal gewusst, *wogegen* sie kämpften. Dieses ... Ding war gewaltig, ein Berg aus Stahl, neben dem selbst der Drachenhort zu einem Nichts verblasste. Rote, grüne und gelbe Lichter waren willkürlich über seine Oberfläche verteilt, und als sie tiefer sanken, erschien in einem der gewaltigen Buckel eine schmale Linie aus Licht, die rasch breiter wurde – zweifellos die Schleuse, durch die die Libellen einfliegen würden. Für Kara war es das Maul eines unbeschreiblichen Dämons, der von den Sternen gekommen war, um ihre Welt zu verschlingen.

Die beiden Libellen glitten nebeneinander auf diese Öffnung zu. Im ersten Moment war Kara beinahe blind, als sie hindurchflogen, denn der dahinterliegende Raum war von gleißender Helligkeit erfüllt. Aber ihre Augen gewöhnten sich an dieses unnatürliche weiße Licht, noch bevor die Libelle unweit des Eingangs aufsetzte und der Pilot die Motoren abschaltete, sodass sie ihre Umgebung zumindest in Schemen wahrnehmen konnte. Sie befanden sich in einem gigantischen Saal. Rechts und links von ihnen standen säuberlich aufgereiht Libellen. Zehn, fünfzehn, zwanzig ... Insgesamt zählte Kara achtundvierzig Libellenmaschinen, die allein in diesem einzigen Buckel Platz gefunden hatten. Und sie war sicher, mehrere dieser hässlichen Auswüchse auf der Oberfläche des fremden Raumschiffes gesehen zu haben. Wie viele von diesen Mordmaschinen besaßen sie?

Die Kanzel öffnete sich, und Kara hatte sich nicht gut genug in der Gewalt, um nicht von sich aus nach dem Sicherheitsgurt zu greifen und das Schloss aufschnappen zu lassen, was ihr einen erstaunten Blick ihres Piloten einbrachte. Rasch kletterte sie aus der Maschine, sah sich eine Sekunde suchend um und eilte dann auf die zweite Libelle zu, aus deren Kanzel Gendik herauskletterte. Er gab sich jetzt keine Mühe mehr, das Zittern seiner Hände zu unterdrücken, und als er sich aufrichtete, wankte er.

»Was ... was ist hier los?«, flüsterte Gendik. Seine Augen waren so groß, als wollten sie aus den Höhlen hervorquellen, und seine Stimme war flach und dünn wie die eines alten Mannes, der kaum noch Kraft zum Sprechen hatte.

Aber erging es ihr viel anders? Ihr scheinbares Verstehen der Dinge ringsum, ihre Neugier, ja selbst der Zorn, den der Anblick der schlafenden Libellen erweckte, waren sie wirklich etwas anderes als hastig errichtete Schutzschilde, um sich nicht eingestehen zu müssen, dass auch sie halb verrückt vor Angst war? Eine der ersten Lektionen, die sie als junge Drachenkriegerin gelernt hatte, besagte, dass man nur einmal sterben konnte. Es spielte keine Rolle, ob man gegen einen nur leicht oder hoffnungslos überlegenen Gegner antrat. Das Entsetzen, das eine überlegene Waffe, ein gefährliches Raubtier oder ein einfach zahlenmäßig überlegener Gegner auslöste, war schädlich.

Ihr wurde bewusst, dass seit Gendiks Frage eine gute Minute verstrichen war und dass sie ihm nicht nur nicht geantwortet, sondern die ganze Zeit aus geweiteten Augen um sich geblickt hatte. Sie bemerkte eine Bewegung und sah, dass sich im hinteren Ende der Halle eine kleinere Tür geöffnet hatte und drei blauuniformierte Männer herausgetreten waren, die nun mit schnellen, aber nicht hastigen Schritten auf sie zukamen. »Das, Gendik«, sagte sie so ruhig sie konnte, »ist der Thron der Libellen.«

46

Sie verließen die Libellenhalle mit einem Aufzug aus silberfarbenem Metall, und als sie etliche Stockwerke tiefer aus der Kabine traten, da wusste Karas Verstand zwar noch, dass sie sich im Inneren eines Schiffes befanden, das zwischen den Sternen flog, aber ihre Augen und all ihre anderen Sinne behaupteten, sie wäre in einem Palast. Ein mit mattsilbernem Metall ausgekleideter Korridor nahm sie auf, der so breit und lang war, dass sich manche der Männer und Frauen, die sie sah, auf kleinen rollenden Karren fortbewegten. Das Licht war nicht mehr weiß und grell, sondern so mild wie Sonnenlicht an einem warmen Frühlingstag, und als sie den Kopf hob, konnte sie keinerlei Lampe erkennen. Die Helligkeit strahlte von überallher zugleich, als leuchte die Luft. Sie passierten drei Kreuzungen des gewaltigen Ganges, der das Schiff auf ganzer Länge durchziehen musste, und mehrere Türen, die offenstanden. Da ihre Begleiter nichts dagegen zu haben schienen, warf Kara einen neugierigen Blick in die dahinterliegenden Räume. Was sie sah, verblüffte sie nur noch mehr. Sie hatte mit von Maschinen und geheimnisvoll blinkenden, klickenden und summenden Geräten vollgestopften kleinen Zellen gerechnet, aber sie entdeckte zumeist große, behaglich eingerichtete Räume mit fremdartigem, aber nicht unbequem erscheinendem Mobiliar – und einige Fenster.

Schließlich erreichten sie das Ende des Ganges, und als sie durch eine Tür traten, fand Kara schlagartig in die Wirklichkeit zurück und begriff wieder, wo sie war: an Bord eines Kriegsschiffes. Auch hier herrschte dieses milde Frühsommerlicht, aber sie sah keine Fenster mehr und hörte kein Lachen. Die Männer, die sich in diesem Teil des Thrones bewegten, trugen blauschwarze Uniformen und Helme mit Visieren aus Glas, und sie bewegten sich wie tüchtige, gut ausgebildete Soldaten. Einige blieben stehen und warfen ihr und Gendik Blicke nach; Blicke, in denen Kara vergeblich nach so etwas wie Feindschaft oder auch nur Verachtung suchte. Sie entdeckte nur eine gewisse Neugier.

Ihre Begleiter blieben stehen. Einer von ihnen trat auf Kara zu und streckte fordernd die Hand nach ihrem Schwert aus. Kara legte die Rechte auf den Griff der Waffe und schüttelte wortlos den Kopf. Sie wusste, wie dumm sie im Grunde handelte. Und sie war nicht wenig erstaunt, als der Soldat nicht einmal den Versuch machte, ihr das Schwert mit Gewalt zu nehmen, sondern nur mit den Schultern zuckte und ein Wort in seiner unverständlichen Sprache zu seinen Kameraden sagte, das die mit einem Lachen quittierten. »Was soll das?«, flüsterte Gendik neben ihr. »Willst du unbedingt einen Streit provozieren?«

»Ich glaube«, murmelte Kara verwirrt, »das könnte ich gar nicht. Selbst wenn ich es wollte.«

»Es gibt nicht viele Menschen, denen ich das zutraue – aber du gehörst dazu.« Kara hatte die Stimme erkannt, bevor sie sich herumdrehte. Vor ihr stand der Offizier, den sie auf der Treppe zu Aires' Zimmer gesehen hatte. Ihr alter Freund vom Strand und aus der Gasse in Schelfheim. Zwei oder drei Sekunden lang hielt er ihrem Blick wortlos stand, und Kara gestand sich verblüfft ein, dass das Lächeln in seinen Augen echt war, dann hob er die Hand und machte eine flüchtige Geste zu den drei Männern, die sie hierherbegleitet hatten. »Ihr könnt gehen«, sagte er. »Ich rede allein mit unseren Besuchern.«

Er bediente sich ihrer Sprache, begriff Kara, damit sie ihn verstand. War das nun Zuvorkommen oder nur ein weiteres Zeichen von Überheblichkeit?

Ohne auf ihre oder Gendiks Reaktion zu warten, wandte er sich herum und steuerte auf eine Tür zu. Er betrat den Raum, ohne sich auch nur noch einmal nach ihnen umzudrehen, als wäre es völlig selbstverständlich, dass sie ihm folgten. Ganz plötzlich wusste Kara, wieso ihre Gastgeber sie so sorglos behandelten. Die Tatsache, dass man sich nicht einmal die Mühe machte, sie nach verborgenen Waffen zu durchsuchen, hatte sie im ersten Moment verwirrt. Aber was nach Leichtsinn aussah, war in Wirklichkeit das Wissen um eine unerschütterliche Sicherheit.

Der Bärtige durchquerte das Zimmer und ließ sich in einen Stuhl fallen, der hinter einem gewaltigen Tisch stand. Der Tisch war leer und bestand nur aus einer fast zehn Zentimeter dicken Glasscheibe, die auf drei geradezu lächerlich dünnen Beinen ruhte. Zwei weitere Stühle standen auf der anderen Seite. Sie sahen recht bizarr aus, erwiesen sich aber als überraschend bequem, als Kara und Gendik sich nach kurzem Zögern gleichfalls setzten.

Für Momente senkte sich eine unbehagliche Stille über den Raum. Gendik maß sein Gegenüber voller Unsicherheit und Furcht, Kara voller Unsicherheit und Groll, während der Bärtige sie beide abwechselnd und mehrmals mit einem Blick musterte, den Kara nicht zu deuten vermochte. Sie stellte nur mit immer größer werdender Verwirrung fest, dass sie keinerlei Feindschaft darin entdeckte.

»Es freut mich, dass Ihr meine Einladung angenommen habt, Gendik«, sagte der Fremde schließlich. Zu Kara gewandt und mit einem flüchtigen Lächeln fügte er hinzu: »Und du auch, Kara. Schließlich hast du mich schon mehr als einmal umgebracht.«

Gendik sah plötzlich sehr verwirrt aus, aber der Fremde fuhr wieder an ihn gewandt fort: »Wir haben eine Menge zu bereden, denke ich. Eine Erfrischung?«

Kara wollte impulsiv ablehnen, aber Gendik nickte schon, und sie begriff, dass sich diese beiden Männer auf eine gewisse Weise sehr ähnelten. Sie beide verhielten sich so formell, wie man es von Politikern oder Diplomaten erwarten konnte. Der Bärtige berührte mit Zeige- und Mittelfinger die Tischplatte vor sich, und in dem Glas, das eine Sekunde zuvor noch klar und völlig leer gewesen war, glomm ein warmes grünes Licht auf. Unmittelbar darauf öffnete sich eine schmale Klappe in der Wand hinter ihm, und ein dreirädriger Karren rollte heraus. Der Fremde nahm eine Flasche mit einer bräunlichen Flüssigkeit und drei Gläser von seiner Oberfläche, stellte alles auf den Tisch, und der Wagen entfernte sich klirrend und scheppernd wieder. Umständlich goss der Mann die drei Gläser voll und schob zwei über den Tisch. Gendik griff nach dem seinen, aber Kara rührte sich nicht, was ihr einen fast amüsierten Blick des Bärtigen eintrug.

»Wer seid Ihr?«, begann Gendik, nachdem er vorsichtig einen Schluck von seinem Getränk gekostet hatte. »Wo sind wir hier? Was ist das für ein Ort, und wieso habt Ihr uns hergebracht?«

»Mein Name ist Thorn«, antwortete der Bärtige. »Ich bin der Kommandant dieser Drohne und zugleich der befehlshabende Offizier des ganzen Unternehmens.«

»Drohne?« Gendik runzelte die Stirn und warf einen raschen Blick in Karas Richtung. »Sie nannte es ... Thron.«

Thorn lächelte flüchtig. »Nun, irgendwie ist das nicht einmal falsch. Wir können dabei bleiben, wenn es Euch lieber ist. Aber jetzt sollten wir über wichtigere Dinge reden, Gendik.« Er streckte abermals die Hand aus und berührte die gläserne Platte, und diesmal vollzog sich eine geradezu unheimliche Veränderung. Das kristallklare Glas füllte sich mit einem farbigen, *sich bewegenden* Bild der Klippe, hinter der Schelfheim lag. Es war von einem Punkt zwanzig oder dreißig Meilen tief im *Schlund* heraus aufgenommen, sodass man den größten Teil der lodernden Feuerbarriere erkennen konnte, mit der die Stadt den Ansturm der Monster abwehrte. Aber Kara sah auch voller dumpfem Schrecken, dass die Flammen hier und da bereits erloschen waren. In der glühenden Verteidigungslinie klafften große Löcher, durch die sich ein breiter Strom albtraumhafter Kreaturen ergoss. »Wie zum Beispiel über Schelfheim«, sagte Thorn, nachdem er ihr und vor allem Gendik ausreichend Zeit gelassen hatte, das Bild zu betrachten.

Es gelang Gendik nicht, seinen Blick von der Glasscheibe zu lösen. »Ihr ... Ihr wisst ... dass ...«, stammelte er. Dann brach er ab und sah mit einem Ruck auf. Er starrte Thorn an. »Wer seid Ihr?«, keuchte er. »Ein Zauberer?«

Thorn schüttelte den Kopf. »Ganz bestimmt nicht. Wenn ich auch über gewisse ... Hilfsmittel verfüge, die Euch wie Zauberei vorkommen würden. Auf jeden Fall aber bin ich ein Mann, der Euch helfen kann. Euch und Eurer Stadt, Gendik.« Er zögerte einen ganz genau berechneten Moment, ehe er auf Kara deutete, sie dabei aber nicht ansah, sondern an Gendik gewandt fortfuhr: »Ich nehme an, Kara hat Euch schon in groben Zügen von uns erzählt.«

»Nein«, antwortete Gendik mit einem neuerlichen Blick in Karas Richtung.

»Das erleichtert die Sache«, sagte Thorn. »Denn was immer sie Euch erzählt hätte, es wäre falsch gewesen. Ich weiß, dass Ihr uns für Eure Feinde haltet, aber das sind wir nicht.«

»Wie kommst du nur auf die Idee, ich könnte einen solchen Unsinn erzählen?«, sagte Kara. Ihre Stimme troff vor Hohn. »Du und unser Feind? Ich bin ganz sicher, dass du den Hort nur aus Versehen niedergebrannt und dreißig von meinen Kriegern dabei umgebracht hast. Und der Angriff auf Schelfheim war sicherlich ebenfalls nur ein kleiner Patzer, nicht wahr?«

Thorn seufzte. »Manchmal muss man Dinge tun, die man eigentlich nicht tun will«, sagte er. »Ich dachte, die Herrin der Drachenreiter wüsste das.«

»Oh, Ihr tut das alles gegen Euren Willen?«, fragte Kara spöttisch. »Dann zeigt mir den, der Euch dazu zwingt. Ich werde zu ihm gehen und ihm erklären, dass er einen Fehler begeht. Ich bin sicher, er sieht das ein.«

»Das reicht«, sagte Gendik scharf. »Wir haben keine Zeit für deine dummen Spiele, Kara!« Erregt deutete er auf das Bild der Stadt, das noch immer den Tisch füllte. »Ihr und Eure Männer, Ihr könnt uns helfen?«

»Zuerst sind noch einige Fragen zu klären«, sagte Thorn ausweichend, aber dann nickte er. »Wenn wir uns einig werden, Gendik, kann ich Euch versprechen, dass es durchaus in meiner Macht liegt, Eure Stadt vor dem Ansturm dieser Ungeheuer zu schützen.«

»Nachdem er sie zuerst auf Euch gehetzt hat«, sagte Kara.

Gendik fuhr wieder herum. Wut flammte in seinen Augen

auf – aber nur im allerersten Moment. Erst dann schien er wirklich zu begreifen, was sie gesagt hatte. Verwirrt und völlig fassungslos wandte er sich wieder an den Mann an der anderen Seite des Tisches. »Ist das wahr? Wie meint sie das?«

Kara registrierte zufrieden, dass es ihr offensichtlich gelungen war, Thorn ein wenig aus dem Konzept zu bringen. »Man kann es so sehen«, sagte er. »Und ich verstehe sogar, dass Kara dies glaubt.«

»Glaubt?« Kara musste an sich halten, um nicht zu schreien. »Ich habe *gesehen*, was deine Männer tun! Sie sind es, die mit ihren Maschinen diese Monster gegen die Stadt hetzen! Es ist ein bisschen billig, Hilfe gegen eine Gefahr anzubieten, die man selbst heraufbeschworen hat, findest du nicht?«

Thorn seufzte erneut, es klang beinahe traurig. »Ich begreife deinen Zorn, Kara«, sagte er. »Wäre ich an deiner Stelle, erginge es mir nicht anders. Aber glaube mir – das haben wir nicht gewollt.«

»Du wirst lachen, Thorn«, sagte Kara. »Aber ich glaube dir nicht.«

»Ich ... ich verstehe nicht ganz«, begann Gendik, wurde aber sofort wieder von Kara unterbrochen, die heftig gestikulierend abwechselnd auf Thorn und das Bild in der Tischplatte deutete.

»Aber ich, Gendik. Diese Männer sind mit ihrem Schiff hierhergekommen, weil sie nichts anderes als unsere ganze Welt haben wollen.« Anklagend wies sie auf Thorn. »Ich bin sicher, er wird dir gleich vorschlagen, deine Stadt zu beschützen, wenn du sie ihm hinterher übergibst.«

»Ich hätte es weniger drastisch ausgedrückt, aber etwas in dieser Art schwebte mir vor«, sagte Thorn in einem Ton, für den Kara ihm den Hals hätte herumdrehen können.

»Du bist wirklich zu edel«, sagte Kara. »Du kommst mir vor wie ein Mann, der ein Haus anzündet und hinterher mit einem Eimer Wasser kommt, um ihn dem Besitzer zu verkaufen.«

»Ich sagte bereits – was geschehen ist, tut mir leid«, antwortete Thorn eine Spur schärfer. »Es war niemals meine Absicht, Schelfheim zu vernichten. Wenn ich das wollte, hätte ich es leichter haben können.«

»Aber vielleicht nicht so dramatisch«, murmelte Kara wütend.

Thorn wollte antworten, schüttelte aber dann nur den Kopf und sog hörbar die Luft zwischen den Zähnen ein. In verändertem, ruhigerem Tonfall und an Gendik gewandt fuhr er fort. »Ich sehe ein, dass es noch eine Menge Dinge gibt, über die wir reden müssen. Missverständnisse müssen ausgeräumt, Fragen beantwortet werden. Aber Ihr selbst habt das gerade sehr treffend formuliert, Gendik. Jetzt ist nicht der Moment dazu. In jeder Minute, die wir hier sitzen und reden, sterben in Eurer Stadt Menschen. Mein Angebot lautet: Wir werden Schelfheim beschützen. Ich garantiere Euch, dass dieser Spuk vorbei ist, zehn Minuten, nachdem ich es befehle.«

Gendik starrte auf das Bild der untergehenden Stadt. Auf seinem Gesicht arbeitete es, und Kara fragte sich, ob sie ihm vielleicht Unrecht getan hatte, denn es dauerte recht lange, bis er mit ganz leiser Stimme fragte: »Und was verlangt ihr dafür?«

»Im Grunde nicht mehr, als dass ihr aufhört, uns zu bekämpfen. Freien Zugang zur Stadt und zu den Katakomben. Und vielleicht einen Stützpunkt für meine Männer und ihre Maschinen.«

»Und unbedingten Gehorsam, nicht zu vergessen«, fügte Kara böse hinzu. »Nicht wahr, Thorn?« Sie starrte Gendik an. »Er lügt! Er will eure Stadt – und das ist erst der Anfang.«

»Ist das wahr?«, fragte Gendik.

»Es ist wahr!«, antwortete Kara an Thorns Stelle. Thorn machte keine Anstalten, sie zu unterbrechen, sondern sah sie nur beinahe vorwurfsvoll an. »Wenn ihr seine Hilfe annehmt«, fuhr Kara erregt fort, »dann hat sich nichts geändert; seit wir

Jandhi und ihre Drachentöchter vertrieben haben, Gendik. Dann werden es wieder Fremde sein, die über uns herrschen.«

»Selbst wenn es so wäre«, murmelte Gendik, »wäre die Alternative nur der Tod.« Er wirkte unglaublich verloren und hilflos, und für Sekunden tat er Kara nur leid. Ein Mann, der alles verloren hatte, wofür er je gelebt und gekämpft hatte, und der gerade erfahren hatte, dass ihm keine andere Wahl mehr blieb, als sein Volk zu verraten, wollte er es retten.

Thorn lächelte. »Ich sehe, Ihr habt den Ernst der Lage erkannt, Gendik. Aber bevor Ihr eine Entscheidung trefft, lasst mich noch eines sagen.« Er deutete auf Kara. »Ich verstehe ihren Zorn. Ich verstehe, warum sie sagt, was sie sagt. Aber sie irrt sich. Wir haben kein Interesse daran, über irgendjemanden zu herrschen.«

»Warum seid ihr dann hier?«, fragte Kara. »Warum seid ihr gekommen? Warum greift ihr uns an? Warum ... tötet ihr uns?«

»Aber das tun wir nicht«, widersprach Thorn. »Ich sagte bereits, dass es ein schrecklicher Unfall war, den wir bedauern, der aber nun einmal geschehen ist.«

»Ein Unfall?« Kara schrie nun wirklich. »All diese ... diese Bestien greifen Schelfheim doch nur an, weil ihr sie dazu zwingt! Es sind deine Maschinen, die Gäa töten, nicht wahr?«

Sie las in seinen Augen, dass er im ersten Moment nicht einmal verstand, wovon sie sprach. Dann runzelte er die Stirn. »Gäa...? Oh, du meinst dieses Schmarotzerwesen, das im Dschungel lebt. Ja, ich habe Befehl gegeben, es zu vernichten, weil es uns eine Menge Schwierigkeiten bereitet hat.«

»Einfach so?«, fragte Kara. Ihr Zorn verrauchte und machte einem Gefühl tiefen, fast lähmenden Entsetzens Platz. »Du ... du tötest das größte denkende Lebewesen einer Welt und ...« Ihre Stimme versagte.

»Es ist nicht mehr als ein Tier«, sagte Thorn. »Noch dazu ein äußerst gefährliches Tier. Ich weiß, dass du mir auch das nicht glauben wirst, Kara, aber über kurz oder lang wäre es auch euch gefährlich geworden. Wir haben sein Verhalten und seine Fähigkeiten lange analysiert. Es wächst unaufhörlich. Vielleicht hätte es noch tausend Jahre gedauert, vielleicht auch zehntausend aber irgendwann einmal wird es alles hier unten verschlungen haben. Und das wird ihm dann nicht reichen.«

»Das ist nicht wahr!«, sagte Kara wütend. »Und selbst wenn – ihr habt nicht das Recht, Gäa umzubringen.«

»Wir haben jedes Recht, das wir uns nehmen«, sagte Thorn ruhig.

Kara ignorierte diese Worte, um nicht völlig die Beherrschung zu verlieren. »Gäa ist ... mehr als ein Tier«, sagte sie. »Sie ist ...«

»Groß«, unterbrach sie Thorn. »Nicht wahr?«

Sie nickte.

»Aber das ändert nichts«, sagte Thorn. »Ich weiß, es ist ein sehr erstaunliches Wesen. Aber es ist nur *ein* Wesen, Kara. Hältst du sein Leben für wertvoller als das all dieser Menschen, die in Gendiks Stadt leben? Misst man auf eurer Welt den Wert eines Lebens nach seiner Größe?«

Kara suchte vergeblich nach einer Antwort. Sie ahnte, dass sie einen sinnlosen Kampf kämpfte. Sie kam sich hilflos und entsetzlich verloren vor. Und vielleicht hatte der Mann sogar recht.

Thorn sah sie einen Moment lang durchdringend an, dann löschte er mit einer raschen Handbewegung das Bild in dem Tisch und wandte sich in seinem Stuhl wieder zu Gendik um. »Habt Ihr über meinen Vorschlag nachgedacht?«

»Wer seid Ihr?«, murmelte Gendik. Er machte eine hilflose Geste mit beiden Händen. »Eure Männer. Eure ... Maschinen. Dieses ... dieses unglaubliche ... Ding hier. Sagt Kara die Wahrheit? Seid Ihr hergekommen, um uns unsere Welt zu stehlen?«

»Nein«, antwortete Thorn. »Wir werden euch nichts wegnehmen. Überlegt selbst: Ihr – und vor allem dieses jähzornige kleine Mädchen mit seinen Drachenfreunden – habt uns bereits großen Schaden zugefügt. Mehrere meiner Männer sind tot, und eine ganze Anzahl überaus kostbarer Maschinen wurden zerstört. Ich bin denen, die mich geschickt haben, Rechenschaft schuldig. Sie würden nicht verstehen, warum ich so viel gebe, um so wenig zu bekommen. Eure Welt ist groß, viel größer, als ihr wahrscheinlich ahnt. Und der Teil davon, den ihr bewohnt, ist winzig. Wir nehmen nur, was ihr nicht braucht.«

»Also doch«, sagte Gendik ganz leise. »Ihr seid, was sie gesagt hat. Nichts als Diebe.«

»Es tut mir leid, wenn Ihr das so seht«, sagte Thorn betrübt. »Ich hatte gehofft, dass wir uns einigen könnten.«

»Einigen?«, begehrte Kara auf. »Mit Mördern?«

Thorn blickte sie wortlos, aber jetzt voller Zorn an, und Kara begann erregt mit beiden Händen zu gestikulieren, während sie sich vorbeugte und abwechselnd ihn und Gendik anstarrte. »Ihr seid nicht unsere Feinde? Ihr wollt nichts, was euch nicht gehört? Du lügst, Thorn. Ihr habt Hunderte von Menschen getötet, vielleicht Tausende! Waren es nicht deine Maschinen, die den grauen Staub auf die Stadt im *Schlund* geworfen haben? Sind es nicht deine Maschinen gewesen, die unsere Ernten verdorben, die dafür gesorgt haben, dass unsere Frauen keine Kinder mehr bekommen, die Quellen versiegen und giftige Seen entstehen lassen? Streite es nicht ab!«, sagte sie mit einer herrischen Geste, als Thorn sie unterbrechen wollte. »Ich kenne die Wahrheit. Ich weiß, wer ihr seid und woher ihr kommt. Elder hat mir die Wahrheit erzählt!«

»Elder?« Thorn sah sie fragend an, dann nickte er. »Nennt er sich jetzt so? Lebt er noch?«

»Das sollte ich dich fragen«, antwortete Kara. »Außerdem spielt es keine Rolle. Ihr seid alle gleich. Ihr lügt, und ihr tötet.«

Thorn seufzte tief. »Wenn dieser Dummkopf dir wirklich so viel erzählt hat«, sagte er. »Dann hat er dir vielleicht auch erzählt, dass wir Kaufleute sind. Keine Mörder.«

»Und was ist das, was ihr mit Gäa tut?«

Thorn explodierte endgültig. »Dass wir die Insektenkultur auf dem östlichen Kontinent ausgelöscht haben, hat keinen von euch gestört«, sagte er. »Wären wir nicht gewesen, hätten sie euch wirklich übel mitgespielt, glaub mir.«

»Wie edel«, höhnte Kara.

Thorn beruhigte sich wieder. »Ich gebe zu, dass Fehler gemacht worden sind«, sagte er. Er lächelte, flüchtig und irgendwie traurig. »Ich könnte jetzt sagen, dass das war, bevor ich hierherkam und das Kommando übernahm. Es wäre sogar die Wahrheit, aber ihr würdet es mir nicht glauben, und dafür hätte ich sogar Verständnis. Nimm einfach an, unsere Befehle hätten sich geändert.«

»Und wenn sie sich wieder ändern?«, warf Gendik ein.

»Das werden sie nicht«, versicherte Thorn. »Ich sagte: Es wurden Fehler gemacht. Als wir hier ankamen, da hatten wir eine Menge mit diesen Ungeheuern auf dem anderen Kontinent zu tun. Ich werde euch vielleicht bei Gelegenheit einmal einige Aufnahmen von ihnen zeigen. Wir haben euch, offen gesagt, unterschätzt. Wir hielten euch für irgendwelche Wilde, die in den Ruinen einer untergegangenen Welt herumkriechen und sich gegenseitig auffressen. Der Mann, der vor mir hier war, war ein Narr. Er wurde abgelöst, und ich verspreche euch, dass er für seine Fehler zur Verantwortung gezogen werden wird.«

»Und das ist alles?« Kara war den Tränen nahe. Aber es waren Tränen der Wut. »Du meinst, du sagst: Entschuldigung, es war nicht so gemeint, und dann ist alles in Ordnung?«

Thorn lachte. »Du hast eine richtig herzerfrischende Art, die Dinge möglichst kompliziert auszudrücken«, sagte er. »Ja, in der Tat – etwas in dieser Art schwebte mir vor.«

»Aber ihr stehlt uns unsere Welt!«, sagte Kara. »Ihr kommt hierher und ... ihr habt Gäa vernichtet. Ihr habt den *Schlund* vernichtet. Ihr ... kommt hierher und ...«

»Wir haben nichts vernichtet«, unterbrach sie Thorn. Der Ton seiner Stimme glich dem eines Lehrers, der mit einem nicht ganz einsichtigen, aber talentierten Schüler sprach. »Das, was du den *Schlund* nennst, war früher einmal Meer. Wir stellen nur den Urzustand der Dinge wieder her. Ich hatte gehofft, es nicht sagen zu müssen, aber ... es war dein Volk, das diesen Planeten zerstört hat. Schau dich um. Du kennst deine Welt besser als ich. Du weißt, dass neunzig Prozent der Landmasse noch heute verstrahlte Wüsten sind, in denen nie wieder etwas leben wird. Sieh dir das Leben auf dieser Welt an. Du bist ein Mensch, Kara. Ebenso wie er ...« Er deutete auf Gendik. »... und viele deiner Freunde. Aber die meisten sind ...« Er suchte nach Worten. »Monster. Mutanten, halb Mensch, halb Tier. Krüppel. Bestien. Wir sind hier, um aus diesem Planeten wieder eine Welt zu machen, auf der Menschen leben können. Leben, ohne Angst haben zu müssen, dass ihre Kinder mit zwei Köpfen oder sechs Beinen geboren werden. Wenn es das ist, was du mir vorwerfen willst, dann hast du recht.«

»Aber ihr habt nicht das Recht dazu!«, sagte Kara. »Es ist unsere Welt, und sie gefällt uns so, wie sie ist.«

»Recht?« Thorn lachte ganz leise. »Von welchem Recht sprichst du? Gut – es stimmt: Wir kommen von einer Welt, die weiter entfernt ist, als du dir vorstellen kannst. Aber wäre es ein Unterschied, kämen wir von einem anderen Kontinent? Würdest du dasselbe dem Herrscher eines Volkes vorwerfen, das aus einem der Länder im Norden kommt, täte es das Gleiche wie wir? Beantworte mir diese Frage ganz ehrlich, Kara – und wenn schon nicht mir, dann dir selbst.«

Das Eis, auf dem sie sich bewegte, wurde dünner und bekam Sprünge. Ihre innere Stimme flüsterte ihr zu, dass sie am besten gar nichts mehr sagte. Sie wusste, dass er log, aber es fiel ihr immer schwerer, sich gegen das schleichende Gift seiner Worte zu wehren. Thorn gehörte zu den Menschen, die mit Worten so perfekt wie mit einer tödlichen Klinge umzugehen wussten. Wenn sie noch eine Stunde mit ihm sprach, dann würde er sie davon überzeugt haben, dass alles, was er und seine Männer taten, nur zu ihrem Besten war.

Thorn wartete vergebens auf eine Antwort und drehte sich schließlich wieder zu Gendik herum. Er fuhr in einem beinahe bedauernden Tonfall fort. »Die Entscheidung liegt bei Euch, Gendik. Kara ist eine Kriegerin. Sie ist von Kindesbeinen an dazu erzogen worden, wie eine Kriegerin zu denken und zu handeln. Aber Ihr seid ein Mann, dem das Wohl seiner Untertanen über alles geht. Bedenkt, was ich gesagt habe. Und bedenkt, was wir Euch bieten: Weder Ihr noch Eure Kinder werdet es noch erleben, aber ich verspreche Euch, dass diese Welt ein Paradies werden wird.«

»Für sein Volk«, sagte Kara. »Sie werden kommen und sich ausbreiten. Sie … sie werden diese Welt in Besitz nehmen. Unsere Welt, Gendik.« Sie schlug erregt mit der flachen Hand auf den Tisch. »Warum, glaubt Ihr, Gendik, tut er das? Weil sie diese Welt haben wollen! Weil sie sie brauchen. Für sich! Für ihre Kinder und Enkel. Nicht für unsere Nachkommen.«

Thorn verdrehte die Augen. »Vielleicht geht es ja in deinen Kopf nicht hinein, Kara«, sagte er gereizt. »Aber weißt du, es ist auf unseren Welten durchaus möglich, dass verschiedene Völker friedlich nebeneinander leben, ohne sich bei jeder Gelegenheit die Kehlen durchzuschneiden.«

»Und wie lange?«, fragte Gendik. »Bis ihnen der Raum, den Ihr für sie schafft, zu klein wird? Hundert Jahre? Zweihundert?«

»Oh nein«, antwortete Thorn. »Seht Ihr, wir sind seit beinahe hundert Jahren hier, ohne dass Ihr unsere Anwesenheit auch nur bemerkt hättet. Eine ganze Welt umzubauen ist eine große Aufgabe. Es wird vielleicht noch einmal tausend Jahre dauern, ehe die ersten Siedler hier eintreffen. Weder Euer Volk noch Eure Stadt sind in Gefahr. Im Gegenteil, wenn Ihr mit uns zusammenarbeitet, werden wir viel für Euch tun.«

»Ich nehme an, aus lauter Menschenfreundlichkeit«, sagte Kara mit ätzendem Spott.

»Unter anderem«, antwortete Thorn ungerührt. »Aber auch, weil es einfach der *billigere* Weg ist. Einen Krieg zu führen kostet Geld. Verbündete zu haben bringt im Allgemeinen leichter Gewinn.«

»Ja«, flüsterte Kara. »Und irgendwann einmal haben wir dann unseren Dienst getan, nicht wahr? Und selbst wenn du die Wahrheit sagst, was geschieht dann? Eure Siedler werden kommen und aus dieser Welt einen Platz nach ihrem Geschmack machen. Wir sind wenige. Wir herrschen nur auf einem winzigen Teil dieser Welt. Glaubst du wirklich, sie werden ihn uns lassen?«

»Wir können einen Vertrag schließen«, schlug Thorn vor.

»Damit wir in einem Reservat leben wie Tiere in einem Gehege?« Kara schüttelte wütend den Kopf. »Nein, Thorn. Diese Welt mag groß sein, groß genug für uns und hundert andere Völker, aber nicht groß genug für dein und mein Volk.«

Thorn sah sie sehr ernst an. »Du weißt, was du damit gesagt hast?«, fragte er.

»Dass wir kämpfen werden!«, erwiderte Kara wütend. »Vernichtet uns, Thorn, wenn ihr es könnt. Aber tut es gründlich, denn wenn nur einer von uns übrigbleibt, wird er euch alle töten.«

Thorn blickte sie weiter auf diese durchdringende Art und Weise an – und plötzlich begann er schallend und laut zu lachen. »Oh mein Kind«, sagte er. »Wenn ich nicht wüsste, dass es so etwas auf dieser Welt gar nicht gibt, dann würde ich behaupten, du hättest zu viele schlechte Filme gesehen.« Er wurde übergangslos wieder ernst. »Was glaubst du, warum du hier bist?«, schnappte er. »Weil ich euch nicht vernichten will. Ich weiß nicht, was dieser Narr Elder dir über uns erzählt hat, aber wir sind weder Diebe noch Massenmörder.«

»Und wie bezeichnest du das, was in Schelfheim geschieht?«, fragte Kara.

Thorn schwieg. Geschlagene zehn Sekunden lang blickte er Kara an, dann streckte er wieder die Hand nach dem Tisch aus und berührte die Platte. Aber anstelle des Bildes der brennenden Stadt erschien das überlebensgroße Abbild eines Mannes in blauer Uniform. »Starten Sie Ihre Einheiten, Commander«, sagte Thorn, wobei er sich wieder Karas Sprache bediente, damit sie und Gendik seinen Befehl verstanden. »Sie gehen wie besprochen vor. Achten Sie darauf, dass die Verluste unter der Zivilbevölkerung so gering wie möglich sind.«

Das Bild erlosch, noch bevor der Mann darauf antworten konnte, und Thorn wandte sich an Gendik. »In einer halben Stunde ist der Spuk vorbei. Darauf habt Ihr mein Wort, Gendik. Und jetzt verlange ich eine Entscheidung von Euch.« Er atmete tief und hörbar ein und warf Kara einen ganz kurzen, aber vor Wut brodelnden Blick zu. »Ihr könnt auf sie hören oder auf die Stimme Eurer Vernunft, Gendik, aber ich verlange jetzt eine Entscheidung. Ich verspreche Euch keine Wunder, alles wird für Euch bleiben wie es war. Ihr könnt uns als Partner sehen oder als das, was wir sind – Kaufleute, die ihren Geschäften nachgehen wollen und vielleicht sogar mit Euch Handel treiben. Denn auch Ihr habt Dinge, die wir nicht haben. Oder aber versucht, uns weiter zu bekämpfen, und opfert weiter Eure besten Männer und Frauen, indem Ihr Drachen gegen Laserkanonen rennen lasst.«

Er schlug mit der flachen Hand auf den Tisch, wie es Kara zuvor getan hatte. »Aber ich verlange eine Entscheidung. Auf der Stelle.«

Gendik starrte aus aufgerissenen Augen und ohne zu blinzeln ins Leere. Dann drehte er langsam, wie ein uralter Mann den Kopf und sah Kara an, und sie las seine Antwort in seinen Augen, noch ehe er sie aussprach. »Es tut mir leid, Kara«, sagte er. »Ich bin einverstanden.«

47

Da sie von einer von Thorns Libellenmaschinen zum Drachenhort zurückgeflogen wurde, erreichte sie ihn kaum eine Stunde nach Donay und Cord und somit noch rechtzeitig, um die beiden daran zu hindern, ihren Befehl auszuführen und die Krieger nach Schelfheim zu bringen. Ihre Ankunft löste beinahe eine Panik aus, aber erst später wurde ihr klar, wie knapp sie und ihr Begleiter mit dem Leben davongekommen waren. Natürlich war ihre Annäherung nicht unbemerkt geblieben. Ein halbes Dutzend Drachen kam ihnen entgegen und eskortierte die Libelle die letzten fünf oder sechs Meilen, und im allerersten Moment sah das, was sie taten, nicht nur nach einem Angriff aus – es *war* ein Angriff. Das halbe Dutzend Tiere verteilte sich über und vor der Libelle. Der Mann neben ihr wurde sichtlich nervös. Er hatte die roten und grünen Signallichter seiner Maschine eingeschaltet, und Kara hatte ihm den Morsecode für das Wort ›Frieden‹ erklärt, den die Scheinwerfer den Drachen ununterbrochen entgegenblinkten. Kara hoffte, dass die Krieger das Wort verstanden. Wenn nicht ... Nun, sie hatte mehr als einmal gesehen, dass das Feuer von fünf oder sechs Drachen den unsichtbaren Schild der Libellen zu überwinden imstande war.

Plötzlich brachen die Drachen ihren Angriff ab und nahmen eine andere Formation ein. Kara atmete ebenso erleichtert auf wie der Pilot, aber auch sie konnte sich einer gewissen Nervosität noch immer nicht erwehren, als der Schwarm gigantischer Drachenvögel auf die winzige Maschine herunterstieß und sich rings um sie herum in der Luft verteilte. Sie hob die Hand und winkte den Reitern zu, aber sie wusste selbst, wie schwierig es war, hinter der spiegelnden Halbkugel mehr als Schemen zu erkennen.

Die Drachen begleiteten sie drohend bis zum Hort. Der Anblick versetzte Kara einen tiefen, schmerzhaften Stich. Sie hatte die Festung auch gestern gesehen, als sie und die anderen nach Schelfheim aufbrachen, aber obwohl da noch Rauch in der Luft gewesen war, obwohl manche Feuer noch schwelten und sich aus den zusammengebrochenen Häusern und Türmen noch immer Staub kräuselte, wirkte der Anblick jetzt beinahe noch schlimmer. Die letzten Brände waren gelöscht, der Rauch hatte sich verzogen, und hier und da gewahrte sie aus der Höhe winzig erscheinende Gestalten, die bereits damit begonnen hatten, die Trümmer beiseitezuräumen. Doch Kara wusste, dass es sinnlos war. Ihr wurde unbarmherzig klar, dass sie diese Festung nie wieder würde aufbauen können. Thorns Angriff hatte sie in ihren Grundfesten erschüttert; die Festung war nicht mehr als ein Kartenhaus aus Stein, das der nächste heftige Windzug umwerfen würde.

Flankiert von den Drachen, die tief und drohend über dem Hof zu kreisen begannen, setzte die Libelle unweit des Haupthauses zur Landung an. Ein Dutzend Männer lief auf sie zu, die Köpfe gesenkt und die Gesichter aus dem peitschenden Wind der Rotorblätter gedreht, der sie mit Staub bewarf und ihre Kleider bauschte, aber mit gezückten Schwertern. Besorgt sah Kara auf. Die Drachen kreisten so tief und langsam über der Festung, und auch auf den Wehrgängen erschienen immer mehr und mehr Krieger. Sie löste ihren Sicherheitsgurt und stand auf, als sich die Kanzel zu öffnen begann, wandte sich aber noch einmal an den Piloten, ehe sie die Maschine verließ. »Starte noch nicht«, sagte sie.

Der Mann sah sie fragend an, und Kara fügte mit einer Geste auf die Drachen am Himmel hinzu: »Lass mich erst mit ihnen reden. Ehe sie etwas tun, das dir nicht gefallen würde.«

Mit einer raschen Bewegung schwang sie sich aus der Maschine, entfernte sich geduckt einige Schritte weit und richtete sich dann wieder auf. Der heulende Wind der Rotoren blies ihr das Haar ins Gesicht und riss ihr die Worte von den Lippen. Aber die Krieger registrierten ihre beruhigenden Gesten und blieben stehen.

Kara wies auf die Drachen. »Sie sollen sich zurückziehen!«, schrie sie. »Der Pilot hat freies Geleit!«

Sie bezweifelte, dass auch nur einer der Männer ihre Worte verstand. Das Heulen der Maschine hinter ihr wurde lauter, als der Pilot die Kanzel wieder schloss und seine Motoren schneller laufen ließ, um wieder abzuheben. Kara warf einen raschen Blick über die Schulter zu ihm zurück, dann entfernte sie sich einige Schritte von der Libelle und signalisierte den Reitern über dem Hof ihren Befehl in der Zeichensprache.

Sie mussten ihn verstehen, aber für Momente war sie nicht sicher, ob sie ihn auch befolgten. Die Drachen kreisten weiter über der Festung, und Kara konnte die Gereiztheit der Tiere beobachten. Vielleicht war dies der Moment, in dem ihre ohnehin nicht besonders gefestigte Autorität endgültig versagte, dachte sie. Aber plötzlich schoss der erste Drache mit einem gewaltigen Flügelschlag in die Höhe. Eines nach dem anderen glitten die Tiere davon und begannen, über dem *Schlund* zu kreisen.

Kara atmete erst auf, als sich die Libelle heulend und bebend wieder in die Luft erhob und den schimmernden Kopf nach Norden drehte. Kara sah ihr nach, bis sie zu einem silbernen Funkeln am Himmel geworden war.

Das Erste, was sie gewahrte, als sie sich herumdrehte, war Hrhons breites Schildkrötengesicht, und so schwer es auch für gewöhnlich war, irgendeine Regung auf den Zügen des Waga zu erkennen, konnte sie jedoch eine unendlich tiefe Erleichterung ausmachen. Sie lächelte Hrhon flüchtig zu, strich sich mit der Linken das Haar aus dem Gesicht und machte mit der anderen Hand eine abwehrende Geste, als ein Dutzend Fragen gleichzeitig auf sie niederprasselten.

»Später!«, sagte sie laut. »Ihr werdet alles erfahren – aber jetzt muss ich zuerst mit Aires sprechen.« Sie gab Hrhon ein Zeichen, ihr den Weg freizumachen.

Als sie die Treppe zum Haupthaus hinaufging, kam ihr Cord entgegen. Kara hatte erwartet, auch Donay in seiner Begleitung anzutreffen, aber stattdessen erkannte sie Elder. »Das ... das war eine PACK-Maschine!«, sagte er in einer Mischung aus Zorn und Fassungslosigkeit. »Wieso lässt du sie gehen? Wir hätten Informationen von dem Pi...«

»Weil ich ihm freies Geleit zugesagt habe«, unterbrach ihn Kara grob. »Und hier bei uns ist es üblich, sein Wort zu halten.« Sie ging an ihm und Cord vorbei und steuerte die Treppe im Hintergrund der ausgebrannten Halle an.

»Wieso bist du überhaupt hier? Ich hatte angenommen, dass du dich in einem tiefen Loch versteckst und wartest, bis sie wieder fort sind.«

Elder versuchte, sie mit Blicken aufzuspießen, aber Kara schenkte ihm ein zuckersüßes Lächeln und bedeutete ihm vorauszugehen. Elder zögerte, humpelte dann aber hastig los, als Hrhon Anstalten machte, Karas Befehl handgreiflich Nachdruck zu verleihen.

»Wo ist Donay?«, fragte sie, während sie alle vier die Treppe hinaufgingen.

Cord wollte antworten, aber Elder kam ihm zuvor. »In seinem Labor. Er war ganz aus dem Häuschen und konnte gar nicht schnell genug damit anfangen, den Müll zu untersuchen, den ihr gefunden habt.« Er bedachte Kara mit einem langen, vorwurfsvollen Blick. »Du hast mich belogen, Kara. Dieser Hund hat sich nicht losgerissen. Es war auch kein Bluthund.«

Sie sah Cord an. »Du hast es ihm gesagt?«

»Das war nicht nötig«, grollte Elder. »Ich bin nicht so dämlich wie er.« Er machte eine Kopfbewegung zu Cord. »Ich kann durchaus zwei und zwei zusammenzählen. Dieser Hund hat meine Spur aufgenommen. Aber musste er mich dazu ins Bein beißen?«

»Sie brauchen Blut, um ältere Spuren zu finden«, sagte Kara ruhig. »Hätte ich gewusst, was wir finden, Elder, dann hätte ich dafür gesorgt, dass er ein Stück höher zubeißt.«

»Du hättest mich fragen können«, sagte Elder.

»Ja. Und ich wette, du hättest auch geantwortet«, sagte sie. »Ich bin nur nicht sicher, was.« Sie blieb stehen, wandte sich ganz zu ihm um und sah ihn durchdringend an. »Hast du Liss und die beiden anderen getötet? Sag die Wahrheit, Elder. Es spielt sowieso keine Rolle mehr.«

»Warum fragst du dann?«

»Weil ich es wissen will«, antwortete Kara. »Ich will einfach wissen, ob ich mit dem Mörder meiner Freunde geschlafen habe oder nicht.«

»Nein«, sagte Elder ernst. »Ich habe sie nicht getötet. Aber ich habe gesehen, wie sie es getan haben. Ich konnte es nicht verhindern.«

»Warum?«, fragte Kara leise.

Elder zuckte mit den Schultern. »Du weißt, wie wenig ihnen ein Menschenleben gilt. Vielleicht hatten sie Angst, dass sie dort unten irgendetwas finden, was ihr gegen sie verwenden könntet. Immerhin besaßen eure Vorfahren Nuklearwaffen.«

»Selbst wenn es sie dort unten gäbe, würden wir sie niemals einsetzen«, sagte Kara ernst.

»Ich weiß«, antwortete Elder im gleichen, fast feierlichen Tonfall. »Aber sie wissen das nicht. Für PACK ist der Einsatz von Atomwaffen nur eine Frage der Taktik.«

»Und du?«, fragte Kara. »Was hast du dort unten gesucht?«

»Dasselbe wie ihr. Allerdings war ich nicht halb so erfolgreich. Wie um alles in der Welt habt ihr diese Tür aufbekommen?«

»Woher weißt du, dass es eine Tür war?«, fragte Kara. Sie hielt Elder genau im Auge, aber wenn ihn ihre Frage überraschen sollte, so ließ er sich von dieser Überraschung nichts anmerken. »Donay hat es mir erzählt«, sagte er.

Kara seufzte. »Ich finde, er redet zu viel.«

Sie gingen weiter, und Kara legte für den Rest des Weges absichtlich ein so scharfes Tempo vor, dass Elder, der durch sein verletztes Bein immer noch behindert war, all seine Energie aufbieten musste, um mit ihr Schritt zu halten.

Aires stand am Fenster ihrer Turmkammer und sah auf den Hof hinab, als sie eintraten. Sie wirkte sehr alt und auf eine Weise müde, die nichts mit körperlicher Erschöpfung zu tun hatte. Sie konnte nicht überhört haben, dass Kara und die anderen das Zimmer betreten hatten, aber es verging noch fast eine Minute, ehe sie sich endlich vom Fenster abwandte und sie ansah. Der Blick, mit dem sie Kara maß, war vorwurfsvoll. Aires wusste, was geschehen war, und sie hieß es nicht gut. Sie wäre nicht mit Thorns Männern gegangen, sondern hätte sie und ihre Maschinen vernichtet, ganz gleich, was danach geschah. Und sie hatte recht damit, dachte Kara. Man konnte nicht mit dem Teufel verhandeln, auch wenn er eine blaue Uniform trug und in einem Raumschiff von den Sternen kam.

Schließlich deutete Aires mit einer müden Geste auf den Tisch und ließ sich als Erste auf einen der Stühle sinken. »Du warst also bei ihnen«, begann sie. »Du hast mit ihnen verhandelt.«

Kara zögerte. »Nein«, sagte sie schließlich. »Nicht verhandelt, Aires. Ich habe mir angehört, was Thorn zu sagen ...«

»Thorn?«, unterbrach sie Elder.

Kara sah ihn an. »Ihr Anführer. Du kennst ihn?«

»Ich habe von ihm gehört«, sagte Elder ausweichend.

»Er von dir anscheinend auch.«

Elder überging ihre Worte geflissentlich. »Er ist ein gefährlicher Mann«, sagte er. »Was immer er dir vorgeschlagen hat, du solltest dir fünfmal überlegen, ob du es akzeptierst.«

Kara lachte bitter. »Ich brauchte mir nichts zu überlegen, weil er mir keinerlei Vorschläge gemacht hat«, sagte sie. »Er hat mit Gendik verhandelt – genauer gesagt, er hat Gendik seine Bedingungen *diktiert.*« Sie erzählte mit knappen Worten, was sie an Bord der Drohne gesehen und *gehört* hatte. Obwohl sie sich Mühe gab, möglichst sachlich zu bleiben, konnte sie nicht verhindern, dass ihre Stimme am Schluss vor Zorn bebte, und auch der Ausdruck auf Cords und Elders Gesichtern wurde immer düsterer. Nur Aires hörte scheinbar völlig unberührt zu, und sie schwieg noch eine ganze Weile, nachdem Kara ihren Bericht beendet hatte. »Also hat er uns an sie verkauft«, murmelte die Magierin schließlich.

»Ich fürchte«, sagte Kara. »Aber er hatte keine andere Wahl. Die Existenz seiner Stadt stand auf dem Spiel.«

Voller plötzlichem Zorn sah Aires sie an. »Und du glaubst, er würde sie retten, indem er sie diesem Fremden schenkt? Wer ist dieser Gendik, dass er glaubt, über das Schicksal unserer ganzen Welt entscheiden zu können?«

»Schelfheim ist nicht die einzige Stadt auf der Welt«, mischte sich Cord ein; er wurde aber sofort von Aires unterbrochen.

»Aber die größte!«, sagte sie scharf. »Und die mächtigste. Die anderen Länder und Grafschaften werden sich dem anschließen, was Schelfheim tut. Das war schon immer so, und das wird auch diesmal so sein!«

»Die anderen Städte vielleicht«, sagte Cord. »Aber wir nicht! Gendik hat keine Befehlsgewalt über den Hort!«

Aires lachte hart. »Wovon sprichst du, Cord?« Sie machte eine abgehackte Geste zum Fenster. »Von dieser verbrannten Ruine dort draußen? Von den kaum zweihundert Kriegern, die noch in der Lage sind, auf ihren eigenen Füßen zu stehen – und die erlebt haben, wie hilflos sie gegen diese Männer sind? Wir sind geschlagen, Cord, sieh das endlich ein! Sie haben uns den Todesstoß versetzt, noch ehe der Kampf überhaupt begonnen hat!«

Kara war ein wenig verwirrt. Diese Worte passten so wenig zu der Aires, die sie kannte, dass sie sich unwillkürlich fragte, was während der wenigen Stunden ihrer Abwesenheit vorgefallen sein mochte.

»Es wäre ohnehin sinnlos, gegen sie kämpfen zu wollen«, sagte Elder nach einer Weile. »Du hast ihr Schiff gesehen, Kara. Nach deiner Beschreibung vermute ich, dass es sich um einen Helikopterträger der Zerstörer-Klasse handelt. Wenn ja, dann hat er allein an die vierhundert Maschinen an Bord. Zwei von ihnen gegen jeden eurer Drachen.«

»Auf jeden Fall ist es kein *kleines Boot,* wie du behauptet hast«, sagte Kara scharf. »Das Ding war so groß wie die Stadt, in der ich geboren wurde.«

»Trotzdem ist es ein Beiboot«, antwortet Elder. Er winkte ab, als Kara etwas sagen wollte. »Aber das spielt keine Rolle. In einem hatte Thorn jedenfalls recht, und ich bin froh, dass du das endlich einsiehst. Es wäre Selbstmord, gegen sie kämpfen zu wollen. Wir werden das in die Hand nehmen. In spätestens neun Tagen sind die Schiffe meiner Company hier, und dann schaffen wir euch diesen Thron vom Hals.«

»Und du glaubst, es macht einen Unterschied, ob wir von seinen oder deinen Leuten beherrscht werden?«, fragte Aires bitter.

Elder sah einen Moment lang betroffen aus. »Ich dachte, ihr hättet verstanden, was ich euch gesagt habe«, sagte er. »Uns liegt nichts daran, euch eure Welt wegzunehmen. Dieser Planet stellt einen enormen Wert dar, aber PACK in die Knie zu zwingen bedeutet für uns ungleich mehr.«

»Im Moment, ja«, sagte Kara. »Vielleicht auch noch in hundert Jahren oder auch in fünfhundert.« Sie hatte nicht vergessen, was Elder selbst über das Verständnis von Zeit gesagt hatte, das seinem Volk zu eigen war. »Aber was wird in tausend Jahren sein? Oder in zweitausend? Irgendwann wird eure Dankbarkeit abnehmen, Elder. Oder jemand in deiner *Company* wird eine spitze Feder nehmen und ausrechnen, was eure *Hilfsaktion* gekostet hat und uns die Rechnung präsentieren.«

»Allmählich frage ich mich, ob sie nicht vielleicht recht haben«, murmelte Aires.

Kara sah sie verwirrt an. »Wer?«

»Elder«, murmelte Aires tonlos. »Gendik, Thorn ... alle. Wer sind wir, Kara?«

»Ich ... verstehe nicht, was du meinst«, sagte Kara. »Wir sind Krieger. Die Hüter dieser Welt.«

»Wir sind nichts«, antwortete Aires bitter. »Wir sind zweihundert Narren, die glauben, sich gegen das Schicksal stellen zu können. Die Hüter der Welt? Lächerlich! Das, was wir die Welt nennen, ist nichts als ein winziger Streifen halbwegs fruchtbarer Erde, die rein zufällig *nicht* verbrannt wurde. Fünfundneunzig Prozent dieses Planeten bestehen aus radioaktiven Wüsten, in denen nie wieder etwas leben wird.« Sie deutete auf Elder. »Sie könnten aus dieser Hölle wieder bewohnbares Land machen.«

Elder nickte stumm. Er sah sehr überrascht aus.

»Ich frage mich, ob wir das Recht haben, ›nein‹ zu sagen«, murmelte Aires.

»Wie bitte?«, ächzte Kara fassungslos.

»Haben wir es?«, fragte Aires. »Haben wir das Recht, dieser

ganzen Welt eine bessere Zukunft zu verweigern, nur weil wir weiter so leben wollen, wie wir es immer getan haben? Diese Welt könnte wieder werden, was sie einmal war: ein Paradies.«

»Das nicht mehr uns gehören würde«, sagte Kara erregt.

»Ziehst du eine Hölle, die dir gehört, einem Paradies vor, in dem man dich nur leben lässt?«

»Wenn ich nicht weiß, wie lange man mich darin leben lässt, ja!«, antwortete Kara. Sie machte eine zornige Handbewegung. »Was ist los mit dir, Aires? Seit wann gehörst du zu denen, die aufgeben? Mein Gott, vor einer Woche wusstest du noch nicht einmal, was dieses Wort *bedeutet.*«

»Vor einer Woche wusste ich so manches noch nicht«, flüsterte Aires. Sie seufzte schwer. »Ich bin müde. Bitte, lasst mich jetzt allein. Wir werden später weiterreden.«

Kara blickte sie fassungslos über den Tisch hinweg an. Ihre Gedanken drehten sich wild im Kreis, aber sie vermochte nicht zu erahnen, was plötzlich in Aires gefahren war. *Was war während ihrer Abwesenheit hier geschehen?*

Gendik und Elder standen auf und gingen, und nach einigen Augenblicken erhob sich auch Kara. Aber sie begleitete die beiden nur bis zur Tür, dann blieb sie wieder stehen und drehte sich zu Aires zurück. Die alte Magierin saß niedergeschlagen da; ihre Finger zogen noch immer die Holzmaserung der Tischplatte nach, ohne dass sie die Bewegung selbst zu registrieren schien.

»Geht schon mal vor«, sagte sie leise. »Ich komme nach, sobald ich kann. Ich muss herausfinden, was mit ihr los ist.«

Sie wartete, bis Cord die Tür hinter sich zugezogen hatte, dann ging sie zum Tisch zurück. »Also?«, fragte sie. »Was ist los? Wir sind allein. Du kannst ganz offen reden. Was habe ich jetzt wieder falsch gemacht?«

Eine oder zwei Sekunden lang saß Aires noch reglos da, aber dann hob sie den Kopf, und als Kara in ihr Gesicht blickte, war darin keine Spur mehr von Resignation oder Niedergeschlagenheit, aber dafür ein solcher Zorn, dass Kara erschrak.

»War ich so schlecht?«, fragte sie. »Ich hielt mich für eine ganz passable Schauspielerin.«

Jetzt verstand Kara überhaupt nichts mehr. »W... wie?«, stotterte sie. »Du ... du meinst, du hast uns das alles nur ... nur vorgespielt?«

»Nicht dir«, antwortete Aires. Sie stand auf. Auch ihren Bewegungen war keine Müdigkeit oder Erschöpfung anzumerken. Mit raschen Schritten ging sie zur Tür, öffnete sie und warf einen Blick auf den Gang hinaus, ehe sie sie wieder ins Schloss drückte. »Elder.«

»Elder? Aber ...«

Aires klatschte in die Hände, und die zweite Tür am anderen Ende des Zimmers öffnete sich, und Donay trat heraus.

»Donay!«, sagte Kara überrascht. »Was tust du denn hier? Wieso hast du dich versteckt, und ...« Sie brach verwirrt ab, tauschte einen Blick mit Aires.

»Elder?«, murmelte Kara verwirrt. »Was ist mit ihm? Was hat er getan?«

»Getan?« Donay zuckte mit den Schultern. »Nichts. Ich habe die Koffer geöffnet, die wir gefunden haben. Der Inhalt war eine ziemliche Enttäuschung. Der eine enthielt nur eine Hand voll Staub und Rost, und in dem anderen war nur Plunder. Die schmutzigen Sachen, von denen du gesprochen hast. Nichts, was von irgendeinem Wert gewesen wäre – bis auf eines.« Er griff unter seine Jacke und zog einen kaum fingernagelgroßen Gegenstand hervor, den er Kara reichte.

Neugierig drehte sie ihn in den Fingern. Es schien sich um eine Art Brosche oder Anstecknadel zu handeln, die die Form eines fünfzackigen weißen Sternes hatte, in dessen Zentrum sich zwei ineinandergeschlungene »C«s von blutroter Farbe befanden. Kara betrachtete sie nachdenklich, fuhr mit den Fingerspitzen über die glatte Oberfläche und drückte die kleine Feder des Nadelmechanismus hinunter. Sie bewegte sich fast ohne Widerstand. Es war schwer vorstellbar, dass diese Brosche seit Jahrtausenden in einem Koffer gelegen haben sollte. »War *das* in dem Koffer?«, fragte sie zweifelnd.

»Nein«, antwortete Donay. »Aber das hier war an eine verrottete Jacke geheftet, die zu Staub zerfiel, als ich sie herausnehmen wollte.« Er reichte Kara eine zweite Brosche, die der ersten vermutlich einmal bis aufs Haar geglichen hatte. Jetzt war die Emaillierung zum größten Teil abgeplatzt, der Rest gesprungen und zu einem schmuddeligen Grau verblasst. Ihre Feder bewegte sich nicht mehr, sondern zerbrach, als Kara versehentlich zu fest darauf drückte. *»Das da«,* fuhr Donay mit einer Geste auf die erste, neuere Brosche in ihrer linken Hand fort, »war an der Jacke deines Freundes Elder, als du ihn hergebracht hast.«

48

Während der nächsten fünf Tage geschah weiter nichts, als dass sich Karas Misstrauen Elder gegenüber in einem Maße steigerte, das es ihr beinahe körperlich schwermachte, seine Nähe zu ertragen. Aires hielt die Maskerade Elder gegenüber mit bewundernswerter Geduld aufrecht. Unter den Drachenreitern begann sich allmählich ein gewisser Unmut auszubreiten, denn die Nachricht, dass die Magierin mit dem Gedanken spielte, den Kampf aufzugeben und die ganze Welt an die Invasoren von den Sternen zu verschenken, sprach sich in Windeseile herum.

Donay verkroch sich die ganze Zeit über in seinem Labor und kam nur heraus, um zu essen, weil Kara eigens einen Mann abstellte, der darauf zu achten hatte, dass er regelmäßige Mahlzeiten zu sich nahm. Trotzdem sah er mit jedem Tag, der verging, immer blasser aus, sodass Kara kurz vor Sonnenuntergang des fünften Tages zu ihm ging, um ihm ins Gewissen zu reden. Donay war auf seinem Gebiet sicher so etwas wie ein Genie – aber was nutzte ihnen ein krankes oder gar totes Genie?

Sie musste dreimal klopfen, ehe der Riegel zurückgeschoben wurde und Donay durch einen schmalen Spalt zwischen Tür und Rahmen hinausspähte. Sie wusste, dass er sein Refugium eifersüchtig bewachte und niemanden hineinließ, der nicht irgendetwas brachte oder abholte. Sie wäre nicht einmal erstaunt gewesen, hätte er auch ihr den Eintritt verwehrt; allerdings hatte sie Hrhon den Befehl gegeben, die Tür nötigenfalls einzuschlagen, sollte Donay nicht nach der dritten Aufforderung von sich aus aufmachen.

Doch Donay zeigte sich sogar äußerst erfreut, sie zu sehen, und stolperte fast über seine eigenen Füße, weil er es so eilig hatte, zurückzutreten und ihr die Tür aufzuhalten. Sie gab Hrhon ein Zeichen, draußen zu warten, trat an Donay vorbei und sah sich in dem grauen Zwielicht hier drinnen um.

Der Anblick von Donays »Labor« erfüllte sie mit einer Mischung aus Heiterkeit und Verwirrung. Sie war zum ersten Mal hier, und sie hatte irgendetwas Außergewöhnliches erwartet, etwas, das den hehren Geist der Wissenschaft widerspiegelte: verwirrende Versuchsanordnungen, komplizierte Gerätschaften und gläserne Kolben und Rohre, in denen geheimnisvolle Flüssigkeiten und Dämpfe zirkulierten.

Was sie wirklich erblickte, war ein einziges Durcheinander. Auf Tischen, Bänken, Stühlen und sogar auf dem Boden stapelten sich alle möglichen und unmöglichen Dinge – Kisten, Kartons, Päckchen, Beutel, Gläser, Töpfe, Tiegel, Bücher, Pergamente, Flaschen. Es gab nur einen einzigen Flecken in diesem Raum, an dem wenigstens der Anschein von Ordnung herrschte: ein Regal neben dem Fenster, in dem in gläsernen Behältern die Tier- und Pflanzenproben aufbewahrt wurden, die die Krieger Donay noch immer aus dem *Schlund* brachten, allesamt mit kleinen weißen Zetteln versehen, auf denen in Donays kleiner Handschrift ihre genaue Art, Fundort und Herkunft notiert waren. Kara hoffte, dass sich wenigstens *dieses* Unternehmen lohnte, denn Donay trieb die Drachenreiter mit seiner unersättlichen Gier nach allen nur denkbaren Monstern aus dem *Schlund* allmählich in den Wahnsinn.

»Kara!«, begrüßte sie Donay aufgeräumt. »Wie schön, dass du mich besuchst. Ich dachte schon, du kämst überhaupt niemals hierher.«

Kara war nicht sicher, ob es eine gute Idee gewesen war herzukommen. Sie drehte sich hilflos einmal im Kreis und sah dann Donay an. Sein Gesicht war blass; tiefe, im matten Licht fast schwarz aussehende Ringe lagen unter seinen Augen.

»Hast du etwas ... herausgefunden?«, fragte sie unsicher.

»Eine Menge«, antwortete Donay. »Aber nicht sehr viel davon hilft uns weiter, fürchte ich.« Er seufzte, ging zu dem Regal mit seinen Proben und winkte Kara heftig, ihm zu folgen. Sie folgte ihm mit einem spürbaren Zögern. Sie hatte Donays »Schätze« schon aus sicherer Entfernung betrachtet, aber das allermeiste davon erweckte weniger ihr Interesse als viel mehr ihren Ekel. Einiges in diesen Gläsern *bewegte* sich.

Donay deutete auf ein schlankes, mit einem metallenen Deckel verschlossenes Gefäß, das etwas enthielt, das man auf den ersten Blick für weiße Spinnengewebe hätte halten können, auch weil sich eine faustgroße Spinne in dem Glas befand. Aber wenn man genau hinsah, erkannte man, dass sie dieses Netz nicht gesponnen hatte, sondern von Donay eingewoben worden war. Das so harmlos aussehende, seidige Gewebe hatte die obersten Hautschichten ihres Körpers bereits halb aufgelöst.

Kara verspürte einen heftigen Ekel. Plötzlich hatte sie einen bitteren Kloß im Hals. Sie versuchte, ihn herunterzuschlucke und bedauerte das fast sofort wieder, denn sie hatte den Eindruck, dass er acht Beine und einen pelzigen, runden Körper hatte.

Donay bemerkte ihr Zögern. »Du brauchst keine Angst zu haben«, sagte er. »Das ist das Geschöpf, das euch im *Schlund* beinahe getötet hätte. Aber das hier ist nur eine kleine Probe. Nicht genug, um gefährlich zu sein. Aber trotzdem ... hier, fühl selbst.«

Er legte die flache Hand auf das Glas und bedeutete Kara, es ihm nachzumachen. Kara kostete es eine ungeheure Überwindung, die Hand dicht über dem halb verdauten Kadaver der Spinne auf das Glas zu legen.

»Fühlst du es?«, fragte Donay.

Kara riss sich zusammen und lauschte ihm zuliebe in sich hinein – und nach einer Weile ... spürte sie wirklich etwas. Ein Gefühl von Ruhe und Entspannung überkam sie, wie sie es schon lange nicht mehr empfunden hatte, und ...

Beinahe erschrocken zog sie die Hand wieder zurück.

»Aha«, sagte Donay zufrieden. »Du fühlst es auch. Würdest du einen Rufer tragen, wäre das Gefühl noch viel stärker.«

»Ich weiß«, sagte Kara. Fast ohne ihr Zutun wich sie einen Schritt von Donays Regal zurück. Die bloße Nähe dieses ... *Dings* machte sie nervös. »Ich wusste es sogar früher als du. Dieses kleine Monster hätte mich um ein Haar gefrühstückt.«

»Aber ich habe herausgefunden, wie sie es macht«, sagte Donay selbstzufrieden.

»So?« Kara versuchte vergebens, mehr als ein gelindes Interesse aufzubringen. Der *Schlund* war voll von Monstern und Ungeheuern, die hundertmal tödlicher waren als dieses lebende Gespinst. »Und was ist daran so wichtig?«

»Vielleicht nichts«, sagte Donay, »aber vielleicht auch alles.

Dieses Ding verändert die Gedanken seiner Opfer wie eine bewusstseinsverändernde Droge. Verstehst du?«

»Ja«, sagte Kara und schüttelte den Kopf.

Donay lächelte. »Lass es mich anders ausdrücken: Es ist eine Art Raubtier, aber es greift nicht die Körper seiner Opfer an, sondern ihre Gedanken.«

Kara blickte ihn an – und ganz allmählich begann sie zu begreifen. »Du meinst ...«

»Ich meine«, sagte Donay, »dass ich mir seit Tagen vergeblich den Kopf darüber zerbreche, wie ich einen Gegner bekämpfen soll, der im Grunde nur aus einem Gehirn besteht. Die Antwort ist ganz einfach: Indem ich genau dieses Gehirn angreife. Und ich glaube, ich bin dazu in der Lage.«

Kara deutete auf das Glas. »Damit?«

»Nicht direkt«, gestand Donay. »Aber ich denke, ich kann es verändern.«

»Wie?«, fragte Kara. Plötzlich war sie doch sehr interessiert.

»Ich bin mir noch nicht sicher«, antwortete Donay ausweichend. »Ich tue so etwas nicht gern ...«

»Was?«, fragte Kara. »Lebewesen verändern? Dinge erschaffen?«

»Etwas erschaffen, das tötet«, antwortete Donay mit großem Ernst. »Ich konstruiere Lebewesen, die ... die helfen sollen. Die Dinge *tun*, Kara. Die helfen, erschaffen. Nichts, was zerstört.«

»Ich verstehe, was du meinst«, sagte Kara. Als Donay über das sprach, was er über das tödliche Gewebe herausgefunden hatte, hatten seine Augen vor Begeisterung geleuchtet – aber sie hatte auch den Schmerz gesehen, der tief unter dieser Begeisterung lag. »Ich wollte, es gäbe einen anderen Weg, Donay. Aber ich fürchte, es gibt keinen.« Sie schwieg einen Moment und fühlte sich fast verlegen, weil diese Worte ihr nur wie ein billiger Trost vorkamen. »Vielleicht kommt es ja gar nicht zu einem

Kampf. Vielleicht hält Elder ja Wort. Aber wenn nicht, dann wäre es besser, wenn wir wenigstens etwas hätten, um ihnen weh zu tun.«

»Das haben wir«, sagte Donay. »Es gibt zwei oder drei ganz besonders bösartige Spezies aus dem *Schlund*, die ich mir ausgeguckt habe. Wenn es mir gelingt, sie mit unserem kleinen Freund da drüben zu kreuzen, dann kann ich ihnen mehr als nur Kopfschmerzen bereiten.«

»Du meinst, du könntest sie töten?«

»Oder sie wahnsinnig machen«, erklärte Donay. »Ich weiß nicht, was schlimmer für einen Unsterblichen ist, aber es wird ihnen so oder so nicht gefallen.« Plötzlich drehte er sich um und begann in dem Durcheinander auf einem seiner Tische herumzukramen. Kara sah ihm einen Moment lang zu, gab es aber dann auf, in seinem Tun irgendeinen Sinn erkennen zu wollen. Zum wahrscheinlich hundertsten Mal, seit sie Donay kennengelernt hatte, fragte sie sich, wie Donay jemals zu auch nur einem sinnvollen Ergebnis kommen konnte bei dem Chaos, das er verbreitete.

Sie hörte ein Geräusch und registrierte erst jetzt, dass Donay und sie nicht die einzigen Personen im Raum waren. Donays Erinnerer saß auf einem Stuhl unter dem Fenster und blätterte in einem Buch, wobei sein Blick auf jeder Seite noch nicht einmal eine Sekunde lang verharrte. Dann fiel ihr auch der gewaltige Berg von Büchern und Pergamenten auf, der sich neben Iratas Stuhl stapelte.

»Was tut er da?«, fragte Kara. »Er … er kann doch unmöglich in diesem Tempo *lesen.*«

Donay sah nur flüchtig von seiner Sucherei auf, als er antwortete: »Das könnte er, aber das ist im Moment nicht nötig. In den meisten dieser Bücher steht ohnehin nur haarsträubender Unsinn. Es lohnt sich nicht, ihm das Gedächtnis damit zuzukleistern.«

»Aber was tut er dann?«

»Dasselbe wie ich«, antwortete Donay in leicht gereiztem Tonfall. »Er sucht.«

Kara ging ein paar Schritte auf Irata zu. Der Erinnerer hatte das Buch zu Ende geblättert, legte es auf den wachsenden Stapel neben sich und nahm einen weiteren Band zur Hand.

»Und wonach sucht er?«

»Das weiß ich selbst nicht so genau«, gestand Donay. »Nach einem Hinweis, einem Wort, selbst ein einzelner Buchstabe würde mich schon glücklich machen.«

Kara sah ihn fragend an.

»Ich versuche noch immer, die Inschrift auf dieser Tür zu übersetzen«, sagte Donay. »Aber dazu braucht Irata wenigstens einen winzigen Anhaltspunkt. Diese Schrift ähnelt nichts, was ich je gesehen hätte; weder die Buchstaben noch ihre Kombination untereinander. Deshalb lasse ich Irata Angellas Bibliothek sichten. Wenn es irgendwo einen Hinweis gibt, dann dort.«

»Die gesamte Bibliothek?«, fragte Kara ungläubig. »Aber das sind Tausende von Bänden!«

»Ja«, antwortete Donay ungerührt. »Und manche davon sind sehr alt – jedenfalls behauptet Aires, dass ein paar noch aus der Alten Welt stammen sollen. Es wird eine Weile dauern, bis er sie alle gesichtet hat.«

»Eine Weile? Du meinst ein paar Jahre!«

»Allerhöchstens einige Wochen«, korrigierte sie Donay. »Falls er sie wirklich alle durchsehen muss. Die Chancen, dass er auf der nächsten Seite auf den entscheidenden Hinweis stößt, sind genauso hoch wie die, dass er bis zur allerletzten suchen muss.«

»Und wenn er nichts findet?«, fragte Kara.

»Ich fürchte, dann können wir bis zum Ende unserer Tage an dieser verfluchten Inschrift herumraten«, sagte Donay. »Du kannst nicht eine völlig fremde Sprache entschlüsseln, wenn du gar nichts über sie weißt.«

»Wir könnten Elder fragen«, schlug Kara vor.

»Er würde uns sicher freudig antworten«, sagte Donay spöttisch. »Nein.« Er schüttelte entschieden den Kopf. »Außerdem glaube ich nicht einmal, dass er uns helfen könnte, selbst wenn er es wollte. Wenn er diese Schrift entziffern könnte, dann hätte er die Tür geöffnet.« Er hatte endlich gefunden, wonach er die ganze Zeit über gesucht hatte, und kam damit um den Tisch herum. Obwohl Kara den Gegenstand bisher nur einmal gesehen hatte, erkannte sie ihn sofort. Es war der geflügelte Metallpfeil, den sie aus der Brust des toten Libellenpiloten gezogen hatten.

»Ich habe lange über dieses Ding nachgedacht«, begann Donay. »Elder hat uns lang und breit erklärt, wie dieses Ding programmiert wird, wie unbarmherzig es einen Menschen sucht und wie unmöglich es ist, ihm zu entkommen. Nur eines hat er uns nicht erzählt.«

»Und was?«, fragte Kara, als Donay nicht von sich aus weitersprach.

»Wie es ihm gelungen ist, den Schild der Libelle zu durchbrechen«, sagte Donay.

Kara verstand im ersten Moment gar nicht, worauf er hinauswollte. Sie hatte bisher angenommen, dass ein Volk, das in der Lage war, einen unsichtbaren Schutzschild zu erschaffen, auch in der Lage sein musste, ihn wieder zu überwinden. Donay nahm ihr den kleinen geflügelten Stahlpfeil wieder aus der Hand und drehte ihn wie ein Spielzeug. »Ich glaube, ich weiß es jetzt«, sagte er.

»Und wie? Bitte, mache es nicht zu spannend«, sagte Kara, als Donay sichtbar tief Atem schöpfte, um zu einem seiner gefürchteten Vorträge anzusetzen. »Ich habe nicht zu viel Zeit.«

Donay zuckte aber mit den Schultern. »Ich habe in den letzten Tagen mehrmals mit Tess gesprochen«, begann er, »und auch mit den anderen Kriegern, die schon gegen die Libellen gekämpft haben. Dabei ist mir eines aufgefallen: Kein Geschoss scheint diesen unsichtbaren Schild durchdringen zu können.«

»Das stimmt«, sagte Kara. »Markor hat mit dem Flügel nach ihnen geschlagen. Seine Schwingen würden eine Burgmauer zertrümmern, aber die Libelle haben sie nicht einmal getroffen.«

Donay nickte wissend. »Ich habe keine Ahnung, wie dieser Schild funktioniert«, sagte er, »aber nach alldem, was ich gehört habe, scheint er jeden sich schnell bewegenden Gegenstand aufzuhalten.« Er hob den Pfeil demonstrativ in die Höhe und bewegte ihn vor Karas Gesicht von links nach rechts. »Aber dieses Ding hier war ziemlich *langsam.*«

Kara sah ihn fragend an, und Donay unterstrich seine Worte mit einem bekräftigenden Nicken. »Ich habe mit Tess gesprochen. Sie sagt, er hätte sich so langsam bewegt wie eine fallende Feder. Vielleicht ist das der Grund, aus dem er den Schild durchbrochen hat.«

»Selbst wenn es so wäre«, sagte Kara nach kurzem Überlegen. »Was würde uns das nutzen?« Sie deutete auf den Pfeil in Donays Hand. »Wir können so etwas nicht bauen. Und wir können auch unsere Drachen nicht langsamer machen, als sie sind.«

»Ich weiß«, sagte Donay betrübt. »Trotzdem … es ist eine Spur.«

»Dann verfolge sie weiter«, antwortete Kara. »Aber nicht heute.« Sie deutete mit einer Kopfbewegung zum Fenster. Das Licht über dem Hof färbte sich grau. »Ich bin eigentlich nur gekommen, um dich mitzunehmen.«

»Mitnehmen?« Donay wirkte ein bisschen aufgeschreckt. »Wohin?«

»Auf jeden Fall hier heraus«, antwortete Kara in bestimmendem Ton. »Und in irgendein Bett, in dem du zwölf Stunden durchschlafen kannst.«

»Aber das geht nicht«, protestierte Donay. »Ich habe noch viel …«

»Unsinn!«, unterbrach ihn Kara. »Du bringst dich um. Eigentlich wäre mir das egal, denn du bist alt genug, um selbst zu wissen, was du deinem Körper antun kannst, aber im Moment brauchen wir dich. Und weder du noch wir haben etwas davon, wenn du im entscheidenden Moment zusammenbrichst, oder auch nur einen Fehler begehst, weil du übermüdet bist.«

»So schlimm ist es nicht«, widersprach Donay, aber Kara blieb hart.

»Ich wollte dir einen freundschaftlichen Rat erteilen, Donay«, sagte sie. »Aber ich kann es dir auch als Herrin des Drachenhortes befehlen, wenn es sein muss.« Sie machte eine Kopfbewegung zur Tür. »Hrhon steht draußen und wartet auf mein Zeichen. Du hast die Wahl, freiwillig mitzukommen, oder dich von ihm hinaustragen zu lassen.«

Donay blickte sie vorwurfsvoll an, aber der Ausdruck in ihren Augen schien ihm klarzumachen, dass sie zu keinem Kompromiss bereit war. Trotzdem versuchte er es noch einmal mit einer anderen Taktik. »Ich kann Irata nicht allein lassen«, sagte er. »Wenn er irgendetwas findet oder braucht …«

»… lasse ich dich sofort wecken, das verspreche ich dir«, unterbrach ihn Kara. »Außerdem kann ich mir vorstellen, dass ihm eine kleine Pause auch ganz guttut.«

»Er braucht viel Stunden Schlaf am Tag«, antwortete Donay. »Und ich achte sorgsam darauf, dass er sie bekommt.«

»Dann achte ich jetzt darauf, dass auch du bekommst, was du brauchst«, sagte Kara bestimmt. Mit einer entschlossenen Bewegung nahm sie ihm den Pfeil aus der Hand, legte ihn auf den Tisch und streckte den Arm wieder nach seiner Schulter aus, um ihn nötigenfalls mit sanfter Gewalt mit sich zu ziehen.

Donay wich ihrer Berührung aus, aber er hatte wohl eingesehen, dass jeder weitere Widerspruch sinnlos war, denn nach einigen weiteren Augenblicken wandte er sich mit finsterem Gesichtsausdruck zur Tür und schob den Riegel zurück.

Kara trat dicht hinter ihm auf den Hof hinaus. Ihre Augen hatten sich an das schattige Dämmerlicht in dem Labor gewöhnt, sodass selbst der rote Schein des Sonnenuntergangs sie im ersten Augenblick blinzeln ließ. Deshalb bemerkte sie im ersten Moment auch gar nicht, dass außer Hrhon noch eine zweite Gestalt vor der Tür auf sie gewartet hatte. Als sie Elder erkannte, war es zu spät, sich eine Ausflucht einfallen zu lassen, um nicht mit ihm reden zu müssen. Sie befürchtete ohnehin, dass ihm ihr verändertes Verhalten in den letzten Tagen aufgefallen war. Sie war ihm aus dem Weg gegangen, wo immer sie konnte, und die wenigen Male, wo sie nicht umhingekommen war, mit ihm zu reden, da hatte sie es knapp und beinahe unfreundlich getan.

Donay drehte sich noch einmal herum, zog die Tür hinter sich zu und kramte ein gewaltiges Vorhängeschloss hervor, das er mit umständlichen Bewegungen anbrachte. Den Schlüssel reichte er Kara, die sich im ersten Moment fragte, was sie damit sollte, ehe ihr ihr eigenes Versprechen, sich um Irata zu kümmern, wieder einfiel. Sie steckte ihn ein, streifte Elder im Herumdrehen mit einem flüchtigen Blick und gab dann dem Waga einen Wink. »Kümmere dich um ihn. Ich … komme sofort nach.« Sie wartete, bis der Waga Donay am Arm ergriffen und mit sanfter Gewalt weggeführt hatte, ehe sie sich mit einer ruckartigen Bewegung an Elder wandte. »Also?«

Elder reagierte nicht sofort. Er sah sie nur stumm an, und der unausgesprochene Vorwurf in seinem Blick traf Kara, was sie selbst überraschte. »Eigentlich sollte *ich* diese Frage stellen«, sagte Elder schließlich.

»Ich verstehe nicht ganz, was du meinst«, antwortete Kara. Sie drehte sich mit einem Ruck herum und begann über den Hof auf das Haupthaus zuzugehen. Elder folgte ihr.

»Du gehst mir aus dem Weg«, sagte Elder. »Schon seit ein paar Tagen.«

»So?«, fragte Kara. »Meinst du?«

»Ich *meine* gar nichts«, antwortete Elder betont. »Ich bin weder blind noch taub – und es wäre nett, wenn du nicht zu allem Überfluss auch noch so tust, als wäre ich dämlich.«

»Aber das tue ich doch gar nicht«, sagte Kara. Sie hatten das Haus erreicht und gingen die Treppe hinauf, und irgendwie brachte sie es fertig, dass Elder immer eine Stufe hinter ihr blieb. »Ich hatte in den letzten Tagen viel zu tun, Elder. Ich bin erschöpft, und ich bin genauso nervös wie jeder andere hier, das ist alles.«

»Verkauf mich nicht für dumm!«, sagte Elder zornig. »Du behandelst mich wie ... wie einen Aussätzigen, seit du auf diesem verfluchten Schiff warst! Was hat dir dieser Thorn über mich erzählt?«

»Nichts«, sagte Kara. »Jedenfalls nichts, was ich nicht schon vorher ge...«

Sie kam nicht weiter. Elder packte sie plötzlich, wirbelte sie herum und stieß sie so grob gegen die Wand, dass ihr die Luft wegblieb. Kara versuchte ganz instinktiv, sich loszureißen und nach ihm zu schlagen, aber er fing ihre Hand mit einer fast spielerischen Bewegung auf und hielt sie fest; gleichzeitig blockierte er ihr hochgerissenes Knie mit dem Bein und presste sie mit seiner ganzen Kraft gegen die Wand, sodass sie völlig wehrlos war. »Jetzt reicht's mir endgültig!«, schrie er. »Wofür hältst du dich eigentlich, du dummes kleines Mädchen?«

»Lass mich los!«, verlangte Kara.

Elder verstärkte seinen Griff. »Nicht, bevor du mir nicht gesagt hast, was los ist!«, schrie er. »Was, zum Teufel, habe ich getan? Du behandelst mich wie ... wie einen Aussätzigen!«

Kara sah aus den Augenwinkeln, wie zwei der jüngeren Krieger um die Biegung des Ganges kamen und mitten im Schritt stehenblieben, als sie Elder und sie erblickten. Aber dann stürmten sie beide los und zogen gleichzeitig ihre Waffen.

»Nicht!«, sagte Kara hastig. »Bleibt stehen! Und steckt die Waffen weg!«

Elder sah erschrocken auf. Aber er war nicht erschrocken genug, seinen Griff auch nur um einen Deut zu lockern. Die beiden Krieger zögerten, Karas Befehl zu befolgen. Sie blieben zwar stehen, senkten ihre Schwerter aber nicht.

»Ihr sollt verschwinden!«, sagte Kara noch einmal. »Das hier ist eine reine Privatangelegenheit, die euch nichts angeht.«

Nicht halb so schnell, wie Kara es sich gewünscht hätte, schoben sie ihre Schwerter in die ledernen Hüllen an ihren Gürteln zurück und entfernten sich. Kara wartete, bis sie wieder hinter der Biegung verschwunden waren, dann drehte sie bewusst langsam den Kopf und sah Elder kalt und drohend an. »Und du solltest mich jetzt besser loslassen – ehe Hrhon auftaucht und dich in Stücke reißt. Ich bin nicht sicher, ob ich ihn ebenfalls zurückhalten könnte.«

»Ich weiß«, knurrte Elder. »Ich versuche seit fünf Tagen, dich einmal ohne diese größenwahnsinnige Eidechse zu erwischen.«

»Jetzt ist es dir ja endlich gelungen«, antwortete Kara. »Und was hast du jetzt vor? Mich verprügeln?«

»Vielleicht sollte ich das tun«, murmelte Elder. Er ließ ihre Handgelenke plötzlich los und trat einen Schritt zurück. »Können wir jetzt miteinander reden?«, fragte er.

Kara starrte ihn eine Sekunde lang zornig an, dann blickte sie in die Richtung, in der die beiden Krieger verschwunden waren. »Noch ein oder zwei solcher Zwischenfälle, und ich brauche mir um meinen guten Ruf keine Sorgen mehr zu machen«, sagte sie, während sie ihre brennenden Handgelenke massierte.

»Kara ...«, sagte Elder. Seine Stimme klang beinahe gequält.

»Was?«, schnappte Kara. Es gelang ihr nicht mehr wirklich,

Zorn auf Elder zu empfinden. »Was willst du? Soll ich mich bei dir entschuldigen – weil du mich die ganze Zeit über belogen hast?«

»Ich habe dich ... ?« Elder war ehrlich verwirrt. »Aber wieso denn? Ich meine ... was habe ich denn ...«

»Du wusstest, was wir dort unten finden werden!«, unterbrach ihn Kara. »Du wusstest, wer Liss und die beiden anderen getötet hat – und warum. Du wusstest, dass sie dort unten waren – dass sie dort unten auf uns *warten* würden. Angella könnte noch leben, wenn du uns gewarnt hättest!« Die letzten Worte hatte sie förmlich herausgeschrien.

»Aber wie konnte ich das?«, murmelte Elder. »Ich kannte euch doch kaum. Ihr wart ... Fremde für mich. Nichts anderes als Krieger, die ...«

»... du nach Gutdünken opfern konntest?«, unterbrach ihn Kara schneidend. »Wie Bauern auf einem Schachbrett?«

»Die für mich nicht mehr bedeuteten als Thorns Krieger heute für dich«, sagte Elder ungerührt. »Wie viele von ihnen hast du getötet? Meinst du nicht, auch sie hätten Freunde und Familien?« Er schnitt ihr mit einer zornigen Bewegung das Wort ab, noch ehe sie ihn überhaupt unterbrechen konnte. »Verdammt, ich habe Fehler gemacht. So wie du, wie Aires und Angella und auch Thorn.«

»Und sein Vorgänger«, sagte Kara.

Elder sah sie mit einem Ausdruck an, der Erschrecken sein konnte, aber auch ehrliche Verwirrung.

»Sag mir die Wahrheit, Elder«, sagte sie. »Warst du dieser Mann? Bekämpfst du Thorn, weil du glaubst, er säße auf einem Platz, der eigentlich dir gehört?« *Das* war etwas, das ihr im selben Moment erst in den Sinn gekommen war, in dem sie es aussprach. Ein paar Augenblicke starrte Elder sie einfach nur an – und plötzlich begann er zu lachen, trat mit einer raschen Bewegung auf sie zu und schloss sie mit einer ebenso raschen

Bewegung in die Arme. Kara versteifte sich unter seiner Berührung, aber sie versuchte nicht mehr, sich zu wehren.

»Und das hast du wirklich geglaubt?«, fragte er. »Wer hat dir diesen Unsinn erzählt? Thorn?«

»Nein«, antwortete Kara.

»Das hätte mich auch gewundert«, sagte Elder. »Er lügt zwar gern und oft, aber eigentlich sehr viel geschickter.«

Kara befreite sich aus seiner Umarmung und schob ihn mit sanfter, aber doch entschlossener Gewalt auf Armeslänge von sich – ohne ihn allerdings loszulassen. »Das ist keine Antwort auf meine Frage. Warst du es?«

»Und ich werde sie dir auch nicht beantworten«, sagte Elder ernst. »Weil du das nämlich ganz gut allein kannst, weißt du? Überleg selbst: Was war ich, als wir uns kennenlernten? Ein Soldat, der seit fünf Jahren in Schelfheims Stadtgarde diente. Überzeuge dich selbst davon, wenn du mir nicht glaubst. Außerdem – woher sollte ich die Hilfe bekommen, auf die ich warte, wenn ich nichts als ein gefeuerter Angestellter der gleichen Firma wäre, die ich zu bekämpfen vorgebe?«

»Das kann eine weitere Lüge sein!«

»Dann wäre es allerdings keine sehr kluge Lüge, denn in spätestens vier oder fünf Tagen würde ich dir erklären müssen, wieso die Schiffe und Krieger nicht kommen, die ich euch versprochen habe.«

»Und wenn!«, sagte Kara mit gespieltem Trotz. »Das ändert nichts daran, dass du mich belogen hast. Ich … ich habe gedacht, du vertraust mir. Aber du gibst immer nur gerade so viel von der Wahrheit preis, wie du unbedingt musst, nicht wahr?«

»Ich habe dir erklärt, warum«, antwortete Elder. »Vielleicht ist es eine schlechte Angewohnheit. Vielleicht liegt es an der Art von Leben, die ich seit mehr als einem Jahrhundert führe. Wenn man zu lange gelernt hat, allem und jedem zu misstrauen, dann verlernt man vielleicht irgendwann einmal, was Vertrauen überhaupt noch bedeutet, verstehst du?«

»Nein«, antwortete Kara. »Das verstehe ich nicht. Ich habe lieber Menschen um mich, denen ich vertrauen kann.«

»Ich auch«, sagte Elder ernst. »Aber ich habe zu viele getroffen, die mein Vertrauen ausgenutzt haben, und zu wenige, die es nicht taten. Ich weiß, dass das falsch ist, aber ich kann nun einmal nicht aus meiner Haut. Niemand kann das.« Er lächelte traurig. »Vielleicht ist das der Preis, den man für ein so langes Leben zahlen muss.«

»Wenn das wirklich so ist, dann ist der Preis zu hoch«, antwortete Kara. Elders Worte überzeugten sie nicht. Zum einen waren sie ihr einfach zu glatt, selbst wenn er die Wahrheit sprechen sollte. Und zum anderen hatte sie eines schon früh begriffen, dass man auch Offenheit und das Eingestehen von Fehlern zu seinem Vorteil nutzen konnte und dass Elder ein wahrer Meister in dieser Kunst war. Nicht zum ersten Mal gestand sie sich ein, dass Elder ihr in jeder Beziehung überlegen war. Sie fragte sich, ob er nicht vielleicht selbst jetzt nur mit ihr spielte und in Wahrheit längst wusste, dass ihr Verhalten nur zu ihrem Plan gehörte, sein Vertrauen völlig zu gewinnen. Doch wie sollte sie das Vertrauen eines Mannes gewinnen, der ihr vor einer Minute selbst gesagt hatte, dass er absolut *niemandem* traute?

»Du hast mich belogen, Elder«, fuhr sie mit leiser, bebender Stimme fort. Sie brauchte den Schmerz in ihren Worten nicht einmal zu heucheln.

»Und das tut weh, ich weiß.« Elder streckte wieder die Hände nach ihr aus, führte die Bewegung aber nicht zu Ende, sondern lächelte dieses traurige, so echt wirkende Lächeln. »Aber weißt du ... seit diese Geschichte angefangen hat, hat eigentlich jeder ununterbrochen gelogen.« Eine winzige Pause, dann: »Als du in dieser Nacht bei mir warst, Kara, war das ... auch gelogen?«

»Nein«, sagte sie.

»Glaubst du, dass es wieder so werden könnte?« Er bemerkte ihren erstaunten Blick und beeilte sich, seine Worte zu erklären: »Ich meine nicht unbedingt, dass wir miteinander schlafen müssen. Es würde mir schon reichen, wenn wir einfach nur Freunde wären.«

Freunde ... Es war Kara unmöglich, darauf zu antworten. Das war so ein großes Wort. Sie hatte – Hrhon ausgenommen – niemals einen wirklichen Freund gehabt. Sie hätte Elder erklären können, dass sie mit diesem Begriff mindestens so vorsichtig umging wie er mit dem Wort Liebe. Aber sie glaubte nicht, dass er es verstehen würde, und so zuckte sie lediglich mit den Schultern und sagte, ohne ihm dabei in die Augen zu sehen: »Vielleicht.«

»Vielleicht ist schon mehr, als ich vor einer halben Stunde noch zu hoffen gewagt hätte«, sagte Elder. Für diese Worte allein hasste Kara ihn beinahe. War seine Krämerseele schon so abgestumpft, dass er im Ernst glaubte, mit ihr um ihr Vertrauen schachern zu können? »Wie weit bist du mit den Dingen gekommen, die wir dir aus Schelfheim mitgebracht haben?« Elder hatte ihr erzählt, dass er versuchen würde, einen primitiven Sender zu bauen, um mit dem Raumschiff, dessen Ankunft sie erwarteten, Verbindung aufzunehmen.

»Nicht so weit, wie ich gehofft habe«, gestand er. »Gendik hat auch längst nicht alles gebracht, was ich aufgeschrieben habe. Aber ich denke, ich werde noch rechtzeitig fertig. Die Energieversorgung ist ein Problem. Ich werde wohl eine der erbeuteten Waffen auseinandernehmen müssen, um an die Batterie zu kommen.«

»Ich könnte jemanden nach Schelfheim schicken, um dir alles bringen zu lassen, was du brauchst«, sagte Kara. »Gendik wird es nicht wagen, sich mir offen zu widersetzen.«

»Bist du sicher?«, fragte Elder. »Jetzt, wo er neue Verbündete hat?«

Sie schüttelte den Kopf, drehte sich herum und begann ihren Weg fortzusetzen. »Nicht einmal jetzt«, sagte sie. »Ich kenne Männer wie ihn, glaube mir. Er gehört zu denen, die immer gern mehrere Eisen im Feuer haben. Er wird es nicht wegen ein paar Kleinigkeiten auf eine Machtprobe ankommen lassen.«

»Was ich habe, reicht aus«, sagte Elder. »Außerdem könnte Thorn davon Wind bekommen. Ein einziger Blick auf meinen Einkaufszettel, und er wäre zehn Minuten später hier, um dich zu fragen, was du mit den Einzelteilen für einen Ultrakurzwellensender willst. Und ich schätze nicht, dass er allein kommt.«

»Wird er das nicht früher oder später ohnehin tun?«, fragte Kara. Sie bogen in den Gang ein, auf dem Angellas ehemaliges Zimmer lag. Gegen Karas eindeutigen Befehl hatte Aires ihre Abwesenheit genutzt, alle Verwundeten in anderen Räumen unterzubringen, sodass sie ihr Quartier wieder beziehen konnte. »Ich meine – selbst wenn deine Leute ihn besiegen, wird er den Hort nicht aus purer Rache doch vernichten? Ich überlege, ob wir ihn nicht besser evakuieren, ehe dein Schiff eintrifft.«

»Ich weiß nicht, ob Thorn etwas nur aus Rachelust tut«, antwortete Elder. »PACK setzt niemanden auf einen solchen Platz, der es zulässt, dass seine Handlungen von Gefühlen beeinflusst werden. Aber selbst wenn ich mich täuschen sollte, brauchst du keine Angst zu haben – er wird viel zu beschäftigt sein, um auch nur an euch zu denken.«

Kara fröstelte. Elders Worte hatten sie beruhigen sollen, aber sie bewirkten das Gegenteil. Sie hatte die Drohne *gesehen.* Die Vorstellung, dass zwei solche Kolosse gegeneinander kämpfen würden, ließ sie innerlich vor Angst erstarren. Welche unvorstellbaren Gewalten wollte Elder da heraufbeschwören?

Er schien ihre Gedanken zu erraten, denn er schüttelte den Kopf und lächelte beruhigend. »Keine Sorge. Niemandem hier wird etwas geschehen.«

Kara lachte, aber es klang nicht besonders amüsiert. »Du glaubst, sie geben einfach auf?«

»Ganz bestimmt nicht«, antwortete Elder, »obwohl es das Klügste wäre. Aber die Entscheidung wird nicht hier fallen, sondern dort oben, wo ihr Schiff kreist. Wenn es meinen Leuten gelingt, es zu zerstören oder zur Aufgabe zu zwingen, hat Thorn keine andere Wahl mehr als zu kapitulieren.«

»Und wenn er es nicht tut?«

»Er wird es«, antwortete Elder überzeugt.

Sie betraten Karas Zimmer. Hrhon war noch nicht zurück, sodass Elder ihr ohne zu zögern folgte. Kara fuhr ganz leicht zusammen, als Elder die Tür hinter sich schloss. Dann fiel ihr Blick auf den Tisch, und was sie dort sah, das ließ sie hoffen, dass Elder entweder mit plötzlicher Blindheit geschlagen war oder wenigstens nicht ganz so aufmerksam wie gewohnt. Doch noch bevor sie zum Tisch gehen und versuchen konnte, möglichst unauffällig die kleine fünfzackige Brosche verschwinden zu lassen, die sie am vergangenen Abend darauf vergessen hatte, humpelte Elder an ihr vorbei und nahm sie. Überrascht sah er Kara an. »Woher hast du das?«

»Das gehört dir«, antwortete Kara und dankte im Stillen dem Himmel dafür, dass Donay das ältere Gegenstück dieser Brosche mitgenommen hatte, um sie einer genaueren Untersuchung zu unterziehen. »Es war an deiner Jacke, als du hierherkamst. Cord wollte deine Sachen verbrennen lassen, aber ich habe sie entdeckt und abgenommen.«

Elder sah zuerst die Brosche, dann sie an. »Hast du sonst was retten können?«

Kara schüttelte den Kopf. »Es ist hübsch. Was ist es – ein Schmuckstück?«

»Das Emblem meiner Firma«, antwortete Elder. Er hielt die Brosche zwischen Daumen und Zeigefinger in die Höhe. »Die Form steht für die Sterne, die wir für die Menschen erobern«, sagte er. »Und die beiden Buchstaben sind der Name: *Central Company.* Siehst du?« Kara nickte. Ein bitteres Gefühl machte sich in ihr breit. Trotzdem zwang sie ein Lächeln auf ihre Züge, als sie ihn fragte: »Kann ich es behalten?«

»Behalten?« Elder wirkte im ersten Moment einfach nur verwirrt.

»Oder ist es sehr wertvoll?«

»Wertvoll? Nein. Bestimmt nicht.« Elder lächelte und ließ die Brosche in ihre ausgestreckte Hand fallen. »Es muss ein paar Millionen von den Dingern geben. Jeder Mitarbeiter der Company besitzt eines. Was willst du damit?«

»Mir gefällt es«, antwortete Kara. »Es ist auf dieser Welt das Einzige.«

»Ich glaube beinahe, ich habe mich doch in dir getäuscht«, sagte Elder lachend. »Unter all der Drachenhaut und dem Stahl scheinst du doch eine ganz normale Frau zu sein.« Er lachte abermals, aber dann wurde er plötzlich wieder ernst und schüttelte den Kopf, als Kara die Brosche anstecken wollte.

»Tu das lieber nicht«, sagte er. »Jedenfalls nicht, bis wir Thorn und seine Bande von eurer Welt vertrieben haben.«

Kara sah ihn einen Moment lang betroffen an, aber dann steckte sie die Brosche in die Tasche, statt sie an ihrer Bluse zu befestigen. Elder kam um den Tisch herum auf sie zu und versuchte wieder nach ihr zu greifen, und wieder entzog sie sich seiner Berührung.

»Was ist los mit dir?«, fragte er stirnrunzelnd.

»Nichts«, antwortete Kara. »Du ... sagtest doch selbst, dass wir nur Freunde sein müssten – wenigstens vorerst.«

»Ich hatte auch nicht vor, dir sofort die Kleider vom Leib zu reißen und dich zu Boden zu zerren«, fauchte Elder. »Was ist los mit dir, Kara? Ich spüre doch, dass dich noch irgendetwas quält. Ich habe es die ganze Zeit über gespürt.«

»Es ist nichts«, antwortete Kara. »Jedenfalls nichts, was dich betrifft.«

Elder sagte nichts mehr, aber er starrte sie so durchdringend an, dass allein sein Blick sie dazu zwang weiterzureden. »Es war ... alles zu viel, Elder. Ich weiß manchmal einfach nicht mehr, was ich denken soll. Was richtig ist und was falsch.«

»Aires«, vermutete er und bestärkte Kara damit in ihrer Vorsicht, ihn als den sehr präzisen Beobachter und Zuhörer zu behandeln, für den sie ihn hielt.

»Ja. Wir ... hatten Streit. In den letzten Tagen haben wir uns praktisch ununterbrochen gestritten, wenn wir allein waren. Aber ich beginne mich zu fragen, ob sie nicht recht mit dem hat, was sie über diese Welt gesagt hat, unserer Verantwortung und unseren Pflichten ihr gegenüber.«

»Das hat sie«, antwortete Elder. »Genauso wie du.«

»Aber wie können wir beide recht haben?«

»Weil eure Standpunkte gar nicht so verschieden sind, wie es auf den ersten Blick aussieht«, sagte Elder sanft. »Und ich bin sicher, ihr werdet das früher oder später selbst erkennen.«

»Erkläre es mir«, verlangte Kara.

»Nein. Soll ich vielleicht noch dein Leben für dich leben?«, antwortete Elder mit sanftem Spott. »Es gibt ein paar Dinge, die man besser selbst herausfindet und auf seine eigene Weise. Ist dir eigentlich klar, dass sie dich sehr liebt?«

»Aires?« Kara riss ungläubig die Augen auf. »Sie hasst mich!«

»Das ist es, was du glaubst. Und wahrscheinlich glaubt sie selbst es auch. Aber es stimmt nicht.« Für die Zeit, die ihre Blicke brauchten, um ineinander zu verharren, blieb er noch reglos stehen, dann seufzte er plötzlich tief und wandte sich mit einem Kopfschütteln ab.

»Vielleicht sollte ich dich jetzt besser allein lassen«, sagte er. »Du brauchst Zeit, um über dich selbst nachzudenken. Und wenn wir uns das nächste Mal sehen – versprichst du mir, dass ich dir dann näher als zehn Meter kommen darf, ohne dass Hrhon mir auch noch die andere Hand bricht?«

49

Sie kam auch in dieser Nacht nicht dazu, ihrem Körper die Stunden Schlaf zurückzugeben, die sie ihm in den letzten Wochen vorenthalten hatte. Hrhon hatte vor ihrer Tür Posten bezogen und versprochen, niemanden hereinzulassen, ganz gleich, wie dringend es war, aber Kara erwachte zwei Stunden vor Sonnenaufgang durch einen Laut, der sie selbst in den Tiefen ihres Schlafes aufschreckte und schlagartig erwachen ließ: dem Geräusch eines Drachenschwarmes, der sich der Festung näherte.

Mit einem Satz war sie aus dem Bett und am Fenster. Draußen herrschte fast vollkommene Dunkelheit, in der die wenigen brennenden Feuer verloren und kalt wirkten. Der Himmel hatte sich bewölkt und hing so niedrig über den Ruinen des Hortes, dass man fast meinte, ihn anfassen zu können. Sie hörte noch immer das gewaltige dunkle Flügelschlagen, das sie geweckt hatte, aber es vergingen einige Augenblicke, bis sie die Drachen sah: drei, fünf, acht – schließlich ein Dutzend dreieckiger schwarzer Schatten, die von Westen nach Osten über die Festung zogen und zwischen den scharfkantigen Felsen zur Landung ansetzten. Offenbar versuchten die Reiter, ihre erschöpften Tiere unmittelbar zu den Höhlen zu bringen, um ihnen die Anstrengung eines neuerlichen Starts zu ersparen. Das waren ... die Krieger aus Schelfheim!, dachte Kara verblüfft. Das Dutzend Drachen, das sie zum Schutz der Stadt zurückgelassen hatte!

Eine Sekunde lang blickte sie das Dutzend riesiger Schatten

noch an, das beinahe lautlos über die Zinnen der Burg dahinzog, dann fuhr sie herum, lief zum Bett zurück und schlüpfte rasch in ihre Kleider, ehe sie das Zimmer verließ. Sie war nicht die Einzige, die die Rückkehr der Drachen bemerkt hatte. Eine ganze Anzahl von Kriegern schloss sich ihr an, als sie das Haus verließ und sich auf den Weg zu den Drachenhöhlen machte, unter ihnen auch Cord und Elder, dessen blasses Gesicht verriet, dass auch er abrupt aus dem tiefsten Schlaf gerissen worden war.

Da der direkte Zugang zu den Höhlen bei Thorns Angriff verschüttet worden war, mussten sie einen zeitraubenden Umweg in Kauf nehmen, sodass ihnen die ersten der zurückgekehrten Drachenreiter bereits entgegenkamen, als sie die Treppe erreichten. Die Männer wirkten erschöpft und zitterten vor Kälte, trotz der dicken Kleider und Mäntel, in die sie sich gehüllt hatten. Die Nächte waren zu dieser Jahreszeit ohnehin nicht mehr warm; auf den Rücken der Drachen aber musste es eisig sein.

Kara wandte sich ohne die Formalität einer Begrüßung an den ersten Krieger, der ihr auf der Treppe entgegenkam. »Wo ist Ian?«, frage sie. Ian war ein älterer Krieger, nicht ganz so alt wie Cord, aber erfahren genug, dass sie ihm ohne zu zögern das Kommando über das Geschwader übergeben hatte. Außerdem war er einer der ganz wenigen Menschen, die Markor außer Kara selbst auf seinem Rücken duldete, und sie hatte ihn gebeten, den Drachen zu reiten, der in Schelfheim zurückgeblieben war.

Noch ehe der Mann antworten konnte, erblickte sie Ians verschwitztes Gesicht hinter ihm auf der Treppe. Im Fellbesatz seiner Jacke hatte sich glitzerndes Eis gebildet, und er trug ein flaches, metallenes Kästchen in der Rechten. Als er Kara erblickte, stahl sich ein Ausdruck von Sorge auf seine Züge.

»Ian! Was ist geschehen? Wieso kommt ihr mitten in der Nacht zurück?« Zum ersten Mal kam ihr die Idee, dass die Männer vielleicht angegriffen worden waren. Hastig ließ sie ihren Blick noch einmal über die pelzvermummten Wesen gleiten, die vor Kälte dampften, entdeckte aber nichts, was auf einen Kampf hingewiesen hätte.

»Sie haben uns rausgeworfen«, sagte Ian.

»Wie bitte?«

»Es gab einen Zwischenfall«, fuhr Ian fort. »Aber es war nicht unsere Schuld. Trotzdem kam dieser Karoll eine Stunde später und forderte uns auf zu verschwinden.« Er reichte Kara das schmale Kästchen. »Hier – das soll ich dir geben.«

Kara griff danach und hätte es beinahe fallengelassen, denn es war unerwartet schwer. Einen Moment lang betrachtete sie es unschlüssig, reichte es dann an Cord weiter und wandte sich wieder an Ian. »Das wirst du uns genauer erklären müssen«, sagte sie. »Aber nicht hier. Deine Männer sollen sich ausruhen. Wir gehen zu Aires und besprechen, was genau passiert ist.« Sie wollte sich umdrehen, wandte sich aber dann noch einmal an Ian: »Wie geht es Markor?«

»Gut«, antwortete Ian in einem Ton mühsam unterdrückter Wut, den Kara nicht verstand.

»Was ist los mit ihm?«, fragte sie noch einmal.

»Nichts«, beharrte Ian. »Außer, dass er der Grund für die ganze Aufregung war.«

»Wieso?« Kara machte eine abwehrende Geste, als Ian antworten wollte. »Komm – gehen wir zurück, bevor du alles zweimal erzählen musst.«

Sie überquerten den Hof in umgekehrter Richtung, wobei sich die Männer auf die wenigen noch bewohnbaren Gebäude verteilten, jeder von einer ganzen Meute Neugieriger belagert, die sie mit Fragen bestürmten. Wahrscheinlich, dachte Kara spöttisch, würde sie die Letzte in dieser Burg sein, die erfuhr, was sich in Schelfheim zugetragen hatte. Es fiel ihr schwer, ihre Neugier noch zu bezähmen, bis sie Aires' Turmkammer erreichten; umso mehr, als die Magierin noch schlief und sie sich einige Minuten gedulden mussten. Kara nutzte die Zeit, sich eingehender mit Karolls »Geschenk« zu beschäftigen – ohne dass sie indes hinterher sehr viel klüger gewesen wäre. Es war ein flacher Kasten aus Metall, an dessen Schmalseite sich ein Tragegriff befand.

Elder sah ihr eine Weile wortlos dabei zu, wie sie den Kasten betrachtete, dann trat er ebenso wortlos neben sie und berührte ihn an einer bestimmten Stelle, und das Kästchen klappte lautlos auseinander wie ein zusammengefaltetes Blatt Papier. In seinem Inneren kam eine mattgraue Glasscheibe und eine Anzahl winziger, mit fremdartigen Zeichen beschrifteter Tasten zum Vorschein. Das Gerät ähnelte dem Apparat, den sie in der Höhle unter der Stadt gefunden hatten, nur dass es kleiner war.

»Ein Kommunikator«, sagte Elder. »Man benutzt sie, um über große Entfernungen miteinander zu reden.«

»Wie ein Funkgerät?«, vermutete Cord.

»Ja«, bestätigte Elder. »Nur komfortabler. Man kann seinen Gesprächspartner sehen.« Sein Gesicht verdüsterte sich. »Euer Freund Gendik scheint keine Zeit zu verlieren. Das Ding da kommt von Thorn.«

Die Neuigkeit überraschte Kara überhaupt nicht. Sie hatte gewusst, dass es so kommen würde.

»Hier schaltet man es ein«, sagte Elder mit einer Geste auf eine besonders auffällig gehaltene Taste unmittelbar unter dem gläsernen Rechteck. »Aber das würde ich nicht tun«, fügte er hinzu, als Kara die Hand nach der Taste ausstrecken wollte. »Jedenfalls nicht, solange ich noch im Zimmer bin. So deutlich, wie wir sie sehen, sehen sie auch uns.« Plötzlich lächelte er. »Weißt du was? Das Ding hat mir noch gefehlt. Ich hätte es gern, sobald ihr es nicht mehr braucht.«

»Warten wir ab, weshalb Karoll es uns geschickt hat«, sagte Cord – ehe Kara ihrem allerersten Impuls nachgeben und

Elder dieses Stück verhasster Technik in die Hand drücken konnte.

»Dieser Thorn scheint ein großzügiger Mann zu sein«, sagte Cord. »Wenn er solche Dinge verschenkt.«

»Großzügig?« Elder lachte. »Nun ja – wenn du es großzügig nennst, ein paar Helikopterladungen voll technischem Firlefanz gegen eine ganze Welt einzutauschen ...«

Aires kam, und sie vergaßen für einen Moment den Kommunikator und hörten Ian zu, der ihnen berichtete, was in den letzten fünf Tagen in Schelfheim geschehen war. Das meiste wussten sie allerdings bereits, denn Sakara hatte schon nach einem Tag einen neuen Partner in der Stadt gefunden, der zwar noch einen langen Weg vor sich hatte, um ein vollwertiger Seher zu werden, aber doch zumindest auf gezielte Fragen antworten konnte. So wusste Kara, dass Thorn Wort gehalten und den Angriff der Ungeheuer aus dem *Schlund* zurückgeschlagen hatte. Neu war ihnen allen, dass er dazu nicht wie versprochen eine Stunde, sondern fast die ganze Nacht gebraucht und mindestens ein halbes Dutzend Maschinen verloren hatte.

»Bist du sicher?«, fragte Elder.

»Völlig«, antwortete Ian. »Ich habe nicht gesehen, was es war, aber etwas hat sie gepackt und in die Tiefe gezerrt. Eine ist in die Stadt gestürzt und explodiert, die anderen in den *Schlund.*«

Interessant, dachte Kara. Sie musste an ihr letztes Gespräch mit Donay denken. *Ihn* würde bestimmt brennend interessieren, was Ian und die anderen beobachtet hatten. Elder wirkte eher unangenehm überrascht als interessiert. Vielleicht, dachte Kara, wäre es ihm gar nicht so recht, wenn sie wirklich die Schwachpunkte der Libellenmaschinen entdeckten. Sie nahm sich vor, Donay in spätestens einer Stunde zu wecken und zu den zurückgekehrten Kriegern zu bringen, damit er mit ihnen sprach.

Wie Ian weiter berichtete, hatte es bis in den nächsten Tag hinein gedauert, ehe die letzten Feuer gelöscht worden waren. Fast ein Drittel der Stadt war niedergebrannt, von den angreifenden Ungeheuern aus dem *Schlund* oder auch von Thorns Maschinen zerstört worden, die sich zum Schluss nicht mehr anders zu helfen gewusst hatten, als mit ihren Schallwaffen einen fünfzig Meter breiten Korridor der Zerstörung quer durch die Stadt zu ziehen, wobei sie rücksichtslos auf Freund und Feind schossen. Allein bei dieser Aktion, so schätzte Ian, seien Hunderte von Schelfheimern ums Leben gekommen.

»Und du konntest sie nicht daran hindern?«, fragte Cord scharf.

Ian schüttelte den Kopf, wobei er gleichzeitig betroffen wie zornig aussah. »Ich habe es versucht«, sagte er. »Beinahe hätten sie angefangen, auf *uns* zu schießen.«

»Wahrscheinlich haben sie ohnehin nur auf einen Vorwand gewartet«, fügte Elder hinzu.

Für einen Moment kehrte wieder betroffenes Schweigen ein, bis Aires dem Drachenreiter mit einem Handzeichen zu verstehen gab, dass er weitererzählen sollte. Einer der ersten Befehle Gendiks nach der Schlacht war gewesen, sämtliche Zugänge zu den unterirdischen Teilen der Stadt zu versiegeln. Trotzdem kam es immer wieder zu Überfällen der Monster, die sich dort zurückgezogen hatten. Natürlich hatten auch Ian und seine Kameraden versucht, sich an den Aufräumungsarbeiten zu beteiligen, sie waren aber von Karoll in Gendiks Auftrag daran gehindert worden; vorgeblich aus dem Grund, dass sie schon mehr als genug für die Stadt getan und sich einige Tage der Ruhe verdient hatten. Aber keiner der Anwesenden zweifelte daran, den wirklichen Grund dafür zu kennen: Gendik wollte die ungeliebten Drachen samt ihrer Reiter so schnell wie möglich wieder loswerden, kaum dass sie ihre Aufgabe erfüllt hatten. Thorns Männer waren noch am gleichen Tag gekommen und hatten zwei, vielleicht drei Basen in der Stadt aufgeschlagen. Sie hatten sogar versucht, den Schelfheimern zu helfen.

»Und was ist gestern Abend passiert?«, fragte Aires, nachdem Ian eine ganze Weile und sehr ausführlich erzählt hatte, was sich in Schelfheim getan hatte.

»Nicht gestern Abend«, antwortete er mit einem Kopfschütteln. »Es begann schon am Tag nach der Schlacht. Hat Sakaras neuer Partner euch nichts berichtet?«

»Das konnte er nicht«, antwortete Kara. »Er ist noch nicht so weit. Wir sind froh, dass er uns erzählen konnte, dass die Schlacht vorüber war.«

»Und gewonnen«, fügte Aires hinzu.

Seinem Gesichtsausdruck nach zu schließen stimmte Ian zumindest dem letzten Wort nicht unbedingt zu. »Sie haben uns dieses alte Kastell an der Klippe zugewiesen«, berichtete er. »Angeblich, damit die Drachen die Bevölkerung der Stadt nicht zu sehr in Unruhe versetzten. Aber ich bin sicher, in Wirklichkeit wollten sie uns möglichst weit abschieben.«

»Was ihnen offensichtlich auch gelungen ist«, sagte Cord düster.

»Ja«, gestand Ian. »Ich habe versucht, zu Fuß in die Stadt zu gehen, aber sie haben mich nicht gelassen.«

»Was soll das heißen – nicht gelassen?«, fragte Aires.

»Die Brücke war verschlossen«, antwortete Ian. »Und die Wächter behaupteten, niemanden hereinlassen zu dürfen – auch uns nicht.«

»Und das hast du dir gefallen lassen?«, fragte Kara.

»Was hätte ich tun sollen?«, gab Ian zurück. »Mir gewaltsam Zutritt verschaffen? Sie haben zwei oder drei Stationen in der Stadt errichtet«, fuhr er fort. »Ich konnte nicht nahe genug heran, um Einzelheiten zu erkennen, aber immerhin konnte ich sehen, dass sie offensichtlich streng abgeschirmt sind. Auf der anderen Seite helfen sie den Leuten, wo sie nur können. Ich werde nicht schlau aus ihrem Verhalten.«

»Ich schon«, sagte Elder.

Aires sah ihn fragend an, und er antwortete mit den gleichen Worten, die auch Thorn vor fünf Tagen an Bord der Drohne benutzt hatte: »Es ist billiger, sich einen Gegner zum Verbündeten zu machen, als ihn zu besiegen. Meistens jedenfalls.«

»Du sagtest, Markor wäre schuld daran, dass sie euch aus der Stadt geworfen haben?«, fragte Kara.

Ian aber schüttelte den Kopf. »Sie haben es provoziert«, antwortete er. »Du weißt, wie die Drachen auf Hornköpfe reagieren.«

»Sie haben einen Hornkopf in ihre Nähe gelassen?«, fragte Cord in einem Ton völliger Verblüffung.

»Einen?« Ian lachte. »Dieser wahnsinnige Gendik hat ein ganzes Bataillon Termitenkrieger keine fünfzig Meter von der Festung entfernt stationiert. Ich habe dagegen protestiert, aber er ließ mir ausrichten, dass es zu unserem eigenen Schutz geschehe.«

»Schutz? Vor wem?«, fragte Kara.

»Das hat er nicht gesagt«, antwortete Ian mit einem schiefen Grinsen. »Auf jeden Fall kam es, wie es kommen musste: Die Drachen witterten die Hornköpfe und wurden immer unruhiger. Eine Weile gelang es uns, sie im Zaum zu halten, aber du weißt, wie Markor ist.«

Kara seufzte. Und ob sie das wusste! Selbst sie hatte sich frühzeitig angewöhnt, einen großen Bogen um den Drachen zu schlagen, wenn er schlechter Laune war.

»Gestern Abend riss er sich los und griff die Quartiere der Hornköpfe an. Wir haben versucht, ihn zu beruhigen, aber es war unmöglich. Von Karolls *Schutztruppe* ist nicht viel übriggeblieben.«

Kara sah, wie schwer es Aires fiel, ein schadenfrohes Lächeln zu unterdrücken, und auch in Cords Augen glitzerte es verräterisch. Aber die beiden wussten so gut wie sie, wie teuer dieses flüchtige Gefühl von Schadenfreude bezahlt worden war. »Nach kaum einer Stunde kamen Karoll und ein Dutzend seiner gelben Lackaffen zu uns«, fuhr Ian fort, »und baten uns zu gehen. Die Bevölkerung würde nervös, und wenn sich der Zwischenfall in der Stadt herumspräche, dann könnte er nicht mehr für unsere Sicherheit garantieren, und außerdem hätten wir mehr als genug für Schelfheim getan und uns eine Ruhepause verdient ...« Er zog eine Grimasse. »Er hat noch mehr gesagt und mit schönen, wohlklingenden Worten – aber es lief darauf hinaus, dass er uns einen Tritt verpasste. Also sind wir zurückgekommen.« Er deutete mit einer Kopfbewegung auf den Kommunikator, der aufgeklappt vor Kara auf dem Tisch lag. »Das da sollte ich dir persönlich übergeben. Er sagte, es enthielte eine Botschaft für dich.«

»Eine Botschaft?« Kara sah verwirrt auf das fremdartige Gerät herab. Sie hatte bisher ganz selbstverständlich angenommen, dass Karoll ihr dieses Gerät hatte übergeben lassen, um selbst mit ihr zu reden.

»Man kann eine Nachricht darauf sprechen«, sagte Elder. Er stand auf. »Trotzdem ist es besser, wenn ich aus dem Zimmer gehe, sobald du dieses Ding einschaltest. Ich traue Thorn nicht.« Er schob seinen Stuhl zurück, ging zur Tür und blieb noch einmal stehen. »Ruft mich, sobald ihr das Ding wieder ausgeschaltet habt.«

Kara war ein wenig verblüfft, dass er so schnell und widerspruchslos ging, aber er verließ das Zimmer, ehe sie ihn zurückhalten konnte, und so streckte sie nach einem letzten kurzen Zögern die Hand nach der Taste aus, die Elder ihr gezeigt hatte, und drückte sie. Auf der grauen Glasfläche in der oberen Hälfte des Gerätes bildete sich ein weißes Flimmern, aus dem sich nach einigen Sekunden farbig und dreidimensional Gendiks Gesicht herausschälte; Cord und Aires, die auf der anderen Seite des Tisches saßen, standen auf und traten hinter sie, während sich Ian nur neugierig auf seinem Stuhl vorbeugte, um ebenfalls einen Blick auf den Bildschirm werfen zu können. »Kara!«, begann Gendik mit seinem gewohnten öligen Lächeln. »Ich hoffe, dass die Männer, die dir diese Botschaft überbringen, wohlbehalten im Drachenhort angelangt sind.«

Die Illusion war so perfekt, dass Kara automatisch dazu ansetzte zu antworten, aber Gendiks Abbild auf dem Schirm sprach bereits weiter, ehe sie Gelegenheit dazu fand. »Ich bedauere es, auf diesem Wege in Kontakt mit dir treten zu müssen, vor allem, da ich weiß, wie wenig du von technischen Gerätschaften aller Art hältst. Aber du wirst verstehen, dass ich die Stadt im Moment unmöglich verlassen kann. Deshalb muss ich diesen Weg wählen, um dir und auch deinen Kriegern unseren Dank zu überbringen. Ohne eure tapfere Hilfe gäbe es Schelfheim jetzt vielleicht nicht mehr. Wir alle stehen dafür tief in der Schuld des Drachenhortes.«

»Gut, dass er es einsieht«, murmelte Cord. »Ich hätte Lust, hinzufliegen und ihm eine Rechnung zu präsentieren.«

Aires machte eine unwillige Handbewegung.

»Still!«

»Sicher hat dir Ian inzwischen erzählt, was hier geschehen ist«, fuhr Gendik fort. »Ich möchte nicht, dass du einen falschen Schluss aus den Ereignissen ziehst, deshalb versichere ich dir noch einmal, dass unsere Bitte an deine Krieger, Schelfheim zu verlassen, nichts mit Undankbarkeit zu tun hat oder gar der Tatsache, dass wir nun neue, mächtige Beschützer gefunden haben.«

»Beschützer?« Kara zog die linke Augenbraue hoch. »Als er das letzte Mal in meiner Gegenwart mit Thorn gesprochen hat, waren es noch Verbündete.« »Die Geschehnisse der letzten Tage«, fuhr Gendik fort, »haben gezeigt, wie gefährlich der

Feind ist, gegen den sich Schelfheim verteidigen muss. Selbst deine Drachen hätten den Angriff nicht abschlagen können; du warst selbst mit an Bord des Schiffes der Fremden, Kara. Ich muss dir nicht erklären, dass ein Kampf gegen sie sinnlos wäre. In Abstimmung mit den anderen Mitgliedern des Rates habe ich also entschieden, Thorns Freundschaftsangebot anzunehmen und es seinen Männern zu erlauben, sich in Schelfheim und seiner Umgebung aufzuhalten. Im Gegenzug dazu hat mir Thorn versichert, jeden Angriff und jede Handlung, die uns und unserer Stadt zum Nachteil gereichen könnte, einzustellen. Und ich glaube, dass dieses Angebot ehrlich gemeint war. Wir werden deshalb in den nächsten Tagen einen Friedens- und Freundschaftsvertrag mit den Fremden von den Sternen unterzeichnen. Es tut mir leid, dass kein Vertreter des Drachenhortes dabei sein kann, aber ich weiß, was du und deine Brüder den Fremden gegenüber empfindet. Ich kann diese Gefühle verstehen, auch wenn ich sie für falsch halte.«

»Was soll das heißen?«, fragte Cord verblüfft. »Kein Vertreter des Drachenhortes?«

»Deshalb halte ich es für besser, wenn die Drachen und ihre Reiter Schelfheims Nähe für eine Weile meiden«, fuhr Gendik fort. Kara musste sich plötzlich beherrschen, um nicht die Faust zu ballen und in den Schirm zu schlagen. »Sobald sich die Situation entspannt hat und die schlimmsten Folgen der Katastrophe überwunden sind, werde ich Karoll zu euch schicken, damit er euch eingehend informiert. Bis dahin bitte ich dich einfach, mir zu glauben, dass sich an der alten Freundschaft zwischen Schelfheim und dem Drachenhort nichts geändert hat.« Er legte eine kurze Pause ein, in der sich der Blick seiner elektronisch simulierten Augen auf dem Schirm so tief in den Karas zu bohren schien, dass es ihr immer schwerer fiel zu glauben, dass dies nur eine Aufzeichnung sein sollte. Schließlich fuhr er fort. »Mir ist zu Ohren gekommen, dass auch der Drachenhort angegriffen und schwer getroffen worden ist. Aus diesem Grund habe ich eine Karawane mit Hilfsgütern und Medikamenten zusammenstellen lassen, die euch binnen einer Woche erreichen wird.«

Die Aufzeichnung erlosch in einem weißen Flimmern, ohne dass Gendik es für nötig gehalten hatte, noch ein Wort des Abschieds hinzuzufügen.

Kara starrte den Schirm fast eine Minute lang fassungslos an. »Ich glaube das nicht«, flüsterte sie. »Das ... das muss ein schlechter Scherz sein. Oder ein Trick Thorns, um Unfrieden zwischen uns zu säen. Gendik kann nicht so dumm sein, im Ernst zu glauben, dass wir *das* schlucken.«

»Das ist er auch nicht«, sagte Elders Stimme von der Tür her. Kara wandte sich im Stuhl um und sah, dass er das Zimmer wieder betreten hatte. Offensichtlich hatte er draußen gelauscht und nur abgewartet, bis die Aufzeichnung beendet und das Gerät wieder abgeschaltet war. Mit seinen nächsten Worten bestätigte er diesen Verdacht. »Ihr müsst mir nichts erklären – ich habe alles gehört. Du hast recht, Kara – er ist nicht so dumm, euch diese Kröte hinzuwerfen und sich einzureden, ihr würdet sie herunterschlucken. Ich nehme an, Thorn hat ihm dieses Gespräch Wort für Wort diktiert und ihm keine andere Wahl gelassen.«

»Dann ist er ein Narr«, sagte Cord. »Glaubt er wirklich, wir würden es hinnehmen, dass ein Vertrag, der seit fünfundzwanzig Jahren Bestand hat, so einfach gebrochen wird?«

»Ja«, sagte Elder ruhig. »Das glaubt er. Und er hat recht damit. Was wollt ihr tun?« Er machte eine besänftigende Geste, als Cord auffahren wollte. »Sicher, ihr werdet ein paar Tage schnauben und toben und ein bisschen Porzellan zerschlagen – aber irgendwann werdet ihr einsehen, dass ihr gar keine andere Wahl habt, als euch für den Fußtritt zu bedanken, mit dem sie euch fünfundzwanzig Jahre Treue entlohnt haben.«

»Ich hätte große Lust, ihm das Gegenteil zu beweisen«,

grollte Cord. »Vielleicht findet er seine Entscheidung nicht mehr ganz so gut, wenn wir ein zweites Drittel seiner Stadt in Rauch und Asche verwandeln.«

»Aber genau darauf wartet Thorn doch nur«, sagte Elder. »Begreifst du nicht? Auch er ist kein Dummkopf. Er weiß genau, dass der Drachenhort und seine Bewohner immer eine Gefahrenquelle bleiben werden. Er wartet nur auf eine Gelegenheit, euch auszulöschen.«

»Die hat er gehabt«, sagte Aires.

»Und verpasst«, bestätigte Elder. »Mit seinem Friedensangebot Gendik gegenüber hat er sich selbst jedes Vorwandes beraubt, euch ein zweites Mal anzugreifen und diesmal endgültig zu erledigen. Aber wenn Gendik ihn offiziell um Hilfe bittet, weil er sich von euch bedroht fühlt, sieht die Sachlage ganz anders aus.«

»Das ist mir alles zu kompliziert«, maulte Cord. »Ich halte nichts von diesen Intrigenspielen.«

»Aber das ist genau PACKs Art, einen Krieg zu führen«, versetzte Elder. »Und bisher haben sie damit meistens Erfolg gehabt.«

»Meistens bedeutet nicht immer«, sagte Kara.

Elder sah sie an, und in seinem Blick lag eine tiefe Sorge. »Das wird er auch diesmal nicht«, versprach er. »Aber du solltest jetzt nichts übereilen. Warte einfach drei oder vier Tage ab und freu dich auf das Gesicht, das Gendik machen wird, wenn seine neuen Freunde plötzlich nicht mehr da sind.«

»Weißt du, Elder«, sagte Kara leise, »es kommt selten vor – aber diesmal bin ich ganz Cords Meinung. Auch ich mag diese Intrigenspiele nicht.«

Elder antwortete nicht mehr darauf. Stattdessen trat er an den Tisch heran, streckte die Hand nach dem Kommunikator aus und warf Aires – nicht Kara – einen fragenden Blick zu. »Kann ich ihn haben?«

»Und wenn er versucht, mit uns Kontakt aufzunehmen?«, fragte Aires.

Elder lachte. »Dann wird er feststellen, dass es nicht mehr funktioniert, und annehmen, Kara hätte es vor die Wand geworfen, sanftmütig, wie sie nun einmal ist.«

Aires blieb ernst. Nach einigen Momenten nickte sie, und Elder klappte das Gerät mit einer hastigen Bewegung wieder auf die Hälfte seiner Größe zusammen, klemmte es sich unter den Arm und wollte sich umwenden, blieb aber dann noch einmal stehen. »Da ist noch etwas«, sagte er. »Ich wollte es euch schon die ganze Zeit über fragen, bin aber irgendwie nie dazu gekommen.«

»Ja?«, fragte Aires.

»Ich brauche einen geeigneten Landeplatz für das Schiff«, antwortete Elder. »Er muss groß sein, möglichst unbewohnt und ein Stück von der nächsten menschlichen Ansiedlung entfernt.« Er lächelte flüchtig. »Es könnte sein, dass es zu ein paar Schäden kommt, wenn das Schiff landet. Natürlich muss er aber nahe genug liegen, damit ich ihn innerhalb einer oder zwei Stunden erreichen kann. Weißt du einen solchen Platz?«

»Ich werde darüber nachdenken«, antwortete Aires.

Elder entfernte sich mit einem dankbaren Nicken, und diesmal warteten sie nicht nur, bis er das Zimmer verlassen hatte; Kara stand auf, ging zur Tür und warf einen sichernden Blick hinaus, ehe sie wieder zurückkam und sich an Ian wandte. »Du wirst müde sein«, sagte sie, »aber ich fürchte, ich muss dich bitten, noch eine halbe Stunde durchzuhalten.«

»Wieso?«, fragte Aires.

Kara deutete auf den Drachenreiter. »Donay arbeitet an einer Möglichkeit, den Schutzschild der Libellen zu überwinden«, sagte sie. »Ich bin sicher, dass er sich brennend für das interessiert, was Ian ihm zu erzählen hat.«

»Kein Problem«, sagte Ian und stand auf. »Ich bin zwar

müde, aber viel zu wütend, um jetzt zu schlafen. Lass uns gehen.«

Aires machte keinen Versuch, ihn oder Kara zurückzuhalten, als sie das Zimmer verließen, aber Kara bemerkte sehr wohl den Blick, den sie ihnen nachwarf. Er war sehr ernst und sehr besorgt.

Und voller Angst.

Donay war mehr als *interessiert* an dem, was Ian ihm zu erzählen hatte. Als Kara ihn weckte und er nach einem raschen Blick in den Himmel feststellte, wie lange er geschlafen hatte, schenkte er ihr einen langen, vorwurfsvollen Blick, enthielt sich aber jeden Kommentars, sondern hörte mit wachsender Erregung zu, was Ian von der Schlacht um Schelfheim erzählte.

»Abgestürzt, sagst du?«, unterbrach er ihn schließlich. »Wie?«

»Wie?«, wiederholte Ian verständnislos. »Sie sind vom Himmel gefallen und explodiert. Zumindest die eine, die über der Stadt abgestürzt ist.«

»Das meine ich nicht«, sagte Donay unwillig. »Was ist passiert? Genau? Wurden sie von irgendetwas getroffen? Sind sie einfach heruntergefallen, oder kamen sie ins Trudeln, oder sind vielleicht die Triebwerke ausgefallen?«

»Das weiß ich nicht«, verteidigte sich Ian. »Sie haben uns nicht einmal in ihre Nähe gelassen! Meine Männer und ich haben in der Stadt Jagd auf die Ungeheuer gemacht, die die Feuerbarriere durchbrochen hatten, während sie die Klippe angriffen. Wir hatten genug damit …«

»Donay hat es nicht so gemeint«, fiel ihm Kara ins Wort. Sie machte eine beruhigende Geste.

»Doch, ich habe es so gemeint!«, polterte Donay los. Kara sah überrascht auf. Sie hatte Donay noch nie so zornig erlebt. »Begreifst du denn nicht, wie wichtig das ist? Wenn es dort draußen im *Schlund* irgendetwas gibt, gegen das sie nicht einmal ihr Schild schützt, dann müssen wir wissen, was es ist.«

»Es tut mir leid«, sagte Ian. »Ich konnte nichts tun. Ich war schon froh, dass sie nicht auch uns angegriffen haben. Hätte ich geahnt, wie wichtig es ist …«

»Soldaten«, knurrte Donay. »Im Grunde seid ihr alle gleich. Keiner von euch blickt weiter als über die Spitze seines eigenen Schwertes hinweg!«

»Das reicht!«, sagte Kara scharf, als Ian nun seinerseits auffahren wollte. »Was geschehen ist, ist geschehen. Wir können nichts mehr daran ändern.«

»Oh doch!«, widersprach Donay.

»Wir können, und wir werden.« Er stand auf und sah Ian herausfordernd an. »Was man nicht im Kopf hat, das hat man eben im Hintern. Ich hoffe, du hast gutes Sitzfleisch, Drachenreiter.«

»Wieso?«, fragten Kara und Ian wie aus einem Mund.

»Weil er mich nach Schelfheim zurückfliegen wird, und zwar auf der Stelle«, antwortete Donay mit einer gleichzeitig anklagenden und fordernden Geste auf Ian.

»Was, zum Teufel, versprichst du dir davon?«, fragte Kara.

»Ich muss mir das Wrack dieser Libelle ansehen«, sagte Donay. »Vielleicht finde ich noch etwas.«

»Das ist unmöglich«, widersprach Ian. »Wir kämen nicht einmal in seine Nähe. Davon abgesehen, dass sie es wahrscheinlich längst weggeschafft haben, würden sie uns abfangen, ehe wir uns Schelfheim auch nur nähern.«

»Das ist noch etwas, was du nicht weißt«, sagte Kara hastig, als sich schon wieder Zorn auf Donays Zügen breitzumachen begann. »Gendik hat mir eine Botschaft zukommen lassen. Er hat es etwas vornehmer ausgedrückt, aber im Klartext lautet sie: Haut ab und kommt nie wieder!«

»Ist das wahr?«, fragte Donay verstört.

»Ich fürchte«, sagte Ian. »Du siehst also, wir können nicht zurück nach Schelfheim.«

Aber Donay wirkte keineswegs enttäuscht. »Dann müssen wir uns eben die anderen ansehen«, sagte er.

»Welche anderen?«

»Die, die in den *Schlund* gestürzt sind«, antwortete Donay. »Du hast selbst gesagt, die meisten wären über die Klippe gestürzt.«

»Was glaubst du denn, was davon übrig ist?«, fragte Ian fassungslos. »Nachdem sie drei Meilen tief gefallen sind! Außerdem wirst du sie in dem Dschungel dort unten niemals finden.«

»Das werden wir sehen«, antwortete Donay knapp. »Können wir gleich aufbrechen?«

»Niemand hat gesagt, dass wir das überhaupt tun«, sagte Kara ruhig. »Ich werde mit Aires und Cord darüber reden. Aber falls wir aufbrechen, dann erst am späten Nachmittag. Die Tiere brauchen eine Pause – und ihre Reiter auch. Nicht jeder ist in der Lage, so ungestraft Raubbau mit seiner Gesundheit zu treiben wie du.«

»Aber dann verlieren wir einen ganzen Tag!«, jammerte Donay.

»Wir werden sehr viel mehr verlieren als ein paar Stunden, wenn wir uns der Stadt bei Tageslicht nähern und sie uns sehen«, sagte Ian.

Donay schnaubte zornig. »Und du denkst, sie wären auf *Tageslicht* angewiesen, um uns zu sehen?«

»Sie vielleicht nicht«, antwortete Ian. »Aber zwei Millionen neugieriger Augenpaare, deren idiotische Besitzer sich fast dabei überschlagen, ihren neuen Freunden zu beweisen, was für hervorragende Verbündete sie sind.«

»Ist es tatsächlich so schlimm?«, fragte Donay betroffen.

»Ich weiß es nicht«, gestand Ian. »Aber die Stimmung in der Stadt ist ziemlich gereizt, was uns Drachenkämpfer angeht.«

»Ich werde mit Aires reden«, versprach Kara, während sie sich erhob und zur Tür umwandte.

»Mit Aires?« Donay sah sie auf eine sonderbare Weise an. »Manchmal, Kara, frage ich mich, wer eigentlich über diese Festung herrscht.«

»Da bist du nicht der Einzige, Donay«, antwortete Kara so leise, dass eigentlich nur sie selbst die Worte verstand.

50

Wenn es so etwas wie eine Hölle gab, dachte Kara, dann musste sie so aussehen wie dieser Ort. Es kam selten vor, dass ihr ein Ort Angst machte, aber hier fürchtete sie sich – und nicht nur sie; allen anderen erging es ähnlich, obwohl niemand von ihnen auch nur ein einziges Wort gesagt hatte, seit sie von den Rücken der Drachen gestiegen waren und in einer kleinen, zugigen Höhle am Fuße der Klippe Schutz gesucht hatten. Die Höhle gehörte wahrscheinlich zu dem unterirdischen Labyrinth, das fast unter ganz Schelfheim lag. Kara rieb schaudernd mit den Handflächen über die Arme, aber sie konnte die Kälte, die in ihren Körper gekrochen war, nicht vertreiben. Auch das fast bis unter die Höhlendecke lodernde Feuer, das sie entzündet hatten, brachte keine Wärme. Weil es keine Kälte war, was sie spürte, sondern Angst; Angst vor dem, was sich hinter dem Vorhang aus Schwärze verbarg, den die Nacht über dem Höhlenausgang ausgebreitet hatte. Sie waren vor einer halben Stunde gekommen, und sie hatten kaum mehr als schwarze Umrisse gesehen, während die Drachen nervös über dem Boden kreisten und nach einem Landeplatz suchten. Was man nicht sah, war immer schlimmer als das, was man sah, denn es ließ der Phantasie Raum, sich Schrecken auszumalen, die alles, was die Natur hervorbrachte, übertrafen.

Kara schätzte, dass die Schicht aus Tier- und Pflanzenkadavern, die den *Schlund* vor dem Höhleneingang bedeckte, an die fünfzig Meter stark sein musste. Sie waren alle tot, von den Schallwaffen Thorns vernichtet. Voller Schaudern dachte Kara an das widerwärtige Geräusch, das ihre Schritte auf dem Boden aus Tierleichen verursacht hatten. Es war nicht die Gefahr, die von all diesen Wesen ausgegangen wäre, wären sie noch am Leben gewesen, die Kara zu schaffen machte. Es war ihr Tod.

Das Gefühl, dass sich ihr jemand näherte, riss sie aus ihren düsteren Überlegungen in eine Wirklichkeit zurück, die kaum weniger düster und bedrohlich war. Sie hatten das Feuer entzündet und damit Licht und Wärme hierhergebracht, aber beides gehörte nicht hierher. Dieser Gang hatte niemals Tageslicht gesehen.

Donay kam zu ihr. Er sah so blass und elend aus, wie Kara sich fühlte. Es war nicht das erste Mal, dass er auf einem Drachen flog, aber er schien zu jenen Menschen zu gehören, die sich nie wirklich daran gewöhnten. Kara hatte ihn fast von Markors Rücken herunterheben müssen, so übel war ihm gewesen. Er begegnete ihrem Blick und versuchte zu lächeln, während er sich mit untergeschlagenen Beinen neben ihr niederließ. Zu Karas Überraschung gelang es ihm sogar. Aber es wirkte nicht sehr überzeugend.

»Wie lange noch?«, fragte er. Es waren die ersten Worte, die einer von ihnen sprach, seit sie die Höhle betreten hatten, und für eine halbe Sekunde musste sich Kara gegen die absurde Furcht wehren, dass dieser Frevel auf der Stelle geahndet werden würde, indem irgendein unvorstellbares Wesen aus der Tiefe des Stollens auftauchte und über sie herfiel; oder die Decke über ihren Köpfen zusammenstürzte. Was für ein Unsinn …

»Bis es hell wird?« Sie warf einen Blick nach draußen, und obwohl sie aus diesem Winkel heraus den Himmel überhaupt nicht erkennen konnte, antwortete sie nach kurzem Überlegen:

»Zehn Minuten. Vielleicht eine Viertelstunde. Warum fragst du?«

»Ich fühle mich hier drinnen nicht sehr wohl, weißt du?«

»Glaubst du, dass du dich draußen wohler fühlen wirst?«, fragte Kara.

»Nein«, antwortete Donay. »Aber sicherer.«

Kara sah ihn verständnislos an. »Ist dir nichts aufgefallen?«, fragte Donay.

Sie schüttelte den Kopf, ohne sich auch nur die Mühe zu machen, einen Blick in die Runde zu werfen.

»Dann sieh dir mal die Wände an und die Decke«, fuhr Donay fort. Er hob die Hand und deutete in eine bestimmte Richtung, in die Karas Blick der Geste folgte. »Siehst du die Risse? Da und da und dort oben, den großen direkt über dem Eingang? Sie sind neu.« Ein paar Sekunden lang weidete er sich an Karas sichtbarem Erschrecken. Dann lachte er. »Kennst du das Gefühl, in einer Höhle zu sein und sich zu fragen, warum, zum Teufel, sie nach all den Millionen Jahren *nicht* ausgerechnet jetzt zusammenbrechen sollte?«

Kara nickte wortlos. Wer kannte dieses Gefühl nicht?

»Nun, hier kann dir das durchaus passieren«, sagte Donay trocken.

»Wie bitte?«

»Die Struktur dieses Felsens ist grundlegend erschüttert«, bestätigte Donay. »Ich bin kein Geologe, und ich weiß nicht, wie weit die Schäden in die Tiefe reichen, aber ich schätze, in ein paar Jahren kann sich Schelfheim von ein paar Straßenzügen verabschieden, die zu dicht an der Klippe liegen.«

»Aber sie haben doch nur ...«

»... stundenlang auf diese Wand geschossen«, unterbrach sie Donay. »Erinnerst du dich, was Elder über die Schallwaffen erzählt hat? Sie zerstören sogar Stahl. Und diese Wand hier besteht nun einmal leider nicht aus Stahl.«

Kara seufzte. Sie musste an das zurückdenken, was sie selbst vor nicht einmal langer Zeit über das Zeitalter der schlechten Nachrichten gedacht hatte. Manchmal machte es einen nicht sehr glücklich, recht zu haben. Ob es nun das Jahrhundert der Hiobsbotschaften war oder nicht, das Schicksal hatte zumindest in den nächsten fünfzehn Minuten ein Einsehen mit ihnen und ließ ihnen nicht ganz Schelfheim auf die Köpfe fallen. Eine Stunde später als in der drei Meilen höher gelegenen Stadt ging die Sonne hier unten auf, und der erste blutrote Schein des Morgens ließ das Bild, das sich vor Kara und den anderen ausbreitete, noch unheimlicher erscheinen.

Der Dschungel war verschwunden. Thorns Maschinen hatten die Baumriesen so gründlich zerstört, wie sie auch alles Leben auf ihren Ästen und der Klippe ausgelöscht hatten. Nur hier und da ragte ein zerborstener Stumpf aus dem Meer von Insektenkadavern.

Kara machte einen vorsichtigen Schritt aus der Höhle heraus und blieb wieder stehen. Ihr Mut sank, als sie ihren Blick über die endlose Ebene aus braunen, schwarzen, grauen und dunkelroten Hornschalen schweifen ließ. Wie um alles in der Welt sollten sie *hier* das Wrack einer Maschine finden? Vom Rücken ihrer Drachen herab wäre es vielleicht möglich gewesen, aber sie hatten die Tiere weggeschickt, und sie würden auch erst nach Anbruch der Dunkelheit wiederkommen. Dass jemand in der drei Meilen höher liegenden Stadt das halbe Dutzend schwarz gekleideter Gestalten entdeckte, war so gut wie ausgeschlossen. Bei den Drachen verhielt es sich umgekehrt: Es war so gut wie undenkbar, dass sie übersehen wurden, wenn sie sich bei Tageslicht zeigten.

Hinter ihr trat Donay aus der Höhle, sah sich rasch um und wandte sich dann an Ian, der ihm dichtauf folgte. »Also – wo sind sie abgestürzt?«

Ian reagierte beinahe wütend. »Woher, zum Teufel, soll ich

das wissen?«, schnappte er. »Wir waren irgendwo dort oben und hatten genug damit zu tun, am Leben zu bleiben.« Dann fügte er ruhiger hinzu: »Lasst uns mehr im Westen suchen. Ich glaube, dort hatten sie die größten Verluste.«

Sie entfernten sich ein gutes Stück von der Klippe, ehe sie sich nach links wandten, denn aus der zerborstenen Felswand lösten sich noch immer kleine und große Trümmerstücke. Karas Blick glitt die Steilwand empor, während sie dicht hinter Ian über den unsicheren Untergrund balancierte. Gewaltige Risse durchzogen die Wand wie ein Muster ineinanderlaufender, erstarrter Blitze. *Donay hat recht,* dachte Kara schaudernd. *Sie wird bald zusammenstürzen.*

Sie suchten eine Stunde, dann eine zweite, und als die dritte anbrach, fanden sie das erste Wrack. Es war halb in der Masse aus Hornschalen und Bruchstücken versunken. Als sie damit begannen, es zu untersuchen, lösten sich Stahl und Kunststoff unter ihren Händen in Staub auf. Das Wrack wies so viele Beschädigungen auf, dass es unmöglich war zu sagen, welche davon zu seinem Absturz geführt hatte. Denn nach ihrem Absturz war die Libelle in den Vernichtungskegel der Schallwaffen geraten.

»Ich schätze, das war's«, sagte Ian übellaunig, als sie nach einer halben Stunde enttäuscht aufgaben. Zornig versetzte er dem Heck der Libelle einen Tritt. »Wahrscheinlich sehen die anderen genauso aus.« Er sah Kara nachdenklich an. »Vielleicht haben sie sich aus Versehen ja gegenseitig abgeschossen. Wundern würde es mich nicht, bei dem Durcheinander, das in dieser Nacht geherrscht hat.«

»Dann wäre sie beim Aufprall in tausend Stücke zerbrochen«, widersprach Donay. Er schüttelte heftig den Kopf. »Wir müssen weitersuchen.«

»Wozu?«, fragte Ian. »Wir verschwenden nur unsere Zeit.«

»Und? Vor heute Abend können wir sowieso nicht weg.

Die Drachen kommen erst nach Einbruch der Dunkelheit zurück.«

Ehe sich die Nervosität, die von ihnen allen Besitz ergriffen hatte, in einem Streit entladen konnte, sorgte Kara mit einer Handbewegung für Ruhe. Sie suchten weiter, und nach erstaunlich kurzer Zeit fanden sie ein zweites Wrack, das sich allerdings in keinem besseren Zustand befand als das erste.

»Ich hatte recht«, knurrte Ian. »Sie haben sich irgendwie gegenseitig abgeschossen. Es gibt hier nichts, was diesen Schutzschild überwinden kann.«

»Und die Maschine, die Kara draußen im *Schlund* gefunden hat?«, fragte Donay. »Meinst du, die hätte sich ganz versehentlich selbst abgeschossen?«

»Unfälle kommen vor«, antwortete Ian. »Vielleicht hat der Motor ausgesetzt, oder der Pilot war krank, und ...«

Kara starrte Donay an. Sie hörte gar nicht mehr hin, was Ian sagte. Die Maschine im *Schlund* ... Da war etwas, was sie die ganze Zeit über gewusst, aber aus ihrem bewussten Denken verdrängt oder ihm einfach keine Bedeutung beigemessen hatte. Sie versuchte, das Bild der zertrümmerten Maschine wieder vor ihrem inneren Auge entstehen zu lassen ... und dann wusste sie es.

»Der Pilot«, murmelte sie.

Donay und Ian sahen sie beide auf die gleiche Weise fragend an.

»Der Pilot ist nicht mehr da«, sagte Kara. Sie deutete auf das Wrack der Libelle, dann zurück in die Richtung, in der sie das andere Wrack gefunden hatten.

»Ich weiß«, antwortete Donay. »Die Kanzeln waren aufgebrochen. Sie haben sie geholt.«

»Aber die Kanzel des Wracks, das wir im Wald draußen gefunden haben, war *nicht* aufgebrochen«, sagte Kara. »Im Gegenteil – ein Ast hatte sich hindurchgebohrt, sodass man sie gar nicht mehr öffnen konnte.«

»Wie unangenehm«, sagte Donay in fast gelangweiltem Ton. »Na und?«

»Aber der Pilot war trotzdem verschwunden«, antwortete Kara.

»Auf dem Sitz klebte jede Menge eingetrocknetes Blut, und wir fanden ein paar Fetzen seiner Kleidung – aber keinen menschlichen Körper.«

Der gelangweilte Ausdruck auf Donays Gesicht machte gespanntem Interesse Platz. »Bist du sicher? Keine Knochen, nichts?«

»Nichts«, bestätigte Kara. »Ist dir klar, was das heißt?«

»Dass es das, woran ich arbeite, wahrscheinlich längst gibt«, murmelte Donay. »Etwas, was ihre Körper angreift, ohne sich von diesem unsichtbaren Schild aufhalten zu lassen.« Plötzlich war er sehr erregt. »Kommt weiter! Wenn es ein solches Geschöpf wirklich gibt und wir es finden, dann ... dann haben wir eine Waffe gegen sie!«

Niemand antwortete, aber Kara spürte, wie ansteckend Donays plötzlicher Optimismus wirkte. Das war auch der Grund, aus dem sie sich hütete, die Frage zu stellen, die ihr auf der Zunge lag: Was um alles in der Welt sie mit dieser Waffe *wollten.* Es nutzte ihnen nichts, zehn oder auch hundert dieser stählernen Libellen vom Himmel zu holen; nicht, solange die Drohne existierte, die ganz allein in der Lage war, diesen Planeten einzuäschern.

Sie setzten ihre Suche fort. Gegen Mittag legten sie eine Rast ein, ohne ein Feuer anzuzünden. Sie waren vor dem heulenden Wind durch die ausgehöhlte Schale eines riesigen Käfergeschöpfes geschützt, hinter der sie sich verkrochen. Sie hatten Vorräte mitgebracht: Brot und gesalzenes Fleisch und ein wenig Wasser, aber niemand hatte Hunger; nicht in *dieser* Umgebung.

Sie sprachen sehr wenig. Der allumfassende Tod ringsum legte sich wie ein betäubender Schleier auf ihre Seelen. *Viel-*

leicht, dachte Kara, *wird es gar nicht mehr lange dauern, bis die ganze Welt so aussieht wie ein einziges gewaltiges Leichenhaus, über das sie herfallen wie die Aasgeier, um sich die besten Stücke herauszupicken.* Sie versuchte, den Gedanken zu verscheuchen, aber ganz gelang es ihr nicht – und wie auch? Wenn man auf einem Berg aus Kadavern saß, der so groß war wie ein kleines Herzogtum, dann war es schwer, an irgendetwas anderes zu denken als an den Tod.

Nach einer Stunde setzten sie ihre Suche fort, obwohl sich Kara schmerzhaft darüber im Klaren war, wie klein ihre Chance war, noch eine dritte Libelle zu finden.

Sie fanden sie auch nicht.

Thorns Männer führten sie hin.

Sie waren eine weitere Stunde unterwegs, als Ian plötzlich stehenblieb, sie erschrocken am Arm ergriff und mit der anderen Hand nach oben deutete. Karas Blick folgte der Geste. Sie erkannte zwei winzige dunkle Punkte, die sich von der Klippe gelöst hatten und mit schnellen, irgendwie ruckhaften Bewegungen tiefer sanken, wie große, ein wenig zu plump geratene Bienen.

»Flieger!«, sagte Donay überrascht. »Das sind Flieger! Was, zum Teufel, suchen die hier?«

»Uns«, antwortete Kara. »Versteckt euch! Schnell!« Sie sah sich suchend um, entdeckte einen mannsgroßen, zerbrochenen Chitinschild und kroch hastig darunter. Während auch Ian, Donay und die drei anderen sich ein Versteck suchten, rutschte Kara unter ihrem Schild in eine Position, die es ihr erlaubte, wenigstens einen Ausschnitt des Himmels über sich zu beobachten, ohne selbst gesehen zu werden.

Die beiden Flieger verloren rasch an Höhe und kamen dabei näher, in taumelnden, ungeschickten Spiralen, die aber trotzdem so zielsicher waren, dass es unmöglich ein Zufall sein konnte. Als die riesigen Käfergestalten näher kamen, sah sie, dass auf dem Rücken jedes Tieres zwei Reiter saßen. Drei von ihnen trugen die gelben Umhänge der Stadtgarde, der vierte das verhasste Blauschwarz der PACK-Soldaten. Kara verspürte in ihrem Versteck eine Welle heißer Wut in sich aufsteigen. Gendik schien sich mit seinen neuen Freunden tatsächlich bereits prächtig zu verstehen. Dann sah sie etwas, was ihren Zorn schlagartig in Überraschung und dann Fassungslosigkeit verwandelte. Die beiden Flieger landeten, einer davon nicht einmal fünf Meter von ihrem Versteck entfernt, und die Reiter kletterten umständlich von den Rückenschilden der riesigen, sechsbeinigen Käfer herunter. Einen von ihnen kannte Kara.

Es war Karoll.

»Was, zum Teufel ...«, murmelte Kara, brach ab und biss sich erschrocken auf die Unterlippe, als ihr klar wurde, dass die Männer dort draußen sie hören konnten.

Karoll entfernte sich ein paar Schritte weit von seinem gepanzerten Reittier, wobei er sich weiter Karas Versteck näherte. Seine Bewegungen waren ungelenk und steif. Offenbar war er diese Art des Reisens so wenig gewohnt wie Donay den Flug auf einem Drachen. Kara lauschte gebannt, während sich Karoll an den Mann in der PACK-Uniform wandte.

»Wo sind deine *Eindringlinge?* Ich sehe hier weit und breit niemanden.«

»Der Trigger hat ganz deutlich sechs Objekte angezeigt«, antwortete der Mann. Er warf einen Blick auf etwas, das er in der geöffneten Rechten verborgen hielt, sodass Kara es nicht erkennen konnte. Aber das Wort, das er benutzt hatte, hatte sie schon einmal von Elder gehört, als sie zusammen das erste Mal in die große Höhle unterhalb der Stadt hinabgestiegen waren.

»Das bezweifle ich nicht«, antwortete Karoll. »Er wird *irgendetwas* angezeigt haben. Auf jeden Fall keine Menschen. Hier ist niemand. Und auch nichts, was für irgendjemanden von Interesse sein könnte. Aber bitte ...« Er wandte sich an die beiden Gardesoldaten, die ihn und den PACK-Mann begleiteten. »Seht euch ein wenig um, damit er beruhigt ist.«

Der Mann in der blauen Uniform blieb ernst. »Die Felswand wurde schwer beschädigt. Es ist möglich, dass sie von hier aus einen Weg zur Bunkerstation finden.«

Karoll lachte. »Du überschätzt dieses Mutantengesindel«, sagte er abfällig.

Mutantengesindel? Kara wurde hellhörig.

»Selbst wenn sie den Bunker finden, nutzt ihnen das herzlich wenig. Sie kämen niemals hinein. Ganz davon abgesehen, dass er wahrscheinlich nur noch ein paar vermoderte Knochen enthält. Das Ding ist zweihundertvierzehntausend Jahre alt!«

»Der Notsender arbeitet immer noch«, antwortete der Soldat.

»Himmel, dann sprengt ihn endlich in die Luft!«, schnappte Karoll. »Das darf doch alles nicht wahr sein! Wir können einen ganzen Planeten in Stücke zerlegen und wieder neu zusammensetzen, aber so einen lächerlichen Bunker finden wir nicht?!«

Kara hatte genug gehört. Mit einem zornigen Ruck stieß sie die Käferschale von sich und sprang auf die Füße. »Vielleicht können wir euch dabei helfen?«, fragte sie.

Karoll fuhr herum und erstarrte vor Entsetzen. Der Mann in der blauen Uniform reagierte schneller, aber nicht schnell genug. Kara war mit einem Satz bei ihm und ließ ihm keine Chance. Noch bevor er seine Waffe aus dem Halfter gezogen hatte, schmetterte ihm Kara den Ellbogen gegen die Kehle und tötete ihn auf der Stelle.

Karoll wurde bleich. »Kara! Du ...« Sein Blick tastete über den reglosen Körper des PACK-Soldaten. »Du hast ihn umgebracht!«, murmelte er.

»Das ist nur vorübergehend«, antwortete Kara kalt. »Aber ich denke, damit erzähle ich dir nichts Neues.«

Karoll starrte sie an und schwieg. Nachdem Kara ihr Versteck aufgegeben hatte, waren auch die anderen aufgestanden. Ian und Donay kamen näher, während sich die drei Krieger mit gezückten Schwertern um die Gardesoldaten kümmerten. Kara warf einen besorgten Blick in ihre Richtung, aber die beiden Gardisten schienen zu wissen, wie ihre Chancen standen, mit drei Drachenreitern fertig zu werden. Sie versuchten nicht, ihre Waffen zu ziehen, sondern gaben auf.

»Es sieht so aus, als hätte das *Mutantengesindel* diesmal die besseren Karten, nicht wahr?«, fuhr Kara mit zornbebender Stimme fort.

»Ich ... ich verstehe gar nicht, was du meinst«, antwortete Karoll stockend.

Kara ohrfeigte ihn. Sie schlug sehr fest zu, sodass Karolls Unterlippe aufplatzte und ein dünner Blutfaden aus seinem Mundwinkel über das Kinn herablief. »Reiz mich nicht, Karoll«, sagte sie gepresst. »Oder ich nehme mein Messer und sehe nach, was sich in deinem Kopf befindet.«

Ein Ausdruck fassungsloser Verblüffung, aber auch ungläubigen Schreckens erschien auf Karolls Gesicht.

»Wir kennen euer kleines Geheimnis«, sagte Kara böse. »Wir wissen sogar noch eine ganze Menge mehr, Karoll. Schade, dass wir uns nicht besser vertragen – sonst könnte ich dir nämlich den Weg zu diesem Bunker zeigen, den ihr so verzweifelt sucht. Wir haben ihn nämlich gefunden. Und wir haben sogar die Tür aufbekommen – obwohl wir nur dummes Mutantengesindel sind.«

»Kara!«, sagte Donay warnend.

»Keine Sorge«, antwortete Kara. »Ich verrate ihm nicht zu viel. Er wird keine Gelegenheit mehr haben, zu Thorn zu rennen und mit seinem neuen Wissen zu prahlen.«

Sie zog ihr Messer, und Karoll wurde noch bleicher.

»Und?«, fragte Kara, während sie scheinbar versonnen die rasiermesserscharf geschliffene Klinge betrachtete. »Muss ich nachsehen, was du hast, wo bei uns *Mutanten* ein Gehirn sitzt? Es täte mir allerdings leid, wenn ich mich irre und du hinterher ein bisschen länger tot bist. Vielleicht sogar für immer.« Sie trat näher an Karoll heran und ließ die Messerklinge dicht vor seinem Gesicht pendeln. Karoll bog den Kopf zurück und fuhr sich nervös mit der Zunge über die Lippen. »Hör auf!«, sagte er gepresst. »Es ist nicht nötig, dass du die Wilde spielst. Du hast recht – ich gehöre zu ihnen.«

»Und diese beiden?« Kara machte eine Kopfbewegung auf die beiden Gardesoldaten, die mit erhobenen Armen dastanden und dem Gespräch mit offenkundiger, wachsender Verwirrung zuhörten.

»Sie wissen nichts«, sagte Karoll. »Es sind ganz normale Soldaten, die nur Befehle ausführen. Lasst sie gehen.«

»Wie edel!«, spöttelte Kara. »Aber das geht leider nicht, selbst wenn du die Wahrheit sagen solltest. Ich verspreche dir jedoch, dass ihnen nichts geschehen wird.« Sie gab den Kriegern, die die Männer bewachten, einen Wink. »Fesselt sie. Wir nehmen sie mit.«

Mittlerweile hatte sich Donay nach dem toten PACK-Soldaten gebückt und ihm den Trigger aus der Hand genommen. Behutsam drehte er das fremdartig aussehende Gerät in den Händen und studierte die Knöpfe und den winzigen Bildschirm.

»Was tust du da?«, fragte Kara unwillig.

»Wir haben solche Dinger auch in der Stadt«, antwortete Donay. »Sie sehen zwar anders aus, aber das Prinzip ist das Gleiche. Man kann Bewegungen damit orten, aber auch noch mehr ...« Er drückte eine Taste auf dem Trigger, runzelte enttäuscht die Stirn und versuchte eine andere.

»Volltreffer!«, sagte er. »Das dritte Wrack liegt ...« Er drehte sich langsam auf der Stelle, wobei er den winzigen Bildschirm nicht eine Sekunde aus dem Auge ließ. »Da!«, sagte er schließlich und deutete direkt nach Norden. »Ungefähr anderthalb Meilen entfernt.«

»Dann gehen wir«, sagte Kara.

Obwohl der Weg nicht ganz anderthalb Meilen betrug, brauchten sie zwei Stunden, ehe sie das Wrack fanden, denn sie kamen auf dem Leichenberg nur mühselig voran. Sie hatten die beiden Flieger zurücklassen wollen, doch langsam und beharrlich folgten sie den beiden Gardesoldaten wie große, hornköpfige Hunde. Das Wrack unterschied sich von den beiden anderen, die sie zuvor gefunden hatten. Es lag auf der Seite und war nahezu in zwei Teile zerbrochen, aber die Kunststoffkanzel war nicht zerschlagen, sondern stand weit offen – und etwas bewegte sich darin.

»Warte!« Donay legte ihr die Hand auf den Unterarm und hob mit der anderen den erbeuteten Trigger. Kara warf einen Blick auf den winzigen Bildschirm, konnte aber nichts erkennen.

»Das sieht nicht besonders gut aus«, sagte Donay. »Wir sollten vorsichtig sein.«

Kara bedeutete Ian, zusammen mit Karoll zurückzubleiben, und zog ihr Schwert, während sie an Donays Seite weiterging. Doch das Innere der Pilotenkanzel war keine Gefahr, der sie mit dem Schwert begegnen konnte. Der allergrößte Teil des klebrigen weißen Gespinstes war tot und zu einer übelriechenden Masse zerfallen, die sich auf dem Boden der Pilotenkanzel zu ölig schimmernden, stinkenden Pfützen sammelte. Aber hier und da bewegte sich doch noch etwas in der abgestorbenen Masse; kleine, haarige Bälle, an denen dünne und ebenso haarige Beine zuckten.

Kara spürte, wie sich jedes einzelne Haar auf ihrem Kopf sträubte, als sie begriff, was sie da vor sich hatte. Sie blieb stehen.

»Ich ... weiß, was das ist«, sagte sie. Donay sah sie überrascht an. »Jedenfalls habe ich es schon einmal gesehen.« Sie erzählte Donay von den fliegenden Riesennetzen, die sie über dem sterbenden *Schlund* gesehen hatte.

Donay hörte ihr wortlos und sehr aufmerksam zu, dann richtete er seine Konzentration für eine Weile auf die zerschmetterte Libelle. »Du könntest recht haben«, murmelte er. »Es scheint sich um eine Art ... Seide zu handeln. Überall tote Spinnen, siehst du?« Er versetzte einem der faustgroßen Tiere einen Tritt, das nicht ganz so tot war, wie er behauptet hatte, und sich gerade dazu anschickte, in sein Hosenbein zu kriechen, dann überlegte er es sich anders, bückte sich und hob es auf. Die Spinne begann mit den Beinen zu strampeln und stieß einen dünnen Strahl weißer Seide aus, der sich wie eine Peitschenschnur um Donays Handgelenk wickelte. Kara wurde übel.

»Au!«, sagte Donay, der allerdings eher amüsiert klang. »Nun sieh dir diesen kleinen Racker an! Er wehrt sich ganz schön!«

Kara hatte das Gefühl, dass sich eine unsichtbare eisige Hand um ihren Hinterkopf schloss und langsam zuzudrücken begann. Donay hielt das Spinnentier fest in der rechten Hand, während er mit der anderen emsig in seinem Beutel herumzukramen begann und etwas herauszunehmen versuchte. Es gelang ihm nicht.

Er seufzte enttäuscht, drehte sich zu Kara herum und streckte ihr die Hand mit der zappelnden Spinne entgegen. »Kannst du sie einen Moment halten? Ich will nur ...«

»Nein!«, schrie Kara und wich ein paar Schritte zurück. Donay sah sie verwirrt an. »Was hast du?«, fragte er. »Sie ist nicht giftig.«

»Bist du... sicher?«, fragte Kara etwas verlegen.

»Völlig«, antwortete Donay, der offenbar gar nicht begriff, was Kara *wirklich* hatte. »Es muss das Netz gewesen sein, das die Libellen heruntergeholt hat. Siehst du?« Er deutete mit der zappelnden Spinne auf das Wrack. »Es hat sich um die Rotoren gewickelt, die Turbinen verstopft und jede andere Öffnung verkleistert.« Er hatte endlich gefunden, wonach er gesucht hatte; ein bauchiges Glas mit einem Schraubverschluss aus Metall. »Ich frage mich nur, wie es durch den Schild gekommen ist«, murmelte er, während er die Spinne hineinfallen ließ und sich nach einer zweiten umsah.

»Ich brauche noch ein paar Tiere«, sagte er. »Hilfst du mir?«

»Ganz bestimmt nicht«, sagte Kara.

Donay sah sie verständnislos an, schraubte den Deckel auf sein Glas und begann auf Händen und Knien durch das Wrack zu kriechen, wobei er alberne zirpende Laute ausstieß, als locke er eine Katze oder einen jungen Hund. Kara beschloss, bei nächster Gelegenheit ihre Meinung, dass Donay vielleicht ein wenig seltsam, ansonsten aber ganz harmlos sei, einer gründlichen Überprüfung zu unterziehen. Wortlos drehte sie sich herum und ging zu Ian und Karoll zurück.

»Was tut er da?«, fragte Karoll stirnrunzelnd.

»Nichts«, antwortete Kara kalt. »Wir Mutantengesindel rasten manchmal aus, weißt du? Aber keine Angst – Donay ist harmlos. Er isst nur gern Spinnen. Soll ich ihn bitten, dir auch eine zu braten?« Sie drehte sich zu Ian um und deutete auf die beiden Flieger. »Kannst du so ein Tier fliegen?«

»Ja«, antwortete Ian. »Aber sie sind langsam, und sie ermüden schnell. Den Weg bis zum Drachenhort schaffen sie nie.«

»Das müssen sie auch nicht«, sagte Kara. »Silvy wartet mit den Drachen hundert Meilen westlich von hier. Schaff Karoll dorthin. Sie sollen ihn zum Drachenhort bringen. Er darf unter keinen Umständen zurück nach Schelfheim kommen. Wenn er zu fliehen versucht, töte ihn. Und du« – sie winkte einen der drei Drachenreiter herbei – »nimmst den zweiten Flieger und sorgst dafür, dass Donay sicher im Hort ankommt.«

»Und du?«, fragte Ian.

»Mach dir um mich keine Sorgen.« Kara machte eine wegwerfende Handbewegung. »Wir bleiben hier, bis die Sonne untergeht. Danach werden uns die Drachen abholen, wie wir es geplant haben.«

Ian antwortete nicht mehr, aber sein Blick machte klar, dass er nicht sehr davon überzeugt war, dass ihr Plan tatsächlich noch aufgehen würde.

Und wenn Kara ehrlich zu sich selbst war, dann glaubte sie das auch nicht.

51

Sie hatten verabredet, in der gleichen Höhle auf die Rückkehr der Drachen zu warten, in der sie auch die letzte Stunde der Nacht zugebracht hatten. Da sie diesmal nichts suchten und nicht in einem wirren Zickzack über das Kadaverfeld gingen, brauchten sie kaum zwei Stunden, um den Rückweg zu bewältigen – aber allein das erschien Kara hinterher wie ein kleines Wunder. Sie machte sich nichts vor. Karoll war kein Irgendwer, der so einfach verschwinden konnte, ohne dass es jemandem auffiel. Schon bald würde es hier von Fliegern und vielleicht sogar Libellen wimmeln, die nach den Verschwundenen suchten.

Als sie in die Höhle zurückgingen, erwartete sie die nächste unangenehme Überraschung. Jemand hatte ihr Feuer gelöscht und die Brandstelle so zertrampelt, dass Kara die Idee, das Feuer zu entfachen, sofort fallenließ.

Sie blieben dicht beim Höhleneingang, aber die Helligkeit, die durch die Öffnung hereinfiel, vermochte die gestaltlose Furcht, die in der Schwärze dahinter lauerte, nicht zu vertreiben. Einen Moment lang spielte Kara mit dem Gedanken, auf *diesem* Weg nach oben zurückzukehren, verwarf ihn aber gleich wieder. Zweifellos führte der Gang in das Labyrinth aus Katakomben und Treppen unter der Stadt, aber sie hatten kein Licht und waren erschöpft und müde. Außerdem wusste niemand, ob sich nun eine ganze Armee oder nur einige wenige Ungeheuer in Schelfheims Unterwelt geflüchtet hatten. Und so ganz nebenbei hatte Kara auch keine besondere Lust, eine *drei Meilen* lange Treppe hinaufzusteigen ...

Seufzend wandte sie sich wieder dem Höhleneingang zu und entdeckte fast im gleichen Augenblick das, was sie befürchtet hatte: Über der Klippe war ein halbes Dutzend der riesigen Käfer aufgetaucht sowie zwei Libellen.

Das gefiel ihr nicht. Vier oder auch vierzig Flieger hätten ihr wenig Kopfzerbrechen bereitet; auf diesem gigantischen Insektenfriedhof konnte eine ganze Armee von Schelfheims Soldaten nach ihnen suchen, bis sie schwarz wurden. Sie war allerdings ziemlich sicher, dass die PACK-Leute in den Libellen technische Möglichkeiten zur Verfügung hatten, sie auch in der Höhle aufzuspüren.

Während die Käfer ziemlich ziellos zu kreisen begannen, sank eine der Libellen dort nieder, wo sie den toten PACK-Soldaten zurückgelassen hatten. Die andere drehte sich schwerfällig einmal im Kreis – und begann dann langsam, aber sehr zielsicher, auf ihr Versteck zuzufliegen!

»Mist!«, fluchte Kara. Ihre beiden Begleiter sahen sie fragend an, und Kara deutete mit einer abgehackten Geste nach draußen. »Sie haben uns entdeckt. Oder wenigstens die Höhle. Wir können nicht hierbleiben.«

Sie überlegte einen Moment, versuchte die Zeit abzuschätzen, die die Libellen brauchen würden, um herzukommen – allerhöchstens zwei Minuten, vermutete sie, und wandte sich dann an die beiden gefesselten Soldaten.

»Wir haben genau drei Möglichkeiten«, sagte sie und deutete

mit einer Kopfbewegung in das Dunkel des Ganges. »Wir können *gemeinsam* dort hineingehen. Ich glaube, ihr wisst so gut wie wir, was das bedeutet. Ich kann euch beiden die Kehlen durchschneiden und versuchen, zusammen mit meinen Männern allein durchzukommen. Das würde uns eine Menge Unannehmlichkeiten ersparen und uns ein schönes Stück schneller machen.« Obwohl im Moment nichts für sie so kostbar war wie Zeit, ließ sie fünf Sekunden verstreichen. »Oder ich könnte euch vertrauen und am Leben lassen. Ihr könntet den Männern, die gleich hier erscheinen werden, erzählen, dass wir euch gefesselt und einfach hier zurückgelassen haben, während wir mit unseren Drachen weggeflogen sind – so tief, dass man uns von der Stadt aus nicht sehen konnte.« Sie ließ weitere fünf Sekunden verstreichen, in denen die Libellen so nahe kamen, dass sie jetzt bereits das schrille Heulen der Rotoren hören konnte. »Ich persönlich würde die dritte Möglichkeit vorziehen. Die Frage ist nur: *Kann* ich euch vertrauen?« Sie suchte in den Gesichtern der beiden Männer nach irgendeinem Zeichen von Verrat oder Lüge, aber sie fand nichts.

»Ich werde nichts sagen«, sagte der eine schließlich. Der andere schwieg.

Kara sah zum Eingang. Die Libellen waren nicht mehr zu sehen, aber das Heulen ihrer Rotoren war noch lauter geworden. Offensichtlich suchten sie bereits nach einem geeigneten Landeplatz. Sie wandte sich an den zweiten Soldaten, während sie die Hand auf den Griff des Schwertes sinken ließ.

»Ich habe nicht mehr viel Zeit«, sagte sie. »Du hast noch fünf Sekunden, um dich zu entscheiden.«

»Ich verrate euch nicht«, versprach der Gardist. »Falls sie mich nicht dazu zwingen. Sie können so etwas.«

»Ich weiß«, antwortete Kara. »Ich verlange zehn Minuten von euch, mehr nicht. Bis dahin sind wir weit genug weg, dass uns niemand mehr einholt. Nicht dort drinnen.« Mit einem

Ruck drehte sie sich herum und warf den beiden Drachenkämpfern einen auffordernden Blick zu.

»Du lässt sie am Leben?«, fragte einer der beiden.

»Ich habe ihr Wort«, erinnerte Kara. »Sie werden es halten – also kommt.«

Die Zeit reichte nicht mehr aus, um sich mit den beiden Kriegern darüber zu streiten, ob es nun gefährlich war, ihre Gefangenen am Leben zu lassen oder nicht. Das Heulen der Libellenmotoren nahm ab, als eine der Maschinen offensichtlich landete und der Pilot die Triebwerke abschaltete; ihnen blieben jetzt nur noch ein paar Augenblicke, bis der erste PACK-Krieger auftauchen würde.

Kara versuchte vergeblich, sich das Bild der Höhle ins Gedächtnis zurückzurufen, so wie sie es heute Morgen im Schein des Feuers gesehen hatte. Sie glaubte zumindest, dass der Weg auf eine Strecke von dreißig oder vierzig Metern geradeaus in den Berg führte und der Boden keine weiteren bösen Überraschungen enthielt als einige heruntergefallene Steine. Sie stürmten ein Stück weit, das sich in der absoluten Dunkelheit nicht schätzen ließ, in den Gang hinein, wobei Kara immer wieder rasche Blicke über die Schulter zurückwarf. Die Schritte der beiden anderen waren neben ihr, und sie war sich schmerzhaft der Tatsache bewusst, wie laut und überdeutlich sie in der unheimlichen Stille zu hören sein mussten. Sie reagierten genauso rasch und richtig wie sie: Kaum erschien der Schatten des ersten PACK-Soldaten unter dem Höhleneingang, da erstarrten sie zur Reglosigkeit. Auch Kara sank in eine geduckte Position herab und drehte sich vollends zum Eingang um. Sie konnte die gedämpften Atemzüge von einem der beiden Krieger neben sich hören.

Die Libellenflieger waren nur als Umrisse zu erkennen. Der wuchtige Helm mit dem gläsernen Visier verlieh als Schatten ihren Köpfen etwas Insektenhaftes und Bedrohliches. Einer der beiden blieb reglos unter dem Höhleneingang stehen, der andere sah sich rasch um und eilte dann auf die beiden gefesselten Soldaten zu. Sie waren schon zu weit entfernt, als dass Kara hören konnte, was sie sagten, aber ihre wilden, abgehackten Gesten bewiesen ihr, dass die Gardisten offensichtlich wirklich bei der abgesprochenen Geschichte blieben. Sie deuteten nach draußen, nicht tiefer in den Gang hinein. Kara verspürte ein flüchtiges, aber tiefes Gefühl von Erleichterung. Völlig überzeugt von der Aufrichtigkeit der beiden Männer war sie nicht gewesen.

Die beiden hatten jedoch ihre Geschichte noch nicht einmal zu Ende erzählt, da hob der zweite PACK-Soldat die Hand an den Kopf, tat irgendetwas an seinem Helm – und dann ging alles so schnell, dass selbst Karas warnender Schrei viel zu spät kam. Die Gestalt in der blauen Uniform bewegte sich unvorstellbar rasch. Ihre Hände, die gerade noch leer gewesen waren, hielten plötzlich einen länglichen, plumpen Schatten, und im gleichen Moment schnitt ein giftgrüner Lichtblitz durch die Dunkelheit und traf mit tödlicher Präzision sein Ziel.

Es war pures Glück, dass es nicht Kara traf. Der Mann neben ihr verwandelte sich in eine lodernde Fackel, die hilflos nach hinten kippte und vermutlich schon tot war, ehe Kara sich zur Seite warf und mit einer Flugrolle wieder auf die Füße kam. Im flackernden Licht des brennenden Körpers erkannte sie, dass der Gang sich nicht auf zwanzig, sondern auf mindestens hundert Meter vor ihr erstreckte. Aber es gab einen mehr als meterbreiten, bis an die Decke reichenden Spalt nur wenige Schritte vor ihr, der die Wand in zwei Teile zerrissen hatte. Es war möglich, dass dahinter nichts als zwei oder drei Meter Raum war, aber sie hatte keine Wahl. Der Soldat schoss sich allmählich auf sie ein. Ein, zwei grüne Blitze verfehlten sie so knapp, dass sie die verbrannte Luft riechen konnte; neben ihr stoben Funken und winzige Spritzer geschmolzenen Gesteins aus der Wand. Im

Zickzack rannte sie weiter, warf sich mit einem verzweifelten Satz in den Spalt hinein und schrie vor Schmerz auf, als ein weiterer Schuss sie nur um Haaresbreite verfehlte und glühendes Gestein Löcher in ihre Jacke brannte. Aber sie hetzte weiter. Vor ihr war nichts als Schwärze – und die hastigen Schritte des zweiten Drachenkriegers, der sich in diesen Spalt gerettet hatte, ohne dass sie es bisher überhaupt bemerkt hätte. Dann brachen sie plötzlich ab, sie hörte einen Fluch und kurz darauf das Geräusch eines Körpers, der zu Boden stürzte und in einer Lawine aus Steinen und Geröll weiterschlitterte. Trotzdem rannte sie weiter. Wenn sie stehenblieb, war alles zu Ende. Der Fremde würde sie verfolgen, und in diesem engen Spalt musste er gar nicht zielen, um sie zu treffen.

Zwei, drei Schritte weit fühlte sie noch festen Boden unter den Füßen, dann hatte sie plötzlich das entsetzliche Gefühl, ins Leere zu treten. Sie stürzte, prallte dann auf einer schräg in die Tiefe führenden Böschung aus Stein und Geröll auf und versuchte vergeblich, sich irgendwo festzuklammern. Wie der Mann vor ihr schlitterte sie hilflos in die Tiefe, überschlug sich dabei mehrmals und beließ es schließlich dabei, die Hände schützend vor das Gesicht zu reißen, um nicht von den scharfkantigen Felsen verletzt zu werden.

Schließlich prallte sie in der Dunkelheit gegen den Drachenkämpfer, der vor Schmerzen aufstöhnte und mit einer Hand, die feucht von Blut war, nach ihr tastete.

»Ich bin es!«, sagte Kara erschrocken. »Kara!«

Der Griff des Drachenkriegers lockerte sich für einen Augenblick, dann packte er ihre Schulter. Sie spürte, wie stark seine Hand zitterte. Und es klebte sehr viel Blut darauf. Er musste sich schwer bei seinem Sturz verletzt haben.

Behutsam streckte auch sie die Hände aus und tastete nach seinem Gesicht. Es war so zerschlagen und zerschunden wie ihr eigenes und warm vor Blut. Sie fühlte eine schmale, sichelförmige Narbe unter seinem rechten Auge, und daran erkannte sie ihn. Es war Tyrell, ein Krieger, der nur zwei oder drei Jahre älter war als sie. Sie war nie besonders gut mit ihm ausgekommen, wusste aber, dass er tapfer und klug war.

»Bist du schwer verletzt?«, fragte sie.

»Ich glaube, ja«, stöhnte Tyrell. »Aber das spielt jetzt keine Rolle. Wir müssen … ein Versteck finden. Er kann … im Dunkeln sehen.«

Kara schrak so heftig zusammen, dass er es fühlen musste. Sie hätte sich ohrfeigen können, dass nicht sie, sondern er darauf gekommen war. Völlig sinnlos, aber einem plötzlichen Reflex folgend, hob sie den Kopf und blickte dorthin, wo Tyrell und sie hergekommen waren. Natürlich sah sie nichts außer Schwärze, aber er hatte recht – in ein paar Momenten würde ihr Verfolger dort oben auftauchen und sie wahrscheinlich so deutlich vor sich sehen, als säßen sie im hellen Sonnenlicht.

Sie löste behutsam Tyrells Hand von ihrer Schulter, griff mit der Rechten nach seinen Fingern und hielt sie fest, während sie vorsichtig mit dem ausgestreckten linken Arm um sich tastete. Nichts. »Kannst du gehen?«, fragte sie.

»Ja«, murmelte Tyrell. Sie hörte und spürte, wie er aufstand. Steine rollten weiter den Abhang hinab. Offensichtlich waren sie noch lange nicht auf dem Grund dieser lichtlosen Höhle angekommen. »Das ist besser als nichts«, murmelte sie. Auch sie selbst konnte sich nur mit zusammengebissenen Zähnen fortbewegen; ein pochender Schmerz schoss durch ihr rechtes Bein, wenn sie versuchte, es zu belasten. Und Tyrells Gewicht zerrte wie eine Zentnerlast an ihrem rechten Arm. Trotzdem quälte sie sich Schritt für Schritt weiter – und nach einem Dutzend dieser qualvollen Schritte stießen ihre Finger auf harten glatten Widerstand. Sie war noch immer vollständig blind, aber sie ertastete einen gut anderthalb Meter hohen Felsbuckel. Kara nahm all ihren Mut zusammen, stieg vorsichtig hinauf und ließ sich auf der anderen Seite wieder hinabsinken. Ihre Phantasie gaukelte ihr Bilder von bodenlosen Schächten und Ungeheuern mit rasiermesserscharfen Zähnen vor, die auf der anderen Seite auf sie lauerten, aber wie so oft übertraf die Phantasie die Wirklichkeit. Sie fand nichts außer rissigem Felsboden, zog Tyrell hastig zu sich herab und ließ sich in die Hocke sinken. Sie lauschte mit angehaltenem Atem und rasendem Herzen in die Dunkelheit hinein. Im ersten Moment hörte sie nichts, aber dann begannen ihre überreizten Sinne doch Geräusche auszumachen. Ein Knacken und Rumoren im Fels, das Kullern von Steinen, die noch immer in die Tiefe stürzten, das weit entfernte, monotone Tropfen von Wasser, ein Huschen und Gleiten, Schaben und Knirschen … Es war, als wären sie unversehens in einen Jahrmarkt steinerner Ungeheuer geraten, nicht in eine Höhle, die noch nie von einem lebenden Wesen betreten worden war. Dann vernahm sie unter all diesen Lauten ein anderes, alarmierendes Geräusch: die vorsichtigen, tastenden Schritte eines Menschen, der sich den Geröllhang herabarbeitete und dabei versuchte, die Balance zu halten, um nicht wie sie und Tyrell kopfüber den Rest des Weges zurückzulegen. Sie fragte sich, ob er sie gesehen hatte oder ob sie in ihrem Versteck sicher waren.

Es gab nur einen einzigen Weg, eine Antwort auf diese Frage zu finden. Mit ein paar beruhigenden Berührungen versuchte sie, Tyrell zu verstehen zu geben, dass er hierbleiben sollte, ließ seine Hand los und kroch ein gutes Stück in der Dunkelheit nach rechts, um sie nicht beide in Gefahr zu bringen. Dann richtete sie sich unendlich behutsam hinter ihrer Deckung auf und starrte in die Dunkelheit hinein. Ihre Augen waren so weit aufgerissen, dass es weh tat, aber sie sah ihn. Nicht ihn selbst, denn er war nicht so dumm gewesen, eine Lampe einzuschalten, sondern die winzigen grünen, roten und blauen Lämpchen, die an den Instrumenten in seinem Gürtel brannten, und das pulsierende böse Licht, das im Lauf seiner Waffe darauf wartete, ein neues Opfer zu finden. Im allerersten Moment war sie über diesen Leichtsinn sogar ein wenig erstaunt, aber dann begriff sie, dass diese Lichter so schwach waren, dass man sie selbst in einer normalen Nacht nicht hätte sehen können.

Rasch ließ sie sich wieder hinter ihre Deckung zurücksinken und überlegte, was zu tun war. Ihn direkt anzugreifen wäre Selbstmord gewesen. Zweifellos konnte er in der Dunkelheit so gut sehen wie sie und Tyrell am hellen Tage, und er hatte bewiesen, wie wenig Skrupel er hatte, von seiner Waffe Gebrauch zu machen. Sie konnten aber auch nicht hierbleiben. Früher oder später würde er sie in ihrem Versteck entdecken.

Vorsichtig richtete sie sich auf und warf einen weiteren Blick auf den Angreifer. Er war näher gekommen, hatte sich aber ein Stück nach links entfernt. Das konnte allerdings auch ein Trick sein. Sie tastete um sich, fand einen glatten Stein von der Größe ihrer Faust und versuchte, die Distanz zwischen sich und den scheinbar im Nichts schwebenden, bunten Lichtpunkten abzuschätzen. Sie warf den Stein mit aller Kraft und ließ sich gleichzeitig zur Seite fallen. Natürlich traf sie nicht, sie hörte, wie ihr Geschoss irgendwo harmlos gegen einen anderen Stein prallte und damit eine weitere polternde Gerölllawine auslöste, aber die Reaktion ließ nur eine Sekunde auf sich warten. Sie konnte hören, wie er mit einer viel zu hastigen Bewegung herumfuhr, und im gleichen Augenblick stach ein grellgrüner Blitz durch die Dunkelheit und explodierte irgendwo fünfzig oder sechzig Meter hinter ihr an einer Felswand. Er ging einen halben Meter über den Rand ihrer Deckung hinweg, war aber trotzdem zu genau gezielt, um Zufall zu sein. Er hatte sie gesehen. Nun, das hatte sie auch beabsichtigt.

Kara hörte hastige, trappelnde Schritte und versuchte, sich auf nichts anderes als darauf zu konzentrieren. Die Schwärze verzerrte die Geräusche, doch sie hatte nur diesen einen, einzigen Versuch. Sie schätzte, dass er noch fünf Meter entfernt war, dann vier, drei, zwei ... Etwas im Rhythmus seiner Schritte änderte sich, als er abbremste, weil er das Hindernis vor sich erkannte.

Kara sprang mit einem Schrei in die Höhe, riss das Schwert aus dem Gürtel und führte es in einem weit geschwungenen, kraftvollen Halbkreis durch die Dunkelheit vor sich.

Die Leere war nicht ganz so leer, wie es den Anschein hatte. Etwas traf ihr Schwert und schlug es ihr fast aus der Hand, sie hörte einen keuchenden, überraschten Laut – und dann prallte ein schwerer Körper gegen sie, riss sie von den Füßen und begrub sie unter sich.

Kara reagierte ganz instinktiv. Blitzschnell riss sie die Knie an den Körper und rammte sie dem Angreifer mit aller Kraft in den Leib, gleichzeitig bekam sie eine Hand frei und tastete über sein Gesicht. Sie fühlte Metall und glattes Glas, und dann Blut. Sehr viel Blut, das aus seiner durchschnittenen Kehle quoll.

Erleichtert und entsetzt zugleich stieß sie den Toten von sich, richtete sich auf und starrte im Dunkeln in die Richtung, in der sie den Eingang der Höhle vermutete. Nichts. Keine weiteren bunten Lichter, kein verräterisches Geräusch. Der zweite Mann war ihnen nicht gefolgt – oder er bewegte sich sehr viel vorsichtiger als sein Kamerad.

»Kara?«, drang Tyrells Stimme schwach durch die Dunkelheit zu ihr. Der Tonfall erschreckte Kara. Tyrell musste sehr viel schwerer verwundet sein, als er zugegeben hatte.

»Es ist alles in Ordnung«, sagte sie rasch. »Warte einen Moment.«

Sie beugte sich über den Toten, löste das Gewehr aus seinen Händen und legte es behutsam neben sich. Dann wanderten ihre tastenden Hände an seinem Körper hinauf, glitten über die Schultern und legten sich schließlich um den Helm. Es kostete sie einige Mühe, ihn abzuziehen, aber es war so, wie sie vermutet hatte: Sie hatte ihn kaum aufgesetzt, da konnte sie sehen.

Allerdings auf eine Art und Weise, wie sie niemals zuvor gesehen hatte. Die Welt um sie herum war grün. Kein Schwarz, kein Weiß, nur dieses unheimliche, unangenehme Grün in allen nur vorstellbaren Schattierungen. Auch ihre eigene Hand und selbst das Blut darauf leuchteten grün, als Kara sie vor das Gesicht hob und prüfend die Finger bewegte. Es war unheimlich; wie ein Bild, dessen Maler nur eine einzige Farbe besessen hatte – und der die Dinge ein ganz kleines bisschen anders sah, als sie wirklich waren. Kara konnte es nicht in Worte fassen. Alle Umrisse und Konturen schienen zu stimmen, und doch ... Es war wie ein Blick in eine durch und durch *fremde* Welt, in der sie nicht sein sollte.

Sie verscheuchte den Gedanken, warf einen raschen, besorgten Blick zu Tyrell hinüber, der mit an den Leib gezogenen Knien gegen den Felsen gelehnt dasaß, und wandte sich dann wieder dem toten Soldaten zu. Sein Anblick rief ein leises Schaudern in Kara hervor. Für einen Moment war die Verlockung fast übermächtig, die Waffe des PACK-Soldaten zu nehmen und auf das Ding in seinem Kopf zu richten, ehe sie abdrückte. Der Gedanke, dass dieser Mann tot vor ihr lag und doch nicht tot war, erfüllte sie mit rasendem Zorn, ohne dass sie im allerersten Moment selbst wusste warum. Sie untersuchte den Toten und nahm schließlich seinen Instrumentengürtel an sich. Er enthielt eine Menge kompliziert aussehender Dinge, von denen sie nicht eines begriff, aber schließlich hatte ihnen der Zufall schon mehr als einmal geholfen.

Nach kurzem Zögern hob sie auch die Waffe auf, hängte sie sich über die Schulter und ging zu Tyrell zurück.

Der Drachenflieger stöhnte leise, und sein Gesicht, seine Hände und seine Kleider waren über und über voll grün leuchtendem Blut. Es irritierte Kara ein wenig, dass er sie nicht ansah, obwohl sie kaum anderthalb Schritte vor ihm stand; erst dann fiel ihr wieder ein, dass sie zwar ihn, umgekehrt er aber nicht sie sehen konnte.

»Was ist mit dir?«, fragte sie.

»Ich weiß nicht …«, murmelte Tyrell schwach. »Ich muss mir irgendetwas … gebrochen haben. Ich kann… kaum noch atmen.«

»Aber wir können nicht hierbleiben«, sagte Kara ernst.

»Ich weiß«, murmelte Tyrell mit schmerzverzerrtem Gesicht. »Es wird schon irgendwie … gehen.« Er versuchte, sich in die Höhe zu stemmen. Zu Karas Überraschung gelang es ihm sogar, aber er stand taumelnd da, mit verzerrten Zügen, und sein Atem wurde von einem schrecklichen rasselnden Geräusch begleitet.

»Ich glaube nicht, dass das viel Sinn hat«, sagte Kara leise. »Du solltest hierbleiben. Früher oder später werden sie kommen, um ihren Kameraden zu suchen. Ich glaube nicht, dass sie dir etwas antun, wenn du dich ergibst.«

»Unsinn«, antwortete Tyrell. »Sie werden mich umbringen. Und selbst wenn nicht …« Er wankte, und Kara streckte schon die Hände aus, um ihn aufzufangen, aber dann fand er im letzten Moment sein Gleichgewicht wieder. »Ich weiß zu viel. Ich würde … euch alle in Gefahr bringen.«

Kara wusste, dass es Tyrell vermutlich umbrachte, wenn sie ihn zwang, sie weiter zu begleiten – aber wenn er in die Hände der PACK-Leute fiel, dann bedeutete das vielleicht ihrer aller Todesurteil. Thorn würde nicht begeistert von der Neuigkeit sein, dass sie Karoll gefangengenommen hatten.

»Versuchen wir es«, sagte sie schweren Herzens. Sie deutete nach links. »Dort entlang.« Tyrell sah irritiert in die Richtung, aus der ihre Stimme kam. »Ich habe seinen Helm«, erklärte Kara. »Ich kann jetzt auch im Dunkeln sehen.«

»Gut«, murmelte Tyrell gepresst. Er versuchte zu lächeln. »Aber tu mir einen Gefallen, ja? Verrat mir nicht, wie ich aussehe.«

Kara lachte leise, dann griff sie nach Tyrells Arm, legte ihn behutsam um ihre Schulter und ging los, nachdem sie einen letzten sichernden Blick zum Eingang der Höhle hinauf geworfen hatte. Als sie sah, wie weit Tyrell und sie die Geröllhalde hinuntergestürzt waren, spürte sie ein eisiges Schaudern. Dass sie sich nicht beide tödlich verletzt hatten, glich einem Wunder. Die Höhle gehörte nicht zum unterirdischen Schelfheim, aber an ihrem jenseitigen Ende gab es einen Durchgang, dessen Form Kara ein wenig zu regelmäßig schien, um natürlichen Ursprungs zu sein. Und sie hatte recht. Der Ausgang stellte sich als Ende eines gemauerten, halbrunden Tunnels heraus, der fünfundzwanzig Schritte weit geradeaus führte und sich dann verzweigte. Auf gut Glück nahm Kara den rechten Abzweig. In weiteren zwanzig oder dreißig Schritten Entfernung gewahrte sie die ersten Stufen einer uralten Treppe, die in steilen Windungen in die Höhe führte.

Tyrell keuchte vor Schmerz, als sie die erste Stufe erklommen hatten, und fuhr so heftig zusammen, dass sie ihn beinahe losgelassen hätte. Stöhnend sank er gegen die Wand und presste die linke Hand gegen die Brust. »Das hat keinen Sinn«, murmelte er. »Das schaffe ich nie.«

»Unsinn!«, widersprach Kara, obwohl sie nur zu gut wusste, wie recht er hatte. »Du wirst doch nicht vor einer kleinen Treppe kapitulieren, oder?«

»Nein«, antwortete Tyrell mühsam. »Aber das ist keine *kleine* Treppe. Es müssen Tausende von Stufen sein. Lass mich hier. Ich werde irgendwie versuchen, allein durchzukommen.«

»Das ist Unsinn«, entgegnete Kara.

»Kann schon sein«, stöhnte Tyrell. »Aber schlimmstenfalls habe ich immer noch das da.« Er schlug mit der Hand auf das Messer an seinem Gürtel.

»So weit ist es noch nicht«, sagte Kara bestimmt. »Komm – wir suchen einen anderen Weg.« Welchen anderen Weg?, fragte Tyrells Blick. Aber er sprach diese Frage nicht aus, sondern humpelte gehorsam und auf ihre Schulter gestützt neben ihr her.

Jeder Schritt schien ihr ein wenig schwerer zu fallen als der vorhergehende, mit jedem Schritt wurde ihr die Ausweglosigkeit ihrer Situation ein wenig mehr bewusst. Selbst wenn beide gesund und ausgeruht gewesen wären, wäre ihre Chance, lebendig zur Oberfläche zu kommen, erbärmlich gering gewesen. Sie hatte auch mit dem Gedanken gespielt, sich einfach irgendwo hier in der Nähe zu verbergen und nach einigen Stunden zu dem Ausgang zurückzukehren, den sie kannte, aber den Plan wieder verworfen. Überall traf sie auf neu entstandene Risse und Sprünge in den Wänden und der Decke, hier und da blockierten Geröllhalden ihren Weg, und manchmal mussten sie vorsichtig um bodenlose Löcher herumbalancieren, die dort gähnten, wo vor ein paar Tagen noch massiver Fels gewesen war. Sie waren auch keineswegs die Einzigen, die einen Ausweg aus diesem Labyrinth suchten. Fast auf Schritt und Tritt trafen sie auf alle nur vorstellbaren Kreaturen, die sich vor Gäas Amoklauf hierhergeflüchtet hatten. Die meisten waren klein und harmlos, und ein großer Teil schien blind und vollkommen hilflos durch die ewige Schwärze hier unten zu irren. Einige wenige versuchten sie zu attackieren, ließen sich aber durch ein Händeklatschen, einen Schrei oder nötigenfalls einen beherzten Fußtritt sofort verscheuchen. Trotzdem … früher oder später würden sie auf irgendetwas treffen, das sowohl im Dunkeln sehen konnte als auch wehrhaft genug war, es mit ihnen aufzunehmen.

Sie waren eine halbe Stunde marschiert, als Kara die erste Pause einlegte. Sie konnte einfach nicht mehr. Jeder Schritt gab ihr das Gefühl, sich durch einen unsichtbaren, zähen Sumpf zu quälen. Behutsam ließ sie Tyrell auf einen steinernen Vorsprung sinken, überzeugte sich davon, dass er sicher dasaß, und hockte sich dann selbst hin. Sie nahm den Helm ab, dessen Gewicht sie ebenfalls spürte, setzte ihn aber hastig wieder auf, als die Dunkelheit wie eine erstickende Woge über ihr zusammenschlug.

»Geht es besser?«, wandte sie sich an Tyrell, eigentlich um einfach überhaupt etwas zu sagen.

Sie sah, dass er den Kopf schüttelte, aber er antwortete: »Ja. Die Schmerzen lassen nach. Ich schätze, ich schaffe es.«

Aber sein Gesichtsausdruck und die verkrampfte Haltung, in der er dasaß, verrieten, dass er sich etwas vormachte. Sie wollte eine Bemerkung machen, als sie ein Geräusch hinter sich hörte. Erschrocken fuhr sie herum und nahm gleichzeitig die erbeutete Waffe von der Schulter. Ihr Blick bohrte sich in die grüne Dämmerung, die alles verschlang, was weiter als vierzig oder fünfzig Schritte entfernt war. Etwas bewegte sich darin.

»Was ist?«, fragte Tyrell.

»Nichts«, murmelte sie. »Still!«

Sie hob die Waffe ein wenig höher und ließ ihre Finger unsicher über den gläsernen Schaft gleiten. Sie spürte mehrere kleine Knöpfe und begriff zum ersten Mal und voller Schrecken, dass sie nicht einmal wusste, wie diese Waffe funktionierte.

Die Bewegung wiederholte sich. Langsam, und sich auf einer Unzahl von Beinen voranschiebend, die so dünn und zahlreich waren, dass sie wie wehendes Haar im Wind wirkten, kam ein riesiges Etwas auf sie zugekrochen. Es war so groß, dass es den Gang fast völlig ausfüllte, und ähnelte einer ins Absurde vergrößerten Küchenschabe. Der gepanzerte, vielfach untergliederte Leib schrammte mit einem Geräusch, das ihr einen eisigen Schauer über den Rücken laufen ließ, an den Wänden entlang, und aus dem kleinen Kopf glotzten sie ein paar grün leuchtender, starrer Insektenaugen an. Mit einer Unzahl scharfer Zähne war das Maul der Kreatur versehen. Auch die beiden Zangen, die sie wie die Mandibeln einer Ameise davor trug, reichten aus, eine Beute wie Kara und Tyrell in handliche Stücke zu zerreißen. Und offensichtlich konnte die Kreatur ebensogut im Dunkeln sehen wie Kara, denn sie bewegte sich sehr zielsicher auf sie zu.

»Was ist das?«, fragte Tyrell alarmiert.

»Besuch«, antwortete Kara leise. »Warte – ich werde ihn gebührend begrüßen.«

Sie erhob sich auf ein Knie, stützte den Ellbogen auf das andere und visierte das Monster über den Lauf der gläsernen Waffe hinweg an. Dann drückte sie auf alle Knöpfe gleichzeitig, die ihre Finger fanden.

Das Ergebnis war kein grüner Lichtblitz, sondern eine unterbrochene Perlenschnur winziger, giftig-grüner Lichtpunkte, die auf das Ungeheuer zurasten, faustgroße Löcher in seinen Panzer brannten, seine Augen verdampfen ließen, eine seiner Zangen absägten und seine wirbelnden Beine in Brand setzten. Eine der Lichtperlen schlug in sein offenes Maul und ließ einen Schwall aus kochendem Blut und Fleisch hervorsprudeln.

Kara hatte aber die Waffe vor Schrecken um eine Winzigkeit hochgerissen, und eine Salve schlug in die Decke über dem sterbenden Monster. Die Wirkung auf den uralten, zermürbten Stein war beinahe noch schrecklicher. Ein dumpfer Schlag ließ den gesamten Gang erzittern. Einige Tonnen Stein und Erdreich prasselten auf das sterbende Ungeheuer herab, und plötzlich spaltete ein Riss wie ein gezackter schwarzer Blitz die Decke über ihnen. Trümmer, Staub und Felsbrocken füllten die Luft wie tödlicher Regen, und Kara sah entsetzt, wie auch der Boden aufriss. Ein handbreiter Spalt raste auf sie und Tyrell zu und knickte im buchstäblich allerletzten Moment im rechten Winkel ab, um die Wand zu ihrer Linken zu zertrümmern. Und das Zittern des Bodens und der Wände hielt an.

»Weg hier!«, schrie sie. Mit einem Satz war sie auf den Füßen, packte Tyrells Arm und zerrte ihn einfach mit sich, während sie mit weit ausgreifenden Schritten davonlief. Sie kamen nicht schnell genug voran. Hinter ihnen brach der Stollen immer

mehr zusammen. Kara warf einen Blick über die Schulter zurück und sah, dass der Vorsprung, auf dem Tyrell gesessen hatte, bereits unter niederstürzenden Felsen verschwunden war, die Decke senkte sich immer noch weiter und weiter, als versuche das Chaos, seine Opfer noch einzuholen, die ihm zu entkommen drohten.

Tyrell stolperte. Kara versuchte, ihn wieder hochzureißen, aber ihre Kraft reichte nicht. Mit einem Schmerzensschrei fiel er zu Boden, ließ ihre Hand los und hob schützend die Arme über den Kopf. Kara fluchte, fuhr herum und riss ihn grob wieder auf die Füße. Ein kopfgroßer Stein stürzte von der Decke, streifte ihren Helm und prallte mit einem betäubenden Schlag gegen ihre Schulter. Sie wankte, hielt Tyrell aber eisern fest und brachte irgendwie sogar die Kraft auf, ihn mit sich zu zerren. Das Zittern des Bodens ließ jetzt doch allmählich nach. Aber sie waren noch lange nicht in Sicherheit. Immer noch stürzten Steine von der Decke. Kara bekam kaum noch Luft. Sie hustete, prallte gegen die Wand und torkelte weiter, wobei sie Tyrell einfach mit sich zerrte. Erst als sie ganz sicher war, dass sie aus dem gefährlichen Trümmerhagel heraus waren, wagte sie es, stehenzubleiben und ihn loszulassen. Er brach auf der Stelle zusammen, und Kara hatte diesmal nicht mehr die Kraft, ihn aufzufangen. Mit einem erschöpften Keuchen ließ sie sich neben ihn sinken, nahm nun doch den Helm ab und wischte sich mit dem Unterarm den Schweiß von der Stirn, ehe sie ihn wieder aufsetzte und besorgt auf Tyrell herabsah.

»Was ... ist passiert?«, murmelte Tyrell.

»Nichts«, antwortete Kara. »Es war mein Fehler.« Sie schauderte, als sie sich vor Augen zu führen versuchte, wie die Sache möglicherweise ausgegangen wäre, wäre das Monster nicht dreißig, sondern vielleicht nur *drei* Meter vor ihr aufgetaucht. Es war tatsächlich ihr Fehler. Sie hätte sich mit dieser Waffe vertraut machen sollen, ehe sie sie benutzte.

Tyrell blickte zu ihr auf, als könne er sie sehen, und Kara erblickte etwas in seinen Augen, was ihr nicht gefiel.

»Es wird nicht noch einmal passieren«, versprach sie. »Ich werde ein bisschen mit diesem Ding üben, sobald wir einen geeigneten Platz finden.«

»Aber bitte nicht hier«, sagte Tyrell gepresst. »Sonst fällt uns nachher noch der halbe Berg auf den Kopf.«

Kara lachte flüchtig, dann half sie ihm auf die Füße, und sie schleppten sich weiter. Je tiefer sie in das Labyrinth eindrangen, desto schlimmer wurden die Beschädigungen, auf die sie stießen. Es dauerte eine ganze Weile, bis Kara den Fehler in ihren Gedanken bemerkte: Die Schäden nahmen nicht zu, weil sie tiefer in den Berg vordrangen, denn sie bewegten sich im Kreis. Kara behielt diese Beobachtung vorsichtshalber für sich. Aber sie trug nicht unbedingt dazu bei, ihren Optimismus zu steigern.

Sie wurden ein zweites Mal angegriffen, als sie eine große, scheinbar vollkommen leere Halle durchquerten; diesmal von einer ganzen Armee winziger, heuschreckenähnlicher Scheusale, die gleich zu Dutzenden über sie herfielen. Ihre winzigen Beißwerkzeuge waren nicht kräftig genug, das zähe Drachenleder ihrer Kleidung zu durchdringen, aber sie sprangen an ihnen empor und zwickten sie heftig in Hände und Gesichter. Wäre Kara allein gewesen, hätte sie den beißwütigen Zwergen mit Leichtigkeit davonlaufen können, aber sie musste nicht nur sich, sondern auch noch Tyrell verteidigen, der vollkommen blind war. Als sie schließlich genügend der kleinen Widerlinge in den Boden gestampft hatte, um die Angriffslust der Überlebenden zu dämpfen, bluteten sie nicht nur beide aus zwei oder drei Dutzend winziger Bisswunden, sondern waren auch so erschöpft, dass sie einfach nicht mehr weiterkonnten.

Sinnlos, dachte sie. *Das ist vollkommen sinnlos.*

Und als hätte er ihre Gedanken gelesen, sagte Tyrell in diesem

Moment neben ihr: »Das ist völlig sinnlos, Kara. Lass mich zurück. Allein hast du vielleicht eine Chance. Wenn du dich weiter mit mir abschleppst, gehen wir beide drauf!«

Damit hast du wahrscheinlich sogar recht, dachte Kara. Laut sagte sie: »Unsinn. Was erwartest du jetzt von mir? Dass ich dich erschieße? Oder ziehst du es vor, dich selbst umzubringen?« Sie lachte, wobei sie sich alle Mühe gab, ihrer Stimme einen möglichst verletzenden, höhnischen Klang zu verleihen. »Was willst du? Den edlen Ritter spielen, der sein eigenes Leben opfert, um das der holden Maid zu retten? Vergiss es. Hier unten ist kein Publikum für einen solchen Auftritt.«

»Aber ...«

»Kein Wort mehr!«, sagte Kara scharf. »Wir schaffen es entweder beide oder gar nicht. Komm weiter.«

Sie schleppten sich weiter; eine halbe Stunde, eine ganze. Kara war jetzt sicher, dass sie sich im Kreis bewegten. Ihre einzige Hoffnung war mittlerweile, dass sie durch einen reinen Zufall den Ausgang wiederfanden, durch den sie diesen Irrgarten betreten hatten.

Plötzlich wurde das Licht schwächer. Zu Anfang bemerkte Kara es kaum. In der unheimlichen grünen Welt, durch die sie sich bewegte, war es ohnehin schwer, Entfernungen zu schätzen und die Dinge so zu erkennen, wie sie waren. Aber bald fiel ihr doch auf, dass irgendetwas nicht stimmte: Hatte sie bisher dreißig oder vierzig Meter weit sehen können, so reichte ihr Blick jetzt nur noch knapp halb so weit. Und auch alles, was innerhalb dieses Bereiches lag, erschien ihr sonderbar blass und konturlos. Und als sie nach einer Weile den Kopf wandte und in Tyrells Gesicht blickte, das sich kaum dreißig Zentimeter neben dem ihren befand, da blieb ihr keine andere Wahl mehr, als sich die Wahrheit einzugestehen: Ihr künstliches Sehvermögen ließ rapide nach.

Kara war sowohl der Verzweiflung als auch einer Panik nahe.

Ohne Sicht waren sie verloren. Sie blieb stehen, tastete im Dunkeln nach einem sicheren Platz und ließ Tyrells Arm los.

»Was ist?«, fragte er erschrocken.

»Nichts«, antwortete Kara matt. »Ich bin blind, das ist alles.«

»Oh«, sagte Tyrell. In der völligen Schwärze wirkte seine Stimme noch niedergeschlagener als zuvor, und die Stille danach tat beinahe weh. Lange Zeit schwiegen sie beide, dann sagte Tyrell ganz leise. »Dann ist es aus.«

Sie redeten nicht mehr. Sie hatten es *versucht,* aber sie hatten sich so ungeschickt dabei angestellt, wie es nur ging, und es hatte sich ganz bestimmt *nicht* gelohnt. Und auch die anderen würden ihre Aufgaben nicht zu Ende führen, weil es ein Kampf war, der nicht gewonnen werden *konnte.* Sie waren dem Feind, den sie sich ausgesucht hatten, nicht gewachsen.

Kara fragte sich, ob sie das überhaupt jemals gewesen waren. Die Drachenreiter hatten niemals einen Krieg wirklich *gewonnen.* Sie hatten es geglaubt, aber das war nicht wahr gewesen. Den Sieg, den sie auf ihrem Konto verbucht hatten, hatten die Männer für sie erzwungen, die ihre eigentlichen Feinde waren. Sie hatten ein paar Räuberbanden in die Flucht geschlagen, ein, zwei aufsässige Barone zur Räson gebracht. Jetzt, wo sie zum ersten Mal wirklich gefordert wurden, mussten sie einsehen, dass sie so hilflos waren wie Kinder, die mit bloßen Händen eine Springflut aufzuhalten versuchten.

Ein leises Geräusch drang in ihre Gedanken. Kara richtete sich erschrocken auf und stellte fest, dass auch der letzte bleiche Geisterschimmer vor ihren Augen erloschen war, während sie dagesessen und sich selbst leidgetan hatte. Wider besseren Wissens versuchte sie, die absolute Dunkelheit mit Blicken zu durchdringen. Sie sah nichts, aber das Geräusch wiederholte sich.

Ist es jetzt so weit?, dachte sie. Kroch da irgendetwas in der Schwärze auf sie zu? Instinktiv tasteten ihre Finger nach der Waffe, die sie quer über den Knien liegen hatte, aber dann zog sie die Hand wieder zurück. Welche Überraschung die Nacht auch immer noch für sie bereit hatte, ein solches Ende war mit Sicherheit noch immer gnädiger, als hier unten zu verdursten oder an Schwäche zu sterben.

Das Geräusch ertönte zum dritten Mal, und erst jetzt begriff Kara, dass es *im Inneren ihres Helmes* erklang. Was, zum Teufel, ...?

»Kara!«

Die Stimme erscholl direkt in ihrem Helm. *Sie* war leise, von einem Rauschen begleitet, das es sehr schwermachte, sie zu verstehen – und trotzdem hatte sie das Gefühl, sie irgendwoher zu kennen.

»Kara! Ich weiß, dass du mich hören kannst. Wenn du noch am Leben sein solltest, dann dürftest du jetzt blind wie ein Maulwurf sein. Diese Restlichtverstärker sind eine praktische Erfindung, aber sie verbrauchen eine Menge Energie.«

Thorn!, dachte sie überrascht. Das war ... Thorn! Sie richtete sich kerzengerade auf, und Tyrell schien die Bewegung zu spüren oder zu hören, denn er stellte eine Frage, auf die Kara nur mit einer unwilligen Geste reagierte.

»Falls du noch lebst«, fuhr Thorns Geisterstimme in ihrem Helm fort, »was ich ehrlich hoffe, und falls du dich noch bewegen kannst, dann antworte mir. Ich weiß, dass du den Instrumentengürtel mitgenommen hast. Über deiner rechten Hüfte befindet sich eine auffallend große, viereckige Taste. Wenn du sie drückst, können wir miteinander reden – und ich kann deine genaue Position feststellen und jemanden schicken, der dich und deinen Freund abholt. Bitte, antworte!«

Karas Fingerspitzen glitten über den Schalter, den Thorn ihr beschrieben hatte. Sie zögerte, ihn zu drücken. Sie fühlte sich so ... hilflos. Was sollte sie nur tun? Warum war niemand da, der ihr sagte, was richtig und was falsch war?

»Bist du verletzt?«, fragte Thorn. Als sie auch darauf nicht antwortete, fuhr er mit veränderter, sehr ruhiger Stimme fort. »Gut, mein letzter Versuch. Ich weiß, dass du mich für deinen Feind hältst. Ich weiß, dass du Angst vor mir hast. Beides ist falsch. Wir haben Fehler gemacht, so wie ihr Fehler gemacht habt. Aber es ist noch nicht zu spät, sie zu korrigieren, oder wenigstens dafür zu sorgen, dass nicht noch mehr gemacht werden. Wenn du nicht antwortest, dann wirst du sterben, völlig sinnlos.«

Ich weiß, dachte Kara. *Aber vielleicht lohnt es sich schon, wenn ich dadurch nicht in deine Gewalt gerate.*

»Vielleicht werden außer dir noch sehr viele deiner Freunde sterben, Kara. Ich weiß, dass Elder noch lebt, und ich weiß, dass er bei euch ist und vermutlich versucht, euch zu einem Angriff auf uns zu überreden. Ich nehme es dir nicht übel, wenn du das versuchst. Aber ich könnte dir noch ein paar interessante Dinge über deinen Freund verraten. Möchtest du nicht wissen, wer er wirklich ist und was er hier sucht, bevor er all deine Freunde in einen Kampf ziehen lässt?«

Hör auf, dachte Kara verzweifelt. Ich will dir nicht glauben, aber ich muss es. Hör! Doch! Auf!

»Ich unterbreche jetzt die Verbindung«, sagte Thorn. »Vielleicht rede ich ja mit einer Toten. Falls nicht, gebe ich dir eine letzte Gelegenheit, dein Schweigen aufzugeben und am Leben zu bleiben. Ich gebe dir mein Wort, dass dein Begleiter und du nicht als Gefangene behandelt werden, sondern als Gäste!«

Das Rauschen und Knistern in ihrem Helm erstarb, und Kara saß noch für endlose Sekunden schweigend da und starrte in die Dunkelheit.

»Was … was war los?«, fragte Tyrell. »Hast du … irgendetwas gehört?«

»Nichts«, murmelte Kara. »Es ist nichts, Tyrell. Alles in Ordnung.« Dann drückte sie den Schalter auf ihrem Gürtel so fest, dass das Material hörbar knirschte.

»Thorn?«, sagte sie laut. »Wir sind hier. Ihr könnt uns holen.«

Zaubertechnik von den Sternen hin oder her – Thorns Männer brauchten annähernd zwei Stunden, bis sie sie erreichten. Und es war keine Schar hehrer Lichtgestalten, die wie die rettenden Engel in der lichtlosen Hölle von Schelfheims Unterwelt erschienen, sondern ein zerschlagener, verdreckter Haufen, der fast ebenso erschöpft und am Ende seiner Kräfte war wie Kara und ihr Begleiter. Einige von ihnen waren verletzt und bluteten aus kleineren Wunden. Irgendwie hatte sie sich ihre tapferen Retter anders vorgestellt.

Zumindest brachten sie das mit, was Kara in den vergangenen Stunden am meisten vermisst hatte: Licht. Die Männer trugen die Helme mit den Glasvisieren, wie auch Kara einen besaß, führten aber gleichzeitig auch große Scheinwerfer mit sich, die enge Bahnen gleißender Helligkeit aus der Schwärze rissen. Kara hob geblendet die Hände vor das Gesicht, als das Licht wie mit Messern in ihre an stundenlange Dunkelheit gewöhnten Augen schnitt. Zwei Männer hatten ihre Waffen auf sie angelegt, während ein dritter in respektvollem Abstand um sie herumging und das erbeutete Gewehr an sich nahm. Anschließend nahmen sie ihr den Instrumentengürtel und den ohnehin nutzlosen Helm ab. Beinahe sanft, aber auch sehr nachdrücklich wurde sie auf die Füße gezogen. Zwei schmale, mit einer fast lächerlich dünnen Kette verbundene Metallringe wurden um ihre Handgelenke gelegt, und auch Tyrell wurde auf die gleiche Weise gebunden, obwohl er kaum noch die Kraft hatte, auf seinen eigenen Füßen zu stehen.

Kara ließ das alles klaglos mit sich geschehen. Sie waren zu siebt oder acht, aber das war nicht der Grund. Sie hatte gelernt, niemals einem Kampf aus dem Wege zu gehen, auch wenn er aussichtslos schien.

Aber wie konnte man einen Kampf kämpfen, wenn man nicht einmal mehr den Unterschied zwischen Freund und Feind zu erkennen imstande war?

Der Rückweg war ein Albtraum. Die Männer gaben ihr etwas, das ihre Kräfte wieder auffrischte, und sie kümmerten sich auch um Tyrell, sodass er zumindest wieder aus eigener Kraft laufen konnte. Kara begann schon nach den ersten zwei- oder dreihundert Metern zu begreifen, dass Tyrell und sie nur durch eine Verkettung geradezu unglaublicher Zufälle überhaupt noch am Leben waren. Vielleicht war es das Licht, das die Ungeheuer aus dem Schlund anlockte, vielleicht auch der Lärm, den die Gruppe machte – aber sie wurden fast ununterbrochen angegriffen. Thorns Soldaten machten oft und reichlich von ihren Waffen Gebrauch, wobei sie sich allerdings weitaus geschickter anstellten als Kara.

Ihr Ziel war tatsächlich der Schacht, der zur Oberfläche hinaufführte. Thorns Männer hatten allerdings ein paar Verbesserungen vorgenommen: Die Plattform an ihrem Gewirr von Ketten, Stahlseilen und gedrehten Tauen aus Transportergewebe war noch vorhanden, aber daneben schwebte auch eine Anzahl der runden Kristallscheiben, wie Kara sie von ihrem ersten Ausflug in die Tiefe her kannte. Sie bezweifelte im ersten Moment, dass Tyrell in seinem Zustand einen Transport auf diesen Fahrzeugen überstehen würde, dann aber sah sie, dass es auch größere Exemplare gab, auf denen durchaus fünf oder sechs Männer Platz fanden. Sie wurden zu einer dieser Scheiben geführt, doch als Kara sie betreten wollte, hob einer ihrer Begleiter abwehrend die Hand und deutete gleichzeitig auf einen Punkt hinter ihr. Sie drehte sich herum und sah sich Thorn gegenüber, was sie nicht im Mindesten überraschte.

Und neben ihm stand Karoll.

»Hallo, Kara«, sagte er, nachdem er ihr einige Sekunden lang Zeit gegeben hatte, ihren Schrecken zu überwinden. »Wie schön, dass wir uns so schnell wiedersehen.«

»Du?«, murmelte sie verstört. Plötzlich war ihre Lethargie wie weggeblasen. Ihre Gedanken überschlugen sich. »Aber wie kommst du ... ich meine, was ist mit ...« Sie biss sich auf die Unterlippe, aber die Worte waren heraus und ließen sich nicht mehr zurücknehmen.

»Mit deinen Freunden?« Karoll lächelte. »Keine Sorge. Ihnen ist nichts geschehen. Die Männer, die mich befreit haben, hatten leider nur die Wahl, mich mitzunehmen oder diesen jungen fanatischen Gen-Bastler. Du siehst, wie sie sich entschieden haben. Obwohl es eigentlich schade ist, ich hätte zu gern gewusst, was er sich jetzt wieder ausgedacht hat. Dieser junge Mann hat manchmal sehr interessante Ideen. Es würde mich nicht wundern, wenn er wirklich eine Möglichkeit gefunden hätte, die Schutzschirme unserer Kampfhelikopter zu neutralisieren.«

»Ich verspreche dir, du wirst der Erste sein, der es merkt«, sagte Kara.

Karoll lachte. »Siehst du?«, sagte er, an Thorn gewandt. »Ihr fehlt nichts. Sie ist noch immer ganz die Alte.«

Auch Thorn lachte, wurde aber sofort wieder ernst. Mit einem raschen Schritt trat er an Kara vorbei und maß Tyrell mit einem langen, sehr aufmerksamen Blick. »Dieser Mann ist schwer krank«, sagte er. »Er muss sofort versorgt werden.« Er sah Kara fragend an. »Ich kann das hier in Schelfheim erledigen lassen. Aber es wäre besser, ihn auf mein Schiff zu bringen. Dort stehen uns bessere Möglichkeiten zur Verfügung, ihm zu helfen.«

»So wie Tess?«

Thorn verstand sofort, was sie meinte. »Sie wäre tot ohne unsere Hilfe«, sagte er. »Und wenn du das Verhör meinst, dem wir sie unterzogen haben – ich gebe dir mein Wort, dass das nicht noch einmal geschieht. Wir haben alles erfahren, was wir wissen wollten.« Er lächelte flüchtig. »Und ehe du mich jetzt einen Lügner nennst, bedenke bitte, dass ich im Moment durchaus in der Lage bin, mir Großzügigkeit leisten zu können.«

Kara überlegte nicht sehr lange. »Helft ihm«, sagte sie. »So gut ihr könnt.«

»Ich nehme an, er weiß ohnehin nichts von Bedeutung«, sagte Karoll.

Thorn warf ihm einen raschen, ärgerlichen Blick zu, sagte aber nichts darauf, sondern winkte einen seiner Männer heran. Er deutete auf Tyrell. »Bringt diesen Mann zur Drohne«, sagte er. »Die Ärzte sollen sich um ihn kümmern. Kein Verhör. Und« – er deutete auf Kara – »nehmt ihr die Handschellen ab. Ich habe ihr Wort, dass sie nichts Unüberlegtes tut. Das habe ich doch, oder?«

Kara nickte. Die Fesseln wurden entfernt, und Thorn deutete auf eine der anderen Flugscheiben. Aber irgendwie tat er es in der Art einer Frage, sodass sie sich nicht rührte, sondern ihn nur abwartend ansah. Er lächelte, als hätte er nichts anderes erwartet.

»Es steht dir frei zu gehen«, sagte er.

Kara war völlig verwirrt. »Du lässt mich … gehen?«, fragte sie ungläubig. »Kein Trick? Keine Bedingungen?«

»Keine Bedingungen«, bestätigte Thorn. »Und kein Trick. Abgesehen davon, dass ich nicht glaube, dass du noch sehr weit kommst, so entkräftet wie du bist.« Er lachte. »Du hast das Leben zweier meiner Männer verschont. Dafür schulde ich dir etwas. Allerdings würde ich es begrüßen, wenn du noch eine Weile bleiben und uns ein paar Fragen beantworten würdest.« Er deutete auf Karoll. »Du hast ihn neugierig gemacht.« Kara starrte Karoll an. »Ich hätte dir doch die Kehle durchschneiden sollen«, sagte sie.

»Oder nicht so viel reden«, antwortete Karoll ungerührt.

Kara schluckte ihren Zorn herunter, auch wenn es ihr schwerfiel. »Da hast du sogar recht«, sagte sie. »Aber mehr, als ich dir schon verraten habe, weiß ich gar nicht. Die Räume hinter dieser Tür waren leer. Das meiste steht ohnehin unter Wasser.«

»Damit werden wir fertig«, sagte Karoll. »Glaube mir.«

Sie glaubte ihm. »Ich würde den Weg nicht einmal wiederfinden«, sagte sie müde.

Thorn sah sie durchdringend, aber nicht einmal wirklich misstrauisch an. »Du bist nicht mehr in der Verfassung zu lügen. Außerdem beginnst du dich allmählich zu fragen, ob du nicht vielleicht wirklich auf der falschen Seite stehst, nicht wahr?«

Ja, dachte Kara. Für einen Moment hasste sie ihn beinahe. *Ich habe dein Gift geschluckt, und es beginnt zu wirken. Und ich kann mich nicht einmal dagegen wehren, obwohl ich es weiß!*

»Du kannst uns trotzdem helfen«, fuhr Thorn nach einer Weile fort. »Ich nehme an, ihr hattet einen Suchhund?«

»Wenn du sowieso schon alles weißt, wozu brauchst du mich dann noch?«, fragte Kara schnippisch.

»Weil ich eben *nicht* alles weiß«, antwortete Thorn. »Verstehe mich nicht falsch, Kara – ich will dich zu nichts zwingen. Wir finden diesen Bunker, ob mit oder ohne deine Hilfe. Aber mit deiner Hilfe ginge es sehr viel schneller. Und du würdest einer Menge meiner Männer das Leben retten. Dort unten ist die Hölle los, seit diese Ungeheuer über die Stadt hereingebrochen sind.« Er hob die Hand, als Kara etwas sagen wollte. »Ich weiß, dass das meine Schuld ist. Aber es ist nun einmal passiert.«

»Warum benutzt ihr nicht eines eurer technischen Spielzeuge?«, fragte Kara mit einer müden Geste auf die schwebenden Kristallscheiben hinter sich.

»Das tun wir«, antwortete Thorn. »Aber du hast diese Höhlen gesehen. Sie sind ein Labyrinth, in dem selbst unsere Ortungsgeräte verrücktspielen.«

»Ich weiß den Weg nicht mehr!«, sagte Kara. »Wie du selbst gesagt hast – wir hatten einen Suchhund, und ...«

»So etwas haben wir auch«, unterbrach sie Thorn. »Alles, was ich brauche, ist dein Einverständnis, der Ort, an dem ihr eure Suche begonnen habt – und ein paar Tropfen deines Blutes.« Er lächelte. »Keine Angst – es tut nicht weh.«

Kara war hin- und hergerissen zwischen Neugier und der Furcht, einen nicht wiedergutzumachenden Fehler zu begehen. »Was ist dort unten?«, fragte sie leise. »Was gibt es dort, was so wertvoll ist, dass drei von uns sterben mussten, damit sie es nicht entdecken?«

»Drei von ...« Thorn wandte mit einem Ruck den Kopf und starrte Karoll an. Karoll sah weg, während Kara beide Männer aufmerksam im Auge behielt.

»Das tut mir leid«, fuhr Thorn nach einigen Sekunden fort. »Was dort unten ist? Nun, unter anderem ein Sender, der seit über zweihundert Jahren Zeter und Mordio in die Galaxis hinausschreit. Er ist nicht besonders leistungsstark, aber ...«

»... aber jemand könnte ihn zufällig hören und vorbeikommen, um nachzuschauen, was hier los ist«, fiel ihm Kara ins Wort.

»Ja. So ungefähr.«

»Und das wäre äußerst unangenehm für euch, nicht wahr? Warum wohl sollte ich euch helfen, Schwierigkeiten zu vermeiden?«

»Weil es in erster Linie *eure* Schwierigkeiten wären«, sagte Thorn ruhig. »Wir sind längst nicht das Schlimmste, was euch hätte passieren können. Ich weiß nicht, was Elder dir erzählt hat, aber die Galaxis ist ein Dschungel, gegen den euer *Schlund* der reinste Erholungspark war. Es könnte sein, dass jemand kommt, der uns davonjagt – und euch gleich mit. Außerdem gibt es dort unten noch zwei, drei Dinge, die dich brennend interessieren dürften.«

Wie machte er es nur, dass sie ihm immer wieder glaubte, wider besseren Wissens, sogar *gegen* ihren erklärten Willen?

»Wie gesagt«, fuhr Thorn fort, »es ist nur eine Frage der Zeit, bis wir ihn auch ohne deine Hilfe aufspüren. In einer Woche spätestens haben wir ihn so oder so gefunden.« *In einer Woche, spätestens,* dachte Kara, *gibt es dich nicht mehr.* Laut und gereizt sagte sie: »In Ordnung. Wo ist dieser verdammte Suchhund?«

»Aber, aber!« Thorn lächelte und zog ein kleines, mit einer haardünnen Nadel versehenes Glasröhrchen aus der Tasche. »Das sind nun wirklich barbarische Methoden. Würdest du vielleicht deinen Ärmel hochrollen?«

53

Zwei Tage später – einen Tag und eine Nacht, ehe Elders Freunde eintreffen sollten – brachte sie eine Libelle zum Drachenhort zurück. Kara erlebte eine gewaltige Überraschung, als sie sich zur Seite beugte. Tief unter ihr liefen zwei oder drei Dutzend Gestalten zusammen, um sie zu begrüßen, und in einem Winkel neben dem Tor, in dem vor Thorns Angriff ein hölzerner Pferdeverschlag gewesen war, stand eine Libelle.

Sie war nicht etwa nur dort gelandet, um jemanden abzuholen oder zu bringen, sondern war dort für längere Zeit abgestellt worden. Die Rotorblätter waren zum Heck hin zusammengefaltet, und die Kanzel stand offen. Als sie tiefer sanken, sah Kara, dass man die Waffe unter dem Bug entfernt hatte.

Die Maschine landete und hob wieder ab, kaum dass Kara ausgestiegen und geduckt einige Schritte davongelaufen war. Sie wurde von einigen Kriegern in Empfang genommen und wieder mit Fragen bestürmt, von denen sie keine einzige beantwortete, aber es war längst nicht mehr so schlimm wie beim ersten Mal, als sie auf diese Weise hierher zurückgekommen war. Die meisten Männer schienen eher herausgekommen zu sein, um die Libelle zu beobachten, nicht um sie zu begrüßen. Sie hielt nach Hrhon Ausschau, konnte ihn aber nirgends entdecken, was sie ein wenig beunruhigte.

Als sie auf das Haus zuging, sah sie eine Gestalt, deren Anblick sie verblüfft mitten im Schritt innehalten ließ. Es war Elder.

Er stand mit vor der Brust verschränkten Armen auf der Treppe und sah ihr wenig freundlich entgegen. »Hallo, Kara«, begrüßte er sie mit einer Stimme, die so kalt war wie der Blick seiner Augen. »Schön, dass du uns auch einmal wieder die Ehre gibst.« Er machte eine Kopfbewegung nach oben. »Ist das ein Zufall, dass du jetzt das zweite Mal so ankommst, oder wird es langsam zu einer schlechten Angewohnheit?«

Kara war lediglich ein wenig verwirrt über seinen Ton. Seltsam – sie hatte gedacht, dass es schlimmer sein würde, aber sie spürte ... nichts.

Sie deutete auf die Libelle neben dem Tor. »Ich scheine nicht die Einzige zu sein, die Spaß an diesen Dingern gefunden hat.«

»Sie gehört mir«, antwortete Elder. »Ein Geschenk deines Freundes Thorn. Großzügig, nicht wahr? Ich lade dich zu einem Rundflug ein, wenn du willst.«

»Thorn? Er war hier?«

»Vorgestern«, bestätigte Elder. »Gleich, nachdem er mit dir gesprochen hat. Was hast du ihm noch verraten – außer mich, meine ich?«

Kara überging die Spitze. »Nichts«, sagte sie ruhig. »Jedenfalls nichts, was er nicht schon vorher wusste. Keine Angst, dein kleines Geheimnis ist sicher. Wo sind Aires und Cord?«

»Sie warten im Haus auf dich. Ich bin nur das Empfangskomitee. Dein Kommen wurde uns angekündigt, weißt du?«

»Gut«, sagte Kara. »Dann lass uns zu ihnen gehen.« Sie spürte, dass seine Ruhe nur vorgetäuscht war, als sie an ihm vorüberging, deshalb beschleunigte sie ihre Schritte ein wenig, damit er nicht nach ihr greifen oder sie auf eine andere Weise zurückhalten konnte.

Da sich die Dinge so schnell und fast überstürzt entwickelt hatten, erwartete sie auch im Innern große Veränderungen anzutreffen, aber alles war genauso, wie sie es zurückgelassen hatte. Selbst die Trümmer, über die sie hinwegsteigen mussten, lagen noch unverändert an Ort und Stelle. Elder winkte allerdings wortlos ab, als sie die Treppe zu Aires' Turmkammer in Angriff nehmen wollte, und deutete in den Gang, auf dem ihr eigenes Gemach lag.

Ihr Zimmer aber war nicht mehr ihr Zimmer. Ihr Bett, der Tisch und die Stühle standen noch an Ort und Stelle, aber alle anderen Möbel waren herausgeschafft worden. Kara fehlten die Worte, den Anblick zu beschreiben. Die Wände waren mit Karten, Zeichnungen und Diagrammen übersät. Neben der Tür hing die Karte, die sie im *Schlund* gefunden hatten. Sie war eingeschaltet; der vergrößerte Ausschnitt zeigte einen Teil des Dschungels, etwa fünfzig Meilen in nördlicher Richtung vom Drachenhort entfernt. Auf dem Bett, dem Tisch, den Fensterbänken, den freien Stühlen und selbst auf dem Fußboden stapelten sich Papiere, Bücher, Folianten und Karten. Das Zimmer sah aus wie eine Mischung aus Bibliothek, Generalstabsraum und Rumpelkammer.

Als sie eintrat, erhob sich Aires von ihrem Platz, eilte ihr entgegen und schloss sie mit unerwarteter Herzlichkeit in die Arme. Auch Hrhon kam auf sie zu, verzichtete aber zu Karas Erleichterung auf irgendwelche handgreiflichen Bekundungen seiner Wiedersehensfreude. Außer Aires und dem Waga waren noch Cord, Storm und Donay anwesend, und außerdem jemand, mit dem sie überhaupt nicht gerechnet hatte: Maran. Alle sahen ehrlich erfreut aus, aber auch besorgt.

Nachdem Aires das übliche Begrüßungszeremoniell abgehalten hatte, räumte Cord einen Stuhl für sie, und Kara erzählte, was geschehen war, seit sie sich von Donay und Ian getrennt hatte. Sie blieb streng bei der Wahrheit. Nur zwei Dinge verschwieg sie: Thorns Bitte, ihr den Weg zur Bunkerstation unter der Stadt zu zeigen, und ihren Entschluss, es zu tun.

»Du hast Tyrell mit ihm gehen lassen?«, fragte Elder in einem Ton wütenden Entsetzens. Als Kara nickte, fügte er wütend hinzu: »Dann weiß er jetzt alles, was er wissen wollte!«

»Er hat mir sein Wort gegeben, Tyrells Gedanken nicht zu lesen«, sagte Kara, »und ich glaube ihm. Und selbst wenn er gelogen hat – er kann nichts von Tyrell erfahren, was ihm nicht schon Tess verraten hat. Von dir wusste er schon vorher.«

Elders Blick machte ihr klar, dass er ihr nicht glaubte. »Ich weiß nicht, woher, aber er wusste, dass du noch am Leben bist.« Sie sah ihn eine Sekunde lang nachdenklich an. »Ich habe eine viel größere Angst, Elder. Bist du ganz sicher, dass sie dieses Rettungsboot, das dein Schiff abgesetzt hat, nicht doch abgefangen haben?«

»Völlig«, antwortete Elder hastig. »Ein DSRV, das einmal auf dem Weg ist, kann von nichts und niemandem aufgehalten werden. Die Dinger sind einfach zu schnell. Und zu klein.«

»Klein? Ich denke, es sind Rettungsboote?«

»Sie transportieren ... keine vollständigen Körper«, antwortete Elder ausweichend.

»Ich verstehe.«

»Warum fragst du?«, wollte Elder wissen.

»Er fühlte sich so sicher«, antwortete sie. »Als wüsste er alles und hätte alles fest in der Hand. Es wäre doch unangenehm, wenn wir morgen auf deine Freunde warten und sie kämen nicht.«

»Sie werden kommen«, versicherte Elder. »Das Schiff wird spätestens gegen Mitternacht aus dem Pararaum kommen.«

»Dann ist es ja gut«, sagte Kara. *Mitternacht.* Thorn hatte versprochen, Tyrell noch vor Sonnenuntergang nach Schelfheim bringen zu lassen.

»Wo bist du so lange gewesen?«, fragte Elder. »Wenn du nicht seine Gefangene warst?«

»Ich habe mit Thorn verhandelt«, antwortete Kara.

»Verhandelt?«

»Ich bin die Herrscherin vom Drachenhort«, sagte Kara mit einer ausholenden Geste. »Schon vergessen?«

Elder zog eine Grimasse und schwieg.

»Es gab eine Menge zu besprechen«, fuhr Kara fort. »Und wir sind längst nicht fertig geworden. Ich denke, ich habe ihm einige Zugeständnisse abgerungen, die ihm gar nicht recht waren.«

»Aber ... wozu denn, um alles in der Welt?«, wunderte sich Elder.

»Vielleicht, damit er sich nicht fragt, wieso ich ihm zu leicht und in zu vielen Punkten entgegenkomme«, sagte Kara. »Und *vielleicht auch,* um einige von diesen Bedingungen später *deinen* Leuten vorzulegen.« Sie machte eine abwehrende Handbewegung. »Thorn war hier? Was wollte er?«

»Eine kleine Personality-Show abziehen«, knurrte Elder.

»Im Grunde dasselbe, was er auch von dir wollte«, sagte Storm. Er machte seinem Namen heute keine Ehre. Er wirkte als Einziger sehr ruhig, fast gelöst. »Er ist gekommen, um uns Frieden anzubieten. Unter der einzigen Bedingung, dass wir aufhören, uns in seine Angelegenheiten zu mischen. Und uns aus dem *Schlund* fernhalten.«

»Damit wir nicht sehen, was sie dort treiben«, grollte Donay.

»Ich *habe* es gesehen«, sagte Kara, aber Donay widersprach ihr mit einer unerwarteten Heftigkeit.

»Nein, das hast du nicht«, schnappte er. »Du hast gesehen, was sie mit einem *kleinen Teil* des *Schlundes* gemacht haben. Aber du hast nicht gesehen, was sie wirklich tun!« Seine Augen flammten vor Zorn.

»Und was tun sie deiner Meinung nach?«

»Sie töten euch«, sagte Elder an Donays Stelle.

»Wie?«

»Sie bringen uns um, Kara«, sagte Aires leise. »Frag Donay, wenn du Elder nicht glaubst. Er wird es dir bestätigen.«

Kara war verwirrt und erschrocken. Hatte sie sich doch getäuscht?

»Es stimmt«, sagte Donay. »Sie bringen uns mit ihrem verdammten Meer um.«

»Hast du Angst, dass wir ertrinken?«, fragte Kara. Ihr Spott hatte keinen Biss.

»Nein.« Donay blieb ernst. »Aber ersticken. Und nicht nur wir, Kara. Sie töten den Wald, verstehst du?«

»Nein«, antwortete Kara knapp.

»Bei mir hat es auch eine Weile gedauert, bis ich es kapiert habe«, gestand Donay. »Offen gestanden hat mich Elder darauf aufmerksam gemacht, obwohl es so klar war, dass ich im Grunde eine Tracht Prügel verdiene, weil ich es nicht sofort gesehen habe.«

»Mach es nicht so spannend«, sagte Kara.

»Hast du dich noch nie gefragt, woher die Luft kommt, die wir atmen? Unsere Welt ist eine einzige große Wüste. Trotzdem haben wir frischen Sauerstoff, so viel wir nur wollen. Es ist der *Schlund,* der ihn produziert, Kara! Der riesige Wald, der vier Fünftel unserer Welt bedeckt. Jeder Baum, jedes einzelne Blatt ist eine kleine Sauerstofffabrik! Und sie sind gerade dabei, ihn zu vernichten.«

Kara atmete sichtbar auf. »Ich weiß«, sagte sie. »Thorn hat es mir erklärt. Das Meer wird diese Aufgabe übernehmen.«

»Sicher«, sagte Elder böse. »Fragt sich nur, wann. Dieses Wasser, das sie aus der Tiefe herauspumpen, und das andere, das sie auf chemischem Wege gewinnen oder aus dem Weltraum holen, ist *steril.* Sie werden es aktivieren, und es liegt genug Zeug herum, das verfaulen wird – aber es könnte gut sein, dass die Luft auf eurem hübschen Planeten trotzdem für ein oder zwei Jahrzehnte ziemlich dünn wird.«

»So weit wird es nicht kommen«, sagte Kara. Sie stand auf und sah ihn durchdringend an. »Nicht wahr?«

»Nein«, antwortete er. »Das verspreche ich.«

»Wohin willst du?«, fragte Aires, als sie sich zur Tür wandte. »Wir haben noch viel zu b …«

»Ich bin müde«, unterbrach sie Kara. »Mir schwirrt der Kopf. Ich möchte einfach … ein paar Augenblicke allein sein und nachdenken.«

»Das verstehe ich«, sagte die Magierin. »Aber uns bleibt nicht mehr viel Zeit. Reicht dir eine Stunde?«

»Zwei«, sagte Kara laut. Aber ihre Finger signalisierten in der Zeichensprache: *Eine. Hier. Ohne ihn.* Sie hatte sich absichtlich so herumgedreht, dass Elder ihre Hände nicht sehen konnte, und wenn die anderen ihre lautlose Botschaft überhaupt registrierten, so beherrschten sie sich meisterhaft. In Aires' Augen las sie, dass sie die Botschaft verstanden hatte.

Gefolgt von Hrhon verließ sie ihr Zimmer und überquerte den Hof, um in die Drachenhöhle hinunterzugehen. Sie hatte Markor seit drei Tagen nicht mehr gesehen und hatte das unbestimmte Gefühl, dass sie ihn bald für lange, lange Zeit nicht mehr sehen würde. In ihrer Welt, die in den letzten Tagen und Wochen immer schneller in Stücke zu brechen begonnen hatte, waren diese Höhlen mit ihren riesigen, geflügelten Bewohnern alles, was noch Bestand zu haben schien. Sie waren noch heute so, wie sie schon vor einer Million Jahre gewesen waren, und sie würden auch in einer weiteren Million Jahre noch so sein, unverändert, unveränderbar, gleichgültig, was sich Menschen oben auf der Oberfläche des Planeten auch gegenseitig antaten.

Seltsam – niemals zuvor war ihr so deutlich aufgefallen, dass die Drachen außer dem Gefühl von Stärke und Schutz auch eine ungeheure Ruhe ausstrahlten; jene Art von majestätischer Gelassenheit, wie sie nur sehr große und sehr alte Tiere zu vermitteln vermochten. Sie erreichte Markor, und als er wie so oft ihre Nähe spürte und träge den Kopf wandte, da glaubte sie für einen Moment eine Klugheit und Güte in seinen Augen zu erblicken, wie sie sie noch nie zuvor darin gesehen hatte. Aber der Moment verging zu schnell.

Es wäre möglich, dachte sie. Was er damals im *Schlund* gezeigt hatte, als er die anderen Drachen bei ihrer verwegenen Rettungsaktion vom Gipfel des Drachenfelsens anführte, das war schon eine erstaunliche Intelligenzleistung. Auf der anderen Seite beherrschte jedes Zirkuspferd mehr Kunststücke. Und Markor war zwar nicht dressiert, aber er war alt, und er war zweifellos sehr klug. Trotzdem ... es wäre möglich.

»*Was* wäre möglich?«, fragte Elders Stimme hinter ihr. Kara hatte nicht bemerkt, dass er ihr gefolgt war. Sie sah sich nach dem Waga um und bemerkte, dass er gute fünfzig Schritte hinter ihr stehengeblieben war. Natürlich. Er hatte Angst vor Markor. Ein flüchtiges Lächeln stahl sich auf Karas Gesicht. Es gab ein Geheimnis zwischen ihnen, das nur sie und Hrhon kannten. Angella und Tally hatten es gewusst, aber die waren beide tot. Das Geheimnis war, dass der Waga im Grunde seines Herzens ein Feigling war.

»Was könnte möglich sein?«, fragte Elder noch einmal, als sie nicht sofort antwortete.

Kara winkte ab. »Nichts. Ein dummer Gedanke.« Sie lächelte. »Ich habe für einen Moment gedacht, was für ein köstlicher Witz des Schicksals es doch wäre, wenn wir am Ende herausfinden würden, dass gar nicht wir, sondern die Drachen die wahren Herrscher dieser Welt sind. Wir denken, *wir* würden *sie* benutzen, aber wer sagt uns denn, dass es nicht genau umgekehrt ist?«

»Du hast recht«, sagte Elder. »Es war ein dummer Gedanke.«

»Sicher«, stimmte ihm Kara zu. »Aber was wissen wir schon wirklich über unsere Vergangenheit? Wir reden unentwegt von der Alten Welt, und wir tun so, als wären ihre Bewohner Götter gewesen. Und in Wahrheit wissen wir nicht einmal, wie sie ausgesehen haben.«

Für einen ganz kleinen Moment glaubte sie, etwas wie Misstrauen in seinen Augen aufblitzen zu sehen. »Auf jeden Fall waren sie keine hundertfünfzig Meter groß und hatten Flügel«, sagte er. Er rang sich zu einem Lächeln durch. »Weißt du was? Wenn das alles hier vorbei ist, dann werden wir gemeinsam eure Vergangenheit erforschen.«

Kara antwortete nicht, sondern sah ihn nur ernst an, dann wandte sie sich um und blickte zu Hrhon hinüber.

»Was hast du?«, fragte Elder. »Ich spüre doch, dass etwas mit dir nicht stimmt.«

»Deine Begrüßung war ein wenig frostig«, sagte Kara. »Findest du nicht?«

»Ja«, gestand Elder. »Du hast recht. Es tut mir leid, und ich entschuldige mich dafür. Aber was hast du erwartet? Du verschwindest, ohne mir auch nur zu sagen, wohin und weshalb, und am Tag danach taucht dieser Thorn hier auf und scheint so ziemlich alles über mich zu wissen, was es nur zu wissen gibt.«

»Und da hast du natürlich angenommen, ich hätte dich verraten.«

»Ich habe angenommen, er hätte alles von dir erfahren«, antwortete Elder. »Thorn ist nicht auf Verrat angewiesen, um herauszubekommen, was er will.«

»Aber er hat es nicht«, sagte Kara. »Ich kann dich beruhigen. Ich war nicht einmal in der Nähe eines Gerätes, das mehr als zwei Knöpfe hat. Sie haben meine Verletzungen versorgt und mir zu essen gegeben, das war alles. Er ist ein großzügiger Mann, der seine Versprechen hält.«

Elder runzelte die Stirn und begann langsam wieder auf den Ausgang zuzugehen. Kara folgte ihm.

»Das klingt nicht nach dem Thorn, von dem ich gehört habe«, sagte er.

»Er sagte, er wäre durchaus in der Position, sich Großmut leisten zu können.«

Elder lachte. »Das klingt schon eher nach ihm. Weißt du, warum er mir den Helikopter hiergelassen hat? Damit ich zu ihm kommen kann, wenn ich es mir doch noch anders überlege. Aber ich kann ihn gut gebrauchen. Ich werde damit zu dem Ort fliegen, an dem unser Schiff landet.«

»Das wirst du nicht«, antwortete Kara. »Ich bringe dich hin. Oder glaubst du, ich lasse mir die Gelegenheit entgehen, ein richtiges Sternenschiff zu sehen?«

»Wie du willst.«

»Donay hat einen passenden Landeplatz gefunden?«

»Eine Stelle im Dschungel, nicht weit von hier«, bestätigte Elder. »Die Zerstörungen werden sich dort in Grenzen halten.«

»Zerstörungen?« Kara blieb stehen.

»Das Landungsboot ist groß«, sagte Elder. »Nicht annähernd so groß wie Thorns Drohne, aber viel zu groß, um hier landen zu können. Selbst wenn es mit ausgeschalteten Schutzschilden landet, dürften ein paar Äste geknickt werden.«

Sie gingen weiter, wobei Kara sorgsam darauf achtete, dass sie immer einen gewissen Abstand zu Hrhon hielten. Was Elder ebenso auffiel wie die sonderbaren Blicke, die Kara dem Waga immer wieder zuwarf. »Was ist mit ihm?«, fragte er schließlich.

»Mit Hrhon? Nichts.« Kara schüttelte den Kopf. Leiser sprach sie weiter. »Ich frage mich, wie lange es ihn noch geben wird. Und andere wie ihn.«

»Was ... meinst du damit?«, fragte Elder alarmiert.

»Ich meine damit«, antwortete Kara betont, »dass mir wieder

eingefallen ist, wie alles angefangen hat, Elder. Wie wir uns kennengelernt haben, damals in Schelfheim. Sei ganz ehrlich: die Idee, die Stadt nur noch für Menschen zu reservieren und nach und nach alle anderen Wesen hinauszudrängen, von wem stammt sie? Wirklich von Gendik? Oder von Karoll und dir?«

»Karoll wusste so wenig, wer ich wirklich bin, wie ich wusste, wer er wirklich ist«, antwortete Elder.

»Das ist keine Antwort auf meine Frage.« Sie musste sich überwinden, um weiterzureden. »Ich habe lange mit Thorn gesprochen, Elder. Nicht nur über uns. Auch über euch. Über eure Art, dort draußen auf all diesen Welten zu leben und sie zu beherrschen. Es ist eure Art, nicht wahr? Ihr duldet keine anderen Völker neben euch.«

»Wir achten streng darauf, dass unsere Gattung rein bleibt«, bestätigte Elder. »Aber das musst du verstehen. Es gibt Hunderte von denkenden Spezies in der Galaxis. Die Natur hat Vorsorge getroffen, dass sich die Völker nicht ohne weiteres vermischen, aber manchmal geht es eben doch, vor allem, wenn man ein wenig nachhilft. Du glaubst ja gar nicht, zu was für Torheiten die Menschen in der Lage sind, wenn man sie gewähren lässt. Wir müssen es tun, um zu überleben. Täten wir es nicht, dann gäbe es unsere Spezies in fünfzig- oder hunderttausend Jahren nicht mehr. Euch wird nichts geschehen«, fügte er nach einer Weile hinzu. »Menschliches Leben ist uns heilig, glaube mir. Wenn du der Unsterblichkeit so nahe bist wie wir, dann gibt es kein kostbareres Gut mehr als das Leben.«

»Und deshalb rottet ihr jedes Volk aus, das nicht *rein* ist, wie?«

»Unsinn!«, widersprach Elder.

»Wir rotten niemanden aus. Wir helfen ihnen nur nicht, sich stärker zu vermehren.«

»Oder ihr helft ihnen, sich etwas weniger stark zu vermehren, nicht wahr? Oh nein, ihr bringt niemanden um! Ihr sorgt nur dafür, dass sie von selbst verschwinden. So wie die Menschen in dieser Stadt im Westen, in der plötzlich keine Kinder mehr geboren werden. Mord ist das sicher nicht! Wie nennt ihr es? Euthanasie?«

»Bitte, Kara!« Elder klang gequält. »Ich weiß, es klingt brutal und grausam, aber die Natur *ist* nun einmal grausam. Wir müssen so handeln, um als Volk zu überleben.«

»Sicher«, murmelte Kara. »Und was ist mit uns? Werdet ihr uns auch helfen, ganz langsam und schmerzlos *einzuschlafen?«*

»Bei euch ist das etwas anderes«, widersprach Elder. »Ihr seid uns so ähnlich, dass allerhöchstens ein Biologe den Unterschied feststellen könnte.«

»Was für ein Zufall«, sagte Kara.

»Nicht unbedingt«, erwiderte Elder. »Es gibt eine Theorie, nach der alles Leben im Universum auf den gleichen Ursprung zurückgeht. Es gibt sehr viele Welten mit humanoiden Ureinwohnern. Ohne den Atomkrieg, in dem sich eure Vorfahren gegenseitig vernichtet haben, gäbe es wahrscheinlich auch auf diesem Planeten nur Menschen.«

Er log nicht sehr überzeugend.

Eine halbe Stunde später kehrte sie zu Aires und den anderen zurück. Sie hatte sich unter dem Vorwand, müde zu sein, von Elder verabschiedet und Hrhon eingeschärft, ihr ihn für eine Stunde vom Hals zu halten.

Mit Ausnahme Marans saßen alle noch auf ihren Plätzen. Ihre Zeit war zu kostbar. »Was wollte Maran hier?«, begann Kara übergangslos.

Aires und Donay tauschten einen raschen Blick, der Kara nicht entging. »Nichts«, antwortete Aires. »Er hat mich gebeten, ihm wieder einen Drachen zu geben.« Donay sah weg. Die beiden verheimlichten ihr etwas.

»Wirst du es tun?«

»Ich denke, ja«, antwortete Aires. »Er hat einen Fehler

gemacht, aber er ist ein guter Mann. Und nach Thorns Angriff haben wir weitaus mehr Tiere als Reiter.«

Kara stimmte ihr in Gedanken zu und erklärte das Thema für beendet. Sie wandte sich an Donay. »Konntest du mit den Tieren, die du aus dem Wrack geholt hast, etwas anfangen?«

Donay sah sie verwirrt an. »Ja. Aber ... ich brauche noch Zeit. Einen Monat, zwei ...«

»Die hast du nicht«, sagte Kara. »Kannst du etwas improvisieren, mit dem wir die Libellen angreifen können? Bis heute Abend?«

»Heute Abend?«

»Spätestens morgen früh«, bestätigte Kara. Sie wandte sich an Cord. »Und von dir brauche ich deine zehn besten Männer. Freiwillige. Sage ihnen, dass ihre Chancen, den Einsatz zu überleben, gleich null sind.«

Aires, die die ganze Zeit über noch nichts gesagt hatte, hob ihre Hand. Kara drehte den Kopf in ihre Richtung. »Ja?«

»Nicht dass ich deine Autorität oder die Weisheit deiner Entscheidungen anzweifeln möchte«, sagte sie mit sanftem Spott. »Aber würdest du uns vielleicht verraten, was du überhaupt vorhast?«

»Gern«, antwortete Kara. »Das, was wir schon vom ersten Moment an hätten tun sollen. Wir werden anfangen, uns zu wehren. Und zwar so, dass es ihnen *wirklich* weh tut.«

»Nichts dagegen«, sagte Storm. »Aber woher kommt dieser plötzliche Stimmungswechsel?«

Kara sah ihn wortlos an, dann griff sie unter die Jacke und förderte ein zusammengelegtes Blatt Papier zutage. Sie faltete es auseinander, schüttelte aber den Kopf, als Aires danach greifen wollte, und legte es mit der beschriebenen Seite nach unten auf den Tisch.

»Ich sagte euch, ich habe mit Thorn gesprochen«, sagte sie. »Er hat mir eine Menge interessanter Dinge erzählt. Aber ich habe nicht nur mit ihm geredet. Wir haben ein Abkommen getroffen. Einen Vertrag.«

»Ein Vertrag?«, sagte Aires überrascht. Mit einer Kopfbewegung deutete sie auf das Blatt. »Ist das der Vertrag?«

Kara schüttelte den Kopf. Ohne Aires' bohrende Blicke zu beachten, wandte sie sich an Donay. »Ich nehme an, dein Erinnerer hat die Inschrift auf dieser Tür noch nicht entschlüsselt?«

»Nein«, sagte Donay. »Es ist wie verhext. Es gibt in keinem unserer Bücher etwas, das dieser Schrift ähnlich sieht.«

»Das hätte mich auch gewundert«, sagte Kara. »Es ist eine Schrift, die auf dieser Welt nicht verwendet wurde. Und sie ist auch nicht für uns bestimmt.« Sie schob Donay das Blatt über den Tisch hinweg zu. »Hier ist die Übersetzung. Lies sie laut vor.«

Donay griff zögernd nach dem Blatt, drehte es herum und warf einen überraschten Blick auf die kleinen, gleichmäßigen Buchstaben in Karas Handschrift. Dann begann er mit leiser, vor Erregung und vor Entsetzen zitternder Stimme zu lesen.

54

Der Krieg der Götter begann eine Stunde nach Mitternacht und dauerte bis zum Sonnenaufgang. Und obwohl er den Tod über Tausende von Menschen brachte und vielleicht sogar den Untergang dieser Welt einläutete, war es der mit Abstand phantastischste – und schönste! – Anblick, den sie jemals im Leben gesehen hatte.

Es begann mit einem Hauch von Violett und Orange, der sich über die westliche Hälfte des Nachthimmels ausbreitete wie leuchtender Blütenstaub, den eine Armee von Elfen über den

Himmel gestreut hatte, und es folgte eine wahre Orgie von Farben, die alles Vorstellbare übertrafen; Farben und Lichter, wie sie noch keines Menschen Auge auf dieser Welt erblickt hatte. Und es wurde heller und heller, je weiter die Nacht fortschritt. Es war, als hätte der Himmel Feuer gefangen, ein kaltes, tausendfarbenes Feuer, das die Welt in ein Kaleidoskop niemals gesehener Schatten und Bewegungen verwandelte.

Sie waren auf den Turm hinaufgestiegen, um das Schauspiel zu bewundern. Wer hier auf den Mauern keinen Platz mehr gefunden hatte, der stand unten auf dem Hof und hatte das Gesicht dem Himmel zugewandt.

»Was ist das?«, flüsterte Kara, die neben Elder stand. In ihrer Stimme klang Ehrfurcht durch.

»Sie kämpfen«, sagte Elder. »Ihr Schiff und unser Schiff.«

»Sie ... kämpfen?«

Elder nickte. »Was du siehst, ist die Energie, die von den Schutzschilden reflektiert wird.«

Kara schauderte innerlich. Wie konnte etwas so Entsetzliches nur so *schön* sein? »Aber es ist so... so groß«, murmelte sie leise.

»Die Schiffe sind sehr groß«, bestätigte Elder. »Aber keine Angst. Das PACK-Schiff ist mehr als eine Million Meilen entfernt. Niemandem hier wird etwas geschehen.«

»Und wenn sie... gewinnen?«, fragte Kara. Sie sah Elder an. »Ich meine, wenn sie euer Schiff vernichten? Werden sie uns dann nicht alle töten?«

»Keine Angst«, sagte Elder lachend. »Ich bin sicher, dass der Angriff sie völlig überrascht hat. Der Bordcomputer hat die Schutzschilde hochgefahren und ein automatisches Defensivprogramm eingeleitet, aber das wird ihnen nicht mehr viel nutzen. Sie hätten eine Woche gebraucht, um die Besatzung aus den Tiefschlafkammern zu holen und das Schiff wirklich gefechtsklar zu machen. Nein.« Er schüttelte entschieden den Kopf. »In ein paar Stunden ist der ganze Spuk vorbei.«

»Hoffen wir, dass hier nicht auch alles vorbei ist«, sagte Aires. »Wenn dein Freund Thorn nicht zufällig blind ist, dann weiß er so gut wie du, was das da oben zu bedeuten hat. Er könnte auf gewisse Rachegedanken kommen.« Sie wandte sich um und warf einen nervösen Blick in den Hof hinab. »Das geht alles nicht schnell genug.« Hinter den Klippen im Osten erhob sich ein weiterer Schwarm gewaltiger Schatten und glitt in die Nacht über dem *Schlund* hinaus.

Elder runzelte die Stirn. »Du hetzt deine Leute völlig umsonst herum, Aires. Thorn würde es nicht wagen, den Hort anzugreifen, nur um sich zu rächen. Er weiß, dass er dann ebenfalls sterben würde. Und alle seine Männer mit ihm. Außerdem – *wollte* er es tun, so bliebe von hier bis Schelfheim kein Stein mehr auf dem anderen. Ihre Flucht wäre sinnlos.«

Aires schüttelte den Kopf. »Es bleibt dabei: Der Hort wird evakuiert.«

Elder seufzte. Dann jedoch machte er eine einladende Geste zu Aires und Kara, ihm zu folgen, und drehte sich herum. »Vielleicht habt ihr nicht einmal so unrecht«, sagte er. »Ich werde zur Sicherheit mit ihm sprechen. Verzweifelte Menschen tun manchmal verzweifelte Dinge. Und ich an seiner Stelle wäre verzweifelt, wenn man mir gerade einen ganzen Planeten weggenommen hätte. Kommt mit.«

Sie verließen den Turm und das Gebäude und gingen zu der Libelle, die neben dem Tor abgestellt war. Elder setzte sich in den Sessel des Piloten, beugte sich vor und berührte ein paar Tasten auf dem Instrumentenpult. Einige Sekunden vergingen, dann leuchtete inmitten des Instrumentenwirrwarrs ein handgroßer, rechteckiger Bildschirm auf. Thorns Gesicht erschien farbig und tief auf dem winzigen Monitor. Offensichtlich konnte er Elder ebenso deutlich sehen, denn sein Gesicht verfinsterte sich vor Zorn. Allerdings wirkte er überhaupt nicht überrascht. Er hatte wohl mit Elders Anruf gerechnet.

»Elder. Ich habe mich schon gefragt, wann du dich meldest.«

»Oh, bitte entschuldige«, sagte Elder spöttisch. »Ich wollte dich nicht warten lassen. Aber ich hoffe, dir ist nicht allzu langweilig geworden. Immerhin habe ich mir alle Mühe gegeben, dir ein wenig Unterhaltung zu bieten. Gefällt dir das Feuerwerk?«

Thorns Augen wurden schmal. »Was willst du, Elder? Dich über mich lustig machen? Du hast gewonnen. Was willst du mehr?«

»Im Moment reicht mir dieses Eingeständnis schon«, antwortete Elder. »Ich hoffe, du meinst auch, was du sagst. Ich halte dich für einen klugen Mann, Thorn. Solltest du aber im Moment rein zufällig die Finger auf irgendwelchen Knöpfen haben, dann zieh sie lieber schnell wieder zurück. Ehe du am Ende noch etwas übereilst.«

»Du verwirrst mich«, sagte Thorn. »Was hätte ich schon zu verlieren?«

»Dein Leben«, antwortete Elder. »Und das all deiner Männer. Die Hybrid-Laser meines Schiffes sind auf deine Drohne gerichtet.«

»Welche Überraschung«, sagte Thorn. »Und was soll ich jetzt tun? Auf Händen und Knien zu dir und deinen Mutantenfreunden gekrochen kommen?«

»Es reicht, wenn du gar nichts tust«, antwortete Elder. »Sobald diese unangenehme Sache im Orbit erledigt ist, kommen wir zu euch. Ich garantiere jedem deiner Männer, den ich bei Sonnenaufgang an Bord der Drohne antreffe, freies Geleit.«

»Wie überaus großmütig«, knurrte Thorn. Man sah ihm an, wie schwer es ihm fiel, die Ruhe zu bewahren. »Aber ich schätze, die Alternative dazu, dein Angebot anzunehmen, wäre ziemlich unerfreulich.«

»Überaus unerfreulich«, bestätigte Elder.

Thorn starrte ihn an, dann erschien plötzlich ein neuer Ausdruck auf seinem Gesicht. Er legte den Kopf schräg. »Steht da Kara hinter dir?«

Elder nickte und trat wortlos ein Stück zur Seite.

Thorns Augen verengten sich vor Hass. »Kara, ich nehme an, du hast das alles gewusst, während du zwei Tage lang wie ein Marktweib mit mir gefeilscht hast?«

»Selbstverständlich«, antwortete Kara.

»Mein Kompliment«, sagte Thorn. »Bisher ist es noch niemandem gelungen, mich so hereinzulegen.«

»Vielleicht warst du doch nicht in der Lage, dir so viel Großmut leisten zu können, wie du dachtest«, sagte Kara. »Das nächste Mal solltest du vorsichtiger sein.«

»Das nächste Mal?« Thorn lachte bitter. »Es wird kein nächstes Mal geben, Kara. Einem Mann, der nicht nur sein Schiff, sondern einen ganzen Planeten verliert, gibt man bei uns keine zweite Chance.« Er lächelte gequält und blickte Elder an. »Kannst du dir vorstellen, dass es in deiner Company noch einen Job für einen arbeitslosen Expeditionsleiter gibt?«

Elder lachte leise. »Wir reden darüber«, sagte er. »Bei Sonnenaufgang.« Er lachte noch einmal, schaltete ab und schwang sich mit einer kraftvollen Bewegung aus der Kanzel des Helikopters heraus. Noch immer lachend wandte er sich an Aires.

»Ich hoffe, du bist jetzt zufrieden«, sagte er. »Er wird euch nicht angreifen. Du kannst deinen Leuten die Mühe sparen.«

Aires schien immer noch nicht restlos überzeugt zu sein, aber dann drehte sie sich doch mit einem Ruck zu Hrhon um, der ihnen gefolgt war, und machte eine knappe Handbewegung. »Geh hinunter«, sagte sie. »Die Drachen, die noch nicht abgeflogen sind, sollen hierbleiben.«

Der Waga watschelte davon, und auch Elder wandte sich zum Gehen, hielt aber inne, als er sah, dass Kara sich nicht von der Stelle rührte, sondern mit leerem Blick den erloschenen Bildschirm anstarrte. »Was hast du?«, fragte er.

Kara blickte ihn müde an. Und so leer wie ihr Blick war auch ihre Stimme, als sie schließlich antwortete. »Ich überlege nur, wie verrückt das Schicksal doch manchmal ist, Elder. Ich habe geschworen, dieses Land und seine Menschen zu schützen, und sei es unter Einsatz meines Lebens. Und jetzt ist der einzige Weg, dieses Versprechen einzuhalten, mit einem Mann zusammenzuarbeiten, von dem ich immer noch nicht sicher bin, ob er mein Freund ist oder nicht.«

Ein Hauch von Trauer erschien in Elders Augen und ließ sie noch dunkler erscheinen. »Es tut mir leid, wenn du das so siehst«, sagte er. »Aber ich kann dich beinahe verstehen.«

»Ja«, sagte Kara. Dann richtete sie sich mit einer heftigen Bewegung auf und zwang ein Lächeln auf ihre Züge. »Es wird Zeit«, sagte sie. »Wenn wir bis Sonnenaufgang am Landeplatz deines Schiffes sein wollen, sollten wir allmählich aufbrechen.«

55

Es war, als wäre ein Stück aus dem Himmel gebrochen, das sich nun langsam der Erde entgegensenkte. Elder hatte ihr das Schiff als groß beschrieben, aber nicht *so* groß, und Kara hatte es sich bizarr und fremdartig vorgestellt, aber nicht *so* bizarr und *so* fremdartig. Karas *Sprache* reichte nicht mehr aus, dieses fürchterliche, entsetzliche, schöne Etwas zu beschreiben, das sich heulend und tobend von den Sternen auf die Welt herabsenkte. Zuerst war es nichts als ein Schatten vor dem Grau der Dämmerung gewesen, auf dem bunte Lichter glommen und flackerten, ein Ding ohne fest erkennbare Umrisse, aber von unvorstellbarer Größe, und dann war es gewachsen und gewachsen, und es wuchs immer noch weiter, obwohl es den Boden noch längst nicht erreicht hatte. Die Sonne war aufgegangen, aber über dem flachen See, den Donay als Landeplatz ausgesucht hatte, war die Nacht nach wenigen Augenblicken zurückgekehrt. Der meilenlange Schatten des landenden Ungeheuers verdunkelte die Sonne.

»Nun?«, fragte Elder. »Habe ich zu viel versprochen?« Er musste schreien, um den Lärm des niedergehenden Berges aus Stahl und Glas zu übertönen, aber seine Augen strahlten vor Stolz.

Kara ersparte sich eine Antwort, aber Donay brüllte: »Es ist phantastisch!«

Elder nickte mehrmals, dann raffte er mit der Linken die Aufschläge seiner Jacke zusammen, zog den Kopf zwischen die Schultern und drehte sich wieder zu dem landenden Schiff um. Es hatte mittlerweile fast die Höhe der Baumwipfel erreicht. Die Lichtung reichte kaum aus, es aufzunehmen, und sie war beinahe eine Meile lang!

Als das Schiff die Baumwipfel passierte, hörte Kara ein entferntes Knistern und Prasseln, das immer lauter und lauter wurde und sich binnen Sekunden zu einem ungeheuerlichen Bersten und Splittern steigerte. Elder hatte sie darauf vorbereitet, aber sie hatte es sich nicht *so* schlimm vorgestellt. Der Wald schrie unter dem Schmerz, der ihm zugefügt wurde, aber das Heulen des Schiffes übertönte selbst die Stimme der gepeinigten Natur mit Leichtigkeit.

Kara spürte, wie der Baum unter ihnen zu zittern begann. Die Libelle, die sicher auf einer gewaltigen Astgabel niedergegangen war, schwankte, und Hrhon griff hastig nach einem Ast und klammerte sich daran fest.

Kara wäre sehr viel wohler gewesen, hätte sie festen Boden unter den Füßen gehabt. Aber in den dunklen Tiefen des Waldes, in die sich der Bauch des Schiffes jetzt weiter und weiter hinabsenkte, herrschte immer noch Gäa.

Eine Wand aus Stahl begann vor ihnen nach unten zu gleiten.

Fenster und torgroße, hell erleuchtete Öffnungen zogen an ihnen vorbei, buckelige Gebilde aus rostfarbenem Metall und bizarre Gewächse aus buntem Glas. Es war eine ganze Welt aus Metall und Licht, die sich vor ihnen in den *Schlund* hinabsenkte. Dampf zischte zu ihnen empor, als der Bauch des stählernen Wals in den flachen See eintauchte, der den Grund der Lichtung bedeckte, und Kara fuhr wie unter einem heftigen Schmerz zusammen. Sie wusste, dass Gäa in diesem Moment starb. Elder hatte es nicht gesagt, aber er wusste zu gut um die Gefährlichkeit dieses ungeheuerlichen Lebewesens, um es in der Nähe seines Schiffes zu dulden. Und sie konnte es *spüren,* wie einen lautlosen Todesschrei, der in ihren Gedanken widerhallte.

Eine Bewegung über ihnen ließ sie aufblicken. Für einen winzigen Moment glaubte sie einen riesigen Schatten zu erkennen, der sich zwischen den Blättern bewegte, aber der Schatten verschwand, ehe sie ihn genauer erkennen konnte.

Elder sah sie fragend an.

»Nichts«, sagte Kara. »Ich dachte, ich hätte etwas gesehen. Aber ich habe mich getäuscht.«

»Keine Angst«, sagte Elder beinahe fröhlich. »Es gibt auf dieser Welt nichts, was diesem Schiff gefährlich werden kann.«

Kara zog es vor, nicht darauf zu antworten, sondern beugte sich behutsam vor und sah auf das Schiff hinab, das unter ihnen lag. Im ersten Moment konnte sie kaum etwas erkennen; Dampf, Staub und Millionen von abgerissenen Blättern hüllten den stählernen Koloss ein. Zum ersten Mal erblickte sie Elders Sternenschiff – das *Beiboot!* – in seiner ganzen Größe.

»Phantastisch, nicht?«, fragte Elder noch einmal. Er sah zu Donay auf. »Die Lichtung passt, als wäre sie dafür gemacht worden. Eine gute Wahl. Mein Kompliment!«

»Ihsss fhindhe esss hässslihihsss«, sagte Hrhon. »Nhihssst fhahntahssstisss. Ehsss mhacht mhir ahnghssst.«

Elder grinste. Seine Euphorie schien durch nichts zu erschüttern zu sein. »Das soll es auch, Fischgesicht«, sagte er fröhlich. »Es ist ein Kriegsschiff. Waffen müssen nicht schön sein.« Er lachte, griff in die Tasche und zog ein rechteckiges Gerät hervor, das so aussah, als wäre es aus verschiedenen, nicht ganz zueinander passenden Einzelteilen zusammengebastelt worden, aber es funktionierte immerhin.

»Commander Elder an XANADU 01«, sagte er. »Könnt ihr uns sehen?«

Aus dem Gerät drang ein halblautes Knistern, dann eine verzerrte Stimme. »Klar und deutlich, Commander. Was ist das für ein ... Ding da, neben Ihnen?«

Elder warf einen flüchtigen Blick auf Hrhon, dann antwortete er. »Ein Eingeborener. Er wird mit an Bord kommen. Ich brauche eine – nein«, verbesserte er sich nach einem neuerlichen Blick auf den Waga, »– besser zwei Transportmaschinen.«

»Sofort, Commander.«

Elder schaltete das Gerät ab, schenkte Hrhon einen entschuldigenden Blick und wandte sich dann an Kara. »Wir haben es geschafft, Kara«, sagte er. »Noch ein paar Minuten, und ich kann dir endlich auch einmal etwas von *meiner* Welt zeigen. Nicht nur ihre Waffen.«

Kara nickte wortlos. Wieder sah sie in den Himmel hinauf. Er war wieder leer, ein ganz normaler Morgenhimmel mit einem letzten roten Hauch der Dämmerung. Mittlerweile hatte das Farbgewitter am Himmel nachgelassen. Die Regenbogenblitze waren nicht mehr so häufig aufgeflammt und schließlich ganz erloschen – aber *wirklich* aufgehört hatte es mit einem ungeheuer grellen weißen Flackern hinter dem nördlichen Horizont. Sie alle hatten gewusst, was es bedeutete. Nur Elder hatte so getan, als hätte er es nicht bemerkt.

»Hast du Angst?«, fragte Elder plötzlich.

»Ja«, sagte Kara und zuckte mit den Schultern. »Ich glaube schon, aber nicht so wie ...«

»Ich verstehe schon, was du meinst.« Er lächelte, dann maß er Donay, Cord und vor allem Hrhon mit einem langen Blick und wandte sich schließlich wieder dem gelandeten Schiff zu. Kara hätte gern noch mehr Begleiter mitgenommen, aber Elder hatte sich strikt geweigert. Schon diese drei waren eigentlich mehr, als ihm recht war.

Karas Blick löste sich vom Rumpf des Schiffes und glitt über den Waldrand. Er lag wie ausgestorben da. Nichts rührte sich. Das metallene Ungeheuer von den Sternen hatte alles tierische Leben in weitem Umkreis vertrieben.

»Sie kommen!«, sagte Elder.

In der Flanke des Schiffes hatte sich eine Luke geöffnet, die auf den ersten Blick winzig aussah, aber dann erschienen zwei Libellen, und sie erkannte, wie groß sie wirklich war. Die Maschinen schwangen sich in einem gewagten Flugmanöver in die Höhe und näherten sich dann der Astgabel, auf der Elder und die anderen warteten. Sie waren größer als Thorns Libellen und wirkten zugleich plumper, aber auch aggressiver. Kara hatte solche Maschinen schon gesehen. Für ein paar Sekunden, auf dem zweiten Drachenfels, bevor Markor sie verbrannt hatte.

Donay und Cord bestiegen die erste Maschine, während Hrhon allein im Passagierraum der zweiten Platz nahm. Kara wollte ihm folgen, aber Elder winkte ab und bedeutete ihr, neben ihm im Cockpit der erbeuteten PACK-Libelle Platz zu nehmen. Natürlich würde er ein so wertvolles Beutestück nicht einfach zurücklassen.

»Endlich!«, seufzte Elder, während er die Kanzel schloss und den Motor startete. »Ich dachte schon, es ginge nie zu Ende.« Er warf Kara einen ungeduldigen Blick zu, denn sie setzte sich sehr umständlich hin und brauchte eine ganze Weile, um in eine auch nur halbwegs bequeme Position zu rutschen. Sie trug etwas unter ihrem Mantel, von dem sie auf keinen Fall wollte, dass Elder es bemerkte. Schließlich gab sie auf und blieb, sich am

Boden der Libelle abstützend, sitzen. Unbequem, aber für die wenigen Augenblicke würde es gehen. Elders Stirnrunzeln vertiefte sich.

»Worauf freust du dich am meisten?«, fragte sie rasch, ehe Elder seine Verwirrung in Worte kleiden konnte.

Elder lachte. »Du wirst es nicht glauben«, sagte er. »Auf zwei Dinge: eine Zigarette und eine richtige Toilette mit Wasserspülung.«

Kara blickte verwirrt. Elder lachte wieder, dann ließ er den Helikopter mit einem Ruck zur Seite springen. Kara wurde in den Sitz geworfen und hielt vor Schreck den Atem an, als sie spürte, wie eines der kleinen Gläser gegen ihren Oberschenkel gepresst wurde.

Die Libelle flog eine enge Schleife und stürzte dann auf das Schiff herab. Der Spalt in seiner Flanke wurde größer und war plötzlich ein gewaltiges Tor, das in eine ebenso gewaltige Halle führte. Sie war nicht ganz so groß wie die Halle in Thorns Drohne, bot aber immer noch Platz für zwanzig der riesigen Flugmaschinen – und für ein Empfangskomitee, das aus mindestens zwölf oder fünfzehn Männern bestand, wie Kara voller Schrecken erkannte. Die beiden anderen Maschinen waren bereits gelandet. Donay, Cord und Hrhon stiegen gerade aus.

»Beantworte mir bitte noch eine Frage«, sagte sie, während Elder die Libelle vorsichtig durch das riesige Tor steuerte. Es war groß genug, fünf dieser Maschinen gleichzeitig passieren zu lassen, aber Elder hatte Mühe, mit den Kontrollen der fremden Maschine klarzukommen. Er reagierte auch nicht sofort, sondern setzte die Libelle vorsichtig auf dem Boden auf und schaltete das Triebwerk ab, ehe er sich zu ihr umwandte.

»Ja?«

»Ihr habt Thorns Drohne zerstört, nicht wahr? Der Blitz eben ...«

»Du hast ihn bemerkt.«

»Ich bin nicht blind. Warum habt ihr das getan?«

»Es musste sein, Kara«, sagte Elder leise. »Sie wären immer eine Gefahr gewesen.«

»Aber er hatte dein Wort!«, rief Kara.

»Und es ist mir nicht leichtgefallen, es zu brechen, glaube mir«, erwiderte Elder. »Aber ich hatte keine Wahl. Thorn hätte nie aufgegeben. Ein einziger PACK-Agent auf dieser Welt hätte einen hundertjährigen Guerillakrieg bedeutet.«

»Das heißt, du hast viertausend Menschen getötet? Mit einer kleinen Handbewegung?«

»Wie viele von euch haben sie getötet?«, gab Elder zurück. »Und wie viele *hätten* sie getötet, hätten wir sie nicht aufgehalten?« Er zwang sich zu einem Lächeln. »Vergiss es, Kara. Es war ein Albtraum, aber er ist vorbei.«

Mit einem Knopfdruck ließ er die Kanzel aufgleiten und stieg aus. Kara folgte ihm. Aus den Augenwinkeln bemerkte sie, wie sich zwei Männer aus der Gruppe lösten, die zu ihrer Begrüßung gekommen war, und ihnen entgegenkamen. Ihre linke Hand glitt unter ihren Mantel, schmiegte sich um eines der kleinen Gläser, während sie mit der anderen nach Elders hilfreich ausgestrecktem Arm griff. Ihr Blick suchte das Tor, das noch immer weit offenstand, und den dahinterliegenden Waldrand. Dann sagte sie ganz ruhig:

»Nein, Elder. Das ist es nicht. Noch nicht.«

Auf Elders Gesicht machte sich Schrecken breit, aber wenn er wirklich begriff, was Karas Worte zu bedeuten hatten, dann war es zu spät. Kara glaubte plötzlich, dass die Zeit sich mit zehnfacher Langsamkeit bewegte und sie selbst wie in einen unsichtbaren, zähen Sirup geraten war, der alles, was sie tat, zu einer grotesk langsamen Pantomime machte. Aber natürlich trog ihr Eindruck. Alles geschah fast gleichzeitig und so schnell, dass Elders Männer nicht die Spur einer Chance hatten.

Jetzt!, signalisierte sie. Damit Elder ihn nicht sah, trug sie den

Rufer an einer ungewohnten Stelle unter der linken Achsel, wo er schmerzte, aber so sicher und zuverlässig funktionierte wie an dem gewohnten Platz in ihrer Halsbeuge.

Gleichzeitig griff sie nach Elders Hand, aber nicht, um sich daran festzuhalten, sondern um ihn mit einem harten Ruck aus dem Gleichgewicht zu bringen und ihm ihr Knie entgegenzurammen. Gleichzeitig zerrte sie das Glas unter ihrem Mantel hervor.

Elder fiel zu Boden und krümmte sich stöhnend, während das Glas in einem glitzernden Bogen auf die Männer zuflog und inmitten der Gruppe auseinanderplatzte. Feine Glassplitter und weißer Staub bildeten eine Wolke, die den Großteil der Gruppe einhüllte. Ebenfalls gleichzeitig rangen Donay und Cord den Mann nieder, der sie hergebracht hatte. Hrhon schaltete den Piloten seiner Libelle mit einem harten Fausthieb aus, der ihn wahrscheinlich umbrachte. Seit Kara den Angriffsbefehl gegeben hatte, war noch keine Sekunde vergangen.

Sie ließ sich zu Elder hinabsinken und betäubte ihn mit einem blitzschnellen Hieb gegen die Schläfe vollends. Dann sprang sie wieder auf, zog gleichzeitig ihr Schwert und warf sich auf die beiden Männer, die ihnen entgegengekommen waren. Den ersten streckte sie mit einem wuchtigen Hieb des Schwertgriffes zu Boden, aber der zweite beging den Fehler, seine Waffe zu ziehen; und zu seinem eigenen Pech war er sehr schnell. Kara hatte keine andere Wahl, als ihm das Schwert in die Brust zu stoßen. Die zweite Sekunde war vorüber.

Sie fuhr herum, drehte sich einmal im Kreis. Die Zeit in der Halle schien noch immer stehengeblieben zu sein. Die Männer, zwischen denen der Glasbehälter explodiert war, standen noch immer wie gelähmt da. Verdammt, Donay hatte versprochen, dass das Zeug *sofort* wirkte!

Kara blickte zum Waldrand zurück. Nichts. Was war passiert? *Wo blieben sie alle?*

Die dritte Sekunde ging zu Ende. Plötzlich zerriss ein schrilles an- und abschwellendes Heulen und Wimmern die Luft. Alarm. Elders Männer reagierten verdammt schnell. Vielleicht zu schnell. Als die Männer in der Halle endlich aus ihrer Erstarrung erwachten, erwachte auf der anderen Seite des Tores der Waldrand zum Leben. Eine Armee ungeheuerlicher, geschuppter Körper tauchte zwischen dem Geäst der Wipfel auf. Mannsdicke Äste zerbrachen unter den Hieben riesiger Schwingen und fürchterlicher Klauen. Ein Orkan aus glitzerndem Horn und schwarzen Schwingen schien den Wipfelwald rings um das Schiff von innen heraus zu zerreißen, als die Drachen hervorbrachen, die sich im dichten Blättergewirr verborgen hatten. Ein erster zyklopischer Schatten löste sich vom Waldrand und glitt mit wild schlagenden Flügeln auf das Schiff zu. Plötzlich begann sich das Tor zu schließen!

Kara fuhr mit einem Fluch herum. Wenn sie das Tor verschlossen, war alles verloren!

Aus dem hinteren Teil der Halle näherten sich weitere Männer in schwarzen und blauen Uniformen, die ihre Waffen gezückt hatten, und auch Cord und Donay waren in ein wildes Handgemenge mit neu aufgetauchten Gegnern verwickelt. Am entgegengesetzten Ende der Halle hatte sich ein massiv aussehendes Stahltor geöffnet, um weitere zwei, vielleicht auch drei Dutzend Bewaffneter durchzulassen. Kara bemerkte eine Bewegung aus den Augenwinkeln, wirbelte herum und riss gleichzeitig ihr Schwert in die Höhe, um den Angreifer abzuwehren.

Aber sie führte den tödlichen Hieb nicht zu Ende.

Es war tatsächlich einer von Elders Männern, und er hatte auch seine Waffe gezogen – aber er schien sie gar nicht zu sehen. Seine Augen waren weit aufgerissen, das Gesicht war eine verzerrte Grimasse, und aus beiden Mundwinkeln lief blutiger Speichel, was ihm das Aussehen einer jener unheimlichen

Marionetten verlieh, die den Mund öffnen und schließen konnten, um menschliche Sprache zu imitieren. Und er bewegte sich auch wie eine solche Fadenpuppe. Mit wild schlenkernden Armen, das eine Bein hinter sich herziehend, torkelte er an Kara vorüber. Grässliche, blubbernde Laute drangen aus seiner Brust. Als er den Mund öffnete, sah Kara den Grund für das Blut in seinem Speichel: Er hatte sich die Zungenspitze abgebissen. Auf seinen Schultern, dem Hemd und in seinem Haar glitzerte feiner Staub wie winzige Eiskristalle.

Kara begriff erst jetzt die Gefahr, in der sie sich befand. Eine Umarmung dieses Mannes, ja, selbst eine flüchtige Berührung war so tödlich wie ein Treffer aus einem Lasergewehr. Mit einer hastigen Bewegung sprang sie zurück. Der sterbende Mann torkelte an ihr vorüber und stürzte mit weit ausgebreiteten Armen zu Boden, und fast in der gleichen Sekunde stach ein hellblauer Lichtblitz durch die Luft und explodierte in der Libellenmaschine. Flammen und umherfliegende Metalltrümmer trieben Kara weiter zurück.

Sie hustete, zog einen zweiten ihrer kostbaren Glasbehälter unter dem Mantel hervor, verzichtete aber darauf, ihn zu werfen, als sie begriff, dass die heranstürmenden Soldaten viel zu weit entfernt waren. Ein zweiter Lichtstrahl tastete wie ein suchender, dürrer Finger nach ihr, und wieder warf sich Kara mit einer verzweifelten Bewegung herum und entging dem sicheren Tod nur um Haaresbreite. Verzweifelt suchte ihr Blick das Tor. Es hatte sich bereits fast zur Hälfte geschlossen – aber der Drache hatte auch weit mehr als die Hälfte der Entfernung zwischen ihm und dem Waldrand zurückgelegt. Sie konnte die Umrisse zahlreicher winziger Gestalten auf seinem Rücken ausmachen. Hinter ihm waren ein zweiter und ein dritter Drache aus dem Wald hervorgebrochen.

Ein blassblauer Strahl brannte eine Spur aus schmelzendem Metall in den Boden neben ihr, und Kara warf sich mit einer hastigen Bewegung herum. Sie strauchelte. Sie versuchte den Sturz abzufangen, aber es gelang ihr nicht, und ihr Herz schien einen Schlag zu überspringen, als sie wuchtig auf den Boden prallte und hörte, wie das Glas unter ihrem Mantel klirrte. Aber das Wunder geschah: Sie rollte sich mit einer kraftvollen Bewegung herum und kam wieder auf die Füße, und die tödlichen Staubbomben unter ihrem Mantel zerbrachen nicht. Sie hörte einen gellenden Schrei hinter sich. Ehe sie herumfuhr, sah sie, wie Cord zurücktaumelte. Sein linker Arm brannte. Hilflos und noch immer vor Schmerz schreiend prallte er gegen den Rumpf der Libellenmaschine, stürzte und begann sich auf dem Boden zu wälzen, während Donay versuchte, die Flammen mit seinem Mantel zu ersticken. Ihr Blick suchte Hrhon, fand ihn aber nicht.

Und plötzlich hörte das Feuer auf. Die Angreifer blieben stehen, alle im gleichen Augenblick, aber es dauerte einen Moment, bis Kara begriff, dass der entsetzte Ausdruck auf ihren Gesichtern nicht ihr galt, sondern etwas *hinter* ihr. Verblüfft drehte sie sich herum – und erstarrte ebenfalls vor Schrecken, obwohl sie gewusst hatte, was sie sehen würde.

Der Drache war herangekommen. Die gewaltigen Torhälften hatten sich wie die Kiefer eines riesigen stählernen Tieres fast zu zwei Dritteln geschlossen; sie wusste, dass der Drache es nicht schaffen würde, es nicht schaffen konnte – und trotzdem schaffte er es. Im allerletzten Moment legte das riesige fliegende Ungeheuer die Schwingen an den Leib wie ein angreifender Falke, der auf eine Beute im Wasser herabstößt, ließ ein markerschütterndes Brüllen hören und stob durch das Tor. Seine linke Schwinge prallte gegen die Stahlöffnung. Er taumelte, versuchte in dem viel zu engen Raum die Flügel zu entfalten und bäumte sich auf. Voller Entsetzen beobachtete Kara, wie die Gestalten der Drachenkrieger von seinem Rücken geschleudert wurden. Zwei, drei von ihnen verschwanden mit gellenden Schreien in der Tiefe draußen, und weitere zwei oder drei wurden von den panisch schlagenden Flügeln und Krallen des Riesentieres zermalmt. Aber der Rest – immer noch mehr als ein Dutzend – rettete sich auf den sicheren Boden der Halle und brachte sich hastig vor dem tobenden Ungeheuer in Sicherheit. Der Drache brüllte weiter, und im Inneren des Helikopterhangars hallte seine Stimme hundertfach verzerrt und laut wider. Verzweifelt versuchte er vergeblich, die Flügel zu spreizen und mit den Krallen irgendwo Halt zu finden. Langsam, aber unbarmherzig rutschte er zurück. Seine Krallen rissen handtiefe Furchen in den polierten Stahl des Hallenbodens, doch nicht einmal die unvorstellbare Kraft dieses Wesens reichte, das Gewicht seines eigenen Körpers zu halten, das ihn in die Tiefe zerrte. Mit einem Kreischen, das Kara wie ein Messerstich bis ins Mark fuhr, stürzte er aus der Öffnung und verschwand mit hilflos schlagenden Flügeln in der Tiefe. Die überlebenden Drachenkrieger begannen sich in der Halle zu verteilen und hastig nach Deckung zu suchen, als Elders Männer endlich ihren Schrecken überwanden und sie unter Feuer nahmen. Zwei von ihnen wurden getroffen und stürzten brennend und reglos zu Boden, aber dann erwiderten sie das Feuer – nicht mit Pfeil und Bogen, womit Elders Krieger gerechnet haben mochten, sondern mit grünen Lichtblitzen aus gläsernen Waffen, die sie plötzlich unter ihren schwarzen Mänteln hervorzogen.

Schon ihre erste Salve kostete sechs oder acht Company-Soldaten das Leben. Die Schnelligkeit aber, mit der die Besatzung dieses Schiffes auf den Angriff reagiert hatte, machte Kara klar, dass Elder ihnen niemals ganz vertraut und die Möglichkeit eines Überfalles einkalkuliert hatte. Aber sie hatten mit einem Angriff kaum oder nur schlecht bewaffneter Barbaren gerechnet, nicht mit einer Macht, die ihrer ebenbürtig und vielleicht sogar überlegen war. Wer von den Company-Soldaten den ersten Feuerschlag der vermeintlichen Drachenkrieger überlebte, der ergriff auf der Stelle die Flucht. Die Krieger in den schwarzen Mänteln schossen auf sie, aber nicht unbedingt um sie zu töten. Kara registrierte erleichtert, dass sie ihren Befehl befolgten – sie waren nicht hier, um ein Gemetzel unter Elders Männern anzurichten, sondern um diesen Hangar zu besetzen und zu halten.

Hastig sah sie zum Tor zurück. Die beiden riesigen Torhälften schlossen sich weiter, aber ihre Bewegung war nicht mehr so gleichmäßig und lautlos wie zuvor. Der Anprall des Drachen musste den Mechanismus beschädigt haben.

»Das Tor!«, schrie sie. *»Sie dürfen es nicht schließen!«*

Die Männer reagierten sofort. Die grünen Blitze aus ihren Waffen konzentrierten sich plötzlich auf einen der beiden Torflügel. Kara sah, wie das Metall rot und orange und schließlich weiß zu glühen begann und sich dann in zischende Lava verwandelte. Das Tor bewegte sich rumpelnd und zitternd noch ein kleines Stück weiter, und plötzlich erscholl ein schrilles, fast gequält klingendes Wimmern und dann ein dumpfer Knall. Die riesigen Stahlplatten waren mit dem Rahmen verschweißt und würden sich nie wieder bewegen.

Doch die Öffnung in der Flanke des Schiffes war noch immer groß genug, eine von Elders Libellenmaschinen passieren zu lassen, sie reichte allerdings nicht mehr für einen Drachen aus. Kara sah, wie der zweite Riesenschatten, der seinem zu Tode gestürzten Bruder gefolgt war, dicht vor dem Schiff kehrtmachte und sich in die Höhe schwang. Ein dritter und vierter Schatten folgten, und plötzlich loderte orangerotes Feuer draußen auf. Kara schloss geblendet die Augen und hob ganz instinktiv die Hände vor das Gesicht, aber es war nur ein kurzer Flammenblitz, der die Toröffnung verfehlte.

Sie verstand jedoch, was die Männer draußen ihr sagen wollten.

»Zurück!«, schrie sie, so laut sie konnte. »Sie brennen das Tor auf!«

Mit ein paar schnellen Schritten war sie bei Elder, steckte ihr Schwert ein und versuchte, ihn fortzuschleifen. In diesem Moment erwachte er aus seiner Bewusstlosigkeit, und so schnell und übergangslos wie Kara es von ihm gewohnt war. In seinen Augen war kein Schrecken, keine Verwirrung, sondern nur ein brodelnder, durch nichts zu besänftigender Zorn. Sie sah seinen Hieb kommen und fing ihn ab, und doch war die Kraft, die in diesem Schlag steckte, so gewaltig, dass sie von den Füßen gerissen und zu Boden geschleudert wurde.

Mit der Schnelligkeit eines Phantoms war er über ihr. Es gelang Kara, einen nach ihrer Kehle gezielten Tritt abzublocken, aber dann packte er sie bei den Schultern, riss sie in die Höhe und hob die andere Hand zu einem Hieb, der sie töten würde.

Eine dreifingrige, geschuppte Pranke legte sich von hinten um Elders Gesicht, schob seinen Kopf in den Nacken und drückte mit übermenschlicher Kraft zu.

»Nein!«, schrie Kara. *»Töte ihn nicht!«*

Sie sah, wie schwer es Hrhon fiel, ihrem Befehl zu gehorchen. Eine Sekunde lang stand der Waga einfach da, reglos, jeden Muskel in seinem gewaltigen Körper so angespannt, dass er zitterte. Kara spürte, was in ihm vorging. Er hatte den Mann gepackt, der den Tod von den Sternen auf seine Welt gebracht hatte. Er *wollte* ihn töten. Es gab nichts mehr in seinem Leben, was wichtiger war. Und Kara verstand ihn nur zu gut. Auch in ihr schrie alles danach, Hrhon mit einem Nicken zu verstehen zu geben, es zu tun, oder ihre eigene Waffe zu ziehen und ihn zu vernichten. Und sie hätte es getan, hätte nur ihr eigenes Leben auf dem Spiel gestanden. Aber sie durften es nicht. Elder und die Männer in diesem Schiff waren zwar schuld an dem, was dieser Welt und ihren Bewohner widerfuhr, aber sie waren auch ihre einzige verzweifelte Hoffnung auf ein Überleben, eine vielleicht bessere Zukunft.

»Lass ihn los«, sagte sie. »Bitte.« Hrhon starrte sie aus seinen unergründlichen Schildkrötenaugen an, und dann nahm er ganz langsam die Hand von Elders Gesicht. Alle Kraft schien aus seinem Körper zu weichen. Elder schnappte keuchend nach Luft und fiel auf die Knie. Sein Gesicht war blutüberströmt, und sein Atem hörte sich an, als wäre sein Kehlkopf zerquetscht. Er wollte etwas sagen, brachte aber nur ein würgendes Stöhnen hervor, und als er diesmal den Kopf hob und Kara ansah, da waren seine Augen vor Schmerz und Entsetzen geweitet.

Mit einem raschen Blick sah sich Kara in der Halle um. Die Krieger waren aus der unmittelbaren Nähe des Tores verschwunden, und auch die Mitglieder von Elders Begrüßungskomitee hatten sich instinktiv in Sicherheit gebracht, als der Drache gegen das Tor geprallt war. Einige nur standen oder hockten mit leeren Gesichtern da, starrten aus weit aufgerissenen, erloschenen Augen ins Nichts oder kicherten irr. Nicht weit von Kara entfernt kroch ein Mann auf Händen und Knien über den Boden und versuchte, mit bloßen Händen den Stahl aufzureißen, und auf der anderen Seite der Libelle gewahrte sie einen Mann, der dabei war, sich mit den Fingernägeln die eigene Haut vom Gesicht zu kratzen.

Donay hatte Cord in einer Nische in dreißig oder vierzig Metern Entfernung vom Tor gezerrt und signalisierte ihr mit Gesten, dass alles in Ordnung war.

»Halt ihn fest«, sagte Kara, an Hrhon gewandt. »Aber pass auf. Er ist beinahe so stark wie du.«

Der Waga packte Elder von hinten bei den Schultern, und Elder stöhnte vor Schmerz. Aber Kara wusste auch, dass Hrhons Griff einem normalen Menschen jeden Knochen zermalmt hätte. Natürlich war Elder kein normaler Mensch. Kara war nicht einmal mehr sicher, ob er überhaupt ein Mensch war. Und sie fragte sich vergeblich, wieso keiner von ihnen es gemerkt hatte. Wieso war nie jemandem aufgefallen, wie schnell seine Wunden heilten, nicht einmal, nachdem Hrhon ihm den Arm gebrochen hatte und er die Hand schon am nächsten Tag wie durch Zauberei wieder bewegen konnte.

»Warum?«, flüsterte Elder. Seine Stimme klang flach. »Von mir aus bringt mich um«, murmelte er. »Aber sagt mir vorher, warum.«

»Das werde ich dir sagen, Elder«, antwortete Kara. »Und wir werden dich auch nicht töten. Wir brauchen dich nämlich noch.«

»So?« Der herablassende Spott in Elders Stimme blitzte nur schwach auf. »Und wozu?«

»Um dein Schiff zu erobern«, antwortete Kara ernst.

Elder starrte sie an, und der Ausdruck in seinen Augen machte ihr klar, dass er in diesem Moment an ihrem Verstand zweifelte. »Mein ... Schiff?«, krächzte er. »Du bist verrückt! Du musst völlig den Verstand verloren ...«

Er sprach nicht weiter. Seine Augen wurden groß, und Kara hatte niemals zuvor im Leben einen Ausdruck so vollkommener, unvorstellbarer Fassungslosigkeit auf dem Gesicht eines Menschen gesehen. Langsam wandte sie den Kopf und sah den Mann an, der neben ihr aufgetaucht war. Die schwarze und silberne Montur der Drachenkrieger ließ ihn noch größer und düsterer erscheinen. Und der Ausdruck in seinen Augen verwirrte selbst Kara. Er sah Elder auf eine Weise an, die sie nicht zu deuten imstande war, aber die ihr Angst machte.

»Warum sprichst du nicht weiter?«, fragte Thorn ruhig.

»Du?«, murmelte Elder ungläubig.

»Das Leben ist doch voller Überraschungen, nicht wahr?«, fragte Thorn. »Bitte, entschuldige, wenn ich unangemeldet komme. Aber ich hatte dich heute Nacht um einen neuen Job gebeten, weißt du noch? Und da du mir nicht geantwortet hast ...« Er zuckte mit den Schultern und lächelte flüchtig. »Ich bin wirklich sehr verlegen darum, musst du wissen.«

»Bitte, hör damit auf«, sagte Kara müde. Sie deutete mit einer Kopfbewegung auf das Tor zurück. »Wir müssen weg hier.«

Thorn folgte ihrem Blick. Dann nickte er. Mit einem Ruck streifte er den schwarzen Mantel der Drachenreiter vollends ab und warf ihn zu Boden, dann fuhr er herum und lief zu dem knappen Dutzend seiner Männer zurück, das ihm geblieben war. Elder starrte ihm nach. Dann, wie ein Mann, der aus einem entsetzlichen Albtraum erwachte und Mühe hatte, in die Wirklichkeit zurückzufinden, hob er ganz langsam den Kopf und sah Kara wieder an. »Warum?«, flüsterte er. »Warum … habt ihr das getan? Ich stehe auf eurer Seite! Ich … bin nicht euer Feind. Thorn ist es, der eure Welt zerstört hat. Wir sind hier, um euch zu helfen!«

»Ich weiß«, sagte Kara leise. »Ich weiß alles, Elder. Und ich meine damit – *alles!*«

Elder erschrak nicht. Er sah einfach weiter verwirrt aus, aber Kara sagte jetzt nichts mehr, denn sie begriff, dass dies wahrlich nicht der Augenblick war, um zu reden. Mit einer befehlenden Geste signalisierte sie Hrhon, seinen Gefangenen fortzuschaffen, dann lief sie selbst mit weit ausgreifenden Schritten zu der Nische hinüber, in die sich Donay und Cord geflüchtet hatten. Cord war bei Bewusstsein, aber seine Augen glänzten fiebrig, und als Kara seinen verbrannten Arm sah, wusste sie, dass sie auf seine Hilfe in diesem Kampf nicht mehr zählen konnte. Sie tauschte einen raschen, fragenden Blick mit Donay, den er mit einem angedeuteten Achselzucken beantwortete. Auch er war nicht sicher, dass Cord das Ende dieser Schlacht noch erleben würde.

Sie sah zum Tor zurück. Wie viel Zeit war vergangen? Eine Minute? Auf jeden Fall war es *zu viel.* Ihr Sieg war bisher im Grunde nichts als Glück und der Vorteil der Überraschung gewesen. Dass sie die Wachmannschaft zurückgeschlagen hatten, bedeutete gar nichts. Selbst wenn Elder die Wahrheit gesagt hatte und dieses Schiff nicht annähernd so groß wie Thorns

Drohne war, musste es Hunderte von Männern an Bord haben. Und sie hatten zwar diesen Raum erobert, waren aber auch gleichzeitig darin gefangen.

Wieder näherte sich ein riesenhafter Schatten dem Tor, und Kara schloss im allerletzten Moment die Augen und wandte das Gesicht ab. Trotzdem unterdrückte sie nur mit Mühe ein schmerzhaftes Stöhnen, als der Feuerstrahl des Drachen gegen das Tor prallte und eine Woge ebenso unerträglicher Hitze wie gleißender Helligkeit durch den Hangar raste. Die Hand voll Schwachsinniger, die sich noch inmitten der Halle aufgehalten hatten, wurde auf der Stelle getötet. Überall brachen Brände aus, und die Libelle, mit der sie selbst gekommen war, fing mit einem dumpfen Schlag Feuer. Das Tor glühte in einem dunklen, drohenden Rot, und die Luft war plötzlich so heiß und stickig, dass sie kaum noch zu atmen war.

Viermal mussten die Drachen ihr Höllenfeuer gegen das Schiff schleudern, ehe die gewaltige Stahlplatte schließlich nachgab und von ihrem eigenen Gewicht in die Tiefe gezerrt aus ihrer Halterung herausbrach.

Minutenlang war die Luft im Hangar so heiß, dass Kara bei jedem Atemzug am liebsten vor Schmerz geschrien hätte. Ihre Kleider und ihr Haar schwelten. Die Haut auf ihrem Gesicht und ihren Händen rötete sich, und wohin sie auch blickte, loderten Flammen. Erst viel später einmal sollte sie begreifen, dass es Elders Schiff gewesen war, das sie davor bewahrte, in der Glut ihrer eigenen Drachen zu sterben, denn überall unter der Hallendecke und in den Wänden traten sofort automatische Löschmechanismen in Kraft, die die Flammen zwar nicht ganz zu ersticken vermochten, die Temperatur aber binnen weniger Augenblicke so weit senkten, dass sie wieder atmen konnten. Alles verschwamm vor ihren Augen, als sie sich aufrichtete und dorthin blickte, wo vor wenigen Momenten noch das Tor gewesen war. Jetzt gähnte an der Stelle ein gewaltiges Loch mit ausgezackten rotglühenden Rändern. Kara sah alles, was darunter lag, nur wie in einer Spiegelung in wildbewegtem Wasser. Aber sie *wollte* auch gar nicht wirklich sehen, was dort draußen vor sich ging, denn hinter der Wand aus hitzeflimmernder Luft starben ihre Brüder und Schwestern, ihre Freunde und auch die Drachen, und sie starben schnell und auf eine Art, die Kara selbst ihrem schlimmsten Feind nicht gewünscht hätte.

Die Luft über der Lichtung war so voller Drachen, als wäre ein großer Vogelschwarm aus den Wipfeln des Waldes emporgestiegen und hätte die Orientierung verloren. Sie hatte nicht mehr in Erfahrung bringen können, wie vielen Reitern es gelungen war, ihre Drachen in den Wipfeln rings um die Lichtung zu verstecken, ehe Elder und sie selbst den Drachenhort verlassen hatten. Aber der Himmel war schwarz von Drachen; fünfzig, hundert, vielleicht zweihundert der gigantischen, geflügelten Wesen, die wie ein Schwarm wütend angreifender großer Raben um den stählernen Koloss kreisten. Immer wieder sah sie das orangerote und weiße Flackern von Feuer, wenn die Drachen eine neue Schwachstelle am Rumpf des Sternenschiffes ausmachten und versuchten, sich ihren Weg hineinzubrennen, aber sie sah auch nur zu oft das grüne und blaue Gleißen der Energieblitze, mit denen sich der Koloss von den Sternen wehrte. Und die meisten dieser Blitze trafen mit tödlicher Sicherheit ihr Ziel. Sie sah Drachen, die von Lanzen aus Licht durchbohrt wurden und wie ein Stein in die Tiefe stürzten, andere Tiere, die plötzlich Feuer fingen und wie lebende Brandgeschosse in die Baumwipfel herunterkrachten, so weit sie nicht mehr die Kraft fanden, sich noch sterbend gegen den Rumpf des Schiffes zu schleudern, um ihn zu erschüttern, Drachen, deren Flügel von einem blassblauen Hauch aus Licht gestreift wurden. Aber auch das Schiff erzitterte immer heftiger unter den Einschlägen der Feuerstrahlen, mit denen die Drachen den stählernen Riesenwal attackierten. Sollte es jemals eine Erinnerung an diesen Tag geben, dachte Kara, sollten sie jemals ein Lied darüber schreiben oder eine Geschichte erzählen, dann würde es dieses Bild sein, das die Zeiten überdauerte, denn es enthielt alles, was den Grund dieses Krieges ausmachte, alles, worum es darin ging und jemals gegangen war, seit Menschen begonnen hatten, nach den Sternen zu greifen. Es war ein Kampf Natur gegen Technik, Laserstrahlen gegen Drachenfeuer. Und Kara war immer noch nicht sicher, welche Seite ihn gewinnen würde.

Durch Rauch und Flammen sah sie Thorn auf sich zukommen, während die meisten seiner Begleiter zum anderen Ende der Halle liefen und schon auf halber Strecke damit begannen, das massive stählerne Tor mit ihren Lichtwaffen unter Feuer zu nehmen. Da blickte Kara wieder nach draußen. Der Kampf hatte eine neue Nuance bekommen. Zwischen den Drachen waren kleinere, sich hektisch bewegende Umrisse aufgetaucht, die die Tiere und ihre Reiter wie wütende Hornissen attackierten. Kara begriff allerdings sofort den furchtbaren Fehler, den der Kommandant des Schiffes damit begangen hatte, seine Helikopter in den Kampf zu werfen. Sie sah, wie einige der Maschinen mitten in der Luft gegen den unsichtbaren Schutzschild prallten und wie andere von einem Dutzend Drachen zugleich angegriffen und in lodernde Flammenbälle verwandelt wurden. Keiner dieser Piloten würde den Selbstmordbefehl überleben, den ihnen der Befehlshaber dieses Schiffes erteilt hatte. Dafür zweifelte sie keine Sekunde daran, dass die Drachenreiter ihrerseits die Chance nutzen und ihre Tiere in den geöffneten Hangar lenken würden, aus dem die Libellen gekommen waren.

Thorn hatte ihr Versteck erreicht und warf einen raschen, eher interessierten als mitfühlenden Blick auf Cords Arm, ehe er sich mit einer ungeduldigen Geste an sie wandte. »Wo bleiben deine Leute?«

Wieder sah Kara zum Tor. Das Metall hatte aufgehört, in dunklem Rot zu glühen, aber die Luft flimmerte immer noch vor Hitze. »Es geht nicht so schnell«, sagte sie. »Die Hitze ist noch zu groß. Wir müssen ihnen noch einige Augenblicke Zeit geben.«

»Aber die haben wir nicht«, sagte Thorn sehr ernst. »Falls es dir nicht klar ist, in dem Ding dort oben –« Er wies mit dem ausgestreckten Zeigefinger zum Himmel–«, befinden sich mindestens fünf oder sechs dieser Schiffe. Sie werden in spätestens einer Stunde hier sein. Wenn wir bis dahin die Zentrale nicht genommen haben, ist es aus.«

»Ich weiß«, sagte Kara. Vielleicht war in diesem Moment nicht nur ein weiteres Schiff zu ihnen unterwegs, sondern ein Raketengeschoss, dessen Atomsprengkopf dieser Geschichte ein für alle Mal ein Ende machen würde.

Sie wandte sich an Donay. »Du bleibst hier und kümmerst dich um Cord«, sagte sie. »Wenn irgendetwas schiefgeht, dann bringst du dich in Sicherheit.«

»Aber –«, begann Donay.

»Das ist ein *Befehl,* Donay«, unterbrach ihn Kara sofort. »Keine freundschaftliche Bitte. Wenn wir keinen Erfolg haben, dann nimm alle, die überleben, und führe sie irgendwohin, wo sie euch nicht finden. Verbergt euch – und versucht es irgendwann noch einmal.«

Bevor Donay Gelegenheit zu einer Antwort fand, schlug sie ihren Mantel zurück, zog ihr Schwert und warf Thorn einen auffordernden Blick zu. »Gehen wir.«

Die Männer hatten das Tor aufgeschweißt, und wie Kara geahnt hatte, stießen sie sofort auf heftigen Widerstand. Eine große Anzahl von Company-Soldaten hatte sich auf dem dahinterliegenden Gang verschanzt und nahm alles unter Feuer, was auch nur die Nase ins Freie streckte. Zwei von Thorns Soldaten wurden getroffen und brachen tot zusammen, ehe Kara Thorn die Sinnlosigkeit dieses Angriffes klarmachen konnte und er seine Soldaten zurückrief.

Wieder blickte sie zum Tor, aufmerksam geworden durch eine Bewegung, die sie aus den Augenwinkeln wahrgenommen hatte. Ein Drache näherte sich dem Schiff, korrigierte seinen Kurs im letzten Moment und schwebte dann mit reglos ausgebreiteten Schwingen das letzte Stück auf das Tor zu.

Er erreichte es nie.

Kara schloss entsetzt die Augen, als sie sah, wie ein blassblauer Lichtstrahl Kopf und Hals des Drachen samt des Reiters berührte und in Flammen aufgehen ließ. Vom Schwung seiner eigenen Bewegung vorwärtsgetragen, segelte der Drache noch ein Stück weiter, und für eine unendlich kurze Zeitspanne sah es fast so aus, als würde er das Tor trotzdem noch erreichen. Weniger als zehn Meter vom Rumpf des Schiffes entfernt kippte der Drache plötzlich zur Seite und schüttelte seine Reiter ab.

Als sie die Augen wieder öffnete, blickte sie in Thorns Gesicht. Seine Miene war kalt wie Stein. Von einer Art kalter, fast emotionsloser Wut gepackt, richtete sie sich auf, griff unter ihren Mantel und zog eines der mit weißem Staub gefüllten Gläser hervor. In Thorns Augen erschien zum ersten Mal etwas wie Schrecken, aber er versuchte nicht, sie aufzuhalten, sondern bedeutete seinen Soldaten im Gegenteil mit Gesten, ihr Deckung zu geben, als sie sich geduckt dem aufgebrochenen Tor näherte.

Wieder einmal hatte sie einfach Glück. Vier- oder fünfmal verfehlte sie ein Schuss nur um Haaresbreite, und zwei weitere Krieger bezahlten mit dem Leben dafür, die Angreifer mit einem wahren Gewitter von grünen Lichtblitzen in Deckung zurückzutreiben, bevor Kara nahe genug heran war, ihr Glas zu schleudern. Sie warf es mit aller Kraft, ließ sich aus der gleichen Bewegung zur Seite fallen, kam mit einer Rolle wieder auf die Füße. Das Klirren von zerberstendem Glas drang an ihr Ohr, und auch jetzt vergingen Sekunden, bis das Feuer aus dem Gang allmählich nachließ. Nur ein einzelnes Gewehr schoss gleichmäßig und so monoton wie eine Maschine weiter, aber die blauen Blitze waren nicht mehr gezielt, sondern schlugen alle an der gleichen Stelle irgendwo in der Wand ein, und als Kara sich vorsichtig hinter ihrer Deckung erhob und auf den Gang hinauslugte, da sah sie, dass der Mann, der das Gewehr hielt, sich aufgerichtet hatte und breitbeinig dastand; er lächelte wie ein schwachsinniges Kind. Thorn hob seine Waffe und erschoss den Mann.

Das Gefühl eisigen, beinahe lähmenden Entsetzens breitete sich in Kara aus, als sie den Gang überblickte. Die Wirkung ihrer Staubbombe war längst nicht groß genug gewesen, sämtliche Männer dort draußen zu erfassen, aber die, die davongekommen waren, schienen in hellem Entsetzen die Flucht ergriffen zu haben, als ihnen das Schicksal ihrer Kameraden klar wurde. Kara sah achtlos weggeworfene Waffen und Helme, liegengelassene Funkgerät und andere Dinge, die auf eine panische Flucht hindeuteten.

Ein zweiter Drache näherte sich dem Schiff und steuerte auf die aufgebrochene Luke zu. Und diesmal schaffte er es. Knapp und mit einem fast ängstlichen Grunzen, aber so präzise wie ein von einem Meisterschützen abgeschossener Pfeil glitt das riesige Tier in den Hangar und berührte den Boden. Auf seinem Rücken befanden sich gute zwei Dutzend Männer, die rasch über die noch immer ausgebreiteten Schwingen nach unten kletterten und zu ihnen eilten.

Kara sah, wie der Reiter des Tieres versuchte, seinen Drachen auf dem engen Raum herumzudrehen, um den Hangar wieder zu verlassen. Sie gestikulierte ihm zu bleiben, rannte rasch zu ihm hinüber und bildete mit den Händen einen Trichter vor dem Mund. »Was ist los?«, schrie sie. Sie verzichtete absichtlich darauf, den Rufer zu benutzen. »Was ist mit den Konvertern? Wieso zerstört ihr sie nicht?«

Kara hatte sie gesehen, als das Schiff landete: zwei riesige, bläulich schimmernde Halbkugeln aus Kristall, die über dem

Heck des Schiffes angebracht waren und seine stärkste Waffe, zugleich aber auch seine größte Schwäche darstellten. Thorn hatte versucht, es ihr zu erklären. Natürlich hatte sie es nicht wirklich verstanden, aber immerhin hatte sie begriffen, dass diese zerbrechlichen Gebilde aus Glas und Kristall so etwas wie das schlagende Herz dieses Schiffes waren. Zerstörten sie es, dann fiel der größte Teil seiner Energieversorgung aus.

»Wir versuchen es!«, schrie der Drachenreiter zurück. »Aber wir kommen nicht heran! Wir haben schon viele Tiere verloren!«

Die Worte trafen Kara wie ein Hieb. Für eine Sekunde wollte sie einfach aufgeben. Ihre Waffe aus der Hand legen, zu Elder gehen und ihn bitten, mit ihr und Thorn zu machen, was er wollte, solange er nur die anderen am Leben ließ.

Aber sie wusste auch gleichzeitig, wie absurd und naiv dieser Wunsch war. Er würde es nicht tun. Dies war kein Kampf, in dem es ein Unentschieden oder eine ehrenvolle Niederlage geben konnte.

»Versucht es weiter«, sagte sie. Sie sprach sehr leise, so leise, dass der Mann auf dem Rücken des Drachen ihre Worte unmöglich verstehen konnte. Aber er schien sie zu erraten, denn er nickte, wartete, bis Kara sich in sichere Entfernung zurückgezogen hatte, und fuhr dann fort, sein Tier in der engen, mit Trümmern und Leichen übersäten Halle herumzudrehen. Schließlich gelang es ihm. Mit einem kraftvollen Ruck stieß sich der Drache am Rand des Hangartores ab und schwang sich wieder in die Höhe. Und vermutlich in den Tod, dachte Kara bitter.

Hrhon hatte Elder herbeigebracht, als sie zu Thorn und seinen Männern zurückkehrte. Elders Gesicht war eine unbewegliche Maske, in der sich Zorn und Verbitterung mit einem Ausdruck von völligem Nichtverstehen mischten. Ein entsetzlicher Gedanke machte sich in Kara breit. Was würde geschehen, wenn sie sich geirrt hatte? Wenn Elder die Wahrheit gesprochen hatte und Thorn log? Wenn alles nur ein fein eingefädeltes Intrigenspiel war, das dem einzigen Zweck gedient hatte, sie tun zu lassen, was sie jetzt tat?

Der Gedanke war zu entsetzlich, um ihn weiter zu verfolgen.

Wieder erzitterte das Schiff unter einem dumpfen Schlag, und diesmal folgte ihm eine grollende Explosion. Die Erschütterung schien Elder aus seiner Erstarrung zu wecken, denn das Leben kehrte in sein Gesicht zurück. Er sah Thorn an, schien etwas sagen zu wollen, tat es dann aber nicht, sondern drehte den Kopf, um Kara anzublicken.

Der Vorwurf in seinen Augen schmerzte sie tief.

Thorn hob seine Waffe und stieß Elder den Lauf grob in den Leib. Elders Lippen zuckten, aber er gab keinen Schmerzlaut von sich. Nur ganz flüchtig sah er Thorn an, dann blickte er wieder in den Gang hinaus. Es mussten zwanzig, wenn nicht dreißig seiner Leute sein, die dort saßen oder hockten, auf den Knien herumkrochen, sich schaukelten, einfach auf der Stelle standen und andere sinnlose und manchmal schreckliche Dinge taten. Und wenn er wirklich begriffen hatte, was mit ihnen geschehen war, dann schien er sich zumindest für den Moment noch zu weigern, es zu glauben.

»Du wirst uns jetzt den Weg in die Zentrale dieses Schiffes zeigen«, sagte Thorn. »Und möglichst einen, auf dem wir nicht in einen Hinterhalt laufen.«

Elder würdigte ihn nicht einmal eines Blickes. Thorn wollte seine Aufforderung wiederholen, und Kara sah, wie sich seine Hände fester um das Gewehr schlossen. Sie winkte rasch ab und zog mit der gleichen Bewegung Elders Aufmerksamkeit auf sich.

»Wir wollen nicht, dass deine Leute sinnlos sterben«, sagte sie. »Gib ihnen den Befehl aufzugeben, und du hast mein Wort, dass keinem auch nur ein Haar gekrümmt wird.«

»Wie großzügig«, sagte Elder verächtlich. »Aber du glaubst doch nicht wirklich, dass ich das tue.«

Thorn hob sein Gewehr, und Elder bedachte nun ihn mit einem bleichen, verächtlichen Blick. »Was wirst du tun?«, fragte er. »Mich umbringen? Bitte.«

»Du weißt, dass er es könnte«, sagte Kara. »Ich meine, *wirklich* könnte.«

»Dann tut es!«, stieß Elder hervor. »Tut, was ihr wollt – aber ich werde euch ganz bestimmt nicht mein Schiff ausliefern. Auch nicht, wenn es mein Leben kostet.«

»Ich habe nichts anderes von dir erwartet«, sagte Kara ruhig. Sie gab Hrhon einen heimlichen Wink, Elder fester zu halten. »Aber weißt du ... Wir werden dich nicht umbringen. Siehst du das da?« Sie deutete mit einer Kopfbewegung in den Gang hinaus. »Möchtest du ihr Schicksal teilen?«

Elder sagte auch jetzt nichts, aber Kara bemerkte, dass er insgeheim die Muskeln spannte, um die Festigkeit von Hrhons Griff zu testen. Das Ergebnis, zu dem er kam, machte ihm wohl endgültig klar, wie aussichtslos seine Lage war. Nervös und fahrig fuhr er sich mit der Zungenspitze über die Lippen. Sein Blick tastete immer unsicherer über die Ansammlung wimmernder, zusammengesunkener Gestalten draußen im Gang.

»Komm mit!«, befahl Kara. Hrhon sorgte dafür, dass Elder ihr folgte, während sie sich vorsichtig einer der wimmernden Gestalten näherte. Der Mann hatte nur sehr wenig des glitzernden weißen Staubes abbekommen. Trotzdem war sie sehr vorsichtig, als sie ihn mit der einen Hand an der Schulter berührte und herumdrehte und die andere in sein Haar grub, um seinen Kopf zurückzuzwingen, damit Elder in sein Gesicht sehen konnte. »Siehst du das?«, fragte sie hart. »Sieh genau hin, Elder! Du warst doch so wild auf Donays Erfindungen, nicht? Das hier hat er extra für euch gemacht! Gefällt es dir?«

Elder war einer Panik nahe. Mit aller Kraft bäumte er sich in

Hrhons Griff auf, aber der Waga zwang ihn unbarmherzig tiefer, bis sich sein Gesicht dem des Wahnsinnigen bis auf eine Handbreit genähert hatte. »Was … was habt ihr mit ihm getan?«, stammelte er.

»Ihn nicht getötet«, sagte Kara kalt. »Weißt du, Elder, du hast mir vielleicht ein bisschen zu viel über euch erzählt. Ich weiß, dass du keine Angst vor dem Tod hast. Für dich ist es nur ein Spiel, nicht wahr? Für euch alle ist es nichts als ein großes, spannendes Spiel. Ich weiß, dass wir euch nicht töten können. Aber das haben wir auch gar nicht vor.«

»Was … was habt ihr … getan?«, krächzte Elder.

»Die Spielregeln geändert«, antwortete Kara. Sie raffte ein wenig des hoffentlich wirkungslos gewordenen Staubes von der Schulter des Mannes auf und blies es Elder ins Gesicht. Er kreischte und warf sich zurück, aber sofort packte Hrhon sein Haar und hielt ihn fest.

»Eines von Donays neuen Spielzeugen«, sagte Kara. »Diese kleinen Lieblinge hier greifen nicht eure Körper an. Sie zerstören den Geist.« Sie ließ einige Sekunden verstreichen, damit ihre Worte angemessen wirken konnten. »Wie würde dir das gefallen, Elder? Was würdest du davon halten, *so* zu leben? Und ich schwöre dir, dass ich dafür sorgen werde, dass du lange lebst. Sehr lange.«

Elder starrte das Gesicht des Wahnsinnigen vor sich an. Seine Lippen zitterten, und seine Augen schienen aus den Höhlen quellen zu wollen, aber er brachte keinen Laut mehr heraus. Und für einige Sekunden tat er Kara beinahe leid. Sie glaubte nicht, dass sie in der Lage war nachzuvollziehen, was er in diesem Moment empfand, was es für einen Mann wie ihn, der ein zwei Jahrhunderte langes Leben geführt hatte, bedeuten musste, doch plötzlich verwundbar zu sein.

»Bitte«, stammelte er. »Tut das nicht.«

»Ein Wort von dir genügt«, sagte Kara. Sie streckte die Hand aus, löste das kleine Funkgerät von Elders Gürtel und hielt es vor sein Gesicht. »Sag deinen Leuten, dass sie den Widerstand aufgeben sollen.« Sie schlug mit der anderen Hand ihren Mantel zurück, sodass Elder die beiden verbliebenen Gläser mit weißem Staub sehen konnte, die sie darunter verborgen gehabt hatte. »Oder ich schwöre dir, dass ich diese beiden Gläser in das Ventilationssystem dieses Schiffes schütten werde. Ich weiß, wie man das macht. Thorn hat es mir verraten.«

»Das ... das kannst du nicht tun«, stammelte Elder. »Du ... du kannst nicht ... du kannst nicht zweitausend Menschen umbringen.«

»Nein?«, fragte Kara ruhig. »Kann ich nicht?« Sie lachte leise. »Seltsam, noch vor zwei Stunden habe ich das Gleiche von dir gedacht. Ich habe mich getäuscht.«

»Sie ... sie würden mir nicht gehorchen«, sagte Elder mit zitternder Stimme. »Ich ... ich bin nicht der Kommandant dieses Schiffes.«

»Versuche es!«, verlangte Kara.

Sekundenlang starrte er sie nur an, suchte verzweifelt nach einem Zögern, irgendeinem Hinweis in ihrem Blick, dass sie nur bluffte, aber er fand nichts. Schließlich nickte er. »Also gut«, sagte er. »Drücke die große Taste auf der rechten Seite.«

Kara tat, was er gesagt hatte, und aus dem kleinen Gerät erklang wieder das Knistern und Rauschen. »Hier spricht Commander Elder«, sagte Elder mit stockender, belegter Stimme. »Stellt den Widerstand ein! Ich wiederhole: Stellt sofort jeden Widerstand ein!«

Sekundenlang antwortete nur statisches Rauschen und Knistern auf seine Worte, dann hörte Kara eine leise, verzerrte Stimme, der man trotzdem das Erstaunen anmerkte. »Bitte, wiederholen Sie das, Commander!«

»Ich habe gesagt, ihr sollt aufhören!«, brüllte Elder. »Das ist ein Befehl!«

Diesmal dauerte es beinahe zehn Sekunden, ehe er eine Antwort bekam. »Es tut mir leid, Commander, aber ich glaube, diesen Befehl können wir nicht befolgen.«

»Was soll das heißen!?«, schrie Elder. »Ich habe gesagt ...«

»Negativ«, unterbrach ihn die Stimme aus dem Gerät. »Ich gehe davon aus, dass Sie diesen Befehl unter Zwang geben.«

»Das ist nicht wahr!«, schrie Elder. »Sie werden sich dafür verantworten müssen!«

»Das werde ich, Commander«, antwortete die Stimme aus dem Gerät, »sollte ich mich täuschen.«

Obwohl Kara den Schalter weiterdrückte, brach das Knistern und Rauschen ebenso plötzlich ab wie die Stimme. Sie ließ den kleinen Sender sinken. Sie war nicht enttäuscht. Keiner von ihnen hatte damit gerechnet, dass die Verteidiger dieses Schiffes aufgeben würden, nur weil Elder es ihnen befahl.

»Ich habe es versucht«, sagte Elder.

Kara kam für gute drei oder vier Minuten nicht dazu zu antworten, denn ein weiterer Drache landete hinter ihnen in der Halle, und erneut kletterten zwei Dutzend von Thorns Soldaten vom Rücken des Tieres. Einer davon kam mit weit ausgreifenden Schritten herbeigeeilt und wechselte einige halblaute Worte mit Thorn. Er nickte, schickte den Mann wieder fort und wandte sich dann an Kara.

»Sie sind jetzt an fünf Stellen eingebrochen«, sagte er. »Mit ein bisschen Glück schaffen wir es.«

»Mit ein bisschen Glück sind wir in einer halben Stunde alle tot, du Wahnsinniger!«, sagte Elder. »Was glaubt ihr, damit erreichen zu können? Bildet ihr euch ein, die anderen würden zusehen? Sie sprengen uns alle in die Luft, ehe sie zulassen, dass dieses Schiff in eure Hände fällt!«

»Oh nein«, sagte Kara. »Das werden sie ganz bestimmt nicht tun, Elder.« Sie stand auf, beantwortete seinen verwirrten Blick mit einem Lächeln und wollte etwas sagen, als eine ungeheure

Explosion das Sternenschiff erschütterte. Der Schlag war so gewaltig, dass sie alle von den Füßen gefegt wurden und einfach übereinanderstürzten. Das Heulen der Alarmsirenen, das bisher eine monotone, an den Nerven zerrende Begleitmusik zu der Schlacht dargestellt hatte, erlosch mit einem quäkenden Misston, und für zwei oder drei Sekunden ging das Licht aus. Als es flackernd wieder zum Leben erwachte, war es nicht mehr weiß, sondern rot.

Kara richtete sich benommen auf. Das Schiff bebte immer noch unter ihnen, als wolle es auseinanderbrechen, und ein dumpfes, nicht enden wollendes Grollen und Dröhnen lief durch seinen Rumpf. Der ersten, großen Explosion folgte eine Kette kleinerer Detonationen, die sich vom Heck her rasch zum Bug des Schiffes bewegten und doch dabei immer heftiger zu werden schienen. Lodernder Feuerschein drang durch das aufgesprengte Tor herein, und als Kara in seine Richtung blickte, sah sie, dass die Druckwelle die Drachen wie einen Fliegenschwarm durcheinandergewirbelt hatte. Ein Teil des Waldrandes war in Flammen aufgegangen, und außerhalb ihres Sichtbereiches blitzte es immer wieder grell und weiß auf, und jedes Mal antwortete aus dem Leib des Schiffes ein schwerfälliges, drohendes Grollen und Zittern darauf.

Aber das tödliche Feuer der Geschütze war erloschen.

Mühsam plagte sie sich auf und wandte sich wieder zu Elder und Thorn um. Elder hatte natürlich versucht, den Moment zur Flucht zu nutzen, aber Hrhon hatte ihn im letzten Moment am Kragen gepackt und grob zurückgezerrt.

»Sie haben es geschafft«, murmelte Thorn ungläubig. Er schüttelte ein paarmal den Kopf und sah Kara an. »Deine Leute haben es wirklich geschafft, den Konverter zu zerstören. Ehrlich gesagt – ich habe es nicht geglaubt.«

»Ich auch nicht«, sagte Kara ganz leise. »Es gibt auch *zwei* davon.«

»Das spielt keine Rolle.« Thorn machte eine wegwerfende Handbewegung. »Mit nur einem Konverter können sie den Schutzschild nicht aufrechterhalten. Er braucht zu viel Energie.«

»Dann lass uns keine Zeit mehr verlieren«, sagte Kara und deutete in den Gang hinein. »Deine Leute wissen, worum es geht?«

»Selbstverständlich«, antwortete Thorn in einem Ton, der klarmachte, für wie überflüssig er diese Frage hielt.

Als sie tiefer in das Schiff einzudringen begannen, schwebte ein weiterer Drache hinter ihnen durch das Tor hinein. Nach der Zerstörung des Energiekonverters reichte die Leistung des verbleibenden Gerätes lediglich aus, die lebensnotwendigen Funktionen des Schiffes aufrechtzuerhalten. Doch schlimmer noch als der Ausfall ihrer wirkungsvollsten Waffe schien die Company-Soldaten die Erkenntnis zu treffen, dass sie verwundbar waren. Kara verstand nichts von der Architektur eines Sternenschiffes, aber eines wurde ihr sehr bald klar: Keiner von denen, die es entworfen und gebaut hatten, hatte damit gerechnet, es gegen einen Angreifer verteidigen zu müssen, dem es gelingen würde, seine gepanzerte Haut zu durchbrechen. Die Verteidiger leisteten zähen Widerstand, aber die Zahl von Thorns Männern wuchs mit jeder Minute.

Trotzdem konnte es natürlich nicht gutgehen. Kara und Thorn wussten es, und auch Elder schien es zu wissen, denn in die Furcht und den Schrecken auf seinem Gesicht mischte sich eine immer größer werdende Verwirrung, während sie sich langsam zur Zentrale vorarbeiteten.

Der Widerstand der Company-Soldaten wurde immer erbitterter. Sie kamen immer langsamer voran. Obwohl der Angriff der Drachen auf das Schiff längst vorüber war, hielt das dumpfe Dröhnen und Krachen der Explosionen weiter an. Manchmal hallte das Schiff wie eine gewaltige Glocke unter den krachenden Explosionen wider, ein paarmal flackerte das Licht, und einmal konnte Kara spüren, wie das ganze riesige Sternenschiff unter ihren Füßen erbebte, als wolle es auseinanderbrechen. Trotzdem erreichten sie die Zentrale. Wahrscheinlich hätten sie keine Chance gehabt, trotz ihrer Übermacht und des Vorteils, den ihnen die Überraschung verschaffte. Was am Ende die Entscheidung herbeiführte, das war Donays Staub.

Sie hatten viel zu wenig davon, um wirklich das Ventilationssystem des ganzen Schiffes damit verseuchen zu können, wie sie Elder angedroht hatte. Die Zeit hatte für Donay einfach nicht ausgereicht, mehr als ein oder zwei Dutzend der tödlichen Wurfgeschosse herzustellen. Aber das wussten die Verteidiger nicht – und selbst wenn, hätte es wahrscheinlich nicht viel geändert. Elder war nicht der Einzige, den ihre neue Waffe in Panik versetzte. Wann immer sie eines der gläsernen Wurfgeschosse auf ihre Gegner schleuderten, ergriffen die, die davongekommen waren, auf der Stelle die Flucht. Sie hatten gehofft, die Company-Soldaten mit Donays Erfindung beeindrucken zu können, aber das *wirkliche* Ergebnis übertraf selbst Karas kühnste Erwartungen. Während der letzten Minuten trieben sie die Männer einfach nur noch vor sich her.

Die wahre Größe dieses Schiffes kam Kara erst zu Bewusstsein, als sie in die Zentrale hineinstürmten. Sie war eine Kuppel, deren höchster Punkt dreißig Meter über dem Boden lag und deren verschiedene, ineinandergeschobene Ebenen sich über mehr Raum ausdehnten, als die große Halle im Drachenfels beansprucht hatte. Die gesamte gegenüberliegende Wand wurde von einem leicht gekrümmten Bildschirm beansprucht, über den sie wie durch ein übergroßes Fenster nach draußen sehen konnte. Es gab darüber hinaus Hunderte von kleineren Schirmen, Hunderte von summenden, mit bunten Lichtern flackernden Computern und geheimnisvollen Gerätschaften, und Dutzende von Pulten, an denen wohl für gewöhnlich die Besatzung des Schiffes saß und dieses riesige stählerne Tier durch die Weiten des Sternenmeeres lenkte.

Im Moment hielt sich allerdings niemand mehr hier auf. Dafür hatten sich ungefähr drei oder auch vier Dutzend Männer hinter den Instrumentenpulten verschanzt, die Kara und ihr Begleiter sofort unter Feuer nahmen, kaum dass sie die Zentrale betreten hatten. Drei von Thorns Soldaten fielen auf der Stelle, die anderen versuchten, sich hastig in Deckung zurückzuziehen. Zwei weitere PACK-Krieger wurden getroffen, ehe es ihnen gelang.

Auch Kara warf sich blitzschnell zur Seite, als ein ganzes Bündel weißer und blassblauer Lichtfinger nach ihr stach. Wie durch ein Wunder wurde sie nicht getroffen, schrie aber trotzdem auf, als einer der Blitze sie nur so knapp verfehlte, dass er ihr Haar ansengte. Hastig drehte sie sich zu Hrhon herum, sah, dass der Waga Elder als lebenden Schutzschild vor sich herschob und somit als Einziger von den Verteidigern bisher nicht unter Feuer genommen war. Kara gestikulierte ihm, zu ihr zu kommen. Während der Waga und Elder auf sie zustürmten, versuchte sie Thorn in dem allgemeinen Durcheinander irgendwo zu entdecken. Im ersten Moment gelang es ihr nicht. Die Hand voll Männer, die ihm geblieben war, hat das Feuer erwidert, und obwohl sie nur sehr wenige Schüsse abgegeben hatten, war die Wirkung verheerend: Bildschirme und Computer explodierten flammenspeiend, und überall zuckten Kurzschlüsse auf. Grauer, ätzender Rauch begann die Luft zu verpesten, und das Flackern der Feuer vermischte sich mit dem roten Schein der Notbeleuchtung und machte es beinahe unmöglich, noch irgendetwas zu sehen.

Endlich entdeckte sie Thorn, nicht einmal sehr weit von sich entfernt. Sie hatten die Zentrale zwar erreicht, waren aber auf einem kleinen Stück dicht hinter der Tür festgenagelt.

Thorn hockte geduckt hinter einem halb in Flammen aufgegangenen Pult kaum zehn Meter neben ihr und sah immer wieder auf das kleine Gerät an seinem linken Arm, von dem er die Zeit ablas.

Wie lange noch?, fragte ihr Blick.

Thorn schüttelte den Kopf und gab gleichzeitig einen ungezielten Schuss über den Rand seiner Deckung ab, der eine neue Eruption von Flammen und Rauch zur Folge hatte. Ihre Zeit lief ab.

Auch Kara feuerte, duckte sich hastig wieder und versuchte, über den Rufer Kontakt mit Aires aufzunehmen.

Aires? Kara hier. Wie weit seid ihr?

Keine Antwort.

Kara fluchte lautlos, zählte in Gedanken bis fünf und rief noch einmal nach der Magierin. *Aires!*

Storm hier!, antwortete ein schmerzhaftes Pulsieren in ihrem Nervensystem. *Wir haben bis jetzt vier. Halt – ich glaube, fünf. Ja.*

Nur fünf?

Thorns Männer kennen sich mit diesem Schiff weniger gut aus, als er uns versprochen hat. Aber wir finden noch mehr.

Nur fünf. Das war zu wenig, dachte Kara bitter. Viel zu wenig.

Sie tauschte einen neuen, fast erschrockenen Blick mit Thorn. Wieder schüttelte er stumm den Kopf, dann schlug er mit der flachen Hand auf den Zeitmesser an seinem Arm.

Zieht euch zurück, befahl sie schweren Herzens.

Aber ...

Das ist ein Befehl, Storm!, unterbrach ihn Kara. Es war ihr gleich, dass alle anderen ihre Worte mithörten. *Verschwindet! In ein paar Minuten sind zwei oder drei weitere von diesen Ungeheuern hier. Was glaubst du, was sie mit euch machen werden?*

Wir können noch mehr finden! Die Zeit reicht!

Kara ballte ärgerlich die Hand zur Faust. *Aires! Bring diesen Narren dazu, dass er gehorcht!*

Aires ist tot. Der Rhythmus der feurigen Morseimpulse in ihrem Rückgrat verriet ihr, dass es ein anderer Rufer war, der ihr diese Botschaft übermittelte.

Tot? Aber wie …

Sie war es, die den Konverter zerstört hat, Kara. Sie hat sich mit ihrem Drachen direkt hineingestürzt. Sie und Maran.

Kara registrierte eine Bewegung neben sich und sah, wie Hrhon und Elder auf sie zugelaufen kamen. Zwei, drei Lichtblitze stachen nach ihnen, verfehlten sie aber weit. Offensichtlich versuchten Elders Soldaten, den Waga zu treffen. Sie rutschte vorsichtshalber ein Stück zur Seite, um nicht von Hrhons vierhundert Pfund erdrückt zu werden.

Zieht euch zurück, befahl sie noch einmal. *An alle. Kara hier! Brecht den Angriff ab. Flieht! Verteilt euch im Dschungel. Wenn ihr die Drachen unter die Baumwipfel bringt, können sie euch mit ihren Wärmesuchern nicht entdecken!*

Elder starrte sie durchdringend an, als sie die Übertragung beendet hatte und den Kopf hob. Offensichtlich hatte er an dem trüben Blick ihrer Augen bemerkt, was sie tat. Was er nicht bemerkt hatte, war die Angst, die Kara in diesen Augenblicken ausgestanden hatte. Donay hatte ihnen nicht versprechen können, dass der mutierte Parasit nicht noch immer in der Lage war, die telepathischen Impulse der Rufer zu orten und sich daranzuhängen. Und sie hatten großzügig von dem weißen Staub Gebrauch gemacht, den er aus der von Silvy aus dem Schlund mitgebrachten Probe entwickelt hatte. Nun, dachte Kara erleichtert – diese Frage hatte sie gerade beantwortet.

»Verabschiedest du dich gerade von deinen Freunden?«, fragte Elder ruhig. »Dir ist doch wohl klar, dass keiner von euch diesen Irrsinn überleben wird, oder?«

Er musste schreien, denn der Lärm in der Zentrale hatte eine unbeschreibliche Intensität erreicht. Kara schloss geblendet die Augen, als eines der Pulte, hinter denen Thorns Männer Deckung gesucht hatten, in einer grellen Stichflamme explodierte. Statt auf seine Frage zu antworten, griff Kara unter ihren Mantel und zog eines der beiden letzten Gläser hervor, die ihr verblieben waren. Ohne zu zielen, schleuderte sie es in die Zentrale hinein. Wie ein funkelnder Stern segelte es in hohem Bogen durch die Luft, neigte sich auf dem höchsten Punkt seiner Bahn wieder – und explodierte, als es ein blassblauer Lichtstrahl traf.

Kara warf sich entsetzt flach auf den Boden, und auch Elder schrie etwas, das sich wie *Verdammte Idioten!* anhörte, und ließ sich mit vor das Gesicht gerissenen Armen zur Seite fallen, während sich der glitzernde Staub in der Zentrale ausbreitete. Die Wirkung war verheerend. Wäre das Glas auf dem Boden aufgeprallt, hätte es einen Bereich von fünf, allerhöchstens sieben oder acht Metern im Umkreis verseucht. So aber breitete sich der glitzernde weiße Dunst fast über ein Drittel des Zentraldomes aus; ein dünner, kaum sichtbarer Nebel, der Schlimmeres als den Tod brachte.

Elders Soldaten versuchten voller Panik, sich in Sicherheit zu bringen. Obwohl Thorn und seine drei überlebenden Männer weiter auf sie schossen, sprangen sie hinter ihren Verstecken hoch und rannten schreiend davon.

Die wenigsten schafften es.

Wen die grünen Lichtblitze verfehlten, den holte der Staub ein.

Die entsetzlichen Bilder, die Kara auf dem Weg hier herauf gesehen hatte, wiederholten sich. Männer stürzten wie vom Blitz getroffen zu Boden oder blieben einfach stehen, begannen zu kreischen, zu lachen und andere sinnlose Dinge zu tun. Einer hob seine Waffe und feuerte schreiend auf seine eigenen Kameraden, ehe Thorn ihn niederstreckte, ein anderer stürzte sich mit einem irrsinnigen Lachen und ausgebreiteten Armen in die

Flammen eines brennenden Schrankes. Er lachte noch immer, während er bei lebendigem Leib verbrannte.

Kara wandte sich schaudernd ab. Während sie das letzte Glas unter dem Mantel hervorzog, streifte ihr Blick den Bildschirm. Er war so eingestellt, dass er tatsächlich wie ein Fenster nach draußen wirkte. Das Schiff hatte viel von seiner fremdartigen Schönheit verloren. Eine der beiden gewaltigen Kristallkuppeln an seinem Heck war zersplittert; hundert Meter hohe Flammen und schwarzer Rauch quollen hervor, und das Licht der zweiten war nicht mehr gleichmäßig und sanft, sondern pulsierte in einem stechenden, unangenehmen Orange, wie ein leuchtendes Herz, das aus dem Takt geraten war und zu zerbrechen drohte. Die stählernen Flanken des Riesen hatten hässliche Brandwunden bekommen, und Kara entdeckte allein auf den ersten Blick ein halbes Dutzend gewaltsam geschaffener Öffnungen, aus denen ebenfalls Rauch und Flammen quollen.

Und Drachen.

Zuerst war es nur einer, ein verschwommener, zuckender Schemen, der wie ein Gespenst aus dem Rauch auftauchte und davonflog, dann kam ein zweiter hinzu, ein dritter – und plötzlich, schneller, als sie gekommen waren, verließen die Drachen den geschlagenen Riesen von den Sternen wieder und schwangen sich in die Luft über dem Wald empor.

Wie weit würden sie kommen? Kara schätzte, dass ihnen noch zehn Minuten blieben, ehe Elders andere Schiffe heran waren.

Sie wog das kleine Glasgefäß nachdenklich eine Sekunde in der Hand, ehe sie sich wieder an Elder wandte. »Das ist deine allerletzte Chance, Elder«, sagte sie. »Befiehl ihnen, die Waffen niederzulegen, und ich verzichte darauf, dieses Glas zu öffnen. Wenn nicht …« Sie bewegte den Schraubverschluss eine halbe Drehung weit.

Elder fuhr erschrocken zusammen. Trotzdem schüttelte er

den Kopf. »Das wagst du nicht«, behauptete er. »Du würdest genauso den Verstand verlieren wie ich.«

»Vielleicht«, sagte Kara ruhig. Sie zuckte mit den Schultern. »Na und? Ich wäre ein paar Minuten lang verrückt. Deine Leute würden mich ohnehin töten. Bei dir aber ist es etwas anderes. Wie viel Zeit bleibt dir noch, wenn dir niemand den Gefallen tut, dein Gehirn in Stücke zu schlagen? Zweihundert Jahre? Fünfhundert? Eine verdammt lange Zeit, um als sabberndes Wrack weiterzuleben.«

»Du bluffst«, behauptete Elder.

Sekundenlang bohrte sich Karas Blick in seine dunklen, hasserfüllten Augen, dann sah sie noch einmal auf den gewaltigen Monitor. Die Drachen verließen noch immer das Schiff. Ihre Bewegungen waren sehr viel ruckhafter und nicht halb so kraftvoll wie gewohnt. Vermutlich waren es die verwundeten und sterbenden Tiere, die bis zuletzt zurückgeblieben waren, um den anderen einige wenige Sekunden Vorsprung zu verschaffen.

Kara drehte sich wieder zu Elder um, und wieder fochten ihre Blicke ein lautloses, stummes Duell. Dann streckte er ganz langsam die Hand aus, zögerte, bewegte sie weiter und zögerte noch einmal. Als er begriff, dass sie sich nicht wehren würde, führte er die Bewegung zu Ende und nahm ihr behutsam das Glas aus der Hand. Er warf einen irritierten Blick über die Schulter zu Hrhon zurück. Auch der Waga machte keine Anstalten, ihn wieder zu packen oder auch nur daran zu hindern, Kara die tödliche Waffe aus der Hand zu nehmen.

»Waffenstillstand?«, fragte sie.

Elder war nur verwirrt. *»Was?«*

»Ich gebe auf«, sagte Kara. Drei, vier Augenblicke lang weidete sie sich einfach an dem völlig verständnislosen Ausdruck auf seinem Gesicht, dann beugte sie sich nach rechts, um an seiner und Hrhons Gestalt vorbei zu Thorn hinüberzusehen. Der

PACK-Agent blickte sie an, und Kara gab ihm das vereinbarte Zeichen. Thorn warf seine Waffe in hohem Bogen über den Rand seiner Deckung, zögerte noch einen Herzschlag lang – und richtete sich dann mit hoch erhobenen Armen hinter seinem Pult auf. Angst spiegelte sich auf seinem Gesicht. Aber niemand schoss auf ihn oder auf die beiden anderen PACK-Krieger, die nach einem Augenblick dem Beispiel ihres Kommandanten folgten. Nach allem, was bisher geschehen war, musste ihre plötzliche Aufgabe die Zentralbesatzung mehr verblüffen als alles andere.

»Was ... was soll das jetzt wieder?«, stammelte Elder. »Ist das ein neuer Trick?«

»Kein Trick«, antwortete Kara. Ganz langsam erhob auch sie sich. Aber sie ließ ihre Waffe nicht fallen, sondern hielt den Lauf des erbeuteten Gewehres unverrückbar auf das gläserne Gefäß in Elders Händen gerichtet. »Wir geben auf – unter einer Bedingung.«

Elders Augen wurden schmal vor Misstrauen. »Und welcher?«

»Du lässt sie gehen.« Kara machte eine Kopfbewegung auf den Bildschirm. Sie sah nicht hin, aber sie wusste, dass längst nicht alle Drachen das Schiff verlassen hatten. Sie hoffte nur, dass die Tiere, auf die es ankam, nicht mehr im Schiff waren, wenn Elders Verstärkung eintraf. Wann? In zwei Minuten? Drei?

»Ich... begreife nicht, was ...«

»Dein Wort!«, unterbrach ihn Kara. »Du lässt meine und Thorns Krieger das Schiff verlassen, und du wirst leben. Oder wir sterben beide.«

»Du weißt, dass ich das nicht kann«, sagte Elder leise. »Man wird diesen Angriff nicht einfach hinnehmen, als wäre nichts geschehen. Sie werden sie für den Rest ihres Lebens jagen.«

»Einige werden entkommen«, sagte Kara. »Vielleicht nur eine Hand voll. Aber ihr werdet nicht alle kriegen.«

Wieder vergingen Sekunden, kostbare, unendlich wertvolle Sekunden, die sie für Storm und die anderen unwiederbringlich gewonnen hatte, ganz gleich, wie sich Elder entschied.

Und plötzlich nickte er. »Also gut«, sagte er leise. Dann wandte er sich lauter an die anderen Anwesenden in der Zentrale. »Ihr habt es gehört. Sie ziehen sich zurück. Lasst sie gehen.«

Der Kampf war vorüber, und Kara konnte spüren, dass die Anspannung wie eine körperliche Last von ihr abfiel.

Überall in der Zentrale richteten sich Männer hinter ihren Deckungen auf, senkten ihre Waffen oder starrten sie, Thorn und Hrhon einfach fassungslos an. Es wurde nicht still – der weiße Staub hatte fast zwanzig Männer ergriffen, die weiter schrien, kicherten oder auf andere Weise Lärm machten. Ganz am Rande begriff Kara, dass sie es vielleicht sogar geschafft hätten. Alles in allem waren nicht einmal mehr zehn kampffähige Verteidiger übriggeblieben.

Aber das spielte keine Rolle mehr.

»Ich habe dein Wort«, sagte sie ganz leise.

Elder lächelte traurig. Aber dann drehte er sich mit einem Ruck herum, gab einem seiner Männer einen Wink, auf Kara und Hrhon achtzugeben, und trat an eines der wenigen noch nicht in Brand geschossenen Pulte. Er drückte eine Taste. Als er sprach, hallte seine Stimme aus einem Lautsprecher verstärkt in der Zentrale wider und vermutlich auch im gleichen Augenblick im gesamten Schiff. »Hier spricht Commander Elder. Die Angreifer ziehen sich zurück. Der Kampf ist vorbei. Verfolgt sie nicht. Ich wiederhole: Die Gegner werden *nicht* verfolgt. Ich übernehme die volle Verantwortung für diesen Befehl.«

Er wandte sich wieder zu Kara um, sah sie an. »Zufrieden?«

»Ja.«

»Warum, Kara?«, murmelte er. Er wollte weitersprechen, fand aber keine Worte und machte nur eine weit ausholende

Geste, die die verwüstete Zentrale, die Toten und Verwundeten einschloss und fragte noch einmal: »Warum?«

»Nimm an, wir hätten es versucht und verloren«, sagte Kara. Sie wollte es nicht, aber ihr Blick blieb an einem der gekrümmten Bildschirme hängen, und plötzlich füllten sich ihre Augen mit Tränen. Es war einfach zu viel *geschehen,* als dass der Schmerz Gewalt über ihr Denken hätte erlangen können, aber nun war der Kampf vorbei, und dieser letzte Schutz war ihr genommen. »Nicht alle Kriege werden gewonnen, Elder. Vielleicht habe ich gerade einen verloren.«

»Das ist nicht der Grund«, sagte Elder ruhig. »Fast alle deine Krieger sind tot, Kara. Die meisten eurer Drachen. Warum? Selbst wenn ...« Er machte eine hilflose Geste und setzte mit einiger Überwindung noch einmal an. »Selbst wenn ihr dieses Schiff erobert hättet, wäre es ein sinnloser Sieg gewesen.«

»Ich weiß«, flüsterte Kara. »Deine Männer dort oben hätten es ebenso zerstört, wie sie Thorns Schiff zerstört haben, nicht wahr? Ob mit oder ohne dich an Bord.«

Elder sah zu Thorn hinüber, als erblicke er ihn zum ersten Mal. Aber er sagte nichts, sondern nickte nur.

»Du willst wissen, warum?« Kara lachte bitter und griff unter ihren Mantel. Ein halbes Dutzend Gewehre richtete sich gleichzeitig auf sie, aber Elder winkte hastig ab.

Es war auch keine Waffe, die Kara hervorzog, sondern ein zusammengefaltetes Blatt Papier, das gleiche Blatt, das sie Donay vor weniger als vierundzwanzig Stunden gereicht hatte. Elder wollte danach greifen, aber sie zog die Hand im letzten Augenblick wieder zurück.

»Weil ich die Wahrheit erfahren habe, Elder«, sagte sie. »Ich habe vor der gleichen Tür gestanden wie du, Elder, aber es ist uns gelungen, die Inschrift zu übersetzen. Ich weiß, was sie bedeutet. Du auch?«

Er schüttelte stumm den Kopf. Aber der Schrecken in seinen Augen bewies ihr, dass er log.

»Du hast uns belogen, Elder«, murmelte Kara. »Du hast *mich* belogen. Jedes Wort, das du gesprochen hast, war Lüge. Die Geschichte unserer Welt! Die Alte Welt, die sich selbst in die Luft gesprengt hat. Der *tragische Irrtum,* der zur Kolonisation unseres Planeten führte! Wie konnte ich dir jemals glauben?«

»Ich ... verstehe nicht ganz ...«, murmelte Elder.

»Du verstehst nicht?« Kara schrie ihn an. *»Dann lies!«*

Sie wollte ihm das Blatt ins Gesicht schleudern, aber sie hatte einfach nicht mehr die Kraft dazu. Ihre Finger zitterten plötzlich so heftig, dass ihr das Papier entglitt und Elder sich bücken musste, um es aufzuheben.

Sie beobachtete ihn genau, während er den Text las – einmal, zweimal, schließlich dreimal, und der Ausdruck auf seinem Gesicht war nicht Schrecken, auch nicht Überraschung.

»Das ... das habe ich nicht gewusst«, sagte er schließlich.

»Du lügst«, antwortete Kara.

»Das ist nicht gesagt.«

Kara war ziemlich verwirrt, dass es ausgerechnet Thorn war, der Elder zu Hilfe kam, aber sie widersprach nicht, sondern sah ihn nur fragend an.

»Jemand hat es gewusst«, fuhr Thorn fort. »Aber wahrscheinlich nicht er. Ich habe es auch erst erfahren, nachdem du uns den Weg zu diesem Bunker gezeigt hast. Wäre ich an seiner Stelle gewesen, dann hätten sie mir vermutlich auch nicht die ganze Wahrheit gesagt.« Mit einem verächtlichen Blick in Elders Richtung fügte er hinzu: »Aber er muss es zumindest geahnt haben.«

»Ein kleiner Fehler!«, fuhr Kara mit zitternder Stimme fort. Selbst zum Schreien fehlte ihr plötzlich die Kraft. »Der einzige *Fehler* war vermutlich, dass es uns noch gibt! Es war nicht geplant, dass jemand überlebt, nicht? Oder war es ein anderer

Fehler? War der Irrtum der, dass PACK den Zuschlag für die Eroberung dieser Welt bekam, und nicht deine Firma?!«

Elder schwieg. Wieder richtete sich sein Blick auf das Papier, das die Übersetzung der schrecklichen Worte enthielt, die Kara auf jener Tür drei Meilen unter Schelfheim gelesen hatte. »Die Alte Welt ...«, flüsterte Kara mit gebrochener Stimme. »Unsere Vorfahren haben sich nicht gegenseitig vernichtet, Elder. Ihr wart es! Eure Schiffe! Die Raumschiffe der gleichen Company, die diesen Planeten erschlossen und zu einer Welt gemacht haben, auf der Menschen leben können! Wie lange habt ihr ihnen gegeben? Hundert Jahre? Tausend?«

»Bitte, Kara!«, sagte Elder, aber sie unterbrach ihn sofort wieder.

»Hättet ihr es hier auch wieder getan? Ist das euer Erfolgsgeheimnis? Ihr erschließt einen Planeten und verkauft ihn an den, der am meisten dafür zahlt. Aber euer Reich ist groß, nicht wahr? Das hast du mir ja selbst gesagt. So groß, dass meine Phantasie nicht ausreicht, es mir vorzustellen. So groß, dass dann und wann einmal eine Kolonie einfach vergessen wird – oder sorgt ihr dafür, dass man sie vergisst?«

»Kara, bitte, hör auf«, sagte Elder. »Du verstehst ...«

»Ich verstehe genug«, unterbrach ihn Kara. »Wir sind euch so ähnlich, dass höchstens ein Biologe den Unterschied bemerken würde, wie? Die Alte Welt war eine Kolonie eures Sternenreiches! Unsere Vorfahren und deine sind identisch.« Sie griff in die Tasche, zog die Brosche hervor, die sie in dem Koffer gefunden hatte, und schleuderte sie ihm vor die Füße. »Eure eigenen Leute, Elder! Ihr habt sogar eure eigenen Leute umgebracht! Der Zehnte Krieg! Es *gab* keinen Zehnten Krieg, Elder. Es gab nur einen einzigen, und das war kein Krieg, den unsere Vorfahren gegeneinander gekämpft haben! Es war ein Überfall aus dem Weltraum! Es waren eure Schiffe, die die Atombomben geworfen haben! Ja, du hast recht, wenn du sagst, dass unsere

Welt eine Hölle ist. Das ist sie seit zweihunderttausend Jahren! *Aber ihr habt sie dazu gemacht!*«

»Das stimmt nicht, Kara«, sagte Elder leise. »Ja, ich gebe zu, ich habe gewusst, dass dieser Planet eine ehemalige Kolonie der Company ist und dass es ein Atomschlag aus dem Weltall war, der ihn verwüstet hat. Aber was hätte es genutzt, wenn ich dir *das* erzählt hätte? Glaubst du wirklich, dass wir unsere eigenen Leute umbringen?«

»Ich *weiß* es, Elder«, antwortete Kara hasserfüllt. »Es ist nicht nur diese Tür. Thorns Männer haben die Räume dahinter freigelegt. Geh hinunter und sieh es dir an! Sieh dir die Bilder an, die sie für die Ewigkeit dort unten aufbewahrt haben! Es waren eure Raumschiffe, die die Bomben geworfen haben!«

»Sie sagt die Wahrheit«, sagte Thorn leise. »Ich war dort. Die Beweise existieren.«

»Das wusste ich nicht«, murmelte Elder. »Bitte, glaubt mir, dass ich das nicht gewusst habe.«

»Aber irgendjemand hat es gewusst«, sagte Kara. »Die, die dich geschickt haben, Elder, wissen es. Sie *haben* es getan, und sie tun es vermutlich noch immer. Wie oft, meinst du, haben sie diesen Planeten schon verkauft? Zweimal? Zehnmal?«

Elder schwieg. Kara spürte, dass der Ausdruck von Erschütterung auf seinem Gesicht nicht gespielt war.

»Wenn ... wenn das stimmt, Kara«, sagte er, »dann verspreche ich dir, dass sie dafür bezahlen werden. Ich werde dafür sorgen, dass es alle erfahren. Sie ...«

»Nein«, unterbrach ihn Thorn. »Das wirst du nicht, und du weißt das auch. Glaubst du wirklich, sie lassen dich am Leben – mit *diesem* Wissen? Sie werden dich so wenig am Leben lassen, wie du *uns* verschonen wolltest. Die Company ist erledigt, wenn diese Wahrheit ans Licht kommt.«

»Ich werde ...«

»Du wirst gar nichts«, unterbrach ihn Thorn erneut. »Kara

sagt die Wahrheit. Sie haben diesen Planeten vor zweihunderttausend Jahren angegriffen. Wahrscheinlich haben sie es schon ein Dutzend Mal getan, und wahrscheinlich tun sie es noch immer.« Er lachte bitter. »Du weißt doch, wie selten Planeten sind, die das Potential haben, zu einer bewohnbaren Welt umgeformt zu werden. Die Company rechnet in großen Maßstäben, nicht wahr? Und zweihunderttausend Jahre sind selbst für uns lang genug, um eine Kolonie zu vergessen. Vermutlich tut PACK dasselbe, und die anderen Firmen auch.«

»Hast du dich ... deshalb auf ihre Seite geschlagen?«, fragte Elder zögernd.

»Ja«, antwortete Thorn. »Der zweite Grund war, dass dieses Mädchen mir klargemacht hat, dass es meine einzige Chance ist, mit dem Leben davonzukommen. Dir ist doch wohl klar, dass sie diesen Planeten in eine Sonne verwandeln werden, wenn sie auch nur *vermuten,* dass hier irgendjemand die Wahrheit weiß. Und ich rede nicht nur von der Central-Company. Ich schätze, es hätte wenig Sinn gehabt, wenn ich mit meinem Wissen zu *meinen* Leuten gegangen wäre. Es ist mir ziemlich egal, ob die Company oder PACK die Bomber schickt.«

»O mein Gott«, flüsterte Elder. Er starrte Thorn an, dann Kara. Seine Hand schloss sich zur Faust und zerknüllte das Blatt, ohne dass er es auch nur registrierte.

»Aber das wird nicht geschehen«, sagte Kara leise.

Verwirrt blickte Elder auf. Kara deutete auf den Monitor. »Es wird Zeit, dass du mit deinen Freunden sprichst, Elder«, sagte sie. »Die Kommandanten der anderen Schiffe. Sie könnten einen Fehler begehen und uns angreifen.«

»Und was soll ich ihnen sagen?«, murmelte Elder. »Wenn es wirklich so ist, wie ihr sagt, dann hat keiner von uns noch eine Chance, lebend von dieser Welt wegzukommen.«

»Ich weiß«, antwortete Kara. »Aber was mich angeht, so macht das nichts. Und ihr ...« Sie seufzte, dann raffte sie sich zu einem Lächeln auf. »Hast du vergessen, was du selbst gesagt hast, Elder? Du hast versprochen, dass ihr unsere Welt in ein Paradies verwandeln werdet. Ich könnte verlangen, dass ihr das tut. Ich bin sicher, deine und auch seine Firma« – sie deutete auf Thorn – »würden sich gegenseitig darin überbieten, aus diesem Planeten tatsächlich ein Paradies zu machen. Du wirst mit deinen Leuten reden, und wenn du es getan hast, dann werden sie an unserer Welt ihr Meisterstück vollbringen, wenn wir es wollen. Aber wir verzichten darauf. Lasst uns einfach nur in Ruhe, das ist alles, was wir wollen.«

»Sie werden die Sonne in eine Nova verwandeln. Oder ein Schwarzes Loch auf diese Welt stürzen lassen.«

Kara lächelte. »Das werden sie nicht, Elder«, sagte sie überzeugt. »Es wäre ihr eigenes Ende.«

Elder sah sie fragend an.

»Du hast mich gefragt, warum wir dieses Schiff angegriffen haben«, sagte Kara. »Ich will es dir sagen. Du selbst hast mir die Lösung verraten, Elder. Erinnerst du dich, als du von der Rettungskapsel gesprochen hast, die dein Boot aussetzte, ehe es zerstört wurde. Das ... wie hieß es noch gleich? DSRV?«

Elder nickte. »Sicher.«

»Sie sind wirklich so schnell, dass niemand sie aufhalten kann, nicht wahr?«, fragte Kara.

Elder nickte wieder.

»Wir haben fünf davon erbeutet«, sagte Kara. Sie deutete auf Thorn. »Er hat uns gezeigt, wie man sie umprogrammiert. Und seine Männer sind in diesem Moment dabei, sie zu starten.«

»Wie bitte?«, murmelte Elder.

»Aber wozu ...?«

Mit einer müden Geste deutete Kara auf das zerknitterte Blatt in Elders Hand. »Sie enthalten Kopien davon, Elder, und von allem anderen, was wir in dem Bunker unter der Stadt gefunden haben. Die Wahrheit, Elder. Das Ende für deine Firma – und vermutlich für alle anderen Terraforming-Unternehmen, die es in eurem Reich gibt.«

Elder schien nur ganz allmählich überhaupt zu begreifen, was Kara meinte. »Du ... du willst sie ... erpressen?«

»Wenn du es so nennen willst.« Kara machte eine wegwerfende Geste. »Geh an dein Funkgerät, Elder. Sag ihnen folgendes: Diese fünf Schiffe sind von uns so programmiert worden, dass sie irgendwo in der Galaxis warten. Ihr könnt euch die Mühe sparen, uns verhören zu wollen. Keiner von uns hier weiß, wo sie sind oder wie man sie zurückruft. Solange ihr uns in Ruhe lasst, werden diese Sonden niemals ankommen. Aber wenn wir sie aktivieren, werden sie die fünf größten Planeten eures Reiches anfliegen und die Wahrheit in die Galaxis hinausschreien. So laut, dass jeder sie hört.«

»Wenn ich ihnen das sage, dann sind wir alle tot, ehe ich das Funkgerät ausschalte«, sagte Elder.

»Das glaube ich kaum«, sagte Thorn. »Kara und ihre Leute wären vielleicht nicht in der Lage gewesen, so etwas zu tun – aber meine Techniker waren es. Weißt du, was eine Totmannschaltung ist?«

Elder biss sich auf die Unterlippe und schwieg.

»Wir haben eine gebastelt«, sagte Thorn. »Ich gebe zu, reichlich improvisiert – aber sie funktioniert. Sollte dieser Welt oder ihren Bewohnern irgendetwas zustoßen, dann sind die Company und PACK und alle anderen erledigt.«

»Ihr blufft!«, behauptete Elder. Aber er wirkte nicht völlig überzeugt. »Du ... du wärst für den Rest deines Lebens auf dieser Welt gefangen, ist dir das klar? Selbst wenn sie auf diese Erpressung eingehen, lassen sie keinen von uns jemals wieder hier weg!«

»Es ist ein hübscher Planet«, sagte Thorn lächelnd. »Ein bisschen wild, aber ich denke, ich werde mich daran gewöhnen.«

Lange, endlos lange stand Elder einfach da und starrte

abwechselnd ihn und Kara und das Blatt in seiner Hand an. Dann drehte er sich mit müden Bewegungen und hängenden Schultern herum und ging zum Schaltpult des Kommandanten hinüber, um mit den anfliegenden Company-Schiffen Kontakt aufzunehmen.

Und plötzlich wusste Kara, dass sie gewonnen hatten.

Es war gleich, ob sie fünf oder fünfzig oder nur eine der Rettungssonden erbeutet hatten. Elder glaubte ihr, und seine Auftraggeber würden ihm glauben, denn sie hatten gar keine andere Wahl. Schon die bloße Möglichkeit, dass Karas Drohung der Wahrheit entsprach, würde sie für alle Zeiten davon abhalten, diesen Planeten noch einmal anzugreifen.

Einen Moment lang überlegte sie, ob sie Elder nicht zurückrufen und ihm mitteilen sollte, dass sie den Preis erhöhen würde. In einem Punkt hatte er die Wahrheit gesagt: Sie *konnten* diese Welt in ein Paradies verwandeln. Und sie würden es tun, wenn Kara es verlangte. Ein Wort von ihr genügte, und dieser Planet, diese *Hölle,* wie sie selbst ihn oft genug genannt hatte, würde der wundervollste Platz im ganzen Universum werden.

Aber dann sah sie Hrhon an, und plötzlich wusste sie auch, dass in einem solchen Paradies kein Platz mehr für Wesen wie ihn sein würde. Sie konnte das Paradies haben, aber es wäre *Elders* Paradies, nicht ihres. Und so schwieg sie, denn eigentlich gefiel ihr diese Welt so, wie sie war.

Einfach, weil es *ihre* Welt war.